新日本古典文学大系 40

宝物集 閑居友
比良山古人霊託

小泉弘
山田昭全
小島孝之
木下資一 校注

岩波書店刊行

目次

索引

『宝物集』小見出し目次

#『閑居友』説話章段目次

上

下

凡例

一　底本は、以下の通りである。
『宝物集』　吉川泰雄氏蔵本
『閑居友』　前田育徳会尊経閣文庫蔵本
『比良山古人霊託』　宮内庁書陵部蔵本

二　翻刻に際しては、常用漢字表にある漢字はその字体を使用した。異体字・俗字の類も原則として現在通行の字体に拠った。
哥→歌　虵→蛇

三　底本の本文を訂正する場合には、原則として、すべてその旨を脚注に明記して、もとの形がわかるようにした。『宝物集』においては、他本に拠る本文への補入は〔　〕によってそれを示し、校注者による本文への補入は（　）によってそれを示した。

四　通読の便を考慮して、底本の仮名には適宜漢字を宛て、また漢字には振り仮名を施した。
1　底本にある振り仮名は〈　〉を付して示した。ただし、『宝物集』において、底本にある振り仮名に重複がある場合には、これを正して特に注記しなかった。

2　校注者の付けた振り仮名は、『宝物集』『比良山古人霊託』では記号を付けずに示し、『閑居友』では（　）を付けて示した。

3　仮名に漢字を宛てた場合、もとの仮名は、『宝物集』では〔　〕を付けて振り仮名として示し、『閑居友』では記号を付けずに振り仮名の形で示した。

五　『宝物集』『閑居友』においては、底本の仮名遣いはそのまま示し、（　）に入れて歴史的仮名遣いを傍記した。ただし、仮名に漢字を宛てた場合は、これを省略した。

六　反復記号「ヽ」「ゝ」「〳〵」は、原則として底本のままとして、漢字・仮名を宛てた場合にはもとのそれを傍記した。

七　校注者の判断により清濁を区別した。

八　適宜、段落を分かち句読点を施した。また、改行や字下げを行い、会話文には「　」を補った。

九　底本にある傍書については、明らかに誤りを正したと思われるものは、これを採用して特に注記しなかった。

一〇　底本にある二行割り組は、小字一行とした。

一一　『宝物集』本文中の人名の省略形については、省略部分が明らかなものは、これを補って特に注記しなかった。

頼―→頼宗

一二　『宝物集』の漢文部分については、底本に送り仮名が付されている場合でも、通読の便を考慮して、校注者による読み下しを振り仮名として付した。また、返り点を付した。

一三　『宝物集』に収載された和歌には、通しの歌番号を付けた。

一四　『閑居友』では、底本の本文の左側にある振り仮名については脚注でことわった。
一五　『閑居友』では、底本の目録に通し番号を付して、本文中の各章段の前に説話題として取り入れた。
一六　『比良山古人霊託』では、底本の片仮名表記を平仮名に改め、歴史的仮名遣いによって読み下し文にした。同時に助詞、助動詞、連体詞、代名詞、副詞、接続詞の類は、適宜漢字を仮名に改めた。また、底本の元の形を示すため原文を付載した。
一七　脚注は、見開き二頁に納まるよう簡潔を旨とした。
1　本文・脚注の照合のため、本文の見開き毎に通し番号を付した。
2　参照すべき箇所については→で示した。
3　『閑居友』では、▽印の下に各説話についての簡単な解説を付した。
4　他の文献を引用する際に、書名を略称とした場合もある。
日本霊異記→霊異記　三弥井書店刊『閑居友』(美濃部重克氏校注)→美濃部注
5　引用した他の文献の文例は、読み易さを考慮して読み下し文にした場合もある。
一八　『宝物集』では、校注者による小見出しを付けた。
一九　脚注において、校異のために取り上げた諸本は、以下の略称によって示した。
宝物集
瑞光寺蔵本→瑞本
九冊本→九本

身延山久遠寺蔵本→久本
光長寺蔵本→光本
本能寺蔵本→能本
最明寺蔵本→最本
一巻本→一本
二巻本(松井・上野本)→二本
片仮名古活字三巻本→片活三本
元禄六年刊七巻本→元本
(身延文庫本は略称とはしなかった)

閑居友

宮内庁書陵部蔵本→陵本
神宮文庫蔵本→神本
尊経閣文庫蔵譚玄本→譚本
続群書類従本→類本
(脚注に「諸本」として一括した場合には、右の他に岩瀬文庫蔵本、松平文庫蔵本を含む)

比良山古人霊託

猪熊信男氏蔵本→猪本

高山寺蔵本→高本

西田長男氏蔵本→西本

二〇　以下の付録を付けた。

1　『宝物集』和歌他出一覧

2　『宝物集』歌人解説

3　『宝物集』和歌初句索引

4　『比良山古人霊託』人名解説

二一　『宝物集』については、本文校訂原稿の作成は小泉弘が担当し、脚注作成は小泉弘の研究資料を活用しつつ山田昭全が担当した。

二二　『宝物集』和歌他出一覧については森晴彦氏、『宝物集』歌人解説については大場朗氏の協力を得た。

二三　『宝物集』の注釈については、大曾根章介氏、久保田淳氏より貴重な御教示をいただいた。両氏の学恩に対し記して謝意を表する。

宝《ほう》物《ぶつ》集《しゅう》

小泉　弘
山田昭全
校注

宝物集は三幕・四場から成る。

第一幕は鬼界が島から帰洛した男が釈迦堂へ参詣する道行きの場。

この幕の見所は男の風貌と道すがらの回想の内容。登場人物はこの男一人であるから、回想はすべて一人芝居、独白の形で表現される。男が通り抜けた大内裏は、出家前、彼の勤務する役所があった所。

さて、男は大内裏でどんな仕事についていたのか、またどんな知識・教養を身につけていたのか、その回想の質や内容を通じてじっくりとはかってみるのが要点となろう。

第二幕は、日中の釈迦堂。寺僧が本尊前において参詣客を相手に、釈迦像渡来の由来を語る場。

先ほどの大内裏を通り抜けて来た男は隣りの局に籠って全く姿を現わさない。したがってここでは、寺僧とおぼしき法師が奝然将来するところの赤栴檀の釈迦像が、いかにして彫刻され、我が国にもたらされたか、その語りにじっくりと耳を傾けることが肝要であろう。

第三幕は深夜の釈迦堂。ここは数名の参籠者が宝物とは何かを論じあう第一景と、さきほど釈迦像について語った法師が仏道とは何かを語る第二景とに分かれる。

先ず第一景の見所、いや聞きどころは、人間にとっての大事なものが、物質的なものから精神的なものへと移行してゆく過程。それともう一点、隣室でじっと聞いているさきほどの男が、ときどき発言者が交替したことを知らせたり、発言の内容について自注を加えたりする所。議論の場にいた参籠者ははたして何人か、聴き役の男はどのような所に注釈を加えていたか、しっかりと聞きとどけておく必要があろう。

第二景では、もちろん、法師がどんな手順で仏道について説明していったか、この点に全神経を集中して聞きとることが肝要。六道の苦相の説明からはじまって、苦悩から脱して仏になるまでの十二の道をさし示すのであるが、法師は仏典はもとより、漢籍・日本の説話・往生伝・和歌集、万巻の書からまさに博引旁証、その学識の広さ、深さをとっくりと聞きとるべきである。仏になるという十二の道の本質がどんなものであるかについても、よくよく吟味しながら聞きとるべきであろう。

（山田昭全）

宝物集　巻第一

[一]治承元年《ちせうぐはんねん》の秋《あき》、[二]薩摩国《さつまくに》の島《しま》を出《いで》て、おなじき[三]二年《にねん》の春《はる》、二たび[四]旧里《きうり》にかへりて侍りしかども、[五]世の中も有《あり》しにもあらず、浮木《ふぼく》に乗《のり》けん人の心地《こゝち》せしかば、世の憂時《うきとき》の住家《すみか》なれば、心をもなぐさめむとて、[六]東山《ひがしやま》なる所《ところ》に籠居《こもりゐ》て侍る程《ほど》に、昔《むかし》、[七]花《はな》のもと月《つき》の前《まへ》にて見馴《みなれ》たりし人、[八]蘆《あし》がきのまぢかく来《きた》りたるよし、申《まうし》つかはしたれば、竹《たけ》の編《あみ》戸《ど》をを《お》し開《ひら》きつゝ、いれ侍《はべり》ぬ。

[九]「心づくしの思ひに年経《としへ》にけれども、うさに堪《た》へたりける身なりければ、[一〇]生《いき》の松原《まつばら》、いきて帰りきたる悦《よろこび》になん来《きた》る」

とぞ申《まうす》める。

[一一]「三ヶ年の夢《ゆめ》、わづかに覚《さめ》たりといへども、一生涯《しやうがい》の歎《なげき》、いまだ晴《はれ》ざる程なれば、人にもしられで侍るに、いかにして尋《たづね》ては来り給へるぞ。[一二]鬼界《きかい》が島《しま》の有様《ありさま》は、申《まうし》ても無益《むやく》と侍《はべる》べし。故郷《ふるさと》の事、風《かぜ》の

一 治承二年(一一七八)の誤りか。あるいは錯覚による混乱か。康頼は安元三年六月三日に鹿ケ谷事件で逮捕され、鬼界が島に流される(玉葉)。安元三年は八月四日に改元して治承元年となる。高倉天皇中宮徳子の御産の特赦で赦免されたとすれば、島を出たのは二年、帰洛は三年春(平家物語)とするのが穏当。 二 鬼界が島(注一二)。「硫黄といふものみちみてり。かるがゆへに硫黄が島とも名付たり」(平家物語二)。 三 治承三年春とあるべきところ。 四 「恐帰二旧里一、纔逢二七世之孫一」(和漢朗詠集・下・仙家)による。 五 「天の河うき木に乗れるわれなりやありしにもあらず世はなりにけり」(俊頼髄脳)という釆女歌を念頭に置いた表現。「浮木に乗けん人」は、筏に乗って天の河を渡った張騫の故事をさす(黒田彰)。張騫→一三頁注二九。 六 京都市東山双林寺またはその付近か。平家物語三「少将都帰」に康頼入道は東山双林寺にあった山荘で宝物集を書いたとしている。 七 花鳥風月の風流韻事で交流した友人。 八 「蘆がき」は「まぢかく」にかかる枕詞。 九 数々の心労を抱いて歳月を経たけれども。 一〇 歌枕。福岡市姪浜《めいのはま》の西から博多湾岸に沿う松原。神功皇后がいわゆる征韓の際、松の枝をさした地という。「いきて帰りきたる」を引き出す序語。 一一 三年にわたってみた悪夢。安元三年の流罪から治承三年の帰洛までは足かけ三年となる。 一二 鹿児島県鹿児島郡の硫黄島の古名。底本「鬼海の島」とするが、一一六頁と三二一頁に「鬼界が島」とし、その表記が一般的なのでそれにあわせて訂正した。

1 島から帰ってきた隠士

一 嵯峨清凉寺の本尊は奝然が将来したという釈迦像である。 二 清凉寺釈迦像の天竺帰還説は宝物集が初出。清凉寺縁起等にもみえるが、いずれも宝物集からの取材。 三 清凉寺にいらっしゃるお釈迦様を拝もうと志していたのに、うわさが本当ならば。 四 そんなうわさがなくとも。 五 待賢門の別称。大内裏外郭の東面にある四つの門のうち南から二つ目の門。 六 宮中の食饌を作り、配膳をつかさどる官庁。

伝《つて》にも聞難《きゝがた》く侍りき。都《みやこ》を出《いで》て後《のち》、如何なる事か侍りし」

と申せば、

「何となく世の中も静《しづか》ならずみゆる。げにや、一嵯峨《さが》の釈迦《しやか》こそ、二天《てん》竺《ちく》へ帰《かへ》り給《たま》はんずるとて、一京《いつきやう》の人、道も去《さり》あへずまい《ゐ》り侍るめれ」

と申《まう》せば、吾朝《わがてう》日本国《につぽんこく》の不思儀《ふしぎ》には、三此仏《このほとけ》おはしますを志《こころざし》たんめるに、まことならば心うく悲しくぞ侍るべき。四さなしとてもまい《ゐ》らでやは有《ある》べきとおもへば、軈而《やがて》二月廿日《きさらぎはつか》の事なるに、五中御門《なかのみかど》の門《もん》を入《いり》て、六大膳職《だいぜんしよく》・七陰陽寮《おんやうりやう》など打過《うちすぎ》て、八大庭《には》の椋《むく》の木をみるに、九白馬《はくば》の節会《せちゑ》思ひ出《いで》られて、一〇摺文《すりあや》なせる衣袴《きぬはかま》着《き》たるもの、一一かんがへいましめし事、おもひ出《いで》られて悔《くや》しくぞ侍《はべり》けり。

一二惟宗允亮《これむねのまさすけ》が罪深《つみふか》き事を夢《ゆめ》にみて、五位《ゐ》の冠《かんぶり》給ひけるも理《ことはり》にぞ侍《はべる》べき。

允亮《まさすけ》、一三検非違使《けびゐし》を申《まうし》けるころ、夢《ゆめ》に、地獄《ぢごく》に落《おつ》る官《くわん》をのぞむと、獄《ごく》卒《そつ》一四鉄《くろがね》の札《ふだ》に付《つく》るとみて、検非違使《けびいし》にならで一五五位《ゐ》に成《なり》たる事也。一六南殿《なんでん》の桜《さくら》も咲《さき》にけるなるべし。一七外《と》の重《へ》の外《ほか》に匂《にほ》へる風のけしきも、著《しる》ければ、急《いそ》ぐ道《みち》なれども、一八春花門《しゆんくはもん》より入《いり》てみれば、「一九物おもひもな

2 釈迦堂参詣の道行

中御門を入るとすぐ左側にその官舎がある。七 天文・暦数・占いなどをつかさどる官庁。中御門から入ると左手奥にその官舎があった。八 紫宸殿の前庭に植えてあった椋の木。古今著聞集・九十三と同系の記事を思い出したか。九 正月七日、紫宸殿の前庭に白馬(あをうま)を引き出し、天皇の観閲のあと宴を催す儀式。一〇 摺り染めの模様を染めた衣と袴を着た人。一一 罪を問うて逮捕したこと。一二 生没年未詳。平安中期の明法家。政事要略の著者。公方の子。一説に孫。夢見のこと、政事要略六十一にみえる。一三 平安時代、嵯峨天皇の時に設けられた令外の官。犯罪をとりしまり、治安維持にあたった。一四 閻魔庁において地獄に送る罪人の名を記録したという鉄製の帳面。一五 兵衛府・衛門府の官人で、六位相当の尉でありながら、五位に叙せられたもの。検非違使だけは蔵人を兼ねると尉(六位相当)でも昇殿を許されるので、人々は検非違使以外の五位に昇るよりも、検非違使の尉を望んだようだ。允亮は検非違使庁への任官を断念したのであろう。一六 紫宸殿のこと。その南正面の階下の東側に植えてある桜。左近の桜。一七 内裏をとりかこむ外郭の外。瑞本「九重」と傍記、九本「こゝのへ」。底本を生かし、「外の重」と宛て漢字した。一八 内裏の外郭の南面の東端にある門。建礼門をはさんで西端の修明門に対する。一九 古今集・春・藤原忠仁の「としふればよはひはおいぬしかはあれど花をしみれば物思ひもなし」を踏まえるか。二〇 金葉集・春・内大臣(源有仁)の「ちらぬまは花をともにてすぎぬべし春よりのちのしる人もがな」を踏まえる。二一 弾正台の長官。弾正台は全国の非違を弾劾、上奏し、風俗の粛正をつかさどる監察機関。二二 醍醐天皇皇子。延長六年(九二八)、上野太守となり、のち弾正尹・中務卿・式部卿を歴任。朱雀・村上帝とは兄弟。天暦八年(九五四)没、四十九歳。二三 村上天皇。→歌人解説。天徳四年(九六〇)九月二十三日に内裏焼亡後、康保元年(九六四)十一月に新造の内裏に、吉野山から移植したという重明親王家の桜を移植したことがある。ただしこの桜はすぐ枯れたので翌康保二年正

し」と読《よみ》給ひし人、実《げに》と覚《おぼ》えて、[二〇]春《はる》より後《のち》の知人《しるひと》ぞほしく侍《はべり》ける。[二一]弾正尹重明《だんじやうゐんしげあきら》の[二二]親王《しんわう》の家の桜《さくら》、にほひことにて、[二三]村上《むらかみ》の御時うつしうへ《ゑ》させ給ひける花《はな》、是《これ》は寔《まこと》におもしろくぞ侍《はべり》ける。まことには、[二四]其後《そのゝち》一両度《りやうど》炎上《ゑんしやう》の為《ため》にやけにければ、又うへ《ゑ》かへらるゝなり。

1 殿守《とのもり》のともの宮《みや》つこ心あらば此春計《このはるばかり》朝清《あさぎよ》めすな

此歌《このうた》、[二五]世継《よつぎ》并《ならび》に[二六]宇治大納言隆国《うぢだいなごんたかくに》の[二七]物語《ものがたり》には、[二八]小野宮殿《をのゝみやどの》実頼《さねより》[二九]陣《ぢん》の座《ざ》におはしけるに、南殿《なんでん》の花《はな》[三〇]面白《おもしろ》く散《ちり》けるを見給ひて、「只今《たゞいま》[三一]土御門《つちみかどの》中納言《ちうなごん》のまいられよかし」とたはぶれ給ひけるを、敦忠公《あつたゞこう》参《まい》り給へりければ、いまだ居《ゐ》も定《さだま》り給はぬに、「あの花《はな》はみ給ふか、をそ《お》し」との給ひければ、[三二]かく読《よみ》給へり。拾遺《しうい》・[三三]金葉《きんよう》両集《りやうしう》には、「[三四]源公忠《みなもとのきんたゞ》」とあり。又公忠《きんたゞ》が集《しう》[三五]あり。

高《たか》岡《をかの》頼《より》言《こと》

2 みるからに花《はな》の名《な》だての身《み》なれども心は雲《くも》の上迄《まで》ぞ行《ゆく》

月に東都から移植した(久保田淳)。二四 順徳院の禁秘鈔・上に天徳の火災後植えかえたことを記したあとに「其後度々焼失。毎度栽レ之。近樹堀川院御宇已来木也」とある。

1 主殿寮に仕える下司達よ、花を惜しむ心があるならば、せめてこの春ばかりは朝の庭掃除をしないでほしい。

「殿守のともの宮つこ」は主殿寮の下役人。二五 大鏡または栄華物語の類をさすか。ただし現在の両書にはこの話はみえない。二六 隆国は源俊賢の二男。顕基の弟。頼通の造営した宇治平等院南泉房に住し、宇治大納言物語を編んだ。承暦元年(一〇七七)没、七十四歳。二七 宇治大納言物語をさす。今昔物語集と密接な関連をもつ説話集と考えられるが、現在は散佚。二八 藤原実頼。→歌人解説。二九 宮廷で議定などがある時、出席する公卿らの詰所。三〇 底本「おもし」と振り仮名、瑞本の「面白(おもしろ)く」により改めた。三一 藤原敦忠、時平の三男。天慶五年従三位権中納言。和歌、音楽に優れ、醍醐、朱雀両朝に活躍。本院中納言、枇杷中納言とも。三十六歌仙の一人。天慶六年(九四三)没、三十八歳。三二 源公忠が詠じた「殿守の」の歌を実頼に責められて敦忠が詠んだとする話は今昔二十四の三十二にもみえる。ただし小泉弘は、今昔物語では敦忠が臨機応変に公忠の古歌を口ずさんだとしているとみる。三三 光本では「金玉集」。「殿守の」の歌は、金葉集、金玉集のいずれにもみえない。三四 →歌人解説。三五 瑞本「集」の右傍の振り仮名「しうに」とする。公忠集にこの歌ありの意。

2 見ただけで南殿の桜にとって不名誉な評判をたてるしがないわが身であるが、心は雲の上まで登ってゆくよ。「雲の上」は禁中をさし、昇殿の願望があることを寓する。

3 出家以前、禁中に出仕していたころの春はいっこうに忘れることができない。花の方では私のことなど物の数にも思い出さないだろうが。底・瑞・九本第四句「花の枝にも」、光本、千載集により改めた。一 藤原俊家。堀河右大臣頼宗の男。承暦四年(一〇八〇)右大臣。永保二年(一〇八二)没、

釈阿《しやくあ》　皇太后宮大夫俊成入道

3　雲の上の春こそ更《さら》に忘《わす》られね花《はな》の数《かず》にも思出《おもひいで》じを

[一]大宮《おほみや》の右大臣殿《うだいじんどの》俊家、いまだ若殿上人《わかてんじやうびと》にておはしける比《ころ》、春《はる》の明《あけ》ぼの、物《もの》あはれとおぼえ給ひけるまゝに、此花の本《もと》にて[二]桜人《さくらびと》と云《いふ》歌をうたひ給ひけるに、「[三]右の舞人[四]多政方《おおのまさかた》が[五]将監《しやうげん》にて、[六]陣直《ちんなをし》つとめて侍《はべり》けるに、[七]右近《うこん》の陣《ぢん》より[八]地久《ちきう》を舞《まふ》て出《いで》たりしこそ、面白《おもしろ》かりし」とぞのたまひける。

桜人《さくらびと》は地久《ちきう》の[九]破《は》におなじ声《こゑ》のうたなれば、舞《まひ》けるなり。装束《しやうぞく》は、[一〇]浅《あさ》黄《ぎ》の打《う》ちたるかみしもに、[一一]練《ねり》色《いろ》のきぬをぞきたりける。[一二]仏《ほとけ》のおぼしめさん事も[一三]やさしければ、此花をも見捨《すて》、[一四]月花門《げつくはもん》のかた様《ざま》に出《いづ》れば、橘《たちばな》の木をみるにも、[一五]昔《むかし》おもひ出《いで》られて、[一六]内侍《ないし》のかみの朧月夜《おぼろづきよ》ながめし給ひし弘徽殿《こうきでん》の細殿《ほそどの》、[一七]義孝《よしたか》の少将の心すま[一八]してとを《ほ》り給ひし[一九]登花殿《とうくはんでん》の西《にし》、爰《こゝ》もゆかしけれど、日も暮《くれ》ぬべければ、やがて[二〇]西の京うち過て、みれば、[二一]仁和寺《にんわじ》の花《はな》も咲《さき》侍《はべり》にけり。

三　宮

六十四歳。俊家の歌に合わせて多政方が舞う話、古今著聞集・二四三にみえる。二 催馬楽の曲名。「桜人その舟止(ちぢ)め 島つ田を 十町(とまち)つくれる 見て帰り来むや そよや 明日帰りこむ そよや」。三 舞楽には古代朝鮮系の右舞と中国系の左舞の二系があった。四 多政方は右舞の大成者自然麻呂(じぜまろ)の七代の孫。寛徳二年(一〇四五)没、享年未詳。底本「をのゝまさかた」と平仮名がき。瑞本は右に「多政方」と傍書。古今著聞集・二四三も参照し、「おおの」に改めた。この故事教訓抄五にもみえる。五 近衛府の第三等官の判官(じょう)。六 底本「ぢんなをし」と振り仮名をつけるが、「とのゐ」または「ぢんのとのゐ」と読むべきか。将監として衛門府の詰所に出仕すること。七 校書殿の東廂にあった右近衛の武士の詰所。八 地久楽。雅楽の曲名。「有二面甲一。准二大曲一」(舞曲口伝)。九 雅楽で、曲を構成する単位。序・破・急の三部構成が基本で、拍子が細かくなり、変化に富んでゆく中間部分。「地久の破におなじ」とあるが、舞曲口伝にも地久楽は「催馬楽ノ桜人ニ合詞ナリ」といい古今著聞集・二四三の説話を引く。底本「は」に濁音表記。一〇 薄い青色の、つや出しをした上着と袴。「打ちたる」は、つやを出すため砧(きぬた)で打った、の意。一一 少し黄色味を帯びた白色。一二 清涼寺本尊の釈迦如来をさす。一三 恥ずかしいので。一四 紫宸殿の南庭の西方、校書殿と安福殿の間にある門。日華門に対する。一五「さつきまつ花たちばなのかをかげば昔の人の袖のかぞする」(古今集・夏・よみ人しらず)をふまえる。一六 源氏物語・花宴の冒頭に、二月二十日ごろ、弘徽殿の細殿で源氏が朧月夜尚侍と出会い、歌を詠み交わしている場面を想定した表現。弘徽殿は清涼殿の北側にある皇后や中宮などの居所。母屋が南北二つに分かれ、西廂にある細い屋舎を細殿といった。一七 藤原義孝。→歌人解説。底本「義亮」、瑞本「亮」の左側「孝イ」と傍記。これにより「義孝」と改めた。一八 義孝は信仰心が深く、生前珍しく細殿で女房たちと物語をした後、夜ふけに法華経を誦しながら朔平門を通って帰ったことが大鏡三、今昔十五の四十二にみえる。「心す

4 植置《うへをき》し君《きみ》もなき世に年経《としへ》たる花《はな》や我身のたぐひなるらん

秦《はたの》　兼《かね》　方《かた》

5 去年《こぞ》みしに色も替《かは》らず開《さき》にけり花社《はなこそ》物は思はざりけり

此歌《とのうた》[二二]、円宗寺《ゑんしうじ》[二三]の花《はな》を見て、後《のち》[二四]三条院《でうゐん》の御事《こと》をおもひいでて《〔ゝ〕》、よめる也。

6 花《はな》みてはいとゞ家路《いへぢ》ぞ急《いそ》がれぬ待《まつ》らんと思ふ人しなければ

左《さ》　大《だい》　将《しやう》　実《さね》　定《さだ》

此歌《このうた》、北方《きたのかた》[二五]公守《きんもり》の少将《せうしやう》の母《はゝ》にをくれて、法金剛院《ほうこんごうゐん》[二六]の花《はな》を見て、よみ給《たまふ》なり。

7 あやなしなよそにも花のなくはこそ一木《ひとき》の本《もと》に日をもくらさめ

顕《けん》　昭《ぜう》　法《ほう》　師《し》

このうた、最勝院《さいせうゐん》[二七]の花を見けるに、上西門院蔵人《じやうさいもんゐんくらんど》[二八]、物まうできければ、かへり侍《はべり》けるを、「など花を見捨《すて》ては帰《かへる》ぞ」と申遣《まうしつかは》したりければ、読《よめ》る。

まして」は法華経を誦したことを想定した表現であろう。ここは大鏡の記述に拠ったか。一九 瑞本「燈花殿」と傍書。光本「登花殿」。弘徽殿の北、貞観殿の西にあった殿舎。「西」は西廂。女房たちのいた細殿があった。二〇 京都の中心を南北にはしる朱雀大路を境にして西側の地域全体。二一 京都市右京区御室大内町にある真言宗御室派の大本山。光孝天皇の勅願により仁和二年(八八六)に創建。

4 この桜を植え置いてくださった君が亡くなってから年月が過ぎた。主人を失ったまま放置されているこの桜は我が身と同類のようだ。「君」は後三条院をさす。

5 去年見た色に変ることなく今年も桜が咲いた。花は死別の悲しみを感じないのだなあ。後三条院没後の春に詠んだ歌。二二 四・五番の二首をさす。二三 京都市右京区、仁和寺の西南方にあった寺。「後三条院御願。天台法華最勝二会被レ行レ之。有二竪義一。此内講堂、灌頂堂、常行堂、五大堂、法花堂」(仁和寺諸堂記)。二四 第七十一代天皇。後朱雀天皇の第二皇子。延久五年(一〇七三)没、四十歳。

6 花を見ていると、いよいよ、急ぎ家路につこうという気もおこらない。待っていると思う人もいないことだから。「待らんと思ふ人」は妻。二五 藤原顕長女。後出「北方〈公守の少将の母〉」と同一人。尊卑分脈では実定の男公守の母を「師長公女」と注するが、これは誤り。顕長女に「左大臣実定室、中将公守母」とあるのが正しい。二六 京都市右京区花園扇野町にある寺。

7 わけのわからないことですね。他にも花がなければこの一本の桜の木の下で一日を暮らしもしましょうが、そうではないのだから他の花も見ようと思うのです。二七 仁和寺の塔頭寺院。二八 鳥羽天皇第二皇女統子内親王(恂子)に奉仕した女蔵人。内侍・命婦よりも下の女官。

一「雲井の桜」の表現、金葉集・雑上「山吹もおなじかざしの花なれど雲井のさくらなほぞこひしき」の歌をふまえているか。二 京都市右京区嵯峨広沢西裏町にある真言宗の寺。永祚元年(九八九)寛朝の創建。もと広沢池の池畔にあった。

[一]雲井《くもゐ》の桜《さくら》にも立離《たちはな》れぬれば、此花《このはな》の本《もと》を見捨《すて》てぞ過《すぎ》侍りぬる。[二]遍照《へんぜう》寺《じ》のほどをみるにも、[三]敦実《あつみ》の親王《しんわう》の御子、[四]寛朝僧正《くはんてうそうじやう》の、[五]孔雀経《くじやくきやう》の行《おこなひ》の隙《ひま》には、[六]広沢《ひろさは》の池《いけ》にむかひて、[七]鳳凰鴛鴦《ほうわうゑんわう》のしらべに思ひをのべ、[八]流泉《りうせん》啄木《たくぼく》の曲《きよく》に、心をすまして過《すご》し給ひけるに、跡を見捨《すて》ては過《すぎ》がたくぞ侍るめる。

8 住人《すむ》もなき山里の秋の夜《よ》は月の光もさびしかりけり

藤《ふぢ》原《はらの》範《のり》永《なが》

公任《きんたふ》の大納言《だいなごん》の「[九]範永《のりなが》たれの人ぞ、和歌《わか》の道《みち》に名《な》をえたる人哉」とほめ給ふは此《この》うた也。

9 古《いにしへ》の人は汀《みぎは》に影《かげ》たえて月のみぞすむ広沢《ひろさは》の池《いけ》

頼《より》政《まさ》卿《きやう》源《げん》三位《ゐ》

10 波かけば汀《みぎは》の雪《ゆき》も消《きえ》なまし心有《あり》ても氷《こほ》る池《いけ》かな

仁《にん》和《わ》寺《じ》法《ほう》親《しん》王《わう》

[一〇]爰《こゝ》にては、月の歌こそよむめるに、雪《ゆき》の朝《あした》かくよみ給へるもおかし《を》。[一一]此池《このいけ》にも影《かげ》もとめずとをり《ほ》ぬれば、嵯峨《さが》のわたりをみるにも、春《はる》の

三 宇多天皇第八皇子。出家して仁和寺に住す。管絃、蹴鞠等の諸芸に通じ、源家音曲の元祖ともいわれた。康保四年(九六七)没、七十五歳。四 真言宗の僧。敦実親王の第二王子。十一歳で剃髪、寛空、壱定に受法。遍照寺に住して広沢流を伝え、寛和二年(九八六)大僧正。東密声明の中興といわれる。長徳四年(九九八)没、八十四歳。寛朝が広沢の池に向かって心をすませたという説話の出典未詳。五 孔雀経法のこと。孔雀経の所説に基づき、孔雀明王を祀って息災、祈雨の修法。孔雀経は種類が多く、孔雀明王を讃嘆する一連の経の呼称。六 京都市右京区嵯峨広沢にある池。寛朝が洞庭西湖を模して作ったと伝えられる。観月、観桜の名所。七「鳳凰」は古代中国の想像上の鳥。美声で鳴く。「鴛鴦」は夫婦仲のむつまじいと言われる鳥。鳳凰のように美声で、鴛鴦のような細やかな夫婦愛を感じさせる曲調という意味か。八 平安朝の初ごろ以降、流泉と啄木に楊真藻(ようしんそう)を加えた三曲を琵琶の秘曲として珍重した。

8 住む人もいない山里の秋の夜は、澄んだ月の光もどことなくさびしそうだ。「住」に「澄む」を懸ける。遍照寺での詠。九 袋草紙・上・雑談に、公任が激賞した話がみえる。

9 昔の人はこの広沢の池の汀には誰もいなくなってしまった。ただ月が澄むばかりである。「すむ」は「澄む」に「住む」を懸ける。

10 波が懸かったならば、汀の雪もとけて消えてしまうだろうに。雪を愛でる風雅の心があって、波も懸けることなく氷っている広沢の池よ。「消なまし」は仮定条件「波かけば」を受けて反実仮想の意。

一〇 広沢の池は観月の名所であるから、月の歌を詠むのが普通であるのに。一一 この広沢の池にも我が影を写すこともなく通りすぎたので。一二 出典未詳。一三 金葉集・秋、藤原顕季「おほゐがはゐせきのおとのなかりせばもみぢをしけるわたりとやみん」を踏まえるか。一四 第五十八代天皇。小松帝、仁和帝とも。仁明天皇第三皇子。家集に仁和御集。仁和三年(八八七)没、五十八歳。一五 京都市右京区嵯峨のあたりを流れる小川。小倉山の麓

明《あけ》ぼのに[一二]朝立《あさだち》せし少将《せうしやう》思ひ出《いで》られてハ[一三]大井河《おほゐがは》の浪《なみ》の音《をと》にも、心ぞ澄《すみ》侍りぬる。

[一四]光孝天皇《くはうかうてんわう》の御時、[一五]芹河《せりかは》の行幸《ぎやうがう》に、[一六]在原《ありはら》の行平中納言《ゆきひらのちうなごん》の、狩装束《かりしやうぞく》に鶴《つる》をぬひてきて、

11　翁《おきな》さび人なとがめそかり衣けふ計《ばかり》とぞ田鶴《たづ》も鳴《なく》なる

[一七]仁明天皇《にんみやうてんわう》の御時、芹河《せりかは》の行幸《ぎやうがう》に、[一八]御琴爪《ことづめ》をおとさせ給へりけるに、[一九]昭宣公《せうせんこう》のいまだ[二〇]童殿上人《わらはてんじやうびと》にておはしける時、「求《もとめ》てまい《ゐ》れ」との給ひて、「是《これ》を求《もと》めたらん所《ところ》に伽藍《がらん》を立《たて》む」と云《いふ》願《ぐはん》を立《たて》給ひたりけるに、求《もと》め給ひつる所なれば、[二一]極楽寺《ごくらくじ》をば作《つく》り給ふ也。芹《せり》河と云《いふ》所は、彼極楽寺《かのごくらくじ》のわたりにこそ侍るに、[二二]嵯峨《さが》のかたの行《ぎやう》幸《がう》を、芹《せり》河の行幸《ぎやうがう》と申《まうし》たる、心えられず。[二三]後撰《ごせん》にも、「嵯峨《さが》の山芹《せり》河《かは》」とよめる、[二四]不審《ふしん》なきにあらず。

[二五]寛平法皇《くはんぺいほうわう》の、[二六]逍遥《せうよう》し給ひけるにも、

凡河内躬恒《おつしかうちのみつね》

12　わびしらにましらな鳴《なき》そ足引《あしひき》の山のかひ有《ある》けふにやはあらぬ

から東流し清涼寺付近で南流、大堰川に注ぐ。「今臨川寺の東、下嵯峨へ流るる小川をいふ、土人せど川とよぶ」(類字名所和歌集)。芹河の行幸は仁和二年(八八六)十二月十四日に行われた(類聚国史)。一六 →歌人解説。

11　皆さん、年寄りじみているととがめないでください。狩衣を着るのは今日だけだと鶴も鳴いておりますので。

底本第四句「けふ計こそ」、瑞・九本により改めた。一七 第五十四代天皇。承和帝・深草帝とも。嵯峨天皇の第一皇子。嘉祥三年(八五〇)没、四十一歳。一八 琴や箏を弾く時に指先にはめて用いる道具。一九 藤原基経。長良三男。母は総継女乙春。叔父良房の猶子となり、藤原氏の正嫡をつぐ。元慶四年(八八〇)関白太政大臣。藤氏繁栄の基礎を築いた。昭宣公。堀河太政大臣。寛平三年(八九一)没、五十六歳。二〇 宮中の作法見習いのため特別に昇殿を許された貴族の子弟。二一 京都市伏見区深草の宝塔寺山町から坊町に至る地域にあった寺。童殿上人だった基経が仁明帝の紛失した琴爪を探しあてた縁でこの地に創建したこと大鏡五にみえる。二二 昭宣公の琴爪発見にかかわる行幸は仁明帝の行幸で、京都市伏見方面へ行った。後撰集にいう「芹河の行幸」は、光孝天皇仁和二年の京都市右京区嵯峨への行幸。このくい違いを「心えられず」と言った。顕昭の袖中抄に、芹河は嵯峨ではなく極楽寺付近としている。二三 後撰集・雑一に「仁和のみかど、嵯峨の御時の例にて、せり河に行幸したまひける日　嵯峨の山みゆきたえにしせり河の千世のふるみちあとは有りけり」(在原行平)の一首がある。二四 注二二と同じ理由で「不審なきにあらず」と言っている。二五 第五十九代宇多天皇。朱雀院、亭子院、六条院、宇多院、仁和法皇とも。光孝天皇の第七皇子。醍醐天皇の父。承平元年(九三一)没、六十五歳。二六 大堰川の逍遥。「法皇にしかはにおはしましたりける」(古今集・雑体・詞書)。「にしかは」は大堰川のこと。

12　山峡の猿たちよ、心細い声で鳴かないでくれ。今日は法皇のお出ましを迎えて、おまえたちも生きがいのある日ではないか。「わびしら」はさびしげな状態で。「かひ」

[一]醍醐《だいご》の御門《みかど》も御幸《みゆき》し給ひて侍りける[二]と(き)、しうせうと云《いふ》御鷹《たか》の、夕日《ゆふひ》のかゝやける程なりけるに、紺青《こんじやう》の色《いろ》したる雄《おとり》をとりて、鳳輦《ほうれん》の御輿《みこし》の上《うへ》にいたりけるが、おもしろかりける、と申《まうし》て侍るめるは。[三]貞信公《ていしんこう》の[四]御犬飼《いぬかひ》の、皮《かは》の袴《はかま》の下に[五]犢鼻《たうさぎ》かきて、[六]桂川渡《かつらがはわたり》に高名《かうみやう》するは、その日の事にて侍《はべり》ける。ちかくは、[七]白河院《しらかはのゐん》の、野《の》の行幸《ぎやうがう》せさせ給ひけるに、[八]土御門右大臣殿《つちみかどのうだいじんどの》師房の、和歌《わか》の序《じよ》書《かき》給ひて侍《はべる》こそ、おもしろく侍《はべる》めれ。

[九]境近二都城一《さかひはとじやうにちかし》　故無二車馬之費一《かるがゆゑにしやばのつひえなし》
路経二山野一《みちはさんやをふ》　故有二鴙菟之遊一《かるがゆゑにちとのあそびあり》

歌もおほく侍りける中に、御製計《ごせいばかり》ぞめでたく侍りければ、[一〇]通俊《みちとし》の中《ちう》納言《などん》、後拾遺《ごしうい》にもいれまい《ゐ》らせ侍るなり。

13 大井河《おほゐがは》古《ふる》きながれを尋《たづね》きて嵐《あらし》の山の紅葉《もみぢ》をぞみる

野《の》の行幸《ぎやうがう》は、つねのみゆきにはかはりて、[一一]諸衛前後左右四方《しよゑぜんごさうしはう》に陣《ぢん》を引《ひき》て、[一二]放鷹《はうゑう》楽《らく》と云《いふ》楽《がく》を奏《そう》して、[一三]片野《かたの》の鷹《たか》飼《がひ》[一四]下野《しもつけ》の敦友《あつとも》が[一五]野鳥《ののとり》あはせけるこそ、面白《おもしろ》かりけれ。されば、「[一六]忉利天《とうりてん》衆《しゆ》、[一七]雑林苑《ざうりんおん》にいれ

は、山の峡(ひか)に「甲斐」を懸けた。

一 第六十代天皇。延長八年(九三〇)没、四十六歳。二 底・瑞・九本「侍りけるとしうせう」。「しうせう」は「しらせう」の誤写か。鷹の名。醍醐天皇の野遊のとき、白い翅の「しらせう」が雉子をとって御輿にとまったこと、大鏡六にみえる。三 藤原忠平。基経の四男。通称小一条太政大臣。天暦三年(九四九)没、七十歳。四 鷹狩りに使う猟犬を飼育する侍者。五 現在の越中褌(ふんどし)様の下衣。六 京都市右京区桂町付近を流れる川。御幸にお伴した犬飼が犬を背負って渡り、称讃されたこと、大鏡六にみえる。七 →歌人解説。白河院の大井川行幸のこと今鏡二にみえる。八 源師房。承保四年(一〇七七)没、七十歳。白河院の承保三年(一〇七六)十月の大井河行幸に随従し、和歌一首と序を献じたこと、本朝続文粋十、続後撰集二十にみえる。底・瑞・九本「土御門左大臣」とするが、光本により改めた。九 本朝続文粋に載る師房の「初冬扈二従行幸一遊二覧大井河一応レ製和歌一首并序」の一節。嵯峨野は都から近いので車馬の費用がいらない。道は山野を通るので、雉や兎の遊びを見ることができる。一〇 藤原通俊。師房が和歌序を書いた大井河行幸に随行した。後拾遺集の撰者。承徳三年(一〇九九)没、五十三歳。

13 後拾遺集・冬の白河院の御製。宇多法皇の野遊の由緒をなつかしみ、ここ大井川にやって来て、嵐山の美しい紅葉を見たことだ。「古きながれ」には宇多法皇以来の古きよき伝統という意味を封じてある。宇多法皇の行幸は前出(九頁)。一一 新儀式四・野行幸事に、野の行幸のときの衛府官人らが天皇乗輿の前後左右を警護する先例について詳述。一二 乞食調の楽曲。「弘仁、天長、承和野外行幸必奏二此曲一」(仁智要録七)。竜鳴抄・上、教訓抄四などにもみえる。一三「片野の…面白かりけれ」は梁塵秘抄三五六の「嵯峨野の興宴は、野口打ち出でて岩崎に、禁野の鷹飼ひ敦友が、野鳥合はせしこそ見まほしき」と関連が深い。「片野」は皇室の遊猟地のあった大阪府枚方市・交野市一帯をさすか。一四「下野の敦友」は白河院の嵯峨野行幸に奉仕した

ば、主伴《しゆはん》の不同《ふどう》なし、嵯峨《さが》の逍遥《せうよう》には、一八太政官《だいじやうくはん》の儀式《ぎしき》に同《どう》ぜられず」一九

二〇と論議《ろんぎ》にもし侍るぞかし。

寔《まこと》に思ひ出づる事のみぞしげき野辺《のべ》の気色《けしき》の、跡《あと》かたなく成《なり》にけると、かはり行《ゆく》世《よ》の中《なか》のためしと覚《おぼ》えて「二一あはれなり」。麦《むぎ》といふ草《くさ》のみぞおひ重《しげ》りて侍《はべ》める。二二毛詩《もうし》と申文《まうすふみ》には、二三あれたる所をば、二四麦秀《ばくしう》とて麦「二五に」たとへて侍るも、実《げに》と覚《おぼ》えて哀《あはれ》なり。

二六弓削以言《ゆげのいげん》が伊与《いよ》の国《くに》より帰りて、都《みやこの》あれたる事を歎《なげき》て、作《つくり》て侍る詩も、毛詩の心なるべし。

二七青衫昔見猶花麗《せいさんのむかしはみたりなをくわれいなりしを》

白首今帰悉黍離《はくしゆのいまかへりてはことごとくしよりたり》

さて、御堂《みだう》に二八まいり《ゐ》「二九てみれば、おほく人」集《あつまり》て、三〇稲麻竹葦《たうまちくい》の様《やう》にぞ侍るめる。西《にし》の局《つぼね》の内《うち》に入《いり》て、「三一南無大恩教主釈迦牟尼《なむだいおんけうしゆしやかむに》、無上大覚《むじやうだいがく》世尊《せそん》、滅罪生善《めつざいしやうぜん》、臨終正念《りんじうしやうねん》」とふしおが《を》みて、三二法花経《ほけきやう》のおぼえたる三三所〳〵、打読《うちよみ》て居《ゐ》て侍れば、寺僧《じそう》とおぼしき者《もの》の、隣《となり》の局《つぼね》の内《うち》にて、語《かたる》事を聞《きけ》ば、この三四仏《ほとけ》の、日本《につぽん》へ伝《つたは》り給へる事に、きゝなしつ。

鷹匠。 一五 底・瑞本「埜守(のもり)」、瑞本「の鳥」と傍記、九本「野鳥」。「鳥」と「守」の草体類似による誤写とみて「野鳥」と改めた。野鳥に鷹を合わせる、鷹に野鳥をとらせること。 一六 須弥山の頂上にあり、帝釈天が主宰する世界。六欲天の第二。「衆」はそこに住む人。 一七 帝釈天が住む喜見城に付属する四苑の一つ。ここに入る者は皆大きな喜びを覚え、主従の区別もなくなるという。 一八 八省を統括する行政機関。宇多院に始まる嵯峨御幸の行事も格式ばった太政官の儀式とは違って、主伴の別がなかった。 一九 底・九本「同ぜられき」。瑞本「き」の右に「ずイ」と傍記。光本「不同」とする。文意からみて、光本および瑞本の校異注により改めた。 二〇 「忉利天衆…同ぜられず」の出典(論議)未詳。 二一 底・九本なし、瑞本により補入。 二二 詩経の別称。 二三 底本「あれたれ所」、瑞・九本により改めた。 二四 底・瑞本「畠」その右に「麦歟」の注記あり。九本により改めた。「麦秀」は麦の穂がのびること。殷の箕子が廃墟と化した殷の城跡に麦が生えている様を見て「麦秀でて漸々たり、禾黍油たり」と嘆いたという故事(史記・宋世家)をさす。毛詩にあるというが史記の誤りであろう。 二五 底本なし、瑞本により補入。 二六 大江以言。大江仲宣の子。「為$_{二}$弓削姓$_{一}$後帰$_{二}$本姓大江$_{一}$」(尊卑分脈)、永観元年(九八三)頃伊予掾となり赴任か(後藤昭雄)。寛弘七年(一〇一〇)没、五十六歳。 二七 書生時代に見た都は花が美しかった。白髪の現在、帰ってみると、畑に黍が穂を垂れていた。「青衫」は青色のひとえの着物。貧しい官吏などが着たことから転じて書生。「黍離」はきびが茂って穂を垂れているさま。 二八 嵯峨清涼寺の御堂。 二九 底本なし、瑞本により補入。ただし、光本では「サテ御堂ニマイリツキテ見レバ、実ニキ、シニモタガハズヲホクノ人マイリアツマリテ」とある。「マイリ」が近接したところにあるので目移りによって「ツキテ…ヲホクノ人」の部分を誤脱したとみるべきか。片活三・元本も、光本と同じ本文を有する。 三〇 立錐の余地がないほどに人々が密集すること。「如$_{二}$稲麻竹葦$_{一}$充$_{二}$満十方刹$_{一}$」(法華経・方便品)。 三一 大恩ある教主釈迦牟尼、

3 釈迦像の由来

[一]「教主《けうしゆ》釈尊《しやくそん》、正覚《しやうがく》なり給ひて後《のち》、[二]善覚《ぜんかく》長者《ちやうじや》のむすめ[三]摩耶夫人《まやぶにん》の為《ため》に、[四]報恩経《ほうおんきやう》とき給ふに、忉利天《とうりてん》にのぼり給ひしを、[五]優闐《うでん》王《わう》の恋《こひ》奉りて、[六]毘首羯磨《びしゆかつま》と云《いふ》人に誂《あつら》へて、[七]赤栴檀《しやくせんだん》をもて御形《かたち》を[八]移《うつ》し奉《たてまつり》て、拝《おが》み給ひける程に、仏《ほとけ》、[九]一夏《いちげ》九旬《じゆん》はてて《ゝ》、忉利天《たうりてん》より[一〇]祇園精舎《ぎおんしやうじや》へ帰《かへり》給ひし時、[一一]持《ぢ》地《ち》菩薩《ぼさつ》の金《こん》・銀《ごん》・水精《すいしやう》の三《みつ》の橋《はし》を渡《わた》し給へりしに、天竺《てんぢく》の人、残《のこ》る者《もの》なく参りて拝みけるに、此木像《このもくざう》の栴檀《せんだん》の仏《ほとけ》も、橋《はし》の本《もと》までまい《ゐ》り給へりけるに、釈迦栴檀《せんだん》の仏に申《まうし》給ふ様《やう》「我《われ》は八十の化縁《けゑん》尽《つき》なば入涅槃《にうねはん》すべき身《み》なり。栴檀《せんだん》の仏《ほとけ》は、末代《まつだい》の衆生《しゆじやう》を利益《りやく》し給ふべき仏《ほとけ》なり」とて、先《さき》に立《たて》まい《ゐ》らせて帰り給へる仏なり。天竺《てんぢく》にておほくの人を利益《りやく》し給ふ程《ほど》に、[一二]弗舎密多《ほつしやみつた》と云《いふ》悪王《あくわう》生《むまれ》て、国《こく》中《ちう》の仏菩薩《ぶつぼさつ》をほろぼしける時、一人の大臣《だいじん》出家遁世《しゆつけとんせい》して、かばかりめでたくおはします仏《ほとけ》を失《うしな》ひ奉らむ事を悲《かな》しみて、東天竺《とうてんぢく》の東《ひがし》に[一三]亀《き》慈《じ》国《こく》と云国《いふくに》へぞ渡《わた》し奉りける。その程《ほど》昼《ひるは》仏《ほとけ》をおひ奉り、夜《よる》は仏《ほとけ》におはれ奉るにぞ侍《はべる》めり。[一四]鳩摩羅琰《くまらゑん》といふは、此大臣の事也」。[一五]弗舎密多王《ほつしやみつたわう》と鳩摩羅琰《くまらゑん》と同時《どうじ》の人にあらず。しかりといへ共《ども》[一六]伝記《でんき》に注之《これをしるす》。

無上の大覚世尊に帰依したてまつる。罪を滅し、善を生じ、臨終正念であらしめ給へ、の意。「南無」は帰命する、「大覚」は大いなる悟りを開いた人すなわち仏陀に対する敬称。「釈迦牟尼」は釈迦族出身の聖者の意。釈尊。仏教の開祖。前四六三―三八三年頃。一説に前五六六―四八六年頃。南方伝承では前六二四―五四四年頃。二二 鳩摩羅什訳、妙法蓮華経は八巻二十八品から成る。二三 底・瑞本「させ給ふ所〳〵」とある。法華経を読誦するのは宝物集そのものの語り手、鬼界が島から帰国して、清涼寺にやってきた人物その人であるから、ここに「させ給ふ」の敬語を用いるのは不自然。九本の「法花経のおぼえたる所々」が正しいとみて、改めた。二四 寺僧は清凉寺の本尊釈迦如来が日本国へ将来された事について語っているものと思われた。

一 以下、一三頁一〇行「渡しまいらせたる」まで寺僧の語り。
二 インド迦毘羅衛国付近の天臂城城主。釈迦の生母麻耶夫人の父。三 迦毘羅城主の太子浄飯に嫁し、釈迦を産んだ。以下の釈迦像造立譚および奝然将来譚は、和漢朗詠集私注などの説に拠ってされたか(宮田寿栄)。四 大方便仏報恩経。七巻。失訳。第三の冒頭に釈迦が母と諸天衆のために九十日間説法したと記す。五 于闐王とも。「闐」を「塡」とも書く。憍賞弥国(きようしようみこく)の王。釈迦が母に説法するため忉利天に上ったとき、王が毘首羯磨に釈尊像を作らせたこと増一阿含経二十八にみえ、今昔六の五、三国伝記二の四等にみえる。六 帝釈天につかえ、工芸・建築を司る神。
七 インドの牛頭(ずご)山に産する牛頭栴檀のこと。赤い材質で、麝香に似た芳香を放つという。八 模写するの意。
九 陰暦四月十六日から七月十五日までの夏季九十日間。
一〇 祇樹給孤独園精舎の略称。インドコーサラ国の都舎衛城にあった精舎の名。須達長者が釈迦とその教団のために寄進し、釈迦はここで多くの法を説いた。
一一 地蔵菩薩の眷属九菩薩の第七。
一二 阿育王の子。雑阿含経二十五に仏教弾圧の王として登場。底本「ほつしやうみつた」。瑞本「ほつしやみつた」の右

「亀慈《〔きじ〕》国《〈こく〉》の蒙遜《〔もうそん〕》王[一七]あながちに悦《〈よろこび〉》て、供養《〈くやう〉》恭敬《〈くぎやう〉》し給ひける程に、唐の[一八]白純《〔びやくじゆん〕》王此事を聞《きき》て、兵《〈つはもの〉》を遣《〔つかは〕》して奪《〈うばひ〉》とりて、あがめ行《〈おこな〉》ひ給ひけるを、吾朝《〈わがてう〉》日本国《〈にほんこく〉》の上人《〈しやうにん〉》、東大寺《〈とうだいじ〉》の[一九]奝然《〈てうねん〉》の入唐《〈につたう〉》の比《ころ》なりけるに、拝ませ給ひければ、奝然《〔てうねん〕》申《まうし》て云《いはく》「我一人拝み奉りてかひなく侍り。此《〈この〉》仏《〈ほとけ〉》を移《〈うつ〉》し奉りて日本国《〈につぽんこく〉》の王《〈わう〉》に拝《〈おが〉》ませ奉らん」と申《まうし》ければ、仏像《〈ぶつざう〉》をひろめんが為にゆるされけり。奝然《〈てうねん〉》悦《〈よろこび〉》て移《〈うつ〉》し奉る程に、栴檀《〈せんだん〉》の仏《〈ほとけ〉》、夢中《〈むちう〉》に奝然《〔てうねん〕》に告《〈つげ〉》てのたまはく「我《〈われ〉》東土《〈とうど〉》の衆生《〈しゆじやう〉》を利益《〈りやく〉》すべき願《〈ぐはん〉》あり。我《〈われ〉》を渡《〈わた〉》すべし」と仰《おほせ》られければ、奝然《〈てうねん〉》心付《〈こゝろづき〉》て、あたらしく造《〈つく〉》り参らせたる仏《〈ほとけ〉》を、煙《〈けぶり〉》にて[二〇]ふすべまい《〈ゐ〉》らせて、栴檀《〈せんだん〉》の仏《〈ほとけ〉》に取かへ奉りて、渡《〈わた〉》しまい《〈ゐ〉》らせたる」とぞ[二一]申《まうし》ためる。

[二二]さては[二三]二伝《でん》の仏にこそおはしますなれ。奝然《〈てうねん〉》が帰朝《〈きてう〉》して[二四]宇治殿《〈うぢどの〉》頼通《〈よりみち〉》に参らせたる[二五]解文《〈げぶん〉》には、「優闐《〔うでん〕》王、赤栴檀《〈しやくせんだん〉》を以て移《〈うつ〉》し奉る釈迦《〈しやか〉》の像《〈ざう〉》を、たがへず移《〈うつ〉》し奉る釈迦《〈しやか〉》一体《〈いつたい〉》」[二六]〔と〕こそ侍《はべる》めれ。

又、[二七]白純《〔びやくじゆん〕》王の名も不審《〈ふしん〉》なきにあらず。[二八]符堅《〔ふけん〕》と云《いふ》王、呂光《〔りよくはう〕》と云《いふ》将軍《〈しやうぐん〉》を遣《〔つかは〕》して取《とり》たり、とみゆるものも侍るめり。又、[二九]張騫等《〔ちやうけんとう〕》の八十人の兵《〈つはもの〉》を遣《つかは》したりとみゆる文《〔もん〕》も侍るめる。又鳩摩羅琰《〈くまらゑん〉》は[三〇]如来滅後《〈によらいめつご〉》九百

に「弗舎密多」と傍書。底本の読み仮名、瑞本により「う」を削除。 **一三** 亀茲、丘慈、倶支曩、屈支などとも表記される。中国新疆ウイグル自治区にあった国。仏教東漸の要地であった。 **一四** 四世紀ごろの印度僧。宰相の位を捨てて出家し、優闐王の作った釈迦像を負って亀茲国に渡り、王妹と結婚して羅什三蔵を生んだ。 **一五** 紀元前三世紀の阿育王の子。紀元四世紀ごろの鳩摩羅琰とはかなりへだたりがある。底・瑞・九本これより「伝記に注之」まで、二字さげに記す。隣室で寺僧の会話を聞く一人称話者(東山に籠居の隠者)の内面思惟を示すものか。 **一六** いかなる伝記か不明。高僧伝、神僧伝等に鳩摩羅琰の仏像移転説はあるが、弗舎密多のことは記さない。 **一七** 伝未詳。法華伝記七「梁時沮渠蒙遜国王」(大正蔵五十一)。今昔六の五ではここを「能尊王」と表記。優塡王所造梅檀釈迦瑞像歴記ではここを「白純王」とする。 **一八** 亀茲国王。太元七年(三八二)前秦の符堅が派遣した呂光(りよこう)に滅ぼされた。 **一九** 平安中期の東大寺の学僧。永観元年(九八三)秋渡宋。優闐王の梅檀釈迦像を模刻し、大蔵経五千余巻、十六羅漢画像などとともに我が国に将来した。長和五年(一〇一六)没、七十九歳。奝然の釈迦像将来譚の原拠は「盛算秘録」に拠るか(宮田寿栄)。 **二〇** いぶし申し上げて。 **二一** 主語は一一頁一四行「寺僧とおぼしき者」。 **二二** 以下、一人称話者の思惟。 **二三** 優闐王が写させた像を初伝、奝然が写した像を二伝とするか。奝然がすりかえた像なら初伝とあるべきか。片活三本は「直伝」。 **二四** 藤原頼通。藤原北家・道長の嫡男。母は源雅信の女倫子。宇治平等院鳳凰堂を建立、宇治殿とよばれた。延久六年(一〇七四)没、八十三歳。 **二五** 「げ」、「げぶみ」ともいう。公文書の一種、下位の者が上位の者に提出する上申書。ただし、奝然が帰国し入京したのは永延元年(九八七)二月のことで、頼通の生れる前である。解文を頼通に提出することはあり得ない(宮田寿栄)。 **二六** 底本「こそ伝」、瑞本「とこそ侍」に従い「と」を補入し、「伝」を「侍」に改めた。 **二七** 底・九本「ひ

年の人也。弗舎王《〈ほつしやわう〉》は上代《〈じやうだい〉》の帝《〈みかど〉》也。
伝記《〈でんき〉》に、[一]大江正衡《〈おほえのまさひら〉》が、[二]河原《〈かはら〉》の院《〈ゐん〉》にて、

[三]昔忉利天安居九十日《むかしたうりてんのあんごくじふにち》　刻㆓赤栴檀㆒而模㆓尊容㆒《しやくせんだんをきざんでそんようをぼす》
今抜提河滅度二千年《いまばつだいがのめつどよりにせんねん》　冶㆓紫磨金㆒而礼㆓両足㆒《しまごんをみがいてりやうそくをらいす》

と書《〈かく〉》も、此《〈この〉》御仏《〈ほとけ〉》のことぞかし、と思ひ出《いで》られて哀《〈あはれ〉》なり。[四]内記《〔ないき〕》上人の[五]ほめけるも、理《〈ことはり〉》にぞ侍る。

やがて帰らむも木の本《〈もと〉》にて日もくれにければ、道《〈みち〉》もおそろしかりぬべし。暁《〈あかつき〉》より下向せめ、とおもひて侍る程に、宵《〈よひ〉》の間《〈あひだ〉》は何との〻しるやらん、物も聞えず侍《はべり》しかば、漸《〈やう／＼〉》夜深《〈よふけ〉》しま〻に、老《〈おひ〉》たる尼《〔あま〕》法師《〈ほうし〉》や、あやしの下衆《〔げす〕》共《ども》などはいねける成《なる》べし。心有計《〈こゝろあるばかり〉》の者共《〈ものども〉》目《〈め〉》を覚《〈さま〉》して、こしかた行《〈ゆく〉》すゑの事語《〈かたり〉》はやりて、

「抑《〈そも／＼〉》人の為《〈ため〉》には、何か第一《〈だいいち〉》の宝《〈たから〉》にては侍る」

と云《いふ》者《〈もの〉》あんなれば、まことに、何か宝《〈たから〉》にてあらん、とおもふ程に、そばよりさし出《いで》て、

「人の身には[六]隠蓑《〈かくれみの〉》と申《まうす》物こそ能宝《〈よきたから〉》にては侍りぬべけれ。食物《〈しよくもつ〉》・着《〈きる〉》物《〈もの〉》ほしくは、心に任《〈まかせ〉》て取《とり》てむず。人のかくしていはん事をも聞《〈きゝ〉》てんず。

やくしゆ王」、瑞本「ひやくじゆん王」に従い「ん」を補入。二八 出三蔵記集十四の一に中国前秦の第三代皇帝符堅（三三八－三八五）は羅什招聘を熱望するあまり建元十九年驍騎将軍呂光等を遣して亀茲国及び烏耆諸国を討ったとある。優闐王模刻の仏像もこのとき取られたか。二九 漢の武帝の時代の中国の旅行家。大月氏国に行き、はじめて西域の事情を中国に伝えた。浮木に乗って天の河の水源をきわめたという伝説で有名。前一一四年没。三〇 釈迦の入滅年時には諸説あって一定しない。平安時代に流布した周穆王五十二年（前九四九）入滅説とすると鳩摩羅琰は仏滅後千二百年以上後の人となる。「如来滅後九百年の人」とする計算基準未詳。

4 宝物の論

一 大江匡衡。→歌人解説。「正衡」は「匡衡」の表記が普通。本朝文粋十三に匡衡の草した「為㆓仁康上人㆒修㆓五時講㆒願文」があり、そこに「昔忉利天」云々以下四句の文がみえる。「伝記」とは本朝文粋のこの文をさすか。願文中にみえる「仁康上人」は左大臣源融の三男。出家して良源の弟子となり、叡山横川に住んだ。融の旧宅に金色丈六の釈迦像を安置し、河原院と号した。二 京都六条坊門の南、万里小路の東にあった源融の造った邸宅。光・久本「六波羅寺」とする。三 この句、和漢朗詠集・下・仏事、朗詠九十首抄・仏事にもみえる。昔釈尊は夏安居のとき忉利天に昇って母摩耶夫人のために説法された。その留守中優闐王は赤栴檀に如来の形像を模刻した。仏滅後二千年の今日、われらはその栴檀如来像の紫磨金をみがいて礼拝する、の意。「抜提河」は中インド拘尸那揭羅(くしながら)国にある川で、釈尊はその西岸の沙羅林で入滅した。底本「紫摩金」。瑞・九本により改めた。四 慶滋保胤の出家後の通称。→歌人解説。内記は中務省に属する職名で詔勅・宣命の起草、宮中の記録をつかさどった。保胤は出家前大内記であった。

1 隠蓑が宝

五 江談抄六に、匡衡の書いた願文を読み上げた法会に出席していた保胤入道が、「昔忉利天之安居九十日」云々の句に感動し、法会が終った後まで居残っていて、

又床《ゆか》しからん人のかくれんをも見てんず。されば、かばかりの宝《たから》やは有《ある》べき」

と云《いふ》めれば、そばなるものの声にて、暗《くら》がりより申《まう》す様、

「物をねがはんには、いかでか人の物《もの》をとらむとは申《まうす》べき。申さば盗人《ぬすびと》にこそ侍《はべる》なれ。七竜樹菩薩《りうじゆぼさつ》の八隠形《いんぎやう》の法《ほう》すら顕《あらはれ》にければ、九外法《げほう》を捨《すて》て、一〇菩提《ぼだい》の行《ぎやう》に趣《おもむき》て、一一馬鳴《めみやう》の一二弟子《でし》に成《なり》給ひにき。

されば、一三打出《うち[で]》の小槌《こづち》と申《まうす》物こそ、よき宝《たから》にては侍《はべり》ぬれ。ひろからん野にまかりて、居《ゐ》よからん家《いゑ》や、おもはしからん妻《つま》や、つかひよからん従者《じうしや》・馬《むま》・車《くるま》・食物《しよくもつ》・着物《きるもの》心に任《まか》せて打出《うちいだ》して侍らんは、人の物もとらで、能《よく》侍《はんべ》るべし」

といへば、又そば成《なる》ものさし出《いで》て、

「打出《うちい》での小槌《こづち》はめでたき宝《たから》にては侍《はべり》ぬべけれ共《ども》、口惜《くちおし》き事の一《ひとつ》侍るなり。万《よろづ》の物《もの》ども一四打出《うちいだ》して、たのしく居《ゐ》たる程《ほど》に、鐘《かね》の声《こゑ》を聞《きゝ》つれば、打出したる物《もの》、こそ〳〵と失《うす》る事の侍る也。めでたくてゐたる程に、広《ひろ》き野《の》の中に只《たゞ》独《ひとり》、はだかにて居《ゐ》たらむこそ、一五あやなく侍りぬべけれ。「一六貧窮《ひんぐう》よりは衰苦《すひく》はたへがたし。一七天人《てんにん》の五衰《すひ》は地獄《ちごく》の苦《く》に

匡衡の肩を叩き、句の出来ばえについて絶賛した説話がみえる。

六 それを着ると姿が消えるという想像上の蓑。拾遺集・雑賀に「かくれみのかくれがさをもえてしがなきたりと人にしられざるべく」とみえる。狭衣物語に「隠れ蓑」という散佚物語の主人公がしばしば引き合いに出されている。隠れ蓑は平安時代隠れ笠と並んで一般によく知られていた。

七 インド大乗仏教中観派の祖。密教では付法第三祖、伝持第一祖とする。南インド毘達婆国のバラモン出身で、二、三世紀ごろの人。

八 「おんぎょう」ともいう。呪法や薬によって姿をかくし人目をくらます法。竜樹が隠形の法を使って失敗した話は、今昔四の二十四、打聞集、古本説話集・下などにみえる。

2 打出の小槌が宝

九 仏法以外の教法。外術・外道とも。

一〇 煩悩や迷いを断ち切って到達する悟り。行はそれを得るための修行。

一一 一世紀後半から二世紀にかけてクシャーナ王朝のカニシカ王の時代に活躍した仏教詩人。中印度摩掲陀国の出身。釈迦の生涯をうたった叙事詩、仏所行讃の作者。

一二 竜樹は馬鳴の弟子迦毘羅尊者の弟子だった(付法蔵因縁伝五)という。

一三 振れば望みのものが出せるという小槌。隠蓑・隠笠と並んで鬼の持つ宝物。

3 打出の小槌は宝にあらず

一四 底本「うちいで」と振り仮名。瑞本の振り仮名により「うちいだ」に改めた。

一五 はなはだ理不尽なことであろう。

一六 貧しくて生活が苦しいこと。

一七 天人の死期が近づくと現われるという五つの衰えの相。経典によって五相のかぞえかたに差がある。涅槃経によれば一衣裳垢膩、二頭上花萎、三身体臭穢、四腋下汗出、五不楽本座の五相。

はまさるらむ」と申《まうし》ためれば、無益《むやく》にぞ侍る。

昔《むかし》より隠蓑《かくれみの》・打出の小槌《こづち》持《もち》たると云《いふ》人聞え侍らず。隠《かく》れ蓑《みの》の少将《せうしやう》と申《まうす》物語《ものがたり》も[一]有増事《あらましごと》を造《つく》りて侍る也。

されば、まことの宝《たから》には金《こがね》と云《いふ》物こそ侍れ。是を昔《むかし》よりおもき宝《たから》とせり。火《ひ》に焼《やく》れども損《そん》ぜず。いよ〳〵色《いろ》こそ能《よく》侍れ。水にいるれ共《ども》朽《くつる》事なし。[二]あやまてひかりを放物《はなつもの》也。千両の金などとて〔ゝ〕、こと〳〵敷《しく》は聞ゆれども、ちい《ひ》さき手箱《てばこ》などに入《いれ》て、身にそへて侍りぬべし。[三]異《こと》宝《たから》〔は〕何《なに》と申共《まうすとも》、さは侍りなんや。[四]天平勝宝《てんぺいせうほう》廿一年の春《はる》、陸《みち》奥《のく》より始《はじめ》て砂金《しやきん》参《まゐら》せたりしには、おほやけも、国《くに》に能宝《よきたから》出来《いでき》たりと、悦《よろこび》おぼしめして、[五]大伴《おほとも》の家持《やかもち》の中納言《ちうなごん》に歌《うた》めして、[六]詔書《せうしよ》侍りけり。

14 すべらぎの御代《よ》栄《さかへ》んと東路《あづまぢ》のみちのく山に金《こがね》花咲《さく》

天《てん》に[七]五行《ごぎやう》有《あり》。金《こがね》ぞ中《なか》にゐたる。地《ち》に[八]七宝《ほう》あり、金《かね》を始《はじめ》とせり。[九]仏《ほとけ》を金身《こんじん》と申《まうし》、神《かみ》に[一〇]金峯山《きんぶせん》おはします。経《きやう》に[一一]金光明経《こんくわうみやうきやう》あり。御門《みかど》を[一二]金輪《こんりん》聖王《じやうわう》と申《まうす》。加之《しかのみならず》、[一三]聖徳太子《しやうとくたいし》の吾朝《わがてう》へ来《きた》り給ひしには、金《こん》

---

4 金が宝

一 現実にはあり得ないが、実現したらいいなと願っていること。二「あやまて」意不明。瑞本欄外に圏点あり。「あくまで」の誤写か。三 底本「こと宝何と」とあり、「宝何」に「たからは」の振り仮名を付す。瑞本「こと宝何と」とあり、「宝」に「たからは」の振り仮名。光本「コトタカラハナニト」。これにより「は」を助詞とみて補入。四 天平二十一年(七四九)の誤り。この年二月二十二日、はじめて陸奥国から黄金が献ぜられ、四月十四日改元、天平感宝元年となり、同年七月二日孝謙天皇即位により天平勝宝元年となる(続日本紀)。一年のうちに年号が三つあるので混乱したのであろう。五 →歌人解説。六 詔書は天皇のみことのりを伝えるために出す文書。この詔書は続日本紀にのせる宣命第十二詔と第十三詔をさす。両者ともに天平二十一年四月一日に発せられた。

14 わが大君の御聖代が繁栄するようにと、東路の陸奥の山に黄金の花が咲いたよ。「すべらぎ」はここでは聖武天皇。

七 中国古来の学説に、万物を生ずる元素に木・火・土・金・水の五気があるとした。この五気を天空の遊星にあてたことから五行と呼ぶようになった。八 金・銀・瑠璃・玻璃(はり)・硨磲(しゃこ)・珊瑚・瑪瑙の七種の宝物。七珍とも。七種のかぞえ方や順序は典拠によって異なる。九 仏の三十二相の一つに「身金色相」があり、その身体は黄金色だとされる。「諸仏身金色、百福相荘厳」(法華経・安楽行品)。一〇 吉野山金峯山に祀る金剛蔵王をさす。役行者が大峯に籠って一千日間練行したとき金剛蔵王を感得したという。蔵王権現ともいい、各地に祀られている。一一 金光明最勝王経の略。鎮護国家を祈る最勝会や最勝講で講ぜられた全十巻の経典。一二 金輪王、金輪聖帝とも。底・瑞・九本「金輪上皇」。音通による誤った宛て漢字。光本により改めた。経典に説く金輪王は四種転輪王(金・銀・銅・鉄の輪王)の一人で、金の輪宝を感得して全世界を統治する帝王。我が国では天皇の美称として用いることもあった。一三 厩戸豊聡耳皇子、上宮

色《じき》の形《かたち》を現《げん》じてこそ、用明天皇《ようめいてんわう》[一四]の后《きさき》の腹《はら》には宿《やど》り給ひけれ。又、池《いけ》上《がみ》の[一五]皇慶阿闍梨《わうげうあじやり》が仏供養《ほとけくやう》しけるに、[一六]寛顔供奉《くはんがんぐぶ》を[一七]導師《だうし》に請《せう》じたりけるにも、「君《きみ》は[一八]三密《みつ》の山の[一九]金《こがね》[の]油鉢《ゆはち》をかたぶけず」とぞ申《まうし》たりけれ。仏も[二〇]是を宝《たから》とおもひ給へり。[二一]智者《ちしや》も是を宝《たから》と云《いふ》。金《こがね》の宝《たから》なるがゆへ《ゑ》に[二二]皆《みな》金《きん》の字《ぢ》を具《ぐ》したる也。

又、天竺《てんぢく》・震旦《しんだん》の人、金《こがね》を宝《たから》とする事、せう〱其証拠《しやうこ》を申《まうす》べきなり。国王《こくわう》皇女《くはうぢよ》をかざりて是をあつめ、[二三]婆羅門《ばらもん》身《み》のうちに飲《の》みいれ、盗人《ぬすびと》手ににぎりて死《し》し、[二四]范蠡《はんれい》が子は、おしみてもちてかへると云《いふ》。

国王《こくわう》女《おんな》をかざりて集《あつむ》と云《いふ》は、天竺《てんぢく》の国王《こくわう》、金《こがね》を宝《たから》とおぼして、宣旨《せんじ》を下《くだし》て、国中《こくちう》の金《かね》をあつめて、官庫《くはんこ》に納《おさ》め給ふ。猶《なを》国《くに》に金《かね》や残《のこ》らんとて、娘《むすめ》をかざりて、「金《かね》を持《もち》たらん者をおつと《ゝ》とせよ」との給ふと也。

婆羅門《ばらもん》身《み》の内《うち》に飲《の》みいると云《いふ》は、金《かね》を持《もち》たるが、人にあづけ、倉《くら》にを《お》きたらんも覚束《おぼつか》なしとて、身《み》の内《うち》に飲《の》み入《い》る事を云《いふ》なり。

盗人《ぬすびと》手ににぎりて死すと云《いふ》は、金《かね》を盗《ぬすみ》て、とらへられて後《のち》、出《いだ》せと責《せめ》られけれども、金《かね》を惜《おしみ》て、手をひろげずして、首《くび》を切《き》らるゝと

太子、法王大王とも。用明天皇の第二皇子。推古天皇即位にともない皇太子となり国政を補佐した。憲法十七条を発布、仏・儒思想を基調とする政治を確立した。仏典を研究し、三経義疏を著わした。推古天皇三十年(六二二)没、四十九歳。聖徳太子の出生譚は、日本往生極楽記、聖徳太子伝暦、上宮聖徳太子伝補闕記、三宝絵・中の一、今昔十一の一等にみえる。

一四 第三十一代天皇。欽明天皇第四皇子。用明天皇二年(五八七)没。享年未詳。

一五 天台宗の学僧。丹波国桑田郡池上の大日寺に住したことがあり、池上阿闍梨、丹波阿闍梨とも称された。門下多くその流派を谷流と称した。永承四年(一〇四九)没、七十三歳。

一六 「寛印供奉」の誤写か。瑞本「顔」の右に「印」と傍書。寛印は源信の弟子で延暦寺楞厳院の学僧。生没年未詳。「君は三密の…」は願文などに書き込んだ寛印をたたえた句か。続本朝往生伝の寛印伝には「油鉢を傾くといへども、深く浮嚢を恐れたり」とある。

一七 底・九本「当寺に」、瑞本の傍書に「導師に」とある。これにより改めた。

一八 密教における修法の三要素。手に印契を結び(身密)、口に真言をとなえ(口密)、心に本尊を観想する(意密)こと。密教僧が三密を修する道場を聖なる山にたとえた。

一九 底・九本「金ゆはち」、瑞本は右側に「こがねの油鉢」と傍書。これによって「の」を補入。油鉢は灯油を入れる鉢。普通は素焼の土器。戒律を重んじて厳しく身を律することを譬喩して油鉢を傾けずと言った。

二〇 「是」は油をこぼさぬようにしっかりと保持されている「金の油鉢」をさす。

二一 ここでは皇慶をさすか。

二二 金峯山、金光明経、金輪聖王、金色身、金油鉢のように金字がつく事柄をさして「皆」といった。

二三 梵語 brāhmaṇa の音写。漢訳は浄行、浄志。インドの四姓制度の最上位の階級で、僧侶、司祭など宗教、文化、学問などのにない手が多かった。

二四 「范蠡」は、中国、春秋時代の越の人。別名陶朱。生没年未詳。越王勾践(こうせん)を助け、苦節二十余年、仇敵呉王夫差を討ち、会稽の恥辱をはらした功臣(史記・貨殖列伝)。

云《いふ》事也。

[一]范蠡《はんれい》が子は惜《おしみ》て持《もち》て帰《かへ》ると云《いふ》は、[二]范蠡《はんれい》が子、罪《つみ》せられて禁《いまし》められたるを、兄《あに》に千金《せんきん》を持《もた》せて、乞請《こひうけ》にやりたりけるに、遥《はるか》の道《みち》をきながら、金《かね》を《を》おしさに、いたづらに持《もち》てかへる事なり」。

又、そば成人《なる》申様《まうすやう》、

「金《かね》は火《ひ》に焼《やけ》、水《みづ》にぬれぬことは侍れども、[三]下衆《げす》の物は五種《しゆ》の主《ぬし》あるとて、盗人《ぬすびと》と云《いふ》者の取《とり》つる時、[四]いづくし身につく宝《たから》にて侍らん。又、[五]宝《たから》とは、所をも嫌《きらは》ず折をも嫌《きらは》ぬを申《まうす》べき也。[六]麗水《れいすひ》にいたれば珍《めづら》しからず。[七]げきたんにのぞめば宝《たから》に非《あら》ず。

こゝをもつて、[八]楊震《やうしん》は[九]四知《しち》を恥《は》ぢてとらず、兄弟《きやうだい》は五百両を捨《すて》、仏《ほとけ》は「毒蛇《どくじや》」との給ふ。[一〇]阿難《あなん》は「大毒蛇《だいどくじや》」と云《いふ》也。

楊震《やうしん》道《みち》を行《ゆく》に、おほくの金《こがね》あり。楊震《やうしん》とらずして過《すぎ》ぬ。ぐしたる者、「いかに、かばかりの宝《たから》をとらぬぞ」といひければ、「天《てん》しり給ふ、地《ち》しり給ふ、汝《なんぢ》しれり、我《われ》知《しる》。争《いかで》か我物《わがもの》ならぬをばとらんぞ」とて過《すぐ》るを、四知《しち》を恥《はづる》と云《いふ》也。

[一一]兄弟《きやうだい》五百両を捨《すつ》といふは、兄弟《きやうだい》各《をの〳〵》五百両の金を父《ちゝ》の手よりせ[一二]

一 范蠡の長男。殺人を犯した弟を助命するため千金をたずさえて楚に赴くが、金を惜しんで持ち帰り、弟を助けることができなかった(史記・越世家)。「范蠡長男の心を　すてやらで命をこふる人はみな千々の黄金を持てかへるなり」(山家集・中・雑)。

二 ここは殺人を犯した弟をさす。

三 身分の卑しい者が持つ物には五種の所有主がいるの意か。片活三本は「五種」を「五所」とする。

四 「いづくし」未詳。「し」を強意の助詞とみて「どこに置いても身につく宝とはなりはしない」の意か。片活三本には「徒ニ成ヌ。身ニツク宝ニ非ズ」とある。

5 金は宝にあらず

五 宝物とはどこでも、いつでも宝物であることにかわりがないものを言うのだ。

六 中国浙江省に流れる川。沙金がとれることで有名。

七 激湍。岩などに激しくぶつかって流れる急流。いかに金だといっても、急流にある沙金は手に入れたい宝とはならない。時と場所によってその価値を変えるのは真の宝物ではないの意。底・瑞・九本「げきたん」。光本は「飢饉イタレバタカラニアラズ」とあり、「飢饉」に「キキン」の振り仮名を付す。片活三本「ケイタンニ至レバホシヤラズ」、元本「契丹ニ至レハ干ヤラズ」。

八 中国後漢の人、字は伯起。博学と清廉な人がらで知られる。各地の刺史・太守を歴任、のち太尉となった。五四年頃―一二四年。

九 後漢書・楊震伝では楊震が「天知る、神知る、我知る、子（あなた）知る」と言ってわいろを受けとらなかったとする。蒙求はこれを「震畏四知」として載せる。しかし宝物集はこれを道に落ちていた金を拾わなかった話にしている。十訓抄六に「震畏四知」の話に続けて紀長谷雄の「廉士路辺疑不レ拾、道家煙裏誤応レ焼」を引く。路辺にあった疑わしきものを拾わなかった「廉士」は楊震をさす。「震畏四知」はわが国において路辺の金を拾わなかった話に転化したか。

一〇 釈尊の従弟でかつ十大弟子の一人。師説を聴聞すること多く、多聞第一とよばれた。

うぶにえて、帰る道にて、弟《〈おとをと〉》五百両の金をすつ。兄《〈あに〉》ゆへ《〈ゑ〉》をとふに、弟《〈おとをと〉》なく〳〵語《〈かたり〉》て云《いはく》、「汝《〈なんじ〉》が持所《〈もつところ〉》の金五百両を取《とり》て、千両になして持《もた》ん為に、汝をころしてんと思ふ一念おこりつ、故《〈かるがゆへ〉》に、金は[一三]うたてき物なりと思《おもひ》て、捨《〈すつ〉》る也」といひければ、兄《〈あに〉》も語《〈かたり〉》て云《いはく》、「我《〈われ〉》汝《〈なんじ〉》を殺《〈ころ〉》して、五百両を取《とり》て、千両になさばやとおもへる也」とて、兄《〈あに〉》も五百両を捨《〈すて〉》つ。此《〈この〉》ゆへ《〈ゑ〉》に兄弟《〈きやうだい〉》をば[一四]断金《〈だんこん〉》の契《〈ちぎり〉》とはいふ也。

断金《〈だんこん〉》の契《〈ちぎ〉》りと云《いふ》事、いま一説《〈せつ〉》あり。

[一五]仏《〈ほとけ〉》、阿難《〈あなん〉》をぐして道《〈みち〉》を過《〈すぎ〉》給ふ。道《〈みち〉》のほとりに穴《〈あな〉》あり。中《〈なか〉》に金《〈かね〉》あり。仏《〈ほとけ〉》是《〈これ〉》を「毒蛇《〈どくじや〉》」との給ふ。阿難《〈あなん〉》是もさとりて、「大毒蛇《〈だいどくじや〉》」と云《いふ》。そば成《なる》人是をみて、蛇《〈じや〉》はなくて金《〈かね〉》也とて、悦《〈よろこん〉》で取《とり》つ。おほやけ聞しめして、金をめすに、ある限《〈かぎ〉》りまい《〈ゐ〉》らせけるに、「なを《〈ほ〉》残りあるらむ」とせめをかぶりける時、仏《〈ほとけ〉》の毒蛇《〈どくじや〉》との給ふ事、思ひあはせける。

又、仏《〈ほとけ〉》、[一六]舎衛国《〈しやゑこく〉》におはしましける時、[一七]菴婆利女《〔あんばり〕によ》と云《いふ》女人、仏を請《〈こひ〉》奉《たてまつり》て、法《〈ほう〉》を説《〈とか〉》せまい《〈ゐ〉》らせて、やがて我《〈わが〉》居《〈ゐ〉》たりける菴婆利園《〔あんばりゑん〕》と云《いふ》所を、御布施《〈ふせ〉》に参《〈まい〉》らせんとしけるを、仏《〈ほとけ〉》哀《〈あはれ〉》と思召《おぼしめし》て、「明日行《〈ゆく〉》べし」と仰《〈おほせ〉》事《ごと》ありければ、是を喜《〈よろこん〉》で車《〈くるま〉》をはしらかして帰る道に、五百

一一 金を捨てた兄弟の話は法苑珠林七十七に拠る(原拠は大智度論)。

一二 「せうぶにえて」は意味不通。底・瑞・九本みな同文。「等分に得て」の誤記か。

一三 いやな物。なさけない物。

一四 易経・繫辞上に「二人同ㇾ心、其利断ㇾ金」とあるのが「断金の契」の典拠であろう。これは堅い友情に結ばれた者が力を合わせると金をも断つほどの力を発揮するという意。宝物集では「断金」を金銭欲を断つ意にとり解釈を異にする。永観の往生講式に「或為二飛華落葉之同行一断金契深、芝蘭談芳」とあるのと同列か。

一五 法苑珠林七十七に拠る(原拠は大荘厳論)。前出金を捨てた天竺の兄弟の話に連接している。

一六 古代インドのコーサラ王国。釈迦が教説を説いた祇園精舎があった。

一七 菴羅女、菴樹女、柰女とも。菴羅婆樹から生まれたのでこの名があるという。摩竭陀国の頻婆娑羅王の妃となり耆婆(ぎば)を生んだ。釈迦に帰依し、菴婆梨園を寄進した。以下の話、長阿含経二所収の遊行経にみえる。ただし、女と園の名は「菴婆婆梨」、五百童子は「五百隷車」、百万両は「百千両金」となっている。仏所行讃二十二「菴摩羅女見仏品」にも同話がある。宝物集はこの原話を大きくくずしている。言泉集の菴羅縁女は宝物集に近い。

一 中国古代、魯国の鄒の人。詩・礼・尚書に通じ、鄒魯の大儒と称され、丞相となり、扶陽侯に封ぜられた。「黄金を箱にみてる…」は、漢書・韋賢伝に「少子玄成復以二明経一歴ㇾ位至二丞相一。故鄒魯諺曰、遺二子黄金満籯一不ㇾ如二一経一」とあるものをことわざふうに国訳したものであろう。底本「打けん」とあり、「打」の左に「井」と傍記。瑞本「井けん」に「韋賢」と傍書。九本は「ゐけん」。瑞本の傍書に従う。

二 底本「しかず」を「しるす」とする。瑞・九本により改めた。

童子《どうじ》等行逢《ゆきあひ》て、「何事にかく物さは《わ》がしくはかへり給ふぞ」と問《とひ》ければ、「あす仏《ほとけ》をむかへ奉らんずれば、そのいとなみしにいそぎ帰る」由を云《いひ》ければ「明日は我〳〵が請《せう》じまい《ゐ》らすべき事有《あり》て参る也。あすをばのべよ」と申《まうし》ければ、「たま〳〵申《まうし》えたる日なれば、あすをのぶる事有《ある》べからず」と申《まうし》ければ、童子《どうじ》等が云《いは》く、「明日をのべ奉れ。其《その》代《かはり》に汝《なんぢ》に百万両の金をとらせん」といひけれ共《ども》、「金は今生《こんじやう》の宝《たから》なり。仏《ほとけ》を供養《くやう》し奉らん事をばのぶべからず」とて帰り給ひにけり。金の宝《たから》ならむには、百万両をとらする者《もの》は有《ある》べからず。百万両をえぬ者《もの》も有《ある》べからず。此故《このゆへ》に、韋賢《ゐけん》[一]が子をいましめしには、「黄金《わうごん》を箱《はこ》にみてる、一巻《くはん》の書《しよ》にはしかず[二]」とこそ申侍《まうしはべり》けれ。

されば、宝《たから》とは玉《たま》を申《まうす》べけれ。合浦《がつぽ》[三]の玉《たま》・崑岳《こんがく》[四]の玉《たま》、皆《みな》徳《とく》なきにあらず。燕《えん》[五]の昭王《せうわう》の玉《たま》・斉[六]の威《ゐ》王《わう》の玉《たま》、宝《たから》に非《あら》ずと云《いふ》事なし。毘沙《びしや》[七]門天《もんてん》のやけ共《ども》つきぬ福《さいはい》[八]、玉《たま》の力《ちから》による。竜女《りうによ》[九]が成仏《じやうぶつ》[一〇]をとげしも、珠《たま》をさゝげし故《ゆへ》也。

此故《このゆへ》に、卞和《べんくは》[一一]は、足《あし》をきられて血の涙《なみだ》をながし、〔大施〕[一二]太子《たいし》は、あゆみをはこびて竜宮《りうぐう》まで行《ゆく》也。

三 合浦は地名(今の広東省海康県にあった)。古くから真珠の産地として有名。「精明合浦珠相似、断割崑吾剣不ㇾ如」(僧亘玄、和漢朗詠集・下・刺史)。 四 中国の伝説上の山、崑崙山。昔、この山に神仙が住み、多くの名玉を産したという。「崑山珠玉盛、瑶水花藻陳」(懐風藻・紀麻呂)。 五 戦国時代の燕の王。昭侯の子で名は平、晋孝侯(しんのこうこう)ともよんだ(左氏・桓二)。昭王の玉というのは昭王に献上された黒蚌珠で、懐に入れておくと夏の暑さを感じなくなるという不思議な珠(拾遺記四)。「燕昭王招涼之珠、当ニ沙月ㇾ兮自得」(和漢朗詠集・上・納涼)。 六 威王は戦国時代田斉の第三代王。田因斉(でんいんせい)とも。桓公の子、諡は威。在位三十六年。魏の恵王が照乗の珠を自慢したが、斉の威王が家臣を珠と称讃したので、恥じた話(史記・田敬仲完世家)をさし、魏の恵王の誤か。 七 仏教を守護する四天王の一人。多聞天ともいう。帝釈天に仕え、夜叉、羅刹を率いて北方を守護するという。福徳を授ける善神。右手に持つ宝棒の先端には宝珠がある。 八 底・瑞・九本「福の玉」、久本「の」なし。久本により改めた。 九 竜宮城に住む娑竭羅(しゃから)竜王の娘。法華経・提婆達多品に竜女が仏に宝珠を捧げて、成仏する話がみえる。 一〇 底本「成仏」に「しやふつ」と振り仮名、瑞本の振り仮名により「う」を補入。

6 玉が宝

一一 周代の楚の人。玉造りの名人。山中で得た宝石を楚の厲王に献じたが、価値を認められずに足切断の罰を受け、再び武王に献じてまた誤解され右足を切断されるが、最後に文王に献じて真価が認められた「卞和泣璧」という故事の主人公(韓非子四、蒙求)。

一二 経典によって呼び方に変化がみえる。大施(賢愚経)、普施(六度集経)、能施(大智度論)など。底・九本「たいしは」、瑞本「たいし」に「大施太子」と傍書。これにより「大施」を補入。この太子は貧困の人々を救うため、どんな宝物も自由に出せる如意宝珠をさがしに竜宮城へ行き、宝珠を得て衆生に施したという。同話が、三宝絵・上の四、私聚百因縁集一の三、登山状にもみえる。

一三 底本「と云大願て」、瑞・九本「と云願有て」。瑞・九本に

卞和《べんくは》と云《いふ》は、玉《たま》造《つく》る人の名《な》也。能玉《よきたま》をおほやけに奉るを、え見知《みし》り給はで、「これはわろき玉なり」と、あしをきり給ふ。玉を宝《たから》とおぼする故也。

大施太子《たいせたいし》は、「一切《さい》衆生《しゆじやう》に宝《たから》をあたへん」と一三云《いふ》大願《ぐはん》〔有〕て、施《せ》をほどこし給ふに、宝《たから》は尽《つ》くれども衆生《しゆじやう》のねがひは尽《つき》ず。故《かるがゆへ》に、命《いのち》を捨《すて》て一四竜宮城《りうぐうじやう》へ行《ゆき》て、一五如意宝珠《にょいほうしゆ》をえて帰《かへり》給ふ事也。此事こまかには、一六六度集経《どしゆきやう》・一七報恩経《ほうおんきやう》にみえたり。

こゝをもつて、一八花厳経《けごんきやう》には「一九一切《さい》の宝《たから》の中に如意宝珠《によいほうしゆ》勝《すぐ》れたり」ととき、二〇妙楽大師《めうらくだいし》は「二一如意珠天上勝宝《にょいしゆてんじやうせうほう》」とは釈《しやく》し給ふ也。如意珠《によいしゆ》なんどをえてんには、五穀《こく》七宝《ほう》、いづれかともしきはあらん。

されば二二稲稈《たうかん》経《きやう》には「二三現世《げんせ》をいのるものは藁《わら》をこふがごとし。後世《ごせ》をいのるものは、稲《いね》をこふるごとし」とは申《まうし》たる也。誠《まこと》に稲《いね》をえてんには、ねがはず共《とも》藁《わら》はうべき物也。玉をえてんには、ねがはず共《とも》金は得べき物也。玉《たま》の宝《たから》成《なる》が故に、物をほむる事にも、二四玉の鬘《かづら》といひ〔二五玉の〕簪《かんざし》といひ、玉の台《うてな》といひ、玉の石畳《だゝみ》と云《いふ》也」といへば、又そば成《なる》人の云《いはく》、

より「有」を補入。 一四 長阿含経十九によると、大海の水底に娑竭羅竜女の宮殿が縦横八万由旬にわたって建ち、七宝によって荘厳されているという。 一五 如意珠、摩尼宝ともいう。竜王の脳中から出た玉といい(大智度論五十九)、これを得れば意のままに福徳が得られるという。経律異相三にもみえる。 一六 六度集経は六波羅蜜に関する説示を類従した経典。八巻、呉、康僧会訳。三宝絵・上の四に大施太子竜宮に行く話があり、これは、主として報恩経に基づき、一部に六度集経一・普施商主本生を加えて編成した記事で、その説話末に「六度集経、報恩経にみえたり」とある。宝物集は三宝絵の出典名をそのまま引いたもの。底・九本「六度修行」、瑞本「修行」の左に「集経」と傍書。瑞本により改めた。 一七 → 一二頁注四。巻四悪友に大施太子が竜宮に如意宝珠をとりに行った話がみえる。 一八 大方広仏華厳経の略名。仏駄跋陀羅訳の六十巻本、実叉難陀訳の八十巻本、般若訳の四十巻本の三種がある。 一九 六十華厳五十九、八十華厳七十八に菩薩の偉大性を如意宝珠をはじめ様々の宝珠に譬えて説いてあるあたりからの取意か。 二〇 荆渓大師湛然。中国唐代の天台の学僧。天台三大部(法華玄義・法華文句・摩訶止観)の注釈をはじめ多数の著作がある。七一一—七八二年。 二一 天台大師智顗の摩訶止観・五上に「如二如意珠一天上勝宝、状如二芥粟一有二大功能一」とある。上文「妙楽大師」は「天台大師」または「智者大師」とあるべきもの。 二二 仏説稲稈経。一巻。「稈」を「芋」「蘚」とも書く。漢訳者不明。十二因縁を説く。もう一つ不空訳、慈氏菩薩所説大乗縁生稲蘚喩経というほぼ同内容の経もある。 二三 稲稈経にこの文はみえないが、蘇婆呼童子請問経(大正蔵十八)に稲と藁のたとえがみえ、言泉集、雑談集、平家打聞にも類似文がみえる(坂巻理恵子)。 二四 「玉の」は物を美称する形容句。玉のように立派な。 二五 底・瑞本なし、九本により補入。

「玉は宝《たから》也といへ共《ども》、末代《まつだい》の凡夫《ぼんぶ》の為《ため》に宝《たから》と申《まうす》べからず。我朝《わがてう》には、[一]火取玉《ひとるたま》・水取玉《みづとるたま》の外《ほか》は徳《とく》をあらはせる玉なし。しかりといへども、火は、火打と云《いふ》物あれば、石の中より出来《いでき》ぬ。水は土をほれば出《いづ》る物なり。如意珠《によいしゆ》・[二]摩尼珠《まにしゆ》など云《いふ》玉を得ん事、難《かた》く侍《はべる》べし。たとひえたりといふとも、みがく様《やう》もしらず、行《おこな》ふやうをもしらず。「[三]みがか〔ゝ〕ざれば、石瓦《いしかはら》のごとし。行《おこな》はざれば、土砂《どしや》に似《に》たり」など申《まうし》て侍《はべる》めれば、無《む》益《やく》にぞ侍《はべる》べき。

[四]聖教《しやうげう》の中に「或《あるい》は高楼《かうろう》の中に侍《じ》し、[五]〔或〕は[六]幡桙《はたほこ》の上にを《お》[七]きて幡《はた》をかけ、香《かう》を焼《たき》、[八]八斎戒《さいかい》をたもちて行《おこな》ふ」とは申《まうし》ため れ共《ども》、よくしれる人は有難《ありがたく》侍るめり。又を《お》のづからえたりと云共《いふとも》、たもつ事有難く侍《はべる》べし。

[九]弘法大師《こうぼうだいし》、[一〇]恵果《けいくは》の手《て》より伝《つた》へたまひし玉、持《もち》がたくして高野《かうや》に埋《うづ》み、[一一]役《えん》の行者《ぎやうじや》の、儲《もうけ》がたくして得し玉、[一二]玉置《たまき》の宿《やど》にお《を》さめてき。[一三]無尽意《むじんい》菩薩《ぼさつ》の供養《くやう》し給ひし[一四]玉瓔珞《たまやうらく》、[一五]観音《くはんおん》そら[一六]釈迦《しやか》・[一七]多宝《たほう》にまい《ゐ》らせてき。況《いはん》や末代《まつだい》の人、宝《たから》として持《もつ》事有《ある》べからず。

[一八]金翅鳥《こんじてう》の玉を持《たも》てる、食《しよく》に乏《とも》しくて少竜《せうりう》をくらひ、大竜《だいりう》の玉を具《ぐ》

7 玉は宝にあらず

一 我が朝の二つの玉についての説話未詳。「水精　兼名苑云、水玉　一名月珠〈和名美豆止留太万〉。水精也」。「火精　兼名苑云、火珠一名陽璲〈陽燧二音、和名比止流太万、火精也〉」（和名類聚抄）。「かかるめでたきたからの中に、火とる玉水取る玉」（狂言歌謡九十九）。百錬抄六「（保延六年）五月五日、以二火取玉一、写二陽燧一。供二八幡宮常灯一。件玉、上皇令レ献給。炎上以後令レ継二常灯一也」。二 摩尼、摩尼宝、摩尼宝珠とも。般若経十によると、悪を去り、濁水を澄ましめ、病気を治す徳があるという。如意宝珠をさすこともある。三 せっかくの玉もみがかなければねうちのない石や瓦に等しい。せっかくの宝石であってもみがきを実施しなければ土砂に等しい。実語教に「玉不レ磨無レ光無レ光為二石瓦一」とある。四 聖経は金光明最勝王経をさすか。以下の引用文はその巻六・四天王護国品に「先当荘厳最上宮室王所二愛重一顕敞之処二香水灑一地散二衆名花一安二置師子殊勝法座一以二諸珍宝一而為二校飾一。張二施種種宝蓋幢幡一。焼二無価香一」とあるあたりからの取意か。五 底・瑞本なし、光本により補入。六 幢幡。仏堂を荘厳する長方形の旗。原文「幡桙」とあるが幢または幢幡の訓読「ハタホコ」にあとから幡桙とあてたか。七 幢幡を垂らす竿の先には普通玉または竜頭が取りつけられている。八 特定の日をきめ、男女の在家信者がその日一日に守る八つの戒。八支近住斎戒（はっしごんじゅうさいかい）のこと。八戒斎、八関斎とも。経典により小異があるが、阿毘達磨倶舎論十四には一殺生、二不与取、三非梵行、四虚誑語、五飲諸酒、六塗飾香鬘舞歌観聴、七眠坐高広厳麗床座、八食非時食の八禁戒をあげる。底本「は斉戒」と表記。瑞・九本によって改めた。九 空海。真言宗の開祖。高野山に金剛峯寺を開創、京都の東寺を賜わり、これを教王護国寺と名づけ真言密教の根本道場とした。承和二年（八三五）没、六十二歳。一〇 中国唐代の僧。真言宗付法および伝持の第七祖。京兆府昭応に生まれる。俗姓は馬氏。不空、玄起に師事して密教を受け、長安の青竜寺に止住。ここで延暦二十三年に入唐した空海と邂逅してこれに授法、日本に密教を伝えた。

したる、猶《なを》[一九]三熱《ねつ》の苦《く》をまぬかれ難《がた》し。されば、玉を宝《たから》と申《まうす》べくも侍らず。

只《たゞ》、人の身《み》には、子に過たる宝《たから》は侍らず。人、つゐ《ひ》に老おとろふる事有《あり》。貴賤賢愚《きせんけんぐ》を嫌《きらは》ず。黒《くろ》き髪《かみ》は白《しろ》くかはり、赤《あか》きくちびるは色《いろ》を失《うしな》ひ、額《ひたい》には[二〇]渭浜《いひん》の波《なみ》をたゝみ、眉《まゆ》には[二一]商山《しやうざん》の月をたれて、骨《ほね》こはく腰くゞまり、眼《まなこ》くらく、耳《みゝ》朧《おぼろ》也。甘《あま》き味《あぢは》ひにがくかはり、やはらかなる水こはく成《なり》て、万事《ばんじ》心にかなはずして、一切《さい》の人すゞろに恨《うらめ》し。若《わかき》は頼み有《あり》、老《おひ》たる人のあるをみれば、老はたのみなし。老て久しき人なきがゆへ《ゑ》に、是を老苦《らうく》と云《いふ》。心ある人は、誰《たれ》かなげかざるはある。

[二二]天竺《てんぢく》の大天皇《たいてんわう》は、始《はじめ》てしら毛《げ》を得しかば、「閻魔王《ゑんまわう》の一番《ばん》の使《つかひ》付《つき》たり」とて、家を出《いで》ておこなひ、[二三]震旦の[二四]白居易《はくきよい》は、[二五]四十六の形《かたち》を鏡《かゞみ》に移《うつ》して、涙《なみだ》を落《おと》す。[二六]大聖世尊《だいしやうせそん》、五十余年《よねん》を過《すご》し給ひて後《のち》、満月《まんげつ》の尊容《そんよう》を衰《おとろい》、[二七]三十二相《さう》の姿《すがた》やつれ給ふをみて、[二八]優陀夷《うだゐ》と申《まうし》御弟子《でし》の、老苦《らうく》を歎《なげ》く事侍《はべり》き。況《いはん》や末代《まつだい》の凡夫《ぼんぶ》、いかゞ是をなげかず侍《はべる》べき。ことはり《わ》と覚《おぼ》ゆる詩歌《しいか》、少ゝ申《まうし》侍るべし。

七四六—八〇五年。本朝神仙伝・弘法大師の条に「唐の朝より如意宝珠を齎ししより以来、我が朝にこの珠のある所は、恵果の後身に幷せて、かの宗の深く秘するところなり。後に金剛峯寺にして金剛定に入り、今に存せり」とある。底本「果」を「杲」と誤記。瑞・九本により改めた。

8 子が宝

二 七世紀後半から八世紀ころ、大和の葛城山に住んでいたという山岳呪術者。役小角(えんのおづぬ)、役優婆塞(えんのうばそく)とも。修験道の始祖とされる。玉を玉置の宿に納めた話、未詳。 三 奈良県吉野郡十津川村にある玉置山(たまき)のあたりにあった修験の宿場。十津川郷の鎮守玉置神社があり、大峯七十五靡十番の行所があった。 三 「むじんにぼさつ」とも。「無尽意」は梵語、阿差末底の意訳。法華経・観世音菩薩普門品に、首の瓔珞をとって観音菩薩に与えたことが記されている。 一四 金・銀・珠玉・真珠などを紐で連ねた装身具。仏像、仏殿などの荘厳にも用いる。 一五 法華経・普門品に、観音が無尽意菩薩からもらった瓔珞を二分して、一方を釈迦牟尼仏に、もう一方を多宝仏に与えたことがみえる。「観音そら」は観音すら。観音でさえも。 一六 仏教の開祖。前四六三—三八三年頃。一説に前五六六—四八六年頃とも。 一七 法華経・見宝塔品に登場する仏。地中から涌出する宝塔中にいる仏で、釈迦所説の法華経が真実であると讃歎した。 一八 妙翅鳥とも。仏典中にみえる想像上の巨鳥。一日に一竜王と五百の小竜を食し、口からは常に火炎を吐くという。 一九 三熱は竜の受ける三つの苦しみ。三恚(さんげん)ともいう。 二〇 中国の渭水の岸辺。渭水は甘粛省から東流して陝西省の滝関付近で黄河に合流する川の名。渭浜の波は皺のこと。「太公望之遇㆓周文㆒ 渭浜之波畳㆑面 綺里季之輔㆓漢恵㆒ 商山之月垂㆑眉」(和漢朗詠集・下・老人)。 二一 中国陝西省商県の東南にある山。商山の月は白い眉毛のこと。 二二 栄心の法華経直談鈔・二末に同類の話を引くが、やはり出典は明示されない。 二三 中国の異称。「振旦」「真丹」とも書く。 二四 中国唐の詩人。字は楽天。号は香山居士。七七二—八四六年。 二五 四十六歳の容姿を鏡に写しての意。白氏文集七の「題旧

[一]昔為㆓京洛声花客㆒《むかしはけいらくせいくわのかくたり》　今作㆓江湖潦倒翁㆒《いまはこうこらうたうのおきなとなる》

よみ人しらず

15 を《(お)》してるや難波《〈なには〉》の浦《〈うら〉》に焼塩《〈やくしほ〉》のからくも我《〈われ〉》は老《〈おひ〉》にける哉

藤原為頼朝臣《〈ふじはらためよりのあそん〉》

16 何方《〈いづかた〉》に身をばよせまし世間《〈よのなか〉》に老《〈おい〉》を厭《〈いと〉》はぬ人しなければ

源師賢朝臣《〈みなもともろかたのあそん〉》

17 かはり行《〈ゆく〉》鏡《〈かゞみ〉》のかげをみるからに老《〈おい〉》その森《〈もり〉》の歎《〈なげき〉》をぞする

沙弥道因《〈しゃみだうゐん〉》敦頼《〈あつより〉》

18 いつとても身のうき事はかはらねど昔《〈むかし〉》は老《〈おひ〉》を歎《〈なげき〉》やはせし

祝部成仲《〈ほうりなりなか〉》

19 昔《〈むかし〉》にも変《〈かは〉》らぬ物《〈もの〉》を花《〈はな〉》の色《〈いろ〉》は老《〈おい〉》の姿《〈すがた〉》は替《〈かは〉》らましかば

誠《〈まこと〉》に老《〈おひ〉》の姿《〈すがた〉》、旧《〈ふるび〉》にける形《〈かたち〉》を、みる人是をいとひ、きく者かれをにくむ。子にあらざらん人、誰《〈たれ〉》か哀《〈あはれ〉》とおもふ物あらんや。

人の子、親《〈おや〉》の為《〈ため〉》に宝《〈たから〉》とみゆるためし、少ゝ申《まうし》侍るべし。[二]般舎《〈はんしや〉》羅《ら》の[三]卵《〔かひ〕》子《ご》は、つゐ《(ひ)》に母《〈はゝ〉》にきし、[四]安族国《〈あんそくこく〉》の商人《〈あきびと〉》は二たび父を人になしき。

写真図」に「我今四十六、衰頽臥江城」とある。二六 大聖釈尊に同じ。「大聖」は偉大なる聖人の意。「世尊」は仏の尊称。二七 仏が身にそなえている三十二種のすぐれたすがた。二八 釈迦の弟子の一人、迦毘羅城の国師の子で、日の出に生まれたので優陀夷(出現の意)と名づけたという。底本「うだい」の「い」を見せ消ちにして「ゐ」と傍書。瑞本は「うだゐ」に「優陀延」と傍書。「延」は「夷」が正しく、瑞本の注記者の誤りだろう。

一 白氏文集十五・晏坐閑吟と題する七言律の第一句と第二句。和漢朗詠集・下・老人の項に白楽天の作として載せる。昔は都にいて花やかな声望を得ていたが、今は田舎のおちぶれたおじいさんとなった。底・瑞・九本「客」を「容」とする。光本、白氏文集、和漢朗詠集により改めた。同じく「潦」を「僚」とするのを、和漢朗詠集により改めた。「潦倒」はおちぶれること。

15 難波の浦でとれる吐き出したくなるようなからい塩、そのように不本意に年を重ねて私は老いたことだ。「をしてるや」は難波に冠する枕詞。上句は「からくも」を出す序詞。

16 どこにわが身を寄せたらよいか、身の寄せ所もない。この世の中には老人をいやがらぬ人はいないのだから。

17 鏡にうつるおのれの姿を見るにつけ、老蘇の森ではないが、老いの歎きがつのるばかりだ。「老その森」は滋賀県蒲生(がもう)郡安土町奥石(おいそ)神社の森。「老い」に懸ける。「歎き」の「き」は木に通じ、森の縁語。

18 わが身のうとましいことはいつも変らないことだが、それにしても昔はこれほど老いを歎くことはなかったなあ。「昔」は若いときは。「歎やはせし」は反語、歎くことはしなかった。

19 花の色は昔と変らないのだなあ、もしこの私の老いの姿が花の色にかわることができたらどんなにかうれしかろうに。「替らましかば」はもしも替ることができたら。現実に反する事態の想像。

般舎羅《はんしやら》〔の〕[五]卵《かひご》はつゐ《ひ》に母にきすと申《まうす》は、[六]乃往《ないわう》過去《くはこ》に国王《こくわう》ありき。名《な》を般舎羅《はんしやら》と云《いふ》。一人の夫《ぶ》人《にん》、はらみて[七]五百葉《よう》の蓮花《れんげ》をうめり。夫人《ぶにん》、誕生《たんじやう》の様《やう》を恥《はぢ》て、ひそかに[八]大河《たいが》に流行《ながれゆく》。蓮花《れんげ》流《ながれ》にひかれて、隣国《りんごく》へながれよりぬ。[九]隣国《りんごく》の国王《こくわう》あやしみて、是を取《とり》てみるに、五百葉《よう》の蓮花《れんげ》の中に、葉毎《はごと》に五百の卵《かひご》有《あり》。則《すなはち》かへりて五百の男子《なんし》と成《なり》ぬ。国王《こくわう》悦《よろこび》て養育《やういく》する程《ほど》に、五百の子、皆《みな》力《ちから》つよく、心たけくて、五百の武士《ぶし》となれり。国王《こくわう》五百の武士《ぶし》を持《もち》て、敵《てき》の国《くに》たるが故《ゆへ》に般舎羅国《はんしやらこく》をせむ。般舎羅国《はんしやらこく》、大《おほき》に歎驚《なげきおどろき》て、天《てん》をあふぐ。夫人《ぶにん》大王《わう》に告《つげ》ての給はく、「大王《だいわう》しばらく軍《いくさ》を退《しりぞ》け給ふべし。我《われ》異国《いこく》の軍《つはもの》に触《ふ》るべき事有《あり》」とて、夫人《ぶにん》、高楼《かうろう》にのぼりて、五百将軍《しやうぐん》に向《むかひ》ていはく、「汝等《なんぢら》我子《わがこ》也。いかゞ親《おや》の国《くに》をせむる」。五百の将軍《しやうぐん》等云《いは》く、「何《なに》をもつてか親《おや》と云《いふ》事をしらむ」。夫人、事の有様を語《かたり》て、二の乳《ち》をしぼるに、五百将軍の口に入《いる》。五百将軍、是に伏《ふ》して、甲《かぶと》をぬぎ、弓《ゆみ》をはづして、終《つゐ》に般舎羅《はんしやら》王に随《したが》ふ事を云《いふ》也。

安族国《あんそくこく》の商人《あきびと》は二たび父《ちゝ》を人になすと云《いふ》は、[一〇]天竺《てんぢく》に国《くに》あり、名《な》を安《あん》族国《そくこく》と云《いふ》。彼国《かのくに》の国王《こくわう》、馬《むま》を好《このみ》かひて年序《ねんじよ》を送《おく》る。幾千疋《いくせんびき》と云《いふ》事を

二 古代インド十六大国の一つ、またはその国王。般遮羅、般闍羅などとも書く。ガンジス河の流域にあった。その国王は慈悲深く死刑を廃止したという(一切経音義十八)。片活三・光本には般舎羅の話なし。
三 殻のついた卵。鳥の卵。
四 紀元前三世紀半ばごろ西アジア地方(旧ソ連トルクメニア南西部)にあったアルサク朝パルティア王国のこと。「安族」は族長アルサクの音写。安息、安足とも書く。中国とインド、ローマ方面の東西貿易の中継地として重きをなし、安世高らの訳経僧を輩出、仏教交流に貢献した。
五 底・九本なし、瑞本により補入。
六 以下の説話は雑宝蔵経一・蓮華夫人縁・鹿女夫人縁、大唐西域記七・吠舎釐国の条、俱舎光記八、今昔五の六にみえる。「乃往過去」はむかしむかし。今から過去にさかのぼるに。
七 まず五百葉の蓮花を生み、その葉ごとに卵があったとするのは宝物集の特異記事。雑宝蔵経一・蓮華夫人縁、俱舎光記、今昔五の六では直接卵を生んだとする。これに対し、まず五百葉の蓮華を生み、この蓮華をぼろに包んで川に流し、隣国の王が発見したときには一葉ごとに小児がいたという話が前記雑宝蔵経・蓮華夫人縁の直後に並ぶ鹿女夫人縁の中にみえる。宝物集はこれを蓮華夫人の出産譚と結びつけたか。八 今昔物語には「恒伽河」、俱舎光記では「殑伽河」。底・瑞本「大河に流行(ながれゆく)」。九本「大河に流」。「流(なが)す」と読むのが正しい。九 雑宝蔵経・蓮華夫人縁では薩耽菩王、同鹿女夫人縁では烏耆延王とする。
一〇 以下の説話、日蓮遺文、千日尼御返事に同話がある。出曜経十五に呪術家の女人と交った男が驢(ろ)にされるが、南山の薬草遮羅婆羅を食うと再び人間にかえったという話があるが、この安族国の説話と共通点もあるが、相違する所が多い。

一 底本なし、瑞・九本により補入。　二「畢婆羅草　ヒツハラサウ　天竺国有レ此。葉細人食レ之則化成レ馬也」(元和本

しらず。余馬《〈あまりむま〉》をかふ徳《〈とく〉》至《〈いたり〉》て、人を馬《〈むま〉》になす術《〈じゆつ〉》をしれり。一人の商《〈あき〉》人《びと》、此事をしらで、父を尋《〈たづね〉》て彼国《〈かのくに〉》のかたへ行《〈ゆい〉》て、宿《〈やど〉》を取《とり》て宿《〈やど〉》したりけるに、家主《〈いへぬし〉》、をしへて云《いは》く、「此国には人を馬になす事侍る也。馬になされ給ふな。近くも商人《あきびと》の来《きたり》しを、馬になして侍る也」[一]〔と〕かたるに、「我父馬になされにけり」と思ひて、心うく悲《〈かな〉》しかりければ、事の有様をこまかにとふに、「葉こまか成《なる》草《〈くさ〉》あり、[二]畢婆羅《〔ひつばら〕》草《〈さう〉》と云《いふ》。其草《〈くさ〉》をくはせつれば、人、馬に成《なる》也。葉ひろき草有《あり》。[三]遮羅婆羅草《〔しやらばらさう〕》と云《いふ》。その草を馬にくはせつれば、又、馬、人に成《なる》」と云《いひ》ければ、此事をこまかに習《ならひ》て、近《〈ちか〉》く商《〈あき〉》人《びと》をなしたる馬の有様を問《〈とふ〉》に、「[四]栗毛《〈くりげ〉》なる馬の、肩《〔かた〕》に斑《〔まだら〕》有《ある》也」と云《いひ》ければ、家主《〈いへぬし〉》の教《〈おしへ〉》にまかせて行《ゆき》てみるに、此《この》馬、子を見て、泪《なみだ》をながしては[五]ためきければ、人めをはからひて、家主のお《〈を〉》しへにまかせて、葉ひろき草をくはせたりければ、人になりたるを、具《〔ぐ〕》して本国《〈ほんごく〉》へ帰《〈かへ〉》りたる事を云《いふ》也。子なからましかば、いきながら畜生に成《なり》てこそやみなまし。

[六]孟宗と云《いふ》人の親《〈おや〉》、年老《〈としおひ〉》老耄《〈らうもう〉》して、物をくはず。不食《〈ふしよく〉》年月《〈としつき〉》を経て死門《〈しもん〉》に及《〈およ〉》べり。霜月《〈しもつき〉》師走《〈しはす〉》の事なりけるに、「[七]笋《〈たかんな〉》と云《いふ》物だにあらば、

下学集)。仏典中の畢婆羅草、未詳。三 馬にされた人間が食うともとの人間に復するという薬草。下学集に「天竺国有㆓此草㆒葉広馬食㆑之則化成㆑人」とある。出曜経十五に「南山頂有㆑草、名㆓遮羅婆羅㆒。其有㆑人被㆓呪術鎮圧㆒者食㆓彼薬草㆒、即還復㆑形」とある。四 赤茶色の毛。五 ばたばたと動く。六 中国、三国時代呉の江夏の人。字は恭武。二十四孝の一人。冬季母が筍を欲したので雪中の竹林に入り、祈念すると筍を得たという話(三国志・呉志・孫皓伝注)は有名。今昔九の二にも「震旦孟宗、孝老母得冬笋語」がある。注好選・上に「孟宗泣竹」として載る。七 竹の子の古称。八 底・瑞本「竹の本殊に」、九本「竹の本ごとに」。宛て漢字は「毎に」が適切か。九 韓伯瑜。漢、梁の人。孝心厚く、日ごろ母のむちうちに甘んじていたが、ある日打つ力の弱さに母の老を知って泣いたという故事(「伯瑜泣杖」)の主人公。孝子伝、蒙求、説苑三建本篇、法苑珠林四十九、今昔九の十一、言泉集、注好選・上等に同話あり。一〇 腹立ちやすい。怒りっぽい。一一 底本「長太」、瑞・九本により改めた。一二 中国、後漢河内の人。母の死後その木彫像をつくり、これに生前同様に仕えたという。この故事を蒙求では「丁蘭刻木」と題して載せる。風俗通・愆礼、法苑珠林四十九、孫盛逸士伝、孝子伝等。また今昔九の三、言泉集、注好選・上にも同話を載せる。一三 中国、後漢の人。二十四孝の一人。家貧しく自分の子が老母から食物を分けてもらうのを見て、母に孝行するため、子を土中に埋めようとすると、天が孝心に感じ、土中より黄金の釜を得させたという。一二八―一六九年。蒙求に「郭巨将坑」として載せる。「金釜」は黄金の枡(ます)が本来の意。かまとするのは誤解か。法苑珠林四十九、今昔九の一、言泉集、注好選・上等にみえる。謡曲・郭巨がある。一四 注好選・上・白年返衾に白年が友人の家で酒に酔って眠り込んだので、友人が衾をかけてやると、これを脱いでしまった。わけを問うと、母が独り寒さの中に寝ていることを思うととても着ていられないといって断ったとある。普通唱導集・下にみえる。一五 中国、晋の人。字は休徴。二十四孝の一人。冬、継母の好む

物をくひてん」と云《いひ》ければ、「笋といふ物は、四月《うづき》の末、五月《さつき》の始《はじめ》計《ばかり》、卯花《うのはな》・撫子《なでしこ》咲《さき》て、山時鳥《やまほとゝぎす》啼《なき》てわたる比《ころ》こそみゆる物にてあれ、竹《たけ》の林《はやし》には霜雪《しもゆき》積《つも》りて、求《もと》むとも見ん事有《ある》べからず」とは思ひながら、竹の[八]本殊《もとごと》にあさりしかば、雪のうちに笋《たかんな》を得《え》て、親《おや》に食《くは》せて病《やまひ》をやめ、命《いのち》をいけたる事侍りけり。子にあらざらん物、雪の中に笋《たかんな》を求め侍りなんや。

又、[九]伯瑜《はくゆ》と云《いふ》人の母、[一〇]腹《はら》あしく心たけくして、伯瑜《はくゆ》をうつ事、少《せう》年《ねん》の昔より[一一]長大《ちやうだい》の今《いま》に至《いたる》まで、おこたる事なし。母やう〳〵年老《らう》耄《もう》して、伯瑜《はくゆ》を打《うつ》に、涙をながして泣《なく》。母《はゝ》此事をあやしみて云《いは》く、「汝《なんぢ》をうつ事、昔より今にたゆる事なし。なんぞ更に涙を落《おと》す」と云《いひ》ければ、伯瑜《はくゆ》答《こたへ》ていはく、「我母《わがはゝ》若《わか》く力《ちから》つよくて打《うち》給ひし時は、杖《つえ》身《み》にしみていたかりき。年《とし》老《おひ》おとろへて打《うち》給ふには、力よは《わ》りて杖いたむ事なし。杖のいたさにあらず。我母の余命《よめい》すくなく成《なり》給へる事を思ひて泣《なく》なり」とぞ申《まうし》ける。子にあらざらん者、かくおもひ侍りなんや。

是ならず、[一二]丁蘭《ていらん》が木母《もくぼ》、[一三]郭巨《くはつきよ》が金釜《きんぷ》、[一四]白年《はくねん》がふすまをぬぎ、[一五]王祥《わうしやう》が

鯉をとるため、衣を脱いで川の氷を割ろうとしたら自然に氷が割れて二匹の鯉がおどり出たという。晋陽秋、晋書・王祥伝。蒙求に「王祥守柰」として載せる。この話は宇津保物語・俊蔭に引かれ、言泉集、注好選・上にもみえる。

以下二八頁

一 古くは「きようしでん」とも。中国唐以前に編集された孝子説話の集成書。劉向(前七九-前八年)撰の所伝が正しければその孝子伝が最古。以後十指に余る孝子伝が撰集され、日本にも流入し、広く流布した。 二 中国、唐の李瀚の撰、三巻。書名は易経の蒙卦に「童蒙求我」とあるによる。古代より南北朝時代までの古人の逸話を類集したもの。 三 伝未詳。延慶本平家物語一末に「迦留大臣之事」の段あり。宝物集を典拠とするか。久本には「カルノ大臣」とある左側に「高向玄理(たかむくのくろまろ)」の注記がある。軽の大臣灯台鬼となる話、このほかに、和歌色葉、五常内義抄、下学集・上、新楽府略意上等にみえる。 四 入唐使とも。遣隋使のあとを受け、日本から唐に派遣された使節。六三〇年から八九四年に中止されるまで合計十六回派遣された。高向玄理が軽の大臣とすれば遣唐使の派遣は日本書紀・白雉五年(六五四)二月の第三次遣唐使をさすか(山下哲郎)。 五 灯明台。上部の皿に灯油を入れ灯心を立てて火をともす室内照明器具。 六 頭に灯台をのせた鬼。 七 「弼」は弾正台の次官。「宰相」は参議の唐名。弾正台の弼にして参議に任じた者という意。誰をさすか未詳。 八 我は日本の花の都から来た者、そなたは同姓で同一の家に住む人。前世の契りにより父子となった。山や国をへだてて異国にいると故郷が苦しいほどに恋しい。歳月が過ぎ草ぼうぼうの荒屋に涙を流す、日がたつにつれ思いがつのり、蘭や菊の咲く故国が親わしい。異国で面貌に灯台を打ちつけられ、灯台鬼となった、いかにしてここを脱出して故郷に身を寄せることができようか。「蘭菊親」は白氏文集一・凶宅「梟鳴㆓松桂枝㆒、狐蔵㆓蘭菊叢㆒」とあるに拠って、狐が蘭菊の叢に身をかくす、そのような親愛なるわが故国、の意。韻は人、辛、親、身。底本第六句「逐」を「遂」と表記。瑞・九本により改めた。 九 底・瑞本「此

氷《こほり》の魚《うを》を得《え》し事、皆孝養《けうやう》の事に侍り。

丁蘭《ていらん》が木母《もくぼ》と云《いふ》は、母《はゝ》失《うせ》て後、母の形《かたち》を木をもつてきざみて、いきたりし時にかはらず孝養《けうやう》せし事也。

郭巨《くはつきよ》が金《こがね》の釜《かま》と云《いふ》は、親《おや》を養《やしな》はんが為に、子を山にうづむ程に、天道《てんだう》哀《あはれ》と覚《おぼ》しめして、金《こがね》の釜《かま》をあたへ給ふことなり。

白年《はくねん》が衾《ふすま》をぬぎし、親《おや》寒《さむ》からんと也。

王祥《わうしやう》が親《おや》は、あざらけき魚《うを》をほしがりしかば、氷《こほり》ふたがりたる江《え》にむかひて歎《なげき》しかば、魚、氷をうがちて出《いで》たる事なり。

こまかには孝子伝《かうしでん》一・蒙求《もうぎう》二などに申《まうし》て侍るめり。

我朝《わがてう》にもか様《やう》の事おほく侍るめり。軽《かる》三の大臣《だいじん》と申《まうし》ける人、遣唐使《けんとうし》四にて渡りて侍りけるを、如何成《なる》事か有《あり》けん、物いはぬ薬《くすり》をくはせて、身には絵《ゑ》を書《かき》、頭《かしら》には灯台《とうだい》五と云《いふ》物をうちて、火をともして、灯台鬼《とうだいき》六と云《いふ》名を付《つけ》て有《あり》と云《いふ》事を聞《きき》て、其子弼《ひつ》七の宰相と云《いふ》人、万里《ばんり》の波《なみ》を分《わけ》て、他《た》州《しう》震旦国《しんだんこく》まで尋行《たづねゆき》て見たまひければ、鬼《き》泪《なみだ》をながして、手《て》の指《ゆび》をくひ切《きり》て血《ち》を出《いだ》してかくぞ書《かき》給ひける。

八 我是日本花京客《われはこれにつぽんくわけいのかく》　汝即同姓一宅人《なんぢはすなはちどうせいいつたくのひと》

御心」、九本「子の御心」。「此」と「子の」は音通による錯誤とみて、九本により改めた。 一〇 日本の歴史を記した書物。特に日本書紀以下の六国史をさす。 一一 大臣の位につき遣唐使として渡唐したほどの人。軽の大臣をさす。 一二 藤原清河。房前の第四子。天平勝宝二年(七五〇)遣唐大使に任命、同四年閏三月以降渡唐、翌五年帰国に際し唐僧鑑真の招聘に奔走するが、清河の乗った船は漂流して中国本土に引きかえした。その後長安で唐帝につかえたまま帰国の機会を失い在唐のまま没した。生没年未詳。 一三 阿倍とも書く。名は仲満、朝衡、晁衡とも称した。養老元年(七一七)吉備真備らとともに留学生として入唐。玄宗に仕え、そのまま唐朝の官人となった。宝亀元年(七七〇)没、七十歳。 一四 加留寺(伊呂波字類抄)。大和時代の帰化人の子孫、高向玄理が創建した寺という。寺跡は現在の法輪寺(奈良県橿原市大軽町)にある。日本書紀朱鳥元年八月己丑、御堂関白記寛弘四年八月五日、今昔三十一の三十五等に記事がみえる。 一五 底本なし、瑞・九本により補入。 一六 未詳。「しゆばつだら(須跋陀羅)」のことか。釈迦入滅のとき教化を受けて得道した最後の弟子。ただし、五百世の昔阿難と親子関係にあったという話未詳。 一七 阿難陀の略。→一八頁注一〇。 一八 →一七頁注二三。 一九 一生涯を一世としてこれを五百回繰り返す長い時間。

以下三〇頁

一 「は」は衍か。 二 後漢第二の帝、劉荘のこと。光武帝の子。儒学を重んじ大射養老の礼を実施。また仏教も重んじた。 三 副詞、きっと、必ず。 四 →歌人解説。

20 百石にさらに八十石を添えて授けて下さった母上の乳房に対する報恩を、今日こそ私はするのだ。「百さかやそさか」の「さか」は石。「くさ」とも。 五 金葉集・雑に「玉くしげ」の歌が「読人不知」として取り入れられている。その詞書に「律師実源がもとに、女房の仏供養せんとて呼ばせはべりければ」とあるから、「あやしき女」は仏供養をしようとした女房をさす。ちょっと風がわりな女の意。 六 前注金葉集「玉くしげ」の歌の詞書にはあ

為レ父為レ子前世契《ちちとなりことなるはぜんせのちぎり》　隔レ山隔レ国恋情辛《やまへだてくにをへだてれんじやうからし》
経レ年流レ涙蓬蒿宿《としをへてなんだをながすほうかうのやど》　逐レ日馳レ思蘭菊親《ひをおつておもひをはすらんぎくのしん》
形破二他州一成二灯鬼一《かたちはたしうにやぶれてとうきなる》　争帰二旧里一寄二斯身一《いかでかきうりにかへつてこのみをよせん》

是を見給ひけん子[九]の御心、いかばかり覚え給ひけん。さて、唐の御《み》門《かど》にこひとりて、日本国《につぽんこく》へぐして帰り給へりとぞ申《まうし》ためり。子ならざらむ人、[一〇]他州《たしう》震旦《しんだん》まで行《ゆく》人侍りなんや」

此事日本紀《にほんぎ》以下諸家《しよけ》の日記《につき》にみえず。さ程《ほど》[一一]の人、名《な》をしるさず。無不審《ふしんなき》にあらず。遣唐使《けんとうし》の唐《もろこし》にとゞまるは、[一二]清河《きよかは》の宰相《さいしやう》・[一三]安倍《あべ》の仲《なか》麻呂《まろ》等也。但《たゞし》大和国《やまとのくに》に[一四]軽寺《かるでら》と云《いふ》所あり。彼大臣《かのだいじん》帰朝《きてう》の後《のち》建立《こんりう》といへり。能々《よく〳〵》定説《ぢやうせつ》[一五][を]可尋《たづぬ》也。

「仏《ぶつ》在世《ざいせ》に、[一六]しゆはつらと云《いふ》ものありき。釈尊《しやくそん》の仏教《ぶつけう》を用《もちゐ》ず。仏力《ぶつりき》及《およ》び給はで、[一七]阿難尊者《あなんそんじや》を召《めし》て、「汝《なんぢ》しゆはつら[一八]婆羅《ばら》門《もん》を教化《けうげ》すべし。[一九]五百世のあなたに、阿難としゆはつらと親子《しんし》と有《あり》き。父となり子と成《なる》、生ゝ《しやう〴〵》世ゝ《せゞ》をふれ共《ども》其契《そのちぎり》浅《あさ》からず」との給ひければ、阿難《あなん》、仏勅《ぶつちよく》を承《うけたまはり》て、しゆはつらを教化《けうげ》して、仏の御もとへ参るとぞ申《まうし》ためる。

やしき女が招請した僧は「実源」とある。底・瑞・九本の「実賢」は誤写。光本により改めた。実源は中右記に寛治から、嘉保ころにかけて登場する天台僧。嘉保三年(一〇九六)没、七十三歳(僧伝史料二)。七 形ばかりの。金葉集の詞書に「ことも叶はずげなる気色」とあるので、経済的に不如意であったようだ。

21 懸籠(かけご)仕立てのこの手箱に塵一つつけぬほどにみがいていた、そのように私を大切に愛育してくれた両親は、二人ともいない身だと承知して下さい。「玉くしげ」は手箱の美称。「かけご」は二重構造の箱。内箱の縁が外箱の縁に懸かるように作ってある。「かけご」に「籠」と「子」を懸け、二親の「ふた」に玉くしげの縁語の「蓋」を懸ける。両親がいないから十分な布施ができないの意を封じている。九 底・瑞・九本「通信」、光本、拾遺集により「道信」に改めた。

22 喪の期間には限りがあるので、今日喪服を脱ぎ捨ててしまった。しかし限りのないものは亡き人を思う私の悲しみの涙であるよ。拾遺集・哀傷詞書「恒徳公の服脱ぎ侍とて」。恒徳公は藤原為光、作者道信はその三男。為光は正暦三年(九九二)六月十六日、五十一歳没。一周忌の法要は翌四年六月十三日に行なわれた。「けふぬぎ捨つ」の今日は一周忌の日をさすか。

23 悲しみのあまり、父の形見にと染めて作った墨染めの衣だが、喪明けの今日はこの喪服にさえも別れてしまったのだなあ。後拾遺集・哀傷詞書「ちちのぶくぬぎはべりけるひよめる」。平棟仲の父は安芸守重義(勅撰作者部類では重茂)。生没年未詳。「思ひかね」は思いにたえられなくなること。

24 毎朝野辺の霞を眺めながら荼毘に付し、煙となりて空に立ちのぼらせた親のことを思い続けることだ。続詞花集・哀傷詞書「服に侍りける時、霞によせて昔を思ふ心をよみ侍りける」。成助は成真の子。成真の生没年未詳。

25 喪服を着るのをどうして一年間だけと取り決めたのだろうか。この喪服だけが亡き父の形見だと思うのに。

又、いか成《なる》武士《もののふ》といへ共《ども》、親《おや》の為《ため》になき跡《あと》まで忌日《きにち》報恩《ほうおん》をせぬ者《もの》[一]はやは侍る。申さんや、心ある人の、親子《おやこ》孝養《けうやう》するは、おどろかぬことにてぞ侍るべき。漢明帝《かんのめいてい》[二]は母《はゝ》の忌《き》日《にち》をば、一年《ひとゝせ》にふたゝびこそし給ひけれ。二度《ふたゝび》と云《いふ》は、我をうみ給ふ日と、まさしく死《しゝ》給ひし日となり。人の、子をうむ時は、一[三]定《ぢやう》死《し》すべき事なれば、其心を観《くはん》じ給ふ也。

又[四]行基菩薩《ぎやうきぼさつ》の孝養報恩《けうやうほうおん》し給ひけるには、かく読《よみ》給ひけり。

20 百《もゝ》さかややそさかそへて給《たまひ》てしちぶさのむくひけふぞ我する

[五]あやしき女の、[六]実源律師《じつげんりつし》を請《しやう》じて、[七]かたの様《やう》なる仏事《ぶつじ》をして、手箱《てばこ》を一布施《ひとつのふせ》にしたりけるを、あけてみければ、かくぞよみて入《いれ》たりける、

21 玉くしげかけごに塵《ちり》もすへ《ゑ》ざりき二親《ふたおや》ながらなき人をしれ

[八]さ程にかなはぬ人も、親《おや》に孝養《けうやう》の志《こゝろざし》ふかく侍りけり。それならず、親子《おやこ》志《こゝろざし》ふかくみゆる人、歌にて少〻申《まうす》べし。

[九]藤《ふぢ》原《はらの》道《みち》信《のぶ》

22 限《かぎり》あればけふぬぎ捨《すて》つ藤衣《ふぢごろも》終《はて》なき物は涙《なみだ》也けり

有房集・雑詞書「ちちのぶくぬぎはべるとていもうとなる人のもとへ」。有房は大蔵卿師行の子。師行は承安二年(一一七二)没か。

一〇 底・瑞本「成郷」。光本、千載集等により改めた。

26 母を葬った地鳥辺山を思いやることは悲しいことだ。母はたった一人で苔の下に朽ちるのだろうか。千載集・哀傷詞書「母の二位みまかりてのちよみ侍りける」とあり、成範の母は後白河院乳母従二位朝子。紀伊局、紀伊二位とも呼ぶ。永万二年(一一六六)没、享年未詳。「鳥辺山」は京都市東山区にあった火葬場、墓地。

一一 未詳。一二 未詳。底・瑞・九本「あひようし」、光・元本「阿用子」、法花直談抄「阿養子」。一三 仏は釈迦をさす。以下の説話、出典未詳。

以下三二頁

一 餓鬼の住む城。餓鬼世界。「飢渇所レ逼、遥見二一城一、謂為レ有レ水。往至二城辺一欲二索レ水飲一。然此城者是餓鬼城。到二彼城中一。四衢道頭衆人集処。空無レ所レ見」(法苑珠林六)。二 摩訶目犍連、目犍連、目連とも。釈迦十大弟子の一人。神通第一といわれた。底本「大目建連」、瑞・九本により「大目犍連」に改めた。三 目連の過去世の母。生提女とも。慳貪の業により五百生の間餓鬼道に堕ちるが、目連はこれを救うため釈迦の教えに従って盂蘭盆会をはじめたという(盂蘭盆経疏・下)。四 法華経・妙荘厳王本事品に登場する妙荘厳王の二人の王子の名。婆羅門教を信ずる父王を仏教に導き、仏に供養させたため、仏は妙荘厳王に対し法華経を説き未来成仏の記別を授けたという。浄蔵は薬王菩薩、浄眼は薬上菩薩の前身である。五 前注妙荘厳王本事品に登場する王で浄蔵・浄眼の父。夫人は浄徳。六 仏説盂蘭盆経によると、餓鬼道におちた目連の母を救うには、僧達が夏安居を終えて自恣(じし)を行うとき、飲食、五果等を盆に盛って衆僧に供養するのがよいと仏が目連に教えたという。七 竺法護訳といわれる仏説盂蘭盆経一巻と訳者不明の仏説報恩奉盆経一巻の二種があるが、一般には前者が流布している。目連が釈尊の教えに従って餓鬼道に堕ちた母を救う

23 思ひかね形見《かたみ》に染《そめ》し墨染《すみぞめ》の衣《ころも》にさへも別《わかれ》ぬるかな

平《たいらの》棟《むね》仲《なか》

24 朝《あさ》な〳〵野《の》べの霞《かすみ》を詠《ながめ》つゝ煙《けぶり》となしゝ人をこそとへ

賀《か》茂《も》成《なり》助《すけ》

25 藤衣《ふぢごろも》など一年《ひとゝせ》と契《ちぎ》りけん是計《こればかりこそ》社形見《かたみ》と思ふに

源《みなもとの》有《あり》房《ふさ》中将《ちうじやう》

26 鳥《とり》べ山思ひやることそかなしけれ独《ひとり》や苺《こけ》の下《した》に朽《くち》なん

一〇 藤《ふぢ》原《はらの》成《なり》範《のり》

昔今《むかしいま》の人、なき跡《あと》までも、かく心ざしふかく歎《なげ》く事にて侍るめれ。人の、子なからむは、心うく悲《かな》しき事にてぞ侍るべき。後世《ごせ》までも宝《たから》と覚《おぼ》ゆる事共《ども》、少〻《せう〳〵》申《まうす》べきなり。秦《しん》の良郭《りやうくはく》一一と申しし〔ゝ〕人と、阿用子《あひようし》一二と云《いひ》し者と、閻魔王《えんまわう》へめされて侍《はべり》しに、良郭《りやうくはく》公《こう》は、冥途《めいど》を訪《とふ》べき子有《あり》とて、とゞめられ、阿用子《あひようし》は訪《とふ》べき子なしとて、地《ち》獄《ごく》へつかはされき。

又、仏《ほとけ》一三阿難《あなん》をぐして路《みち》〳〵を過給《すぎ》ふに、浅猿《あさまし》き餓鬼《がき》の、心ちよげ

ため盂蘭盆会をはじめた因縁を説いた経典。八↓一一頁注三二。浄蔵・浄眼の登場する妙荘厳王本事品二十八は第八巻にある。九 こればかりではない。一〇 中国後漢の歴史家。字は孟堅。班彪《はんぴよう》の子で父没後その志をつぎ漢書を編述。未完成のまま獄死したが、妹の班昭が補った。両都賦、白虎通などの著がある。宝物集では父(班彪)と子(班固)が入れかわっている。三二―九二年。一一 班固が書き継いだ歴史書は漢書百二十巻で史記ではない。この「史記」は歴史の記録という意味か。漢書は前漢の歴史を紀伝体で記した中国正史の一つ。一二 後漢の歴史家。三―五四年。一三 釈尊をさす。以下「法を崇め給ふ」までの話は今昔一の十七「仏、迎羅睺羅令出家給語」のような説話を踏まえている。一四 羅睺羅、羅吼羅、羅云とも。釈尊成道前の子で、母は耶輸陀羅(大智度論十七)。十五歳のとき、成道して帰還した父釈尊と会い、出家、釈迦十大弟子の一人となる。一五 紀元前十二世紀ころ、中国周王朝の王。殷の紂王に仕え、西方諸国を従えたため西伯と称された。一六 紀元前十一世紀ころの人で、中国周王朝初代の王。文王の長子。殷の紂王をほろぼし周王朝を建てた。一七 宇多天皇。↓九頁注二五。一八 醍醐天皇。↓一〇頁注一。その皇位にあった延喜時代(九〇一―九二三)は統治がゆきとどいたので世に延喜の治と称された。一九 月光長者のことか。子息のない長者が諸神に祈請してようやく無価摩尼珠をもった一子を生む、この子は施の大切なことを示して、両親をはじめ多くの衆生を開悟させた(増一阿含経二十五)。二〇 第六十七代天皇。冷泉天皇の第二皇子。寛弘八年(一〇一一)即位。長和五年(一〇一六)藤原道長から退位をせまられやむなく敦明親王を新帝の皇太子に立てることにして、後一条天皇に譲位。寛仁元年(一〇一七)没、四十二歳。二一 三条天皇の皇子。親王名敦明。後一条天皇の皇太子となるが、道長の圧力により、寛仁元年(一〇一七)皇太子を辞退。のち太上天皇に准ぜられ、小一条院を名のる。永承六年(一〇五一)没、五十八歳。以後冷泉、円融両系交互に皇位を継承する慣例が円融系に限定されることになる。「末を絶し給ふなり」はそのことを言ったもの。

にて舞《まひ》たのしみければ、阿難、仏《ほとけ》に故《ゆへ》を問《とひ》参《まゐら》せければ、「前世《ぜんせ》の罪《ざい》業《ごう》によりて、[一]餓鬼城《がきじやう》におちたれども、所生《しよしやう》の子、善《ぜん》を修《しゆ》するが故《ゆへ》に、楽《たのしみ》を得《え》て舞《まふ》也」とぞ仰《おほせ》られける。

加之《しかのみならず》、[二]大目犍連《だいもくけんれん》は[三]青提女《しやうだいによ》が飢《うへ》を助《たす》け、又[四]浄蔵《じやうぞう》・浄眼《じやうげん》の二子は、[五]妙荘厳王《めうしやうごんわう》を導《みちびき》て菩提《ぼだい》の道に入《いる》事也。

大目犍連《もくけんれん》が母、青提女《しやうだいによ》が餓鬼城《がきじやう》に落《おち》て飢《うへ》けるを、[六]衆僧《しゆそう》を供養《くやう》して、彼善《かのぜん》の力《ちから》に依《より》て食《しよく》を得し事也。委《くはしく》は[七]盂《う》羅《ら》盆《ぼん》経《きやう》に見えたり。

妙荘厳王《めうしやうごんわう》の、邪見《じやけん》にて仏法《ぶつぽう》を知《しら》ざりしを、浄蔵《じやうぞう》・浄眼《じやうげん》の二子、神通《じんづう》を現《げん》じて、親《おや》に見せて菩提《ぼだい》の道《みち》にいれし事也。委《くはしく》は[八]法花経《ほけきやう》の八巻《はちのまき》にとけり。

現世後生《げんせごしやう》の孝養《けうやう》かくのごとし。[九]是ならず、能子《よきこ》持《もち》たる人、宝《たから》とみゆる事、多《おほ》く侍るめり。

[一〇]班固《はんこ》が[一一]史記《しき》をかきさししを、[一二]班彪《はんひう》是を書《かき》つぐ。[一三]仏《ほとけ》涅槃《ねはん》に入給《いりたま》ひしか共《ども》、[一四]羅睺《らご》其跡《あと》に法《ほう》を崇《あが》め給ふ。[一五]文王《ぶんわう》は[一六]武王《ぶわう》をまうけて国をしづめ、[一七]寛平《くはんぺい》は[一八]延喜《ゑんぎ》を儲《まうけ》ておもくなり給ふ。[一九]月光王《ぐはつくはう》は、子なくして跡《あと》を失《うしな》ひ、[二〇]三条院《でうゐん》は、[二一]小一条院《こいちでうのゐん》の春宮《とうぐう》を捨《すて》たまひし故《ゆへ》に、末《すへ》を絶《たや》し給

二二 天竺と震旦。 二三 →一二頁注五。 二四 毘沙門天のこと。→二〇頁注七。 二五 多門天の尊称か。子を持たぬ優闐王が多門天に祈請するとその額から王子を生んで授けたという説話、私聚百因縁集三の二十一、二十二にみえる。 二六 子が宝の論を展開した語り手のそばにいた人。「命が宝」論者の登場。 二七 左伝・襄公三十一年に「人心之不レ同也、如二其面一焉」とあるのを踏まえた表現。ここから「命が宝」論者の発言。 二八 藤原実頼。→歌人解説。

二九 藤原敦俊。「俊」は「敏」にも宛てた。実頼の男。母は藤原時平の女。三蹟の一人藤原佐理の父。天暦元年(九四七)没、三十六歳。 三〇 底・瑞本「むすめ」を大文字で表記。九本によりここは敦俊の母についての注記とみて小文字に改めた。藤原時平は基経の男。通称本院大臣。娘は三人おり、三女が実頼の北方、敦俊の母となる。和歌にもすぐれ、古今集・後撰集に十六首入集。延喜九年(九〇九)没、三十九歳。

27 まだ敦俊少将の死を知らぬ人もあるのだなあ。私も東国に住むべきであった。そうすればこの悲しみを知らなかったはずだから。金玉集・雑詞書「あつとしの少将みまかりてのち、あづまよりかの少将におくりける文を見て」。

三一 藤原彰子。→歌人解説。 三二 →歌人解説。 三三 小式部とも。藤原教通や藤原公成の子を生んだといわれるが二十八歳前後で没したようだ。万寿二年(一〇二五)没、享年未詳。 三四 藤原教通。道長の三男。承保二年(一〇七五)没、八十歳。 三五 →歌人解説。

以下三四頁

28 苔むす墓の中で娘といっしょに朽ちることなく私はひとりこの世にとり残された。その私が、まだ埋められずにある娘の名札を見ることは悲しいことだ。 一「遺文三十軸、軸々金玉声、竜門原上土、埋レ骨不レ埋レ名」(和漢朗詠集・下・文詞、白楽天)の下二句に拠る。白楽天が亡友元宗簡の詩文を褒めた詩の一節で、宗簡の遺骨は竜門山の高原の上に埋められているが、その名声は埋もれることはない、の意。 二 大江朝綱。祖父の音人が江相公と称されたのに対し、後江相公といわれた。漢詩文に著名。天徳元年

ふなり。

[二二]大国《たいこく》・我朝《わがてう》かくのごとし。誠《まこと》に能子《よきこ》程《ほど》の宝《たから》は侍らじとぞおぼえ侍る。されば[二三]優闐《うでん》王は、[二四]多門天《たもんてん》に祈《いのり》て、[二五]大天、額《ひたい》より子を出《いだ》してたび給ふ」

と申せば、又[二六]そばなる人の声《こゑ》にて、

[二七]「人の心、面《おもて》のごとしとて、必《かならず》しも人毎《ひとごと》に孝養《けうやう》の心得《こゝろえ》侍らず。あやまちて、子は親《おや》の為《ため》に敵《てき》など申《まうす》者《もの》も侍《はべる》めり。少〻《せう〳〵》其証《そのしやう》を申《まうし》侍《はべる》べし。[二八]小野宮殿《をのゝみやどの》 実頼《さねより》、[二九]敦俊《あつとし》の少将《せうしやう》 母本院左大臣時平《はゝほんゐんのさだいじんしへい》むすめ [三〇]にをくれ《お》て、あながちに歎《なげ》き給ひける比《ころ》、奥州《おうしう》に侍《はべり》ける仕人《つかまつりびと》の、かく共《とも》しらで、御馬を奉りければ、

27 まだ知《しら》ぬ人も有《あり》けり東路《あづまぢ》に我《われ》も行《ゆき》てぞ住《すむ》べかりける

[三一]上東門院《じやうとうもんゐん》の女房《にようばう》に[三二]和泉式部《いづみしきぶ》と云《いふ》者あり。其むすめに、[三三]小式部内侍《こしきぶないじ》とて、いみじく時めく人ありけり。[三四]大《おほ》に二条殿《でうどの》 教通《のりみち》 の思人《おもひびと》にて、事の外にもてなし給ひけり。万《よろづ》の人、心をつくし、思ひをかけたりけれ共、御子[三五]静円僧正《じやうゑんそうじやう》など出来《いでき》給《たまひ》て、おもくめでたくて過《すごし》ける程に、はかな

（九五七）没、七十二歳。三 大江澄明、朝綱の男。天暦四年（九五〇）没、享年未詳。四 本朝文粋十四「為二亡息澄明一四十九日願文」中の一節。「一薗中之花月、相伝失レ主、七月半之盂蘭、所レ望在レ誰」とある。花月を賞玩したわが家の庭園を伝えるにも、継承してくれる主人がいない。五 底本「失ふ」に「うし」の振り仮名。底本の「ただふさ」は正しくは「まさふさ」。↓歌人解説。底本の「ただふさ」は正しくは「まさふさ」。六 大江匡房。→歌人解説。底本の「ただふさ」は正しくは「まさふさ」。瑞本により「な」を補入。七 大江隆兼。匡房の長男。康和四年（一一〇二）没、享年未詳。八 本朝続文粋十三「為二亡息隆兼朝臣一四十九日願文」の匡房自作の文中に「家伝二九代一、爵及二四品一」とあり、「累祖相伝之書、収拾誰人、愚父慭遺之命、扶持何輩」とある。宝物集作者がこれらの句を綴り合わせたものであろう。九 釈迦の子。

9 子は宝にあらず

闡提比丘、四禅比丘とも。出家して十二部経を読誦し、四禅定を獲得するが、悪友に親近し、仏法に離反、父釈尊にも悪心をいだき、無間地獄に堕ちた（涅槃経三十三）。死んだ虫を釈迦が踏み殺したように言いふらす話は法苑珠林三十四に「分別功徳論云」として「有二悪比丘一本是外道。仮レ服誹謗逐二如来一行、自殺二飛虫一著二仏跡処一言二仏踏殺一。然虫雖レ死遇二仏跡処一尋還得レ活」（大正蔵五十三）とあるところを出典とする。この悪比丘の話が善星比丘に結びついたか。一〇 教訓書。一冊。作者未詳。中国の故事をあげ、儒教的道徳を説く。寛治二年（一〇八八）以前に成立したか（山崎誠）。一一 姚婥・班婦とも。未詳。この部分、久本には「朝晡父ヲ打シカバ、天雷其ノ身ヲ裂ク、西夢母ヲ詈シカバ、霊蛇其ノ身ヲ吸フ」とあって、朝晡、西夢に対する、霊蛇と天雷との対応が、底本とは逆になっている。静嘉堂本仲文章には「西夢打レ父裂二天雷於其身一。姚婥詈レ母吸二霊蛇於其命一」とある（山崎誠）。童子教には「西夢打二其父一。天雷裂二其身一。班婦罵二其母一。霊蛇吸二其命一」とある。「西夢」はかわらないが、「朝晡」は「姚婥」「班婦」と変化している。このほか、法華草案抄、当麻曼陀羅疏十一などにも、この対句がみえる（黒田彰）。一二 未詳。注好選・上「西夢裂レ身」に「此人不孝也上。毎来レ農。与レ父共相論。沃田則貪心熾盛。敢不二

く煩《わづらひ》て程なく失《うせ》にけり。母の歎き、さこそは侍りけめ。院《ゐん》もいとお《ほ》しくおぼし召《めし》けるなめり。失《うせ》にしか共《ども》、年来《としごろ》たびならひたる事なればとて、衣服《いふく》をつかはしたりけるに、小式部内侍《こしきぶのないじ》と云《いふ》札《ふだ》のつきたるをえて、今さらかきくらす心地しければ、

28 諸共《もろとも》に苺《こけ》の下《した》には朽《くち》ずして埋《うづもれ》ぬ名《な》をみるぞ悲《かな》しき

いづみ式《しき》部《ぶ》

[一]竜門原上《りうもんげんじやう》の土《つち》に骨《ほね》を埋《うづ》んで名《な》を埋《うづま》ずと云《いふ》心成《なる》べし。

[二]後《のち》の江相公朝綱《えしやうこうともつな》の[三]兵部丞澄明《ひやうぶのぜうすみあきら》にを《お》くれて、「[四]一園中《あんちう》の花月《くわげつ》、伝《つた》へんとするに主《ぬし》を[五]失《うし》〔な〕ふ」と悲《かな》しみ、[六]江の納言匡房《なごんただふさ》の、[七]加賀権守隆兼《かゞのごんのかみたかかね》に別《わかれ》て、「[八]九《く》代相伝《だいさうでん》の文書《もんじよ》誰《たれ》に伝《つた》へん」と歎《なげき》し、これら、子のあやまりに非《あら》ずといへども、親《おや》に物を思はすれば、敵《かたき》などと中《こ》さんもひが事ならじ物を。

仏の御子[九]善星《ぜんしやう》比丘僧《びくそう》、親《しん》の為《ため》にはよくもおはせざりけり。仏のあゆみ給ひける跡《あと》に死《しゝ》たる虫《むし》をひろひを《お》きて、「仏は、人の、物を殺すをば制《せい》し給へども、我《われ》は、かくふみころし給ふ」とぞ語《かた》りありき給ひ

思停㆒時以㆑杖打㆑父。俄雲雷。未㆑還㆑家。天雷裂㆓其身㆒也」とある。一三 ここまでの親不孝の事例は並みのものでしかない。さらに極端な事例をあげる際の宝物集の常套句。一四 中インドの古代王国名。インド十六大国の一つ。初代シナーガ王以来王舎城を都とし、政治文化の中心となった。一五 釈尊在世中、中インド摩謁陀国の皇太子。父頻婆沙羅王、母韋提希夫人。提婆達多にそそのかされ、父を獄死させて王位につき、王を助けようとした母も殺そうとした(観無量寿経)。その後も釈迦や弟子達を殺そうとするが大臣耆婆に勧められ、仏弟子となった。同話法苑珠林四十九、今昔三の二十七にもみえる。一六 釈尊在世中の中インド摩謁陀国の王。王舎城に住み、釈尊を外護。息子阿闍世太子に幽閉され殺されかかるが、韋提希夫人の助力で延命する。後、罪を悔いた阿闍世が家臣を向けて救おうとするが、王は刑苦を加えられると思い自殺した。一七 底本「籠」に「こもり」の振り仮名。瑞本の「こめ」の振り仮名により改めた。一八 頻婆沙羅王の妃。幽閉された頻婆沙羅王を助けるため、身に麨密(しょうみつ)を塗り、瓔珞に漿(しょう)を盛って牢中にさし入れ発覚して同様に幽閉された。観無量寿経は釈尊が夫人の苦悩を救うため説いた経と伝えられる。一九 →二二頁注一四。観無量寿経には「時、阿闍世、問㆓守門者㆒、父王今者、猶存在耶。時、守門人白言、大王、国大夫人、身塗㆓麨密㆒、瓔珞盛㆑漿、持用上㆑王」とある。「麨密」は精製したバターに乾飯の粉末をまぜたもの。二〇 釈尊在世時代に中インド摩謁陀国王舎城に住んでいた名医。釈尊をはじめ多くの人々の病気を治した。阿闍世王の大臣となり、王をいさめ、釈尊に帰依させた。二一 頻婆沙羅王に仕えた大臣。観無量寿経に、総明、多智で阿闍世王が母韋提希を殺そうとしたとき、耆婆とともに諫め、釈尊に帰依させたとある。二二 この会話は観無量寿経に「大王、臣聞、毘陀論経説、劫初已来、有㆓諸悪王㆒、貪㆓国位㆒故、殺㆓害其父㆒、一万八千、未㆕曾聞㆔有㆓無道害㆒母、王今為㆓此殺逆之事㆒、汗㆓刹利種㆒、臣不㆑忍㆑聞、是栴陀羅、不㆑宜㆑住㆑此」とある部分の要旨をとったものであろう。宝物集にいう「伝」とは毘陀論経をさ

ける。
加之《しかのみならず》、[一〇]仲文章《ちうぶんしやう》と申《まうす》文《ふみ》には、「[一一]朝晡《てうほ》、父《ちゝ》を打《うち》しかば、霊蛇《れいじや》其身《そのみ》をすふ。[一二]酉夢《ゆうぼう》、母《はゝ》を罵《の》りしかば、天雷《てんらい》其身《そのみ》をさく」など申《まうし》たんめり。父を打《うち》、母《はゝ》を罵者《めるもの》もありけりとぞきこゆ。[一三]是までは事もおろかにぞ侍りける。

[一四]摩謁陀国《まかだこく》の[一五]阿闍世太子《あじやせたいし》は、父《ちゝ》[一六]頻婆沙羅王《びんばしやらわう》の、を《お》そく死《し》給ひければ、ほしころして、我《われ》、国のまつり事をとらむが為に、高楼《かうろう》に[一七]籠《こめ》給ひたりけるを、[一八]御母《はゝ》韋提希夫人《いだいけぶにん》の、[一九]瓔珞《やうらく》に蜜《みつ》をぬりて、守《まも》る者にこひ請《うけ》て、なめさせ奉り給ひたりけるを、聞付《きゝつけ》て、「とくほしころさんとするを、父の命《いのち》をのべたり」とて、母《はゝ》をもころさんとし給ひけるを、[二〇]耆婆《ぎば》・[二一]月光《ぐはつくはう》と申《まうし》ける二人の大臣、「[二二]父をころす者は一万八千人、伝《でん》にみえたり。母をころす者は、いまだきかず。母《はゝ》の命《いのち》をゆるし給はずは、二人の大臣つかふべからず」とて制《せい》しければ、母の命計《ばかり》をばいけて、つゐ《ひ》に父の王をばころし給ひてけり。

[二三]唐《とう》の玄宗皇帝《げんそうくはうてい》の、[二四]楊貴妃《やうきひ》と申《まうす》后《きさき》に思ひつきて、国の政《まつりごと》をば、楊貴妃の小舅《こじうと》成《なり》ける[二五]楊国忠《やうこくちう》といふ人に預《あづけ》て、朝政《あさまつりごと》をもしたまはざ

す。毘陀論経は観無量寿経義疏中に「毘陀経即俗典、或作二韋陀一梵言少異、如レ此間史書紀二其国事一」とある。二三 唐の第六代皇帝。開元の治と呼ばれる太平の世を築くが、後、楊貴妃を愛して政治を怠ったため、安禄山の乱を誘発した。六八五—七六二年。二四 玄宗皇帝の愛妃。才色兼備、歌舞音曲にも通じ、皇帝の愛を独占した。安禄山の乱のとき玄宗とともに蜀(四川省)にのがれる途中、馬嵬坡で官軍の手で殺された。七一九—七五六年。二五 楊貴妃のまたいとこ。玄宗に引き立てられて宰相となるが、楊貴妃とともに殺された。七五六年没、享年未詳。

以下三六頁

一 中国唐代の武将。天宝十四年(七五五)乱をおこし、洛陽、長安を占領、皇帝を自称し、国号を大燕と称した。寵妃の子に国政を譲ろうとして次男の慶緒に殺された。七〇三—七五七年。二 底・瑞・九本「つは物」と表記。「兵」は意により改めた。三 白楽天の七言古詩。百二十句から成る長編で、唐の玄宗が楊貴妃への愛に溺れ、政治を怠ったため安禄山の乱を引き起こし、貴妃を失っていく経緯をうたった。四 →歌人解説。五 具平親王。→歌人解説。六 類聚句題抄に「対雨恋月」の題で載る源順の頸聯二句。(雨空に向かって月を恋うる私の気持は)冥界に帰った楊貴妃を恋うる玄宗皇帝の思いに通じ、李夫人に死別した漢武帝の心情に似ている。李夫人は前漢武帝の夫人(生年未詳–前一三〇年)、漢皇は漢武帝。江談抄四に、源順はかねて本句を作り、雨降りの八月十五夜を待ち続け、その日が実現したとき、具平親王の家へ出かけて本句を披露したとある。江談抄が宝物集説話の典拠であろう。

29 恋しさにたえられなくなって、楊貴妃と死別した馬嵬の野辺に来てみると茅(ちがや)の生える原にはただ秋風が吹くばかりである。詞花集・雑上には「長恨歌のこころをよめる」の詞書がある。底本第二句「野べの」。瑞・九本の「野べを」に従う。第五句「ぞ」を欠く。瑞・九本により補入。

30 かつて楊貴妃と過した長安の都は、すっかり荒れはてて今は茅の生い繁った野原となり、夜通し虫の声ばか

りければ、一安禄山《あんろくさん》と云《いふ》人、此事をいきどをり《ほ》て、数《す》十万《まん》騎《き》の二兵《つはもの》を集《あつめ》て、楊国忠《やうこくちう》をころしつ。此事の源《みなもと》をいへば、楊貴妃《やうきひ》の咎《とが》なりとて、楊貴妃をも殺《ころ》してげり。此間は、心うく悲しき事共《ども》おほく侍るなり。三長恨歌《ちやうごんか》と中《まうす》文に、こまかには申《まうし》たるなり。

四源《みなもと》の順《したがふ》が八月十五夜に、雨降《あめふり》て月おぼろなりけるに、五六条の宮具平親王《ぐへいしんわう》にまいり《ゐ》て、詩につくりて侍るも、物を恋《こい》、心ぐるしきためしにぞ申《まうし》て侍《はべる》らん。

六楊貴妃帰唐帝思《やうきひかへつてとうていのおもひ》　李夫人去漢皇情《りふじんさつてかんわうのなさけ》

この事おほく歌にもよみ侍るめり。

源《みなもとの》　道《みち》　済《とき》

29 おもひ兼《かね》別《わかれ》し野べを来て見れば浅茅《あさぢ》が原《はら》に秋風〔ぞ〕ふく

道《どう》命《みやう》阿《あ》闍《じや》梨《り》

30 古郷《ふるさと》は浅茅《あさぢ》が原《はら》とあれはてて《ゝ》夜すがら虫《むし》の声《こゑ》のみぞする

江《えの》　侍《じ》　従《じゆう》

31 きく人もなかりし夜半《よは》の契《ちぎ》りをば七夕《たなばた》のみぞ空《そら》に知《しる》らん

りがきこえる。後拾遺集の詞書によると、これは長恨歌の絵を見て詠んだ歌。

31 まわりに誰も聞く人のいない夜ふけ、玄宗と楊貴妃のただ二人だけでかわした約束は夜空の七夕星ばかりが知っていることだろう。「七夕のみぞ」は彦星と織女星だけが。長恨歌の「七月七日長生殿、夜半無レ人私語時、在レ天願為二比翼鳥一、在レ地願為二連理枝一」というあたりを根拠としている。宝物集以外に本歌を収載する歌集なし。

32 太真《たいしん》の住む仙山から帰った道士の報告を聞くのは悲しいことだ。七夕の夜二人で約束を交したことは夢ではなかったけれども。「まぼろし」は玄宗が楊貴妃の死後の世界に派遣した仙術を使う道士。「伝」は死後太真と名づけられた楊貴妃が、仙術を使って動静をさぐりに来た「まぼろし」に託した伝言。長恨歌によると貴妃が使っていたかんざし(細合金釵)を二つにさいた半分を持たせ、伝言を伝えたという。「まぼろし」の縁語で「夢」という。

33 今はなき李夫人の面影を石像に刻んでながめてみても、やはり二度と逢うことができない悲しみはどうすることもできない。「石に移して」は石像に刻んでの意。白楽天の新楽府「李夫人」(白氏文集四)には夫人を寵愛した漢武帝が夫人の肖像画を描かせたとあり、石像を作らせた話は江談抄六、仁和寺五大堂願文事や拾遺記五にみえる。底本第五句「歎」に「なけ」と振り仮名。瑞・九本により「き」を補入。七安禄山の次男。父が段夫人の子慶恩を寵愛して太子にしようとしたので、部下に命じて父を殺させた。七五九年没、享年未詳。八史思明。玄宗の臣。安禄山がその子安慶緒に殺されると、反乱をおこして安慶緒を殺し、大燕皇帝と称したが、子の史朝義に殺された。七六一年没、享年未詳。九史思明の子。初め懐王に封ぜられたが、七六一年父と弟を殺して兵権をとり、即位して年号を顕聖とするが、これも二年後雍王、僕固懐恩等に討たれ、李懐仙に殺された。七六三年没、享年未詳。一〇以下「とぞ仰せられける」までの説話の出典未詳。一一殑伽、恒伽とも。ガンジス河のこと。ヒマラヤ山脈に発してインド北部を東南に流れ、ベン

32 まぼろしの伝《つて》に聞《きく》こそ悲《かな》しけれ契《ちぎ》りし事は夢《ゆめ》ならね共《ども》
藤原為忠朝臣《ふじはらのためたゞのあそん》

詩《し》の末《すへ》の句《く》に就《つき》て、李夫人《りふじん》の歌《うた》にも侍るべし。

33 なき影《かげ》を石《いし》に移《うつ》して見ても猶《なを》又逢難《あひがた》き歎《なげき》をぞする
覚《かく》盛《じやう》法《ほう》師《し》

安禄山《あんろくさん》、楊国忠《やうこくちう》をうちて、玄宗《げんそう》の御門《みかど》をばおひこめ奉りて、天下《てんか》をつかさどり侍りけるに、如何成《なる》事有《あり》けん、[七]安慶緒《あんけいしよ》と云《いふ》子にころされけり。安慶緒をば、父《ちゝ》を殺《ころ》したる事をとがめて、[八]史師明《ししめい》と云《いふ》物ころしつ。史師明をば[九]史朝義《してうぎ》と云《いふ》子、又ころしつ。是等を承《うけたまはる》《を》おりは、人の子、おやの為に宝と申《まうす》べくも侍らざるめり。

又、[一〇]仏《ほとけ》阿難《あなん》をぐして道をあるき給ふに、[一一]恒河川《ごうががは》のほとりに、端厳《たんごん》の女人あり。なき悲しみて苦《く》をうく。阿難、仏に故《ゆへ》をとひ奉るに、仏、阿難に告《つげ》てのたまはく、「此女、かたちは花麗《くはれい》也といへども、所生《しよしやう》の子、罪《つみ》をつくる故に、うみをきし母《はゝ》、罪業《ざいごう》盛《さかん》にして[一二]憂恨《ゆうこん》する也」とぞ仰《おほせ》られける。後世《ごせ》又、子を宝《たから》と申《まうす》べくも侍らず。

ガル湾に注ぐ大河。 一三 恨んで物思いに沈む。

以下三八頁

一 中国唐初の僧。大般若経百巻をはじめ七十六部一三四七巻にのぼる経論の翻訳をのこす。六〇二—六六四年。 二 春と秋と冬と夏の一か年を繰り返すこと十七年。 三 自分の耳目で直接見聞した国が百三十か国。この一文は大唐大慈恩寺三蔵法師伝序にみえる「春秋寒暑一十七年。耳目見聞百三十国」(大正蔵五十)に拠る。 四 東天竺・西天竺・北天竺・南天竺・中天竺の五つ。 五 玄奘が五百人の盗賊に逢った話の出典未詳。 六 底・瑞・九本「何かも」。「も」を誤脱するとみて補入。久・片活三・元本「多クノ物ヲ」。 七 漢代、中央アジア(西域)にあった王国。 八 殷末の王族。箕に封ぜられたので箕子という。紂王をいさめたが聞き入れられず、狂人のまねをして身の安全を保った。周の武王が紂王をほろぼしたとき、箕子は迎えられて洪範を説いた。後に朝鮮の王となる(史記・殷本紀)。 九 人生の五つの幸福。長寿、富裕、健康、道徳を楽しむこと、天命を全うすること。 一〇 底・瑞本「寿」に「ことふき」の振り仮名。後続の「寿」に「いのち」とあるのにより改めた。 一一 阿育王のこと。古代インドを統一したマウリヤ王朝第三代の王。ただしここでは阿育王の弟毘多輸柯と混同している。 一二 底本「すてにおへる」は意味不通。瑞・九本は「すすにおへる」。光本「・ス、ニヲチシ」とある。阿育王経第三毘多輸柯因縁に、阿育王が弟毘多輸柯を仏教信仰へ導くため、故意におとしいれて鈴を持った死刑執行人に七日間監禁させ、死刑執行の日が迫ってくるのを恐れる過程で弟が翻然と仏道に開悟するという話を載せる。光本「ス、」に「鈴」の傍書があり、「鈴の音を恐れた」意に解すれば、ここは毘多輸柯の故事を記したものと見なし得る。 一三 「命をこをよべば」は意味不通。誤写あるか。光本「イツハレル狐ネクビヲキラムトスレバヲドロク」。この話は往生要集・大文一の五に摩訶止観・四上を引いて「譬へば、野干の、耳と尾と牙とを失はんに、詐り眠りて脱れんと望めども、忽ち頭を断たんといふを聞いて、心大いに驚き怖るが如し」とあるのを典拠と

されば、人には命《いのち》に過《すぎ》たる宝《たから》は侍らじ。金《こん》・銀《ごん》・瑠璃《るり》と云共《いふとも》、寿《いのち》なくは何にかし侍るべき。

されば、[一]玄奘《げんじやう》三蔵《ざう》の、仏法東流《ぶつぽうとうりう》の為《ため》に[二]春秋寒暑《しゆんじうかんしよ》一十七年、[三]耳目見《にもくけん》聞《もん》百三十国、[四]五天竺《てんぢく》に廻《めぐ》りありき給ひける。[五]五百のぬす人に逢《あひ》て、[六]何(も)かも皆とられ給ひたりければ、[七]月氏《ぐはつし》国の人集《あつまり》て訪《とひ》奉りけるに、少《すこし》も歎《なげき》給へる色なかりければ、「いかに、そくばくの物をとられて少も歎《なげ》き給《たまは》ぬぞ」と申《まうし》ければ、「我命《わがいのち》と云《いふ》第一の宝《たから》をとられず、かるが故に、歎《なげき》とせぬ也」とぞの給ひける。

されば、[八]箕子《きし》が[九]五福《ふく》をたつる、[一〇]寿《いのち》を以て第一とし、[一一]阿輸迦王《あゆかわう》のすて[一二]におへる、寿《いのち》を宝《たから》と思ふ故也。しかのみならず、偽《いつは》れる狐《きつね》、[一三]命《いのち》をこをよべばはしり、[一四]阿鼻地獄《あびぢごく》の衆生《しゆじやう》すら、命のつくるをば惜《おし》み侍る也。

かるが故《ゆへ》に、釈尊《しやくそん》、[一五]寿量品《じゆりやうぼん》に至《いたつ》て、久遠実成《くおんじつじやう》と説《とき》給ひ、命《いのち》のながき事を顕《あらは》し給ふ也。[一六]かりに[一七]栴檀《せんだん》の煙《けぶり》とのぼりしか共《ども》、誠《まこと》には[一八]霊《りやう》山《ぜん》の月ほがらか也。此心よみあはせる証歌《しやうか》にて申《まうす》べき也。

康《やす》資《すけの》王《おほきみの》母《はゝ》

する。一四 無間地獄。八層から成る地獄の最下にあって、責苦の最も大きい地獄。一五 法華経二十八品中の第十六品。釈迦が久遠の過去に成仏して以来その寿量が尽きないことを説く。一六 釈迦は如来寿量品において、方便として入滅し、梅檀の香木をもって荼毘に付されたけれども。久遠実成の釈迦を明るく輝く月に喩えた。一七 ビャクダン科の半寄生常緑高木。インドから東南アジアにかけて産する。心材は淡黄色で芳香があり、仏像や扇の材に用いられ細片は香にする。一八 古代インドのマガダ国の首都王舎城の東北にある山。釈迦はここで法華経を説き、入滅したという。

10 命が宝

34　へだてる雲が深いせいであろう、霊山上に澄むという常住の月が見えないなあ。「へだつる雲」は衆生の迷妄心を雲に喩えた。法華経・如来寿量品に「我常住二於此一、以二諸神通力一令三顚倒衆生雖レ近而不二レ見」とあるところに拠る。「常に住むなる」の「住む」は「澄む」の懸詞。「なる」は伝聞。底・瑞・九本第五句「みるかな」。光本により改めた。

35　いつまでも見ていたいのに雲がくれしたと見える月だが霊鷲山の峰には毎晩澄み輝いているのだ。「雲がくれぬ」は月が雲に隠れる意に釈尊が方便として入滅したことを重ねる。

36　うらやましいことだ。さぞかし心の雲(迷い)が晴れることであろう。霊鷲山上に輝く月と同じ月を見て。基俊集詞書の通りに法華八講で久遠実成の仏についての講説をきき、悟道に達するであろうと推測したのである。

37　霊鷲山の上空に輝く清朗な月光を見て、心の闇を晴らし、道に迷わぬようにしたいものだ。この歌、宝物集以外の出典未詳。

38　この世の中の人の心は浮薄な浮雲のように憂きものなるが故に、如来は方便として雲隠れされたのだ。「浮き」雲に「憂き」を懸ける。「空隠れ」は衆生の覚醒をうながす方便として入滅すること。「空」は「雲」の縁語。「在明の月」は如来の象徴。一九 →一三頁注二九。二〇 漢武帝。前漢第七代の皇帝、景帝の子で名は徹、文帝・景帝の業をつ

34 鷲《わし》の山へだつる雲やふかからん常《つね》に住《すむ》なる月をみぬかな

朝《あさ》日《ひの》尼《あま》

35 あかなくに雲がくれぬとみし月の鷲《わし》の峰《みね》にはすまぬ夜ぞなき

藤《ふじ》原《はらの》基《き》俊《しゆん》

36 羨《うらやま》し心の雲や晴《はれ》ぬらん鷲《わし》の山べに照月《てるつき》をみて

賀《か》茂《も》政《まさ》平《ひら》

37 影清《かげきよ》き鷲《わし》の山べの月をみて心の闇《やみ》に迷《まよは》ずもがな

登《とう》蓮《れん》法《ほう》師《し》

38 世の中の人の心の浮雲《うきぐも》に空隠《そらがく》れする在明《ありあけ》の月

又、張《ちやう》騫《けん》[一九]が漢武《かんぶ》[二〇]の使にて、天河《あまのかは》[二一]の水上《みなかみ》たづねて帰り、劉成《りうせい》[二二]が仙宮《せんきう》より帰《かへり》て七世《せ》の孫《まご》に逢《あい》し、命《いのち》のありし故也。仙家《せんか》紅《くれなゐ》[二三]の雪《ゆき》をくひ、紫《むらさき》[二四]の菊《きく》をのむ、命《いのち》を宝《たから》とおもふ故也。是も詩歌《しいか》をもつて申《まうす》べき也。

仙洞風生空簸レ雪《せんとうにかぜなつてむなしくゆきをひる》[二五]　冶鑪火暖未揚レ雲《やろにひあたたかにしていまだけぶりをあげず》

素《そ》性《せい》法《ほつ》師《し》

39 ぬれてほす山路《やまぢ》の菊《きく》の露《つゆ》のまに争《いかで》か我《われ》は千代《ちよ》を経《へ》ぬらん

ぐ。張騫らを西域諸国に派遣し、東西交流の道を開いた。前一五六—前八七年。二〇 →一三頁注二九。原話は荊楚歳時記、前漢書列伝等にみえるが、古く我が国にも流入し、懐風藻、本朝文粋、法門百首などに詠われ、蒙求、今昔物語、俊頼髄脳等にも引かれる。底・瑞本「天河」に「てんか」と振り仮名。九本「天河」に振り仮名なし。久本「天(マ)ノ河」と振り仮名がある。久本により改めた。二一「劉成」は劉阮の誤り。蒙求「劉阮天台」の故事に拠る。後漢の時代劉晨と阮肇の二人が天台山に薬を採りに行って仙境に迷い込み、仙女と出合い、契りをかわして留まること半年、旧里に帰ってみると既に七世の孫の代になっていたというもの。蒙求には梁呉均撰・続斉諧記に載るとしているが、太平御覧の地部所引幽明録にもみえる。和漢朗詠集・下・仙家、本朝文粋十・詩序三、保元物語・中、平家物語・灌頂巻などに「仙家より帰って七世の孫に逢ふ」のような句がみえる。二三 紅雪(こうせつ)。漢方の薬の一種。化粧品としても用いた。二四 後に「残菊を皆むらさきとよむ也」とあるから、ここは残菊をさす。菊は中国では不老長寿の霊薬とされた。ただし、紅雪と並ぶ漢方薬に紫雪がある。ここは本来紫雪とすべきところを、菊が長寿の薬であることにひかれて、「紫の菊」に連想が飛躍したか。二五 白梅が風に吹かれて散るさまは、仙人のいる洞に風が吹き箕で白雪をふるっているようだ。また紅梅が咲くさまは、鉄を錬る炉にまだ火が赤く燃えている状態に似ている。「仙洞」は瑞本「仙臼」(仙人が薬を作る臼)。「簸る」は箕でふるって籾がらなどを風に吹きとばすこと。「冶鑪」は鉄を鍛錬する炉。和漢朗詠集・上・紅梅に「仙臼風生空簸レ雪　野鑪火暖未レ揚レ煙」とある。「野鑪」は野外の焚火の炉、「揚雲」は「揚煙」に同じ。不完全燃焼の煙をあげることで、宝物集に比し意味が若干異る。久・光・片活三本はこの句に相当する部分「有レ色易レ分残雪底　無レ情難レ弁夕陽中」(和漢朗詠集・上・紅梅)という詩になっている。

39 山路に咲く菊の露にぬれ、仙宮でつかの間にこれをかわかしたにすぎないのに、この人間世界では千年もの

此歌《うた》は仙宮《せんきう》の菊をよむ也。是に付ておほくい[一]はゐ《ひ》によせてよむなり。

40 年《とし》ふれど匂《にほ》ひ変《かはら》ぬ花《はな》なれど菊《きく》はときはの物と知《しら》ずや

藤原為忠朝臣《ふじはらのためたゞのあそん》

41 八重菊《やへぎく》の匂ひにしるし君《きみ》が代《よ》は千年《ちとせ》の秋《あき》をかさぬべしとは

花《はな》園《ぞの》左《さ》大《だい》臣《じん》有仁《ありひと》

法《ほっ》性《しやう》寺《じ》殿《どの》忠通《たゞみち》

42 君代《きみがよ》の長《なが》月にしも白菊《しらぎく》の咲《さく》や千年《ちとせ》の始《はじめ》成《なる》らむ

藤原季経朝臣《ふじはらのすへつねのあそん》

43 今日こそは老《おひ》せぬ菊《きく》を移《うつ》し植《うへ》て千年《ちとせ》の主《ぬし》と君《きみ》をなしつれ

又、紫《むらさき》の菊《きく》をよめるめる歌《うた》おほく侍るめり。[二]残菊《ざんぎく》を皆むらさきとよむ也。両三首申《まうす》べし。

44 紫《むらさき》に八《や》しほ染《そめ》たる菊《きく》の花《はな》移《うつ》ろふ色《いろ》と誰《たれ》かいひけん

藤原義忠朝臣《ふじはらのよしたゞのあそん》

45 紫《むらさき》に移《うつろ》ふ菊《きく》の色のみや過《すぎ》にし秋《あき》のゆかり成《なる》らん

中《ちう》納《な》言《ごん》実《さね》守《もり》

年月が経っているとは何としたことであろう。

一 祝い。御聖代、長寿などをことほぐこと。

40 菊は歳月を経ても匂いの変らぬ花で、永遠に通ずるものだということを知らないのですか。「ときは」は作者の住家のあった地名「常盤」に永遠の意を懸けた。

41 君の御聖代は千年の秋を重ねるであろうということが、この八重菊の匂いにはっきりと示されているよ。月詣集・賀、続詞花集・賀、千載集・賀に、保延二年、崇徳院の法金剛院行幸のとき「菊契㆓多秋㆒」の題で詠んだとして載る。

42 御聖代の長久を祈るこの九月に、咲きかおる白菊は千年の御治世の予兆なのであろう。「ながつき」は九月の意と長年月の意とを懸ける。九月九日は重陽の節句で、観菊の宴が行われた。前出「八重菊の」の歌と同じ、保延二年の法金剛院行幸のおり「菊契㆓多秋㆒」の題で詠じたもの。

43 重九の今日こそ、不老の菊をお庭に移し植えて、君を千年の主君と仰ぐことです。 二 後拾遺集・秋下に「永承四年内裏歌合に残菊をよめる」として中納言資綱(実際の作者は藤原長房)の「むらさきにうつろひにしをおくしものなほしらぎくとみするなりけり」とあるほか多くの用例がある。陰暦九月九日を過ぎても咲く菊を残菊という。

44 幾度も染料につけて染めた美しい紫色の菊の花を、盛りを過ぎたあせた色だと誰が言ったのだろうか。「八しほ」の「しほ」は布を染めるとき染料に浸す度数を示す接尾詞。八度浸けの染めの意。類歌「紫にやしほそめたるふぢの花いけにはひさす物にぞありける」(後拾遺集・春下)。

45 紫色に変化してゆく残菊の色だけが、過ぎゆく秋の名残なのであろうか。本歌の出典未詳。

46 位の山に咲く菊の花はひときわ美しく咲いているが、さらにその紫の色を濃くしていることだ。「位の山」は岐阜県高山市の南西にある山で歌枕。また位階が昇ることを「位の山に昇る」というところから、季節が過ぎてもますますその色を濃くして盛んだの意も封じているか。拾遺愚草冒頭の「初学百首」中にある一首。初学百首は養和元年四

46　咲《〈さき〉》まさる位《〈くらゐ〉》の山《〈やま〉》の菊《〈きく〉》の花《〈はな〉》こき紫に色ぞうつろふ

藤《〈ふじ〉》原《はらの》定《てい》家《か》

仏界《〈ぶつかい〉》だにも寿《〈いのち〉》のみじかきは口惜《〈くちおし〉》き事にぞ申《まうし》ためる。[三]須扇多仏《〈しゆせんだぶつ〉》は朝《〈あした〉》に正覚《〈しやうがく〉》なりて、夕《〈ゆふべ〉》に滅《〈めつ〉》し給ひしかば、夢か夢にあらざるか、あやなくてぞやみ侍《はべり》にけり。[四]迦葉仏《〈かようぶつ〉》の遺教《〈ゆいけう〉》は、七日利益《〈りやく〉》の衆生《〈しゆじやう〉》いくばくにあらず。[五]此故に釈迦《〈しやか〉》は[六]五百塵点《〈ぢんてん〉》のあなたに仏に成《なり》し事を[七]顕《〈あらは〉》し、弥陀《〈みだ〉》は無量寿《〈むりやうじゆ〉》と云名《いふ〈な〉》をばつき給ふ也。

申さんや、人界《にん〈がい〉》に[八]「命に」過《すぎ》たる宝《〈たから〉》は侍らぬ也。[九]百里奚《〈はくりけい〉》が食《〈しよく〉》を道路《〈だうろ〉》に乞《〈こひ〉》し、命長《〈いのちなが〉》かりし故に、天下《〈てんか〉》を司《〈つかさど〉》り、[一〇]甯戚《〈ねいせい〉》が牛《〈うし〉》を車下《〈しやか〉》にかひし、久しく世《[よ]》に有《あり》しかば智臣《〈ちしん〉》に用《〈もち〉》ひられき。吾朝《〈わがてう〉》の[一一]武内《〈たけのうち〉》の大臣《〈だいじん〉》の、六代の君《〈きみ〉》につかへし、命の有《あり》し故なり。

爰《〈こゝ〉》をもて[一二]秦皇《〈しんくはう〉》・漢武《〈かんぶ〉》は不死《〈ふし〉》の薬《〈くすり〉》有《あり》と聞《きき》て、[一三]方士《〈はうし〉》を以て年《〈とし〉》〳〵に取《〈とり〉》につかはす、命《〈いのち〉》を宝《〈たから〉》とおぼす故也。[一四]楽府《〈がくふ〉》と申《まうす》文《〈ふみ〉》に「[一五]海《〈かい〉》漫ゝ《〈まん〳〵〉》たり、風《〈かぜ〉》浩ゝ《〈かふ〳〵〉》たり、眼《〈まなこ〉》かけなんとすれども、蓬萊《〈ほうらい〉》の島《〈しま〉》みえず」と[一六]白居易《〈はくきよい〉》の書《〈かき〉》しは是なり。

月の成立。 三 未熟な弟子たちを教導するため成道したのに入滅して化仏となったという仏。華厳経探玄記三に「寿長短者如二須扇多仏旦成暮滅一。迦葉七日。釈迦八十等此謂二短寿一」とある。 四 過去七仏のうちの第六番目の仏。増一阿含経四十八に、法住わずか七日にして滅度したとある。 五 底本「故にに」。瑞・九本により衍とみて「故に」と改めた。 六 人智でははかることのできない久遠の過去。法華経・如来寿量品に釈迦は五百塵点劫の昔に成仏したと説く。 七 底本「顕(あら)し」。瑞本により振り仮名「は」を補入。 八 底・九本なし、瑞本により補入。 九 中国春秋時代の人。五羖(こ)大夫。秦の繆公(ぼくこう)が賢君であるときいて、仕官するため乞食しながら訪問。繆公は彼を宰相に登用し、ために秦は強国となった(漢書・応劭注、史記・秦世家)。「百里奚乞二食於道路一 穆公委以レ政 甯戚子飼二牛於車下一 桓公任以レ国」(和漢朗詠集・下・丞相)。 一〇 中国春秋時代の人。家貧しく車引きをして生計をたて、車の横で牛に草を食わしていたが、斉の桓公にその賢者たるを見ぬかれ、やがて宰相にとり立てられた(漢書・鄒陽伝注)。「斉の桓公に非ずば何にか寧戚を挙げむ」(懐風藻・在二常陸一贈二倭判官留在レ京)、「甯戚扣角」(蒙求)。底・瑞本「甯歳(ねいせい)」、九本により改めた。 一一 武内宿禰。古事記・日本書紀に登場する伝説的人物。記では建内宿禰と表記。書紀では景行・成務・仲哀・神功・応神・仁徳の六代にわたって活躍、約三百歳の長寿を保ったとされる。 一二 秦の始皇帝と漢の武帝。始皇帝(前二五九―前二一〇)は戦国諸国をほろぼし、前二二一年はじめて中国を統一し始皇帝と自称した。漢武帝→三九頁注二〇。なお秦皇と漢武が不老の仙薬をさがさせたこと白楽天の新楽府・海漫漫の詩中に「秦皇漢武信二此語一。方士年年采レ薬去。蓬萊今古但聞レ名」と歌われている。 一三 方術すなわち神仙の術を行なう人。道士。 一四 楽府(がふ)体の詩。唐代以後に流行した長短句を交えた詩。ここでは白氏文集三・四に収載された五十篇の詩、新楽府をさす。 一五 「海漫漫。風浩浩。眼穿不レ見二蓬萊島一」(白氏文集三・諷諭三)。 一六 →一二三頁注二四。

誠《まこと》に人の命《いのち》の長《なが》き事は、おほく聞え侍るめり。[一]釈尊《しやくそん》入滅《にうめつ》の後《のち》二百余《よ》年に、天竺《てんぢく》摩伽陀《まかだ》国に、山をくづして地をひく程に、一人の聖《せい》人《じん》を[二]掘出《ほりいだ》したり。聖人《せいじん》の云《いは》く、「[三]我《われ》迦葉仏《かようぶつ》の、世《よ》に出《いで》給ひて、滅後《めつご》二百年也」と云《いふ》を聞《きゝ》て、「釈迦《しやか》世《よ》に出《いで》給ふべしときこえき。滅後《めつご》になりけるにこそ」と申《まうし》侍りける。こまかには[四]西域記《さいいきき》にしるせり。[五]韓康《かんかう》が長安《ちやうあん》の市《いち》に出《いで》て薬《くすり》を売《うり》し、[六]桓帝《くはんてい》車《くるま》をつかはしてむかへ給ひし、命《いのち》宝《たから》成《なる》が故也。[七]竹田《たけだ》の千次《ちつぎ》が、[八]枸杞《くこ》をのみし、[九]却老《きやくらう》延《えん》齢《れい》のもんを[一〇]かんがへし也。

漢家《かんか》本朝《ほんてう》の人、命《いのち》は宝《たから》と思はぬは侍らざるめり。はかなきあそびたはぶれの中にも、万歳《ばんぜい》と祝《いは》ひ千秋《せんしう》といのらぬやは侍る。[一一]天照太神《あまてるおほんかみ》の天《あま》の岩戸《いはと》をとぢ給ひし時、万《よろづ》の神達《かみたち》集《あつま》りて謡《うた》ひ給ひし神楽《かぐら》にも、[一二]千歳《せんざい》万歳《まんざい》と云《いふ》所侍るめり。[一三]清見原《きよみはら》の天皇《てんくわう》の行《おこな》ひ始《はじむ》る[一四]豊《とよ》の明《あかり》にも、雲《くも》の上人《うへびと》あつまり、[一五]万歳《ばんぜい》千秋《せんしう》の句《く》をぞ詠《えい》じ侍る。[一六]神楽《かぐら》五《ご》節《せつ》の事、歌《うた》にもよみて侍るめる。

神楽《かぐら》の歌《うた》　　よみ人しらず

47 明《あけ》ぬよの心地ながらに明《あけ》にしをあさくらと云《いふ》声は聞《きき》きや

一 以下の話、大唐西域記十二、法苑珠林二十九にみえる。ただし、摩伽陀国ではなく烏鎩国の話になっており、また釈尊滅後二百余年という記述はみえない。 二 底本「堀出」に「ほりいで」の振り仮名。瑞本により「ほりいだ」に改めた。底・瑞本「堀」、九本により「掘」に改めた。 三 意味とりにくい。「我伽葉仏の」の下に長文の脱落あるか。法苑珠林の記述によると、地中から出現した比丘がその地の国王に「我が師迦葉波仏は健在か」ときくので「いない」と答えると「今はじめて涅槃したということを聞いた」と言った。また「釈迦はこの世に現れたか」と聞くので「すでに滅度した」と答えると、比丘は空に昇り火焚身に化したとある。すなわち過去七仏のうちの第六迦葉仏の時代に生存した聖人が、第七仏釈迦の入滅後に地中から出現したものの、無仏時代であることを知って昇天したというのが原話。光・片活三本など聖人出現の話を欠く。 四 大唐西域記。十二巻。玄奘の十七年間のインド歴遊をもとにして作られた地誌。玄奘が太宗の命を受け、弁機の協力を得て貞観二十年に完成した。 五 後漢、覇陵の人。長安で三十余年にわたり薬を売ってくらしていたが、かけ値のない正直な商売が評判になり、世間に名が知られるのを厭って覇陵山に身を隠した。のち桓帝が慕って迎えの車をさし向けたが、これも辞退して姿を隠した(後漢書・韓康伝)。 六 後漢第十一代の帝。本初元年(一四六)即位(後漢書・帝紀)。 七 平安初期の医者。十七歳で典薬寮生となる。枸杞(くこ)が不老長寿に効果あることを知り、栽培して常用したら七十余歳になっても視・聴・毛髪・顔色など壮年の如くであったという。文徳天皇の病気治療に功があり、中央の官人としてとりたてられ、貞観二年(八六〇)百一歳で没したという(政事要略九十五)。 八 ナス科の落葉小低木。果実は強壮剤、根は解熱剤に用う。 九 老をしりぞけ年齢を延ばすという本草経の本文。政事要略九十五所載、服薬駐老験記に竹田千継が本草経を読み「至二于枸杞駐老延齢之文一、深以誦憶、将レ試二其徴験一」とあるに拠った表現。「駐老」は老をとどめる意で「却老」と同意。 一〇 事実かどうかを調査し、検証する。 一一 天照太神が天

48 あさくらの声社《〈こそ〉》空《〈そら〉》に聞ゆなれ天《〈あま〉》の岩戸《〈いはと〉》も今やあくらん

藤原時致《〈ふじはらのときむね〉》

49 榊取《〈さかきとる〉》庭火《〈にはび〉》の松《〈まつ〉》に降雪《〈ふるゆき〉》を面白《〈おもしろ〉》しとや神もみるらん

河内《〈かはち〉》

50 庭火《〈にはび〉》たくあたりをぬるみ置霜《〈をくしも〉》の解《〈とけ〉》ぬや月の光《〈ひかり〉》成《なる》らん

大納言実房《〈だいなごんさねふさ〉》

51 木《〈こ〉》も枕《〈まくら〉》かりにだにみぬ恋《〈こひ〉》すてふなをば高瀬《〈たかせ〉》の淀《〈よど〉》に有《あり》ける

藤原隆信朝臣《〈ふじはらたかのぶあそん〉》

五節の歌

52 足引《〈あしひき〉》の山井の水は氷《〈こほ〉》れるを如何成《〈いかなる〉》人の解《〈とけ〉》る成《なる》らん

藤原実方《〈ふじはらさねかた〉》

53 雲の上にさばかりさしし〔こ〕日影にも君がつららはとけず成《なり》にき

中納言公成《〈ちうなごんきんなり〉》

54 おほかりし豊《〈とよ〉》の宮《〈みや〉》人さし分《わけ》てしるき日影を哀《〈あはれ〉》とぞみし

よみ人しらず

岩屋戸に籠ったのを呼びかえすため、神々が天安河原で協議し、岩屋戸を開くことに成功した話。古事記・上、日本書紀・神代上にみえる。一二 神楽歌の千歳法の歌詞は、本「千歳　千歳　千歳や　千歳や　千年の千歳や」、末「万歳　万歳　万歳や　万歳や　万代の万歳や」とあり、これを繰り返して歌うことになっている。一三 飛鳥の浄御原に宮殿を置いて治世した天武天皇のこと。一四 大嘗祭の翌日天皇が豊楽殿で新穀を食し、群臣に膳をふるまう祭り。五節の舞が上演された。「行ひ始る」は天皇が政務を行いはじめたの意。豊の明を創始したのではない。一五 天武朝の豊の明で「万歳千秋の句を詠じ」た例は未詳。一六 神楽と五節のこと。神楽は神を楽しませるために神前にささげる舞楽、五節は毎年十一月中旬の丑、寅、卯、辰の四日間にわたって行われた大嘗会、新嘗会およびそれに付随する諸儀式。

47 格子戸を叩いてお訪ねくださったのに、そのままお帰りになったので、いったいどなただったろうかと夜の闇のような疑心暗鬼におちいりました。どなたかとお尋ねした声をお聞きになったでしょうに。「あさくらと云声」は神楽歌の朝倉(「朝倉や木の丸殿に我が居れば、我が居れば名宣りをしつつ行くは誰」)をふまえる。名対面をして帰る衛士は誰かという神楽の歌詞を借りて、後拾遺集詞書によれば、無言で帰った藤原実方を揶揄した。

48 「あさくらや」と歌う神楽の声が天空にまで聞こえたようだから、今や天照太神の籠った天の岩戸も開くであろう。「あさくらの声」は神楽を歌う声の意。神楽歌の朝倉には限定されない。

49 榊を持ち神前に神楽を奏するその庭火の松明に降る雪を、神も面白いと見ることであろう。神楽歌の「庭燎(にはび)」「榊」という題を句中に詠み込み、「篠の葉に雪降りつもる冬の夜に豊の遊びをするが愉しさ」という詠法を意識した歌。

50 神楽を奏する庭に降った霜は庭火の熱でまわりは解けるが、いつまでも解けずに白く光っているのは月光なのであろう。やはり「庭燎」を詠み込んでいる。

55 神代よりすれる衣《ころも》といひながら又重《かさね》ても珍《めづら》しきかな

選子内親王《せんしないしんわう》

56 日影草《ひかげぐさ》豊《とよ》の明《あかり》にみつるかな我《わが》皇《すべらぎ》の千代のけしきを

二条大宮肥後《にでうおほみやひご》

万葉集《まんようしう》より已来《このかた》、家《いゑ》ゝの集《しう》、所《しよ》〱の打聞《うちぎゝ》[一]をみるに[二]、祝《いはゐ》と云《いふ》は、君が代の久[三]しかるべき祝《いは》ひ、我身《わがみ》の命《いのち》のながかるべき事をのみぞ申《まうし》たる。

源《みなもとの》重之《しげゆき》

57 色《いろ》〱に余《あまた》の千世《ちよ》のみゆるかな小松《こまつ》が原《はら》にたづぞむれゐる

大江嘉言《おほえよしこと》

58 君が代は千世に一たびゐる塵《ちり》の白雲《しらくも》かゝる山と成《なる》まで

源兼澄《みなもとかねずみ》

59 宵《よひ》のまに君をし祝《いは》ひ置《おき》つればまたよの深《ふか》き心社《こそ》すれ

権僧正永縁《ごんそうじやうゑいえん》

60 松の上に住《すむ》あしたづは君が代の千世をかさぬるしるし也けり

太政大臣伊通《だいじやうだいじんこれみち》

51 かりにも見られないようなとんでもない恋をしたという高い浮名を流して、ここ高瀬の淀川辺に住むことだ。「こも枕」はこも(むしろ)をまるめて作った代用枕のことだがここでは「刈り」と同音の「仮り」の枕詞。また神楽歌「薦枕」にも懸けてある。「高瀬」は名が高いの意に地名高瀬(河内国茨田郡高瀬郷)を懸ける。

52 固く凍った山井の水のようにあなたの心はつめたく凍っているのに、どんな人が解いたのでしょうか。五節の舞妓は冠の笄(かうがい)に日陰の鬘(かづら)と呼ぶ組みひもをつけるならわしがあり、ここはそのひもが解けた女に贈った歌。「山井」に「山藍」を懸ける。底・瑞本第四句「いかなる人も」。九本により改めた。

53 五節舞を上演する宮中にはあれほど暖かな日ざしがさしたのに、それでもあなたのつららのようなつめたい心は解けぬままであったよ。「日影にも」は日陰鬘も暗示してある。「君」は五節の舞妓の理髪の役をする女をさす。

54 豊明節会に奉仕する宮人が大勢いた中で、とりわけ目立つ日陰鬘をつけていたあなたを感銘深く拝見しました。

55 神代の時代から用いられる青摺の小忌衣(おみごろも)だが、いま五節の舞い姫たちが重ね着ることは珍しいことだ。後拾遺集・雑五の詞書によると、藤原実成が豊明節会のおり舞姫たちに小忌衣(神事に奉仕するときに着る服で、単の白布に草、小鳥などの模様を青摺にする)を贈って舞わせた時の歌。

56 日陰鬘が映える美しい豊明の舞に、我が皇統の千代のさかえを見たことだ。出典未詳。一 ちょっと聞いたところを記録したもの。二 底本「みるは」、瑞・九本により「みるに」に改めた。三 「久しかるべき祝ひ」は下文との対応からみると、「久しかるべき事を祝ひ」とあるべきところ。瑞・九本等すべて底本と同じなのでそのままにした。

57 さまざまに多くの千世の栄えが見えることだ。小松の原にかわいい鶴たちが群れているこのながめには。

61 君が代は天のかご山出《いづ》る日のてらんかぎりは尽《つき》じとぞ思ふ

我身《わがみ》を祈歌《いのるうた》　[四]右《う》大《だい》臣《じん》頼宗《よりむね》

62 逢《あふ》までとせめて命《いのち》の惜《おし》ければ恋《こひ》こそ人の祈《いのり》也けれ

前太宰大弐重家《さきのだざいのだいにしげいへ》

63 逢事《あふこと》に身をばかへんと云《いひ》し哉扨《さて》しも惜《おし》き命《いのち》なりけり

刑《ぎやう》部《ぶ》卿《きやう》頼《より》輔《すけ》

64 恋《こひ》しなん寿《いのち》は猶《なを》も惜《おし》きかな同《おな》じ世《よ》に住《すむ》かひはなく共《とも》

藤《ふじ》原《はらの》資《すけ》隆《たか》

65 限有《かぎりあり》て散《ちり》なん花《はな》は如何《いかゞ》せん命《いのち》ぞおしき後《のち》の春《はる》まで

源《みなもとの》師《もろ》光《みつ》

66 憂《うき》ながら猶惜《なをおしま》るゝ命《いのち》かな後《のち》の世とても頼《たのみ》なければ[五]」

「誠《まこと》に誰《たれ》も命《いのち》は惜《おし》き物《もの》なれば、命こそ宝《たから》にて有《あり》けれ」と[六]聞居《きゝゐ》たる程《ほど》に、声《こゑ》少しなまり[七]たる者の法師《ほうし》なめりと覚《おぼゆ》るが、かたすみより指出《さしいで》て、「命をば宝《たから》と申《まうす》人も侍り。又宝《たから》と思はぬ人も侍るめり。はかなく

「色〳〵に」は裳着、袴着などのとりどりの色と腹違いの子達が幾人もいる意とを懸けた。「小松」は若い松。「小」に「子」を懸ける。また「松」は長寿の樹木、「たづ」は長寿を象徴する鳥。初冠した子たちを鶴に見たてた。第二句、瑞本「余多の」、九本「あまたの」。

58 君の御代は千年に一度積る塵が白雲のかかる山となるまで続くことだ。

59 宵の間にわが君の将来のいやさかを祈っておいたので、さらに御寿命が限りないことと思われるよ。「祝ひ」は神に祈念をささげる意。栄花物語三等「祈り」と表記。「よの深き」は「夜」に「世」(寿命)を懸ける。

60 松の上に住む鶴はわが君の御代が千代を重ねる瑞兆であるよ。

61 わが君の御代は天の香具山から立ち昇る太陽が照す限りは尽きることがないと思う。「天のかご山」は天の香久山と同じ。奈良県橿原市にある山。

四 底・瑞・九本「左大臣頼定」、光本により改めた。

62 逢うまでは死にたくないと痛切に命が惜しまれるので、恋こそ人間の祈りなのだと知った。「人の祈」、長く生きたいという人間本然の祈り。

63 逢うことに命をかけてもいいと言ったなあ。さて逢ってみるとさっそく命が惜しまれることだ。

64 死ぬほどつらい恋なのだが、命はやはり惜しいよ。たといどんな山奥でもあの人と同じ世に住むかいはないとしても。「甲斐」に「峡」を懸ける。

65 咲く期間には限度があるから、散ってしまう花はどうすることもできない。ただ、わが命だけは後々の春まで惜しまれるよ。

66 つらい恋なのだがそれでも命は惜しまれるよ。来世にこのつらさから解放されるあてもないので。底本第二句「惜るゝ」に「おし」の振り仮名。瑞本により「ま」を補入。

五 命が宝論者の発言(一三三頁六行目)はここで終る。

11 命は宝にあらず

六 「聞居たる」の主語は薩摩国から帰り、釈迦堂に参詣して西の局に籠り、隣室

散《ちり》うする花にかへ、あだ成《なる》[一]一夜《よ》のすく世《せ》にかへむなど申《まうす》人もおほく侍るめり。これも証歌《しやうか》を出《いだ》し侍るべし。

67 命《いのち》かは何ぞも露《つゆ》のあだ物はあふにしかへば惜《をし》からなくに

紀《きの》友《とも》則《のり》

68 恋《こひ》しなん命《いのち》は事の数《かず》ならで難面《つれなき》人の果《はて》ぞ床《ゆか》しき

永《えい》成《じやう》法《ほつ》師《し》

69 恋《こひ》しなん後《のち》の浮世《うきよ》は知《しら》ね共《ども》いきてかひなき物は思はじ

藤《ふじ》原《はらの》隆《たか》信《のぶ》

70 寿《いのち》もてかふるに散《ちら》ぬ花ならば後《のち》みる人や我を忍ばん

源《みなもとの》季《すへ》広《ひろ》

71 桜花《さくらばな》命《いのち》にかふるためしあらばいきて散《ちる》をば歎《なげ》かざらまし

中《ちう》将《じやう》通《みち》親《ちか》

是ならず、命を宝《たから》と思はぬ人、少ゝ申《まうし》侍るべし。秦始皇《しんのしくはう》[二]が六ヶ国を打《うち》したがへて、燕《えん》[三]の太子《たいし》丹《たん》を召籠《めしこめ》て置《おき》たりしに、いとまをこひければ、せめてとらせじが為《ため》に「馬《むま》[四]に角《つの》おひ、烏《からす》の頭《かしら》白《しろ》く成《なり》たらむ

の議論を聴いている男。七声に訛りがある者で、坊さんと思われる人が。

一 たった一夜の逢瀬。「すく(宿)世」は男女の愛の契り。

67 命なんか何ほどのものか。そんなもの露のようにはかないものでしかない。あの人との逢瀬と引き換えるのならば惜しくもない。「何ぞも」は疑問詞(かは)に呼応して「何なのかなあ」。「露の」、露のような。底本第三句「おふ」、瑞・九本「あふ」により改めた。「し」、強意の助詞。

68 恋死にをしてしまうであろう。わたしの命など物の数ではないが、薄情なあの人の行きつく先が知りたい。「そう思うと死ぬに死ねない」という気持を言外に籠める。

69 こがれ死にしてしまうであろうあとの世がどのように憂くつらいものかはわからないが、生きがいのない世の中に、よけいな心配はすまい。

70 もしもわが命とひきかえることで桜花が散らないのならば、人々は後世桜花を見て私を思い出すだろう。「かふるに」、交換することによって。「に」は原因、理由を示す助詞。本歌の出典未詳。

71 もしも桜花の寿命を人の寿命と交換するという例があるならば、私は花と命を交換するから、こうして生きながら落花をなげくこともなかったろうに。「命にかふる」、人の生命と交換する。「まし」、現在の事実に反する仮想。

二 →四一頁注一二。

三 中国、春秋戦国時代の燕の国王喜の子、名は丹。はじめ秦始皇の人質となるが、智謀により解放される。烏頭馬角の故事はその時のもの。のち秦王を討とうとして刺客荊軻をさし向けるが暗殺に失敗、逆に秦始皇帝に攻められて滅亡する(史記・燕世家・燕丹子伝)。

四 底本「馬」に「むめ」と振り仮名。瑞本により「むま」に改めた。

五 →歌人解説。

六 熊野神社。本宮、那智、新宮の三社あるが、この歌は、

時に、汝《なんぢ》にいとまはとらすべし」と云《いひ》ければ、燕丹《えんたん》仏天《ぶつてん》を祈念《きねん》しければ、馬《むま》に角《つの》おひ、烏《からす》の頭《かしら》しろく成《なり》たりければ、秦皇《しんくわう》驚《おどろき》て、いとまをとらせてけり。

烏の頭《かしら》白く成《なり》て、本国《ほんごく》へ帰《かへ》る事読《よみ》て侍《はべる》めり。五増基法師《ぞうきほうし》六熊野《くまの》に久しく籠《こもり》て侍りける比《ころ》、七頭《かしら》白き烏《からす》有《あり》ければよみ侍《はべり》ける、

72 山烏《やまがらす》頭《かしら》もしろく成《なり》にけり我《わが》帰《かへ》るべき時やきぬらん

燕《えん》の太子《たいし》丹《たん》、身《み》のいとまをえて本国《ほんごく》に帰《かへり》て、八もととても意趣《いしゆ》のなきにあらねども、馬《むま》に角《つの》おひ烏《からす》の頭《かしら》しろくならずは、我《われ》本国《ほんごく》をみる事なからまし九と云《いふ》悪念《あくねん》一〇を起《おこ》して、秦皇《しんくわう》をうたんとおもふ心付《つき》ぬ。一一荊軻《けいか》と云《いふ》兵《つはもの》にいひ合《あはせ》ければ、「一二樊於期《はんよき》が頭《かうべ》と、一三とかれうのけんとをだにもたびたらば、うちてん」と申《まうし》ければ、樊於期《はんよき》みづから頸《くび》を切《きり》て荊軻《けいか》にかすといへり」。

樊於期《はんよき》と云《いふ》は秦《しん》の始皇《しくわう》の敵臣《てきしん》也。燕《えん》の国にかくれて居《ゐ》たる也。

「命《いのち》　宝《たから》ならんには、みづから首《くび》をきるものも有《ある》べからず。我朝《わがてう》にも、命《いのち》を宝《たから》と思はぬ人おほく聞え侍るめり。一四猿沢《さるさは》の池《いけ》に入《いり》

近くを流れる音無川のほとりにいた烏を詠んでいるから、本宮熊野坐(ます)神社をさしている。

七 底本「白ろき」、瑞・九本により改めた。

72 山烏の頭も白くなっているなあ。やはり私の帰るべきときがきたようだ。燕丹が白頭の烏の出現によって帰国を許された故事をふまえた歌。

八 もともと秦皇に対するうらみがなかったわけではないが。

九 「なからまし」の下に、「それほどの難題を押しつけてきた秦皇の仕うちは許し難い」という意味の文の省略があるとみる。

一〇 人に危害を加えようとする思い。

一一 中国、春秋戦国時代の人。燕の太子丹に秦王(始皇)の暗殺を依頼され、樊於期の首と燕の地図を持って秦都咸陽におもむくが、暗殺に失敗し、殺された。前二二七年没、享年未詳。

一二 春秋戦国時代の武将。はじめ秦の将軍であったが、罪に問われて燕に亡命。燕太子丹は周囲の反対をおさえて樊於期を保護した。丹が旧怨をはらすため、刺客荊軻を秦に送るとき、秦王を油断させるため樊於期の首と燕の地図を持参することを荊軻が提案、これを知った樊於期は自ら首を切り、丹の恩義に報いたという(史記・刺客列伝)。前二二七年没、享年未詳。

一三 九本「と　れうのけん」として「と」と「れ」の間に一字分の欠字がある。史記(刺客列伝)に荊軻は徐夫人の匕首(ひしゅ)を手に入れ、これに毒を塗って実験すると、相手に斬りかかって糸すじほどの血を出させれば殺せるということを突きとめたとある。これによると、「毒料剣」とあるべきところか。事前に毒を塗るというしかけをした剣と解しておく。片活三・元本「毒竜ノ剣」。

一四 大和物語一五〇段に、奈良の帝に仕えた采女が、帝に召されなくなったのを嘆いて、猿沢の池に投身した説話がある。同話は袋草紙、拾遺抄註、歌林良材集にもみえる。猿沢の池は奈良市興福寺境内の南にある。采女は宮中で炊事、食事などをつかさどった女官。

し采女《うねめ》、[一]生田《いくた》の河《かは》に身なげし女、[二]源氏物語《げんじものがたり》には行衛《ゆくゑ》なき空《そら》の煙《けぶり》と成《なり》し人、[三]狭衣《さごろも》の物語《ものがたり》には早《はや》き瀬《せ》のもくづとならむとせしもの、いづら命《いのち》を宝《たから》と思はで侍るらん。それならず、[四]吉子孫《よきしそん》などにを《お》くれたる人をば、寿《いのち》ながくてかゝるうきめをみるとこそ、わろき事に見聞《きく》人も申《まうし》侍るめる。

されば、[五]棄老国《きらうこく》と云《いふ》国には、命長《いのちなが》き者をば、他国《たこく》へつかはす事にてぞ侍るめり。

[六]軒轅治世運二一百廻一《けんゑんちせいのいつはくくわいをめぐらす》　登霞駕不レ留《とうかののりものとどまらず》
鬱頭生天期二八万劫一《うつとうしやうてんのはちまんごふをごす》　始終哀不レ免《しじうのかなしみまぬかれず》

爰《こゝ》を以て、[七]天竺《てんぢく》の輔相《ほしやう》の子は、とく生《しやう》をかへんが為に、海《うみ》に入《いり》、河に入《いり》て、病《やまひ》を待《また》ずして[八]死せし也。夫《それ》ならず、心有《ある》人、命《いのち》を宝《たから》と思へるは侍らざめり。釈迦如来《しやかによらい》は、

[九]我不レ愛二身命一《われしんみやうをあいせず》　但惜二無上道一《たゞむじやうのみちををしむ》

[一〇]とゝき、

[一一]寿尽時歓喜《いのちつくるときくわんぎす》　猶如レ捨二衆病一《なほしゆびやうをすつるがごとし》

とはの給ふ也。この心の歌侍るめり。

一 大和物語一四七段に詳話あり。一人の津の国の女に菟原《うばら》男と血沼《ちぬ》男との二人が恋をし、互いに譲らなかったので、女は悩み生田川に入水するが、それを助けようとした二人の男も飛び込み、一方が手を、もう一方が足をとらえたものの、三人とも水死するという話。万葉集九にも同じ話が長歌に詠われている。生田川は今の神戸市を流れる川。

二 源氏物語・宇治十帖の女主人公浮舟のこと。薫大将と匂宮とに愛され、板挟みになって入水自殺をはかるが、横川の僧都に救われ、小野の山里で出家する。「空の煙と成し人」とあるが、物語では遺骸なきまま荼毘に付しているところからこういった。実際は死んでいない。

三 狭衣物語に登場する飛鳥井君。狭衣と契り懐妊した飛鳥井君は狭衣の乳母子にだまされて筑紫に連れさられるとき、絶望のあまり虫明の瀬戸(岡山県邑久郡邑久町の沖合の長島と陸岸との間の水道)に入水を企てるが未遂に終る。

四 愛する子、孫に先立たれた人。

五 雑宝蔵経一に「仏言、過去久遠、有レ国名二棄老一。彼国土中、有二老人一者、皆遠駆棄」とある。同文、法苑珠林四十九にも引かれる。今昔五の三十二は雑宝蔵経を典拠にして棄老国のことを記す。

六 黄帝の治世は百年にもわたった。だが死に向かう車駕の歩みは止まることがない。仙人鬱頭藍弗は非想天に生れて八万劫の寿命を得たけれども、それも始めがあれば終りが来るという悲しい理法からのがれることはできない。藤原茂明の鳥羽天皇御逆修法会願文(本朝文集五十九)に「軒轅治世之運二一百廻一、難レ駐二登遐之駕一。鬱頭生天之期二八万劫一、豈免二待終之哀一」とある。底・瑞・九本「登駕霞」。片活三・元本の「登霞駕」が正しいとみて改めた。「軒轅」は黄帝の名。「登霞」は天子が死ぬこと。「駕」は黄帝が乗って飛び去ったという黄雲。仏祖統紀四十四に、禁中延恩殿に天神が降臨して「吾人皇九人之一、是趙姓之始祖。再降乃軒轅黄帝。吾以二後唐時一下降総二治下方一。生二趙氏之族一今已百年。皇帝善撫二育群生一」と述べ「乃乗二黄雲一而去」とある。「鬱頭」は鬱頭藍弗という仙人。一旦失った神通力をとりか

一二〔藤原経家朝臣《ふぢはらのつねいへのあそん》〕

73 さらずしていく世もあらじいざやさは法《のり》にかへつる命と思はん

一三 よみ人しらず

74 惜《をし》とてもおし《〈を〉》みはつべき此世かは身を捨《〈すて〉》社《〈こそ〉》身《〈み〉》をも助《〈たす〉》けん

されば いのちを宝《〈たから〉》と申《まうす》べくも侍らず、只生々世世《〈しやうじやうせぜ〉》の契《〈ちぎ〉》りとては、仏《〈ぶつ〉》法《〈ぼう〉》と申《まうす》ものこそ侍れとも申《まうす》める」。

えそうとして林間で禅定に入り、鳥や魚に妨げられながらも定を得て、非想天に生まれた。しかし八万劫を経て下生し、狸となって、かつて禅定の邪魔をした魚鳥を食し、無量の罪を得て三悪道に堕ちたという(大智度論十七、止観輔行四の二)。「鬱頭生天」以下の句は大唐西域記九にみえる「不レ久命終生二第一天一、寿八万劫。如来記レ之、天寿畢已当レ果二昔願一得二此弊身一。従レ是流二転悪道一未レ期二出離一」とあるあたりを典拠として成るか。

七 出典未詳。「輔相」は大臣。

八 底本「死去し也」。瑞・九本の「死せし也」により改めた。

九 我はこの一身の命に執着せず、ひたすら無上の仏道を惜しむのである。法華経・観持品にみえる句。「為レ説二是経一故、忍此諸難事 我不レ愛二身命一 但惜二無上道一 我等於二来世一 護二持仏所嘱一」。

一〇 底・瑞・九本とも「ととき」のあとに「世親菩薩は」の一句を脱落させたか。

一一 寿命が尽きるとき歓喜する、それは以後諸多の病気にかからなくてすむからである。この句、世親の倶舎論三「梵行妙成立 聖道已善修 寿尽時歓喜 猶如レ捨二衆病一」とある偈の後半二句の引用。片活三本はこの句を世親菩薩のものとする。法華験記・増賀伝に同文あり。

一二 底・瑞本作者名を欠く。九本「よみ人しらず」。久本「藤原経家朝臣」。新古今集・釈教に「正三位経家」。久本に従って作者名補入。

73 長生きしたからといってこの命幾世も生きられないであろうから、いっそのこと仏法とひきかえの命と思うことにしよう。「いざやさは」、それなら、さあ。「法にかへつる」、仏法のために捨てた命。

一三 西行の歌である。「よみ人しらず」とした意図不明。

74 この世は惜しんだとて惜しみ通すことができるものではない。だからむしろ、身を捨て僧となってこの身を助けよう。「この世かは」は反語。この世であるまい。「身を捨て社」は出家して僧になってこそ。

宝物集　巻第二

又、いかなる事云《いふ》ものあらんずらんときゝゐたる程《ほど》に、座《ざ》しづまりて、なりをやめて、物云《いふ》ものなし。やゝしばし有《あり》て、わかやかなる女ごゑにて、

「仏法《ぶつぽう》の宝《たから》にてあらん事をきかばや」

といふなれば、この[一]僧《そう》、すこしうちわらふなる気色《けしき》にて、

「[二]仏法僧《ぶつぽうそう》をもて三宝《ぽう》と申《まうす》。名《な》をもて得心《とくしん》すべし。又、此事《このこと》はじめて申《まうす》べきにあらず。

[三]昔《むかし》、天竺《てんぢく》に国王《こくわう》おはしき。名をば[四]普安《ふあん》王《わう》と申《まうし》き。となり隣《どなり》の国《くに》の四人[の][五]国王《こくわう》の、[六]慚愧《ざんぎ》の意《こころ》なき事をかなしみて、方便《はうべん》をめぐらしてをしへ[七]こしらへんがために、四人の国王をむかへて、地には[八]瑠璃《るり》をしき、薪《たきぎ》には[九]沈香《ぢんかう》をたき、くだものには[一〇]洞庭《どうてい》の橘《たちばな》をつんばみ、[一一]膾《なます》には殿池《でんち》のいろくづをきり、玉の盃《さかづき》をまはして酔《ゑい》をすゝめ、[一二]金《こがね》

5 仏法が宝

一「声少しなまりたる者の法師なめりと覚る」者(四五頁)。
二 以下この僧の語りは六五頁の一〇〇番歌まで続く。
三 以下の説話、仏説五王経(大正蔵十四)に拠る。この経は法華文句記三・上に引用され、寂然の法門百首の三番歌の自歌注の中にも言及されている。宝物集は法門百首をヒントにし、五王経の構想を模して宝物の論を構想した。
四 五王経に登場する五王の一人。他の四王を招いて園遊会を催し、この世で最も願わしきものは何かを問い、仏道こそ最高の宝物であることを説いて、四王を心服させた王。
五 底・瑞本なし、片活三本により補入。
六 自分がおかした罪を恥じて厭い恐れる気持。
七 相手の心を誘導する。
八 古代インドで七宝の一つにかぞえた宝石。ベルリア(緑柱石)を音写した「吠瑠璃」の略語。
九 アジアの熱帯地方に産する香木。ジンチョウゲ科の常緑喬木で、高級調度品の材料としても用いる。

1 普安王のさとし

一〇 山海経(中山経)に洞庭の山には頂上に黄金、下に銀・鉄が多く樹木は梨や橘が多いとある。
一一 御殿の池でとれる新鮮な魚《いを》を細く切って膾料理を作る。膾は魚の生肉を細く切ったもの。
一二 金製の琴柱を用いた豪華な琴を演奏して楽しむ。以上豪華な園遊会の様は五王経等には記述されていない。宝物集作者の創作であろう。

の琴柱《ことぢ》をならべて興《けう》をもよほし、物がたりし給ひけるつゐ《い》でに、

「そも〳〵四人の国王、なに事かこのもしとおぼす」

と、とひ給ひければ、四王、をの〳〵[一]こゝろゆき、うちとけ給《たまひ》て、一人の国王は、

「[二]われ、つねに国王と生《むま》れて、大臣公卿《だいじんくぎやう》に囲遶《いねう》せられて、百姓万民《はくせいばんみん》にあふがれてぞあらまほしき」

との給ふ。一人の国王は、

「[三]我つねに父母《ぶも》[四]六親《しん》にそひて、立居《たちゐ》のすがたをぞ見えまほしき」

とのたまふ。一人の国王は、

「[五]われ、つねに形《かたち》よき人にむかひて、あそびたはぶれてぞあらまほしき」

とのたまふ。一人の国王は、

「[六]我つねに春の野に出《いで》て、[七]小《こ》松《まつ》をひき、花を見てぞあらまほしき」

とぞのたまひける。さて、四人の国王、

「普安王《ふあん》は、なに事かこのもしくおぼしめす」

ととひ給ひければ、普安王《ふあん》こたへてのたまはく、

一 満足して。
二 五王経の対応部は「我願欲レ得下常作二国王一。鞍馬服飾。楼閣殿堂。官属人民。囲二遶左右一。晃晃昱昱。推レ鐘鳴レ鼓。出入行来。路人傾上レ目」とある。
三 五王経の対応部に「願我父母常在。多有二兄弟妻子一。羅二列好衣美食一。以恣二其口一。素琴清衣。共相娯楽」とある。「見えまほしき」は目にしていたいの意。
四 自分に近い六種の親族。父・母・兄・弟・妻・子。
五 五王経の対応部に「願得二好婦好児。端正無双一。共相娯楽。極情快意」とある。
六 五王経の対応部に「我願欲レ得三陽春三月樹木栄華遊二戯原野一」とある。
七 平安時代の風俗で、正月最初の子(ね)の日に、山野に出かけ、小松を引き抜いて長寿のまじないとした。五王経の王に小松引きが楽しみだと言わせたのは、宝物集の作者が後出寂然の歌とその自注(法門百首)に拠ってここを書いたからであろう。
八 帝王の位。帝王は前世において十善戒を守った結果この世で帝位を得たという考え方(受十善戒経)からこういう。
九 大集経十六にある句「妻子珍宝及王位、臨二命終時一無二随者一」の和訳表現である。この句は往生要集・大文一の七にも「大集経の偈に云く」として引用されるのをはじめ、観心略要集、孝養集・上、撰集抄一の四等に頻出する。巻二後半部(八七頁)にも「大集経に云」として再度この句を引く。
一〇 思いどおりにはならない。 一一 親しみまとわりつく。
一二 みにくい姿にされてしまう。
一三 和漢朗詠集・上・三月尽に「留レ春春不レ住、春帰人寂漠」とある。
一四 湛然。→二一頁注二〇。
一五 法華経・序品の偈文中に「文殊師利　我見諸王　往詣二仏所一　問二無上道一」の句がある。湛然は法華文句記三・中(大正蔵三十四)で、この「往詣仏所」の句について、五王経をあげ、その要旨を示して解説している。「釈してのたまへり」はそのことを指す。

「つねに[八]十善《ぜん》の位《くらゐ》にありて、たのしむはめでたけれども、[九]妻子《さいし》珍宝《ちんぽう》及《をよ》び王位《わうゐ》、後世《ごせ》まで身につく事にあらず。つねに父母《ぶも》六親《しん》にそはばやとおもへば、孝養《けうやう》のこゝろざしふかけれども、生死《しやうじ》無常《むじやう》[一〇]心にかなふべからず。つねに形《かたち》よきものに[一一]むつれたはぶるゝはよけれども、つゐ《い》には病《やまひ》のためにくづを《ほ》れ、老《おい》のために[一二]やつさる。つねに春の野に出《いで》て、花にたはぶれ、霞にうそぶくはおもしろけれども、[一三]春をとゞむるにとゞまらず。花をお《を》しむにお《を》しまれず。一旦の興に侍るべし。我、生ゝ世ゝ《しやう〳〵せゞ》の宝《たから》となるゆへ《ゑ》に、仏法《ぶつぽう》と申《まうす》物ぞ、このもしく侍る」とのたまひければ、普安《ふあん》王に帰《き》して、ほとけの御もとへまい《ゐ》ると、[一四]妙《めう》楽大師《らくだいし》、[一五]往詣仏所《わうげいぶつしよ》の文《もん》を釈《しやく》してのたまへり。こまかに[一六]〔は〕[一七]五王経《ごわうきやう》にとけり。

[一八]春陽日遊戯見野《しゆんやうひゞにゆうげしてみるのを》の心、大原《おはら》の[一九]寂然《じやくねん》が、歌《うた》にもよみて侍《はべる》めり。

75 千とせふる松も限《かぎり》の有《ある》物をはかなく野べにひく心かな

誠《まこと》に一切《さい》の宝《たから》にはあふ事ありといへども、仏法《ぶつぽう》の宝《たから》にはあふ事かたき也。されば、法花経《ほけきやう》にも、[二〇]一百八十劫《こふ》、空過無有仏《くうくはむうぶつ》といひ、[二一]無量《むりやう》

一六 底・瑞本なし、九本により補入。 一七 仏説五王経。一巻。訳者不明。法華文句記には「此是一巻小経」と解説している(大正蔵十四)。
一八 寂然の法門百首に「春陽之日遊二戯原野一」と題して「千とせふる」の歌を掲げている。この歌題、五王経の本文「陽春三月樹木栄華遊二戯原野一」とあるのを要約したか。宝物集は歌題の「原野」を「見野」と誤ったか。 一九 →歌人解説。
75 千年生きのびる松でも寿命には限りがあるのに、人は子の日の園遊などでおろかにも野辺に小松を抜いて長寿を願うのだなあ。「ひく心かな」は法門百首の自歌注によれば、寂然はこの歌題を子の日の園遊になぞらえて詠っているので、「小松を引く」の意と判明する。参考歌「子の日する野辺に小松のなかりせば千代のためしになにをひかまし」(和漢朗詠集・上・子日・忠岑)。
二〇 法華経・化城喩品の一節。「一百八十劫は空しく過ぎん仏有(まい)すこと無し」。百八十劫という計り知れない長い年数が経過するあいだ仏がいらっしゃらなかった、の意。梵天王が大通智勝如来に転法輪を請うにあたり、訴えた偈の中にこの句がある。
二一 法華経・方便品の一節。「無量無数劫にもこの法を聞くことも亦難し」。世尊が舎利弗に対し法華経を聴聞できるのは稀有のことだと説いた長い偈の中の句。

一 法華経・常不軽菩薩品の一節。「(二百億劫に常に仏に値ひたてまつらず)法を聞かず、僧を見ずして、千劫、阿鼻地獄において(大苦悩を受く)」。仏が得大勢菩薩に対し行者を毀る者の罪報を説いた中にこの句がある。 二 舎衛国。↓一九頁注一六。舎衛国にある九億の家のうち三億の家は仏の名を聞くことすらない。往生要集・大文二の八に「仏、舎衛に在しますこと二十五年、かしこの九億の家の、三億は仏を見たてまつり、三億は纔に聞き、その余の三億は見ず聞かず。在世すらなほ然り、いかにいはんや滅後をや」とあるに拠るか。この原拠は大智度論九(大正蔵二十五)。

2 **仏法遭い難し**

無数劫《むしゆごふ》、聞是法亦難《もんぜほうやくなん》ととく。或《あるい》は、[一]不聞法《ふもんぼう》、不見僧《ふけんそう》、千劫於阿鼻地獄《せんごうをあびぢごく》なんど侍《はべ》めり。

余経《よきやう》の説《せつ》を申さんに、あまり事ながく侍り。[二]舎衛《しやゑい》の九億《おく》の衆《しゆ》、三億《おく》はほとけの名字《みやうじ》をきかず。いはんや、仏法流布《ぶつぽうるふ》せざらん国《くに》の衆生《しゆじやう》の、あふ事かたく侍らん、ことは《わ》りにぞ侍るべき。されば、仏法《ぶつぽう》を宝《たから》と申さんには、ひが事にては侍らじとぞおぼゆる。

[三]顕密《けんみつ》聖教《しやうげう》八宗《しう》にわかれて、[四]経論《きやうろん》五千三百余巻《よくはん》也。[五]舎利弗《しやりほつ》が智恵《ちゑ》、[六]富楼那《ふるな》の弁説《べんぜつ》、猶《なを》しを《お》よぶ所にあらず。

[七]申さんや、あやしの山賤《がつ》、いかでか申《まうし》のべ侍らん。[八]南都《なんと》の修学《しゆがく》眼《まなこ》をさらさざ《ゝ》りしかば、[九]瑜伽唯識《ゆがゆいしき》にもくらく、[一〇]北嶺《ほくれい》の聖教《しやうげう》に臂《ひぢ》をくたさざ《ゝ》りしかば、[一一]止観《しくはん》・玄義《げんぎ》にもまどへり。雪をつみ、蛍《ほたる》をあつめずして、いたづらに[一二]鳩《はと》のつえ《ゑ》の齢《よはひ》に及びたり。しかりといへども、田舎《いなか》山寺にしばし侍りしに、[一三]諸法《しよほふ》を空《くう》なりと観《くはん》ずるこそ、仏法の大意《い》とは申《まうす》とぞ承りしか。

[一四]勧学院《くはんがくゐん》の雀《すゞめ》の、蒙求《もうぎう》をさへづり、[一五]七金山《しちこんせん》の鳥の、黄成《きなる》翼《つばさ》のおひ侍るなるやうに、山寺にて承《うけたまはり》し文《もん》どもを少ゝ申《まうし》侍るべし。

三 釈尊が説いた顕教と密教の教えは倶舎・成実・律・法相・三論・華厳・天台(以上顕教)、真言(密教)の八宗に分立して。この数え方の根拠は未詳。 四 八宗に分立した顕密の経論は五千三百余巻ある。開元釈教録に収められている大蔵経の巻数は五〇四八巻。 五 釈迦十大弟子の一人。マカダ国王舎城近くの出身。はじめ六師外道の一人サンジャヤに師事するが、のち目連とともに釈尊に帰依。弟子の中で智慧第一と称された。 六 釈迦十大弟子の一人。迦毘羅衛城近くの婆羅門村の出身。諸論を学び苦行を重ねたが、釈迦の成道を聞いて弟子となる。弁舌にすぐれ、弟子の中で説法第一と称された。 七 仏法について申しましょうか。いや、いやしい山がつのような私にはとてもお話しするだけの能力はありません。文脈は「しかりといへども」に接続する。 八 奈良諸宗の仏教学。三論・法相・華厳・律・成実・倶舎のいわゆる南都六宗の仏教学。 九 瑜伽論と唯識論と。南都仏教は瑜伽論や唯識論に説く思想を教理の中心にすえて展開された。 一〇 北嶺は比叡山延暦寺。聖なる天台の教えを学ぶのに臂をくだくほどに努力をしなかったので。「くたし」は砕く。名義抄「挫 クタク」。「臂をくたし」は苦労すること。「学窓ニ臂ヲクタシ、蛍雪ノ功年積リ」(沙石集一)。 一一 摩訶止観と法華経玄義と。いずれも天台大師智顗の著作で、天台宗教理の原拠となっている。 一二 頭部に鳩の飾りをつけた杖。後漢書・礼儀志中「八十九十、礼有二加賜玉杖長尺一、端以二鳩鳥一為レ飾。鳩者不レ噎之鳥也。欲二老人不一レ噎」。わが国にもこの風俗が伝えられ、拾芥抄に「八十九十曰二鳩杖一」とあり、八十歳以上に鳩杖が下賜されたようだが、年齢は必ずしも明確ではない。平家物語四に鳩杖にすがって登場する乗円房阿闍梨慶秀は「齢すでに八旬にたけて」いた。 一三 底・瑞・九本「諸経」とする。久本「諸法」により改めた。一本は「諸行ハ無常ナリ」とする。 一四 勧学院にいる雀は学生が蒙求を朗読するのを聞きおぼえて、それをさえずる。勧学院は藤原冬嗣が創設した藤原

3 諸法空・諸行無常

[一六] 一切有為法《いつさいうゐのほふは》　如二夢幻泡影一《むげんはうやうのごとし》
如レ露亦如レ電《つゆのごとくまたいなづまのごとし》　応レ作二如レ是観一《まさにかくのごときくわんをなすべし》
[一七] 此日已過命即減少《このひすでにすぎぬればいのちすなはちげんせうす》　如二少水魚一斯有二何楽一《せうすいのうをのごとしこれなんのたのしみかあらん》
[一八] 一切諸法皆悉空寂《いつさいのしよほふはみなことごとくくうじやくなり》　無レ生無レ滅無レ大無レ少《しやうもなくめつもなしだいもなくせうもなし》
[一九] 人命不レ停過二於山水一《ひとのいのちのとどまらざることやまのみづよりもすぎたり》　今日雖レ存明亦難レ保《こんにちそんすといへどもあくればまたたもちがたし》
[二〇] 譬如下梅陀羅《たとへばせんだらの》　駈レ羊至二屠所一《ひつじをかりてとしよにいたるに》
歩々近中死地上《ぶぶしちにちかづくがごとし》　人命亦如レ是《ひとのいのちもまたかくのごとし》

又、[二一]維摩経《ゆいまきやう》の十喩《ゆ》にも、[二二]此身は水にやどれる月のごとし、[二三]入月《いる》のごとし、芭蕉《ばせを》のごとし、夢のごとしなど申《まうし》ためれば、諸行《しよぎやう》を空《くう》と観《くわん》じて、仏法《ぶつぽう》を宝《たから》とおぼすべき也。
維摩経《ゆいまきやう》の十喩《ゆ》の心、昔《むかし》今の歌にもよみて侍るめり。少〻申《まうす》べきなり。

76 手に結ぶ水にやどれる月影の有《ある》かなきかの世にもすむ哉

紀《きの》　貫《つら》　之《ゆき》

77 世中《よのなか》を何にたとへん秋の田のほのかにてらす宵のいなづま

源《みなもとの》　順《したがふ》

氏の子弟教育の学校。一五 七金山に住む鳥は黄金色の翼がはえるそうだ。七金山は須弥山をとりまく七重の山脈。前句「勧学院の雀」に対をなし、ほぼ同意。「侍るなる」は伝聞。
一六 金剛般若経の一節。往生要集・大文一の七にも引く。「有為法」は生滅常ならぬ現象世界。法門百首・無常に下二句を題とする歌がある。底本「電」を「雷」に誤る、瑞・九本により改めた。一七 出曜経二の三の一節。往生要集・大文一の五、三時念仏観門式・第一段にも引く。「少水魚」は刻々と少なくなって行く水に住む魚。法門百首・無常の歌題。
一八 底本「無減」、瑞・九本により「無滅」に改めた。法華経・信解品の句。一九 涅槃経(南本)二十の一節、往生要集・大文一の五にも引く。法門百首・無常の歌題。二〇 摩訶摩耶経・上の一節。往生要集・大文一の五、三時念仏観門式・第一段にも引く。「梅陀羅」はインドのカースト制度の最低の階級で、牛羊の屠殺、牢獄の監守などに従事したという。

3・1 維摩の十喩

二一 維摩経・方便品に説く十種の譬喩。人身の滅びやすさを聚沫・泡・炎・芭蕉・幻・夢・影・響・浮雲・電の十種の自然現象になぞらえている。
二二 「水中月」は維摩経・方便品にみるいわゆる維摩十喩の中にはみえない。しかし菩薩行品に「有下以二夢幻影響鏡中像水中月熱時炎如レ是等喩一而作中仏事上」とあり、公任集や千載集・釈教(宮内卿永範)にも水中月を維摩十喩として詠っているので、十喩の一つにかぞえたこともあったか。
二三 「入月」は維摩経に用例なし。片活三本「電ノゴトシ」とある。誤写か。
76 掌にすくった水に宿っている月の姿のように、有るか無きかというようなはかない世の中に住むことだ。「すむ」は「住む」と「澄む」の懸詞。貫之の辞世の歌。
77 この世の中を何にたとえようか、まさに秋の田を僅かに照す宵の稲妻なのだ。拾遺集の沙弥満誓の「世の中を何にたとへむあさぼらけこぎゆく船の跡の白波」とある歌を念頭に置いて、源順が四歳の女子、五歳の男子を失っ

78 風吹《ふけ》ばまづやぶれぬる草の葉にたとふるからに袖ぞ露けき

大《だい》納《な》言《ごん》公《きん》任《とう》

79 ながき夜の夢の中にて見る夢はいづれうつゝといかゞさだめん

権《ごん》僧《そう》正《じやう》永《えい》縁《えん》

80 浅茅《あさち》はら末葉《すゑば》にすがる露の身にもとの雫《しづく》をよそにやは見る

源《みなもとの》仲《なか》綱《つな》

されば[一]諸行無常《しよぎやうむじやう》、是生滅法《ぜしやうめつぽう》、生滅ゝ已《しやうめつくい》、寂滅為楽《じやくめついらく》と観《くはん》ぜん人、仏法の宝《たから》をまうくるもの也。[二]諸行無常《しよぎやうむじやう》は天にのぼる階《はし》、是生滅法《ぜしやうめつぽう》は愛欲《あいよく》の川をわたる船、生滅《しやうめつ》ゝ已《くい》は剣《つるぎ》の山をこゆる車《くるま》、寂滅為楽《じやくめついらく》は八相成道《さうじやうだう》の化果《けくわ》也。

この故に、[三]雪山童子《せつせんどうじ》は半偈《はんげ》の為《ため》に身をなげ、[四]祇園精舎《ぎをんしやうじや》の鐘《かね》は此文をとなふる也。心あらん人、いかゞ此観をなさざ《ゞ》らん。

[五]蜉蝣《ふゆう》のあだなる命《いのち》也。無常《むじやう》なりと観《くはん》ぜよ。[六]渇鹿《かつろく》のあだなる命《いのち》也。是生滅法《ぜしやうめつぽう》とおもへ。[七]出《いづ》る息《いき》入《いる》息《いき》をまたず。[八]石火《せきくわ》の光《ひかり》のうちにいくばくたのしみかあらむ。昔《むかし》のたのしみは今はなし。今の栄《さかへ》、後《のち》に有《ある》

た時に詠んだ歌である。

78 風が吹くとすぐに破れてしまう芭蕉の葉と同じものに身をなぞらえるにつけ、涙がこぼれることだ。後拾遺集・釈教の詞書によると維摩経十喩のうち「此身如二芭蕉一」を歌題としている。「草の葉」は芭蕉をさす。

79 夢のような無明長夜のさ中に見る夢は、どこが現実だとどうしてきめることができようか。「ながき夜」は煩悩になずむ凡夫の迷妄に満ちた生活を無明長夜の夢とみているのである。

80 浅茅が原の茅(ちがや)の葉末にすがりつく露のような身であるから、根本にふりそそぐしずくを他人事として見ることはとうていできない。

一 涅槃経・聖行品の偈。無常偈、雪山偈ともいう。雪山童子(釈迦の前身)が修行中に羅刹から前半の偈を聞き、後半は身を羅刹の食として投ずることを約して聞いたという偈。この世に存在するすべての事象は変化してやむことなく、生滅の法則に律せられている。生滅の法を克服して到達する寂滅(涅槃)の境地を楽となす、の意。 二 栄花物語三十に藤原道長の葬送に際して天台座主院源僧正が説いた説法の中に「諸行無常は天上に上る智慧の橋なり、是生滅法は愛欲の河を渡る般若の船なり、生滅滅已は剣の山を越ゆる宝車なり、寂滅為楽は浄土に参る八相成道の義果也」とみえる。院源の説法は葬送に加わった尼達の知識に基づいて創作されたものではないか(松村博司)。底本「化果」、瑞本「きくは」。一本・片活三本「証果」。証果以外いずれも意味不明。 三 涅槃経(南本)・聖行品に説く仏伝。↓注一。 四 往生要集(青蓮院本)・大文一の七に「祇園寺の無常堂の四隅に、頗梨の鐘ありて、鐘の音の中にまたこの偈を説く」とある。栄花物語十七にも「かの天竺の祇園精舎の鐘の音、諸行無常、是生滅法、生滅々已、寂滅為楽と聞ゆなれば」とある。いずれも祇園図経を原拠とする。 五 朝生まれ夕方死ぬとされるヒオムシのこと。 六 のどのかわいた鹿。 七 往生要集・大文二の五に「出づる息は入る息を待たず」とある。また止観輔行伝弘決七・三に大智度論を引いて「有一

べからず。金輪聖王《こんりんじやうわう》[九]の位《くらゐ》を経《へ》し事、いくそばくぞ。[一〇]天竜《りう》の恭敬《くぎやう》もて悦《よろこび》とすべからず。いはんや人間の帰依《きゑ》をや。みづから帝たらんそら[一一]、なにの益《ゑき》かある。[一二]いはんやかれにつかへて慢挙《まんきよ》せんをや。

とこそ、[一三]正覚坊《しやうがくばう》の上人は書《かき》[一四]て侍るめれ。心ある人はかく過去遠〻《くわこをん〳〵》の流転《るてん》を観《くはん》じて、諸行無常《しよぎやうむじやう》を悟《さとり》侍る也。

[一五]許由《きよゆう》は十善《ぜん》の位《くらゐ》につくべしと云《いふ》事を聞《きき》て、耳《みゝ》をあらひ、巣父《さうふ》はその川をいみてわたらず。[一六]無言太子《むごんたいし》の、[一七]十歳《さい》までものをいはず、十善《ぜん》の主《あるじ》とならじがため。[一八]別成《べつじやう》王子、七ど位《くらゐ》を辞《じ》せし、みな諸行を無常なりとくはんぜしなり。

3・2 荘子の夢

昔《むかし》、[一九]荘子《そうじ》と申《まうし》ける人、[二〇]夢に胡蝶《こてふ》に成《なり》て、百年《ももとせ》の間《あひだ》花の上に有《あり》と見たりけるが、おどろきておもひけるは、百年の花の上に蝶にて有《あり》つるや[二一]［夢］、夢とおどろくかと思《おもふ》や夢、とわきかねてぞ侍りける。かしこき人は、みな諸行を常《つね》なりとはおもはぬ事にてぞ侍りける。

荘子が夢の事、[二二]堀川院《ほりかはのゐん》の御時、[二三]江《えの》中納言匡房卿《きやうばうきやう》、[二四]百首の中によまれて侍るめり。

比丘言。出息不レ保二入息一」とある(大正蔵四十六)。栄花物語三十にも同一文を引用。八 火打ち石を打って出す火の光。極めて短い時間のたとえ。和漢朗詠集・下・無常「石火光中寄二此身一」。九 ↓一六頁注一二。一〇 天竜八部衆のこと。釈尊に教化され、仏法を守護するようになった八種(天・竜・夜叉・乾闥婆・阿修羅・迦楼羅・緊那羅・摩睺羅迦)の諸天。以下「慢挙せんをや」まで正覚坊(覚鑁)の勧発頌にある一節。一一 底本「そう」、瑞本により「そら」に改めた。助詞「すら」を宝物集は「そら」と表現する例が多い。一二 まして帝王に仕えて高慢になるとはもってのほかだ。「慢挙」は高慢となって心挙がること。底・瑞・九本「つかへし」、久本により「つかへて」に改めた。一三 覚鑁の号。新義真言宗の開祖。諡号興教大師。密厳尊者とも。肥前国の出身。康治二年(一一四三)没、四十九歳。一四 覚鑁の勧発頌に「天竜の恭敬において、猶以て喜と為さず、況や人君の帰依においてをや。何ぞ苟くも著を生ず可き。設ひ自ら帝たりとも何の益かある、況や彼に仕へて慢挙せんをや」とある。一五 巣父とともに中国尭時代の高士。晋、皇甫謐の高士伝に、尭帝が許由に天下を譲ろうと言うと、汚れたことを聞いたとして潁水の岸で耳を洗う。たまたま友人巣父が牛に水を飲ませにやってきたが、汚れた水は飲ませられないとして牛を引いて帰ったという。止観輔行伝弘決九、唐物語・上、沙石集二の八等にみえる。一六 古代インド波羅奈国の太子。太子墓魄経によると生まれながら端正であったが、十三年間無言でいたので諸臣らに誹謗され、生き埋めにされそうになるが、自分の本生を語って父王に助けられる(大正蔵三)。無言童子経、大集経十二、六度集経四等にみえ、源氏物語・夕霧に「無言太子とか…あしき事、よき事を、思ひ知りながら、埋もれなんも、言ふかひなし」とある。一七 太子墓魄経では十三歳。三歳の差が生じた根拠は不明。一八 甘蔗王の第二妃の生んだ四王子のうちの末弟で、梵名尼拘羅。四人は第一妃にねたまれて国外に追放されるが、人望を得て逆に強国を作る(仏本行集経五〔大正蔵三〕)。釈

81 百年《もゝとせ》は花にやどりて過《すぐ》してき此世は蝶の夢にぞ有《あり》ける

是ならず、こゝろある人の、此世をかならずしも現《〔うつゝ〕》とはおもひ侍らず。証歌にて申《まうす》べき也。

壬生忠峯《〈みぶのたゞみね〉》

82 ぬるがうちに見るをのみやは夢といはんはかなき世をも現《〔うつゝ〕》とはいはじ

大江匡衡《〈おほえのまさひら〉》

83 終夜《〈よもすがら〉》昔の事を見つる哉かたるや現《〔うつゝ〕》ありし世やゆめ

藤原資隆《〈ふぢはらのすけたか〉》

84 見る折は夢も夢とは思はれず現《うつつ》を今はうつゝとおもはじ

中納言実家《〈ちうなごんさねいへ〉》

85 よしさらばあふと見つるになぐさまん覚《さむ》る現《〔うつゝ〕》は夢ならぬかは

爰《〈こゝ〉》を以て、一玄奘三蔵《〈げんじやうさんざう〉》の二西域《〈さいいき〉》の記《〈き〉》には、

三何唯為二電光朝露少時身一《なんぞただでんくわうてうろせうじのみたらん》　殖二阿僧祇耶長時苦種一《あそうぎやちやうじのくしゆをうう》

とは書給《〈かき〉》ふなり。是みな諸行無常をくはんずる也。

氏要覧・上(大正蔵五十四)にこの尼拘羅(漢訳別成)の四代の子孫が釈尊の父浄飯王であったとする。別成王が七度位を辞したこと、以上の経典にはみえない。一九 荘周の尊称。中国、戦国時代の思想家。著書に荘子がある。二〇 荘子・斉物論に荘周が胡蝶になった夢を見て、荘周が夢で胡蝶になったのか、胡蝶が荘周になったのかわからなくなったという記述がある。沙石集一の九にも同じ夢のところが引かれている。ただし百年間花の上にいたという典拠は未詳。二一 底・瑞本なし、九本により補入。二二 第七十三代天皇。白河天皇第二皇子。嘉承二年(一一〇七)没、二十九歳。大江匡房・源俊頼・藤原基俊らに命じて堀河院御時百首和歌(堀河百首)を献上させた。二三 →歌人解説。二四 堀河百首。「百年は」の歌、雑の部に「夢」の歌題で載る。

81 荘周は夢で蝶となり、百年は花に宿って過した。それで、この世は蝶の夢のようなものだと悟った。悟った主体は荘周であり、作者でもある。

82 寝ている間に見るものだけを夢というのだろうか、いやそれだけが夢ではない。はかないこの世に生起することも夢であって現(うつつ)とはいえない。「やは」は反語。古今集・哀傷の詞書によると、知人が死去した時に詠んだ歌。

83 夜どおし昔のことを夢に見たことだ。夢の中で亡き人と語ったことが現実であったのか、語った相手が生きていた世が夢であったのか。続詞花集・雑中の詞書によると、一条院の没後間もなく詠んだ歌。夢中に語った相手は一条院である。「ありし世」は一条院在世中の世。

84 夢を見ている時は夢を夢だと思うことができない。だから目前の現実を今は現実とは思わないことにしよう。

85 いっそのこと、あの人と逢った夢を見たことで心をなぐさめよう。さめている現実は夢以外の何物でもないのだから。「かは」は反語。

一 →三八頁注一。二 →四二頁注四。

三 玄奘の大唐西域記とあるが、実際は大唐大慈恩寺三蔵法師伝三(大正蔵五十)にみえる文。玄奘が阿踰陀国から船に

[四]昔《〔むかし〕》、天竺《〈てんぢく〉》の国王、「我国《わがくに》の中《うち》に仏法を信ずべからず」と云《いふ》宣旨《〈せんじ〉》をくだし給へりけるに、五百人の中の第一の覚《〈おぼ〉》えの后《〈きさき〉》は、命《〈いのち〉》を[五]おほやけに奉りて、仏法をあがめ給ひき。此世には命にかふるほどの事は侍らざめり。はやく諸行無常を観じて、仏法の宝《〔たから〕》をまうけ給《たまふ》べき也。

[六]瓦礫荊棘《〈ぐはれきけいきよく〉》の穢土《〈ゑど〉》に着《〈ぢやく〉》をなす、蓼《〔たで〕》をはむ虫《〔むし〕》の甘露《〈かんろ〉》の味《あぢはひ》ありとしらざるがごとし。[七]花池《けち》宝閣の上刹をねがはざる、井の中《なか》の蛙《かはづ》の大海のひろき事をさとらざるにに《〔ゝ〕》たり。

[八]五蘊のあだなる身、たのしみありとても久しからじ。草露のはかなき命、さかへ《〈ゑ〉》ありとてもいくほどかあらん。いはんや、[九]一生はつくれども希望《〔けまう〕》はつきず。あるにつけてもうれへ、なきにつけてもうれへん物、生死《しやうじ》に着《ちやく》をなす事なかれ。一切の諸仏は、[一〇]胸《〔むね〕》をさいてかなしみ、十方の菩薩《〔ぼさつ〕》は、[一一]弾指《たんし》してはぢしめ給ふらん。

[一二]仏、譬喩経《〈ひゆきやう〉》の中に説《とき》てのたまはく、「たとへば人二人《ふたり》道をゆくに、一人があらましごとにいふやう、『たゞいま、餅《〔もちい〕》を三《みつ》もとめたらんに、いかにして』といへば、いま一人がいふ、『一つづゝくひて、今一つをば中よりわりてこそくはめ』といへば、今一人がいふ、『もとめた

乗って殑伽河を下り、賊に襲われ殺されかけた時、懺悔する賊に対して諭した言葉。電光朝露のようにわずかしか生きない身であるのに、どうして阿僧祇耶にもわたる長時間堕地獄の苦を受けるたねを作るのか、の意。原典「唯」なし。「殖」に「作」、「祇」に「企」を宛てる。

四 天竺国王の后が仏法をあがめた話、今昔三の二十五、三国伝記四の一と酷似。上記両書の説話は、法苑珠林二十一、経律異相二十九を原拠とする。宝物集が何に拠っているかは不明。

五 国王。国家。

六 瓦や石ころだらけで茨のはえたこの娑婆世界に執着する者は、辛い蓼を食う虫が甘露の味を知らないようなものだ。「娑婆雑悪、荊棘瓦礫不浄充満、同ニ居穢ニ也」(安養抄一)。

七 蓮の花の咲く美しい池があり、宝石をちりばめた豪華な楼閣のたち並ぶ極楽浄土を希求しない者は、井戸の中の蛙が大海の広いことを知らないのに似ている。

八 生命体を構成する色・受・想・行・識の五つの要素。

九 往生要集・大文一の七に「我等、頭には霜雪を戴き、心俗塵に染みて、一生は尽くといへども希望は尽きず」とある。片活三本は、次の「あるにつけてもうれへ、なきにつけてもうれ(へん物)」の後に「一生ハ尽ル事有トモ希望〔ハ〕尽ル事ナシ」が続く。その方がわかりやすい。

一〇 悲しみにもだえ、自分の胸をかき破って。

一一 親指と人差し指をはじいて音を出すこと。相手に告知または警告し、批判する時などに行う。底・瑞本「弾指立て」。九本により「弾指して」に改めた。

3・3 二人三餅の譬喩

一二 以下の説話の出典未詳。ただし譬喩経には、雑譬喩経、旧雑譬喩経、百喩経、法句譬喩経など種類が多い。

らん人こそ二つはくはめ』といへば、『おなじきやうにこそくはめ』といさかひ論ずる也」。濁世《じよくせ》末代《まつだい》の衆生《しゆじやう》は、これがやうに、なき幸《さいはい》あらそひて、万《よろづ》、人といさかひ論《ろん》ずる也。

富《と》めるものはかならずしもひさしからず。命《いのち》あるものは、かならずしもたのしからず。こゝをもつて、一行基《ぎやうぎ》菩薩《ぼさつ》は、「二浄土《じやうど》にあらずは、いづくか心にかなふ所あらん。聖衆《しやうじゆ》にあらずは、たれかおもひにしたがふ人あらん」とのたまふ也。はやく心にたがはざる上刹《じやうせつ》にまうでて《ゝ》、すみやかに、おもひにそむかざる聖衆《しやうじゆ》とあそびたはぶれ給ふべきなり。

三人界《にんがい》に生《しやう》をうくる事、爪上《そうじやう》の土のごとし。三悪道《あくだう》に落《おつ》るものは、三千界《ぜんがい》の四〔土の〕ごとし。五仏法にあひ奉る事は、一眼《がん》の亀《かめ》の浮木《うきぎ》にあへるにに《ゝ》たり。たま／＼うけがたき人身《にんじん》をうけ、あひがたき仏法にあひ奉り、このたび仏法の宝《たから》をとらずは、またいづれのときか期《ご》せん。はやく六頭燃《づねん》をはらふがごとくにつとめを《お》こなひて、あすを期《ご》する事なくいとなみたまふべし。

七仏在世《ぶつざいせ》に、一人の善女《ぜんによ》ありき。「仏をむかへ奉りて供養《くやう》しまい《ゐ》らせ

一 →歌人解説。
二 行基菩薩遺誡に「又諸弟子等に遺誡す、浄土にあらずば何れか称恵の処有らん、聖衆ならずば誰か随心の人有らん」とある。沙石集五末の十一に、「先年彼ノ御筆ノ御遺誡ノ文、見侍リシニ」として「浄土ニアラザレバ、心ニ叶フ所ナク、聖衆ニアラザレバ、思ニシタガフ友ナシ」とみえる。
三 人間の世界に生まれることは極めて小さな爪の上の土地に生まれるようなもので、稀有なることである。地獄・餓鬼・畜生の三悪道に堕ちることは、広々とした三千世界に行くようなものではなはだ容易である。往生要集・大文一の七に「故に大経（涅槃経）に云く、人趣に生るる者は爪の上の土の如し。三途に堕つる者は十方の土の如し」とある。往生要集は涅槃経（南本）三十一（大正蔵十二）の文を取意したものである。
四 底・瑞・九本なし、久本により補入。
五 仏法に遭遇することは、片眼の亀が洋上に浮かぶ流木の穴に遭遇するようなもので、はなはだ稀である。往生要集・大文六の二に「仏子、今たまたま人身を得、また仏教に値へり。猶し一眼の亀の、浮木の孔に値へるがごとし」。
六 頭にふりかかる火を払いよけるようにたゆまぬ努力をして。往生要集・大文一の五に「頭燃を救《はら》ふが如くして、以て出要を求めよ」とある。
七 以下の善女の話、仏の説法を聞いて帰依した菴婆梨女の話と酷似する。菴婆梨女のこと、一九頁（注一七）にみえる。そこでは仏の説法要請で菴婆梨女と競合したのは五百童子となっている。長阿含経では諸隷車とある。ここで「時の長者」とあるのは諸隷車をさす

3・4 **善女の四理**

ん」と申《まうし》ければ、仏《ほとけ》、善女《ぜんによ》が心中《しんぢう》をかゞみ給《たまひ》て、「明日《あす》ゆくべし」とおほせられければ、善女《ぜんによ》が心中の願《ぐはん》成就《じやうじゆ》して、供養《くやう》のいとなみにいとまなくはしりさはぎけるを、時の長者《ちやうじや》いできたりて、威《い》を以て、「明日《あす》は、われむかへまい《ゐ》らすべし。なんぢはあさて請《しやう》じまい《ゐ》らせよ」とを《お》しとゞめければ、善女《ぜんによ》四《よつ》[八]の理《り》を立《たて》て申《まうし》侍りけり。

「一者令㆓我心保㆑善不㆑移《ひとつはわがこころをしてぜんをたもちうつらざらしめよ》　二者令㆓我命保㆑在不㆑已《ふたつはわがいのちをしてあることをたもちやめざらしめよ》
三者令㆓我財物不㆑滅《みつはわがざいもつをしてめつせざらしめよ》　四者令㆔仏長住㆓此国㆒《よつはほとけをしてながくこのくににすましめよ》

此文《このもん》の心は、一には、わがこゝろあさてまで[九]善を修せんと思はん事かたし。二には、我命《わがいのち》あさてまでたもたん事かたし。[一〇]三には、わが財あさてまであらん事かたし。四には、仏此国にあさてまでおはしまさん事かたしとなり。[一一]阿育大王《あいくだいわう》の[一二]一閻浮提《あんぶだい》の主《しゆ》たりし、[一三]半菓《はんくは》の菴羅《あんら》猶あや[一四]うく《ふ》、[一五]頻婆沙羅《びんばしやら》王《わう》の一四天下の君《きみ》[一六]たし、国城《こくじやう》[一七]かへて身《み》の毒《どく》たり。この四《よつ》の事を長者《ちやうじや》のちからにてとゞめ給[一八]ふべし、あすをのべ侍るべし。さなくは、いかにもこそと思ひわづらひ侍れ。あすをのぶる事あるべからず」

と申《まうし》ければ、長者《ちやうじや》物いふ事なくてかへりにけりとこそ申《まうし》て侍るめ

のであろう。
八 善女の四理は長阿含経二の典拠部分にはみえない。
九 明後日。
一〇 底本「三にには」。瑞・九本により「に」の一字衍とみて削除。
一一 →三八頁注一一。
一二 一つの閻浮提。閻浮提は古代インドの世界観において須弥山の南方に位置する四州の一つ。もとインドをさしたが、やがて人間界の総称となった。
一三 半分の菴羅の実。「菴羅」は菴摩羅、菴摩勒とも書き、奈樹難分別樹とも漢訳する。今日のマンゴーの樹。底・瑞・九本「はんくはのをんち」、久本は「半菓ノ菴羅ヨリ猶危ク」とあるに従う。
一四 閻浮提の主人阿育大王でさえ、わずか半分のマンゴーすらあやうく自由にできなくなる、の意。阿育王は施の心深く、病床にいたとき鶏雀寺に多くの財宝を供養するが、家臣、太子らが惜しんで王命を実施しないでいると、供養する物がなくなったと思った王は、手中に残った半分の菴羅を寺中の衆僧に施した(雑阿含経二十五・阿育王施半阿摩勒果因縁経〔大正蔵二〕)という故事を踏まえる。
一五 一四天下の君主たる頻婆沙羅王でさえ、その堅固な国城がかえって身の毒になった。頻婆沙羅王が息子阿闍世王の命で禁獄され、殺された故事を「国城かへて身の毒」と言ったのであろう。頻婆沙羅王の故事は三五頁(注一六)に既出。「一四天下」は一つの四天下。須弥山を中心に東西南北にある四洲を四天下という。
一六 「君たし」は「君たりし」とあるべきところ。「り」が促音化して、「君たつし」となり、促音の表記法がまだなかったことを示すものとみる。
一七 逆に、かえって。久本「還テ」。
一八 九本「給ふべし」のあとに「さらば」がある。久本は「給べクハアスヲ延侍ルベシ」とある。後者が原型か。

れ。賢《けん》を見てはひとしからんとおもふがごとし。彼善女《かのぜんによ》が思ひをなして、あすをまつ事なく、つとめを《お》こなひ給《たまふ》べきなり。されば、心ある人、みなかくぞよみて侍るめれ。

86 朝ごとにはらふ塵《ちり》だに有物《あるもの》を今いくよとてたゆむなるらん

読《よみ》人しらず

87 憂世《うきよ》をばそむかばけふもそむかなんあすをも有《あり》と思ふべき身か

保胤《やすたね》入道《にふだう》内記《ないき》上人

88 思ひ知《しる》人もありける世中《よのなか》をいつをいつとていそがざるらん

大《だい》納《な》言《ごん》公《きん》任《たう》

89 いつをいつとおもひたゆみてかげろふのかげろふ程の世をすごすらん

懐《くはい》尋《じん》法《ほつ》師《し》

90 いつまでと長閑《のどか》に物を思ふらん時のまをだにしらぬ命を

待賢門院兵衛《たいけんもんゐんひやうゑ》

一 賢者を見ると、自分も精進して同じような賢者になりたいと思う。論語・里仁「子曰、見レ賢思レ斉焉」。

86 毎朝掃除をしても払うべき塵があるというのに、今後いったい何年生きると思って、塵の多いこの身の修行を怠るのであろうか。拾遺抄では初句「としをへて」、作者「ちうれ」、俊頼髄脳では、詞書に「うつくしげなる僧」の歌とし、また「神仙の御歌」ともしている。

87 この憂き世、背いて出家するなら今日すぐにでも出家したほうがよい。明日あるとあてにできる我が身ではあるまいから。保胤は寛和二年（九八六）出家した。

88 世の中の無常を覚知して出家する人もいるのに、われらはいつ死期が来ると思って、うかうか暮しているのだろう。拾遺集詞書によると、長保三年（一〇〇一）二月四日、藤原成信、同重家らの出家を知り、藤原行成に贈った歌。

89 死がいつくると思ってのんびり気をゆるめて、陽炎がちらちら燃えるほどのはかないこの世を過ごしているのだろうか。「かげろふ」は陽炎。「かげろふ程」の「かげろふ」は動詞で、ちらちらもえる意。

90 いつまで生きると思ってのんびりかまえているのだろうか。わずか一時の間にも死ぬかもしれぬ命なのに。

[二]太子賓客《たいしひんかく》白楽天《はくらくてん》は、「[三]人生《じんせい》の一百年、かぞふれば三万日、その百年をたもつものは、百にひとつもなし」となげき、[四]首楞厳院《しゆれうごんゐん》の[五]明賢阿闍梨《みやうけんあじやり》は、「[六]たとひ八十の齢《よはひ》をたもつ、連日《れんじつ》をかぞふれば、[七]二万八千余日。いはんや、なかばすぎぬるもの、いつをまつとかせん。いづれの日いづれの時、[八]出入《しゆつにふ》の息《いき》、再会《さいくわい》を待《まつ》事なく、ながくへだてて《ゝ》、いづれの野のあい《ひ》だいづれの山の麓《ふもと》に捨《すて》られ、身分所《しんぶんしよ》〳〵に散在《さんざい》して、泥塊《でいくわい》にまじはらんとすらん」と申《まうす》ところぞかし。

誠に今生《こんじやう》の身の果《はて》、命のをはりいかゞおぼつかなからずも侍るらん。[九]清少納言枕草子には、「[一〇]除目《ぢもく》の聞書、赤子《あかご》のむまれたる、おもはしき人の文《ふみ》」などをだにおぼつかなきことには申《まうし》ためれ。

されば、心ある人、みなかくこそよみ侍るめれ。

よみ人しらず

91 思ひ出《いづ》る時ぞかなしき世中《よのなか》は空ゆく雲のはてをしらねば

よみ人しらず

92 世中《よのなか》をかくいひ〳〵て身のはてはいかにやいかにならんとすらん

3・5 人命おぼつかなし

二 賓客は皇太子に仕え、礼儀や作法等について指導・助言する役職。白楽天は唐の敬宗の時代に太子賓客となった。白楽天→二三頁注二四。

三 白氏文集十・対酒に「人生一百歳、通計三万日。何況百歳人。人間百無レ一」とある。

四 比叡山延暦寺の三塔の一つ、横川(よかわ)にある中堂。

五 天台宗の僧。万寿三年(一〇二六)生れ、長治二年(一一〇五)以前没。首楞厳院に住し、説法神妙といわれた。

六 以下「泥塊にまじはらんとすらん」まで、明賢作、誓願講式の式文からの引用。

七 一年三百六十日の計算をしている。

八 →五六頁注七。

九 →歌人解説。

一〇 能因本系枕草子「とくゆかしきもの」に、出産、除目の知らせ、恋人の手紙などをあげた箇所が典拠。その部分、能因本系のみに存在。

91 この世の中、あの空行く雲のように、行き着くはてがわからないから、あなたのことを思い出すたびに悲しくなるのだ。「世中」は男女の仲と解すべきか。

92 この世の中を、このようにくり返し言い続けて、あげくのはてに、この身はいったいどのようになるというのだろうか。拾遺抄の部立によれば、「世中」は男女の仲の意となる。

93 くもる夜の月と我身と末のよとおぼつかなきはいづれまされり

傅《ふの》大《だい》納《な》言母《ごんのはゝ》

94 いづれの日いづれの山の麓《ふもと》にてむせぶ煙《けぶり》とならんとすらん

選《せん》子《し》内《ない》親《しん》王《わう》

95 消《きえ》はてん露のわが身のをき《お》所いづれの野べの草葉なるらん

[一]前《さきの》斎《さい》宮《ぐうの》大《だい》輔《ぶ》

かやうに思ふ人、諸行無常《しよぎやうむじやう》を観《くはん》じ、仏法の宝《たから》をまうくる也。法華《ほけ》経《きやう》の方便品《はうべんぼん》に、[二]見《けん》六《ろく》道衆生《だうしゆじやう》、貧窮《ひんきう》無福恵《むふくゑ》と申《まうす》文《もん》は、「六道《だう》の衆《しゆ》生《じやう》を見るに貧窮《ひんきう》にして福《さいはい》なし、[三]国王大臣《こくわうだいじん》も貧窮《ひんきう》なる人なり。たゞ仏法を修行《しゆぎやう》せんもののみぞ、宝《たから》をまうくる人」と申《まうし》ためれ。

彼《かの》[四]忉利天《とうりてん》の億千歳《おくせんざい》のたのしみ、[五]大梵王宮《だいぼんわうぐう》の深禅定《しんぜんぢやう》のたのしみも、仏法を修行《しゆぎやう》せずは、なにに《ゝ》かはし侍るべき。[六]縄《なは》を結《むす》び、木を刻《きざ》みし昔《むかし》だにすら、心ある人は、花のちり、木《こ》の葉のちるを見て、[七]飛花落《ひくはらく》葉《よう》の観《くはん》とて、生死《しやうじ》の無常《むじやう》をさとり侍りけり。いはんや、[八]欽明天皇《きんめいてんわう》の御時聖教《しやうげう》わたり、[九]上宮太子《じやうぐうたいし》の御世《みよ》に、仏法ひろまりにし後《のち》、たれの

93 曇る夜の月と我が身の将来と、そしてこの末法の世と、不安の度合いはどれがまさっているでしょう。瑞・九本ともに第二句「月と我身の」とある。それだと月と我が身の将来とをくらべたことになる。また、後拾遺集・雑一、蜻蛉日記では第二・三句「月とわがみのゆくすゑと」とある。

94 この我が身、いずれの日、いずこの山のふもとの火葬場で、むせぶ煙になろうとするのだろうか。

一 底本「太輔」に「たゆふ」の振り仮名。瑞本の「大輔」に「だいぶ」の振り仮名に従う。

95 いずれ消えはてる露のような我がむくろの置き所は、いったいいずれの野辺の草葉なのであろうか。「露の」は露のような。「身のをき所」は墓所。

二 法華経・方便品に「舎利弗よ当に知るべし　われは仏眼もつて観じて　六道の衆生を見るに　貧窮にして福慧なく生死の険しき道に入り　相続して苦は断えず」とある。

三 以下「宝をまうくる人」まで法華経にはみえない。前掲の経句についての注疏類からの引用か。出典未詳。

四 忉利天に住む者は世間の百年を一日として千年の寿命をもつという。「億千歳のたのしみ」とはそのことをさす。忉利天→一〇頁注一六。

五 大梵天王は仏法守護の神で、初禅天の王。その王の住む宮殿を大梵王宮または大梵高台という。「深禅定」は底・瑞・九本「神禅定」とする。久本、往生要集二の一により改めた。大梵王は常にその王宮において甚深なる禅定に入り、微妙な楽しみをうけているという。その禅定をさす。

3・6 飛花落葉

成句が栄花物語十七にみえるが、さらにその原拠は往生要集・大文二の一に「かの忉利天上の億千歳の楽も、大梵王宮の深き禅定の楽も、これらのもろもろの楽は、いまだ楽となすに足らず」とあるに拠る。

六 文字のない太古には、大事には大縄を結び、小事には小縄を結んで伝達したという。この結縄時代のあと木を刻んで文字を書く書契の時代が来る。「焉(ここ)にして縄を結ぶこと燹(たす)れて二墳燦爛たり。木を刻むこと寢(や)むで五典

心ある人か、諸行を無常なりとしり、仏法を宝《たから》とおもはぬはある。
飛花落葉《ひくわらくよう》のうた、少〻申《まうす》べし。

一〇 紀《きの》貫《つら》之《ゆき》

96 花よりも人こそあだに成《なり》にけれいづれをさきにこひんとか見し

入道《にふだう》法《ほつ》親《しん》王《わう》

97 はかなさを恨《うらみ》もはてじ桜花うき世はたれも心ならねば

法《ほう》印《ゐん》元《げん》性《しやう》

98 此世をぞ思ひしりぬる桜花さくかとすればねにかへりつゝ

大《だい》納《な》言《ごん》公《きん》任《とう》

99 けふ見ずはあすやあらまし山里の紅葉も人もつねならぬ世に

素《そ》覚《かく》 家基《いへもと》入道

100 世のうさに秋の木葉《このは》のふりければおつる涙も紅葉しにけり」

一一 この女、

「まことにかくうけたまはるおり《を》は、仏法[一二より外《ほか》]の宝《たから》は侍らざりけり。今よりは、仏法を第一の宝《たから》とおもひ侍るべし。さても、一三見六道衆《けんろくだうしゆ》

鬱(かさ)りに興る」(性霊集四・梵字幷に雑文を献ずる表)。「木をきざみなはをむすびしいにしへも世をうき物と人やいひけん」(夫木和歌抄・権僧正公朝)。
七 花が散り、葉が枯れて落ちるのを見て諸行無常を感得する観法。
八 第二十九代の欽明天皇十三年(五五二)に百済の聖明王が金銅仏・幡蓋・経論などを献上した(日本書紀)ことをさす。
九 聖徳太子。↓一六頁注一三。
一〇 古今集では貫之の父茂行(↓歌人解説)の作とする。
96 散りやすい桜の花よりも、人のほうが先にはかなくみまかってしまった。あなたがこの桜を植えた時には、花とあなたとどちらを先に恋しく思うことになろうかと、思ってもみなかったよ。
97 桜の花がはかなく散ることを恨みとおすことはすまい。この憂き世は誰だって欲するままに生き続けることはできないのだから。
98 この世のはかなさをつくづく思い知ったことだ。桜の花は咲いたかと思うとすぐに散って根本にかえってゆくのだから。
99 今日見なかったならば、この一葉のもみじはあしたまで残っているのだろうか、まことにおぼつかない。山里の紅葉も人も無常の世のものであるから。新古今集・哀傷の詞書に、中将宣方の訃報をきき、白川の家に行った時、紅葉の一葉が残っていたのを見て詠んだとある。
100 世の憂さにたえられず、秋の樹木がその葉を散らしたので、悲しさのあまり落とす我が涙も紅葉の色に染まった。落葉を樹木の涙とみたて、飛花落葉を悲しむ人の涙とが結びつく。この歌をもって「すこしうちわらふなる気色」(五一頁)で語りはじめた僧の会話が中断する。
一一 嵯峨清凉寺に参籠し、夜を徹した仏法談義に加わっている女性(五一頁)。
一二 底・瑞本なし、九本により補入。
一三 六四頁の文をさす。

生《〈じやう〉》とかやのたまへ〔る〕[一]は、いづくを六道とは申《まうす》ぞ」

ととへば、この僧《〈そう〉》、

「六道しらぬ人やは侍る。この世に、五六《いつつむつ》の子どもや、あやしき下衆《〔げす〕》どもぞしりて侍るめるは。されども、仏[二]の御まへにて、しりながらは、よもとひ給はじと思へば申《まうし》侍るなり。六道とは、地獄《〈ちごく〉》・餓鬼《〈がき〉》・畜《〈ちく〉》生《〈じやう〉》・修羅《〈しゆら〉》・人間《〈にんげん〉》・天上《〈てんじやう〉》也。無始《〈むし〉》[三]の生死《〈しやうじ〉》より、諸仏《〈しよぶつ〉》の出世《〈しゆつせ〉》の利益《〈りやく〉》〔に〕[四]もれて、車《〈くるま〉》の、庭《〈には〉》にめぐり、鳥の、樹《〈き〉》に居《ゐ》るがごとくに、六趣《〈しゆ〉》[五]に輪廻《〈りんゑ〉》するは、仏法の宝《〔たから〕》をまうけざりしゆへ《〈ゑ〉》なり。法華経《〈ほけきやう〉》に、墜堕《〈ついだ〉》[六]三悪道《〈あくだう〉》、輪廻《〈りんゑ〉》六趣《〈しゆ〉》中《〈ちう〉》と侍るは、この心に侍るべし」

といへばこの女、又、

「地獄《〈ちごく〉》・餓鬼《〈がき〉》・畜生《〈ちくしやう〉》の事うけ給はらばや」

[七]といふなれば、

「地獄《〔ちごく〕》・餓鬼《〔がき〕》・畜生《〔ちくしやう〕》のありさま、天台首楞厳院《〈てんだいしゆれうごんゐん〉》[八]の沙門《〈しやもん〉》源信僧都《〈げんしんそうづ〉》[九]の、一代聖教《〈しやうげう〉》を引《ひき》てかき給へる往生要集《〈わうじやうようしう〉》[一〇]と申《まうす》文《〈ふみ〉》に、こまかにしるされて侍るめり。いまだ見たまはざりけるや。かたはし申《まうし》つゞけ侍るべし。

地獄といふは、此閻浮提《〔ゑんぶだい〕》の下《した》一千由旬《〔ゆじゆん〕》[一一]に有《あり》。等活《〔とうくはつ〕》・黒縄《〔こくじやう〕》・衆合《〈しゆがふ〉》・

一 底本なし、瑞・九本により補入。
二 この仏は清凉寺の釈迦像をさす。
三 久遠の昔から際限なく繰り返される生死輪廻の世界。
四 底・瑞本なし、九本により補入。

6 六道
五 六道。
六 法華経・方便品に「堅く五欲に著して　痴愛の故に悩を生じ　諸の欲の因縁をもつて　三悪道に墜堕ち　六趣の中に輪廻して　備さに諸の苦毒受け」とある。
七 と質問したらしく、そうすると。「なれ」は推定。書き手(清凉寺釈迦像の帰印のうわさを聞いて参詣にやってきた作者とおぼしき隠遁者)は物かげから僧と参籠者たちの物語を聞いているという設定になっている。
八 首楞厳院(六二頁注四)は比叡山横川にあって、源信止住の堂。
九 →歌人解説。
一〇 三巻。永観三年(九八五)四月に成った源信の代表作。極楽往生をとげる理由・方法を、多くの経論の要文を引いて論じた書。
一一 由旬は、古代インドにおける距離の単位。一由旬は、約十キロメートルとも十五キロメートルとも言われる。
一二 八大地獄はそれぞれ同面積の正方形で、上下に並んでいる。それぞれの地獄の四辺には四個ずつ、十六個の小地獄が付いている。一三 八大地獄がそれぞれ十六の小地獄を持つので、これを八倍すると百二十八個の小地獄となり、これに八大地獄を加えると合計百三十六となる。
一四 倶舎論十一・分別世品に「或近二江河山辺曠野一、或在二地下空及余処一諸地獄器安布如レ是」とある(大正蔵二十九)。

1 地獄
一五 生没年未詳。世親とも。四―五世紀頃のインドの学僧。一六 阿毘達磨倶舎論。世親著。六百の偈文とこれを注釈した散文から成るもので、部派仏教の教理を集大成したもの。
一七 富山県東部、飛驒山脈北西にある地獄。火山地帯で、地下から熱湯が吹き出ている所を地獄といった。以下の話、法華験記・下の一二四、今昔十四の七に酷似する。また、

叫喚《〈きやうくはん〉》・大叫喚《〈だいきやうくはん〉》・焦熱《〔せうねつ〕》・大《だい》焦熱《〔せうねつ〕》・阿鼻《〔あ び〕》城《〈じやう〉》也。是をば大地獄《〔ぢごく〕》といふ。を《〈お〉》の〱一二十六の別所《〈べつしよ〉》あり。すべて一三一百三十六の地獄《〔ぢごく〕》なり。此外《このほか》、一四野《〈の〉》の間《〈あい〉》海《〈うみ〉》のほとりにも地獄《〔ぢごく〕》はありとぞ、一五天親菩薩《〈てんじんぼさつ〉》の一六倶舎論《〈くしやろん〉》には申《まうし》たり。

まことにさやうにと覚ゆる事ども侍り。一七越中国《〈ゑつちうのくに〉》立《〔たて〕》山《やま》〔の〕一八地獄《〔ぢごく〕》より、一九近江《〈あふみ〉》の国《くに》愛智《〈ゑ ち〉》の大《だい》領《〈りやう〉》のむすめの、山伏《〈やまぶし〉》につけて親《〈おや〉》のもとへことづてして侍りけるは。およそ、この地《ち》獄《〔ごく〕》の苦患《〔くげん〕》、絵にかき、たとへをとるにも、百千万のなかに一ぶんにを《〈お〉》よぶべからず。

されば、仏は「二〇こまかにとかば、きかんもの、血をはきてしなん」とこそ仰《おほせ》られけれ。此八地獄の中に二一苦患《〔くげん〕》の軽重《〈きやうぢう〉》二二あり。罪業《〈ざいごふ〉》の軽重《〈きやうぢう〉》によりて苦《〔く〕》をうくるもの也。二三はじめの地獄《〔ぢごく〕》はかろく、をはりの地獄《〔ぢごく〕》はおもし。命《〈いのち〉》の長短《〈ちやうたん〉》もまた〱かくのごとし。

二四天には七重《〈ぢう〉》の網《〔あみ〕》をはれり、鳳凰の翼《〔つばさ〕》なりとも飛《とび》さるべからず。地には鉄城《〈てつじやう〉》かたくとぢたり。二五那羅延《〈ならゑん〉》が力《〈ちから〉》成《なり》ともやぶりがたし。熱鉄《〔ねつてつ〕》二六熾《〔し〕》二七燃《〔ねん〕》として四面交雑《〈しめんかうざつ〉》し、二八刀林刃利《とうりんやいばとく》して二九鉄城《てつじやう》にじうまんせり。三〇阿防羅刹《〈あぼうらせつ〉》のいかれる声《〔こゑ〕》、聞《きく》に肝《〔きも〕》をうしなひ、三一牛頭馬頭《〈ごづめづ〉》のけ荒《〔あら〕》き三二姿《すがた》、見るに心を

今昔十七の二十七、三国伝記九の二十四、地蔵菩薩霊験記六の四も同類の説話である。 一八 底本なし、瑞・九本により補入。 一九 近江国愛智郡の郡司の娘。「大領」は令制で郡司の四等官の筆頭をいう。法華験記、今昔物語では近江国蒲生郡の木仏子の娘となっている。愛智郡は滋賀県の東部中央、蒲生郡は南東部にあり、出身地にも少差があり、女に逢った山伏も三井寺の僧となっている。

二〇 往生要集・大文一の一の阿鼻地獄の条の正法念処経からの引用文中に「もし人ありて説き、もし人ありて聴かば、かくの如き人は血を吐いて死せん」とある。真如観にも「無間地獄ノ苦…説カバ、聞カン者血ヲハキテ死スベケン」とあり、さらに仏説泥犁経には「仏言…吐二沸血一而死」(大正蔵一)ともある。

二一 底・瑞・九本「より」、久本により「に」に改めた。 二二 底・瑞本「有」に「う」の振り仮名。久本により「あり」と改めた。

二三 八大地獄における責苦の軽重、期間の長短は往生要集・大文一の一の地獄の記述に詳しい。

二四 往生要集・大文一の一の阿鼻地獄の条を踏まえた表現か。肝心集に「上張二鉄網一七重、麒麟鳳凰羽カケッテ無レ可レ超。下鉄戸四面指、那羅延力破不レ可レ出。炎満レ内露許無レ間。…牛頭馬頭無二晴体一、夜叉羅刹忿形眼懸二電口一吐レ炎、百千万雷如二一時鳴合一」とあり、表現近似する。共通の出典からの引用か。 二五 那羅延天とも。仏教の外護神。密教では那羅延金剛と呼び、密迹金剛とともに仁王門に安置される。

二六 以下の地獄の模様は往生要集・大文一の一の阿鼻地獄の条に類似表現が散見され、そのあたりを踏まえての記述であろう。 二七 底・瑞・九本「自然」、久・一本により「熾燃」に改めた。 二八 底・瑞本「刀林に利して」、九・片活三本「刀林刃利して」、九本により改めた。 二九 底・瑞・九本「とつしやう」、久本により「鉄城」に改めた。 三〇 地獄で罪人を責める獄卒の名。

三一 獄卒の名。牛頭人身を牛頭、馬頭人身を馬頭という。

三二 底・瑞・九本「するに」、久本「姿」により改めた。

まどはす。

天にあふぎなかんとすれども、涙《なみだ》おちず。[一]刀葉《とうよう》くだりて眼《まなこ》に入《いり》、地にうつぶしておめかんとすれどもこゑ出《いで》ず。猛火《みやうくは》きたりて口をふさぐ。いはんや、苦患《くげん》をうけずして片時《へんし》もやすむ事あらんや。一日にあらず、二日にあらず、無数劫《むしゆこふ》の間くるしむなり。一種にあらず、二種にあらず、百千万のかなしみなり。

申さんや、阿鼻《あび》大城の事は、申《まうす》に及び侍らず。[二]頭《かしら》をさげ足を上《あぐ》るに、落《おつ》る事二千年也。ふかき事をしりぬべし。受苦《じゆく》無《む》間《げん》ととけり。苦をうけぬ所隙《ひま》なし。[三]命の長き事は一中劫《ちうこふ》也。出離のいつと云《いふ》事をしらず。久しさ、さま〴〵に侍り。[四]四十里のいしを三朱の天衣をもつて三年に三度なでんに、つきうせんを一劫《こう》とも申《まうす》。

さればいわゐ《はひ》の歌にて、かくぞよみ侍る。

101 君が代は天《あま》の羽衣《はごろも》まれにきてなづともつきぬいはほならなん

[五]又四十里の城《じやう》に芥子《けし》をつみて、たまさかに一《ひとつ》づゝをとらんに、みなとりつくさんを一劫《こう》と申侍《まうしはべる》めり。

一 地獄にある刀葉林の葉。葉が刀になっていて微風でも落下し、下にいる者を切りさくという。二 往生要集・大文一の一の阿鼻地獄の条に正法念処経の略抄として「頭面は下にあり、足は上にありて、二千年を逕て、皆下に向ひて行く」とある。三 往生要集・大文一の阿鼻地獄の条に倶舎論に拠って「この無間獄は寿一中劫なり」とある。大智度論では二十小劫を一中劫とする。四 盤石劫の喩。菩薩瓔珞本業経・下に「譬へば一里二里乃至十里の石の如し、方広亦然り。天衣の重さ三銖を以て、人中の日月歳数の三年に一たび此の石を払ひて乃ち尽くるを一小劫と名づく」(大正蔵二十四)とある。「朱」は「銖」が正しい。重さの単位。

101 天皇の寿命は、天の羽衣を着た天人がたまにやってきて、どんなに撫でても尽きることのない、巨大な巌石のような無限の長さであってほしい。「ならなん」は、あつらえ望む意。

五 芥子劫の喩。大智度論五に「四十里の大城に芥子を満中して、長寿の人有りて、百歳過ぎて一たび来りて一芥子を取りて去りて芥子尽く」(大正蔵二十五)を劫というとしている。六 道賢と名のる。三善氏吉の子という。十二歳で出家、東寺で密教を学ぶ。天慶四年(九四一)吉野の金峯山の笙の窟で無言断食を行じ、蔵王菩薩と感見し、導かれて地獄へ行き、菅原道真を流罪に処した科で堕獄した延喜帝(醍醐天皇)に遭遇したという。寛和元年(九八五)頃没か。扶桑略記二十五、元亨釈書九、真言伝五、本朝神仙伝二九、十訓抄五、沙石集八の二十三、太平記二十六等に載る。七 断食をともなった無言行の一種。八 身口意の三密を融合させる密教の行法。九 鈴杵(れいしよ)。密教の行法の中で用いる仏具。振ると高く澄んだ音が出る。真言伝、神仙伝、元亨釈書に室生山で修行のとき日蔵が前身に所持した鈴杵を土中より発掘したとある。日蔵地獄めぐりの話に別時点の鈴の話を取り入れたか。一〇 宇多天皇。→九頁注二五。一一 菅原道真。→歌人解説。

金峯山《きんぶせん》の日蔵上人《にちざうしやうにん》[六]は、無言断食《むごんだんじき》[七]にて行《ぎやう》じけるほどに、秘密瑜伽《ひみつゆが》[八]の鈴《れい》[九]をにぎりながら死《しに》いり侍りける。地獄《ちごく》にして延喜《えんぎ》の聖主《せいしゆ》にあひ奉る。御門《みかど》、上人《しやうにん》を見給ひてのたまはく、「地獄《ちごく》に来《きた》るもの、ふたゝび人間に帰る事なし。汝はよみがへるべきものなり。我《われ》、父寛平法皇[一〇]のために不孝なりき。また、無実をもつて菅原右大臣[一一]を流罪《るざい》したりき。この罪科《ざいくわ》によりて、今地獄《ちごく》に落《おち》て苦患《くげん》をうく。かならず皇子にかたりて苦患《くげん》をとぶらふべし」と仰事《おほせごと》ありければ、かしこまりてうけ給《たまはり》ければ、「冥途《めいど》には罪《つみ》なきをもつてあるじとす。上人《しやうにん》われをうやまふ事なかれ」と仰《おほせ》られけるこそかなしく侍りつれ。

102 いふならく奈落《ならく》の中に入《いり》ぬれば剎利《せつり》も首陀《すだ》もかはらざりけり　高《たか》岳《をかの》親《しん》王《わう》

この歌こそおもひあはせられてあはれに侍《はべり》つれ。地獄《ちごく》[一二]の屛《びやう》風《ぶ》を見て、

103 浅《あさ》ましやつるぎのえだのたはむ迄こやつみのみのなれる成《なる》らん　〔和[一三]泉式部〕

ちかくは、よみがへり[一四]の若狭守国忠も、かやうの物がたりし侍りけり。

102 世に言うではないか。ひとたび地獄の底に堕ちたら、身分の高い剎利も下層の首陀も区別なく責苦を受けると。剎利、首陀は古代インドのカースト制のうち、バラモンに次ぐ第二級の姓が剎利、最下層が首陀である。
一二 地獄の苦患の様相を描いた屛風。年末宮中で開催される仏名会に用いられた。
一三 底・瑞・九本作者名を欠く。久本により補入。
103 恐ろしいことだ。剣の枝がたわむほどに肉体が突き刺されている、これこそがまさに罪障多き身のなれのはてなのであろう。「こや」は場所を指示する代名詞「こ」に感嘆の助詞「や」がついた。「身」に「枝」の縁語「実」を懸ける。「なれる」も「枝」「実」の縁語。
一四 経歴未詳。三外往生記四十六の大納言雅俊の条に、前阿波守藤原郡忠が大治五年(一一三〇)四月のころ病没後蘇生して、さきに没した雅俊が往生人であること、太上法皇(白河院)が往生所未定であることを焔魔の家臣となっている重隆から聞いたということを告げている。「郡」は「クニ」の訓もあり、「邦」を誤写した可能性もあるので、郡忠と国忠は同一人と思われる。

一 藤原重隆。参議為房男。検非違使・五位蔵人・右衛門権佐・中宮権大進などを歴任。正五位下。三外往生記には「右衛門権佐藤原重隆」。古今著聞集・四五八に「二条右衛門佐重隆、没後に冥官となる事」と題し類話を載せる。「号二条衛門介」の注記、九本「二条左衛門介」、久本「二条右衛門介」。久本が正しい。二 以下の会話部分、三外往生記四十六に「又云、太上法皇去年帰泉。以来生所未定。善悪二業同分難レ量之故也。善業者引二善趣一。悪業者引二悪趣一右衛門権佐藤原重隆逼死。即為二焔魔臣一。奉二此事一也。郡忠聞レ之。蘇生尋常之後。披二露斯語一」とある文の翻案か。三 底・瑞・九本「見奉りて」、久本により改めた。四 徳叉尸羅とも。古代インドの都市。付法蔵伝六に、昔、得尸羅城に餓鬼が住み、五百年間食料が得られなかったので子を飢えさせたとある。五 四段活用「飢やす」の連用形。飢えさせる。

「一右衛門権介重高号二条衛門介、地獄《〔ちごく〕》にして冥官《〈みやうくはん〉》にまじりて居たりけるが、国忠を見て、座《〈ざ〉》を立《たち》て、かたらひむつびていふ、『二白河の法皇の、功徳も大に、罪も大にて、いまだ生所《しやうじよ》もさだまり給はぬを見奉三〔レ〕』〔ト〕て見せたり」とぞかたりける。

餓鬼道を申さば、無量の苦患《〔くげん〕》隙《ひま》なしといへども、すべて飢饉《〔けこん〕》のうれへしのびがたし。四得尸羅城《とくしらじやう》の餓鬼は、五百歳食《じき》を得ずして子を五うやし、六獅子国の餓鬼は、七へん海の山に成《なる》を見るまで食にあはず。七或はみづから脳《〔なづき〕》をやぶりてくらひ、或は子をくらひて飢《〔うへ〕》をたすく。

八我夜生二五子一《われよるにごしをしやうず》　随レ生皆自食《うむにしたがひてみなみづからしよくす》

昼生レ五亦然《ひるごをしやずるもまたしかり》　雖レ尽而不レ飽《つくすといへどもしかもあかず》

と申《まうす》は是也。くはしくは九像法蔵経《〈ざうほうざう〉きやう》にとけり。

一〇菓《〔くだ〕》物を見て、とらんとすれば刀葉《〈とうよう〉》となり、水にむかひて、のまんとすれば猛火《みやうくわ》となりてえず。はらは大海のごとくなれば、一一須弥山《〔しゆみせん〕》をくらふともあくべからず。一二口《〈くち〉》は針《〈はり〉》のあなのごとし。芥子をのむとも入《いる》べからず。

一三百菓結レ林《ひやくくわはやしにむすぶ》　欲レ取刀葉《とらんとすればたうえふなり》

万水入レ海《ばんすゐうみにいる》　欲レ飲猛火《のまんとすればまうくわなり》

六 今のスリランカ。法華伝記九の十六に月支摩訶衍伝法菩薩が師子国の海岸を遊化したとき五百の餓鬼に出会い、ここに住んでどのくらいたつかと問うと、よくわからぬが、大海が七度変じて山になったのを見たと答えたという。 七 往生要集・大文一の二に、子を食うこと(六波羅蜜経)、脳を取って食うこと(大智度論)を記す。 八 出典は倶舎論八(大正蔵二十九)。「如下餓鬼女白二目連一云上」としてここに引用の五言四句の偈を掲げる。瑞・久本、第三・四句を欠く。

2 餓鬼道

底・九本、第二句の「生五」を「生其」とするが、倶舎論により訂正。底本は第四句の「尽」を「昼」とするが、九本と倶舎論により改めた。このあたり、片活三本に「倶舎論ニ云ク」と出典を明示して、五言四句の前半二句を引用している。瑞・久本が前半二句だけを掲げるのは、三巻本の形と何らかの関連あるか。なお五言四句の偈は、大毘婆沙論百二十(大正蔵二十七)、阿毘達磨蔵顕宗論十二(大正蔵二十九)にもみえる。 九 像法蔵経という名の経典未詳。久本、この部分「委ハ雑宝蔵経ニ説リ」とある。仏説雑宝蔵経一巻(大正蔵四)は全編、餓鬼が目連にその苦報を告白する文で成り立っているので、ここは雑宝蔵経を誤記したとみる。 一〇 後出四言四句の偈の要旨をとって読み下したのであろう。 一一 漢訳して妙高山。仏教の宇宙観で、宇宙の中心をなす巨大な山。 一二 往生要集・大文一の二に口の細い餓鬼の記述がある。 一三 二十五三昧式の餓鬼の段に「第二巻廻向餓鬼道者、枯竭燋悴食二子息一餓飢羸憧惶砕レ脳助レ命、百菓結レ林欲レ取悉刀輪也。万水入レ海欲レ飲皆猛火也」とあり、永観作、三時念仏観門式第二段にも同文がある。延慶本平家物語六末の女院六道めぐりの条に、二十五三昧式と宝物集とを混ぜた餓鬼道の記述がある。 一四 五十巻。梁、宝唱等の編集。諸経典より仏教に関するあらゆる事柄を抄出して体系的に配列した仏教百科全書。「人間にも餓鬼はあり」は四十六巻・雑鬼神に「一切人民所レ居舎宅、皆有二鬼神一無レ有二空者一云々」(大正蔵五十三)とあるあたりの取意か。 一五 底・瑞本「ことし」、九本「こと」に従い「し」を削除。

と申《まうす》はこれなり。[一四]経律異相《きやうりつ〔いさう〕》には、人間にも餓鬼《〈がき〉》はありといへり。もし貧窮《〈ひんきう〉》のものをいふか。

餓鬼《がき》のこと[一五]歌にもよみて侍るめり。

104 寺々《〔てら〳〵〕》のめがきまうさくおほうはのをがきたばりてそのこはらまん

祐《〈ゆう》盛《ぜい》法《ほっ》師《し〉》

105 川を見てのめばほのほと成《なる》物をいづくをさしてやせわたるらん

畜生道《〈ちくしやうだう〉》を申さば、残害《〔ざんがい〕》の苦《〈く〉》、しのびがたし。[一六]大象《だい〈ぞう〉》の地にたける[一七]、いまだ師子王《〈しゝ〉わう》の恐《おそれ》[一八]をまぬかれず。毒竜《〈どくりう〉》の海《〈うみ〉》にわだかまる、なを《(ほ)》[一九]金翅鳥《〈きんじてう〉》の難《〈なん〉》をえはなれがたし。雉《〈きじ〉》は鷹《〈たか〉》のためにとられ、蛙《〈かはづ〉》は蛇《〔くちなは〕》のため[二〇]〔に〕のまる。鵜《〈う〉》の[二一]〔さきの〕鮎《〈あゆ〉》、猫《〈ねこ〉》のまへのねずみ、いづれか残害《〔ざんがい〕》をまぬかるゝはある。ながきはみじかきをのみ、大なるは小をくらふ。

しかのみならず、鷲《わし》は羽《はね》のためにころされ、虎《〈とら〉》は皮《〈かは〉》のために命《〔いのち〕》をうしなふ。[二二]但念水草《ただすゐさうをおもふ》のやからは、おもきを負《〔お〕》[二三]ひて、坂《〈さか〉》にむかひ、[二四]五百由旬《〈ゆじゆん〉》の蟒身《〔ぼうしん〕》は、小虫《〈せうちう〉》のためにくらはる。[二五]蒼海《〈さうかい〉》の魚《〈うを〉》は、暗《〔くら〕》きをいとひて出離《〈しゆつり〉》をもとめ、[二六]雪山《〈せつせん〉》の鳥《〈とり〉》は、光《〔ひかり〕》にあひて無常《〈むじやう〉》を観《〈くはん〉》ず。[二七]あるひ《(い)》は火

104 寺々の女餓鬼めが申すことには、大神《(おおみわ)》の男餓鬼を夫としてもらいうけて、その子どもをはらみたいと。万葉集十六の詞書「池田朝臣の、大神朝臣奥守を嗤ふ歌一首」。「おほうは」は「おほみは」の誤写とみる。底・九本「たがき」、瑞本「をがき」により改めた。

105 川を見てその水を飲むと炎となって燃えてしまうのに。やせおとろえた餓鬼はどこを目指して多くの瀬を渡るのであろうか。「やせわたる」は「痩せわたる」と「八瀬渡る」を懸ける。往生要集・大文一の二に「飢渇常に急にして、身体枯竭す。たまたま清流を望み、走り向ひてかしこに趣けば、大力の鬼ありて、杖を以て逆へ打つ。或は変じて火と作り、或は悉く枯れ涸く」とある所を詠ったか。

一六 肝心集に「大象走レ地尚有二師子王畏一。驪竜蟠レ海豈無二金翅鳥之難一」とあり、表現近似する。共通の出典からの引用か。 一七 猛威をふるう。 一八 底・瑞・九本「忢」と書く。久本の「恐ヲ」に従う。 一九 →二二頁注一八。 二〇 底本なし、瑞・九本により補入。

3 畜生道

二一 底本なし、瑞・九本により補入。 二二 往生要集・大文一の三に「象・馬・牛・驢・駱駝・騾等の如きは…ただ水・草を念ひて、余は知る所なし」とある。 二三 底・瑞本「おもひて」、九本の「おひて」に従う。 二四 五百由旬もの大きさのおろち。往生要集・大文一の三に「或はまた蟒蛇は、その身長大なれども、…小虫の為に唼ひ食はる」とある。 二五 三時念仏観門式第一段に「彼雪山之鳥遇レ光而観二無常一、蒼海之魚厭レ闇而願二出離一」とある対句表現を並べかえて引用したもの。一本ではこの部分「雪山之鳥、光ニアヒテ無常ヲ観ジ、蒼海之魚ハ、クラキヲイトヒテ出離ヲモトム」とあり、三時念仏観門式の表現と殆んど一致する。 二六 寒苦鳥。大雪山(ヒマラヤ)に住むので雪山鳥ともいう。寂然の法門百首三十七番歌自注によると、この鳥は夜「寒苦われをせむる。夜あけば巣つくらん」と鳴き、夜があけると「今日死なん事をしらず、明日死なんことをしらず、いかで巣をつくりて無常の身をやすくせん」と鳴くという。「光にあひて無常を観ず」とはそのことをさ

の色にふけりて命をうしなひ、あるは蜘蛛《ちちう》の家《いへ》に虫《むし》かゝりて身をほろぼす。一卅四億種《おくしゆ》の姿《すがた》、一つとしてくをうけざるはなし。

これならず、夜もすがらもゆる蛍《ほたる》、日ぐらしなける蟬《せみ》、二夜もうらむる秋の虫《むし》、水にねぶる冬《ふゆ》の鴛《をし》の、いづれか苦《く》をまぬかるゝはある。

このこゝちの歌少ゝ《せう〳〵》申侍《まうしはべる》べし。

源《みなもとの》重《しげ》之《ゆき》

106 音もせで思ひにもゆる蛍こそなく虫よりも哀也《なり》けれ

讃《さぬ》岐《きの》法《ほう》皇《わう》

107 この比《ごろ》は鴛《をし》のうきねぞ哀《あはれ》なる上毛《うはげ》の霜《しも》に［下の］こほりに

前左衛門督公光《さきのさゑもんのかみきんみつ》

108 空蟬《うつせみ》の身はぬけがらに成《なり》はてて人［と］もとがめぬ日ぐらしぞなく

西《さい》行《ぎやう》

109 霜《しも》うづむ葎《むぐら》が下《した》の蛬《きりぐす》あるかなきかに声ぞきこゆる

経《きやう》の文《もん》などをもよみあはせて侍るめり。

三或は生驢中《しやうろちうにしやうずる》の心を

前大僧正覚忠《さきのだいそうじやうかくちう》

すのであろう。二七 三時念仏観門式第二段に「飛蛾着二火色一殞レ身、蚊虻繫二蛛網一捨レ命」とあり、二十五三昧式にも同文がみえる。前出「蒼海の魚…」の対句を三時念仏観門式から引用しているところからみると、ここも同書からの引用か。ただし宝物集の諸本すべて「飛蛾」「蚊虻」二語を欠く(ただ底・瑞・九・久本では下句は「蜘蛛の家に虫かゝりて」とあって「蚊虻」相当語が「虫」に置きかえられている)。したがって「火の色にふけりて」の主語がはっきりしない。なお一本はこの部分「火ノ色ニフケリテ、身ヲホロホカシ、クモノヰニカヽリテ、イノチヲウシナフ」とあって、上下とも主語を欠いている。

一 往生要集・大文一の三に「別して論ずれば、三十四億の種類あれども」として畜生の種類の数をあげる。二 底・瑞本「夜も」、九本は「も」の右に「をか」と傍記。久本は「終夜ウラムル」。「終夜」を「よもすがら」と読めば久本が正しいか。

106 おしだまったまま思いの炎に燃える蛍こそ、声を立てて鳴く虫よりもいっそう哀れであるよ。

107 寒さの厳しいこのごろは、おしどりの浮き寝がふびんでならぬ。上毛に置く霜につけ、腹の下の氷につけ、いずれもつめたかろうに。底本第五句の「下の」なし、瑞・九本等で補う。下句「霜に」「こほりに」は、久安百首・冬、続詞花集・冬、千載集・冬等すべて「霜よ」「こほりよ」とあるが、瑞本のみ底本と同様「に」とする。「よ」と「ヨ」の近似による誤写ともみえるが、底本のまま解釈した。

108 蟬のようにはかないこの身はすっかり魂の抜けたぬけがらのようになってしまった。今は誰にもかまってもらえず、日がな一日鳴くばかりだ。「空蟬の」は命・身・人などにかかる枕詞。

109 霜にうずまった葎の下のきりぎりすの、息もたえだえなかぼそい声がきこえるよ。「あるかなきか」は生きているのか死んでいるのかわからぬような心もとない状態にあることをいう。「葎」は蔓でからむ雑草。「きりぎりす」は今のこおろぎ。

110 前の世に法《のり》をやあしとそしりけん難波堀江《なにはほりえ》にあさる春駒《はるこま》

雪山寒苦鳥《せつせんかんくてう》　中納言実守《ちうなごんさねもり》

111 雪にすむ鳥とやいはん卯花《うのはな》の陰にかくるゝ山ほとゝぎす

四高遠《たかとを》の大弐《だいに》の、ちく生道《しやうだう》に落《おち》たるよし、子の夢《ゆめ》に見えけるうたとぞ、あはれに侍る。

112 おく山の行衛もしらぬ谷底に哀《あはれ》いつ迄あらんとすらん

苦《く》をうくるのみにあらず、畜生道《ちくしやうだう》にむまれぬるものは、出《いづ》る事かたく侍るなり。五白犬《しろいぬ》に六なりたりしか〔ば〕、かばね、七おくの須弥山《しゆみせん》のごとくつもり、八占婆城《せんばじやう》の鳩《はと》にむまれしかば、四万劫《こう》鳩《はと》の姿《すがた》をあらためざりき。ゆへ《ゑ》に、畜生《ちくしやう》と云《いふ》文字は生《しやう》を畜《たくはふ》るとぞよみ侍る。

昔、釈迦如来、犬にむまれ給ひたりけるに、白犬になり給へりける屍《かばね》、億《おく》の須弥《しゆみ》のたかさつもりけり。いはんや、黒斑《くろまだら》あか九〔丸《マダ》ラ具センニヲキテヲヤ。経ノ文ニ、〕

一〇純作ニ白狗形一《もはらはくくのすがたをなし》　積ニ骨億須弥一《ほねをおくのしゆみにつむ》

仏、弟子をぐして、占婆《せんば》城をありきたまひけるに、樹《き》のえだに鳩の

三 時にはろばの世界に生まれたかもしれぬという心を詠む、の意。「驢」は、ろば、うさぎ馬。霊異記中の三十二に負債を返済しない人が牛に生まれかわった話の末尾に成実論に言うとして「若し人、債を負ひて償はずは、牛羊、麞鹿、驢馬等の中に堕して、其の宿債を償はむ」(大正蔵三十二)の文を引用する。「生驢中」の歌題は成実論から導いたか。

110 前世に仏法を悪いものだとそしった報いで馬に生まれついたのであろうか、難波の堀江に餌をあさる春駒は。「あし」は「悪し」に「難波」の縁語「葦」を懸ける。「難波堀江」は諸説があるが、大阪市内を南北に走る上町台地に沿って流れる天満川であろうとする説が有力。この堀江は、日本書紀・欽明天皇十三年十月の記事によると、百済の聖明王が献じた仏像を、崇仏か廃仏かの論争の末、疫病の流行を契機に物部尾輿の奏上を容れて、流棄した所という。

111 雪山に住む鳥というのがよかろうか。白い卯の花の陰にかくれて鳴く山ほととぎすを。白い卯の花から白雪におおわれた雪山を連想し、「卯」に「憂」をきかせた。

四 藤原高遠。→歌人解説。袋草紙・希代歌に「おく山の」の歌をあげ「蛇道ニ落ツノ由ヲ示シテ、息子ノ夢ニ之ヲ見ル」とある。また続詞花集・哀傷の詞書にも「大弐高遠身まかりにける跡に、子息の夢に、蛇道になんおちたるとてよみける歌」とある。万代和歌集・雑五にも同様のことを記す。

112 (足を踏み入れたら)行くえもわからなくなる奥山の深い谷底に、ああ、私はいったいいつまで暮そうとしているのであろうか。夢の中に登場した高遠の歌である。

五 唐の智覚禅師延寿の万善同帰集・下に「又云。吾無数劫、往ニ来生死道一。捨レ身復受レ身。不レ離ニ胞胎法一。計ニ我所ニ経歴一、記レ一不レ記レ余。純作ニ白狗身一。積ニ骨億須弥一。以ニ利針一地種、無レ不レ値ニ我体一。何況雑色狗、其数不レ可レ量」(大正蔵四十八)とある。「又云」は菩薩処胎経をさすが、そこには「純作白狗身。積骨億須弥」の句は発見できない。

六 底・瑞本「なりたりしかかはね」とあるが、下文の対句関係の文脈により、久本「ナリタリシカハカハネ」とあるのをよしとして、「ば」を補入。 七 億の須弥山。須弥山を一億

居たりけるを、弟子の智恵《〔ちゑ〕》をこゝろみんがために、「あの鳩《〔はと〕》はいつより鳩にてあるぞ」ととひ給へば、「過去[一]八万劫《〈こう〉》鳩《〈はと〉》なりき。未来《〈みらい〉》八万劫鳩なるべし」と申《まうし》ければ、釈尊仏眼《ぶつげん》をてらして、「過去《〈くわこ〉》八万劫のさき八万劫鳩なりき。未来《〈みらい〉》八万劫の後も又、八万劫鳩なるべし」とぞ仰《おほせ》られける。

[二]過去遠ゝ占婆城鳩《くはこをん〳〵せんばじやうのはと》　未来永ゝ祇洹寺蟻《みらいやう〳〵ぎをんじのあり》

と云《いふ》は、この事に侍るべし。

[三]修羅《〈しゆら〉》恚《〈いかり〉》さかりにして、悪心さむる事なし。しかのみならず、[四]一日三時のうれへあり。[五]天鼓自鳴《〔てんくじみやう〕》のなげきあり。

[六]諸阿修羅等《しよあしゆらとう》　居㆓在大海辺㆒《たいかいのほとりにきよざいし》

自共言語時《みづからともにいひかたるとき》　出㆓于大音声㆒《だいおんじやうをいだす》

と侍るは、[七]つねに大海のそこに侍るなめり。しかりといへども、[八]天上にこもれるゆへ《(ゑ)》に、こまかに申《まうす》べからず。天上の事、別に申《まうし》侍るべし。

[九]物のねたき事、おほく歌によみて侍るめり。

積み上げたほどの大きさ。八 瞻婆城。中インドのガンジス河のほとりにある占波国の都城。そこの鳩のことは出典未詳。九 底・瑞・九本は「あか」のあと「能作白狗形」に続く。久本により「あか」の下の〔　〕内の文を補う。一〇 底・瑞・九本すべて「能作…」とするが、久本は「能」を「純」とする。出典の万善同帰集の文に照して、「純」の誤写とみて改めた。「純」は、ひたすらに、もっぱら、の意。

一 先出「四万劫鳩の姿を」とあるに対し「過去八万劫鳩なりき」と変った理由不明。二 占婆城の鳩は想像を超えた遠い過去から繰り返し鳩の生を享けて占婆城に住みつき、一方祇洹寺の蟻は未来永劫蟻の身を享けて同じ処に住み続ける。そのように畜生道に輪廻する時間は長い。祇洹寺は祇園寺に同じ。→一二頁注一〇。祇園寺の蟻の出典は、法苑珠林三十九に引用する唐の道宣の祇桓寺感通記。「時舎利弗語㆓須達㆒言、汝於㆓過去毘婆戸仏㆒、亦於㆓此地㆒為㆓彼世尊㆒起㆓立精舎㆒。而此蟻子在㆓此中㆒生。乃至七仏已来汝皆為㆑仏起㆓立精舎㆒、而此蟻子亦在㆑中生。至㆓今九十一劫㆒受㆓一種身㆒不㆑得㆓解脱㆒」(大正蔵五十三)とあるのに拠る。また関中創立戒壇図経にも「又曰、汝於㆓毘婆戸仏乃至迦葉㆒。為㆑仏起㆑寺。而蟻生不㆑絶。生死長遠」(大正蔵四十五)とあるのは同じ典拠に拠る表現。

4 修羅道

三 六道の一つの阿修羅道。阿修羅の住む世界で、たえず悲惨な闘争が繰り広げられているという。四 往生要集・大文一の四に「また日々三時に、苦具自ら来りて逼り害し、種々に憂ひ苦しむこと、勝げて説くべからず」とある。五 法華経・分別功徳品に「虚空の中においては、天の鼓、自ら鳴り、妙なる声、深遠なり」とある。往生要集・大文一の四に「雲雷もし鳴れば、これ天の鼓なりと謂ひて怖畏周章し」とある。六 法華経・法師功徳品の偈中にみえる句。底・瑞・九本第三句「自共」を「自苦」とする。久本ならびに法華経に拠って改めた。平家物語三・有王に「諸阿修羅等、居住大海辺とて、修羅の三悪四趣は、深山大海のほとりにありと、仏の解き給ひたれば、知らず、われ餓鬼道に迷来るか」とある。

113 かきつめてねたさもねたしもしほ草おもはぬ方に煙立《けぶりたち》けり
戒《かい》秀《しう》法《ほっ》師《し》

114 秋萩をしがらみふする鹿の音をねたき物からまづぞ聞《きき》つる
源《みなもとの》為《ため》善《よし》

115 人しらでねたさもねたし紫のねずりの衣うはぎにもせん
堀《ほり》川《かはの》右《う》大《だい》臣《じん》頼《より》宗

116 あやめ草ねたくも君がとはぬ哉けふは心にかゝれと思ふに
一〇 参《さんの》宮《みや》 後三条院皇子 或花園左大臣

117 何事も思《おも》ひすつれば秋はなを野《ほ》べのけしきのねたくも有《ある》かな
沙《しや》弥《み》釈《しやく》阿《あ》

人間を申さば、二入印経には十六の苦をたてり。三父のうむも苦《く》なり。母のうむも苦《く》なり。たのしみさかへ《え》も苦《く》なりなど申せども、つねには、八苦《く》とて申《まうす》めり。八苦《く》と申《まうす》は生《しやう》と老《らう》と病《びやう》と死《し》と、是を四苦といふ。此外《このほか》、怨憎《をんぞう》・愛別《あいべつ》・求不得《ぐふとく》・一三五盛陰《ごじやうゐん》なり。これを八苦と申《まうす》也。第一に、生苦《しやうく》と云《いふ》は、人、一四母《はゝ》の腹《はら》にやどりて三百日、あるひ《い》は二百

七 今昔三の十に阿修羅の住所は「一ハ海ノ側(ほとり)也、一ハ大海ノ底也、其ノ海ノ側ト云フハ、須弥山ノ峡、大海ノ岸也」とある。阿修羅は海岸にも海底にも住んでいる。八 仏教を守護する梵天・帝釈天など天部の諸善神は本来修羅道に帰属する神々である。それが天界に住するので、ここでは細説せず、詳しくは天道のところに譲るというのである。ただし後出(一四二頁)天上界のところでは天部善神についての記述はほとんどみえない。九 修羅道では嫉妬や怨憎によって闘争が絶えないので、ねたみを詠んだ例歌をあげるというのである。

113 藻塩草を掻き集めるように、あの人に恋文を書き集めて送ったことが癪でたまらない。とんでもない方向に燃えるように、あの人は別の男になびいてしまった。後出、堀川右大臣頼宗の「人しらで」の歌に拠るか。

114 秋萩をからだにからみつけて臥す鹿の鳴き声を、ねたましく思うものの、まっさきに聞いたことだ。「秋萩」に花やいだ女性を連想し、「ねたき物から」はその連想から生じる。「秋萩をしがらみふせて鳴く鹿の目には見えずて音のさやけさ」(古今集・秋上・読人しらず)に拠った歌。

115 その人が知らないなんて悔しくてならぬ、紫の根摺りの衣ではないが、かの女との間にあった恋の秘密を表沙汰にしてしまおうかな。後拾遺集には小式部内侍のところに二条前太政大臣(藤原教通)が通ったので詠んだとの詞書がある。「人しらで」の「人」は藤原教通をさす。「紫のねずりの衣」は紫草の根で摺って染めた衣で、人に知られぬひそかな恋の比喩(「恋しくは下にを思へ紫のねずりの衣色にいづなゆめ」(古今集・恋三)に基づく)。「ねずり」に「寝摺り」、「うはぎ」に「浮気」を懸け、上衣に着ることで表沙汰にする意をきかせている。作者藤原頼宗は、恋敵となった教通の異母兄。

5 人道

一〇 参宮は後三条天皇の第三皇子をさす。→歌人解説「輔仁親王」。ただし、一一六番歌の作者は下の割注にあるように、花園左大臣源有仁(輔仁親王の子)との説もある。金葉集は有仁説。

5・1 生苦

六十日有《あり》て、はじめて業《ごふ》の風に吹《ふき》いださるゝ時、いきたる牛の皮をはぎて、しげる棘《おどろ》[一]の中をとを《ほ》さんがごとしといへり。また、和《なご》[二]やの衾《ふすま》をもつてうけとるといへども、百千の剣《つるぎ》をもつて、さきわるがごとし。このゆへ《ゑ》に、赤子《あか》[三]のはじめてなく声《こゑ》は、苦《く》かな〳〵と申《まうし》侍るなり。

第二に、老苦《らうく》と申《まうす》は、はじめ[四]をかつ〴〵申《まうし》侍りぬ。

第三に、病苦《びやうく》を申さば、四[五]百四種《しゆ》の病《やまひ》、一《ひとつ》としてやすき事なし。頭《かしら》いたみ、身ほとを《ほ》り、腹《はら》ふくれ、胸《むね》さはぐ《わ》、いづれかた[六]へしのぶべくはある。しかのみならず、子やめばおやもやむ。妻やめば夫《おつと》もなげく。五[七]体身分《しんぶん》のいたきのみにあらず、物心ぼそく、後世《ごせ》のおそろしく、命《いのち》のおしき苦《く》のあるなり。

その心、証歌にて申《まうし》侍るべし。

病《やまひ》[八]大事におはしける比《ころ》、月のあかゝりけるを見て、よみたまひける　藤《ふぢ》[九]原《はらの》賢《かた》子《きこ》

118 いにしへは月をのみこそながめしに今は日をまつ我ぞかなしき

病《やまひ》[一〇]大事《だいじ》に侍るころ、雪《ゆき》のふりけるを見て　良《りやう》暹《ぜん》法《ほっ》師《し》

116 あなたが訪れないのは何と悔しいことか。あやめ草の根を結んだ薬玉が柱にかかっているが、今日こそそれがあなたの目にかかれと願うのだが。「あやめ草」は「ね(根)」を導く枕詞。「かゝれ」は、薬玉を柱などに懸けるところから薬玉の縁語で、かつ目にとまる意に懸ける。

117 何事もかなわぬ恋とあきらめてしまう者にはやはり秋季の美しく色づいた野辺の景色が癪にさわるのだよ。紅葉の美しさに失恋した女性の衣装を連想している。

5・2 老苦

二 未詳。一本には「寿命経には、八十六のくるしみをあかせり」とあるが、該当部分がみえない。正法念処経五十八・観天品に十六苦のことがみえる。

5・3 病苦

三 父が妻との間に子を持つことを生むと言った。

三 心身にやどっている苦しみ。

四 孝養集・上に「人界に生を受るには、先二百六十余箇日の間、母の腹の中につゝまれ纏されて、月満日定て生るゝ時は、生たる牛の皮をはぎていばらからたちに当るが如し、是を生苦と云」とあり極めて近似する。

一 草木が乱れ茂っている所。やぶ。 二 やわらかいふとん。 三 赤ん坊が痛苦にたえず「苦かな〳〵」と泣くというのであるから、生苦は産む苦しみではなくて、生まれる苦しみと解すべきである。仏説五王経に「欲レ生之時、母危父怖。生堕二草上一。身体細軟。草触二其身一。如レ履二刀剣一。忽然失レ声大呼」とある。 四 初歩的なことをとりあえず申しました。一巻(一三頁)においてすでに老苦については言及している。 五 大智度論五十八に、寒さによる病気二百二、暑さによる病気二百二があるという。 六 底・瑞・九本「たゞしのぶ」、久本により改めた。 七 首と両手と両足。全身。 八 作者藤原賢子の病気が重くなった頃。賢子→歌人解説。 九 底・瑞・久本「賢」を「堅」と表記、九本「賢」による。また読み方、底・瑞本「かたきこ」、久本「ケンシ」。

118 昔は月ばかりを眺めて過してきたが、今はただ臨終の日を待つ我が身が悲しい。月と日の対比に趣向がある。

119 覚束《おぼつか》なまだ見ぬ道をしでの山雪ふみわけてこえんとすらん

一〇 れいならぬ事、大事になり給ひて、
すゞりの箱に紙にかき給ひて、いれ侍りける

贈《〈ぞう》皇《くわう》后《ご》宮《ぐう〉》

120 むねにみつ思ひをだにもはれずして煙《けぶり》とならん事ぞかなしき

一一 病《やまひ》大事になり給へる比《ころ》、蟬《〔せみ〕》のなくを
聞《きき》て、よみたまひける

梅《〈むめ》壺《つぼの》女《によ》御《ご〉》

121 あすまでもあるべきものと思はねばけふひぐらしの声ぞかなしき

病《やまひ》大事になりて、法師に成《なり》て、よみ
侍りける

刑《〈ぎやう》部《ぶ》卿《きやう》範《のり》兼《かね〉》

122 はかなしな頭《〔かしら〕》の雪は消《きえ》はてて《〔ゝ〕》たま〳〵残る露のわが身は

病はまことにたえがたく、かなしき事にてぞ侍《はべる》なり。国王大臣〔に一三
も〕一四ところををき《（お）》たてまつらず。とを《（ほ）》き国を申《まうす》に及ばず。一五冷泉院《〈れんぜいゐん〉》・三一六
条〔院〕などの、十善の位《〔くらゐ〕》をさらせ給ひしも、御悩《〔のう〕》ゆへ《（ゑ）》とこそうけたま
はりしか。一七朝光・一八道綱などの、さきの大将にてこもりゐ給ひし、病《〔やまひ〕》の
ゆへ《（ゑ）》に侍りけり。

「月を眺む(長む)」に対し「日をまつ」は命が旦夕に迫っていることを意味する。月と日は長と短の対比にもなっている。一〇 作者良暹の病気が重くなった頃。詞花集・雑下では「病おもくなり侍けるころ」とある。

119 心細いなあ、行ったこともない道なのに、死出の山は雪を踏みわけて越えることになるのだろうか。「しでの山」は冥途との境にあり死者が越えなくてはならない山だという(地蔵十王経)。

一一 堀河院女御苡子(藤原実季女、鳥羽院母后)が臨終に際して書き記し、硯箱に入れた歌。

120 胸中一杯にたまっている満たされぬ思いが晴れぬまま、火葬の煙となって立ち昇るのは悲しいことだ。

一二 梅壺女御が重い病気になった頃、日ぐらし蟬の鳴き声を聞いて女御自身が詠んだ歌。

121 明日まで生きながらえるとも思わないから、今日聞く日ぐらし蟬の声がことさらに悲しい。「けふひぐらし」は蟬の名に今日一日わずかに暮した意をこめる。

122 はかないことだ、剃髪したので頭の白雪は消えはてて、かろうじて残った露のようなわが身は。「たま〳〵」はめずらしくも。新続古今集・雑下の詞書によると、この歌は殷富門院大輔に贈ったもので「はかなくてあはれとし月ふる雪をはらふときくに消えてこそ思へ」の返歌があった。

一三 底・瑞・九本なし、久本により補入。一四 底・瑞・九本「ところに」、久本「トコロ」の右に「シヨヲ」と傍書するのを参照して「ところを」に改めた。「ところを置く」は、遠慮をするの意。一五 第六十三代天皇。村上天皇の皇子で母は藤原安子。在位中に安和の変が起こる。寛弘八年(一〇一一)没、六十二歳。一六 底・瑞・九本「院」なし、久本により補入。一六 →三二頁注二〇。一七 藤原兼通の男。二十七歳で従二位権大納言に任じ、左大将を兼任、以後十三年その任にあるが、永延三年(九八九)、娘(花山天皇女御)が早世した頃から病気となり、長徳元年(九九五)没、四十五歳。「あさてる」の読み方もあるが「あさみつ」が正統。朝光集がある。一八 藤原兼家の男。母は蜻蛉日記の作者。寛仁四年(一〇二〇)没、六十六歳。

[一]染殿の后《そめどのゝきさき》は清和《せいわ》[二]の御時の国母にて、一天下をなびかしたまひけるに、[三]紺青鬼《こんじやうき》といふ御ものゝけにとりこめられて、世中《よのなか》の人にさがなくいはれ給ふ事侍りけり。[四]智証大師《ちしようだいし》、御持僧《ごぢそう》にておはしけれども、力《お》をよばずしてやみたまひけり。

此后《きさき》の御ものゝけ、さま〴〵の説有《あり》。こまかに申《まうし》侍るべし。[五]文徳天皇の御時、[六]柿本紀僧正真済《かきのもとのきそうじやうしんぜい》といふ人あり。弘法大師《こうぼうだいし》の御弟子《でし》なり。天皇《てんわう》仏《ほとけ》のごとく帰依《きゑ》し給ふ。[七]このゆへ《ゑ》に后《きさき》もかくれ給ふ事もなかりけり。

真済《しんぜい》后《きさき》に心ざしふかくおもふ事あり。このことかくすとすれども天下にもれきこえて、あやしみ、我もはぢて参内などもせずなりにけり。真済《しんぜい》此事をなげきて、つゐ《ひ》に入滅しぬ。真済、紺青《こんじやう》の色したる鬼《き》になりて、后をなやましたてまつる。清和天皇《せいわてんわう》、御子なればこの事をなげきかなしみて、山〴〵寺ゝの有験《うげん》の僧《そう》をめして、加持《かぢ》をくはへ給ふに、露ばかりのしるしなかりける。

[八]時に智証大師《ちせうだいし》は后《きさき》の御持僧《ごぢそう》[九]、[一〇]恵亮和尚《ゑれうおしやう》は后の父《ちゝ》[一一]号良房、白河殿（の）御持僧なり。此人ゝををき《お》、験者《げんじや》のおぼえあるによりて、[一二]相応和尚《さうあふおしやう》をめ

道綱が病気に悩まされたことは栄花物語十六にもみえるが、小右記・寛仁四年九月十一日の条にも詳しい（高橋伸幸）。

一 藤原良房女、明子《あきらけいこ》。文徳天皇女御。清和天皇母。父良房の邸宅を染殿といい、そこに住んでいたところから染殿后と呼んだ。昌泰三年（九〇〇）没、七十三歳。この后が金剛山（真言伝は金峰山）の聖人に懸想され、鬼類に化したその聖人（真言伝は沙門行蔵）と衆人の目前ではしたない行為に及ぶ話、扶桑略記二十、今昔二十の七、真言伝四の十七にみえる。 二 第五十六代天皇。文徳天皇第四皇子。元慶四年（八八〇）没、三十一歳。 三 今昔物語では「膚ノ黒キ事、漆ヲ塗レルガ如シ」とし、紺青色ではない。紺青鬼は地獄に住む鬼という。 四 円珍。天台宗寺門派の開祖。空海の甥（一説、母が空海の姪）。入唐して中国から密教を伝え、天台宗に密教（台密）を興隆した。園城寺に灌頂壇を開くが、のちに比叡山延暦寺側と対立する契機となった。智証大師と勅諡される。寛平三年（八九一）没、七十八歳。 五 第五十五代天皇。仁明天皇皇子。母順子は藤原冬嗣の女。天安二年（八五八）没、三十二歳。以下、真済が染殿后に懸想し、紺青鬼となって取りついたのを相応が降伏させた話、今昔物語、真言伝等の説話に、拾遺往生伝、古事談等の天狗調伏談が混合されている（渡辺博史）。 六 紀御園の子。弘法大師の弟子。神護寺別当・東寺長者・僧正に任ぜられた真言宗の高僧。貞観二年（八六〇）没、六十一歳。真済が天狗となって染殿后を悩ましたこと、拾遺往生伝・下、古事談三等にみえる。惟喬・惟仁両親王の皇位争いに恵亮を相手に験争いをしたこと、江談抄二、平家物語八などにみえる。 七 相応和尚伝や古事談三に、相応の祈禱によって降伏した紀僧正後身の天狗は、天狗身から解放され、以後皇后は尋常に復したとある。 八 底・瑞本「時〳〵」、九本「時に」、久本「于時」、九・久本により改めた。 九 天皇の身体の安全・加護を祈禱する職で、桓武天皇の時に創設され、主として天台・真言の僧が任命された。 一〇 比叡山の僧。円澄・円仁について顕密を学び、

して加持《かぢ》せらるゝ也。相応ちからをつくし、心をはげまして加持したてまつるに、[一三]一七日までしるしなくて出《いで》ぬ。

相応《さうあふ》恥《はぢ》をいだき、[一四]名を《を》おりて、[一五]本坊無動寺《ほんばうむどうじ》にかへり、本尊不動尊《ほんぞんふどうそん》にむかひたてまつりていはく、「明王《みやうわう》の加護《かご》によりて病者《びやうじや》をいのるに、一日にしるしあり。二日にしるしあり。此たびは、七日までしるしなくて、恥《はぢ》を見せ給ふ。なに事にすてたまふぞ」とせめたてまつり給ひければ、[一六]南むきにおはします不動《ふどう》、西《にし》むきになりたまふ。相応したがひて東にむかふ。明王又北むきになり給ふ。相応又したがふ。はてには[一七]中よりわれたまへば、不動を、袈裟《けさ》をもつてからげたてまつりてせむる時、明王ことばをいだしてのたまはく、「后《きさき》のものゝけは、柿本紀僧正真済《かきのもとのきそうじやうしんぜい》〔が〕[一八]霊《りやう》也。真済は七世不動《ふどう》の行者《ぎやうじや》也。我《われ》生ゝ《しやう〴〵》に加護《かご》の願あるがゆへ《ゑ》に、たやすく明王《みやうわう》の縛《ばく》にかゝるべからず。しかりといへども、なんぢあながちに我をせむれば、しかれば、真済を得脱《とくだつ》せしめて、妄念をとらかすべし。但《たゞし》、[一九]大威徳《だいいとく》の呪《じゆ》をもつて加持して、心中にわれを念ぜよ」とぞをしへたまひける。

折ふし相応《さうあふ》かさねてめしありて、いのりたてまつるほどに、[二〇]大聖《だいしやう》

法力無双と評された。貞観二年(八六〇)没、五十九歳。一二 藤原良房。冬嗣の男。通称は白河殿、染殿。承和の変を起こして道康親王を皇位につけ(文徳天皇)、娘明子はその女御となり、清和天皇を生む。やがて摂政となり政務を総覧するにいたった。貞観十四年(八七二)没、六十九歳。忠仁公は諡号。底・瑞本「号良房」を「尊良房」と表記。九本により改めた。一三 天台の僧、比叡山無動寺の開山。慈覚大師円仁の弟子で、験者として著名。延喜十八年(九一八)没、八十八歳。一三 いち七日。一週間。

一四 名声を落として。一五 比叡山四明岳の東塔無動寺谷にある寺。本尊不動明王。一六 相応和尚伝に「ここに明王背きて西に向ふ。和尚随ひて西に坐す。明王また背きて東に向ふ。和尚また東に坐す。余の方また爾り。時に明王背きて初のごとくに南に向ふ。和尚また南に坐す」とある。一七 木彫の不動像が芯の部分から割れたのであろう。割不動のこと、とはずがたり、八幡愚童訓、日吉山王利生記等にもみえる。宝物集はその先駆をなすか。

一八 底本なし、九本により補入。瑞本は「の」。一九 大威徳金輪仏頂熾盛光如来の真言。消災真言または消災陀羅尼、消災吉祥呪、除災呪などともいう。二〇 大聖不動明王、すなわち不動明王のこと。

一 未詳。真済を「下野国う へ草」に配流したこと他見なし。二 死者、特に祖先の霊をまつる所。死後流罪に処したということか。三 人形を作って、それを流したということか。四 天台南山無動寺建立和尚伝。相応の伝記。撰者未詳。五 →歌人解説。「小野の宮殿実頼の御記」は清慎公記、またはその偏をとって「水心記」と称するが現存しない。相応の真済霊調伏の記事に他書にみえぬ特異記事があるのはこの日記から取材したか。六 高野山。比叡山を北嶺と呼ぶのに対する呼称。七 台に二本の柱をたて、その上に一本横木をわたし、そこに帳(とばり)をたらしたもので、寝殿造の室内の間仕切りに用いた。八 正面から外れた状態で。ちらっと横顔を拝見して。九 文徳、清和天皇時代に仕えた医

明王《みやうわう》のをしへにまかせて、大威徳の呪をもつて加持せらるゝ時、真済あらはれて、「恥《はぢ》を見えつる」とぞのゝしりける。真済をば下野《しもつけの》[一]国《くに》へ草といふ所へ配流《はいる》せられたりとぞ侍りける。廟《びやう》[二]をほりて、屍《かばね》をながさるゝとも申《まうす》[三]。かたちをつくりてながさるゝともいへり。此事、こまかに、相応の伝記《でんき》[四]にしるせり。又、小野《をの》[五]の宮殿実頼の御記にも侍る也。

又、紺青鬼《こんじやうき》の事、染殿《そめどのゝ》の后、御もののけおはしましければ、諸寺諸山の有験《うげん》の僧をめすに、南山[六]より貴《たつと》き上人を一人たづね出《いだ》されたりけるを、「左右《さう》なくは、いかで祈《いのら》せたてまつらんぞ」とて、もののけやむ女ばう《にようばう》のありけるを、こゝろみにいのらせたりければ、ふところより狐《きつね》いでては《ゝ》しりたりけり。時の人、耳目をおどろかす。ゆへ《ゑ》に、后につげたてまつりて、加持したてまつる。数日に成《なる》ほどに、几帳《きちやう》[七]の隙《ひま》より、后《きさき》[八]をはづれざまに見たてまつりて、愛念をおこして、后にとりつきたてまつる。時に、人なくして、医師《いし》[九]当麻鴨次《たいまのかもつぐ》御薬をたてまつる。[一〇]〔后ノアヒテノ聖人ヲヒキノク。クビニヲヲ《ゝ》ツケテ〕宮中をひき出《いだ》して検非違使に仰《おほせ》て獄定《ごくぢやう》[一一]せられをはりぬ。赦免ののち《ゝ》、上人、南山

者。貞観十五年(八七三)没。一〇 底・瑞・九本なし、久本により補入。一一 入獄の刑に処すると決定すること。底・瑞・九本「獄杖」、久本「獄定」により改めた。一二 三善清行。淡路守氏吉の三男。大内記・備中介・文章博士などを経て、延喜十七年参議に昇進、宮内卿を兼ねた。漢文学者。善宰相はその通称。著書に、円珍和尚伝、藤原保則伝、革命勘文等がある。延喜十八年(九一八)没、七十二歳。一三 意見(意見十二箇条)は善家秘記の誤りか。扶桑略記二十・元慶二年(八七八)九月二十五日の条に「善家秘記言」として梗概を記す。一四 「恵」と「義」が相矛盾すること。「恵」は道理をえらび分ける判断をする心。「義」は教義、教え。一五 「木原」は「こばら」とよむか。文徳天皇第一皇子惟喬親王を小原皇子と呼んだ。第四皇子惟仁親王(後の清和天皇)と東宮の地位を競って、真済が祈禱した惟喬側が敗れた。一六 からしの実。密教では降伏の護摩をたく時にこれを火中にくべる。一七 史実では木原皇子は寛平九年(八九七)没で、かなり後である。一八 史実では真済は貞観二年(八六〇)没、清和上皇は元慶四年(八八〇)没で、二十年の差がある。一九 拾遺往生伝・中の一に、玄昭律師が宇多法皇のために修法している時、真済の霊が鵲《かささぎ》になって出現し、玄昭はその鵲を炉中の火にくべたということがみえる。また扶桑略記にも延喜十七年のこととして同話が載っている。かささぎとさぎについて、花鳥余情二十九に「かささぎといふはまづ鵲のからすなり。しかれどもこの物語(源氏物語)には鷺をかささぎといへり」とある。二〇 底・瑞・九本いずれも「てんこ」とある。天狗のこと。久本は「天狗」。古くは「天狐」と宛てたので、今は「天狐」としておく。染殿后の色香に迷って天狐となった真済が、相応和尚の祈禱でその呪縛にかかること、相応和尚伝にみえる。拾遺往生伝・下の一、古事談三等は、これを「天狗」としている。二一 お上に奏上する文書。比叡山延暦寺の衆徒の奏状については未詳。曾我物語一「惟喬・惟仁の位あらそひの事」に「恵亮脳をくだきしかば」は「延暦寺の大衆の僉議」の中に出てきた文言だという。「恵亮脳をくだき、尊意剣をふる」に類似する表現が、保元物語・上「新

にかへりて、紺青の色したる鬼と成《なり》てあらはれて、后《きさき》を《を》おかしたてまつる。后の御目《め》には、わが夫《おつと》文徳天皇とぞ見えたまひける」

此事[一二]善宰相清行卿《ぜんさいしやうきよゆききやう》の[一三]意見《いけん》に有《あり》て、[一四]恵義《ゑぎ》相違《さうい》せり。定説《ちやうせつ》たづぬべし。

「又、真済僧正《しんぜい》の霊と云《いふは》、清和天皇《せいわてんわう》と[一五]木原王子《きはらわうじ》と春宮《とうぐう》の位《くらゐ》をあらそひたまひける時、真済は木原王子の御持僧《ぢそう》なり。恵亮和尚《ゑらうおしやう》は清和天皇の御持僧《ぢそう》也。木原すでに春宮にたちたまふと聞えければ、恵亮、脳《なづき》をくだきて、[一六]芥子にまぜて焚《た》き侍りける時、[一七]木原《きはら》は崩《ほう》じ給ひにけり。

さて、清和天皇は春宮にたち、位《くらゐ》にもつきたまひにしなり。真済此事をなげき給ひて、皇子にとりつきたてまつりて、[一八]ともに入滅したまひにけり。代〻の御もの〻けになりて、あるときは、[一九]鵲《さぎ》となりて爐壇《ろだん》にやかれ、ある時は、[二〇]天狐《てんこ》となりて明王の縛《ばく》にか〻る。恵亮の脳《なづき》をくだかる〻事、まことにて侍るやらん。延暦寺《ゑんりやくじ》の衆徒《しゆと》の[二一]奏状《そうじやう》には、「ともすれば恵亮脳《なづき》をくだき、[二二]尊意《そんい》剣《つるぎ》をふる」とぞ書《かき》侍る。

延暦のころ、天下に[二三]世中心地《よのなかごこち》おこりて、一人ものこらずたふれふして侍りけるに、[二四]但馬守国高《たじまのかみくにたか》、任国《にんごく》へ[二五]神拝《じんぱい》しに下向《げかう》したりけるともに、

院御謀叛露顕并びに調伏の事」、平家物語八「名虎」、それに前掲曾我物語一等にみえる。宝物集はそれらの先駆をなすか。二二 第十三代天台座主。醍醐・朱雀両帝の帰依を受け、祈禱・修法に功があった。天慶三年(九四〇)没、七十五歳。ここは菅原道真の怨霊を尊意が法力によって鎮静させた故事をさす。二三 流行病。今昔十二の三十五に「世ノ中心地ヲ病ム」とみえる。二四 源国高。国挙とも書く。通理の子。美濃・若狭・但馬などの国司を歴任した。治安三年(一〇二三)没、享年未詳。二五 国司が任国の主要な神社に参拝すること。

以下八二頁

一 発心集五の一「唐房法橋、発心の事」に詳話が載る。それには「国輔」という名になっている。二 雑用に使う召使い。三 平安京大内裏の外郭十二門の一つ。南面中央にある。四 まこもで織ったむしろ。五 滋賀県大津市にある園城寺。天台宗寺門派の総本山。六「かいたいあじやり」は未詳。片活三本「戒大阿闍利」とあるが、続群書類従本には「後ニハ戒行アリテ知法ノ人ナリケレバ、大阿闍梨ニマデ成ニケリ」とある。これが本来の形か。阿闍梨は指導者、大はその尊称。七 行円阿闍梨の通称。三井寺に円珍将来の什物を収蔵した唐房に住んだのでこの名がある。法橋は僧位。八 重なる波で美人の眼が白黒はっきりしている様。一説に二重まぶたとも。和漢朗詠集・上・三月三日「夜雨偸湿、曾波之眼新嬌」。九 翡翠の羽の様につややかで長く美しい髪。緑の黒髪。「かんざし」は髪の様子。一〇 どんな大金を積んでも惜しくはなかった美女でも、風雨にさらされ白骨と化した死体の歯だけが雪のように白くなって。「人」「歯」は瑞本で補入。九本は「は」を「はぎ」とする。一一 →歌人解説。一二 藤原高子(たかいこ)のこと。昭宣公は藤原基経。高子の実兄。貞観八年(八六六)清和天皇の女御となり陽成天皇を生む。延喜十年(九一〇)没、六十九歳。宮仕え前に在原業平と関係があったといわれ、伊勢物語六段にも伝えられる。一三 伊勢物語に業平が高子を連れ去ろうとしたとき藤原基経・国経兄弟にはばまれて、高子を連れもどされたことが記されている。そこに業平が「足ずりをして」泣いたとあるのを踏ま

子なりける人[一]其名不分明も下《くだ》りけるが、ある宮腹《みやばら》なりける半者《はしたもの》[二]を、志《こゝろざし》ふかくおもひけるが、此心地《このここち》をわづらふをほのかにきゝて、蓑《みの》笠《かさ》もとりあへずはせのぼりて、たづねければ、「人のいむ病《やまひ》なれば、とふ人なかりしかば、朱雀門《しゆじやくもん》[三]へ出《いだ》してける」と申《まうし》ければ、やがて朱雀門へまかりて見れば、鷹《こも》[四]といふものひきまはしたる中に、病《やまひ》し、しにけらし。二《ふた》つの眼《まなこ》は烏《からす》にとられ、木の節《ふし》のぬけたるやうにて、さしも緑《みどり》なりし髪《かみ》は芥《あくた》となり、きぬには血《ち》うちつきてありけるを見るに、こゝろうくかなしかりければ、三井《みゐ》寺《でら》[五]にまかりて、法師になりてぞ侍りける。後[六]には、をこなひ《お》すまして、かいたいあじやりまでになりにけり。唐房《たうばう》[七]の法橋《ほつきやう》といふはこれなり。

病《やまひ》は、うつくしき人をもかくやつし、つよげなる人をもなやます。曾波《そうは》[八]の眼《まなこ》といふとも、烏《からす》にとられぬればなにかはせん。翡翠《ひすい》[九]のかんざしなりといふとも、芥《あくた》にむすぼほ《ゝ》れぬれば、見る人愛《め》づる事なし。ひとたびゑみしかば、[一〇]千金をおしむ《を》[人]なかりし人、[歯《は》]は雪のやうにしろくさらされて、見る人おぢずと云《いふ》事なし。我心にまかせたるべきこひの病《やまひ》すら、しのびがたき事にてぞ侍るめる。

えた表現。一四 定文、平中ともいう。桓武天皇皇子仲野親王の曾孫で、右近衛権中将好風の男。貞観十六年(八七四)父とともに臣籍に下り、平姓を賜わる。和歌をよくし、古今集、後撰集に収載される。平中物語の主人公に擬せられる。中古三十六歌仙の一人。延長元年(九二三)没、享年未詳。

一五 藤原時平のこと。→三三頁注三〇。その北の方は在原棟梁の娘。時平の妻となる前は、帥の大納言(藤原国経)の妻であった。今昔二十二の八に国経から奪った話がみえる。平貞文との交際は国経の妻の時代からあったらしく、大和物語一二四段、後撰集・恋三などにもそのことがみえる。

一六 後撰集・恋三の歌の詞書に「かの女の子の五つ許なるが、本院の西の対に遊び歩きけるを呼び寄せて、「母に見せたてまつれ」とて、腕に書きつけ侍ける」として「昔せしわがかね事の悲しきは如何ちぎりしなごりなるらん」とある。

一七 昔、奥羽地方で、男が恋心を示すために錦に彩った一尺ほどの木片を女の家の門口に立てたもの。女が錦木を取り入れれば婚約成立。取り入れなければ千本を限度に通ったという。「思ひかねけふたてそむる錦木の千束もまたであふよしもがな」(詞花集・恋上・大江匡房)。一八 昔、女が男の誠意をたしかめるために百夜通って榻に寝たら逢うと言ったので、男は九十九日まで通ったが、百日目に支障ができて通えなくなり、思いを遂げられなかったという伝説がある(奥義抄・下)。底・瑞本「しのうへに」、九本「ししのうへに」、久本「シヂノウヘニ」とあるにより、「ヂ」を補入し、榻(牛車の轅を受ける台)と解する。一九 現在の世まで、涙の雨が血に染まって赤くなるほどの恋病いをする人は。

二〇 「くれなゐに」は古今集・恋二所載歌で作者「つらゆき」とある三首の中の一首。紀貫之集にもみえる。宝物集が「よみ人しらず」とする理由不詳。

123 まっかな色にふりしぼって泣く私の涙で、袂だけがひたすら色まさることだなあ。「ふり出て」は染料をしぼり出すことと声をしぼり出す意と両意ある。

二一 底・瑞・九本「源頼綱」とするが、詞花集に藤原顕綱とあるのが正しい。

一一在原業平朝臣《ありはらのなりひらのあそん》は、一二昭宣公《せうせんこう》の御妹《いもうと》をこひて、一三あしずりをしてなき、一四平《たいら》の貞文《さだぶん》は一五本院《ほんゐん》の左大臣《さだいじん》時平の北方《きたのかた》を忍びて、一六若君《わかぎみ》のかい《ひ》なに歌をかきてかなしむなど申《まうし》ためれば、あさからずぞ聞ゆる。是のみならず、一七錦木《にしきぎ》の千束《ちづか》までこりつむ歎《なげき》、一八し〔チ〕のうへに百夜《ももよ》ねんとする思《おも》ひ、あさからずぞ侍るめる。一九この世《よ》までも涙《なみだ》の雨の色《いろ》に出《いづ》るまで、恋の病《やまひ》する人は、聞《きこえ》侍るめり。歌にて申《まうし》侍るべし。

123 くれなゐにふり出《いで》てなく涙には袂《たもと》のみこそ色まさりけれ

二〇よみ人しらず

124 くれなゐのこぞめの衣うへにきん恋の涙の色やまがふと

二一源頼綱《みなもとのよりつな》

125 紅《くれなゐ》に涙の色は成《なり》にけりかはるは人の心のみかは

源雅光《みなもとのまさみつ》

126 くれなゐの涙を袖にせきかねてけふぞ思ひの色に出《いで》ぬる

二二右大臣兼実《うだいじんかねざね》

124 紅の濃く染めた衣を上に着よう。恋のつらさに流す血の涙がこぼれても、その色がかくれるかと思うから。「こひ(恋)」に濃緋をきかせている。

125 涙の色が血に染まってまっかになってしまった。変るのは人の心ばかりではないのだ。

三 底本は「右大臣兼定」とする。しかしこの歌の作者は藤原兼実。久本によって訂正した。新勅撰集・恋一に「後法性寺入道前関白太政太臣」(兼実)とある。これが正しい。

126 赤く染まった血の涙を袖でせきとめることができず、とうとう今日は、つらい恋の想いが露見してしまった。「色に出」は赤く染まる意に世間に知られる意を懸ける。

以下八四頁

一 底本「親定」とし、「定」の下に「宗ィ」とある。久本により「親宗」と改めた。月詣集も「親宗」とする。

127 血で染まった赤い恋の涙は、とどの詰りどうしてこの袖を朽ち葉にかえてしまうのであろうか。「くち葉」は朽ちた落葉の意に赤味がかった黄色の染め色の名をきかす。

二 七世紀中頃の天竺摩竭陀国の学僧。梵名は尸羅跋陀羅。南インド三摩呾吒国の王族の出身。護法に唯識論を学ぶ。玄奘がインドを訪れた時、戒賢論師は百六歳でその師になったという。法華玄義・六下に「阿闍世、是不動菩薩」とある。 三 →三八頁注一。 四 阿闍世王→三五頁注一五。 五 阿闍世王は二処三会(法華経の会座)のうち、前霊鷲山会に眷属を伴い聴衆となっている。「韋提希の子阿闍世王は、若干の百千の眷属と倶なり」(法華経・序品)。 六 戒賢論師が重病を患ったことをさす。今昔六の六に玄奘が摩竭陀国ではじめて戒賢に逢った時、戒賢が過去世の罪業の報いによって重病に苦しんだが、天人の夢中の教えにより懺悔して平癒した旨を告白している。三宝感応要略録・下十七にも持病の風病が三年前から重くなっていたことを記す。 七 涅槃経十九・梵行品に阿闍世王が父王を獄死させた報いにより全身に大悪瘡ができ死を予言されたが、釈尊のもとで懺悔したため平癒したとある。 八 修行して阿羅漢となった者でも病気に対して力が及ばない。以下の目連をさす

右《う》大《だい》弁《べん》親《ちか》宗《むね》[一]

127 くれなゐの恋の涙のいかなればはてはくち葉に袖をなすらん

戒賢論師《かいけんろんじ》[二]はたゞ人にあらず、玄奘三蔵[三]の御師なり。阿闍世《あじゃせ》[四]王は凡夫といふべからず。霊山《りやうぜん》[五]聴衆《ちやうじゆ》につらなる。あるは、[六]三年重病《ちうびやう》をうけ、あるは、[七]癩病やみてかなしむ。証果《しやうくわ》[八]の羅漢《らかん》[九]も力《ちから》及《をよ》ばず。目連《もくれん》[一〇]、耆婆大臣《ぎばだいじん》[一一]に薬《くすり》[一二]〔を〕こふ。大聖世尊《だいしやうせそん》[一三]〔も〕まぬかれたまはず。頭痛《づつう》[一四]背病《はいつう》との給ふ。いはんや浄名居士《じやうみやうこじ》[一五]の床《ゆか》にしづむ、衆生《しゆじやう》の業《ごう》をやむなり。

又、貪《とん》・瞋《じん》・痴《ち》の三毒《どく》[一六]の病《やまひ》といふ物有《あり》。耆婆《ぎば》・扁鵲《へんじやく》[一七]が医療《いりやう》にあたはず。

始《はじめ》に貪《とん》といふは、人の物をほしと思ひ、我《わが》物をおし《を》と思ふ也。すべて物をむさぼるを申《まうす》べき也。

昔《むかし》、一人の長者ありき。名、刀提耶《たうたいや》[一八]といふ。金《こがね》をおほくもちたり。長者則あまりにおし《を》みたくはへて、在所《ありどころ》を人にしらせずして死ぬ。長者則犬《いぬ》になりて、金のあたりにあり。妻子刀提耶《たうたいや》としらずして、にくむ

か。阿羅漢は小乗の最高の悟りを得た聖者。九 底・瑞・九本「羅漢は」とするが、文脈上「羅漢も」とあるべきところ。久本により改めた。一〇 目犍連とも。→三二頁注二。一一 →三五頁注二〇。一二 目連が弟子の病気のため忉利天に耆婆を訪ねたこと法苑珠林五十四(大正蔵五十三)に薩婆多論に云うとしてみえる。「を」は九本により補入。一三 底・瑞本なし、九・久本により補入。一四 釈迦が頭痛、背痛を患ったこと、法苑珠林五十九(大正蔵五十三)に興起行経に云うとしてみえる。今昔三の二十八にもみえる。一五 維摩詰のこと。維摩経に登場する中心人物で、釈尊在世中に中インドの跋闍国に住んでいた大富豪。在俗のまま菩薩の行を修したので居士と称された。維摩が「一切衆生の病めるを以て是の故に我病む」と述べたこと、維摩経・文殊師利問疾品にみえる。三宝絵・下の二十八、栄花物語十五などにもみえる。底・瑞・九本「浄明居士」、久本「浄名居士」とあるのにより改めた。一六 摩訶止観五に「四大是身病、三毒是心病」とある。一七 中国古代黄帝時代の伝説的名医。また戦国時代末に渤海郡鄚の人で、姓は秦、名は越人という名医がいて、これも扁鵲と言われた(史記・扁鵲伝)。一八 底本「たうたいや」と仮名書きし、「や」の右に「なり」と傍記。これは「刀提也」の漢字が宛てられていたことを示すものか。ここでは久本により「耶」を宛てた。刀提耶には兜儞野・兜調・都提、また兜泥耶子・兜羅子・忉提耶子など多数の音写がある。この説話、大毘婆沙論十二に刀提耶が犬に生まれかわって自家の息子達に餉を求める話があり、そこに「我昔集二資財一 以二法或非法一 他今受二富楽一 我独受二分苦一」の偈が付されている(大正蔵二十七)。宝物集はこれを典拠とする。一九 転輪聖王は二処三会(法華経の会座)のうち前霊鷲山会に聴衆として連なった(法華経・序品)。輪王は武力を用いず正義をもって世界を治める王。以下の説話、出典未詳。二〇 底本「つくなる」、瑞・九本により改めた。二一 →六六頁注一一。二二 毘富羅山とも。漢訳して広博脇山という。摩掲陀国の王舎城をめぐる五山の一つ。東北にあり、五山中最高。物を大量に積み上げる時の比喩に

事かたきのごとし。

次に瞋《〈じん〉》といふは、はらだつ事をいふなり。一九仏《〈ほとけ〉》、霊山《〈りやうぜん〉》の苔《〈こけ〉》の庭《〈には〉》にて説法《〈せつぽう〉》し給ひける時、一人の輪王《〈りんわう〉》衆会《〈しゆゑ〉》につら二〇なる。仏《〈ほとけ〉》、過去《〈くわこ〉》(の)流転《〔るてん〕》を見て「汝、昔《〔むかし〕》一念の瞋恚《〔しんい〕》によるがゆへ《〈ゑ〉》に、大蛇《〈だいじや〉》の報《〔ほう〕》をえたり。今《〈いま〉》衆会《〈しゆゑ〉》の瞋恚《〔しんい〕》をいましむるために、かの姿《〔すがた〕》を現《〈げん〉》ずべし」と仰《おほせ》られければ、仏勅《〈ぶつちよく〉》の力《〔ちから〕》によるがゆへ《〈ゑ〉》に、二一二万由旬《〈ゆじゆん〉》の大蛇《だい〈じや〉》の姿《〔すがた〕》を現《〈げん〉》ぜり。

しかのみならず、一生涯の間つくる所の善根、二二毘布羅山《〔びふらせん〕》といふ高き山のごとくつもるといへども、一念の瞋恚《〔しんい〕》をを《〈お〉》こせば、瞋恚《〔しんい〕》の炎《〔ほむら〕》のために、善根の薪《たきぎ》やけうす。されば経に云《いはく》、

二三若人造ニ功徳一《もしひとくどくをつくることと》　積如ニ須弥山一《つみてしゆみせんのごとくなりとも》
一起ニ瞋恚〔心〕一《ひとたびしんいのこころをおこせば》　一時皆消滅《いちじにみなせうめつす》

次に痴《ち》と申《まうす》は、愚痴《〔ぐち〕》にしてを《〈お〉》ろかなるを申《まうす》なり。

二四昔《〔むかし〕》一人の愚人《ぐにん》あり。二五五通《ごつう》仙人、人を相する事、掌《〔たなごゝろ〕》をさすがごとし。愚人、仙人の徳をほめて、眼《〔まなこ〕》をくじりてとるといへども、愚人二六〔眼モッ故ニ〕人を相するに、二七掌《〔たなごゝろ〕》をさすことなし。

用いられる。二二 出典未詳。往生要集・大文五の四に遺教経に云くとして「功徳を劫むる賊は、瞋恚に過ぎたるはなし」とある。四句の偈の意に近似。底本、第三句の「心」なし、瑞・九本により補入。二四 五通仙人の眼をくじり取った愚人の話は、百喩経二・破五通仙眼喩(大正蔵四)を典拠とする。二五 五種の神通力(天眼通・天耳通・他心通・宿命通・如意通)を得た仙人。底・九本は「五通相人」とし、「通」の右に「道か」、「相」の右に「仙か」と傍書する。百喩経により五通仙人が正しいとみて「相」を「仙」に改めた。二六 底・瑞・九本「愚人人を相するにたなごころをさすがごとし」とあって意味不通。ここは久本の「愚人眼モッ故ニ人ヲ相スル二掌ヲ指事無シ」とあるのをよしとみて補入。二七 底・九本「たなごゝろをさすがごとし」。瑞本「さす」を「なす」とする。久本「掌ヲ指事無シ」。五通仙人の眼をくり抜いても愚人は愚人であって優れた相人とはなり得ないという意であるから、久本を正しいとみて改めた。久本はこのあとに「愚痴ハ如レ此得意也」の一文を付す。

以下八六頁

一 父の額にとまった虻を打って父を殺した愚人の話は、賢愚経十(大正蔵四)が典拠。二 父・母など尊属を殺害する罪で、犯すと地獄に堕ちる。三 地獄・餓鬼・畜生の三つの世界。四 貪・瞋・痴の三つを三毒という。五 「塵労門」は煩悩のこと。煩悩は八万四千あるといわれる。六 毘嵐婆、毘藍婆とも。劫末・劫初に吹く強烈な暴風。七 四十四の関節。漢方では人体に四十四の関節があるとする。八 黒目の部分がなくなって白目になる。九 前世から予定されている約束ごと。人間がどれだけ生きられるかということがそれぞれあらかじめ定められているという意。一〇 和気永保。平安中期の医者。生没年未詳。一一 丹波雅忠。平安中期の医者。忠明の子。後冷泉天皇の侍医となる。のち丹波守・典薬頭・右衛門佐を歴任。従四位下。医略抄の著者。寛治二年(一〇八八)没、六十八歳。一二 賀茂保憲。平安中期の陰陽師。忠行の子。暦博士・陰陽頭・主計頭・穀倉院別当。従四位下。子の光栄に暦道、安倍晴明に天文を伝えた。貞元二

又、[一]父を具《ぐ》して道をゆくに、やすまんがために、植木《うへ》のもとにすゞむに、虻《あぶ》と云《いふ》虫、父の額《ひたひ》にくひつきたり。愚人《ぐにん》棒《ぼう》と云《いふ》ものをもちて、虻《あぶ》をうつほどに、父《ちゝ》をうちころしつ。父をころさんとはおもはねども、愚痴《ぐち》のゆへ《ゑ》に[二]逆罪をお《を》かす。

[三]三途に堕罪《だざい》して多生劫《たしやうこう》の間苦患《くげん》をうくる、[四]三毒の病《やまひ》のゆへ《ゑ》也。此たびよく／＼療治して悪趣《あくしゆ》をはなれ給ふべき也。

第四に、死苦《しく》と申《まうす》は、一切《さい》の苦《く》、皆《みな》しのびがたしといへども、死苦《しく》をもて第一の苦とする也。[五]八万四千の塵労門《ちんらうもん》より[六]大《だい》毘嵐風《びらんふう》と云《いふ》風吹《ふき》来《きたり》て、もろ／＼の病《やまひ》、[七]四十四の継目《つぎめ》ごとにせむ。

[八]眼《まなこ》まづかへりぬれば、妻子眷属《さいしけんぞく》ならびゐたれども、見る事なく、舌《した》すくみ、口をとぢつれば、いはんとおもふことあれどもいはず、[九]定《ぢやう》業《ごう》かぎりある死なれば、神にいのるしるしなく、仏に申《まうす》もしるしなし。[一〇]永保《ながやす》・[一一]雅忠《まさたゞ》が薬《くすり》、死《し》にを《お》よべばかなはず。[一二]保憲《やすのり》・[一三]晴明《せいめい》がまつり、をはる時かひなし。すでに今生《こんじやう》の縁《えん》つきぬれば、面《おもて》をならべし親子も、[一四]とくすてん事をいとなみ、床《ゆか》を一《ひとつ》にせし妻男《さいなん》も、壁《かべ》をへだてて、とを《ほ》くさりぬ。

年(九七七)没、六十一歳。 一三 安倍晴明。平安中期の陰陽師。天文博士。大膳大夫益材の子。賀茂忠行・保憲父子から陰陽道と天文道を学ぶ。大膳大夫・左京権大夫・穀倉院別当・播磨守など歴任。従四位下。寛弘二年(一〇〇五)没、八十五歳。

一四 遺骸を墓地に捨てようとすること。つまり葬送の営み。

一五 中国、戦国時代の斉の宰相。田文。孟嘗君は号。各地の賢者を招き、常時数千人の食客を擁していたという。前二七九年没。 一六 「そふ」は、底・瑞・九本「いこふ」。久・片活三本「副事(そうこと)無ク」とあるによって改めた。 一七 石崇。季倫は字。西晋の富豪。南皮(今の河北省)の人。巨富を得て、洛陽に別荘金谷園を造営、多くの友人、美女を招き豪奢な生活をしたが、のち趙王倫に殺された(晋書・石崇伝、世説新語・汰侈篇)。二四九―三〇〇年。 一八 中陰、中蘊とも。人が死んでから次の生を享けるまでの期間。

5・4 死苦

普通四十九日(七日を七回重ねる)の期間。

一九 大方等大集経の略。六十巻。大集部の諸経十種を集成し一部の経としたもの。曇無讖らの訳。 二〇 妻子・珍宝および王位は死出の旅だちの時つき従ってはくれない。ただ、戒と施と不放逸とが此の世と来世における伴侶となるのだ。大集経十六(大正蔵十三)の文。ただし「不随身」のところ「無随者」とある。また往生要集・大文一の七にも「大集経偈云」としてこの偈を引く。それは「不随者」とある。なお底本「不㆓放逸㆒」と返点を付して読むが、ここは返点なしで音読すべきところである。

二一 天台大師智顗の講述を章安灌頂が筆録校訂した大著。十巻。天台宗の実践行である円頓止観の方法を詳述した書。天台三大部の一つ。 二二 摩訶止観・七上(大正蔵四十六)にみえる文。往生要集・大文一の五にも引くが、いずれも「所有産貨。徒為㆓他有㆒。冥冥独逝。誰訪㆓是非㆒」とあり、句の上下が逆になっている。持っていた財貨はみんな他人にとられ、暗い道をひとりで旅をして、誰にも相談することができない、の意。 二三 底・瑞・九本「財」なし。久本「財産」による。ただし、往生要集、摩訶止観は「産貨」。

二四 →歌人解説。 二五 藤原保実。後閑院大納言実季の男。

一五孟嘗君《もうしやうくん》が三千の客《かく》、冥途《めいど》の旅《たび》に一六そふ事なし。一七石季倫《せき〻りん》が二千の友《とも》、かつ後世《ごせ》をへだてつればあふ事なし。ひとり一八中有《ちうう》の闇《やみ》にむかひて、かつ〲苦患《くげん》をうく。

中有のありさま、おろ〱申《まうし》侍るべし。水すこしたまりたる所の、ひろき野のやうなるを、四五歳《さい》の子になりてたゞひとりゆくなり。あるひ《い》は炎《ほむら》のもゆる所もあり、あるひ《い》は狼《おほかみ》・狐《きつね》の現《げん》する所もあり、昔《むかし》あひ見し人は声をだにきく事なし。

こゝをもつて、一九大集経《だいじつきやう》に云、

二〇妻子珍宝及王位《さいしちんぽうをよびわうゐ》　臨二命終時一不レ随レ身《いのちをはるときにのぞんでみにしたがはず》
唯戒及施不放逸《たゞかいとをよびせとふはういつと》　今世後世為二伴侶一《こんぜごぜはんりよとなる》

二一摩訶止観《まかしくはん》には、

二二冥々独行《めいめいとしてひとりゆく》　誰訪二是非一《たれかぜひをたづねん》　所有〔財〕産《しようのざいさん》二三　徒為二他有一《いたづらにたのいうとなる》

二四白河院の御時、二五権中納言保実卿《やすざねきやう》二六春宮大夫公実息、号二三郎中納言一、いみじく世にあひ、時めき給ひけるが、いくばくの日数をわづらはずして二七絶《ぜつ》死《し》せられたりと申《まうす》は、頓死《とんし》などにて侍りけるらん。院《ゐん》聞食《きこしめし》おどろきて、御使たび〱かさなりて、二八増誉《ぞうよ》・二九降命《こうめい》の二人の有験《うげん》の僧《そう》をめし

康和四年(一一〇二)没、四十三歳。二六 藤原公実は、保実と同父母の兄。底本割注は「息」としているが、誤り。二七 死去すること。息をひきとることを絶入(ぜつじゅ)という。息絶えて死すの意か。二八 平安後期の天台僧。藤原経輔の五男。三井寺の別院一乗寺に住したので一乗寺僧正・一乗坊と号した。園城寺の行観に師事して修験に通じ、承保元年(一〇七四)白河院護持僧、のち堀河天皇護持僧、長治二年(一一〇五)天台座主となる。永久四年(一一一六)没、八十五歳。二九 正しくは隆明。「降」は「隆」と字形が似ているための誤写か。「命」は「明」と音通による誤記か。園城寺心誉の弟子。山城宇治郡の御室戸寺に住したので御室戸僧正と呼ばれた。園城寺長吏、大僧正。康和六年(一一〇四)没、八十四歳。

以下八八頁

一 一乗寺僧正すなわち増誉のこと。二 御室戸僧正すなわち隆明のこと。三 保実。「安」は「保」と同訓による混同。四 ねている人の足の方と頭の方にすわって。「ゐて」は、すわって。五 申たるめる→申たんめる→申ためる。法華経を一部だけだと申しているようですが、それをお読みになったところ。六 道心をおこして仏門に入って。七 聖なる仏の教えは、うそをつかないものなのだなあ。八 →歌人解説。九 出典未詳。一〇 →六七頁注一五。一一 →六七頁注一六。一二 倶舎論八の末尾にある偈(大正蔵二十九)で「再生汝今過二盛位一、至レ衰将レ近二琰魔王一、欲レ往二前路一無二資糧一、求レ住二中間一無二所止一」とある。宝物集「遇盛位」は「過盛位」が正しい。一三 焔魔王がつかわす老・病・死の三天使で、これは罪人の生前から、高下貴賤の別なく、すべてにさし向けられるという。一四 往生要集・大文一の五に「止観に云ふが如し。無常の殺鬼は豪賢を択ばず」とあるに拠る。一五 中国古代の伝説上の帝王。仁智に優れ、暦を作り、帝位を実子に譲らず、賢人の舜に譲って、聖天子といわれた。一六 中国古代の伝説上の帝王。尭帝に譲位され、諸制度を確立し、孝道をもってきこえた聖天子。一七 第六十代醍醐天皇と第六十二代村上天皇のこと。わが国の治世の模範として併称される。醍醐天皇→一〇頁注一。村上天皇→

て、加持すべきよしの院宣ありければ、「[一]一乗寺《〈ぜうじ〉》・[二]御室《みむろ》と申《まうす》、仏法のしるし霊験《〈れいげん〉》なりと申《まうし》ながら、死門に入《いり》て数刻にを《〈お〉》よべり、いかゞ侍るべからん」など申されければ、「生《〔い〕》けんとにはあらず、くやしき事もあるとてつかはすなり。たゞゆきむかひて見るべし」とかさねて仰下《おほせくだ》されければ、[三]安実卿《やすざねきやう》のもとにむかひて、二人有験《うげん》の僧、死人の[四]跡《〔あと〕》・枕《〔まくら〕》にゐて、法華経《〈ほけきやう〉》一部《〈ぶ〉》ばかりとぞ[五]申《まうし》ためる、よまれけるに、たちまちによみがへる事をえたり。仏法のしるしめでたかりける。

安実卿《〈やすざねきやう〉》[六]道心門《〈だうしんもん〉》に入《いり》て止観《〈しくはん〉》をならひよまれけるに、「みやう〳〵としてひとりゆく、誰《たれか》是非をとふ」といふ文を見て涙《〔なみだ〕》をながし、「われ冥途《〈めいど〉》にゆきしとき、この事たがはざりき。[七]聖教《〈しやうげう〉》はそらごとせぬものなりけり」とぞのたまひける。

[八]行基《〈ぎやうぎ〉》菩薩《〔ぼさつ〕》の中有《ちうう》のありさまのたまふにも、「[九]屍《〔かばね〕》はのこりて墓《〔はか〕》のほとりにありといへども、魂《〔たましゐ〕》はさりて、中有にありて苦をうくる」といへり。[一〇]天親菩薩《〔ぼさつ〕》の[一一]倶舎論には、いまだ死せざるさきにだに、中有のありさまをば申《まうし》てぞ侍るめる。

[一二]再生汝今遇二盛位一《ふたゝびむまれてなんぢいましやうゐにあふとも》　至レ衰将レ近二焔魔王一《おとろふるにいたつてまさにゑんまわうにちかづかんとす》

歌人解説。一八 藤原基経の三人の男子、時平・仲平・忠平の総称。「太郎左大臣時平、二郎左大臣仲平、四郎太政大臣忠平…この三人の大臣たちを、よのひと三平と申き」(大鏡二)。一九 藤原兼家の三人の男子、道隆・道兼・道長の総称。二〇 →三五頁注二四。二一 →三六頁注六。二二 →六七頁注三一。二三 古事記、日本書紀にみえる伝説上の女性。容色すぐれ肌の美しさが衣を通してかがやいたという。ただし記と紀の間には伝歴上の差がある。二四 →歌人解説。二五 →四一頁注一一。和漢朗詠集・下・故宮「暴秦衰兮無二虎狼一」とある。二六 南朝梁の初代帝王。仏教に帰依し民政に努力したが、極端な信奉から失政を招き、侯景の叛にあい、餓死した。四六四—五四九年。二七 源頼光。鎮守府将軍満仲の男。摂津・伊予・美濃などの国司を歴任、内昇殿を許された。正四位下。武略に長じ、終生道長の忠実な侍であった。治安元年(一〇二一)没、七十四歳。二八 源頼信。満仲の子、頼光の弟。伊勢ほか各地の国司を歴任、道長に仕え、鎮守府将軍となる。平忠常の乱には追討使平直方に代って派遣され、戦わずして平定した。永承三年(一〇四八)没、八十一歳。二九 平維衡。平安中期の武将。陸奥守貞盛の子。伊勢平氏の祖。東国諸国の国守を歴任後伊勢守となる。平致頼・源頼信・藤原保昌らと共に武勇の四天王とよばれた。生没年未詳。三〇 平致頼。平安中期の武将。武蔵守公雅の子(平良正の子とも)。備中掾などを歴任し、従五位下。長徳四年(九九八)伊勢の所領のことで平維衡と争い、隠岐に流された。武勇の人として名高い。寛弘八年(一〇一一)没、享年未詳。底本「まさより」と訓ずるが普通は「むねより」。一本「維衡致頼が人におぢられし」に対応する部分「利仁、保昌ガサトリアリシ」となっている。三一 →八六頁注三。罪深い人間がいずれは堕ちて行く世界とみて故郷といった。往生講式三段に「又還二三途之旧里一」とあるのに影響された表現か。三二 四人の梵士が無常の殺鬼に殺されないようにと、それぞれが山・海・空・市の一つに逃れたが、結局一人も死をまぬかれ得なかったという譬喩談。仏説婆羅門避死経という短編はこの譬喩談のみで成り立つ(大正蔵二)。また、法句

欲レ往二前路一無二資粮一《ぜんろにゆかんとほつすれどもかてなし》　求住二中間一無レ所レ止《もとめてちうげんにぢうしてとどまるところなし》

一三ゑんま王の使は、高貴《〔かうき〕》をもきらはず。一四無常の殺鬼《せつき》は賢愚をもえらばず。一五尭帝《〈げうてい〉》・一六舜帝《〈しゆんてい〉》の賢主《〔けんしゆ〕》音《〔をと〕》にのみきこえ給ふ。一七延喜《〈ゑんぎ〉》・天暦《〈てんりやく〉》の聖《〔ひじり〕》の御門、かげをだにものこし給はず。一八三平《さんぺい》・一九三道《さんだう》の臣、又ゝかくのごとし。二〇楊貴妃《〈やうきひ〉》・二一李夫人《〈りふじん〉》の妙《〈たへ〉》なりし姿《〔すがた〕》、二二牛頭《〈ごづ〉》馬頭《〈めづ〉》は情《〈なさけ〉》をものこさず。二三衣通姫・二四小野小町がやさしかりしも、阿防羅刹《〔あばうらせつ〕》ははづる事なかりき。二五秦《〈しん〉》の始皇《〈しくわう〉》が虎狼《〈こらう〉》の心ありし、二六梁武王《〈りやうのぶわう〉》のいさみたけかりし、二七頼光・二八頼信が謀《〔はかりこと〕》のかしこかりし、二九維衡《これ〈ひら〉》・三〇致頼《〈まさより〉》が人におぢられし、一人もとゞまる事なく、皆三一三途の古郷《〈こきやう〉》へかへりにき。

天にのぼり、海《〈うみ〉》に入《〈いり〉》、市《〈いち〉》にまじはり、山にうづまれし三二四梵士《〈ぼん〉じ》、つゐ《〈ひ〉》に死苦《〈しく〉》をまぬかるゝ事なし。此こゝろ三三登蓮法師《〈とうれんほうし〉》、歌にもよみて侍るなり。

128 さりともとやへの塩路《しほぢ》に入《いり》しかどそこにも老《おい》の浪はよりけり

又、三四釈尊《〈しやくそん〉》、三五舎衛国《〈しやゑこく〉》より三六倶尸那城《〈くしなじやう〉》へおはしける道に、丈《〔たけ〕》十六丈なる石ありけるを、力士《〈りきし〉》どもあつまりて、ひきのけんとしけるに、石おもく

譬喩経二(大正蔵四)にもみえ、止観輔行伝弘決七の三(大正蔵四十六)にもみえる。梵士は梵志とも書き、婆羅門のこと。婆羅門↓一七頁注二三。三三 ↓歌人解説。

128 死苦をまぬかれることがあるだろうと思って海中に隠れたけれども、そこにも老いの浪は寄せていたことだ。

三四 以下の説話、仏説力士移山経(大正蔵二)を典拠とする。ただし経典では場所を拘夷那竭国、石の大きさを「方六十丈高百二十丈」とする。仏本行経六(大正蔵四)にも同話要旨を載せる。三五 ↓一九頁注一六。三六 釈尊入滅の地。拘尸那揭羅などとも書く。角城、茅城などと訳す。中インド末羅国の城。現在のゴーラクプルの東方のカシアーの地に比定される。城の北方には釈迦入滅の沙羅双樹の地がある。

以下九〇頁

一 驚嘆申上げると。二 三十巻。南朝梁の蕭統(昭明太子)の撰集。周代から梁まで約千年間の作家百数十人の詩・賦・文章約八百編を、三十九類の文体別、時代順に類集した書。推古朝に流入、平安時代によく読まれた。三 文選十六・哀傷・陸士衡の「歎逝賦一首」の一節。原文は「水滔滔而日度。世閲レ人而為レ世、人冉冉而行暮。人何世而弗レ新、世何人之能故」とある。宝物集はこれを部分的に改作している。水は滔々と日々休みなく流れる。これと同じように、人もしだいに老いてゆく。しかしいかなる世にも人は一新されることなく、またこの世のいかなる人も昔のままではありつづけることはできない。「弗絶新」は全面的に新人ということはないの意。底本「冉々」を「再々」、「能故」を「能赦」とする。瑞本は「藺々」「能赦」、九本は「冉々」「能赦」とする。いま典拠の文選に従って改めた。四 死者の姓名を記入する過去帳に名を記せば。五 されこうべの眼窩に野生の蕨の茎が伸びて貫く。小野小町のされこうべの眼窩に薄の穂が貫いているのを業平が見て、小町の亡霊と連歌する話(江家次第、無名抄、古事談など)を想定しての表現か。六 源顕基。権大納言俊賢の長男。関白頼通の養子。風流の才高く、後一条天皇の寵を受け、若くして権中納言となる。後一条院の死に殉じて長元九年(一〇三六)四月二十三日出家、

して、力《〔ちから〕》を《(お)》よばでを《(お)》きたりけるを、教主尺尊《〈けうしゆしやくそん〉》、御足《〔あし〕》の指一《〔ゆび〕ひとつ》にて、はるかにけあげ給ひて、又おちくだる時、御手の指一《〔ゆび〕ひとつ》をもて微塵《〔みぢん〕》となして、又もとの石となし給ひけるを見て、力士どもあさみ一申《まうし》たれば、仏《〔ほとけ〕》、力士《〔りきし〕》等にのたまはく、「我《〔われ〕》、かくのごとくの神通《〈じんづう〉》ありといへども、生死《〈しやうじ〉》の無常《〈むじやう〉》まぬかれがたきゆへ《(ゑ)》に、あす涅槃《〔ねはん〕》に入《いる》べきなり」と仰《おほせ》られける。仏なを《(ほ)》、死をまぬかれ給はず。いはんや末代《〈まつだい〉》の凡夫をや。

されば二文撰《〈もんぜん〉》と申《まうす》文《〈ふみ〉》には、

三水滔ゝ日度《みづはたうたうとしてひびにわたる》　人冉々行暮《ひとはぜんぜんとしてゆきくらしぬ》
何世弗㆓絶新㆒《いづれのよとしてかたえてあらたならざらん》　世何人能故《よいづれのひととしてかよくふるからん》

とは申《まうし》たるぞかし。

誠《〈まこと〉》に水ながれてかへる事なし。死ぬる人かへることなし。四名をしるせば昔《〔むかし〕》の人なり。尸《かばね》を見れば鬼《〔おに〕》のごとし。つゐ《(ひ)》に蓬《〔よもぎ〕》がもとの塵《〔ちり〕》となりて、五眼《〔まなこ〕》は野べの蕨《〔わらび〕》につらぬかる。

六入道中納言は七後一条院《〈ご〉いち〈でうのゐん〉》にを《(お)》くれ奉りて出家遁世して、つねに塚《〔つか〕》のほとりにのぞみて、

八古墓何世人《ふるきはかいづれのよのひとぞ》　不㆑知㆓姓与名㆒《せいとなとをしらず》

法名円照。永承二年(一〇四七)没、四十八歳。この話は、続本朝往生伝・四、古事談一、袋草紙・雑談、古今著聞集・一三六、発心集五、十訓抄六、撰集抄六などにある。七第六十八代天皇。一条帝の第二皇子。母は道長の女上東門院彰子。長元九年(一〇三六)没、二十九歳。八白氏文集二・諷諭二・続古詩十首の一首。原文は「古墓何代人。不㆑知㆓姓与名㆒。化作㆓路傍土㆒。年年春草生」。古墓にはいつの代の人が葬られているのか、姓も名もわからない。その骸は路傍の土と化し、年々に春草が生い茂っている。各本「生春草」とするが日本的変形であろう。

129　草を枕とする旅に立つと言い置いた人ははたして誰だったのであろうか、その人の終の住処は結局このような野山だったのだ。

130　人の身を露のような命だと言ったのは、最終的に野辺に置かれるからなのだよ。「露」と「をけ」は縁語。

九底・瑞・九・久本「佐伯清正」、元本「読人不知」、拾遺集・哀傷では作者を「すけきよ」とする。清正は「すけきよ」のことか。→歌人解説「佐清」。

131　皆の人の命を露にたとえるのは、その遺骸を草むらごとに置くからなのだなあ。亡くなった人の遺骸を野辺の草原にうち捨てたままにしておくことから、草の葉にたまる露と同じだとの推理が働いた。

132　君の住居はそれだと言って生い茂る蓬の下をさがしあてるなどとは思ってもみなかったよ。

133　野辺を見ると、昔誰だったのかその名も知れぬ人の墓が多く見える。今は皆何という所かわからぬ苔の下の世界にいるのだ。「その名もしらぬ」は埋葬された人の名とその人が死後におもむいた世界の名と双方をさす。

以下九二頁

134　桜の花を散らす風の宿泊所を知っている人がいないものだろうか。そんな人がいたら私にその場所を教えてほしい。出かけていって花を散らすなと文句を言いたい。風をさすらいの無法者と見立てたところに作者の工夫がある。

化《くわして》生《みちの》二路《ほとりの》傍《つちと》土《なりて》一　年《ねん》々《く》生《はるのくさの》二春《みお》草《ひたり》一

と云《いふ》文《もん》集《じふ》の文《もん》をばながめたまひしぞかし。

これならず、心《〔こゝろ〕》ある人、これをかなしまずといふ事なし。歌にて申《まうす》べし。

129 草枕たびとはたれかいひを《(お)》きしつゐ《(ひ)》のすみかは野山なりけり

源《〈みなもとの》順《したがふ〉》

130 人の身の露の命といひけるはつゐ《(ひ)》にはのべにを《(お)》けばなりけり

僧《〈そう》都《づ》源《げん》信《しん〉》

131 みな人の命を露にたとふるは草村ごとにを《(お)》けばなりけり

佐《〈さ》[九]伯《いき》清《きよ》正《まさ〉》

132 おもひきや君がすみかはそれぞとて蓬《〔よもぎ〕》がもとをきつゝみんとは

覚《〈かく》盛《じやう》法《ほう》師《し〉》

133 野べ見れば昔の人やたれならんその名もしらぬこけの下哉

左《〈さき》京《やう》大《のだい》夫《ぶ〉》修《なが》範《のり》

第五に、怨憎会苦《〈をんぞうゑく〉》と申《まうす》は、よろづにつけてものの恨《〔う〕〔うら〕》みをいだくを

135 思えば吹く風のつれなさよ、桜花はいつの春でも自分から進んで散って行くことはないのに。後拾遺集・春下に「永承五年六月五日祐子内親王の家に歌合し侍けるによめる」の詞書を付して載る。この歌合は頼通の賀陽院第において開催された。

136 毎春飽きることのない桜花の魅力なのに、いかなる風が惜しげもなく花を散らすのだろうか。「にほひ」は、美しさ、魅力。

137 散るなら花にかわって我が身をと思うほどに花を惜しんできたが、花を見飽きることのない我が身の年齢ばかりが積もったことだ。

一底・瑞・九本「沙弥道円」とある。久本、千載集「道因」とあるのが正しく、これに従う。

138 見飽かぬままに散る花を袖に包むとなぜかうれしいと思う気持になってしまったことだ。参考歌「うれしきを何につつまむ唐衣たもとゆたかにたてといはましを」(古今集・雑上・詠人不知)。

139 月が没するのを惜しむ気持がつらいので、せめて西方に山がなかったらなと思うのだ。参考歌「あかなくにまだきも月の隠るるか山の端にげて入れずもあらなむ」(古今集・雑上・業平)。

140 ながめると、月もすっかり傾いてしまった。ああ、私の余生もこの月のように残りわずかなのだなあ。「わがこのよのほど」は私のこの世での寿命。

141 夜ふけ、吹飯の浦に千鳥が鳴きながらやってきた。そして絵島が磯に月が傾いていた。「吹飯の浦」は大阪府泉南郡岬町深日の浜。その地名に夜ふけの「ふけ」を懸けている。「絵島が磯」は淡路島の北端部に位置する淡路町一帯の磯。吹飯の浦から大阪湾を隔てて西方に絵島が磯がある。西に傾いた月はたしかにその方角に見えるはずである。

142 住吉の松の木の間からながめると、ちょうど淡路島の山に月が落ちかかっているところだ。住吉は大阪市住吉区のあたり。そこに住吉大社がある。淡路島は大阪湾を隔てて真西に見える。無名抄に

5・5 怨憎会苦

申《まうし》ためる也。あさきよりふかく、こまかに申《まうし》侍るべし。

花を見れば春の風にちり、木のもとの恨《うら》み、これにすぎたるはなきなり。

素《そ》性《せい》法《ほう》師《し》

134 花ちらす風のやどりはたれかしる我にをしへよ行《ゆき》てうらみん

大《だい》弐《に》三《さん》位《ゐ》

135 ふく風ぞおもへばつらき桜花心とちれる春しなければ

筑《ちく》前《ぜんの》乳《め》母《と》

136 春ごとにあかぬにほひを桜花いかなる風のお《を》しまざるらん

沙《しゃー》弥《み》道《だう》因《いん》

137 ちる花を身にかふばかりお《を》しめどもあかでも年のつもりぬるかな

大《だい》納《な》言《ごん》実《さね》国《くに》

138 あかなくに袖につゝめば散《ちる》花をうれしと思ふになりぬべきかな

月を見れば山の端《は》にくるゝ、いらぬためしはなけれども、秋の夜のうらみ、これにすぐるはなきなり。

この歌につき俊恵が「むねこしの句を、えいひかなへず、遺恨のことなり」と論じたという。

143 難波潟の引き潮どきに餌をあさる蘆辺の鶴も、月が西空に傾くと、うらめしそうに鳴くよ。「難波潟」は大阪市付近の海。「あしたづも」の「も」は、われ月の入るを惜しむ、鶴もまた惜しむ、の意。

二 氷魚は鮎の稚魚。宮中に献上される氷魚を受け取るために派遣される使者を「氷魚の使」という。

以下九四頁

144 何とかしてやはり網代でとれた氷魚に聞いてみたい、どういうわけで私を訪ねないのかと。「なによりてか」は、「依り」に氷魚の縁語「寄り」を懸ける。この歌、大和物語に右馬頭に対する修理の詰問歌として載る。宝物集はその詞書から拾遺集・雑秋所載歌による。

一 藤原頼通。→一三頁注二四。この花見は栄花物語三十一にもみえ長元四年(一〇三一)三月五日のことと推測されている。

145 その昔、共に花見をした人は花見に出かけたというのに。老いたいま、私は誘われることもなく、春にも忘れられてしまったなあ。「たづねしを」は、昔の人が現在花を訪ねて出かけたのにという意。

二 →歌人解説。 三 →歌人解説。 四 →歌人解説。底本「つのかみ国基」とするが、「津守」を「つもり」と読むべきを「つのかみ」と誤読している。

146 春霞が立ち隔てた向うの山のふもとまで、あなたは私の気持などにおかまいなく、花見に出かけて御自分だけ満足されるお心なのだ。「ゆく心」は山のふもとまで行く意と、「心ゆく」の「ゆく」で満足する意と両義あるとみる。

五 橘俊綱。関白藤原頼通男。播磨守橘俊遠の養子。丹波・播磨などの国守を歴任。修理大夫正四位上。伏見に邸宅を構築した。寛治八年(一〇九四)没、六十七歳。

147 うらやましいな、私もお仲間に入りたかった、あの伏見の里の花見の団欒に。「いる身」は「入る」に弓の縁語「射る」を懸ける。「まとゐ」は団欒の意に、弓の縁語「的」を懸ける。

139 月影の入《いる》をお《を》しむもくるしきに西には山のなからましかば

宇《う》治《ちの》忠《たゞ》信《のぶ》女《むすめ》

140 ながむれば月かたぶきぬあはれわがこのよのほどもかばかりぞかし

僧《そう》正《じやう》深《しん》覚《かく》

141 さよ千鳥吹飯《ふけゐ》の浦にを《お》とづれて絵島《ゑじま》が磯に月かたぶきぬ

沙《しや》弥《み》素《そ》覚《かく》

頼《より》政《まさ》卿

142 住吉の松の木《こ》まよりながむれば月おちかゝる淡路《あはぢ》島山

俊《しゆん》恵《ゑ》法《ほう》師《し》

143 難波《なには》がた塩ひにあさるあしたづも月かたぶけば声のうらむる

心を一《ひとつ》にして春《はる》の山にまじり、秋の野にふし、友、心《こゝろ》かはりつゝを《お》とづれもせぬ、うらめしき事に侍るべし。

[二]氷魚《ひを》の使《つかひ》にまかりて、をとせざりける人のもとへつかはしける

修 理

六 藤原仲実。能成男。紀伊・三河・越前の国守を歴任、中宮亮正四位下。堀河院歌壇の有力歌人。永久六年(一一一八)没、六十二歳。七 和歌山市南部の海岸に沿った海。歌神を祀った玉津島神社がある。風光明媚。

148 私も心だけは和歌の浦見物の御一行に立ち添いましたが、直接おさそいいただかなかったことを恨みに思っています。「人なみに」は、「人並みに」に、浦の縁語「波」を懸けた。「うらみ」は「浦」と「恨み」を懸けている。底・瑞・九本、この歌の作者を示さない。金葉集・雑上に同歌を載せるが作者を前中宮甲斐としている。

149 水の上に降る白雪があとかたもなく消滅するように、私も消えてしまうのだろうか、あなたのつめたい心ゆえに。金葉集・恋下には「冬の恋といへることをよめる」の詞書がある。撰集抄二では泊瀬山の迎西がこの歌を成通にさずけたとする。先行類似歌「水の上に浮きたる泡を吹く風のともにわが身も消えやしなまし」(重之集)。今鏡六ではこの歌を成通の代表歌とみているようだ。

150 せめて夢の中でわたしと逢うと見えてほしい。実際はそれほどにつめたいあなたのお心であっても。金葉集・恋上の詞書によれば「寄夢恋」という題詠歌である。

151 私の思いを知らせてやっても所詮むだだろうと思うその瞬間から、まだ知らせもしないのに、つれないあの人がうらめしい。「思ふより」は、思うやいなや。出典未詳。

152 もし私が恋い死にしたならば、それはあなたのせいだと思って、せめて私を思い出してほしい。それほどにつれないあなたのお心であっても。「われ」は相手の女性。参考歌「かくとだにいはではかなく恋ひ死なば我ゆゑとしる人やなからむ」(文保百首・忠房)。

153 あの人にいとわれる我が身でないならば、私はいかにして人のつらさを思い知ることができようぞ。作者範玄は平康頼とほぼ同時代の人。宝物集には範玄の歌はもう一首後出(一一三頁)。

八 後撰集・恋五は作者「本院のくら」、その詞書によると、「いひしにかなふ君」は右大臣藤原定方の男、朝頼である。

144 いかでなを《ほ》網代《あじろ》の氷魚《ひを》にことゝはんなにに《こ》よりてか我《われ》をとはぬと

[一]宇治《うぢ》の太政大臣《だじやうだいじん》、花見にまかりぬときゝて、つかはしける

民部卿斉信《みんぶきやうときのぶ》

145 いにしへの花見し人はたづねしを老《おい》は春にもわすられにけり

[二]良暹法師《りやうぜんほふし》、[三]賀茂の成助・[四]津守国基《つもりくにもと》ぐしてはな見にまかりぬときゝて、つかはしける

藤原孝善《ふぢはらのたかよし》

146 春霞へだつる山の麓までおもひしらずもゆく心かな

[五]俊綱朝臣《としつなあそん》、ふし見の山庄へ人〳〵まかりぬときゝて、つかはしける

皇后宮美作《くわうごぐうみまさか》

147 うら山しいる身ともがな梓弓伏見《ふしみ》の里の花のまとゐに

[六]中宮亮仲実、紀伊守にて侍りける比《ころ》、かのみやの女房《ばう》どもぐして、[七]和歌の浦《うら》見にまかりけるに、つげざりければ、つかはしける

148 人なみに心ばかりは立《たち》そひてさそはぬわかのうらみをぞする

宵のおもひ、夜中のね覚《ざめ》、わく事なくこひしき人のおなじ心ならぬ、

---

154 お忘れくださいと申し出たらすぐにかなえてくださるご親切なあなたのことですが、やはりお声をかけてくださらないのはつめたいなあと感じますよ。

以下九六頁

155 愛をちぎったのに裏切られたつらさも、あなたに逢うことができなくては、恨みごとも言えませんね。周防内侍集には「年ごろ常にある人の、ほかにありしかば」の詞書があるので、「あらぬつらさ」をふりかけた相手は夫に相当する人物か。

156 前世の因縁によると知らずに、はかなくも別れた人を薄情なひとだと恨んだことです。金葉集・恋下に載るが、広島大学本詞花集には赤染衛門が「たえにけるをとこにいひつかはしける」として「さきの世のあさき契りをしらずして人をつらしと思ひけるかな」と酷似の歌を詠んだことになっている。

一 底・九本は「源盛経女」。瑞本は作者名を「藤原」とのみ記す。金葉集では「源盛経母」とする。いずれをよしとするか未詳。

157 ただ一方的にわが身の不幸とあきらめてしまって、あの人の不実を恨まずにいるわけにはまいりません。

「さのみやは」は「うらみざるべき」にかかる反語。

二 「うかりける」の歌の作者は上西門院兵衛である。宝物集は諸本とも同人の別称「待賢門院兵衛」としている。この歌は久安百首に載る。

158 前の世々から廻り廻った悲しい宿縁を思うにつけ、あの人の薄情さは今日に限ったことではありますまいに。

三 摩訶波闍波提、波闍波提とも。釈迦の生母摩耶夫人の妹とされ、夫人の死後浄飯王の妃となり、釈迦を養育した。女性として最初に出家し、比丘尼となり「法臘第一」といわれた。法華経・勧持品に彼女がはじめ記別を与えられなかったことが記されている。 四 仏から将来成仏するとの予言を与えられること。 五 悉達太子(釈迦出家前の名)の三夫人の一人で羅睺羅の母。摩訶波闍波提が出家したとき妃も出家して比丘尼となった。法華経・勧持品ではじめ波闍

あながちにうらめしき事にてぞ侍るめる。

大納《だいな》言《ごん》成《なり》通《みち》

149 水のうへにふるしら雪のかたもなくきえやしなまし人のつらさに

徳大寺左大臣《とくだいじさだいじん》実《さね》能

150 夢にだにあふとは見えよさもこそはうつゝにつらき心なりせば

中《ちう》納《な》言《ごん》雅《まさ》頼《より》

151 しらせてもかひやなからんと思ふよりまだきに人の恨《うら》めしきかな

大《だい》納《な》言《ごん》実《さね》国《くに》

152 恋《こひ》しなばわれゆへ《ゑ》ぞとも思ひ出《いで》よさこそはつらき心なりとも

僧《そう》都《づ》範《はん》玄《げん》

153 いとはるゝ我身ならずはいかにして人のつらさをおもひしらまし

女は心ふかきものなれば、ものに執《しう》をとめ、おとこ《を》をうらむる事も、いま一しほまさりて侍るめる。

八 本《ほん》院《ゐんの》左《さ》近《こん》

154 わすれねといひしにかなふ君なればとはぬはつらき物にぞ有《あり》ける

波提と同様記別が得られなかったが、のち授けられたことがみえる。また彼女が悉達太子の突然の出家を恨んだこと、過去現在因果経二(大正蔵三)、仏本行集経十九(大正蔵三)等にみえる。 六 漢の人。文帝の時官吏となったが景帝・武帝と三代にわたり好遇されず、白髪となった今も一介の郎として働いていることを武帝に訴え、会稽都尉に抜擢されたという故事(文選・思玄賦注所引)の主人公。「齢顔駟に亜(つ)げり。三代を過ぎてなほ沈む」(和漢朗詠集・下・述懐・正通)。 七 伯鸞の五つのため息。「噫」は嘆息すること。伯鸞は後漢の梁鴻の字。平陵の人。後漢書・逸民伝に、孟氏の娘をめとり、覇陵の山中で耕作と機織りを業とし、詩書を読み琴を弾じて暮した。あるとき旅をして長安を通った時、民衆の暮しぶりをみて五噫の詩を詠んだという。蒙求に「梁鴻五噫」として載る。底・瑞・九本「五意」、久本「五噫」とあるにより改めた。

八 橘在列の法名。秘樹の第三子。文章生から安芸介となり弾正少弼に至る。天慶七年(九四四)叡山に登って出家。尊敬(そんきよう)と名のった。天暦七年(九五三)頃没、六十余歳か。

九 橘正通。生没年未詳。従四位上少納言実利の男。学生から加賀掾・宮内少丞を歴任、保胤と共に具平親王の侍読となる。宮内卿正四位下(尊卑分脈)。後に隠遁する。高麗に渡り宰相になったという伝承は、十訓抄九、古今著聞集・一三九などにもみえる。 一〇 →歌人解説。 一一 藤原芳子。正二位左大臣師尹の女。天徳二年(九五八)、村上天皇女御となり寵愛され、内裏の宣耀殿に住み宣耀殿女御と称される。康保三年(九六七)没、享年未詳。村上天皇の寵愛を安子女御が激しく嫉妬した話は大鏡・師輔伝に詳しい。 一二 底本「師尹」に「もろゆき」の振り仮名。瑞本「もろのぶ」に従う。

一三 藤原安子。九条左大臣師輔の女。天慶三年(九四〇)、東宮成明親王(のち村上天皇)の後宮に入り、後の冷泉天皇・円融天皇を生む。康保元年(九六四)没、三十八歳。 一四 宣耀殿女御のいる隣室の壁に穴をあけてのぞいた。 一五 底本「かく」、瑞・九本の「いかで」を採って改めた。大鏡によると、土器(かわらけ)を投げるなどということは女房たちの思いつくこと

155 契りしにあらぬつらさもあふ事のなきにはえこそうらみざりけり

周防内侍《すはうのないし》

156 さきの世の契りをしらではかなくも人をつらしと思ひけるかな

中宮上総《ちうぐうかづさ》

157 さのみやは我身のうきになしはてて〔ゝ〕人のつらさをうらみざるべき

[一]源盛《みなもとのもり》経《つねの》女《むすめ》

158 うかりける世ゝの契りをおもふにもつらきはけふの心のみかは

[二]待賢門院兵衛《たいけんもんゐんひやうゑ》

[三]波提比丘尼《はだいびくに》の仏《ほとけ》をうらみ奉る、成仏の記莂《きべつ》[四]にもれしゆへ《ゑ》なり。耶輸《やしゆ》[五]陀羅女《だらによ》が悉達太子《しつたたいし》をうらみし、家《いへ》を出《いづ》るをつげずとなり。顔《がん》[六]駟《し》が三代をうらみし、伯鸞《はくらん》[七]が五噫をうたひ、尊敬《そんきよう》[八]が遁世し、正通《まさみち》[九]が渡海せし、みなうらみにあらずといふ事なし。

[一〇]村上のみかど、宣耀殿《せんようでん》[一一]の女御小一条の左大臣師尹《さだいじんもろのぶ》[一二]の娘《むすめ》とたはぶれておはしますを、安子《やすこ》[一三]の女御 九条左大臣師輔女 のぞき[一四]て見たまひけるに、あまりにねたくおぼしければ、土器《かはらけ》の破《われ》してうちたまふぞかし。御門

とではなく、安子の兄弟たちがやらせたのだろうと帝はお考えになって三兄弟を処分したとある。一六 藤原伊尹。「これのぶ」のほかに「これまさ」「これただ」の読み方がある。右大臣師輔の長男。邸宅が一条南、大宮東にあったので一条摂政、一条関白とも呼ばれた。天禄三年(九七二)没、四十九歳。一七 藤原兼通。右大臣師輔の次男。堀川に邸があったので堀河殿と呼ばれた。貞元二年(九七七)没、五十三歳。一八 藤原兼家。右大臣師輔の三男。栄達の地位などをめぐり同母兄兼通とことごとく対立した。自邸が二条南、西洞院東にあったため東三条殿と呼ばれた。永祚二年(九九〇)没、六十二歳。一九「かしこまり」は目上の勘気にふれ謹慎すること。底本「さかしまり」、瑞・九本「御かしまり」、久本「御畏ニナリ給」。久本に従って「御かしこまり」と改めた。二〇 俊頼髄脳に「后と、いなごといへる虫とは、物ねたみせぬものぞと文に申したれば」とあり、当時后はねたみを持たぬとの諺が存在していたことがわかる。安子の物ねたみの事件はそういう諺が全くあてはまらないものだったので、諺そのものが「ひがごとになり侍りにけり」と言った。二一 後妻うち。本妻または夫に捨てられた女が、新しい女をねたんで打つこと。二二 髪をひきむしる。二三 相手と争って組みあう。二四 白楽天の「上陽白髪人」を踏まえた表現。「上陽人、紅顔暗老白髪新。…入時十六今六十。…蕭蕭暗雨打窓声。春日遅。日遅独坐天難㆑暮。宮鶯百囀愁猒㆑聞」(白氏文集三・諷諭三)とある。玄宗からのお召しもなく、宮中の上陽宮に閉じ込められた宮女の悲しみを憐れんだ詩。今昔十の六に上陽人の話を載せる。二五 白楽天の「上陽白髪人」に「已被㆓楊妃遥側㆑目。妬令㆓潜配㆒上陽宮㆒」という。

159 恋しいのなら、その人を夢に見るはずなのに、窓打つ雨に夢は破られて目をさましてばかりいる。この歌、白楽天の「上陽白髪人」にみえる「蕭蕭暗雨打窓声」という句について詠っている。

160 いくら何でもお化粧しなくてはと思って描いた眉ずみが無益に細長く、そのようになんら為すこともなく、心細いままに老いてしまったことだ。この歌「上陽白髪人」

はらだた〔ゝ〕せたまひて、「女は、[一五]いかで、かやうの事はおもひよらん」とて、御兄人《せうと》の殿原《とのばら》、[一六]一條殿関白 伊尹、[一七]堀河殿 兼通関白、[一八]東三條殿 兼家 関白、三人ながら[一九]御かしこまりになりたまひにけり。[二〇]いなど丸のたぐひは、ひがごとになり侍りにけり。まして、あやしの下衆《げす》ども、[二一]うはなりうちとかやして、[二二]髪《かみ》かなぐり、[二三]取《とり》くみなどするは、ことは《わ》りにぞ侍るべし。

唐《もろこし》にも、かやうの事侍りけり。[二四]上陽人《じやうやうじん》まい《ゐ》りし時は十六、今は六十。紅顔《こうがん》暗《そら》に老《おい》て白髪《はつ》あらたなり、窓《まど》うつ雨に眼《め》をさまして、宮の鶯ひとりきくなど申《まうし》たるは、それも[二五]楊貴妃《やうきひ》にねたまれてとこそ申《まうし》て侍るめれ。上陽人《じやうやうじん》の事、歌にもよみて侍るめり。

159 恋《こひ》しくは夢にも人を見るべきにまどうつ雨にめをさましつゝ

太宰大弐高遠《だざいのだいにたかとを》

160 さりとももとかくまゆずみもいたづらに心ぼそくも老《おい》にけるかな

源俊頼朝臣《みなもとのとしよりあそん》

161 昔にもあらぬすがたになりゆくをなげきのみこそおもがはりせね

源《みなもとの》　正《まさ》　光《みつ》

にみえ「青黛点レ眉々細長」という句を歌題にしている。

161 肉体は昔とはすっかりかわって老いてゆくのに、心の嘆きだけはいっこうにかわらないことだ。歌題は前歌と同じく「上陽白髪人」の句。上陽人は楊貴妃の出現により玄宗皇帝の寵を失って上陽宮(洛陽の宮殿)で不遇の一生を送った女性。

以下九八頁

162 ぱっと花めくこともなく六十歳になってしまった。そんな我が身に春を告げないでおくれ、宮の鶯よ。「宮の鶯」は上陽宮の鶯よの意で、白楽天「上陽白髪人」に「宮鶯百囀愁厭レ聞」を踏まえた表現。上陽人の立場で詠んだ歌。

163 悲しみに沈んでいると壁を背にした灯火が今にも消えそうになり、夜を明かしかねたことだ。「上陽白髪人」の「夜長無レ寐天不レ明、耿耿残灯背レ壁影」を踏まえた表現。

一四大阿修羅王の一人、毘摩質多羅阿修羅王の娘。母は乾闥婆の娘という。帝釈天に嫁し、舎脂夫人と呼ばれた。巻六(二九三頁)にも登場。 二 雑阿含経四十に毘摩質多羅と帝釈とが争い、帝釈が勝ったことがみえる。そこに帝釈と舎脂夫人も登場して闘諍にまき込まれる記述がある(大正蔵二)。 三 藤原忠平の子。母は源能有の娘昭子。通称九条殿。村上天皇即位後、天慶元年(九四七)右大臣。冷泉・円融両天皇の外戚となり、子の兼通・兼家らが関白職を継承し、摂関家の祖となった。天徳四年(九六〇)没、五十三歳。 四 藤原元方。菅根の男。元方の女元子(祐姫)は村上天皇との間に第一皇子広平親王を生むが、師輔の女安子も第二皇子憲平親王を生み、皇位継承争いとなるが、師輔側の制するところとなって、敗れた元方・元子父子は悪霊となって憲平親王(冷泉天皇)とその一族に祟ったという(栄花物語一)。天暦七年(九五三)没、六十六歳。 五 底・瑞本「おほすめり」とある。九・久本により改めた。 六 藤原道長。兼家の男。摂政、太政大臣となり、藤氏の全盛時代を築いた。寛仁三年(一〇一九)出家、法成寺に住したので、世に法成寺摂政・御堂関白などと称された。万寿四年(一〇二七)没、六十二歳。 七 藤原顕光。兼通の長男。寛仁元年(一〇一七)左大臣となる。

法印《ほふいん》道勝《だうしやう》

162 花めかで六十《むそぢ》になりぬわが身には春をなつげそ宮の鶯

左大将《さだいしやう》実定

163 物思へば壁《かべ》にそむけるともし火のきえかへりてぞあかしかねつる

[一]毘摩質多羅阿修羅王《びましつたらあしゆらわう》の娘《むすめ》、[二]天帝釈《てんたいしやく》をうらみたてまつりて、闘諍《とうぜう》をいたす。天上なを《ほ》しかり、いはんや、人間の嫉妬《しつと》におゐ《い》て、あげてかぞふべからず。

[三]九条左大臣殿師輔《でうさだいじんどのもろすけ》と[四]元方《もとかた》の大納言《なごん》とは、御孫《まご》の王子あらそひに、元方《もとかた》の民部卿《みんぶきやう》の霊《れい》といはれて[五]おはすめり。[六]御堂《みだう》の関白《くはんばく》道長と[七]左大臣顕光とは、[八]小一条院の女御あらそひに、[九]悪霊《あくりやう》の左府《さふ》といはれたまふ。

[一〇]一条の摂政伊尹《せつしやうこれのぶ》と[一一]朝成《ともなり》の中納言とは、[一二]蔵人頭《くらふどのとう》争《あらそ》ひに、中納言はおそろしきものになりて、一条殿の御族《ぞう》をばほろぼしたまふぞかし。

御孫《まご》[一三]花山院《くはざんのゐん》も、いまだ御歳《とし》十九と申《まうし》しに、位《くらゐ》をすてて修行に出《いで》

邸宅が堀川にあったので、堀河左大臣とよばれた。治安元年(一〇二一)没、七十八歳。八 →三二頁注二一。敦明親王は顕光の女延子と結婚、敦貞親王・敦昌親王等がある。長和五年(一〇一六)東宮となるが、道長の権勢に屈して退位し、天皇にならなかった。道長は親王に小一条院の号をおくり、女寛子の婿とする。このため延子と顕光は死後悪霊となって道長一家に祟ったという(栄花物語、大鏡、愚管抄)。九 大鏡・兼通伝に顕光について「悪霊の左大臣殿と申し伝へたる、いと心憂き御名なりかし」とある。一〇 →九七頁注一六。一一 藤原朝成。「ともひら」「あさひら」「あさなり」とも。右大臣定方の六男。近江介・蔵人頭・参議を経て中納言に至る。三条中納言と呼ばれた。天延二年(九七四)没、五十八歳。一二 朝成と伊尹は蔵人頭任官をめぐって争ったが、伊尹が朝成を欺いて任官、朝成は憤りのうちに没し、悪霊となり伊尹一族に祟った(大鏡・伊尹伝)。ただし公卿補任異本によると、蔵人頭任官は両者同日となっており、古事談二、十訓抄には大納言を争ったとする。また頭争いは大鏡の作為とする説(橘純一)もある。一三 →歌人解説。一四 藤原義懐。→歌人解説。底・瑞・九本「よしやす」と誤記。久本により改めた。一五 底・瑞・九本なし、久本により補う。一六 藤原挙賢。伊尹の三男。正五位下左少将となり、前少将と称ばれる。弟義孝とともに容姿・才学ともにすぐれたが、父の死後二年、弟とともに疱瘡にかかり同日に死去。天延二年(九七四)没、二十二歳。一七 →歌人解説。一八 伴善男。国道の五男。清和天皇の貞観六年(八六四)大納言。左大臣源信と権力を争っていた貞観八年に応天門が炎上し、これを源信の放火と主張したが容れられず、信は無罪となり、逆に善男は子の中庸とともに伊豆に流された。貞観十年(八六八)没、五十八歳。宇治拾遺物語、伴大納言絵詞に記載がある。

一九 平安京大内裏にある門。八省院の南面の正門。二〇 源信(まこと)。左大臣、正二位。北辺大臣と号した。笛・書・絵画に通じていた。貞観十年(八六八)没、五十九歳。「おほせて」は罪を負わせて。二一 自分が罪過を犯さなくても、怨憎のならいとしてこのように他人から罪を着せられるこ

おはしましにき。

太郎子《たらうど》にておはせし義懐《よしちか》[一四]の中納言《なごん》も、[一五]〔其ノ御ナゲキニ法師ニナリテ籠リ居給ニキ。〕

その御弟達《おとゝたち》 挙賢《たかかた》[一六]・義孝《よしたか》[一七]と申しし両少将《りやうせうしやう》(も)、おなじ日うせ給《たま》ひにき。

[一八]伴大納言善男《よしを》が、みづから応天門《おうてんもん》[一九]をやきて、信《まこと》[二〇]の大臣におほせて、「われ、一の大納言《なごん》なれば大臣にならん」とかまへたまふ。

[二一]我《われ》、あやまつことなけれども、怨憎《をんぞう》のならひはかく侍るなり。これらは外人《よそびと》[二二]の事なればさも侍《はべり》なん。まさしき兄弟《きやうだい》の心中あしくて、見ぐるしき事どもおほくきこえ侍るめり。

九条右大臣師輔《でうだいじんもろすけ》の御子堀川殿兼通《ほりかはどのかねみち》[二三]、東三条殿兼家《とうさんでうどのかねいへ》[二四]は、御中[二五]あしくて、最後《さいご》まで見ぐるしき事どもおほく聞え侍りけり。

法住寺殿為光《ほうぢうじどのためみつ》[二六]の公達《きんだち》 誠信《さねのぶ》[二七]、斉信《ときのぶ》[二八]、御中あしくて、兄[二九]の君は弟をうらみて、手の甲《こう》に爪《つめ》の出《いづ》るまでつよくにぎりてうせ給ひにけり。これらまでは事もを《お》ろかに侍り。

[三〇]仁明天皇の御時、橘[三一]の逸勢《はやなり》・伴健岑《とものこわみね》[三二]、おそろしき心ありて、伊豆の

ともあるのです。宝物集は応天門炎上事件を伴善男がしくんだ悪だくみで、源信は無実だったとみていることがわかる。二二 他人。よその人。二三 →九七頁注一七。二四 →九七頁注一八。二五 兼通と兼家は、摂政関白の権勢、外戚関係の確保をめぐり熾烈な競争をしていたことは大鏡に記されている。二六 藤原為光。右大臣師輔の九男。正暦二年太政大臣となる。花山天皇女御となった女忯子の病死をいたみ法住寺を建立し住した。通称、法住寺大臣、後一条太政大臣。諡号恒徳公。正暦三年(九九二)没、五十一歳。二七 藤原誠信。為光の長男。二十五歳で参議となるが、その後昇進がとまり、弟斉信が兄を越えて権中納言に任じられたことを恨み、死んだという(大鏡・為光伝)。長保三年(一〇〇一)没、三十八歳。二八 →歌人解説。二九 長保三年(一〇〇一)、欠員の生じた中納言補充の除目に兄は弟に申請辞退を請い、弟はこれを容れて昇進の申請をしなかった。ところが兄は酒に酔って殿上の屏風を汚損したかどで昇進がさしとめられ、これを知った弟が自ら申請をして中納言になった。兄は弟に欺かれたと思い、七日後憤死する。そのとき誠信はくやしさのため手の指が甲に抜け出るほど強くにぎりしめたという(大鏡・為光伝)。また巻五(二二三頁)に誠信が酒に酔って失敗した談を収載している。三〇 →九頁注一七。三一 橘奈良麻呂の孫。入居の子。空海・最澄らとともに入唐。帰国後従五位下に叙せられる。承和九年(八四二)に発生した承和の変の首謀者。変に失敗して伊豆に流罪となるが、護送の途中遠江国板筑駅で病没。三筆の一人。享年未詳。三二 平安朝前期の官僚。生没年未詳。仁明天皇皇太子恒貞親王に仕えた。承和九年(八四二)嵯峨上皇の危篤に乗じて、橘逸勢ら、と親王を奉じて反乱を計画するが、失敗して隠岐に流された。承和の変の首謀者。

一 →歌人解説。二 藤原常嗣。葛野麻呂の子。承和元年(八三四)、遣唐大使となり入唐に際し、副使小野篁と対立、篁の下船事件をおこした。宰相は参議の唐名。承和七年(八四〇)没、四十五歳。三 「舟きらへり」という正使からの虚偽の

国《〔くに〕》・隠岐の国などへながされ侍りにけり。一小野篁は、二常嗣《つねつぐ》宰相の遣唐使につかはされける時、副使《〔そへづかひ〕》にて渡りけるに、三舟きらへりといふ無実によりて四隠岐国《おきの〔くに〕》へながされたまふ。

164 和田の原八十島《やそしま》かけて漕出《こぎいで》ぬと人にはつげよあまの釣舟

といふ歌はそのたびよみ給へるなり。

五延喜の御時、六左大臣時平《〈しへい〉》は、御歳《〔とし〕》もわかく、御身の才《ざえ》も右大臣ばかりはおはせざりければ、天下のまつりごと、左大臣をばを《(お)》きながら、七菅原《〈すがはら〉》の右大臣《〈うだいじん〉》つかさどりたまひけるを、左大臣いきどを《(ほ)》りおぼして、八なき事を申《まうし》つけて、西海道筑前《〈さいかいだうちくぜん〉》へながし奉り給ふと侍りける。このほどに、あはれにかなしき事どもおほく侍るなり。少〻申《まうし》侍るべし。

古郷の梅をよみ給ひける

165 東風《こち》ふかばにほひを《(お)》こせよ梅の花あるじなしとて春なわすれそ

詩もおほくつくらせたまひて侍るなり。九後集とて、世中《よのなか》に見えけり。

一〇都府楼纔看二瓦色一《とふろうにはわづかにかはらのいろをみる》　観音寺只聞二鐘声一《くわんおんじにはたゞかねのこゑのみをきく》

報告によって。四 山陰道八か国の一つ。今の島根県北方の隠岐諸島。

164 多数の島々をめざし、大海原に漕ぎ出ていったと京の人々に告げてください、海士の釣船よ。

五 醍醐天皇の御代(九〇一—九二三)。六 ↓三三頁注三〇。七 菅原道真。↓歌人解説。八 道真は宇多上皇・醍醐天皇の信任厚く、詩文・学芸にも抜群の才能を持っていたので、時平がねたみ、源光・藤原定国・藤原菅根らと共謀して、道真が斉世親王を擁立しようとしていると讒言して、道真を大宰権帥に左遷させた。

165 もし東風が吹いたら、せめて匂いを風に乗せて送りとどけておくれ、梅の花よ。主人がいないからとて花を咲かせる春を忘れまいぞ。拾遺集、大鏡など歌集・説話集など多くの作品に伝承された著名歌で、いわゆる飛梅伝説のもとになった。

九 菅家後集。別名、西府新詩。菅原道真が流謫地で作った詩を親友紀長谷雄に送ったものを編集した漢詩集。一巻。一〇 遠くの都府楼はかろうじて瓦の色が見える。近くの観音寺はお詣りにもゆかず、ただ鐘声を聴くばかりだ。菅家後集「不レ出レ門」の句。和漢朗詠集・下・閑居にも収める。「都府楼」は大宰府の庁舎正面にある大門の高楼。「観音寺」は大宰府旧址の東側にある寺。天智天皇の勅願寺で、東大寺・下野薬師寺とともに日本三戒壇の一つ。この詩、白楽天の「遺愛寺鐘欹レ枕聴、香炉峰雪撥レ簾看」を意識して作っている。一一 以下時平らの早世や内裏の焼亡は、当時道真の怨霊が大火雷天神(かみなり)となって天から降ってひきおこしたものと信じられた。藤原時平は、延喜九年四月四日、三十九歳で死去した。一二 藤原保忠。時平の男。大納言・右大将。雅楽の名手。八条に邸宅があったので八条大将と称された。承平六年(九三六)没、四十七歳。一三 藤原敦忠。↓五頁注三一。一四 藤原敦敏。↓三三頁注二九。一五 里内裏、一条院のことか。左京の一条の南、大宮の東、堀川の西にあり、南北一町、東西二町を占めていた(拾芥抄)。もと一条摂政伊尹の第であったが、帝の後院にあて

かくてやう〳〵程へしまゝに、罪《つみ》なくして咎《とが》をかうぶる事をうらみて、[一一]おそろしき事も出来《いでき》侍りにけり。本院《ほんゐん》の左大臣《さだいじん》時平 うせたまひぬ。太郎子にておはせし八条の[一二]大将《だいしやう》保忠《やすたゞ》 もうせたまひぬ。その弟《おとゝ》[一三]敦忠《あつたゞ》中納言もうせたまひぬ。御孫《まご》の[一四]敦敏《あつとし》少将も 母本院左大臣女 うせ給《たま》ひぬ。

また、その頃、おほくの内裏やけけ《ゝ》れば、[一五]一条院をつくられけるに、[一六]裏板《うらいた》に虫《むし》くひたりける歌、

166 つくるとも又もやけなん菅原やむねのいたまのあらんかぎりは

[一七]円融院《ゑんゆうゐん》の御時なり。[一八]日蔵《にちざう》上人が[一九]伝《でん》には、菅原《すがはら》大臣にもあひたてまつりたりと申《まうし》て侍るめり。[二〇]浄土の荘厳《しやうごん》のやうなる七宝《ほう》の宮殿《くうでん》に居《ゐ》給ひて、「[二一]我をば太政威徳天《だいじやういとくてん》といふなり。無実《むじつ》によりて罪《つみ》をかふ《う》むるがゆへ《ゑ》に、日本国《ほんごく》をうらむる心あり。我に[二二]八万四千の眷属《けんぞく》あり、その第三の使者、[二三]北野《きたの》の松ばらにあり。[二四]大火雷天神《だいくわらいてんじん》といふ」とぞおほせられける」

[二五]北野の縁起《ゑんぎ》には、[二六]右近《うこん》の馬場《ばゞ》の辺《へん》、[二七]心につくがゆへ《ゑ》に、一夜《いちや》に松を生《おほ》して跡をたれたりとぞ侍るめる。[二八]伝《でん》と縁起《ゑんぎ》と定説《ぢやうせつ》をたづぬべし。

られた(栄花物語四)。一六 一条院の屋根裏に張った板。大鏡・時平伝によると円融院のとき焼失した内裏を造営したおり、前日かんなをかけた裏板が翌朝には虫が食っていて、その痕跡をたどると「つくるとも…」の歌になったという。

166 いくら作ってもまた焼失するであろう。棟の下に張った板と板のすき間があるうちは。非業の死をとげた菅原道真の胸の痛みの傷口がふさがらない限りはの意。底本第五句「あはんかぎりは」、九本により改めた。

一七 第六十四代天皇。正暦二年(九九一)没、三十三歳。大鏡によれば、虫食いの歌が出現したのは、円融院在位中の天元五年(九八二)十一月十七日夜の火災後の造営工事においてである。一八 →六九頁注六。一九 「伝」は道賢上人冥途記をさす。地獄巡りの途次太政威徳天となった道真と会い、無実の道真処分の罪で地獄に堕ちた醍醐帝にも会ったということを語り、これを漢文に綴ったもの。この記、扶桑略記・天慶四年三月の条に載る。二〇 冥途記に「黄金光明甚照。北方有㆓一金山㆒。其中有㆓七宝高座㆒。和上至畢。…此土是金峰山浄土也」とある。二一 冥途記に「太政天曰、我是上人本国菅相府也。卅三天呼㆑我字㆓日本太政威徳天㆒」とある。「太政威徳天」は没後太政大臣を追贈された道真を三十三天王(忉利天王)に匹敵する人物とみて名づけたものであろう。二二 「八万四千」は極めて大きな数の形容。冥途記には「十六万八千」とある。二三 京都市上京区の西北部一帯の地域。大鏡・時平の条に、太宰府で道真が死ぬと、その霊が一夜のうちに北野一帯に多数の松を生やしたという。北野の松原はその所をさすと思われる。二四 冥途記には「火雷天神」とある。二五 三巻から成る仮名縁起ではなく、「北野天満自在天神宮創㆓建山城国葛野上林郷㆒縁起」とある真名本縁起をさす。この縁起は平安中期には成立したとされる。二六 京都市上京区北野天満宮の境内東側にあった右近衛府所属の馬場。真名本縁起によると、天慶五年(九四二)七月十二日に多治比奇子なる者に天神が「我昔在世之時、屢遊㆓覧右近馬場㆒多年」の託宣を下したという。二七 底・瑞本「心につくるがゆへに」。九本により「る」を削除。「心につく」は

「[一]高明親王《たかあきらしんわう》は延喜《えんぎ》の王子《わうじ》なり。源《みなもと》といふ御姓《うぢ》をたまはりて大将《だいしやう》となり給ひしかば源氏《げんじ》の大将西宮殿《だいしやうにしのみやどの》とぞ申《まうす》めり。しかれども御[二]孫《まご》春宮あらそひに筑前《ちくぜん》の国へながされ給ふ。そのたびの御歌に、

167 なぬかにも余《あま》りにけりな便《たより》あらば数《かぞ》へきかせよおきの島もり

[三]中関白《なかのくはんばく》道隆《みちたか》の公達《きんだち》、[四]内大臣伊周・[五]権中納言《ごんちうなごん》隆家《たかいゑ》、[六]太上法皇《だじやうほうわう》を射《い》たてまつり、[七]おほやけはなちてを《お》こなひたまはぬ[八]太元の法を修して、[九]国母を呪咀《じゆそ》したてまつるといふ事出来《いでき》て、兄《あに》の君《きみ》は筑前《ちくぜん》の国《くに》、弟《おとゝ》の君は但馬《たじま》の国へながされ給ふ事侍りけり。内大臣《ないだいじん》伊周は、明石《あかし》の浦《うら》にてかくぞよみ給ひける。

168 物思ふ心のうちしくらければ明石《あかし》の浦もかひなかりけり

中納言の君は、[一〇]大江《おほえ》の山にてかくぞよみ給ひける。

169 うき事を大江《おほ》の山としりながらいとゞふかくもいる我身かな

[一一]天性〔雖〕レ疎《てんせいおろかなりといへども》　忝懲ニ竜顔逆鱗之警一《かたじけなくもりようがんげきりんのいましめにこりたり》

気に入るの意。天神の託宣中にある「我昔在世之時、屢遊ニ覧右近馬場一多年。城辺閑曠之地、何如ニ彼場一哉」のような文を踏まえて「心につく」と言った。六 道賢上人冥途記と真名本北野縁起の両本に記述されている事柄をよく調査して正説を確定せよの意。二九頁「能々定説を可尋也」、八一頁「恵義相違せり。定説たづぬべし」などのように、伝承にくい違いなどがあると、宝物集作者が記す常套句。

一 源高明。→歌人解説。 二 高明が女婿為平親王を皇太子にしようとして失敗したいわゆる安和の変をさす。

167 もう京を出てから七日以上たったろうな。沖の島守りよ、すべがあるなら日数を数えて聞かせてくれないか。

三 藤原道隆。兼家の一男。永祚元年(九八九)内大臣、翌年摂政。娘定子を一条帝の中宮に入れ、死に瀕して息男伊周を関白にしようとしたが実現しなかった。通称中関白。長徳元年(九九五)没、四十三歳。 四 藤原伊周。→歌人解説。伊周は為光の娘を愛人としていたが、その妹のもとに通う花山院を誤解して弟隆家に矢を射かけさせる不敬事件を起こし、長徳二年(九九六)大宰権帥に左遷された(栄花物語四、小右記)。許されて帰京、本位に復するが、道長の権勢の前に昔日の勢いはなかった。 五 藤原隆家。→歌人解説。 六 花山院。→歌人解説。 七 朝廷をさしおいて。「はなつ」はさしおくの意。 八 底本「大くえの法」、瑞本「大くはんの法」、久本「太元ノ法」とある。太元帥法(だいげんすいほう)のこと。この法は師を読まずただ「太元法」と読むのが口伝だったという。久本により「太元」と改めた。私的に修することを禁じられた秘法で、正月八日から十四日までの七日間、宮中において国家鎮護のために太元帥明王を本尊として修めた祈禱の法。栄花物語四に伊周が一条院母后を呪うためこの秘法を数年来ひそかに修していると噂されたことを記す。小右記・長徳二年四月二十四日の条に「召ニ大内記斉名朝臣一、仰ニ配流宣命一事〈射ニ花山法皇一事、呪ニ咀女院一事、私行ニ大元帥法一事等也〉」とある。 九 東三条院詮子のこと。兼家女で円融院女御となる。一条天皇の母。長保三年(一〇〇一)没、四十歳。

地望是切《ちばうこれねんごろなり》　涙仰二烏頭変毛之恩一《なくなくうとうへんもうのおんをあふぐ》

とかきたまふはこのたびの事に侍り。

ちかくは則長卿宰相《〈のりながきやうさいしやう〉》[一二]、東《〔あづま〕》の方《〔かた〕》へながされ給ふとて、かくぞよみ給ひける。

170 おち滝《たぎ》つ水のあはとはながるれどうきにきえせぬ身をいかにせん

通憲《みちのり》[一三]少納言の公達《きんだち》[一四]も、おもひ〳〵にながされ給ふ事侍りき。

静《〈じやう》賢《けん》法《ほう》師《し〉》

171 恋しくはきても見よとの逢坂の関の清《〔し〕》水にかげはとめてき

中《〈ちう》納《な》言《ごん》成《なり》範《のり〉》

172 わがためにありける物を東路《あづまぢ》や室《〔むろ〕》の八島《〔やしま〕》にたえぬ思ひは

左京大夫《〈さきやうのだいぶ〉》[一五]修範《ながのり》

173 日をへつゝ行《ゆく》ははるけき道なれど末を都とおもはましかば

唐《〔もろこし〕》にもかやうの事は侍りけるなり。一行阿闍梨《いちぎやうあじやり》[一六]、火羅国《くわらこく》[一七]へながされ、白楽天《はくらくてん》[一八]［は］、江州《かうしう》の江のほとりにて、琵琶をきゝて袖をうるほす

168 物思いに沈む心の中が暗いので、明るいという明石の浦に来ても何の甲斐もないことだ。「かひ」に浦の縁語「貝」を懸けた。「明石」は地名に暗に対する明を懸けた。

一〇 大枝山とも。京都市西部、老ノ坂峠付近の山。この峠には京都から山陰地方へ出る街道が通じていた。

169 つらいことを感ずる大江山と知りながらも、ますます深くわけ入って、憂きことを感知するわが身であるよ。「大江」に「覚え」を懸ける。

一一 底本第一句「雖」なし、瑞・九本により補入。底本第四句「恩」の右傍「思ィ」。ここは出典にてらしても「恩」が正しい。「竦」は細かいところまで注意が行きとどかないさま。「竜顔逆鱗之謦」は竜の胸にさかさうろこ(逆鱗)があって、これにさわると怒ってその人を殺すという中国の故事(韓非子)を踏まえて、ここでは隆家が誤射事件で勅勘を蒙ったことをさす。「烏頭変毛之恩」は、秦王に人質になった燕の太子丹が、王から「烏の頭が白くなり、馬に角がはえたら許す」と言われ、絶望して嘆いたら、あり得ないことが実現して許されたという故事(史記・刺客伝)を踏まえ、天皇に万が一の許しを乞う心持を意味する。出典は本朝文粋七・奏状下に載る「請レ被下殊蒙二哀憐一聴丙帰レ京且加二身病療治一且訪乙老母晨昏甲状」の中の一節。ただし、「竦」を「愚」、「謦」を「誡」、「是切」を「雖失」、「涙」を「泣」に作る。

一二 藤原教長。→歌人解説。諸本みな「則長」と表記。「則」は「教」の誤り。

170 激しく落下する滝の水は泡となって流れ、消えてゆくが、流罪の憂き目に遭っても消えることもならぬこの身をどうしたらよいだろうか。「水」「あは」「うき」は縁語。「浮き」に「憂き」が懸かる。

一三 藤原通憲。実兼の男。康治二年(一一四三)少納言。翌三年出家、法名円空、のち信西。保元の乱の劈頭源氏に追われて捕えられ、斬首。平治元年(一一五九)没、五十四歳。

一四 通憲の子どもたち。通憲には俊憲・貞憲・是憲・成範・修範・静賢・澄憲らがいる。静賢は安房(ただし丹波国へ下向)、成範は下野国、修範は隠岐国へそれぞれ流された。

など申《まうし》ためる。

これまでは命ながらふれば、又古郷へかへる事侍るめり。天竺《てんぢく》・震《しん》旦《だん》・我朝《わがてう》おろ〳〵申《まうし》侍るべし。

先《まづ》、耳ちかき吾朝《わがてう》より申《まうし》侍らん。

一上宮《じやうぐう》太子の御時、二崇峻天皇、三曾我大臣にお《(を)》かされ給ふ。

四孝徳天皇の御代に、五入鹿《〔いるか〕》の臣《おみ》・六曾我の山田《やまだ》石川丸《いしかはまる》右大臣、二人ながら七天智天皇に誅せられたてまつる。

八大伴《〈おほとも〉》の王子《〈わうじ〉》は、九天武天皇《〈てんむてんわう〉》のいまだ一〇おほうみの王子と申しし《〔こ〕》お《(を)》りころされたまふ。

一一左大臣長屋の王《〔わう〕》は一二聖武天皇《〈しやうむてんわう〉》にころされたまふ。

一三恵美押勝《〈ゑみのをしかつ〉》は一四高野《〔たかの〕》の《〔ゝ〕》天皇にころされたてまつる。

一五伊与親王《〈いよのしんわう〉》は一六平城《〈へいぜい〉》天皇にころされ給ふ。

平城《〈へいぜい〉》天皇は一七嵯峨《〈さが〉》の御門《〈みかど〉》にまけ、御子《〈こ〉》一八真如親王《〈しんによしんわう〉》は、春宮《〈とうぐう〉》の位《〔くらゐ〕》をおりて天竺《〈てんぢく〉》へわたり、道にてうせたまひにき。

一九承平《〈せう〉》将門《〈いのまさかど〉》、二〇平《〈たいら〉》の貞盛《〈さだもり〉》にうたれ、康和《〈かうわ〉》の二一義親《〈よしちか〉》は二二平正盛にうたれ、二三安《〈あ〉》倍《〈べ〉》の貞任《〈さだとう〉》は二四源《〈みなもと〉》の頼義《〈よりよし〉》にうたれ、二五清原武衡《〈きよはらのたけひら〉》は二六源義家《〈みなもとのよしいへ〉》にうたる。

171　恋しかったら来ても見よという意の逢坂の関の清水に私の面影をとどめておいたことだ。久本、続詞花集・旅は第二句「見よとて」。このほうが意味がとりやすい。

172　私のためにあったのだなあ。ここ下野の室の八島にはたえず煙が立ちのぼる。そのように私の思いの火もたえることがないのだから。「室の八島」は下野国(栃木県)にあった歌枕。

一五　底本「太夫」、瑞・九本により「大夫」に改めた。

173　日を重ねて行く道ははるかな配流地へ通じているが、この道のりの末端が都なのだと思えたらいいのになあ。

一六　唐代の学僧。数学、暦法にも詳しく開元大衍暦を作成。六八三—七二七年。一行流罪のことは現存伝記の上では不明。平家物語二、太平記二等にも流罪説がみえるが、宝物集を初見とするか。　一七　所在不明。平家物語、謡曲・弱法師等は「果羅」と表記。　一八　→一二三頁注二四。白氏文集十二・琵琶引幷序に、九江郡の司馬として左遷された白楽天が、江のほとりで長安の倡妓のひく琵琶の音を聞いて落涙したことが詠われている。底・瑞本「白楽天」の下に「は」なし、九本により補入。

以上一〇三頁

一　聖徳太子(一六頁注一三)の御代。崇峻天皇が蘇我馬子に暗殺されたとき太子は十九歳。　二　第三十二代天皇。欽明天皇の皇子。蘇我馬子と対立し、誅しようとするが逆に崇峻天皇五年(五九二)、馬子に暗殺される(日本書紀・崇峻天皇五年十一月)。　三　推古朝の大臣蘇我馬子。推古天皇三十四年(六二六)没、享年未詳。　四　第三十六代天皇。白雉五年(六五四)没、五十九歳。　五　皇極朝の廷臣蘇我入鹿。大化元年(六四五)没、享年未詳。　六　蘇我倉山田石川麻呂。大化五年(六四九)没、享年未詳。　七　第三十八代天皇。天智天皇十年(六七一)没、五十八歳。　八　大友皇子。天武天皇元年(六七二)没、二十五歳。　九　第四十代天皇。朱鳥元年(六八六)没、享年未詳。　一〇　久本「大海ノ王子」とある。「大海」は「おほあま」と読むべきだが「おほうみ」と読んだと思われる。　一一　天武天皇の孫。神亀六年(七二九)没、五十四歳。　一二　第四十五代天皇。天平勝宝

[二七]山の春永《はるなが》が異国へちうせし、備前《びぜん》の国人《くにうど》[二八]永岡《ながをか》の藤津《ふぢつ》にころされ、[二九]藤原純友《ふぢはらのすみとも》が海路《かいろ》の往還《わうくはん》をとめし、周防《すはう》・伊与《いよ》両国《りやうごく》のいくさにうたる。

[三〇]聖徳太子《しやうとくたいし》は救世観音《ぐぜくはんをん》の垂迹《すいじやく》なり。されども、[三一]守屋の大臣《だいじん》が頸《くび》きりたまふ。[三二]弘法大師は則[三三]第三地《だいさんち》の菩薩《ぼさつ》なり。しかれども、[三四]守敏僧都《しゆびんそうづ》を調《てう》伏《ぶく》し給ひてき。

まして震旦《しんだん》は合戦《かつせん》を先《さき》とし、煙塵《あんぢん》を業《ぎやう》とする国なれば、かぞへ申《まうす》に及ばず。しかれども、少ゝ申《まうし》侍るべし。

[三五]黄帝《くわうてい》は蚩尤《しいう》をうつ。周《しう》の[三六]武王《ぶわう》は殷《いん》の紂《ちう》をうつ。

[三七]越王勾践《ゑつわうこうせん》は呉王夫差《ごわうふさ》をうつ。[三八]秦《しん》の始皇《しくわう》は六国《りつこく》をしたがふ。

[三九]二世胡亥《こがい》は趙高《てうかう》にころされき。趙高《てうかう》は秦王《しんのわう》子嬰《しゑい》にころさる。

[四〇]子嬰《しゑい》は楚《そ》の項羽《かうう》にころされ、項羽《かうう》は漢高祖《かんのかうそ》にうたる。

[四一]後漢光武《ごかんのくわうむ》は王莽《わうもう》をころし、[四二]魏曹操《ぎのそうさう》は後漢《ごかん》献帝をころす。

[四三]魏高貴郷公《ぎのこうきけいこう》は晋の武帝にうたる。[四四]陳後主《ちんのこうしゆ》は隋文帝にほろぼされ、[四五]隋《ずいの》煬帝《やうだい》は唐の大宗にほろぼさる。

[四六]左伝と申文《まうすぶん》には二百四十二年の事をしるす。[四七]臣《しん》の公をなみする事《こと》廿

八年(七五六)没、五十六歳。一三 藤原仲麻呂。天平宝字八年(七六四)没、五十九歳。一四 孝謙天皇(第四十六代)。高野姫尊、高野天皇とも称された。神護景雲四年(七七〇)没、五十三歳。一五 桓武天皇第三皇子。大同二年(八〇七)没、享年未詳。一六 第五十一代天皇。天長元年(八二四)没、五十一歳。一七 第五十二代天皇。承和九年(八四二)没、五十七歳。一八 高岳親王。→歌人解説。一九 平将門。天慶三年(九四〇)没、享年未詳。二〇 生没年未詳。平国香の子。二一 源義親。天仁元年(一一〇八)没、享年未詳。二二 生没年未詳。正衡の子。二三 頼時の二男。康平五年(一〇六二)没。二四 頼信の長男。通称伊予入道。承保二年(一〇七五)没、八十八歳。二五 陸奥の豪族。寛治元年(一〇八七)没、享年未詳。二六 頼義の長男。嘉承元年(一一〇六)没、六十八歳。二七・二八 未詳。二九 天慶四年(九四一)没、享年未詳。三〇 聖徳太子を救世観音の垂迹とする説は、三宝絵・中、俊秘抄・上二、袋草紙四、私聚百因縁集七、沙石集五・下、妻鏡等にみえる。三一 物部尾輿の子。用明天皇二年(五八七)没、享年未詳。三二 →二二頁注九。三三 菩薩の五十二(十信・十住・十行・十廻向・十地・等覚・妙覚)の修行の階位のうち十地の第三発光地に住する菩薩。発光地は智慧の光明を発する位で、五十二位中第四十三位。三四 生没年未詳。平安初期の真言僧。三五 炎帝(神農氏)の末期、蚩尤が台頭して兵乱を起こすのを軒轅(のちの黄帝)が誅伐し、炎帝にかわって天子となった(戦国策、荘子、史記・五帝本紀)。底本「蚩尤」を「蚩友」と表記、九・久本により改めた。三六 →三二頁注一六。三七 春秋時代越の王であった勾践(生年未詳-前四六五)が呉王闔閭の子夫差(生年未詳-前四七三)に捕えられ恥辱を受けたが、のち許され、忠臣范蠡《はんれい》と謀って前四七七年に呉を討ちとった。三八 秦の始皇帝。→四一頁注一二。三九 秦代の趙高(生年未詳-前二〇七)は始皇帝の長子扶蘇を殺して次子胡亥(前二三〇-前二〇七)を二世皇帝とするが、形勢不利となって胡亥も殺し、始皇の孫子嬰を帝位につける。しかし子嬰に一族もろとも殺された(史記・秦始皇本紀)。四〇 趙高一族を滅ぼした子嬰は秦末の楚の武将項羽(前二三二-前二〇二)と戦い殺された。その項羽は劉邦(漢

六度と中《まうし》たんめれば、かぞへ中《まうす》にを《(お)》よび侍らず。

いはんや、天竺は国もひろく、人の心もおほきなれば、かやうの事おほく侍《はべる》なり。

[一]摩竭陀国《まかだこく》の阿闍世王は、[二]仏生国《ぶつしやうこく》の[三]勝軍王にまけ、[四]毘留離《びるり》王は五百釈衆をころし、[五]戒日大王は五天竺をうつ。

[六]雞尼吒《けいにた》王は馬鳴《めめう》・菩薩慈心の雞をとる。

[七]阿育王は八万四千の后をころし、[八]引正《いんじやう》[九]太子は竜樹菩薩の命をうしなひ、舎衛国の商人《あき》は、仏弟子[一〇]伽留陀夷《かるだい》をころす。

神通第一の[一一]目連《もくれん》、竹枝外道《ちくしげだう》にうたれ、無上の位にのぼり給ひし釈迦、[一二]提婆達《だいばだつ》〔多《た》〕[一三]に御はぎをうた〔[一四]れ給ふ〕。

高祖)と天下を争い烏江で戦死した(史記・秦始皇本紀・項羽本紀)。劉邦(前二四七—前一九五)は前漢初代の皇帝。 四一 後漢初代の光武帝(劉秀)は平帝を毒殺して帝位についた王莽(前四五—後二三)を滅ぼした。前六—五七年(後漢書・光武帝紀、漢書・王莽伝)。 四二 後漢の献帝(一八〇—二三四)のとき曹操(一五五—二二〇)が魏王に封ぜられた。その死後子の曹丕が後漢を倒して天子となった。曹丕は父曹操に武帝の称号を追尊した(三国志・魏志・武帝紀)。宝物集は曹操が献帝を殺したことになっているが、誤り。 四三 魏の高貴郷公に封ぜられた曹髦は司馬昭(文帝、二一一—二六五)と対立、殺される(晋書・太祖文帝紀)。武帝は司馬炎(二三六—二九〇)のこと。司馬昭の長子。「武帝にうたる」とするが文帝とすべき所。 四四 南朝の陳後主(五五三—六〇四)は五八九年楊堅(文帝、五四一—六〇四)によって滅ぼされた。楊堅は南北を統一し、隋の初代皇帝となったが、次子広(のち煬帝)に殺された(陳書・後主紀、隋書・高祖紀)。 四五 隋第二代皇帝煬帝(五六〇—六一八)は国民の負担をかえりみなかったので反感をかい、部下の宇文化及に殺された(隋書・煬帝紀)。唐の太宗(李世民)に滅ぼされたとするのは不審。 四六 春秋左氏伝。五経の一つである春秋の注釈書。左丘明の著と伝えられ、魯の隠公元年(前七二二)から哀公十六年(前四七九)までの史実を編年体で記す。公羊伝・穀梁伝とあわせて春秋三伝という。 四七 底本「臣の唐をなみする」、九本「秦の唐をなみする」とあるが、久本「臣の公をなみする」に従う。臣下が天子をないがしろにすること。「公」は朝廷。

以上一〇五頁

一 →三五頁注一四。 二 釈尊が生まれた国インド。 三 音写語「波斯匿王」の訳。釈迦在世中の中インド憍薩羅国の王。妹の韋提希を頻婆娑羅王(阿闍世王の父)に嫁がせたとき迦尸国を与えたが、のちそれをめぐって紛争が生じ、阿闍世王と戦い勝った。 四 釈迦在世中の中インド憍薩羅国の王。波斯匿王の子。釈迦族にうらみをもち、父王を放逐して王位につき、釈迦族五百人を殺害した。釈迦は堕地獄を予言、その通りになった(毘奈耶雑事七・八・九、大唐西域記六)。霊異記下・二一に「釈衆九千九百九十万人を殺す」とある。

宝物集　巻第三

第六に、[一五]愛別離苦《あいべつりく》と申《まうす》は、わかれをお《(を)》しむを申《まうし》侍るなり。これもあさきよりふかく申《まうす》べきなり。[一六]太庾嶺《たいゆれい》の梅、霞にかほ《(を)》り、[一七]金谷園《きんこくゑん》の桜、風ににほふ春もくれぬれば、わかれをお《(を)》しむ人おほく侍るなり。

174 けふのみと春をおもはぬ時だにも立《たつ》ことやすき花のかげかは

凡《おほし》河《かう》内《ちの》躬《〔み〕》恒《〔つね〕》

175 思ひ出《いづ》る事のみしげき野べにきて又春にさへわかれぬるかな

永《えい》胤《いん》法《ほふ》師《し》

176 思《〔おも〕》ひやれめぐりあふべき春だにも立《たち》わかるゝは悲《〔かな〕》しきものを

左京大夫顕輔《さきやうのだいぶあきすけ》

177 身に積《〔つも〕》る年《〔とし〕》の暮《〔くれ〕》にもまさりけりけふばかりなる春のお《(を)》しきは

小《こ》侍《じ》従《じゆう》

五 中インド羯若鞠闍国の王。即位後六年にして全インド(五天竺)を鎮圧した(大唐西域記五、南海寄帰内法伝四)。底・瑞・九本は「戒白大王」、久本により改めた。 六 迦膩色迦王のこと。クシャーナ王朝の三代目の王。仏教を保護し、第四回仏典結集を行った。王は中天竺の華氏城を滅ぼし、和解金を請求したが、敗者側は賠償金の代りに馬鳴菩薩と仏鉢と慈心の鶏とを献じたところ喜んで受けとり帰国したという(馬鳴菩薩伝、付法蔵因縁伝五)。馬鳴→一五頁注一一。 七 阿輪迦王とも。→三八頁注一一。阿育王には八万四千の后がいた。第二夫人の男子出産を知った第一夫人が嫉妬のあまり、王に猪の子が生まれたと報告したため第二夫人は配流された。のち王は事件の真相を知り、激怒して、第二夫人をのぞく八万四千の后すべてを殺した(今昔四の三)。 八 底本「す」、瑞・九本により改めた。 九 中インド憍薩羅国引正王の子。父王は竜樹に帰依し、その妙術により身体が衰えなかったので、早期の王位継承を待望する太子は竜樹の福力を絶つため、自殺を命じた(大唐西域記十)。竜樹→一五頁注七。 一〇 釈迦が太子であった時の臣下で、のち出家して仏弟子となった。彼は前生に婆羅門の司祭者として羊を殺したことがあり、その報いにより現世において舎衛国の婆羅門の婦人のために殺されたという(諸経要集十四、十誦律十七、経律異相十五)。舎衛国→一九頁注一六。 一一 →三二頁注二一。「竹枝外道」は竹杖外道の誤写であろう。竹杖外道は神通第一といわれた目連をうらみ異教徒の仲間とともに竹杖で目連を打って死に至らしめた(増一阿含経十八、同十九、毘奈耶雑事十八)。 一二 大智度論三によれば斛飯王の子で阿難の兄とも。釈迦のいとこにあたるともいわれる。釈迦に危害を加え、三逆罪を犯したとされる。 一三 底本なし、九・久本により補入。 一四 底本なし、九・久本により補入。なお久・元本は「給ふ」のあとに「是皆人間ノ習ヒ怨憎会苦ノハウナリ」の一文を付して結ぶ。久本の形が本来の姿か。 一五 八苦の一。愛する者と生別または死別する苦しみ。 一六 中国の華南と華中をわける南嶺山脈の東端にある山。

5・6 愛別離苦

178 こぬまでも花ゆへ《(ゑ)》人のまたれつる春もくれぬるみ山べのさと

藤《ふぢ》原《はらの》伊《これ》綱《つな》

蓮《はちす》の上葉《うはば》にこゆる露は、崑山《こんざん》一の玉にまがひ、籬《〔まがき〕》にさける撫子《〔なでしこ〕》は、蜀《しよく》二江《こう》の錦《〔にしき〕》かと見ゆる夏も、けふばかりになりぬれば、三あらぶる神をなごむるつゐ《(い)》でに、歌はよみて侍るめり。

179 さばへなす荒《〔あら〕》ぶる神もを《(お)》しなべてけふはなごしのはらへなりけり

藤《ふぢ》原《はらの》長《なが》能《とう》

180 底清《きよ》みながれる川のさやかにもはらふる事を神はきかなん

よみ人しらず

181 水上《〔みなかみ〕》もあらぶる心あらじかし波もなごしのはらへしつれば

伊《い》勢《せの》大《だい》輔《ぶ》

182 みそぎする川瀬に夏はつきにけり山のたかねに入日《いるひ》のみかは

四大《だい》納《な》言《ごん》実《さね》房《ふさ》

183 風わたるみそぎの空もふけぬれば袂よりこそ秋は立《たち》けれ

少《せう》将《しやう》公《きん》衡《ひら》

梅嶺ともよばれ、梅の名所。和漢朗詠集などに再三詠まれていて、平安時代漢詩文の世界で有名であった。

一七 河南省洛陽市の東北にある谷。西晋の石崇(二四九―三〇〇)が別荘金谷園を造営した所。

174 今日だけで春が終るとは思わない時でさえも、立ち去り難い花かげであるよ。「かは」は反語。「花のかげ」は、花の咲いている木の下かげ。古今集・春下所載歌の「亭子院の歌合に、はるのはてのうた」の詞書を踏まえると、春の終りの今日はいっそう立ち去り難い、の意となる。

175 ひたすら思い出すことのみ多いこの野辺の墓に詣でて、今日また春とさえも別れてしまうことだ。「しげき」は、「のべ」の縁語。「春にさへ」は、親と別れその上春ともわかれるの意。後拾遺集・春下所載歌には「三月尽日、おやのはかにまかりてよめる」の詞書がある。

176 再び巡り会うことのできる春でさえも別れるのは悲しいものなのに。まして親と死別した私の悲しみを思いやってほしい。

177 自分の身にまた一つ年齢を加える歳末の心惜しさにくらべて、三月尽の春との別れの惜しさはさらにまさることだ。「けふばかりなる」は、三月の最終日「三月尽」を意味する。第五句「おしきは」を瑞・九本は「おしさは」。

以上一〇七頁

178 春も終りをつげるここ山辺の里には、尋ねてくる人はいないまでも、せめて花見がてらの訪客でも来ないものかと待たれることだ。「こぬまでも」は、かりに来ないとしても、しかし。「までも」は活用語の連体形に付き、接続詞のように用いられて、逆接の仮定条件を表す。一崑崙山。→二〇頁注四。二中国四川省の成都付近を流れる川で、揚子江上流の一部をなす。この川の水でさらした糸で織った美しい錦を蜀江の錦(蜀錦)という。三人に危害を与える乱暴な神の心をなごやかにする。次の藤原長能の歌「さばへなす荒ぶる神も…」を踏まえた表現。

179 五月の蠅のように騒がしく乱暴な神も、みな一様におとなしくなることを願って、今日いっせいに夏越の祓

[五]華陽洞秋壇《くわやうとうのあきのだん》、[六]燕子楼霜夜《えんしろうのしものよる》、[七]姨捨《〔をばすて〕》山の明《あけ》ぼの、[八]明石《〔あかし〕》の浦の浪のこゑ、[九]おもかげにたつ秋の月も、名残《なごり》すくなくなりにければ、秋の別《〔わか〕》れもかなしく侍るべし。

184 夜もすがらながめてだにもなぐさまん明《あけ》てみるべき秋の空かは

源《みなもとの》兼《かね》長《なが》

185 萩の葉にあすも吹《ふく》べき風なれど秋のあはれはたゞこよひのみ

刑《ぎやう》部《ぶ》卿《きやう》範《のり》兼《かね》

186 いかばかり暮《〔くれ〕》ゆく秋を惜《〔おし〕》めども野にも山にもとまらざりけり

前《さきの》少《せう》将《しやう》公《きん》重《しげ》

187 行秋《ゆくあき》を《〔を〕》おしむにさ夜《よ》もふけぬれば袂《〔たもと〕》よりこそ時雨《しぐれ》そめけれ

沙《しや》弥《み》寂《じやく》蓮《れん》

188 暮《くれ》て行《ゆく》秋のみ空をながむれば名残《なごり》がほなるあり明《あけ》の月

法《ほふ》眼《げん》実《じつ》快《くわい》

[一〇]時雨《しぐれ》の雨《〔あめ〕》に袖をぬらし、[一一]夕《ゆふべ》の炭窯《〔すみがま〕》［ノケブリ］[一二]こゝろぼそく、冬もくれにければ、[一三]月の鼠《〔ねずみ〕》、[一四]羊《〔ひつじ〕》の歩《〔あゆ〕》みおもひしられて、除夜《ちよや》の歌もおほ

をするのだなあ。「をしなべて」は、荒ぶる神すべての意と、おしなべて祓をする意と両意ある。「なごしの祓」は、陰暦六月晦日に各地の神社で行われた祓の行事。ここでは「夏越」に「和し」を懸ける。

180 水が清いので底まですきとおって流れる川が澄み切っているように、澄んだ心で祓をして祈ることを神もお聞き入れください。「さやかにも」は、川の流れがさやかであるとともに「はらふ」にも懸かる。「なん」は、他への願望。この歌、躬恒集に躬恒の歌としている。

181 みなかみに祀る水神も荒ぶる心はすでにしずまったことであろう。川波も和む夏越の祓をしたので。「夏越」に「和し」を懸ける。

[四]月詣集では、この歌を「大納言定房」の作とする。ただし群書類従所収本では「定」の右に「実イ」と傍書。定房だとすると、源定房のことになる。公卿補任によると、源定房は文治四年(一一八八)七月十七日没、五十九歳。従三位権中納言雅兼男。一八二番歌が実房・定房いずれの作か不明だが、宝物集の諸本すべて「実房」とするので、ここでは実房作としておく。なお五十番歌の作者と同一人としておく。

182 川瀬で夏越の祓をすると、それで夏も尽きてしまうなあ。尽きるのは、高嶺に没する入り日ばかりではないのだ。第三句「つきにけり」を底本は「過にけり」の右に「つきイ」と傍書。瑞・九本は「過」。六月尽の歌であり、久本も「つきにけり」とあるのに従って改めた。「のみかは」は反語。入り日も尽きはてるが、夏もまた尽きるの意。

183 川風吹きわたる夏越の空もふけてしまったので、六月祓で濡れた袂が夏越の夜風に吹かれて肌寒い。そこに秋の気配を感じている。出典未詳。

[五]底本「美陽洞」とあるが、右に「花イ」と傍書。能本「華陽洞」、久本「花陽洞」。「華」は「花」と同じとみなし、能本により改めた。「華陽洞」は道教の寺、華陽観の洞窟の意。白氏文集十三「華陽観中八月十五日夜招レ友翫レ月」と題する七絶中に「華陽洞裏秋壇上　今夜清光此処多」とあるのが出典。

く侍るめり。

189 何事《なにごと》をまつとはなしに明《あけ》くれてことしもけふに成《なり》にけるかな
中《ちう》納《な》言《ごん》国《くに》信《のぶ》

190 数《かぞ》ふれば残《のこ》りすくなき身にしあればせめてもお《を》しき年《とし》の暮《くれ》かな
藤《ふぢ》原《はらの》永《なが》実《ざね》

191 花咲《さ》かぬなげきのもとに年暮《としく》れてあすより春とよそに聞《きく》かな
法《ほふ》印《いん》道《だう》勝《しよう》

192 限《かぎり》なくうかりし年と思へども暮《く》れぬときくはかなしかりけり
源《みなもとの》季《すゑ》広《ひろ》

193 行年《ゆくとし》をとゞめばこそはかたからめこむ老《おひ》らくにあはじとぞ思《おも》ふ
中《ちう》将《じやう》隆《たか》房《ふさ》

一しのびねの涙色《いろ》に出《いで》て、二富士《ふじ》の高嶺《たかね》にかゝる白《しら》雲によせて、こゝろそらなることをしらせ、三室《むろ》の八島《やしま》の煙《けぶり》にたとへて、四思ひにもゆる事をいふほどに、五先《さき》の世のちぎりありける中なりければ、六みとのまぐはひ、七新《にひ》まくらめづらしくかたらふほどに、ふけゆく鐘、あけゆく鳥の声《こゑ》に

この句は新撰朗詠集「十五夜」にもみえる。 六 江蘇省銅山県城の西北隅にあった楼の名。唐の貞元年間(七八五―八〇五)、張尚書愔が築いて愛妾を住まわせたという。白氏文集十五「燕子楼三首」中に「燕子楼中霜月夜　秋来只為㆓一人㆒長」とあるのが出典。この句は和漢朗詠集・上・秋夜にもみえる。底・瑞本「燕」を「鷰」と表記。 七 長野県更級郡にある山。「明ぼの」は大和物語一五六段にみえる姨捨山伝説で、おばを姨捨山に捨てた男が山上に照る月を明けがたまで見続け、おのれの非情を悟って、翌朝つれもどすため再び山上に行く話を踏まえた表現。 八 重之集に「ほのぼのとあかしのうらをこぎくれば昨日こひしきなみぞたちける」がある。なおこの歌は古今集・羇旅「ほのぼのと明石の浦のあさぎりに島がくれゆく舟をしぞ思ふ」(伝人麻呂作)の歌を踏まえる。「明石の浦の浪のこゑ」はそうした歌の心情に近い。 九 金葉集・恋下・内大臣(源有仁)「いとどしく面影に立つこよひかな月を見よとも契らざりしに」を踏まえるか。

184 せめて一晩中ながめて心をなぐさめよう。この秋のみそかの夜の空は明けてしまったらもう見ることができないから。後拾遺集・秋下の詞書に「九月晦夜よみはべりける」とあり、九月尽日の歌である。底本第四句「明てみる月」、瑞・九・能本により改めた。

185 萩の葉に明日も吹く風なのだが、秋のあわれは今晩一晩だけなのだ。明日からは冬になってしまう意を含む。

186 暮れゆく秋をどんなに惜しんでみても、秋は野にも山にも留まらないのだなあ。

187 行く秋を惜しむ故に夜もふけると涙でしめった袂から時雨が降りそめることだ。「袂よりこそ時雨そめけれ」は一八三番「風わたる」の下句の表現と酷似。

188 暮れて行く秋の空を眺めると、やはり行く秋の名残りを惜しむかのように有明の月がかかっている。

一〇 後拾遺集・哀傷「しぐれとはちくさの花ぞちりまがふなにふるさとのそでぬらすらん」を念頭に置いた表現か。後拾遺集の左注によれば、この歌は藤原義孝が亡くなったのち十月の頃、賀縁法師の夢に現われて詠んだという。

心《こゝろ》まどひて、睚言《むつごと》八もつきざるをば、暁《あかつき》の別《わか》れと申《まうし》侍るなり。

源《みなもとのよりつなのあそん》頼綱朝臣

194 古《いにしへ》の人さへけさはつらきかなあくればなどか帰りそめけん

源《みなもとのもろとしのきやう》師俊卿

195 しのゝめの明行《あけゆ》く空もかへるには涙にくるゝ物にぞありける

大《だい》納《な》言《ごん》公《きん》通《みち》

196 くれにとはちぎりを《お》けども明《あけ》ぬとてかへる心はなぐさまぬかな

中《ちう》納《な》言《ごん》実《さね》家《いへ》

197 あかつきの鐘をばよひになす物をあらはす鳥の音《ね》こそつらけれ

中《ちう》将《じやう》通《みち》親《ちか》

198 きぬ〴〵になるともきかぬ鳥だにも明行《あけゆく》ほどはこゑもお《を》しまず

を《お》のがきぬ〴〵におき別《わか》れぬれば、ひとり、夜《よ》の床《とこ》にとゞまるも、わかれはお《を》しくぞ侍るなる。九

よみ人しらず

199 しのゝめのほがら〳〵と明《あけ》ゆけばを《お》のがきぬ〴〵なるぞ侘《わび》しき

一一 堀河百首・藤原顕仲の歌「さびしさは冬こそまされ大原ややく炭竈の煙のみして」を念頭に置いたか。 一二 底・瑞・九本なし、久本で補入。 一三 虎に追われて穴に落ちた人が、かろうじて草にとりすがっていると、白黒二匹の鼠がかわるがわる草の根をかじる。穴の底ではわにが口をあけて待ち受ける。虎は業障、わには地獄、白鼠は太陽、黒鼠は月。業障を重ねた人間が日月の経過とともに間もなく地獄に堕ちて行くという仏教の譬喩説に出てくる月。奥義抄・中に、「羊の歩み」の例証歌とともにこの二鼠喫草の譬喩を掲げる。ただし、この譬喩は奥義抄に言う「楼炭経」にはなく、賓頭盧突羅闍為優陀延王説法経(大正蔵三十二)にみえる。 一四 刻々と死期が迫る状態の譬喩。

以上一〇九頁

189 何事を待つということもなく、無為に明かし暮して、遂に今年も今日大晦日となってしまったなあ。「けふに成」は大晦日になる意。

190 数えてみると、はや余命少ない身であるから、痛切に惜しく思われるこの年の暮であるよ。金葉集には「何事を」の歌の三首前にこの歌を置き、「この歌よみて、年のうちに身まかりにけるとぞ」の左注を付す。

191 うきうきした花もない溜息ばかりの年も暮れて、明日から春だといっても他人事として聞くよ。「なげき」は、「嘆き」と花の縁語「木」の懸詞。近身者が死に喪中に立春を迎えた心情の表白であろう。

192 この上なくつらい年だったと思うけれども、そんな年でも暮れると聞くとやはり悲しいことだ。出典未詳。やはり喪中に越年する心情の表白であろう。

193 行く年を押しとどめることはむずかしいだろうが、何とか老いらくに逢うまいと思う。「老らく」は年老いること。参考歌「おいらくの来むと知りせば門さしてなしと答へて逢はざらましを」(古今集・雑上・読人しらず)。

一「あやしくもあらはれぬべきたもとかな忍びねにのみなくとおもふを」(後拾遺集・恋四・和泉式部)を踏まえた表現。

二「いつとなく心そらなるわがこひや富士のたかねにかか

200 を《〔お〕》くりてはかへれと思ひし魂《〔たましゐ〕》のゆきさすらひてけさはなき哉

出《いで》羽《はの》弁《べん》

201 暁《〔あかつき〕》はいける物かは宵《よひ》はたゞこずもあらんと思ふばかりぞ

高《たか》松《まつの》宮《みや》

202 あけぬれどまだきぬ〴〵に成《なり》やらで人の袖をもぬらしつる哉

二《に》条院《でうゐんの》さぬき

203 山のはにくれはまつべき月なれどなごり恋しき有明《ありあけ》の空

参《み》河《かはの》内《ない》侍《し》

これまでは、一夜《ひとよ》もかたらひあかし、またこん暮《くれ》をもまつべき事なれども、一いとお《〔ほ〕》しきほどには侍らざめり。人めしげき中《なか》の一夜《ひとよ》をだに二あかさぬこそ、あはれには侍れ。これを宵《〔よひ〕》の別《〔わか〕》れとは申《まうす》べきなり。

よみ人しらず

204 夜《よ》もあけばきつにはめなでくだかけのまだきになきてせなをやりつる

中《ちう》将《じやう》道《みち》信《のぶ》

る白雲」(後拾遺集・恋四・相模)を踏まえた表現。三 栃木市惣社町に、下野国の惣社、室六所大明神がある。この社頭にある池に八つの島があり、池水が蒸発して煙の如く見えるので「室の八島の煙」という表現が成立し、やがてこの地が歌枕になった。ここは「いかでかは思ひありともしらすべき室の八島の煙ならでは」(詞花集・恋上・藤原実方)の歌を踏まえた表現。四「ふじのねをよそにぞききし今はわが思ひにもゆる煙なりけり」(後撰集・恋六・藤原朝頼)を踏まえた表現。五 前世から結ばれる宿命にあった男女の仲。六 男女の性の交わり。七 男女がはじめて一緒に寝ること。八「睦言もまだ尽きなくに明けぬめりいづらは秋の長しふ夜は」(古今集・雑・凡河内躬恒)を踏まえる表現か。

194 昔の人までも今朝はつれない人に思われるよ。夜明けになるとなぜ帰るようにしはじめたのだろうか。きぬぎぬの別れという習俗をうみ出した古人を恨む歌。

195 早朝の明かるくなってゆく東の空も、暁の別れをして帰る者には涙でくもってしまうことだなあ。

196 日暮れにはまた逢おうと約束はしておくのだが、夜が明けてさて帰る時の心ははればれとはしないなあ。出典未詳。

197 暁の鐘を宵の鐘だと聞きなしているのに、その偽りをあばく鳥の鳴き声の何とつれないことか。「あらはす」は、隠れているものを顕在化する。

198 明け方、銘々の衣服を着て別々になる風習など持たぬ鳥でさえ、東の空が白み始めると声を惜しまず鳴くよ。「きぬ〴〵になる」は衣々になる。鳥はもともと衣服を重ねて添い寝する習慣はないが、夜明けになると身を寄せ合ってねることができなくなるので声を惜しまず鳴くというのである。九 終止形についた「なり」は推定の意味だが、婉曲な言いまわしにもなる。以下寝室に残った女のきぬぎぬの別れの歌を配する。

199 東の空がだんだん明かるくなってゆくので添い寝をしていた二人がめいめい自分の衣服を着ることになるの

205 たまさかにゆきあふさかの関守は夜《よ》をとを《ほ》さぬぞ侘《わび》しかりける

藤原為忠朝臣《ふぢはらのためただのあそん》

206 よひのまにほのかに人をみか月《づき》のあかで入《いり》にしかげぞこひしき

源俊頼朝臣《みなもとのとしよりのあそん》

207 おもひ草《ぐさ》葉ずゑにむすぶ白露のたま〳〵きては手にもとまらず

僧《そう》都《づ》範《はん》玄《げん》

208 よひのまに月は入《いり》にし秋の夜《よ》の長き思ひぞなぐさめもなき

みやこを立《たち》いづる人、あづま路《ぢ》の[三]小夜《さや》の中山《なかやま》おもひやられて、[四]逢《あふ》坂《さか》の関うちこゆれば、[五]ふる里はこひしくぞ侍るめる。これを[六]鄙《ひな》の別《わか》れとは申《まうす》なるべし。

209 あふさかの関うちこゆるほどもなくけさは都《みやこ》の人ぞこひしき

藤《ふぢ》原《はらの》惟《のぶ》規《のり》

[七]五郎中将の、都鳥にことゝひ、[八]かきつばたの歌よみ給ひける所《ところ》〳〵うちすぎて、[九]はるかに白川の関までゆきけん人、さこそ都《みやこ》は恋しく侍りけめ。

が何ともわびしいよ。

以上一一一頁

200 お送りしたあと帰っておいでと思っていた私の魂が、行ったまままよって、今朝私はぬけ殻になってしまったなあ。

201 暁はあなたに帰られてしまうのでとても生きた心地がしない。それにくらべたら宵は、今晩はもしかして来ないのではないかと気をもむだけです。恋する女にとっては送る朝にくらべたら待つ夜の方がまだつらくないと訴えているのである。出典未詳。

202 夜が明けたけれど、まだめいめいの衣服を着る気にもなれず、重ねた男の衣の袖を涙でぬらしたことだ。「人の袖」は、添い寝をするとき女の着物と重ねて二人を覆った男の衣服の袖をさす。

203 日が山の端に没し、たち出る夕月にあなたの来訪を待つのだが、さて衣々の別れとなって、有明けの空に見る月はまことに名残り惜しいことだ。月を男に見たて、月の出は待ち遠しく、消えゆく月は名残惜しいと言っている。出典未詳。

一 気の毒だというほどのものではない。

二 底本「あかさらぬ」、瑞・九本により改めた。

204 夜が明けたらきつにぶち込まずにおくものか。あのにわとりめがまだ夜が明けないうちから鳴き出しおって、あの人を帰してしまった。「きつ」を狐とする説と東北方言の「きつ」(米櫃あるいは魚を飼う木箱)とする説と二つある。ここでは後者をとる。「はめなで」は嵌めずして。言外に「おくものか」の意を込める。「せな」は女性が夫・恋人・兄弟などを親しんでいう語。

205 たまに行き会う二人なのに、逢坂の関守が夜は通してくれないように、夜通し会わせてもらえないのがわびしい。「行き逢う」に「逢坂」を懸ける。

206 宵のうちにちょっとお会いしたけれど、三日月がすぐ隠れるように、そそくさと去って行ったあなたが恋しい。「三日月」の「三」に「見」を懸ける。「見る」は夫婦または

210 たよりあらばいかで都へ告《つげ》やらんけふ白川の関はこえぬと

平《たひらの》兼《かね》盛《もり》

211 都をばかすみとともに立《たち》しかど秋風ぞ吹《ふく》白河の関

能《のう》因《いん》法《ほふ》師《し》

212 かりそめのわかれとおもへど白川の関〔せき〕とゞめぬは涙なりけり

中《ちう》納《な》言《ごん》定《さだ》頼《より》

源頼政卿《みなもとのよりまさのきやう》

213 都にはまだ青葉にてみしかどももみぢ散《ちり》しく白川の関

鄙〔ひな〕のわかれはかなしき事なれども、ゆくゑ〔へ〕もしらぬ波のうへにて、都のかたもおぼえぬあまの小船《をぶね》にても、おほく歌はよみて侍るべきなり。

214 都にて山の端《は》にみし月なれど波より出《いで》てなみにこそいれ

紀《きの》貫《つら》之《ゆき》

215 都にて山の端《は》にみし月影を今夜《こよひ》は波の上にこそまて

橘《たちばなの》為《ため》義《よし》

恋人同志が逢うこと。

207 思い草の葉末にやっとたまった白露がすぐ散ってしまうように、たまにやってくるあなたは私の手にもとまらず、そそくさと帰ってしまう。「おもひ草」は、ナンバンギセルのほか諸説があり、「思い種」にも通ずる。また「玉」に「たまたま」を懸ける。

208 宵の間に月は没してしまった。この秋の夜長をひとり残された私の思いはなぐさめようもない。月をそっけなく別れた恋人と見たてている。参考歌「わが心なぐさめかねつさらしなやをばすて山にてる月を見て」（古今集・雑上・よみ人しらず）。

三 遠江国にあった歌枕。現在の静岡県掛川市の日坂から金谷町に至る途中の坂道。このあたりの文章は「あづまぢのさやのなか山中々になにしか人を思ひそめけん」（古今集・恋二・とものり）を踏まえている。

四 近江国と山城国の境の逢坂山にあった関所。

五 次の二〇九番の歌を踏まえた表現。

六 都を離れて、田舎へ行くこと。

209 逢坂の関を越えるとさっそくもう今朝は都の人が恋しく思われる。

七 在原業平のこと（→歌人解説）。在中将あるいは在五中将というのが普通。五郎中将の呼称は珍しく、後の十訓抄八に「五郎中将の後もたのまんとよめる歌の詞もおかしく」の用例がある。ここは伊勢物語九段に「名にしおはばいざ言問はむ都鳥わが思ふ人はありやなしやと」を踏まえる。

八 伊勢物語九段に三河の八橋（愛知県知立市）において業平が「かきつばた」の五字を折り句にした「からごろもきつつなれにしつましあればはるばるきぬるたびをしぞ思ふ」と詠んだ歌を踏まえる。 九 二一一番の能因の歌を踏まえる。

——以上一一三頁

210 つてがあったならば、何としてでも都へ知らせてやりたい。今日無事に白川の関を越えたと。「白川の関」は福島県白河市付近にあった関所で、勿来の関・念珠の関とともに奥州三関の一つ。

216
はる〴〵と八重《やへ》の塩路《しほぢ》をかき分《わけ》て思《おもは》ぬかたの月をみるかな

高《たか》階《しなの》経《つね》重《しげ》

217
浦づたふいそのとまやのかり枕《まくら》きゝもならはぬなみのを《(お)》とかな

沙《しゃ》弥《み》釈《しゃく》阿《あ》

218
いづかたを都としりてながめましゆくゑ《(へ)》もしらぬ波の上かな

沙《しゃ》弥《み》空《くう》仁《にん》

是をだに鄙《〔ひな〕》の別《〔わか〕》れとて、都《〔みやこ〕》こひしき事に申《まうし》たるに、[一]いく雲井《くもゐ》ともしらぬ波路《なみぢ》をわけて、他州までまかるわかれも侍るめり。

219
天平《てんぴやう》五年春三月に、[二]笠置朝臣《かさぎのあそん》、入唐《につたう》使《し》の時よみ侍りける

を《(お)》くれゐ《(ゐ)》て我恋《わがこひ》をれば白雲のたなびく山をけふかこゆらん

220
もろこしに侍りけるころ、月のあかゝりける夜、[三]明州《めいしう》といふ国にてよみ侍りける

安《あ》倍《べの》仲《なか》丸《まろ》

あまの原ふりさけみれば春日《かすが》なる三笠《みかさ》の山に出《いで》し月かも

211 都を霞が立つのと時を同じうして出発したが、白河の関についた今はすでに秋風が吹く。五行説では白色は秋に配当されるから、秋風に白河が対応している。能因は、実際には下向しなかったという伝説を生んだ歌。

212 一時的な別れとは思うのだが、悲しみの涙ばかりはさすがの白河の関所もせきとめることができない。「関」に「堰」を懸ける。

213 都ではまだ青葉の状態で見たけれどもはるばると来たここ白河の関ではすでに紅葉が散り敷いている。二一一番の能因の歌の詠みかえ。無名抄にこの歌を建春門院歌合に出詠して勝の判を得た話が載る。

214 都では山の端に出入りする月を見たのだが、いまは波から出て波に沈むのだなあ。土佐日記承平五年正月二十日の条にみえる歌で、任を終え京に帰る舟中での作。

215 都では山の端に見た月の出を今晩は波の上で待つことだ。第三句、底・瑞・九本「月影の」。久本、後拾遺集・羇旅所載歌により改めた。

216 はるばると多くの海路をかきわけて、思いもかけぬ遠い僻地で月をみることだ。

217 浦から浦へと移動して磯辺の苫葺の小屋で仮り寝をすると、聞きなれぬ波の音がきこえるよ。「かり枕」は一時的な宿泊。

218 いずれの方向を都と知って眺めたらよいのだろうか。行くえも知らぬ波の上にただよう私は。

一 後出二二二番の第四句をふまえた表現。 二 伝未詳。「をくれいて」の歌の作者となっているが、万葉集、拾遺集等所載の当歌の作者は「よみ人しらず」。宝物集第二種七巻本系はすべて「笠置朝臣」、片活三本は「笠朝臣」とするが、いずれも根拠不明。

219 私ひとりだけが後に残されて、あなたを恋しく思っていると、あなたは今日あたり白雲のたなびく山を越えているであろうか。「をくれいて」は、旅立つ夫の後に残って。「白雲のたなびく山」は、はるかに遠い所にある高い山。

三 中国浙江省寧波(にんぽう)付近。東シナ海に注ぐ甬江(ようこう)の下

入唐《につたう》し侍りける比《ころ》、源心座主《げんしんざす》[一]のもとへつかはしける　寂《じやく》照《せう》聖《しやう》人《にん》

221 そのほどと契《〔ちぎ〕》れる旅の別《〔わか〕》れだにあふことまれにありとこそきけ

成尋法師《じやうじんほふし》[二]の、唐《もろこし》へまかりける比《ころ》、よみ侍りける

222 いかばかり空をあふぎて嘆《〔なげ〕》くらん幾《〔いく〕》雲井《くもゐ》ともしらぬわかれを

鬼界《〔きかい〕》[三]が島《しま》に侍りけるころ、いまだ生《〔い〕》きたるよしを、母のもとへ申《まうし》つかはしける　沙《しや》弥《み》性《しやう》照《せう》

223 さつまがた奥《おき》の小島《こじま》に我《われ》ありとおやにはつげよ八重《やへ》の塩風《しほかぜ》

蘇武《そぶ》[四]が胡国《ここく》にまかりて、十九年までふるさとにかへらざりけんも、都はこひしく侍りけんかし[五]。漢王《かんわう》[六]、上林苑《しやうりんゑん》[七]といふ所にてあそびたまひけるに、雁《かり》[八]の足《〔あし〕》に文《ふみ》をつけたりけるを見たまひければ、蘇武《そぶ》が文《〔ふみ〕》なりけり。いまだいきてありけりとて、めしかへされにけり。雁書《がんしよ》の事、歌にもおほくよみて侍るめり。　紀《きの》友《とも》則《のり》

流部にある都市で、遣唐使船などが発着した所という。

220 遠く大空に目をやると月が見える。この月は日本の春日にある三笠山の上空に出た月なんだなあ。「ふりさけみれば」は、ふり仰いで見ると。「春日なる」は春日にある。春日は奈良市春日野町にある春日神社一帯の地名。「三笠の山」は、御蓋山。春日神社の東側にある山。この歌土佐日記には初句「青海原」とある。

一 源信。→歌人解説。

221 そのころには帰ると約束した旅の別れでさえ、再会はまれだと聞いております。「そのほどと」は、いつごろと。約束の期日をさす。「だに」は、程度の軽いものをあげて重いものを想像させる助詞。ここでは帰る時期を約束して旅立つ別れでも再会は稀だから、まして帰る日を約束できない海外への旅立ちは再会は困難だという意。

二 →歌人解説。

222 空を仰いでどれほどか嘆いておられることか、数えきれぬほどの雲をへだてたこの遠い別れを。後拾遺集・別に前歌(二二一番)に続いて本歌を「読人不知」として載せる。その詞書によると「空をあふぎて嘆くらん」と推測されている人は成尋の母ということになる。成尋阿闍梨母集は、成尋の母(源俊賢女)が、入宋する成尋との別れを悲嘆する記事を末尾に載せている。

三 →三頁注一二。作者性照は平康頼(宝物集の作者)。

223 薩摩の海の沖の小島に私が無事にいると親にしらせてほしい、海原を吹く塩風よ。「奥」は沖に同じ。「我あり」は、詞書の「いまだ生きたるよし」という状態を示す。死なずに生きているの意を込める。「八重の塩風」は、八重の塩路の風の意。

四 中国前漢の名臣。匈奴に使者として赴き捕えられ、帰順を迫られるが節を貫き、十九年間北海の無人の地で暮らした。和議後も匈奴は死亡したと称して帰国させなかったが、漢使が雁の足に結んだ手紙がとどいたと生存を主張しようやく帰国が許された故事は有名(漢書・蘇武伝)。生年未詳

224
秋風に初《〔はつ〕》かりがねぞ聞《〔きこ〕》ゆなる誰《〔た〕》が玉章《〔たまづさ〕》をかけてきつらん
藤《ふぢ》原《はらの》長《なが》能《とう》

225
吾妹子《〔わぎもこ〕》がかけてまつらん玉章《〔たまづさ〕》をかきつらねたる初《はつ》かりのこゑ
[九]よみ人しらず

226
玉章《たまづさ》をかけてきつれどかりがねのうはの空にもきこゆなるかな
西《さい》行《ぎやう》法《ほふ》師《し》

227
烏羽《からすば》にかく玉章《〔づさ〕》の心ちして雁《かり》なきわたる夕《ゆふ》やみの空
藤《ふぢ》原《はらの》経《つね》家《いへ》

228
はる〴〵と雲がくれゆく初雁《〔はつかり〕》の玉章《〔たまづさ〕》をまつ心ちこそすれ
おなじ玉章《〔づさ〕》なれども、かへりごとはかはる事なれば、帰《〔かへ〕》る雁《かり》の歌もおほく侍るめり。

229
薄墨《〔うすずみ〕》にかく玉章《たまづさ》とみゆるかなかすめる空にかへるかりがね
津《つ》守《もりの》国《くに》基《もと》

230
帰る雁《かり》西へゆきなば玉章《〔たまづさ〕》に思ふ事をも書《かき》つけてまし
沙《しや》弥《み》蓮《れん》寂《じやく》

—前六〇年。五 底本「侍る」、瑞・九本により改めた。六 漢の昭帝。底・九本「漢主」、瑞・能・久本により改めた。七 秦の始皇帝が創設した庭園。長安の西にあった。前漢の武帝が規模を大きくしたという。八 片活三本「雁ノカシラニ文ヲ著テアリケルヲ」とする。一本は「雁之足ニ文ヲツケタリトイフ。ハカリゴトシケルホドニ」とする。

224 秋風とともにやってきた初雁の鳴く声が聞こえる。誰の手紙を懸けてやってきたのだろうか。「なる」は「聞ゆ」の終止形に接続し、声を聞いて雁が鳴くと判断していることを示す。

225 妻が心にかけて待ちのぞむ私の手紙を、まるで書き連ねたように飛び行く初雁の声よ。「かきつらねたる」は、雁が列を作って飛ぶ様を、手紙の散らし書きの状態に見立てた。

九 この歌、寛子(四条宮)扇歌合に「三位侍従」作として載る。『平安朝歌合大成』解説は「三位侍従」を藤原能実としている。

226 手紙を持ってきたけれども、上空で鳴く雁の声にはどこかつかみどころがないものに聞こえる。「かけてきつれど」は雁列を作って来たことを上空に文字を懸けて来たと見立てている。二二四番を意識して詠じた歌か。「きこゆなる」は二二四番の「なる」と同じ用法。

227 烏の黒い羽根に書く手紙のような感じで雁が夕やみの空を鳴きながら渡って行くよ。暗い空に同調して鳥影は見えにくいが鳴き声でそれとわかるというのである。「烏羽にかく」は、高麗の使者が持参した国書が烏の羽に墨で書いてあったため誰も解読できなかったのを、王辰爾が羽を「飯の気に蒸して、帛を以て羽に印して」解読したという故事(日本書紀・敏達天皇元年五月十五日)を踏まえている。山家集には「入夜聞雁」の歌題を付す。

228 はるか遠く雲のかなたに消えてゆく初雁が、手紙を持って帰るのを切に待ち望むことだ。「初雁」は秋になって最初に北からやってくる雁。出典未詳。

229 薄墨で書いた手紙と見えるなあ。かすんだ空を帰って行く雁の列は。かすんだ空を飛ぶので雁影がうすくぼ

231 玉章《たまづさ》をかけし時にや雁《かり》がねを春《〔はる〕》帰《かへ》りこと契《ちぎ》りを《〔お〕》きけん　意《い》尊《そん》法《ほふ》師《し》

232 同《〔おな〕》じうへにかきつらねたる玉章《たまづさ》や羽《〔はね〕》うちかはしかへるかりがね　藤原季経朝臣《ふぢはらのすゑつねのあそん》

233 難波《なには》がた列《〔つら〕》ねて帰るかりがねはおなじ文字《〔もじ〕》なる足手《あしで》也《なり》けり　惟《これ》宗《むねの》広《ひろ》言《こと》

おなじ都の内にはあれども、としごろのめをとこなども[一]はなれぬ〔れば〕、はるかにわかれゆくに、おなじ事にてぞ侍るめる。これも証《しよう》歌《か》にて申《まうす》べきなり。

[二]小一条院《こいちでうゐん》、かれ〴〵にならせ給ひにければ、よみ給ひける　堀《ほり》河《かはの》女《によう》御《ご》

234 松風は色やみどりにふけつらん物おもふ人の身にぞしみける

おとこ《〔を〕》にわすられて、七月七日によみ侍りける　新《しん》左《さ》衛《ゑ》門《もん》

235 わすれにし人にみせばや〔天の川いまれし星の心ながさを〕　[三]白河女御越中《しらかはのにようごのゑつちう》

んやり見える。それを薄墨で書いた文字と見立てている。雁列の飛行を空の色相と関連づけて詠むことは、「雁飛㆓碧落㆒書㆓青紙㆒」(和漢朗詠集・上・雁)、「青苔色紙数行書」(同)などのように漢詩の世界にもみえる。

230 北へ帰る雁よ、もしも西へ行くのだったら、思うことを手紙に書いて持っていってもらうのに。「西へゆきなば」は、もしも西方浄土へ行くのだったらの意を暗示している。

231 雁に手紙を托した時に、春になったら帰ってこいよと約束しておいたのだろうか。「帰りこ」は帰ってこいよの意。「こ」は「来」の命令形。「返り事」を懸け、「玉章」の縁語。金葉集初撰二度本(橋本公夏筆本)に「雅家卿家歌合に帰雁をよめる」として「玉札をかけしをりにやかりがねに春帰りごと契りそめけん」とある。

232 同じ上空に書き連ねた雁書だよ、羽ばたきかわして帰って行く雁の群々は。空の広がりを一枚の紙と見立て、そこへ次々と雁列が通過することを詠んだ。

233 難波潟に列を作って帰る雁の群は岸辺の葦と同じく葦手文字なのだなあ。「足手」は葦手の宛て字。文字をくずして、水面の葦や岩、草、鳥などの形に似せて書いた文字絵。雁列は文字に見立てられるがたしかに葦手文字に似ている。難破潟は大阪湾。淀川の河口付近の古名で、葦が群生していたことで有名。

一 底本「はなれぬはるかに」、能本により「れば」を補う。

二 →三二頁注二一。

234 松風は緑の色が深くなったせいか、物思いにふける我が身に一段としみ入ることだ。「ふけつらん」は、深くなったのだろう。「ふけ」は下二段動詞「深く」の連用形とみる。濃い松の緑の間を吹き過ぎる松風が緑に染められたとみている。難後拾遺では、この表現「まつかぜやみどりにならんとあればひがごとか」と非難している。

235 私を忘れてしまった人に見せてやりたいものだ。あの人が忌みうとんじた二星が天の川で年に一度の七夕の

236
待《まち》し夜《よ》のふけしをなにに《〔ゝ〕》嘆《〔なげ〕》きけん思《〔おも〕》ひたえても過《すご》しける身を

[四]大江公資《おほえのきんより》にわすられてよみ侍りける　相《〔さ》模《がみ〕》

237
夕暮はまたれし物を今はたゞゆくらんかたを思ひこそやれ

おとこ《〔を〕》にわすられて、五月五日によみ侍りける　新《しん》少《せう》将《しやう》

238
長《〔なが〕》かれと契《ちぎり》しものをあやめ草いかにたえぬるうきねなるらん

[五]王昭君《わうせうくん》が王宮《わうぐう》をいでて《〔ゝ〕》胡国《こ　とく》にゆきし、さまはかはれりといへども、[六]この心に侍るべし。胡国の后《きさき》とはもてなせども、ならはぬ旅《〔たび〕》の床《とこ》露けく、月のひかりかさなれど、涙《〔なみだ〕》にくらされてくもれり。たゞ[七]馬上《ばじやう》にして、[八]昭君[九]弾曲《だんきよく》をひきて、琵琶に心をなぐさむ計也《ばかりなり》。この心の詩歌《しいか》おほく侍るめり。少ゝ申《まうし》侍るべきなり。

[一〇]胡角一声霜後夢《こかくいつせいしものゝちのゆめ》　漢宮万里月前腸《かんきうばんりつきのまへのものおもひ》

僧《そう》都《づ》懐《くわい》寿《じゆ》

239
思《おも》ひきやふるき都を立《たち》はなれこの世の人とならんものとは

夜に逢う瀬を絶やさぬ気の長さを。「いまれし」は、忌み嫌った。後拾遺集の詞書には、男が七夕のことを話題にするのを嫌ったとある。底本、第三句以下欠脱。瑞・能本、後拾遺集・秋上等によって補う。 三 金葉集では二三六番歌の作者を「白河女御越後」としている。いずれが正しいか未詳。

236　あなたを待って夜がふけたのをなんで嘆いたのだろうか。あなたが私を捨て去っても、今こうして生きていられる私なのに。無名抄には、藤原顕輔がこの歌を恋の秀歌と言ったという。

四 薩摩守清言の男。漢詩人の以言の養子となる。文章得業生を経て、相模守・遠江守を歴任、従四位下。歌人相模の夫。長久元年(一〇四〇)没、享年未詳。

237　以前はあなたがおいでになる夕暮が待たれましたのに、今ではただ、あなたのお立ち寄り先のことを想像するばかりです。

238　愛よいつまでもと誓ったのに、何故に二人の仲がとだえて、わびしい独り寝をするのだろう。「あやめ草」は第五句の「うきね」にかかる枕詞。「うきね」は、あやめの泥中の根を意味する「埿根」に「憂き寝」を懸ける。出典未詳。

五 漢の元帝の後宮に仕えた美女。紀元前三三年、匈奴の王から元帝の王女を妻に迎えたいとの申し入れがあったとき宥和政策のため、王女の身代りとして嫁がせられた。「胡国にゆきし」とは嫁いで行ったこと。 六 底・瑞本「この心に」を「このころに」と表記。九・能本により改めた。 七 馬に乗り、琵琶を弾きつつ胡国に行ったこと、今昔十の五の末尾にも記されている。 八 「昭君」を久・瑞本は「明君」と表記し、瑞本は「めいくん」の振り仮名を付す。ただし「明君」も王昭君の別称で、同一人物を意味する。 九 曲を弾くの意。 一〇 胡人の角笛が一声悲しく夜空にひびくと、霜夜の夢もさめ、万里のかなたに去った漢都を思うと、月光に腸もちぎれるばかりの思いがこみ上げてくる。「胡角」は胡族の吹く角笛。角は五音(宮・商・角・徴・羽)の一つで、後の「漢宮」と対をなす。出典は和漢朗詠集・下・王昭君。作

240 みるからに鏡の影《かげ》のつらきかなかゝらざりせばかゝらましやは

快《くわい》円《ゑん》法《ほふ》師《し》

241 なげきこし道の露にもまさりけりなれにし里をこふるなみだは

赤《あか》染《ぞめの》衛《ゑ》門《もん》

242 津《つ》の国《くに》のなにはの罪《つみ》のむくひにて我身《わがみ》一《ひとつ》をあしく書《かき》けん

顕《けん》昭《ぜう》法《ほふ》師《し》

243 心から玉藻《も》のくづとかゝれにきなにかゑじまのうらみしもせん

惟《これ》宗《むねの》広《ひろ》言《こと》

あまりにこまかに侍れども、あひみぬさきの別《わか》れ、別《わか》れて後《のち》の別《わか》れなども侍るめり。その心《こゝろ》、[一]〔歌〕にて申《まうし》侍るべし。

伊《い》賀《がの》少《せう》将《しやう》

244 忘《わす》るゝも悲《かな》しくもなしねぬる目のねたくとおもふ事しなければ

藤原季能朝臣《ふぢはらのすゑよしのあそん》

245 つれなさにいひたえなんと思《おも》ふこそあひみぬさきの別《わか》れ成《なり》けれ

橘《たちばなの》季《すゑ》通《みち》

者は大江朝綱(江相公)。

239 思ってもみなかった。古都長安をたち離れ、この胡国の住人になろうとは。二四一番歌まで後拾遺集・雑三「王昭君をよめる」と題する三首一連の歌。第四句、久本「コノ里人ニ」、後拾遺集「このくに人に」。「この」は「此」に「胡の」を懸ける。

240 鏡にうつるおのれの姿を見るにつけつらさがつのる。こんな境遇にならなかったらこんなにやつれなかったろうに。

241 歎きつつやってきた道中の涙の露よりも多く流れるなあ、住みなれた故郷を恋うる涙は。

242 いかなる罪の報いによって、絵師はわたし(王昭君)ひとりを醜く描いたのであろうか。漢帝が胡国の使節に後宮中で最も器量の悪い女を献上するため、絵師に肖像画を描かせた。他はきそって美人に描かせたのに、王昭君だけは天性の美貌を誇り絵師に金品を与えなかったため醜女に描かれ、胡国に嫁する候補に指名されてしまったという故事(今昔十の五)を詠っている。「津の国の」は「なには」にかかる枕詞。「なには」は「難波」に「何」(いかなる)を懸ける。「あしく」は「悪し」に「芦」(難波の縁語)を懸ける。出典は惟宗広言が編集した言葉集・雑下。

243 自分の気持から玉藻のくずのように醜く描かれてしまった。なんで絵師を恨んだりしようか。「玉藻」「絵島」「浦見」は縁語。絵島に「絵師」、浦見に「恨み」を懸ける。この歌も言葉集・雑下の王昭君の歌五首の一。

一底・九本なし、瑞・能本により補入。

244 あなたが私を忘れてもちっともつらくはない。眠った目ではないが、あなたをねたましいと思うことは全くないのだもの。「ねぬる目の」は、「ねたく」の「ね」を導く枕詞で、「ねたく」は「妬し」と「眠たし」とを懸ける。ただし用例は他にみえない。後拾遺集・雑二の同歌では第三句「ねぬなはの」とあり、根蓴菜(ジュンサイの古名)と「寝ぬ名は」の懸詞となり、かつ「ねたく」にかかる枕詞の役割をはたす

246　思《おも》ひいづや思《おも》ひ出《いづ》るに悲《かな》しきはわかれながらのわかれ也《なり》けり
二左京大夫《さきやうのだいぶ》顕輔《あきすけ》

247　悲《かな》しさの中にもなかに悲《かな》しきはわかれて後《のち》のわかれ也《なり》けり
法《ほふ》　印《いん》　静《じやう》　賢《けん》

248　思《おも》ひきやおほいそなみに袖ぬれてわかれの中のわかれせんとは

これまでは生《い》きての別《わか》れなれば、またゆきあふ事も侍りなん。長き別《わか》れこそかなしき事にて侍るめれ。三老少不定《らうせうふぢやう》の境《さかひ》なれば、親《おや》にを《お》くれ、子にを《お》くれ、妻《つま》にさき立《だち》、［四夫ニサキダチ、］主《しう》にわかれ、師にわかるゝ人、おほく侍るめり。是も歌にて申《まうす》べきなり。

母うせ給ひければ、つねにひきたまひける琴の緒《を》をたちて、五とりかへしてを《お》きたまひ侍りけるほどに、はかなく一《ひと》とせもくれにければ、弾《ひく》とはなしに、塵《ちり》ゐたる琴《こと》をまさぐりて、よみ給ひける
傅《ふの》　大《たい》　将《しやうの》　母《はは》

249　なき人はを《お》とづれもせで琴の緒をたちし月日ぞかへりきにける

六鍾子期《しようしき》うせにしかば、伯牙《はくが》、琴のをゝ《ゝ》たちし心なるべし。

巧妙な表現に置きかえられている。宝物集に誤伝あるか。
245　あなたの薄情さの故に交際をやめようと思うのだが、これこそお逢いせぬうちからのお別れというものでしょう。
246　あなたは思い出すだろうか。思い出すつど悲しいのは、生き別れたままの死に別れであるなあ。「思ひいづ」「わかれ」をそれぞれ二度繰り返す技巧が特色。則長は、作者季通の兄で、長元六年(一〇三三)正月越中守として赴任し、翌年客死。この歌は則長の愛人であった相模に贈ったもの。
二　栄花物語、千載集・哀傷には、「悲しさに添へても物の悲しきは別れのうちの別れなりけり」とあり、作者を小弁命婦としている。ここで顕輔とする根拠は不明。
247　悲しさの中でさらに悲しいものは、中宮様と死別したあとさらにその御子たちとお別れすることだなあ。栄花物語三十三に初見の歌。
248　思ってもみなかった。相模の大磯の浜の波に袖をぬらして別れの中でも最もつらい別れをしようとは。静賢は平治の乱後丹波国に流されたが、本歌はその時の作か。
三　「為㆓亡息澄明㆒四十九日願文」(本朝文粋十四)の「雖㆑知㆓老少之不定㆒、猶迷㆓先後之相違㆒」による。
四　底・瑞・九本なし、夫に先立たれた歌群が後出するので、ここは脱文とみて久・能本により補入。
五　緒を断った琴を裏返しにして置く。哀悼の表現であろう。
249　亡き母は再び帰ることなく、琴の緒を断ったその日ばかりがめぐってきたなあ。「琴の緒をたちし月日」は、詞書から母の一周忌の命日と判明する。「訪れ」に「音」を懸ける。
六　中国春秋時代の楚の人。鍾が姓、子期が名。伯牙と親友で、その琴の演奏のよき理解者。伯牙は琴の名手。蒙求に鍾子期が亡くなった時、伯牙は聴かせる相手がいなくなったとして琴の緒を断ち、再び弾くことがなかったとの「伯牙絶絃」の故事を載せる。この故事は、列子、呂氏春秋、説苑などにもみえる。

250 藤原相如《ふぢはらのすけゆき》[一]が、
「夢ならで又もあふべき君ならばねられぬいをもなげかざらまし」とよみて、なげき死《〔じ〕》に侍りにければ
相《すけ》如《ゆきが》女《むすめ》

251 夢みずとなげきし君を程もなく又わが夢にみぬぞかなしき
母にを《(お)》くれ侍りけるころ、あながちに嘆《〔なげ〕》きてよみ侍りける
顕《けん》昭《ぜう》法《ほふ》師《し》

252 たらちねやとまりて我《われ》を《(を)》おしまま《〔ゝ〕》しかふるにかはる命《いのち》也《なり》せば
服《ぶく》にて侍りける比《ころ》、四月にあふひかけける《〔ゝ〕》をみて
刑《ぎやう》部《ぶ》卿《きやう》頼《より》輔《すけ》

253 袂に泪《なみだ》をかけてふぢ衣あふひをよそのかざしとぞみる
讃岐法皇《さぬきのほふわう》[二]かくれさせ給ひにければ、入《にふ》[三]道親王《だうしんわう》の御かたより[四]、「いつか御服《おんぶく》は[五]たてまつる」など申させ給ひて侍りければ
花《くわ》[六]蔵《ざう》院《ゐん》法《ほふ》印《いん》

254 うきながらその松山のかたみには今夜《こよひ》ぞふぢの衣《ころも》をばきる
これまでは、うちまかせてあるべき事なれば、いかゞはせん。老少《らうせう》

一 →歌人解説。
250 夢の中ではなく、実際に再び殿と逢うことができるのならば、夜、眠れないことを嘆かないであろうに。栄花物語四によると、「又もあふべき君」は藤原道兼、通称粟田殿をさす。相如は道兼が寵愛した家臣で、道兼没後落胆のあまり病没した。
251 亡き殿を夢に見ないと嘆いた父も間もなく亡くなり、その父をこんどは私が夢に見ないのが悲しいことです。
252 もしかえればかえられる命だったならば、母上がこの世に止まって私の死を惜しんだことであろうか。
253 袂に涙をふりかけて藤衣の喪服に身をやつす私にすれば、親と逢う日など二度とないのだから、葵はよその人の花飾りと見るばかりだ。「ふぢ衣」は麻で作った喪服。「あふひ」は、陰暦四月の中の酉の日に行われる賀茂祭に飾りとして用いる「葵」に「逢ふ日」を懸ける。「かけ」は「あふひ」の縁語。
二 崇徳院。→歌人解説。
三 覚性法親王。→歌人解説。
四 「御かたより」、底・瑞・九本「御かたをこそ」とある。能本、今鏡八により改めた。
五 喪服はいつお召しになるのですか。覚性法親王から作者花蔵院法印(元性)の所に問い合わせの言葉。
六 底本「法印」を「法師」とあり「印イ」と傍書。能・瑞本により改めた。
254 つらいことですが松山で亡くなった崇徳法皇を悼むその喪服の藤衣は今晩から着ます。「松山」は讃岐国阿野郡松山郷(香川県坂出市高屋町)。松山で亡くなった崇徳院を暗示する。「かたみ」は亡くなった人を追悼するために着る喪服。「松」と「藤」は縁語。この歌に付属する詞書は今鏡八の文に近似。

不定《ふぢやう》のことはり《(わ)》たがはずして、子にを《(お)》くるゝ人おほく侍るめり。

255 しでの山こえてやきつる時鳥《ほととぎす》恋しき人のうへかたらなん

伊《い》勢《せ》

256 咲《さけ》ばちるさかねばこひし山桜思ひたえせぬ花のうへかな

中《なか》務《つかさ》

257 うたゝねのこの世の夢のはかなきにさめぬやがての命ともがな

中《ちう》将《じやう》実《さね》方《かた》

258 人のうへと聞《きき》こし物を死出《〔しで〕》の山我《わが》この道にまよひぬるかな

高《たか》岳《をかの》頼《より》言《こと》

259 いにしへを思ひ出《いで》じとしのぶまに心のまゝに月をだにみず

[七]沙《しや》弥《み》空《くう》仁《にん》

[八]一条殿摂政《いちでうどのせつしやう》伊尹《これのぶ》 御子《おんこ》 [九]前少将挙賢《さきのせうしやうたかかた》・[一〇]後少将義孝《のちのせうしやうよしたか》とて、時めき給ふ公達《きんだち》おはしき。[一一]疱瘡《〔もがさ〕》をわずらひて、同《〔おな〕》じ日にうせたまひにけり。親《〔おや〕》の御心《〔こゝろ〕》、[一二]い〔か〕ばかり侍りけん。弟《〔おとうと〕》の君は、もとより道心おはせし人にて、[一三]世《せ》尊《そん》寺《じ》の桜の木のしたにて、[一四]命終決定《みやうじうけつぢやう》 往生極楽《わうじやうごくらく》といい

255 死出の山を越えてきたのか、ほととぎすよ。恋しい人の身の上を教えてくださいな。「恋しき人」は伊勢が生んだ宇多天皇の皇子をさす。ほととぎすは死出の旅路の道案内をすると信じられていた。冥途におもむいたわが子の消息を、道案内をしたほととぎすに尋ねたのである。

256 咲けば散るを嘆き、咲かなければ咲けよとこがれる山桜花、どっちにせよ花には心配のつきることがない。花への心づかいを子への心づかいに重ね合わせ、子を失った悲しみを詠んだ歌。

257 うたたねをして、わが子が生きている夢を見たはかなさに、このままさめない命だったらと思う。「この世」の「こ」に「子」を懸ける。

258 今までひとごとと思って聞いてきたのだなあ、死出の山の道は、いざわが子のこととなると迷ってしまうなあ。「我がこの」に、「子の」「此の」を懸ける。

七 底・九本「空」の右に「実ィ」と傍書。瑞・能本「空仁」による。

259 昔を思い出すまいとして家の中に忍んでいる間に、自由に月さえも見ないよ。

八 →九七頁注一六。

九 →九九頁注一六。

一〇 →歌人解説。

一一 天然痘の古名。疱瘡。

一二 底本「いばかり」とある。瑞・九本等で「か」を補入。

一三 京都一条北、大宮西、本小路東にあった伊尹の邸宅。今昔十五の四十二には紅梅の木の下に立って「南無西方極楽阿弥陀仏 命終決定往生極楽」の礼拝文をとなえたとある。大鏡・伊尹伝は「滅罪生善 往生極楽」とする。

一四 二十五三昧式によると、各段の式文のあとに「南無極楽化主弥陀如来 南無命終決定往生極楽」という礼拝文をとなえることになっている。ここはその後半から抽出した句で、西方極楽の阿弥陀仏に向かい、命終にあたって必ず極楽に往生せしめ給えと祈っているのである。「往生極楽」を底本「往成極楽」とする。瑞・九・能本により改めた。

ふぬか[一]をぞつき給ひける。あはせて、賀縁《が[二]えん》阿闍梨《あじゃり》とてたのみ給ひたりける僧の夢に、こゝろよげにて、かくぞよみ給ひける。

260 時雨《しぐれ》とぞ千種《ちくさ》の花はふりまがふなにふるさとに袖ぬらすらん

[三]昔契蓬萊宮裏月《むかしはちぎりきほうらいきうりのつきに》　今遊極楽界中風《いまはあそぶごくらくかいちうのかぜに》

[四]一夜《ひとよ》とてよが[五]れし床《とこ》に塵《ちり》つもるそら、なげく事にてこそ侍るめるに、[六]鴛鴦《ゑんあう》の衾《ふすま》のうちさびしく、[七]薫炉《くんろ》の煙《けぶり》匂《にほひ》たえて、[八]影《かげ》をだにみぬ嘆《なげ》き、かなしき事にて侍るなり。されば、[九]湘浦《しやうほ》の竹のまだらになるまで涙《なみだ》をかけ、[一〇]燕子楼《えんしろう》の上にて袖をくたすたぐひ、おほくきゝ侍るめり。

[一一]一条院《いちでうゐん》かくれさせ給ひてのち、後一条院《ご[一二]いちでうゐん》、なにともしらで、まぎれありかせ給ひけるをみたまひて　上東門院《じやうとうもんゐん》

261 みるからに露ぞこぼるゝを《お》くれにし心もしらぬなでしこの花

[一三]後朱雀院《ごしゆじやくゐん》かくれさせ給ひて後、[一四]東三条《とうさんでう》の萩《はぎ》を《を》おりてまいら《ゐ》せたりけるをみ給ひて、よみ給ひける　麗景殿女御《れいけいでんのにようご》

一「額をつく」は礼拝する。底・瑞・九本「つか」、能本「ぬか」により改めた。二 明尊の師。長徳年中(九九五―九九九)に三井寺入寺(寺門伝記補録十五)。二中歴に説経の名手としてあげられる。ただし義孝集の詞書には、この歌と偈は「せいえむそうづ」の夢中に示されたとある。いっぽう今昔十五の四十二では「高遠中将」の夢中に義孝が現われたとあり、高遠の父が斉敏(「せいみむ」)であるので、この話、音の類似により何らかの混乱があったかとする(日本古典文学大系『今昔物語集』四巻三五七頁頭注補記)。ただし斉敏は出家の形跡がないのでこの推理は疑問とする説もある(川村晃生)。

260 ここ極楽では時雨といえば色とりどりの花が散って豪華なのに、人間界の人はなぜ涙で袖をぬらすのだろうか。道心深かった義孝が死後極楽に往生したということを知らせる証歌になっている。第三句、底・瑞・九本「ふりまがふ」。底本は「ふ」の右に「ちイ」と傍書。大鏡は第二句「はちすのはなぞ」。

三 昔は宮中の蓬萊宮のような御殿で共に月を見て親交を結んだが、今は私はここ極楽世界で風に吹かれて遊んでいます。「蓬萊宮」は中国で仙人の住む宮殿。禁中に譬える。白楽天の長恨歌「昭陽殿裡恩愛絶、蓬萊宮中日月長」のような句の影響下に成った句であろう。四 以下「塵つもる」までの文、「ひとよとてよがれし床のさむしろにやがてもちりのつもりぬるかな」(千載集・恋四・さぬき)を踏まえた表現。五 夜離れ。男が女のもとに通わなくなること。六 愛しあう男女が共寝する布団。長恨歌の「鴛鴦瓦冷霜華重、翡翠衾寒誰与共」あたりを踏まえた表現。七 衣服に香の匂をつけるに用いる香炉。文選・雪賦「燎㆓薫鑪㆒兮炳㆓明燭㆒酌㆓桂酒㆒兮揚㆓清曲㆒」。八 亡くなった人の姿を夢の中でさえも見ることのない嘆き。長恨歌「悠悠生死別経㆑年、魂魄不㆓曾来入㆒㆑夢」あたりを踏まえた表現。九 湘水の岸辺。中国の広西省陽海山に発して湖南省を流れ、洞庭湖に注ぐ川。昔尭帝の二人の娘がいて舜帝の妃となったが、帝が崩じたとき悲しみのあまり湘水に投身自殺した。その時その流域に産する湘竹は湘妃の

262　こぞよりは色こそこけれ萩の花涙の雨のかゝる秋には

一五右大将通房《うだいしやうみちふさ》うせ給ひて後《のち》、帳《ちやう》のうちに、くもの家《いへ》をつくりけるをみて、よみ給ひける

土御門右大臣殿《つちみかどうだいじんどの》師房《もろふさ》女《むすめ》

263　別れにし人はくべくもなきものを何《なに》とふるまふさゝがにぞこは

一六村上《むらかみ》の御門《みかど》かくれさせ給ひて後、あまりになげき給ひけるにや、病《やまひ》そひ給ひければ、よみたまひける

斎宮女御《さいぐうのにようご》

264　を《お》くれてもこえける物を死出《しで》の山さき立《だつ》ことを何うらみけん

一七中納言実綱《ちうなごんさねつな》かくれ給ひにければ、やがて尼《あま》になりて、五月五日によみ侍りける

三河内侍《みかはのないし》

265　あやめ草あらぬうきねをひきそへて涙ぞかゝる墨染《すみぞめ》の袖《そで》

一八唐帝《たうてい》の、幻《まぼろし》をして楊貴妃《やうきひ》をたづね、一九漢王《かんわう》の、李夫人《りふじん》のかたちを甘泉殿《かんせんでん》にうつせしためし、あながちにかなしき事にてぞ侍るなる。

二〇中宮《ちうぐう》かくれさせ給ひて、秋の風身にしみて、夜《よる》の虫《むし》あはれにおぼしめしけれ

涙でまだらが出来たという(博物志)。和漢朗詠集・下・雲「竹班㆓湘浦㆒ 雲凝㆓鼓瑟之蹤㆒」とある。

一〇→一〇九頁注六。「袖をくたす」は、ここに住んだ愛妾晒晒の嘆きをさす。

一一→歌人解説。　一二→九〇頁注七。

261　拝見するにつけつい涙の露がこぼれるよ。父君が崩ぜられた悲しみも知らぬ幼い御子がおかわいそうだ。後拾遺集・哀傷、初句「みるままに」。「なでしこの花」は、花の「撫子」に「撫でし子」を懸ける。すなわち幼い御子をさす。後拾遺集の詞書では幼い御子は与えられた撫子を手に持つとある。

一三　第六十九代天皇。一条天皇第二皇子。母は上東門院彰子。寛徳二年(一〇四五)没、三十七歳。　一四　旧藤原兼家の邸宅。二条南ノ町西、南北二町(拾芥抄)にあった。この邸宅は藤氏の長者が伝領する慣わしになっていた。兼家→九七頁注一八。

262　去年より色がまさるなあ、萩の花、院が亡くなり悲しみの紅涙がふりかかるこの秋には。「なみだ」は紅涙である。「かゝる」は、ふりかかる意に「かくある」を懸ける。底本「かたる」とするが、能・瑞・九本により改めた。

一五　関白太政大臣藤原頼通男。長久四年(一〇四三)右大将。権大納言正二位。寛徳元年(一〇四四)没、二十歳。

263　死別した人は帰るはずもないのに、いったいどういうことでしょうか、この蜘蛛の振舞は。底本第五句「さゝがにぞとは」、瑞・能本により改めた。「さゝがに」は蜘蛛のこと。背後に古歌「我が背子が来べき宵なりささがねの蜘蛛のおこなひ今宵しるしも」(日本書紀・允恭天皇八年二月・衣通郎姫)がある。古代には蜘蛛が人の衣につくと来訪する客があるとの伝承があり、それに基づいて詠った。

一六　村上天皇。→歌人解説。

264　後に生き残っても、いずれ死出の山は越えなくてはならない。先立つ人をなんでうらんだのだろう。

一七　藤原公教長男。治承四年(一一八〇)没、五十四歳(一説五十五)。三河内侍の夫。

ば

266 秋風になびく草葉の露よりもきえにし人を何にたとへん

村《むら》上《かみの》御《ぎよ》製《せい》

[一]定子皇后宮《ていしくわうごうぐう》、帳《ちやう》の紐《〔ひも〕》にあまたの歌むすびつけて、かくれ給ひにければ、[二]鳥部《〔とりべ〕》野にて、とかくしたてまつりける夜《よ》、雪《〔ゆき〕》ふりければ、よみたまひける

267 野べまでに心ばかりはかよへども我《わが》みゆきとはしらずやありけん

一《いち》条《でう》院《ゐんの》御《ぎよ》製《せい》

[三]斉信卿《ときのぶのきやう》のむすめにを《(お)》くれて、[四]法住寺《ほうぢうじ》にこもりけるころ、月のあかゝりければよめる

268 もろともにながめし人も我《われ》もなき宿《〔やど〕》には月やひとりすむらん

民《みん》部《ぶ》卿《きやう》長《なが》家《いへ》

としごろの妻《〔つま〕》にを《(お)》くれてよみ侍りける

269 思ひやれむなしき床《とこ》をうちはらひ昔を忍ぶ袖の雫《しづく》を

藤《ふぢ》原《はらの》基《もと》俊《とし》

心ざしふかゝりける女に別《〔わか〕》れて、かきを《(お)》きたる文《〔ふみ〕》どもを[五]とりいでてよみ侍りける

大《だい》納《な》言《ごん》公《きん》通《みち》

265 大きな泣き声をあげるとともに、さらに紅涙が降りかかる私の墨染の袖よ。「あやめ草」は「あらぬ」を引き出す序詞。「あらぬうきね」は、異様な憂き音、大きな泣き声。「泥根」と懸ける。「ひきそへて」は引き加えて。「あやめ草」「泥根」「ひき」は縁語。参考歌「方々にひき別れつつあやめ草あらぬねをやはかけんと思ひし」(新古今集・恋四・陽明門院)。

一八 白楽天の長恨歌中の故事を踏まえる。玄宗の依頼を受けた方士が仙術を使って楊貴妃の亡魂を天上界の蓬莱宮に探しあて、形見わけの品を持ち帰ったという。一九 白楽天の新楽府の詩中の反魂香の故事を踏まえる。漢の武帝は寵妃だった李夫人の死後、甘泉殿中に写実的肖像画を描かせるが満足せず、方士に霊薬を調合させて反魂香を作らせ、これを焚かせると煙中に夫人の姿が現われたという故事。

二〇 中宮安子。→九六頁注一三。

266 秋風になびく草葉の露が消えるよりももっとはかなく亡くなってしまった人を、いったい何にたとえたらよいのだろうか。「消えにし人」は安子中宮。

一 一条天皇皇后。長保二年(一〇〇〇)十二月十六日、媄子内親王の誕生の翌日に没、二十五歳。後拾遺集・哀傷に定子が亡くなる直前の歌二首が載る。その詞書と一条院が葬送の夜に詠んだ一首の詞書とを一続きのものにすると宝物集の詞書に近似する。二 →三一頁二六番歌注。

267 野辺の送りをする鳥辺野まで私の心は通うのだけれども、亡くなった人は私が見送りに行ったとは気付かなかったであろう。「みゆき」は、「御幸」に「雪」を懸ける。第四句、底・瑞・九本「我身ゆくとは」。能本、後拾遺集によって改めた。

三 藤原斉信。→歌人解説。四 京都市東山区にあった寺。斉信の父為光が創建し、永延二年(九八八)落慶供養。

268 いっしょに月をながめた妻も私もいない我が屋敷には月だけがひとり澄ましているのだろうか。「すむ」は「住む」に「澄む」を懸ける。詞書は後拾遺集・雑一と近似。

270 かきつめしことの葉のみぞ水くきのながれてとまる形見《かたみ》なりける

主《しゆ》にわかるゝは、ことにかなしき事にてぞ侍りける。されば、[六]賢人《けんじん》は二君《じくん》につかへずとて、ながく世をそむく人おほく侍るめり。[七]深草《ふかくさ》の帝《みかど》、かくれさせ給ひにければ、[八]良峯《よしみね》の宗貞《むねさだ》とて、蔵人頭《くらうどのとう》なりける人、やがて法師《ほふし》になりて、[九]笠置《かさぎ》といふ所にみのうちしきて、おこなひてゐたりけるに、人あまたぐしてまい《ゐ》りたるものの《ゝ》、念珠《ねんじゆ》を一時《ひとゝき》ばかりすりて、「ゆくゑ《へ》なくうせにし人に、いま一度《ひとたび》あはせ給へ」といふ声《こゑ》をきけば、我妻《わがつま》の声《こゑ》にきゝなしてけり。「こゝにあり」といはまほしかりけれども、かく心《こゝろ》よは《わ》くては、仏《ほとけ》のみやづかへはしはてばやとおもひかへして、暁《あかつき》帰《かへ》るをみたまひければ、[一〇]九つになる女子《をんなご》をばさきにたてて、五つになる男子《をのこご》をば、[一一]わが乳母子《めのとご》に、帯刀《たちはき》といふものにいだかせて、帰《かへ》るをみけるに、かくれはつべくもおぼえざりけれども、つゐ《ひ》にしられでやみたまひにけり。さて、[一二]御果《みはて》とて、のゝしりあひけるを聞《きき》て、よみたまひける。

271 皆人《みなひと》は花の袂に成《なり》ぬなり苔の衣よかは《わ》きだにせよ

ただし「月のあかゝりければ」は栄花物語二十七の「月のいみじう明きに」に拠るか。

269 どうかお察し下さい。妻のいないひとり寝の床をひきはらい、ありし昔をしのんで袖にこぼす涙の雫を。

五 底・瑞本「とりていでて」、九・能本により改めた。新古今集・哀傷の詞書にも「とりいでてみ侍りけるに」とある。

270 今や書き集めた言葉だけが、水のように流れて消えたあなたの形見の筆跡なのだなあ。「水くき」は「ながれてとまる」と結びついて、水のように流れて消えた意と、さらさらと記された筆跡の意の両義を持つ。「葉」と「茎」は縁語。新古今集・哀傷の詞書には経の料紙にしようとして反故を取り出したとある。

六 「王蠋曰、忠臣不レ事二二君一、貞女不レ更二二夫一」(史記・田単伝)、「忠臣は二君につかへず」(古今著聞集・一三二六)。

七 仁明天皇。→九頁注一七。以下の良峯宗貞の出家譚は、大和物語一六八段、続本朝往生伝・六、今昔十九の一、遍照集、古今集・哀傷等にもみられる。宝物集は今昔物語に近似。同源の資料に拠るか。八 法名遍昭。→歌人解説。

九 京都府の南端、相楽郡にある町。町の南の笠置山は古く修験道の修行場となっていた。山上に笠置寺がある。

一〇 今昔十九の一には帯刀が「七八歳許リ有シ我ガ男子ヲ背ニ負テゾ有ル」とあり、女(遍昭の妻に仕える女房)は「四五歳許リナリシ我ガ女子ヲ抱キタリ」とある。男子と女子の年齢等が逆になっている。一一 宝物集の文はやや意味がとりにくい。今昔には「男ハ我ガ乳母子ニテ帯刀ニテ有リシ者也ケリ」とあって、これが男の子を背負っていたことになっている。「帯刀」は宮中の警護にあたる下級武官。遍昭の妻の一行の護衛のために従っていたのであろう。「乳母子」は乳母の生んだ子。遍昭の乳兄弟。一二 一周忌。一年間の服喪期間の果ての意。

271 人はみな喪が明けて花やかな袂になったようだ。涙にぬれるわが僧衣よ、せめてかわいてくれよ。「成ぬなり」の「なり」は推定。なったようだ。人々の「のゝしりあひけるを聞て」推定するという文脈になっている。「苔の衣」

さて、[一]おこなひあがりて、[二]僧正《そうじやう》までなり給ひにけり。[三]花山《くわざん》の僧正遍《へん》昭《ぜう》と申《まうす》は、この人の御事なり。

[四]先一条院《さきのいちでうゐん》崩御の後《のち》、[五]岩蔭《いはかげ》といふ所に、[六]とかくしまい《ゐ》らせて後、よみける　　堀河右大臣殿《ほりかはのうだいじんどの》 頼宗

272 何《いづ》くにか君をばを《お》きて帰《かへ》りけんそこはかとだにおもほえぬかな

[七]後三条院《ごさんでうゐん》かくれおはしまして、[八]御色《いろ》たまはりて着《き》たりけるが、あまりにくちにければ、よみ侍りける　　[九]藤原顕綱朝臣《ふぢはらのあきつなのあそん》

273 かは《わ》くまもなき墨染《すみぞめ》の袂かなくちなばなにをかたみにもせん

[一〇]近衛院《このゑのゐん》、七月にかくれさせたまひて、禁中《きんちう》もさびしく、世の中もかはりゆきければ、九月ばかりに、清涼殿《せいりやうでん》の菊、うつろひたるをみて、よみ侍りける　　藤原永範卿《ふぢはらのながのりのきやう》

274 君なくてのこれる菊も世の中もうつろひゆくぞかなしかりける

[一一]前坊《ぜんばう》かくれさせ給ひて後、かなしかりけるまゝに、[一二]甲斐《かひ》のめのとがもとへつかはしける　　僧正行尊《そうじやうぎやうそん》

は僧侶の粗末な衣服。ここでは「花の衣」に対置される。

一 修行を積み僧階が上がって。

二 遍昭が僧正になったのは仁和元年(八八五)十一月二十二日(僧綱補任)。

三 京都市山科区北花山河原町にあった寺。遍昭はここに住み華頂山元慶寺を創建した。花山の僧正という呼称はその地名に由来する。 四 一条天皇。→歌人解説。

五 京都市北区衣笠鏡石町の古名。一条院を荼毘に付した所。

六 荼毘に付し申し上げた後。栄花物語九に荼毘に付し「はかなき雲、霧とならせ給ひぬる」とある。

272 いったい私は君をどこに置き奉って帰ってきたのか、どうもはっきりと思い出せないなあ。悲しみのあまり茫然自失していたので覚えていなかったのである。「そこはか」に「墓」を懸ける。

七 →七頁注二四。延久五年(一〇七三)五月七日没。

八 喪服を賜わって。歌中に「墨染の袂」とあるので、にび色(ねずみ色)の喪服を着ていたと思われる。

九 底・瑞・九本「俊綱」とするが誤り、能本「顕綱」により改めた。

273 乾く間もない墨染の袂だなあ、もし涙でくちはててしまったなら、何を故院の形見にしたらよいのだろうか。五月雨の季節と重なっていっそう乾く間もないのである。

一〇 第七十六代天皇。久寿二年(一一五五)七月二十三日没、十七歳。船岡山の西野で火葬、安楽寿院南陵が御陵である。

274 天皇が崩御され、あとに残った菊も世の中も、変化してゆくのが悲しいなあ。出典未詳。

一一 前東宮坊の略。皇太子の地位にあって亡くなった方。ここでは実仁親王。延久四年(一〇七二)十二月立坊。応徳二年(一〇八五)十一月八日没、十五歳。

一二 行尊大僧正集の詞書には「常陸御乳母の許へ」やった歌だとする。常陸御乳母は常陸前司基房の女藤原豪子で、今鏡八にも行尊が実仁親王没後常陸の乳母に贈った歌だとしている。

275 思ひきや春の宮人《みやびと》名のみして花よりさきにちらんものとは

女どちは、いますこしこまやかに、なつかしきものなれば、すべてなげく事にてぞ侍りける。

一三 小野《をの》の宮《みや》の女御《にようご》、かくれさせたまひにければ、一四 としごろまかりつきて、ありがたく一五 おぼしたりし事をなげきてよみ侍りける　中《なか》務《つかさ》

276 忘《〔わす〕》られてしばしまどろむ程《〔ほど〕》もがないつかは君をまどろまでみん

一六 此歌、拾遺抄《しふゐせう》には、「子にを《〔お〕》くれて」と侍る、一七 世継《よつぎ》の下《げ》には、「女御《にようご》にを《〔お〕》くれて」といふ。

一八 三条院《さんでうゐん》の御時《おんとき》、一九 皇后宮《くわうごうぐう》かくれさせたまひにければ、世の中にながらへはつべくもなくなげきて、月のあかゝりける夜《よ》、よみ侍りける　命《みやう》婦《ぶ》乳《め》母《のと》 二〇 源兼澄女

277 などてかは雲《くも》隠《〔がく〕》れけんかくばかりのどかにすめる月もあるよに

275 思いもよらなかった。名目だけの春宮勤仕の宮人となり、花が咲くよりも先に散り散りになろうとは。「春の宮人」は、東宮にお仕えする人。「花よりさきに」は、花がさくより先に。親王の逝去は十一月八日のことであるが、春宮の縁で「花」を出す。花が咲くとは天皇位につくことを暗示。「ちらんものとは」は、花が散る意と、親王に仕えた者たちがばらばらに散るの両義に解すべきである。

一三 小野宮は藤原実頼の号。その女述子は村上天皇女御となり(一代要記)、天暦元年(九四七)十月五日十五歳で亡くなる。本朝文粋十四に後江相公の四十九日忌の願文がある。

一四 「まかりつく」は、脳裏にやきつく。年来、亡くなった人の面影が脳裏によみがえって。

一五 底・瑞・九本「おぼしたりき事」、能本により改めた。

276 亡き君を忘れてしばしの眠りがほしい。しかし、さめてお逢いする日はついにおとずれることがないのだ。「いつかは…みん」は、いつお逢いできるのだろうか、いや二度とお逢いはできない、の意。「かは」は反語。夢で逢えるのはありがたいことだが、悲しみをよみがえらせることでもある。上句はその悲しみから解放されたいという希望の表白。拾遺集・哀傷には第五句「夢ならで見ん」、詞書「むすめに後れ侍て」とあり、作者の娘との死別の歌になっている。

一六 この記事は底本独自の文で、二七六番の歌の次に行間に細書してある。後人の注記か。

一七 いかなる書か未詳。大鏡を世継とよぶこともあるが、現存の大鏡にはこの歌は存在しない。実頼伝のところに小野の宮の女御述子早世の記事はみえる。

一八 →二二一頁注二〇。　一九 皇太后藤原妍子。道長の女。母は源雅信の女倫子、三条天皇の中宮。万寿四年(一〇二七)没、三十四歳。　二〇 底・九本「源兼隆女」とするが、「源兼澄女」の誤りとみて改めた。瑞・能本は「命婦乳母」とあるのみ。

277 どうして雲がくれされたのであろうか。かくも悠然と世にとどまり澄んだ光をさしかける月もある夜に。「よ」は「世」に「夜」を懸ける。

[一]後《ご》一条院《いちでうゐん》の御時《おんとき》、[二]皇太后宮《くわうたいごうぐう》かくれさせ給ひて、御はてのころ、はゞかる事ありて、まい《(ゐ)》らず侍りけるに、など御はての日はまい《(ゐ)》らざりしぞと申《まうし》たりける人の返事《かへりごと》によみ侍りける

江《がうの》　侍《じ》　従《じゆう》

278 我身《わがみ》には悲《［かな］》しき事のつきせねばきのふを果《［はて］》とおもはざりける

[三]郁芳門院《いくはうもんゐん》かくれさせ給ひて、秋の虫《［むし］》その[四]ふしとなきものゆへ《(ゑ)》、おもひしりがほに聞えければよめる

康《やす》　資《すけのおほきみの》　王　母《はは》

279 虫のねはこの秋しもぞなきまさる別れの遠く成《なる》とおもへば

[五]待賢門院《たいけんもんゐん》かくれさせおはしまして、ほかへわたしまい《(ゐ)》らせける夜、たゞひとり本所《ほんじよ》にとゞまりて、よみ侍りける

堀《ほり》　河《かは》

280 たれも皆けふのみゆきにさそはれて消《［き］》えにしあとをとふ人ぞなき

師にわかるゝは、今ひとしほまさりてぞきこえ侍るめる。釈尊入滅《しやくそんにふめつ》の期《ご》いたりて、[六]八十の化縁《くゑえん》つきて、二月十五日の夜半《やはん》に、[七]摩竭陀国《［まかだこく］》よ

一 →九〇頁注七。
二 三条天皇中宮妍子。→一二九頁注一九。
278 私の身には悲しみがまだ続いているので、きのうが服喪の最終日だとは思わないのです。「果」は喪の終りの日。今鏡四にはこの歌を後一条院の皇后威子の喪明けの時のものとするが、後拾遺集・哀傷、宝物集の詞書には後一条院の御時の「皇太后宮」妍子の時のものとする。今鏡は皇太后の「太」を脱落させたか。
三 白河院第一皇女、媞子内親王。嘉保三年(一〇九六)没、二十一歳。四 いつもの年とは違う悲しげな鳴き方をするゆえ、こちらの悲しみに同情しているように聞こえたので。
279 虫の声はこの秋いつもよりも鳴きまさることです。院とのお別れがますます遠くなると悲しむからでしょう。「この秋しもぞ」は、今年の秋は特に。「別れの遠く成」は、別離してからの時間的へだたりが大きくなる。「おもへば」の主語は秋の虫。詞書に「秋の虫そのふしとなきものゆへ」とあるに拠る。この歌、後葉集、続詞花集の哀傷に載るが、二度本金葉集には作者を藤原知陰とする。今鏡七には「金葉集には聞きあやまりたるにや、書きたがへられてぞ侍るなる」と作者を知陰とすることの誤りを指摘している。
五 鳥羽天皇の皇后。待賢門院璋子。権大納言藤原公実の女、母は藤原隆方の女光子。久安元年(一一四五)没、四十五歳。
280 誰もみな今日の御幸にお供しようと心はやり、亡き待賢門院の旧居を訪ねる人は一人もいないのだなあ。「けふのみゆき」は、今鏡二によると、久安二年(一一四六)正月二日の朝覲の行幸の折りとする。一方、後葉集・哀傷、続詞花集・哀傷、続拾遺集・雑下では八幡の行幸の折りに詠んだとする点では共通するが、その行幸を久安元年十一月九日のものとするか、翌二年十二月のこととするかまちまち。宝物集は確証はないが今鏡と同じ立場をとるか。
六 八十歳に至るまで人々を教化する機縁がつきて。
七 摩竭陀国とも。→三五頁注一四。ただし今昔三の二十八では毘舎離国より拘尸那城に行ったとする。毘舎離は王舎城から八由旬の所にある都市。八 釈尊入滅の地。→八九

り[八]拘尸那《くしな》城へおもむきたまひしとき、[九]梅檀《せんだん》とぐくかれかは《わ》き、菩《ぼ》提樹《だいじゆ》は木《こ》の子《み》おちちり、[一〇]沙羅林《しやらりん》の風さびしく、[一一]抜提《ばつだい》河《が》の波すさまじくして、[一二]十六羅漢《らかん》・[一三]五百の大弟子《だいでし》をはじめて、[一四]十六の大国の王、[一五]九万二千の衆生《しゆじやう》、一心《ひとつこころ》にかなしみ、非情草木《ひじやうさうもく》みな悲哀《ひあい》の色ありし時、[一六]憍梵《けうぼん》婆提《はだい》は、「[一七]大師入滅《たいしにふめつ》、我随入滅《がずいにふめつ》」といひて水になりてながれ、[一八]迦葉尊《かせふそん》者《じや》は、滅期《めつご》にあはずしてお《を》[一九]めきし声《こゑ》、三千世界にきこえ、[二〇]目連《もくれん》尊者《そんじや》は、七日さきだちて死すると申《まうし》ためれば、まことにあさからずきこえ侍るめる。[二一]生《しやう》あるものは滅《めつ》あり、はじめあるものはをはりあり、あひあふものは別《わか》れあり、これを愛別離苦《あいべつりく》といふ。釈尊《しやくそん》まぬかれ給《たまは》ず。あだなるわれら、いかゞこの苦《く》をまぬかれんや。

[二二]生者必滅《しやうあるものはかならずめつす》　釈尊未レ免二梅檀之煙一《しやくそんいまだせんだんのけぶりをまぬかれたまはず》
楽尽哀来《たのしみつきてかなしみきたる》　天人猶レ逢二五衰之日一《てんにんなほごすいのひにあへるがごとし》

これを釈迦《しやか》の入涅槃《にふねはん》といふ。この心《こゝろ》の、歌《うた》にもよみて侍るめり。

前律師慶暹《さきのりつしけいせん》

281 常よりもけふの霞ぞあはれなるたき木《ぎ》つきにし煙《けぶり》とおもへば

頁注三六。九→三八頁注一七。釈尊入滅のとき梅檀が枯れ、菩提樹の実が落ちた話の出典未詳。一〇 沙羅双樹の林。釈迦は拘尸那城北郊にあった沙羅の林中で入滅した。一一→一四頁注三。一二 賓頭盧尊者をはじめとする十六人の大阿羅漢。仏の命をうけ、衆生済度の活躍をする。一三 法華経・五百弟子受記品に説く五百人の仏弟子。下根の者であるが如来から記別を与えられた。一四 古代インドにあった十六の大国。一五 この数の典拠未詳。一六 ガバームパチの音写。牛王、牛相などと意訳。釈迦十大弟子の一人舎利弗の弟子。一七 大智度論二に憍梵波提が釈迦涅槃の席にやってきて、釈迦の滅度を知り、「種々の神変を現わして、心より火を出し身を焼いて、身中より水を出して四道に流れ下り、大迦葉の所に至りて水中に声有りて」次の偈を説いたという。「憍梵鉢提稽首礼二妙衆第一大徳僧一、聞二仏滅度一我随去、如二大象去象子随一」(大正蔵二十五)。宝物集の「大師入滅、我随入滅」の偈とやや異なるが、「水になりてながれ」は、大智度論の「身中より水を出して四道に流れ下り」と一致している。一八 経律異相四(大正蔵五十三)などにみえるが、梁塵秘抄一七三番に「釈迦牟尼仏の滅期には、迦葉尊者も値はざりき、歩みをはこびて来しかども、十六羅漢にも後れにき」の今様がみえ、また今昔三の三十二にも同じ話があって、広く知られていた話である。一九 大智度論二に「大迦葉語声、遍至二三千大千世界一、皆悉聞知」とあり、大唐西域記九にも「犍椎声中伝二迦葉教一遍至二三千大千世界一、得二神通一者聞皆集会」(大正蔵五十一)とある。二〇 典拠未詳。二一 似た表現が往生要集・大文一の五に涅槃経二の偈(大正蔵十二)を引いて「一切のもろもろの世間に生ける者は皆死に帰す、寿命無量なりといへども、要必ず終尽することあり、それ盛んなれば必ず衰ふることあり、合ひ会へば別離あり、壮年も久しく停まらず、盛んなる色も病に侵さる、命は死の為に呑まれ、法として常なる者なし」とある。二二 本朝文粋十四「為二中務卿親王家室一四十九日願文　後江相公」の冒頭部にみえる句。和漢朗詠集・下・無常にもみえる。

282 いにしへの別れの庭にあへりともけふの涙ぞなみだなるべき
光《くわう》源《げん》法《ほふ》師《し》

283 いかなれば今夜《こよひ》のさ夜中《よなか》に照《てら》しもはてで《〔ゝ〕》いりしなるらん
慶《けい》範《はん》法《ほふ》師《し》

284 かなしさと薪尽《たきぎつき》けんその人のむかしに今はかはらざりけり
成《じやう》尋《じん》法《ほふ》師《し》

285 ながき夜のやみにまどへる我をおきて《〔ゝ〕》雲がくれぬる空の月かな
[一]よみ人しらず

第七に、求不得苦《ぐふとくく》[二]といふは、よろづの事をもとめえず、心《〔こゝろ〕》にかなふ事なきなり。すべてこれを貧窮《ひんぐう》と申《まうす》べき也。一切《いつさい》の苦《く》の中に、此《この》苦もつともしのびがたし。こゝをもつて、毘沙門天王《びしやもんてんわう》[三]は、「死苦《しく》[四]にはあふとも、貧苦《ひんく》にはあはじ」とぞのたまふなり。遅〻《ちち》[五]たる春の日、食《じき》をもとむるにえがたく、まん〳〵たる秋の夜、衣《ころも》うすくして寒天《かんてん》あかしがたし。衣食《えじき》の二事《にじ》[六]にともしきものは、かならず一切心《いつさい》にかなふ事なし。民《〔たみ〕》[七]は食《じき》をもつて天とす。いかゞ苦患《〔くげん〕》にあらざらんや。

281 いつもよりも今日の霞は身にしみるなあ、釈尊を荼毘に付した煙だと思うと。後拾遺集・釈教に前歌の詞書「山階寺の涅槃会にまうでてよみ侍りける」を本歌も受けるので、これも二月十五日涅槃会の歌。

282 昔の釈尊入涅槃の場に立ち合ったとしても、今日涅槃会を聴聞して流した感涙が本当の涙でありましょう。「別れの庭」は、死別の場。後拾遺集・釈教の巻頭歌。二八一番の歌が本歌のあとに並ぶ。その詞書によれば山階寺の涅槃会に出席しての詠である。山科寺は興福寺のこと。

283 どうして、今夜の月が照らし続けることなく夜中にかくれてしまったのだろうか。「今夜の月」は、釈尊入滅の命日、二月十五日の月。釈尊を月に象徴している。

284 涅槃会を迎える悲しさと、釈尊が実際に入滅されたその昔の悲しさと、今はかわることはない。「薪尽けんその人のむかし」は、薪が燃えつきるようにして亡くなった釈尊の時代。法華経・序品に「仏此の夜、滅度したまふこと、薪尽きて火の滅するが如し」とあるのに拠った表現。一 宝物集が、「よみ人しらず」とするのは不審。小大君集、玄玄集によれば、小大君である。

5・7 求不得苦

285 長い夜の闇に迷っている私を置き去りにして雲がくれてしまった空の月であるなあ。続詞花集・雑中の詞書によれば「空の月」は戒師寂照をさす。「ながき夜のやみ」は煩悩のために迷妄の世界を流転するという意の無明長夜の闇に通ずる。小大君集、玄玄集によれば、小大君はこのとき病気で寂照から戒を受けたが間もなく死んでいる。二八一番以下釈迦入滅の歌でそろえてきたので、ここも雲がくれした空の月を釈迦入滅と読みかえたか。

二 八苦の一。求めても手に入れることができない苦しみ。愛別離苦に対置される。

三 →二〇頁注七。 四 出典未詳。

五 「遅々たる春の日」は、のどかな春の日。あとの「まん〳〵たる秋の夜」（ゆっくりとふけてゆく秋の夜）と対をな

286
五月の長雨《ながあめ》のころ、八 三河入道寂照《みかはのにふだうじやくせう》が、いまだお《(を)》とこにて侍りけるころ、鏡《〔かゞみ〕》をうりけるうらにかきたりける

けふのみぞみるに涙のます鏡なれにしかげを人にかたるな

287
世の中をおもひわびて、九 妻男和儀《めをとこわぎ》してはなれて後《のち》、女はよき人の妻《〔め〕》になりて、難波潟《なには〔がた〕》へまかりてけるに、お《(を)》とこはあやしき姿《〔すがた〕》にて、葦《あし》を刈《〔か〕》りてうりけるに、お《(を)》とこのよみ侍りける

君なくてあしかりけりとおもふにもいとゞ難波《〔なには〕》のうらはすみうき

288
おこなひしける人の、まづしきありける。西《〔にし〕》なりける人の、ものをとらせければ、よみ侍りける

おこなひをつとめて物のほしければ西をぞたのむくるゝかたとて

289
良暹法師《りやうぜんほふし》、一〇 伏見修理大夫《ふしみのしゆりのだいぶ》俊綱《としつなの》朝臣《〔あそん〕》の

身にまさるものなかりけるみどり子はやらんかたなく愛《〔かな〕》しけれ共《ども》

す。和漢朗詠集・上・蟬「遅々兮春日、玉甃暖兮温泉溢、嫋々兮秋風、山蟬鳴兮宮樹紅」とあるのを念頭に置いた表現であろう。六 底・瑞本「時」、能本により改めた。七 民は食物をもっとも大切なものとする。「王者以㆓民人㆒為㆑天、而民人者以㆑食為㆑天」(史記・酈食其伝)。八 俗名大江定基、通称三河入道。↓歌人解説。

286 今日限りだ、そう思って使いなれた鏡を見ると涙がますますこぼれる。よれよれの着物を着た私の姿を鏡よ、人に語るな。「ます鏡」は真澄鏡。すみきった鏡。涙が増すに懸ける。「なれにし」は使いなれたの意と、よれよれの古着を着た姿の両義に解する。詞書では出家前の寂照が鏡を売る時その裏に書いた歌になっているが、今昔二十四の四十八、十訓抄十、沙石集五末の二、古今著聞集・一九七などでは見知らぬ女が鏡を売りに来てその包紙に歌があったことになっている。拾遺抄では寂照の兄大江為基のところに無名士が売りに来たとある。

九 夫婦が協議離婚して。

287 あなたがいなくなって、暮しむきが悪くなり、葦を刈って身すぎをするのだなあと思うにつけ、難波の浦はいよいよ住みづらいことだ。「あしかりけり」は、「葦刈りけり」に「悪しかりけり」を懸ける。いわゆる葦刈り説話で、大和物語一四八段の話が最も詳細。拾遺集・雑下にもみえるが、宝物集の詞書は大和物語系の説話をダイジェストしたか。

288 行をつとめた翌朝、食べ物が欲しくなるので、日の沈む西方にいるあなたを、施食をくれるお方としてあてにしています。「つとめて」は翌朝の意。「勤めて」と懸ける。「西をぞたのむ」に西方極楽往生を願う意を通わせる。「くるゝ」は、日が暮れる意に、物を呉れる意を懸ける。また上句「つとめて」に対置する。乞食の僧が西側に住むやさしい隣人にこの歌を贈り、ますます外護を得たという。

289 やっぱりわが身がいちばんかわいい。幼な子はどうしようもなくかわいいけれど(他へ遣る以外にない)。

一〇 →九四頁注五。

もとへつかはしける

290 大原やまだすみがまもならはねばわがやどのみぞ煙《〔けぶり〕》たえたる

是《これ》皆貧窮《ひんぐう》なる人のよめる歌《〔うた〕》なり。しかのみならず、一板間《〔いたま〕》あばらにして、月よりほかにさし入人《いる》もなく、庭には草のみしげりて、風よりほかに音《〔をと〕》せぬたぐひ侍るめり。

清《きよ》仁《ひと》親《しん》王《わう》

291 板まあらみあれたる宿にすむころは心にもあらぬ月をみるかな

二帥《そつの》内《ない》大《だい》臣《じん》殿《どの》伊周

292 あれはてて《〔ゝ〕》月もたまらぬわが宿に秋の木《こ》の葉《は》を風ぞふくらん

藤原盛方朝臣《ふぢはらのもりかたの〔あそん〕》

293 すだきけんむかしの人やいひを《〔お〕》きしあれなば宿に木《こ》のはふけとは

藤原伊綱朝臣《ふぢはらのこれつなのあそん》

294 あれはてて《〔ゝ〕》庭もまがきも野べなればあさぢが下《した》に鶉《〔うづら〕》なく也《なり》

三右大弁平親宗《うだいべんたひらのちかむね》

295 年《〔とし〕》ふれど人もはらはぬ庭のおもにいくへ木《こ》のはの散《ちり》つもるらん

こゝをもつて、観世音菩薩《くわんぜおんぼさつ》は、一切衆生《いつさいしゆじやう》のねがひをみて、貧窮《ひんぐう》なる

290 大原には住み始めたばかりでまだ炭竈の焼き方も習わないので、我が庵だけは煙が絶えていることだ。「炭竈」に「住み」を懸ける。「煙たえたる」は、炭焼の煙が絶える外に、炊事の煙が絶えている、食べ物がないの意味をもつ。十訓抄十に良暹が俊綱に食べ物をねだった歌と解しているのはそのため。大原は京都市左京区一帯の地、隠遁者が集まった所。西行は良暹の旧庵におもむき、「大原やまだ炭竈も習はずといひけん人を今あらせばや」(山家集・下・雑)と詠った。良暹の歌も草庵も早くから著名であった。

一板で葺いた屋根などの板と板のすき間があいていること。次の二九一番の歌を踏まえた表現。

291 板のすき間が粗いので、あばら家に住むころは、見るつもりもない月を見ることだ。「板間あらみ」は下句「月をみるかな」に懸かる。参考歌「ふる里の軒のいた間に苔むしておもひしほどはもらぬ月かな　平康頼」(平家物語三)、「君なくて荒れたる宿の板間より月の漏るにも袖は濡れけり　よみ人しらず」(和漢朗詠集・下・故宮)。

二底・瑞・九・久本「帥内大臣殿〈伊ー〉」とする。「帥内大臣殿」は大宰権帥に左遷された以後の藤原伊周の呼称である。しかし、詞花集・秋、兼盛集、後葉集・秋下などではこの歌を平兼盛作とし、これが正しい。今、訂正せず、誤記のままにした。誤記が生じた理由は未詳。

292 荒れはてて月光もさえぎれない我が家に、風が秋の木の葉を吹き散らし、屋根を葺いていることだろう。「たまらぬ」は、止まらぬ。屋根の板間がすけて月光をさえぎることができないのである。「ふく」は、「吹く」に「葺く」を懸ける。

293 この家に集まった昔の人が言い残したのだろうか、荒れたら木の葉で屋根を葺けって。「すだく」は、集まりさわぐ。出典未詳。参考歌「すだきけんむかしの人もなきやどにただかげするは秋の夜の月　恵慶法師」(新撰朗詠集・雑、和歌童蒙抄)。

294 荒れはてたため庭も籬も野原と化したので、チガヤの下でうずらが鳴くようだ。「まがき」は、柴または竹な

ものをあはれみすくはんがために、菩薩《〔ぼさつ〕》の行をばおこし給ひしなり。
その因縁《〔いんえん〕》、をろ《(お)》〳〵申侍《まうし》るべし。
四むかし、一人の梵士《ぼんじ》五ありき。その名を長那《ちやうな》といひき。その妻《〔つま〕》を、摩《〔ま》六
那《な》斯《し》羅《ら〕》女《によ》といふ。二人の子をもちたり。早離《さうり》・速離《そくり》となづく。母、摩《〔ま》
那《な》斯《し》羅《ら〕》女《によ》、生死無常《しやうじむじやう》まぬかれずして、病《〔やまひ〕》をうけてうせぬ。長那梵士《ちやうなぼんじ》、
なげきてかなしむ事かぎりなしといへども、世間《よのなか》のならひなれば、又
妻《〔つま〕》をまうけてけり。

かゝるほどに、天下に飢渇《けかち》ゆきて、みな人かつへ《(ゑ)》死《しに》にければ、二人
の子を継母《けいぼ》にあづけて、檀那羅山《だんならせん》といふ山に、一《ひとつ》をくゐ《(ひ)》つれば七日も
のほしからぬ木《こ》七の実《み》ありときゝて、とりにゆきたりけるまに、継母、
早離《〔そうり〕》・速離《〔そくり〕》の二人の継子《〔まゝこ〕》を船にのせて、「海松布《〔みるめ〕》八からん」といひて、
はるかなる島にはなちけり。

早離《〔そうり〕》・速離《〔そくり〕》、天をあふぎ、地にふして、おめ《(を)》きかなしめども、とふ
人もなく、あはれむものなし。つゐ《(ひ)》に食にうへ《(ゑ)》、水にうへ《(ゑ)》て、死門《しもん》に
いる時、ちかひていはく、「我一切衆生《われいつさいしゆじやう》のねがひをみて、苦《〔く〕》をすくひ、
貧窮《ひんぐう》ならんものをたすけん」とてうせぬ。願力《〔ぐわんりき〕》にまかせて、早離《〔そうり〕》九・速《〔そく》

どで、間を広くあけた垣。「あさぢ」は、一面に生えたチガヤ。「なく也」は、鳴くようだ。「なり」は推定の意。出典未詳。

三 底本「平親家」とし、「家」の右に「宗ィ」と傍記。瑞・久・能本は親宗とし、月詣集・十月も親宗。親宗が正しいので、瑞・久・能本に従う。

295 年月が経るのに誰も掃除をしない庭の面には、幾重にも木の葉が散り積っていることであろう。

四 以下の説話の原拠は観世音菩薩浄土本縁経。

五 バラモン。→一七頁注二三。

六 底・瑞本「まなやしら女」、能本「まやしら女」とあるが、九本「まなしら女」により改めた。日本続蔵経所載、観世音菩薩浄土本縁経「摩那斯羅」。

七 浄土本縁経には「有㆓甘菓㆒名㆓鎮頭㆒」とある。

八 緑藻類ミル科の海藻。浄土本縁経には「峰有㆓甘菓㆒、浜有㆓美草㆒、我与㆓汝等㆒共往㆓絶島㆒」と言って孤島に連れていったとある。

九 浄土本縁経では、母阿弥陀仏、兄観音、弟勢至のほかに、梵志長那は釈迦如来、梵志が木の実をとりに行った檀那羅山を霊山(霊鷲山であろう)とする。

離《り》は観音《くわんおん》・勢至《せいし》の二菩薩《ぼさつ》となり、母摩那斯羅女《まなしらにょ》は、子の願力《ぐわんりき》をかゞみて、阿弥陀仏《あみだぶつ》となりぬ。

さて、親子《おやこ》なるがゆへに、いまは師《し》・弟子《ていし》となりて、阿弥陀《あみだ》の三尊《さんぞん》とは申《まうす》なり。はなたれたりし島、今の補陀落山《ふだらくせん》[一]これ也。是かすかなる[二]伝《でん》記にあらず、たしかの経[三]の文なり。

[四]天竺の国王、象[五]をかひ給ふ。毎日三[六]百石の白米をくらふ。一人の羅《ら》[七]漢《かん》来《きた》りて、象にむかつていはく、「[八]象かしこし、我はかなし。我かしこし、象はかなし」といひてさりぬ。象、このことばをきゝて、たお《ふ》れふしてものをくはず。象をかふもの、おどろきて、公《おほやけ》に奏し申《まうし》ければ、羅漢の呪咀《じゆそ》[九]したるなめりとて、羅漢《らかん》めしてとひ給ふに、羅漢《らかん》申《まうし》て云《いは》く、「昔《むかし》象と我と同法《どうぼふ》[一〇]なりき。しかるを、象は正教《しやうげう》のことはり《わ》をしらず、施《せ》を行じき。今、施の力《ちから》によるがゆへ《ゑ》に、毎日三百石の白米をあたふる。我は正教《しやうげう》のことはり《わ》をさとるといへども、施のちからなきがゆへ《ゑ》に、人界《にんがい》に生《しやう》をうくといへども[一一]、鉢《はち》をむなしくする事を申《まうし》つる也」とこそ申《まうし》侍りけれ。これは、一切の苦《く》、みな前世《ぜんせ》の宿因《しゆくゐん》によるなり。まことにさやあらん。

一 観世音菩薩の住む浄土。大唐西域記十巻にはインド半島の南端近くに実在するとある。 二 底本「かすかなり」、瑞・九・能本により改めた。 三 観世音菩薩浄土本縁経をさす。ただしこの経は偽経とされている。 四 以下の説話の原拠は大智度論八(大正蔵二十五)。法苑珠林五十四(大正蔵五十三)にも「智度論云」として引く。 五 底本、「象」をすべて「馬」とする。能・久本は「象」とする。原拠の大智度論には「象」とあるので、ここは草体類似による誤写とみてすべて「象」に改めた。 六 大智度論、法苑珠林には、具体的数量は示さない。 七 阿羅漢。悟りを得て人々の尊敬、供養を受ける資格をそなえた人。 八 昔、施を行じた報いとして一日三百石の食糧を得ているので、その施行をかしこしといった。これに対し、正教のことわりをさとった報いとして阿羅漢に生まれたことをさして「我かしこし」と言った。 九 災がふりかかるように呪をかけること。 一〇 同じ師について仏道を修行した仲間。 一一 久・片活三・元本「いへども」と「鉢を…」の間に「檀波羅蜜ヲ行ゼザリシガ故ニ」の一文あり。この説話の原拠である大智度論をみると、該当部分に「不レ修ニ布施一故」とある。久本の形が正しいと思われるが、底本の外、瑞・九・能本すべてその文を持たないので、今はそのままにした。 一二 釈氏要覧・上に「舎利弗問経云、有ニ比丘羅旬一、以ニ薄福一故乞レ食不レ得、後以ニ五部衣一、更互著レ之、便得ニ大飲食一」(大正蔵五十四)。法苑珠林三十四に「名梵摩達〈律名羅旬喩比丘也〉」とあり、薄福の比丘だとしている(大正蔵五十三)。分別功徳論二には梵摩達として法苑珠林と同じ話が載る(大正蔵二十五)。諸経要集三にも「分別功徳論云」として法苑珠林と同話を載す(大正蔵五十四)。ただし分別功徳論にはこの話を検出し得なかった。 一三 乞食修行をいう。本来は衣・食・住に関する貪著を払い除く修行。 一四 利崛尸は利軍支または利群史と同人物と思われる。今昔二の三十九に、衣食に乏しかった利群史が、せっかく目連が神通力でさし入れた鉢を「喜ビテ鉢ヲトルニ、鉢、手ヨリ落チテ、地ノ下、五百由旬ニ入リヌ」とある。原拠は撰集百縁経十の九十四。 一五 生年未詳(一説承

仏《〔ほとけ〕》の御弟子に[一二]羅旬比丘《らじゆんびく》は、[一三]頭陀《づだ》すれども食をえがたく、目連《〔もくれん〕》の弟子[一四]利《り》崛尸《くつし》は、乞食《こつじき》すれども鉢をむなしくす。

吾朝延暦寺の[一五]安然和尚《あんねんくわしやう》は、[一六]根本中堂の薬師仏とものがたりし給ひし人にはあらずや。されども、[一七]食を得がたくして、つねに土を食《じき》すなんどこそ申《まうし(お)》をきて侍るめれ。まことに人にはよらざる事にて侍るやらん。[一八]後漢書《ごかんじよ》には、「[一九]孫晨《そんしん》まづしくして、冬《〔ふゆ〕》の日藁《〔わら〕》をしく」など申《まうし》て侍る。これならず、[二〇]顔淵《がんゑん》、瓢《〔ひさご〕》つぶりをかけ、[二一]原憲《げんけん》藜《〔あかざ〕》をくらふなど申《まうし》たれば、今生《こんじやう》の果報《くわほう》は、前世《ぜんせ》の[二二]檀波羅蜜《〔だんはらみつ〕》によるなり。

小野小町《をののこまち》が、おひ《(い)(お)》をとろへて、貧窮《ひんぐう》になりたりしありさま、弘法大師《こうぼふだいし》の[二三]玉造《たまつくり》といふ文にかき給へるこそ、あはれにかなしく侍るめれ。着《〔き〕》物《〔もの〕》なくして、蓑《〔みの〕》をもつて衾《〔ふすま〕》とたのみ、敷《〔し〕》けるものなくて、菅菰《〔すがごも〕》をもつて畳《〔たゝみ〕》とせり。みづから野べの蕨《〔わらび〕》をつみて、[二四]簣《〔あじか〕》にいれて臂《〔ひぢ〕》にかけたり。昔《〔むかし〕》色をこのみ人にあひ《(い)》せられし事をおもひいでて《〔ゝ〕》、涙の雨をふらさずといふことなし。

296 色見えでうつろふ物は世中《よのなか》の人の心の花にぞありける

和八年(八四一)―寛平年間(八八九―八九八)。天台僧。幼にして円仁につき、菩薩大戒を受ける。円仁没後遍昭に師事、顕密を研鑽する。比叡山に五大院を構えて研究に没頭したので、五大院大徳と呼ばれた。安然が根本中堂の薬師仏と物語りしたこと、出典未詳。一六 最澄が比叡山入山後間もなく建てたお堂で、薬師如来を本尊とした。一七 典拠未詳。無住の雑談集五に「安然和尚、天下ノ智者、猶業貧ニシテ餓死セラレケリト云ヘリ」とみえ、三国伝記四の二十四にも衣食に困窮したことが記されている。一八 中国の後漢の歴史を記した紀伝体の歴史書。ただし孫晨の故事は後漢書には見当らない。一九 伝未詳。蒙求に「孫晨藁席」として「三輔決録にいふ、孫晨字は元公といふ。家貧しく席(むしろ)を織りて業と為す。詩書に明らかなり。京兆の功曹と為る。冬月被無く、藁一束有り。暮れに臥し朝に収む」とある。二〇 顔回。字は子淵。孔子の高弟。蒙求に「顔回箪瓢」として「論語に曰く、一箪の食、一瓢の飲、陋巷に在り。人は其の憂ひに堪へず、回や其の楽しみを改めず、賢なる哉回や」とある。「箪」は竹であんだ飯入れかご。わりご。「瓢」はひさごを割って作ったお椀。顔回が貧しい飲食に堪えて学問したという故事。和漢朗詠集・下・草「瓢箪屢空　草滋二顔淵之巷一　藜藋深鎖　雨湿二原憲之枢一」。二一 魯の人。字は子思。孔子の弟子。才能すぐれていたが極めて貧しかった。藜はアカザ科の一年草。路傍や畑地に自生。若葉は食べられる。蒙求に「原憲桑枢」として荘子の文を掲げ、清貧生活に堪えたとしている。「桑枢」は桑の枝を曲げて作ったとぼそ。粗末な住居の象徴。和漢朗詠集には前掲のように顔淵と対にして詠われている。二二 六波羅蜜(布施・持戒・忍辱・精進・禅定・智慧)の一。布施波羅蜜とも。他人に施しをして悟に達する修行。二三 玉造小町子壮衰書をさす。この書の作者、空海説、三善清行説などあるが未詳。成立は平安中期。富裕な娼家の娘が驕慢のはてに落魄し、老いて生活に困窮するが、己の罪業に目ざめ、発心して往生極楽を欣求するという筋の物語。宝物集作者は古説の先駆をなす。

これ、若年《じやくねん》の時所詠之《えいずるところの》歌也。

これならず、小一条院《こいちでうゐん》[一]の、堀川女御《ほりかはのにようご》[二] 左大臣顕光女 をすてて〔ゝ〕、御堂《みだう》[三]の関白《くわんばく》 道長 の御むこになりたまひ、閑院大将朝光《かんゐんのだいしやうあさみつ》[四]の、重明親王《しげあきらしんわう》[五]の女をすてて〔ゝ〕、枇杷大納言延光《びはのだいなごんのぶみつ》[六]の旧室《きうしつ》[七]にぐしける。帥内大臣殿《そちのないだいじんどの》[八] 伊周 の姫君の、上東門院《じやうとうもんゐん》[九]へまい〔ゐ〕り、粟田《あはた》[一〇]の関白殿《くわんばくどの》 道兼 の御むすめの、枇杷殿中宮《びはどののちうぐう》[一一]にまじろはせ給ふ。済時大将女子《なりときのだいしやうのむすめ》[一二]の、みづから法成寺《ほふじやうじ》[一三]にまい〔ゐ〕りて、近江庄《あふみのしやう》の事うれへ申《まうし》たまひける。これみな貧窮《ひんぐう》のゆへ〔ゑ〕なり。父たちのおはせし時、この人ゝの御ありさま、かゝるべしとはおもひたまはずや侍りけん。

これらは事もおろかに[一四]侍り。尭《げう》[一五]の、九年の水、湯《たう》、七年のひでり、吾朝長承《ちやうしよう》[一六]の飢渇《けかち》に、おほくの人の死にうせし、求不得《ぐふとく》にあひしゆへ〔ゑ〕なり。其比《そのころ》、忠胤已講《ちういんいかう》[一七]と申《まうし》ける説経師《せつきやうし》の、日吉《ひよし》[一八]の宝前《ほうぜん》にして名句申《まうし》たる事侍りけるは、「年の五月は山王《さんわう》の斎月《さいげつ》[一九]也、されども七社[二〇]の宝前《ほうぜん》に幣帛《へいはく》をさゝぐる人もなし。月の八日は医王《いわう》[二一]のえん日なり、されども上下の礼堂《らいだう》に法施《ほふせ》[二二]の声〔こゑ〕たえたり」とぞ申《まうし》て侍りける。又、物〔もの〕くはず、着〔き〕物《もの》着〔き〕ぬのみにもあらず、心にかなはぬ事のある、おなじく求不得苦

二四 土・野菜を運ぶのに用いる、まるい竹のかご。もっこ。

296 花は変色してゆくが、目に見えずに変化してゆくのは世の中の人の心という花なのだなあ。

一 →三二頁注二一。 二 →歌人解説。 三 →九八頁注六。 四 →七七頁注一七。朝光が重明親王女を捨てて延光の旧室と結婚したこと、栄花物語二、大鏡(板本系)兼通伝にみえる。 五 母は藤原師輔女、登子。生没年未詳。朝光との間に朝経・登朝・姫子などの子がいる。 六 源延光。中務卿代明親王の三男。母右大臣藤原定方女。号枇杷大納言。貞元元年(九七六)没、五十歳。 七 藤原敦忠女。はじめの夫延光との間に生まれた女子は済時の妻となる。朝光の妻となったこと、栄花物語二にみえる。 八 藤原伊周。→歌人解説。伊周の姫君は二女周子。周子が上東門院に仕えたこと、栄花物語八にみえる。 九 →歌人解説。 一〇 藤原道兼。関白、正二位。父は兼家。母は藤原中正の女時姫。道長の兄。長徳元年(九九五)没、三十五歳。「御むすめ」は、栄花物語十四によると道兼が女子を欲しいと神仏に祈ってようやく生まれたのに道兼はすでに薨じていたとある。 一一 藤原妍子。上東門院彰子の妹。→一二九頁注一九。 一二 藤原済時。小一条大将と号す。小一条左大臣師尹の男。長徳元年(九九五)没、五十五歳。その女は娍子と中の君の二人がいる。中の君(敦道親王室だったが離別)が法成寺(道長)に近江庄の事を愁訴したこと、大鏡・師尹伝にみえる。 一三 藤原道長の通称。 一四 底・瑞・能本「おほかに」。九本ならびに宝物集の慣用表現にかんがみ、「おろかに」に改めた。 一五 尭は中国古代の伝説上の帝王の名。湯は殷王朝の始祖である湯王。底本「湯」を「渇」に誤る。瑞・九・能本により改めた。梁の簡文帝の「謝勅示二苦旱詩一啓」(芸文類聚百)に「伏以九年之水、不レ傷二尭政一、七載之旱、無レ類二湯朝一」とある。経国集二十・延暦二十年二月二十五日監試の対策二首の中に「至二唐尭受一レ録。洪水滔レ天。殷湯膺レ図。亢旱燋レ土」とある。注好選・上にも尭代に「九年之洪水」に遇い、湯辰の時、「七年之旱魃」に遇うとみえる。 一六 長承三年(一一三四)から翌年に

と申《まうす》べき也。

[二三]橘直幹《たちばなのなほもと》が、下臈《げらふ》にこえられて、

[二四]望二後進之歓花一《こうしんのくわんくわをのぞめば》　眼疲二雲路一《まなこうんろにつかれ》

対二傍人之栄貴一《ばうじんのえいきにむかへば》　顔低二泥砂一《かんばせでいさにたれり》

とかきてまい《(ゐ)》らせたりければ、[二五]村上の御門、[二六]内裏《だいり》焼亡《ぜうまう》の時、「[二七]直幹《なほもと》が中文《まうしぶみ》はとり出《いだ》したるや」とぞ仰事《おほせごと》ありける。しかのみならず、[二八]位山《くらゐやま》の麓《[ふもと]》にて年《[とし]》を《(お)》くり、[二九]雲《[くも]》の桟《[かけはし]》わたりはてぬ人、これをなげかぬやは侍る。歌にて申《まうす》べきなり。

297 常よりもくまなき夜半《よは》の月を見てあはれ恋しき雲の上哉

源《みなもとの》師《もろ》光《みつ》

298 うら山し雲のかけはし立《たち》かへりふたゝびのぼる道をしらばや

源《みなもとの》行宗卿《ゆきむねのきやう》

299 昔見し雲井をこひて芦田鶴《あしたづ》のさはべになくや我身なるらん

藤原公重朝臣《ふぢはらのきんしげのあそん》

かけて疾疫・飢饉相次ぎ、同四年四月二十七日保延と改元(中右記)。一七 藤原季仲の八男。母は賀茂神主成助の女。叡山の僧で能説の説経師として著名。続詞花集等に仲胤とあるのは同一人物。一八 滋賀県大津市にある神社。近江国一の宮。天台宗の護法神として尊崇された。山王権現。一九 心身を清めて神に仕える月。二〇 比叡山の麓にある神社で、大宮・二宮・聖真子・八王子・客人・十禅師・三宮の七社をいう。鎌倉・室町期以降山王一実神道の発展にともない、これを上七社と称し、別に中七社・下七社と合わせて二十一社が成立、さらに多数の末社が出現した。ここでは上七社をさすようだ。二一 仏を衆生救済の医者にたとえて医王といい、特に薬師如来は医王善逝とよばれた。薬師の縁日は八日。「八日は薬師の日なれども、南無と唱ふる声もせず」(平家物語二)。二二 本尊に対して法の布施すなわち読経すること。

二三 長門守長盛男。生没年未詳。大内記・大学頭を経て、天暦二年(九四八)文章博士。同八年、民部大輔が欠け、上書して兼任を願い出た。次掲の漢文はその上表文中にみえる句。天徳の初め式部大夫・東宮学士に任ず。

二四 本朝文粋六の「請レ被下特蒙二天恩一兼中任民部大輔上状」の一節。後輩の栄達の喜びを眺めると、そのはるかな高位を羨望するあまり目が疲れ、いっぽう身近に出世した人に向い合うと、卑位に取り残された自分がみじめになって顔を泥や砂に向けて伏せてしまう。二五 村上天皇。↓歌人解説。二六 天徳四年(九六〇)九月二十三日の火事。「今夜亥三剋内裏焼亡」(日本紀略)。二七 直幹が提出した申請書は火災現場から取り出したか。この申文とは前掲本朝文粋六の文をさす。この話、古今著聞集・一四一「村上天皇直幹が申文を惜しみ給ふ事」に載る。二八 飛騨(岐阜県大野郡宮村と益田郡萩原町にまたがる)にあった山で歌枕。ここでは高い官位を位山に譬え、高位につけずにいることを「位山の麓にいる」と言った。二九 禁中の昇殿を許されぬ人。昇殿を許された人を雲上人ということから導かれた譬喩。二九八番の歌を踏まえた表現。

300 昔見し雲のかけはしかはらねどわが身ひとつのとだえなりけり

藤原清輔朝臣《ふぢはらのきよすけのあそん》

前中納言公光《さきのちうなごんきんみつ》

301 立《たち》のぼる峰にまどひて位山《くらゐやま》もとのふもとにまよふべしとは

第八に、五盛陰苦《ごじやういんく》[一]といふは、よろづの事につけて、ものの〔こ〕おそろしく、あやうきを申《まうす》なり。君は仏天《ぶつてん》[二]におそれたまひ、天変地震あれば、あやしみをなし、臣《しん》は竜眼《りようがん》[三]におそれたてまつる。狐[四]なき、烏[五]あつまれば、肝《〔きも〕》をつぶす。海《〔うみ〕》をわたるものは悪風海賊にあはじとおもひ、山をありく人、落馬山立《〔やまだ〕》[六]ち〔を〕[七]つゝしむ。又、横難《わうなん》[八]にかゝらじといとなみ、病《〔やまひ〕》をうけじとたしなむ。三界火宅《さんがいくわたく》[九]の上、竜[一〇]の鬚《〔ひげ〕》をなづるがごとし。五趣輪廻《ごしゆりんゑ》のさかひ、虎の尾をふむににたり。

こゝをもつて弘法大師の三教指帰《さんごうしいき》[一一]には、「大[一二]にたのしみ、大に笑ふは、大にを《(お)》とろへ、大にかなしむべき相《さう》なり」との給ひしぞかし。されば、正法念経《しやうぼふねんぎやう》[一三]には、「智[一四]者は牢獄《らうごく》の中にこもるがごとし。愚者は光音天《くわうおんてん》[一五]にむまれたるがごとし」とはとくなり。

しかのみならず、心ある人は、冥途《〔めいど〕》の事をかなしみ、有待《うだい》[一六]の身を、

297 いつもより明るい夜半の月を見るにつけ、しみじみ恋しい殿上だなあ。後拾遺集・雑一の詞書によると、かつて蔵人だった頃を懐しんで詠ったとある。

298 ああうらやましい、私も殿上へたち帰り、そのきざはしを再度昇る道を知りたいものだ。

299 昔みた雲居の方が恋しくて、今沢辺で鶴が鳴いているが、そのような哀れな鶴の身の上が今の私なのだよ。歌題は詩経・小雅・鶴鳴の「鶴鳴二于九皋一。声聞二于天一」から採った。「雲井」は雲のある所の意だが、ここでは宮中をもさしている。

5・8 五盛陰苦

300 昔見た宮殿の階段には変わりがないが、現在その階段は私にはとだえております。今鏡三に、藤原清輔が二条天皇の御代の賀茂臨時祭に四位の陪従として召し出されて参内したが、次の六条天皇の時にはまだ参内が許されていないので、檜扇にこの歌を書いて女房に贈ったとある。

301 位階昇進の峰を見失い、もとの位階のままとは何としたことか。出典未詳。参考歌「のぼるべき道にぞまどふくらゐ山これよりおくのしるべなければ　法印倫円」(千載集・雑中)。

一 五陰盛苦ともいう。五陰は五蘊に同じ。諸存在を構成する色・受・想・行・識の五要素。その五蘊に執着することから生ずる苦で八苦の一つ。

二 仏と天と。天は梵天・毘沙門天など仏教守護の神。

三 天子の眼。 四 霊異記・下三十八に夜毎に狐が鳴いて、景戒の息子、飼馬が相次いで死んだことが記されている。狐の鳴くのは凶報という俗信が古代からあったようだ。

五 烏の鳴き声を不吉とすること、日本書紀・神武天皇即位前紀戊午年十一月の条に、烏が「いざわ、いざわ」と鳴いて兄磯城(えしき)に不吉感を与えるという話がある。烏は神の使いとされ、吉凶を伝達する鳥という俗信がかなり古くからあった。 六 山賊。 七 底・瑞本なし、能・九本により補入。

八 思いがけぬ災難。 九 法華経・譬喩品にみえる譬喩。迷妄の世界を燃えさかる家にたとえる。 一〇 大きな危険をおか

はかなくおもふ苦《〔く〕》のある也。

一七毛血律師《もうけつりつし》は、毛の穴ごとに血の出《いづ》るまで三途《さんづ》の苦患《〔くげん〕》をかなしみ、一八夜《や》長比丘《ちやうびく》は、みじかき日にむかひても、「あはれ長き夜かな」とはいふなり。

毛血律師《もうけつりつし》といひし人は、地獄《〔ぢごく〕》の苦《〔く〕》をおもひやりてかなしみしかば、毛の穴《〔あな〕》ごとに血の出《いで》しなり。昔《〔むかし〕》、一九証果《しようくわ》〔の〕羅漢《らかん》、一日に三《み》度《たび》衣《ころも》をあらひければ、弟子《でし》共《ども》のあやしみてとひければ、「昔《〔むかし〕》地獄《〔ぢごく〕》にありし苦《〔く〕》患《〔げん〕》を思ひ出《いづ》るに、身より血のいづるがけがらはしければ、あらふなり」と申《まうし》侍りける。

夜長比丘《やちやうびく》といひし人は、神無月《かみなづき》のしぐるゝほどに、かくるゝ日にむかひても、「あはれながき夜かな」といひければ、弟子あやしみてとひければ、「生死長夜《しやうじちやうや》は夜昼《〔よるひる〕》とわくべからず」とぞ申《まうし》侍りける。

二〇一生過《すぎ》やすし、万事《ばんじ》夢のごとし、冥途《〔めいど〕》ちかきにあり、夕《ゆふべ》の日ににたり。年《〔とし〕》せまり、年《〔とし〕》くれ、是を隙《〔ひま〕》ゆく駒《〔こま〕》にたとふ。日出《いで》て日いりぬ。二一栴《せん》陀羅《だら》が牛を観《くわん》ぜよ。されば、心ある人は、みなかくこそはよみて侍るめれ。

すこと。本朝文粋十三、大江匡衡の「為㆓左大臣㆒供㆓養浄妙寺㆒願文」に「如㆑履㆓虎尾㆒如㆑撫㆓竜鬚㆒」とある。
一一 延暦十六年(七九七)、空海二十四歳の時の著書。儒・道・仏、三教の優劣を小説の手法で論じた書。
一二 三教指帰・中に「大きに笑ひ大きに喜び極めて忿り極めて哀しぶ」とある。呂氏春秋に類文がある。底・瑞・九本「大笑」とあるべきところを「大に変じ」とする。久・能本、三教指帰により改めた。
一三 正法念処経。七十巻。元魏、瞿曇般若流支訳。
一四 智者は常に衆生の迷妄を憂える結果、牢獄に幽閉されている人のようだ。反対に愚者は何の心配もないから、まるでたのしみの多い光音天の世界に生まれたようだ。ただし、正法念経(大正蔵十七)にはこの句はみえない。往生要集・大文一の七に「故に正法念経の偈に云く」としてこの句を引く。これは実際は増一阿含経二十四(大正蔵二)に、智者と愚者の順序を逆にして記してあるところが原拠。宝物集が往生要集の誤りを踏襲するのは、それを孫引きした証拠であろう。
一五 極光浄天、光曜天ともいう。光を音声にしているので、この天が語る時は口より浄光を発するという。娯楽に満ちた軽躁の地ともいう。底・瑞・九本「光普天」とするが、久・能・片活三本により改めた。
一六 底・瑞・九本「有得」、能・久本により「有待」に改めた。人の身体。食物、衣服の助けを待って存在し得る肉身の意。
一七 根本説一切有部毘奈耶雑事十四に、舎衛国室羅伐城にいた毛血という比丘が、仏から地獄のことを聞かされたとき、諸毛孔から血が出て衣服をよごしたとある(大正蔵二十四)。 一八 出典未詳。 一九 底・瑞・九・能本「証果羅漢」、久・片活三・元本により「の」を補入。
二〇 三時念仏観門式に「一生易㆑過、万事如㆑夢。冥途在㆑近、似㆓暮日光㆒」とある(グュルベルク)。
二一 往生要集・大文一の五に「摩耶経の偈に云く」として「譬へば、栴陀羅の牛を駈りて屠所に至るに、歩々死地に近づくが如し、人の命もまたかくの如し」とあるに拠った表現。

302 山のはにかくれなはてそ秋の月この世はたれもやみにまどはじ

藤原範永朝臣《ふぢはらののりながのあそん》

303 この世だに月まつほどはかなしきに哀《あはれ》いかなるやみにまどはん

神祇伯顕仲女《じんぎはくあきなかのむすめ》

〔よみ人しらず〕一

304 長き世の苦《くる》しきことを思へかしなになげくらんかりの宿《やどり》を

寂《じゃく》　超《てう》

305 この世よりあはれと思へ秋の月詠《ながめ》てよはひかたぶける身に

源《みなもとの》　師《もろ》　光《みつ》

306 夏虫をはかなくよそにおもふかなこれはこの世にもゆるばかりぞ

二天上を申さば、快楽《けらく》無数《むしゅ》也《なり》といへども、つゐ(ひ)に五衰《ごすい》三をまぬかるゝ事なし。五衰《すい》といふは、花《はな》の鬘《かづら》しぼみ、脇《わき》の下より汗《あせ》いでたり、眼《まなこ》まじろぎ、天衣《あまのころも》四あかつき、飛行《ひぎやう》こゝろにまかせぬなり。一人《ひとり》五林の間《あひだ》にすてられて、天女《てんにょ》眷属《けんぞく》とぶらふ事なし。かならず大地獄《ぢごく》におちて、無量《むりやう》の苦患《くげん》をうく。

302 山の端に隠れ通すことはしないでおくれ、秋の月よ。月のあかりがあれば、この世は誰も闇に迷うことはないであろうから。後拾遺集・雑一の詞書「侍従のあまひろさはに籠るときてつかはしける」。侍従の尼を月に譬える。「この世」は「この夜」にも通ずる。法華経・如来神力品の「日月の光明の　能く諸の幽冥を除くが如く　斯の人は世間に行じて　能く衆生の闇を滅し」を踏まえているか。

303 この世でさえ、暗中に月を待つ間は悲しいのに、まして冥途では、どのようなひどい暗闇にさまようのであろう。

一 底・瑞・九・能本は三〇四番の歌の作者を掲げない。久本は右側に「詞花集夢歌」との書き入れあり。片活三・元本「読人不知」とする。詞花集・雑下所載歌の詞書によると、祈願のため稲荷に籠った法師が夢中に得た稲荷の託宣歌だという。今、片活三本等の例に倣い「よみ人しらず」とした。

304 あの世での長夜の苦しみを考えてもみよ。なのに、仮りの宿であるこの世でいったい何を嘆いているのだろうか。詞花集・雑下の詞書に、親の遺産を不当に横領された人が稲荷に祈ったら、法師が夢中に得た稲荷の託宣歌だという。遺産を横領した人が地獄に堕ちて長夜の責苦を受けることを考えたら、遺産を取られたくらいで泣くこの世の苦痛はしれたものだとたしなめたのである。

305 冥途の月はこの娑婆世界以上に美しいと思うよ。秋の月をながめて年老いたわが身には。死を間近に感ずる老人が、冥途を照す月はさぞ美しいだろうと想像している図である。

6 天道

306 はかないことに蛍を他人事に思っているよ。考えてみると蛍はこの世で燃えるだけだが、人間様はあの世で地獄の火に燃えるかもしれないのだ。「これ」は「蛍」をさす。師光集には歌題「夏虫」。

二 六道の最高位。天趣。天人のいる世界。以下の文、往生要集・大文一の六に「かの忉利天の如きは快楽極りなしといへども、命終に臨む時は五衰の相現ず」として、一、花鬘しぼみ、二、天衣が塵垢にけがされ、三、腋から汗が出る、

六喜見城《きけんじやう》はすみよかりしかども、七阿鼻大城《〔あび〕だいじやう》にはすみにくかりけり。
八劫婆樹《こふはじゆ》のもとは涼《〔すず〕》しかりしかども、九刀林《たうりん》のこのもとは身肉《しんにく》をやぶりけり。
一〇衆車苑《しゆしやをん》の車《〔くるま〕》はのりよかりしかども、一一火焔《〔ゑん〕》の車《〔くるま〕》はのりにくかりけり。
一二帝釈《たいしやく》の宝座《ほうざ》はゐよかりしかども、一三熱鉄《〔ねつてつ〕》の床《ゆか》のうへはふしにくかりけり。
一四白玉《はくぎよく》の軟石《なんせき》はなつかしかりしかども、一五衆合《しゆがふ》の石は身をせめけり。
一六殊勝池《しゆしようち》の水は浴《〔あ〕》みよかりしかども、一七無間《〔むげん〕》の鼎《〔かなへ〕》の湯はあつかりけり。
一八四種《しゆ》の甘露はあまかりしかども、一九熱鉄《〔ねつてつ〕》のまるがしはくひにくかりけり。
二〇五妙《ごめう》の音楽は心すみしかども、二一毒蛇のほゆるこゑはおそろしかりけり。
二二飛行《ひぎやう》の天衆《てんしゆ》はあそびよかりしかども、二三阿防羅刹《〔あばうらせつ〕》は情《なさけ》もなかりけり。
こゝをもつて、正法念経《しやうぼふねんぎやう》には、

二四天上欲レ退時《てんじやうよりしりぞかんとするとき》　心生二大苦悩一《こころにだいくなうをしやうず》
地獄衆苦毒《ぢごくのしゆくどく》　十六不レ及レ〔一〕《じふろくのひとつにもおよばず》二五

四、両目しばたたく、五、本居を楽しまぬ、の五衰を記す。宝物集は一・三・四・二の順に進み、五は「飛行こゝろにまかせぬ」とあってやや異なる。三 天人が死ぬ時に現わす五つの衰相。四 垢着き。底・瑞・九本「あるへき」、能・久本「あかつき」により改めた。五 往生要集ではこのところ「天女、眷属、皆悉く遠離して、これを棄つること草の如し。林の間に偃れ臥し、悲しみ泣いて」とある。六 帝釈天の住む城。須弥山の山頂にある。善見城とも。七 無間地獄。↓三八頁注一四。以下「…よかりしかども」という文をはさんで、往生要集の天道と地獄から事柄を取り出して対比している。八 劫樹とも。天道喜林園にある樹木で、衣服、装身具などが随時得られる。底・瑞・九・能本「功婆樹」、久本により改めた。普通は「劫波樹」(往生要集)と書く。九 衆合地獄にある樹木。「刀葉上に向きて利きこと剃刀の如し。前の如く遍く一切の身分を割く」(往生要集・大文一の一)。一〇 天道喜見城外にある四庭園の一つ。一一 往生要集・大文六の二に観仏三昧経からの引用文中にみえる車。裟婆の罪人を地獄へ連れて行く時に使う車で「状、金車の如し。宝蓋、上にありて、一切の火焔、化して玉女となる」とある。一二 帝釈天がすわる宝座。往生要集・大文一の六に「帝釈の宝座は朝謁するに由なし」。一三 熱鉄で出来ている地獄の土地を熱鉄の床といった。「獄卒、罪人を執へて熱鉄の地に臥せ」(往生要集・大文一の二)。一四 天道の劫波樹の下にある、白い柔らかな石。一五 衆合地獄にある石の台で、罪人を載せ、上から巌石を置き、圧殺する道具。一六 天道喜林園にある池水。「曼陀枳尼の殊勝の池水には沐浴するに由なし」(往生要集・大文一の六)。曼陀枳尼は、ゆるやかに流れるの意。一七 鼎は三本足の釜。無間地獄にある釜のこと。「四門の閫の上に八十の釜あり。沸れる銅、涌き出でて、また城の内に満つ」(往生要集・大文一の二)。一八 天人が不死の薬とする青・黄・赤・白の甘露。天酒とも。一九 地獄の罪人が食わされる熱鉄の団子。二〇 宮・商・角・徴・羽の五音階で演奏される美しい天道の音楽。二一 阿鼻地獄にいる毒蛇は恐ろしい声でほえるという。「その蛇の

とは申《まうし》たる也。天人《てんにん》の事、おほく歌によみて侍るめり。七夕《たなばた》は天上なりといふ。かつ〴〵その歌《〔うた〕》を申《まうす》べきなり。

307 ちぎりけん心ぞつらき七夕《たなばた》のとしに一《ひと》たびあふはあふかは

藤《ふぢ》原《はらの》興《おき》風《かぜ》

308 いたづらにすぐる月日を七夕のあふ夜のかずとおもはましかば

恵《ゑ》慶《ぎやう》法《ほふ》師《し》

309 七夕のあかぬわかれの涙にや花のかづらも露けかるらん

源《みなもとの》師《もろ》時《ときの》卿《きやう》

310 さ夜《よ》ふけて忍ぶけしきのしげきかな霧たちかはすほしあひの空

仁《にん》和《わ》寺《じの》法《ほふ》親《しん》王《わう》

311 天川《あまのがは》たなびく雲や七夕のとわたる舟のつなでなるらん

法《ほふ》眼《げん》実《じつ》快《くわい》

されば、仏《〔ほとけ〕》は昔《〔むかし〕》六道《ろくだう》にかへりめぐりありきたまひて、[一]「ひとつも苦《〔く〕》ならぬ所はなし。とくいとひはなれよ」とをしへ給ふなり」[二]といふなれば、この女、よくなく[三]〔な〕るけしきして、

哮び吼ゆること、百千の雷の如く」(往生要集・大文一の二)。
二二 天人は天界を飛行するので、飛行の天衆といった。
二三 阿坊、阿旁とも。→六七頁注三〇。
二四 往生要集・大文一の六に「正法念経の偈に云く」として本偈を載せる。正法念経の二十三巻にみえる(大正蔵十七)。
二五 底本なし、瑞・九・久・能本により補入。

以上一四三頁

307 非情な約束をしたものだ。牽牛・織女が一年に一度逢うのは逢ううちに入るのだろうか。

308 牽牛と織女が逢わずに過した日々が、もしも二人の逢う瀬の夜な夜なだとしたら、どんなにか楽しかったろうに。

309 七夕のつらい別れの涙のせいで、織女の髪に着けた花かずらもさぞ濡れていることだろう。

310 夜がふけて、人目をしのぶ気配が一層濃くなった、霧立ちかわす七夕の空は。

311 天の川にたなびく雲は、織女に逢うために漕ぎ出した船の綱手なのだろうか。「つなで」は船を引く綱。この歌、出典未詳。

一 出典未詳。
二 「いふ」の主語は女を含む数人の聞き手の前で宝物としての仏道について語っている僧である。この僧が六道とは何かを語りはじめる時も聞き手の女との問答があった(六五頁)。いま六道について語り終えた僧は、再び女との問答を経て、今度は六道を厭離して「仏になる道」について語りはじめようとしている。

7 十二門開示

三 感動のあまり泣いているような気配がして。「なる」は推定。別室で僧と女の問答を聞いている者(東山に住む隠遁者)の立場からの推定である。底・瑞・九本「な」なし、能・久本により補入。

「[四]かたは〔し〕とは侍りつれども、まことに血[五]をはきて死なんも、ことは《〔わ〕》りにてぞ侍るべき。いかにしてか六道をばはなれ侍るべき」

といふなれば、此《この》僧、

「仏《〔ほとけ〕》にならざらんかぎりは、いかでかはなれ給ふべき」

と申《まうす》なれば、この女、

「いかにしてか仏にはなり侍るべき」

と申せば、

「[六]仏《〔ほとけ〕》になる道ひとつにあらず。たとへば、王宮《わうぐう》へいたらんとする人の、あまたの御門《ごもん》よりいるがごとし。宮城《きうじやう》、[七]十二の門《もん》をたてたり。かるがゆへ《〔ゑ〕》に、まづ浄土《じやうど》に往生《わうじやう》をすべき道も、十二門をたてて《〔ゝ〕》申《まうす》べきなり。

第一には道心をおこして出家遁世し、

第二には深《〔ふか〕》く三宝《さんぼう》に信《しん》をいたし、

第三には如来《によらい》の禁戒をかたくたもち、

第四にはもろ〳〵の行業《ぎやうごふ》をつみ、

第五には仏《ほとけ》にならんと願《ぐわん》をおこし、

四 六道の厭相のほんの一端を説いたにすぎないということではありますが。語り手の僧が六道の厭相を語りはじめる時、「かたはし申つゞけ侍るべし」(六六頁)と言っている所を受けた、聞き手たる女の言葉である。底・瑞・九本「し」なし、能・久本により補入。

五 六七頁に「されば仏は(地獄の苦患を)「こまかにとかば、きかんもの、血をはきてしなん」とこそ仰られけれ」とある所を受けて言っている。

六 以下この僧の語り、三四九頁の四二八番歌まで続く。

七 平安京大内裏の外郭にある十二の門。(東側)陽明・待賢・郁芳、(南側)美福・朱雀・皇嘉、(西側)談天・藻壁・殷富、(北側)安嘉・偉鑒・達智の各門。

以下一四六頁

一 三所権現、五所王子、四所明神合わせて十二社権現という。本宮家津御子神(本地阿弥陀如来)、新宮速玉神(本地薬師如来)、那智宮夫須美神(本地千手観音)以上三所権現。若宮女一王子(本地十一面観音)、禅師宮(本地地蔵菩薩)、聖宮(本地竜樹菩薩)、児宮(本地如意輪観音)、子守宮(本

第六には業障《ごつしやう》をさんげし、
第七にはもろ〳〵の施《せ》を行《ぎやう》じ、
第八には観念《くわんねん》をもつぱらにし、
第九には善《ぜん》知識《〔ちしき〕》にあひ、
第十には臨終《〔りんじう〕》の悪念《あくねん》をとめ、
第十一には法《ほ》花経《けきやう》をおこなひ、
第十二には弥《み》陀《だ》仏《ぶつ》を恭敬《くぎやう》するなり。
一切の諸法《しよほふ》にを《(お)》きて、十二の数《かず》を具《ぐ》せずといふ事なし。
神には十二[一]所熊野《しよくまの》権現《ごんげん》。
仏には十二[二]光《くわう》の弥陀《みだ》、十二[三]の菩薩《〔ぼさつ〕》、十二[四]の天《てん》。
経《きやう》には十二[五]部経《ぶきやう》、十二[六]仏名経《ぶつみやうきやう》、十二[七]名号経《みやうがうきやう》。
真言《しんごん》には十二[八]合掌《がつしやう》、灌頂《くわんちやう》には十二[九]〔表〕、梵字《ぼんじ》には十二[一〇]転声《てんしやう》。
[一一]薬師《やくし》には十二大願《だいぐわん》、十二[一二]神将《しんしやう》。
[一三]竜樹《りうじゆ》の礼《らい》は十二、十一[一四]面観音《くわんおん》のおもてをば十二を現じ、[一五]極楽《ごくらく》の蓮《はちす》は十二劫《こふ》にひらく。
論には十二[一六]門論《もんろん》。　教《けう》には十二[一七]分教《ぶんけう》。

地聖観音)以上五所王子。一万眷属十万金剛童子(本地普賢菩薩、文殊菩薩)、勧請十二所(本地釈迦如来)、飛行夜叉(本地不動明王)、米持金剛童子(本地毘沙門天)以上四所明神。　二 阿弥陀仏の異名。無量寿経に、阿弥陀仏は十二種の光明を放つと説くところから、十二光仏とも呼ぶ。　三 円覚経に説く十二の菩薩。文殊師利・普賢・普眼・金剛蔵・弥勒・清浄慧・威徳自在・弁音・浄諸業障・普覚・円覚・賢首の十二。如来は十二菩薩のためにこの経を説いた。　四 帝釈(東)・閻摩(南)・水天(西)・毘沙門(北)・火天(東南)・羅刹(西南)・風天(西北)・伊舎那(東北)の八方天と、梵天(上)・地天(下)・日天(昼)・月天(夜)を加えた十二天。　五 十二分教ともいう。仏の教えを形式と内容から十二種に分類した呼称。修多羅・祇夜・記別・伽陀・優陀那・如是語・本生・方広・未曾有法の九部経に、尼陀那・阿婆陀那・優婆提舎の三分を加えた十二種。　六 十二仏名神呪校量功徳除障滅罪経のこと。略して十二仏名経(大正蔵二十一)。　七 未詳。十二種の光明を発する阿弥陀如来を十二光仏と称するので、その仏号を説いた無量寿経の別名か。　八 密教で行う十二種の合掌。堅実心・虚心・未敷蓮・初割蓮・顕露・持水・帰命・反叉・反背互相著・横拄指・覆手向下・覆手の十二。　九「表」は文書の意。十二種の経を集めて成る灌頂経をさすか。底・九本「表」なし、能・瑞・久本等により補入。　一〇 未詳。　一一 薬師本願経に説く薬師の十二大願。相好具足・光明照被・所求満足・安立大乗・持戒清浄・諸根完具・除病安楽・転女成男・去邪趣正・息災離苦・飢渇飽満・荘具豊満の十二大願。　一二 薬師如来の眷属で、衆生を守護する十二の神将。宮毘羅・伐折羅・迷企羅・安底羅・頞儞羅・珊底羅・因達羅・波夷羅・摩虎羅・真達羅・招杜羅・毘羯羅の十二。　一三 →一五頁注七。十二礼は阿弥陀仏の功徳を讃歎して作った讃礼阿弥陀文をさす。経文中十二箇所に「故我頂礼弥陀尊」の句がある。　一四 十一面観音の面のかぞえ方に諸説がある。十一面神呪心経義疏(大正蔵三十九)によると、頭頂部一、前頭部三、左頭部三、右頭部三、後頭部一の計十一面に本面一を加えて十二面というかぞえ方をしている。宝物集もこれと同じかぞえ方をす

[一八]顕色《けんじき》の法は十二種、[一九]三科法《さんくわのほふ》は十二処《しよ》、[二〇]鹿苑《ろくをん》の説時《せつじ》は十二年、[二一]鶴林《かくりん》の法場《ほふぢやう》は十二由旬《〔ゆじゆん〕》、[二二]縁覚《えんがく》の観《くわん》は十二因縁《いんえん》、[二三]迦葉《かせふ》の行《ぎやう》には十二頭陀《づだ》、[二四]釈尊《しやくそん》入滅《にふめつ》の時十二道《だう》の虹《にじ》もありき。

一年をもつて十二月とわかち、一日一夜をもつて十二時とさだむ。医家《いけ》には[二五]十二経脈《けいみやく》を治《ち》し、陰陽《おんやう》には[二六]十二式神《しきじん》を仕《つかひ》、天文《てんもん》には[二七]十二分野《ぶんや》をみ、暦道《れきだう》には[二八]十二〔直《ちよく》〕をしるす。算道《さんだう》には[二九]十二空算《くうざん》をかんがへ、[三〇]相《さう》には十二心相《しんさう》をみる。

管絃《くわんげん》には[三一]十二律《りつ》をしり、[三二]郢曲《えいきよく》には[三三]十二山寺《さんじ》をうたふ。[三四]蓬莱宮《ほうらいきう》の上には十二楼《ろう》をつくり、[三五]会昌門《くわいしやうもん》の内には十二堂《だう》をたてたり。[三六]双六《すごろく》の盤《ばん》十二目《もく》。[三七]おなじきさいめ十二をきざむ。[三八]十二ねんの山ごもり、[三九]十二ねんの合戦《かつせん》、いづれか十二の数《かず》を具《〔ぐ〕》せざるはある。

かるがゆへ《(ゑ)》に、浄土に往生する道も、[四〇]かつ〴〵十二をしるし申《まうす》也。仏の髪《〔かみ〕》をそりすつるものあり、かまへておほさんとするものあり、上《〔かみ〕》へかきあぐるものあり、下《〔しも〕》へなでつくるものあり。しかのみならず、[四一]明君《めいくん》は松を愛し、[四二]楽天《らくてん》は竹をこのむ。[四三]寧王《ねいわう》は笛をふき、[四四]楚王《そわう》は琴《こと》

るか。 一五 安養抄四に「下品下生十二劫花開」(大正蔵八十四)とある。また珍海の決定往生集に「此人或経二五百歳或十二劫一蓮花乃開。於二花胎中一受二諸快楽一」とある(大正蔵八十四)。 一六 竜樹の著書。三論宗の根本聖典。大乗の空観を十二章に分けて解説したもので、 一七 注五に同じ。 一八 未詳。 一九 三科は、一切の諸法を、五蘊、十二処、十八界(略して蘊処界)に三分類すること。その三科法のうちの十二処とは眼・耳・鼻・舌・身・意の六根とその対象となる色・声・香・味・触・法の六境を合わせたもの。 二〇 鹿苑時。天台宗でいう五時教判の第二時。阿含時ともいう。釈迦が華厳時の後十二年間、鹿野苑で四阿含を説いた時をいう。底本「苑」を「宛」とする。能・瑞・九・久本等により改めた。 二一 鶴林は釈尊入涅槃のとき沙羅双樹が鶴の羽のように白色に変じて枯れたという故事により、釈尊入滅の場をいう。十二由旬はその場の広さを言ったものであろう。由旬→六六頁注一一。 二二 縁覚は声聞とともに小乗の聖者をいう。その縁覚は十二因縁を観想するという意。十二因縁は迷いの姿を無明・行・識・名色・六処・触・受・愛・取・有・生・老死の十二の因果関係で説いた仏教の世界観。 二三 迦葉は釈迦の弟子で頭陀第一とされた。頭陀は煩悩を払い衣食住に貪りをもたずにはげむ十二種の修行。糞掃衣・但三衣・常乞食・不作余食・一坐食・一揣食・空閑処・塚間坐・樹下坐・露地坐・随坐・常坐不臥の十二。 二四 未詳。 二五 漢方医学でいう十二の血管。手と足にそれぞれ太陽・太陰・小陽・小陰・陽明・厥陰の六経脈があるという。 二六 陰陽道の神。陰陽師の命令に従って呪詛・妖術などのわざをなす鬼神。 二七 未詳。 二八 暦道でいう日々の生活の指針を示す語。建・除・満・平・定・執・破・危・成・収・開・閉の十二。たとえば、建は事物を新しくはじめること。除は事物をとりのぞくこと。底・瑞・九・能本「直」なし、久本により補入。 二九 十二宮算のこと。術数家の用語で十二辰を十二宮として、十二方位に分配すること(北郷聖)。宮は「くう」とも読む。「空」は音通による誤記か。 三〇 人の容貌などで運命をうらなうこと。十二の心相は未詳。 三一 音楽における十二の音階。壱越・断金・平

をひく。人の心《〔こゝろ〕》かくのごとし。ひとつ一にあらず。かるがゆへ《(ゑ)》に、十二二の門をたてて申《〔ま〕うし》侍りつる也。いづれにても、心のひかんかたをつとめ給はば《〔ゞ〕》、皆仏道にいたる道なれば、とくほとけになり給ふべし。よく〳〵信《しん》をいたしてつとめおこなひ給ふべし。

調・勝絶・下無・双調・鳧鐘・黄鐘・鸞鏡・盤渉・神仙・上無の十二音。三二 朗詠、今様、神楽、風俗、催馬楽などの謡い物の総称。底・瑞・九本「野曲」、久・片活三本「詠曲」、能本「郢曲」。能本に従って改めた。三三 未詳。三四 →一二四頁注三。金玉で作った五城十二楼が建つという。三五 平安京大内裏の朝堂院(八省院の別称)二十五門の一つ。三六 双六は白黒それぞれ十五の駒を置き、二つの采を振ってその目の数で盤上の駒を前進または後退させ、早く敵陣に入ったものが勝つ室内遊戯。その盤は中間に横一条の空地があり、その両側にそれぞれ十二の枡目が設けてある。三七 底本「おなしき」。瑞・九・能本「をなしき」。ここは「同じき采目」の意にとっておく。三八 比叡山延暦寺の僧侶の修行のさだめ。出家受戒後十二年間は下山を禁じた。枕草子「おぼつかなき者」に「十二年の山ごもりの法師の女親」とある。三九 いわゆる前九年の役のこと。源頼義・義家が安倍頼時父子を討伐した永承六年(一〇五一)から康平五年(一〇六二)までの十二年間の戦役。はじめこれを奥州十二年合戦と称していたが、後に永保三年(一〇八三)から再発した五年間の戦役と一括しようとして「前九年」「後三年」と誤り称したらしい(渡辺綱也、西尾光一)。四〇 とりあえず。四一 王昭君のこと。→一一九頁注五。松を愛した典拠未詳。四二 白居易。→二三頁注二四。竹を愛したことは「竹窓」などの詩から想像される。和漢朗詠集・下・竹に「唐太子賓客白楽天　愛為吾友」とある。四三 唐の玄宗の兄。楊貴妃が寧王の玉の笛を吹き、玄宗の怒りに遭い、髪を切って詫びた話、唐物語・下にみえる。四四 和漢朗詠集・上・雪「班女閨中秋扇色　楚王台上夜琴声」尊敬」を踏まえた表現か。楚王は中国春秋戦国時代の揚子江中流にあった楚国の襄王。

以上一四七頁

一 底・九本「ひとり」、瑞本「ひとつ」、能・久本は「一」とあるのにより「ひとつ」に改めた。
二 底本「十二のこゝろ」、九本「十二の心」。「心」と「門」の草体酷似。瑞・能・久本「十二の門」とあるにより改めた。

宝物集　巻第四

第一に、道心《だうしん》をおこし、出家遁世《しゆつけとんせい》して仏道《ぶつどう》をもとむべしと申《まうす》は、たしかの往生《わうじやう》の因《いん》なり。[三]大海《だいかい》は涓露《けんろ》よりおこり、[四]須弥《しゆみ》は微塵《みぢん》よりはじまる。無上《むじやう》の位《くらゐ》にのぼらん事、一念《ねん》の道心《だうしん》の力《ちから》によるべし。

道心《だうしん》といふは、菩提《ぼだい》心なり。菩提《ぼだい》心《しん》と云《いふ》は、大悲《だいひ》の心《こゝろ》なり。[五]千手《せんじゆ》陀羅尼経《だらにきやう》に、大悲心《だいひしん》といふ則《すなはち》これなり。

[六]万法《まんぼう》は心《こゝろ》の所作《しよさ》にして、心の外《ほか》に別《べつ》に法《ほう》なし。心仏及《しんぶつきふ》衆生《しゆじやう》、差別《しやべつ》なきが故《ゆへ》に。[七]心は是第一のあたなり。心に心《こゝろ》ゆるす事なかれ。

[八]心《こゝろ》は野馬《やば》のごとし、しづめて道心をおこせ。たましゐ《ひ》は猿《さる》ににたり、なつけて仏道をもとめよ。

[九]煩悩《ぼんなう》は家《いゑ》の犬《いぬ》、うてどもさる事なく、菩提《ぼだい》は山の鹿《かせぎ》、つなげどもとまりがたし。[一〇]猪《い》、金山《こんせん》をすり、風《かぜ》、求羅《くら》をますがごとく、このみて道心をおこすべき也。

三 「涓」はしずく。大海も小さなしずくや露の集積からなる。

四 須弥山も微小な塵からはじまって大きくなった。須弥山→七〇頁注一一。

五 千手千眼観世音菩薩広大円満無礙大悲心陀羅尼経一巻。唐、伽梵達摩訳に「観世音菩薩言、大慈悲心是」(大正蔵二十)とある。「大悲心」は、大いなるあわれみの心。

六 六十華厳経・十・夜摩天宮菩薩説偈品にみえる経文に拠り、日本で作られた五言四句の偈(如心偈)「三界唯一心　心外無二別法一　心仏及衆生　是三無二差別一」の第一句、第四句を変えて言った句。すべては心のはたらきによって決定される、この世界には心以外の真理はない。心と仏と衆生と、この三者は平等普遍の真理であって差別はない。

1 道心

七 往生拾因八に「常作二心師一不レ師二於心一。心第一怨。此怨最悪。此怨縛レ人送二琰羅所一」(大正蔵八十四)。

八 往生要集・大文六の二に、道綽の安楽集・上(大正蔵四十七)から次の文を引く。「しかれどももろもろの凡夫、心は野馬の如く、識は猿猴よりも劇しく六塵に馳騁して、なんぞ曾て停息せん」。また永観の決定往生行業文の佚文に「凡夫行者心猶二野馬一識劇二猿猴一。馳二騁六塵一攀二縁三世一」とある。永観の名が後出する点からみて、宝物集作者は後者を出典とするか。「野馬」は本来かげろうの意味だが、野飼いの馬の意にも解される。

九 往生要集・大文五の四に「野鹿は繋ぎ難く、家狗は自ら馴る。いかにいはんや、自ら心を恣にせば、その悪幾許ぞ」とある。「菩提心」を野鹿、「煩悩」を家狗とし、菩提心は手元にとどめ難く、煩悩はなれなれしく身近にへばりつくの意。

一〇 摩訶止観・五上に「如下猪揩二金山一衆流入レ海。薪熾二於火一風益中求羅上耳」とある(大正蔵四十六)。猪が七金山の山はだをこすって、みぞを掘ると、多くの流れができて、海にそそぐ。薪が火となって勢いよく燃え上がると、風が求羅をたくさんふやす。七金山は須弥山を囲む七重の山脈。「求羅」は加羅求羅。その身は微細であるが風を得ると忽ち大きくなり、一切を呑食するという虫。貞慶の文殊講式一段に「雀聞レ雷孕、求羅待レ風而増」とある。

こゝをもつて、南都東大寺《なんとうだいじ》禅林《ぜんりん》の永観律師《ようくはんりつし》[一]は、「人[二]木石《ぼくせき》にあらず、このめばを《お》のづから発心《ほつしん》」と申《まうし》たるなり。はやく道心《だうしん》をこのみて、すみやかに名利《みやうり》をはなるべきなり。

[三]一念《ねん》菩提《ぼだい》心をおこす功徳《くどく》、百千の堂《だう》をつくるにすぐれたり。いはんや、ながく道心をおこして、仏道をもとめん人をや。

仏《ほとけ》、花厳経《けごんきやう》[四]の中《なか》に、おほくたとへをもて、菩提《ぼだい》心の功徳《くどく》をばほめたまひて侍るめる。

「[五]たとへば、善見薬王《ぜんけんやくわう》の、一切《さい》の病《やまひ》をめつするがごとく、菩提《ぼだい》心も一切の〔煩悩の〕[六]病《やまひ》をめつす。たとへば、牛《ぎう》・馬《ば》・羊《よう》の乳《にう》の中に、師子《しし》の乳《にう》をいれば、みなきえうせぬ。菩提《ぼだい》〔心〕[七]の師子の乳《にう》をいるれば、煩悩《ぼんなう》の牛《うし》・馬《むま》・羊《ひつじ》の乳《にう》、きえうせぬ。

[八]たとへば、住水宝珠《ぢうすいほうしゆ》をかざりて水にいるれば、人、水にぬるゝ事なし。菩提《ぼだい》心の玉を身にかけつれば、生死《しやうじ》の海《うみ》にしづむ事なし。

[九]たとへば、一切の宝《たから》の中に、金《きん》[一〇]、如意珠《によいしゆ》すぐれたり。[一一]一切の功徳《くどく》の中には、菩提心《ぼだいしん》〔の功徳〕[一二]すぐれたり。たとへば、一切《さい》の鳥《とり》の中には、[一三]伽陵頻《かれうびん》の卵《かいご》の中なる、なを《ほ》しすぐれたり。たとへば、[一四]瞻蔔花《せんぶけ》・[一五]波尸迦《はしか》

一「えいかん」とも。三論宗の僧。父は源国経。十一歳のとき禅林寺深観につき、翌年東大寺で具足戒を受ける。三論を学び、諸宗を兼修した。康和二年(一一〇〇)より三年間東大寺別当。源信のあと浄土教流布に大きく貢献した。往生拾因、往生講式、三時念仏観門式などの著がある。天永二年(一一一一)没、七十九歳。　二 往生講式一段に「人非㆓木石㆒好自発心」とある。白楽天の新楽府・李夫人の「人非㆓木石㆒皆有㆑情、不㆑如㆑不㆑遇㆓傾城色㆒」に拠る表現。

1・1 発菩提心の功徳

三 往生要集・大文四の三に出生菩提心経(大正蔵十七)に云うとして「皆悉く寺を造ること福を求むるが故なるも、またもろもろの塔を造ること須弥の如くせんも、道心の十六分に及ばず」とある。　四 以下華厳経からの引用は、すべて往生要集・大文四の三からの孫引き。　五「たとへば…羊の乳、きえうせぬ」は、往生要集・大文四の三に華厳経五十九・入法界品(大正蔵九)に云うとして引用する文からの抄出。「善見薬王」は華厳経にいう善現とよぶ薬を司る王の意か(大正蔵九)。　六 底・瑞・九本なし、最本、往生要集等で補入。　七 底・瑞・九本なし、最本により補入。　八「たとへば…しづむ事なし」は、往生要集・大文四の三に華厳経・入法界品に云うとして引用した文(大正蔵九)の取意。「住水宝珠」は如意珠の別名。人がこの珠を持って水中に入ると溺れることがないという。　九「たとへば」以下次頁「菩提心又かくのごとし」まで、往生要集・大文四の三に華厳経・入法界品に云うとして引用した文からの取意。　一〇 往生要集では如意珠を除いて金(閻浮檀金)が宝として最もすぐれているとするが、宝物集では金と如意珠は同等にすぐれているとしている。　一一 往生要集では一切智を除いて菩提心の功徳が最もすぐれているとするが、宝物集は一切智との比較を省略している。　一二 底・瑞・九本なし、最本により補入。　一三 想像上の鳥の名。伽陵頻伽、迦楞毘伽、羯随、伽毘などともいう。往生要集・大文四の三に「譬へば、迦楞毘伽鳥の、鷇(かいご)の中にある時すら大いなる勢力ありて」とある。　一四 瞻波、占婆

花《け》をもて、千年衣《ころも》にしむといふとも、栴檀香《せんだんかう》の一〔日〕[一六]におよばざらんがごとく、一切の功徳《くどく》の中に、菩提《ぼだい》心又かくのごとし。

[一七]一念菩提《ぼだい》心をおこせば、無上尊《むじやうそん》となる。つゝしみてうたがひをなす事なかれ」ととけり。

出生菩提心経《しゆつしやうぼだいしんきやう》[一八]には、「[一九]十方《ばう》国土《こくど》を灰となして、その国の木草《きくさ》とし、十方世界《かい》の水を海にいれて、その河の水とはしるとも、菩提《ぼだい》心は、はかりがたし。又、[二〇]もし人ありて、恒河沙《ごうがしや》の仏をつくりて、須弥山《しゆみせん》のやうなる堂《だう》にすへ《ゑ》たてまつり[二一]〔たらん〕功徳《くどく》、菩提《ぼだい》心をおこしたらん功徳《くどく》の[二二]十六分におよばじ」といへり。

宝積経《ほうしやくきやう》[二三]には、「菩提《ぼだい》心の功徳《くどく》、もし色《いろ》あらましかば、虚空《こくう》に満《みち》なまし」といひ、秘密蔵経《ひみつぞうきやう》[二四]には、「はじめの菩提《ぼだい》心、よく重ゝの十悪《あく》をのぞく。いはんや、第二、第三、第四をや」とお《を》しへ、出家功徳経《しゆつけくどくきやう》[二五]には、「在家《ざいけ》はよく無量《むりやう》の罪《つみ》あり、出家《しゆつけ》又無量《むりやう》の功徳《くどく》をうる」といへり。

このゆへ《ゑ》に、善財童子《ぜんざいどうじ》[二六]の菩提《ぼだい》心をおこし給ひしをば、弥伽大士《みかだいし》は、師子《しし》の座《ざ》よりおりて、光明《くはうみやう》をはなちてお《を》がみ給ふ也。童子《どうじ》のたつと

とも書く。金色花と訳す。菫色の芳香を放つ花をつける。婆利師迦羅とも書く。雨時花、夏生花などと訳す。香りの高い白い花をつける木犀科の樹木。一六 底本なし、瑞・九・最本により補入。一七 往生要集・大文四の三に華厳経(八十巻)の法幢菩薩の偈に云うとして引用した文(大正蔵十)。一八 仏説出生菩提心経。一巻。闍那崛多訳(大正蔵十七)。一九 出生菩提心経には「十方国土を灰となして…菩提心は、はかりがたし」の文は見当らない。酷似する文が巻六(二七九頁)にもみえる。仏説大乗菩薩蔵正法経八に「所有殑伽沙数等　十方世界諸草木　若人焚芸悉成レ灰　置二大海中一百千歳　仏十力尊微妙智　後復能取二海中灰一(大正蔵十一)とある。こうした表現を応用したか。二〇「もし人ありて…十六分におよばじ」は、往生要集・大文四の三に、出生菩提心経の偈に云うとして「またもろもろの塔を造ること須弥の如くせんも、道心の十六分に及ばず」とあるところを典拠とする。二一 底・瑞・九本なし、最本により補入。二二 底・瑞本「十かい分」、九本「十がいち分」、最・久本「十六分」とあり、最・久本により改めた。二三 往生要集・大文四の三に「宝積経の偈に云く」として引用する文からの孫引き(宝積経は大正蔵十一)。二四 往生要集・大文四の三に「止観に、秘密蔵経を引き已りて云く、初の菩提心、已に能く重々の十悪を除く。いはんや、第二、第三、第四の菩提心をやと」云々とあるところからの孫引き。摩訶止観・一下(大正蔵四十六)に当該文あり。ただし大方広如来秘密蔵経にはここに引くような文はみえない。二五 仏説出家功徳経。一巻。失訳(大正蔵十六)。ただし「在家はよく無量の」の一文はみえない。二六「おがみ給ふ也」まで往生要集・大文四の三にみえる一文の取意。「善財童子」は華厳経・入法界品に登場する求法の少年菩薩。「弥伽大士」は善財童子が五番目に求法した人。華厳経(六十巻)・四十六によれば自在国呪薬城にいた名医。「師子の座」は師や高貴の人を師子に譬え、その人のすわる所を師子座といった。底・瑞・九本「善哉」。最本により「善財」に改めた。

きにはあらず、菩提《ぼだい》心のたつときゆへ《ゑ》也。

しかりといへども、一富《と》めるものは、楽《たのしみ》にふけりて道心〔を〕二おこさず。貧《まづ》しきものは、世路《せいろ》をわしりて、出家の心なし。されば、三行基菩薩《ぎやうぎぼさつ》四だにおもひわづらひて、

五随《よにしたがへばのぞみあるににたり》レ世似ニ望有一　背《ぞくにそむけばきやうじんのごとし》レ俗如ニ狂人一
穴憂哉世間《あなうのよのなかや》　何処隠《いづれのところにかいつしんをかくさん》ニ一身一

となげき、弘法大師《こうぼうだいし》は、「六田《た》をつくるおりはうへ《ゑ》その中にあり、物をならふ時は禄《ろく》その中にあり」〔と〕七、八三教指帰《げうしき》と申《まうす》文《ふみ》には書給《かき》へる也。

まことには、たれも善《ぜん》にはものうく、悪《あく》にはすゝめる事にてぞ侍るめる。

〔九おろかなるかなや、菩提の善友におろそかにして、煩悩の悪縁にしたしめる。〕あはれなるかなや、うけがたき人身《にんじん》をうけて、あひがたき仏法《ぶつぽう》を修行《しゆぎやう》せざる。一〇朝《あした》の花《はな》をみる人、夕《ゆふべ》の風《かぜ》にちり、宵《よひ》の月《つき》をながむるもの、暁《あかつき》の雲にかくる。一一楊梅桃李《やうばいとうり》のなつかしきにほひ、春の風にさそはれ、蘭菊紅葉《らんぎくこうよう》のさかりなる色《いろ》、秋《あき》の霜《しも》にうつさる。一二暁《あかつき》の露《つゆ》ににたり、宵《よひ》の電《いなづま》のごとし。一三昔《むかし》みし人は、皆《みな》三途《づ》の古郷《ふるさと》

一 愚迷発心集に「富者は楽を貪つて都て後生を知ず、貧しき者は憂を懐て弥罪障を造る」とある。 二 底本なし、瑞・九・最本により補入。 三 →歌人解説。

1・2 道心おこし難し

四 底本「ただ」、瑞・九・最本により改めた。 五 行基菩薩遺誡にみえる一文。池底叢書所収「行基菩薩遺誡」に「随レ世似レ有レ望、背レ俗如ニ狂人一。穴憂世間隠ニ一身於何処ニ」とある。この句、西行が詠い(西行上人集、新古今集・雑下)、貞慶が欣求霊山講式に引き、方丈記、沙石集五末、私聚百因縁集七の三などにも引いている(木下資一)。 六 論語・衛霊公第十五に「子曰、君子謀レ道不レ謀レ食。耕也。餒在ニ其中一矣。学也。禄在ニ其中一矣。君子憂レ道不レ憂レ貧」とある。空海は三教指帰・上に「孔子の曰く「耕すときは餒其の中に在り、学ぶるときは禄其の中に在り」。誠なる哉、斯の言」と記す。 七 底・瑞・九本なし、最本により補入。 八 →一四〇頁注一一。 九 底・瑞・九本括弧内なし、最本により補入。この文三時念仏観門式表白段に見える。 一〇 往生講式一段に「何況朝開ニ栄華一、暮随ニ無常之風一、宵翫ニ朗月一、曙隠ニ別離之雲ニ」とあるのに拠った表現か。愚迷発心集にも「況や又春の朝に華を翫びし人も、夕には北芒の風に散り、秋の夕に月を伴ひし輩も、暁には東岱の雲に隠れぬ」とある。 一一 永観の三時念仏観門式三段に「桜梅春匂、具ニ常楽性一、蘭菊秋色、備ニ妙法徳ニ」とあるのに近似。それを下敷きにした表現であろう。 一二 往生要集・大文一の七に「一切の有為の法は夢・幻・泡・影の如し、露の如くまた電の如し」とある。また、三時念仏観門式三段に「又云一切有為法、如ニ夢幻泡影一、如レ露亦如レ電。応レ作ニ如レ是観ニ」とある。ここは前後に永観の影が濃厚なので、後者を典拠としているとみる。 一三 三時念仏観門式一段に「昔見人者皆趣ニ九泉旅路一、今聞人者悉還ニ三途之古郷ニ」とあるところを、上下で字句を入れかえて引用した。また往生講式一段にも「哀哉。再帰ニ三途之故郷ニ重受ニ悪趣之苦果ニ」とある。 一四 底本「おもむけかん」、瑞・九本により「け」を削除。 一五 古代インドの国名。毘舎離、吠舎離とも。中インド十六大国の一つ。釈迦が教化のためしばしば訪れたため遺蹟

へかへり、今《いま》きく人は、また黄泉《くはうせん》の旅《たび》に[一四]おもむかんとす。

まことに、天下《てんか》の衰幣《すいへい》、仏法《ぶつぽう》の魔滅《まめつ》、たとへをとりて申《まうす》べきにあらず。天竺《てんぢく》・大唐《だいたう》・吾朝《わがてう》の事、おろ〳〵申《まうし》侍るべし。

[一五]毘沙離国《びしやりこく》の仏跡《ぶつせき》をたづぬれば、[一六]大林精舎《だいりんしやうじや》は名をのみきく。[一七]給孤独薗《きこどくおん》の伽藍《がらん》をとぶらへば、[一八]祇園精舎《ぎおんしやうじや》は名《な》をのみきく石《いし》ずへ《ゑ》のみ残り、[一九]白鷺《はくろ》池《ち》は水《みづ》たえてうへ《ゑ》木しげり、[二〇]菩提《ぼだい》樹《じゆ》は、根《ね》をはなれて若葉《わかば》さゝず。

[二一]うちかちおりて君として、[二二]摩竭陀《まかだ》国の外に王なし。

まして、震旦《しんだん》国は、[二三]周《しう》の武王《ぶわう》・[二四]魏文帝《ぎのぶんてい》・[二五]会昌天子《くはいしやうてんし》・[二六]宋太子《そうのたいし》・[二七]徽宗《きそう》王《わう》のために、たび〳〵仏法《ぶつぽう》ほろぼされて、諸寺諸山《しよぢしよさん》、みな荒廃《くはうはい》の地となりたり。[二八]双林寺《さうりんぢ》・[二九]玉泉寺《ぎよくせんじ》は住侶《ぢうりよ》みな逃散し、[三〇]天台山《てんだいさん》・[三一]五台山《だいさん》は、門人《もんにん》こと〴〵く離山《りさん》す。[三二]咸陽宮《かんやうきう》は楚《そ》の[三三]項羽《かうう》にやかれ、[三四]長安宮《ちやうあんきう》は[三五]大金《たいきん》国《こく》にとられて、名所《めいしよ》を《お》の〳〵なきがごとし。

我朝《わがてう》の事は、みな〳〵人のしり給へる事なれば、申《まうす》におよび侍らねども、一の証《しやう》を出《いだ》し侍るべし。

[三六]皇極天皇《くはうごくてんわう》の[三七]新羅《しんら》国をせめにむかひ給ひける時、備中《びつちう》の国下《しもつ》道《みち》の郡《こほり》に、一の郷《ごう》あり。兵《つはもの》をめすに二万人をたてまつれり。このゆへ《ゑ》

が多く、都城付近の大林中に精舎があったという。毘沙離国以下「石ずへのみ残り」までの文、澄憲の表白集(醍醐寺三宝院蔵)に「毘舎離国ニ仏跡ヲ尋ネシカバ、大林精舎ハ空シク名ヲ聞クノミ。給孤独園ニ伽藍ヲ訪ヒシカバ、祇薗精舎ハ只礎アルノミ」とあるのに拠ったか。

一六 毘舎離国の都城付近の大林中にあったのでこの名がある。一説に、重閣講堂、重閣精舎とも。この地を訪れた釈迦はこの精舎に住して説法したという。

一七 →一二頁注一〇。底本振り仮名「きこどくおん」は「きうこどくおん」の誤脱か。

一八 平家物語二に「昔仏の法を説き給ひし竹林精舎、給孤独園も、此比は狐狼野干の栖となつて、礎のみや残るらん。白鷺池には水たえて、草のみふかくしげれり」とある。共通の典拠があると考えられるが未詳。

一九 中インド摩訶陀国王舎城の竹林園にあった池。

二〇 釈尊はこの木の下で成道した。その菩提樹は根が朽ちて若葉が萌え出ない。この表現の典拠未詳。

二一 底・瑞本「うちかちおりて君として」は意味不通。久本「ウケカツラモテ公トシテ」、最本「うちかつをもてきみとして」、身延文庫本「ウツモテカツ君トシテ」とあるがいずれも意味不通。

二二 →三五頁注一四。

二三 →三二頁注一六。ただし、ここは北周の武帝の誤か。

二四 曹丕。武帝(曹操)の長子。ただし、ここは魏の文帝ではなく、北魏の武帝の誤であろう。

二五 唐第十五代皇帝武宗のこと。穆宗の第五子で諱は炎。年号を会昌としたので会昌天子という。道教を重んじ、廃仏令を出して仏教を弾圧した。八一四—八四六年。

二六 未詳。

二七 北宋の第八代皇帝。諱は吉。神宗の第十一子。道教を保護し、自ら教主道君皇帝と称し、仏法の僧尼に還俗を命じた。のち金軍の捕虜となり死亡。一〇八二—一一三五年。十訓抄七に「彼の帝(徽宗)の御心愚にして道士のいふ事につきて、仏記を失はれけり」とある。

二八 雲横山双林寺(中国浙江省金華府義烏県)のことか。梁大同五年(五三九)善慧大士によって開基。双檮樹にちなみ双林寺と名づけられた。のち宋の太宗の淳化二年(九九一)に、この寺に住した行進が、経巻を日本の源信に贈ったという。

二九 中国荊州(湖北省)

に、[一]二万の郷《さと》と名づく。そのの《〔ゝ〕》ち、[二]吉備《きび》の大臣《だいじん》在国《ざいこく》の時、二万有《あり》し所とて、かぞへ給ひければ、わづかに[三]千七百人ぞ侍りける。そのの《〔ゝ〕》ち、[四]民部卿保則《みんぶきやうやすのり》の任《にん》に、この里の人をしるすに、大小男女《だいせうなんによ》をあはせて、九人になれり。

延喜《えんぎ》の御時、[五]公章《きんあきら》と云《いふ》国司《こくし》の、神拝《じんばい》してのぼりたりけるに、[六]善宰《ぜんさい》相清行卿《しやうきよゆききやう》とひ給ひければ、「人ひとりもなし」とこそこたへ侍りけれ。天下のおとろへゆくありさま、人の数《かず》のうすする事、無下《むげ》にあらはにぞ侍るめる。この事、まことには清行卿の[七]意見《いけん》にあり。[八]藤原《ふぢはら》の家経《いへつね》が、[九]後冷泉院《ごれんぜいゐん》の[一〇]〔御時の〕[一一]大嘗会《だいじやうゑ》の[一二]主基《しゆき》のかたの歌《うた》によめるは、[一三]かくまどへる所なれども、二万人の人にかずそひてあるよしをいひてよめる[一四]〔なり。〕

312　みつぎ物はこぶよほろをかぞふれば二万《にま》の里人数《さとびとかず》そひてけり

[一五]神功皇后《じんごうくはうごう》の、新羅《しんら》国をうちとり給ひて、毎年《まいねん》に二十艘《そう》の貢《みつぎ》をすべきよしの請文《うけぶみ》などめして、かへり給ひて後《のち》、新羅《しんら》おもひかへして、貢《みつぎ》せず成《なり》にければ、そのの《〔ゝ〕》ち、代ゝ《よゝ》の御門いきどをりおぼ《ほ》しめして、

の玉泉山にある寺。隋の開皇十二年(五九二)に天台智顗が建立。翌年法華経玄義、翌々年摩訶止観をこの寺で説き、玉泉寺の名が知られた。三〇 中国浙江省の東部にある天台山脈の主峰。陳の太建七年(五七五)に智顗が入山して一宗を開いて以来、中国天台宗の根本道場となった。三一 中国山西省の東北にある山岳。東・西・南・北・中の五台からなり、中台には華厳寺・大暦法華寺・清涼寺・金閣寺・玉花寺など百か寺があった。中国三大霊場の一つ。三二 秦の都咸陽にあり、始皇帝が営んだ宮殿。楚の項羽の戦火に焼かれ、三か月間も燃え続けたという(史記・項羽本紀)。三三 → 一〇五頁注四〇。三四 中国の都長安の宮殿。周・前漢・隋・唐代に都城が置かれ、国際都市として繁栄した。三五 女真族の完顔氏が建てた国。五代のとき女真と称し、松花江付近にいたが、北宋の末、金国を建て(一一一五)、南進して遼・宋を滅ぼすが、のち元に滅ぼされる。三六 重祚して斉明天皇。父茅渟王、母吉備姫王。皇極天皇元年(六四二)正月即位。大化元年(六四五)孝徳天皇に譲位するが、斉明天皇元年(六五五)重祚。同七年、百済救援を名目として出兵するが、筑紫朝倉宮で没、六十八歳。三七「しらぎ」とも。古代朝鮮にあった国名。百済、高句麗とともに三韓の一つ。唐とむすんで、百済、高句麗を征服し、六六八年朝鮮全土を統一した。

以上一五三頁

一 岡山県吉備郡真備町上二万・下二万が遺称地。和名抄の備中国の郷名に下道郡邇磨とある。二 吉備真備。下道朝臣国勝の子。従四位下東宮大夫兼東宮学士、大宰大弐、右大臣と累進。世に吉備大臣という。宝亀六年(七七五)没、八十一歳。三 三善清行の意見十二箇条(本朝文粋二)には「試に此郷戸口を計るに纔に課丁千九百余人有り」とある。四 藤原保則。貞雄の男。貞観八年(八六六)備中権介となり、備中守・備前権守などを歴任、善政を謳われた。累進して左大弁、参議となる。寛平七年(八九五)没、七十一歳。民部卿は民部省の長官。保則が人口を数えたこと、意見封事十二箇条に、藤原保則がその課丁を閲した時は七十余人いたが、「某任に到りて、又此郷戸口を閲するに、老丁二人、

せめんとしたまひけれども、とげずして過《すぎ》ゆくほどに、皇極天皇《くわうごくてんわう》、[一六]天智《てんち》天皇の春宮《とうぐう》にておはしましけるを具《ぐ》したてまつりてせめ給ふ也。しかりといへども、本意《ほんい》をとげずして、鎮西《ちんぜい》にして崩御《ほうぎよ》し給ひぬ。神功皇后《じんごうくはうごう》のせめ給ひし〔時〕[一七]、安倍《あべ》[一八]の氏《うぢ》をもて大将軍《だいしやうぐん》とせり。そのゆへ《ゑ》に、安倍《あべ》の氏《うぢ》の長者《ちやうじや》をめして、大嘗会《だいじやうゑ》のたびごとに吉志《きし》[一九]舞《まひ》を仰《おほせ》らる。いまにたゆる事なし。そのたび、皇后ひそかに楫取《かぢとり》をめしてはらみ給ひぬ。その子いまの広田《ひろた》[二〇]の明神《みやうじん》なり。こまかには日本紀《につぽんぎ》[二一]にいへり。二万の里人の事は、遠国なれば不審《ふしん》も侍りなん。

[二二]長徳元年《ちやうとくぐはんねん》の事などうけたまはるこそあさましく侍れ。

[二三]閑院左大将朝光《かんゐんのさだいしやうともみつ》　四月廿八日

[二四]関白殿《くはんぱくどの》 道隆　四月七日

[二五]小一条右大将済時《こいちでうのうだいしやうなりとき》　四月廿三日

[二六]六条左大臣殿《ろくでうさだいじんどの》　重信

[二七]粟田右大臣殿《あはたのうだいじんどの》　道かね

[二八]桃園中納言《もゝぞのちうなごん》 保光　五月廿八日[二九]三人同

この殿ばら、三月より五月まで、わづかに百日ばかりがうちに、一[三〇]

正丁四人、中男三人あり」と記し、九人を確認したのは意見封事十二箇条の作者三善清行自身である。宝物集には記憶の錯誤があるか。

五 意見封事十二箇条には、藤原公利が延喜十一年に備中権介の任満ちて都に帰ったとき三善清行に質問されて、「一人有ることとなし」と答えたとある。「公章」は「公利」の誤写であろう。公利は山蔭の男。 六 三善清行。→八一頁注一二。備中介の任期中に二万郷の里人九人を確認し、またその体験から公利への質問があったと考えられる。 七 意見封事十二箇条をさす。前出皇極天皇以下の文、すべてこの清行の十二箇条の文を典拠とする。 八 →歌人解説。 九 第七十代天皇。後朱雀天皇の第一皇子。治暦四年(一〇六八)没、四十四歳。 一〇 底・瑞・九本なし、最本により補入。 一一 天皇即位後の最初の新嘗祭。「主基」の国から献上された新穀を天皇みずから皇祖および神々に供える儀式。 一二 大嘗会の時、神前に供える新穀を奉納する国。第一の国が悠紀、第二の国が主基。 一三 このように衰亡して人口が減った二万の郷ではあるが。 一四 底・九本なし、瑞・最本により補入。

312 貢物を運ぶ夫役の人数をかぞえると、二万の里人は往時二万人の兵士を提供した時よりも人数が増していることだ。「よほろ」は、労役につかせるため国が徴発する二十一歳から六十歳までの男子。

一五 記紀などに登場する伝説的皇后。仲哀天皇二年のとき皇后となる。熊襲の反乱鎮圧のため天皇とともに西征、筑紫で天皇没後渡海して新羅を征服したという。凱旋の途中、筑紫で応神天皇を出産(日本書紀・神功皇后紀)。 一六 →一〇四頁注七。 一七 底本なし、瑞・九・最本により補入。

一八 日本書紀・神功皇后紀には安倍氏の名はみえない。

一九 大嘗会に安倍氏が管掌して奏した舞。神功皇后が新羅から凱旋して、大嘗会を行った時、安倍氏の先祖が始めて奏したという。 二〇 広田社の祭神。広田社は兵庫県西宮市大社町にある神社。神功皇后が三韓から凱旋した時、天照大神の神誨により、山背根子の娘葉山媛に祀らせた(日本書紀・神功皇后紀)。 二一 宝物集の神功皇后の記事は日本書

同になどうせたまひにけり。六月になりて、一山の井の大納言道頼卿《だいなごんみちよりきやう》、又うせ給ひぬ。又、二をとなにてぞおはせし宰相《さいしやう》と聞えし人のうせ給ひぬ。ほどなく公卿《くぎやう》七八人うせ給ひにけり。まして四位五位《ゐ》などの、人にもしられぬは、かぞへ申《まうす》におよび侍らず。昔《むかし》も、かく臣下《しんか》一度《ど》にうせ給へる事なしとぞ、三日記《につき》の家の人〳〵も、のたまひける。

されども、そのゆへ《ゑ》に道心をおこしたりときこゆる人もなし。たゞ、人のわろくてしぬるぞ、我は千年万年あらんずるやうに思ひて、四〔おほくの〕司《つかさ》あきぬとて、はしりさはぐ《わ》人のみ五〔ぞ〕おほく侍りける。生死無常《しやうじむじやう》のことはり《わ》は、たれもまぬかるまじき事にてぞ侍る。六文選《もんぜん》と申《まうす》文《ふみ》には、「なんぞおそきにほこりて、はやくなるをうらむる」とは申《まう》したるぞかし。されば、心ある人、をくれ《お》さきだつ世の中をよそにおもへるは侍らぬものを。

藤原為頼朝臣《ふじはらのためよりのあそん》

313 世の中にあらましかばと思ふ〔人〕なきがおほくも成《なり》にけるかな

小《こ》大《だいの》君《きみ》

紀にないことが多い。別の典拠によって記したか。二二 長徳元年(九九五)の三月から六月までの間に、七、八名の公卿が立て続けに亡くなったことをさす。二三 →七七頁注一七。没日、瑞本は三月二十八日、大鏡・裏書は三月二十日。三月二十日が正しい。二四 →一〇二頁注三。没日四月七日とあるのは十日の誤写か。二五 →一三八頁注一二。二六 源重信。敦実親王の男。母は藤原時平の女。参議、大納言等を経て、正暦二年(九九一)に右大臣、同五年左大臣と進み、皇太子傅を兼ねた。世に六条左大臣という。長徳元年(九九五)没、七十四歳。二七 →一三八頁注一〇。二八 源保光。醍醐天皇の孫。代名親王の男。母は右大臣藤原定方の女。参議、権中納言を経て永延二年(九八八)中納言。桃園は保光の邸宅があった地名。長徳元年(九九五)没、七十二歳。二九 三人の死亡月日五月二十八日とするが、日本紀略では五月八日。これが正しい。一巻本は五月八日。三〇 底・瑞・九本「一同になどうせたまひにけり」は意味不通。片活三・元・最・久本「一日に三人などうせ給にけり」。

一 藤原道頼。道隆の男。母は山城守藤原守仁の女。祖父兼家の猶子となり、二十歳で参議・権大納言に栄達するが、流行病にかかって薨じた。「山の井」は道頼邸の通称。長徳元年(九九五)六月十一日没、二十五歳。二 最本「としをい給へるさいしやううせ給ぬ」。源伊陟のことをいうか。公卿補任・正暦六年の条に「二月廿二日改為㆓長徳元年㆒(今年所㆑薨納言以上八人。其役十六員)」とあり、道隆・道兼・重信・道兼・朝光・済時・保光・伊陟の名を記している。日本紀略も八名の薨去を記す。伊陟は兼明親王の第一王子で、母は伊勢守源衆望の女。賜姓源氏となり、貞元二年(九七七)四十歳にしてようやく参議に任じ、正暦六年(九九五)中納言兼太皇太后権大夫兼右衛門督となった。長徳元年没、五十八歳。「をとなにてぞおはせし」は老人でいらっしゃったの意。「宰相」は参議の唐名。三 代々日記を記してきた有職故実に通じている家。四 底・瑞・九本なし、最本により補入。五 底・瑞・九本なし、最本により補入。六 →九〇頁注二。

314 〔或はなくなきはかずそふ世中にあはれいつまであらんとすらん〕

賀《か》茂《もの》成《なり》助《すけ》

315 たれとてもとまりはつべき身ならねどまづはさきだつ人ぞ悲しき

俊《しゅん》恵《ゑ》法《ほう》師《し》

316 とりべ山けふもけぶりののぼりぬといひてながめし人もいつ迄

藤《ふじ》原《はらの》親《ちか》盛《もり》

317 けふまではよそにのみきくはかなさのいつ身の上にあらんとすらん

是までは、昔《むかし》の物語《がたり》なれば、こまかに申《まうす》に及び侍らず。七ちかくは、八安元二年《あんげんにねん》なども、あさましく侍りしとしぞかし。

九六条新院《ろくでうのしんゐん》
一〇高松院《たかまつのゐん》
一一建春門院《けんしゅんもんゐん》
一二九条院《くでうのゐん》

一三これもうちつゞき六七月ばかりにうせさせ給ひにき。一四院号《ゐんごう》一度《ど》にか

引用文は巻十六哀傷「歎逝賦一首」(陸士衡)に「何矜レ晩以怨レ早」とあるのを引く。

313 世の中に生きていてくれたらと思う人で、すでに故人になってしまった人が、めっきり多くなったなあ。底本第三句「人」なし、瑞・九・最本により補入。

314 元気でいた人が今は故人となり、その数が増してゆくこの世の中に、ああ、私はあと何年生きられるだろうか。為頼集によると、この小大君の歌が三一三番歌に対する返歌となっており、拾遺集とは異なる。この差が生じた理由は未詳。また新古今集・哀傷には小野小町の歌として載る。これは新古今集の誤認であろう。底・九本、作者名のみで歌を欠く。瑞本は歌を朱書。最・久本により補入。

315 誰だってこの世に永久に生き続けることはできないけれど、先立つ人を見ると、やはり悲しい。続詞花集・雑下に友人の死後家族に贈ったとの詞書。

316 鳥部山の火葬の煙が今日も立ち昇ったと言って嘆いた人も、その後いつまで生きられることか。とりべ山↓二六番歌注。

317 今日までは他人事として聞いていた人の命のはかなさよ。いつそれが我が身にふりかかってくるのだろうか。親盛集詞書に身近な人の死を聞いて詠んだとある。

七 宝物集巻一冒頭に「治承元年の秋」とある。「安元」は「治承」の直前の年号。宝物集成立に近接の記事である。八 底・瑞・九・最・片活三本「安元々年」。一本のみ「安元二年」。史実も安元二年。よって改めた。「二」をおどり字と読み違えたか。九 第七十九代天皇。二条天皇の第二皇子。母は伊岐致遠の女。永万元年(一一六五)即位。幼少のため後白河上皇が政務をとる。在位三年にして高倉天皇に譲位。安元二年(一一七六)七月十七日没、十三歳。一〇 姝子内親王。鳥羽天皇皇女。母は美福門院得子。二条天皇の中宮となるが、尼となり、実相覚と称し、高松殿に住した。応保二年(一一六二)高松院の院号を定められた。安元二年六月十三日(一一七六)没、三十六歳。一一 平滋子。時信の女。後白河天皇の女御となり、高倉天皇を産む。天皇が即位すると皇太后となり、嘉

くならせ給ふ事も、目おどろきてぞ侍るべき。建春門院《けんしゆんもんゐん》は、七月八日かくれおはしましにしかば、七[一]夕のあかぬ別《わか》れにたちまさりて、一天下くれふたがりて、摩耶夫人《まやぶにん》[二]うつり給ひしゆ[三]〔ふ〕べにかはる事なく、非情草木《ひじやうさうもく》にいたるまで、なげきかなしめる色《いろ》にてぞ侍りし。一天下の国母《こくぼ》にておはしまししかば、諒闇《りやうあん》[四]おほせを下されて、一京《きやう》の人、[五]黒鳥《くろがらす》になり侍りにき。

〔法[六]住寺の七条殿のありさま、あらぬことになりて、〕南殿《なんでん》[七]の御簾《みす》をはじめて、お[八]びたゝしくなりにしかば、す[九]ぎにし春の御賀《おんが》の舞御《まひ》覧《らん》などおもひいでられて、よみ侍りける。

待賢門院兵衛《たいけんもんゐんのひやうゑ》

318 袖ふりし春の庭ともみえぬかな涙時雨る《しぐる》〔ゝ〕秋の夕ぐれ

[一〇]賀茂《かも》の重保《しげやす》が、年頃《としごろ》御祈《いのり》などしてつかうまつりけるが、心うくかなしくて、忌《いみ》はてけるまゝにまいり《ゐ》て、かくよみて[一一]〔ぞ〕まかりいでにける。

319 いにしへも玉のうてなはみしかどもいつかは袖に露はこぼれし

応元年(一一六九)建春門院の院号宣下。安元二年(一一七六)七月八日没、三十五歳。 三 藤原呈子。太政大臣伊通の女(太政大臣藤原忠通の養女)。母は藤原顕隆の女。久安六年(一一五〇)近衛天皇の中宮となり、保元三年(一一五八)皇太后。十年後仁安三年九条院の院号宣下。安元二年(一一七六)九月十九日没、四十六歳。 三 頼輔と重家との贈答歌に次のような詞書がある。「たか松院、六条院、建春門院、九条院、うちつづきかくれさせ給へるころ、入道都督重家卿、むすめにおくれて侍るとぶらひにつかはすとて」(刑部卿頼輔集)。 四 上皇の尊号。天皇の追号。女院の称号などがある。

一「朝戸開けてながめやすらんたなばたの飽かぬ別の空を恋ひつつ」(拾遺集・雑秋・貫之)のような歌を念頭に置く表現。 二「うつり給ひし」は意味不通。最本「かへり給ひし」が正しいか。栄花物語三十に「浄飯王入滅度の朝、悉達太子銀の棺を荷ひ、摩耶夫人真如に帰り給し夕、五百羅漢紅の涙を流しき」に拠った表現であろう。栄花物語のこの一文は道長葬送の導師院源の呪願文に拠りつつその葬送について記してあるところにみえる。「かへり」は「うつり」に誤られやすい。 三 底・瑞・九本「ゆへに」、最本により「ふ」を補入。 四 天子が父母の喪に服する期間。一年間が恒例。「おほせを下されて」は朝廷から服喪の勅令が発せられること。「高松院御事、諒闇奏・遺詔等」(玉葉・安元二年九月十四日条)。 五 服喪の間、黒い衣服を着るので、黒鳥といった。 六 底・瑞・九本なし、最本により補入。瑞本「南殿」の「南」の右上に○印を付し、脱文の存在を示す。恐らく最本と同様の文があったのだろう。法住寺は京都市東山区の三十三間堂の近くにあった寺。後白河院の御所。七条殿は建春門院の御所。健寿御前日記に、後白河院五十の賀のあとここで装束の展覧があったことを記す。「あらぬこと」は、これまでとはうってかわった事態。 七「南殿」は、法住寺の南殿。 八「おびたゝしくなりにしかば」は南殿内の装飾等が手入れの行きとどかない状態になったことをいうか。 九 安元二年三月四日、法住寺で行われた後白河法皇五十の

夢《ゆめ》のうちの栄花《ゑいぐは》なり。まぼろしのあい《ひ》だの快楽《けらく》なり。みな、今生《こんじやう》の名利《みやうり》をすてて《こ》、後世《ごせ》の資粮《しりやう》をまうけ給ふべきなり。[一二]秦始皇《しんのしくはう》が人魚《にんぎよ》のあぶら、冥途《めいど》の旅《たび》にはひかりもなく、[一三]斉威王《せいのいわう》の[一四]照乗《せうじやう》の玉《たま》、[一五]中有《ちうう》の闇《やみ》をばてらさゞりき。露《つゆ》の命《いのち》のきえざるさきに、あるいは眼前《がんぜん》の功徳《くどく》をいとなみ、[一六]［あるいは］[一七]逆修《ぎやくしゆ》の善《ぜん》をまうくべきなり。[一八]一期《ご》の夢《ゆめ》の後《のち》の追善《ついぜん》は、七分が一にぞあたると申《まうし》ためる。

仏、たとへをもてをしへてのたまはく、「[一九]たとへば、王宮に池あり。[二〇]四色《ししき》の蓮花《れんげ》、薫香《くんかう》たへにして、つねに開敷《かいふ》せり。この蓮花《れんげ》を一ふさえて、玉の鬘《かづら》にさすをもて、天竺《てんぢく》のならひ、[二一]重職《ぢうしよく》とするなり。かるがゆへ《ゑ》に、国王《こくわう》是をおもくして、おほく守護《しゆご》人をつけ給へり。この池に、鴛鴦《ゑんわう》花をもてあそびて、なきたはぶるる事《こ》あり。ある人、鴦《をし》のなくまねをするに、まことの鴦《をし》にすこしもたがへる事なし。この人、蓮花《れんげ》をぬすみてとらむとおもふ心つきぬ。まもる人あやしまば、[二二]鴦《をし》のなくまねをせんずれば、とがむべからずとおもひて、とるほどに、まもるものとら[二三]へてげり。この人、とらへられて後、鴦《をし》のなくまねをするに、全《またく》ゆるす事なし。死後《しご》の追善《ついぜん》は、とらへられて後、鴦《をし》のまねをせん

御賀をさす。盛大な賀宴があった。

318 春に大宮人が袖を振って舞った賀宴の庭とも見えないなあ。建春門院の崩御によって涙にくれるここ法住寺殿の秋の夕ぐれは。

一〇 →歌人解説。重保が建春門院について「年頃御祈などして」いたことは宝物集が初見(杉山重行)。

一一 底本なし、瑞・九・最本により補入。

319 門院がいらした豪華な御殿は昔から見知っていたが、いつから袖に涙の露がこぼれるようになったのだろうか。「玉のうてな」は、金殿玉楼。立派な御殿。出典未詳。

一二 →四一頁注一一。箋注倭名類聚抄に「按㆓史記秦始皇本紀㆒、葬㆓始皇驪山㆒以㆓人魚膏㆒為㆑燭」とある。体源鈔十一にも始皇帝の埋葬のことみえる。「人魚」は、さんしょう魚のこと。それからとった脂。人魚膏。人膏ともいう。

一三 →二〇頁注六。

一四 照車の玉ともいう。この珠をかかげると光を発し、前後十二輛の車を照すという。史記(田敬仲完世家)に魏の第三代の恵王の珠として記される。

一五 →八六頁注一八。

一六 底・瑞・九本なし、最本により補入。

一七 「逆」は、あらかじめの意。生前に自身の死後の幸福を祈って仏事を修すること。

一八 夢のようなはかない一生を終えた後の追善(死者の冥福を祈る行為)は、生前に積んだ功徳の七分の一にしかあたらないと申しているようです。灌頂経十一に「仏言㆓普広㆒、為㆓此人㆒修㆑福七分之中為㆑獲㆑一也。何故爾乎。縁ョ其前世不㆑信㆓道徳㆒故、使㆓福徳七分獲㆒㆑一」(大正蔵二十一)。

一九 原話は百喩経三(大正蔵四)。

二〇 四種の蓮華。一優鉢羅華(青)、二拘物頭華(黄)、三波頭摩華(赤)、四芬陀利華(白)。

二一 責任の重い役職。

二二 鴦の鳴くまねをすれば、きっと。

二三 捕えてしまった。「けり」は、完了の助動詞「つ」の連用形「て」につくと「げり」と濁音化することがある。

がごとし」といへり。とらへられぬさきに、鷲《をし》のまねをせんがごとく、存生《ぞんしやう》のあひだに、一善《ぜん》なりとも、いとなみ給ふべきなり。あはれ、心ある人、みな出家遁世《しゆつけとんせい》して仏道《ぶつだう》をもとめてこそ侍るめれ。

[一]善無畏《ぜんむゐ》三蔵《ぞう》、[二]摩竭陀《まかだ》国《こく》の王《わう》也。十[三]善《ぜん》の位《くらゐ》をすてて、[上《と》]仏道《ぶつだう》を修《しゆ》行し給ひき。又、[四]天竺《てんじく》の国王《こくわう》、出家《しゆつけ》遁世《とんせい》して、「あなたのしや」と云《いふ》声《こゑ》をたかくあげてよろこび給ふ。大臣等《だいじんら》あやしみていはく、「十善《ぜん》の主《あるじ》として、[五]四海《かい》の土産《どさん》にあきみちてゐ給へりしに、たのしみ給ふ事なかりき。いま、出家遁世《とんせい》して、七宝《ほう》かすかに、万物《ばんぶつ》にともしくして、いかにかくたのしみ給ふぞ」と申《まうし》ければ、「十善の位《くらゐ》にありし時は、[六]万機《ばんき》の政《まつりごと》に、おそれあるがゆへ《ゑ》に、たのし〔み〕[七]とすべからず。いま、一向《ひた》すらに浄土《じやうど》をもとむる、[八]もともたのしみとすべし」とぞのたまひける。

震旦《しんだん》又おなじ。[九]魏文帝《ぎのぶんてい》・[一〇]梁武王《りやうのぶわう》、つゐ《ひ》には仏法《ぶつぼう》に帰《き》したまふ。自《じ》余《よ》の例《れい》、[一一]毛挙《もうきよ》にいとまあらず。

我朝《わがてう》に出家《しゆつけ》遁世《とんせい》する人、国王《こくわう》をはじめたてまつりて、おほくきこえたまふめる。少々申《まうし》侍るべし。

一 梵名シュバカラシンハ(漢音訳、戍婆掲羅僧訶)、意訳して浄師子、善無畏。中天竺の国王の子。十三歳のとき王位につくが(国名に二説あり)、これを捨てて仏門に入る。摩掲陀国那爛陀寺で達磨掬多から密教を学び、八十歳で中国の都長安に入り、訳経に従事した。大日経をはじめ多くの密教経典を訳出した。真言宗伝持第六祖。六三七―七三五年。

1・3 出家・遁世した人

二 →三五頁注一四。
三 →五三頁注八。
四 以下の天竺の国王の出家遁世の話、出典未詳。
五 「四海」は須弥山を四方からとりまく海。「土産」は産物。世界のあらゆる地域の産物。
六 天子がつかさどる政治上のすべての事柄。
七 底本なし、瑞・九本により補入。
八 この上なく。底本「もとの」、瑞・九本により改めた。
九 →一五三頁注二四。
一〇 →八九頁注二六。
一一 こまごまとしたことまで数えあげること。
一二 宇多天皇のこと。→九頁注二五。以下の寛平法皇の出家譚は、大和物語二段、大鏡一、新古今集・羇旅等にもみえる。
一三 大阪府泉佐野市日根野。
一四 橘良利。→歌人解説。大和物語、大鏡、新古今集等「良利」と表記。
一五 底・瑞本なし、九本により補入。
一六 地名の「日根(ねひ)」を折句にして。
320 都の家族の姿が旅寝の夢中に現われたのは、おそらく私を恨んでいるせいだろう。何しろ旅に出て以来、まったく音沙汰しなかったのだから。「たびね」に「日根」が折り込んである。「古郷」はここでは良利の住んでいた京都、「うらみやすらん」から類推して京都に残してきた家族をさ

[一二]寛平法皇《くはんぺいほうわう》、出家《しゆつけ》 遁世《とんせい》して、所ゝ《しよく〳〵》に修行《しゆぎやう》し給ひけり。和泉《いづみ》の国の[一三]日根野《ひねの》といふところにて、[一四]橘能俊《たちばなのよしとし》と申《まうし》ける人の、法師《ほうし》に〔なりて〕[一五]、たゞひとり御ともにさぶらひけるに、「歌よめ」とおほせごとありけるに、[一六]ひねと云《いふ》事かくしてよみ侍りけり。

320　古郷《ふるさと》のたびねの夢《ゆめ》にみえつるはうらみやすらん又ととはねば

[一七]花山《くはざん》の法皇《ほうわう》は、十善《ぜん》の位《くらゐ》、万機《ばんき》の 政《まつりごと》をすてて、〔ゝ〕[一八]清涼紫宸《せいりやうししん》の玉《たま》のすだれを出《いで》て、はるかに[一九]那智《なち》の山にこもり給ふ。紀伊国《きいのくに》[二〇]千里《せんり》の浜《はま》といふ所にて、御心地わづらひ給ひて、岩《いは》ほのそば、磯《いそ》のほとりにあふぎふして、[二一]四府陣をかため、十人の[二二]蔵人《くらんど》 竜顔《れうがん》にちかづき、[二三]滝口《たきぐち》の問《もん》籍《じやく》 天聴《てんちやう》 をおどろかし、[二四]近衛《こんゑ》の夜行《やぎやう》 禁中《きんちう》 をめぐり、すこしの御幸《みゆき》あれば、文武百官《ぶんぶひやくくはん》 陣《ぢん》をひき、[二五]内侍《ないし》[二六]剣璽《けんじ》をとりて前後《ぜんご》にしたがひし事、心よはく《わ》おもひ出《いで》て、かくぞよみ給ひける。

321　たびの空よるの煙《けぶり》とのぼりなばあまの藻塩《もしほ》火たくかとやみん

[二七]惟高《これたか》の御子《みこ》の、比叡《ひゑい》山の麓《ふもと》に、[二八]小野《をの》といふ所に、法師《ほうし》になりてこも

一七 →歌人解説。
一八 清涼殿と紫宸殿。清涼殿は天皇の常の御座所。紫宸殿は、即位、朝賀などの公式の儀式を執行する殿舎。
一九 熊野三山の一つ。那智大社、青岸渡寺がある。
二〇 和歌山県日高郡南部町岩代付近の海浜。以下大鏡三・伊尹伝にみえる。
二一 左右の近衛府と兵衛府。「四府陣をかため」以下「前後にしたがひし事」まで一括して「心よはくおもひ出て」が受ける。元本には四府の前に「当時(そのかみ)」とある。
二二 蔵人所の職員で、天皇に近習し、伝奏、儀式など、殿上における大小の諸事をつかさどった。十人の蔵人が天皇のおそば近くに仕えた。
二三 蔵人所に属し、宮中の警護にあたった武士。禁中に宿直する滝口が、夜の亥の刻に点呼のため氏名を名乗ること。名対面、宿直奏。
二四 近衛府。皇居の守護、天皇のお供、警備を役目とした官庁。「夜行」は夜回り。禁中の夜行は左右の近衛府が亥の一剋から寅の四剋まで、半分ずつ分担した。
二五 律令制で、内侍司の女官の総称。後宮十二司の一つで、天皇への取りつぎ、後宮の礼式、雑事をつかさどった。
二六 三種の神器のうち、草薙剣と八坂瓊曲玉。禁秘抄によると、天皇が渡御する時、典侍(内侍司の次官)が神璽・鏡・剣を捧持するとある。
321　旅の途中で死に、夜ふけ、荼毘の煙となって立ちのぼったならば、人々は蜑(あま)が藻塩をとるために火を焚いていると見るであろう。
二七 惟喬親王。文徳天皇の第一皇子。母は紀名虎の女更衣静子。文徳天皇に愛され、第一皇子として皇位継承を期待していたが、惟仁親王の立太子により果たせなかった。貞観十四年(八七二)病のため出家。比叡山麓の小野に隠棲し、小野宮と称した。寛平九年(八九七)没、五十四歳。
二八 山城国愛宕郡小野郷。現在の京都市左京区八瀬・大原地区。

りゐ給ひけるに、[一]業平中将《なりひらちうじやう》のまいり《ゐ》てみたまひけるに、ひとゝせ〔の〕[二]

[三]鳥養院《とりかいのゐん》の御遊、[四]交野《かたの》の御鷹狩《たかがり》思ひ出《いで》られて、かくぞよみ侍りける。

322　わすれては夢かとぞおもふ思ひきや雪ふみ分て君をみんとは

[五]高光《たかみつ》の少将《せうしやう》は、[六]九条殿《くでうどの》の御子、[七]冷泉院《れんぜいゐん》・[八]円融院《ゑんゆうゐん》の御叔父《おぢ》[九]也。道心《だうしん》をおこして、出家《しゆつけ》遁世《とんせい》して、[一〇]多武峯《たふのみね》にこもり給ふ。法師《ほうし》にならんとおもひたち給ふころ、月あかゝりけるよ、かくぞよみ給ひける。

323　しばしだにへがたくみゆる世中《よのなか》にうらやましくもすめ〔る〕月かな

[一一]右馬頭顕信《うまのかみあきのぶ》は　[一二]御堂関白《みだうくわんばく》道長　御子

[一三]時叙少将《ときのぶせうしやう》は　[一四]一条左大臣《でうさだいじん》雅信　御子

[一五]成信中将《なりのぶちうじやう》は　[一六]兵部卿致平《ひやうぶきやうむねひら》御子

[一七]重家少将《しげいへせうしやう》は　[一八]堀川左大臣《ほりかはのさだいじん》顕光　御子

[一九]相任侍従《すけたうじじよう》は　[二〇]右大将済時《うだいしやうなりとき》御子

[二一]業房中将《なりふさちうじやう》は　[二二]中納言義懐《ちうなごんよしちか》御子

[二三]内記《ないき》の入道保胤《にうだうやすたね》・[二四]参河《みかはの》入道寂照《じやくせう》にいたるまで、道心《だうしん》をおこして出《しゆつ》

一 在原業平。↓歌人解説。二 底本なし、瑞・九・最本により補入。三 大阪府摂津市鳥養にあった離宮。四「交野」は現在の大阪府枚方市のあたりで、鷹狩りの名所であった。

322　事実なんだということを忘れて、つい夢ではないかと思ってしまう。このように雪を踏みわけて君をお訪ねするなどとは思いもよらぬことでした。

五 藤原高光。↓歌人解説。六 藤原師輔。↓九八頁注三。七 ↓七七頁注一五。八 ↓一〇一頁注一七。九 冷泉院・円融院の母安子は高光の異母姉。従って高光は義理の叔父。一〇 奈良県桜井市の南東部にある山。山腹に藤原鎌足を祀った談山神社がある。

323　ちょっとの間も過し難く思われるこの世の中に、大空の月はうらやましいばかりに澄んでいることだ。「すめる」は「澄める」と「住める」の懸詞。拾遺集・雑上ほか諸書に収載されるが、すべて第一句「かくばかり」とする。底本第五句「る」なし、瑞・九・最本により補入。

一一 藤原顕信。道長の三男。十九歳の時、皮堂の行円上人について出家、道長を悲しませた。万寿四年(一〇二七)没、二十四歳。一二 ↓九八頁注六。一三 源時叙。生没年未詳。一条左大臣雅信の五男。十九歳で出家。法名寂源。長和二年(一〇一三)に大原勝林院を開いた。通称大原入道。一四 源雅信。敦実親王の三男。法名覚貞(一説、覚実)。正暦四年(九九三)没、七十四歳。一五 源成信。致平親王の男。母は源雅信の女。道長の猶子となり、従四位上左中将に至る。通称照中将(てるのちゆうじよう)。長保三年(一〇〇一)、重家とともに出家。寛徳元年(一〇四四)没、六十五歳。一六 致平親王。村上天皇の皇子。母は更衣藤原正妃(左大臣在衡の女)。兵部卿となるが、天元四年(九八一)出家し園城寺に入寺。法名は悟円。明王院宮、法三宮と称された。長久二年(一〇四一)没、九十一歳。一七 藤原重家。生没年未詳。左大臣顕光の男。母は村上天皇皇女盛子内親王。従四位下左近衛少将に至り、容姿がすぐれていたので、源成信とともに、昭中将、光少将(ひかるのしようしよう)と並び称されたが、長保三年、成信とともに出家。法名は寂源。一乗院とも号した。一八 藤原顕光。↓九八頁注七。一九 藤

家《け》遁世《とんせい》する人なり。この公達《きんだち》、家《いへ》のまづしく、身に病《やまひ》あり、年おひ《い》おとろへて、家をいづるにあらず。たゞ菩提《ぼだい》心をおこして、仏道《ぶつだう》をもとめんがためなり。

顕信右馬入道《あきのぶうまのにうだう》の[二五]つかふまつる人の、出家の後ややほどへて、延暦《えんりやく》寺の房《ばう》にまかりて、御家の繁昌《はんじやう》し給ふ事をぞかたりたてまつりける。

「[二六]御堂《みだう》の公達《きんだち》十二人なり。男子《なんし》六人、女子《によし》六人といふ。[二七]男子六人といふは、太郎《たらう》にては、[二八]関白左大臣《くはんばくさだいじん》頼通、宇治殿《うぢどの》と申《まうす》。次郎《じらう》にては、[二九]内大《ないだい》臣左大将《じんのさだいしやう》教通〔[三〇]大二条殿と申〕。次〻《つぎつぎ》の公達《きんだち》、[三一]大納言春宮大夫頼宗《だいなごんとうぐうだいぶよりむね》、[三二]大納言中宮大夫能信《だいなごんちうぐうのだいぶよしのぶ》。おとを《う》と公達《きんだち》は、[三三]民部卿長家《みんぶきやうながいへ》とておはすめれ。[三四]おとごにておはせしかば、[三五]ふるき大臣・大納言にてこそおはせしか。

女君六人と申《まうす》は、

大あねをば　[三六]一条院《でうのゐん》の后《きさき》

次の君は　[三七]三条院《でうのゐん》の后

三の君は　[三八]後一条院の后

四の君は　〔後《ご》〕[三九]朱雀院《しゆじやくゐん》の后

他腹《たふく》の女君ふたところおはする、姉《あね》は〔小〕[四〇]一条院の女御《にようご》、を《お》[四一]とぎみ

原相任。右大将済時の男。母は源延光の女。従五位下侍従となったが、寛和二年(九八六)出家。没年未詳。二〇 藤原済時。→一三八頁注一二。二一 藤原業房。成房とも書く。生没年未詳。権中納言義懐の男。母は藤原為雅の女。従四位上右中将となるが、花山天皇出家のとき剃髪した父とともに出家、比叡山飯室に庵を並べて修道生活を送った。

二二 藤原義懐。→歌人解説。二三 慶滋保胤。→歌人解説。二四 →歌人解説。二五「つかふまつる人の」は「延暦寺の房にまかりて」にかかる。「出家の後ややほどへて」のあとに置くとわかりやすい。大鏡五・道長の条に、出家した顕信の所へ出向いて、藤家一門の繁栄を告げた男は「通任のきみ」だとしている。藤原通任は済時の子息で、寛弘八年(一〇一一)に参議となり、寛仁四年(一〇二〇)に大蔵卿に任ぜられた。顕信出家のとき通任は四十歳。二六「御堂」は藤原道長の通称。ここより次頁「北の方にておはすめれ」までが、出家した顕信に「お家の繁昌」を告げた内容。二七 尊卑分脈によると、頼通、頼宗、能信、顕信、教通、長家の順に掲出されている。長家の次に長信がいるが、これを数えると男子七人となり、宝物集にいう六人とは合わない。底本「男子六人に」とする。瑞・九・最本により改めた。二八 藤原頼通。→一三頁注二四。二九 藤原教通。→二三三頁注三四。三〇 底・瑞・九本なし、最本により補入。「大二条殿」は教通の住んだ邸宅二条殿に「大」を冠した呼び名であろう。

三一 藤原頼宗。→歌人解説。三二 藤原能信。道長の四男。母は源高明女明子。侍従、蔵人頭、権中納言等を経て治安元年(一〇二一)権大納言。禎子内親王の中宮大夫となったため、異母兄頼通と対立した。また養女茂子が後三条天皇の女御となり、白河天皇を産み、外祖父となったため、太政大臣、正一位を追贈された。康平八年(一〇六五)没、七十一歳。

三三 藤原長家。→歌人解説。三四 末っ子。三五 長家は道長や頼通に愛され、二十四歳の若さで権大納言に昇った。しかし、兄能信らを超えて昇進することはできず、没年まで権大納言にとどまっていた。「ふるき」は停滞の状況を言ったものか。ただし長家は大臣になった形跡はない。三六 上

こそはわろし[一]とちやう、具平親王《ぐへいしんわう》[二]の御子三位中将師房卿《ゐのちうじやうもろふさきやう》の北の方にておはすめれ」と申《まうし》[三]ければ、[四]すこしも御心うごけるけしきもなくて、「かやうの事、たゞしばしの事なり」とぞのたまひける。まことにあさからぬ御道心《だうしん》なり。

[五]このとのわかくて、父御《ちゝご》の御供《とも》に、公達《きんだち》あまた中堂《ちうだう》[六]にまい《ゐ》り給ひけるに、異《こと》公達はお《を》がみし、経《きやう》よみなどし給ひけるに、所作《しよさ》もしたまはざりければ、「いかに所作《しよさ》はしたまはぬ〔ぞ〕[七]」と人〳〵の給ひければ、「[八]いま一度《ど》に」とのたまひけるにあはせて、この山にて法師《ほうし》にはなりたまひける。

[九]常盤《ときは》の丹後守為忠朝臣《たんごのかみためただのあそん》の子どもこそ、[一〇]三人ながら道心をおこして、出家《しゆつけ》遁世《とんせい》して、比叡《ひえ》の山に住し、大原《はら》にこもり、[一一]霊山《りやうせん》にゐられて侍るめる。行《おこな》ひのひまに〔は、[一二]和歌をもいまだす[一三]てあはれざなり。[一四]せう〳〵の公達に〕もを《お》とらずやさしくこそ侍れ。

[一五]伊賀守為業《いがのかみためなり》は法名寂念《ほうみやうじやくねん》也。霊山《りやうせん》にこもりて、かくぞよみ侍りける。

324 春までもとはれざりける山里を花咲《さき》なばとなど思ひけん

東門院彰子。↓歌人解説。三七 枇杷殿中宮。↓一二九頁注一九。三八 藤原威子。道長三女。母は准三宮源倫子。寛仁二年(一〇一八)後一条天皇の女御、同年皇后となる。藤壺の后とも称された。長元九年(一〇三六)没、三十八歳。底・瑞・九本「小一条院」とするが、最本により「後一条院」と改めた。三九 藤原嬉子。道長四女。母は威子に同じ。治安元年(一〇二一)皇太子敦良親王の妃となり、万寿二年親仁親王(後冷泉天皇)を産むが、数日後に十九歳で没。死後、正一位・皇太后を追贈された。底・瑞・九本「朱雀院の后」とするが、最本により「後朱雀院の后」に改めた。四〇 藤原寛子。道長の女。母は源高明女明子。東宮を退位した敦明親王(後の小一条院)妃となり、儇子内親王・敦元親王を産んだ。容姿すぐれ、小一条院の寵を専らにした。万寿二年(一〇二五)没、享年未詳。底・瑞・九本「一条院の女御」とするが、最本により「小」を補入。四一 寛子の妹、藤原尊子。隆子とも。道長の女。母は寛子と同じ。道長の他の女子と異なり、三位中将源師房と結婚、俊房・顕房の賢才を産み、八十余歳の長寿をたもった。寛治元年(一〇八七)没、享年未詳。

一 最本「おとゝぎみこそはわろしと申しゝ定」とあるのが正しいか。「(尊子は)妹君で分が悪いとは申すものの」の意に解される。尊子が源師房に嫁したことについて、大鏡五・道長伝に「あさはかに、心得ぬことゝこそ、世の人申しか」と記している。二 ↓歌人解説。三 「申ければ」の主体は出家した顕信に道長一家の繁昌を「かたりたてまつり」に行った人(藤原通任)である。四 このあたり大鏡五・道長伝に「いささか御気色かはらず、ねんずうちして、「かうやうのこと、ただしばしのことなり」とうちのたまはせしなん、めでたく優におぼえし」とある所と密接に関連する。五 底・瑞・九本「このとき」とあるが、最本の「このとの」により改めた。以下「この山にて法師にはなりたまひける」まで、大鏡五・道長伝の顕信出家譚を典拠とする。六 比叡山延暦寺の根本中堂。↓一三七頁注一六。七 底・瑞・九本なし、最本により補入。八 そのうち一まとめにして礼拝の所作をし

[一六]長門守為経《ながとのかみためつね》は法名寂超《ほうみやうじやくてう》なり。比叡《ひえ》の山にしてかくぞよみ侍りける。

325 山がつと成《なり》ても猶ぞ時鳥《ほとゝぎす》なくねにあかでとしはへにけり

[一七]壱岐守頼業《いきのかみよりなり》は法名寂然《ほうみやうじやくねん》也。大原《はら》にてかくぞよみ侍りける。

326 散《ちり》つもる紅葉《もみぢ》わけきてよそにみばあはれ成《なる》べき庭《には》のおもかげ

女の中にもきこえ侍るめる。せう〳〵申《まうし》侍るべし。[一八]冷泉院《れんぜいゐん》の二宮《にのみや》・[一九]三条院の一品《ほん》の宮、いまだ御年《とし》若《わか》くて、[二〇]憍曇弥比丘尼《けうどんみびくに》のあとをおもひて、仏道《ぶつだう》をもとめ給ひけり。つぎ〳〵の人の事は申《まうす》に及ばず。法花《ほけ》経《きやう》の[二一]六の巻のはじめにも、我少出家《がせうしゆつけ》、得阿耨多羅《とくあのくたら》と仰《おほせ》られたれば、無上菩提《ぼだひ》をねがはんもの、かならず、若《わか》くて出家《しゆつけ》遁世《とんせい》すべき也。[二二]老《らう》後《ご》の出家《しゆつけ》はつかひをえてきたる人のごとしといへり。

しかのみならず、ある人は、わかくより道心ありて、出家の心ざしありといへども、あまりに年《とし》わかくて出家《しゆつけ》をとげん事、[二三]物さは《わ》がしとおもふほどに、よきつかさ[に][二四]なり、おもはしき女《め》、かなしき子などいできて、「是をすてて《と》はいかでか世をそむく事あらん」とおもふほ

ます。九 京都市右京区の地名。左大臣源常(ときわ)の山荘があったことからこの地名がおこった。丹後守藤原為忠の別邸がこの常盤にあった。為忠→歌人解説。底・瑞本「丹後」を「丹波」とする。九・最本により改めた。一〇 為忠の子ども三人とは、為業・為経・頼業の三兄弟。出家して順に寂念、寂超、寂然と号し、世に大原の三寂または常盤三寂と称された。一一 京都市東山区にある山。東山三十六峰の一つで正法寺がある。一二 底・瑞・九本なし、久・最本により補入。一三 出家した後もお互いに和歌をお捨てにならないようだ。「ざなり」は「ざんなり」の撥音が表記されない形。一四「せう〳〵」は未詳。一五 藤原為業。法名寂念。→歌人解説。

324 春が来ても誰も訪れなかった山里なのに、花が咲いたら来てくれるだろうと、どういうわけで思ったことでしょうか。

1・4 女人の遁世者

一六 藤原為経。法名寂超。→歌人解説。

325 山寺にこもって山がつとなった今もやはり、ほととぎすの声に聞きあきることなく、年月を経たことだ。

一七 藤原頼業。法名寂然。→歌人解説。

326 散りつもった紅葉を踏みわけてやってきて、他人事としてこの草庵を見たならば、この庭のおもかげはさぞあわれ深いものと感ずるであろう。

一八 尊子内親王。冷泉天皇第二皇女。母は藤原伊尹女懐子。女二宮とよばれ、康保四年(九六七)内親王、翌年賀茂斎院となる。斎院退下後、円融天皇の妃となり、承香殿女御と称された。源為憲の三宝絵は出家したこの宮に奉ったもの。寛和元年(九八五)没、二十歳。一九 当子内親王。三条天皇第一皇女。母は藤原済時女娍子。十一歳で伊勢斎宮、父天皇譲位により退下。まもなく伊周の男の道雅と密通事件をおこし、勘当される。病を得て寛仁元年(一〇一七)出家。治安三年(一〇二三)没、二十三歳。二〇 波闍波提とも。→九六頁注三。憍曇弥は摩耶夫人の死後釈迦を養育し、度々申し出て出家を許された。尊子・当子両内親王もその比丘尼の先例に従って若くして尼になったと言うのである。二一 如来寿量品のはじめの部分にみえる一節。「是の人の為に我は少(わか)く

どに、此願《ぐはん》をとげず。

ある人は、夢《ゆめ》に、命《いのち》ながくあるべしとみて、久しく世にあらんずれば、[一]「あまりにものさはが《わ》し」とおもふほどに、かならずしも実夢《じつむ》にあ[二]らざりければ、出家《しゆつけ》の願《ねが》ひをとげずしてうせぬ。

ある人、よき相《さう》人にみえて、八十まであるべしといひければ、七十にて出家《しゆつけ》遁世《とんせい》して、[三]「十年おこなひて」後世《ごせ》の資粮《しりやう》とせんとおもふほどに、この洲《くに》、寿不定《いのちふぢやう》の境《さかひ》なれば、わかくして死《し》するがゆへ《ゑ》に、本《ほん》意《い》をとぐるものなし。はやく[四]四馬《め》のたとひを思ひて、すみやかに[五]三車《しや》にのりたまふべき也。

[六]仏《ほとけ》、祇園精舎《ぎおんしやうじや》におはしましし時《とき》、一人の[七]梵士《ぼんじ》まいり《ゐ》て申《まうし》ていはく、「[八]大聖牟尼尊《しやうむにそん》世《よ》に出《いで》給ふとき、出家《しゆつけ》遁世《とんせい》しておこなふべき也。しかりといへども、家《いゑ》たのしくして、七宝《ほう》にともしからず。妻室《さいしつ》かたちよくして、片時《へんし》もはなれがたし。仏《ほとけ》又世にいでたまふ事あらば、そのとき出家《しゆつけ》しておこなふべし」と申《まうし》ければ、大聖《だいしやう》のたまふやう、「仏又世に出《いで》給ふべし。弥勒《みろく》をはじめておほくの仏《ほとけ》なり」とのたまひければ、「さらばそのとき出家すべし」とて、帰《かへ》りけるが、又、いかゞお

して出家して、阿耨多羅三藐三菩提を得たりと説くなり」。二二 老後に出家するのは、使者の出迎えがあってから出かけて来たようなものだ。求道に積極的でない。底・瑞・九本「つかへおゐてきたり」とあって意味不通。最本により「つかひをえてきたる」と改めた。二三 性急であわただしい。二四 底・瑞本なし、九本により補入。

一 何かと落ちつかない。底・瑞・九本なし、最本により補入。
二 底本「あらすざりければ」、瑞・九・最本により「す」を削除。
三 底・瑞・九本なし、最本により補入。
四 衆生の機根に四種の区別があることを、馬の利鈍をもって説いた譬喩(雑阿含経三十三〔大正蔵二〕)。涅槃経十六にもある「如二御馬一者凡有二四種一、一者触レ毛、二者触レ皮、三者触レ肉、四者触レ骨。随二其所一レ触称二御者意一如来亦爾」(大正蔵十二)。
五 法華経・譬喩品に説かれる「三車火宅」の譬喩を踏まえた表現。火事で燃えている家の中でその危険も知らず、遊んでいる子供を救出するため、子供たちがよろこぶ羊車・鹿車・牛車を与えるぞといって外におびき出し、大白牛車に乗せて救ったという法華七喩の中の一つ。ここでは早く四馬・三車の譬えに思いを致して出家すべきであると言っている。

1・5 出家の功徳

六 以下梵士が仏は難遭遇であることを悟って出家遁世する話、出典未詳。
七 →一七頁注二三。
八 偉大にして聖なる沈黙の行を修する尊者。ここでは祇園精舎にいる釈迦如来の尊称。
九 梵語の音写。迦羅鳩孫陀、拘留孫などとも書く。毘婆尸・尸棄・毘舎浮・拘留孫・拘那含牟尼・迦葉・釈迦と続く過去七仏の第四。
一〇 倶留孫仏は現在の世界が安定して続くいわゆる現在賢劫の時代に出現する千仏のうちの第一に位置する。現在賢

もひけん、「仏むかしは出《いで》たまはざりしか」と申《まうし》ければ、「仏《ほとけ》、昔《むかし》もいで給ひき。倶留孫《くるそん》[九]仏をはじめて、[一〇]おほくの仏《ほとけ》なり」とのたまひければ、「昔《むかし》も仏いでたまひけれども、まい《ゐ》りあはざりければ甲斐《かひ》なし。仏、又出《いで》給ふとも、あはん事難《かた》し」とて、やがて出家《しゆつけ》遁世《とんせい》して、仏の御弟子《でし》となりき。

はやくかの梵士《ぼんじ》のおもひをなして、たま〳〵仏法にあひたてまつれるとき、出家遁世《とんせい》して、浄土をもとめ給ふべきなり。[一一]婆羅門《ばらもん》、酒《さけ》にゑい《ひ》て僧《そう》の〔まねを〕[一二]したりし、をはりに仏をみたてまつる事ありき。[一三]蓮花女《れんげによ》が、たはぶれに尼《あま》[一四]の袈裟《けさ》をきたりしゆへ《ゑ》に〔のりを〕[一五]きく事をえたりき。

されば、出家したるものの《ゝ》名《な》を、怖魔《ふま》[一六]とは申《まうし》たるなり。比丘《びく》とは梵《ぼん》語《ご》なり。怖魔《ふま》と申《まうす》べき也。怖魔《ふま》といふ心《こゝろ》は、魔《ま》をおどすと云《いふ》事なり。[一七]一人出家すれば、第[一八]六天の魔王《まわう》〔の〕[一九]宮殿《くうでん》、震動《しんだう》するなり。このゆへ《ゑ》に、魔《ま》をおどすとは申《まうし》たるなり。人いまだ出家《しゆつけ》をせざる時は、魔王《まわう》の奴婢《ぬひ》なり。出家の後は、仏の御弟子《でし》となりて、ながく魔王《まわう》の奴婢《ぬひ》[二〇]をはなるゝなり。

劫千仏を「おほくの仏」と言った。

一一 →一七頁注二三。以下「きく事をえたりき」まで三宝絵・序の「婆羅門暫の程酔て僧の形に成しかば、此の故に後に法を聞きき。蓮花色が戯に尼の衣を服けるは、其の力に今仏に奉レ遇れり」とある所を一部句を入れかえて引用したもの。酒に酔った婆羅門が僧侶のまねをした話、法苑珠林二十二(大正蔵五十三)にみえるが、原拠は大智度論十三末(大正蔵二十五)。また、今昔一の二十八、言泉集三帖之一、三国伝記五の十三、金沢文庫本仏教説話集、沙石集二の十等にもみえる。

一二 底本なし、瑞・九・最本により補入。

一三 蓮華色女・蓮華姪女・青蓮華尼・花色比丘尼等多数の呼称があって異名同人かあるいは同名異人の場合もあって定まらない。

一四 蓮花女が尼の袈裟を着て仏法を聞いた話、大智度論十三末に前出の酔婆羅門と並んでみえる。沙石集二の十にもある。

一五 底・瑞・九本なし、最・久本により補入。

一六 梵語の音写語の比丘を漢語に意訳すると乞士となるが、大智度論三によればこれをさらに怖魔とも意訳する。「比を怖と名け、丘を能と名く。能く魔王及び魔の人民を怖れば、当に出家して頭を剃り染衣を著けて戒を受くべし。是の時に魔は怖る」(大正蔵二十五)。

一七 以下の説話、典拠未詳。あとに「出家功徳経にとけり」とあるが、大正蔵十六所収の該経にはみえない。一五一頁にも同経にあるとしているのに該当箇所がなかった。同名異経か、あるいは別系の経典か、未詳。

一八 六層から成る欲界の最上位、第六天という。天部の他化自在天はこの第六天に居住し、常に仏道に障害をなすので、魔王と呼ぶ。煩悩魔・陰魔・死魔・天魔の四魔のうちの天魔。

一九 底・瑞・九本なし、最本により補入。

二〇 日蓮の兄弟抄に「此の世界は第六天の魔王の所領なり。一切衆生は無始以来彼の魔王の眷属なり」とある。

たとへば、国に凶《けう》あらんとては、その国の大地《ち》、震動《しんだう》するがごとし。魔《ま》王も、な〔が〕[一]く奴婢《ぬひ》をうしなふがゆへ《ゑ》に、出家するものあれば、魔宮《くう》震動《しんどう》するなり。こまかには[二]出家功徳経《しゆつけくどくきやう》にとけり。

[三]むかし、七度《ど》還俗《げんぞく》したるものありき。〔[四]釈雄俊なり〕。重罪《ぢうざい》なるがゆへ《ゑ》に、大地獄《ぢごく》につかはしける。「七度還俗《げんぞく》したる罪《つみ》によりて、大地《ち》獄《ごく》におつ。七度出家したる功徳《くどく》はあるべからずや」と申《まうし》ければ、閻魔《ゑんま》大王、玉の冠《かぶり》をかたぶけて、お《を》がみたまひたりとこそ申《まうし》ためれ。まして、大慈悲心《じひしん》をおこして出家遁世《とんせい》せんもの、浄土《じやうど》に往生《わうじやう》せん事、あにうたがひあらんや。

第二に、ふかく三宝《ぼう》を信《しん》じたてまつりて仏になるべしと申《まうす》は、信心《しんじん》をつよくすべしといふ心也。[五]三世の諸仏《しよぶつ》は、みな仏法僧《ぶつほうそう》の力《ちから》によるがゆへ《ゑ》に、道をえたまへり。

[六]弥陀《みだ》は[七]空王仏《くうわうぶつ》を拝《はい》して仏道《ぶつだう》をなり、[八]釈迦《しやか》は、法花経《ほけきやう》をつとめて正《しやう》覚《がく》をなり給ふ。地蔵菩薩《ぢぞうぼさつ》の、地獄《ごく》の衆生《しゆじやう》をみちびき給ふ、[九]僧の力《ちから》にあらずや。このゆへ《ゑ》に、三宝《ぼう》を信《しん》じて仏道《ぶつだう》をなり給ふべしとは申《まうし》侍るなり。[一〇]阿耨菩提《あのくぼだい》信心を因《いん》とす、と[一一]涅槃経《ねはんぎやう》にもとき給へば、信心をいた

一 底本なし、瑞・九・最本により補入。
二 ↓一五一頁注二五。ただし前述のように、この経にはみえない。
三 七度還俗の雄俊が出家の功徳を主張して堕獄の罪をまぬかれた話、日本では、往生拾因十(大正蔵八十四)、観心略要集、今昔十七の十七、地蔵菩薩霊験記二の十三、雑談集四などにみえる。中国の宋高僧伝、新修往生伝、偽戒朱往生伝四、諸上人善人詠などにもその伝記がみえる。
四 「おうしゅん」と読み、「応俊」とも書く。中国梁代の僧(唐の太暦ごろの僧とも)。俗姓周氏、成都の人。この部分底・瑞・九本なし。最本により補入。
五 過去・現在・未来の三世にまします無数の仏たち。
六 往生要集・大文五の五に「過去の空王仏の眉間の白毫相を、弥陀尊は礼敬して、罪を滅し、いま仏を得たまへり」とある所に拠った。空王仏は過去世に出現した仏の名。
七 底・瑞・九本「空王仏と」、最本により「空王仏を」と改めた。
八 法華経・化城喩品に、大通智勝仏に十六人の王子が十方におもむき、父王の説く法華経を説いてまわったという記述がある。第十六番目の王子釈迦が娑婆国土において法華経を説き、成仏したとあるところを踏まえた一文。

2 三宝

九 毎日晨朝に衆生を済度する地蔵菩薩の姿は僧形である。その姿をさして言ったものであろう。
一〇 往生要集・大文五の二に、「涅槃経に云く」として「阿耨菩提は信心を因となす」とある。阿耨菩提は阿耨多羅三藐三菩提の略。無上正等正覚と意訳し、信心を因として達成されるの意。
一一 小乗の涅槃経と大乗の涅槃経の二種がある。後者には曇無讖訳の四十巻本(北本)、同本の再治本三十六巻(南本)、法顕訳の泥洹《ないおん》経六巻の三種がある。「阿耨菩提云々」の一文は南本巻三十二にみえる(大正蔵十二)。
一二 「今、この三界は、皆、これ我が有なり。その中の衆生、悉く是れ吾が子なり」と読む。法華経・譬喩品の句。
一三 梵語の音写語。善施、善与と訳す。釈尊在世中、舎衛城にいた長者。孤独な人々に食を施したところから給孤独

して浄土《じやうど》をもとめ給ふべきなり。

　教主釈尊《けうしゆしやくそん》、一切衆生《さいしゆじやう》をあはれみて、父の子をおもふがごとくにはごくみ給ふ。[一二]今此三界《こんしさんかい》、皆是我有《かいぜがう》、其中衆生《ごちうしゆじやう》、悉是吾子《しつぜごし》と云《いふ》文《もん》、たがふ事なきもの也。はやく、釈尊《しやくそん》を父《ちゝ》のごとくたのみたてまつりて、無上《むじやう》菩提《ぼだい》をいのり給ふべき也。

　[一三]須達《しゆだつ》が祇園精舎《ぎおんしやうじや》をつくりたてまつりしをもよろこび給はず。[一四]提婆達多《だいばだつた》が仏身《ぶつしん》より血《ち》を[一五]あやいしをもうらみたまはず。[一六]阿闍世王《あじやせわう》の父《ちゝ》をころし《こ》しをもうとみ給はず。[一七]阿育王《あいくわう》の八万四千の后《きさき》をころしし《こ》をもにくみ給はず。

　[一八]憂婆離《うばり》尊者《そんじや》が持戒《ぢかい》なりし、[一九]善星《ぜんしやう》びくが破戒《はかい》なりし、[二〇]迦葉尊者《かようそんじや》が威《い》儀《ぎ》をとゝのへし、[二一]六軍比丘《ぐんびく》が威儀《いぎ》わすれたる、[二二]舎利弗《しやりほつ》が智恵《ちゑ》にとめし、[二三]周梨《しゆり》般特《はんどく》が鈍根《どんこん》なりし、おなじく仏道に入《いれ》て差別《しやべつ》ある事なかりき。

　善《ぜん》の衆生《しゆじやう》をば[二四]羅睺羅《らごら》のやうにおぼしめし、悪《あく》の衆生《しゆじやう》をば善星《ぜんしやう》比丘《びく》のやうにみたまふ。[二五]金輪聖王《こんりんじやうわう》をもうやまひたまはず。[二六]田夫野叟《でんふやそう》をもあざむきたまはず、[二七]我観《がくわん》一切《いつさい》、普皆平等《ふかいびやうどう》と法花経《ほけきやう》にのべたまへるは是なり。はやく善根《ぜんごん》を修《しゆ》して、羅睺羅《らごら》のやうにおもはれたてまつりて、

長者とも呼ばれた。釈尊のために祇園精舎を建立、寄進した(法苑珠林五十六、経律異相三十五など)。

一四 →一〇六頁注一二。

一五 血を流したことをも。こぼす、したたらす、の意味の「あやす」に過去の助動詞「き」の連体形「し」が付いた「あやしし」とあるのが本来の形。

一六 →三五頁注一五。この説話巻一にくわしい。

一七 →三八頁注一一。

一八 梵語の音写語。近執、近取と訳す。迦毘羅衛城の理髪師であったが出家し、仏弟子中持律第一といわれた。「長老、憂波利。於二五百阿羅漢中一。持律第一」(大智度論二)。底本「う」を脱し、「はり尊者」とする。瑞・九・最本により「う」を補入。

一九 →三四頁注九。

二〇 →一四七頁注二三。「威儀をとゝのへし」は法華経・薬草喩品にある「威儀具足」から出た表現で、行住座臥堂々として品位を具えている様。

二一 六群比丘。「軍」は「群」と同音による錯誤であろう。釈迦在世中、常に一群となって非威儀のこと(破戒行為)をしていた六人の悪僧。難陀・跋難陀・迦留陀夷・闡那・阿説迦・弗那跋の六人。

二二 →五四頁注五。

二三 梵語の音写語。訳は小路。釈迦の弟子。四か日に一偈も暗記できない愚鈍な男であったが、釈尊から与えられたわずかな戒と偈を保ち、一心に修行して阿羅漢果を得たという。底本「周梨」に「しやり」の振り仮名をつける。瑞本によって「しゆり」に改めた。

二四 →三二頁注一四。

二五 →一六頁注一二。

二六 いなか者。田夫野人、田夫野老と同意。

二七 法華経・薬草喩品の一節。「我は、一切を観ずること、普く皆、平等にして」と読む。

2・1 帰依仏

仏道《ぶつだう》を得《え》給ふべき也。

[一]譬喩経《ひゆきやう》とき給ひしとき、青蓮《しやうれん》の御眼《まなこ》より涙《なみだ》をながして、七日までなきたまひけるを、御弟子たち、あやしみてとひたてまつりければ、「道心なき衆生の事をかなしむなり」とぞのたまひける。[二]五百の大願《ぐはん》も未来《みらい》の衆生のため、[三]僧祇《そうぎ》の苦行《くぎやう》も濁世《じよくせ》の我等《われら》がためなり。はやく[四]父のおもひをなして、なを〳〵仏道をならんとおもふべき也。

人間《にんげん》の親《おや》は、子をおもふ心ざしふかしといへども、うしろめたなき事ども侍るなり。[五]火の焔《ほのほ》をふせがんがために、子をもて面《おもて》にあて、[六]相人、我相《わがさう》をほめられんがために、みづから子をころすなど申《まうし》ければ、今生《こんじやう》すらすくふ事なし。いはんや、冥途《めいど》の苦患《くげん》におゐ《い》てをや。大聖世尊《だいしやうせそん》の親《おや》は、またくうしろめたなき事はなきなり。しかのみならず、いま浄土《じやうど》ありとしりてねがひ、悪道《あくだう》ありとしりていとひ、三宝《ぼう》を信《しん》ずべしとしる、これたが力《ちから》ぞや。大恩教主《おんけうしゆ》のをしへなくは、[七]暗《くら》きより暗《くら》きにいりて、ながく出離《しゆつり》の期《ご》なからんものか。かつうは随喜《ずいき》し、かつうはかなしみて、[八]釈尊《しやくそん》の父《ちゝ》をねんじたてまつるべ

一 未詳。譬喩経といわれる経典は雑譬喩経をはじめ数種類ある。以下仏が道心なき衆生の事を悲しんだ話、出典未詳。雑談集四の八に「仏譬喩経ヲ説給フニ、七日青蓮ノ御目ヨリ、涙ヲ流サセ給。阿難故ヲ問。答テ曰ク「道心ナキ衆生ニ、思ワヅラヒタルナリ」トノ給」とあるのは宝物集の引用改変か。

二 五百の誓願。悲華経によると、釈尊が宝海梵志と名のる因位にあった時、宝蔵仏の前で一切衆生を救うための五百の大願を起こしたという。

三 梵語の音写語。「教団に所属する」の意。釈尊因位の時、教団に所属して行った苦行の意。底・瑞・九本「僧儀」、最本により改めた。

四 釈尊をわが慈父なりとの思いをなして。

五 人間は自分の顔にふりかかる火の粉をよけるために、我が子さえも自分の面前にあてがう。出典未詳。

六 相人が自分の人相を見る能力のすぐれていることを認めさせようとして、我が子が七日後に死ぬと予告して、本当に殺してしまう話、百喩経一の十一(大正蔵四)にみえる。底・瑞・九本「相人に」、最本「相人」により「に」を削除。

七 和泉式部が法華経・化城喩品の「従ㇾ冥入㆓於冥㆒ 永不ㇾ聞㆓仏名㆒」を歌題にした「冥きより冥き道にぞ入りぬべきはるかに照らせ山の端の月」を踏まえた表現。元本だけは「ながく出離の期なからんものか」のあとに「此の心を和泉式部が歌に」として直接歌をあげている。これはむしろ元本が改竄本である証拠であろう。

八 釈尊という父を、の意。

し。

釈尊《しやくそん》の功徳《くどく》、たとへば、人薬王子《にんやくわうじ》[九]のごとし。人薬王子《にんやくわうじ》[一〇]といふは、乃往過去《ないわうくはこ》に、大王《だいわう》おはしき。一夫人《ぶにん》はらみ給ひぬ。この后《きさき》、懐妊《くはいにん》の後《のち》、[一一]みたてまつるもの、衆病《しゆびやう》のぞく事あり。このゆへ《ゑ》に、一国の病《びやう》人《にん》、后《きさき》を見奉らん事をねがふ。かるがゆへ《ゑ》に、下《げ》劣《れつ》の輩《ともがら》のために、簪《かんざし》をたまひ、衣服《いふく》をあたふ。是を手にとり身《み》にふるゝもの、衆病《しゆびやう》をいやす。王子《わうじ》誕生《たんじやう》の後《のち》、王子をみたてまつりたるもの、〔みな〕[一二]悪《あく》病《びやう》を消除《しやうじよ》す。王子幼少《ようせう》の昔《むかし》〔より〕[一三]長大《ちやうだい》の今《いま》にいたるまで、かくのごとくして、一国《こく》の病《やまひ》を治《ち》せずといふ事なし。王子《わうじ》、つゐ《ひ》に死《し》のためにお《を》かされて、屍《かばね》を塚《つか》の中にうづむ。一国《こく》の人民《にんみん》、〔徳〕[一四]をお《を》しみて叫喚《けうくはん》することゑ雷《らい》のごとし。時に智臣《ちしん》[一五]ありて、病《びやう》人をあひぐして、塚《つか》のほとりにのぞみて、死骸《しがい》を身にふるゝに、病《やまひ》をいやす事、存生《そんじやう》のごとし。

大恩教主《だいおんけうしゆ》[一六]の釈迦《しやか》も、また〳〵かくのごとし。浄飯王《じやうぼんわう》[一七]の后《きさき》摩耶《まや》[一八]夫人の腹《はら》にやどり給ひしより、一切《さい》の人民《にんみん》、煩悩《ぼんなふ》の病《やまい》を治《ぢ》し、誕生《たんじやう》の後《のち》、悉達太子《しつたたいし》と申《まうし》しころ正覚《しやうがく》なりたまひて、法《ほう》をとき給ひし時、一切《さい》の

九 久遠の過去に閻浮提に生まれた王子。父王は摩醯斯那王で、母はその最愛の夫人。王をみごもった夫人に触れただけで衆生の病は癒え、生まれた王子に触れただけでも同様だったという。

一〇 以下の説話、大宝積経七十九(大正蔵十一)、経律異相三十二(大正蔵五十三)にみえる。ただし経律異相が典拠という菩薩蔵経にはみえない。

一一 見る者、病気が直ったとあるが、大宝積経並びに経律異相では手あるいは身をもって触れたとき快癒したと記す。この差は何によって生じたか未詳。

一二 底本なし、瑞・九本により補入。

一三 底・瑞・九本なし、最本により補入。

一四 底本なし、瑞・九・最本により補入。

一五 大宝積経では「目連」が王子の遺骨を粉末にして身に塗らせたとし、経律異相は粉末にして塗るところは同じだが、智臣や目連は登場しない。

一六 この部分、大宝積経では「目連、汝爾の時の人薬王子をば豈異人なりと謂はんか。是の会を作す勿れ。即ち我が身是れなり」とし、経律異相は「人薬王子我身是也」とだけ記している。

一七 白浄王とも訳す。釈迦の父で、迦毘羅衛城の城主。

一八 → 一二頁注三。

煩悩《ぼんなう》の病《やまひ》を治《ち》せずといふ事なかりき。梅檀《せんだん》の煙《けむり》とのぼりたまひて後《のち》、遺教《ゆいけう》をとゞめ、舎利《しやり》[一]をのこして、一切衆生《さいしゆじやう》の煩悩《ぼんなう》の病《やまひ》をのぞき給ふ。かへすぐ〵も一代教主《だいけうしゆ》をたのみたてまつり、仏道をいのるべき也。

されば、善明太子《ぜんみやうたいし》[二]の、釈迦《しやか》の恩徳《おんどく》をほめよろこびのたま[ひ][三]てけるは、

[四]若仏不レ出ニ於世間一《もしぶつせけんにいでずんば》　一切衆生受ニ大苦一《いつさいしゆじやうだいくをうけん》
即無ニ人天一《すなわちにんてんなく》　唯悪趣《ただあくしゆのみならん》　但聞ニ種々苦音声一《ただしゆ〴〵のくおんじやうをきかん》

とはのたまひしぞかし。此文《このもん》の心は、もし、仏、世に出《いで》たまはざりせば、一切衆生《さいしゆじやう》は苦《く》をのみうけて、人にうまるゝ事もなく、天にうまるゝものもなくて、悪道《あくだう》にのみおちて、苦《く》をうけてかなしむ声《こゑ》をぞきかましとなり。こまかには、大般若経《だいはんにやきやう》[五]にときたまへり。

[六]薬師如来《やくしにようらい》は医王《いわう》の薬《くすり》をさづけて、一切衆生《さいしゆじやう》の病《やまひ》をいやし給ふ。われら、貪《とん》・瞋《じん》・痴《ち》の三毒《どく》の病《やまひ》おもきがゆへ《ゑ》に、出離《しゆつり》の期《ご》をしらざるなり。[七]悪病除愈乃至《あくびやうじよゆないし》、速証無上菩提《そくしやうむじやうぼだい》とのたまへり。はやく、薬師如来《やくしにようらい》を称念《せうねん》して、仏道《ぶつだう》をいのり給ふべし。

一　梵語の音写語。設利羅とも書く。原意は身体、骨格。転じて火葬にした遺骨の意。
二　善名天子のこと。「明」と「名」は音通による錯誤であろう。大般若波羅蜜多経五七三・第六分讃歎品に登場する王(大正蔵七)。
三　底本なし、瑞・九本により補入。
四　善名天子の仏を讃歎する偈頌中の一節。原典では「衆生」が「有情」、「即」が「則」になっている。
五　大般若波羅蜜多経。六百巻。唐の玄奘訳。
六　薬師瑠璃光如来。医王、医王仏とも。東方浄瑠璃世界の教主。一切衆生の病苦を救済しようと十二の大願を発した如来。
七　栄花物語二十二「とりのまひ」に「一聞我名、悪病除癒、乃至速証、無上菩提」とある所からの孫引きか。原拠は薬師如来本願功徳経(大正蔵十四)などにみえる薬師の第七誓願の句「此人若得レ聞ニ我名号一衆患悉除無ニ諸痛悩一。乃至究ニ竟無上菩提一」を踏まえたものであろう。
八　苦輪は生死を繰り返す輪廻の苦しみ。その苦しみが広大で深いことを海に譬えた。
九　奈女経では「祇域」と書く。→三五頁注二〇。耆婆が薬の瓶を握って生まれたこと、奈女経に「後日月満生ニ一男児一。児生則手持ニ針薬囊一」(大正蔵十四)とみえ、経律異相三十一にも「奈女生ニ男児一。初生時手中把ニ持針薬囊一」という経文が引用されている(大正蔵五十三)。
一〇　底・瑞・九本「むまれは」。最本により「は」を削除。
一一　→八四頁注一七。「身の中の病を見」たとは、史記・扁鵲倉公伝に虢《かく》の太子に開腹手術を施して蘇生させたという説話を典拠とする。
一二　大宝積経八によると、耆域(耆婆と同一人)が薬草を集めて童子形の人形を造り、これを見ると諸病がなおったという(大正蔵十一)。この部分は往生要集・大文十の六に「宝積経の第八に、密迹力士、寂意菩薩に告げて云く」として引用されている。
一三　底・瑞本「が」、最本「は」、九本により「を」に改めた。

人、死苦《しく》にせめらるゝがゆへ《ゑ》に、臨終正念《りんじうしやうねん》ならず。臨終《りんじう》正念《しやうねん》ならざるがゆへ《ゑ》に、往生《わうじやう》の心なし。かるがゆへ《ゑ》に、悪道《あくだう》におち侍るなり。薬師如来《やくしによらい》、医王《いわう》の宝薬《ほうやく》をさづけ給はば《ゝ》、臨終正念《りんじうしやうねん》にして、生死《しやうじ》の苦輪《くりん》[八]海《かい》をわたるべきなり。

[九]耆婆《ぎば》が、薬《くすり》の瓶《かめ》をにぎりてむまれ[一〇]、[一一]扁鵲《へんじやく》が、身の中の病《やまひ》を見、[一二]薬《やく》童子《どうじ》[一三]をみるもの、病《やまひ》をうしなひ、[一四]阿伽陀薬《あかだやく》は、なむるもの苦《く》をまぬかる。いはんや、薬師医王《やくしいわう》の宝薬《ほうやく》、あにうたがふものあらむや。

しかのみならず、[一五]八人の菩薩《ぼさつ》として極楽《ごくらく》へを《お》くらんとのたまへり。[一六]かた〳〵薬師をたのみて、仏道《ぶつだう》をいのるべき也。

天竺《てんぢく》の[一七]祇園精舎《ぎおんしやうじや》には、釈迦如来《しやかによらい》、[一八]療病院《りやうびやうゐん》をつくりて、薬師《やくし》の形《ぎやう》像《ざう》を安置《あんち》し、[一九]本朝《ほんてう》の天台山《てんだいさん》には、[二〇]伝教大師《でんげうだいし》、延暦寺《えんりやくじ》をたてて《ゝ》、医王《いわう》[二一]の尊容《そんよう》を本尊とす。仏もこれをきす[二二]、聖《ひじり》も是をきす。いはんや末代《まつだい》の衆生《しゆじやう》、いかゞたのみをかけたてまつらざらんや。

大聖観世音菩薩《だいしやうくはんぜおんぼさつ》は、極楽《ごくらく》には弥陀《みだ》[二三]、左脇《さけう》の弟子《でし》、娑婆《しやば》には施無畏《せむゐ》[二四]の菩薩《ぼさつ》なり。身を三十三[二五]に変《へん》じて、十方《はう》の衆生《しゆじやう》をみちびき、かたちを[二六]六趣《しゆ》に現《げん》じて、五道《だう》の群類《ぐんるい》をすくひ給ふ。身は、[二七]羅刹《らせつ》女のふとこ

一四 阿伽陀は梵語の音写語。無価、無病などと訳す。あらゆる病気を治すだけでなく王難・賊難・虎狼・水火・刀杖等の災難からもまぬかれるという万能薬。今昔四の三十二に、阿伽陀薬にまつわる話を載せる。
一五 灌頂経十二によると、文殊・観音・得大勢・無尽意・宝壇華・薬王・薬上・弥勒の八菩薩(大正蔵二十一)。薬師如来本願経に、薬師如来の名号を聞く者は、命終の時八菩薩が空中からやってきて、極楽への道を示すとある(大正蔵十四)。栄花物語十七にも「薬師如来、八菩薩を添へて極楽に送れと告げ給ふなり」のような文がみえる。
一六 いずれにせよ(副詞)。
一七 →一二頁注一〇。
一八 中天竺舎衛国祇洹寺図経・下によると、祇園精舎の西の寺域に医方院があり、また北に仏病坊があり、耆婆・阿難がここで治療にあたったという。ただしこれらの病院に薬師の像を置いた記録はみえない。
一九 日本の天台宗の拠点たる比叡山の意。
二〇 最澄。日本天台宗の開祖。三津首百枝の子。幼名広野。近江の人。東大寺で受戒後比叡山で修行、延暦二十三年(八〇四)入唐、天台教学を学んで翌年帰朝、天台宗を開いた。弘仁十三年(八二二)没、五十六歳。
二一 最澄が比叡山に入山し、草堂(根本中堂の前身)を建て薬師如来を安置したことが、三宝絵・下の三、法華験記・上の三、今昔十一の十、私聚百因縁集七の六などにみえる。
二二 意味とりにくい。期待をかけるの意か。
二三 極楽浄土の教主阿弥陀如来に対しては左脇に侍する脇侍。右脇の脇侍は勢至菩薩。阿弥陀如来と左右脇侍で構成される造像を阿弥陀三尊という。脇侍は本尊の教化活動を助ける者。
二四 観音は衆生の畏れを除去するので、施無畏菩薩ともよぶ。
二五 法華経・観世音菩薩普門品に観音が三十三の姿に変化して衆生を済度することが述べられている。
二六 地獄・餓鬼・畜生・修羅・人・天の六つの世界を六趣と言い、修羅道を除いた五つを五道と言う。ここは「六道の群類」とあるべきところだろう。
二七 羅刹は、通力により人を魅し、また食うという悪鬼の一種。女性の羅刹。

ろにいれども、心に念ずれば難《〔なん〕》もなく、一〔命は〕旃多羅《〔せんだら〕》二が鉾《〔ほこ〕》にのぞめども、おもひをかくれば苦《〔く〕》をまぬかる。三定業よくてんじ、大悲苦《〈ひく〉》にかはり給ふ。中にも、たのもしくかなしき文《もん》ども侍り。少〻申《まうし》侍るべし。

四種々諸悪趣《しゆ〲のしよあくしゆと》　地獄鬼畜〔生〕《ちごくきちくしやう》

生老病死苦《しやうらうびやうしのくと》　以漸悉令レ滅《もつてやうやくことごとくめつせしめん》

五若我誓願大悲中《もしわがせいぐわんのだいひちうに》　一人不レ成二二世願一《いちにんなりともにせのぐわんをじやうぜずんば》

我随二虚妄罪過中一《われこまうのざいくわちうにしたがひて》　不レ還二本覚一捨二大悲一《ほんがくにかへらずだいひをすてん》

六難度衆生《なんどのしゆじやう》　能度相見《のうどしてあひまみえん》

悲愛衆生《ひあいのしゆじやう》　慈如二一子一《じすることいつしのごとし》

七千手千眼観世音《せんじゆせんげんくわんぜおん》　生々世々希有者《しやう〲せゞけうしや》

一聞二名号一滅二重罪一《ひとたびみやうがうをきけばぢうざいをめつし》　無量仏果得二成就一《むりやうのぶつくわじやうじゆすることをえん》

ゆめ〱この文にうたがひをなす事なく、八大悲《〈ひ〉》の誓《〔ちかひ〕》をあふひで《〈い〉》、往《〈わう〉》生極楽《じやうごくらく》をねがひ給ふべきなり。

浄土《〈じやうど〉》にうまると云《いふ》は、すなはち観音《〈くはんおん〉》の臂《〔ひぢ〕》をのべて、九金蓮台《〈こんれんだい〉》にのせ給ふ也。極楽《〈ごくらく〉》に往生《〈わうじやう〉》する人、みなたれか観音《〈くはんおん〉》の来迎《〈らいがう〉》にはなれたるは

一 底・瑞・九本なし、最本により補入。二 梵語の音写語。暴悪、屠者、殺者などと訳す。インドの四姓外の賤民で、狩猟・屠殺・刑戮などを業とした者。三「定業亦能転」と「大悲代受苦」が一体化した表現。「大悲代受苦」は請観音経に「衆生若聞レ名。離レ苦得二解脱一。亦遊二戯地獄一。大悲代受レ苦」(大正蔵二十)とあり、往生要集・大文二の七にも引用。四 法華経・観世音菩薩普門品末尾の偈の一節。底本「畜生」の「生」なし、瑞・九・最本により補入。五 片活三・元本は「如意輪経ニ」とあり、準提観世音菩薩讃文にもこの偈がある(中江一晴氏示教)が、原拠経典不明。六 栄花物語二十二の道長の薬師堂供養のくだりに「難度衆生、能度相現、悲哀衆生、慈如一子などのたまはせたる程」とみえる文と同一文。ただし出典未詳。織田得能の「国文学十二種仏語解釈」に、栄花物語のこのくだりをあげて「是亦如意輪観音の心を演べたる経文なるべけれども未だ出所を見ず」とある。七 出典未詳。八 大悲観世音菩薩の衆生済度の誓願。

九 金色の蓮華の台(うてな)。

一〇 梁塵秘抄四二二番に「毘沙利国の観音は、今は烏瑟も見えじかし、入りぬらん、聖徳太子の九輪は、光も変らで今日をつめり」とある。三宝絵・中序、上宮太子御記に地中に没する観音像のことがみえる。いずれも大唐西域記八に「遂以二両軀観自在菩薩像一。南北標レ界東面而坐。聞二諸耆旧一曰、此菩薩像身没不レ見仏法当レ尽。今南隅菩薩没過二胸臆一矣」(大正蔵五十一)とある文に拠る。ただし宝物集の表現は「毘舎離国」「烏瑟」の用語例からみて梁塵秘抄の表現に近い。毘舎離国↓一五三頁注一五。烏瑟は仏の頭頂の髻状に隆起した部分。肉髻ともいう。一一 三宝絵・中の一に、日本にはじめて仏教を弘めた聖徳太子のことを記すが、そこに、太子の母(穴太部間人皇女)が懐妊の時、一人の僧が夢に現われて「我世を救ふ願あり、願はくは暫く御腹にやどらむ、我は救世菩薩なり。家は西方にあり」と言って口中に入りみごもったとある。救世観音の生まれかわりとしての太子が四天王寺を創建したので「仏法のはじめに救世

ある。大悲《だいひ》の悲願《ひぐはん》をあふぎて、来迎引接《らいがういんぜふ》をまち給ふべき也。

一〇天竺《てんぢく》の毘舎離国《びしやりこく》には、法滅《ほうめつ》のしるしに烏瑟《うしつ》をかくし、一一わが朝《てう》の四天《てん》王寺《わうじ》に、仏法《ぶつぽう》のはじめに救世《ぐぜ》の姿《すがた》をあらはし給ふ。南海《なんかい》のほとりに一二〔は〕一三熊野権現《ゆやごんげん》、西《にし》一四の御前《ごぜん》、千手千眼《せんじゆせんげん》なり。一五北嶺《ほくれい》の麓《ふもと》に、一六日吉《ひよし》山王《さんわう》八王子《わうじ》、観音《くはんおん》の垂迹《すいじやく》にあらずや。

一七穴憂《あなう》の観音《くはんおん》は、仏師《ぶつし》にかはりて射《い》られたまひ、一八成相《なりあい》の観音は、猪《ゐ》にかはりて行者《ぎやうじや》にくはれ給ふ。一九金崎《かねがさき》の観音は、女《おんな》に変《へん》じてぬしにお《を》とこをあはせ給ふ。二〇粉川《こかは》の観音は、童《わらは》にあらはれて人をいのり給ふ。

穴憂《あなう》の観音《くはんおん》の、仏師《ぶつし》にかはり給ひて射《い》られ給ふと云《いふ》は、丹波《たんば》の国《くに》なる人、京成《きやうなる》仏師《ぶつし》に観音《くはんおん》をつくらせ二一〔て、むかへまい《ゐ》らせ〕たりけるに、仏師《ぶつし》ぐして下りたりけるをみたてまつるに、あまりにたう《ふ》とかりければ、あひ《い》してもちたりける馬《むま》を出《いだ》して、とらせてげり。仏師《ぶつし》、うれしく思ひて、のりてかへりぬ。この馬《むま》、おもひみるにお《を》しかりければ、道《みち》にゆきあひて、仏師《ぶつし》を射殺《いころ》して、馬《むま》をとりかへして馬《むま》屋《や》にたてけり。夜あけてみれば、馬《むま》屋に馬もなくて、仏師《ぶつし》とおもひて射《い》たる矢《や》、観音《くはんおん》にたちてぞ侍りける。

の姿をあらはし給ふ」といった。一二 底本なし、瑞・九・最本により補入。一三 紀伊半島先端にある熊野三所権現。本宮・新宮・那智の三所で、本地は順に阿弥陀・薬師・観音。ここは観音の霊場をあげている所だから、千手千眼観音を本地とする那智権現をさす。一四 新宮を中御前と言うに対し、那智山を西御前と呼ぶ。神仏習合によりここは那智宮と青岸渡寺とが合体しており、千手千眼観音を本地とし、家都御子《けつみこ》を垂迹神として祀る。西国三十三観音霊場の第一番札所。一五 北嶺は比叡山延暦寺のこと。その東麓の坂本(滋賀県大津市の一部)あたりをさす。日吉山王社の一つ八王子は坂本にある。一六 日吉山王《ひえさんのう》七社の中の四番目の八王子社の意。七社の第四番目の八王子社は本地が千手観音である。底本「八王寺」、瑞・九本により改めた。一七 京都府亀岡市曾我部町穴太にある穴太寺。天台宗。古くは穴穂寺とも。慶雲二年(七〇五)大伴古麿の開基。この話は、扶桑略記二十六所引の「穴穂寺縁起」(応和二年)、法華験記・下の八十五、今昔十六の五、伊呂波字類抄、阿娑縛抄、金沢文庫本観音利益集、一代要記などにもみえる。一八 京都府宮津市にある成相寺。真言宗。慶雲年中、真応上人の開基という。この話は、今昔十六の四、諸寺略記、伊呂波字類抄等にみえ、古本説話集五十三、三国伝記八の三等にもみえる。また法華験記中・七十五は周防国玖珂郡の二井山寺の僧の話になっているが、筋はほとんど同じ。一九 福井県敦賀市金ヶ崎町にある金前寺。真言宗。本尊は十一面観音。天平八年(七三六)泰澄大師の開基という。この寺の観音が孤児の女性に男をめあわせる霊験談、今昔十六の七、宇治拾遺物語一〇八にもみえる。古本説話集五十四は津の国の和田の観音の話だが、ほとんど同一の霊験談である。二〇 和歌山県那賀郡粉河町にある補陀落山粉河寺。粉河観音宗。宝亀元年(七七〇)大伴孔子古の創建という。本尊千手千眼観世音。この話、粉河寺縁起の巻頭話中にみえる。また三国伝記二の三に文飾を施された同話がみえ、他に元亨釈書二十八、阿娑縛沙(諸寺略記)等にもみえる。
二一 底・瑞・九本なし、最本により補入。

成相《なりあい》の観音《くはんおん》の、猪《ゐ》になり給ふといふは、丹後《たんご》の国《くに》に観音の一けんふく所あり。行者《ぎやうじや》おこなひて居《ゐ》たりけるが、大雪《ゆき》ふりて人もかよはぬほどに、行者《ぎやうじや》二かつへ《ゑ》てしぬべかりけるに、猪《ゐのしゝ》の死《し》にて、堂《だう》のうしろにありければ、行者、しなんよりはとて、かみそりをもて、脇《わき》の下をきりて、くひて命《いのち》いきて、みれば、観音《くはんをん》の脇《わき》をきりやぶりてぞありける。猪《ゐ》はうせにけり。

金崎《かねがさき》の観音《くはんおん》の、三「女になりて」主《ぬし》におとこ《を》をあはせたまふと云《いふ》は、越前《ゑちぜん》の国に、金《かね》が崎といふ所にあるもの、観音《くはんおん》つくりたてまつりて、年《とし》ごろおこなひけるほどに、年《とし》おひ《い》おとろへて後、女《め》も男《おとこ》もうせにければ、娘《むすめ》なる女《おんな》、うけつぎておこなひけるが、あまりにたよりなくなりて、あさましかりければ、観音《くはんをん》たすけ給へといのり申《まうし》けるころ、しらぬ女の出《いで》きたりて、「よき男《おとこ》の、四美濃《みのゝ》の国《くに》に侍るが、女をもとむるなり、あはせん」といひければ、「いかにもよからんさまにはからへ」といひけるに、迎《むか》へに人おほくおこせなんどして、よびければゆくとて、五この女の、うれしさに、一《ひとつ》もちたりける紅《くれなゐ》の袴《はかま》をとらせたりければ、よろこびて出《いで》ぬ。すでに輿《こし》にのりてけるが、我《わが》観音《くはんおん》を

一　瑞・九本「けんぶつ所」。験仏所(霊験あらたかな所)の意か。

二　底・瑞本「かへつて」。片活三本「カツヘ死ナン」、九本「うへて」とあり、「かへつて」は「かつへて」の誤写とみて訂正。「かつゑる」は「飢える」と同意。

三　底・瑞・九本なし、最本により補入。

四　岐阜県の中部・南部に相当する旧国名。

五　娘なる女が。

六　この文章だと重病をうけた人は「紀伊国なりける人」自身ということになり、粉河寺縁起にいう「(佐大夫の)一の愛し子」の病気平癒を祈った話と齟齬が生ずる。これは恐らく、宝物集作者の原話要約の不備によるもので、粉河寺縁起と同一の説話とみるべきであろう。

七　大人びた童。粉河寺縁起では「童男の行者来たりて」とあり、三国伝記二の三では「往来ノ沙門来テ」とあり、元亨釈書二十八は「一童子」とする。

八　「祈りましょう」と童が言うと、「坊さんが祈るものだ」といぶかしく思ったけれどもの意。

九　底本「は」、瑞本「共(ども)」、九本「ど」。「は」は「共」の草体類似によって生じた誤写とみて「ども」に改めた。童だっ

いま一度《ど》お《を》がみたてまつらんとおもひて、まい《ゐ》りてみれば、女のとらせつる紅《くれなゐ》の袴《はかま》を、御肩《かた》にうちかけてぞおはしける。

粉川《こかは》の観音《くはんおん》の、人をいのり給ふと云《いふ》は、紀伊国《きいのくに》なりける人、粉川《こかは》の観音《くはんをん》に心ざしふかくつかう《ふ》まつりけるが、六重病《ぢうびやう》をうけて、いかにすれどもかなはざりけるに、七おとなしやかなる童《わらは》の、浄衣《じやうゑ》きたるがいできたりて、「八いのらん」といひければ、「僧こそ人をばいのれ」と、あやしかりけれども、九病《やまひ》のくるしきまゝに、いのらせたりければ、かきけすやうにやみにけり。粉川の観音《くはんをん》の、童《わらは》に現《げん》じていのり給へるなり。

一〇清水寺《せいすいじ》、一一行願寺《ぎやうぐはんじ》、一二河崎《かはさき》、一三六角堂《かくだう》、利生《りしやう》めのまへにあらはれ、霊験《れいげん》を《お》、の〳〵縁起《ゑんぎ》にみえたり。一四現当《げんたう》二世《せ》の利益《りやく》、観音《くはんおん》をあふぎたてまつりて、ゆめ〳〵疑《うたがひ》をなす事なかれ。一五念ゝ勿生疑《ねん〳〵もつしやうぎ》、如来《によらい》の金言《きんげん》にあらずや。

地蔵菩薩《ちざうぼさつ》は、我等衆生《われらしゆじやう》がふかくたのみたてまつるべき菩薩《ぼさつ》也。一六釈迦《しやか》如来《によらい》、一七忉利天《たうりてん》の一八劫婆樹《こふはじゆ》のもとにして、十方《はう》世界《せかい》の諸仏《しよぶつ》菩薩《ぼさつ》あつまり給ふ中に、地蔵《ぢざう》菩薩《ぼさつ》を一九よびはなち給ひて、「未来《みらい》悪世《あくせ》の衆生を汝《なんぢ》に付《ふ》二〇属《ぞく》す。一日一夜も悪道《あくだう》におとし給ふな」とのたまひしかば、二一菩薩《ぼさつ》無虚《むこ》

たので、疑いつつも祈らせたという文脈である。
一〇 京都市東山区にある寺。本尊は十一面観音。延暦二十四年(八〇五)坂上田村麻呂によって寺観が整えられたという。
一一 京都市中京区にある寺。通称革堂。寛弘元年(一〇〇四)革堂聖行円が一条の北に八尺の千手観音を安置、その後現在地に移った。
一二 河崎観音堂のこと。京都市上京区梶井町にあった感応寺。元亨釈書によると、一演法師が貞観年中鴨川西岸に創建し、観音像を安置したという。本尊の聖観音は高さ五尺五寸、一演の持仏で、弘法大師作と伝えられる。この観音像はのちに上京区一観音町の清和院に移されたという。
一三 京都市中京区にある頂法寺のこと。聖徳太子が四天王寺建立の時、用材調達のためこの地を訪れて開いたと伝える。六角形の堂があったことから六角堂と呼ばれた。本尊は如意輪観音。梁塵秘抄三一三番の「観音験を見する寺」の中に六角堂をかぞえている。
一四 現世と来世。
一五 「念々に疑を生ずることなかれ」と読む。法華経・観世音菩薩普門品にある句。「勝二彼世間一音　是故須二常念一　念念勿レ生レ疑」。
一六 以下「と事うけ申給ひてき」までの故事は地蔵菩薩本願経・下にみえる(大正蔵十三)。源信作といわれる地蔵講式にも「大師釈尊、昔喜見城、忽挙二金色之臂一摩二地蔵菩薩頂一言、我即諸衆生再付二属汝一、一日一夜無レ令レ堕二悪道一。憑哉、如来再吐二誠諦金言一、誂二置滅後之利益一。菩薩二傾二利生之丹心一。深受二取済度約束一」とある。
一七 →一〇頁注一六。
一八 →一四三頁注八。
一九 指名をして、他の者からきりはなして呼びつけること。
二〇 弟子・信者らを教導する使命を付与するとともにその救済を頼み、委託すること。
二一 地蔵菩薩がうそ偽りのない明快なことばづかいをもって。「さきら」は才気にみちた弁舌。底・瑞・九本「さきら」を「さきと」とする。最本により改めた。

妄《もう》のさきらをひらきて、「うけたまはりぬ」と事うけ申《まうし》給ひてき。まことにさるめりとおぼゆる事どもおほく侍るなり。

身を[一]廿五にちらして廿五有をすくひて、あるいは[二]十王《わう》と成《なり》て中有《ちうう》の旅《たび》人をやどし、あるいは閻魔《えんま》王《わう》となりて罪人《ざいにん》をたすけ、あるいは梵天帝釈《ぼんてんたいしやく》となりて悪業《あくごう》をなだめ給ふ。[三]自業自得果《じごうじとくくは》の罪《つみ》まぬかれがたければ、菩薩《ぼさつ》、[四]苦《く》にかはりて地獄《ぢごく》に落《おち》給ふ。[五]紅蓮《ぐれん》大紅蓮《ぐれん》の氷《こほり》の下には、[六]億《をく》千《せん》歳《ざい》慈悲《じひ》の肝《きも》をくだき、[七]焦熱《せうねつ》大焦熱《せうねつ》の焔《ほのほ》の中には、[八]無量劫《むりやうこふ》忍《にん》辱《にく》の膚《はだへ》をこがしたまふ。又、[九]毎日晨朝《まいにちじんてう》に、かならず地獄《ぢごく》の扉《とぼそ》にのぞみて、一切《さい》の罪人《ざいにん》をとぶらひ給ふ。

[一〇]造作五逆罪《ざうさくごぎやくざい》　常〔念〕地蔵尊《じやうねんぢざうそん》
遊戯諸地獄《ゆげしよぢごく》　決定代受苦《けつぢやうだいじゆく》

と云《いふ》は是なり。現《げん》世の利益《りやく》もあさからず侍り。少〻其証《そのしやう》を申《まうし》侍るべし。

[一一]西坂本《にしさかもと》に観音院《くはんおんゐん》と云《いふ》ところ有《あり》。そのほとりにありける老《おい》たる女の、五六寸ばかりなる地蔵《ぢざう》をもとめて、[一二]お《を》ごけと云《いふ》ものにいれて、くひける物の[一三]生飯《さば》をかならずまい《ゐ》らせて、やう〳〵年月《としつき》つもりけり。この女、

一 地蔵菩薩は自分の身を二十五に分散して、衆生が苦悩する三界六道の二十五の世界のすべてにおもむき、救済活動を展開するという意。地蔵講式(源信作)に「乃至六道四聖之道、毎レ道仰二於利益二十五有之衢一待二於済度一」とある。

二 冥界で死者の罪業を裁く十人の王。死者は初七日に秦広王、二七日に初江王、三七日に宋帝王、四七日に伍官王、五七日に閻羅王、六七日に変成王、七七日に太山王、百箇日に平等王、一周年に都市王、三周年に五道転輪王にそれぞれ裁かれるという(預修十王生七経)。

三 自分の行為の結果を自分で受けること。往生要集・大文一の一に「異人の作れる悪もて、異人、苦の報を受くるにあらず、自業自得の果なり、衆生皆かくの如し」とある。

四 地蔵講式に「若炎魔法王、猶強行二於修因感果之憲法一遣二地獄一者、楞厳之化身、背レ法代レ苦」。

五 以下「忍辱の膚をこがしたまふ」まで、地蔵講式の「所以紅蓮大紅蓮之中、埋レ氷億千載砕二慈悲之肝一、焦熱大焦熱之底、被レ炎無量劫、焦二忍辱之膚一」とある文をそのまま引用している。「紅蓮」は八寒地獄の第七、「大紅蓮」は第八に位置し、これらの地獄では寒さのため罪人の肉体が裂けて紅い蓮花のようになるという。

六 地蔵は億千歳の長きにわたり、衆生済度の慈悲心を発し。

七 八層から成る熱地獄のうち、焦熱は第六、大焦熱は第七に位置する。「紅蓮大紅蓮」の対語。

八 かぞえきれない長期間、地蔵は熱地獄に堕ちた衆生救済のため自らの膚を地獄の炎熱にさらすことに堪える。「億千歳…肝をくだき」の対語。

九 往生要集・大文二の七に「地蔵菩薩は、毎日晨朝に恒沙の定に入り、法界に周遍して苦の衆生を抜く」とある。梁塵秘抄四十番「毎日恒沙の定に入り、三途の扉を押し開き、猛火の炎を掻き分けて、地蔵薩埵こそ訪うたまへ」。その他、地蔵十王経、地蔵十輪経、地蔵講式などにも同様のことがみえる。

一〇 「五逆罪を造作すれども、常に地蔵尊を念ずれば、諸の地獄に遊戯して、決定して代りて苦を受けたまふ」と読む。

そのあたりに田《た》を二たんもちたりけるを、としごろは、子なりけるお《を》とこの作りてとらせけるが、いかなる事かありけん、六月までつくらざりけるを、なげきて、「としごろたのみたてまつれる地蔵《ちざう》、人にておはせ〔ま〕[一四]しかば、この田をつくりてくれ給ひてまし」といひてふしにけり。夜あけてきけば、「きのふまで手もふれざりし田を、夜のまにうへ《ゑ》てける」と云《いふ》ものとをり《ほ》ければ、我田《わがた》の事かとおもひて、いそぎおきて見れば、わが田《た》のうへ《ゑ》られ〔て〕[一五]ぞありける。近くよりてみれば、田《た》の中に鼠《ねずみ》の足跡《あしあと》のやうなるものぞありける。地蔵《ちざう》のし給へる事なめりと思ひて、みれば、御足《あし》に泥《どろ》うちつきてぞおはしましける。

[一六]二条堤《つゝみ》のほどに、色紙《しきし》[一七]漉《す》きありけり。そのほどの者《ものゝ》、冷泉河原《れんぜいかはら》[一八]のゑふでらと云《いふ》寺《てら》に地蔵《ちざう》のおはしますに、講《こう》[一九]をおこなひけるに、いと心ざしはなかりけれども、物なんども得てくはんと思ひて、講衆《こうしゆ》に入《いり》にけり。やう〳〵年月《としつき》をふるほどに、かの色紙漉《しきしす》き、病《やまひ》につきて、わづらひて、はかなく成《なり》にけり。おそろしき鬼《おに》ども、とらへからめて閻魔《ゑんま》王宮《わうぐう》へゆきぬ。一人の僧《そう》出来《いできた》りて、閻魔《ゑんま》王《わう》に申《まうし》うけて、ねんごろにかたらひて、かへるべき道などおし《を》へて、あながちにあはれみ

底・瑞・九本「念」なし、最本により補入。この偈の出典は仁和寺慈尊院済暹著、持念地蔵菩薩殊要抄に「或経曰」としてこの偈を引く。また、覚禅抄の地蔵上にも「或経云」として同一の偈を引くが、「或経」がいかなる経であるか不明。覚禅抄はこの「或経云」以下の引用を「有二悉檀鈔一」としているが、常喜院心覚の悉檀鈔は現存しない（御橋悳言）。地蔵和讃に「帰命頂礼地蔵尊　たとへ五逆の罪人も　常に地蔵を念じなば　自ら地獄に入り給ひ　衆苦に代らん御願力」とあるのはこの偈を和讃化したもの。

一一 西坂本は滋賀県大津市の坂本（東坂本）に対する呼称で、比叡山西麓の登り口。現在の京都市左京区一乗寺辺。観音院は大雲寺の寺域内にあった一院。老女を助けて田植えをした地蔵の話は、出典未詳。ただし、良観続編、地蔵菩薩霊験記四の十二は、出雲国大社のかたわらに住む農夫にかわって地蔵が田植えする話で、長一尺の小像に生飯を供養するという設定は酷似する。同書十の七も同類譚。また地蔵直談鈔、地蔵和談鈔にもこの話があるが、地蔵直談鈔では「江州西坂本」とする。

一二 麻小笥。麻笥に同じ。紡いだ麻糸を入れる器。檜の薄板をまげて作る。

一三 「さんば」「さんぱん」とも。鬼神・餓鬼・衆生のために、食前に少量の飯を取り分けて、野外や屋根などに置く飯。

一四 底・瑞・九本なし、最本により補入。

一五 底本なし、瑞・九本により補入。

一六 平安京を東西に走る二条大路が賀茂川に突き当ったところの堤。以下色紙漉きが地獄から蘇生した話の典拠は未詳だが、地蔵講の功徳を説く点で、今昔十七の二十八と類似する。

一七 色紙を漉く職人。色紙は和歌・書画などを書く方形の厚紙。

一八 平安京を東西に走る冷泉小路（現、夷川通）が賀茂川に突き当ったところの河原。「ゑふでら」は未詳。

一九 地蔵講。地蔵菩薩を礼拝、讃歎する講会。

ければ、あ[一]まりのうれしさに、「いかなる人のかくはしたまふぞ」ととひければ、「[[二]我は]冷泉河原《れんぜいかはら》のほとりに侍る也。そ[三]こにも、我[四]をば一年《ねん》に一度《ど》供養《くやう》せらるゝ也。そのうれしさに、このたびは非業《ひごう》なれば、こひうけてかへしたてまつるなり」とぞのたまひける。

[五]東山《ひがしやま》の辺《へん》にすむ女ありけり。ちかきほどなれば、[六]六波羅《はら》の地蔵《ぢざう》へぞつねにまいり《ゐ》ける。この女、母《はゝ》をもちたりけるに、をくれ《お》にけり。とかくしてとらすべき人もなかりければ、たゞひとりまもらへて、なきゐたりければ、なま夕ぐれに、僧《そう》の一人来りて、「何事をかくはなげき給ふぞ」ととひければ、かゝる事のあるといひければ、「やすき事にこそ侍るなれ」とて、かきおひて出《いで》にけり。うれしなどもこともをろ《お》かなり。そのの《こ》ち、この僧かきけすやうにみえず。これは地蔵《ぢざう》のし給ひ[[七]し]なめると思ひて、忌《いみ》あきてまいり《ゐ》てみれば、御あしにつちつきてぞたちたまひたりける。それより、この地蔵《ぢざう》をば山送《をく》りの地蔵と申《まうし》侍るなり。こまかには、地蔵の縁起《えんぎ》[八]と申文《まうす》にぞ申《まうし》ためる。それを見たまふべし。

世の末《すゑ》にすらかく侍るめれば、まして道如《だうによ》[九]がために華厳経《けごんきやう》の偈《げ》をと

一　底本「あはまり」、瑞本「あままり」。九・最本により改めた。
二　底・瑞・九本なし、最本により補入。
三　あなたも。
四　色紙漉きが加入していた地蔵講は一年一度の開催か。一年に一度地蔵講の時に供養してもらったというのであろう。
五　以下六波羅の山送り地蔵の話、出典未詳。
六　京都市東山区松原通付近の地名。
七　底・瑞本なし、九本により補入。
八　底・瑞本「縁起」、九本「縁記」とするが、元・最・片活三本の「験記」が正しいであろう。ここにいう「験記」はおそらく三井寺実叡撰「地蔵菩薩霊験記」(散佚)をさすのであろう。
九　伝未詳。今昔六の十九と三十七に同名の者がみえる。いずれも地蔵の霊験とは無関係で華厳経の偈とも関連しない。もっとも華厳経は、法華経偈とすべきを誤ったらしいが、それにしても地蔵の霊験とは無関係。六道講式初段にも道如が登場するが、これも今昔六の十九と同一人物である。
一〇　今昔六の三十三に登場する中国京師の王氏と同一人物であろう。今昔は唐の法蔵の華厳経伝記四(大正蔵五十一)から引用した。唐の文明元年(六八四)病死した王氏が冥途で地蔵に逢い、「若人欲了知　三世一切仏　応当如是観　心造諸如来」という華厳経・夜摩天宮菩薩説偈品の偈(大正蔵九)を授けられて蘇生した話。同話は、伝源信著、本覚讃釈の末尾にも載る。
一一　王氏に「華厳経の偈」とし、道如に「法華経の頌をよ」んだとすべきを宝物集作者が錯覚したのであろう。
一二　底本「後生」とするが、瑞・九・最本「後世」により改めた。

き、[一〇]王氏《わうし》がためには[一一]法花経《ほけきやう》の頌《じゆ》をよみて、みちびきたまひけんも、ことはり《わ》にこそ侍りけめ。[一二]今世後世能引導《こんぜごせのういんだう》といひ、この言葉《ことば》のまことなるかな。

[一三]大聖不動明王《だいしやうふどうみやうわう》は、悪業《あくごう》煩悩《ぼんなう》の怨敵《おんてき》をふせがんがために、降魔《がうま》の姿《すがた》を現《げん》じ給ふ。左《ひだり》の手には索《さく》をにぎる。[一四]春《はる》の柳《やなぎ》三わがね、右の手には剣《けん》をもてり、[一五]秋《あき》の霜《しも》三じやく、後《うしろ》には、火焔《くはゑん》さかりなり、[一六]火生《くはじやう》三昧《まい》なり。前《まへ》には[一七]降伏《がうぶく》の姿《すがた》をあらはす、魔界《まかい》をしたがへんがためなり。たのもしきかなや、[一八]阿防羅刹《あばうらせつ》のかたき、火《ひ》の車《くるま》をぐしてからめとらんとせしとき、大聖明王《だいしやうみやうわう》、智恵《ちゑ》の剣《つるぎ》をふりてふせぎ給《たまは》ん事を。はやく明王《みやうわう》におもひをかけて、浄刹《じやうせつ》にを《お》くられ奉るべき也。現世《げんぜ》の利《り》生《しやう》とても、たのもしくぞ侍るめる。少ゝ申《まうし》侍るべし。

[一九]相応和尚《さうおうくはしやう》天上《てんじやう》をゆかしがりしかば、背中《せなか》におひて、[二〇]都率《とそつ》の内院《ないゐん》にいたり、[二一]智証大師《ちしやうだいし》渡海《とかい》せしかば、舟《ふね》にあらはれて、琉球国《りうきうこく》の鬼難《きなん》をまぬかる。

園城寺《おんじやうじ》の[二二]内供智興《ないくちこう》、炎天《ゑんてん》に病患《びやうげん》をうけて、悩乱《なうらん》する事前後《ぜんご》をしらず。時《とき》の[二三]名師晴明《めいしせいめい》を[二四]請《しやう》じ、かつは祈請《きしやう》し、かつは卜筮《ぼくぜい》せさするに、

延命地蔵経に「我毎日晨朝入二諸定一、入二諸地獄一令レ離レ苦、無仏世界度二衆生一、今世後世能引導」とある。同文は、源信著、地蔵講式初段の偈頌としても引用している。

一三 梁塵秘抄二八四番「不動明王恐ろしや、怒れる姿に剣を持ち、索を下げ、後に火焔燃え上るとかやな、前には悪魔寄せじとて降魔の相」と酷似する表現。大日経一に「不動如来使、持二慧刀・羂索一、頂髪垂二左肩一、一目而諦観、威怒身猛焔。安住在二磐石一、面門水波相、充満童子形」とある(大正蔵十八)に関連する表現であろう。

一四 あとの「秋の霜三じやく」と対句をなすから「春柳三綰」とあったか。「綰」は「わがね」と読む。輪にまいて結ぶ意。不動は左手に索を持つが、それはまるでやわらかい春の柳枝を三つ輪に巻いたようだ、の意。

一五 和漢朗詠集・下・将軍に「雄剣腰に在り、抜けば則ち秋の霜三尺」(源順)とあるのに拠った。不動の右手に持つ利剣は長さ三尺、秋霜の如く鋭利である、の意。

一六 不動明王の三昧の姿。身体から火炎を出している。

一七 威力をもって他をうちまかす姿。不動の容姿。

一八 →六七頁注三〇。

一九 →七八頁注一一。不動が相応を背中に負って都率に至った話、拾遺往生伝・下の一、法華験記・上の五相応伝にみえる。

二〇 兜率とも。梵語の音写語で、訳は知足。欲界の大欲天の下から四番目にある宮殿。内外二院から成り、内院には弥勒、外院には天衆が住んでいるという。

二一 →七八頁注四。入唐のとき琉球に漂着、遭難しかかったとき不動を念じて助かった話、今昔十一の十二、明匠略伝等にみえる。

二二 運昭内供の弟子、証空の師。延喜十四年(九一四)生まれる。以下の話、今昔十九の二十四、発心集六の一、三国伝記九の六、三井往生伝七、元亨釈書十二、園城寺伝記六、寺門伝記補録十五その他にみえる。

二三 安倍晴明。→八六頁注一三。

二四 底・瑞・九本「賞し」、最本により改めた。

「定業《ぢやうごう》かぎり有《あり》、いのると〔も〕[一]いくべからず。たゞし、おほくゐ給へる御弟子《でし》の中に、命《いのち》をばかろくし、ならふところの経論《きやうろん》をばおもくして、師《し》にかはらんと申《まうす》人あらば、祭《まつ》りかへん」といひければ、智興《ちこう》無心《むしん》なれば、かはれとはいはねど、病《やまひ》のせむるまゝに、めを見まはしてみるに、一人もかはらんといふものなし。

これを見るにかなしかりければ、証空阿闍梨《せうくうあじやり》[二]とて、いまだ年わかくして、ならふところの経論《きやうろん》いくばくならずといへども、「師《し》・弟子《でし》は多生《たしやう》の契《ちぎ》りなり、この身《み》は夢《ゆめ》幻《まぼろし》のごとし、このたび、師《し》の命《めい》にかはりて、後生《ごしやう》に三宝《ぼう》のあはれみをもかうぶらん」と思ひて、「我師《わがし》にかはりたてまつらん」と云《いふ》。智興《ちこう》なやめる眼《まなこ》に涙《なみだ》をうかべて、歓喜《くはんぎ》の色をあらはす。「老母《らうぼ》、堂《だう》にあり。齢《よはひ》八旬になる。いま一度《ど》、今生《こんじやう》のすがたをみえて、かへりきたるべし」といひて出《いで》ぬ。母、此事をきゝて、またくゆるす事なしといへども、生死《しやうじ》の有様《ありさま》をいひて、なく〳〵かへり来《きたり》て、すでに師《し》にかはる。

晴明《せいめい》いふがごとくにまつりかへつ。証空《せうくう》たちまちに重病《ちうびやう》[三]〔をうけとりて、悩乱すること智興がごとし。証空〕としごろの本尊《ほんぞん》、絵像《ゑざう》の

一 底本なし、瑞・九・最本により補入。
二 伝未詳。智興の弟子、常住院始祖。
三 底・瑞・九本なし、最本により補入。
四 不動明王様よ、どうか私を臨終正念の状態で殺して下さ

不動尊《ふだうそん》にむかひて、「今生《こんじやう》の命《いのち》は師《し》にかはる。ねがはくは、[四]明王《みやうわう》、臨終正念《りんじゆうしやうねん》にしてころし給へ」といひてぬかづきければ、絵像《ゑざう》の不動《ふだう》尊《そん》、眼《まなこ》より紅《くれなゐ》の涙《なみだ》をながして、「汝《なんぢ》は師《し》に、我《われ》は行者《ぎやうじや》にかはらん」とのたまひて、証空《せうくう》病《やまひ》やみ、智興《ちこう》命《いのち》いきぬ。[五]一百由旬《ゆじゆん》内《うち》の文《ぶん》、うたがふ人なく、大聖明王《だいしやうみやうわう》におもひをかけて、二世の願《ぐはん》をいのりたまふべし。

観音《くはんおん》・地蔵《ぢざう》などの御事、[六]僧の文《ふみ》に申《まうす》べき也。しかりといへども、[七]女房《にようばう》などはえこゝろえ給ふまじければ、仏のぶんに申《まうし》侍るなり。

[八]法成寺供養《ほうじやうじくやう》の日、[九]河内国《かはちのくに》に侍りける[一〇]聖人《しやうにん》の、一度《ど》も京《きやう》を見ざりけるが、[一一]庭《には》〔をも〕ふまんとて、はじめて京のぼりして、御堂《みだう》にまい《ゐ》りて見ければ、[一二]宇治殿《うぢどの》 頼通 関白左大臣《くはんばくさだいじん》にて、願主《ぐはんしゆ》の御子[一三]〔にて〕[一四]官人番《くはんにんばん》長《ちやう》の御随身《みずいじん》に[一五]〔人〕はらはせて、[一六]四位《ゐ》五位の前駆《ぜんく》そのかずぐしてまい《ゐ》りたまひければ、御弟《おとうと》の公達《きんだち》、[一七]内大臣左大将殿《ないだいじんさだいしやうどの》 教通 をはじめたてまつりて、よろづの人、もてなしかしづきたてまつりけるを見て、一《いち》の人こそめでたき事にてありけれと、執《しふ》とまりにけり。

さるほどに、[一八]後《ご》一条院《でうゐん》の位《くらゐ》の御時、[一九]鳳輦《ほうれん》の御《み》輿《こし》にて、左右《さう》の近衛《こんゑ》

い。

五 由旬→六六頁注一一。ここは百平方由旬という面積を意味する。不空訳の金剛手光明灌頂経最勝立印聖無動尊大威怒王念誦儀軌法品に「復次観㆓自身㆒、成㆓本尊形状㆒、以㆓真言文字㆒、布㆓身諸支分㆒、一百由旬内、所㆑有難調御、鬼神所持者、皆悉能散壊」(大正蔵二十一)とある文をさす。

六 仏・法・僧の三宝のうち僧の領分として申すべきである。この「文」は「分」と解すべきである。片活三本「僧ノ分ニ申ベシ」。往生要集・大文六の二でも三宝を念ぜよとするが、僧宝を念ずる具体例として観音菩薩や地蔵菩薩を称念することをあげている。

七 今、ここの語り手は清涼寺の僧。聞き手は女房である。その聞き手に向かって言ったことば。観音や地蔵の事は本来は仏・法・僧のうちの僧の立場から述べるべきであったが、あなたのような女房には理解し難いことだろうと思ったので、あえてこれを仏の領分に入れてお話したのです。

八 藤原道長が建立した法成寺の金堂供養の日。治安二年(一〇二二)七月十四日。以下この金堂供養に出席したある聖人の話は、大鏡五、発心集五の十一、東斎随筆などにもみえる。

九 底本、国名振り仮名「の」なし、瑞本により補入。

一〇 伝未詳。池田本大鏡の傍注に「河内国聖人、其名証空、号自聖人」とある。発心集五の十一では「目聖」とする。

一一 法成寺の庭を踏んでみたいと。底・瑞・九本「をも」なし、最本により補入。 一二 藤原頼通。→一三頁注二四。

一三 底・瑞・九本なし、最本により補入。

一四 近衛府の将監以下の人達(官人)と左右の兵衛四百人の長として内裏の諸門を警護した職員(番長)。番長は通常四人置かれた。

一五 人払いをさせて。底・瑞・九本なし、最本により補入。

一六 四位・五位の宮廷職員による前駆の人数をそろえて。

一七 藤原教通。→二三頁注二四。

一八 →九〇頁注七。

一九 屋形の屋根に金色の鳳凰の飾りをつけた輿。井桁に組んだ轅《ながえ》の上に乗せ、肩にかついで移動する。

の陣《ちん》ひきて、左右の楽屋《がくや》より乱声《らんじやう》一奏《そう》して、鳥肌《とりはだ》二たつやうにおぼえければ、「公《おほやけ》三こそめでたき事なりけれ」と、又うら山しくなりにけり。

さて、御輿《みこし》よりおりさせたまひて、堂荘厳《だうしやうごん》四は極楽《ごくらく》のやうにしたてたるに、皆《みな》金色《こんじき》の御仏《ほとけ》の、眦《まなじり》をならべておはします御前を、御両《りやう》の御袖かきあはせて、かしこまりてとを《ほ》らせたまひければ、「なを《ほ》、仏ばかりの人はおはしまさゞりけりと思ひて、いよ〳〵仏におもひをかけたりき」とこそかたり侍りければ、はやく彼《かの》聖《しやう》人《にん》のおもひをなして、諸仏《しよぶつ》にたのみをかけ奉りて、仏道をねがひ給ふべき也。

法《ほう》を信《しん》じて仏になるべしと申《まうす》は、方等《ほうとう》五、般若《はんにや》、法花《ほつけ》、涅槃《ねはん》、みな成仏《じやうぶつ》六の因縁《ゐんゑん》をとけり。これを顕密《けんみつ》七と云《いふ》。顕宗《けんしう》の心、大やうは法花経《ほけきやう》にきはめたり。法花《ほつけ》八の修行《しゆぎやう》の事、別《べつ》に申《まうす》べきがゆへ《ゑ》に、先《まづ》、密宗《みつしう》のかたをおろ〳〵申《まうし》侍るべし。

密宗と申《まうす》は、もろ〳〵の真言《しんごん》の功徳《くどく》なり。密宗《みつしう》は宗のおもきがゆへ《ゑ》九に、たやすく申《まうし》のべがたきがうへに、あやしの山寺法師《やまでらほうし》、いかでか申《まうし》のべ侍らん。但《たゞし》、人の物がたりに申《まうし》し事ども、少〻申《まうし》侍るべき也。

一 舞楽で舞人が登場する時に笛・太鼓を音高く急調子で演奏すること。ここでは後一条天皇がこの堂供養に出御の時、乱声を演奏したのである。
二 突如としておこる衝撃的感動によって、毛穴が収縮して鳥肌が立つように思われたので。
三 天皇家。また天皇や皇后のこと。
四 法成寺の金堂の飾りつけ。
五 天台宗では釈迦一代の説法を、一華厳時、二鹿苑時、三方等時、四般若時、五法華・涅槃時の五時に区分する。その第三時以降に説かれた経典のすべてをさす。方等時の経典は、維摩経、勝鬘経などのいわゆる諸大乗経典を説いた時期。経題には必ずしも「方等」の呼称はつかない。四、五はそれぞれ説いた経題名によって時期名としている。
六 方等時以降に説いた大乗経典すべてをさして、「みな」成仏の原因を説いたとしている。鹿苑時は小乗教を説いたので除外したか。ただ華厳経は普通大乗経典に入れる。概括的言い方をしたために表記されなかったか。
七 顕宗と密宗。真言宗を除いた他の宗すべてを顕宗という。密宗は真言宗のこと。平安末期のころは顕密二宗で仏教宗派のすべてを包括している。

2・2 帰依法

八 三二一頁に「第十一に、法花経を修行して仏に成べし」という所で論ずるから、ここでは説かないというのである。
九 底本「おもむき」、瑞・九・最本により改めた。
一〇 一生悪業ばかり重ねたため大地獄に堕ちたが、随求陀羅尼の力により、天に生まれたというバラモン。この説話の典拠は、不空訳、金剛頂瑜伽最勝秘密成仏随求即得神変加持成就陀羅尼儀軌(大正蔵二十)。本朝文粋十三「為二盲僧真救一供二養率都婆一願文」(大江匡衡)の中に「饒益伝二於倶縛一」とあるのは自身を倶縛婆羅門と卑下して言ったものか。また雑談集十にも全く同じ説話がみえ、風雅集・釈教に「随求陀羅尼経の倶縛婆羅門をよみ侍りける」として藤原忠良の「朽ち残る法のことのは吹く風ははかなき苔の下までぞ行く」とある。

一〇倶博婆羅門《くばくばらもん》と云《いふ》ものありき。毎年千の生物《いきもの》をころす。罪業おもきがゆへ《ゑ》に、命終《みやうじゆう》の時《とき》地獄《ぢごく》におちぬ。やう〳〵年ふり日つもるほどに、一一随求陀羅尼《ずいぐだらに》の一《ひとつ》の文字《もじ》、を《お》のづから風に吹《ふか》れて倶博《くばく》が一二廟《びやう》にかゝりぬ。この功徳《くどく》のゆへ《ゑ》に、地獄《ぢごく》の鼎《かなへ》われて、清涼《せいりやう》の池《いけ》となりぬ。七宝《ほう》の蓮《れん》花《げ》ひらけて、苦患《くげん》をまぬかるといへり。まことに真言《しんごん》の功徳《くどく》めでたく侍る事なめり。

一三発心《ほつしん》の真言《しんごん》は、一遍《へん》誦《じゆ》すれば、一切経《さいきやう》を百万返《べん》よむ功徳《くどく》にひとしといへり。一四宝篋印陀羅尼《ほうけうゐんだらに》の持者《ぢしや》の、高《たか》き峰《みね》にのぼりてみるに、めにかゝるほどの衆生《しゆじやう》、悪趣《あくしゆ》をまぬかるなど申《まうし》ためる。まことにたのもしくぞ侍《はべり》ける。一五決定往生《けつぢやうわうじやう》の真言《しんごん》、名《な》一六を聞《きく》にたのみあり。一七千手陀羅尼《せんじゆだらに》の功徳《くどく》などうけたまふこそ、かへす〴〵たのもしくは侍れ。

専《もつぱら》、名号《みやうがう》を称《せう》すべし。極楽《ごくらく》に往生《わうじやう》し、一八大悲神呪《だいひしんじゆ》を受持《じゆぢ》せんもの、三悪道《あくだう》に落《おつ》といはば、我誓《われちかひて》正覚《しやうがく》をならじとのた［ま］一九へり。二〇延暦寺《ゑんりやくじ》座主延昌《ざすゑんしやう》は、二一尊勝陀羅尼《そんしやうだらに》の功徳《くどく》によるがゆへ《ゑ》に、極楽《ごくらく》の往生《わうじやう》をとげたり。尊勝陀羅尼《そんしやうだらに》の功徳《くどく》は、現《げん》世にもめでたく侍るめる。二二九条右大臣《でうだいじん》殿師輔、二三二条大宮あはらの辻《つじ》にて二四百鬼夜行《きやぎやう》にあひて、尊勝陀羅尼み二五

一一 不空訳の随求陀羅尼儀軌に説かれている陀羅尼。陀羅尼は梵語でとなえる呪文。
一二 祖先の像や位牌を安置し、その霊を祀る建物。随求陀羅尼儀軌には「倶縛苑所」とある。
一三 発菩提心の真言ともいう。「オン　ボオヂ　シッタボダハナヤミ」ととなえる。我、今、菩提心を発生せん、の意。
一四 不空訳、宝篋印陀羅尼経に説くやや長文の陀羅尼（大正蔵十九）。「高き峰にのぼりてみるに…」はこの経典中に「若人住二在高山峰上一至心誦レ呪眼根所レ及遠近世界山谷林谷江湖河海、其中所有毛羽鱗中、一切生類、砕二破惑障一覚二悟無明一、顕二現本有三種仏性一畢竟安二処大涅槃中一」とあるに拠る。
一五 決定成就の真言のことか。それなら「オン　バザラヤ　ソワカ」ととなえる。
一六 底本「に」、瑞・九本により「を」に改めた。
一七 →一四九頁注五。
一八 千手千眼観世音菩薩広大円満無礙大悲心陀羅尼経。略して、大悲心陀羅尼、大悲心呪とも。不空訳、大悲心陀羅尼修行念誦略儀（大正蔵二十）にその念誦法が説いてある。
一九 底本なし、瑞・九本により補入。
二〇 十五世天台座主。江沼氏の出身。幼少のころ出家して叡山に登り、玄昭に顕密二教を学んだ。二十二歳、長意より受戒。天慶二年（九三九）法性寺座主。天徳二年（九五八）僧正。朱雀・村上両天皇の帰依を受けた。応和四年（九六四）没、八十五歳。日本往生極楽記十六、法華験記・上の六にみえる。
二一 仏頂尊勝陀羅尼。地婆訶羅訳、尊勝陀羅尼経に説く八十七句から成る陀羅尼。これを念誦すると除病・延寿の功徳があるという。
二二 →九八頁注三。師輔が尊勝陀羅尼の力で百鬼夜行の難をまぬかれた話、大鏡三・師輔伝に詳細がみえる。
二三 大内裏東南の角。二条大路と大宮大路の交差している地域。底・九・最本「二条大宮」としているが、瑞本は「あはらのつじ」の傍注とする。大鏡では「あはゝのつじ」。
二四 いろいろなばけ物が夜な夜な歩きまわること。
二五 満たして。陀羅尼はとなえる数がきめられている。その所定の数を満たした意であろう。

てて《ゝ》、鬼難《きなん》をまぬかれたまへり。

[一]西三条大将常行《にしさんでうだいしやうつねゆき》は、若《わか》君《ぎみ》の時、[二]神泉苑《しんせんゑん》の前《まへ》にて百鬼夜行《きやぎやう》にあひてける。乳母《めのと》の、小袖《こそで》の頸《くび》に尊勝陀羅尼《そんしやうだらに》をぬひくゝみたりけるにぞ、たすかりたまひて侍りける。まして地獄《ぢごく》の中なりとも、いかゞ阿防羅刹《あばうらせつ》といふとも、かたさりたてまつらざらんや。

[三]震旦国《しんだんこく》に[四]広州《くはうしう》の法興《ほうこう》といふものあり。一期《ご》の運命《うんめい》つきて、閻魔《ゑんま》王《わう》宮《ぐう》にめされぬ。大なる車《くるま》に鉄《くろがね》の札《ふだ》をつみて、冥官《みやうくはん》の前に引出《ひきいだ》せり。法興が在生《ざいしやう》の罪《つみ》のしるせる札《ふだ》なり。一枚《まい》の札《ふだ》のはしに、聴聞《ちやうもん》といふ文字《もじ》あり。札《ふだ》、猛火《みやうくは》となりて、そこばくの罪業《ざいごふ》をしるせる札《ふだ》をやきうしなふ。しりぬ、法をきくもの悪趣《あくしゆ》をまぬかるゝといふことを。

[五]僧《そう》と申《まうす》は、もろ〳〵の声聞《しやうもん》・縁覚《ゑんかく》を申《まうす》べきなり。しかりといへども、この世にありがたく侍るがゆへ《ゑ》に、頭《かしら》をそり、衣《ころも》を染《そ》めたらんものを帰依《きゑ》すべき也。

[六]竜《りう》の子を、幼《おさな》しとてかろしむべからず。雲起《くもおこ》りて雨をそゝくがゆへ《ゑ》に。僧《そう》をば、小《ちいさ》しとてあなづるべからず。七歳《さい》の沙弥《しやみ》、[七]魔醯修羅《まけいしゆら》の難《なん》ふせぐ。

一 藤原常行。良相の長子。母は大江乙枝の女。大納言、右大将、正三位。貞観十七年(八七五)没、四十歳。この話、今昔十四の四十二、打聞集二十三、古本説話集五十一、真言伝四の九にもみえる。

二 大内裏の南に接して作られた庭苑。そこにあった池泉は現在も京都市中京区に遺構を残す。

三 以下の話、法華伝記九の八「広州法誉」が出典(大正蔵五十一)。三国伝記八の十九にもみえる。ただし後者は悪業を記した札が焼失する記述が略されている。

四 広州は広東省広州市付近。法興は法礐(誉)の誤伝であろう。最本「法与(與)」として「ホウヨ」の振り仮名。「與」は「礐」の誤写であろう。

五 仏・法・僧三宝の仏のところでは「観音・地蔵などの御事、僧の文に申べき也」と言っていた。

2・3 帰依僧

六 「竜の子を…あなづるべからず」は、三宝絵・下序からの引用。

七 正しくは「魔醯首羅」と書く。感応大自在天王。シヴァ神をさす。大千世界を統括する色界の天王。七歳の沙弥がその難をふせぐという故事の出典未詳。

八 央掘摩羅(おうくつまら)のこと。訳して指鬘。仏在世時舎衛城に住した悪人。人を殺せば涅槃が得られるとして多くの人を殺し、その指を切りとって首にかけたが、仏の説法によって仏門に入り阿羅漢になったという。央掘魔羅経によると、本来菩薩であって、人を教化するため殺人をしたという(大正蔵二)。この文、三宝絵・下序に「彼の指鬘比丘はあしき人也き、見しものたれも過去の如来と知らざりき」とあ

指鬘《しまんびく》[八]比丘は悪《あく》人[九]なりしかば、たれか過去《くはこ》の如来《によらい》とする。[一〇]不軽菩薩《ふぎやうぼさつ》は下劣《れつ》の姿《すがた》なりしかば、打[一一]つ人未来《みらい》[一二]の教主《けうしゆ》とおもはず。

[一三]野《の》の中にふせる乞食《こつじき》の沙門《しやもん》、大聖文珠化身《だいしやうもんじゆのけしん》なり。[一四]みるお《を》つは大《たい》食無智《しよくむち》のものなれども、[一五]天童《てんどう》はちを〔もて〕[一六]めぐる。

こゝをもて、釈尊《しやくそん》お《を》しへてのたまはく、「[一七]証果《せうくは》の羅漢《らかん》なくは、[一八]〔持戒の比丘を供養せよ。持戒の比丘なくは、〕破戒《はかい》の僧《そう》を供養《くやう》せよ。破《は》戒《かい》の僧《そう》なくは、頭《かしら》をそり、[一九]衣《ころも》をきたらん法師《ほうし》を供養《くやう》せよ。海渚《かいしよ》、鳥《とり》あり。玉《たま》をふくむと、すつ。鳥《とり》は宝《たから》としらざれども、玉は宝《たから》となりぬ。僧《そう》は不浄《ふじやう》なりといへども、供養《くやう》の功徳《くどく》は宝《たから》と成《なり》ぬ」とをしへたまへり。

又、[二〇]十輪経《りんきやう》に云《いは》く、「[二一]瞻蔔《せんぶ》の花《はな》は、しぼめりといへども、よのはなの鮮《あざやか》なるにすぐれたるがごとく、我弟子《わがでし》も、戒《かい》をやぶるといふとも、また〳〵かくのごとし」とのたまへり。

[二二]行基菩薩《ぎやうぎぼさつ》の碑《ひ》[二三]の文《もん》にも、「白鴉《はくあ》の恩《おん》を報《ほう》ぜんとおもはば《と》、烏鴉《うあ》を饗《きやう》ずべし。僧《そう》を供養《くやう》せんとおもはば《と》、無慚《むざん》の僧をせつすべし」とはかき給ふ也。

白鴉《はくあ》の恩《おん》を報《ほう》ぜんとおもはば《と》、烏鴉《うあ》を饗《きやう》ずべしと云《いふ》は、[二四]昔《むかし》天竺《てんちく》

る文の引用であろう。

九 底・瑞・九本「なしかば」、最本によって「り」を補入。

一〇 法華経・常不軽菩薩品に登場する比丘。逢う人すべてを礼拝したので皆から馬鹿にされ杖木瓦石で打たれたが、命終のとき成仏する。法華経ではこの比丘こそ今の我が身だと釈迦が説いたとある。底本「ふぎやうふさつ」、瑞本により「ぼさつ」に改めた。

一一 底・瑞・九本「かつ人」、最本により改めた。

一二 不軽比丘は後に大恩教主釈迦如来となる。馬鹿にして瓦石を投げつけた人たちには思いもよらなかった。

一三 三宝絵・中の一に聖徳太子が片岡山のほとりで飢人に逢い、歌の贈答をした。この飢人を、袋草紙・希代歌では「達磨和尚、文殊化身」とし、俊頼髄脳も文殊化身説をとる。「野の中にふせる乞食の沙門」はこの飢人をさすのであろう。

一四 底・瑞・九本「みるをせ」、最本「みるおつ」とあるによる。弥留越のこと。天竺の僧、伝未詳。同話は、心性罪福因縁集、菩提集、覚心集、真言伝二、雑談集五、三国伝記十二の二十二、法華経直談抄等にみえる。

一五 天人の童子。

一六 底・瑞・九本なし、最本により補入。

一七 「証果の羅漢…宝となりぬ」は出典未詳。

一八 底・瑞・九本なし、最本により補入。

一九 底本「ころも」の「も」なし、瑞本により補入。

二〇 大方広十輪経。八巻。失訳。

二一 →一五〇頁注一四。以下引用部は、十輪経三(大正蔵十三)、法苑珠林十九(大正蔵五十三)にみえる。

二二 →歌人解説。

二三 行基菩薩遺誡と同じものか。「白鴉の恩云々」に近似の文が同遺誡に「又遺二誡諸弟子等一、不二浄土一者何有二称恵之処一、不二聖衆一者誰有二随レ心之人一、欲レ報二白鵶之恩一烏鵶可レ施レ食、施二城中最下之凡人一、過二供養一難レ勝云々」とある(木下資一)。後半「僧を供養せんとおもはば云々」は宝物集の増補か。

二四 観心論疏一に「昔有国王遊戯頓乏近臥草中云々」として同話をのせる(大正蔵四十六)。

に国王《こくわう》、野《の》の間《あひだ》川《かは》のほとりにいでて《ゝ》あそび給ふに、毒虫《どくちう》、国王《こくわう》をさしたてまつらんとするを、白鴉《はくあ》これをつかみて、つゝきころして、木のえだよりおとしつ。国王大臣《こくわうだいじん》是《これ》をみて、大によろこびて、恩《おん》をむくはんとし給ふに、白鴉《はくあ》そののち《ゝ》みえず。智人申《ちじんまうし》ていはく、「たゞ烏鴉《おうあ》を饗《きやう》じ給ふべし」とさだめ申《まうし》ければ、国王《こくわう》、烏鴉《おうあ》を饗《きやう》じ給ふに、その御ゆめに、「烏《からす》を饗《きやう》じ給ふ、おなじ事なるがゆへ《ゑ》に、よろこぶ心あり」とぞ、みえたてまつりたりける。烏鴉《おうあ》とは、くろき烏《からす》を申《まうし》ためる也。

[一]舎利弗尊者《しやりほつそんじや》、〔僧〕[二]をくやうするに、仏《ほとけ》、舎利弗《しやりほつ》につげてのたまはく、「声聞《しやうもん》・縁覚《ゑんかく》は帰依《きゑ》するものおほかるべし。無智《むち》無慚《むざん》の僧は、人、帰依《きゑ》せざるがゆへ《ゑ》に、供養《くやう》にともし。このゆへ《ゑ》に、破戒《はかい》の僧を供養《くやう》する功徳《くどく》は、ことにすぐれたり」とぞのたまひける。此故《ゆへ》に、一切《さい》の僧に帰依《きゑ》をいたすべきものなり。

こゝをもつて、[三]須達長者《しゆだつちやうじや》は寺《てら》を作《つく》りて仏をすへ《ゑ》、[四]耆婆大臣《ぎばだいじん》は湯《ゆ》をわかしてあびしき。[五]影賢王《やうけんわう》の千僧《せんそう》を供養《くやう》せし、[六]太子つたへておこたる事なく、[七]阿育王《あいくわう》の諸僧《しよそう》を拝せし、大臣《だいじん》制《せい》せしかどもやむ事なかりき。

一 →五四頁注五。以下仏が舎利弗に告げたことばの出典は未詳。
二 底・瑞・九本なし、最本により補入。
三 これ以下「五百生犬の形にうまれし」までのインドにおける僧宝尊重の諸例の記述は三宝絵・下の序からの引用。須達長者→一六九頁注一三。賢愚経十(大正蔵四)、法苑珠林二十九(大正蔵五十三)にもみえる。
四 →三五頁注二〇。耆婆が仏に願い出て、衆僧を温室に入れ、洗浴させて垢穢をとりのぞいたこと、安世高訳、仏説温室洗浴衆僧経(大正蔵十六)に説かれ、賢愚経三(大正蔵四)、法苑珠林三十三にもみえる。
五 頻婆娑羅王のこと。意訳して影堅王。→三五頁注一六。この王とその太子が仏に供養したこと、大智度論二(大正蔵二十五)、大唐西域記八(大正蔵五十一)にもみえる。
六 阿闍世王のこと。→三五頁注一五。
七 阿輸伽王に同じ。→三八頁注一一。阿育王が仏法に帰依し、諸僧を拝し、大臣の制止をふりきって供養したこと、阿育王伝三(大正蔵五十)、阿育王経五(同上)にみえる。沙石集八の二十二にも同様の記事がある。
八 いな。古くは「ゆいな」とも。僧の雑事をつかさどり、また指揮する役の僧。都維那、悦衆、知事、授事などともよばれる。維那が外僧をあなどった話、賢愚経十三(大正蔵四)、法苑珠林九十四(大正蔵五十三)にもみえる。
九 少年が犬に生まれた話、賢愚経十三(大正蔵四)、法苑珠林六(大正蔵五十三)にもみえる。
一〇 伝説上の太古の帝王。軒轅氏。文字・暦法・音楽・医薬などをはじめて作った人とされる。

[八]維那《いの》の愚《をろか》にして外僧《げそう》をあなづりし、九十一劫《こふ》虫《むし》の報《ほう》をうけ、少《せう》[九]年《ねん》の、たはぶれに老僧《らうそう》をわらひし、五百生《しやう》犬《いぬ》の形《かたち》にうまれし、なを〳〵法《ほ》師《うし》と云《いふ》ものをあざむかずして、帰依《きゑ》をいたすべきなり。[一〇]黄帝《くはうてい》の[一一]天老《てんらう》をとひし、百[一二]二十年《ねん》の算《さん》をたもち、[一三]漢武《かんぶ》の[一四]岱宗《たいそう》にいのりし、八十の寿命《じゆみやう》を得たりき。

[一五]いはんや、往生極楽《わうじやうごくらく》の望《のぞ》みにおゐ《い》てをや。豈《あに》三宝《ぼう》にいのらざらんや。仏法僧《ぶつほうそう》のうた、おほく侍《はべる》めり。一両首《しゆ》申《まうす》べし。

327 一たびも南無阿弥陀〔仏〕と云《いふ》人の蓮《はちす》の上にのぼらぬはなし

空《くう》也《や》聖《しやう》人《にん》

328 あみだ仏ととのふる声《こゑ》に夢覚《ゆめさめ》て西《にし》へながるゝ月を社《こそ》みれ

選《せん》子《し》内《ない》親《しん》王《わう》

329 けふひらくたからのはこのをし《お》でこそ西へ行《ゆく》べきしるし也けれ

[一六]よみ人しらず

330 梅の木のかれたる枝に鳥のゐて花さけ〳〵となくぞわりなき

〔[一七]清水寺の観音の御歌〕

一一 黄帝に仕えた七人の側近の一人。雑子陰道二十五巻を著す。黄帝が天老に問うたとは、神仙の道を諮問したの意。

一二 天老に問うた結果、百二十年の長寿を付与された。

一三 漢の武帝。→三九頁注二〇。白氏文集三・新楽府の「海漫漫」に秦の始皇帝と並んで不老不死の仙薬を求めさせたことが詠われ、三教指帰・中に「昔漢帝の仙を冀ひし、悃《ねんごろ》に王母に請ひ」とみえる。

一四 中国山東省にある泰山のこと。昔、天子がここで天地を祀る儀式をした。底・瑞・九本「大窓」とあるが、最・久本により改めた。

一五 神仙道ですら寿命延長という利益を得るのだから、まして仏道の往生極楽の望みにおいては。

327 一度でも南無阿弥陀仏と唱える人で、極楽の蓮台にのぼらぬ人はいない。底本「仏」なし、瑞・九・最本により補入。

328 南無阿弥陀仏と唱える聖の声に未明の夢がさめて、西に流れ落ちる月を眺めたことだ。

一六 今撰集・雑所載の同歌は作者「伏見上人」とある。伏見上人は未詳。

329 今日開眼供養する宝篋印陀羅尼経こそは、西方極楽浄土に往くことのできる証明なのだよ。「ひらく」は、箱を「開く」と「開眼」とを懸けている。「たからのはこ」は「宝篋」の訓読。「をしで」は「印」の訓読。てのひらに朱または墨を塗り、文書などに押すことを「押し手」といい、誓約や起請などの印判とした。

一七 底・瑞・九・最本、作者名なし。元本、袋草紙・希代歌に「清水寺観音御歌」とあるのによって補入。袋草紙には「マヅシキ女清水寺ニ百日参、ナク〳〵祈念スル夢ニ、御帳中ヨリ小僧出来テ云ケル歌」とある。なお続詞花集・釈教には作者名なく袋草紙とほぼ同様の詞書がある。

330 梅の木の枯れた枝に鳥がとまって、花咲け、花咲けと鳴くのはすばらしい。「わりなき」は、特にすぐれているの意。ここは鶯が「ほけきょう」と鳴くのを「法華経」と鳴くとききとり、すばらしいと歌った。三二七・三二八は仏を詠み

僧《そう》正《じやう》遍《へん》昭《ぜう》

331 たらちねはかゝれとてしもうば玉のわが黒髪《くろかみ》はなでずや有《あり》けん

[一]愚直《ぐちよく》、河《かは》をあさしと信《しん》ぜしかば、水、[二]踝《つぶゝし》につき、[三]僧弼《そうひつ》、白紙《はくし》は仏《ほとけ》と信《しん》ぜしかば、眼《まなこ》をひらくる事ありき。いはんや、三宝《ぼう》を信じたてまつりて、往生極楽《わうじやうごくらく》をねがはんものは、を《お》しとげずといふ事あるべからず。

天竺《てんじく》に愚直《ぐちよく》と云《いふ》ものありき。[四]恒河川《ごうがかは》の水の出《いで》て、ふかゝりける時、愚直《ぐちよく》、わたるべき事ありて、「この川《かは》わたりなんや」と人にとひければ、あまりの事なりければ、[五]軽慢《けいまん》して、「つぶふしにぞたつ」といひければ、愚直《ぐちよく》、この言葉《ことば》を信《しん》じてわたるに、踝《つぶゝし》にぞたちけり。

唐《とう》に僧弼《そうひつ》といふものありき。生年《しやうねん》二十五にして重病《ちうびやう》をうけて、盲《まう》目《もく》に成《なり》にけり。一向《ひたすら》、後世門《ごせもん》に入《いり》ておこなひけるが、本尊《ほんぞん》をもたざりければ、山寺《やまでら》に行《ゆき》て本尊《ほんぞん》をこひければ、小沙弥《こしやみ》のありけるが、軽慢《きやうまん》して、白紙《はくし》を一枚《まい》、「これぞ本尊《ほんぞん》」とてとらせたりければ、[六]仏《ほとけ》なめりと信《しん》じて、おこなひたてまつりて、現身《げんしん》に眼《まなこ》をひらけ〔[七]て、後世にわ

込んでいて仏歌、三九・三〇は経典を詠み込んでいて法歌、三三は僧歌。以上で仏法僧三宝の歌となる。

331 お母さんはこのように剃髪することを願って私の黒髪を撫ではしなかったのではないだろうか。「たらちね」は母(後撰集は「たらちめ」)、「うば玉」は黒にかかる枕詞。

一 ばか正直者。愚直が河を渡った説話、出典未詳。

二 くるぶし。つぶなぎ。

三 出典は往生浄土伝(偽戒珠伝)・中の十一。以下に要文を引く。「廿五曰風疾逼二切身心一、両眼有レ翳、都不レ見レ色、如二盲人一…時従二沙弥一、乞二浄土変像一、沙弥軽呼嘲戯、有二画レ紙変像一、方レ得レ之不、弼曰吾眼開不レ弁二好醜一、唯欲レ対レ像、乞レ授レ之、沙弥即授二空紙一、弼歓喜而去、入レ山結レ草為レ室、対二空紙一謂二真像画一、礼供忠、三年不レ出二菴戸一、夢見二光明数度一、眼頗明見二空紙変像宛然一」。

四 →三七頁注一一。

五 軽んじあなどる。底本「けいまん」の振り仮名。四行あとには「きやうまん」と仮名書き。いずれの読み方をとるべきか未詳。

六 「仏なるめり」の略。仏なのだろう。

七 底・瑞・九本なし、最本により補入。

う生のさうをあらはすことなり。」

八浄目天子《じやうもくてんし》・法財王子《ほうざいわうじ》の菩薩《ぼさつ》の行《ぎやう》を退《たい》せし、信力《しんりき》のよは《わ》かりしゆへ《ゑ》九なり。一〇魚《うを》の子のかへる事すくなく、一一菴羅菓《あんらくは》のむまるゝこと難《かた》きがごとく、仏道《ぶつだう》をもとむる人、信力《しんりき》つよからざれば、又ゝかくのごとし。

八 以下、菩薩瓔珞本業経・上の次の一節に基づいている。「仏子。若不レ値二善知識一者。若一劫二劫乃至十劫。退二菩提心一。如三我初会衆中有二八万人退一。如二浄目天子法才王子舎利弗等一。欲レ入二第七住一。其中値二悪因縁一故。退入凡夫不善悪中」（大正蔵二十四）。浄目天子、法財（経典では法才）王子はここに登場するだけで、どういう人物か不明。なお、金剛般若論会釈・中に「瓔珞経云」として右引用と同じ箇所を引いてある（大正蔵四十）。

九 底本「よはかりしゆへに」、瑞・九・最本により改めた。

一〇 三宝絵・上の十に「魚の子は多かれど、魚と成るは少し。菴羅の花は滋けれども菓子を結ぶは希なり」（四十巻本涅槃経十四）とある文を巧みに利用した表現である。

一一 菴摩羅樹（六一頁注一三）の果実。マンゴー。底・瑞本「奄」、意によって改めた。大智度論四に「魚子菴樹華三事因時多、成レ果時甚少」（大正蔵二十五）とあり、往生要集・大文二の十「魚子は長じ難く、菴菓は熟すること少し」とある。花はよく咲くが果実の熟しにくい木とされた。「むまるゝこと」は熟することと同意。

宝物集〔巻[一]〕第五

第三に、戒をたもち仏になるべしと申《まうす》は、たしかの証拠に侍るべし。如来《によらい》の禁戒の城にいりぬれば、[二]見思《けんじ》・[三]塵沙《ぢんじや》・[四]三毒《どく》・[五]五蓋《がい》・[六]十使《し》・[七]九十八煩悩《〔ぼんなう〕》・[八]八万四千の悪業《あくごふ》のいくさ、若干《〔そこばく〕》の勢《せい》をおこしてせめ来《きた》るといへども、またくおとさるゝ事なし。

このゆへ《(ゑ)》に、[九]梵網経《ぼんまうきやう》は、「持戒《ぢかい》の人は、浄土人天《にんてん》の報《はう》をうく」といへり。[一〇]成実論《じやうじつろん》には、「浄戒なければ諸善〔生〕ぜず」とお《(を)》しへ、[一一]智度論《ちどろん》には、「[一二]若《もし》、人、最大の善をもとめんとおもはば《〔ゝ〕》、まさに戒をたもつべし」といひ、[一三]十律《りつ》には、「[一四]戒をたもつ人、二十五善神囲遶《ゐねう》す」とは申《まうし》たる也。かるが故に、よくたもつをば[一五]十善といひ、よくやぶるをば[一六]十悪とは申《まうし》たる也。

戒のさま、ひろく申さば、[一七]菩薩戒《〔ぼさつかい〕》より[一八]沙弥《しやみ》戒《〔かい〕》にいたるまで、[一九]八万の律儀《りつぎ》、[二〇]三千の威儀《ゐぎ》、[二一]四十八軽《きやう》〔戒〕《かい》、[二二]三衆浄戒《しゆじやうかい》、[二三]十種得戒《しゆとくかい》、[二四]八斎戒《さいかい》な

一 底本なし、瑞本により補入。 二 見惑と思惑。道理を誤解しておこす我見や辺見を「見惑」、世間の事物を思慮しておこす謬見を「思惑」という。二つ一括して「見思惑」ともいう。 三 塵沙惑のこと。塵沙のごとく無数にある事象に対し、いちいち的確に判断、対処する能力のないことをいう。 四 貪(むさぼり)・瞋(いかり)・痴(おろかさ)の三つの煩悩。 五 心を覆う五つの煩悩。貪欲蓋・瞋恚蓋・惛沈睡眠蓋・掉挙悪作蓋・疑蓋の五つ。 六 「使」は煩悩の異名。随眠ともいう。貪・瞋・無明・慢・疑の五鈍使と身見・辺見・邪見・見取見・戒禁取見の五利使を合わせたもの。十大惑とも十根本煩悩ともいう。 七 九十八使、九十八随眠と同じ。見惑に八十八使があり、思惑に十使があり、合計九十八使となる。 八 「八万四千」は仏教で数の多いことを示す。「悪業のいくさ」は悪業の軍勢。 九 鳩摩羅什訳、梵網経盧舎那仏説菩薩心地戒品。二巻。瑜伽師地論と並んで菩薩戒の二大潮流の一つを形成した重要な経典。僧肇の梵網経序によれば、この経は本来百二十巻六十一品から成るが、そのうち菩薩心地品第十は菩薩行地を明らかにしたもので重要だという。通行の梵網経はこの菩薩心地品上下二巻をさす。以下の引用は次のような文の取意か(御橋悳言)。「(菩薩戒を受持する者は)為二仏仏一授レ手、世々不レ堕二悪道八難一、常生二人道天中一」(大正蔵二十四)。 一〇 訶梨跋摩著、鳩摩羅什訳。十六巻。引用は巻七・三業品の「是善業、従二布施持戒慈等法一生」(大正蔵三十二)。巻十・三業軽重品「戒清浄得二大果報一。如二経説一、持戒者所願随レ意。謂戒浄故。又若浄持レ戒得二安隠心一。非二余法一也」(大正蔵三十二)等とあるあたりからの取意か(御橋悳言)。底本「生」なし、瑞・九本により補入。 一一 大智度論。鳩摩羅什訳、百巻。大品般若経の注釈書。竜樹の著とされるが、一部に訳者の文がまじっているとも考えられている。 一二 「若、人…戒をたもつべし」。この文、大智度論十三に「若人求二大善利一、当下堅持レ戒如レ惜二重宝一如レ護中身命上」(大正蔵二十五)とある文を要約したもの。 一三 十誦律。後秦、弗若多羅共羅什訳、六十一巻。ただしこの経典には以下の引用文はみえない。 一四 灌頂経に「世

んども侍れども、仏、一妙海《めうかい》大王のために十戒《〔かい〕》をお《〔を〕》しへ、二提謂長者《だいゐちやうじや》がためには五戒《〔かい〕》をさづけ給ふ。かるがゆへ《〔ゑ〕》に、先《まづ》しばらく、五戒《〔かい〕》のありさまを申《まうし》侍るべきなり。

五戒《〔かい〕》と云《いふ》は、殺生《せつしやう》・偸盗《ちうたう》・邪婬《じやいん》・飲酒《おんじゆ》・妄語《まうご》を申《まうし》たるなり。

第一に、不殺生《ふせつしやう》と申《まうす》は、物《〔ものゝ〕》の命《〔いのち〕》をたゝぬ事、三蟻〔の〕かひ子《ご》そらころすべからず。殺《せつ》の因《いん》、殺の縁《えん》、殺の業《ごふ》といふは、自《〔みづか〕》らころさぬのみにあらず、人のころすとも同意せず、人にお《〔を〕》しへて四〔も〕ころさせぬなり。まづ一《ひとつ》の証拠を申《まうす》べき也。

五持戒《ぢかい》のびく、里《〔さと〕》にいでて六乞食《〔ゝ〕こつじき》頭陀《づだ》するほどに、玉造《たまつくり》、人のもとへゆきぬ。玉造《たまつくり》、玉をみがきさして、家の内へいるまに、鵝《が》と云《いふ》鳥いで来て玉をのみつ。玉作かへりきて、玉をみるになかりければ、乞食の沙《〔しや〕》門《〔もん〕》のぬすめるなんめりとて、うちせめけるに、大なるかなづちぬけて、鵝《が》の頭《〔かしら〕》にあたりて、鵝《が》ふためきて死ぬ。やゝしばしありて、沙門、人にとふ《〔う〕》て云《いはく》、「この鵝《が》いきかへりなんや」といふに、人こたへて云《いはく》、「冷《〔ひ〕》えはてたり。いきかへる事あるべからず」と云《いふ》時、「さらば鵝《が》の腹《〔はら〕》をあけてみよ」といひければ、鵝《が》の腹《〔はら〕》をみるに、玉うせずしてあ

尊説言、若持㆓五戒㆒者、有㆓二十五善神㆒、衛㆓護人身㆒在㆓人左右㆒」(大正蔵二十一)、「仏語㆓長者㆒、汝能持㆓是帰戒㆒。遊行之処可㆑無㆑所㆑畏。戒神二十五帰神三十六。常随護㆑汝」「戒有㆓二十五神㆒。営㆓護左右㆒門戸之上辟㆓除凶悪㆒」などとあるのを総合して取意したものだろう。また法苑珠林八十八に「七仏経云」として「若有㆑人能受㆓持五戒㆒感㆓得二十五神侍衛㆒」(大正蔵五十三)のような文がみえる。ただし、現存七仏経にはこの文はみえない。一五 不殺生・不偸盗・不邪婬・不妄語・不綺語・不悪口・不両舌・不貪欲・不瞋恚・不邪見の十箇の善業道。一六 十善業道から「不」を取れば、そのまま十悪となる。一七 大乗戒のこと。

3・1 不殺生

一八 十種戒のこと。不殺戒・不盗戒・不婬戒・不妄語戒・不飲酒戒・離高広大牀戒・離花鬘等戒・離歌舞等戒・離金宝物戒・離非食時戒の十戒。一九 八万の細行ともいう。戒律を細かく数えあげ、総合すると八万に達するという。二〇 四威儀(行住坐臥)おのおのに二百五十戒あって計一千戒、これが三聚浄戒(摂律儀戒・摂善法戒・摂衆生戒)それぞれにあるので、三千戒となる。二一 梵網経で説く大乗戒のうち十重戒以外の軽微な四十八の戒。底・瑞・九本「戒」なし、久本により補入。二二 一切の戒律を受持する摂律儀戒、一切の善法を修する摂善法戒、一切の衆生に利益する摂衆生戒の三聚戒。三聚清浄戒、菩薩三聚戒ともいう。二三「得戒」は、善の律儀をわが身に得ること。十種の得戒。二四 →二二頁注八。

以上一九三頁

一 梵網経に登場する大王。五大院安然の普通授菩薩戒広釈・上に「昔妙海及千王子、従㆓盧舎那㆒受㆓菩薩戒㆒、釈迦受㆓盧舎那教勅㆒、下㆓菩提樹㆒転㆓与逸多菩薩㆒」(大正蔵七十四)とある。「妙海」を底・瑞・九本「妙再」とする。片活三本、梵網経により改めた。二 釈尊時代の富豪の商人。帝梨富娑、跋陀羅斯那とも。仏本行集経三十二に釈尊が成道して最初に提謂とその弟の二人から麨酪蜜の施食を受け、これを食し終って五戒を授けたことが説かれている(大正蔵三)。また大唐西域記一にもみえる(大正蔵五十一)。

り。玉《たま》造《〔つくり〕》、罪《〔つみ〕》なき沙門《〔しやもん〕》をせめ〔け〕七る事をぞ、くひかなしみ侍りける。「乞食の沙門は鵝《が》珠《しゅ》を死後にあらはす」と八天台《てんだい》の戒牒《かいてふ》にかくは是なり。九如来滅後《にょらいのめつご》に、阿難《あなん》、道をゆくに、小沙弥《せうしゃみ》の一〇法鼓経《ほつくきやう》をよみける一一声《しやう》のあしかりければ、きゝながらなを《(ほ)》さぬをば、仏のいましめ給ひし事なれば、一二声《しやう》たがへるよしをなを《(ほ)》すに、沙弥いかりをなして、「我師《わがし》は年わかき人なり、よも一三僻《〔ひが〕》事《ごと》をば一四教へ給はじ。阿難年寄《〔としよ〕》りたる人にて、僻事《〔ひがごと〕》をぞのたまふらん」といひければ、「この国の人、一五心あしく成《なり》にけり」とて、一六摩竭陀《〔まかだ〕》国《こく》をすぐにうつりたまひけるを聞《きき》て、摩竭陀《〔まかだ〕》国の王、数万の軍《〔いくさ〕》をおこしておひたまふ。一七毘沙離《〔びしやり〕》国《こく》の王、この事を聞《きき》て、若干《〔そこばく〕》の兵《〔つはもの〕》をあつめてむかひ給ふほどに、恒《ごう》河《が》川《かは》のほとりにゆきあひて、すでにたゝかはんとするに、阿難、「我《われ》ゆへ《(ゑ)》に、おほくの人しなんず」とて、みづから一八火生三昧《くわじやうざんまい》にいりて、やけしにたまひぬ。持戒《ちかい》のならひは、かく我《わが》命をうしなへども、物の命《〔いのち〕》をばころし侍らぬなり。

一九昔《〔むかし〕》、五百の二〇縁覚《えんがく》のおこなひしける所に、金色《こんじき》なる師子《しし》あり。これ二一堅《けん》誓《せい》師子といふ。一人の旃陀羅《〔せんだら〕》これを見て、「いまだけだものの金色《こんじき》なるをこそみざりつれ。是をころして、皮をはぎて、おほやけにまいら《(ゐ)》

三 底・瑞・九本なし、久本により補入。四 底・瑞・九本なし、久本により補入。五 持戒比丘の説話、大荘厳論経十一(大正蔵四)および法苑珠林八十二に大荘厳論経からの引用としてある(大正蔵五十三)。諸経要集十にもある(大正蔵五十四)。六 衣食住を貪らず、乞食して仏道修行すること。十二頭陀の一つ。七 底・九本なし、瑞本により補入。八 天台霞標二の二に光定の戒牒が収載されるが、弘仁十四年(八二三)四月十四日付の戒牒文中に「所㆘以賊縛㆓比丘㆒、脱㆓草繋於王遊㆒、乞食沙門、顕㆗鵝珠於死後㆖」とある。また渓嵐拾葉集の序に「鵝珠死後之誉」の句がみえる。「戒牒」は、僧尼が戒を受けたことを公認する証書。
九 以下阿難が戦争を未然に防ぐため火生三昧に入って焼け死んだ話、大唐西域記七(大正蔵五十一)、法顕伝(大正蔵五十一)、付法蔵因縁伝二(大正蔵五十)、止観輔行伝弘決一の一(大正蔵四十六)等にみえる。一〇 鼓音声経(大正蔵十二)のことをさすか。宝物集作者が重視した、唐、道綽の安楽集に鼓音声経を引くが、それを法鼓経と誤記したことから生じた錯誤(荒木浩)。一一 大唐西域記ではこの部分「章句錯謬、文字紛乱」とある。声が悪いというのは音読の発音、文字の読みがまちがっていたことか。一二 底・瑞・九本「声たがへる」を「正しくたがへる」とする。久本により改めた。一三 まちがったこと。一四 底・瑞・九本「し給はじ」、久本により「教へ給はじ」に改めた。一五 性質が悪くなってしまった。一六 →三五頁注一四。一七 →一五三頁注一五。一八 不動尊の三昧。三昧は禅観の一種。自身が不動尊になり火輪の中に住していると観想すること。底・瑞・九本「火城三昧」とあるが、原意により「火生」と改めた。
一九 以下の堅誓師子の話は大方便仏報恩経七にみえる(大正蔵三)。三宝絵・上の八に「報恩経に見へたり」として本話を載せる。
二〇 独覚とも。仏によらずひとりで悟りを開いた者。
二一 報恩経の説話の末尾に「堅誓師子者、今則我身釈迦是」とある。

せたらば、賞《しやう》はかうぶりなんかし」とおもひて、法師のまねをして、衣《ころも》のしたに弓箭《ゆみや》をかくしてまちけるほどに、師子、僧をなつかしき物とおもひて、一むつれけるひまをはからひて、よき所を射《〔い〕》てげり。師子二てをおひて、「我《われ》、命《〔いのち〕》をばしぬとも、袈裟《〔けさ〕》をかけ、衣《ころも》をきたらんものをばころさじ」といひて死《しに》にけり。こまかには三報恩経《はうおんきやう》に見えたり。

四昔《〔むかし〕》、国王、鹿野苑《ろくやをん》にして狩《かり》をしたまひけるに、おほくの鹿《しか》うせにけり。二の鹿王《ろくわう》あり。を《〔お〕》の〳〵五百の眷属《〔けんぞく〕》の鹿《〔しか〕》あり。おほやけに申《まうし》て云《いは》く、「狩の度《〔たび〕》におほくの鹿うせぬ。ねがはくは御狩《みかり》をとめられて、五日《ひ》次《なみ》の鹿をたてまつらん」と申《まうし》ければ、鹿王《ろくわう》の申《まうす》むねにまかせて、「日なみの鹿を奉るべし」とて、狩をとめられぬ。鹿王《ろくわう》等よろこび、日《ひ》次《なみ》の鹿を奉るほどに、一《ひとつ》のはらめる鹿あり。鹿王にうつたへて云《いは》く、「我けふの番にあたれり。しかりといへども、此《この》はらめる子をうみては、六今一日の鹿《〔しか〕》もいでくべし。今日の番に、他の鹿《〔しか〕》をさしかへてよ」といひければ、まことにさもある事七ならば、他の鹿《〔しか〕》をさしかへるに、誰《〔たれ〕》も命は《〔を〕》おしき事なれば、「かはるべからず」といひければ、はらめ

一 じゃれる。親しみまとわりつく。
二 怪我をして。傷ついて。
三 大方便仏報恩経七巻。失訳。
四 以下の鹿王身代りの話は、六度集経三（大正蔵三）、大智度論十六（大正蔵二十五）、十誦律三十六（大正蔵二十三）、大荘厳論経十四（大正蔵四）、諸経要集八（大正蔵五十四）等にもみえる。三宝絵・上の九にも「六度集経に見へたり」として載せる。
五 日ごとの。
六 底本「今百の」と読める、瑞・九本により「今一日の」と改めた。
七 「なれば」とあるべきだが、諸本すべて「ならば」とする。

る鹿をうませんがために、鹿王《ろくわう》みづから日次《ひなみ》にたつ。畜生《〔ちくしやう〕》そら、物の命《〔いのち〕》の死するをばあはれむことにてぞ侍るめれ。いはんや、心あらん人、物《〔ものゝ〕》の命をころす事なかれ。こまかには八六度集経《ろくどしゆきやう》にいへり。

昔[九]、天竺《てんぢく》の国王、行業《ぎやうごふ》たつとき羅漢《〔らかん〕》をきゑ《〔え〕》せんがためにむかへ給ふ。そのほど、囲碁をうちてまち給ふに、羅漢《〔らかん〕》まい《〔ゐ〕》りたるよしを奏しけるに、囲碁《ゐご》にきるべき所のありけるに、興《きよう》に入《いり》て、「きれ」とのたまひけるを、羅漢《〔らかん〕》[一〇]をのたまふなめりとて、羅漢の首《〔くび〕》をきりつ。国王碁《ご》をうちはてゝ《〔ゝ〕》、「羅漢《〔らかん〕》こなたへ」とよびたまふに、「はやく、きれと侍りつれば、きり侍りぬ」と申《まうし》ければ、心うくあさましくおぼえぬ。仏在世《ざいせ》の事なりければ、仏の御もとにまうでて、事のありさまを申《まうし》給ひければ、仏、国王につげてのたまはく、「昔《〔むかし〕》、国王は蛙《かへる》にて、田の中におはしき。羅漢《〔らかん〕》は田をつくる農夫《のうふ》なりき。田をつくるほどに、鍬《くは》といふ物をもて、心ならず、蛙[一一]の首《〔くび〕》をうちきりてき。農夫くゆれ共[一二]かひなくてやみぬ。今、その業をつぐのはんがために、心ならずころさるゝなり。[一三]〔心ヲヲコシテ死《コロ》セバ、心ヲヲコシテ死《コロ》サル。不レ心ナラ死《コロ》セバ、不レ心ナラ死《コロ》サル、ナリ。〕無始生死《むししやうじ》より、諸仏《しよぶつ》の出世《しゆつせ》の利益《〔りやく〕》に漏[一四]レテ

八 →二一頁注一六。底・瑞・九本「六塵集経」とするが誤りとみて改めた。

九 以下の羅漢が囲碁する王によって誤って首を斬られる話の類話、三国伝記十一の一、太平記二、曾我物語二などにみえる。賢愚経四に曇摩苾提の家臣が誤って処刑する話がみえる(大正蔵四)。宝物集の話はそれを原拠として日本で翻案されたものによるか。

一〇 「を」と「のたまふ」の間に「切れと」を誤脱したか。片活三本はこの部分「羅漢ヲ切ト仰ラル、ナンメリト思テ」とある。

一一 底本「蛙のの」、瑞・九本により衍字とみて「の」一字を削除。

一二 底・瑞本「くふれ共」、九・久本により「くゆれ共」に改めた。

一三 底・瑞・九本なし、久本により補入。

一四 底・瑞・九本「よりて」。久本により「漏レテ」に改めた。

六趣《しゆ》に輪廻《りんゑ》してかなしむは、殺生戒《せつしやうかい》をたもたざるがゆへ《〔ゑ〕》なり」とそのたまふ。

又、持《ぢ》して[一]やぶらざるは、後生《ごしやう》までは申さじや、現世《げんせ》にそら、利益《〔りやく〕》侍るめり。

[二]天帝釈《てんたいしやく》、修羅《しゆら》の軍《〔いくさ〕》にせめられて、須弥山《しゆみせん》ににげのぼりたまひけるに、[三]金翅鳥《こんじてう》の卵《〔かいご〕》の、おほくふみころされぬべかりければ、金翅鳥《こんじてう》の卵《〔かいご〕》のなきかたへかゝらんとて、かへりたまひけるを、修羅《〔しゆら〕》の軍《いくさ》、「天帝釈の兵《〔つはもの〕》、猛《〔たけ〕》くなりて、思ひかへしてたゝかひにくるなめり」と思ひて、にげけるほどに、まけにけり。是は不殺生戒《ふせつしやうかい》の力《〔ちから〕》によるがゆへ《〔ゑ〕》なり。

しかのみならず、[四]大荘厳論《だいしやうごんろん》には、「将軍、殺生戒《せつしやうかい》をたもてるがゆへ《〔ゑ〕》に、異国の軍《〔いくさ〕》をしたがふ」など申《まうし》ためれば、[五]不殺生戒の力はかりなるべからず。

しかりといへども、此《この》理《〔ことはり〕》をしらで、物の命《〔いのち〕》をころす人おほくぞ侍るめる。[六]小倉《〔をぐら〕》山の木のしたには、[七]火串《〔ほぐし〕》をたてて鹿《〔ゝ〕》をねらひ、[八]大井河《おほゐがは》の河瀬《かはせ》には、篝《〔かゞり〕》火《び》をならべて鵜《う》をつかひ、[九]宇治《うぢ》の網代《あじろ》にては、[一〇]氷魚《ひを》をもてあそび、[一一]交野《かたの》にては、鷹《たか》をはなちて興《きよう》ず。此心、歌にて少ゝ

一　底・瑞・九本「やぶらざるか」、久本「不レ破」（破ラ不ルハ）とあるにより改めた。
二　金翅鳥の卵を守るために迂回して修羅に勝った天帝釈の話、起世経八（大正蔵一）、大楼炭経（大正蔵一）にみえ、法苑珠林六十四にも「雑阿含経云」として同話を引く（大正蔵五十三）。なお金翅鳥を蟻とする同話が今昔一の三十にみえる。
三　→二二頁注一八。迦楼羅とは別であったが、同一視されるようになった。
四　大荘厳論経。十五巻。馬鳴造、鳩摩羅什訳。御橋悳言は同経十五に「復次、我昔曾聞、有ニ一国王一、多養ニ好馬一。会有ニ隣王一、与共闘戦、知ニ此国王有ニ好馬一、故即便退散」（大正蔵四）とある所が「将軍、殺生戒をたもてるがゆへに、異国の軍をしたがふ」の典拠と推定している。
五　底・瑞・九本ともに「力はかりなるべからず」とする。片活三本「力ハハカリホトリモナク侍ルベシ」。本来は「はかりしるべからず」とあったか。
六　三三二番の歌を踏まえた表現。
七　鹿狩りの時、鹿をおびき寄せるための照射（ともし）のたい松を挟んでおく木。
八　三三五・三三六番の歌を踏まえた表現。
九　三三七・三三八・三三九番を踏まえた表現。
一〇　あゆの稚魚。ひうお。
一一　→一六二頁注四。三四〇・三四一番を踏まえた表現。

申《まうし》侍るべし。

332 あやしくも鹿《しか》の立《たち》どのみえぬかな小倉《をぐら》の山に我やきぬらん　　平《たいらの》兼《かね》盛《もり》

333 竜田《たつた》山《やま》鹿の立どに夜もすがら思ひをかけてあかしけるかな　　中《ちう》納《な》言《ごん》俊《とし》忠《ただ》

334 夏虫《なつむし》をなにはかなしと思ふらん鹿も照射〔ともし〕に身をばかへけり　　沙《しゃ》弥《み》観《くわん》蓮《れん》

335 さきた河くだす鵜舟《うぶね》にさす棹〔さほ〕のを〔お〕とさゆるまで夜は更《ふけ》にけり　　二条院《でうのゐん》さぬき

336 外〔と〕山すぐる蛍《ほたる》とぞみるはやせ河くだす鵜舟《うぶね》のかゞり火のかげ　　季《すゑ》能《よしの》朝《あ》臣《そん》

337 網代木《あじろぎ》にかけつゝよするもみぢばは日をへてあらふにしき也けり　　[三]よみ人しらず

338 もろともにゆかまし物を網代木にひをまつせゞの波〔なみ〕なかりせば　　源《みなもとの》有《あり》房《ふさ》

332 どうもおかしい、ほの暗いせいか鹿の立っている所も見えない。私はほんとに小倉山に来ているのだろうか。「小倉の山」は京都市右京区嵯峨西部にある山。地名に「小暗」をきかせている。

333 竜田山の照射に参加して、鹿をおびき寄せるあたりに、獲物を期待して、徹夜したことだ。「竜田山」は奈良県生駒郡三郷町の西方の山。「思ひ」に「火」を懸ける。夜通し火をかかげての意を込める。

334 夏虫をなぜはかない虫だと思うのだろう。鹿だって照射の光におのが身を投ずるではないか。照射はたい松の光で鹿をおびき寄せる狩猟。「身をばかへけり」は、鹿がそのたい松の光に身を犠牲にするの意で、飛んで火に入る夏の虫をきかせ、はかないのは鹿も同じ、夏虫だけではないという気持を詠った。

335 さきた河を下る鵜飼舟の棹の音がさえわたるほどに夜がふけたことだ。底本は「さまた河」、九本、二条院讃岐集「さきた川」により改めた。「毎年（としのは）に鮎し走らばさきた河鸕八頭（つうや）かづけて河瀬たづねむ」(万葉集十九)と詠われた川。富山県高岡市の西田（さいだ）を流れる川かという。所在未詳。万代集・夏所載歌に「深夜鵜河といふことを」の題がある。

336 外山を背景に飛び過ぎる蛍みたいだ、早瀬河を下る鵜舟のかがり火の光は。「外山」は奥山の対で、里に一番近い山。「はやせ河」は浅瀬で流れの早い川。

三 寛和二年内裏歌合によれば作者は「大中臣能宣」とある。

337 網代木（あじろぎ）に懸けながら岸に寄ってくる紅葉は、日時をかけて洗う錦なのだな。底本第三句「物ならば」、九・久本「モミヂバハ」とあるのにより改めた。「日を」に「氷魚」を懸ける。「氷魚」は「網代木」「寄す」の縁語。

338 一緒に網代に行って氷魚の寄るのを待ちたいものだ。もし瀬々の波がなかったならば。「網代木」は人家から離れた所にある。そこに、好きな人と一緒に行きたいというのである。「ひをまつ」には「氷魚待つ」と「日を待つ」の両義がある。

339 冬くれば網代《〔あじろ〕》にかゝるひをゆへ《(ゑ)》に人も立《たち》よるうぢの河なみ

藤《ふぢ》原《はらの》定《てい》家《か》

340 うちはらふ雪はやまなんみかり野の雉《〔きゞす〕》のあとをたづぬ計《ばかり》に

能《のう》因《いん》法《ほふ》師《し》

341 すがるなく裾野《〔すその〕》の《〔と〕》とだち狩行《〔かりゆ〕》けばましばが末も色《〔いろ〕》づきにけり

勝《しよう》命《みやう》法《ほふ》師《〔し〕》

第二に、不偸盗《ふちうたう》と申《まうす》は、一草草《いつさうのくさ》一すぢ、一針針《いつしんの〔はり〕》一《ひとつ》をも、主《ぬし》にしらせでとり侍らぬなり。いはんやそのほかの物をや。

一 昔《〔むかし〕》、大聖世尊《だいしやうせそん》、たはぶれに二 阿耆達《〔あぎた〕》長者が麦をとりたまひし故に、五百世の中に驢《ろ》の報《はう》をうけ、古《〔いにしへ〕》、三 憍梵波《けうぼんは》提《だい》、手ずさみに路頭《ろとう》に落《おち》たりし粟《あは》をとりしが故に、多百生《たひやくしやう》のあひだ牛の姿《〔すがた〕》となりき。

四 昇二仏位一釈尊《ぶつゐにのぼりししやくそん》　示二馬麦往因一《むまむぎのわういんをしめし》

五 尽二諸漏一羅漢《しよろをつくせしらかん》　留二牛路名称一《ぎうろのみやうしようをとどむ》

と申《まうす》はこれ也。

しかのみならず、六 仏《〔ほとけ〕》の物をぬすめりし人は、生〻《しやうじやう》に手なきものにむ

339 冬が来ると網代に氷魚がかかるので、波立つ宇治河べりに人々が立ち寄ることだ。「立ち」「寄る」は「河なみ」の縁語。初句、宝物集諸本すべて「冬くれば」。拾遺愚草員外所載歌は「夕ぐれは」。意味からいっても「冬くれば」は疑問。夕暮れ時、食事の料に氷魚を求めに網代漁の場に人々が来るのだろう。

340 うちはらう雪よ、降りやんでほしい。狩猟場で雉の足跡が辿れるほどのうちに。底本第三句「さがり野」、瑞・九・久本、後拾遺集により改めた。

341 蜂が翅音をたてて飛ぶ裾野の鳥の立つ狩場を行くと、柴の木末も紅葉しているなあ。「すがる」は、じが蜂の古名。「とだち」は、鳥が飛び立つ場所。

一 以下の釈尊が麦をとって驢の報いを受けた話、出典未詳。
二 憍薩羅国の婆羅門。仏を招待したのを忘れて、仏をしめ出し、馬麦を食べさせた話が中本起経・下の一(大正蔵四)にみえる。同じ話が大智度論九(大正蔵二十五)にもある。

3・2 不偸盗

三 憍梵波提が牛になった話は大智度論に「憍梵鉢提、試看二一粒穀生熟一、不レ還二本主一。犯二於業道一尚五百生中為レ牛」(大正蔵二十五)とあり、この部分法苑珠林八十八に引く(大正蔵五十三)。また、法華経文句・二上に「(憍梵波提)過去世時曾作二比丘一。過二他粟田一摘看二生熟一。後五百歳作レ牛償レ之」とみえる(大正蔵三十四)。さらに阿弥陀経通賛疏(大正蔵三十七)、阿弥陀経疏、妙法蓮華経玄賛などにもみえる。四 仏の位に昇った釈尊が馬麦を食べざるを得なかった往昔の原因を説示した。興起行経・下に収める「仏説食馬麦宿縁経」に、釈迦が久遠の世に九十日間馬麦を食べるはめになった因縁譚がみえる(大正蔵四)。この五言二句はそれから導いた偈であろう。五 もろもろの煩悩を克服した羅漢が牛になったという伝承を残した。「漏」は煩悩のこと。「牛路」は牛の通り道。憍梵波提が牛となって、牛路を歩いた、の意。前注三所引に拠る偈。底・瑞本「留」を「富」とする、九・久本により改めた。馬麦を食べた釈尊の話と一対にして四句偈に仕立てたのは日本人であろう。六 出典未詳。七 底・瑞本「米砂」。九・元

まれ、七朱砂《しゆしや》をとりたりし者は、世々《せぜ》に指赤《〔ゆびあか〕》く侍りけり。この理《り》をばしらで、おろかに犯用《はんよう》するものおほく侍るめり。あるひ《〔い〕》は八観音の眉間《〔みけん〕》の玉をぬすみ、九あるいは堂荘厳《だうしやうごん》の仏物《ぶつもつ》をとる。

一〇仏、栴檀《〔せんだん〕》の煙《〔けぶり〕》とのぼり給ひし朝、御舎利《しやり》を三つにわけて、一一竜宮《りうぐう》・天上《てんしやう》・人間《にんげん》にくばりし時、あるひ《〔い〕》は力《〔ちから〕》をもつてを《〔お〕》しとらんとし、あるいは軍《〔いくさ〕》をおこしてうばはんとせしかば、心すなを《〔ほ〕》成《なる》人とて、一二香姓婆羅《かうしやうばら》門《もん》にくばらするに、一三一粒《いちりふ》の御舎利《〔しやり〕》を犯用《はんよう》する事あり。一四天帝釈《てんたいしやく》たがひに舎利を給《たまは》りて、あがめ行《おこなひ》たまひし、則《すなはち》、四天王《してんわう》の子にぬすまれ給ふ。一五東方朔《とうばうさく》、一六王母《わうぼ》が園《〔そのゝ〕》の桃をぬすみける事などは、一七こともおろかにぞ侍るべき。一八白波緑林《はくはりよくりんの》ともがらは、五十人をともなひ、一九梁上公《りやうじやうこう》が族《やから》は、八百人をぐしたり。

二〇鉄《〔くろがね〕》は針にてはて、人はぬすみにておは《〔を〕》る。ぬすみは是《これ》、生々世々《しやうじやうせぜ》をふれども、その科《〔とが〕》まぬかるゝ事なし。一《ひとつ》の証を申《まうす》べし。

二一憍薩羅国《けうさらこく》に一人の長者ありき。二二波斯匿王《はしのくわう》、行幸《ぎやうがう》し給ふ事あり。長者御幸《〔みゆき〕》をよろこびて、いとなみさはぎけるほどに、二三中間《ちうげん》の女と申《まうし》たるは、二四半者《〔はしたもの〕》なんどいふものやらん、名を二五毘舎利《びしやり》と云《いふ》。この女、帝《〔みかど〕》の勅命に

本「朱砂」により改めた。朱砂をとった者の指が赤くなること、出典未詳。八 今昔四の十七の話と同じ話を踏まえる。この話大唐西域記十一の僧伽羅国の一条が原拠。九 寺院のお堂の荘厳を盗んで捕まった話、霊異記・中二十二、二十三などにみえる。一〇 以下の話、大唐西域記六の拘尸那掲羅国(大正蔵五十一)の条下にみえ、法苑珠林四十(大正蔵五十三)、経律異相六(大正蔵五十三)にみえる。一一 底本「わりて」、瑞・九本「わけて」により改めた。一二 釈尊滅後遺骸を火葬に付し、仏舎利を諸王に平等にわかって紛争を未然に防いだ婆羅門の名。長阿含経四、涅槃経後分等にも載る。ただし西域記では、直性婆羅門だとしている。一三 西域記に「而婆羅門持レ瓶以帰、既得二所レ黏舎利一」とある部分がその典拠である(御橋悳言)。一四 大般涅槃経・後分上に「仏告二天帝一、我今与二汝右辺上頷一牙舎利一、可下於二天上一起レ塔供養上、能令三汝得二福徳無尽一」とあり、さらに同下に「帝釈言、仏先与二我一牙舎利一、是以我来火即自滅。帝釈説二是語一已即開二宝棺一、於二仏口中右畔上頷一取二牙舎利一、即還二天上一起レ塔供養。爾時有二二捷羅刹一、隠レ身随二釈後一衆皆不レ見。盗二取一双仏牙舎利一」とある(大正蔵十二)。一五 前漢武帝の側近。字は曼倩(まんせん)。斉の人。東方先生集一巻がある。前一五四―前九三年。伝説上では仙術を使う長寿の方士。西王母が植えた桃を盗んだこと、「漢武故事」にみえる。日本では奥義抄、唐物語にもみえる。一六 中国の神話上の女神。人面・虎歯・豹尾で玉山または崑崙山に住む。神仏思想の発展にともない仙女化され、漢武帝に降臨して仙桃を与えたという。一七 底・瑞本「子とも」、九本により「ことも」と改めた。一八「白波」は山西省襄汾県付近にあった砦の名。そこに黄巾の盗賊がたてこもっていたことから転じて、盗賊を意味するようになった。瑞・久本に「はくは」の振り仮名があるので、音読しておくが、訓読して「しらなみ」とすることが多い。「緑林」は湖北省荆門市の西にある山の名。前漢末、貧民や無頼の徒がここにこもって盗賊になったことから、転じて盗賊の意。本朝文粋四「為二同公一辞二摂政准三宮等一表」の文中に「隴頭秋水、白波之音

したがひてつかひよく、お《を》かしければ、長者にこひとりて、波斯匿王《はしのくわう》宮《ぐう》へぐしてかへりたまひぬ。殊《こと》に召使《めしつか》ひ寵愛して、お《を》とこなどあはせ給ひたりけり。懐妊しにければ、産《さん》をまつほどに、三十二果《くわ》の卵《かいご》をぞうめり。母これをあやしみおぢずして、衾《ふすま》をおほひ、綿《わた》にあたためて、日数をおくるほどに、三十二人の男子《なんし》となれり。やう〳〵生長して、を《お》の〳〵力強《ちからつよ》く、心猛《たけ》くして、武勇をもてさきとす。一国是におぢおそれ、ほとんど隣国をなびかす。舎衛《しやゑ》[一]・憍薩羅《けうさら》二ヶ国肩《かた》をならぶる人なし[二]舎衛国憍薩は一国各別論儀也。輔相とは大臣ヲ云ナリ。

時に一人の輔相《ふしやう》の子、道を行《ゆく》に、三十二人の武士《ぶし》の中に、少〻行《ゆき》あひて事をいたす。罵《の》りあひなど申事《まうす》やらん、大臣の子恥《はぢ》を見、恨《うら》[三]みをいだくといへども、力《ちから》及《およば》ずして年月をを《お》くる。父の大臣この事を鬱念して、はかり事をかまふる事あり。三十二筋《すぢ》の鞭《ぶち》[四]をかまへて、を《お》の〳〵中に剣《つるぎ》をこめて、[五]かざりとうまきなどして、三十二人の武士にみするに、を《お》の〳〵けうじあひて、一筋《すぢ》づゝ取《とり》つ。大臣はかりごと成就して、国王に奏するやう、「憍薩羅《けうさら》国《こく》のならひ、国王の御前へ、鉄《くろがね》の類《たぐひ》をもつてまい《ゐ》る事なし。しかるを、三十二人の卵《かいご》の武士、を《お》の〳〵

間閾、辺城暁雲、緑林之陳不レ定」とある。「五十人をともなひ」は五十人の徒党を組んでいたの意。一九 梁上君子とも。どろぼうのこと。後漢書・陳寔伝の故事による。「八百人をぐす」は、その徒党が八百人にも及んでいたことを意味するか。二〇 鉄が鉄として役立つのは針までで、その先は鉄の使命は失われる。人間は盗人にまでおちぶれたら人間の価値もおしまいだの意。二一 古代インドの国名。十六大国の一つで、摩伽陀国の北、迦毘羅城の西にあり、波斯匿王が領有した地。以下の憍薩羅国の毘舎利の話、賢愚経七を原拠とする。法苑珠林七十三に賢愚経を引く(大正蔵五十三)。今昔二の三十にもみえる。瑞・九本により改めた。二二 勝軍王。底本「憍薩羅王」とする。瑞・九本により改めた。↓一〇六頁注三。二三 公家・武家・寺院の奉公人で、侍(さぶらい)と小者(こもの)の中間の地位にいた者。二四 はしため。召し使いの女。二五 波斯匿王の弟、曇摩訶羨の娘。舎衛城大臣梨書弥の第七子に嫁し、三十二子を産むが嫉まれて子を殺される。

一 仏陀時代の憍薩羅王国は南北の二国から成っていたとみられるが、大唐西域記では北方の一国を舎衛国(一九頁注一六)と呼んでいる。舎衛城を憍薩羅国の首都とするのは二国を一つの王国とする見方に立つからである。
二 底本二行の割注。瑞本も同じ。九本「舎衛国憍薩羅二国。輔相とは大臣也」。前半は舎衛と憍薩羅とは別の国だということの注記。後半の「輔相とは大臣ヲ云ナリ」は下文「時に一人の輔相」のあとに入るべき注。元本はそこに入れてある。
三 底本「そらみ」、瑞・九本「うらみ」により改めた。
四 むち。
五 飾り籐巻きか。鞭の外側に籐を巻いて外見をきれいに飾ったと思われる。

鞭《〔ぶち〕》の中に剣《〔つるぎ〕》をこめて、君をはかりたてまつらんとするよしをなんうけ給《たまはる》」と申《まうし》ければ、国王おどろきて鞭《〔ぶち〕》をめすに、三十二人の武士、この事をしらず、心えずして鞭《〔ぶち〕》を奉るに、をの《〔お〕》〳〵剣《〔つるぎ〕》をこめたり。

国王、此事披露評定《ひろうひやうぢやう》あらば、中《なか》〳〵あしかりぬべかりければ、あまたの[六]将軍におほせて、三十二人の卵《〔かいご〕》の武士の首《〔くび〕》をきり給ふ。[七]三十二人〔の〕武士の縁者《えんじや》、あるいは舅《〔しうと〕》といひ、聟《〔むこ〕》といひ、[八]五天竺《〔ぢく〕》に充満《〔じうまん〕》せり。長者・居士《こじ》等《とう》大にいきどを《〔ほ〕》りをなして、「君と申《まうし》ながら、させる罪科もなくして、三十二人の死罪をおこなひ給ふ。これ人のうへにあらず、ねがはくは波斯匿王《はしのくわう》をころし奉りて、悪行《あくぎやう》をしづむべし」と相議《あひぎ》して、数万の軍《いくさ》をおこして波斯匿王宮《はしのくわうぐう》をせむ。

国王、さは《〔わ〕》ぎ驚きて、仏在世《ざいせ》の事なりければ、祇園精舎《ぎをんしやうじや》にこもりて、「仏たすけ給へ」と申《まうし》給ひければ、仏、五天竺の長者・居士のつはものにつげてのたまはく、「三十二人の卵《〔かいご〕》の武士は、昔《〔むかし〕》三十二人の盗人《ぬすびと》なり。酒をぬすみてのむ時、さかなのために、こえたる牛の有《あり》しをころしてくらふ。[九]この、酒をのみ牛をくらふ家ぬしありき。酒をのませ牛をくはせき。[一〇]うけよろこびて是をあひ《〔い〕》しあぢはひき。この家ぬしと

六 底・瑞本「将軍等」、九本「将軍に」により改めた。
七 底本「三十二人のかいごの武士の縁者」、瑞本「三十二人武士の縁者」。九本「三十二人の武士の縁者」により「の」を補入。
八 →三八頁注四。

九 酒をのみ、牛をくらった三十二人の盗人が住む家の主婦。
一〇 主婦の手料理を受け、喜んで、これに愛着し、味わった。

云《いふ》は、三十二人の武士の母、今の毘舎利《びしやり》也。よろこびあひけうぜしがゆへ《ゑ》に、今かなしむなり。さかなに成《なり》し牛と云《いふ》は、今波斯匿王《いまのはしのくわう》なり。三十二人同心合力《どうしんがふりき》してころししゆへ《ゑ》に、いま三十二人一度にころさるゝ也」とのたまひければ、長者・居士のつはもの、涙《なみだ》をながしてかへりさりぬとこそ申《まうし》て侍るめれ。

ゆめ〳〵人の物をぬすみとる事なかれ。此事ほのかなる伝《でん》にあらず、たしかの経の文也。

[一]表自餓死《へうじうゑてしにしかども》　不レ受二盗父之粟一《たうぶのあはをうけず》
公給寒斃《こうきふこごえしにしかども》　不レ得二子方之裘一《しはうのかはごろもをえず》

かしこきものは、かく主《ぬし》のあたふるをそら、ゑ《え》まじき物のものをばえぬ事にてぞ侍るめる。

いはんや、主《ぬし》のおしみ《を》たくはふる物、犯《をか》しぬすむ事なかれ。ぬすみの罪《つみ》の事、[二]律令《りつりやう》と申文《まうすふみ》にさだめおかれて侍る也。いはんや、後世《ごせ》の責《せめ》になる事、をしてしり《お》給ふべき也。

藤原為頼朝臣《ふぢはらのためよりのあそん》

342　ぬすむ人の立田《たつた》の山に入にけりおなじかざしの名をやながさん

一「表自」は餓死したけれど、盗人の親玉の粟を食べなかった。「公給」は貧乏のため、こごえ死んだが、子方が贈った裘を手にしなかった。「表自」（久本「表目」、片活三本「表日」）は未詳。次句との関連からここは周武王に諫言して容れられなかった伯夷・叔斉の兄弟が、首陽山に隠れ住み、周の粟を食わずして餓死したことを言ったものか。もしそうならば「表自」は「夷斉」（伯夷・叔斉）の誤写、「盗父」は「湯武」の宛て字、「公給」は孔伋の宛て字であろう。孔伋（前四九二―四三一）は孔子の孫。鯉の子。字子思、曾子に学んで中庸を著した。清貧に甘んじた廉潔の士で、説苑（立節）に子方（田氏。魏の人。文侯の師。底・瑞・九本の「詩芳」は宛て字、片活三本「子方」により改めた）から贈られた裘を辞退し、寒中に綿のはみ出した着物を着、二旬に九回の食事をして過したとの故事を記す。片活三本はこの故事を「表日寒弊　不服子方之裘子倩餓死　不受盗父之粟」として載せる。蒙求は「孔伋縕袍」としてこれを載せる。錯誤の度合は底本の方が軽微。

二 律と令。犯罪、刑罰について定めた禁止法が律、国家制度全般について定めた基本法が令。

342　山賊が出没するという竜田山に入ったことだ。盗賊と同じように挿頭（かざし）のかげに身を隠しているとの悪評で身を汚すのだろうか。盗賊が「立つ」に竜田山の「竜」を懸ける。「かざし」は飾りのために髪にさした草木の花や枝をいう。ここはそのかざしを盗賊の擬装に通ずるものと見たてたのである。

よみ人しらず

343 ぬす人と云もことはり(わ)さ夜中に君が心を取《とり》にきたれば

源俊頼朝臣《みなもとのとしよりのあそん》

344 雪の色をぬすみてさける卯花《うのはな》はさへ(え)でや人にうたがはるらん

源《みなもとの》　仲《なか》　正《まさ》

345 さ夜ふけてぬすまれなくに時鳥《ほととぎす》き丶あらはしつ老のねざめは

左《さ》　大《だい》　将《しやう》　殿《どの》　実定

346 主《ぬし》しらぬ花は見るとも袖ふれしにほひを取《とる》に成《なり》もこそすれ

第三に、不邪婬《ふじやいん》と申《まうす》は、三妻《つま》のあるをも夫《をつと》とせず、夫のあるをも妻〔つま〕とせずといましむるなり。されども、これ四一人をゆるされて侍るめれば、事も五おろかに侍るめり。

不婬《ふいん》とて、女のかたへ六目〔め〕をもだにみやるべからずと、あまたの経の中に制〔せい〕しいましめられて侍るめり。七女人《にょにん》は煩悩〔ぼんなう〕の源〔みなもと〕、一度も犯〔おか〕しつれば、五百世《せ》の間〔あひだ〕、かれにしたがひて六趣《しゆ》に輪廻《りんゑ》す。八又は、毒蛇《どくじや》はみるとも女人《にょにん》はみるべからず。九安楽行品《あんらくぎやうぼん》には、「もろ〳〵の婬女《いんにょ》にちか

343 盗人というのももっともだ。夜がふけてあなたの心をとりに来たのだから。夜、心(愛情)をとるから泥棒という連想に滑稽味を封じている。

344 雪の色をぬすんでまっ白に咲く卯の花、雪のようには凍てないものだから、おかしいなと疑われるだろうか。「盗む」と「疑ふ」は縁語。卯の花を雪とみたてた例歌は多い。

345 夜がふけて鳴くほととぎすよ、眠りを盗まれたわけではないけれど、老いの寝覚めによって深夜目覚めている私は、お前の隠れ家を聞き出してしまったぞ。「あらはしつ」は、かくれているのをみつけ出した。

346 持ち主を知らぬ花、ただ見るだけだったのに、袖が触れたため、その匂いだけはぬすみとる仕儀となったことだ。古今集・秋上に素性の「ぬししらぬかこそにほへれ秋ののにたがぬぎかけしふぢばかまぞも」とある歌を意識しているか。出典未詳。第四句「にほひを取に」は底・瑞本「にほひに取に」、久本により改めた。

3・3 不邪婬

三 「妻のあるをも…、夫のあるをも…」の「も」は衍字か。久本は「妻アル者ヲ夫ニセズ夫アル者ヲ妻ニセズ」とある。

四 法苑珠林八十八に「除二己妻一外、余之男女鬼神畜生可レ得レ行レ婬者、悉是邪行」(大正蔵五十三)とある。

五 いましめはおおまかなものであるようです。「おろか」は間隙が多い状態をいう。大ざっぱであるの意。

六 瑞本「めをだに」、久本「目ヲモ見遣ベカラズ」とある。

七 出典未詳。

八 大智度論十四「大火焼レ人是猶可レ近。清風無レ形是亦可レ捉。蚖蛇含レ毒猶亦可レ触。女人之心不レ可レ得レ実」。

九 法華経・安楽行品の偈「諸婬女等、尽勿二親近一」。

づくべからず」などぞ侍るめる。

これまで〔は〕[一]、事もおろかに侍り。

[二]一見《ひとたびにょにんをみれば》㆓於女人㆒　永結《ながくさんづのごふをむすぶ》㆓三途業㆒

何況《いかにいはんやひとたびをかすをや》於㆓一犯㆒　定堕《さだめてむげんごくにおちん》㆓無間獄㆒

など侍るめれば、みるにさへ三途《さんづ》の業《ごふ》をむすび侍るなれば、とかく申におよび侍らず。まことにさやらん。

[三]中ごろ高野《かうや》に侍りける聖人《しやうにん》は、母の、麓《〔ふもと〕》にまうできたりて「みん」と申ければ、「女人《にょにん》を見じと云願《いふぐわん》のあれば」とて、あはざりけりなどこそ申《まうし》おきて侍るめれ。大聖牟尼《だいしやうむに》尊《そん》、無虚妄《むこまう》のことばをもつてときを《(お)》きたまひつるにと、ゆめ〳〵うたがひをなす事なく、女にちかづき給ふまじき也。

[四]昔《〔むかし〕》、一人の羅漢《〔らかん〕》道をゆくに、植木《〔うゑき〕》の枝に烏《からす》のゐたりけるをみて、うちわらひてとを《(ほ)》りければ、弟子《でし》あやしと思ひて、ゆへ《(ゑ)》をとひければ、羅漢《〔らかん〕》、弟子にかたりて云《いはく》、「我、五百世のあなたに、優婆塞《〔うばそく〕》とありし時、婬行《いんおこなひ》たりき。をのづ《(お)》から一人の子をまうけたりき。しかりといへども、[五]世間《〔せけん〕》〔の〕無常〔を〕さとりて、家を出《いで》し時、[六]二人の子六歳とい

一 底本なし、瑞・九本により補入。 二 女人往生聞書に「阿含経にいはく、一見於女人、永結三途業、何況於一犯、定堕無間獄。この文のこころは、ひとたび女人をみれば、ながく三途の業を結ぶ、いかにいはんや、ひとたびもをかしぬるにをいては、さだめて無間獄におつとなり」とあるが、阿含経には、雑、中、長、増の別があるがそのいずれにも見当らない(御橋悳言)。 三 高野の聖人が母に逢わなかった話、出典未詳。 四 以下の羅漢が烏を見て笑う話、出典未詳。 五 底本「せけん無常のさとりて」。瑞・九本「せけんの無常をさとりて」によって「の」「を」を補入。 六 上文「一人の子をまうけ」たとあってここに「二人」とするのは不審。 七 底・瑞本「婬のたね」、九本により改めた。 八 横川首楞厳院二十五三昧式に「一角仙人猶堕㆓玉女之容㆒。四目居士自随㆓従子之眼㆒。飲㆑銅之象乍入㆓欲火之迷㆒。湌㆑鉄之狗終出㆓愛水意㆒」(大正蔵八十四)とある。「一角仙人」「四目居士」「飲銅之象」「湌鉄之狗」など、一致する度合が高く、この二十五三昧式に拠った表現と認められる。 九 底・瑞本「馬」、九・一・片活三本により改めた。 一〇 底・瑞本「おかし」、九・久本により改めた。 一一 大智度論十七(大正蔵二十五)にみえる説話に登場する仙人。過去久遠時に婆羅㮈国にいた仙人が、鹿に生ませた子。独角仙人ともいう。頭に一角あり、足は鹿に似るという。雨後泥道につまずいて怪我をしたのに腹を立て、神通力で雨をとめたため、国王が婬女をさしむけ、誘惑して、神通力を消滅させ、再び雨を降らせるようにしたという。「玉女」は玉のように美しい女。一角仙人の話は、経律異相三十九、法苑珠林七十一、大唐西域記二、仏本行集経十六、仏所行讃一、今昔五の四、三国伝記二の二十八、太平記三十七、八幡愚童訓、法華経直談抄、和歌童蒙抄、和歌色葉、毘沙門堂古今集註などにもみえる。 一二 二十五三昧式に「四目居士自随㆓従子之眼㆒」とあるのと同話であろう。ただし四目居士の出典未詳。 一三 底・瑞本「巨子」とし、右側に「臣欤」と傍書、九本「臣子」に従う。ただし二十五三昧式によると「従子の眼に随う」とある。「臣子の命にしたがひ」と微妙な語呂の符合がみられる。いず

ひし時、『我をばいかにして世にあれとてすてては《こ》いづるぞ』とて、足《あし》にとりつきてお《を》めきしかば、恩愛《おんあい》みすてがたくして、その度《たび》の仏法修行をとまりき。かるがゆへ《ゑ》に、出離《しゆつり》の方便《はうべん》なくして、五百世《せ》のあひだ六趣に輪廻して、この度こそからくして果《くわ》をえたれ。かの六歳の子といふは、この烏なり」とぞのたまひける。

されば、[七]婬《いん》は種《たね》のごとしとぞ申《まうし》ためる。ものの《こ》種《たね》こそは、を《お》のづから大地にを《お》ちりぬれば、むらがりしげる草木とはなり侍るめれ。婬も又かくのごとし。はかなくお《を》かしつれば、五百世のあひだの仏道をさまたぐ。まして著《ちやく》をなせらん罪、おもひやりてしり給ふべし。

流転《るてん》生死《しやうじ》の業《ごふ》は大婬欲《だいいんよく》による也。春の駒《こま》の身をそこなひ、秋の鹿の命《いのち》をうしなふ、婬欲のたぶらかすゆへ《ゑ》也。[八]銅《あかがね》をのむ象、[九]鉄《くろがね》をくらふ犬、[一〇]なを《ほ》しこの道にたへず。いはんや人倫におゐ《い》てをや。

[一一]一角《いつかく》仙人は玉女容《ぎよくぢよのすがた》にちかづきて験《げん》をうしなひ、[一二]四目居士《しもくこじ》は[一三]臣子《しんし》の命《めい》にしたがひて行《ぎやう》をおこたる。[一四]鳩摩羅衍《くまらえん》は、亀茲国《きじこく》の玉女に縁をむすび、[一五]羅什三蔵《らじふさんざう》は四人の君をまうけき。[一六]大樹仙人《だいじゆせんにん》は女をみて定《ちやう》をいで、[一七]かさん比丘《びく》は、[一八]優婆《うば》崛多《くつた》にはかられて、[一九]憍尸迦梵志《けうしかぼんじ》が[二〇]不還果《ふげんくわ》を証《しよう》せし、

れが正しいか未詳。一四 →一二頁注一四。底・瑞本は「衍」を「術」とする。九本により改めた。鳩摩羅衍が亀茲国(一二頁注一三)に釈迦像を背負ってきて、そこの能尊王の娘(一説に妹)と結婚し、鳩摩羅什を産む。羅什が羅衍没後その遺志をつぎ、訳経などによって仏教興隆に尽力した話、増一阿含経二十八、大乗造仏功徳経七、高僧伝二、神僧伝二、出三蔵記集十一、大唐西域記五、法苑珠林二十五、仏祖統記四、教主釈迦牟尼本紀一の四、道宣律師感通録、法華伝記一など経典や中国成立の伝記類にみられるほか、保元物語、曾我物語六、沙石集四の二、三国伝記二の六、清涼寺縁起など随所に本説話が記録されている。宝物集は何によったかは不明。一五 鳩摩羅什婆、鳩摩羅耆婆ともいう。中国、南北朝時代初期の訳経僧。坐禅三昧経三巻、阿弥陀経一巻、大品般若経二十四巻、法華経七巻、維摩経三巻、大智度論百巻などを訳出。三五〇—四〇九年頃。道生、僧肇、道融、僧叡を什門四哲として弟子とみるのが普通だが、沙石集四の二には「羅什漢土ニ越テ、又王ノ后ニヲトサレテ、生・肇・融・叡ノ四人ノ子ヲマウケテ」のように子とする説もある。国会本朗詠集注も「サテコソ生・肇・叡(融は脱落か)ノ四人ノ御子ヲ儲ケ給ヘリ」とする。子とする説の出典未詳。一六 西域記五に登場する仙人。羯若鞠茗国の殑伽河の辺にいて、数万歳も入定し、肩から樹木が生じたが、鳥の栖を覆すのを恐れて、樹を取り除かなかった。ある時河辺で王女が遊ぶのを見て染着の心を生じ、王にかけあって妻女になるよう依頼するが、応ずる王女がいなかったことを怒って、悪呪し、王宮の九十九人の女を腰曲りにしたため、曲女城と呼ばれたという(大正蔵五十一)。一七 未詳。この話は今昔四の六と同話。しかし今昔では「一人ノ比丘」とあるだけで名を示さない。今昔の原拠阿育王経十・江因縁でも同様。あるいは我讃比丘(女の誘惑にはのらないと自慢していた比丘)の意か。一八 優婆毱多とも。摩突羅国の毱多長者の子。商那和尚に師事して法を継承、阿育王のために説法もしている。一九 憍志迦とも。帝釈天が人間であった時の姓。憍尸迦梵志が不還果を証した話は未詳。

[一]女人をすつる事なし。[二]初果聖者《しよくわのしやうじや》の法を信ぜし、昼夜に八十度婬《いん》をおこなひき。

一角仙人《いつかくせんにん》は、雨のふりて道のあしかりけるにはらをたて、もろ〳〵の竜王《りうわう》を水瓶《すゐびやう》にかりこめてを《〔お〕》くほどの験《げん》をすてて《〔ゝ〕》、玉女のあそぶをみて心《〔こゝろ〕》をうつして、験をうしなふ事也。

四目居士《しもくこじ》といひし行者《ぎやうじや》は、臣下の娘《〔むすめ〕》に思ひをかけて、行法《ぎやうほふ》をわするゝ事を云也《いふなり》。

[三]鳩摩羅衍《くまらえん》は天竺《〔てんぢく〕》の大臣なり。仏法をおもくして、天竺《〔ぢく〕》をすてて《〔ゝ〕》亀茲《きじ》国《こく》へうつり給ひしほどに、[四]濛遜王《もうそんわう》の御妹《〔いもうと〕》におしあはせられて、羅什《らじふ》三蔵《さんざう》をまうけ給ふ事也。羅什三蔵はたゞ人にあらず、一日に八十丁《ちやう》の正教《しやうげう》をおぼゆ。法華経翻訳《ほけきやうほんやく》する人なり。しかりといへども、四人の子をまうけて、[五]各公《おのおのこう》と云《いふ》名をつくる事なり。

大樹仙人《だいじゆせんにん》は、定《ちやう》にいりて行《ぎやう》ずるほどに、女をみて婬欲《いんよく》をおこして、負《〔お〕》ひてはしりし事なり。かさん比丘は、優婆《〔うば〕》崛多《くつた》の弟子なり。崛多、「女人にちかづくべからず」と制《〔せい〕》し給ひければ、「[六]我さる心なし」とあながちにあらがひ申《まうし》けるを、心をみんとて、女に変《〔へん〕》じて河をわたり

二〇　阿那含果に同じ。声聞乗四果の一つ。欲界の迷妄を断じ尽したために、再度欲界に還生することのない聖者の位。「証せし」の下に「も」を置くと解し易い。

一　女人に対する執着を捨てていない。

二　預流果のこと。声聞乗の四果のうちの第一果。聖者の入口に相当する悟りを開いた者。昼夜八十度の婬を行なったという出典、未詳。

三　底・瑞本「鳩摩羅術」、九本により改めた。

四　↓二三頁注一七。二〇七頁では「玉女に縁をむすび」とするが、ここでは蒙遜王の妹とする。羅什の生母を王の妹(耆婆)とするのは、法苑珠林二十五、法華伝記一などがある。

五　底・瑞・九本「名公」、久本「ヲノ〳〵」。「名」は「各」の誤写とみて、久本により改めた。「公」は他人を呼ぶ時の敬称。四人の子をそれぞれ「生公」「肇公」のように敬称されるような人物にしたの意。

六　師崛多の忠告に対して弟子が「私には女に溺れるような弱い心はない」と強く反撥した。このことを「かさん(我讃)比丘」と言ったか。

七　声聞乗四果の第一。預流果に同じ。底・九本「の」なし、瑞本により補入。

八　このくだり横川首楞厳院二十五三昧式に「抽レ鈎伺レ鎖以強戯二西施之閨一。挽レ弓求レ短以好遊二南威之宅一」(大正蔵八十四)とあるところを引用している。二十五三昧式の「抽鈎伺鎖」は意味が取りにくいが、これに対応する宝物集の「剣

給ふを、かさん、手をひきてわたるほどに、欲をおこして、わが師崛《くつ》多《た》をおかさんとしければ、「老法師をば何の料《〔れう〕》にかくはしたまふぞ」とてあらはし給ひし事也。七須陀洹《しゆだをん》〔の〕聖《〔ひじり〕》を《(ほ)》しかり。いはんや末代の凡夫《ぼんぶ》をや。

八剣《〔つるぎ〕》をぬき、隙《〔ひま〕》をうかゞひし人、九西施《せいし》が床《〔ゆか〕》にあそび、一〇弓をひきて短《〔たむ〕》をもとめし物、一一南威《なんゐ》が家にたはぶる。一二賢主《けんしゆ》は城にこめられて、糞穢《ふんゑ》の中をくゞり、一三智臣《ちしん》は髻《〔もとゞり〕》をきられて参内《さんだい》をとゞむる。

剣をぬき、弓をひいて用心せし武者も、西施・南威といひし美人のもとにゆきて、うちとけあそびたはぶるゝ事也。

天竺の国王、ひそかに女のもとへ御幸《みゆき》し給ふ。女親《をんなおや》、たゞ人なめりとて、ころして物をとらんがために、城にこめつ。国王、にぐべき所なくて、糞穢《ふんゑ》の中をくゞりてにげ給ふ事なり。同国に大臣ありき。名を一四増養《ぞうやう》といひき。女をあひ《(い)》したはぶれて、髻《〔もとゞり〕》をきられて、参内をとゞむる事なり。聖人《しやうにん》もこれにたへず、武士もかれをしのばず、賢主もこれをつゝしみ給はず、智臣も是をはゞからず。

吾朝の事はあまりに耳近《〔みゝぢか〕》に侍れども、それも少ゝ申《まうし》侍るべき也。

をぬき、隙をうかゞひし人」はわかりやすい。「鈎」「鎖」など、二十五三昧式の方に誤字があるか。越王勾践の家臣范蠡は仇敵呉王夫差を滅ぼして復讐に成功すると、勾践仕えるに足らずとして扁舟を浮かべ越を去る(史記・貨殖列伝)。この時、かつて呉王を油断させるために献じた絶世の美女西施を伴っていたという伝承が越絶書などにみえる。「剣をぬき、隙をうかゞひし人」はこの范蠡を想定したものか。九 中国、春秋時代、越の美女。呉王夫差に献ぜられ、愛妃となった。越絶書に「西施亡レ呉、後復帰二范蠡一、同泛二五湖一而去」とある。一〇 このくだり二十五三昧式の「挽レ弓求レ短以好遊二南威之宅一」とあるところの引用である。底本「たひをもとめし物」とあるが、瑞本「たむをもとめし物」が原拠に合致するので、これに従う。九本は「たゝかひをもとめしもの」、久本は「難ヲ求メシ…」とある。「短」は、弱点、短所の意。「隙」に対する語で、敵対する相手側の弱点の意。ここにいう「短をもとめし物」とは晋の文公をさすか。文公は献公の次男で重耳(ちょうじ)といった。献公は寵愛する驪姫の子に譲位しようとして、太子の申生を殺し、重耳とその弟夷吾を追放した。諸国を流寓すること十九年、秦の穆公の助力で帰国し、位についた。賢臣を用い、城濮の戦いで楚を破った(史記・晋世家)。前六九七—前六二八年頃。史記・越世家に范蠡が獄中の勾践に対し周文王・晋文公らが隠忍自重して遂に覇業をなした故事に学べと書き送った話がある。范蠡の故事に関連して晋文公(重耳)の故事を連想したのであろう。一一 春秋時代、晋の美女。晋の文公は南威の美貌に魅せられ三日間政事を怠ったが、やがてこれを遠ざけ、後世南威の容色によって国を亡ぼすものがあるだろうと言ったという(戦国策・魏策)。一二 根本説一切有部毘奈耶雑事巻二十二に猛光王の話として見える。底・瑞・九本「城」を「まこと」とする。「誠」の草体が近似することによる誤りであろう。久本に従う。一三 底本「智巨」、瑞本「智巨」。九・久本「智臣」とあるに従う。一四 注一二の経典に猛光王の話に続いてこの説話がみえる。

[一]浄蔵法師《じやうざうほふ［し］》が験徳《げんとく》をあらはすを[二]はりに、[三]真の弟子をまうけ、[四]滋賀《しが》の上《しやう》人《にん》の行業《ぎやうごふ》をつみし、[五]貴女《きによ》にゆづる事ありき。[六]花山《くわざん》の法王《ほふわう》の、十善《ぜん》の位《［くらゐ］》をすて給ひし、[七]乳母子《［めのとご］》におちたまふ。[八]和泉の僧正《そうじやう》の高位《かうゐ》にのぼり、[九]国母《こくぼ》に名をたつ事有《あり》。[一〇]明達律師《みやうたつりつし》は母をお《(を)》かし、[一一]順源《じゆんげん》法師はむすめを嫁《［とつ］》ぐ。この道におゐ《(い)》てしのびがたくぞみえ侍るめる。

浄蔵法師《じやうざうほふ［し］》の験徳《げんとく》をあらはすと申《まうす》は、[一二]帝王・師《し》・父《ふ》三人に験徳をほどこして、お《(を)》がまれたりとて申《まうし》侍るめる。しかのみならず、[一三]珍皇寺《ちんくわうじ》の北にある[一四]八坂《［やさか］》の塔のゆがみたるを、[一五]護法《ごほふ》して[一六]なをさする《(ほ)》ほどの験をもちながら、子をまうくる事をいふ也。

滋賀聖人《しがのしやうにん》の、貴女《きによ》に行業《ぎやうごふ》をゆづると云《いふ》は、[一七]京極《きやうごく》の御息所《［みやすどころ］》、[一八]時平左大臣のむすめ、[一九]滋賀寺《しがでら》へまい《(ゐ)》り給へりけるを、みたてまつりて、対面《たいめ》し給へりけるをよろこびて、御手をとりてよみ侍りけり。

347　初春《はつはる》のはつ音《［ね］》のけふの玉はゝき手にとるからにゆらぐ玉のを

となめて、[二〇]今生《こんじやう》の行業《ぎやうごふ》をゆづりたてまつると云《いふ》事なり」

この歌、万葉集第二十にあり。家持《やかもち》中納言が詠《えい》ずる所なり。[二一]同じ心

一　三善清行の子。母は嵯峨天皇孫。博学多芸、天文・易・卜筮・医にも通じた。験者としても名があり、将門が謀反の時、調伏の法を修した。康保元年(九六四)没、七十四歳。
二　「をはりに」を底・瑞本「かはりに」とする。九本により改めた。
三　実子の弟子。拾遺往生伝・中の一に「男子二人あり」とし、三国伝記六の九に殺害しようとした女人と結ばれて二人の子をもうけたとある。
四　志賀寺上人とも。伝未詳。この上人が京極御息所に恋をした話、俊頼髄脳に詳しく、宝物集はこれを典拠とするか。太平記三十七にも同話が引かれる。
五　後出の「京極の御息所」をさす。
六　花山院。→歌人解説。
七　花山院乳母女中務。平祐之の女。花山院の寵愛を受ける(栄花物語四)。
八　未詳。
九　東三条女院。→一〇二頁注九。
一〇　摂津住吉の出身。十二歳で薬師寺勝雲のもとで剃髪受戒、次いで四天王寺尋仙、比叡山尊意に学ぶ。将門の乱、純友の乱のいずれにも鎮定を祈る(寺門伝記補録、山家編目集・下、元亨釈書十)。天暦九年(九五五)没、七十七歳。明達が母をおかす話、出典未詳。
一一　拾遺往生伝・下の五に順源の伝を載す。それによると鎮西安楽寺の僧で静慮院供奉と呼んだ。学業にたずさわったが嬾惰懈怠の人という。「遂に娘をもて妻となせり。人皆非(そし)りたり」とある。
一二　拾遺往生伝・中の一の浄蔵伝に朱雀帝の病気を治し、師僧玄昭律師に真済僧正の霊が取り憑いたのを払い、父を蘇生させたことなど、帝、師、父にかかわる伝承を記録している。
一三　京都市東山区の五条坂にある寺。
一四　京都市東山区の八坂寺の塔。浄蔵がその傾いた塔を直した話は、拾遺往生伝・中の一、今昔三十の二、真言伝五の六、元亨釈書十、三国伝記六の九などにみえる。
一五　護法神。仏教を守護する善神で、梵天、帝釈天、四天王、十二神将、十六善神、二十八部衆などがそれ。
一六　底本「なをする」、瑞・久本「なおさする」により改めた。
一七　藤原時平の女褒子。宇多天皇皇后。
一八　藤原時平。→三三頁注三〇。後続「左大臣のむすめ」も小書にすべきところである。
一九　滋賀県大津市にあった崇福寺。

によみあはするか、古歌《こか》を詠ずるか、よくたづぬべきなり。
「京極の御息所《〔みやす〕》と申《まうす》は、[二二]延喜の女御《にようご》にまい《(ゐ)》り給ふ夜、[二三]寛平《くわんびやう》法皇の、出《いで》たちみんとておはしましてみたまひけるに、心につき給ひければ、「老法師《らうほふ〔し〕》に給《たまは》りぬ」とて、を《(お)》しとり給ふ人の御事也。夜のふけけるまゝに、内より「[二四]を《(お)》そし〳〵」と云《いふ》御使《〔つかひ〕》たび〳〵ありけれども、つゐ《(ひ)》に法皇を《(お)》しとりたまひてけり。
花山法皇《くわざんほふわう》の、十善の位《〔くらゐ〕》をすてて、所《〔ゝ〕》〳〵に修行し給ひしが、古郷《こきやう》にかへりて、乳母子《〔めのとご〕》に中務《なかつかさ》と云《いふ》女房におち給ふ事也。
和泉の僧正は、行業たう《(ふ)》とくして、高位にのぼり給ひしほどに、東《とう》三条《でう》の女院《にようゐん》、兼家 関白《くわんばく》のむすめに名をたつこと也。
[二五]明達律師《〔みやうたつ〕りつし》は、しらで母を犯《をか》し、[二六]順源法師《じゆんげんほふ〔し〕》は、しりながらむすめを[二七]嫁《〔とつ〕》ぐといふは、明達《みやうたつ》、下野《しもつけ》の国《くに》の人なり。幼少にして[二八]天台山にのぼり、やう〳〵学文《がくもん》して、人となりけるまゝに、生国《しやうごく》へ下《くだ》りて母をみんと思ひてくだるほどに、母又、天台山へのぼりし子の恋しかりければ、みんとおもひてのぼりけるほどに、旅宿にゆきあひて、母ともしらでお《(を)》かしたる也。順源法師《〔し〕》は、流転生死《〔るてん〕しやうじ》の往因《わういん》を観じて、「[二九]いづれの人

347 初春の初子の日の今日いただいた玉箒は、手に執っただけでゆらゆらと玉の緒がゆれて鳴ることだ。万葉集二十所載。「右一首右中弁大伴宿禰家持作」の左注がある。「玉はゝき」は、蚕室掃除用に玉をつけて飾った箒。これを正月の初子の日に臣下に贈る風習があった。「玉のを」は玉をつらぬいた糸。また、生命の意もある。滋賀聖人が、おしいただいた京極御息所の手が「玉はゝき」で、感激のあまりどきどきとふるえる状態を「ゆらぐ玉のを」に封じたととれる。

二〇 験力を積んだ僧が女人に接すると験力が女人に吸いとられるとされていた。京極御息所に魅せられ、験力を失うことを承知で面会を求め、手をいただいた。そのことを「今生の行業をゆづりたてまつる」と言った。 二一 同じような心持ちを詠んで偶然同じ歌になったのか、あるいは古歌と承知して詠んだのか、よく調査すべきことである。家持の歌としてもよく通ずるが、滋賀聖人の心中表現とみても全く不自然なところがない。古歌と知って詠んだとすれば滋賀聖人はかなりの和歌通であると同時に機智に富む人だと感じているのであろう。「よくたづぬべきなり」とあるが、俊頼髄脳にも話末に「よく〳〵尋ぬべし」とある。

二二 「延喜」は醍醐天皇(一〇頁注一)のこと。時平は褒子を醍醐天皇の更衣にすべく長い間準備してきて、ようやく後宮に送り込もうとしたその夕方、寛平法皇がその美形にうたれて「老法師の私が頂戴しました」と言って強引にさらったという話、俊頼髄脳等にみえる。 二三 宇多天皇の出家後の呼び名。→九頁注二五。 二四 醍醐天皇がいつまで待っても褒子が現われないので、催促しているのである。

二五 底本「明達」の振り仮名を右行「女院」の下に割注の形で書き入れてある。誤写とみて改めた。 二六 底・瑞本「須源」、元本「順源」により改めた。 二七 「とつぐ」は、妻とするの意。

二八 比叡山延暦寺。 二九 拾遺往生伝・下の五に「一切の女人は、皆母子なり、姉妹なり。誰か親、誰か疎、何ぞ分たむ、何ぞ弁へむ」と言ったとある。

か我父母《わがぶも》ならぬはある」とて、むすめを妻《〔つま〕》とする也。つゐ《(ひ)》に往生の素《〔そ》懐《くはい〕》をとげたる人なり。

まして、女人は、[一]心うくうたてきものなれば、我ながらも、うとましくおぼゆべき也。

[二]所有三千界《あらゆるさんぜんがいの》　男子諸煩悩《なんしのしよぼんなう》　合集為二一人《あはせあつめてひとりの》　女人之業障一《によにんのごふしやうとなる》

[三]女人地獄使《によにんはちごくのつかひ》　能断二仏種子一《よくぶつしゆしをたつ》　外面似二菩薩一《げめんはぼさつににて》　内心如二夜叉一《ないしんはやしやのごとし》

これは[四]涅槃経《ねはんぎやう》の文《もん》なり。仏虚言《〔そらごと〕》をしたまはんや。まことにさなめりとおぼゆる事どもおほく侍るめる。是《これ》[五]〔も〕、天竺《てんぢく》・震旦《しんだん》・吾朝《わがてう》を《(お)》ろ〳〵申《まうし》侍るべし。

[六]皇后は〔あみ〕[七]人《うど》にあはんとちぎり、[八]皇女《くわうぢよ》は馬下児《ばかのじ》に縁をむすび、あ[九]るは恒河《ごうが》川《がは》にて水をあみて懺悔《〔さんげ〕》し、あるは[一〇]倶那羅太子《くならたいし》の眼《〔まなこ〕》をくじり〔き〕[一一]。

后《きさき》、網《〔あみ〕》人《うど》にあはんとし給ふ事は、天竺に網《〔あみ〕》人《うど》あり。名を[一二]術婆迦《じゆつばきや》といふ。魚《うを》をもて王宮《わうぐう》にいたるに、おもはざるに后をみたてまつる。術婆迦、后《〔きさき〕》を見たてまつりて後、煩悩《〔ぼんなう〕》のおもひさむる時なく、なげきかなしみて、病《やまひ》の床《〔ゆか〕》をおきず。術婆迦《〔じゆつばきや〕》が母、この事をあやしみて、ゆへ《(ゑ)》

一 嘆かわしく困った存在なので。
二 出典未詳。後に涅槃経にあるとするが、検出できない。常楽台存覚の女人往生聞書に「涅槃経にいはく、諸有三千界、男子諸煩悩、合集為一人、女人之業障、この文のこころは、あらゆる三千界の男子の、もろもろの煩悩をあはせあつめて、一人の女人の業障とすとなり」とある(御橋悳言)。存覚は恐らく宝物集からの孫引きであろう。
三 出典未詳。後に涅槃経にあるとするが、検出できない。日蓮の女人成仏鈔に「されば華厳経に云く」として本偈を引き、女人往生聞書には「唯識論にいはく」として本偈を引き、さらに聖覚の四十八願釈に「経云」として本偈を引き、四十八願折衷述に「経云」を宝積経としているが、いずれの経にも本偈はみえない(御橋悳言)。
四 底・瑞・九・久本等は「涅槃経」とするが、片活三・元本はここを「華厳経」とする。宝物集にはここを「涅槃経」とする伝本と「華厳経」とする伝本と二系統があった。
五 底・瑞・九本なし、久本により補入。
六 大智度論十四の説話に拠る(大正蔵二十五)。経律異相三十四(大正蔵五十三)、法苑珠林二十一(大正蔵五十三)にいずれも大智度論十四から引用して同話を載せる。
七 漁夫。大智度論の原拠では「捕魚師」とする。底・瑞・九本なし、久本により「あみ」を補入。
八 諸経要集十四に「旧雑譬喩経云」として本話を引く(大正蔵五十四)、旧蔵譬喩経上にみえる(大正蔵四)。
九 出典未詳。「恒河川」はガンジス河のこと(三七頁注一一)。
一〇 法苑珠林九十一、経律異相三十三にいずれも阿育王経を原拠として同話を引く。今昔四の四、三国伝記七の四などにも同話を引く。
一一 底・瑞・九本なし、久本により補入。
一二 戌縛迦とも。ジュバキャ Śubhakara。大智度論十四に

をとふに、術婆迦かくすとすれども、つゐ《(ひ)》に母にかたる。子の病《〔やまひ〕》をなげきて、王宮にまうでて《〔ゝ〕》、后のかたにたゝずむ。后あやしみて、ゆへ《(ゑ)》をとひ給ふ。網《〔あみ〕》人《うど》が母、ことのありさまを申《まうす》。后、あはれとおぼして、五百両《〔りやう〕》の車《〔くるま〕》をかざりて、一三社殿にまい《(ゐ)》りて、網《〔あみ〕》人《うど》にあはんとちぎり給ふ事なり。一四大論《だいろん》に、「女は貴賤をきらはず、但《ただ》欲《〔よく〕》是《これ》にしたがふ」と申《まうし》たるもことはり《(わ)》にこそ侍るめれ。

皇女《くわうぢよ》は馬《ば》下児《かのじ》に縁をむすぶと申《まうす》は、天竺に大臣あり、形《〔かたち〕》よき妻《〔つま〕》を持《もち》たり。大臣、女《〔め〕》に心ざしふかくして、すみわたるといへども、妻《〔つま〕》、大臣に心ざしなくして、一五密夫をもて、つねにかよふ。大臣、此事をうらみなげきて、王宮《わうぐう》に一六夙夜《しゆくや》するほどに、皇女ひそかに馬をかふものの奴《〔ど〕ぬ》婢《〔ひ〕》のふせるにあひ給ふをみつ。大臣、これをみて、一七吾妻《わがつま》一人のみならず、すべて女人《によにん》の心うたてき事をさとりて、発心《ほつしん》する事を云《いふ》也。こまかには、一八諸経要集《しよきやうえうしふ》にしるせり。

恒河《ごうが》川《がは》にて水をあみて懺悔《〔さんげ〕》すと申《まうす》は、天竺の后《きさき》、ひそかに臣下にあひて、公《〔おほやけ〕》にきかれ奉りて、恒河川にして水をあみて、身をきよめて懺悔《〔さんげ〕》する事なり。

みえる后に恋した漁夫の名。
一三 底本「社南」、瑞・久本により「社殿」に改めた。
一四 大智度論十四の漁夫術婆迦説話の末尾に「以二是証一故知、女人之心不レ択二貴賤一唯欲是従」とある。
一五 「密夫をもて」は「密夫をもちて」とあるべきか。久本「密夫(ひそかにをとこ)ヲモチタリ」。「密夫」は、みそかおとこ、間男。
一六 早朝から深夜まで過ごす。
一七 底・瑞・九本「われ」のみで、「妻」なし。久本に従う。
一八 唐の道世編著。二十巻。

以下二一四頁

一 鳩那羅・駒那羅・拘那羅・拘拏浪などとも書く。阿育王の王子で、その眼が鳩那羅鳥の眼のように美しかったので名づけられたという。阿育王の妃、低舎羅稀多の恋慕を拒したため讒言によって左遷され、さらに王命といつわり眼をえぐり取られた。 二 阿育王経四によると、この后の名は微沙落起多とある。王の第一夫人という。 三 実際は秦始皇帝の父、子楚の母后をさす。夏は始皇帝が戦国を平定し、周に代って天下を保ち、咸陽に都し、天下を三十六郡に定めた王朝の名。この王朝は第三世子嬰のとき漢に滅ぼされた。九本はこれ以下巻六になる。 四 史記・呂不韋伝に登場する人物。呂不韋が秦始皇帝の母后と密通しているのをかくすため、舎人の嫪毒を宮刑に処せられた者といつわって母后に近づけ、子を産ませて一時繁栄するが、のち露見して始皇帝に殺された。底本「標毒」と表記。久本・史記に「嫪毒」とあるにより改めた。 五 唐朝第二代皇帝太宗の後宮に入り、太宗の没後第三代高宗の皇后となり実権を握る。高宗没後、中宗を廃して弟の睿宗を立てるが、これも廃して自ら帝位につき、国号を周と改めた。 六 名は鷟。文成は字。文才にすぐれ、遊仙窟の作者。六六〇―七三二年。唐物語・上に張文成と則天皇后の恋の物語がみえる。ただしこの話の典拠は不明。 七 この話、白氏文集四・新楽府・陵園妾が典拠。唐物語・上にも文集を典拠として同話を載せる。陵園は天子の墓。妾は王に寵愛され、周囲の嫉妬

[一]倶《く》那《な》羅《ら》太子《たいし》の眼《〔まなこ〕》をくじると云《いふ》は、阿育王《〔あいく〕わう》の[二]后《〔きさき〕》、継子《〔まゝこ〕》の倶那羅《〔くなら〕》太子をおもひかけ給ふを、太子かたく辞し申《まうし》給ふによりて、ふたつの眼《〔まなこ〕》をくじり給ふ事也。

[三]夏《か》の太后《たいこう》は、[四]嫪毒《らうあい》をあひ《（い）》し、[五]則天《そくてん》皇后は[六]長文成《ちやうぶんせい》にあひ、[七]陵園妾《りやうゑんのせふ》は[八]潘《はん》安仁《あんじん》にちぎりをむすぶ。[九]顕信《けんしん》がめ、[一〇]ゑ《（え）》びすにおもひうつりき。

夏太后と申《まうす》は、秦《しん》の始皇《しくわう》の母なり。嫪毒と云《いふ》もの、[一一]玉茎《ぎよくけい》大につよくして、[一二]車《〔くるま〕》のよこがみに輪《わ》をかけても持《もち》あぐるをきゝて、めしあげてあひたまひて、人めをわすれあひ《（い）》し給ふ事也。

則天皇后と申《まうす》は、[一三]高宗《かうそう》の后《〔きさき〕》なり。長文成といふ色好《〔ごの〕》みにあひて、[一四]遊《いう》仙窟《せんくつ》といふ文《ふみ》を得《え》給ふ事也。[一五]あなにくの病鵲《びやうじやく》のやもめがらすや、夜中《よなかに》人をおどろかすと云《いふ》は、そのたび〔の〕[一六]事也。

陵園妾とは、潘安仁と云《いふ》かたちよき人にあひ給ふ。〔[一七]カクシ文《ブミ》〕あらはれて、陵園と云《いふ》所へうつされ給ひしなり。

顕信が妻《〔め〕》は、ゑ《（え）》びすにおもひつくとは、顕信は武士なり。ゑ《（え）》びすおこりて[一八]公城《こうじやう》をせむ。顕信、ちからをはげましてたゝかひて、ゑ《（え）》びすをおひかへしつ。ゑ《（え）》びす、ちがひざまに顕信が家にゆきて、最愛の妻《〔つま〕》を

により陵園に閉じ込められた三世紀後半に生きた中国の女性。八 潘岳。西晋の詩人。二四七―三〇〇年。河南省滎陽の人。字は安仁。美男子で著名。晋書五十五・列伝にみえ、多くの女性あこがれの男性で、車に乗って道を行くと女性たちが騒いだという話が載る。文選に「秋興の賦並序」唐物語・下にみえる。九 伝未詳。顕信が妻。「ゑびす」に愛情が移った話、出典未詳。一〇 野蛮な外国人の意。一一 久本「タマクキ」の振り仮名あり。陰茎。一二 車の心棒。車軸。一三 唐朝第三代皇帝。第二代太宗の子。一四 張文成著の短編小説。文成が使者として黄河の源に向かう途中、仙窟に迷い込み、二人の仙女の歓待を受ける物語。日本には奈良時代に伝わり、平安朝以後の文学に影響を与えた。一五 遊仙窟・中に「誰知可レ憎病鵲、夜半驚レ人」とあるのに拠った古諺。愛しあう男女の別れをうながすように夜半に鳴く鳥。「病鵲」は病気にかかったかささぎの意だが、日本人は古く「やもめがらす」と訓じた。宝物集では「可憎」を「あなにくの」とし、「病鵲」を「病鵲のやもめがらす」とし、「夜半驚人」は「夜中人をおどろかす」とほぼ原文に忠実に読み下している。時代が下ると「夜もやうやう明けゝれば、やもめ烏も告げ渡る」(小敦盛)のように簡略化される。また譬喩尽五に「寡烏の心無く鳴く」とある。一六 底本なし、瑞・九本により補入。一七 隠し文は、恋する相手にひそかに送る秘密の手紙。底・瑞・九本なし、元本により補入。一八 未詳。一九 疲れたので。二〇「ゆきて」と「とて」の間に「さぐるべし」のような語が省略されているとみたい。九本「とて」なし、久本は「エビスモ戦ヒコウジテフセリケル処ニイタリヌ」。二一 底・瑞本なし、九本により補入。二二 底本なし、瑞本により補入。

二三 世継物語のこと。栄花物語、大鏡の別名。
二四 孝謙(称徳)天皇の別称。↓一〇四頁注一四。
二五 河内若江郡弓削の出身。称徳天皇の寵を受けて権力の中枢に進出、藤原仲麻呂の乱後、太政大臣禅師、次いで法王となって権勢をふるった。しかし後、藤原百川・和気清麻呂らを中心とする勢力の抵抗に遭い、称徳天皇没後失脚

とりてゆきぬ。顕信が家にかへりて妻をたづぬるになかりければ、顕信、やがておひてゆくに、人はたゝかひ[一九]困《〔こう〕》じたりければ、年頃《〔としごろ〕》飼《〔か〕》ひける犬をぐしてゆきけるに、ゑ《(え)》びすどもたゝかひこうじてふせる所へゆきて[二〇]とて、犬を陣の内へいれたりければ、犬妻《〔め〕》の衣《〔きぬ〕》をくひて、ひきいだしたりければ、顕信、うれしとおもひて、ぐしてかへらんとしけるに、妻《〔め〕》のいふやう、「ゑ《(え)》びすはねいりたり、大事の物をわすれたり、と〔り〕[二一]てかへりこん」といひて、陣《〔ぢん〕》のうちへいりて、ゑ《(え)》びすをおどろかして、我《わが》お《(を)》とこの追《〔お〕》ひてきたるよしをいひて、ころさせんとする〔事〕[二二]也。

吾朝の事は、家《いへ》〳〵の日記・[二三]世継《よつぎ》・伊勢物語などにこまかに侍るめれば、申《まうす》におよび侍らねども、これもかたはしを申《まうし》侍るべし。[二四]高野天皇《たかののてんわう》は、[二五]弓削《ゆげ》の道鏡《だうきやう》におもひつきて、十善の位《〔くらゐ〕》をさへにゆづらんとて、[二六]和気《わけ》の清丸《きよまろ》を勅使として、[二七]宇佐《うさ》の宮へまでまい《(ゐ)》らせ、[二八]伊勢の斎《〔いつき〕》の宮は、[二九]業平《なりひら》中将の狩《〔かり〕》の使《〔つかひ〕》にくだりたりけるに、神慮にはゞからず心をかよはして、自《〔みづから〕》をわするゝ事あり。

[三〇]五条の后《きさき》は、[三一]太政大臣冬嗣御むすめ、仁明《にんみやう》天皇の女御《にようご》也。業平《〔なりひら〕》中

し、下野薬師寺別当に左遷され、その地で宝亀三年(七七二)没。二六 和気清麻呂。宝物集諸本「清丸」と表記。備前国藤野郡の出身。本姓は磐梨別公(いわなすわけのきみ)、のち吉備藤野和気真人、さらに和気朝臣となる。称徳天皇に仕えたが、神護景雲三年(七六九)宇佐神宮に派遣され、道鏡の皇位継承を非なりとする神託を受けて奏上した事件は有名。一時大隅に流されたが、道鏡の没落後、桓武天皇に重用され、中宮大夫・民部卿等をつとめ、従三位に至る。延暦十八年(七九九)没、六十七歳。二七 大分県宇佐市にある宇佐八幡宮。祭神は応神天皇、ヒメカミは神功皇后。二八 文徳天皇の皇女、恬子(やすこ)内親王。貞観元年(八五九)―同十八年(八七六)まで斎宮をつとめた。斎宮とは、天皇の名代として伊勢神宮に遣わされた皇女。天皇が即位すると、未婚の内親王・女王の中から選ばれた。業平が斎宮を恋した話、伊勢物語六十九段にみえる。二九 →歌人解説。三〇 仁明天皇女御。藤原冬嗣女順子。貞観十三年(八七一)没、六十三歳。業平に恋したこと、伊勢物語四段にみえる。三一 藤原内麿二男、母は飛鳥部奈止麿女。女順子を仁明天皇后とし、皇室と結びついて藤氏を再興した。施薬院・観学院を建立した。天長三年(八二六)没、五十二歳。

以下二一六頁

348

一 底・瑞・九本「さるとて」。久本により「さりとて」に改めた。月は以前と違う月なのか、春は昔の春ではないのか。私の身一つはもとの身のままで、私以外は皆変ってしまったように見える。久本このあとに「此歌伊勢物語ニハ東ノ五条ワタリトアレドモ世継ニハ二条ノ后ノ御コトナメリトゾ申タメルヨク〳〵尋ヌベキ也」の一文を置く。二 藤原高子。→八三頁注一一。三「ながよし」「ながら」とも。斉衡三年(八五六)没、五十五歳。四 →七八頁注二。五 伊勢物語の昔男に業平の実伝が投影しているとすると、その二十歳代後半から三十歳前後にかけて、二条の后との間に密通事件があったと推定されている。六 藤原基経。→九頁注一九。七 藤原国経。長良一男。母は難波淵子。基経は異母弟。延喜八年(九〇八)没、八十一歳。八 久本「バ

将にあひたまひて、やさしき事ども侍りけり。[一]さりとてあひ給へる御としかは。后《きさき》四十二にておはしけるに、中将は二十五とぞ申《まうし》ためる。

348 月やあらぬ春や昔《〔むかし〕》の春ならぬわが身ひとつはもとの身にして

[二]二条の后《きさき》は、[三]贈太政大臣《ぞうだいじやうだいじん》 長良 御むすめ、[四]清和《せいわ》天皇の女御なり。それも[五]業平《〔なり〕ひら》中将にぬすまれ給ひて、[六]御兄人《〔せうと〕》の 基経 大臣・[七]国経《くにつね》の大納言などに[八]うばひとられて、かくぞよみたまひける。

349 白玉《しらたま》かなにぞと人のとひしとき露《つゆ》とこたへてけなまし物を

[九]為平親王《ためひらしんわう》の御むすめ、花山院《くわざんゐん》の女御は、[一〇]小野宮右大臣《をののみやのうだいじん》 実資 〔[一一]に〕あひたまふ。[一二]道信《みちのぶ》中将も御消息《〔[一三]せうそく〕》まい《(ゐ)》らせたまひけるほどに、右大臣殿にあひ給《たまひ》ぬと聞《きき》て、かくぞよみ侍りける。

350 嬉《〔うれ〕》しきはいかばかりかは覚《〔おぼ〕》ゆらん憂《〔う〕》きは身にしむ心地こそすれ

[一四]三条院皇女前斎宮《さきのさいぐう》は、[一五]道雅三位《みちまささんみ》にあひ給ふ。此事《このこと》世に聞え、御[一六]消息《〔せうそく〕》をだにたてまつらぬ事に成《なり》てければ、御かたの高欄《〔かうらん〕》にむすびつけ給

イカヘサレテ」(奪ひ返されて)が正しい。二条の后が業平に盗まれたのを、基経・国経らの兄弟が業平にはしった后を引きもどしたのである。伊勢物語六段に、業平が二条の后を「盗みて負ひていでた」のを、「御兄人堀河の大臣(基経)、太郎国経の大納言」の二人が后を「とゞめてとりかへし給うてけり」とある。

349 あれは白玉かそれとも別の物かと女が聞いた時、いっそのこと、露だと答えて私自身が露のように消えてしまったらよかったものを。「白玉」は真珠。「人のとひしとき」は、伊勢物語に昔男(業平)が盗み出し、背負っていた二条の后が、「草の上に置きたりける露」を見て「かれは何ぞ」と問うたとある。「けなまし物を」は、夜が明けた時、盗み出した女が鬼に食われて見えなくなっていた(二人の兄に連れもどされた)ので、男は死んでしまえばよかったと嘆いたのである。

九 式部卿為平親王女、婉子。母は源高明女。十四歳のとき花山院の女御となるが、のちに小野宮実資の北の方となる。長徳四年(九九八)没、二十七歳。以下の婉子、実資、道信の三角関係のこと、栄花物語四、大鏡三などにみえる。

一〇 後小野宮とあるべきところ。藤原実資。斉敏男。母は播磨守藤原尹文女。祖父実頼の猶子となり、永祚元年(九八九)参議を経て右大臣に至る。小右記の著者。寛徳三年(一〇四六)没、九十歳。古事談二に、女性好きで水を汲みに来る下女を室内に招き入れるなどして浮名を流したという。

一一 底・瑞本なし、久・九本により補入。

一二 藤原道信。↓歌人解説。

一三 道信が婉子に恋文を送ったこと、大鏡三に「その女御殿には道信の中将も御消息きこえたまひけるに」とある。

350 恋を成就したひとのうれしさはいかばかりでしょうか。それにひきかえ恋を失った私は悲しさが身にしみるようです。

一四 当子内親王。母は藤原済時女、皇后娍子。斎宮であった期間は長和元年(一〇一二)十二月から長和五年(一〇一六)八月まで(大鏡裏書)。治安三年(一〇二三)没、二十三歳。

一五 藤原道

ひける。

351 陸奥《〔みちのく〕》の緒絶《〔をだえ〕》の橋《〔はし〕》やこれならんふみ《〔ゝ〕》みふまずみ心まどへる

[一七]広幡《ひろはた》の女御《にようご》は、村上《むらかみ》の女御。中納言[一八]庶明《もろあきら》のむすめなり。[一九]左大臣 顕光 の妻《〔つま〕》に成《なり》給ふ。

[二〇]承香殿《しようきやうでん》の女御は、左大臣 顕光 御むすめ、一条院の女御なり。[二一]淑景《しげい》舎《しや》女御は、[二二]太政大臣《だいじやうだいじん》 兼家 の御むすめ、三条の女御なり。二人ながら[二三]宰相右兵衛督《さいしやううひやうゑのかみ》 源 頼定卿《みなもとのよりさだきやう》にあひ給ふ。

[二四]延喜女三宮《えんぎのによさんのみや》は、[二五]九条右大臣 師輔 の妻になり給ふ。

[二六]村上《むらかみ》の女三宮《によさんのみや》は、太政大臣 兼家 にあひ給ふ。

[二七]後朱雀院《ごしゆじやくゐん》皇女、賀茂《かも》のいつきの宮は、宰相中将[二八]俊房《としふさ》にあひたまふ。

[二九]嵯峨《さが》のきさきの、

352 事しげししばしはたてれ宵《〔よひ〕》のまにを《(お)》けらん露は出《いで》てはらはん

とよみたまへるを、後撰集には帝《〔みかど〕》に奏《そう》し給ふ歌《〔うた〕》とは侍れども、[三〇]俊頼《としより》公の髄脳《ずいなう》には、[三一]密《〔みそか〕》事《ごと》によみたまへるやうにぞ申《まうし》ためる。

雅。→歌人解説。前斎宮との密通事件は寛仁元年(一〇一七)四月ごろ表面化する。栄花物語十二の巻末から十三の巻首にかけて詳述。一六 底本「そうそく」、瑞本により改めた。

351 陸奥の緒絶の橋とはこのことなのでしょうか。踏んだり、踏まなかったりでとだえの橋となるが、二人の間も文を見たり見なかったりで、どうなるのか前途が案ぜられます。「踏み」に「文」を懸ける。栄花物語によると、この歌は「高欄」に結びつけたという。「高欄」と「橋」は同類。橋を詠みこんでいるので歌意を強めるため高欄に結びつけたのである。

一七 源計子。生没年未詳。庶明(もろあきら)女。村上天皇更衣。理子・盛子両内親王を産む。広幡御息所と称された。一八 源庶明。宇多天皇孫。斉世親王の子。天暦九年(九五五)没、五十三歳。一九 藤原顕光。→九八頁注七。広幡女御が顕光の妻になったとあるが、何を根拠とするか不明。栄花物語四には村上帝と広幡御息所の間に生まれた盛子が顕光の妻となったことが記されている。二〇 藤原元子。生没年未詳。顕光女。母は盛子内親王。長徳二年(九九六)一条天皇の女御となり寵愛を受けるが、天皇没後源頼定と密通。父顕光の怒りを買い、尼にさせられた。密通事件については栄花物語十一に詳しい。仁寿殿の北にある承香殿を居殿とした。二一 藤原兼家女綏子のこと。「淑景舎女御」とするのは誤りで、「麗景殿女御」とするのが正しい。母は国章女。居貞親王(後の三条帝)の後宮に入るが、源頼定と密通事件を起こして退出する。長保六年(一〇〇四)没、三十一歳。栄花物語七に綏子と頼定の密通事件のことを記す。淑景舎女御は、藤原道隆女、原子のこと。二二 藤原兼家。→九七頁注一八。二三 為平親王二男。母は源高明女。幼時源姓を賜わって臣籍に下る。寛仁四年(一〇二〇)没、四十四歳。枕草子に「かたちよき君達」と評され、容貌優れた貴公子であったが、綏子・元子と密通事件を起こした。二四 醍醐天皇皇女勤子内親王。母は源周子。本朝皇胤紹運録に「四品、配㆓師輔公㆒」とある。天慶元年(九三八)没、三十五歳。二五 藤原師輔。→九八頁注三。二六 村上天皇皇女保子内親王。母は按察御息

世の中をそむきて後までも、すてがたくみゆる例《〔ためし〕》[一]、おほく侍るめり。から国には則天《そくてん》[二]皇后、吾朝《わがてう》には定子《ていし》[三]の皇后宮、尼《〔あま〕》[四]〔ゝ〕ののち子をうみたまへり。ましてこのツギ〳〵[五]の人のしはざ《(わ)》、中《まうす》におよび侍らず。

天竺には師子《しし》[六]の妻《つま》となり、震旦《しんだん》には犬にちぎりをむすび[七]、我朝《わがてう》に、狐《〔きつね〕》[八]を妻《〔つま〕》にしたる例《〔ためし〕》あるめれば、人どち[九]の事《〔こと〕》はことはり《(わ)》にぞ侍るべき。

婬欲熾盛《いんよくしじやう》[一〇]　不レ択二禽獣一《きんじうをえらばず》　謗二此経一故《このきやうをそしるがゆゑに》　獲レ罪如レ是《つみをうることかくのごとし》

と法花経《ほけきやう》にも侍るめれば、しのびがたくぞみえ侍るめる。しかりといへども、よくしのびつゝしみて、生死《しやうじ》の流転《〔るてん〕》を観《くわん》じ給ふべし。

邪婬《じやいん》とて一[一一]人をゆるさるゝ事侍るめり。それも懐妊《くわいにん》の時、月水《ぐわつすい》の時、やまひの時、寝所《〔ねどころ〕》ならぬ所などをば、いましめられて侍るめり。

むかし[一二]、難陀比丘《なんだびく》[一三]といふ人ありき。浄飯《じやうぼん》[一四]大王の御子、教主釈尊の御弟也。婬欲熾盛《いんよくしじやう》にして、妻室《さいしつ》をはなれず。仏この事〔を〕[一五]こしら[一六]へをしへ給ふといへども、さらに〔も〕[一七]ちいざり《(ゐ)》ければ、仏、神通《じんづう》をもつて難陀を御裳《おんも》の裾《〔すそ〕》にしたがへて、雪山《せつせん》の麓《〔ふもと〕》へぐしておはしまして、片目《〔かため〕》つぶれたる猿の有けるをみせて、「汝があひ《(い)》する妻と、この猿《〔さる〕》といづれ形《〔かたち〕》よし」ととひ給ひければ、「我妻《わが〔つま〕》はうつくしく侍り。たとへにと

所。永延元年(九八七)没、三十九歳。栄花物語三に兼家が保子のもとに通ったことがみえる。二七 後朱雀院皇女娟子内親王。母は禎子内親王。五歳で賀茂斎院に卜定、十四歳で退下。康和五年(一一〇三)没、七十二歳。栄花物語三十七、今鏡四、古事談一などに源俊房との密通事件のことがみえる。二八 源俊房。右大臣従一位師房一男。母は藤原道長女、尊子。永保三年(一〇八三)左大臣、従一位。水左記の著者。保安二年(一一二一)没、八十七歳。俊房が宰相中将であった期間は天喜五年(一〇五七)三月から康平四年(一〇六一)十二月七日まで。密通事件はこの間のことであろう。二九 橘嘉智子。→歌人解説。

352 まわりの目がうるそうございます。しばらく外に立っていらしてください。宵の間に置くであろう露は、後ほどお迎えに行って私が払いますから。「事しげし」は「言繁し」の意も含む。

三〇 源俊頼の書いた歌学書。俊頼髄脳、俊頼口伝、俊頼無名抄、俊秘抄、唯独自見抄とも。天永二年(一一一一)—永久二年(一一一四)の間に成立と推定される。底・瑞・九・久本「髄悩」、元本により改めた。俊頼→歌人解説。三一 ないしょごと、転じて男女の情事の意。俊頼髄脳に嵯峨の后が「みそか事」を好み、「ことしげし」の歌を詠じた旨を記したあとに「ことばには、上わたらせ給ひたりけるをりに、とぞあれど、この物がたりを承りて後には、さやうのみそか人に、仰せられける歌にやとおぼゆる」とある。

以上二一七頁

一 底本「おほくく」。「く」一字衍とみて、瑞・九本により削除。二 →二一四頁注五。三 →一二六頁注一。四 則天皇后は唐太宗の女御であった。太宗没後尼となり感業寺に入るが、高宗に召されて再び皇后となり、代王・中宗・睿宗などを産んだ。定子は、長徳二年(九九六)四月兄伊周らが事に坐して流された時、落飾するが、その年末、脩子内親王を産み、さらに長保元年(九九九)十一月七日に式部卿宮を生んでいる。今鏡一に「かの一条院の皇后宮は、御せうとの内大臣の筑紫におはしまし事どもに、思ほし嘆かせ給ひて、

るにおよばず」と申《まうし》ければ、それより天上にのぼりて、天女の、なつかしく妙《たへ》にして、一八珠曼《しゆまん》の花房《〔はなぶさ〕》を簪《〔かんざし〕》にさして、一九微妙《みめう》の瓔珞《〔やうらく〕》をもつて飾《〔かざ〕》れるをみせたまひて、「この天女と汝が妻《〔つま〕》といづれかよき」ととひ給ひければ、難陀こたへていはく、「この天女にくらぶれば、わが妻、雪山の猿《〔さる〕》のごとし」と申《まうし》ければ、「今生《こんじやう》に婬欲をとゞめて、後生《ごしやう》に彼《かの》天女にまさりたる女にあそびたはぶれてたのしむべき也」とおほせら二〇〔れ〕ければ、無上菩提心《むじやう〔ぼだい〕しん》をおこすとこそ申《まうし》て侍るめれ。

天竺《〔てんぢく〕》の美人、天女にならぶれば、雪山の猿のごとし。いはんや日本国の末代《まつだい》の女、よしといはんや。さだめて汚穢《をあい》不浄《ふじやう》にして、何事かは侍るべき。すみやかに難陀が思ひをなして、婬欲をはなれて、菩提《〔ぼだい〕》の心をおこし給ふべき也。

第四に、二一不飲酒《ふおんじゆ》と云《いふ》は、酒をのまぬを申《まうし》たるなり。

二二天竺《てんぢく》に一人の長者あり。二三七宝《はう》にともしからず。万物《ばんもつ》にゆたかにして、一庫倉《こさう》の内に酒をつくれり。壺《〔つぼ〕》大にして、酒の澄《〔す〕》める事泉《〔いづみ〕》のごとし。長者の女《め》、蔵《〔くら〕》にいりて酒のかめをみるに、わかき女《をんな》のかたちよきがあり。長者の女《め》、いそぎかへりて長者をうらみて云《いふ》、「汝をたのみて偕《かい》

御さまかへさせ給へりし後に、式部卿の御子を生みたてまつらせ給へるなり。唐国の則天皇后の御髪おろさせ給ひて後に、皇子生み給ひけむやうにこそおぼえ侍りしか」とある。宝物集はこれに拠ったか。五 底・瑞・九本「つれ〳〵の人のしはざ」、久本「此ツギ〳〵ノシワザハ」により改めた。「ツギ〳〵」は、則天皇后、定子皇后のような地位以下にある人々をさす。六 国王の娘が獅子にさらわれ、妻となって産んだ子が父の獅子を殺し、王から褒美が与えられる話、大唐西域記十一にある。同話は、今昔五の二、太平記三十二にもみえる。七 唐物語・下の巻末の犬と契って子を産んだ娘の話(与犬交合女)を典拠とするか。八 扶桑略記二十二・寛平八年九月所収「善家秘記」にみえる賀陽良藤の話を典拠とするか。同話は今昔十六の十七に載り、金沢文庫本観音利益集四十五にも類話がみえる。九 人同士。「どち」は同類の意をそえる接尾語。一〇 法華経・譬喩品にみえる句。法華経をそしる者は婬欲が激しく、畜生を相手に性交するほどの罪をおかす。一一 配偶者一人を相手にする婬事。一二 以下の難陀比丘とその妻室の美醜を論ずる話、出曜経二十四、増一阿含経九、経律異相七、法苑珠林二十二、今昔一の十八、三国伝記八の十二、古活字十二行本沙石集八などにみえる。一三 浄飯王の子で釈尊の異母弟。釈尊の生母摩耶夫人の死後浄飯王妃となった摩訶波闍波提を母とする。孫陀利という美人の妻に執着してなかなか出家できなかった。一四 →一七一頁注一七。一五 底本なし、瑞・九本により補入。一六 言葉をつくして相手を誘い導く。一七 底本なし、瑞・九本により補入。

3・4 不飲酒

一八 「須曼」と書くのが正しい。花の名。須摩那花のこと。黄白色で強い芳香がある。一九 美しい瓔珞。瓔珞は珠玉や貴金属に糸を通して作った装身具。底本「やうとく」、瑞・九本により「やうらく」と改めた。二〇 底本なし、瑞・九本により補入。二一 身延文庫本・片活三本等は、第四を不妄語、第五を不飲酒とする。一本は戒の記述に入る冒頭部で「且ク初ノ五戒ヲアカスベシ。イワユル殺生、偸盗、婬、酒、妄語ナリ」とあり、酒と妄語の順序が第二種七巻本系

老同穴《らうどうけつ》のちぎりふかし。年来《としごろ》又遺恨《ゐこん》なくして過《すご》しつ。いかにかめの内にかたちよき女《をんな》をかくしをきて《(お)》、一我うちとけたるすがたをばみするぞ」とうらみければ、長者、蔵《〔くら〕》に入《いり》て酒かめをみるに、おとなしやか成《なる》おとこ《(を)》のきよげなるあり。長者の思ふやう、「わが妻《〔つま〕》の、くらの内に二おつと《(を)》をかくしおきて、我《われ》をすかしやり、三ころさせんとするなりけり」と心えて、年来《としごろ》の妻を、おとこ《(を)》、すでに離別《りべつ》しなんとしけるを、一人の羅漢《〔らかん〕》、この事をこゝろえて、酒のかめを取出《とりいだ》して、夫妻《ふさい》のまへにしてこれをわるに、つまもなし、夫もなし。酒はこれ、いまだのまざるに凶《きよう》をいたす物なり。いはんや、のみてゑゝる《(へ)》におきてをや。

四迦葉仏《かせふぶつ》の時、一人の優婆塞《〔うばそく〕》、酒にゑひて本心うせぬるがゆへ《(ゑ)》に、人の妻をおかし《(を)》つ。又、雞《〔にはとり〕》をころしつ。ぬし、はらだちて五かこつ時、ころさずとあらがひぬ。このゆへ《(ゑ)》に、飲酒《おんじゆ》・六〔邪婬《じやいん》〕・殺生《せつしやう》・偸盗《ちうたう》・妄語《まうご》の五つの戒《かい》をやぶる也。こまかに、七十律《りつ》にこそ申《まうし》ためれ。

このゆへ《(ゑ)》に、八天親菩薩《てんじん》の倶舎論《くしやろん》には、

九遮中唯離ㇾ酒《しやのなかにただざけをはなるるは》　為ㇾ護二余律儀一《よのりつぎをまもらんがためなり》

といひ、譬喩経《ひゆきやう》には、

と同じ。ただし一本は偸盗の記述の途中以下は欠落しているので、具体例の記述が冒頭部の順序通りになっていたかどうかは不明。 三 以下の蔵中にひそかに酒をかくしておいて、妻と争いとなり離婚しそうになった話、雑譬喩経下(大正蔵四)にみえる。 三 七つの宝物。↓一六頁注八。

一 底・瑞本「我うちとけたるすがた」とあるが、「我」が誰をさすか解釈に窮す。片活三本・身延文庫本には「我ニウチトケタル形」のごとく「ニ」を有するために「長者の女」をさすことが明確となる。 二 底本「おとつとを」、瑞本「おつとを」により改めた。 三 言葉たくみにだまして。 四 法苑珠林八十八に「若薩婆多論。問曰。五戒中幾是実戒。答曰。前四是実。後一是遮。所以同結者。以是放逸根本能犯四戒。如迦葉仏時、有二優婆塞一。由二飲酒一故婬二他妻一盗二他鶏一殺。他人来問。時答曰。不ㇾ作。便犯二妄語一。亦能造二四逆一」(大正蔵五十三)。さらに薩婆多毘尼毘婆沙一に右の引用文とほぼ同文がみえる(大正蔵二十三)。 五 相手を責める。 六 底・瑞・九本なし、久本により補入。 七 十誦律をさすか。ただし「迦葉仏の時」以下の文は十誦律にはなく、薩婆多毘尼毘婆沙一ならびに法苑珠林八十八にみえる。後者を典拠としたか。 八 ↓六七頁注一五。 九 倶舎論十四に同じ句をあげて「論曰、諸飲酒者心多二縦逸一、不ㇾ能ㇾ守二護諸余律儀一。故為ㇾ護ㇾ余令ㇾ離二飲酒一」(大正蔵二十九)とある。「遮」は、それ自体は罪ではないが、他の戒律を守護できなくしてしまうのでこれを禁止するもの。遮罪ともいう。飲酒はこれに相当する。阿毘達磨順正理論十九、阿毘達磨蔵顕宗論九にも同文がみえる。 一〇 大荘厳論経十五に「在家修多羅、説二酒之悪報一、唯仏能別知、誰有二能測量一、仏説二身口意、三業之悪行一、唯酒為二根本一、復堕二悪行中一…酒為二放逸根一、不ㇾ飲閉二悪道一、能獲二信楽心一」(大正蔵四)とある。譬喩経にあるとするが、これは書名ではなく大荘厳論経のような本縁部に分類されるような経典の呼称であろう。 二 ↓一九三頁注九。 三 梵網経菩薩心地品・下に「若仏子、故飲ㇾ酒而生二酒過失一無量。若自身手過二酒器一与ㇾ人飲ㇾ酒者。

一〇 仏説二身口意三業之悪行一《ほとけしんくいのさんごふのあくぎやうをときたまふ》、唯酒為二根本一《たださけをこんぽんとなし》、不レ飲閉二悪道一《のまざればあくだうをとづと》

とと《〔ゝ〕》き、一一 梵網経《ぼんまうきやう》には、

一二 若《もし》、仏子《ぶつし》、盃をとりて一三〔人に〕あたふれば、五百世のあい《(ひ)》だ、手なきものにむまれにき。いはんや、みづからのまんにおゐ《(い)》てをや。

とお《(を)》しへ、獄卒《ごくそつ》罪人を呵責《かしやく》しては、

一四 於二仏所一生レ痴《ぶつしよにおいてちをしやうじ》、壊二世出世事一《せしゆつせのことをやぶり》、焼二解脱一如レ火《げだつをやくことひのごとしとは》、所謂酒一法《いはゆるさけのいつぽふなり》

といへり。

一五 伊弉諾《いざなぎ》、一六 伊弉冊《いざなみ》の尊《〔みこと〕》一七 のむすめ、出雲国《いづものくに》の一八 大蛇《〔おろち〕》におぢてなき給ふをば、一九 杵築《〔きづき〕》の宮《〔みや〕》は、二〇 酒七船《ふね》をのませて、ゑはせてこそ、ころしたまひて侍りけれ。其《その》蛇《〔くちなは〕》をやき給ふ煙《〔けぶり〕》、八色《〔やいろ〕》にてのぼりければ、それよりこそ、二一 八雲たつとは歌にもよみはじむるとぞうけ給はりし。二二 村雲《むらくも》と云剣《いふつるぎ》も、彼《かの》蛇《〔くちなは〕》の尾に有《あり》けるとこそ、二三 日本紀《にほんぎ》にも申すなれ。

これならず、二四 大海《たいかい》のほとりの二五 猩〻《しやうじやう》は、酒にふけりて血をしぼられ、滄海《さうかい》の底なる二六 犀《さい》は、これ二七〔に〕ゑひて角《つの》きられき。畜生なを《(ほ)》し、たぶらかされ、いはんや人倫におゐ《(い)》てをや。

二八 南都の二九 石淵寺《いはぶちでら》の三〇 勤操《ごんさう》僧正の、いまだ凡僧《ぼんそう》なりける時、学文《がくもん》して廻廊

五百生無レ手。何況自飲」とある(大正蔵二十四)。また諸経要集十七にも「梵網経云」として同文を引く(大正蔵五十四)。徒然草一七五段に「酒をとりて人に飲ませたる人、五百生が間、手なき者に生るとこそ仏は説き給ふなれ」とある。 一三 底本なし、瑞・九・久本により補入。 一四 往生要集・大文一の一に引く正法念処経七(大正蔵十七)からの引用文。底・瑞・九本は「痴」を「疑」、「壊」を「懐」とする。久本および往生要集により改めた。「痴」は道理のわからぬこと。愚迷。「世出世」は世俗と出世間と。また諸経要集十七にも「又正法念経閻羅王責疏罪人説偈云」としてこの偈を含む長文の偈を掲げている(大正蔵五十四)。 一五 記紀神話で国生みをした男神。伊弉冉尊とともに天の浮橋に立ち、天の瓊矛(ぬぼこ)で海水をかきまわして磤馭慮島(おのごろじま)を作り、そこへ天降って女神伊弉冉尊と結婚し、天照大神・月読尊・素戔嗚尊を産んだ。以下の大蛇退治の神話は古事記・上、日本書紀・神代上に詳述されている。 一六 記紀神話で国生みをした女神。 一七 日本書紀によると、大蛇の犠牲に予定されたむすめは奇稲田姫(くしいなだひめ)。この姫は国神脚摩乳(あしなずち)と手摩乳(てなずち)の間に生まれたむすめ。宝物集が伊弉諾・伊弉冉二神のむすめとするのは誤り。 一八 頭と尾が八つある八岐大蛇(やまたのおろち)をさす。 一九 島根県簸川(ひかわ)郡大社町杵築にある出雲大社。祭神は大国主命を主神として天之御中主神・高皇産霊神など五神を祀る。ただしここは八岐大蛇を退治した素戔嗚尊をさすと思われる。古事記によると、素戔嗚尊は大蛇退治後出雲の須賀というところに宮を作った。その宮を杵築の宮と混同したか。 二〇 古事記・上には、八か所に八つの桟敷を作り、それぞれに「酒船」を置いて大蛇に飲ませたとある。箱形の容器を船という。七船飲ませたというが八船の誤りか。 二一 古事記・上によると「八雲立つ出雲八重垣妻籠みに八重垣作るその八重垣を」という歌を詠んだ。日本書紀には「或に云はく」として注としてこの歌を伝える。「八雲立つ」は地名出雲にかかる枕詞。ただし大蛇を焼いた煙が八色に立ちのぼったからというのは宝物集の新説。 二二 日本書紀・神代上に、「一書に云はく」として大蛇の尾か

にすみたまひけるに、窓《〔まど〕》をならべて、[一]栄好《えいかう》と云《いふ》僧の、おなじく臂《〔ひぢ〕》をくたす。年月《としつき》久しくつもりて、両人へだつる事なくて年序《ねんじょ》をおく《〔こ〕》るほどに、栄好病《やまひ》の床《ゆか》にふして、つゐ《(ひ)》に死の為《ため》にお《(を)》かさる。勤操、栄好が童子をよびて事の有様《〔ありさま〕》をとふに、童子なく〳〵語りて云《いは》く、「栄好があたる所の日食《にちじき》、[二]四分《しぶん》也。一分《いちぶん》を三宝に供養し、一分をば八旬《じゅん》の母にあ[三]て、一分をば一人の童子にあてたりき。栄好が入滅《にふめつ》さることにて、八旬の母、けふより後《のち》の存命、いかにせんずらん」とて、声をあげてなきければ、勤操、童子をかたらひていはく、「汝この事をなげく事なれば、栄好を葬《さう》せん事、われ沙汰《〔さた〕》すべし。又、八旬の母の日食、ならびに汝が食《〔くひ〕》物、我《〔われ〕》沙汰《〔さた〕》すべし。たゞし、栄好が母に、栄好入滅のよしをしらすべからず。そのゆへ《(ゑ)》は、母、栄好入滅のよしをきかば、存命すべからざるゆへ《(ゑ)》なり」といひければ、勤操のお《(を)》しへにまかせて、栄好入滅のよししらせずして日月《じつげつ》を《(お)》くるほどに、ある日、勤操の房に客人おほく来《きたり》て、酒などのみける時、栄好が母の日食の事をわすれにけり。栄好がはゝ、童子を[四]勘当《〔かんだう〕》し、栄好をうらみて、けふの日食のを《(お)》そき事をいひけるに、童子かなしみにたへずして、栄好入滅の次第

ら出現した剣は、はじめ「天叢雲剣(あめのむらくものつるぎ)」と称したが、後に日本武皇子が「草薙剣(くさなぎのつるぎ)」と改名したという。 二三 日本書紀をさす。底・九本「日本記」。瑞本により「日本紀」に改めた。 二四 曾我物語四に「それ、大海のほとりの猩々は、酒に著して、血をしぼられ、滄海の底の犀は、酒をこのみて、角をきらるゝ也」とあるのは宝物集に拠ったか。 二五 猩々は想像上の動物。猿の類で、声は小児の声に似、人語を解し、酒を好むという。 二六 犀の角は薬品として珍重された。 二七 底・瑞本なし、九本により補入。 二八 以下の勤操と栄好の話、三宝絵・中の十八に拠るか。同話はほかに、発心集五の十四、私聚百因縁集九の十二、三国伝記九の三、元亨釈書二一、諸寺縁起集の「法華八講縁事」等にもみえる。 二九 奈良市の高円山の中腹にあった寺。 三〇 大和高市郡の人。俗姓秦氏。高円山にあった石淵寺に法華八講を創始した。三論宗の立場から法相を論難した。平安京西寺の別当となり、大僧都で没し、僧正を追贈された。最澄・空海と交流があり、書簡を交わしている。石淵寺の開基。天長四年(八二七)没、七十四歳。

一 伝未詳。 二 四人分。分は、わりあて。 三 三宝絵では「あて」と「一分をば…」の間に「一をばみづからくふ」の一文がある。片活三本「一分ヲバ我身ニ当」とある。 四 こらしめ、しかること。 五 童子がつつみ切れなくなって母親に栄好の死を知らせると、母親は悲しみの衝撃で死亡したこと。 六 大智度論十三に「如㆔仏語㆓難提迦優婆塞㆒。酒有㆓三十五失㆒」とあり、具体的に三十五の失をあげ「如㆑是等種種過失。是故不㆑飲」と結んでいる(大正蔵二十五)。諸経要集十七に「又智度論云、飲酒有㆓三十五過失㆒」(大正蔵五十四)。 七 法苑珠林六十七に罪業応報教化地獄経からの引用として「第十五復有衆生。或顚或狂。或痴或騃。不㆑別㆓好醜㆒。何罪所㆑致。仏言。以㆔前世時坐飲酒酔乱犯㆓三十六失㆒」(大正蔵五十三)。また諸経要集十七には「沙弥尼戒経云」として「不㆑得㆑飲㆑酒。不㆑得㆑嗜㆑酒。不㆑得㆑嘗㆑酒。酒有㆓三十六失㆒」とある(大正蔵五十四)。 八 底本「たゝりなり事」、瑞

を語《かたる》に、母、思ひにたへずして、きくまゝに死ぬ。勤操酔《〔ゑひ〕》さめて、栄好が母の日食の事を思ひ出して沙汰《〔さた〕》する時、童子、[五]彼《かの》子細《しさい》をかたる。勤操これをきゝて、勤操の房にながく酒をたつ。[六]大論《だいろん》に、[七]三十六種の咎《〔とが〕》をあげたるも、ことは《(わ)》りにぞ侍るべき。

後生《ごしやう》までは申さじや。今生《こんじやう》にも身の[八]祟《〔たゝ〕》りなる事おほく侍るめり。[九]法《ほふ》住寺《ぢうじ》の太政大臣 為光 御子[一〇]誠信《さねのぶ》は、[一一]臨時客《りんじのきやく》の所にて酒にゑひて、[一二]弘高《ひろたか》が絵《ゑ》がける屏風に[一三]ものつきかけて、その事故《ことゆゑ》に、[一四]中納言所《ちうなごんのところ》をば弟《〔おとうと〕》の[一五]斉信《ときのぶ》公はなられ給ふぞかし。いはんや、[一六]後世《ごせ》の責《〔せめ〕》にならむ事、を《(お)》してしり給ふべし。しかりといへども、この[一七]文《ふみ》どもをみ、この証《しよう》どももしりながら、これをこのみ、すてぬ人おほくぞ侍るめる。

[一八]下若村《かじやくそん》のつたへたる所、たれかつゝしめるは侍る。[一九]鄭康《ていかう》は三百盃をのみ、[二〇]玄石《げんせき》は一石《こく》をくらふ。[二一]晋《しん》の竹林《ちくりん》の七人の賢人《けんじん》、賢《〔かしこ〕》しといへども、これをすてず。[二二]大江《おほえ》の時棟《ときむね》が風月《ふうげつ》の才《〔ざい〕》にとめりし、[二三]栄啓期《えいけいき》が三楽《らく》、酒にはまさらじとうたがふ。[二四]延喜《えんぎ》の御時、[二五]伊衡《これひら》の少将の、酒おほくのみて、[二六]勅録《ちよくろく》に馬寮《めれう》の御馬給りて、めでたき事におもはれたりけるなど、はかなく愚《〔をろか〕》にぞ侍るべき。後世《ごせ》の責《〔せ〕》めにはなり[二七]侍りけむかし。

本「たゝり也事」、九本により「たゝりなる事」と改めた。 九 藤原為光。→九九頁注二六。 一〇 →九九頁注二七。以下誠信が酒に酔って粗相をした事件、大鏡三・為光伝に詳しい。 一一 正月二日に摂政・関白家で大臣以下公卿を招いて行われた宴会。 一二 巨勢弘高。平安中期の著名な絵師。古今著聞集・三八七に弘高は「金岡が曾孫、公茂が孫、深江が子なり」とある。地獄変の屏風を描き、短命を予告して死んだという。 一三 嘔吐物をはきかけて。 一四 中納言の空席。「所」は欠員となっている所。 一五 →歌人解説。 一六 死後におもむく世界での責苦。 一七 底・瑞本「父」の右に「文欤」と傍書。九本により「文」に改めた。 一八 中国江南道の若渓の南を上若、北を下若といい、その下若の村で醸造する酒は甚だ美味であったという。和漢朗詠集・下・酒に大江朝綱の「菓は則ち上林苑の献るところ　含めば自ら消えぬべし　酒はこれ下若村の伝ふるところ　傾くれば甚だ美なり」とあるのに拠った。中国の下若村から伝えられたような美酒は、誰もが飲酒の誘惑をおさえることができない。 一九 未詳。「鄭康」は「鄭泉」の誤りか。鄭泉は三国時代、呉の人。字は元淵。酒を好み、遺言して死後は陶器を作る家の側に葬れ、そうすれば百年後土となり酒壺になれると言ったという(尚友録二十)。本朝文粋八、大江匡衡の「三月三日陪二左相府曲水宴一同賦二因レ流泛一酒」に「酔郷国之俗伴二鄭泉一而得二水路一」の一文があり、これが新撰朗詠集・上に朗詠の詞となっている。 二〇 劉玄石。蒙求の「玄石沈湎」の主人公。中国の大酒飲み。酔ったら千日醒めない酒を買って飲み、眠っていると、家人が死んだと思って葬った。酒屋の知らせで、三年後に棺のふたをとってみたら、ちょうどそのとき酔から醒めたという。底本「玄名」。瑞・九本により「玄石」に改めた。 二一 中国、晋代の竹林に住んだ七人の隠者。嵆康・阮籍・阮咸・向秀・劉伶・王戎・山濤の七人。 二二 大江時棟。生没年未詳。幼い時藤原道長が路上で拾い、大江匡衡に養育させたという(十訓抄三)。省試に及第、順調に昇進、出羽守・出雲守等を経て永承三年(一〇四八)十二月十日河内守となった。漢詩文にすぐれ、本朝麗藻等の作者。

されば、仏《〔ほとけ〕》もを《（お）》一ろかなる事をときたまふ。二法花経のたとへにも、まづしき人、珠《たま》を得て、衣《ころも》の裏《〔うら〕》にかけて、嬉《〔うれ〕》しとおもふほどに、友のもとへゆきて酒をのむほどに、ゑひて玉をもちたる事をわすれぬ。三至親友家《しんいうのいへにいたり》、酔酒而臥《さけにゑひてふす》と云《いふ》は是なり。我等《われら》四真如実相《しんによじつさう》の珠《たま》をもちながら、無明《むみやう》の酒にゑひて、衣《ころも》の裏《〔うら〕》に珠《〔たま〕》をわすれて、まづしくてかなしむは、酒のゆへ《（ゑ）》にあらずや。

五繋着内衣裏《けぢやくないいり》の心、歌にもおほく侍るめり。

353 いかでかく花の袂《たもと》をたちかへてうらなる玉を忘《わす》れざるらん

加《か》賀《がの》左《さ》衛《ゑ》門《もん》

354 吹かへすわしの山風なかりせば衣のうらの玉はみましや

僧《そう》正《じやう》静《じやう》円《ゑん》

355 如何《いか》にして衣の玉をしりぬらん思ひもかけ〔ぬ〕人も有世《ある》に

権《ごんの》僧《そう》正《じやう》永《えい》縁《えん》

356 消がたき御法《みのり》の花に置露《おくつゆ》やがて衣の玉と成《なる》らん

康《やす》資《すけの》王《おほきみの》母《はは》

二三 中国の孔子と同時代の人。孔子が太山で鹿の裘（かわごろも）を着、縄の帯をしめ、琴を弾く栄啓期に逢い、何故に楽しいかときくと、啓期は人と生まれたこと、男に生まれたこと、長寿を保ったことの三つを楽としてあげたという。和漢朗詠集・下・酒に白楽天の「もし栄期をして兼ねて酔ひを解らしめましかば、四楽とぞ言つつべからまし三とは言はざらまし」の詩をあげている。栄啓期が若し酒の楽しみを知っていたら、三楽でなく四楽にしただろうの意。宝物集はこの朗詠を原拠とするか。 二四 醍醐天皇の御代。 二五 藤原伊衡。敏行男。和歌をよくし、後撰集以下の勅撰集に歌がとられている。天慶元年（九三八）没、六十三歳。伊衡が飲酒して乱れなかったため駿馬一頭を賜わったこと、紀長谷雄の「亭子院賜酒記」にみえる。今昔二十四の三十一によると、大酒飲みだったことが女房たちにも知れわたっていたようだ。 二六 勅命によって物を賜わること。 二七 底・瑞本「侍りけんむかし」。九本は「侍るべきむかし」、元本は「侍リケムカシ」とある。「ん」を衍字とみて削除。

一 酒を飲むのは馬鹿げたことだということをお説きになる。 二 以下は法華経の五百弟子受記品の譬喩に拠る。 三 法華経・五百弟子受記品にみえる句。世尊より記別を受けた五百の阿羅漢が、自分達の過を悔いて仏の前で懺悔する言葉の中にある句。親友が無価の宝珠を衣服の裏に繋けてくれたのに、酒に酔っていてそれに気づかず、無駄な苦労をするという譬喩。 四 「真如」は、あるがままのすがた。「実相」は、真如と同体異名で、心のあるがままの真実の相を真如実相の珠にたとえた。 五 「内衣の裏（ちう）に繋着す」と読む。法華経・五百弟子受記品の偈に「以㆓無価宝珠㆒繋㆓著内衣裏㆒」とある。

353 どうしてこのように花の袂を着替え、内に秘める無価の宝珠を忘れないのでしょうか。「花の袂」は平常の衣服。出家して着る衣服に対して言った。「うらなる玉」は衣裏宝珠。仏性とも清浄心とも置きかえられる。底・九本初句「いかでわれ」、瑞本により改めた。

357 立別《たちわかれ》とかずはいかゞから衣うらにかゝれる玉をしらまし

祐《いう》盛《じやう》法《ほふ》師《〔し〕》

第五に、不《ふ》妄語《まうご》と申《まうす》は、見《〔み〕》[六]たる事を見《〔み〕》ずといひ、見《〔み〕》ざる事を見《〔み〕》たるといひ、すべて虚言《〔そらごと〕》をせぬを申《まうし》たる也。[七]口の虎《とら》身をはみ、舌の剣《つるぎ》命をきると云《いふ》は、虚言《〔そらごと〕》をいましめて侍るなり。獄卒、地獄にして罪人にをしへていはく、「[八]妄語はよく大海《だいかい》をやきつべし。いはんや、妄語〔ノ〕[九]人をやかん事、草木《さうもく》の薪《たきぎ》のごとし」といへり。地獄《〔ぢごく〕》の薪《〔たきゞ〕》となる物なり。つゝしみて、虚言《〔そらごと〕》し給ふまじき也。されば、[一〇]十住毘婆沙《じふぢうびばしや》の第三には、「人、身命《しんみやう》をばうしなふとも、妄語をばせざれ」とをしへ、[一一]大集経《だいじつきやう》には、

[一二]甘露及毒薬《かんろおよびどくやくは》　皆在二人中舌一《みなにんちうのしたにあり》　甘露者実語《かんろはじつごにして》　妄語即為レ毒《まうごはすなはちどくとなる》

とは説《〔と〕》くなり。

このゆへ《〔ゑ〕》に、心ある人、皆《〔みな〕》よくつゝしみて侍るめり。少〻その証《しよう》を申《まうす》べきなり。

昔《〔むかし〕》、[一三]須陀摩《しゆだま》王、后妃《こうひ》妻女《さいぢよ》をぐして、園《〔その〕》に出《いで》てあそびゆく時、一人の

354 霊鷲山から吹き返す風がなかったならば、衣の内に繋がる無価の宝珠を見出すことができなかったであろう。「わしの山風」は、釈迦が法華経などの教えを説いた霊鷲山から吹く風、すなわち法華経の教えをさす。「吹かへす」は、下句の「衣」の縁で返すといった。

3・5 不妄語

355 どのようにしてあなたは衣裏の宝珠を知ったのでしょう。世の中にはその存在に全く気付かぬ人もいるというのに。底本「ぬ」なし、瑞・九本により補入。

356 消え難い御法の花すなわち法華経に置く露は、そのまま繋宝珠のような大きな悟りに生長するであろう。「御法の花」は法華経。「置露」は法華経を書写することを暗示する。「衣の玉と成らん」は、書写供養する功徳によって内なる玉に気付いて悟りを開くことができるだろうというのである。

357 もしも、立ち別れ再会した親友が教えてくれなかったなら、衣の内側にかくれていた玉を知ることがなかったであろう。「立別」は無価の珠をくれたのも知らずに友人と別れたこと。「とく」に、法を「説く」意と、着物を脱ぐ意の「解く」を懸ける。この歌、法華経・五百弟子受記品の衣裏宝珠の譬喩を典拠とする。

六 法苑珠林八十八に「若実見言二不見一、実聞言二不聞一。実疑言二不疑一。有而言レ無、無而言レ有。如レ是等小妄語者、犯二可レ悔罪一」(大正蔵五十三)とあるあたりを踏まえて言ったか。片活三・元本等には「見ザル事ヲ見タリト云ヒ、聞ザル事ヲ聞タリト云事ナク」の文がある。七 口舌の害を虎・剣の害に暗喩した。中世初頭に流布した行基遺誡に「口虎害レ身、舌剣断レ命」とあり、宝物集はこれを典拠としている。また十訓抄四の一に「行基菩薩…弟子どもにをしへいましめてのたまはく「口の虎は身を破る。舌の剣はいのちをたつ」」とある。八 正法念経九に「閻魔羅人復為レ説レ偈。責疏之言」として掲げる偈文中に「妄語第一火、尚能焼二大海一、況焼二妄語人一、猶如レ焼二草

婆羅門《〔ばらもん〕》来《きたり》て物をこふに、「今、園《〔その〕》よりかへりてとらすべし」といふ《(う)》て、須陀摩王、野に出《いで》てあそぶほどに、[一]鹿足王《ろくそく》来《きたり》て、鷹《〔たか〕》の雉《〔きじ〕》をとるがごとくに取《とり》て、ころすべき九百九十九王の中におきつ。須陀摩王、涙《〔なみだ〕》をながし声をあげていはく、「我《われ》命《〔いのち〕》お《(を)》しむにはあらず。野べに出《いづ》る時、一人の婆羅門《〔ばらもん〕》、物をこひつ。『今、野べより帰りてあたふべし』といひて出《いで》ぬ。われ、その妄語《〔もうご〕》の罪《〔つみ〕》ゆへ《(ゑ)》に、地獄《〔ぢごく〕》におつべし。いま七日がいとまを得て、婆羅門《〔ばらもん〕》を供養《〔くやう〕》してかへりくべし」といひければ、鹿足王、七日がいとまとらせてけり。須陀摩王、我国にかへりて、一切の財宝を取出《とりいだ》して、婆羅門《〔ばらもん〕》を供養《〔くやう〕》し、十方の衆生《しゆじやう》にあたへてかへりゆきければ、国中の人あつまりて、「はじめは、[二]うちとけておはせしかばこそとられ給ひたれ、国中の兵《〔つはもの〕》をあつめておはせんには、いかでかとりたてまつらん」といひけれども、「我、七日が中にかへりくべしといひて、ゆかずは、[三]虚《こ》妄《まう》の罪《〔つみ〕》あるべし」とて、鹿足王の許《〔もと〕》にゆきぬ。

[四]昔《〔むかし〕》、仏陀、[五]鹿苑《ろくをん》におはしまし《〔と〕》し時、[六]六十人の比丘《びく》ありき。を《(お)》の〳〵眼《〔まなこ〕》くらく、[七]諸根不具《しよこんふぐ》にして、みづからたつ事を得ず。この苦《〔く〕》をかなしみて、仏《〔ほとけ〕》に申《まうし》ければ、仏、六十の比丘につげてのたまはく、「汝等《〔なんぢら〕》、

木㆓」とある(大正蔵十七)。また諸経要集十四に「又正法念経、閻羅王、責㆓疏罪人㆒。説㆑偈言」として同文の偈を引く(大正蔵五十四)。九 底・瑞・九本なし、久本により補入。一〇 十住毘婆沙論。十七巻。竜樹著、鳩摩羅什訳。巻四に「乃至失㆓身命、転輪正王位㆒、於㆑此尚不㆑応㆓妄語行㆔諂曲㆒」(大正蔵二十六)とあるところの取意。ただし宝物集が「十住毘婆沙の第三」としているのは、往生要集・大文四の三に「十住婆沙の第三の偈に云く」として前掲偈を引いたところから孫引きしたことの証拠か。一一 →八七頁注一九。この経には下に引く経文はみえない。一二 諸経要集十四に「正法念処経に曰く」としてこの句を引く(大正蔵五十四)。正法念処経九に「爾時世尊而説偈言」として掲げる偈中に「甘露及毒薬　皆在㆓人舌中㆒　実語成㆓甘露㆒　妄言則為㆑毒」とある(大正蔵十七)。底・瑞・九本は「舌」を「苦」に誤る。久本により改めた。ただし、正法念経、諸経要集は「人舌中」となっている。一三 「甘露者実語」を諸経要集は「甘露謂実語」としている。一四 「須陀須摩王」とあるのが正しい。須陀素弥・修陀素弥とも。普明王と訳す。以下、王が婆羅門との約束をはたして鹿足王のところへ殺されるのを覚悟で帰ってくる話、大智度論四(大正蔵二十五)にみえる。一五 三宝絵・上の二に「智度論に見えたり」としてこの話を引く。「須陀須摩」を「須陀摩」としたのは三宝絵の誤りを踏襲したことを示すか。また経律異相二十六に仁王般若経を典拠として同話を載せるが(大正蔵五十三)、そこでは須陀須摩王を普明王と訳している。

以上二二五頁

一 底・瑞・九本は以下すべて「遮足王」とするが、大智度論、三宝絵には「鹿足王」とあるので、「遮」「鹿」は草体の近似による誤写とみてすべて「鹿」に改めた。鹿足王は、梵語、劫磨沙波陀の訳。賢愚経・仁王般若経では班足王と訳す。片活三本ではこの話の出典を仁王般若経とする。元本はここを班足王とする。
二 気をゆるしていらっしゃったので。
三 うそいつわり。虚誑。

昔《〔むかし〕》[八]倶留孫仏《〔くるそんぶつ〕》の時、そら事をもつて、法をときし僧をそしれりき。その罪《〔つみ〕》によりて、六十百〔千〕[九]歳《ざい》[一〇]阿鼻地獄《〔あびちごく〕》におちたりき。その業《ごふ》つきて、四十百千歳《ざい》[一一]等活《〔とうくはつ〕》地《ぢ》獄《〔ごく〕》におちたりき。又、二十百千歳《ざい》、[一二]黒縄地獄《〔こくぜうちごく〕》におちて、その業《ごふ》をつぐのひて、人界《にんがい》に生《しやう》をうけたりといへども、五百世の中に、眼《〔まなこ〕》くらく、正念《しやうねん》なくして、つねに貧苦《ひんく》下《げ》賤《せん》の家にむまれて、形《〔かたち〕》みにくき者也。今この苦《〔く〕》をうけたる、彼罪業《かのざいごふ》をつぐなふなり」と仰られける。

[一三]劫初《ごふしよ》に、竜王《りうわう》と[一四]金翅鳥《こんじてう》とあらがひたる事侍りけり。竜王は、八万由旬《〔ゆじゆん〕》の須弥《しゆみ》をゆるがして、「[一五]喜見城《きけんじやう》を震動《しんどう》させん」といひ、金翅鳥は、八万由旬《〔ゆじゆん〕》の大海をあふぎのけて、「底《〔そこ〕》の金《こがね》をあらはさん」といふ。竜《りう》・鳥《てう》ともにあらそひて、「[一六]負方《〔まけがた〕》よりは子をわきまふべし」とちぎりをはりぬ。竜王、大身を現《げん》じて、須弥山《しゆみせん》を[一七]十五双《さう》かこみてゆるがすに、諸天の力《〔ちから〕》によりてうごく事なし。金翅鳥は、三百万里の翼《〔つばさ〕》をのべて、一羽《ひとはね》[一八]〔に〕大海をあふぎのけて、海底の金《〔こがね〕》をあらはす。竜王あらそひにまけて、毎日に五百の小竜《せうりう》をわきまふ。[一九]沙渇羅《しやから》竜王、釈迦如来をむかへまい《〔ゐ〕》らせて供養《〔くやう〕》し奉りける時、[二〇]宝錦《はうきん》

四 以下、仏が鹿苑にいた時の話、往生要集・大文五の四に宝積経に云うとして引用される。宝積経九十一(大正蔵十一)にみえる。
五 鹿野苑のこと。釈迦が成道後最初に説法したところ。
六 宝積経、往生要集では六十の菩薩とする。
七 身体にあるもろもろの器官が不調で。
八 ↓一六七頁注九。
九 底・瑞・九本なし、久本により補入。
一〇 ↓三八頁注一四。
一一 八層のうちの第一層にある地獄。
一二 八層のうちの第二層、等活のすぐ下にある地獄。
一三 この世のはじめ。以下の竜王と金翅鳥があらがう話は観音義疏・下にみえる(大正蔵三十四)。後半の金翅鳥の害を世尊の脱ぎ与えた衣によって回避する話は、海竜王経四(大正蔵十五)にみえ、法苑珠林三十五(大正蔵五十三)にもこれを引く。また今昔三の九は法苑珠林を出典とし、沙石集六の十八にも「竜宮ノ門ニハ袈裟ヲ置テ、金翅鳥ノ難ヲハナル」とある。竜王と金翅鳥の争いの話、海竜王経などをもとにして日本において増幅されたか。
一四 ↓二二頁注一八。
一五 ↓一四三頁注六。
一六 「わきまふ」は、つぐなう意。負けた側がえさとして子を以て弁済しよう。
一七 「双」は「匝」の宛て字か。「匝」は、めぐらす、とりかこむの意で、この場合、竜がぐるぐると十五回とぐろまきにしたことをいうのであろう。
一八 底・瑞・九本なし、元本により補入。
一九 八大竜王の一。法華経説法のとき聴衆の中に列席していたとされる。千手観音の眷属である二十八部衆の一。
二〇 海竜王の娘。海竜王経三に「爾時海竜王有レ女。号ニ名宝錦一、離レ垢錦。端正殊好容顔英艶」とある(大正蔵十五)。ただしこの経では宝錦女は金翅鳥の害を訴えてはいない。

女《によ》・[一]無《む》垢《く》錦女《きんによ》と云《いふ》二の竜女《りうによ》、仏《〔ほとけ〕》に申《まうす》事ありけり。「[二]竜宮城《りうぐうじやう》に第一の難《なん》の侍る也。金翅鳥《こんじてう》王来りて、毎日に五百の小竜をくらふ。是、大成《だいなる》なげきなり」と申《まうし》ければ、仏《〔ほとけ〕》あはれとおぼしめして、御袈裟《〔けさ〕》をぬぎて、「[三]是を《(お)》くべし」とおほせられければ、「御袈裟《〔けさ〕》は一《ひとつ》なり、[四]竜衆《りうじゅ》は四海にみちみてり」と申《まうし》ければ、「こまかにきりてちらすべし」とぞおほせられける。畜生《ちくしやう》そらいひつる事をたがへじがために、毎日に五百の小竜をわきまふ。ゆめ〳〵虚言《〔そらごと〕》をし給ふまじき也。この事、こまかには[五]六十巻《くわん》にぞ申《まうし》たる。

後世《ごせ》をつつしむのみにあらず、かしこき人は、此世には、いひつる事をばたがへ侍らざめり。[六]徐君《じよくん》といひし人、[七]季札《きさつ》と云《いふ》人のはきたる太《た》刀《ち》をこひければ、「[八]ものへゆく事のあれば、いまかへりきて、とらすべし」といひてさりぬ。季札、かへり来《きたり》て、乞《〔こ〕》ひし剣《けん》をとらせんがために、徐君をたづぬるに、「はやくうせにき」といひければ、徐君が塚《〔つか〕》をたづねてぞ、こひける太刀をかけ侍りける。徐君が[九]塚《〔つか〕》の上に季札が剣《けん》をかくと云《いふ》は是也。この心《〔こゝろ〕》をおもひて、

一 竜王の娘。無垢錦はおそらく「離垢錦」の転じたものであろう。
二 →二一一頁注一四。
三 五百の小竜のところにこの袈裟を置きなさい。今昔物語では仏が「其ノ子ノ上ニ置クベシ」と言ったとある。
四 底・瑞本「竜衣は」、九本「竜□は」。元本「竜衆」に従って改めた。
五 未詳。
六 徐君の原話は、史記三十一・呉太伯世家にみえるが、蒙求にも「季札挂剣」の題で同話を引く。また、今昔十の二十、注好選・七十三、十訓抄六、平治物語二、源平盛衰記十五等にも同話がみえる。ただし今昔では「徐君」を「猪君」と表記し、季札が遠征の途次猪君の家に雨宿りした縁で知りあったという特異記事を載せる。徐君は、徐の国の君主の意。
七 春秋時代の呉王寿夢の子。延陵に封ぜられたので、延陵の季子と呼ばれた。
八 所用があって出かける。底本「とのへゆく」、瑞・九本「ものへゆく」により改めた。
九 史記は「冢樹」(墓場の樹木)、今昔、注好選「榎」。

358 なきあとにかけたる太刀も有《ある》物をさやつかのまに忘《わす》れはつべき

俊《とし》頼《よりの》朝臣《あそん》

とはよむなり。

ちかくは、一〇紫式部《むらさきしきぶ》が虚言《そらごと》をもつて源氏物語をつくりたる罪《つみ》により て、地獄《ぢごく》におちて苦患《くげん》しのびがたきよし、一一人の夢にみえたりけりとて、歌よみどものよりあひて、一二一日経《いちにちきやう》かきて、供養《くやう》しけるは、おぼえ給ふらんものを。

たゞし、一三たとへば、狩人《かりうど》の鹿《しか》をおひうしなひて、「是より鹿やゆきつる」ととはんに、あの草の中にありとはしれ共、しらずといはんは、虚言《そらごと》にあるべからず。仏《ほとけ》ゆるし給ふ也。すべてかやうなる虚言《そらごと》は、とがに成《なる》べからず。この外の虚言《そらごと》は、よく〱つゝしみ給ふべし。

このゆへ《ゑ》に、仏無虚妄《ほとけはむこまう》といひ、一四綸言《りんげん》汗《あせ》のごとし、天子《てんし》は二言《ごん》なしなどは申《まうし》たる也。これをもつて五戒《ごかい》の大意《たいい》とす。

一五恵心院《ゑしんゐん》の一六源信僧都《げんしんそうづ》の、年《とし》のはじめには、かならず一七首楞厳院《しゆりようごんゐん》の洞《ほら》より出《いで》て、一八朝観《てうきん》の行幸《ぎやうがう》を見たまひければ、御妹《いもうと》に一九安養《あんやう》の尼《あま》と申《まうし》ける人の、

358 亡くなったあとに亡者の墓に懸けた太刀もあるというのに、あなたはそのようにわずかの間に忘れはててしまうとは、あんまりです。「さやつかのまに」は、「鞘(さや)」「柄(つか)」が太刀の縁語であると同時に「然や」(そのように)「束の間」との懸詞。

一〇 紫式部堕獄説は今鏡十にみえ、今物語にもみえる。ただし今鏡では、源氏物語はお経の譬喩と同様の方法を使って男女を導こうとしているので、妄語の罪にはあたらないと弁護している。

一一 安居院澄憲作の源氏一品経表白(拾珠抄所収)にも「故紫式部亡霊、昔託二人夢一告二罪根重一」と書き、今物語も同様の夢中託言説になっている。

一二 頓写経ともいう。法華経などを手分けして一日で書写すること。亡者の追善供養などのために行われる。

一三 四分律五十五に「時有二猟師一、捕レ鹿、鹿来入レ寺。猟師尋レ鹿而来、問二諸比丘一言、見二如レ是如レ是鹿一不、諸比丘不レ見者言レ不レ見。彼郎処々求覓得。時猟師郎瞋二嫌比丘一言、沙門釈子無レ有二慚愧一、妄語欺調、自称我知二正法一、見レ鹿而言レ不レ見、如レ是何有二正法一。諸比丘疑白レ仏、仏言無レ犯」(大正蔵二十二)とみえる。「たとへば」以下はこのようなところを根拠にしているか。

一四 汗は一旦出たら再び体内にもどらない。そのように天子の言は一度発せられたら取り消し難いということ。

一五 恵心院は比叡山横川にあった寺。源信はここに隠棲したので恵心僧都とも呼ばれた。

一六 →歌人解説。以下源信が朝観の行幸を見物した話、出典未詳。宝物集独自の説話。

一七 比叡山横川にあった中堂を首楞厳院といった。

一八 天皇が太上天皇や皇太后の御所に行幸して恭敬の礼を行うこと。年頭に行われるのが恒例。即位・践祚・元服の時に行うのは臨時の儀。

一九 天台宗の尼僧。願西尼とも。大和当麻の卜部正親の娘として生まれる。源信の妹(一説に姉)。学才・道心ともに優れた尼僧として著名。長元七年(一〇三四)没、八十二歳。

一此事《この》を怪《〔あや〕》しみて、「君は無極《むごく》の道心《だうしん》の人なり。何の料《〔れう〕》に、年ごとに朝覲の行幸をみたまふぞ」と問《〔と〕》ひたまひければ、「昔《〔むかし〕》の戒力《かいりき》によりて、今、十善の位《〔くらゐ〕》に生《むまれ》たまへるがなつかしさに、二見たてまつる也。又、大臣公卿《くぎやう》よりはじめて、あやしのからかさもてるものにいたるまで、前《ぜん》世《せ》の戒力によりて差別《さべつ》のあるを見るに、過去遠〻《をんをん》の流転《〔るてん〕》の観《くわん》ぜらるゝなり」とぞのたまひける。

すみやかに、三天《てん》の瓶《かめ》をわらざるがごとくにつゝしみ、四鉢《はち》の油《あぶら》をこぼさ《〔こ〕》ざらんがごとくおそれて、仏道をもとめ給ふべき也。

天の瓶をわらざるがごとくにつゝしめと云《いふ》は、貧《〔まづ〕》しき人、天の瓶を得て、瓶《〔かめ〕》のうちより七宝《はう》を出《いだ》してたのしく成《なり》ぬ。心地《ここち》のを《〔お〕》き所なきまゝに、舞《〔ま〕》ふほどに、天の瓶をふみわりて、又もとのやうに貧《〔まづ〕》しくなる事也。鉢の油をつゝしむがごとくといふは、よくつゝしめば、油《〔あぶら〕》こぼれず、あらくつゝしまざれば、こぼるゝ事也。

五六波羅密経《はらみつきやう》に云《いはく》、

六如下彼犯レ罪人《かのつみををかすひとの》　擎中持満レ油鉢上《あぶらのみてるはちをささげもつがごとし》

若棄二油一渧一《もしあぶらのいつたいをもすてなば》　罪交二入大辟一《つみたいへきにまじりいらん》

一 底本「御事」、瑞・九本により「此事」に改めた。

二 底本「見たまへる也」、瑞・九・久本「見たてまつる也」により改めた。

三 大智度論十三にみえる、いわゆる瓶砕失宝の故事を典拠とする。ある貧窮の人が仏を供養して天から瓶を授かった。瓶中からは七宝が無限に出てくるので男は喜びのあまり瓶上に立って舞いおどった。すると瓶が割れて何も出なくなり男は再び貧乏になったという(大正蔵二十五)。

四 鉢は灯明をともすために油をためておく土器。貴重な燃料であると同時に火災の危険があるため、こぼさぬよう慎重に取り扱った。三宝絵・下の序に「或は戒律をまもりて鉢の油をかたぶけず」とあり、後出の「擎持満油鉢云々」の句等を踏まえた表現。

五 大乗理趣六波羅蜜多経。十巻。唐の般若訳。ただし、次に引く句は六波羅蜜経ではなく、往生要集・大文五の四に「菩薩処胎経の偈に云く」として引いた偈である。往生要集ではこの引用の直前に六波羅蜜経からの引用がある。恐らく宝物集の作者が誤って一つ前の出典名を抜き出したために生じた錯誤であろう。

六 罪を犯した人がその罰として油を満たした鉢を捧げ持たされたようなものだ。もし一滴でもこぼしたらさらに大きな刑罰に処せられるとしたら用心深く油を持つはずだ、の意。菩薩処胎経の偈はこのあと「左右作二伎楽一　懼レ死不二顧視一」と続く。第二句、底・瑞・九本「挙」、往生要集により「擎」に改めた。「大辟」は重い刑罰。底・瑞・九本は「大壁」とするが、往生要集および菩薩処胎経により「大辟」に改めた。

虚言《〔そらごと〕》の歌おほく侍るめり。

359 たのめつゝあはで年ふる偽《いつはり》にこりぬ心を人はしらなん

凡河内《おほしかふち》躬恒《みつね》

360 みちのくにありといふなる名取河《なとりがは》なき名《〔な〕》とりなばくるしかりけり

壬生《みぶ》忠岑《ただみね》

361 恋わびて君にあふてふことのはは《〔ゝ〕》偽《いつはり》さへぞうれしかりける

中原《なかはらの》章経《あきつね》

362 日かげにはなき名立けり小忌衣《〔をみ〕》きてみよとてこそいふべかりけれ

源光綱母《みなもとのみつつなのはは》

363 花ゆへ《〔ゑ〕》になき名立けり嘆き《〔なげ〕》にはたとへていはんことのはもなき

新《しん》少《せう》将《しやう》

第四に、もろ〳〵の行業《ぎやうごふ》をつみて仏になるべしと申《まうす》は、諸仏《しよぶつ》、皆《みな》七六度《ど》を行《ぎやう》じて正覚《しやうがく》をとりたまへり。こゝをもて、「八行《ぎやう》なくして浄土をねがふは、孝養《けうやう》のものの《〔ゝ〕》親《〔おや〕》を打《〔う〕》つがごとし」とは申《まうし》たる也。万行《まんぎやう》はいづれとわくべくも侍らねども、九忍辱《にんにく》・一〇禅定《ぜんぢやう》・一一恭敬《くぎやう》・礼拝《らいはい》、

359 逢おうといってあてにさせながら逢わずに年を経る、その偽りに懲りもせず、またあてにする私の心をあなたは知ってほしい。

360 陸奥にあるといわれる名取河ではあるまいに、根も葉もない評判を立てられたのでは、たまったものではない。上句は下句「なき名とりなば」の序詞。「名取河」は宮城県名取郡を流れる川。

361 恋いこがれるあなたと恋がみのるという他人様の噂は、偽りだとわかっていてもうれしいものだ。金葉集・恋下所収歌には「いかでかと思ふ人のさもあらぬさきに、さぞなど人の申ければ」の詞書がある。片想いでじりじりしている折りに、世間の人が二人はやはり恋仲になったと噂をしたというのである。「逢ふ」は男女が身心を許しあう意。

362 五節の折、蔭であらぬ噂を立てられた。小忌衣を着て通ってきて、噂が事実かどうか確かめたらと言いたい。「日かげ」は日蔭蔓のこと。大嘗祭に冠から垂らす組紐。「小忌衣」は大嘗祭・新嘗祭に着る斎衣。

363 花のせいであらぬ噂が立ってしまった。みたされぬ恋の嘆きは何と表現したらよいか、たとえて言う言葉もありません。出典未詳。「嘆き」の「き」は「木」と懸けことばで花の縁語。「ことのは」の「は」は「葉」と懸けことばで同じく花の縁語。花見のような場で、噂をたてられた女性が、真に想う男性の愛が得られぬ苦衷を訴えた歌であろう。

4 行業

七 六波羅蜜のこと。波羅蜜を度と訳す。一布施、二持戒、三忍辱、四精進、五禅定、六智慧の六つ。

八 行を積まずに浄土往生を願うのは、孝行ものが親を打つようなもので、あり得ないことだの意。

九 耐えしのぶこと。侮辱、迫害等に耐え、心を安らかに保ち、瞋恚の念を持たないこと。六波羅蜜の第三。

一〇 心静かに冥想すること。六波羅蜜の第五。

一一 うやうやしくすること。

これらをもつてさきとする也。
[一]忍辱《にんにく》仙人は、[二]迦利《かり》王に足手をきられしをしのび、[三]尚闍梨《しやうじやり》仙人は、もとゞりに鳥の巣《す》をくひしかば、卵《かいご》のかへるまではたらかざりき。[四]悉達《しつた》太子は、[五]檀特山《だんとくせん》にいり、[六]迦葉《かせう》尊者は、[七]鶏足山《けいそくせん》にこもる。[八]薬王菩薩《やくわうぼさつ》は、七万弐千歳《ざい》ひぢをとぼし、不軽大士《ふきやうだいし》は、[九]うちし杖《つゑ》をしのぶ。昔《むかし》[一〇]の大王の、[一一]阿私仙《あしせん》の洞《ほら》の中に千歳《せんざい》つかへ給ひし、行業《ぎやうごふ》をばつむとは申《まうす》べきなり。[一二]採薪及菓蓏《さいしんぎふくわら》の心、おほく歌にもよみて侍るめり。

364 法《のり》のために担《にな》ふ薪《たきぎ》にことよせてやがてうきよをこりぞはてぬる

瞻《せん》西《さい》聖《しやう》人《にん》

365 千とせまでむすびし水も露ばかりわが身の為と思ひやはせし

僧《そう》都《づ》覚《かく》雅《が》

366 仕《つか》へけん心の程《ほど》は千とせまで結《むす》びし水にくみてしられぬ

祝《は》部《ふり》成《なり》仲《なか》

367 結《むす》びあげし水にやどれる月かげの鷲《わし》の高ねをてらす也けり

加《か》茂《もの》政《まさ》平《ひら》

一 梵語音写では羼提波梨。漢訳して忍辱仙人。この仙人が迦利王に手足を截られながらよく耐えて忍辱を行じた話、三宝絵・上の三にみえる。三宝絵は大智度論十四(大正蔵二十五)からこれを引いた。賢愚経二、金剛般若経、諸経要集十(大正蔵五十四)にもみえる。 二 波羅奈国の王。闘諍王・悪世無道王と訳す。 三 尚闍梨仙人の話、三宝絵・上の五にみえる。三宝絵は「尚」に「正」を宛て、前田本では「商」とする。原拠は大智度論十七であるが、そこでは「本為二螺髻仙人一。名二尚闍利一」とする(大正蔵二十五)。 四 釈迦の出家前、皇太子の時の名。檀特山に入山の話、景徳伝灯録一(大正蔵五十一)にみえる。 五 大唐西域記によると、この山は北インド健駄邏国に在り、弾多落迦山がなまって壇特山になったという。日本では悉多太子が苦行した山とされてきた。 六 →一四七頁注二三。迦葉が鶏足山に籠ったこと根本説一切有部毘奈耶雑事四十(大正蔵二十三)にみえる。梁塵秘抄一八四に「迦葉尊者あはれなり、付嘱の衣を頂きて、鶏足山に籠り居て、竜花の暁待ちたまふ」とある。 七 狼跡山ともいう。摩掲陀国にあり、迦葉尊者入定の山という。 八 法華経・薬王菩薩本事品に「燃二百福荘厳臂一、七万二千歳、而以供養」とあるところを典拠としている。 九 法華経・常不軽菩薩品に「杖木・瓦石を以てこれを打擲けば」とある故事を踏まえる。 一〇 法華経・提婆達多品に説く故事を典拠とする。大王は過去世の釈迦。「吾於二過去無量劫中一…常作二国王一、発レ願求二於無上菩提一」とある。 一一 阿夷、阿私陀ともいう。訳は無比、端正。法華経・提婆達多品に出てくる仙人で、過去世に釈迦が国王であった時にこの仙人に仕えて法華経を授けられた。 一二 「薪および菓蓏(から)を採む」と読む。「菓」は木になる果実。「蓏」は瓜などの地面にはう蔓になる果実をいう。大王が阿私仙に仕えるに当り、毎日薪をとり、果実を集め、仙人に給仕したという。

364 釈迦が求法のために荷なった薪にこと寄せて、私は木を樵るというよりも、ただちに憂き世を懲りはてたことだ。釈迦が求法のため阿私仙に従って、採薪及菓蓏の行を積み、法華経を得たという提婆品の故事にあやかり、薪

368 おぼつかなつねの薪《たきゞ》をひろふまにこけの洞《ほら》にや煙《けぶり》たゆらん

沙《しや》弥《み》寂《じやく》然《ねん》

是のみならず、大峰《おほみね》[一三]・葛城《かつらぎ》をとをり《ほ》、五穀をたち、塩をくはず、一昼[一四]夜の花をつとめ、八千枚[一五]をたき、堂をつくり、仏を供養《くやう》し、経をよみ、論[一六]をならふ、皆是《これ》仏道にちかづく行《ぎやう》也。

迦毘羅《かびら》[一七]長者の子梅檀香《せんだんかう》といひし人は、昔《むかし》毘婆尸仏《びばしぶつ》[一八]の時、堂のくづれたりしを、土を塗《ぬ》りてつくろひたりしゆへ《ゑ》に、九十一劫《こふ》悪道をまぬかれて、今《いま》長者の子とむまれて、口より梅檀《せんだん》の香《かう》をいだす也。

昔《むかし》[一九]、摩訶迦葉《まかかせふ》、道をゆくに、堂の内に仏の箔《はく》はげておはしましければ、はげたる所ばかりに、箔《はく》[二〇]をおしたり〔し〕功徳《くどく》の故に、未来《みらい》に仏《ほとけ》に成《なり》て、光明如来《くわうみやうによらい》と云《いふ》[二一]〔べ〕し。かつ〴〵釈尊の御弟子《みでし》たりといへり。

このゆへ《ゑ》に、心ある人は皆、仏像をあらはし、堂をつくらぬやは侍る。天竺・震旦・吾朝おろ〳〵申《まうし》侍るべし。

阿育《あいく》[二二]王は、八万四千基の塔をたて、戒日《かいにち》[二三]王は、七十五日無遮《むしや》の大会《だいえ》、

ならぬ憂き世に懲りた（出家した）というのである。「こり」は、「樵り」に「懲り」を懸ける。「法華経を我が得しことは薪こり菜つみ水くみつかへてぞ得し」（拾遺集・哀傷・行基）の歌を意識した作であろう。

365　千年もの間水を汲み続けたけれども、釈尊はつゆばかりもそれを自身の利益のためだと思ったことはない。法華経・提婆達多品に「即随㆓仙人㆒。供㆓給所㆑須。採㆑菓汲㆑水。拾㆑薪設㆑食。乃至以㆑身。而作㆓牀座㆒。身心無㆑倦。于時奉事。経㆓於千歳㆒。為㆓於法㆒故。精勤給侍」とあるあたりを詠み込んでいる。釈迦が阿私仙に仕えたのは求法のためだったという意が言外にある。

366　阿私仙に仕えた釈尊の心中は千年もの間汲み通した水を汲むことによって知ることができた。実践を通して精進のあとを知ったというのである。「千とせまで」は前歌と同様の法華経の句を踏まえる。底・瑞・九本第五句「くみてしらなん」、久本により改めた。

367　汲み上げた水に映っているのと同じ月の光が霊鷲山を明るく照すのだなあ。「結びあげし水」は、釈迦が阿私仙に仕えるために汲み上げた水。「鷲の高ね」は、霊鷲山の高嶺。法華経では、釈迦がそこで法華経を説き、涅槃に入ったと説く。霊鷲山に照る月を作者は久遠実成の法身釈迦の象徴とみている。

368　気にかかることだ。釈尊が阿私仙の食事を作るため、いつもの薪拾いをしている間に、肝心な御自身の苔の洞では炊事の煙が絶えたことであろうと。夫木集・雑三では第二句「峰のたきぎを」、第五句「煙たつらん」、詞書「拾薪設食のこころ、雲葉」とある。ただし雲葉集は十一巻から十四巻が現存しないので当歌を確認できない。第三句、底・瑞本「ひらふまに」、九・久本「ひろふまに」により改めた。

一三　大峰は奈良県の南部の大峰山脈の山上ヶ岳・大普賢岳などの総称。葛城は葛城山のこと。奈良県と大阪府の境にある金剛山地の一峰。大峰とともに古来修験道の聖地。大峰、葛城を通り、五穀を断ち、塩をくわず等々は、修験の行者の修行法。　一四　未詳。　一五　八千枚の護摩のこと。不動明王

五ヶ度までおこなひ、[一]僧祇《そうぎ》大王は、百万体の丈六《ちやうろく》をあらはし、[二]魏《ぎ》の文帝は、一千体の仏《〔ほとけ〕》を鋳《い》、[三]梁《りやう》の武帝は、二千九百の堂をつくる。吾朝の[四]聖徳《しやうとく》太子は、四十六の堂をつくり、[五]行基《ぎやうぎ》菩薩は、四十九院をたてたまへり。

[六]聖武《しやうむ》天皇の建立《〔こんりう〕》し給へる東大寺、一堂とは申せど、はかなくは侍るめれ。みな人のしろしめしたる事なれ共、こまかに申《まうし》侍るべし。[七]良弁《らうべん》僧正といふは、東大寺一番の別当《べつたう》なり。この良弁《〔りやうべん〕》は、相模《〔さがみ〕》の国の人也。生年《しやうねん》三歳《〔さい〕》と申《まうし》ける時、父母《ぶも》いだき出してあひ《（い）》しけるを、金色《こんじき》なる鷲《わし》来りて、摑《〔つか〕》みて去《〔さ〕》りぬ。父母、お《（を）》しみかなしむといへども、雲にきえてうせぬ。鷲《〔わし〕》、大和国春日山[八]成《なる》木の洞《〔うつろ〕》にを《（お）》きて、是をやしなふ。此子、日を経《〔へ〕》、年積《〔としつも〕》りて、物《〔もの〕》の心つく程に、仏法を修行す。[九]〔人〕是を金鷲《こんじゆ》仙人と名づく。

仙人、さのみ木の洞《〔うつろ〕》にして仏法を修行すべきにあらず、一堂を建立《こんりふ》すべきなりと云願《いふぐわん》ありといへども、私《〔わたくし〕》の力《〔ちから〕》をもつては、かなふべくもなかりければ、[一〇]公家《くげ》に申さんと思ひけるが、奉公《ほうこう》なくてはいかゞ天聴《てんちやう》をおどろかさんと思ひて、南無聖朝安穏《なむせいてうあんをん》といふぬかづきける声《〔こゑ〕》、

を本尊として乳木八千枚を焼く護摩法。百か日間十穀(五穀と塩)をとらず菜食をつらぬき、この間毎日三回不動護摩法を修し、不動慈救呪を十万遍となえ、最終日一昼夜の断食をして、乳木八千枚を焼くという。一六 経に対する論。十二部経の一つで、仏が論議問答して教理を弁じた経。論蔵、論義経ともいう。一七「迦毘羅」は迦毘羅婆蘇都の略で、迦毘羅衛国の首都、迦毘羅城のこと。迦毘羅長者の子栴檀香のことは三宝絵・下の六にみえる。百縁経七に「身有栴檀香縁」(大正蔵四)があり宝物集はこの経を原拠とするか。同話は諸経要集四にも「百縁経云」としてみえる。一八 過去七仏の第一。毘鉢尸、毘婆沙とも。勝観、種々観などと訳す。一九 法苑珠林三十三に「付法蔵経云」として、乞匃して一金珠を得た貧女が鍛金師であった迦葉に依頼して仏像を修理してやがて二人は結婚ししあわせになった話の末尾に「未来成仏。号曰㆓光明㆒」とある所を出典とするか(大正蔵五十三)。ただし付法蔵経の該当部はまだ確認していない。二〇 底本「はくをしたりくどくの故に」、瑞本「はくをおしたりしくどくの故に」により「し」を補入。二一 底・九本「云し」、瑞本により「べ」を補入。二二 →三八頁注一一。王が八万四千の塔をたてたことは、たとえば法苑珠林三十七に「又善見論云」として「阿育王以㆓金銭九十六億㆒起㆓八万四千宝塔㆒復大種種布施」とある(大正蔵五十三)。二三 →一〇六頁注五。王は深く三宝に帰依し、盛んに仏事を興すが、五年に一度、無遮の大会(誰にでも供養する祭で、国王が主催した)を開いたこと、大毘婆沙論一〇三(大正蔵二十七)、大唐西域記五(大正蔵五十一)等にみえる。

以上二三三頁

一 未詳。二 →一五三頁注二四。三 梁武王に同じ。→八九頁注二六。四 →一六頁注一三。上宮聖徳法王帝説、上宮皇太子菩薩伝等では太子の創建にかかる寺院は七または八。四十六もの伽藍を建立したという伝説の初見は未詳だが、無住の雑談集一にも太子が「四十六ケノ伽藍ヲ立テ、一千三百ノ僧尼ヲ度セシガ如シ」とみえる。五 →歌人解説。行基菩薩遺誡「十五歳出家之後五畿内企㆓四十九院草創之思㆒

聖武天王の奈良《なら》の都《みやこ》におはしましけるころなるに、かくれなく聞えけり。又、金色《こんじき》の光《ひかり》、春日山より来《きたり》て禁中を照《てら》すとみる人有《あり》。又、春日山に、弥勒《みろく》、光《ひかり》をはなちておはしますと、多《おほ》くの人の夢に見ゆ。この故に、天皇勅使をつかはして、仙人を召《め》してゆへ《ゑ》をとひたまふ。仙人、願《ぐわん》のありさまを申《まうす》。天皇、徳に帰《き》して一堂を建立《こんりう》し給ふ。今の東大寺是なり。

はじめて地をひらかれける時は、一一光明皇后《くわうみやう》、錦の袖をひろげて手づからみづから土をはこび給ふ。いはんや一二三公九卿《さんこうきうけい》をや。行基菩薩《ぎやうぎぼさつ》を知識《ちしき》の聖人《しやうにん》として、あまねく五畿《き》七道《だう》をすゝめ給ふ。供養《くやう》の日、他州より一三婆羅門《ばらもん》僧正よばざるに来りて、供養《くやう》をとげ給ふ。婆羅門《ばらもん》、行基をみて、「一四文殊《もんじゆ》の御顔《かほ》いま見《み》つるかな」と云《いふ》歌をよみ給ふ。又、この寺を、普賢《ふげん》来りて供養《くやう》し給ふべしと、人の夢にみゆ。又、聖武天皇は救《ぐ》世観音《ぜくわんおん》の化身《けしん》なり。知《しん》ぬ、この寺を、観音《くわんおん》・弥勒《みろく》・普賢《ふげん》・文殊《もんじゆ》一五分力《ぶんりき》して建立《こんりう》し給ふといふ事を。

されば、一六真如《しんによ》親王の入唐《につたう》し給ひたりけるが、日本へいひつかはしたりけるは、「一七寺はおほかれども、吾朝《わがてう》の東大寺ばかりの寺はなかりけ

間、依二元明天皇勅一請二京都参住一以二霊亀元年一建二立菅原寺一為二本寺一以二四十九院一為二末寺一、共以為二鎮護国家興隆仏法一也」。六→一〇四頁注一二。以下の東大寺建立のことは、東大寺要録、水鏡・聖武天皇条、沙石集五末の十、元亨釈書二等にみえ、さかのぼって三宝絵・中の三にもある。また今昔十一の七にも関連記事あり。元本「東大寺」のあとに「こそ」がある。「はかなくは侍るめれ」は、(今さらとりたてて言うのも)無駄なことでありましょう。七 金鷲菩薩とも呼ばれた。出自は諸説あるが漆部氏。義淵に法相、審祥に華厳を学んだ。東大寺造営に尽力、天平勝宝四年(七五二)同寺初代別当。僧正。宝亀四年(七七三)没、八十五歳。八「成」は「…にある」という意の助動詞「なり」の連体形に漢字を宛てたもの。九 底・九本なし、瑞本により補入。一〇 朝廷。一一 聖武天皇皇后。藤原不比等の三女。母は県犬養三千代。臣下から皇后に冊立され、藤氏隆盛の一翼をになった。崇仏の念深く、興福寺五重塔、法華寺、新薬師寺などを建立。東大寺の創建も皇后の勧めによったという。天平宝字四年(七六〇)没、六十歳。一二 太政大臣・左大臣・右大臣が三公。大納言・中納言・三位以上の朝官および参議を九卿と総称する。一三 名は菩提僊那。南インド出身。五台山の文殊菩薩の霊験を慕って中国に渡り、天平八年(七三六)、留学僧の要請で来日、天平勝宝三年(七五一)僧正となり、翌年東大寺大仏開眼の導師となった。天平宝字四年(七六〇)没、五十七歳。一四 拾遺集・哀傷に「南天竺より、東大寺供養にあひに、菩提が渚に来着きたりけるとき、詠める　霊山の釈迦の御前に契りてし真如朽ちせずあひみつる哉」とある行基の贈歌に対し、「迦毘羅衛に共に契りしかひありて文殊の御顔あひ見つるかな」と婆羅門僧正が返歌したとある。一五 それぞれに力を分担して。一六 高岳親王。→歌人解説。一七 本朝神仙伝九に、真如親王の手紙に「多くの明師ありといへども、大師に過ぎず。多くの高閣ありといへども、大極殿に過ぎず」の文があったという。宝物集はこれを記憶によって引用したらしい。「大極殿」を「東大寺」としているのは記憶ちがいとみる。

る。師《し》はおほかれども、我師《わが》[一]の弘法大師ばかりの師はなかりける」とはのたまふぞかし。仏を申せば十六丈《ちやう》、金銅《こんどう》の盧舎那《るしやな》[二]なり。これを営《〔いとな〕》みたまひけん、いかゞ行業《ぎやうごふ》とならず侍らん。恵心院《ゑしんゐん》の源信僧都[三]は、[四]「丈六をつくる人、決定往生《けつぢやうわうじやう》のもの也」とこそのたまひけれ。[五]申さんや十六丈をや、いはんや金銅《こんどう》をや。

[六]天竺にひとりの行者《ぎやうじや》あり。名を優婆崛多《うばくつた》[七]と云《いふ》。行業《ぎやうごふ》ひまなくして、やすみねぶる時なし。魔王《まわう》これを妨《〔さまた〕》げんとするに、隙《〔ひま〕》なくして多年《たねん》におよぶ。行者すでに果《くわ》[八]〔え〕んとするゆへ《(ゑ)》に、魔王あらはれて、行者をかたらひて云《いは》く、「汝《〔なんぢ〕》しばらく行業を退《〔たい〕》せよ。そのかはりには、いかなる事なりとも、汝《〔なんぢ〕》が命《めい》をたがへじ」と。行者、心中《しんちう》になげきかなしみて、我願《わがぐわん》すでに魔王のために妨《〔さまた〕》げられにけり。もとより思ひし事也と思ひながら、魔王にいふやう、「我《われ》行業をつむ事は、仏《〔ほとけ〕》の形を見たてまつらんとおもふゆへ《(ゑ)》なり。この願《ぐわん》をとげざらん事のかなしきなり」といひければ、魔王の云《いはく》、「我神通《われじんつう》を以て仏像を現《げん》ずべし。あなかしこ、たつとしとな思ひそ」といひければ、「うけ給《たまは》りぬ」といひてゐたりければ、魔王、仏身《ぶつしん》を現じて、[九]三十二相《さう》の形《〔かたち〕》けだかくして、

一 本朝神仙伝によると、真如親王の手紙の文中にみえる「大師」はたしかに弘法大師をさしている。宝物集作者もそう理解し、さらに親王が弘法大師の弟子であったことから、本朝神仙伝の「大師」を「我師の弘法大師」と拡大表現をしたようだ。しかし日本思想大系『往生伝　法華験記』の補注は三代実録・元慶五年(八八一)十月十三日条に親王が中国から道詮律師に宛てた手紙が紹介されているのを手がかりにして、この師は道詮をさすとしている。この部分には本朝神仙伝の誤解に起因する宝物集作者の錯覚が認められる。

二 毘盧遮那如来。華厳経、大日経、金剛頂経等の密教系経典における教主。東大寺大仏は華厳経(六十巻)所説の理念に基づいて造顕された仏。

三 →歌人解説。

四 身長が一丈六尺(約四・八メートル)の阿弥陀像。

五 いわんや。ましてや。

六 以下の優婆崛多の類話、今昔四の八、十訓抄一の八にみえ、経典類では、阿育王経八(大正蔵五十)、賢愚経十三(大正蔵四)、付法蔵因縁伝三(大正蔵五十)などにみえる。後に引く偈が付法蔵因縁伝のそれと一致するので、宝物集は付法蔵因縁伝を原拠とする。

七 →二〇七頁注一八。

八 底・九本「果んと」とある。瑞本により「果えんと」に改めた。

九 仏の持つ三十二の優れた身体的特徴。経典によって異同がある。

黄金《わうごん》〔の〕一〇光《〔ひかり〕》をとを《(ほ)》くはなちてさし一一出《いだし》たりけるを、魔王の変像《へんざう》とは思ひながら、帰命《きみやう》のおもひをなして、偈《げ》を結《〔むす〕》びてお《(を)》がむ。

一二面如二紫金色一《おもてはしこんじきのごとし》　目如二青蓮華一《まなこはしやうれんげのごとし》　清浄超二日月一《しやうじやうにちぐわちをこえ》

殊妙勝二花林一《しゆめうくゑりんにまされり》　湛然若二大海一《たんねんとしてたいかいのごとし》　不レ動如二須弥一《うごかざることしゆみのごとし》

安歩踰二師子一《あんぽすればししをこえ》　顧視如二牛王一《こしすればごわうのごとし》　無量百千劫《むりやうひやくせんこふ》

浄修二身口意一《きよくしんくいをしゆす》　以レ是故獲得《これをもつてのゆゑにくわくとくす》　如レ是殊妙身《かくのごときしゆめうのみを》

このゆへ《(ゑ)》に、行者、果《くわ》を得《〔う〕》るがゆへ《(ゑ)》に、魔、力《〔ちから〕》及ばずしてやみぬ。行《ぎやう》は魔王《〔まわう〕》に妨《〔さまた〕》げらるゝ事なし。早《〔はや〕》く行業をつみて浄土をねがひ給ふべし。蓮《はちす》のさかりなるをもつて、池の深《〔ふか〕》き事をしり、雨の大きなるをもつて、竜《りう》のたけき事をしるがごとく、行《ぎやう》の大なるを以て浄土の報《はう》をしるなり。

こゝをもつて、一三覚尊《かくそん》僧都は船を渡《〔わた〕》し、一四永照律師《えいせうりつし》は馬かしとなりてゆきしなり。いづれなりとも、心のゆかんかたを行じ給ふべき也。

第五に、浄土に往生せんと云《いふ》願をおこして一五仏道をなるべしと申《まうす》は、首楞厳院《しゆりようごんゐん》の一六明賢《みやうけん》が、一七誓願講《せいぐわんこう》の私記《しき》に一八書《〔か〕》くがごとし。仏菩薩《〔ぼさつ〕》は衆生《しゆじやう》をあはれみて苦患《〔くげん〕》をすくひ給ふ。その心、おほく経論《きやうろん》にみえたり。釈迦《しやか》は

一〇 底・瑞本なし、九本により補入。
一一 底本「さしけたりけるを」。瑞・九本により「さし出たりけるを」と改む。
一二 この偈、阿育王経にもみえるが、漢訳者を異にして、用語を全く異にしている。付法蔵因縁伝三所引の十八句から成る偈とほぼ一致、宝物集の依拠経典と判明する。「湛然」は、水がいっぱいに満ちているさま。「安歩」は、ゆったりと歩くこと。

一三 三外往生記・永覚伝によれば、覚尊は叡山僧で、永覚の師。また古事談三の仙命上人の説話に、彼は神蔵寺上人と呼ばれ、「常ニ出洛シテ、知識勧進」したという。続本朝往生伝二十八、発心集二の五、撰集抄五の五などにみえる人物と同一人であろう。
一四 永昭とも。藤原基宗の子。興福寺喜多院に住した。藤原道長の寛仁二年(一〇一八)の法華八講に説経の名手とうたわれた。長元三年(一〇三〇)没、四十二歳。

5 発願

一五 底本「仏道に」。瑞本の「仏道を」により改めた。
一六 →六三頁注五。
一七 誓願講式のこと。
一八 底・瑞本「書くのごとし」。九本に従い「書くがごとし」と改めた。

五百の願《ぐわん》、薬師《やくし》は十二の願、弥陀《みだ》は四十八願《ぐわん》、普賢《ふげん》〔は〕[一]十の願《ぐわん》、いづれか衆生のためならぬはある。我等《〔われら〕》一切衆生をあはれみてすくはんと云《いふ》願《〔ぐはん〕》ありといふとも、その力《〔ちから〕》なくして〔は〕[二]かなふべからず。かるがゆへ《(ゑ)》に、まづ仏道をなりて、有縁《〔うえん〕》の衆生《〔しゆじやう〕》を導《〔みちび〕》き、無縁《〔むえん〕》のものを救《〔すく〕》はんと云願《いふぐわん》を起《〔おこ〕》すべき也。[三]たとひこのたび順次《〔じゆんじ〕》[四]の往生をとげずといふとも、[五]過現当《くわげんたう》の已修《いしゆ》未修《みしゆ》の善水《ぜんすゐ》、往生極楽の大誓願《だいせいぐわん》の海にながしいれて、[六]二生《しやう》三生《しやう》なりと云共《いふとも》、つゐ《(ひ)》にこの願《ぐわん》をとげて、一切衆生をあはれみすくはむとおもふべき也。

こゝをもて、[七]十住毘婆娑論《じふぢうびばしやろん》には、「一切の諸仏は願《〔ぐはん〕》をはなれては生ぜず」といひ、[八]十疑《ぎ》には、「浄土にむまれんとおもフハ[九]、一切衆生《〔しゆじやう〕》をあはれむ願《〔ぐはん〕》をとげんがためなり」と云《いふ》なり。観《くわん》〔世〕《ぜ》[一〇]音《おん》の、千手千眼《せんじゆせんげん》を具足《〔ぐそく〕》したまひし、願《ぐわん》のちからによる也。

されば、[一一]大荘厳論《だいしやうごんろん》と申文《まうすふみ》には、「行業《ぎやうごふ》は牛車《ぎつしや》のごとし。願《〔ぐはん〕》は御者《ぎよしや》のごとし。願の御者なければ、行業の牛車ありといへども、庭にめぐる事なし」と申《まうす》なる也。御者とは牛《うし》飼《〔かひ〕》を申《まうし》たる也。はやく往生の願をおこして、とく浄土にまうでゝ《〔て〕》すみやかに一さい衆生をみちびき給ふ

一 底・瑞本なし、九本により補入。
二 底・九本なし、瑞本により補入。
三 「たとひこのたび…すくはむとおもふべき也」は、誓願講式の「若順次生不レ遂二此本意一者以二今生行業一為二宿因一次受二人界生一務二往生極楽事一為レ身二生三生之内必蒙二弥陀引接一(一段)、「而則以二過現当已修未修垢穢不浄心水一令レ流二入此大誓願清浄無染心海一皆悉同一性為二往生極楽近因一(二段)の文を合綴している。
四 現在の生涯を終って直ちに浄土に生まれること。
五 過去、現在、未来の、已に修め、これから修める善行の水。
六 二度でも三度でも生まれかわって。
七 往生要集・大文四の三に「十住毘婆沙論に云く、一切の諸法は願を根本となす。願を離れては則ち成ぜず、この故に願を発す」とある所を孫引きした。毘婆沙論一(大正蔵二十六)にみえる。
八 往生要集・大文四の三に「故に十疑に言く、浄土に生れんと求むる所以は一切衆生の苦を救抜せんと欲するが故なり」とある所を孫引きした。浄土十疑論の当該文は大正蔵四十七にみえる。
九 底・瑞本「おもはく」、久本の「思フハ」により改めた。
一〇 底本なし、瑞・九本により補入。
一一 往生要集・大文四の三に「大荘厳論に云く、仏国は事大なれば、独り行の功徳もては成就すること能はず。要(かなら)ず願の力を須(ま)つ。牛は力ありといへども、車を挽くに要ず御者を須ちて、能く至る所あるが如し。仏の国土を浄むるも願に由りて引成す。願の力を以ての故に福慧増長するなり」とある所の要旨をとって書きかえたもの。ただし、往生要集の「大荘厳論に云く」は「大智度論」とあるべきところで、宝物集は往生要集のまちがいをそのまま踏襲している。片活三本だけが「大智度論」としているのは誤写による偶然の訂正とみるべきか(石田瑞麿)。原拠は大智度論七(大正蔵二十五)。

べき也。

こゝをもつて、普賢《ふげん》は、

一二 願我臨下欲二命終一時上《ねがはくはわれいのちをはらんとするときにのぞんで》　尽除二一切諸障碍一《ことごとくいつさいのしよしやうげをのぞいて》

面見二彼仏阿弥陀一《まのあたりかのほとけあみだをみたてまつり》　即得レ往二生安楽国一《すなはちあんらくこくにわうじやうすることをえん》

といふ願《〔ぐはん〕》をおこし、文殊《もんじゆ》は、

一三 願我命終時《ねがはくはわれいのちをはるとき》　尽除二諸障碍一《ことごとくもろもろのしやうげをのぞき》

面見二阿弥陀一《まのあたりあみだをみたてまつり》　往二生安楽国一《あんらくこくにわうじやうせん》

たゞおなじやうなる願をおこし給へり。

是ならず、願《〔ぐはん〕》の空《〔むな〕》しからぬも一四(ん)どもおほく侍るめり。

十住毘婆娑云《じふぢうびばしやにいはく》、

一五 若人願レ作レ仏《もしひとほとけにならんとねがひて》　心念二阿弥陀一《こころにあみだをねんずれば》

応レ時為現レ身《ときにおうじてためにみをげんじたまふ》　是故我帰依《このゆゑにわれきえしたてまつる》

一六 又云《またいはく》、

一七 誓願不思議《せいぐわんのふしぎ》　西方無量寿《さいはうむりやうじゆなり》

極重罪衆生《ごくぢうざいのしゆじやうも》　往二生安楽国一《あんらくこくにわうじやうせん》

と申《まうし》ためれば、極重《ごくぢう》の罪人《ざいにん》、なを《〔ほ〕》し頼《〔たのみ〕》ありとて、仏《ほとけ》にならんと云《いふ》願を

一二 往生要集・大文二の六に「華厳経の普賢の願に云く」とあり、三時念仏観門式(五段)にもこの偈を引く。華厳経(四十巻本)の四十に「願我臨下欲二命終一時上、尽除二一切諸障礙一、面見二彼仏阿弥陀一、即得レ往二生安楽刹一」(大正蔵十)とある。

一三 文殊師利発願経の文(大正蔵十)。この経は、仏陀跋陀羅訳、一巻。全文偈から成り、その末部に「願我命終時除二滅諸障礙一 面見二阿弥陀一 往二生安楽国一」とある。なお、選択伝弘決疑鈔五に「方就二文殊菩薩一有二一選択一。謂文殊発願経云、願我命終時、滅二除諸障礙一。面見二阿弥陀一。往二生安楽刹一」(大正蔵八十三)とある。

一四 底・瑞・九本「もとも」、意によって「もんども」とした。「文」の撥音無表記か。

一五 往生要集・大文四の三に引用する十住毘婆沙論から孫引き。

一六 「又云」は文脈からみて十住毘婆沙論に「又云う」の意。ただし、次の五言四句の偈は、そこには見あたらない。

一七 「誓願不思議」は救われるはずのない極重悪人をも極楽に往生させるという阿弥陀仏の願力をいう。底・九本「不思儀」。瑞本により「不思議」に改めた。出典未詳。

おこし給ふべき也。

願は必《かならず》[一]成就《じやうじゆ》す。とげがたき願《〔ぐはん〕》の成就したる事、少〻かんがへ申侍《まうし》るべし。

昔《〔むかし〕》、釈迦如来、天竺《〔てんぢく〕》の大国の王とむまれておはしまし〻時、国静《〔くにしづ〕》かに、民おだやかにてすぐし給ふ程に、隣国に国あり、[二]舅氏国《きうしこく》といふ。彼《かの》国飢渇《〔けかつ〕》して、五穀《こく》種《〔たね〕》をたち、食物名字《じきもつみやうじ》をきかず。このゆへ《（ゑ）》に死骸《しがい》道にみちて、ほとんど、[三]国民餓死《〔がし〕》におよべり。舅氏国の人民相議《にんみんあひぎ》して云《いは》く、「我等《〔われら〕》徒《〔いたづら〕》に死なんよりは、隣国の大国《たいこく》にむかひて、五穀《〔こく〕》をうばひとりて命《いのち》をいくべし。戦《〔いくさ〕》のならひ、勢《せい》による事なし。一日《いちにち》と云《いふ》とも存命《ぞんめい》せん事、こひねがふ所也」とて、すでに軍《いくさ》だつを、大国き〻つけて、万が一の勢《せい》なるがゆへ《（ゑ）》に、かるめ、あざけりて、手どりにせんとするをき〻て、[四]大王、大臣・公卿《くぎやう》にのたまはく、「合戦《かつせん》の時、おほくの人死なむとす。ねがはくは戦《〔いくさ〕》をとむべし」と制《〔せい〕》したまひければ、「宣旨《せんじ》と申《まうし》ながら、この事こそ、力《〔ちから〕》および侍らね。我《われ》、合戦《かつせん》をこのむ事なし。隣国す〻みおそふ。た〻かはずは存命すべからず」と申侍《まうし》りければ、大王ひそかに后《きさき》を[五]よびはなちて、「我《われ》、国王として[六]かせんを

一 底・瑞・九本「成仏」。久本「成就」により改めた。

二 丘慈国のことか。丘慈は亀茲とも書く。→一二頁注一三。

三 底・瑞本「国王」。九本により「国民」と改めた。

四 底・瑞本「天王」。九本ならびに以下「大王」とあるにより改めた。

五 他から切り離して呼びつけること。

六 底本「かけん」。瑞・九本「かせん」。「合戦」の促音無表記とみて改めた。

このまば、おほくの人死なんとす。我、深山《しんざん》にこもりて仏法を修行すべし。汝いかゞおもひ給ふ」とかたらひ給ひければ、后《きさき》、「大王をはなちたてまつらずして多年におよべり。今更《〔いまさら〕》にいかゞはなれ奉らん」とのたまひければ、「君は女人《によにん》也。隣国来《きた》るといふとも、よもころし奉らじ。よく〳〵はからひ給へ」とこしらへたまひければども、つゐ《〔ひ〕》に大王にぐして深山へ籠《こも》り給ひぬ。

大国の軍《〔いくさ〕》、国王の[七]うせ給へりしことに驚きて、たゝかふ事なくして小国にしたがひぬ。大王深山《〔みやま〕》にして、峰の木《こ》の実《み》をひろひ、沢の若菜《わかな》をつみて、おこなひたまひけるほどに、一人の[八]梵士《ぼんじ》出来《いできた》り、「大王のかくておこなひ給ふ事、希代《きたい》の事也。我、御伽《〔とぎ〕》つかまつるべし」とてつかへ奉る。大王、有難《ありがたく》、うれしくおぼしめしてすごし給ふほどに、大王峰《みね》の木《こ》の実《み》をひろひにおはしたるまに、この梵士、后《きさき》をぬすみてうせぬ。大王かへり、み給ふに、后《きさき》のおはせざりければ、山ふかくたづね入《いり》給ふ。道に大なる鳥あり、二《ふたつ》の羽《〔はね〕》〔を〕おれてすでに死門《しもん》にいり[九]〔ぬ〕。大鳥《だいてう》、大王に申さく、「日来《ひごろ》つきたてまつりたりつる梵士、后をぬすみ奉りてにげ侍りつるを、大王かへりたまふまでとおもひて、

七 底・瑞本「うけ給りことに」。九本の「うせ給へりしことに」により改めた。

八 → 一七頁注二三。

九 底・瑞本なし、九本により補入。

ふせぎ侍りつれども、梵士、竜王の形を現じて、二《ふたつ》の羽《〔はね〕》をけをりたり」といひて、つゐ《(ひ)》に死門《しもん》に入《いり》ぬ。

大王あはれとおぼして、高き峰にほりうづみて、竜王にてありけると云《いふ》事をしりて、南方にむかつておはしましけるほどに、深山の中に、無量百千万の猿《さる》あつまりて、のゝしりける所へおはしぬ。猿猴《ゑんこう》、大王をみつけて、よろこびたのしとていはく、「我等《〔われら〕》年来《としごろ》領する山を、隣国よりうちとらんとするなり。明日午《みやうにちうま》の時に、戦定《〔いくささだま〕》るべし。一大王を以《もつ》〔て〕大将とすべし」といふ。大王おもひかけぬ所へ来《きた》りて、くやしく思ひながら、「うけ給《たまはり》ぬ」とてゐたまひたりければ、弓矢を以《もつ》てきて、大王に奉れり。いふがごとく、つぎの日の午《うま》の時ばかりに、池にうき草なびきて、数万の兵《つはもの(お)》をそひきたる。大王、猿猴二〔の〕すゝめによりて、弓をひきてかたきにむかひ給ふに、弓勢《ゆんぜい》人にすぐれて、臂《〔ひぢ〕》、背中《〔せなか〕》にまはる。かたき、大王の弓勢をみて、箭《や》をはなたざるさきに、にげぬ。猿猴等大によろこびて、「このよろこびには、いかなる事をかせんずる」といひければ、大王、猿猴等につげてのたまはく、「我、年頃《〔としごろ〕》の后《きさき》を竜王にぬすみとられたるゆへ《(ゑ)》に、竜宮城《りうぐうじやう》にむかひて南方

一 底・九本「大王を以大将と」、瑞本「大王を以て大将と」により「て」を補入。底・九本とも直後に「弓矢を以てきて」とする。

二 底本なし、瑞・九本により補入。

へゆくなり」とのたまひければ、猿猴等申さく、「われらが存命《ぞんめい》、ひとへに大王のちから也。いかでかその恩をおもひしらざらん。すみやかにを《〔お〕》くり奉るべし」とて、数万の猿猴《ゑんこう》、大王にしたがひてゆく。

南海のほとりにあらざりければ、いたづらに日月《じつげつ》を《〔お〕》くるほどに、梵天帝釈《ぼんてんたいしやく》、大王の、殺生《〔せつしやう〕》をおそれて国をすて、猿猴《〔ゑんこう〕》の、恩をしりて南海にむかふ事をあはれとおぼして、小猿《〔ざる〕》に変じて、数万の猿《〔さる〕》の中にまじはりていふやう、「かくていつとなく竜宮をまもるといふとも、かなふべきにあらず、猿一《ひとつ》して板一枚《いたいちまい》、草一把《くさいつぱ》をまうけて、橋《はし》にわたし、筏《〔いかだ〕》にくみて、竜宮へわたらん」といひければ、小猿《〔ざる〕》の三僉議《せんぎ》にまかせて、を《〔お〕》の〱板一枚、草一把をかまへて、橋にわたし筏《〔いかだ〕》にくみて、自《じ》然《ねん》に竜宮城へいたりぬ。四竜王いかりをなして、大きなる声をおこして、五くれをやりて光をはなつほどに、猿猴霧《きり》にゑひ、雪におそれてたを《〔ふ〕》れふしぬ。小猿、雪山《せつせん》にのぼりて、六大薬王樹《だいやくわうじゆ》と云《いふ》木のえだを折《をり》て、かへり来《きた》りて、ゑひふしたる猿どもをなづるに、たちまちにゑひさめ、心たけくなりて竜をせむ。竜王、光をはなちてひらめきけるを、大王を以て射《〔い〕》さす。竜王、大王の矢にあたりて、猿猴《〔ゑんこう〕》の中におちぬ。小竜等

三「僉議」は多人数で相談すること。底・瑞本「僉儀」、九本により改めた。

四 底・瑞本「竜宮」、九本により改めた。

五 眩(く)れをくらわして。急に強い光をあてて目くらがしをくわせることとか。「くれ」は、目の前が、暗さまたはまぶしさで見えなくなること。瑞本には「くれ」の右に「やき物の事か」の傍記がある。

六 最もすぐれた治病効能のあるという薬用樹。薬樹王とも。経律異相三に「雪山頂有二薬王樹一。名非従根生非不従根」(大正蔵五十三)とある。

この事を見て、たゝかはずしてにげさりぬ。猿猴《〔ゑんこう〕》等、竜宮にせめ入《いり》て后《きさき》をとりかへし、七宝《はう》をうばひとりて、本《もと》の深山《しんざん》にかへり、さて、彼《かの》舅氏《きうし》国《こく》の王うせにければ、大国小国臣下等《たいこくせうこくのしんかとう》、此大王をしのびて、むかへとりて二ヶ国の王として有《あり》。猿丸《さるまろ》の、竜宮城をせめてうちとらん事、おぼ[ろ][一]けにはかなひがたき願《ぐわん》にぞ侍るめる。こまかには[二]六波羅蜜経《はらみつきやう》にぞ申《まうし》ためる。

[三]波羅奈国《はらなこく》に王子おはしき。名を[四]大施《たいせ》太子と申《まうす》。心ざし施《せ》にありて、まづしき物をあはれみ給ふ。国の宝《〔たから〕》は尽《〔つ〕》くといへども、貧《〔まづし〕》き人は尽《〔つ〕》くべからず。このゆへ《〔ゑ〕》に、竜宮城にゆきて、つきせぬ宝《〔たから〕》[五]の如意珠《によいしゆ》といふ玉を得《〔え〕》んと云《いふ》願をおこし給ふ。父の大王、母の后、この事をきゝて、お《〔を〕》しみかなしみて、ゆるし給ふ事なし。太子、「我《わが》願成就《じやうじゆ》せずは、父《ぶ》母《も》の前にして死すべし」とて、物をくひたまはず。この故に、「目の前《〔まへ〕》にて死なむをみんよりは」とて、父母暇《〔いとま〕》たまはり給ふ。太子、父《ぶ》母《も》のいとまを得て、心に大によろこびをいだきて、万里の浪にうかびて、[六]とう〳〵竜宮へわたり、自然《じねん》に竜宮に行《ゆき》て、願の志《〔こゝろざし〕》をかたる。竜王、随喜《ずゐき》しあはれみて、[七]大竜の頤《〔おとがひ〕》の下より玉をとり出して太子に

一 底本なし、瑞・九本により補入。
二 →二三〇頁注五。ただしここに記述されている釈迦如来前生時代の説話は、この六波羅蜜経にはみいだせない。いかなる経典から引いたか、出典未詳。
三 波羅奈斯、婆羅捺写とも。恒河の流域にあった国名。今のベナレス。以下の波羅奈国の王子の話、賢愚経八(大正蔵四)、報恩経四(大正蔵三)などにみえるが、経律異相三十二(大正蔵五十三)にも類話がある。また三宝絵・上の四にも収載。
四 能施太子とも。→二〇頁注一二。
五 底・瑞本「たからを」、九本「たからの」により改めた。如意珠は欲しいものは何でも出すという珠。竜王または摩竭魚の胸中に出来るという。
六 片活三本「トク〳〵」、元本「泣々」。
七 底・瑞本「大竜を」、九本「大竜の」により改めた。

奉る。太子よろこびてかへり給ふに、竜神《りうじん》等あつまりて、「玉は竜宮城第一の宝《〔たから〕》なり。たやすく人にあたふべからず」といひければ、竜王おもひかへして、玉を取かへしつ。太子願をおこしていはく、「我、大海をくみほして、竜宮をあらはすべし」とて、蛤《はまぐり》の貝して大海をくみ給ふに、大海半《なかば》減じて竜宮あらはれにけり。竜王おどろきさは《(わ)》ぎて、本《もと》のごとく玉を太子に奉れり。この願《〔ぐはん〕》、又、かなひがたく侍るべし。くはしくは[八]六度集経《ろくどしふきやう》・[九]報恩経《はうおんきやう》にいへり。

[一〇]波斯匿《〔はしのく〕》王《わう》のむすめ[一一]勝鬘夫人《しようまんぶにん》は、形見《〔かたち〕》にくゝ、髪《かみ》ちゞみ、色くろくして、人にみゆべき人にあらず。しかりといへども、[一二]〔大王、恩愛ステガタクシテ、一楼ノ中ニカクシヲ《(オ)》キ給ヘリ。サル程ニ、〕大王、教主釈尊をむかへ奉りて、[一三]〔法〕とかせまい《(ゐ)》らすべき事有《あり》て、波斯匿《〔はしのく〕》王宮の人、聴聞《ちやうもん》すべき事をいとなみけるに、勝鬘夫人は、人の前にさしいづべき人にあらざりければ、「聴聞する事をえん」といふ願《〔ぐはん〕》をおこして、仏を念じ奉る。仏、この願をかゞみて、楼《〔ろう〕》のうちに光明をはなち給ふ。仏の光《〔ひかり〕》にあたるがゆへ《(ゑ)》に、かたち端厳《〔たんごん〕》にかはり、かみ翡翠《〔ひすい〕》のごとくになりぬ。大王、大きによろこびて、聴聞の庭にまじはる。

八 ↓二一頁注一六。六度集経で宝物集にいう大施太子の話に相当するところといえば、巻一に普施が竜神から珠を取る話であろう(大正蔵三)。宝物集はむしろ賢愚経八の話の方に近い。
九 大方便仏報恩経。七巻。失訳。宝物集にいう大施太子の話に相当するところは、巻四の悪友品の善友太子の話であろう(大正蔵三)。ただし、これも賢愚経にくらべると類似度が低い。
一〇 勝軍王とも。↓一〇六頁注三。
一一 舎衛国波斯匿王の娘。母は末利。梵名、尸利摩羅。「尸利」を勝、「摩羅」を鬘と訳し、漢訳名を勝鬘という。賢愚経二ではその名を「金剛」とし、宝物集の勝鬘夫人の話とほぼ同じ話を載せる(大正蔵四)。また法苑珠林七十六に「百縁経云」として波斯匿王女金剛の話を引く(大正蔵五十三)。ただし百縁経にはみえない。賢愚経と混同したようだ。
一二 底・瑞・九本なし、久本により補入。
一三 底・瑞本なし、九本により補入。

[一]昔《むかし》、三人の小児《せうに》ありき。心をひとつにしてあそびたはぶれて、「生《しやう》ゝ世ゝ《じやうせぜ》に師《し》・弟子《でし》とあらん」とちぎりき。願力《ぐわんりき》にまかせて、今、仏《ほとけ》と舎利弗《しやりほつ》・目連《もくれん》、師《し》・弟子《でし》と有也《あるなり》。

[二]昔《むかし》、定光仏《ちやうくわうぶつ》の世に出《いで》たまひし時、釈迦如来と[三]耶輸多羅女《やしゆだらによ》と、五茎《ごきやう》の蓮花《れんげ》をもとめて供養《くやう》し奉りて、「汝と生ゝ世ゝ《しやうじやうせぜ》妻《め》お《を》とことあらむ」とのたまひしがゆへ《ゑ》に、いま[四]羅睺羅《らごら》尊者《そんじや》の母と[五]あ〔る〕也。

[六]せんさく比丘尼《びくに》は、あま〔り〕[七]に[八]物はぢをして、〔生ル、度毎ニ〕はだかにて〔生レジト願ジケレバ、決定シテ〕衣《ころも》をきてむまるゝ也。

[九]阿修羅《あしゆら》王は、昔《むかし》、背《せい》ちい《ひ》さく、丈低《たけひき》かりしが、恒河《ごうが》をわたりし時、水、丈《たけ》こえてえわたらざりしに、悪念《あくねん》をおこして、「我《われ》、来世《らいせ》に丈《たけ》たかきものにむまれん」と云《いふ》願をおこししがゆへ《ゑ》に、大海の[一〇]はぎにたつ身をえたりき。

吾朝《わがてう》のには、[一一]柏原《かしはばら》天皇の御子[一二]開成《かいせい》皇子と中《まうす》皇子おはしけり。十善の位《くらゐ》に思ひをかけずして、仏法を修行したまひけり。摂州《せつしう》の[一三]勝尾寺《かちをでら》にまどひおはして、おこなひ給ひけるほどに、おもはざるに、如法経《によほふきやう》の楮《かうぞ》をえ給へり。皇子心中に願《ぐはん》〔を〕[一四]おこして、この[一五]断紙を以て、金《こん》

一 経律異相八(大正蔵五十三)の阿闍世王経・上から引いた説話を典拠とする。久本、この話の末尾に「阿闍世王経ニ細ニ明セリ」と典拠を明示している。 二 「定光仏」は錠光仏とも燃灯仏ともいう。大智度論九に「如二燃灯仏一生時一切身辺如レ灯故名二燃灯太子一。作仏亦名二燃灯一。〈旧名二錠光仏一〉」(大正蔵二十五)とある。以下の説話、経律異相七(大正蔵五十三)、未曾有因縁経・上(大正蔵十七)から引いた説話を典拠とする。同話は、今昔一の十七にも引く。 三 →九六頁注五。 四 →三二一頁注一四。 五 底本「とあや」、瑞・九本「とある也」により改めた。 六 底・瑞・九本「せんさく比丘尼」、元本「善積比丘尼」とあるが、「せんはく比丘尼」が正しい。梵名音写の叔離・守迦は、鮮白・白浄と訳される。撰集百縁経八によると、迦維羅城の長者瞿沙の女で、白浄の衣をまとって誕生したためこの名があるとされている(大正蔵四)。法苑珠林七十二に「謂白浄尼以レ衣奉レ施二四方僧一已、便発レ願言、願我生生常著二衣服一。乃至中有亦不レ露レ形、由二彼願力一所二引発一故、所生之処常豊二衣服一。彼最後身所レ受中有。常有二衣服一入二母胎位一。乃至出時衣不レ離レ体」とあり(大正蔵五十三)、同様の話が諸経要集十二(大正蔵五十四)に引かれ、また撰集百縁経八に「白浄比丘尼衣裹身生縁」の題で記され(大正蔵四)、賢愚経五(同上)にも叔離の名で語られている。 七 底本なし、瑞・九本により補入。 八 底・瑞・九本「物はぢをして」以下「はだかにて衣をきてむまるゝ也」とあり、文意不通。元本により「生ル、度毎ニ」「生レジト願ジケレバ、決定シテ」を補入。 九 修羅とも。血気さかんで闘争を好む鬼神の一種。以下阿修羅が誓願によって身長が長大になったこと、法苑珠林五に「雑阿含経云」として引くところ(大正蔵五十三)を典拠とする。 一〇 法苑珠林の当該箇所は「以二是因縁一得二此極大身一。四大海水不レ能レ過レ膝。立二大海中一身過二須弥一」とある。 一一 第五十代桓武天皇の別称。その山陵が山城国紀伊郡柏原に構築されたことによる名称。延暦二十五年(八〇六)没、七十歳。 一二 拾遺往生伝では桓武天皇の子、元亨釈書では光仁天皇の子、桓武天皇の兄となっている。天平神護元年

字《じ》紺紙《こんし》の大[一六]般若《〔はんにや〕》経《きやう》を一部書写《しよしや》せんとおぼすに、一天聖主《てんせいしゆ》の皇子たりといへども、山林流浪《るらう》の行人《ぎやうにん》となりて、[一七]分米《ぶんまい》の砂金《しやきん》にともし。かるがゆへ《〔ゑ〕》に、七日仏天《ぶつてん》に祈《〔いのり〕》をこひ給ふに、[一八]束帯《そくたい》の装束《しやうぞく》したる人の、[一九]けたくやうなきがまはり[二〇]三寸長さ七寸な〔る〕[二一]金《こがね》をあたへ給ふ。皇子、夢の中に歓喜《〔くはんぎ〕》の思ひをなして、「いか成《なる》人の、我《わが》願をば満《〔み〕》て給ひつるぞ」と申《まうし》給ひければ、七言《ごん》の偈《げ》を結《〔むす〕》びてぞこたへ給ひける。

[二二]得道来不レ動二法性一《とくだうしてよりこのかたほつしやうをうごかさず》　自二八正道一垂二権跡一《はつしやうだうよりかりのあとをたれ》
皆得レ解二脱苦衆生一《みなくるしみのしゆじやうをげだつするをえたり》　故号二八幡大菩薩一《ゆゑにはちまんだいぼさつとなづく》

ととなへて、かきけすやうにうせ給ひぬ。

皇子、夢おどろき、ねぶりさめて、みるに、夢にみる所の金《こがね》うせずしてあり。皇子いよ〳〵随喜《〔ずいき〕》の涙をおとして、「八幡大菩薩《はちまんだい〔ぼさつ〕》の[二三]分力《ぶんりき》し給ふ経也。只《〔たゞ〕》の水して書《〔か〕》かん事あさし」とおぼして、[二四]〔七日〕仏神《ぶつしん》にいのり給ふに、[二五]あさましく、おそろしげ成夜叉《なるやしや》の、[二六]瓫《ほとき》に水をいれてあたへければ、「是も、いか成《なる》人のあたへ給ふぞ」と、おづ〳〵とひたまひければ、「我は是、信濃《〔しなのゝ〕》の国の鎮守《ちんじゆ》、[二七]諏訪《すは》の明神《みやうじん》なり。汝が願《〔ぐはん〕》を満《〔み〕》てんがために、[二八]白鷺池《はくろち》の水をあたふる也」とぞのたまひける。夢さめ

(七六五)俄かに発心し勝尾山で修禅、のち善仲・善算につき出家受戒。天応元年(七八一)没、五十八歳。開成がこの両師の遺志を継いで大般若経を書写、勝尾寺を開基してこの経を安置したこと、拾遺往生伝・上の二にみえる。一三 摂津国島下郡(大阪府箕面市粟生間谷)にある寺。応頂山菩提院弥勒寺。西国三十三所の札所。一四 底本なし、瑞・九本により補入。一五 底・九本「断紙」。瑞本「断」の左傍に「料」と朱書。「檀紙」の宛て字とみてそのまま残す。一六 大般若波羅蜜多経。六百巻。唐の玄奘訳。一七 年貢米によって購入される砂金。砂金は金泥にして写経に用いられるもの。一八 平安時代以降、朝廷の公事に男子が着用した礼服。一九 文意不通。瑞・九本とも底本に同じ。「けたかく、やうならびなきが」とあったか。二〇 拾遺往生伝本文中に「輪(ぐめり)三寸、長さ七寸」の割注がある。二一 底本なし、瑞・九本により補入。二二 悟りを得て以来、我が内証の世界にはいささかも動ずるところがない。八正道を達成する道からこの日本に仮りの姿を現わして、すべての苦海に沈む衆生を救済するが故に、我を八幡大菩薩と名づけるのである。「八正道」は、釈迦の成道によって確立した八種の正道。正見・正思惟・正語・正業・正命・正精進・正念・正定の八聖道。「垂権跡」は、かりの足跡を遺す。「権」は、かりそめの。垂跡ということばはここからくる。この偈は、成道して仏となった釈迦が、かりに八幡大菩薩という日本の神となって立ち現われ、日本の衆生を済度するのだという意で、八幡神が夢中に現われて開成に告げた霊託ということであろう。二三 力を分け与えて下さる、の意か。二四 底・九本なし、瑞本により補入。二五 底本「あさましくおもひ」、九本「おもひ」を見せ消ち。瑞本は右傍に「おもひ」を朱で書き入れる。「おもひ」は本来なかったものとみて削除。二六 「瓫」はふつう「もたい」と訓ずる。底・瑞・九本ともにここに「瓫」の字を置き、振り仮名を付さない。しかしすぐ後に「夢さめて後、ほときの水うせずして有」のように「ほとき」と仮名書きしているので、瓫を「ほとき」と読ませていたとみる。「ほとき」は水や湯を入れる胴が太く口の小さい土器。

て後、瓮《〔ほとき〕》の水うせずして有《あり》。願の力《〔ちから〕》による故に、金《こがね》を得、水をえて、般若《〔はんにや〕》経六百巻を書写する事をはりぬ。

昔《〔むかし〕》までは申さじや、一大外記《だいげき》定俊《さだとし》が越中の国司になり二〔たり〕けるを、国人三国宣《くにうどこくせん》をもちい《(ひ)》ず。あまりに四かろしめければ、あやしとおもひてねたりける夜の夢に、誰《〔たれ〕》ともしらぬ貴人《きにん》、つげ給ひけるは、「汝《〔なんぢ〕》越中国にありし盲目の聖人《しやうにん》なり。願をおこす事ありき。『仏にもなりたからず。たゞ当国《たうごく》の国司とならん』と願のありしが故に、今国司《〔こくし〕》とむまれたる也。しかりといへども、五下《げ》劣《〔れつ〕》のものなりしゆへ《(ゑ)》に、国人おもく思はぬなり」とぞつげ、うせにける。

六手書《てかき》の少納言公経《きんつね》とて有《あり》し人、受領《ずりやう》になるべき事のありけるに、よき国になりたらば、今生《こんじやう》の蓄《〔たくは〕》へに、一堂建立《〔こんりう〕》せむと思ひけるほどに、河内《〔かはち〕》の国に成《なり》たりければ、「小国なれば、よのつねの堂などつくらん事は、かなはじ。古《〔ふる〕》き堂などを修造して、後世《ごせ》の資糧《しりやう》にもせん」とて、国中を見ありきけるに、古《〔ふる〕》き堂のあるを、入《いり》てみければ、仏壇《ぶつだん》の下《した》より文《〔ふみ〕》をひとつもとめ出《いだ》して、みければ、「沙門公経敬白《しやもんこうきやううやまってまうす》、一堂を建立《〔こんりう〕》すといへども、無力《むりき》にして、供養《〔くやう〕》をとげず。ねがはくは、来世《らいせ》

二七 長野県諏訪にある諏訪大社の神。拾遺往生伝では「信濃国諏訪の南宮」とある。延喜式神名帳によると「南方刀美神社二座」とあり、建御名方富命と八坂刀売命とを祀る。
二八 大般若経四処十六会の一処。王舎城竹林園中に在り、五百九十三巻から六百巻までを説いた所。すなわち十六会中の第十六会。大般若経の第十六会をこの白鷺池のほとりで説いたことから、この経を白鷺池経とも称ぶ。

一 清原定俊。定隆の子。従四位下。寛治三年(一〇八九)十月四日付の勘文によれば、このとき越中守。寛治七年(一〇九三)正月の宣旨に伊与介とみえ、ついで嘉保元年(一〇九四)二月周防権介に任じている。長治二年(一一〇五)没、享年未詳。以下の定俊のこと、今鏡九を典拠としている。
二 底・九本なし、瑞本により補入。
三 国司や知行国主の命令を奉書の形式で公布した文書。
四 底・九本「かなしめ」、瑞本の「かろしめ」に従い改めた。
五 今鏡には、前世では牛で、法華経一部を背負って山寺に登ったため持経者に生まれかわり、さらに今回国守となったと国人に噂されていたとある。
六 藤原公経。成尹の子。重尹の養子となる。少納言・主殿頭・河内守などを歴任。能書家。後拾遺集入集歌人。承徳三年(一〇九九)没、享年未詳。「手書」は能筆家という意。以下、公経が河内の古寺を修理しようとして、古文書を発見、先世で公経という沙門であったことを知る話、今鏡九を典拠としている。本話は発心集五の六にもとられている。宝物集と発心集は今鏡を典拠とするが、今鏡は本朝世紀・康和元年(一〇九九)七月二十三日の条に記された記事を典拠としている。

に当国《たうごく》の国司《〔こくし〕》とむまれて、供養《〔くやう〕》をとぐべし」とぞ侍りける。公経《きんつね》、我《わが》身《み》を昔《〔むかし〕》の公経聖人《こうきやうしやうにん》と云《いふ》事をしりて、供養《〔くやう〕》をとげお《(を)》はりぬ。

尾張の国に、[七]俊綱聖人《しゆんこうしやうにん》とて、行業《ぎやうごふ》やんごとなき聖《〔ひじり〕》有《あり》けり。一国是《これ》に帰《き》し、ほとんど他国の帰依《きえ》におよび、[八]知識《〔ちしき〕》をすゝむる事有《あり》て、[九]熱田《あつた》大宮司《だいぐうじ》がもとにゆきて、「奉加《ほうが》せよ」といひけるに、客人おほく来《きたり》て、酒などのみてゑひたりけるに、聖人、中《なか》の間《ま》にを《(お)》し入《いり》て奉加をせめければ、大宮司、酔《ゑひ》のまぎれに腹《〔はら〕》をたてて《〔ゝ〕》、水かけておひ出《いだ》しつ。聖人悪念《あくねん》をおこして、「我、かならず水をかけか[一〇]やすべし」といひて、程なくうせぬ。そのの《〔ゝ〕》ち数年ありて、[一一]俊綱《としつな》と云《いふ》国司下《くだ》りて神拝《じんばい》しけるに、この大宮司老耄《らうもう》して、[一二]彼《か》のれうによびけるに、を《(お)》そくさしいでて《〔ゝ〕》ければ、国司《〔こくし〕》いかりをなして、「社司《しやし》こそ国司をばまつべけれ、国司《〔こくし〕》にまたるゝいはれなし」とていきどを《(ほ)》りて、大宮司に水をかけてけり。大宮司、大にいかりて、此事我《わが》恥《〔はぢ〕》にあらず、大明神の御はぢなり。たしかにばつし給ふべきよしを呪咀《じゆそ》しければ、熱田《あつた》の明神、大宮司に示《じ》現《げん》してのたまはく、「国司俊綱《としつな》は、昔《〔むかし〕》汝が水をかけたりし俊綱聖人《しゆんこうしやうにん》也。かのときの願力《ぐわんりき》こたへて、今、水をかけかへす也。我、俊綱聖人

七 後出、橘俊綱の前生の聖人という。以下の、俊綱聖人が熱田宮司から受けた屈辱に対し、後世の橘俊綱が意趣返しをする話と類似する説話が宇治拾遺物語・四六にみえる。
八 善業を積むために寺院や公共物の建設に金品を寄付すること。
九 名古屋市熱田区新宮坂町にある神社の大宮司。大宮司は熱田・香取・鹿島・宇佐などの神官の長。
一〇 「かへす」の転。
一一 橘俊綱。↓九四頁注五。
一二 底・瑞・九本「後のれうに」。元本「彼のれうに」により改めた。「れう」は寮。宮司の住む屋敷。

存生《ぞんしやう》の時おほく法施《ほふせ》をえたりき。ゆへ《ゑ》に神罰《しんばつ》[一]におよばず」とぞしめし給ひける。俊綱、後《のち》には修理《すり》の大夫《かみ》になりたりければ、伏見《ふしみ》の修理《しゆり》大夫とぞ申《まうし》ける。

[二]昔《むかし》、目連《もくれん》尊者、弟子《でし》をぐして道をゆくに、一人の女人《にょにん》、みづから肉《しゝむら》をくらふ。弟子この事をあやしみて、目蓮《もくれん》にゆへ《ゑ》をとふ。目連、弟子につげていはく、「むかし、仏生国《ぶつしやうこく》に一人の后《きさき》おはしき。一夏《いちげ》九旬《じゆん》の間、美膳《びぜん》をまうけ僧に供養《くやう》しき。一人の女人、彼《かの》膳をぬすみてくらふ。后《きさき》この事をきゝていましめとがめ給ふに、この女《をんな》、『もし、かの膳《ぜん》をぬすみてくらひたらば、我、生〻世〻《しやうじやうせぜ》、みづから肉《しゝむら》をくらふ報《むくい》をうくべし』とちかひき。かの膳《ぜん》をぬすみし人、この女なり」とぞ申《まうし》ける。

過去に、微妙尼《[三]みめうに》と申者《まうす》ありけり。宿命通《[四]しゆくみやうつう》を得て、昔《むかし》のことを語《かたり》て云《いはく》、「我、昔《むかし》長者の妻《つま》とありし時、一人の子をむまざりき。長者、子なき事をなげきて、又めをまうけたりき。彼《かの》つまのはらに、ほどなく一人の子をまうけたりき。この子にくゝ遺恨《ゐこん》なりしかば、ひそかに、針《はり》をもつて頭《あたま》をさしたり。その母《はゝ》、おどろきさは《わ》ぎて、我をうたが

一 底・九本「神罪」、瑞本により改めた。

二 目連→三二二頁注二。女人が自身の肉を食するを見て目連が弟子にその女人の前生を語る話、諸経要集七に「賢愚経云」として次の話を載せる。「小復前行見二一女人一。自身負二銅鑊一。抜レ鑊著レ水。以レ火然沸。脱レ衣入レ鑊。肉熟離レ骨。沸吹レ骨出。在レ外風吹。尋還成レ人。自取レ肉食。福増問レ師。是何女人。其師答言。舎衛国中有二優婆夷一。敬二信三宝一。請二一比丘一一夏供養。在二於陌頭一作レ房安置。自辦二種種香美飲食一。遣レ婢送レ之。婢至二屏処一。選レ好先食余与二比丘一。大家覚問。汝不二偸食一不。婢答言不。比丘食訖。有レ残与レ我。我乃食レ之。若我先食。使三我世世自食二身肉一。以二是因縁一。先受二華報一後堕二地獄一」(大正蔵五十四)。賢愚経は巻四にみえる(大正蔵四)。

三 賢愚経に登場する尼。以下微妙尼が夫の第二夫人の産んだ子を針で刺して殺す話は、法苑珠林五十八に「賢愚経云」として引く(大正蔵五十三)。また諸経要集九にも「賢愚経云」として同じところを引く(大正蔵五十四)。賢愚経三に同話を記載している(大正蔵四)。また今昔二の三十一に法苑珠林に引用するところとほとんど一致する話が収載されている。

四 六神通の一つ。宿世の生命行事を自在に知る通力。

ひしかば、おほくのちか事をたてき。〔そ〕五のちか事、一《ひとつ》もたがふ事なくて、生生世々におひき。今、六宿命通《しゆくみやうつう》をえたりといへども、頭《かしら》より足《あし》の爪《つめ》まで、針《はり》をつらぬく苦患《くげん》有《あり》」とこそ語《かたり》侍りけれ。

七昔《むかし》、妻《つま》お《(を)》とこかたらひて、生々世々女《め》お《(を)》とこたらんとちぎりけるものの《〔こ〕》、女《をんな》は人にむまれ、男は蛇《くちなは》にむまれたりけるが、妻池《いけ》のほとりをとを《(ほ)》りけるに、〔この〕八蛇《くちなは》九しまきつきて、嫁《か》しける事侍りけり。

願《ねがはく》は、よき事をもあしき事をも、かくたがはぬ事にて侍るめれば、かへす〴〵も往生極楽の願をおこして、この素懐《そくはい》をとげて、有縁《うえん》の衆生を道びき、無縁《むえん》の衆生をとぶらはんとおぼすべきなり。

〔一〇昔シマデハ申サジヤ、一一阿波国ノ聖人ノ、堂ヲ造リサシテ、此ノ国ノ守ト生レテ作リハテムト願テ后、願ノ如ク国司ニ生レテ作リハテ給。一二信乃国ノ善光寺ノ聖人ノ、願ノ力ニコタヱ《(へ)》テ同ジスガタニ生レカハリテ、堂ヲ作ル事侍リケリ。一三ナニハノ浦ノアマハ、十六年ト云ニ、願ノ力ニ依テ、一四兼光ノ少将ノ妻トナリタリトコソハ、一五アマノ物語ニハ申タムメレ。〕

おなじ事を申《まうす》やうには侍れども、願の心ざし、この事に侍る故也。

五 底本なし、瑞・九本により補入。
六 賢愚経には「今、宿命通を…苦患有」に相当する表現は見当らない。法苑珠林、諸経要集に、第二夫人の産んだ子を殺害した微妙尼が、さまざまな不幸に遭遇したことを述べたあとに次のようにしめくくっている。「昔大婦者今我身是。雖レ得二羅漢一。常熱鉄針従二頂上一入二足下一而出。昼夜患レ此。無二復堪忍一。殃禍如レ是。終無二朽敗一」(法苑珠林五十八)。この「雖レ得二羅漢一」を、宝物集作者は「今、宿命通をえたりといへども」と書き直していることがわかる。
七 この説話、出典未詳。
八 底・九本なし、瑞本により補入。
九 「しまきつきて」は「繞き着きて」。ぐるぐるまきにまきつくこと。
一〇 底・瑞・九本には以下約一丁分の脱落がある。久本によって補入した。
一一 阿波国の聖人が国司に生まれかわって堂を作った話、未詳。
一二 生まれかわって堂を建てた善光寺聖人の話、未詳。
一三 散佚物語「あま人」に拠るか。「あま人」は、難波の海人の娘が、生まれかわって兼光少将の妻になりたいと願って入水し、十六年後にその希望がかなえられたという話(三角洋一)。
一四 「アマノ物語」中に登場する人物。
一五 片活三本には「海士子ノ物語」としている。現存「あま物語」は室町期の改作本という。この「アマノ物語」は和歌色葉に記載された「海人」と同じものであろう。

むげにちかくの事には侍らずや、東大寺華厳宗《けごんしゆう》能恵得業《のうゑとくごふ》[一]と申しし人〔こ〕、大般若《〔はんにや〕》書写し、供養《〔くやう〕》すべき願ありて、営《〔いとな〕》みありきしほどに、やまひづきてうせにき。閻魔《〔ゑんま〕》王宮《わうぐう》にて、この願《〔ぐはん〕》あるよしを申《まう》しければ、「すみやかにかへりて願をとぐべし」とて、よみがへりて、大般若《〔はんにや〕》書写供養《〔くやう〕》して、ほどなくうせ侍りにき。

[二]般若第一教《はんにやだいいつけう》　　此経結縁者《このきやうにけちえんせば》

雖㆑有㆓重業障㆒《おもきごふしやうありといへども》　必当㆑得㆓解脱㆒《かならずまさにげだつをうべし》

この文《もん》こそは、閻魔《〔ゑんま〕》王の誦《じゆ》し給ひける文とて、そのころ一京《いつきやう》の人の書〔か〕き持〔も〕ちて侍りし文よ。

葉公《せふこう》[三]、形[四]をかけば、真竜《しんりう》堂上に現《げん》ず[五]。漢王[六]香《かう》をたきしかば、霊魂煙《〔けぶり〕》の中にあらはる。いはんや、往生極楽の願をおこしけんもののまへに、弥陀如来、光明をはなちて聖衆《しやうじゆ》とともに現《げん》じ給はざらんや。葉公が真竜をあらはす事、歌にもよみて侍るめり。俊頼《としより》[七]の公の、「くち[八]おし〔を〕や」と、かみおろし[九]のくにを〔お〕くは是なり。なを〔ほ〕〳〵極楽に往生せんと云《いふ》願をおこし給ふべし。

物をねがふには、かなふまじき事をねがふ人、おほく侍るめり。歌

一 藤原宗能の二男。通称大納言得業。東大寺尊勝院で法相、真言を修め、絵もよくした。嘉応元年(一一六九)没、享年未詳。大般若経書写の願をたて、完成途中で病没するが、地獄閻魔王庁での審判の結果、娑婆に帰されて蘇生、全巻の書写を完成したあと入寂したという伝説の主人公。能恵法師絵詞はその霊験を絵巻物仕立てにしたもの。明月記・寛喜二年(一二三〇)六月十日条に「時房朝臣妻之母能恵得業〈自㆓焔魔宮㆒蘇生給〉之娘也」とある。

二 大般若経は諸経のうちで最もすぐれた教を説く経典である。この経典に結縁する者はどんなに重い業障があろうとも、必ず解脱を得させてくれる、の意。

三 中国春秋時代の楚の葉県の子高、すなわち沈諸梁のこと。葉に領地を持っていたので葉公という。

四 底・瑞・九本「願をかけば」、久本の「形ヲ書シカバ」に従い「願」を「形」に改めた。元本は「竜ノ形ヲ書ケバ」とある。

五 新序・雑事五に「葉公子高好㆑竜。鈎以写㆑竜、鑿以写㆑竜、屋室彫㆑文以写㆑竜。於㆑是天竜聞而下㆑之。窺㆓頭於牖㆒、拖㆓尾於堂㆒。葉公見㆑之、棄而還走、失㆓其魂魄㆒、五色無㆑主。是葉公非㆑好㆑竜也、好㆓夫似㆑竜而非㆑竜者㆒也」とある文に基づき、宝物集は、「真竜堂上に現ず」を、真実の願望は天上に達し、鬼神もその姿を現わすという意味で用いていることを示す。しかし竜を見た葉公は腰を抜かして逃げたという後半部から、この故事は後年「葉公の竜」といって、うわべだけで実がともなわないことのたとえに使われた。

六 →一二五頁注一九。

七 →歌人解説。

八 散木奇歌集・恋下に「くちをしや雲井がくれにすむたつも思ふ人には見えけるものを」とある。長明の無名抄に俊頼のこの歌をあげ、基俊が第三句「たつ」を鶴と誤解して俊頼の嚳嚳を買った話(基俊僻難事)が載っている。

九 和歌や詩の初句をいう。

にて申《まうし》侍るべし。

よみ人しらず

369 大空におほふばかりの袖もがな春咲花《はるさくはな》を風にまかせじ

清《きよ》原《はらの》元《もと》輔《すけ》

370 秋の野の萩《はぎ》の錦《〔にしき〕》を故郷《ふるさと》に鹿の音《ね》ながらうつしてしがな

藤《とう》三《さん》位《み》

371 数しらずかさなる年を鶯のこゑするかたのわかなともがな

一〇中《なか》原《はらの》時《とき》致《むね》

372 梅がか《〔ゝ〕》を桜の花ににほはせて柳が枝にさかせてしがな

大炊御門右大臣《おほひのみかどのうだいじん》 公能

373 さ夜衣《よごろも》隔《〔へだ〕》つることはなけれども身をわけてこそいらまほしけれ

369 大空に花をおおうほど大きな袖があればいいのだがなあ。そうすれば春咲く花を風まかせにしないですむであろうから。

370 秋の嵯峨野に織りなす萩の錦を、そっくりそのまま鹿の鳴声もいっしょにそえて、わが住む庭に移し植えたいものだ。藤原実頼の逍遥に従った時の作。

371 数知れず年をとったことが厭わしい。うぐいすの声がするあたりでつむ若菜のように、若々しくなりたいなあ。鶯の「う」に「憂」を懸ける。

一〇 宝物集諸本すべて「中原時致」とするが、後拾遺集では「中原致時朝臣」とし、六華和歌集にも「中原致時」とある。致時が正しいか。→歌人解説「致時」。

372 梅花のかおりを桜の花に匂わせ、それを柳の枝に咲かせてみたいものだ。梅は香り、桜は色、柳はしだれ枝、それぞれのよいところを一つに合わせたいという意。

373 ともに夜着を着る親密な仲だから、お互い心をへだてることはないのだが、床に入る時には身体を分けて入りたいものだ。身も心も常に一体だったら窮屈でたまらぬというのであろう。底・瑞・九本第五句「いかまほしけれ」。久本、久安百首、続詞花集所載歌により改めた。

宝物集　巻第六

第六に、業障《ごふしやう》を懺悔《〔さんげ〕》して仏道をなるべしと申《まうす》は、禅林寺の[一]永観《やうくわん》が七段の[二]往生講《わうじやうこう》の私記《しき》に書《かき》しがごとし。「[三]人、一日一夜《いちにちいちや》をふるに、八億四千の思ひあり。念〻になすところ、みな三途《さんづ》の業《ごふ》なり」といへり。誠《まこと》におびたゝしくはきこゆれども、さも侍らんとこそうけたまはりしか。

楽《〔たの〕》しみあるも罪《〔つみ〕》なり。貧《〔まづ〕》しくてかなしむも罪《〔つみ〕》なり。甘《〔あま〕》き味《あぢは》ひをよしとおもふも罪《〔つみ〕》なり。悪《〔あ〕》しき食物《じきもつ》をわろしとおもふも罪《〔つみ〕》なり。妙成《たへなる》色をみるも罪《〔つみ〕》なり。懐《〔なつか〕》しき声《〔こゑ〕》を聞《きく》も罪なり。妻《つま》をかなしむも罪なり。子をあはれむも罪《〔つみ〕》なり。宮仕《〔みやづかひ〕》するも罪《〔つみ〕》なり。商人《〔あきびと〕》をするも罪《〔つみ〕》なり。形《〔かたち〕》をよしとおもふも罪《〔つみ〕》也。見目《〔みめ〕》をわろしとなげくも罪《〔つみ〕》なり。田をつくり、蚕養《さんやう》をするも、又《また》〳〵かくのごとし。いはんや、殺生《せつしやう》・偸盗《ちうたう》等の[四]十重《じふぢう》にを《〔お〕》きてをや。

6 懺悔

一 →一五〇頁注一。

二 往生講式。一巻。底・瑞・九本「往生講の私記」と書く。「私記」は式次第の意で、「式」に同じ。久・元本「往生講式」。二十五三昧式と並んで浄土教系講式の白眉。式文は七段から成り、各段の終りに無量寿経の称嘆偈と往生礼讃偈からとった伽陀がある。

三 往生講式二段に「安楽集に経を引きていはく」として、「人経二一日一夜一有二八億四千万念一。一念起レ悪得二一生悪身一。十念発レ悪受二十生悪身一」とある。後半の「念〻になすところ、みな三途の業なり」は講式中には見当らない。真如観に「有所ニ云ク、若人一日ノ中ニ八億四千念アリ、念々ノ中ニ所レ作皆是三途ノ業也」とあり、発心集七の十二、雑談集四の十一にも同様の文がみえる。これらはすべて観心略要集に「経云」として同文を引くところを典拠とするか。「三途の業」は三途におちる業因。三途→八六頁注三。

四 十重禁戒。大乗の戒律に定める十種の重大な禁戒。ただしここでは殺生・偸盗・邪淫・妄語・綺語・悪口・両舌・貪欲・瞋恚・邪見の十悪と同意に用いているか。

一 大乗本生心地観経。八巻。唐の般若訳。「在家は…清浄の戒をやぶる」は同経巻三にみえる文(大正蔵三)であるが、往生要集・大文五の五に「心地観経の偈に云く」として「在家は能く煩悩の因を招き、出家もまた清浄の戒を破る」とある。宝物集は往生要集からの孫引きだろう。 二「…懺悔すれば宝所にいたる」まで、心地観経三の文であるが、往生要集・大文五の五に「心地観経の偈に云く」として引用され

されば、[一]心地観経《しんちくわんぎやう》には、「在家《ざいけ》はよく煩悩《ぼんなう》の因《いん》をまねく。出家は又清浄《しやうじやう》の戒《かい》をやぶる」とは申《まうし》たるなり。

しかりといへども、「[二]懺悔《〔さんげ〕》すれば所有《しよう》の煩悩《〔ぼんなう〕》こと〴〵くのぞく。懺悔《〔さんげ〕》すれば菩提《〔ぼだい〕》の花ひらく。懺悔《〔さんげ〕》すれば大円鏡《だいゑんきやう》を見る。懺悔《〔さんげ〕》すれば宝所《はうしよ》にいたる」。

[三]百丈《ちやう》の石なれども、船筏《ふねいかだ》につみつればしづまず。罪《〔つみ〕》は百丈《ちやう》の石のごとし、懺悔《〔さんげ〕》は船筏《ふねいかだ》のごとし。はやく業障《ごふしやう》を懺悔《〔さんげ〕》して、生死《しやうじ》の苦輪海《〔くりむ〕かい》をわたり給ふべきなり。十方三世の仏菩薩《ぶつ〔ぼさつ〕》は[四]同体分身《どうたいふんじん》して、利益平等《りやくびやうどう》なりといへども、[五]普賢大士《ふげんだいし》、[六]殊《こと》[七]〔に〕懺悔《〔さんげ〕》業障《ごふしやう》の願《ぐわん》ありて、懺悔《〔さんげ〕》[八]〔の〕教主《けうしゆ》といはれ給ふ。[九]有相《うさう》・無相《むさう》・[一〇]刹利《せつり》居士《こじ》等の[一一]三懺悔《〔さんげ〕》をしへ給へり。よ[一二]く〳〵こゝろを得て、業障《〔ごうしやう〕》を懺悔《〔さんげ〕》し給ふべし。

はじめに、[一三]有相《うさう》の懺悔《〔さんげ〕》と申《まうす》は、無始生死《むししやうじ》よりつくりし罪《〔つみ〕》をくゐ《〔い〕》て、[一四]発露《ほつろ》し啼泣《〔ていきう〕》して、[一五]〔或ハ本尊ニ向テ礼拝シテ懺悔シ、〕あるひ《〔い〕》は[一六]賢聖《けんじやう》にむかつてかたり、懺悔《〔さんげ〕》するなり。

[一七]大経《だいきやう》に云《いはく》、「若《もし》人罪《〔つみ〕》をつくりて、かくせば、小罪なりといへども増長《ぞうちやう》す。大罪なりといへども、懺悔《〔さんげ〕》すれば、則《すなはち》消滅《せうめつ》す」といへり。

ている。宝物集はその孫引きだろう。「大円鏡」は、仏の四智または五智の一つで大円鏡智のこと。鏡のように一切のものをうつし出す智慧。「宝所」は、宝のある所。涅槃をそのように譬える。三 百丈の石でも船・筏に積めば沈まぬという譬喩は、往生要集・大文十の五にあり、また往生拾因十にも同様の文を引用している(大正蔵八十四)。「百丈の石」は、一辺の長さが百丈もある巨石。一丈は十尺。四 外形・内実ともに同一のまま分身する。五 普賢菩薩の異称。普賢は文殊とともに釈迦如来の脇侍。六 華厳経四十に普賢十願が説かれるが、その中に「懺悔業障」の願がある。七 底・九本なし。瑞本「殊」に「ことに」と振り仮名がある。それにより「に」を補入。八 底・瑞本なし、久本により補入。九 底・瑞・九本「有想・無想」とするが、久本に「有相・無相」とするのが正しく、これにより「想」を「相」に改めた。片活三本は「有相ノ懺悔、無相ノ懺悔」とする。一〇「刹利、居士等」の意。刹利は古代インドの王侯・武士の階級、居士は商工業に従事する資産階級をいう。観普賢菩薩行法経には、刹利、居士らのための五種の懺悔法が説かれている。一一 有相の懺悔、無相の懺悔、それに刹利居士等の懺悔を、三とかぞえた。一二 片活三本は以下の「懺悔し給ふべし」までに相当する部分を「是ヲ事理ノ懺悔トセリ」とし、久本はそのあと「先ツ有相ノ懺悔ト云ハ事ノ懺悔也」と続き、片活三本は「先ツ事ノ懺悔ト云ハ」と続ける。有相の懺悔、無相の懺悔は、事懺悔、理懺悔に対応するので、久・片活三本の文脈のほうがわかりやすい。

6・1 事理の懺悔

一三 事懺悔。有情を悩ます障害である業苦を懺悔すること。無相の懺悔を理懺悔というのに対する。一四「発露」は罪を懺悔すること。「啼泣」は嘆き悲しむこと。往生講式二段の事懺悔を述べる所に「五体投ㇾ地遍身流ㇾ汗。発露涕泣懺㆓悔罪障㆒也」とある。一五 底・瑞・九本なし、久本により補入。一六 賢人と聖人。悪を捨離しているがまだ真理を悟りえない凡夫を賢といい、すでに悟りの境地に達した者を聖という。一七 大般涅槃経(一六八頁注一一)のこと。以下の引用文は涅槃経(南本)・

懺悔《〔さんげ〕》のあり様《さま》ひろく侍るめり。一切の善根《ぜんこん》はみな業障を懺悔《〔さんげ〕》するなり。しかりといへども、一八理趣三昧《りしゆざんまい》・一九法花懺法《せんぼふ》・二〇七仏・二一五十三仏の名号《みやうごう》、是等を懺悔《〔さんげ〕》の大意《たいい》とするなり。

又、禅林寺の永観《やうくわん》は、「二二つねに弥陀仏を念《〔ねん〕》じて、名号をとなふるものは、業障を懺悔《〔さんげ〕》するなり」と申《まうし》て侍るめり。二三鴆鳥《ちんてう》水にふるれば一切の魚類《ぎよるい》しし《〔ゝ〕》、二四犀角《さいかく》海にあそべば、死し《〔しゝ〕》たる魚ことゞゝくよみがへる。二五琥珀《こはく》の塵《ちり》をとり、磁石《じしやく》の鉄《〔くろがね〕》をすふ、世間《せけん》の不思議《〔ふしぎ〕》かくのごとし。いはんや、懺悔《〔さんげ〕》の力《〔ちから〕》によりて、罪障《ざいしやう》を滅《〔めつ〕》する事、ゆめゝゝ疑《〔うたがひ〕》をなすべからず。

されば、涅槃経《ねはんぎやう》には、「二六世に二人の智者あり。一人はもとより罪《〔つみ〕》をつくらぬ〔者〕二七、一人は罪《〔つみ〕》をつくるといへども、懺悔《〔さんげ〕》をする人なり」とは申《まうし》たるぞかし。

しかりといへども、二八ことば是《ぜ》にして、こゝろは非《ひ》なり。懺《〔さん〕》すれどもけ二九せられず。三〇浄名《じやうみやう》の呵《か》するところなり。はやく一心に懺悔《〔さんげ〕》して、業障をほろぼし給ふべきなり。是を事《じ》三一の懺悔《〔さんげ〕》とはいふなり。

次に三二無相《むさう》の懺悔《〔さんげ〕》と申《まうす》は、三三一切の業障は妄想《まうさう》より生じて、その体とい

十七に「若覆レ罪者罪則増長。発露慚愧罪則消滅」(大正蔵十二)とある。また往生要集・大文五の五に「大経の十九に云ふが如し」として同文を引く。宝物集は往生要集からの孫引きか。一八 理趣経に簡単な拍子をつけて読誦する勤行形式の名。顕教では玄奘訳の般若理趣分を、密教では不空訳の理趣経を用いる。一九 法華経、観普賢経に基づき、天台智顗が法華三昧懺儀、法華三昧行法として作った懺悔滅罪の法。二十一日間にわたって行われた。二〇 過去七仏のこと。釈尊以前に現われたとされる六人の仏に釈尊を加えた七仏。毘婆尸・尸棄・毘舎浮・拘留孫・拘那含牟尼・迦葉と釈迦。二一 過去五十三仏のこと。無量寿経に説く過去仏で、錠光如来から処世如来まで。法蔵菩薩の師の世自在王仏以前の五十三仏。二二 往生講式二段に「是故常念二弥陀一者、恒修二懺悔一之人也」とあるあたりの意訳であろう。二三 往生拾因二に「又鴆鳥入レ水魚蚌悉斃、犀角触レ泥死者皆起」(大正蔵八十四)とあるのを出典とする。安楽集・上、往生要集・大文十の五にも同文が引用されている。「鴆鳥」は、その羽を水や酒にひたして飲むと死ぬという毒鳥の一種。二四 犀(さい)の角(つの)。先端部を粉末にして生薬とした。二五 永観の三時念仏観門式に「琥珀取レ塵磁石吸レ鉄。世間事猶不レ可二(思)議一也」(魚山本「思」欠)とあるのを出典とする。琥珀は植物の樹脂が地中に埋没して生じた一種の化石。黄色味をおび、透明ないし半透明で、光沢がある。摩擦すると静電気をおび、塵などを吸いつける。日蓮遺文の法花題目抄に「琥珀は塵をとり、磁石は鉄をすふ」。二六 大般涅槃経(南本)・十七に「臣聞二仏説一。智者有レ二。一者不レ造二諸悪一。二者作已懺悔。愚者亦二。一者作レ罪。二者覆蔵。雖二先作レ悪後能発露。悔已慚愧更不二敢作一」(大正蔵十二)とあるところを踏まえた表現であろう。二七 底・瑞・九本なし、久本により補入。二八 久本「言バハ是ニシテ」、元本「言ハ是ニシテ」に従って、底本の「ことは」を「ことば」と読む。二九 「け」は「悔」の意か。瑞・九本も底本に同じ。久本「懺スレドモ懺セラレズ」。三〇 浄名居士すなわち維摩居士のこと。「浄名の呵するところ」は、維摩経に説くいわゆる「維

ふものなし。これを観ずるをもて理《り》の懺悔《さんげ》と云《いふ》なり。

たとへば、千年闇《やみ》にて、暗《くら》き所《ところ》なりといふとも、一寸《いつすん》の脂燭《しそく》をさし入れば、千年の闇《やみ》ははれぬ。業障は千年の闇《やみ》のごとく暗《くら》けれども、懺悔《さんげ》の一寸の脂燭《しそく》をさしいるれば、業障の闇《やみ》ははれぬ。

たとへば、業障の薪《たきぎ》は千里にこりつむといふとも、懺悔《さんげ》の芥子《けし》ばかりの火をつくれば、業障の薪《たきぎ》、悉《ことごと》くやけうせぬ。

たとへば、二悪業の雲霧《くもきり》は厚《あつ》けれども、懺悔《さんげ》の風ふけば、法性《ほつしやう》の空はれぬ。煩悩《ぼんなう》の霜露《しもつゆ》はしげけ〔ゝ〕れども、懺悔《さんげ》の恵日《ゑにち》出《いで》ぬれば消《きえ》三うせぬ。

このこゝろを普賢経《ふげんきやう》に説《とき》て云《いは》く、

四一切業障海《いつさいごふしやうのうみ》　皆〔従二〕妄想一生《みなまうざうよりしやうず》
若欲二懺悔一者《もしさんげせんとすれば》　端坐思二実相一《たんざしてじつさうをおもへ》
衆罪如二霜露一《しゆざいさうろのごとく》　恵日能消除《ゑにちよくせうぢよす》
是故応三至心《このゆゑにししんに》　懺二悔六情根一《ろくじやうこんをさんげすべし》

この心《こころ》を歌にもよみて侍るめり。

覚《かく》樹《じゆ》法《ほふ》師《し》

374 命をも罪《つみ》をも露《つゆ》にたとへけり消《きえ》ばともにやきえんとすらん

摩の一默」と「浄名経の弾呵」を踏まえた表現。三一 有相の懺悔。理の懺悔に対する。三二 理の懺悔。三三 永観の往生講式二段に「次理懺悔者。一切業障皆妄想生。自性空也。自性空故本不生也。作二此観一時。妄想夢覚生死本無。衆罪露消輪廻爰絶」とあるあたりの取意・引用であろう。

一 底本「やみのことく」とあるが、「ここ」は行末・行頭での衍字。瑞・九本により改めた。 二 三時念仏観門式「仏教之風吹悪業雲速霽、信心之珠浄煩悩濁即澄」とあるのを応用して改作したか。

三 底本「消かけぬ」。瑞・九本「消うせぬ」により改めた。

四 観普賢菩薩行法経(大正蔵九)の偈の引用。海のごとくに無量な一切の罪業は、すべて妄想から生ずる。もしこれを懺悔しようとするなら、正座して実相に思念をこらせ。真相を悟った時、太陽が霜露を消滅させるように、すべての罪障をことごとく消除するであろう。かるが故に心をこめて六情根を懺悔すべきである、の意。観普賢菩薩行法経の偈は諸書に引用されるが、八句まとまっている例は少ない。往生講式は懺悔業障を述べた第二段でこの八句の偈を伽陀として掲げる。これが宝物集の典拠であろう。八句まとまってあるのは他に観心略要集があげられる。底本「従」なし、瑞本の傍書書入れと、往生講式、普賢経に従い補入。底本「妄想」を「妄相」とする、瑞・久本に従って改めた。底・瑞本「端座」の右に「坐」の傍書、久本ならびに往生講式と普賢経に従い「坐」に改めた。また同様に「六根情」とあったのを「六情根」に改めた。「思」は普賢経では「念」とする。

374 命をも、罪をも、露にたとえているところをみると、おそらく、命が消えると罪も消えるのであろうよ。

375 結ぶ霜、露にたとえられる衆罪だから、その罪の苦しみは懺悔の朝日がたちのぼるまでの嘆きにすぎないのだよ。早く業障を懺悔すれば罪障の苦しみから解放されるのも早いという気持を詠った。

376 罪業の恐れを解消する懺悔の法に照されなかったならば、いったい誰が霜の置くように我が身に積った罪を

375 露結《つゆむす》ぶ霜《しも》にたとふるつみなれば朝日《あさひ》まつまのなげき也けり

登《とう》　蓮《れん》　法《ほふ》　師《し》

376 思ひとく法《のり》の光《ひかり》し照《てら》さずは身にを《〔お〕》く霜をたれはらはまし

賀《か》　茂《もの》　重《しげ》　保《やす》

377 心より結《〔むす〕》びを《〔お〕》きける霜《しも》なれば思ひとく日は残《のこ》らざりけり

前《さきの》　斎《さい》　宮《ぐうの》　大《だい》　輔《ぶ》

378 露霜《つゆじも》にかはらぬ罪と消《きえ》つれど朝日の山の光をぞ待《まつ》

藤原盛方朝臣《ふぢはらのもりかたのあそん》

懺悔《さんげ》と云《いふ》は、生〻世〻《しやうじやうせぜ》につくりし罪《〔つみ〕》をはぢ、悪業煩悩《〔ぼんなう〕》におそると云《〔いふ〕》事也。一《ひとつ》の証《しよう》を申《まうす》べし。

五 天竺《てんぢく》に商《〔あき〕》人あり。もろ〳〵の宝《〔たから〕》を求《もとめ》ん為に、五百人の友《〔とも〕》を具《〔ぐ〕》して大海にうかぶ。万里の波《〔なみ〕》の上に、風にまかせてゆくほどに、色は青《〔あを〕》く、髪《〔かみ〕》は赤《〔あか〕》くして、口より焔《〔ほむら〕》を出《いだ》し、めより光をはなちて、商人《あきびと》が船をとらへて云《いはく》、「汝等《なんぢら》、我よりおそろしきものを見《〔み〕》たりや」と云《いふ》。五百人の商人、をの《〔お〕》〳〵肝《〔きも〕》をうしなひて、舟の底にかくれ入《いり》ぬ。五百人の商《〔あき〕》人の中に、五戒をたもちたる俗《ぞく》を一人具《〔ぐ〕》してけるが、六中《なか》〳〵物い

払うのだろうか。懺悔法にめぐり逢った喜びを表白した歌。「思ひとく」は「端坐思二実相一」を踏まえた表現。「とく」「をく」は「霜」の縁語。

377 わが心から作った罪障の霜なので、実相を思念する日が照せばことごとく消え失せるのだなあ。「思ひとく日」は「端坐思二実相一」と「恵日」とを結び合わせた表現。普賢経の理懺悔を詠んだ一首。

378 たとえ衆罪が霜露のごとくに消えうせたとしても、それでもなお仏の救済の光が待たれることだ。「朝日の山の光」は、華厳経冒頭の「日出先照二高山一」を踏まえた表現か。あるいは弥勒が無仏の衆生を済うために兜率浄土から竜華樹の下に下生するいわゆる竜華三会の暁をさすか。

五 天竺の商人が五百人を乗せて宝探しに行った話に半ば一致する類話が、雑譬喩経（大正蔵四）、衆経撰雑譬喩・下（同上）、大智度論七（大正蔵二十五）、経律異相四十三（大正蔵五十三）、法苑珠林三十四（同上）、大唐西域記八（大正蔵五十一）、今昔五の二十八にみえる。これらはすべて巨大な魚が船を飲み込もうとしたのを仏を念じて危機を脱した話になっている。宝物集は「髪は赤くして、口より焔を出」す鬼が、もっと恐ろしい「悪業煩悩」の存在を知って退散する話になっている。日本で作りかえたか。

六 なまじ答えないでいるのは、よくないだろうから。

以下二六〇頁

一 底・瑞本「悪業煩悩なり」。九本により「悪業煩悩と云ものあり」と改めた。二 底・瑞・九本「あつめたり」、久本により改めた。三 →六七頁注三〇。四 →二五六頁注一〇。刹利、居士の懺悔については観普賢菩薩行法経（大正蔵九）に、義空を憶念し（第一）、父母に孝養し（第二）、正法をもて国を治め（第三）、六斎日に不殺を行じ（第四）、深く因果を信ず（第五）という五つの懺悔を説くところに、第三、第四、第二の順で取り上げている。五 仏教徒が月のうちの六日間（八・十四・十五・二十三・二十九・三十日〈十誦律〉）八戒を守って精進する日。六 →三二頁注一五。七 太公望のこと。周文王の賢臣、呂尚。呂尚が渭水で魚釣りをしていた時、

はでもあしかりぬべかりければ、「汝よりおそろしきもの有《あり》。我等衆生が身の中に、一悪業煩悩《あくごふぼんなう》と云ものあり。汝五千人をあつめたる二阿防羅《三〔あばうら〕》刹《〔せつ〕》の中へ具《〔ぐ〕》してゆかんとする悪業《あくごふ》は、はるかにおそろしきものにあらずや」と云《いひ》ければ、鬼《おに》、ものいふ事なくて、波の中にかくれ、海の底に入《いり》にけるといへり。

すみやかに、彼《かの》俗の思ひをなして、悪業煩悩《〔ぼんなう〕》におぢ、業障にはぢ給ふべし。

四刹利居士《せつりこじ》の懺悔《〔さんげ〕》と云《いふ》は、正法《しやうぼふ》をもて国を治《ぢ》し、五六斎日《ろくさいじつ》にものの命《〔こ〕》をころさず、境《〔さかひ〕》のうちの殺生《せつしやう》をとゞめ、父母《ぶも》に孝養《けうやう》するを申《まうし》たる也。

正法をもて国を治《ぢ》すと申《まうす》は、政《まつりごと》、正法ならざれば、天下みだれぬ。天下みだれぬるは民の歎き、則《すなはち》、罪業《ざいごふ》なり。

こゝをもて、政《まつりごと》正法なるをもて、懺悔《〔さんげ〕》と申《まうし》たるなり。

このゆへ《〔ゑ〕》に、六周《しう》の文王《ぶんわう》は、占《〔うらな〕》ひて七公望《こうばう》を得《〔え〕》て国をあづけ、八殷《いん》の高宗《かうそう》は、夢に見て、九傅説《ふえつ》をもとめて政《〔まつりごと〕》をとらせしなり。

一〇周文王《しうのぶんわう》は、狩に出《いで》給ふとて、「今日は何をか得《〔え〕》んずるぞ」と卜《〔うら〕》をとひ給ひけるに、一一熊を得《〔え〕》給《たまは》んずると占《〔うらな〕》ひたりけるに、一二太公望《たいこうばう》が一三渭《ゐ》水《すい》の浜《ひん》

文王がその器量を見出し、わが太公(父)の時から待ち望んでいた人物であるとして師に迎え、太公望と呼んだ(史記・斉太公世家)。八 殷の第二十代天子、武丁のこと。九 高宗に仕えた名宰相。高宗が夢を見て傅巌の土木工事の人夫の中から見出したといわれる。和漢朗詠集・下・丞相に「孫弘閤無㆓閑客㆒、傅説舟忙不㆑借㆑人」とある。一〇 史記・斉太公世家にみえる話。文王が狩猟に出るにあたり卜占すると、「獲る所は、竜に非ず彲に非ず、虎に非ず羆に非ず、獲る所は、覇王の輔なり」との卦が出て太公望に巡り合ったという。一一 底・瑞・九本「熊を得給んずる」となっているが文意不通。脱文あるか。久本には「熊ヲモ不㆑可㆑得、シクマヲモ不㆑可㆑得、賢人ヲ得給ベシト云ケルニ」とある。元本には「熊ヲモ得給フマジ、羆ヲモ得タマフマジ、賢人ヲゾ得給ヒンズルト占ヒタリケルニ」とある。底本一行おおむね十六字詰。久・元本の増広記事はちょうど二行分に相当し、これが書写過程で脱落したか。一二 底・瑞・九・久本「大公望」。意によって「太公望」と改めた。一三 底本「温水」、瑞・九本により「渭水」と改めた。一三 →一二三頁注二〇。一四 以下の故事、史記・殷本紀に「武丁、夜夢みらく、聖人を得、名を説と曰ふと。夢に見る所を以て、群臣百吏を視るに、皆非也。是に於て迺ち、百工をして之を野に営求せしめ、説を傅険の中に得たり」とある。一五 山西省平陸県の東。殷の傅説が土木工事に従事した所。傅険とも。一六 法華経・薬王菩薩本事品に「如㆓民得㆒㆑王」とあるところをさす。法華経では苛政に苦しめられた民衆が、期せずして賢王の治世に巡り合ったようなものだという意。一七 中国上代(堯・舜から夏・殷・周まで)の伝承的歴史を書いた書。五経の一つで、書経とも。一八 尚書にはない。文選・東京賦に「天子有㆑道、守在㆓海外㆒」とある。天子が道にかなった統治をすれば、国内がよく治まり反乱の恐れがないから、広く海外に対する護りともなる、という意。一九 久・元本「この心に侍るべし」と「今生にも…」の間に「政スナヲナラザルハ後世マデ申サムヤ」

6・2 刹利居士の懺悔

に釣《つり》して有《あり》けるを得《〔え〕》て、国をあづけて天下のしづまりしことなり。
一四殷高宗《いんのかうそう》は、夢に賢人《けんじん》を見て、もとめ給ふに、一五傅巌野《ふげんのや》にて傅説《ふえつ》を求《もとめ》て、政《まつりごと》をとらせ、世の中のなを《〔ほ〕》りし事なり。

法花には、「一六民の王にあへるがごとし」ととけり。

一七尚書《しやうじよ》には、「一八天子道《みち》ある時は、まもり海外にあり」と云《いふ》は、この心に侍るべし。一九今生《こんじやう》にも其《その》とがまぬかれ難し。

二〇唐《たう》の玄宗《げんそう》の帝《〔みかど〕》は、二一楊貴妃《やうきひ》にちかづけりとうたがひをもて、二二一行阿闍梨《いちぎやうあじやり》を二三果羅国《〔くわら〕こく》とて、七日空も見えぬ所へ流《〔なが〕》し給ふ。星宿《せいしゆく》、無実によりて罪をかうぶる事をあはれみて、二四九曜《くえう》の形《〔かたち〕》を現《げん》じてまもり給ふ。二五九曜の曼荼羅《〔まんだら〕》は、其度《〔その〕〔たび〕》一行のうつしひろめ給ふところなり。その〔ゝ〕ち、皇帝、二六安禄山《あんろくさん》がためになやまされ、貴妃《きひ》命《〔いのち〕》をうしなふものなり。

しかのみならず、二七屈原《くつげん》、罪《〔つみ〕》なくしていましめられしかば、二八汨羅《べきら》の淵《ふち》に身をなげ、二九邦術《はうじゆつ》、犯《〔おか〕》しなくして罪をかぶりしかば、五月天《ごがつのそら》に霜《しも》くだりき。

三〇楚王《そわう》の、三一干将《かんしやう》が剣《〔つるぎ〕》をせめしをはりに、三二眉間尺《みけんじやく》がうらみをかうぶり、

の一文あり。底・瑞・九本はみなこの一文(一行分)を誤脱しているので、文意不通。二〇→三五頁注二二。二一→三五頁注二四。二二→一〇三頁注一六。一行の流罪説話は出典未詳。平家物語二「一行阿闍梨之沙汰」にみえる説話は、宝物集をもとに増広したものか。三国伝記二の二十九には一行の流罪理由が更に具体的に説明され、源平盛衰記五の一に引きつがれている。二三 火羅国とも。大唐西域記一(大正蔵五十一)にみえる覩貨邏国とみる説もあるが未詳。二四 日・月・木・火・土・金・水の七曜星に羅睺(ごら)、計都(けいと)の二星を加えたもの。二五 九曜を礼拝するため図像化したものであろう。曼荼羅は密教において礼拝の対象とする尊像の集合像。『密教大辞典』によれば、宝物集にいう九曜曼荼羅は大日経疏五に示す日天眷属を図示したものかという。二六→三二六頁注一。二七 中国の戦国時代の楚の人。名は平、字は原。楚の王族に生まれ、楚の国運回復に尽力するが、讒言により失脚して江南に逐われ、汨羅に身を投じて自殺した。「離騒」をはじめその作品は「楚辞」に収録されている。前三四三頃―前二七七年頃。二八 川の名。中国湖南省北東部を西流し湘江下流に注ぐ川。二九 正しくは「鄒衍」とあるべきところ。底・瑞・九本ともに「邦術」、元本「邦衍」。いずれも「鄒衍」の草体を誤写したものであろう。鄒衍は中国の戦国時代の思想家。斉の臨淄の人。恵王のとき讒により投獄されたが、そのおり天を仰いで哭し、五月に霜を降らせたという。蒙求の「鄒衍降霜」はこの故事を伝えるもの。三〇 楚の干将とその妻莫邪が楚王のために剣を鍛えたが、王の怒りにあって干将が殺されたので、その子眉間尺が仇討ちをしたという故事。この話、法苑珠林二十七(大正蔵五十三)をはじめ中国の文献に載り、わが国でも、今昔九の四十四、注好選・上の九十二、太平記十三、曾我物語四、三国伝記十一の十七等に載る。三一 中国、春秋時代の呉(楚あるいは韓とも)の刀鍛冶の名(呉越春秋四)。三二 眉間赤とも。干将の子。三国伝記に「面貌尋常ノ人ニ代テ、長ケ高キ事一丈五尺、力五百人ガ力有リ、面三尺ナリ。眉間一尺有リケル故ニ、世人眉間尺トゾ名付ケル」という。

夫差《ふさ》[一]の五員《ごいん》[二]をうしなふ末に、越王勾践《ゑつわうこうせん》[三]にほろぼさる。周《しう》の伯夷《はくい》[四]が首陽《しゆやう》[五]山《ざん》に飢《〔うえ〕》し、武王《ぶわう》[六]の仁《じん》ノ心ナキガ[七]故なり。介子推《かいしすい》[八]が綿上山《めんじやうざん》[九]にやけし[一〇]、文《ぶん》[一一]公《こう》の政《〔まつりごと〕》〔を〕[一二]うらみしなり。

[一三]楚王、干将と云《いふ》鍛冶《〔かぢ〕》に剣《つるぎ》をせめ給ふ。眉間尺と云《いふ》干将《〔かんしやう〕》が子に、うらみられたまふ事也。

夫差は五員といひし人の云《いふ》事にもつき給はざりしかば、うらみをなしてうせにき。「[一四]かならず、わが眼《まなこ》をくじりて呉《ご》の東門《とうもん》の上にを《(お)》け、越王の兵《〔つはもの〕》〔ゝ〕の来りて呉《ご》をほろぼさんをみん」と云《いひ》けるにあはせて、越王勾践にほろぼさるゝ事なり。

介子推は、晋文公《しんのぶんこう》の、敵《〔かたき〕》にせめられて餓《〔かつ〕》え《(ゑ)》給へりけるに、みづか[一五]らが股《〔もゝ〕》の肉《〔しゝ〕》をとりて、めさせて生《〔い〕》け奉りて後、たゝかひにかちて、政《まつりごと》し給ふに、を《(お)》そく賞をかうぶりけるに、うらみをなして、綿上山と云《いふ》山に、つゐ《(ひ)》にやけしぬる事也。

政《まつりごと》すなほならざるは、現当《げんたう》二世のたゝりに侍る事なり。

伯夷《はくい》、わかくし〔て〕[一六]うへ《(ゑ)》、盗跖《たうせき》[一七]、命をもて終《〔お〕》う《(ふ)》、なんどは申《まうし》たれども、ほど／＼につきて、ひが事の侍るまじきなり。

一 中国、春秋時代の呉の王。闔閭の子。越と戦い父の仇を討つが、名臣伍員の諫言を入れず、越王勾践の策略にあやつられ、伍員を自殺に追い込み、自らも勾践に滅ぼされた(史記・呉世家)。前四七三年没、享年未詳。 二 中国、春秋時代の楚の人。字は子胥、名は員。楚の平王に父も兄も殺されたので、呉に逃げ、呉王を助けて楚を討ち、復讐した。のち越を討とうとしたが、夫差が越のわいろを受け、伍員を自殺させた(史記・伍子胥伝)。底・瑞・九本みな「五員」とする。「伍員」と書くのが正式。前四八五年没、享年未詳。 三 →一〇五頁注三七。 四 殷末・周初の人。孤竹君の長子で、叔斉は弟。兄弟共に清廉潔白の士。周の武王が殷の紂王を討つのを諫めたが聞き入れられず、武王が天下を統一すると、その禄を食むことを恥じて、首陽山にかくれ餓死した(史記・伯夷伝)。 五 山西省永済県の南にある山。 六 →三二頁注一六。 七 底・瑞本「仁のつるぎが」、久本「仁ノ心ナキガ」に従って改めた。 八 中国、春秋時代の晋の文公の忠臣。介之推とも。底本「推」を「惟」に作るが、瑞・九本により改めた。以下同じ。文公が亡命中、十九年間つねに供をし、自分の股肉を食べさせ飢えをしのがせた。帰国後、文公にうとんぜられたので母とともに緜山に隠棲。文公は山から出させようとして山を焼くが、遂に下山することなく焼死した(左伝・僖公二十四年)。 九 緜山または介山とも。山西省介休県の南にある山。 一〇 底・瑞本「なけし」、九本「やけし」により改めた。 一一 晋の文公。→二〇九頁注一〇。 一二 底・瑞本なし、九本により補入。 一三「楚王、干将と云鍛冶に…うらみられたまふ事也」、元本ではこの部分で眉間尺が楚王を討つまでの経緯を詳述している。その形のほうが本来の姿を示すか。 一四 以下の会話の部分、史記・伍子胥伝では「必ず吾が墓上に樹うるに、梓を以てせよ、以て器に為る可からしめん。而して吾が眼を抉り、呉の東門の上に懸けよ。以て越の寇の入つて呉を滅ぼすを観ん」とある。 一五 介子推が自らの股の肉を食わせたこと、原拠の史記並びに左伝にはみえない。韓詩外伝十に「亡重耳無二糧餒一、不レ能レ行、子推割二股肉一以食二重耳一、然後能行」という

桑[一八]《くは》しげり、穀《こく》むらがり、釜《かま》より野鳥《やてう》たつといへども、政《まつりごと》を素直《〔すなほ〕》にあらためしかば、そのとがをまぬかるゝ事を得たりき。いはんや、もとより政《まつりごと》正法《しやうぼふ》ならんに、いかゞ懺悔《〔さんげ〕》とならずも侍らん。

殷《いん》[一九]の帝《てい》太戊の時、一夜のうちに天下に穀《こく》しげり、釜《かま》[二〇]のはより鴙《きじ》のたつ事ありしなり。帝《みかど》、政《まつりごと》をあらためしかば、其《その》とがなくてやみし事を云《いふ》なり。

吾朝《わがてう》にも、かやうのこともおほく侍るめり。

観算《くわんざん》[二一]と申しし《〔こ〕》法師、政[二二]ヲウラミテ清貫《きよつら》[二三]民部卿・希世弁《まれよのべん》[二四]などをば、雷《〔いかづち〕》になりて、殿上《てんじやう》にすへ《〔ゑ〕》ながらけころし侍りてげり。

又、公忠弁《きんただのべん》[二五]よみがへりて、急ぎ参内《さんだい》して、「閻魔《〔えんま〕》王宮《わうぐう》にして、政をうらみて、延喜の帝《〔みかど〕》をめして給ひ候へといふ声《〔こゑ〕》なん侍りつる」と奏《そう》しければ、俄《にはか》に延長と云《いふ》年号にかはりてこそ、とは申《まうし》て侍るめれ。

爰[二六]を以て魏文帝《ぎのぶんてい》[二七]は、政すなほにして他の善なしといへども、往生の素懐《そくわい》をとげ給へり。

朕[二八]在レ位　政　何　必　正　理《ちんくらゐにあつてまつりごとなんぞかならずしもせいりならん》　上恥二聖衆一下挙二覚蘂一《かみしやうじゆにはぢしもかくずゐをあぐ》

とこそのたまひけれ。

記述がある。一六 底・瑞・九本なし。元本「〆(テシ)」により改めた。一七 中国古代の大泥棒。盗蹠とも。生没年未詳。柳下恵の弟と伝えられ、徒党数千人を率いて横行し、暴虐の限りを尽したという(荘子・盗跖)。今昔十の十五に孔子が盗跖の教導に失敗する話を載せる。「命をもて終う」は寿命が尽きるまで生きた、の意。一八 古代中国において、桑の木、穀の木が茂り、野鳥(雉)が釜(鼎)から立ち上ることは凶兆とされた(史記・殷本紀)。「穀」は、かじのき。落葉高木で、その樹皮を製紙の原料とした。古代には楮(こうぞ)と区別なく用いられた。一九 殷の第九代の王。太甲の孫で太康の子。生没年未詳。太戊在位の時、妖気の兆しを示す桑と穀(こうぞ)の二木が庭に生え、一夜にして大木となったので、伊陟の言に従って徳を修めたところ、二木は枯れたという(史記・殷本紀)。同内容の記事、太平記三十にもみえる。二〇 史記・殷本紀の太戊の条にはこの記事なし。ただし、同書武丁の条に「飛雉有り、鼎耳に登りて呴(な)く。武丁懼(おそ)る」とある。宝物集はそれを太戊の条の記事に連続させて引く。二一 叡山の僧。覚禅鈔によると天慶三年(九四〇)没、三十七歳(野村卓美)。桓算(大鏡一)・寛算とも。内供奉であったが、僧位をめぐり恨みをいだき、憤死して、代々の悪霊となり、朝家をなやましたという。二二 底・瑞・九本「所々」とあって意不通。久本「政ヲウラミテ」とあるのによって改めた。二三 藤原清貫。参議従四位上保則の四男。母は在原業平の女。民部卿、正三位大納言。扶桑略記・延長八年(九三〇)六月二十六日の条に「未時。大納言民部卿藤原清貫〈年六十四。参議保則之四男也〉并右中弁内蔵頭平希世。及近衛二人。於二清涼殿一為レ雷被レ震」とある。二四 仁明天皇の曾孫。本康親王の王子雅望王の男。平姓を賜わり、従四位下・右中弁・内蔵頭を兼ねたが、扶桑略記によれば、延長八年清涼殿において落雷のため清貫らとともに死亡。二五 →歌人解説。公忠弁のよみがえりの話、江談抄三、古事談一にみえる。二六 底・瑞・九本「心をもて」、元本「爰ヲ以テ」とあるにより改めた。二七 →一

このゆへ《（ゑ）》に、[一]弓《ゆ》削以《げのい》言《げん》、

[二]秦皇帝惨虐《しんのくわうていのさんぎやくなる》　繁文芥ニ於秋〔茶〕之霜一《はんぶんしうだのしもよりもからし》

漢高祖寛仁《かんのかうそのくわんじんなる》　三章垂ニ於春竹之露一《さんしやうしゆんちくのつゆをたれたり》

とは申《まうす》ぞかし。

我朝にも、政すなほにして、民〔ヲ〕[三]あはれみ給ふ御門《みかど》おほく聞[四]へ《（エ）》給フめり。[五]仁徳天皇は、高御座《〔たかみくら〕》にのぼりて、「[六]民《〔たみ〕》のかまどはにぎはひにけり」といはひ、[七]先一条院《さきのいちでうゐん》は、寒夜《かんや》に衾《〔ふすま〕》をぬぎて、「民いかにさむかるらん、我一人あたゝかなるべからず」とぞおほせ事ありける。

一条の天皇と申《まうす》は、[八]つゐ《（ひ）》に往生の素懐をとげ、[九]人にあき給へりし君《〔きみ〕》なり。

[一〇]親王には[一一]後中書王《ごちうしよわう》。

大臣には[一二]左相府《さしやうふ》、[一三]儀同三司《ぎどうさんし》。

[一四]九卿《きうけい》には右将軍実資《さねすけ》、[一五]右金吾《うきんご》、左金吾《さきんご》公任《きんたふ》、源《げん》納言《なごん》俊賢《としかた》、拾遺《しふゐ》納言《なごん》行成《ゆきなり》、平《へい》納言《なごん》惟仲《これなか》、左大丞《さだいじよう》扶義《すけよし》、[一六]霜台《さうだい》〔相《しやう》〕公《こう》有国《ありくに》。

[一七]雲客《うんかく》には実成《さねなり》、[一八]頼定、相方《すけかた》、明理《あきまさ》。

五三頁注二四。　二八 私の在位中の執政は必ずしも正理ばかりではない。だから、上は聖衆に己れの不明を恥じ、下は国民に仏の世界を高く揚げ示すのだ、の意。「覚蘂」は、さとりの境地を花のしべにたとえた。出典未詳。

一 →一一頁注二六。　二 本朝文粋九「七言。夏日於ニ左監門宗次将文亭ニ聴ㇾ講ㇾ令詩一首」の冒頭部の一節。本朝文粋と本文とは小異あり。秦の始皇帝の暴政の甚だむごく、繁多な法律は極めて厳しい。漢の高祖の統治は憐みふかく、わずか三章から成る法律は春の竹からしたたり落ちる露のように慈味がある、の意。秦皇帝→四一頁注一二。「秋茶」は、つばな。秋にその穂が繁茂することから、繁雑な状態をいう。「茶」は、底・瑞・九本なし、久本により補入。　三 底・瑞・九本なし、久本「民ヲ哀ミ」に従い補入。　四 底・九本「人給ふ」。久本「聞ヘ給フ」に従って改めた。　五 記紀に第十六代と伝えられる天皇。名は大鷦鷯命（おおさざきのみこと）。応神天皇の子。母は景行天皇の曾孫の仲日売。難波高津宮に都し、磐之媛を皇后とした。三年間、課役を免じたり、治水事業に尽力したと伝えられる。　六 仁徳天皇の御製と称する「高き屋にのぼりて見れば煙たつ民のかまどもにぎはひにけり」の下句を踏まえた表現。仁徳天皇を聖帝とする伝承は、古事記・下、日本書紀・仁徳紀にみえるが、この歌を天皇御製とするのは俊頼髄脳が初見。宝物集はそれに拠るか。　七 一条天皇。→歌人解説。寒夜に民の生活を思って衾を脱いだのは、大鏡六・太政大臣道長・下では醍醐天皇の事蹟として伝える。一条院の事蹟とするのは、宝物集以外では、古事談一、続古事談一、十訓抄一の一がある。　八 続本朝往生伝冒頭の一条天皇の条の末尾に「最後の念仏かくのごとし。あに浄刹に往生したまはざらむや」と記して、往生したことを暗示している。宝物集はその所を根拠にして「往生の素懐をとげ」と言ったか。　九 底・瑞本「人にあき給へりし」とあり文意不通。九本は「人に□給へりし」のように欠字となっている。久本は「此ノ時キ能キ人々ニアキミチ給テ終ニ往生ノ素懐ヲ遂ゲ給ヘル君也」とある。

管絃《くわんげん》には道方《みちかた》、済政《なりまさ》、時仲《ときなか》、高遠《たかとほ》、信明《さねあきら》、信義《さねよし》。
文士《ぶんし》には匡衡《まさひら》、以言《これとき》、斉名《ただな》、宣義《のりよし》、積善《もりよし》、為憲《ためのり》、為時《ためとき》、孝道《たかみち》、相如《すけゆき》、
一九道済。
和歌には道信《みちのぶ》、実方《さねかた》、長能《ながたふ》、輔親《すけちか》、式部《しきぶ》、右衛門《うゑもん》、曾禰好忠《そねのよしただ》。
絵師には巨勢弘高《こせのひろたか》。
舞人《まひうど》には大伴兼時《おほとものかねとき》、秦身高《はたのさねたか》、多良茂《おほのよししげ》、同政方《まさかた》。
相撲には二〇私宗平、三宅時弘《みやけのときひろ》、二一伊勢多《いせのおほし》、越智経世《をちのつねよ》、二二公政恒則《きんまさつねのり》、三春時《みはるのとき》
正《まさ》、秦経正《はたのつねまさ》、真上勝岡《まがみのかちをか》、大井光遠《おほゐのみつとほ》。
二三近衛舎人《このゑのとねり》には下野重行《しもつけのしげゆき》、尾張兼時《をはりのかねとき》、播磨保信《はりまのやすのぶ》、物部武文《もののべのたけふむ》、尾張兼国《をはりのかねくに》、
下野公時《しもつけのきんとき》。
二四陰陽師《おんやうじ》には賀茂光栄《かものみつよし》、安部晴明《あべのせいめい》。
医師には丹波重雅《たんばのしげまさ》、和気正世《わけのまさよ》。
二五明法《みやうほふ》〔には〕二六充亮《みつたか》、充正《みつまさ》。
二七明経《みやうきやう》には善澄《よしずみ》、広澄《ひろずみ》。
武者《むしゃ》には満仲《みつなか》、満正《みつまさ》、維衡《これひら》、致頼《むねより》、頼光《らいくわう》、二八頼信《よりのぶ》。
験者《げんじゃ》には二九観修《くわんしゅ》、勝算《しょうさん》、深覚《しんかく》、真言には寛朝《くわんてう》、慶円《けいゑん》。

宝物集の典拠となった続本朝往生伝と関連づけてみると、久本の記述が妥当である。
一〇 以下の人名列挙は続本朝往生伝に「時の人を得たること、またここに盛となせり」として列挙したところをそのまま引用したもの。 一一 具平親王。→歌人解説。
一二 藤原道長。→九八頁注六。 一三 藤原伊周。→歌人解説。
一四 中国において三公に次ぐ九種の官庁の長官の総称。日本では三公(太政大臣、左右大臣)と、大中納言、参議、三位以上の朝官を卿といい、両者の総称。 一五 藤原斉信。→歌人解説。 一六 底・瑞・九本「相」なし、久本により補入。
一七 公卿を月卿と呼ぶのに対し、殿上人を雲客と呼んだ。三位以上、及び四位・五位の人で昇殿を許された者の通称。
一八 →二一七頁注二三。 底・瑞・九・久本みな「定頼」とするが、続本朝往生伝により改めた。 一九 底・瑞・九本「済道」とするが、続本朝往生伝により改めた。
二〇 底・瑞・九本「弘宗平」。久・元本「私(キサイチノ)宗平」、続本朝往生伝も同じ。久・元本により改めた。 二一 底・瑞・九・久本「伊勢多」。続本朝往生伝「伊勢多世」。 二二 底・瑞本「公政恒則」を一人の名とする。九・久本は「公政」と「恒則」を分ける。続本朝往生伝は「公侯恒則」とする。
二三 禁中の警衛と、行幸の供奉・警備を役目とした官人。ここでは優秀な騎手をあげている。
二四 中務省陰陽寮や大宰府に属する職員で、陰陽道にのっとってさまざまな占いを行った。
二五 明法家。律令、格式等の法令を講究する学者。底・九本「には」なし。久本「明法ニハ」。瑞本「明」の左傍に「法には」と書き入れあり。これに従って補入。 二六 底・瑞本「充亮(みつたか)、充正(みつまさ)」。九・久本「允亮(マサスケ)允正(マサタダ)」。続本朝往生伝は「允亮(ただすけ)、允正(ただまさ)」。
二七 周易・尚書・詩経・三礼・左伝・論語・孝経など、中国の儒教経典を講究する学者。
二八 続本朝往生伝には頼信(八九頁注二八)はみえない。宝物集の増補か。 二九 底本「観修には」、瑞本「には」を見せ消ち。久・九本にはなし。誤写とみて削除。

説経師《せつきやうし》には清範《せいはん》、[一]静照《じやうせう》、院源《ゐんげん》、覚縁《かくえん》。
碩学《せきがく》には源信《げんしん》、覚運《かくうん》、実因《じついん》、安海《あんかい》等なり。

境《さかひ》の中の殺生《せつしやう》をとゞめ、六斎日《ろくさいじつ》にものの命をころさずと申《まうす》は、[二]羅漢《〔らかん〕》ノツカイシ小沙弥《せうしやみ》、蟻子《ありのこ》の水にながれしをば生《〔い〕》け、[三]邪闍《じやじや》長者が池の魚《〔うをゝ〕》をたすけし、あるひは今生《〔い〕こんじやう》の命《〔いのち〕》をのび、あるひは後生《〔い〕ごしやう》の資粮《しりやう》となりき。[四]天竺《てんぢく》に亀《〔かめ〕》を生《〔い〕》けし人、亀《かめ》、恩をしりて侍る事ありけり。[五]

[六]山蔭《やまかげ》の中納言と申《まうし》ける人の、わかゝりける時、桂川《かつらがは》にてあそびけるとき、鵜飼《〔うかひ〕》、亀をころさんとしける[七]をこひうけて、衣《〔きぬ〕》にかへて生《〔い〕》けたりけるをおもひしりて、太宰《だざい》の大弐《だいに》に成《なり》てくだりけるに、[八]継母《〔まゝはゝ〕》の、三《みつ》になりける若君をあやまちのやうにて海におとし入《いれ》て、なきかなしみけるを、此《この》亀の、船にそひてありけるが、背中《〔せなか〕》にのせて、生《〔いか〕》してとらせて有《あり》ける事侍りけり。其《その》若君、おひたちて、法師に成《なり》て名をば如無《によむ》とぞ申《まうし》ける。後《のち》は僧都《そうづ》までなりて、[九]如無僧都と申《まうす》は是也。

人、木石《ぼくせき》にあらず、亀雀《きじやく》恩をしれりと申《まうす》も理《〔ことはり〕》にぞ侍るめる。かやうの事きこしめしてやらん、[一〇]白河《しらかは》の法皇、殺生禁断《せつしやうきんだん》をさせおはしましたる事侍りけり。[一一]式部大輔《しきぶのたいふ》敦光《あつみつ》のきみの、[一二]御願文《ぐわんもん》つかうまつりたまへ

一 高階成忠の子。賀縁阿闍梨の弟子。比叡山東塔の功徳院に住す。長保二年五月の説経の賞により法橋となる。同五年(一〇〇三)没、享年未詳。底・瑞・久本「静昭」、九本、続往生伝に従って「静照」と改めた。 二 三宝絵・下の二十六を出典とする。三宝絵は雑宝蔵経四(大正蔵四)から引く。底・瑞・九本「羅漢をつかはし」、久本の「羅漢ノツカイシ」によって改めた。 三 池の魚を助けた話は三宝絵・上の七「流水長者」の条をさすものであろう。しかし底・瑞・九・久本みな「邪闍長者」とし、片活三・元本「夜叉長者」とすること甚だ不審。流本来「生けし、やしや長者」と仮名書きになっていたか。流水長者の話は金光明最勝王経九(大正蔵十六)にみえ、経律異相三十六(大正蔵五十三)、法苑珠林六十五(同上)にもみえる。法苑珠林では蟻を助けた沙弥の話の直後に配列されている。 四 三宝絵・下の二十六に「六度集経に云」として引く亀の報恩譚が出典。法苑珠林五十(大正蔵五十三)にも「六度集経云」としてある。他に、諸経要集八、経律異相十一、今昔五の十九などにもみえる。原話は六度集経三(大正蔵三)にある。 五 底・瑞・九本「…事ありけり」のあと直ちに「山蔭の…」に続くが、なんらかの脱文あるか。元本「日本ニモ亀ノ恩ヲ知テ侍ル事アリケリ」の一文があり、久本「日本国ニモ」がある。 六 藤原山陰。越前守高房の二男。母は藤原真夏女。仁和四年(八八八)没、六十五歳。この山陰中納言の話は、今昔十九の二十九、十訓抄一の七、三国伝記七の二十五、沙石集・拾遺、源平盛衰記二十六の二十五等にみえる。 七 底・瑞本「ころしけるを」、九本「ころさんとしけるを」により改めた。 八 底本「まゝはらの」、瑞本「まゝはゝの」により改めた。 九 山陰の三男。興福寺の学僧。元興寺明詮僧正のもとで出家。承平元年(九三一)大僧都となる。宇多法皇近習の僧。天慶元年(九三八)没、七十二歳。 一〇 →歌人解説。白河法皇は天治二年(一一二五)殺生を厳禁した(帝王編年記)。また、翌大治元年には院の門前で魚網を焼却し、京中の籠鳥を放ち、殺生を厳禁したという(百錬抄)。 一一 藤原敦光。明衡の男。母は平実重の女。詩歌をよくし、その詩文は本朝続文粋に収められている。天養元

るこそおもしろく侍れ。

一三観念窓中《くわんねんのまどのうちには》　心繋ニ三明之月一《こころをさんみやうのつきにかけ》
坐禅床上《ざぜんのゆかのうへには》　眉垂ニ八字〔之〕霜一《まゆははちじのしもをたれたり》
一四焼ニ予且密網一《よしよのみつもうをやく》　二万八千八百三十帖《にまんはつせんはつぴやくさんじふでふ》
崛ニ列卒馳道一《れつそつのちだうをほる》　四万五千三百余所《しまんごせんさんびやくよしよ》

一五命《〔いのち〕》を《(を)》おしむ事泰山《たいざん》よりもおもし。暴悪の形《〔かたち〕》といへども、子を思《〔おも〕》ふ事人界《にんがい》よりも過《すぎ》たり。まことに面白《おもしろく》も侍るめり。一六長光《ながみつ》のぬしの昇殿ゆるされけるも理《〔ことはり〕》にぞ侍り一七けるとぞ。一八御宝算《ごはうさん》七十七と申《まうす》七月七日までたもたせおはしましけるも、一九そのけなめりとぞ、世人申《よのひとまうし》侍りける。

二〇父母《ぶも》孝養《けうやう》して仏に成《なる》べしと申《まうす》は、懺悔《〔さんげ〕》の中の第一の懺悔《〔さんげ〕》にてぞ侍るべき。二一父の恩の高き事、須弥《しゆみ》のごとし。母の徳《〔とく〕》のふかき事は、滄海《さうかい》ににたり。白骨《はくこつ》は父の恩《〔をん〕》なり、二二赤肉《しやくにく》は母のを《(お)》んなり。二三人むまれて後《のち》、母の乳《ち》をのむ事、百八十石《こく》。いはんや、一劫《こふ》の間にのむ所は、四大海のごとしといへり。亀《かめ》の、子をみる眼《〔まなこ〕》、鶴《つる》の、子をおもふ声、恩愛《おんあい》なを《(ほ)》ふかし。いかにいはんや、人倫《じんりん》にを《(お)》きてをや。

二四〔親ノ〕子をおもふ事、わが身にかふるためし、少ゝかんがへ申《まうす》べき

年(一一四四)没、八十二歳。一二「白河法皇八幡一切経供養願文」(本朝続文粋十二)をさす。一三本朝続文粋十二所収の敦光の「白河法皇八幡一切経供養願文」中の二句を引用。修法を通じて観想をこらし、心に三明の智徳をしっかりとかかげ、坐禅の床上には瞑想する眉間に「生滅々已、寂滅為楽」の雪山の八字の境地をしっかりときざみつける、の意。「三明之月」は宿命智・天眼智・漏尽智の三つの智徳。それを月に隠喩。「八字之霜」は、白髪交じりの八の字眉という表現の意味とは別に、涅槃経・聖行品に説く「生滅々已、寂滅為楽」のいわゆる「雪山の八字」をさす。霜はその隠喩で、前句の月の対。底本「之」なし、本朝続文粋により補入。一四同じく「白河法皇八幡一切経供養願文」中にある二句を引用した。これには「焼ニ予且之密網一。八千八百二十三帖。崛ニ列卒之馳道一。四万五千三百余所」とある。漁夫たちがひそかにしかける漁網を焼くこと八千八百二十三帖。獲物をかりたてる狩猟用の道を遮断すること四万五千三百余箇所におよぶ、の意。「予且」は、中国春秋時代、宋の漁者。史記・亀策伝、文選の張衡の東京賦、同書潘岳の西征賦などにみえる。「列卒馳道」は勢子(列卒)たちが狩猟のために通行する道。宝物集は上句の六言(「焼予且之密網」と「崛列卒之馳道」)を「予且焼密網」「烈率崛馳道」のように「之」を略して五言に書きかえている。いま続文粋の本文により「焼」と「崛」を本来の位置にもどした。「二万八千八百三十」は誤写であろうがそのまま残した。「烈率」は明らかに誤りなので、原典により改めた。この二句は白河院の殺生禁断の実績を具体的に表現したもの。一五白河院の願文中に「縦雖レ為ニ微少之形一。惜レ命重ニ於泰山一。縦雖レ為ニ暴猛之類一。愛レ子勝ニ於人界一」とあるところを踏まえた表現。泰山→一八九頁注一四。久本「命をおしむ…」の前に「設ヒ微少ノ形也トイヘドモ」の一句がある。元本はこの一節も漢文で表記している。「暴悪の形」は原典の「暴猛之類」を言いかえたもの。獰猛な野獣の姿をしていてもの意。一六藤原長光。永光とも(尊卑分脈)。敦光の男。母は神祇大副大中臣輔清の女。陸奥守を経て、正四位下内蔵頭、文章博士に至る。安元元年

なり。

[一]昔《むかし》、子をいだきて恒河《ごうが》川をわたる女有《あり》。川の水はやくして、流《ながれ》にひかれてくだる。みる人、「子をすてて我命《〔ゝ〕わがいのち》をいきよ」と云《いふ》に、つゐ《ひ》に子をすてずしてしぬ。

[二]漢高祖《かんのかうそ》と[三]楚項羽《そのこうう》と戦《たゝか》ひしとき、高祖《かうそ》の方に[四]石奢《せきしや》といふ兵有《つはものあり》。項羽は石奢が母《はゝ》をとりこめて、「汝が子石奢をよびよせずは、命を断《た》つべし」と云《いひ》けるに、項羽は天下《てんが》をたもつべからざる相《さう》を見て、わが子石奢が許《もと》へ、「かならず高王《かうわう》につかへ奉れ、我は命をすつ」といひて、剣《つるぎ》に落《おち》かゝりて死ぬ。

されば、心地観経《しんちくわんぎやう》に云《いはく》、

[五]世人為レ子造ニ諸罪一《よのひとこのためにもろもろのつみをつくり》　堕ニ在三途一長受レ苦《さんづにだざいしてながくくをうく》

[六]とはとく也。誠《まこと》に、人の子を思《おも》ふ心ざし、浅からずぞ侍るめる。

[七]鬼子母《きしも》は五道《だう》大臣の妻なり。天上《てんじやう》に五百人、人間《にんげん》に五百人、千人の子をもち給へり。生物《いきものゝ》の子をとりて、是を養育す。仏《ほとけ》、これをこらさんがために、一人の子をとりて、鉢の下にかくしたまふ。鬼子母、千人までもちたる子の、一人なきを悲しみて、「我、いまより後、幼《おさな》き

(一一七五)七十三歳で出家。法名阿念。生没年未詳。一七 底本「侍りけるとぞ」。九本「侍りける。とて」、瑞・久本「侍りける。さて」とある。一八 白河院崩御は大治四年(一一二九)七月七日、享年七十七歳であった(中右記)。一九「そのけ」は、その故、の意。殺生禁断の功徳の故であろう。二〇 刹利、居士の懺悔の第二。二一「父の恩…赤肉は母のをんなり」は、童子教に「父恩者高山、須弥山尚下。母徳者深海、滄溟海還浅。白骨者父淫、赤肉者母淫。赤白二諦和、成ニ五体身分一」とある所と何らかの関連あるか。心地観経三に「慈父恩高如ニ山王一。悲母恩深如ニ大海一」(大正蔵三)とある。二二 心臓のこと。二三 心地観経二「一切男女処ニ于胎中一。口吮ニ乳根一飲ニ噉母血一。及出胎已幼稚之前。所レ飲母乳百八十斛」(大正蔵三)。宝物集巻一(二〇番歌)に行基の歌として「百さかややそさかそへて給てしちぶさのむくひけふぞ我する」をあげている。二四 底・瑞・九本なし、久本により補入。

一 心地観経二にある故事。「昔有ニ女人一遠遊ニ佗国一。抱ニ所生子一渡ニ殑伽河一。其水暴漲力不レ能レ前。愛念不レ捨母子俱没」(大正蔵三)。性霊集八「三島大夫為ニ亡息女一書ニ写供ニ養法花経一講説表白文」に「夫殑河女人、因レ愛レ子而生ニ天上一」とあるのは心地観経のこのくだりを踏まえた表現。二・三 →一〇五頁注四〇。四 未詳。春秋時代、楚の昭王の宰相に石奢という人物がいるが、これは、高祖・項羽の時代の約三百年も前の人。高祖方の兵士であった石奢とは別人。ここにみる石奢の母の話は出典未詳。五 心地観経三にみえる句。六 底本「とて也」、瑞・九本により改めた。七 梵語の音写語「訶利帝」の意訳。大薬叉女神の名。鬼神王般闍迦の妻で、一万人の子があったという。人の子を取って食う習性があり、それを知った仏が彼女の最愛の末子をかくしていましめ、仏道に帰依させたという(雑宝蔵経九)。類話は、鬼子母経、根本説一切有部毘奈耶雑事三十一、摩

ものをころす事なくして、かへりて守《〔まも〕》りとならん」とちかひて、「[八]失《うせ》タリツル子ヲ返シ給へ」とぞ申ためる。訶利帝母《かりていも》とて、幼《〔おさな〕》き子どもの[九]守《〔まもり〕》にかくる、これなり。

教主釈尊も、子をおもふ[一〇]たとへをとり給ふには、三界火宅《がいくわたく》の[一一]中なる諸《もろもろの》子をあはれみて、父の長者は三《みつ》の車[一二]をかまへ、[一三]五十余年まどへる窮子《きうし》をかなしみて、親の長者は二人の使をつかはすとこそ、法花経の二巻《にのまき》にも侍れ。

ある経には、まさしく、「[一四]見一切衆生《けんいつさいしゆじやう》、猶如羅睺羅《いうによらごら》」と侍るめれば、仏だにも、子[一五]〔を〕おもふ心ざし、かく侍るめり。申《まう》さんや、人界《にんがい》はことは《（わ）》りにぞ侍るべき。

されば、[一六]浄飯王《じやうぼんわう》の病《やまひ》づきて、もの心ぼそげに思ひて涙ぐみ給ひしを、大臣等なぐさめ奉らんとて、「君、今生《こんじやう》[一七]〔に〕大国王とむまれて、一事《いちじ》の遺恨《ゐこん》おはしまさず。[一八]権者《ごんしや》にておはしませば、後世《ごせ》又悪所《あくしよ》へおはします事有《ある》べからず。何事をかくはおぼしめす」と申《まうし》ければ浄飯大王、偈《げ》をむすびてのたまはく、

[一九]我命雖ㇾ逝不ニ以為一ㇾ苦《わがいのちゆくといへどももつてくとなさず》　但恨不ㇾ見ニ我子悉駄一《ただうらむらくはわがこしつたをみざらんことを》

訶摩耶経・上、経律異相四十六等にみえ、日本では曾我物語十一にみえる。

八 底・瑞・九本「子をかへし給ひつる」とある。しかし久本の「失タリツル子ヲ返シ給ヘ」とさしかえたほうが本来の形とみて改めた。

九 お守り札。

一〇 法華経・譬喩品にある三車火宅の譬喩。→一六六頁注五。

一一 底・九本、「中」を「事」と表記、瑞本によって改めた。

一二 底・九本「の」、瑞本により「を」に改めた。

一三 法華経・信解品に説かれる長者窮子の譬喩。長者のもとを離れて五十余年流浪して、困窮した子に巡り合う。長者は二人の使をさし向けて、便所掃除の職につくようさそい、自ら弊衣をまとって息子に近づき、遂に子を説得して家につれもどし、全財産を譲ったというもの。

一四 往生要集・大文五の三に「ある懺悔の偈に云く」として「諸仏の衆生を視そなはすも猶し羅睺羅の如し」とある所から孫引きした。「懺悔の偈」の出典は不明。涅槃経第十にみえる偈中に「如来視ニ一切一猶如ニ羅睺羅一」の句が反復されている。羅睺羅は釈迦の子。→三二一頁注一四。

一五 底・瑞本なし、九本により補入。

一六 →一七一頁注一七。以下の浄飯王の話、浄飯王般涅槃経（大正蔵十四）、経律異相七（大正蔵五十三）、今昔二の一等にある。

一七 底・瑞本なし、九本により補入。

一八 神仏がこの世の衆生を救うため、人の姿になって現われたもの。神仏の化身。

一九 「偈をむすびて」と言うが、以下は浄飯王般涅槃経からの引用。たまたま八言の二句から成るが、原典では偈の形態をとっていない。経律異相も浄飯王般涅槃経を原拠とするが、該当箇所は「王曰、恨不ㇾ見ニ悉達一」となっている。「悉駄」は釈迦の太子時代の名。悉達多とも。

此文《このもん》の心は、「わが命《〔いのち〕》のうせん事、もつて苦《〔くるし〕》みとせず。但《ただ》うらむらくは、我子悉駄太子《しつたたいし》を見ざらん事のかなしき」となり。

天竺《てんぢく》・震旦《しんだん》までは申さじや、[一]我朝《わがてう》武蔵国に、玉《たま》の火《ひ》丸《まろ》と云《いふ》者あり。[二]聖武天皇御時　京上《きやうのぼり》して、人の供《〔とも〕》に、母などぐして鎮西《ちんぜい》へ下《げ》向《かう》して、太《だ》宰府《ざいふ》にすみけるほどに、[三]主人、京上《きやうのぼり》しける供《〔とも〕》に、のぼるべきにてありけるに、[四]思《おも》はしき妻《〔め〕》をまうけ[五]たりけるに、はなれじとて、障《〔さはり〕》をいだしてとまらんとて、母を山へ具《〔ぐ〕》して行《ゆき》て、ころさんとするに、大地《だいち》俄《にはか》にさけて、火丸落入《おちいり》けるを、髻《〔もとどり〕》を取《とり》て、引あげて生《〔い〕》けんとするは母なり。

いはんや、[六]文時三位《ふみときのさんみ》が、「[七]輔昭《すけあき》が風月の才は、[八]父に似《〔に〕》て浅《あさ》しといへども、文時が旦暮《〔たんぼ〕》の涙《〔なみだ〕》は、子をおもふにいよ〳〵ふかし」とかくは、[九]ことも愚《〔おろか〕》にぞ侍るべき。

昔《〔むかし〕》今の人、子をかなしめる事、歌にて申《まうし》侍るべし

中《ちう》納《な》言《ごん》兼《かね》輔《すけ》

379 人の親《〔おや〕》の心《〔こゝろ〕》はやみにあらねども子をおもふ道にまよひぬるかな

藤《ふぢ》原《はらの》基《もと》俊《とし》

一 以下武蔵国の玉の火丸の話、霊異記・中の三を典拠とする。今昔二十の三十三も同話。霊異記によると玉の火丸は武蔵国多麻郡鴨の里(東京都西部多摩地方)の出身で、「玉」は地名の「多麻」。二 神亀元年(七二四)―天平感宝元年(七四九)。聖武天皇→一〇四頁注一二。三「主人…障をいだしてとまらんとて」は、霊異記によると、国に残した妻のいとおしさに耐えきれず、母を殺して喪に服することを理由に防人を免れて帰国しようとした、とある。四 底本「おもひはしき」、瑞・九本「思はしき」に従って改めた。五 底・瑞・九本「たてまつりけるに」、瑞本「たてまつりけるに」の「てまつ」を見せ消ちとするに従い改めた。六 菅原文時。菅三品とも。高視の男。母は菅原宗岳の女。文章博士・左少弁を経て、式部大輔従三位。詩文は、本朝文粋、和漢朗詠集等に収められている。天元四年(九八一)没、八十三歳。七 菅原輔昭。生没年未詳。文時の男。従五位下大内記。天元五年(九八二)出家。貞元二年(九七七)三条左大臣殿前栽歌合などに出詠。中古三十六歌仙。拾遺集初出。「輔昭が風月の才は…」は、本朝文粋六「申二学問料一」の「請下殊蒙二天恩一被上給二穀倉院学問料無位輔昭一状」に「方今輔昭風月之才、似レ父雖レ灝。文時旦暮之涙、思レ子弥深」とある。八 底本「父にして」、瑞本「父にゝて」により改めた。九 言も愚。言うもおろか、言うまでもない、の意。

379 人の親の心は闇でもないのに、子どもを思う気持で、先が見えなくなって、迷ってしまうことだ。後撰集・雑一所収歌には、兼輔が藤原忠平の家で行われた相撲の祝勝会で酒に酔って詠った歌だとの詞書がある。大和物語四十五段では、醍醐天皇の御息所となった娘桑子のことを心配して奉献した歌だとしている。

380 幼いわが子を奈良の里にあずけているので、今宵みる月に我が子の面影が立ち重なることだ。

381 五月闇のような暗い心で、流されたわが子を恋う私は、伊豆の国子恋いの森のほととぎすのように、人知れずただ泣きつづけるばかりだ。「子こひの杜」は、伊豆国の名

380 いとけなき我子《わがこ》をならの里に置《おき》て今夜《こよひ》の月に面影《〔おもかげ〕》ぞ立《たつ》

藤《ふぢ》原《はらの》兼《かね》房《ふさ》

381 五月闇《さつきやみ》子こひの杜《もり》の時鳥《ほととぎす》人しれずのみ鳴《なき》わたるかな

太宰大弐重家《だざいのだいにしげいへ》

382 ひな鶴《づる》のはねの林《〔はやし〕》に入《いり》ぬれば飛立《とびたつ》までにものうかりけり

中《ちう》納《な》言《ごん》雅《まさ》頼《より》

383 子を思ふ道をぞ祈《〔いの〕》るすべらぎにつかふるあとをたがへざらなん

是ほどに心ざし浅からぬ親のために、孝養報恩《けうやうはうおん》せん人、いかゞ懺悔《〔さんげ〕》とならずも侍らん。

しかりといへども、天人はたのしみにふけりて、孝養《けうやう》の心ざし〔無《なし》〕。一〇 三途《さんづ》一一は苦にせめられて、父母の事をしらず。たゞ人界《にんがい》に生《しやう》をうけたるたび、父母に孝養して、第一の懺悔《〔さんげ〕》となしたまふべきなり。

人界に生をうくる事は、よくありがたき事なり。仏、たとへをとりておほせられたるは、「一二大海の底に針を一《ひとつ〔お〕》をきて、一三梵天《ぼんてん》より糸《〔いと〕》をくだしてつらぬかんがごとし」と侍るめれば、一四多生曠劫《たしやうくわうごふ》にかなひがたくぞ聞《きこ〔え〕》へ侍るめる。心《〔こゝろ〕》ある人の、誰《〔たれ〕》か父母に孝養せぬは侍る。

所「古古比森」に「子恋ひ」を懸けた。参考歌「ここにだにつれづれに鳴く時鳥まして子恋ひの森はいかにぞ」(拾遺集・哀傷・右大臣)。

382 あなたが少納言から左少将に昇進したので、少将の役職を立派にこなして雄飛する日まで、苦しいまでに心配だ。重家集によると、建春門院が亡くなった年(安元二年(一一七六))悲しみに沈んでいた頃、二男の顕家が近衛府左少将(羽林)に昇進したので、父親重家(家集では老沙弥)が顕家に贈った歌。「ひな鶴」は息子顕家をさす。「はねの林」は近衛府の唐名「羽林」を訓読みして詠み込んだ。「羽」は「ひな鶴」の縁語。「ものうかりけり」は、苦しい、つらいの意。底・瑞本「それうかりけり」とするが、九本により改めた。

383 我が子を思いその進む道が安泰であれと祈る。天皇にお仕えしてきたわが家の伝統を踏みまちがえないでほしい。治承二年(一一七八)三月十五日に行われた別雷社歌合・述懐・六番左の歌で、右公重の歌とつがえられ、勝になった。判者俊成の判詞は「左、つかふる跡をといへる心すがたよろしくきこえ侍り。こころのやみはげにすてがたき事に侍るべし」とある。

一〇 底・瑞本なし、九本により補入。

一一 底・瑞・九本「の」、久・片活三・元本により改めた。

一二 三宝絵・序に「憐人の身と成り、仏の教に値事、梵天の上より垂るる糸の大海の中に有る針を貫むよりも難かなれば」とある。宝物集はこれを出典としたか。類似の譬喩を仏典中にさがすと、法苑珠林二十三に「提謂経云」として「如ㇾ有下一人在二須弥山上一以二繊縷一下上之。一人在ㇾ下持ㇾ針迎ㇾ之。中有二旋嵐猛風一。吹ㇾ縷難ㇾ入二針孔一。人身難ㇾ得甚過二於是一」の一文を掲げる。他に同様の譬喩を、菩薩処胎経、大荘厳論などを引いて示す(大正蔵五十三)。

一三 三界(欲界・色界・無色界)のうちの色界にある世界で、梵天王が住む初禅天のこと。

一四 生死を数多く繰り返し、数えきれないほどの時間を経ること。

仏《ほとけ》は、[一]浄飯王宮《じやうぼんわうぐう》をいで給ひしときは、心づよく、「[二]流転三界中《るてんさんがいちう》、恩《おん》愛不能断《あいふのうだん》」とのたまひしかども、正覚《しやうがく》なりたまひて後は、まづ[三]忉利天《たうりてん》にのぼりて、[四]報恩経《はうおんきやう》をときたまひき。[五]舜《しゆん》は、ころさんとせし親なれども、位《くらゐ》につきしかば、[六]瞽叟《こそう》をむかへて[七]綾綺殿《りようきでん》にすへ《ゑ》き。

こゝをもて、[八]孝経《かうきやう》と申文《まうすふみ》には、「[九]君《きみ》ゝたらずと云《いふ》とも、臣もて臣たらずはあるべからず」とは申《まうし》たるなり。この故に、[一〇]子路《しろ》は、「[一一]樹《き》静《しづか》ならんとすれども風やまず、子《こ》養《やしなは》んとすれども親《おや》またず」とかなしみ、[一二]聖徳太子は、[一三]用明天皇のいかれる杖《つゑ》にしたがひて、「[一四]天にのぼり、地にいるとも、父の命《めい》をたがふべからず」とのたまふなり。これらの例《ためし》を思ひて、父母《ぶも》に孝養《けうやう》はし給ふべきなり。是を父母に孝養すとは申《まうし》侍るなり。

極楽に往生したる衆生にむかつて、[一五]鳧雁《ふがん》・鴛鴦《ゑんわう》が申《まうす》なるは、「父母《ぶも》孝養往生《けうやうわうじやう》や、師長仕往生《しちやうしわうじやう》や」ととひ給ふなれば、父母に孝養するもの往生すべしといふ事は、是にてこそしられ侍りぬれ。これらを[一六]刹利居士《せつりこじ》の懺悔《さんげ》の大意とす。[一七]

されば、[一八]仁明《にんみやう》天皇は、一年がうちの罪障《ざいしやう》を懺悔《さんげ》せんために、年《とし》の

一 浄飯王の居城、迦毘羅衛城のこと。所伝によって異なるが現在のネパール国タライ地方に比定されている。 二 三界の中を流転するかぎり、親子、夫婦などの恩愛の絆を断つことができない、の意。法苑珠林二十二に「清信士度経云」として引用する四句の偈の二句(大正蔵五十三)。また諸経要集四(大正蔵五十四)にも同じ経典名をあげてこの偈を掲げる。両者ともに「恩愛不能脱」とある。なおこの句は出家作法のとき必ず唱えられる句で、源氏物語・手習、聞書集(西行)四十三番歌歌題、平家物語十などにもみえる。 三 →一〇頁注一六。 四 →一二頁注四。釈迦が摩耶夫人の為に報恩経を説いたこと、巻一(一二頁)にみえる。 五 →八九頁注一六。父が異母弟の象を偏愛し、後妻とともに舜を殺そうとするが、舜の孝行のために殺害できなかった。 六 舜帝の父の別名。本名未詳。「瞽」は盲目の意。舜の父は実際盲目だったという説と、愚かで善悪の区別がつけられなかったからこう呼ばれたという説とがある。 七 平安京内裏の殿舎の一つ。仁寿殿の東、宜陽殿の北にある。また皇居内の賢所の後方にある御殿も同名。両殿とも、斎戒や沐浴の時など更衣室として使用した殿舎。中国の話に日本の殿舎名を用いたのは、瞽叟を綾綺殿に相当する殿舎に住まわせたということか。 八 一巻。十三経の一。曾参の門人が孔子と曾参との孝道に関する問答を筆録したとされる書。今文孝経(十八章)と古文孝経(二十二章)がある。 九 古文孝経の序にみえる句。平家物語二に「君君たらずと云とも、臣もつて臣たらずんば有べからず」とみえる。 一〇 春秋時代の魯の人。姓は仲、名は由。字は子路。季路とも。孔子門中の最年長者で、十哲の一人。前五四二(一説五四三)—前四八〇年。 一一 韓詩外伝、孔子家語にみえる句。「風木の嘆」「風樹の悲しみ」といわれる諺。原文は「夫樹欲レ静而風不レ停、子欲レ養而親不レ待」。ただし韓詩外伝ではこのことばを吐いた人は皐魚とし、孔子家語では丘吾子としている。子路の語としているのは錯覚か。往生要集・大文二の六にも「樹は静かならんと欲するも、風停まず。子は養はんと欲するも、親待たず」とある。栄花物語十五

末《〔すゑ〕》に、かならず三千仏の名号《みやうがう》を聞《きき》たまひけり。是を仏名《ぶつみやう》となづけて、今にたえず侍るめり。

[一九]仏名〔の〕夜、昔今《むかしいま》の人、歌をよみて侍るめる。

拾遺抄　　紀《きの》貫《つら》之《ゆき》

384 年のうちにつくれる罪はかきくらしふる白雪《しらゆき》とともにきえなん

朗詠　　[二〇]平《たひらの》兼《かね》盛《もり》

385 あら玉の年も暮《くる》ればつくりけんつみも残《〔のこ〕》らずきえやしぬらん

拾遺抄　　大《おほ》中《なか》臣《とみの》能《よし》宣《のぶ》

386 雪深き山路《やまぢ》になにと帰《かへ》らむ春待国《はるまつくに》の陰《かげ》にとまらで

源《みなもとの》仲《なか》綱《つな》

387 過《すぎ》にし後《のち》もしらるゝ身のうさに三世《みよ》の仏《ほとけ》のはづかしきかな

中《ちう》将《じやう》隆《たか》房《ふさ》

388 年暮《としくれ》てかしらの雪はつもりつゝ三世《みよ》の仏の御名《みな》をこそきけ

7 布施

第七は、諸《もろもろ》の施《せ》[二一]を行じて仏に成《なる》べしと申《まうす》は、諸仏はみな施を行じて正覚《しやうがく》をなり給へり。これを檀波羅蜜《だんはらみつ》[二二]と云《いふ》。されば、竜樹菩薩《りうじゆ》[二三]は、「施[二四]を行ずる人は、月のはじめていづるがごとし。衆人《しゆうじん》にうやまはる。怨《あた》

にも同文を引くが、それは明らかに往生要集からの引用。[一三]→一六頁注一三。[一四]聖徳太子伝暦・上に「皇子問㆑之、兄弟不㆑和。諸小児等輒以㆑口闘。今欲㆓答誨㆒。皆悉隠避。而汝何独進。太子合㆑掌。対㆓皇子幷妃㆒。低㆑首啓白。不㆑得㆘立㆓橋於天㆒而昇㆖。不㆑得㆘穿㆓穴於地㆒而隠㆖。故自進受㆑咎」とある所を踏まえた省略表現。十訓抄六に右の故事を踏まえて「聖徳太子の、用明の杖の下にしたがはせたまひけるを」と言っている。古今著聞集・三一三にも同じ故事を引く。[一五]「鳧雁」は、かもとかり。「鴛鴦」は、おしどり。鳧雁・鴛鴦が父母孝養の往生か、師長奉仕の往生かを問うということ、出典未詳。観無量寿経に「欲㆑生㆓彼国㆒者。当㆑修㆓三福㆒。一者孝㆓養父母㆒、奉㆓事師長㆒」(大正蔵十二)とある。観無量寿経には極楽に住む鳥として鳧雁・鴛鴦が登場しているので、鳥たちが質問するというのは日本で創造されたものか。「師長仕往生や」と質問するというが、これは本来「師長奉事往生や」とあるべきところ。元本は「師長奉仕往生ヤト問侍ルナルハ」とある。[一六]→二五六頁注一〇。[一七]元本このあと「されば」との間に阿育大王と源頼義の懺悔の話を入れる。底・瑞・九本など第二種七巻本系はこれを脱落させたか。[一八]→九頁注一七。仏名会のはじまりは三宝絵・下の三十一に「仏名は律師静安が承和のはじめの年、深草の御門をすすめたてまつりてはじめ行はせ給ふ」とある。「深草の御門」は仁明天皇である。[一九]底本「仏名夜」、瑞・九本により「の」を補入。

384　この一年の間に犯した罪障は、かき暗す空から降ってくる白雪といっしょに融けて消えてほしい。仏名会のおり、一年間の罪障を払い、さわやかな新年を迎えようとの意識が古くからあった。

[二〇]三八五番歌の作者を兼盛とするが、これは出典である和漢朗詠集の誤りをそのまま踏襲したもの。和漢朗詠集では次に排列する歌「かぞふればわが身につもる年月をおくりむかふとなにいそぐらむ」の作者名のところへ「平兼盛」と置くべきなのに、誤って読人しらずの本歌に置いたために生じた錯誤。

かへりて親《しん》となる」とはのたまふぞかし。[一]国城妻子《こくじやうさいし》を捨《すて》ん事、草木《さうもく》よりもかろくし、頭目手足《づもくしゆそく》を施《せ》する事、土石《どせき》よりもやすくすべし。

法花経に、

[二]国城妻子《こくじやうさいし》　頭目髄脳《づもくずいなう》　身肉手足《しんにくしゆそく》　不惜身命《ふしやくしんみやう》

と侍るは是《これ》なり。

こゝをもて、[三]尸《し》毘《び》王《わう》は、鳩《はと》にかはりて自《〔みづから〕》の肉《〔しゝむら〕》をあたへ、[四]薩埵《さつた》王子は、飢《〔うえ〕》たる虎《とら》に身を施《ほどこ》し、[五]雪山童子《せつせんどうじ》は、[六]無常の文《もん》に命をかへ、[七]舎利《しやり》弗《ほつ》尊者、眼《まなこ》を乞眼《こつげん》の婆羅門《ばらもん》にとらせしなり。

是《これ》ならず、施《せ》に心ざしある人、少ゝ申侍《まうし》るべし。

[八]摂波羅国《せふはらこく》の王の子、おはしき。名を須多拏《しゆたな》太子と申《まうし》き。施《せ》に心ざしありて、宝《〔たから〕》お《(を)》しむ事なし。一国の珍宝《ちんはう》、こふ人ごとにあたへ、四千人の大臣、此事をかたぶきて云《まうさく》、「国の宝《〔たから〕》うせなば、かならず国おとろふべし。国おとろへなば、異国《いこく》のためにせめられん時、いかゞあるべき。ねがはくは、太子を[九]檀特山《〔だんとくせん〕》にこめ奉るべし」と奏しければ、大王、大臣の申旨《まうすむね》にまかせて、太子を檀特山《だんとくせん》へやり奉り給ふ。勅勘《ちよくかん》におそれて、御供《〔とも〕》にまい《(ゐ)》る人もなかりければ、太子の女御《にようご》ばかりと、[一〇]〔王

385　今年もはや暮れた。仏名をとなえ懺悔をするので、この一年間に造った罪も、のこらず消えうせてしまったであろう。「あら玉の」は「年」の枕詞。

386　あなた(導師)は雪深い山路にどうしてわざわざ帰って行くのだろうか。春の訪れを待つ梅の花のかげに留まることとなしに。「国」は「花」の誤り(拾遺集・冬)。

387　今まで過ぎてきた年月もこれから先の世も我が身の憂さが知られるにつけ、三世の仏に恥ずかしい思いがつのるよ。「三世の仏」は、仏名経に名を現わすすべての仏。「三劫三千仏名経」という仏名経の具名に由来する呼称であろう。この歌出典未詳。

388　年が暮れて、それだけ頭の白髪がつもって、三世の仏の名を聞くことだ。出典は藤原隆房の朗詠百首。「白頭夜礼仏名経」の歌題がある。

三二　梵語の音写語「檀那」の訳。他にほどこしをすること。布施。三三→一三七頁注二二。三三→一五頁注七。

三四　大智度論十一に「覚レ事応レ心能大布施。復次好施之人為レ人所レ敬。如三月初出無二不レ愛者一。好名善誉周聞二天下一人所二帰仰一一切皆信」(大正蔵二十五)とある部分を踏まえた表現であろう。大智度論は竜樹の著書。

一　「国城妻子…やすくすべし」は三宝絵・上の一の本文に「国城妻子を施こす事木草を捨むよりも軽し。頭目手足を与ふる事石土くれ抛げむよりも安し。況や此外の宝は一つも惜む心なし」とあるところを引用。

二　法華経・提婆達多品に「国城妻子、奴婢僕従。頭目髄脳。身肉手足。不惜軀命」とある。

三　「尸毘王」は釈尊が過去世において、王として生まれていた時の名。大智度論四、大荘厳論十二、六度集経一、菩薩本生鬘論一などにみえる説話。三宝絵・上の一、私聚百因縁集二の四などにもみえる。

四　摩訶羅陀王の第三王子、摩訶薩埵の略。釈迦が過去世において菩薩行を修行していた時の名。薩埵王子が二人の兄と竹林で遊んでいた時、子を産んで飢え苦しんでいる牝虎

子ノ」九になり給ふ〔ト〕、女宮《をんなみや》〔ノ六ニ成給フト、二人ノ御子〕をさきだてて《〔ゝ〕》、檀特山《〔だんとくせん〕》へ入《〔い〕》り給ひける。

太子、檀特山にして恭敬礼拝《くぎやうらいはい》していのり給ひければ、女御は、谷の水を結び、沢の若菜をつみてやしなひ奉《〔たてまつ〕》りけるほどに、一一鳩留《くる》国《こく》の翁《おきな》とて、老人来《きたり》て云《いは》く、「君、施《せ》にこゝろざしおはするよしをうけたまはる。我《われ》、老《おい》おとろへて使《〔つか〕》ふものなし。ねがはくは、二人の御子を給《たま》はつて使《〔つか〕》ふべし」と申《まうし》ければ、是《これ》をお《(を)》しむものならば、我願《わがぐはん》やぶれぬべし。とらせてやりては、母の女御、峰《みね》の木《こ》の実《み》をひろひ、沢《さは》の若菜《わかな》をつみ、かへり来《きたり》て、いかなる事をおもはんずらんとおぼしめしわづらひながら、二人の御子を翁《おきな》にとらせてやり給ひければ、一二ならはぬ御心に、おそろしげなる翁のぐして行《ゆき》ければ、ゆかじとて一三すまひたまひければ、「きのふまでこそ太子の御子《みこ》なれ、けふはわが従者《じうしや》なり」とて、二人の御子をしばりて、さきにたててゆきければ、声《〔こゑ〕》をたててお《(を)》めき給ひけるを聞《きき》給ひけん、さすがにあはれとおぼしけんかし。

さて、後には、女御をも人のこひければ、とらせて給ひてげりとぞ

をみつける。二人の兄は去るが、王子は自分の身を与えて救った。金光明経四(大正蔵十六)、六度集経一、菩薩投身飴餓虎起塔因縁経、賢愚経一、分別功徳論二、菩薩本生鬘論一などにもあり、日本では、三宝絵・上の十一、私聚百因縁集二の四、曾我物語三などにある。

五 雪山大士とも。釈迦が過去世において菩薩行を実践していた時の名。→五六頁注一。日本では、三宝絵・上の十、栄花物語三十などに同話がみえる。私聚百因縁集一の三に「薩埵王子トシテハ子ヲ養ヒ虎ニ身ヲ投ゲ、衣ヲ竹ノ林ニ懸ケ、雪山童子トシテハ偈ヲ説ク鬼ニ命ヲ与ヘ法ヲ石ノ壁ニ残シキ」とある。

六 「諸行無常　是生滅法　生滅々已　寂滅為楽」の四言四句の偈。→五六頁注一。

七 →五四頁注五。舎利弗が乞眼の婆羅門に眼を与えたことは大智度論十二(大正蔵二十五)にみえる。乞眼の婆羅門とは、因位修行中の菩薩に対し、眼の施与を乞う悪婆羅門のこと。賢愚経六(大正蔵四)、撰集百縁経四、六度集経四などにみえる。

八 葉波羅、葉波、折波羅とも書く。釈迦の前生、須多拏太子時代の国で、太子須大拏経によると六十の小国と八百の聚落から成り、国王名は湿波だったという。その太子須多拏が施を行じたため檀特山に追われ、そこでもまた二子と妻とを他人に布施してしまう話、大智度論三十三(大正蔵二十五)、六度集経一(大正蔵三)、根本説一切有部毘奈耶雑事十四(大正蔵二十四)などにみえ、日本では三宝絵・上の十二に、太子須檀那経と六度集経の両者を踏まえた話が記述されている。宝物集は三宝絵を典拠としている。

九 →二三二頁注五。

一〇 底・瑞・九本は「王子ノ」「ト」「ノ六ニ成給フト、二人ノ御子」の三か所にわたり欠脱がある。久本により補入。

一一 釈尊時代の十六大国の一つ。インドの首都デリーに近いターネサル一帯の地域にあった国といわれる。

一二 ならいつけぬことに恐れをいだく子供心である上に。

一三 抵抗する、身をもって拒む、の意。

申《まうし》一侍るめる。こまかには、二須陀《しゆだ》那経《なきやう》・三六度集経《どしふきやう》にぞ四侍るめる。

五阿《あ》闍世《じやせ》王《わう》、仏をむかへまい《(ゐ)》らせて、法とかせ奉り、夜に入てかへしまい《(ゐ)》らせけるに、阿《あ》闍世《じやせ》王宮《わうぐう》より六祇園精舎《ぎをんしやうじや》まで、十方国土の油をあつめて、火をともし給ひけるに、まづしき女の、銭《〔ぜに〕》を二文《もん》もちたりけり。七油にかへてともしたりける功徳《〔くどく〕》の故に、「三十一劫《こふ》をへて仏に成《なり》て、八須弥灯光如来《しゆみとうくわうによらい》と云《いふ》べし」とぞ、仏《〔ほとけ〕》つげ給ひける。是を貧女《ひんによ》が一灯《とう》とは申《まうす》なり。

九目連尊者《もくれんそんじや》の弟有《おととあり》き。富貴《ふうき》にして宝にともしからず。三千庫倉《こさう》をならべて、宝をみつるに所なし。しかりといへども、一紙《し》半銭《はんせん》の施《せ》なくして、いよ〳〵宝を尋ねもとむ。目連、此《この》事をあはれみかなしみて、弟にをしへこしらへて云《いはく》、「汝、一〇檀施《だんせ》を行《ぎやう》ずべし」。弟の長者こたへて云《いは》く、「檀施《だんせ》を行じたらば、なにとかはあらんずる。宝又出来《いできた》りなんや」と云《いひ》ければ、現世《げんせ》には出《いで》くべからず、後生《ごしやう》の資糧《しりやう》にこそならんずれといはば《〔ゝ〕》、一一行《ぎやう》ずまじきなれば、「今生《こんじやう》にも財宝出《いで》くべし」と答《こたへ》ければ、長者よろこびて、先《まづ》、庫倉《こさう》をつくりまうけて、檀施を行ずるに、まつたく宝《〔たから〕》入《いり》かはらざりければ、長者大にいかりて、目連をうらみけれ

一 底・瑞・九本「侍りめる」、久本「侍メル」。「侍るめる」の誤りと見て改めた。 二 西秦の聖堅訳。太子須大拏経一巻のこと。釈迦が因位時代に葉波国の須大拏太子として生まれ、檀波羅蜜を行じて成仏したことを説く。 三 六度無極経とも。→二一頁注一六。須大拏太子が施を行じた話は、巻二、須大拏経の中に収載されている。
四 注一に同じ。 五 →三五頁注一五。以下のいわゆる貧者の一灯の故事は、阿闍世王授決経(大正蔵十四)、賢愚経三(大正蔵四)などにみえる。宝物集は三宝絵・下の十五にみえる貧者一灯説話を典拠としているか。私聚百因縁集三の十三、曾我物語十一等にもある。 六 →一二頁注一〇。
七 底本「油を」、瑞・九・久本「油に」に従って改めた。
八 阿闍世王授決経において、仏に灯明を献じた功徳により成仏を予告された仏の名。賢愚経では「定光如来」となっている。
九 →三二頁注二。目連の弟が目連にすすめられて布施をした故事は出曜経二十五(大正蔵四)を原拠とする。法苑珠林五十六(大正蔵五十三)、諸経要集六(大正蔵五十四)にいずれも「出曜経云」としてみえる。経律異相十四(大正蔵五十三)には目連弟布施望即報経に出ているとしてほぼ同一の話を掲出している。また、今昔三の二十四、私聚百因縁集二の五にもみえる。 一〇 「檀」は梵語の音写語で施の意。「檀施」は音写語と訳語をくっつけた造語。 一一 底・瑞本「行ずましきければ」、九本「行ましきなれば」。九本の「行」を「行ず」と読み「まじきなれば」を妥当とみて改めた。
一二 仏教の世界観で、人間界の上にあるとされる欲界の六天のこと。四王天・忉利天・夜摩天・覩史多天・楽変化天・他化自在天。倶舎論八などに説かれる。 一三 極めて美しい声。
一四 閻浮提と同じ。閻浮提は須弥山の南にあるので、南を冠した。須弥山の南にある閻浮提という意。
一五 拘薩羅国(舎衛国の本名)の長者曇摩貫質の子。九十一劫の過去に四人の比丘に乞食して施を行じた功徳により、今世において長者の家に生まれ、波斯匿王をも越える大富豪になったという(賢愚経十二〔大正蔵四〕)。法苑珠林五十

ば、目連、神通《じんつう》をもて、長者を具《ぐ》して[一二]六欲天《よくてん》にのぼりてみるに、七宝の宮殿《くうでん》に玉の床《とこ》をはらひて、天女《てんにょ》、人を待《まつ》けしきあり。長者、「いかなる人をまち給ふぞ」ととふに、天女、[一三]微妙《みめう》の声《こゑ》を出《いだ》して、「[一四]南閻浮提《なんえんぶだい》に目連尊者の弟、檀施《だんせ》を行《ぎやう》ずるゆへ《ゑ》に、来世《らいせ》に此所《ここ》にむまれて、我《われ》等《ら》とたのしみ給ふべき事、兼《かね》てあらはすなり」といひければ、長者、瑞喜《ずいき》の涙《なみだ》をながして、宝をお《を》しむ事なくて、檀施を行ずるとこそ侍りけれ。

[一五]檀弥離《だんみり》長者が、国王にすぎたるたのしみ有《あり》し、昔《むかし》、[一六]四人の聖人《しやうにん》ありき。三人は[一七]静《しづか》に山林に籠《こも》りて行ひ、今[一八]一人は里《さと》に出《いで》て[一九]乞食頭陀《こつじきづだ》して、三人の聖人に[二〇]施《ほどこ》しき。三人の聖人果《くわ》を得てき。一人の聖人と云《いふ》は、今の檀弥離なり。施《せ》の功徳《くどく》によるが故に、今生《こんじやう》には国王にすぐれたるたのしみありき。未来に仏に成《なる》べしといへり。

[二一]天竺に絵師ありき。[二二]伽毘羅城《かびらじやう》より請用《しやうよう》を得て行《ゆき》ぬ。けふ〳〵とおもふほどに、十二年をを《お》くる。絵師が妻子待《まち》かねて、絵師帰《かへり》てかへさんとて、人の物《もの》をおほくかりてげり。絵師、十二年と云《いふ》に、金《こがね》三十両をえて帰りける道に、堂《だう》の有《あり》けるに、仏に[二三]箔《はく》をおさむとて、金《こがね》をすゝめ

六(大正蔵五十三)、諸経要集六(大正蔵五十四)にも「賢愚経云」として同じ話が引用されている。日本では三国伝記四の十にみえる。一六 賢愚経では「於二像法中一有二五比丘一、共計二盟要一」とあり、この中の一人が乞食をして他の四人に九十日間「専精行道」させたとする。一七 底本「顕に」、瑞・久本「静に」により改めた。一八 底本「二人」、瑞・九・久本「一人」により改めた。一九 食物を乞いながら仏道修行をすること。「頭陀」は梵語の音写語で、ふるい落とす、の意。衣・食・住に貪りをもたず、ひたすら仏道を修行すること。二〇 底・瑞・九本「を」、元本により改めた。二一 以下の絵師の話の原話は大智度論十一(大正蔵二十五)にみえる。また、経律異相四十四(大正蔵五十三)、法苑珠林二十一(大正蔵五十三)に、いずれも「智度論云」として同じ部分を引用する。大智度論では天竺の絵師は大月氏弗迦羅城中にいて名を千那といった。二二 大智度論で弗迦羅城としている所を迦毘羅城としたか。「弗迦羅城」は翻梵語八に「弗迦羅婆多大城〈応云二弗迦羅婆底一亦云二弗迦羅一、訳曰二弗迦羅婆底一者有也〉」(大正蔵五十四)とある城名と同じものか。迦毘羅城は釈迦の生国の城の名。二三 大智度論では、三十両金を本国に持ち帰った絵師(千那)が弗迦羅城中でたまたま大会が開催されている場に遭遇し、信心清浄となり、衆僧の一日の食物代に宛ててほしいとして、十二年間かかってためた三十両を寄進したという。

一 底・瑞本「今はせう」、九本「今生を」により改めた。二 底本「あられ」、瑞・九本の「あらず」により改めた。三 舎衛国波斯匿王の夫人。末利園に働く婢であったが、波斯匿王に認められてその后に取り立てられた話は四分律十八(大正蔵二十二)にあり、経律異相二十八(大正蔵五十三)にもある。ただし毎日の食事の上分をとって仏に供養したという話は日本で創作したものか。四 →一六九頁注一二。五 波斯匿王と末利夫人との間に生まれた王女で、容貌醜悪であったが、懺悔して端正な面貌になったという(経律異相三十四)が、この王女が長者の奴婢であり、麻布を僧衣

けるに、「家にもて行《ゆき》たらば、今生《こんじやう》の宝《たから》にてこそあらんずれ、仏にまい《ゐ》らせて、生《しやう》〴〵世々《せぜ》の宝をなさん」と思ひて、三十両ながら仏《ほとけ》にまい《ゐ》らせてげり。家にかへりたれば、妻子よろこびて、「汝帰りてかへさんとて、おほく人のものを借《か》りたり。なにかもて来《きたる》」ととへば、ありのまゝにかたりければ、妻子、大に怒《いかり》をなして、面《おもて》あかく、息《いき》あつくして、「我、[一]今生《こんじやう》を主《ぬし》の為にまどはかされなんとす。一人まどふべきに[二]あらず」とて、検非違使《けびゐし》につげて、公《おほやけ》に申《まうし》ければ、事の有様をめしとはれけるに、ありのまゝにぞ申《まうし》ければ、「心おほきなるものなり」とて、罪《つみ》はせずして、一国の主《ぬし》になされけり。

[三]末利夫人《まりぶにん》は、[四]須達《しゆだつ》が園《その》を守《まも》る下女《げちよ》也。あたる所の日食《にちじき》を、かならず上分《じやうぶん》をとりて、仏に供養《くやう》し奉りし功徳《くどく》の故に、波斯匿王《はしのくわう》の后《きさき》になりにき。

[五]金剛女《こんがうによ》は、長者のつかひし奴婢《ぬひ》なり。麻布一端《たん》を衣服《いぶく》に得たりしを、みづから着用せずして、袈裟《けさ》にぬひて僧に施《ほどこ》したりし功徳《くどく》の故に、現《げん》身《しん》に[六]后《きさき》にいはは《ゝ》れたりき。

又、[七]仏に灯明《とうみやう》を施《ほどこ》し、僧に湯をわかしてあびせし、かくのごとくの

に仕立てて僧に施した話は所伝がない。経律異相ではこの金剛女の話の直前に波羅奈王の娘の金色女の前生譚が載る(大正蔵五十三)。金色女は前世において、身につけていた氎布衣を仏に布施するため、自分は木の葉で作った衣を着たことにより、王女に生まれ、読経と布施の故に、身が金色、頭髪が紺青になったという話を記す。宝物集はこの金色女の話を直後に並ぶ金剛女の話と錯覚したか。六 后としてあがめられた。「いはふ」は、祭る、あがめる、の意。七 仏に灯明を施した話、三宝絵・下の十五にあげられている。また浴湯をわかして僧に施した話も三宝絵・下の四にくわしい。八 三宝絵・下の四に「仏の御身の色の、金(こがね)の色にして、塵、垢とまらず、まどかなる光そなへるも、是れ皆もろもろの僧に浴(ゆあ)むすによりてなりと説き給へり」とある所を踏まえての表現。ただし東寺本三宝絵はこの部分脱文。底本、「給へる」を「給へり」とする。九本「給へる」、瑞本「り」を見せ消ちにして「る」とするにより改めた。九 三宝絵・下の四に諸徳福田経を引いて阿難が温室によって皮膚病を治した故事を記す。その部分を典拠とする。一〇 底・瑞本「新成長者」、九本「祈成」、久本「祇成」。三宝絵に従って「祇域」に改めた。祇域長者のこと、三宝絵・下の四に温室洗浴衆僧経を引いて記す。その部分を典拠とする。祇域長者は古代インドの名医耆婆のこと。→三五頁注二〇。一一 →二三五頁注一一。光明皇后が癩患者の垢をすった説話の典拠未詳。永万元年(一一六五)僧珍慶が東大寺に浴室の費用を賄う田地を施入した寄進状(東南院文書)中にこのことに触れ、南都巡礼記の法華寺の条中にも指摘される。元亨釈書十八にほぼ同話を引くが典拠未詳。底・瑞本「光明后」、久本「光明皇后」により「皇」を補入。一二 梵語の音写語。訳は、無動、不動。過去に阿比羅提国に出現した大目如来の説法を聞いて発願し、修行ののち成仏して東方の善快という浄土で説法しているという仏(阿閦仏国経)。法華経では大通智勝如来の十六王子の一人。密教では金剛界五智如来の一人。一三 梵語の音写語で、無貪、無滅の意。釈迦族の出身。釈

施《せ》もおほく侍るめり。仏、[八]金色《こんじき》の膚《〔はだへ〕》を得給《えたま》へる、湯をわかして人にあびせ給ふ故なり。[九]阿難《あなん》の、今、仏弟子《ぶつでし》たる、温室《おんしつ》の功徳《くどく》によるゆへ《（ゑ）》なり。

この故に、[一〇]祇域《ぎえき》長者は、温室をもて第一の功徳《〔くどく〕》とはせし也。天竺・震旦《〔しんだん〕》までは中さじや、[一一]光明《くわうみやう》〔皇〕后《くわうごう》の、湯をわかして十方衆生にあびせ給ひて、一日に三人が垢《〔あか〕》をすり給ひけるに、おそろしげなる癩《らい》の、「わが垢《〔あか〕》すりて給はれ」と申《まうし》ければ、願をやぶらじがために、ひそかにすり給ひて、「我、汝が垢《〔あか〕》すりたりと人にないひそ」とのたまひければ、此《この》癩、光をはなちて、「汝はまた、[一二]阿閦仏《あしゆくぶつ》の垢《〔あか〕》すりつと、人にかたるな」とて、かきけすやうにうせにけるといへり。

[一三]阿那律《あなりつ》が、堂のうちの仏具《ぶつぐ》をぬすまんがために、仏前《ぶつぜん》の火をかきあげし功徳《〔くどく〕》によりてだに、身より光明《くわうみやう》を放《〔はな〕》ちき。いはんや、心おこりて灯明《とうみやう》を施《ほどこ》さん功徳《くどく》をや。南京《なんきやう》の[一四]薬師寺《やくしじ》万灯会《まんどうゑ》は、[一五]恵達《ゑたつ》と云《いふ》者のはじめしなり。[一六]彼《かの》会の日、今に恵達が廟《べう》に光明有《あり》といへり。

仏《ほとけ》、施《せ》の功徳《〔くどく〕》をとき給《たまひ》て云《のたまは》く、[一七]「十方国土を灰となして、其《その》国の草《さう》木瓦礫《もくぐわれき》としり、三千世界の水を大海に入《いれ》て、其《その》川の水とはしるとも、

迦十大弟子の一人。天眼第一といわれた。諸経要集四(大正蔵五十四)、法苑珠林三十五(大正蔵五十三)に、それぞれ「譬喩経云」としてこの話を出す。三宝絵・下の十五、今昔二の十九にもみえる。 一四 奈良市にある法相宗の寺。南都七大寺の一つ。天武天皇九年(六八〇)の発願以後、持統・文武朝を通じて藤原京に造営し、文武天皇二年(六九八)に完成。平城遷都後、現在地に移建。本尊は金銅薬師三尊。万灯会は懺悔滅罪のために一万の灯明をともして仏・菩薩に供養する法会。薬師寺の毎年三月二十三日の行事で、三宝絵・下の十五に詳しい。 一五 慧達とも。俗姓秦。美作の人。出家して薬師寺の仲継に法相を学び、のち比良山で修行。貞観五年(八六三)神泉苑で御霊会を営み、導師となり僧綱に列せられる。元慶二年(八七八)没、八十三歳。 一六 三宝絵に「此の会行ふ夜はかの墓に光ありといへり」とあるのに拠った表現であろう。 一七 一五一頁に酷似の文がみえる。

以下二八〇頁

一 大丈夫論。二巻。提婆羅菩薩造、北涼の道泰訳。「一人を施する功徳…」は大丈夫論・上に「悲心にて一人に施さば功徳は大地の如く」(大正蔵三十)とある。往生要集・大文四の三に「丈夫論の偈に云く」として「悲心もて一人に施さば…」以下の同文を引く。この部分は法苑珠林七十一、諸経要集十一にもあり、往生要集はそのいずれかからの孫引きという(花山信勝)。宝物集は往生要集からの孫引きか。 二 底・瑞・九本なし、久本により補入。 三 三宝絵・下の二十三に、「又福報経に云」としてあげる五の功徳に拠った記述。原拠は食施獲五福報経の「則獲二五福一。何等為レ五。一曰施命。二曰施色。三曰施力。四曰施安。五曰施弁」(大正蔵二)。 四 底・瑞・九本なし、久本により補入。 五 底本なし、瑞・九本により補入。 六 仏説食施獲五福報経。一巻、失訳。 七 底本なし、瑞・九・久本により補入。 八 諸経要集十に「大菩薩蔵経云」として引用した四句の偈に「施徴便感二無量福一」とあるのを出典とする(大正蔵五十四)。往生要集は大文四の五に誤ってこの句を「大荘厳論の偈に云く」として引用している。宝物集はこれを孫引きしたために出典を「大

施の功徳《くどく》は、たやすくかぞへ知《しる》べからず」とぞのたまひためる。
一丈夫論《でうぶろん》と中文《まうすふみ》には、「一人を施《せ》する功徳《くどく》、大なる事大地のごとし」
二〔ト云リ〕。
三食物《くひもの》を人にあたふるは、五《いつつ》の徳あり。一には命をあたふるなり。ものくはざれば命なきが故に。二には色をあたふる也。ものくはざれば色なきが故に。三には力をあたふる四〔ナリ〕。ものくはざれば力なきが故に。四にはやすらかなる事をあたふるなり。ものくはざればやすからざるが故に。五には言葉《ことば》をあたふるなり。物くはざれば五〔こ〕とばなきが故に。

こまかには六福報経《ふくはうきやう》にこそ申《まうし》ためれ。

又、七〔大〕荘厳論《さうごんろん》には、「八施《せ》はすこしなれ共《ども》無量の福をかんず」九〔ト云ヘリ〕。一〇好堅樹《かうけんじゅ》のみは、芥子《けし》よりもちい《ひ》さけれども、一夜に百丈《ちやう》おひのぼりて、五百両の車をかくせり。施《せ》の功徳《くどく》も、ちい《ひ》さけれども又〳〵かくのごとし。

こゝをもて、一一戒日大王《かいにちだいわう》は、一二無遮《むしや》の大会《だいゑ》を行じて、一切衆生にほどこし、吾朝の御門《みかど》は、一三春の蕨《わらび》うせ、秋の木《こ》の実《み》うまざるさきに、一四賑給施《しんきふせ》

荘厳論」としたようだ。九 底・瑞・九本なし、久本により補入。一〇 高堅樹、高顕樹、尼拘盧陀樹とも。インドの想像上の樹木。大智度論八にこの樹の種子は芥子よりも小さいが、生長すると枝葉が繁茂して五百の車を隠してもなお木の影が余るとある(大正蔵二十五)。また、経律異相四十一(大正蔵五十三)、法苑珠林三十三(大正蔵五十三)などにも同類の記述がある。ただし「一夜に百丈おひのぼりて」は大智度論十に「一日出生高百丈」とあるところ(大正蔵二十五)に拠ったと思われる。一一 →一〇六頁注五。一二 無遮会、五年大会とも。道俗・貴賤・男女等の区別なく平等に財施・法施を行う法会。戒日王(曷利沙伐弾那)の無遮大会は、大唐西域記五に記されている。底本「むしゆの大会」、瑞・九本「むしやの大会」に従って改めた。一三 三宝絵・下の二十一に「春の蕨はすでに老いにしかば、峰の雲にもとりがたし。秋の菓はいまだ結ばねば、林の風にも拾ひがたし」とある文を踏まえての表現。底本「春のわらびうけ」とある。瑞・久本により「蕨うせ」に改めた。一四「しんごう」とも。平安時代、毎年五月吉日、京中の困窮者に米塩を支給する公事。奈良時代は全国規模で行われたが、律令制の衰退にともない、京中に限られるようになった。施米は賑給の一つ。一五 配付なさるのです。「ひき」は配るの意。一六 以下、獄卒と罪人の会話の場面の出典未詳。一七 とがった眼を開いて。「いらゝかなり」は、とがっているの意。とげとげしい。一八 底本「時」、九本「とき」、瑞本「時」を「は」と訂正。瑞本により改めた。一九 奈良県高市郡明日香村にあった元興寺のことで、ここに日本最古の明日香大仏があった。醍醐寺本東大寺要録二に「東大寺大会時元興寺献歌二首」として「比美加之乃　夜万比遠岐与美　邇井々世流　盧佐那保度介邇　波那多天万都留」ほかの歌を記している。また建久御巡礼記にも載せる。

389 東の山辺に向かって、西側にいらっしゃる盧舎那仏に対し、お花をお供えいたします。「さして」は、に向かって、の意。「にしにゐらせる」は難解。西にいらっしゃると解した。「にゐゝせる」なら「新たに鎮座した」の意となる。

米《まい》とて、まづしきものにひき給ふぞかし。[一五]すみやかに、ほど〳〵につけて、仏法僧《ぶつほふそう》にほどこして、仏道を成《じやう》じ給ふべきなり。

[一六]獄卒《ごくそつ》、地獄《〔ぢごく〕》に落《おち》ける衆生をはぢしめて云《いは》く、「など、たま〳〵人界《にんがい》に生《しやう》をうけて、功徳《〔くどく〕》をばなさずして、奈落《ならく》の古郷《こきやう》へは帰りたるぞ」と云へば、罪人答《こたへ》て云《いはく》、「貧苦不食《ひんくふじき》にして、仏をも造り奉らず、堂をもつくらざりしなり」といへば、獄卒、[一七]いらゝかなる眼《〔まなこ〕》をひらき、はげしき声をあげて云《いはく》、「いたづらに野べに散《ちり》し花一枝《えだ》、仏に奉らんはまづしきによるべからず。むなしく谷にながるゝ水一むすび、僧に供養《〔くやう〕》せんは、[一八]宝《〔たから〕》などによるべからず」とこそ申《まうす》なれ。はやく一花《げ》一香《かう》なりと云《いふ》とも、三宝に供養《〔くやう〕》し給ふべし。

[一九]飛鳥寺《あすかでら》より東大寺《とうだいじ》へ花を施《せ》する

389 東《ひんがし》〔の〕山べをさしてにしにゐらせる盧舎那《〔るしやな〕》仏《ほとけ》に花奉《たてまつ》る

遍《へん》昭《ぜう》僧《そう》正《じやう》

此うたを証歌《しようか》にて、

390 手にとらばたぶさにけがるたてながら三世《よ》の仏に花奉《たてまつ》る

「盧舎那仏」は梵語の音写語。華厳経、大日経等の教主。日本密教では光明遍照と訳し、大日如来ともいう。「毘盧舎那」は新訳華厳経の訳語。底本初・二句「東山べをさして」。元本、東大寺要録所載歌等により「東の山べをさして」と「の」を補入した。

390 手で折り取ると、私の手で汚れるので、自然に生い立っているままに、三世の仏に花を捧げます。「たぶさ」は手房。手または腕のこと。「たてながら」は自然に生え立っているままで。「三世の仏」は過去・現在・未来の仏、いっさいの仏をさす。

以下二八二頁

一 生没年・出自未詳。歌の内容から天台座主仁覚(一〇四五―一一〇二)と交流のあった天台僧であろう。 二 袖の小さい衣服。大袖の下着で、平服や肌着として男女とも着用した。 三 金葉集には「天台座主仁覚」とある。仁覚→歌人解説。

391 そなたをあわれむ心は広いつもりだが、そなたを包み育てるこの小袖はなんとも狭いことよなあ。心は広いが資力は乏しいという謙辞。第五句、底・瑞本「をえくも」、元本、金葉集では「せばくも」とある。それによって改めた。

四 極楽に往生した者が受ける十種の快楽。往生要集・大文二に詳述されている。 五 十楽の第九の楽。昼夜六時に随意に虚空を飛翔し、十方の諸仏を供養することができる楽。

392 極楽で朝晩、仏に花を供え礼拝する人のすべてが仏道成就の人達なのだなあ。往生要集・大文二の九「随心供仏」の条を踏まえて詠っている。出典未詳。

393 極楽の聖衆たちは、夜になっても自由に仏に花を供えたよ。その芳香がとぎれる時がないのだから。「おもふさまにて手向ぬる花」はやはり随心供仏楽の歌であることを示す。往生要集・大文二の九「随心供仏」に「かの土の衆生は、昼夜六時に、常に種々の天華を持ちて、無量寿仏を供養し奉る」とある所を踏まえた表現であろう。出典未詳。第三句、底・瑞本「手向ふる」、九本「手向ぬる」に従って改めた。

六 仏や浄土の相、功徳の相などを心に想い描き、念ずるこ

大原《おはら》の[一]行蓮聖人《ぎやうれんしやうにん》のもとへ[二]小袖《〔こそで〕》をつかはすとて　　[三]天台座主僧正《てんだいざすのそうじやう》

391 あはれまんと思《〔おも〕》ふ心は広けれどはぐゝまん袖のせばくもあるかな

[四]極楽の十楽《らく》の中に、[五]随心供仏楽《ずゐしんくぶつらく》の心をよめる　　勝命法師《しようみやうほふし》

392 朝夕に花をいとなむ人の皆仏の道はなるにぞ有《あり》ける

藤原親盛《ふぢはらのちかもり》

393 夜と共《とも》におもふさまにて手向《たむけ》ぬる花の匂《にほは》ぬ時しなければ

第八に、[六]観念をこらして仏道を成《じやう》ずべしと申《まうす》は、先師《せんし》みな観念によるが故《ゆゑ》に、[七]往生浄刹《じやうせつ》の素懐《〔そくはい〕》をとげたまへり。[八]計《はかりこと》を帷帳《ゐちやう》のうちにめぐらして、勝《〔か〕》つ事を万里のほかに決すといふがごとし。

賢き将軍になりぬれば、帷帳の内《うち》にふしながら、万里の外《ほか》の軍《いくさ》に勝《〔か〕》つべき謀《〔はかりこと〕》をするなり。賢き聖《〔ひじり〕》に成《なり》ぬれば、[九]十万億の国を過《すぎ》て、極楽浄土の[一〇]ゑ《〔え〕》ほう正法《しやうぼふ》を観念して、往生極楽の望《のぞみ》を成就する也。

[一一]薬草薬樹《やくさうやくじゆ》は耆婆《ぎば》・扁鵲《へんじやく》が[一二]「眼《まなこ》ノ」前、浄土浄刹《じやうどじやうせつ》は観念の掌《たなごころ》のうちと云《いふ》は、是《これ》なり。

と。観想ともいう。七「浄刹」は極楽浄土。極楽に往生したいという本来の願望。八 幕をはりめぐらした陣屋の中で敵を討つ計略を立て、万里も離れた遠隔の地で勝利を決定的なものとする、の意。前漢書・高祖本紀に「天運㆓籌帷幄之中㆒、決㆓勝千里之外㆒」とある。九 極楽浄土は娑婆世界の西方十万億の仏土を過ぎた所にある。一〇 依報と正報。「正法」は「正報」の誤り。依正二報、依正とも。過去の業因によって受けた心身を正報といい、その心身のよりどころとなる国土山河等を依報という。「観念して」は、極楽に往生した己れ自身と極楽の境界とをしっかりと認識して、の意。一一「薬草薬樹は…観念の掌のうち」は出典未詳。耆婆↓三五頁注二〇。扁鵲↓八四頁注一七。一二 底・瑞・九本なし、下文「掌のうち」との対応上から元本「眼ノ前」とあるのが正しい、よって補入。一三 底・瑞本「おもへば」、九本「おもへ」。「ば」は衍とみて削除。一四 往生要集・大文二の四に「水精の池の底には瑠璃の沙あり、瑠璃の池の底には水精の沙あり」とあり、その池に「八功徳の水、その中に充満し、宝の沙の、映徹して深く照さざることなし」とある。一五 底・瑞本「地」、九本により「池」に改めた。

8 観念

一六 生没年未詳。浄土往生伝・上によると、梁の天監年中(五〇二‐五一九)に慧遠・慧持・曇順らを慕って廬山に錫を憩めたという。道珍が水想観により夢中の告げを受け西方浄土に往生する話、三宝感応要略録・中の二十四、三宝絵・下の四、今昔六の四十、三国伝記七の二十三等にみえる。これらの原拠は、中国の往生西方浄土瑞応刪伝(略称、瑞応伝)。瑞応伝の話は、中国の浄土往生伝・上、新修浄土往生伝・上、浄土立教志二、往生集一などにも載せる。「珍」を底・瑞本「珠」、九本により「珍」に改めた。一七 水想観を観じたことをいう。水想観は観無量寿経に説く十六観の一つで、水の清いことを観じ、次第に進めて極楽の池水の清浄なるを観想する観法。一八 華厳経・法界品に説く五十五人の善知識の一人。海門国に住して、常に海を観ずるという。華厳経探玄記十八に「此比丘、常在㆓海岸㆒。観㆓縁起大海及彼海上人法荘厳遍布如㆑雲。従㆓所観㆒為㆑名」とある。

日《ひ》西にいらば、弥陀来迎《みだらいがう》して浄土にかへり給《たまふ》光《〔ひかり〕》をおもへ[一三]。水清くすまば、[一四]紺瑠璃《こんるり》の池[一五]の映徹《〔えいてつ〕》せる事を観ぜよ。[一六]道珍禅師《だうちんぜんじ》は池[一七]を観じて往生の素懐《そくわい》をとげ、[一八]海雲比丘《かいうんびく》は海にむかつて浄土の因《いん》をうへ《(ゑ)》き。

この故に、ある時は、弥陀如来、[一九]八功徳池《くどくち》の中に宝蓮台《はうれんだい》に座《ざ》して光明をはなち給ふを観念し、ある時は、[二〇]観音《くわんおん》・勢至《せいし》の二菩薩《〔ぼさつ〕》とともに大《だい》[二一]梵和雅《ぼんわげ》の御声《〔こゑ〕》をもて法をとき給ふを観じ、或時は、[二二]紫雲《しうん》に乗《じやう》じて西方《さいはう》にあらはれ給ふを観じ、ある時は、[二三]六十万億那由他恒河沙由旬《まんおくなゆたごうがしやゆじゆん》の大身《だいしん》を現じ給ひて、[二四]眉間《みけん》の白毫《びやくがう》の五《いつつ》の須弥《しゆみ》のやうなるを観じ、或時は、宮《くう》[二五]殿楼閣《でんろうかく》の飛行《ひぎやう》するを観じ、あるときは、上品蓮台《じやうぼんれんだい》の暁《あかつき》の楽《がく》の声《〔こゑ〕》を観じ、あるときは、鳧雁《ふがん》・鴛鴦《ゑんあう》の[二六]五根五力《ごこんごりき》の法文を囀《さへづ》るを観ずる時、八十億《おく》劫《こふ》の生死《しやうじ》の罪障《ざいしやう》をのぞく。つゐ《(ひ)》に安養浄刹《あんやうじやうせつ》に往生するなり。こまかには、[二七]観無量寿経《くわんむりやうじゆきやう》にとけり。是を[二八]十六相観《さうくわん》の大意とす。

ある時〔は〕[二九]、身の中の真如実相《しんによじつさう》を観じ、あるときは、[三〇]諸法空寂《くうじやく》なる事を観《〔くわん〕》じ、あるときは、此身《このみ》の[三一]不浄《ふじやう》なる事を観ず。皆、往生極楽の因《いん》とならずと云《いふ》事なし。

一九 極楽にある浴池。阿弥陀経に「極楽国土有二七宝池一。八功徳水充二満其中一。…池中蓮花大如二車輪一。青色青光、黄色黄光、赤色赤光、白色白光、微妙香潔」とある(大正蔵十二)。
二〇 十六想観のうちの像想観を踏まえた表現。阿弥陀・観音・勢至の三尊が極楽の華上にいることを観想する。
二一 「大梵」は大梵天王の略で、仏教の守護神または観音の異名。ここでは後者か。「和雅」は奥ゆかしくみやびやかなこと。「出す所の音声は詞韻和雅にして」(往生要集・大文四の四)。
二二 聖衆来迎の相を観想することをさすか。ここは必ずしも十六想観の順序では書いていない。
二三 十六想観の第九真身観に相当する観想。「那由他」は古代インドにおける数量の単位。千万とも千億ともいう。一由旬は約十キロメートルとも十五キロメートルともいわれるので巨大な仏身(阿弥陀)を観想することになる。「大身」を底本「八身」とする。瑞・九本により改めた。
二四 眉間にある白毫(渦巻状に生えた白い毛)が、五つの須弥山が寄り集まったような状態。往生要集・大文四の四に阿弥陀仏の「身の高さは六十万億那由他恒河沙由旬なり。眉間の白毫は、右に旋りて婉転せること五の須弥山の如く」とある所を踏まえた表現。
二五 「宮殿楼閣の…五根五力の法文を囀る」、このくだり往生要集・大文二の四にみられる文章を踏まえて書いている。
二六 信・精進・念・定・慧の五つを、はたらき(力)とそのはたらきをもたらすもの(根)との二面から見て五根五力といった。
二七 一巻。劉宋の畺良耶舎の訳。浄土三部経の一。釈尊が韋提希夫人のために、極楽世界や阿弥陀仏、観音・勢至二菩薩の観想の仕方および九品往生の観想について説いている。ここに言及されている事柄は観無量寿経(大正蔵十二)にみえるが、宝物集はむしろ往生要集・大文二の四にそって記述したと思われる。
二八 十六観とも。阿弥陀の浄土に生まれるための十六の観法。一日想観・二水想観・三地想観・四樹想観(宝樹観)・五八功徳水観(宝池観)・六楼想観・七華座想観・八像想観・九遍観一切色身想観(真身観)・十観音観・十一勢至観・十二普観想観・十三雑想観・十四上輩観・

はじめに、[一]真如実相を観ずと云《いふ》は、[二]心仏及衆生《しんぶつきふしゆじやう》の思ひをなして、是《ぜ》三無差別《さんむしやべつ》と観ずるなり。

[三]心地観経《しんちくわんぎやう》、[四]大悲三昧経《だいひざんまいきやう》

[五]法身遍ニ満諸衆生一《ほつしんはしよしゆじやうにへんまんすれども》　客塵煩悩為ニ覆蔵一《かくぢんのぼんなうふくざうをなせり》

[六]不レ知ニ我身有ニ如来一《わがみににょらいあることをしらず》　流ニ転生死一無ニ出期一《しやうじにるてんしていづるのごなし》

[七]華厳経《けごんきやう》

[八]毘盧遮那清浄性《びるしやなしやうじやうのしやうは》　三界五趣体皆同《さんがいごしゆのたいみなおなじ》

[九]由ニ妄念一故沈ニ生死一《まうねんによるがゆゑにしやうじにしづむ》　由ニ実智一故証ニ菩提一《じつちによるがゆゑにぼだいをしようす》

[一〇]涅槃経《ねはんぎやう》

[一一]一切衆生悉有ニ仏性一《いつさいしゆじやうにことごとくぶつしやうあり》　如来常住無レ有ニ変易一《によらいはじやうぢうしてへんえきあることなし》

こゝをもて、心ある人皆、「[一二]一色一香《いつしきいつかう》、無非中道《むひちうだう》」と観じて、[一三]煩悩《〔ぼんなう〕》と菩提《〔ぼだい〕》と一《ひとつ》なりと知《しる》なり。

[一四]不軽菩薩《ふぎやうぼさつ》の「[一五]不敢軽慢《ふかんきやうまん》」と拝《をが》み給ひし、一切衆生に仏性《ぶつしやう》ありと観ずるなり。是を[一六]打《〔う〕》ちし人、千劫《こふ》阿鼻地獄《〔あびぢごく〕》に落《おつ》といへども、つゐ《〔ひ〕》に[一七]跋陀婆羅《ばつだばら》等の菩薩《〔ぼさつ〕》となりき。

谷の鶯の友をいざなふ、林の蟬の終日《〔ひぐらし〕》なく、尾上《をのへ》の鹿《しか》のさけぶ、

十五中輩観・十六下輩観。 二九 底・九本なし、瑞本により補入。 三〇 この世に存在するもの(諸法)は、すべて因縁によって存在するものであり、その実体はもともと存在しないということを観ずること。空観。 三一 人間の身体の不浄なることを瞑想して、貪欲の煩悩を滅する観法。不浄観。

8・1 真如実相観

一 事物の実相や事物を支える真理(法)を体得すること。 二 華厳の唯心偈の句「三界唯一心　心外無別法　心仏及衆生　是三無差別」をふまえる。心と仏と衆生の三つは絶対的真理を具現することにおいて差別がないという意。この五言四句の形式の偈は華厳経中には存在せず、観心略要集、自行略記、覚鑁の阿字月輪観などにみえ、中世初頭以降国文中にも頻出する。平安期に華厳経十・夜摩天宮菩薩説偈品にみる近似の句を取り込んで、日本人が創り出した偈とみられる。 三 →二五六頁注一。 四 未詳。元本にはこの経典名みえない。 五「法身」は法身仏。「客塵煩悩」は心に付着している煩悩。この句、心地観経にみえず。出典未詳。 六 我が身に如来が存在していることを知らず、迷妄界に流転して、脱出する時がない。 七 →二一頁注一八。 八「三界」は欲界・色界・無色界の三つの世界。「五趣」は欲界内にある地獄・餓鬼・畜生・人・天の五つの世界。華厳経にはこの句みえず。華厳経七十六末尾あたり(大正蔵十)の記述に基づく注疏の文か。 九 華厳経にはこの句みえず。六十巻華厳経五十五・入法界品(大正蔵九)あたりの偈に基づく注疏の文か。出典未詳。 一〇 →一六八頁注一一。 一一 大般涅槃経二十七にみえる(大正蔵十二)。古来師子吼説といわれ、諸書に引用されている句。たとえば選択伝弘決疑鈔一にも「涅槃経云」として引かれている(大正蔵八十三)。 一二「一色一香」は物質的現象の一つ一つ。眼・耳・鼻・舌・身の五根で認識し得る現象世界が色であり、香でもある。「中道」は、空、有を超越した絶対的真理の世界をいう。摩訶止観・一上にもあり、天台大師智顗の極説。往生要集・大文四の三、三宝絵・下の六、栄花物語十八等諸書に引用されている。

汀《みぎは》の鴦《をし》の[一八]はねのしける、いづれか仏性をぐせずと云《いふ》事はある。

[一九]そへ《ゑ》に、われらが胸《むね》の内に、[二〇]本覚《ほんがく》の法身《ほつしん》、妙法《めうほふ》の心蓮台《しんれんだい》に座《ざ》して、三十七尊、片時《へんじ》も立はなれ給ふ事なし。

しかりといへども、[二一]本有常住《ほんうじやうぢう》の月、光をかくして、[二二]生死長夜《しやうじちやうや》の闇《やみ》ふかし。[二三]四智《ち》円明《ゑんみやう》の鏡《かがみ》、塵《ちり》つもりて、[二四]三身《じん》万徳《どく》の影《かげ》うかぶ事なきなり。

[二五]観無量寿経《くわんむりやうじゆきやう》には、「[二六]三十二相《さう》、八十随形《ずいぎやう》の好《かう》なる、此心《こゝろ》仏になる、[二七]この心是仏也《これほとけなり》」ト云ヒ、[二八]大集経《だいじつきやう》には、「[二九]菩提《ぼだい》をはなれて一法有事《いつほふあること》なし。このゆへ《ゑ》に心性《しんしやう》の仏を観念すべし」とはをしへ給へるなり。

はやく、我も仏なり、人も仏なりと観じて、真如実相ひとつなりとしり給ふべき也。

むかし、[三〇]不空三蔵《ふくうさんざう》と申《まうし》ける聖《ひじり》の、[三一]五天竺《ぢく》に行《おこな》ひありき給ひけるに、[三二]僧多羅《そうたら》と申《まうし》ける法師の、無智文盲《むちもんまう》にして、さらにさとる所なかりけるが、口には、[三三]三十七尊住心城《ぢうしんじやう》ととなへ、心には真如実相のおもひをなす。此外《このほか》、またく他の行《ぎやう》なし。人軽《かろ》くおもへる事、塵《ちり》のごとし。僧多羅、命終《みやうじゆう》の時、天衆来迎《てんしゆのらいがう》にあづかり、[三四]都卒《とそつ》の内院《ないゐん》に生れぬ。

一三 このあたり往生要集・大文四の三に「有にあらず無にあらず、常にあらず断にあらず、生ぜず滅せず、垢れず浄からず。一色、一香も中道にあらずといふことなし。生死即涅槃、煩悩即菩提なり」とある所を踏まえた表現であろう。伝最澄作、天台法華宗牛頭法門要纂・七にも、「一色一香も中道にあらざるはなし。しかれば煩悩も菩提もこれわが一心の名なり」とある。 一四 →一八七頁注一〇。 一五 法華経・常不軽菩薩品に「我深敬二汝等一。不二敢軽慢一。所以者何。汝等皆行二菩薩道一。当レ得レ作レ仏」とある。常不軽菩薩の我はあらゆる人々を深くうやまい、自らおごり高ぶって他を軽蔑することはしないという誓願のことば。 一六 常不軽菩薩を馬鹿にして責めさいなんだ衆人。常不軽菩薩品に「如レ此経二歴多年一。常被二罵詈一。不レ生二瞋恚一。常作二是言一。汝当レ作レ仏。説二是語一時。衆人或以二杖木瓦石一。而打二擲之一」とある。 一七 跋陀羅波梨とも。賢護菩薩の梵名。王舎城の豪商の子。自らも大富豪となるが、釈迦に教えを求めたという(大宝積経一〇九)。また過去世において不軽菩薩を罵詈して地獄に堕ちたが、再び不軽菩薩の教化に出会って救済されたという(法華経・常不軽菩薩品)。 一八 羽を伸ばし広げる。 一九 その故に。以下「片時も立はなれ給ふ事なし」まで、本覚讃前半の「帰命本覚心法身　常住妙法心蓮台　本来具足三身徳　三十七尊住心城」を原拠とするが、直接的には明賢の誓願講式五段に「所以本覚心法身常座二妙法心蓮台一片時無レ離二我身一。三十七尊住二心城一。因果無レ没」とある所を典拠とする。 二〇 「本覚の法身」は本来心性に備わる覚性。万象に普遍する真理(法)を心性に寄せて表現した。「妙法の心蓮台」は清浄なる心を心性の蓮台といった。「三十七尊」は金剛界曼荼羅に配置される五仏・四波羅密菩薩・十六大菩薩・八供養菩薩・四摂菩薩。この三十七尊がすべての衆生の心の中(心城)に常住するのである。この偈は真如観にも「蓮華三昧経云」としてそのまま引かれている。 二一 変化生滅することなく永遠に存在する仏性を月に譬えた。 二二 迷妄の世界を長い長い夜の闇に譬えた。 二三 「四智」は仏が具える清浄な四種の智慧(大円鏡智・平等性智・妙観察

三蔵この証《しよう》を見て、常に口には三十七尊をとなへ、心《〔こゝろ〕》には真如実相を観念す。三蔵の弟子等、この事を疑《〔うたが〕》ひて云《いは》く、「かばかり不浄なる身の中に、三十七尊、妙法の心蓮台《しんれんだい》に住《ぢう》しておはしまさん事、不審なきにあらず」といひければ、三蔵、仏前にして観念をなし給ふとき、三十七尊胸《〔むね〕》の間にあらはれて、十方に光をはなち給ふ。弟子この事をみて、ながく疑《〔うたが〕》ひの心をたちて、随喜の涙《なんだ》をながすものなり。

樹《うゑき》に、春、花の咲《さき》、秋、木《〔こ〕》の実《〔み〕》結ぶ。木を破《わり》てみれば、中には花の姿《〔すがた〕》もなし、木《〔こ〕》の実《〔み〕》の形《〔かたち〕》もなし。然《しかり》といへども、機縁《〔きえん〕》いたりぬれば、花咲《〔さ〕》き木《こ》の実《み》結ぶ。

人の身の中《うち》をみれば、妙法心蓮台もなし、三十七尊も見え給はず。然《しかり》といへども、真如実相を観念する人の身の中には、三十七尊かならず心蓮台[一]に住して、あはれみ給ふもの也。

たとへば、大海の底成石[二][三]に火の性《しやう》〔有《あり》〕[四]といふとも、無量百千歳《ざい》をふるに、火の性あらはす事なし。然《しかり》といへども、人、石をとりあげて火打《〔うち〕》をあつる時、火を出さずといふ事なし。

三十七尊も又〳〵かくのごとし。観念《〔くわんねん〕》せざる人のためには、大海の

智・成所作智)。それを円く明るい鏡に譬えた。本覚思想においてはその鏡を一切衆生が具有していると説く。二四 法身・報身・応身の三種身を具有する仏が持っているあらゆる優れた徳性。二五 無量寿観経とも。→二八三頁注二七。二六 観無量寿経に「是心即是三十二相八十随形好、是心作レ仏、是心是仏」(大正蔵十二)とある。心に仏を観想する時、その心がそのまま仏の三十二相、八十随形好である。この心がそのまま仏となり、この心がそのまま仏なのだ。「三十二相」は仏の身に備わっている三十二の勝れた吉相。「八十随形の好」は仏の身体の八十種の勝れた特徴のこと。「三十二相八十種好」ともいう。このくだり往生要集・大文七の三に「観経云」として引用している所を典拠としている。二七 底・瑞・九本「この心仏に成と云は」、久本「此ノ心是仏也ト云ヒ」により改めた。二八 →八七頁注一九。二九 大集経にはここに引用しているような句はみえない。ただし、心性の無相性については巻二・二十五・三十で繰り返し論じ、その無相性を観念することが菩提に通ずる道だと説く。ここは心性について詳述する巻三十あたりの取意か。三〇 中国唐代の密教僧。不空金剛とも。西域(諸説あり)の出身。玄宗皇帝の帰依と外護を受け、密教を広めた。真言宗付法第六祖、伝持の第四祖。訳経に、金剛頂経三巻、一字頂輪王経五巻などがある。七〇五―七七四年。三一 →三八頁注四。三二 中天竺の僧。伝未詳。僧多羅が兜率宮に往生した話、宋の智覚禅師の心性罪福因縁集・上にみえる(大日本続蔵経八十八)。後半の不空三蔵の胸の内に三十七尊が現われた話、百座法談聞書抄・三月十二日の条に、円珍の書いた書の中にみえるとして紹介されている(阪口光太郎)。今昔四の十の「僧沢」は僧多羅と同人物だがこれは心性罪福因縁集を典拠とする(大谷旭雄)。三三 →注二〇。三四 →一八一頁注二〇。底本「都率」を「都卒」と書くがそのままにした。

以上二八五頁

一 菩提心集に「心蓮台と云ふは、一切衆生の身の中、胸の間に八葉蓮華あり。是を心蓮台と云ふ」とある。→二八五頁注二〇。二 底にある石。「成」は助動詞「なり」の連体形

底の石のごとし。観念する人の為《ため》には、火打〔うち〕をあつるがごとし。はやくこのおもひをなして、心月輪《しんぐわつりん》をあらはし給ふべし。〔こゝろ〕心ある人は、おほく歌にさへよみて侍るめり。

後拾遺

394 月の輪《わ》に心はかけし夕《ゆふべ》より万《よろづ》の事を夢とみるかな

僧《そう》都《づ》覚《かく》超《てう》

金葉

395 夜とと〔ゝ〕もに心のうちにすむ月をありとしるこそはるゝなりけれ

五証《しよう》成《じやう》法《ほふ》師《し》

396 いかで我《われ》心の月をあらはして闇《やみ》にまどへる人をてらさん

顕《あき》輔《すけ》卿《きやう》

397 今ぞしる心のうちにすむ月を鷲《わし》のみ山のおなじ影とは

俊《しゆん》恵《ゑ》法《ほふ》師《し》

右《う》大《だい》臣《じん》殿《どの》兼実

398 おほ空にあかぬ心の満《みち》ぬれば我身《わがみ》のうちの月かとぞみる

六都《と》率《そつ》の僧都《そうづ》は、「七此心月輪観念《このしんぐわつりんのくわんねん》いたりて胸〔むね〕のひゆる」とこそのたまひけれ。よくこゝろえて観じて、心月輪《しんぐわつりん》をあらはし給ふべきなり。然《しかり》といへども、此《この》観念は、少ゝの智《ち》者《しや》だにも心えがたく侍る也。仏

を漢字に宛てた。三 本覚讃釈に「そもそも木石の中に火の性を具すれども、縁に値はざれば現起せず」とある。四 底・瑞本なし、九本により補入。

394 心月輪を自覚したその時から、これこそが絶対的真理であって、余他の万物は夢だと観ずるに至った。「月の輪」は円月。それを心に懸ければ「心月輪」となる。「月」「輪」「夕」は縁語。月輪観法により、自己の内奥に円満清浄なる心月輪を観想した心境を詠んだ。五 宝物集諸本、作者を「証成法師」とする。典拠となった金葉集は「澄成法師」の作とし、これが正しい。おそらく「澄」と「證(証)」の草体が似ているところから生じた誤写であろう。↓歌人解説「澄成」。

395 夜ごとに清浄円満な月が心中にあって澄むと実感する時、迷妄の闇が晴れわたることだ。「夜とともに」は、詞書からみると金葉集の「世とともに」が正しい。第五句、底・瑞本「はるかなりけれ」。九・久本により「はるゝなりけれ」に改めた。

396 何とか努力して私は心月輪を発現し、迷妄の闇に惑う人々を照したい。円満清浄なる心になりきることは成仏することと同じ。即身成仏を実現して人々を救いたいというのである。参考歌「いかでわれきよくくもらぬ身になりて心の月のかげをみがゝん」(西行、山家集・雑)。

397 今はじめて知った。心中に澄む心月輪が、霊鷲山上に輝く久遠成仏の象徴たる法性の月光と同一のものだということを。「鷲のみ山」は霊鷲山(三八頁注一八)。法華経・如来寿量品に釈迦が久遠の昔に成仏していると説くのに基づいて、これを永遠に輝く月に譬喩することが一般化しており、ここでもその譬喩を使っている。参考歌「さとりえし心の月のあらはれてわしのたかねにすむにぞ有ける」(西行、山家集・雑)。

398 大空の月を飽かず見上げて、心が満たされたので、これは我が心中の月と同じものかと思って眺めたことだ。「心の満ちぬれば」は、月で心が満たされる、即ち満足するの意。第五句、底・瑞本「月はとぞみる」、九本に従った。

と衆生と〔[一]一ツナリト観念スベキ事、一ノ証ヲ申シ侍ベシ。

譬バ、〕[二]一人の親〔おや〕あり。遠所《とほきところ》へ行《ゆき》て、病《やまひ》をうけて、二人の子のあるがもとへつげやりたるに、一人の子はい(ゐ)たる所ちかし、一人の子は居《ゐ》所《どころ》とを(ほ)し。ちかき子は、きくま〔[三]ゝ〕に行《ゆき》けるが、夜ふかく、道おそろしくて、野中《のなか》の塚穴〔つかあな〕の有《あり》けるに入《いり》て、夜あけてゆかんとおもひて入《いり》ぬ。遠き子は、さがりて行《ゆき》けるが、それもあまりに[四]おそろしかりければ、此塚〔つか〕穴《あな》に入《いり》て、夜明《よあけ》てゆかんとおもひて入《いり》けるを、もと入《いり》たる子は、鬼〔おに〕くらひに来《きた》ると思ひ、今入《いり》たる子は、塚〔つか〕の中に鬼ありてくらはんとするなりと思ひて、かたみに、くらはれじとて、取《とり》くみ、引《ひき》くみて、夜もすがら[五]からかひて、夜明《あけ》て見れば、わが兄弟《あにおとと》にみなしてげり。

迷〔まよ〕ひの衆生もかくのごとし。生死《しやうじ》の長夜《ちやうや》にまよひぬれば、無明《むみやう》の鬼なめりとおもへども、菩提〔ぼだい〕の暁〔あかつき〕にいたりぬれば、真如実相一《ひとつ》なりとしるなり。

[六]氷《こほり》ははげしくむすべども、春来《きたり》ぬれば、水となりぬ。[七]浪たかしといへども、風やみぬれば海〔うみ〕と成《なり》ぬ。水といひ、氷といひ、海といひ、波といひ、名《な》は各別《かくべつ》なりといへども、まことは一《ひとつ》なるがごとし。

六 叡山横川の兜率院に住んだ覚超の別称。兜率の先徳とも。↓歌人解説。 七 心月輪の観法が達成されたために胸がすずしくなった。続本朝往生伝十・覚超伝に「常に月輪観を修して曰く、胸の中は常に冷し。この観法を修するが故なりといふ」とある。真言伝六の覚超伝に「月輪観ヲ修シテ胸ノ中常ニ冷シトナンノ給ケル」とある。また発心集七の十一に「彼の都率の覚超僧都は月輪観を修してさとりを得たる人なり」とみえる。

一 底・瑞・九本なし、久本により補入。

二 これ以下「夜明て見れば、わが兄弟にみなしてげり」まで何らかの出典がありそうだが、未詳。ただし雑談集四の七の「無明法性同躰事」にほぼ同文を引く。宝物集を典拠とするか。今昔二十八の四十四は同工だが別説話である。

三 底・瑞本なし、九本により補入。

四 底本「あまり子」、瑞・九本「あまりに」に従う。

五 相手に負けまいとして張りあって。

六 摩訶止観五・上に「無明痴惑本是法性。以ニ痴迷一故法性変作ニ無明一。起ニ諸顚倒善不善等一。如ミ寒来結レ氷変作ニ堅氷ニ」とある(大正蔵四十六)。そうした譬喩を踏まえた表現であろう。

七 いわゆる水波の喩。諸経にみえるが、たとえば大乗入楞伽経二に「譬如下巨海浪、斯由ニ猛風一起、洪波鼓ニ溟壑一、無上有ニ断絶時一。蔵識海常住、境界風所レ動、種種諸識浪、騰躍而転生」とみえる(大正蔵十六)。

たとへば、舞人《まひびと》の、[八]地久《ちきう》・[九]万歳楽《まんざいらく》の装束《しやうぞく》にしたがひて、名はかはれども、その身一《ひとつ》なるがごとし。

たとへば、猟師の、鹿〔かせぎ〕をとりて、いりやくにしたがひて、名はかはれども、誠《まこと》には同じ肉〔しゝむら〕なるがごとし。

[一〇]悪業《あくごふ》煩悩〔ぼんなう〕の眼〔まなこ〕のまへには、仏と衆生と各別《かくべつ》なりとみれども、真如実相を観ずる人の為には、差別なしとしる也。

又、この真如実相を観念すべき有様《ありさま》、[一一]恵《ゑ》心僧都《しんそうづ》の[一二]真如観《しんによくわん》と申文《まうすふみ》に、こまかに教へられて侍るめり。それを見給ふべきなり。

おろ〳〵[一三]うけたまはりしは、「[一四]われ、ものをくはん時は、三十〔七〕[一五]尊を供養《くやう》し奉ると観じ、人にものをくはせん時は、上《かみ》、十方三世の諸仏を供養〔くやう〕し奉り、下《しも》、地獄餓鬼畜生に施《せ》する思ひをなすべし。従者眷《けん》属《ぞく》にものをきせ、ものをくはせ、馬牛鳥獣をかはんときも、此《この》思ひをなすべし」と侍るなれば、在家《ざいけ》の人や、公〔おほやけ〕私〔わたくし〕をいとなまん男女《なんによ》の為《ため》には、いづれの行《ぎやう》にもまさりてこそ侍るめれ。

次に空観《くうくわん》と申《まうす》は、[一六]色即是空《しきそくぜくう》の思ひをなして、[一七]諸法《しよほふ》を空《くう》としり、無大《むだい》無《む》小《せう》の観《くわん》をいたして、一切有《さいう》と思はぬなり。

八　→六頁注八。

九　舞楽の一つ。唐楽に属する平調の曲で、もと六人による女舞、現行は四人による男の平舞（ひらまい）である。

一〇　悪業を犯し、煩悩にとらわれた者の眼には。

一一　源信。→歌人解説。

一二　一巻または三巻。源信の著と伝えるが確証はない。成立年代は不明。

一三　底・九本「うけたまはりしかは」、瑞本「うけたまはりしは」に従った。

一四　これ以下「此思ひをなすべし」までの文は真如観の次の文に拠っている。「道俗男女ヲ、キラハズ皆観ズベシ。妻子眷属ヲヤシナイ、或ハ牛馬等ノ六畜ニ食ヲ、アタヘンニモ、万法ハ皆真如ナレバ、彼等則真如也ト思ハバ、十方三世ノ仏菩薩、一切衆生ヲ、一ツトシテ残リナク供養スルニ成。…他身ヲ供養スルノミニアラズ、我等身モ即チ真如ナレバ、我身ノ中ニ十方ノ諸仏、一切菩薩、乃至百界千如、三千世間備ヱテ、闕タル事モナケレバ、自食スル時、此ノ観ヲナセバ、檀バラ蜜ノ功徳、刹那須臾ニ法界ニ満ツ」。

一五　底・瑞本なし、九・久本により補入。

一六　この世に存在する一切のもの（色）は、因縁所生のものであるから、永劫不変の実体はない（空）ということ。般若波羅蜜多心経に「色即是空、空即是色」とある。

8・2 空観

一七　無量義経・説法品に「菩薩欲レ得三修二学無量義一者。応当レ観下察一切諸法。自本来今。性相空寂。無大無小。無生無滅。非住非動。不進不退。猶如二虚空一無中有二二法上」とあるあたりの取意（大正蔵九）。

一観《みをくわんずれば》レ身岸額《きしのひたひの》離《ねをはなれたる》レ根草《くさ》　論《いのちをろんずれば》レ命江頭《えのほとりの》不《つながざる》レ繋船《ふね》

この故に、人もむなし、我もむなし、是《これ》もむなし、彼《かれ》もむなし、浄土もなし、地獄もなし。

煩悩《ぼんなう》の草村《くさむら》のしげき中に、悪業《あくごふ》の虎狼《こらう》は二〔スム也。空観ノ火ヲツケツレバ、煩悩ノ草ムラヤケテ、悪業ノ虎狼〕すむ事なし。

此《この》観念いたりぬれば、無始生死《むししやうじ》の罪障消《きえ》うせ、つゐ《(ひ)》に菩提《ぼだい》の岸《〔きし〕》にいたりぬ。されば三婆娑論《ばしやろん》の中には、「四空《くう》を観じける聖人《しやうにん》を見れば、衣《ころも》もなく、袈裟《〔けさ〕》もなく、敷《〔し〕》きたる莚《むしろ》もなく、畳《たたみ》もなかりける」とぞ申《まうし》ためりける。

五昔《〔むかし〕》、仏弟子《ぶつでし》どもの、道を行《ゆく》に、農夫二人して田をつくる。一人は若《わか》し、一人は老《おい》たり。若き農夫、俄《にはか》にたふれてしゝぬ。仏弟子等あさましとみるほどに、此老《このおい》たる農夫、見《〔み〕》だにもやらで猶《なほ》田を作りたてり。仏弟子等、「いかに、そのおと《(を)》このしぬるをば見《〔み〕》ぬか。家はいづくにあるぞ、親などにもつげよかし」といひければ、「此しぬる男は我子也。家はあのみゆる家なり」といひければ、仏弟子等、いよ〳〵六あさみて、父こそあらめ、母あるらんとて、つげたりければ、母も七苧《を》と云《いふ》

一 和漢朗詠集・下・無常に収載する羅維(「厳維」の誤りか。柿村重松)の句。静かにわが身を観察すると、それは切り立った岸辺に根なし草がひっかかっているようなもの。またわが命を考えてみると、それは川べりにありながら舫綱(もやいづな)でつながれていない舟のようなものだ。三宝絵・序冒頭にも「古の人の云へる事有り」としてこの句を引く。

二 底・瑞・九本なし、久本により補入。

三 阿毘達磨大毘婆沙論の略称。大毘婆沙論とも。二百巻。五百大阿羅漢等造。唐の玄奘訳。迦多衍尼子の阿毘達磨発智論を注釈した書。説一切有部の教義を明かし、集大成したもの。

四 空を体現した聖人を見ると、衣、袈裟を着けず、莚も畳も所持せず、すべてを空じた姿を実現している。実際にはそうした物的方便を超越した状態をいった。毘婆沙論が典拠だとするが、いずこにあるか未詳。

五 以下の空寂を知ったあやしの農夫の話、法苑珠林五十二に「五無返復経云」としてみえる。ただしそこでは農夫は舎衛国の人で、息子は毒蛇に殺されることになっている(大正蔵五十三)。類話は、今昔四の三十五、沙石集八の二十一などにみえる。

六 軽蔑して。

七 麻というものをつむいで糸に撚って。「苧」は麻のこと。「うみて」は、麻の茎の繊維をとり、「糸につむいで」の意。今昔には「白髪ナル嫗一人苧ヲ続テ居タリ」とあるが、法苑珠林にはそういう文はみえない。

ものうみて、さはげ《(わ)》るけしきもなかりければ、仏弟子、あさましさに故《ゆゑ》をとふに、「ひとゝせ、仏の法とき給ひしに、此身《この》はむなしき物ぞとのたまひしかば、ありとてもありとおもふべからず、なしとても、[八]母《〔はゝ〕》さは《(わ)》ぎまどふべからず」とこそ申侍《まうし》りけれ。あやしの農夫、空寂《くうじやく》をしれり。いはんや心あらん人、諸法の空《くう》なる事をしり給ふべきなり。されば、[九]竜樹菩薩《りうじゆぼさつ》の[一〇]智論《ちろん》には、「[一一]鉤《はり》をのめる魚《〔うを〕》、池の中にかへらず。空寂を観ずる人は、生死《しやうじ》の中にかへらず」とは申《まうし》たるぞかし。

[一二]婆羅門国《ばらもんこく》に一人の王おはしき。[一三]多弥象王《たみざうわう》と申《まうし》き。心ざし[一四]檀波羅蜜《だんはらみつ》に有《あり》て、数年《すねん》の間、一国の財宝をたくはへて山とひとしくつみて、[一五]無縁の貧人《ひんにん》にあたふ。一人婆羅門《ひとりのばらもん》、他国より来《きたり》て、財宝を取《とる》事、余《よ》の貧人のごとし。此《この》婆羅門《〔ばらもん〕》、[一六]七歩《しちぶ》を行《ぎやう》じて帰り来《きたり》て、大王に申《まうし》て云《いは》く、「我《われ》、此《この》財宝を給《たま》ふといへども、いくばくあるべからず、妻子《さいし》をやしなひ、家地《けち》をまうくばかりたまはれ」といひければ、大王、こふにしたがひて施《ほどこ》す。婆羅門《ばらもん》七歩《ぶ》を行《ぎやう》じて帰り来《きたり》て、財宝を返《かへ》して云《いは》く、「我《われ》、妻子をやしなふ財宝をたまふと云《いふ》とも、いくばくかあらん。一生涯《しやうがい》あるばかりの財宝を給ふべし」といひければ、大王、心づきなしとはおも

八 底本「はゝさはぎまどふ」。瑞本は「無とはきまどふ」とあるが「無と」を見せ消ちにして、その右傍に「はゝさ」の振り仮名を付す。おそらく「無」と「母」の草体が酷似するので、本来は「なしとても、無とさはぎまどふべからず」とあったか。九本はこの部分欠脱。久本は「死ヌトテモサハギ迷フベキニアラズ」。
九 ↓一五頁注七。
一〇 大智度論の略称。↓一九三頁注一一。
一一 大智度論六十六に「如㆘呑㆑鉤之魚雖㆔復遊㆓戯池中㆒当㆑知出在不も久。行者亦如㆑是。深信㆓楽般若波羅蜜㆒不㆔久住㆓於生死㆒」とある(大正蔵二十五)。
一二 インドの別称。以下の多弥象王の説話は法句譬喩経三・世俗品にみえる(大正蔵四)。この部分はまた、経律異相五(大正蔵五十三)に引く。さらに出曜経十六巻から抄出した同・二十七も、ほとんど同じ話である。
一三 多弥象は国名で多味写(法句譬喩経)ともいい、また単に多味(出曜経)とも言った。多弥象王は多弥象国の王の意である。
一四 ↓一三七頁注二二。
一五 すべての貧人。「無縁」は対象の区別がないこと。
一六 釈尊が誕生した時、七歩あるいて「天上天下唯我独尊。要度㆓衆生生老病死㆒」ととなえたという故事にちなみ、「七歩を行ず」は仏道修行をすること。大智度論三十八に「仏自説㆓菩薩本起㆒、菩薩初生時、行㆓七歩㆒口自説言、我所㆓以生㆒者為㆑度㆓衆生㆒故」。梁塵秘抄三八に「摩耶の胎より生まれ出て、宝の蓮足を受け、十方七度歩みつゝ、四句の偈をぞ説い給ふ」とある。

ひながら、宿願《しゆくぐわん》やぶらじが為に、請《こふ》によてあたふ。婆羅門《〔ばらもん〕》又七歩《ぶ》を行じて財宝を返して云《いは》く、「我、一生涯を過《すご》しつべき財宝を給ふといへども、無常来りなば、身にそふべきものにあらず」とて、偈《げ》をむすびていはく、

一雖下積二集珍宝一《ちんぼうをつみあつめて》　嵩高至二于天一《すうかうてんにいたり》
如レ是満中世間上《かくのごとくせけんにみつれども》　不レ能レ見二道返一《だうへんをみることあたはず》

此文《このもん》の心《〔こゝろ〕》は、宝《〔たから〕》をあつめて、山の高《〔たか〕》さにつむとも、二道返《だうへん》をみる事あたはじとなり。これ空寂《くうじやく》を観ずる心《〔こゝろ〕》也。こまかに三譬《ひ》喩経《ゆきやう》にいへり。無《む》縁《えん》の乞者《こつじや》、なを《(ほ)》し空《くう》を観じて財宝を返《かへ》す。いはんや、心あらん人、空寂を観ずべし。

四般若畢竟空《はんにやひつきやうくう》のめでたき事、たとへをもて申《まうし》たる事侍り。おろ〳〵申《まうし》侍るべし。

五天竺《てんぢく》に国あり。政《まつりごと》しづかにして、民《たみ》、馬を花山《くわさん》にはなつ。たゞし、一《ひとつ》の遺恨あり。国王齢《〔よはひ〕》かたぶき給ひて、儲《まうけ》の君《〔きみ〕》をもちたまはず。大《だい》臣公卿《じんくぎやう》をはじめて人民百姓《にんみんはくせい》にいたるまで、これをうれへ、是をなげきけるほどに、第一の夫人《ぶにん》はらみ給ひぬ。一天下《いつてんが》是《これ》を悦《よろこ》びて誕生《たんじやう》をまつ

一　たとえ珍宝を集め、天にとどくほど積み上げて、世間に満ちたとしても、それによって悟りに到達する道を見出すことはできない、という意。底本「不能見道返」では解釈不能。法句譬喩経では第四句「不如見道迹」とあり、これが正しい。「道迹」は、四諦のうちの第四、道諦のこと。煩悩を滅し涅槃に至るための真理としての道。ちなみに元本では「不能見道達」となっている。
二　「道迹」の誤写。「迹」と「返」の草体酷似によるか。
三　法炬共・法立訳の法句譬喩経(四巻)をさす。
四　般若経に説く畢竟空の法門という意。この世に存在するあらゆるものは究極的には絶対空であるということ。大般若経、大智度論等に畢竟空を説いている。
五　以下の天竺の王の説話、出典未詳。

ほどに、男子《なんし》平産《へいさん》にて、皇子《わうじ》いでき給《たまひ》ぬ。

一《いち》大臣、驚きさは《(わ)》ぎて王子誕生《たんじやう》のよしを父の大王に奏《そう》するに、勅答《ちよくたふ》なし。二度奏《ふたたびそう》するに勅答なし。三度《みたび》奏するに勅答なし。大臣あやしとは思ひながら、十度まで奏するに、大王大に悦《〔よろこ〕》びのたまはく、「王子誕生のよしを一度聞《ひとたびきく》に、悦び身にあまれり。二度聞《ふたたびきく》にまた〳〵かくのごとし。我《われ》[六]すなはち勅答せば、あまたたび[七]聞《きく》まじければ、勅答なし。汝十度まで我《わが》心を悦《〔よろこ〕》ばしむかるが故に、百万両の金を[八]〔与ヘン〕トテ」勅禄《ちよくろく》にあづかる。それがやうに、空寂《くうじやく》を観ずるたびに、十方三世の諸仏悦び給ひて、無始生死《むししやうじ》の罪障悉《ことごと》くきえうするものなり。こまかには[九]竜樹智論《りうじゆのちろん》にみえたり。

[一〇]毘摩質多羅阿修羅王《びましつたらあしゆらわう》の娘《〔むすめ〕》、[一一]舎脂夫人《しやしぶにん》、容顔美麗にして天上にならびなき人なり。父の阿修羅《〔あしゆら〕》王、是をいつきかしづきて、[一二]羅睺《〔らご〕》阿修羅《〔あしゆら〕》王をもつて聟《〔むこ〕》とすべきよしをのぶる。修羅の中に羅睺《〔らご〕》をもて上首とする故なり　羅《〔ら〕》睺《ご〕》、美人なるよしをきゝ置て、悦《よろこ》びたのしみて、修羅の宮を引《ひき》つくろひて、吉日《きちにち》をえらびて迎《〔むか〕》へんとするほどに、天帝釈《てんたいしやく》、この事を伝聞《つたへきき》て、舎脂《しやし》に心ざしありて、つゐ《(ひ)》に天の力をもて舎脂をとる事をえたり。

六 もし、すぐさま勅答をしたならば。「すなはち」は、すぐにの意。底・瑞・九本「せば」を「をば」と表記。「をば」では意味不通。「せ」と「を」の字形近似による誤写とみて改めた。久本は「アラバ」。
七 このような吉報は何度も聞くことができないと思ったので、わざと勅答をせずに、何度も報告をさせた。「あまたたび」の直前に「かかる奏上を」を補うとわかりやすい。
八 底・瑞・九本なし、久本により補入。
九 竜樹造、大智度論。ただし、ここにある話未検出。
一〇 以下の説話、法苑珠林五に「依正法念経云」としてみえる(大正蔵五十三)。「王」を底本「等」とする。九・久本によって改めた。
一一 →九八頁注一。「舎脂」は梵語の音写で「可愛」の意。阿修羅王の娘で、帝釈天の夫人。雑阿含経四十に「彼阿修羅女名㆓舎脂㆒。為㆓天帝釈第一天后㆒。是故帝釈名㆓舎脂鉢低㆒」とある。底・瑞本「舎胎夫人」とする、九・久本により「舎脂夫人」に改めた。
一二 四大阿修羅王の一人。海底地下二万一千由旬の光明城に住む。大憍慢を懐き身は須弥山王ほどに広大で、大海中に立てば膝は水上に出で、両手をもって須弥の頂を隠すという。日蝕・月蝕をおこす阿修羅王とされる(正法念処経)。

俄《にはか》に[一]毘《び》首羯摩《しゆかつま》天《てん》を請《しやう》じて、一万間《げん》の家を作《つくり》て、千二百の門をあけて、一ゝの門に五百の夜叉《やしや》をすへ《(ゑ)》て、舎脂夫人をもてなしかしづきて、片《へん》時《じ》も立《たち》はなれ給ふ事なし。羅睺《〔らご〕》、此事《このこと》を聞《きき》て大にうらみ、大にいかりて云《いはく》、「天帝釈上﨟《じやうらふ》にてかたちよくおはすとも、人の妻子をとり給ふ事、然《しかる》べからず。舎脂いまだ同宿《どうしゆく》せずといへども、父の阿修羅《〔あしゆら〕》、約儀《やくぎ》をいれり。生涯の恥《〔はぢ〕》此事《このこと》にあり」といきどを《(ほ)》りて、四海の軍兵《ぐんびやう》をとゝのへて、[二]喜見城を責《せめ》おとさんとす。帝釈この事を聞《きき》て、諸天《しよてん》の軍《いくさ》をかまへて、陣を六に張《はり》て、竜神・夜叉におほせて、羅睺《〔らご〕》が軍《いくさ》をまち給ふ。

一陣　[三]海際《かいさい》善住竜王《ぜんぢうりうわう》　　二陣　[四]須弥《しゆみ》麓《ろく》堅手夜叉《けんしゆやしや》
三陣　[五]迷盧《めいろ》山《せん》持鬘《ぢまん》夜叉《やしや》　　四陣　[六]初層級《しよそうきふ》恒憍夜叉《ごうけうやしや》
五陣　[七]四《し》天王堂《てんわうだう》三光天子《くわうてんし》　　六陣　[八]忉利《たうり》天《てん》喜見城《きけんじやう》也

[九]羅睺《らご》、十六万六十由旬《ゆじゆん》の大身《だいしん》を現《げん》じて、無量無数《むりやうむしゆ》の兵《〔つはもの〕》を引卒《いんそつ》して、幡《はた》をなびかし、楯《〔たて〕》をむけ、[一〇]貝《かひ》をふき、鼓《〔つゞみ〕》をならし、大海の水を忉利《たうり》天《てん》にけあげて、大磐石《ばんじやく》をなげてせめ[一一]来《きた》る時、天帝《てんたい》のいくさ、みだれかたぶきて、六陣の城《じやう》すでに五陣おちたり。

一 ↓一二頁注六。

二 ↓一四三頁注六。
三 海際には善住竜王が布陣。「海際」は須弥山の海岸べりをさす。善住竜王は五大竜王の一つ。仏に帰依し、大乗の法を行じ、帝釈天が戦う時、この象竜に騎乗することもあるという。底・瑞・九本「善位」、久・元本により改めた。
四 須弥山の麓には堅手夜叉が布陣。底・瑞・九本「賢手」、久・元本により改めた。倶舎論十一に須弥山は水際から頂上まで四層級にわかれていて、堅手はその初層に住むとしている(大正蔵二十九)。
五 蘇迷盧山には持鬘夜叉が布陣。「迷盧山」は蘇迷盧山の略。須弥山のこと。妙高山ともいう。底・瑞・九本「特鬘」、久本により改めた。帝釈天の軍に属する夜叉の一人。倶舎論では須弥山の第二層に住む夜叉。
六 初層級には恒憍夜叉が布陣。「初層級」は須弥山の水際から頂上に向けて一万踰繕那を増してゆく、各一万踰繕那の所にある。他の三層は順に高く、須弥山の第三層に居住する夜叉。「恒憍夜叉」は倶舎論では須弥山の第三層に居住する夜叉。
七 四天王堂には三光天子が布陣。九・久・元本「四天王宮」。四天王が住む殿堂。「三光天子」は日天子・月天子・明星天子の三天子。
八 忉利天では喜見城に陣を布いた。ここは護衛の夜叉が配置されていないが、喜見城は帝釈天の居城であるので、帝釈が護衛か。忉利天↓一〇頁注一六。
九 ↓二九三頁注一二。
一〇 ほら貝を吹くこと。昔、軍陣で進退の合図にほら貝を吹き鳴らした。
一一 底本「とめ来る」、瑞本により改めた。
一二 毘沙門天のこと。↓二〇頁注七。　一三 四天王の一人。諸鬼神等を率いて東方を守護する。　一四 波利質多の訳。マメ科の落葉高木で、幹にこぶがあり、樹皮は灰白色。初夏

[一二]多聞《たもん》・[一三]持国《ぢこく》は[一四]円生樹《ゑんしやうじゆ》のもとにたゝずみ、[一五]増長《ぞうちやう》・[一六]広目《くわうもく》は[一七]雑林園《ざふりんをん》にまじり、ほと〳〵喜見城《きけんじやう》あやうく《(ふ)》て侍りけるにも、[一八]善法堂《ぜんぽふだう》にして香《かう》をたき、花をちらして、[一九]般若《はんにや》の空寂《くうじやく》を講讃《かうさん》したまひければ、[二〇]天より輪《りん》くだり修《〔しゆ〕》羅《〔ら〕》をきり、空より箭《や》ふりて羅《ら》睺《〔ご〕》をつらぬくとこそ申《まうし》ためれ。いはんや、滅罪生善《しやうぜん》のために、空寂を観念せん人、あに、往生《〔わうじやう〕》極楽の因と[二一]ならざらんや」。此事こまかに[二二]倶舎十一巻にしるし、委は[二三]正法念経にとけり。

五陣のやぶるゝ時、[二四]三光天子の宮を羅《ら》睺《〔ご〕》阿修羅《〔あしゆら〕》王つかむと云説《いふ》、手をおほふと云説《いふ》あり。日月蝕《にちぐわつしよく》の一説是《これ》なり。[二五]羅計《らけい》の二星《にしやう》は色黒き星なり。日月《にちぐわつ》に行ちがふ[二六]時の有也《あるなり》。かるが故に、日月彼《かの》色に移りて黒《〔くろ〕》くなるなりと、[二七]暦道《れきだう》・[二八]宿曜道《すくえうだう》にはしるせり。[二九]定説《〔ぢやうせつ〕》をたづぬべきなり。

[三〇]「天竺に長者あり。七宝にゆたかに、眷属《けんぞく》にあきみちたり。その中に一人の下女《げぢよ》あり。形《〔かたち〕》鬼王《きわう》のごとくして、色は黒雲のごとし。かるが故に木とり水くませ、かくのごとくの役《〔やく〕》につかふ。下女、ある日薪《たきぎ》をひろひにあるくほどに、[三一]天竺のならひは死人をそまにあぐとて、木の上にをき《(お)》たりけるが、いまだ髪《〔かみ〕》形《〔かたち〕》鮮《〔あざ〕》やかにて、池のありけるにうつりたる所へ行《ゆき》てみるに、日来《ひごろ》は身にちからなくて、一《ひとつ》の鏡《〔かゞみ〕》をだに

には鮮かな深紅色の花をつける。一五 増長天。四天王の一人。鳩槃荼等の諸鬼神を率いて南方を守護する。一六 広目天。四天王の一人。諸鬼神等を率いて西方を守護する。一七 →一〇頁注一七。一八 帝釈天の宮殿、喜見城の西南の角にある講堂。諸天がここに集って人中の善悪を議論するという。一九 →二九二頁注四。二〇 須弥四洲を統一する転輪聖王の持つ七宝の一つで、金輪宝。王者の武器の一つ。二一 底本「ならさんや」、瑞・九本により改めた。二二 阿毘達磨倶舎論十一・分別世品三の四に須弥山と三十三天に関する記載がみえるが(大正蔵二十九)、帝釈と羅睺に関する記述はみえない。二三 正法念処経(一四〇頁注一三)に記述がみえる(大正蔵十七)。二四 正法念処経十八に、羅睺阿修羅王が天女を見るため日月を手で覆ったという記載がみえる(大正蔵十七)。二五 羅睺と計都の二星。占星術の上で、羅睺は天首、計都は天尾の星で、日月五星等は皆同方向に運行するのに対し、この二星は逆行するので、日・月蝕がおこるという。二六 底本「時かのあり也」、瑞・久本「時の有也」に従う。二七 日月の運行を測って暦を作成するという暦術・暦数に関する学。二八 宿曜に関する学。宿曜経を経典として、星の運行を人の運命と結びつけて吉凶を占う。二九 宝物集の慣用句。著者が関心をもっていることで、判断が下せないこと、断定しにくいことなどがあると、この表現を用いる。「能々定説〔を〕可尋也」(二一九頁)、「伝と縁起と定説をたづぬべし」(一〇一頁)、「定説たづぬべし」(八一頁)等。三〇 以下天竺長者の下女、屍体を見て自身の容貌を醜ならずと誤認する話の出典未詳。三一 以下底・瑞・九本の本文は共通するが、乱れがあって意味不通。久本の本文は明快で、本来の形をとどめると思われる。以下に久本の本文を摘記する。「天竺ノ習ハ死人ヲソマニアグトテ木ニアゲタリケルガ、池ニウツリタル所へ行テ見ニ、此ノ死人カミ形ウツクシク、色アハヒタガフ事ナク、イマダアザヤカナリケルヲ見テ、我形ナメリト思テ、日来ハ万ニ力無テ一ツノ鏡ヲダニ持ネバ、我ガ形ヲモ見ズ、今水ニウツル影ヲ見ルニ」。

もたねば、我身《わがみ》のほどもしらず。けふ水にうつれる影をみるに、長者の寵愛《ちようあい》する女《をんな》どもにを《(お)》とらざりけりと云《いふ》悪念をおこして、薪をひろひさして、長者の家に行《ゆき》て妻子の中にまじはりて居《ゐ》ぬ。

長者いましめ、いま〳〵しがりておひおろしければ、下女陳《ちん》じて云《いは》く、「我《わが》髪《〔かみ〕》形《〔かたち〕》を見るに長者の妻子に差別《しやべつ》なし。なんぞ、長者、木とり水くませ、うたてげにつかひ給ふ」といひければ、長者こたへていはく、「汝が顔《〔かほ〕》は鬼のごとし。なにをもてよしとは思ふぞ」ととひければ、「我《われ》けふ薪ひろひに行《ゆき》つるに、道に池あり。其《その》池に我《わが》影うつりつ」と云《いひ》ければ、長者あやしみをなして、下女をぐして池のほとりをみるに、死人の有《あり》けるをみて、長者心得て、死人を取《とり》かくして、下女を水にうつして見るに、其《その》かたち鬼王《きわう》のごとし。下女、よしとおもふ影をうしなひて、諸法の空なる事をしりぬ。

又、[一]唐土《たうど》に一人の僧あり。形《〔かたち〕》人にすぐれ、[二]愛敬《あいぎやう》身にあまれり。僧坊にうちとけ、ゐ《(い)》ねたりける夢に、おそろしげなる魔《ま》王《〔わう〕》の来《きた》りて云《いは》く、「汝が形《〔かたち〕》、我《〔われ〕》にくれよ」といひければ、夢心《ゆめごころ》に、おそろしさに、「うけたまはりぬ」と云《いひ》て、夢覚《さめ》て見れば、夢にみつる魔王の形に成《なり》ぬ。

一 唐僧の夢を見て魔王の形になった話、出典未詳。
二 人々が、いつくしみ、敬うこと。

見る人おぢおそれければ、人にまじはる事なくて、一《ひとつ》の伽藍《がらん》に行《ゆき》て諸法の空《くう》なる[三]事をさとり〔ぬ〕[四]。わがみめかたちすら身につく事なし。いはんや自余の諸法におゐ《(い)》てありとおもふことなかれ。

吾朝《わがてう》には、[五]讃岐国《さぬきのくに》に依女《いぢよ》といふものあり。重病をうけて命お《(を)》はりぬ。[六]〔父母《ぶも》〕悲しみのあまりに祭をなしたりければ、鬼共《〔おにども〕》祭物《さいもつ》を納受《なふじゆ》してげり。鬼神《きしん》のならひは、祭物を受用してむなしくてやむ事なきが故に、[七]同名同姓《どうみやうどうしやう》のものに取替[八]テケリ。[九]もとの召人《めしうど》の依女を帰しつかはすに、[一〇]ものさはがしく葬送《さうそう》を疾《〔と〕》くしたりければ、犬烏《いぬからす》くひ散して、跡《あと》[一一]かたもなくなりければ、[一二]今の召人《〔めしうど〕》の依女が骸《〔むくろ〕》にもとの召人の依女が魂《たましひ》を入《いれ》てげり。

則蘇《〔よみがへ〕》りてものを云《いへ》ば、形《〔かたち〕》は我《わが》娘《〔むすめ〕》なりといへども、我をもみしらず、ものを云声《いふ》もかはり、もとの召人の依女が父母《ぶも》、この事を伝へきゝて、ゆきてみれば、かたちは我娘《わが》にあらずといへども、我《われ》をみしりてなき悦ぶ。もの云声《いふ》たがふ事なし。此故《この》に、四人の父母《ぶも》をもちたり。諸法の空寂成《なる》事を[一三]。今生《こんじやう》すらかくのごとし、いはんや流転生死《るてんしやうじ》の空寂、を《(お)》してしり給ふべきなり。

三 底本「空なるゝ事」、瑞・九本により「空なる事」に改めた。
四 底・瑞・九本なし、久本「空ナル事ヲ知ヌ」を参照して「ぬ」を補入。
五 以下の讃岐国の依女の話、霊異記・中二十五を典拠とする。同話は今昔二十の十八にも収載。「依女」は、霊異記では「布敷臣衣女(ぬのしきのおみきぬめ)」とし、今昔には「布敷ノ氏」とある。ただし、宝物集は要旨のとり方に混乱があり、原話とは異なる話に仕立てている。
六 底・九本なし、久本は「父母」あり。瑞本は欄外に「父母」の書入れあり。久本により補入。
七 霊異記によると、鵜垂郡(うたりのこおり)に住んでいた布敷臣衣女の命と交換した。
八 底・瑞本「とりかゝみてけり」、九本「とりから見てけり」、久本「取替テケリ」に従う。
九 最初に召し出された女。霊異記によれば山田郡の衣女。ただしこの女は閻羅王の呼び出しによって再び召し出される。宝物集はそのところを見落としたために筋をとり違えている。
一〇 葬式を性急にいそいでしたので。霊異記によると鵜垂郡の衣女の遺骸は三日で火葬にされてしまったため、許されて帰ってきても魂の入るところがなかったので、最初に召し出された女の肉体に入ったとある。
一一 底・九本「跡」を「諸」に誤写、瑞本により改めた。
一二 新しく鬼神に召し出された依女。霊異記によれば、「鵜垂(うたり)の郡の衣女」の魂を山田の郡の衣女の肉体に入れたとしなければならないはずである。宝物集は逆になっている。
一三 諸法の何と空寂であることか。「を」は詠嘆の気持を表わす。

[一]外《げ》道《だう》、仏弟子《ぶつでし》どもにあひて、「仏は諸法を空なりとのたまへども、諸法空なりとおもふべからず、苦《く》あるものは苦あり、楽《らく》あるものは楽あり、火はあつく、水はさむし。なにをもて諸法を空なりといふべきぞ」といひければ、仏弟子答《こたへ》て云《いは》く、「[二]大焦熱地獄《だいせうねつぢごく》の衆生は、苦患《〔くげん〕》ひまなしとはいへども、[三]阿鼻《〔あび〕》大城《だいじやう》の罪人の為には[四]他化自在天《たけじざいてん》を見るがごとし。[五]金輪聖王《こんりんじやうわう》の果報《くわはう》はたのしけれ共《ども》、四王天の眼《まなこ》の前には[六]等活地獄《〔とうくはつぢごく〕》を見るがごとし。人間の火はあつけれども、地獄《〔ちごく〕》の火にくらぶれば[七]水のごとし。娑婆《しやば》の氷はさむけれども、奈落《ならく》の氷にくらぶれば火のごとし。楽《らく》も楽にあらず、苦《く》も苦と云《いふ》べからず、火をもあつしと云《いふ》べからず、[八]氷をもさ[九]むしとおもふべからず」とこそ申《まうし》侍りけれ。されば、一切の経論《〔きやうろん〕》には、いづれか諸法の空なる事をしへぬは侍る。

法花経にも四巻《しのまき》には、「[一〇]諸法空為座《しよほふくうゐざ》」といひ、五巻《ごのまき》には、「[一一]観一切《くわんいつさい》法空《ほふくう》」など侍るめり。はやく此《この》思ひをなして、諸法の空寂なる事を観じ給ふべきなり。

心《〔こころ〕》ある人、皆、諸法空なる事を、歌《〔うた〕》にさへよみて侍るめり。

一 以下の外道と仏弟子の問答の出典未詳。

二 八層から成る地獄の第七番目の地獄。最底の阿鼻地獄の上にある。

三 阿鼻大地獄のこと。→二八頁注一四。

四 欲界にある六天のうち、頂天にある第六天のこと(一六七頁注一八)。この天に生まれた者は、他の楽しむものを自由に受用して、自身の楽しみにできるという。往生要集・大文一の一に「阿鼻地獄の人は、大焦熱地獄の罪人を見ること、他化自在天処を見るが如し」とある。

五 →一六頁注一二。

六 →二二七頁注一一。

七 往生要集・大文一の一に「人間の火はこれに比ぶるに雪の如し」とある。この表現法に準ずるならば、ここは「氷のごとし」とあるべきか。久・元本は「氷ノ如シ」とある。

八 底本「水」、瑞・九本「氷」とあるに従う。

九 底本「さびし」、瑞・九本「さむし」とあるに従う。

一〇 法華経・法師品に「諸法空為レ座、処レ此為ニ説法一」とある。法華経を説く人は、諸法空を自身の座所とする、の意。

一一 法華経・安楽行品に「復次菩薩摩訶薩、観ニ一切法空一」とある。菩薩は一切の法を空と観ずる、の意。

金葉集
399 色も香《か》もむなしととける法なれど祈《いの》るしるしはありけるものを
摂政前太政大臣《せつしやうさきのだいじやうだいじん》 忠通

詞花集
400 此身《このみ》をば空《むな》しきものと知《しり》ぬれば罪《つみ》うる事もあらじとぞおもふ
よみ人しらず

続詞花集
401 我もなし人も空《むな》しとおもひなば何か此世のさはりなるべき
赤染衛門《あかぞめのゑもん》

402 色にのみそめし心の悔《くや》しさに空《むな》しととける法《のり》ぞうれしき
小侍従《こじじゆう》

403 よしさらば散《ちる》もお《(を)》しまじ梅の花色香《いろか》もともに空《むな》しとぞ聞《きく》
藤原公衡朝臣《ふぢはらのきんひらのあそん》

[一二]天竺に国あり。天下お《(を)》さまり、人民《にんみん》たのしくして、[一三]一憂《いちいう》の凶《きよう》なし。国王、たのしみにほこりて、心《〔こゝろ〕》の置所《〔をきどころ〕》なきまゝに、「禍《〔わざはひ〕》と云《いふ》ものは、いかやうなるものやらん、禍《〔わざはひ〕》と云《いふ》ものもとめてまい《(ゐ)》らせよ」と云宣旨《いふせんじ》を下されたりければ、宣旨おもくして、大臣公卿《くぎやう》より人民百姓《にんみんはくせい》にいたるまで、禍《〔わざはひ〕》をもとむるに、猪《ゐ》のやうなるものをひとつたづね出《いだ》して、「是ぞ禍《〔わざはひ〕》よ」といひければ、悦《よろこ》びをなして国王に奉りたり

399 色も香もすべて空なりと説いた仏法であるが、仏法にのっとって祈るとその効験はあるのだなあ。「色も香も」は、般若心経中に「色・声・香・味・触・法」とあるうちの「色」と「香」をとり出した。

400 この身は空なるものと悟っているので、理懺悔により、罪を得ることもあるまいと思う。懺悔法に事懺悔と理懺悔の二種があって、諸法空を観ずる理懺悔の実践を通じて罪から解放されると説く。ここはその理懺悔を詠んだ。

401 我もない、相手も空なるものと思い切ってしまえば、もはやこの世には障害となるものはなにもない。第三句、底本「おもへなば」、瑞・九本により「おもひなば」に改めた。「な」は完了助動詞未然形で、悟ってしまったならばの意。空観に徹すると、執着がなく一切のわだかまりから解放されて自在になるという歌意である。

402 色にどっぷり染まった心が悔まれるあまりに、諸法空を説く法文が有難く受けとめられることだ。「色にのみそめし心」は、色欲をはじめとする煩悩五欲になずんだ心をさす。「染む」は色の縁語。「色即是空」の句を念頭に置いた詠であろう。

403 ままよ、梅の花が散るとも、もはや惜しむまい。色も香もともに「空」だと聞いたからには。第三句、底・瑞本「梅の花」、九・元本「桜花」。香を詠み込んでいるので、桜よりは梅とあるほうが本筋であろう。

一二 底本「天竺に花あり」、九本「花」を消して「国」と傍記。瑞本「天竺に国あり」。瑞本等により「国」と改めた。以下天竺の鉄を食う猪の話、旧雑譬喩経上・二十二(大正蔵四)にみえる。

一三 底・瑞・九本「一憂の凶」とするが、元本「一塵の凶」。文脈からみてほんのわずかな凶事もないの意だとすれば「一塵」が適切か。久本にはこのくだりなし。

ければ、国王あいして是をかひ給ふほどに、鉄《くろがね》より外《ほか》はくらふものなし。

やう〳〵年月《としつき》つもりて、国中の鉄《〔くろがね〕》つきうせぬ。けだもの、（もの）一をほしがりて荒《〔あ〕》れにければ、国王「うちころすべし」と云《いふ》宣旨を下し給ひにけれども、箭《や》たつ事なく、きれ共《ども》刀たつ事なし。火にやきたりければ、鉄《〔くろがね〕》のやうにて、二けだもののよる所ごとにやけうせぬ。国城《こくじやう》をはじめて、一国のこる所なし。一国猶《なほ》ほろびうす。いはんや三有《う》待如幻《だいによげん》の身に、ありといふ事なかれ。

四外道《げだう》の手の中《うち》の雀のごとし、五猿猴《ゑんこう》のとらんとする月に似《〔に〕》たり。六蝸牛《くわぎう》の角《つの》の上の争《あらそ》ひ、よそにおもふ事なく、石火《せきくわ》の光《ひかり》の間《あひだ》の楽《たのしみ》、着《ちやく》する事なかれ。

外道の手の中《うち》の雀のごとしと云《いふ》は、外道、仏の智恵をこゝろみんが為に、雀を手ににぎりて、「是は生《〔い〕》きたるものか、死《しに》たる物歟」と問《とひ》奉り、生《〔い〕》きたりとおほせられければ、つかみころし、死《〔し〕》にたりと仰《おほせ》らるれば、生《〔い〕》けてはなちなんとする事なり。

猿猴のとらんとする月のごとしと云《いふ》は、水に移りたる月を、五百の

一 底・瑞・九本「もの」なし、誤脱とみて補入。 二 火に焼かれた猪が立ち寄った所はすべて焼失した。 三 底本「有待如幻」、瑞・九本「有待如幻」に従う。有待身と同意。衣食住に頼って生存する凡夫の身、「有待之身、必仮二資籍一」（摩訶止観・四上）。

四 碧巌録一に「有二一外道一、手握二雀児一、来問二世尊一云、且道某甲手中雀児、是死耶是活耶。世尊遂騎二門閫一云、爾道我出耶入耶。外道無レ語遂礼拝」とある（大正蔵四十八）。京鹿子娘道成寺の中の所化と花子の問答中に、花子「この手の内の雀は生きているか、死んでいるか、当ててみやしゃんせいナ」。所化三「生きているといふたら、ぐっと締め殺さうでな」。所化四「死んでいるといふたら、放さうでな」の問答がある。宝物集に取材して構成した問答であろう（浅野祥子）。 五「獼猴捉水月」の譬喩。摩訶僧祇律七に、昔伽尸国波羅奈城にいた五百の猿が井戸の水面に映る月を取ろうとして手をつないで水面近くまで下り、木の枝で取り上げようとして水中に落ちたという譬え話を記す。獼猴の王は今の提婆達多、五百の獼猴は六群比丘に相当するとの譬喩談である（大正蔵二十二）。また法苑珠林五十三に「救月」の題で本話を掲げ（大正蔵五十三）、また経律異相二十一にも「提婆達多昔為獼猴取井中月」の題で本話を掲げる（大正蔵五十三）。いずれも摩訶僧祇律七が典拠。他に、注好撰・下、金言類聚抄、法門百首（雑）などにもみえる。

六 和漢朗詠集・下・無常に「蝸牛の角の上に何の事をか争ふ、石火の光の中にこの身を寄せたり」とあるのに拠った表現。この句の原拠は白氏文集。「蝸牛」は、かたつむり。蝸牛の左の角に触氏、右の角に蛮氏がそれぞれ国をかまえて土地を争ったという譬喩（荘子・則陽篇）から、つまらぬことで争うこと。「石火の光」は火打石の火が光る間。極めて短い時間のたとえ。

七 摩訶般若波羅蜜多心経。一巻。玄奘訳。般若経典群の説示を「空」という核心に凝縮して三百字足らずの小編にした経典。諸経典中もっとも流布した経である。 八「舎利子是、諸法空相、不生不滅、不空不増」とある。あらゆる存在は

猿《〔さる〕》のとらんとする事なり。

是皆ありともおもふべからず、なしともいふべからず。七般若心経《はんにやしんぎやう》に「八不生不滅《ふしやうふめつ》」〔と〕九説《とく》、この心《〔こゝろ〕》に侍るべし。

一〇野干《やかん》の木《こ》の実《み》をまもるに〔似〕《〔に〕》一一たり。幻師《げんし》一二の財宝をむさぼるがごとし。

野干の菓《このみ》をまもるが如しと云《いふ》は、狐、木の実の赤くうみたるをみて、木の下《〔もと〕》にありて、落《おち》たるを見て、肉《〔しゝむら〕》にあらざる事を云也《いふなり》。こまかには一三阿含経《あごんきやう》にみえたり。

一四幻師の宝《〔たから〕》をむさぼるがごとしと云《いふ》は、天竺《〔てんぢく〕》の一五幻師と云《いふ》術道《〔じゆつだう〕》のものなり。人に財宝をあたへたれば、よろこびて家に帰りてみれば、石瓦《いしかはら》になる事一六なり。委《くはしく》は一七仁王経《にんわう》に出《いで》たり。

次に一八不浄を観ずべしと申《まうす》は、我身も人の身も不浄なる事を観ずるなり。たとへば、一九絵《ゑ》がける瓶《かめ》の中《うち》にもろ〳〵の糞穢《ふんゑ》を入《いれ》たるが如しといへる、こまかには二〇横川《よかは》の僧都《そうづ》の二一往生要集《わうじやうえうしふ》にしるせり。

二二西施《せいし》・二三南威《なんゐ》がひとたびゐみし、みる人千金をお《〔を〕》しまざりし、野の間《あひだ》、塚《つか》のほとりにすてられしかば、その姿《〔すがた〕》にかはり、白き膚《〔はだへ〕》は青《〔あを〕》くくさり、赤き唇《くちびる》は黒《〔くろ〕》く成《なり》て、口より白き虫《〔むし〕》おほく出《いで》て、不浄爛漫《〔らんまん〕》せり。

空であって、不生にして不滅である。　九 底本なし、瑞・九本により補入。

一〇 真実を誤認したためにむだな行為をすること。「野干」は、キツネのこと。後に「阿含経にみえたり」とするが、それには検出できない。賓頭盧突羅闍為優陀延王説法経に次のようにあるところが典拠か。「亦如㆔野干見㆓甄叔迦樹㆒。其果似㆑肉。見㆑落㆑地時、便往欲㆑食、知㆓其非㆒㆑肉。更復生㆑念、今此非㆑肉。彼樹上者必当㆓是肉㆒。遂便守㆑之」（大正蔵三十二）。　一一 底本なし、瑞・九本により補入。　一二 底・瑞・九本「約師」、久本により「幻師」と改めた。幻師は魔法使い。幻師が財宝にみせかけた瓦礫を貪りとるという愚行をすること。後に「委は仁王経に出たり」とするが、その経には見あたらない。楞伽経二に「譬如㆔幻師幻㆓作一切種種形像㆒。諸愚痴人取以為㆑実。而彼諸像実不㆑可㆑得。…大慧。如㆘巧幻師依㆓草木瓦石㆒作㆗種種事㆖。依㆓於呪術人工之力㆒。成㆓就一切衆生形色身分之相㆒。名㆓幻人像㆒。衆生見㆓幻種種形色㆒。執著為㆑人而実無㆑人」（大正蔵十六）とあるところを典拠とするか。　一三 広くは原始仏教経典を言う。長阿含・中阿含・雑阿含・増一阿含の四部に分類されている。

一四 底・瑞・九本「約師」、久本により「幻師」に改めた。

一五 底・瑞・九本「やくし」、久本により「幻師」に改めた。

一六 底・瑞本「事なし」とし、「し」の右に「り」を傍書。九本「事なり」とする。九本に従う。

一七 仁王護国般若波羅蜜多経の略称。二巻。鳩摩羅什訳と不空訳の二種類がある。

8・3 不浄観

一八 不浄観を実践せよ。不浄観は人の屍体の前で坐禅して、遺骸が日々に腐敗してゆく様を観察し、人体の亡びやすく、無常であることを認識する観法。　一九 往生要集・大文一の五に、大智度論、摩訶止観を根拠にして、「外には端厳の相を施すといへども、内にはただもろもろの不浄を裹むこと、猶し画ける瓶に糞穢を盛れるが如し」とある。

二〇 比叡山横川の首楞厳院にいた恵心僧都源信の通称。→歌人解説。　二一 →六六頁注一〇。

二二 →二〇九頁注九。　二三 →二〇九頁注一一。

遠《とほく》、香《か》甚《はなはだ》にほひて、たゞ忍《しの》ぶべき人なし。犬は手をくひて東西《〔とうざい〕》にはしり、烏《からす》は眼《〔まなこ〕》をくじりて南北に飛《とび》、つゐ《(ひ)》に蓬《〔ゑもぎ〕》がもとに塵《ちり》となりて、残《のこり》の骨のみあり。誰《たれ》の心有《ある》人か是《これ》に着《ちやく》をなして、手とり口すひ床《ゆか》を一《ひとつ》にせん。この観念をなすとき、無始生死の罪障《〔ざいしやう〕》消滅《せうめつ》して、往生極楽の因を得る物なり。

この故に、恵《ゑ》心僧都《しんそうづ》は、「[一]此《この》不浄観ならずは、つねに塚《つか》の間にのぞみて、死人の屍《〔かばね〕》をみよ」とはをしへ給へるなり。

しかのみならず、観念によるが故に、罪《〔つみ〕》かへりて功徳《〔くどく〕》となり、悪変《へん》じて善となる事侍り。

少〻中《まうし》侍るべきなり。[二]仙預《せんよ》国王の人をころし、[三]東光梵士《とうくわうぼんじ》婬を行じ、[四]末利夫人《まりぶにん》の酒をすゝめし、皆《〔みな〕》破戒なりといへども、浄土の因となる也。

仙預国王の人をころし給ふは、仏法を信ぜぬもの[五]〔を〕殺し給ふ也。

東光梵士と云《いふ》は美人なり。あさましき下女、梵士を思ひかけて、あはずは身をなげて死なむとせしを、命をうしなはじがために、下女を婬するなり。

末利夫人の酒《〔さけ〕》をすゝむと云《いふ》は、国王の死罪を行《ぎやう》じ給ひしを、酔《ゑは》して

一 出典未詳。
二 底・瑞本「仙須」、九・久本により「仙預」と改めた(以下同じ)。仙預のこと、涅槃経十二に仙預が大乗経を誹謗した婆羅門の命根を断ち、地獄に堕ちなかったという仏説がみえる(大正蔵十二)。この部分は、経律異相二十六に引かれ、法苑珠林七十一に「如下仙誉国王殺二五百婆羅門一生二地獄中一。発二生信心一生中甘露国上」(大正蔵五十三)と言及され、また諸経要集十一にも同文が引かれている(大正蔵五十四)。
三 「燈光梵士」とあるのが正しい。止観輔行伝弘決二に「慧上菩薩経云」として燈光梵士が陶家の女に迫られて禁戒を犯す話を引く(大正蔵四十六)。慧上菩薩問大善権経・上に「燈光」を「焔光」として同話を載せる(大正蔵十二)。宝物集「東光」は「燈」と音通による錯誤であろう。
四 法苑珠林九十三に、波斯匿王が厨監の修迦羅を理不尽に処刑しようとしたが、末利夫人が王に酒肉をすすめ、自らも戒律に反して相伴し、修迦羅に対する王の誤解を解いて処刑を撤回させた話を「未曾有経云」として引いている(大正蔵五十三)。原拠は未曾有経(大正蔵十六)にみえる。
五 底本なし、瑞・九本により補入。
六 「鉢」は僧が托鉢のとき食飯を受ける器。智者の作る罪は、鉢の食飯のように、仏道成就のための貴重な糧となるという意。出典未詳。
七 煩悩はそのままさとりであり、生死の世界はそのまま涅槃の境界である。往生要集・大文六の二に「当に知るべし、生死即涅槃、煩悩即菩提、円融無碍にして無二・無別なることを」とある。底本「生死良涅槃」、瑞・九本によって「良」を「即」に改めた。
八 往生要集・大文五の四に「貪欲は即ちこれ道なり。恚、痴もまたかくの如し。水と氷との、性の異る処にあらざるが如し。故に経に云く、煩悩と菩提とは体二なく、生死と涅槃とは異処にあらずと云々」とある所に拠っている。宝物集諸本すべて「婬欲即是道」とするが、これは「東光梵士」の

こひうけんがために、酒《［さけ］》をすゝめしなり。是皆《これみな》逆罪なりといへども、みな浄土の因となりき。六智者のつくる罪《［つみ］》は、鉢《［はち］》のごとしと云《いふ》はこれなり。

七煩悩即菩提《ぼんなうそくぼだい》　生死即涅槃《しやうじそくねはん》

といひ、

八婬欲即是道《いんよくそくぜだう》　恚痴亦如是《いちやくにょぜ》

ととくは是なり。

むかし、九達摩《だるま》和尚《をしやう》の一〇［天］竺におこなひありき給ひけるとき、無智文盲なる僧二人して、一生涯の間囲碁をうつ外《ほか》、他の所作《しよさ》なし。見るものこれをにくみ、見る人かれをそしる。和尚、しづかなる時二人の僧に、囲碁をうつ故《ゆゑ》をとふに、一人の僧答《こたへ》て云《いは》く、「黒の死《［し］》ぬる時は、黒業煩悩《こくごふぼんなう》のうする事をよろこび、白の死《［し］》ぬる時は、白法善根《はくほふぜんこん》のめつする事を悲しみて、無上菩提《むじやうぼだい》を観念する」と申《まうし》ければ、和尚、随喜《［ずいき］》の涙《［なみだ］》をのごひて去《さり》ぬ。一一二人の僧、命終《みやうじゆう》の時、聖衆《しやうじゆ》の来迎《らいがう》にあづかりて、往生の相をあらはすといへり。

一二過去に一人の行者《ぎやうじや》ありき。睡眠煩悩《すいめんぼんなう》おもくして、常に眠《［ねぶ］》る事あり。

例をあげたために、あえて「貪」を「婬」にかえたか。

九 菩提達摩。中国禅宗の祖。南天竺の婆羅門国王の王子。般若多羅から教えを受け、中国に渡り、禅を伝えた。嵩山少林寺に入って九年間も面壁坐禅したと伝えられる。五三〇年没か。享年未詳。以下天竺僧達摩の見聞譚の出典は、心性罪福因縁集・上である。この説話は前出僧多羅の話(二八五頁)の直後に並んでいる。また今昔四の九の前半と同話。今昔もこの説話の直後に僧多羅と同一人物僧沢の説話を並べているので、心性集から取材したと思われる(大谷旭雄)。二人の僧が碁を打つ話は宇治拾遺・一三七にも載るが、法苑珠林三十四に「賢愚経云」として引用する優波毱多品冒頭部(大正蔵五十三)が原拠。達摩の見聞譚となった初見は今昔物語であるが、心性集の「我求二道法一従二流沙東一到二於五竺一未レ預二法流一」とする文を根拠にして日本人が達摩の見聞譚に置きかえたか。

一〇 底本なし、瑞・九・久本により補入。

一一 心性集では、二僧は忽然と消え失せ、室中に五色の光明が充満したとある。今昔物語には消え失せたことはみえない。

一二 以下の睡眠煩悩の重い行者の夢見の話、出典未詳。ただし大智度論の次の二か所はこの説話の成立に関連があろう。「如二仏説毒蛇喩経中一。有レ人得二罪於王一。王令二掌護二一篋一。篋中有二四毒蛇一。王勅二罪人一令二看視養育一。此人思惟。四蛇難レ近。近則害レ人。一猶叵レ養。而況於レ四。便棄レ篋而走。王令二五人抜レ刀追一レ之。…王者魔王。篋者人身。四毒蛇者四大。五抜刀賊者五衆」(巻十二〔大正蔵二十五〕)、「睡眠蓋者。能破二今世三事欲楽利楽福徳一。能破二今世後世究竟楽一。与レ死無レ異。唯有二気息一。如二一菩薩一以レ偈呵二眠睡弟子一言、汝起勿下抱二臭身一臥上、種種不浄仮名レ人、如下得二重病一箭入レ体、諸苦痛集安可レ眠、一切世間死火焼、汝当レ求レ出安可レ眠、如二人被レ縛将去殺一、災害垂レ至安可レ眠、結賊不レ滅害未レ除、如下共二毒蛇一同室宿上、亦如三臨レ陣白刃間一、爾時安可二而睡眠一」(巻十七)。この大智度論の前後を逆にして継ぎ合わせれば宝物集の話ができる。

行者、是によりて行業を退《〔たい〕》する事をかなしみて、仏天に此《この》事を祈請《きしやう》す。ある夜、あまりに眠《〔ねぶた〕》かりければ、うちとけて寝《〔ね〕》たりけるほどに、一人の天人来《きた》りて、「いかに蛇《くちなは》のあるには寝《〔ね〕》たるぞ」とつげければ、さは《〔わ〕》ぎおきて見るに、蛇《〔くちなは〕》もなかりければ、「いづちに蛇《〔くちなは〕》あるらん」といひければ、「汝が身の中に[一]四《よつ》の蛇《くちなは》あり、是を地水火風《ちすいくわふう》と云《いふ》。なんぞ外《ほか》に蛇《〔くちなは〕》をもとむる」といひてうせぬ。行者、そのとき、四蛇《しじや》を観念して、を《〔お〕》のづから睡眠《〔すいめん〕》まぬかれて、行業をつめり。観念の力ならずは、無上菩提《〔むじやう〕ぼだい》をばちかづくべき事にあらざるなり。

[二]教主釈尊、一夏《げ》九旬《じゆん》はてて、《〔と〕》[三]忉利天《たうりてん》より天竺へかへり給ふとき、おほくの人、我も〳〵とまい《〔ゐ〕》りあつまりける中に、[四]花色比丘尼《けしきびくに》は、証果《しようくわ》の羅漢《〔らかん〕》なれば、輪王《りんわう》のかたちを現じて、一番に拝み奉る。仏、もろ〳〵の弟子にむかつてのたまはく、「われをば誰《たれ》か一番にお《〔を〕》がみつる」と問給《とひ》ひければ、「花色比丘尼こそ一番に参じて侍《はんべり》しか」と申《まうし》ければ、[五]「須菩提《しゆぼだい》が石室《せきしつ》の中にて、袈裟《〔けさ〕》の綻《〔ほころび〕》ぬひて居《ゐ》たりしこそ、我をば一番に拝みしか」とぞ仰《〔おほせ〕》られける。

[六]若以レ色見レ我《もしいろをもってわれをみ》　以ニ音声一求レ我《おんじやうをもってわれをもとむれば》

一　四大の毒蛇。人間の肉体は地・水・火・風の四大によって成り立つ。この四大をそれぞれ毒蛇に見立てたのである。性霊集八「三島大夫為ニ亡息女一書ニ写-供ニ養法華経一講説表白文」に「誰図、四大毒蛇、忽闘ニ身城一、五蘊悪鬼、乍乱ニ心府一」とある。

二　忉利天より帰った釈尊が、輪王に変現した花色比丘尼に逢った話、大智度論十一を典拠とする(大正蔵二十五)。同部分は三国伝記二の四にも引かれている。

三　釈尊が忉利天から再び人間界に帰ってきた話、一二頁にみえる。

四　梵名、優鉢羅色、優波羅。意訳して、蓮華色、蓮華鮮。舎衛城の長者の娘。経典によって種々の伝がある。大智度論十三によると、蓮華色比丘尼は自らの体験を踏まえつつ、たとえ後で還俗してもよいから出家するのがよいと説いたという(大正蔵二十五)。

五　釈迦の十大弟子の一人。十六羅漢の一人にも数えられている。解空第一といわれる。大智度論十一によると、忉利天からもどった釈迦を迎える時、須菩提は空三昧に入っていた。

六　容貌、音声などの表面的なもので仏を求めても仏の真相を見ることができない。この偈、金剛般若論・下(大正蔵二十五)にみえる。

是人行ニ邪道一《このひとじやだうをぎやうじ》　不レ能レ見ニ如来一《によらいをみることあたはざらん》

是皆《これみな》観念の大意なり。この故に、観念をいたして、浄土往生したまへとはすゝめ申侍《まうしはんべ》るなり。

宝物集　巻第七

第九、臨終の悪念《あくねん》をとゞめて仏道をなるべしと申《まうす》は、たとひ[一]竹馬《ちくば》の時より、八十[二]〔の〕算《さん》にいたるまで、[三]忍辱精進《にんにくしやうじん》にして、念仏読経の功《〔こう〕》つめる人、一念の妄心《まうしん》によるが故に、かならず[四]生死《しやうじ》にとゞまるべきなり。[五]天竺《てんぢく》の長者、金《こがね》の釜《かま》をおし《（を）》とおもひしかば、蛇《くちなは》に成《なり》て中《なか》にわだかまる。舎衛国《しやゑいこく》の女、[六]〔鏡ヲ見テ〕かたちをよしと思ひしかば、髑髏《〔どくろ〕》の中の虫と成《なり》き。いはんや生死におゐ《（い）》て着《ちやく》をなさん人、往生浄刹《わうじやうじやうせつ》の素懐《そくわい》をとぐべからず。

されば、「[七]人の命終《みやうじゆう》の時は、おもはしからむ妻子や、おし《（を）》と思はん宝などをばなみせそ」と申《まうし》て侍るめり。

[八]臨終の作法《さほふ》しるしたる文《ふみ》の侍るには、「先《まづ》、弥陀《みだ》を西方《さいはう》の壁にかけよ。絵像・木像心にまかすべし。[九]五色《しき》の糸を弥陀の御手にかけ奉りて、病者《びやうじや》の手にとらせよ。すべて人おほくよする事なかれ。[一〇]五辛《しん》をちかづ

9 臨終正念

一 たけうまで遊ぶような幼いころ。
二 底・瑞・九本なし、久本により補入。
三 種々の侮辱や苦しみを耐えしのぶ行に精励すること。
四 迷妄の世界に踏みとどまるはずである。
五 以下「髑髏の中の虫と成き」まで、三宝絵・総序の「君見ずや、王舎城の長者の財を貯へてわが家富めりと楽しみしが、身終りて蛇になりて、古き家倉を守りしを。また見ずや、舎衛国の女人の鏡を見つつわが顔よしと慢(ほこ)りしが、命尽きて虫になりて、もとの尸(かばね)の頭に住みしを」とある文に拠った表現である。三宝絵が王舎城の長者が蛇になったことと、舎衛国の女人が虫になったことを組み合わせているのは、経律異相三十五(大正蔵五十三)に基づく三宝絵作者の創作か。
六 底・瑞・九本なし、久本により補入。
七 「妻子も珍宝も及び王位も、命終の時に臨んでは随ふ者なし。ただ戒と及び施と不放逸とは、今世と後世の伴侶となる」という大集経偈(往生要集・大文一の七)を念頭に置いた表現か。
八 「文」とは往生要集・大文六の二の臨終行儀のくだりをさす(石田瑞麿)。
九 往生要集の臨終行儀では「五綵の幡」とする。これは五色の細長い布。
一〇 五葷ともいう。大蒜(にんにく)・小蒜(ひる)・興蕖(にら)・慈葱(ねぎ)・茖葱(らっきょう)の五種。

くべからず。その外《ほか》、魚《うを》・鳥《とり》・肉《〔しゝむら〕》並《ならび》に酒の気《け》をとりのくべし。一土砂《どしや》の加持《かぢ》して病者の上にそゝぎて、善知識《ぜん〔ちしき〕》を枕《まくら》にすへ《(ゑ)》て、他念《たねん》なく念仏をすゝめよ。往生の思ひよりほかに、余《よ》の思ひをまぜず。仏生《ぶつしやう》の色より外《ほか》に、他の色を見せざれ」などぞ侍るめる。

二調達《でうだつ》が三六万蔵《ざう》の正教《しやうげう》をよみし、悪念によるが故に四阿鼻《〔あび〕》の底にしづみ、五慈恵僧正《じゑそうじやう》の行業《ぎやうごふ》のたかかりし、延暦寺《えんりやくじ》に執《しふ》をとめて六金《こがね》の天狗《てんぐ》となれり。七四禅比丘《しぜんびく》は地獄《〔ちごく〕》の相《さう》を見、八慈悲童女《じひどうによ》は天上《てんしやう》の報《〔むく〕》ひ《(い)》をうけたり。知《しん》ぬ、後世《ごせ》の善悪《ぜんあく》は臨終の一念によるといふ事を。

延喜《えんぎ》の御時、九無空律師《むくうりつし》とてやんごとなき聖人《しやうにん》おはしける。命終《みやうじゆう》の時、坊の天井《てんじやう》に銭《ぜに》を一万貫文をを《(お)》きたりけるを、お《(を)》しとはおもはざりけれ共《ども》、思ひ出《いだ》したりける妄念《まうねん》によるがゆへ《(ゑ)》に、往生の素懐をとげずして、蛇《〔くちなは〕》に成《なり》て、彼《かの》銭の中にぞ侍りける。年頃《〔としごろ〕》一〇檀那《だんな》たりけるが故に、一一枇《び》杷大臣《はのおとど》仲平 の一二夢にみえ給ひたりければ、大臣あやしと思ひて、律師の坊におはして、天井を見給ひければ、ちい《(ひ)》さらかなる蛇にて、銭にまじりてぞおはしける。大臣、涙《〔なみだ〕》をながし悲しみて、彼《かの》銭をもて一三一日の法花経を書写《しよしや》供養《〔くやう〕》し給へりければ、やがてその夜の夢に、此《この》功徳《〔くどく〕》に

一 光明真言をとなえつつ清浄な砂を病者のからだに散布する呪法。横川首楞厳院二十五三昧式に「可㆘以㆓光明真言㆒加㆓持土砂㆒置㆗亡者骸㆖事」とあるところに詳述。後に明恵はこの呪法を発展させ、光明真言土沙勧信記を著す。 二 提婆達多のこと。→一〇六頁注一二。 三 底・瑞本「去万歳」、九本「六万歳」とあり、「歳」に「巻カ」と傍書。久本「六万蔵」により改めた。「六万蔵」は六万の蔵に所蔵されている経巻の意で、厖大な量の経巻。往生要集・大文四の三に「調達は六万蔵の経を誦せしもなほ那落を免れざりき」とあるのに拠った。 四 →二八頁注一四。 五 良源のこと。元三大師とも。近江浅井郡の出身。康保三年(九六六)天台座主。同年、延暦寺大火となるが、堂塔を再建、教学を復興させたので比叡山中興の祖と称された。永観三年(九八五)一月三日没、七十四歳。元三大師の号は没月日に由来する。 六 今昔二十の二に、日本の天狗と示しあわせた震旦の天狗が登嶺する良源一行に力競べをいどみ、逆にからめとられて屈伏する話がある。良源が延暦寺に執をとめて金の天狗と化した話、それと一連のものか。 七 大智度論十七に四禅を得て阿羅漢となった仏弟子の一人が、増上慢を生じて阿鼻地獄に堕ちた話を載せる(大正蔵二十五)。往生拾因十に「四禅比丘謗㆓解脱㆒堕㆓地獄㆒」とある(大正蔵八十四)。 八 仏陀が過去世にあった時の名。慈童女が母への孝養によって都率天に往生する話、雑宝蔵経一の七が原拠(大正蔵四)であるが、往生要集・大文四の三に、先掲「調達は六万蔵云々」の文に続いて「慈童は一念の悲願を発して、忽ち兜率に生るることを得たり」とあるところに拠った。雑談集五、沙石集十末などにもみえる。 九 真然に密教を学び高野山座主となる。延喜十八年(九一八)没、享年未詳。無空律師が死後蛇になったと藤原仲平の夢中に告げた話、今昔十四の一とほぼ一致する。今昔は、日本往生極楽記・七、法華験記・上の七から取材している。私聚百因縁集九の十にも類話がある。 一〇 梵語、檀那波底の略。檀越とも。布施する人を寺や僧の側からいう語。 一一 藤原仲平。基経の二男。承平三年(九三三)右大臣、同七年左大臣となる。天慶八

よりて得脱《〔とくだつ〕》しぬる由《〔よし〕》をつげ給へりける。

されば、花[一四]をあひ《〔い〕》する人は胡蝶《こてふ》になり、鳥[一五]をあはれむものは畜生《ちくしやう》になるとなむ申《まうし》たるなり。

こゝをもつて、都率《[一六]とそつ》の僧都《そうづ》は、「眼《[一七]〔まなこ〕》は六賊《ぞく》の中の第一の大将なるが故に、臨終《〔りんじう〕》に見欲《けんよく》をおこさじがために、盲《〔めくら〕》にならん」とはねがひたまひし也。

遊子《[一八]いうし》が函谷関《かんこくくわん》の神となれる、月に心をとゞめしにより、衣通姫《[一九]そとほりひめ》の玉《たま》津島《つしま》の神となる、和歌《〔わか〕》の浦に執《[二〇]〔しう〕》をとめし故也。

函谷関、和歌《〔わか〕》の浦の事、歌《〔うた〕》にもよみて侍るめり。

404 天の戸を明《あけ》ぬ〳〵といひなして空《そら》なきしつる鳥の声かな

[二一]よみ人しらず

405 夜を籠《こめ》て鳥の空ねははかるとも世に逢《〔あふ〕》坂の関はゆるさじ

清《せい》少《せう》納《な》言《ごん》

是は、孟嘗君《まうしやうくん》が三千の客《かく》の中に、鶏《〔にはとり〕》のなくまねをするもの有《あり》しかば、鳥の空《そら》ねとはよむなり。

年(九四五)没、七十一歳。 一三 底・瑞・九本「夢にみえ給ひたりければ」、久本は「夢ニ見ルヤウハ、彼ノ銭ヲ取テ三宝ニ供養セヨト見ヘケリ」とある。 一三 死者供養のための写経の一種。多数の人に法華経の書写部分を分担して宛てがい、一日で全巻を書写する。頓写経とも。 一四 大江佐国が花を愛したため、死後蝶に生まれ変った話、発心集一の八にみえる。佐国は漢詩人で、十一世紀後半の人。 一五 鳥を哀れんで畜生に生まれ変った話、未詳。柿本講式に「就レ中或所にいはく、花を愛すれば蝶となて春の野にとび、水をあひすれば魚となて秋の淵にあそぶといへり」という例がある。 一六 覚超。→歌人解説。 一七 続本朝往生伝・十の覚超伝に「「願はくは清盲を得て、濁世のことを見ざらむ」といへり」とみえる。真言伝・六には「此人平生ニ三ノ願アリケリ。其願皆相叶ヒニケリ」として、その第三の願に「目ミルベカラズ」をあげている点をさす。「六賊」は眼・耳・鼻・舌・身・意の六根が六塵(色・声・香・味・触・法)からその功能等を掠奪すると見立てて、これを六人の賊に譬えていう。 一八 和漢朗詠集・下・暁の「佳人尽くに晨粧を飾る　魏宮に鐘動く　遊子なほ残月に行く　函谷に鶏鳴く」を踏まえた表現。後半は斉の孟嘗君が秦国を逃げた時の故事を詠み込んだもの。函谷関に鶏が鳴いて夜明けを告げても旅人たち(遊子、ここでは孟嘗君の一行)は残月の光を浴びて歩き続けたの意。江談抄六に、この遊子は黄帝の四十番目の最末子で、旅行を好み、旅先で客死するとき道祖神になろうと誓ったという故事を集注文選にみえるとして紹介している。江談抄か集注文選のいずれかを典拠としたのであろう。 一九 袋草紙・希代歌に、衣通姫が和歌浦に神として垂跡したとある。衣通姫→八九頁注二三。「玉津島」は和歌山市和歌浦にある玉津島神社をさす。祭神は衣通姫・稚日女尊(わかひるめのみこと)・神功皇后の三神で、特に衣通姫を和歌の神とした。 二〇 袋草紙・希代歌に、津守国基が堂建立のための壇石をとりに紀伊国へ行った時、玉津島神社を参拝し、そのあたりの人から衣通姫がこの場所を「ヲモシロガリ給テ神ト現テ垂レ跡給也」という話を聞いたと記している。「執をとめ」た

406 老《おい》の波よせじと人は厭《いと》ふともまつらん物を和歌《わか》の浦《うら》には

蓮《れん》敏《びん》法《ほふ》師《し》

407 ほの〲と霞《かすみ》こめたる和歌《わか》の浦の春の景色《けしき》はいかゞ見てまし

僧《そう》都《づ》公《こう》円《ゑん》

408 和歌《わか》の浦に雪ふりぬれば白田鶴《しらたづ》の蘆間《あしま》にたてる数そひにけり

寂《じやく》念《ねん》

波羅奈国《はらなこく》[一]に鸚鵡《あうむ》[二]頭陀師《づだし》といふ人、仏に申《まうし》てまうさく、「いかなればか、百年功徳《くどく》[三]をつくる人、地獄《ちごく》におち、百年罪をつくる人、浄土に往生する」。仏、頭陀師に告《つげ》てのたまはく、「百年功徳《くどく》をつくるものの地《ち》獄《ごく》におつるは、臨《りん》命《みやう》終《じう》の時、今生《こんじやう》に執《しう》をとむる妄念《まうねん》によるが故になり。百年罪をつくるもの、浄土に往生するは、臨終《りんじう》に弥陀を称念《しようねん》する故なり」とこそのたまひけれ。この理《ことわり》をばしらで、夢の中の世に着《ちやく》をなし、幻《まぼろし》の程のこの身に執《しう》をとむる人、おほくぞ侍る。

歌にて申《まうし》侍るべし。

藤《ふぢ》原《はらの》惟《これ》規《のり》

のはこのことをさすのであろう。

三 元良親王集によれば作者は元良親王。

404 夜が明けた夜が明けたとうそ鳴きをして門をあけさせた鳥の声よ。「天の戸」は天界の門。天界と地上を結ぶ通路にある門。函谷関の門も暗示する。「明けぬ」は、自動詞の明かるくなる意と、門を開ける意の他動詞と両様に解すべきである。後撰集・恋二所載歌には「女につかはしける」の詞書があるところからすると、後朝の別れをして帰宅した男があわただしい早めの別れをうらむ気持を詠った歌である。

405 まだ夜の明けないうちに鳥のうそ鳴きをしてだまそうとしても、函谷関はいざしらずこの逢坂の関は通行を認めないでしょうね。後拾遺集・雑二所載歌の長い詞書ならびに枕草子の「頭の弁の職にまゐりたまひて」の段によると、暗に逢う瀬を求めてきた藤原行成の書信に対して逢う瀬をこばむ返事の歌。

406 この老僧を寄せつけまいとお避けになるが、和歌の浦に在任するあなたの内心では、私を待っているはずです。後拾遺集・雑五の詞書によると、これは紀伊守に在任している源頼国に宛てた歌。「和歌の浦」は、頼国の任国、今の和歌山市付近の海をさすとともに、初句「老」に対する「若」をきかせ、「浦」は心のうちの意の「うら」を懸ける。「波」「寄す」「和歌の浦」は縁語。頼国と蓮敏との間に何か訴訟沙汰があったと思われる。

407 ほのぼのと霞が立ちこめる和歌の浦の春の景色を、あなたはどのように御覧になったことでしょうか。続詞花集・雑上所載歌には、熊野での修行を終えて里に出てきた僧正行尊に贈った旨の詞書がある。熊野は吉野大峰に連接する修験の行場。行尊が大峰に入って修験の回峰行を実践したことは有名。

408 和歌の浦に雪が降ったので、蘆の間にいる白鶴の数がふえたよ。「数そひにけり」は、白鶴が雪と見わけがつ

409 都《みやこ》には恋《こひ》しき人のあまたあれば猶《なほ》このたびはゆかんとぞ思ふ

紫《むらさき》　式《しき》　部《ぶ》

410 ゆくゐ《（へ）》なき空の煙《〔けぶり〕》となりぬとも思ふあたりをたちははなれじ

[四]空《くう》　仁《にん》

411 かく計《ばかり》うき身なれどもすて果《はて》んと思ふになれば悲しかりけり

藤原清輔朝臣《ふぢはらのきよすけのあそん》

412 子規《ほととぎす》あかでこの世をつくしてはかたらふ空の雲とならばや

高《たか》　松《まつの》　宮《みや》

413 それとだに知事《しること》ならばめぐりあふ六《むつ》の道をもまたまし物を

第[五]十に、善知識《ぜん〔ちしき〕》にあひて仏に成《なる》べしと申《まうす》は、たしかの往生の因にてぞ侍り。[六]たとひ一生涯の間、十悪《あく》五逆《ぎやく》を《（を）》おかせる人なり共《とも》、命終《みやうじゆう》の時は、阿弥陀仏の名号《みやうがう》を十念成就して極楽に往生すといへり。[七]善知識《〔ちしき〕》にあはずは、[八]〔十念具足セン事カタク侍ルベシ、縦ヒ〕十念成就《じやうじゆ》せずといふとも、若《もし》は一念、若《もし》は苦患《〔くげん〕》ひまなくせめて一念におよばずとも、西《さい》方《はう》におもひをかけて、弥陀そなたにおはしますとしりなば、往生する

きにくくなり、その数がふえたように見えるというのである。参考歌「和歌の浦に潮満ち来れば潟をなみ葦辺をさして田鶴鳴き渡る」(万葉集六・山部赤人)。底本第三句は「しゝたづ」、瑞・久本「しらたづ」に従う。一→二四四頁注三。以下の鸚鵡と仏との問答の話の原話は仏説鸚鵡経(大正蔵一)。中阿含経四十四(大正蔵一)、また今昔三の二十にも類話がある。二 鸚鵡経では鸚鵡摩牢兜羅の子とする。今昔では、仏が頭陀におもむいた家の主人の名を鸚鵡とし、父の名を兜調としている。宝物集が鸚鵡頭陀師という名にしているのは何らかの錯誤によるか。三 底・瑞本「つくり人」、九本「つくりし人」、久本「つくる人」により改めた。

409 都には恋しい人が多数いるので、やはり今回の旅は生きて帰ろうと思う。後拾遺集・恋三所載歌に父(藤原為時)とともに越後に下った作者が重病になり、病床から都の恋人に宛てた歌だという詞書がある。「たび」は「度」と「旅」の懸詞。後拾遺集のように第五句「いかむとぞ思ふ」だと「行かむ」と「生かむ」の懸詞になる。

410 私のなきがらは荼毘に付されてあてもなき空に立ち昇る煙となってしまったとしても、心は愛するあなたのもとを立ち去ることはありません。源氏物語・柏木所載歌で、死を目前にした柏木が、愛する女三宮に宛てた歌。四 底・瑞・九本「定仁」、久本により「空仁」と改めた。千載集・雑中は「空人」。

411 これほどまでにつらい身の上だが、いざ捨て果てようと思いつめる段になるとやはり悲しい。「すて果ん」は俗界を捨てて出家すること。

412 ほととぎすよ、心ならずもこの世をおさらばしたら、私はお前と懇意になれるように、空の雲になりたいものだ。ほととぎすは、死出の田長(たおさ)とも言われ、冥界におもむく亡霊の道案内をすると信じられていた。ほととぎすと仲よくしたいのは冥界で好遇を得たいからである。

413 あなたと邂逅することがあらかじめわかっているならば、たとい六道をさまよっても、あなたをお待ちする

10 善知識

事うべしといへり。

一海にうかぶ船は万里をはしり、松にはふかづらは千尋《〔ちひろ〕》にのぼる。二麒麟の尾につく蠅《〔はへ〕》は雲路《うんろ》にとび、三輪王《りんわう》の御幸《みゆき》にしたがふ農夫《のうふ》は虚空《こくう》をかける。

四忉利天《たうりてん》の園《〔その〕》には歓喜《くわんぎ》の色をふくみ、五蓮花世界《れんげせかい》の鳥は妙法《めうほふ》の文《もん》をさえ《〔へ〕》づる。六麻《あさ》の中の蓬《〔よもぎ〕》はためざるになを《〔ほ〕》く、七栴檀《せんだん》の林に入《いれ》ば、衣《ころも》を《〔お〕》のづからかうばし。

八善知識《ぜんちしき》にあふ人、必《かならず》臨終《りんじゆう》の時、無上《むじやう》菩提《〔ぼだい〕》の思ひをなす也。たとひ九竹馬《ちくば》の時より道心ある人、縁《えん》なく成《なり》ぬれば、善知識《〔ちしき〕》にあふ事なし。往生の難《〔かた〕》きにあらず、善知識《〔ちしき〕》にあふ事の難《〔かた〕》き也。

こゝをもて、法花経にも、「一〇善知識者是大因縁《ぜんちしきしやぜだいいんえん》」とはとかれて侍るなり。この故に、つねに善知識《〔ちしき〕》に心をかけて、たうとからむ聖人《しやうにん》ひとりを語《〔かた〕》らひてもつべきなり。

しかりといへども、縁《〔えん〕》なく成《なり》ぬれば、一一入海《にっかい》にあひ、岸よりおち、火にやけ、人にころされて、善智識にあふ事なき也。されば、人常《つね》の言種《〔ことぐさ〕》には、「一二臨終正念《りんじゆうしやうねん》、往生極楽《わうじやうごくらく》」をいのるべきなり。これは善知《〔ち》

だろうに。「またまし」は反実仮想。出典未詳。 五「善知識にあひて仏に成べし」を第十門とするのは底・瑞・九・元本の四本のみ。他本はすべて、第九善知識、第十臨終悪念の順になっている。 六 永観の往生拾因十に「観経説二下品下生一云、或有二衆生一作二五逆十悪一。臨二命終時一遇二善知識一。彼人苦逼不レ遑二念仏一。但称二無量寿仏一。如レ是至レ心令二声不一レ絶具二足十念一。命終之後見二金蓮華一。如二一念頃一即得二往生一」(大正蔵八十四)とあり、また永観の往生講式四段に「或人具二十悪五逆一、臨二命終時一遇二善知識一。具二足十念一。即得二往生一」(大正蔵八十四)ともある。宝物集が「経に云く」とせずに、「といへり」とあるところをみると、ここは観無量寿経よりは永観を典拠としているとみるべきであろう。 七 底本「いへる」、瑞・九本により改めた。 八 底・瑞・九本なし、元本により補入。

一 広大な海に浮かぶが故に微小な船でも万里の遠くまで行くことができる。弱小なかずらであるのに、長大な松にまきつくが故にそのかぼそい蔓でまきついて天のかなたまで達することができる。以下「衣をのづからかうばし」まで、すぐれたものに拠れば、弱小のものでも、大きな成果をあげることができる、ということわざを並べ立てて、すぐれた善知識に拠りすがって往生をとげよと勧めている。「善知識」を様々に譬喩するのは、法句経、安楽集、観心略要集等の手法を模したか(荒木浩)。 二 青蠅は遠くまで飛ぶことができないが、麒麟のしっぽにとまっていれば千里まで行くことができる、の意。史記・伯夷伝・索隠に「蒼蠅附二驥尾一而致二千里一。以譬下顔回因二孔子一而名彰上」とある。 三 天輪王のこと。→一六頁注一一。往生要集・大文十の五に「安楽集には、七喩を以てこの義を顕す」として「劣夫も、もし輪王の行に従はば、便ち虚空に乗じて飛騰すること自在なり」とあるのに拠った一文。 四 →一〇頁注一六。「忉利の都は　歓喜の御名をぞ唱ふなる」(梁塵秘抄二〇五)。 五「蓮花世界」を蓮花蔵世界ととれば華厳経に説く浄土となるが、ここは蓮花咲く極楽浄土をさす。「極楽浄土のめで

識《しき〕》にあふべき相《さう》なり。

[一三]ある人、一生涯の間、仏法を信ぜずして、このみて罪をつくり、病悩をうけて後、はじめて善知識《〔ちしき〕》を請《しやう》じて、臨命《りんみやう》の時、善知識《〔ちしき〕》の聖人《しやうにん》に云《いはく》、「我《われ》、一生涯の間、仏法を信ぜずして、一善なき故に、いま地獄《〔ぢごく〕》のむかへを得て、[一四]火車《くわしや》すでに眼《〔まなこ〕》の前に現《げん》ぜり」とかなしむ。

善知識《〔ちしき〕》教へていはく、「罪をつくれば地獄《〔ぢごく〕》のつかひを得《え》、〔[一五]仏ヲ念ズレバ聖衆ノ来迎ニ預ル者ナリ。〕南無阿弥陀仏と[一六]十度《〔たび〕》申せ」とをしゆ。

罪人、善知識《〔ちしき〕》の教《をしへ》にまかせて、南無阿弥陀仏とこゑをあげてとなふならば、善知識《〔ちしき〕》いまだ十ぺんにみたざるに、問《〔と〕》ひて云《いはく》、「たゞ今、何の相《〔さう〕》を見る」、罪人こたへて云《いふ》、「火車《くわしや》轅《〔ながへ〕》を返して、[一七]蓮花台《れんげだい》来《きた》りてむかへん〔[一八]とす〕」とぞ申《まうし》ける。

「[一九]火車自然去《くわしやじねんこ》、蓮台即来迎《れんだいそくらいがう》」ととくは是《これ》也。こまかには[二〇]法鼓経《ほつくきやう》にぞ申《まうし》たる。

月を見れば涼《すず》しく、日にあたればあたゝか也。弓をとれば物の射《〔い〕》たく、筆をとれば文字の書《かき》たきなり。それがやうに、善知識《〔ちしき〕》にあへば善

たさは　一つも空なることぞ無き　吹く風立つ波鳥もみな妙なる法をぞ唱ふなる」(梁塵秘抄一七七)。極楽にいる鳥が妙法をさえずることは、阿弥陀経に「是諸衆鳥、昼夜六時、出二和雅音一。…是諸衆鳥。皆是阿弥陀仏。欲レ令二法音宣流一」(大正蔵十二)とみえる。六 麻はまっすぐに伸びる植物。その茂みに生える蓬もつられて曲らずに伸びることから、善人とつきあうと感化されて自然によくなるの喩。荀子・勧学篇に「蓬生二麻中一不レ扶而直」とあるのが原拠。七 往生要集・大文十の五に「栴檀の樹出成する時は、能く四十由旬の伊蘭の林を変じて、普く皆香美ならしむ」とあるのを応用した表現であろう。八 底本「識」を「職」に作る。九 以下、「識」に改めた。→三〇七頁注一。一〇 法華経・妙荘厳王本事品にみえる句。人々を仏道に導くところの善知識は悟りに達するための大きな機縁となるものだ、の意。往生要集・大文十の十に「故に法華に云く、「善知識はこれ大因縁なり」と。また、阿難言く、「善知識はこれ半因縁なり」と。仏の言はく、「しからず。これ全因縁なり」」とあるところからの引用か。一一 海におちておぼれること。一二 臨終に当って正しく阿弥陀仏を念ずれば、極楽に往生する、の意。恵心僧都の自行略記に「願仏菩薩。哀愍覆護。滅罪生善。臨終正念。往二生極楽一」とある。一三 以下の仏法を信じない人が臨終に念仏をとなえ火車の来迎を退けたこと、今昔十五の四十七と同原の説話。この説話は、発心集四の七、三国伝記九の十五にも引きつがれており、閑谷集に「火車来迎といふことあり、地獄へ行く人のむかへには、をんなの玉の車に乗りてきたることのあるなり、それを見てめでたしと思ひて乗れば、火の車となる、そのこころをよめる、いつはりの玉のをとめにばかされてたけき思ひの車にぞ乗る」のような詠歌があるところをみると、中世初頭に広く流布したと思われる。一四 猛火の燃えている車。罪人を乗せて地獄へ運んだり、または罪人を呵責するために用いた車。一五 底・瑞・九本なし、久本により補入。一六 「南無阿弥陀仏」と十回となえること。十念。今昔では「千度」とする。一七 蓮華座のこと。蓮台とも。仏・菩薩の

を修《しゆ》し、悪人にあへば悪をなすなり。

〔天竺[一]に一人の上人あり、〕道心《だうしん》堅固にしてひとへに仏道をもとめ[二]、歩《あゆ》まば蟻《あり》の子の足にさはらん事をおそれ、眠《ねぶり》ては大象《だいざう》の尾にかゝはらむことをし悲しみ、朝《あした》には講宴を行《おこな》ひ、夕《ゆふべ》には経論を誦《じゆ》す。やうやく年序つもりて、人、仏のごとくに帰《き》す。

一人の若き女、常に聴聞のために来《きた》る。聖人自然《じねん》にみなれて、愛念をなして、こまかにかたらふに、女人《によにん》こたへて云《いはく》、「我に心ざしあらば、僧の姿《すがた》をあらためて、男《をとこ》に成《なり》たらばあふべし」といひければ[三]、心ざし浅《あさ》からざるがゆへ《ゑ》に、すでに優婆塞《うばそく》の姿に成《なり》て、本意をとげつ。人、是を聞《きき》て帰依《きえ》せざるがゆへ《ゑ》に、衣食《えじき》の二事《じ》かけぬ。かるがゆへ《ゑ》に、山の鹿《かせぎ》をころして、肩《かた》にかけて市《いち》に出《いで》てうりて、夫妻《ふさい》が世路《せいろ》をわたる。

ある日、弓箭《ゆみや》をさげて鹿をとらむが為に山へゆく道に、むかし同朋《どうほう》の羅漢《らかん》ゆきあひて、涙をながして恥《はぢ》しめ、かなしみ、をしへければ、即《すなはち》、弓矢をきりすてて《ゝ》、又出家遁世《しゆつけとんせい》して行《おこな》ひて、そのたびつゐ《ひ》に須《しゆ》[四]陀洹果《だをんくわ》を得たり。

これをもて、弥陀は刪提嵐国《さむだいらんこく》[五]の無上念王《むじやうねんわう》[六]と申しし時《ゝ》、宝海《ほうかい》[七]梵士《ぼんじ》の

座する蓮華の台座。一八 底・瑞本なし、九本により補入。一九 拾遺黒谷上人語灯録・下に「サレバ経ニ、若人造多罪。得聞六字名。火車自然去。花台即来迎。極重悪人無他方便。唯称弥陀得生極楽。若有重業障。無生浄土因。乗弥陀願力。必生安楽国」とあり、孝養集・下に「経に曰、若作二五逆罪一、得レ聞二六字名一、火車自然去、華台即来迎、文の意は若し五逆をつくるといへ共、終る時南無阿弥陀仏と云六字を聞事あらば、地獄の迎へ去て、極楽の迎可レ来と云り」とある。二〇 大法鼓経には、この偈は存在しない。往生拾因十に「故安楽集引二法鼓経一云。若人臨終時不レ能二観念一。但知二彼方有レ仏作二往生意一亦得二往生一」とある。ここに引く法鼓経は、安楽集所引のものをさし、偽経の「法句経」だという(荒木浩)。了慧の往生拾因私記には、安楽集に「法鼓経云」としているが確認できないとしている(浄土宗全書十五)。

一 底・瑞本なし、九本により補入。以下の一上人の説話、出典未詳。
二 底・九本「もとめん」とある。「ん」は衍字とみて削除。瑞本は「もとわん」。
三 底・瑞本「といひそれは」、九本「といひければ」に従う。
四 預流果と同じ。はじめて、聖者の数に入ること。声聞の修行の階梯たる四果の中の初果。
五 悲華経によると、刪提嵐国は阿弥陀仏の因位の時の娑婆世界の名。以下「西方の教主とあらはれ給ふ」まで、往生拾因三に「又悲華経説、我於二往昔一過二恒沙劫一。此仏世界名二刪提嵐一有二輪王一名二無諍念一。有二大臣一名曰二宝海一」とみえるところからの引用(大正蔵八十四)。また、孝養集・中、三国伝記四の十三にもみえる。
六 阿弥陀仏の因位の時の名。悲華経では「無諍念王」と書く。
七 無諍念王に仕えた臣下。
八 阿弥陀仏の因位の時礼拝した仏。

すゝめによりて、[八]空王仏《くうわうぶつ》を拝して、今西方《さいはう》の教主とあらはれ給ふ。[九]阿《あ》闍世王《じやせわう》の逆罪をお《(を)》かせりし、[一〇]耆婆大臣《ぎばだいじん》がをしへによりて、釈尊の御弟子《みでし》と成《なり》て、つゐ《(ひ)》に霊山《りやうぜん》の聴衆《ちやうしゆう》につらなる。[一一]僧法《そうほふ》が僧行《そうぎやう》をすくひ、[一二]頼光《らいくわう》が[一三]知光《ちくわう》をみちびく、善知《ち》識《〔しき〕》と申《まうす》べきなり。

極重悪人《ごくぢうあくにん》の、善知《ち》識《〔しき〕》にあひて得脱《〔とくだつ〕》せる事、少ゝかんがへ申《まうす》べき也。

[一四]昔《〔むかし〕》、仏生国《ぶつしやうこく》に血の雨下《ふり》て、国土あまねく紅《くれなゐ》也。国王、大きにおどろき給ひて、陰陽《おんやう》にとひ、智臣《ちしん》にたづねたまふに、「今夜《こんや》、もし悪人などのむまれたるか。今夜むまれたらん赤子《〔あか〕ご》をめして見給へ」と申《まうし》ければ、舎衛城《しやゑいじやう》の内に、その夜むまれたる赤子をめしあつめて見給ふに、一人の赤子《〔あか〕ご》、口より焔《〔ほむら〕》を出《いだ》す。是を[一五]〔人〕《にん》蟒《まう》となづけて[一六]遠き島に放《〔はな〕》つ。或経には広野にはなつといふ。

さて、国に罪《〔つみ〕》あるものをばこの島《〔しま〕》に放《〔はな〕》たる。人蟒すなはち是をくらふ。悪風にあひて此《この》島によるものをばくらふ。人蟒、人をくらふ事七万二千人也。その罪《〔つみ〕》、[一七]算分喩分《さんぶんゆぶん》に及《およば》ず。

これをあはれみかなしみて、阿難尊者《あなんそんじや》を善知識《ぜん〔ちしき〕》につかはしてみちびき給ふに、人蟒、阿難を[一八]〔七返〕《ななかへり》見たりしが故に、七度《ど》天上にむまれ

九 →三五頁注一五。阿闍世王の逆罪の話、今昔三の二十七にみえる。

一〇 →三五頁注二〇。

一一 地獄に堕ちた僧行を、僧法が一日に法華経一部を頓写して救済する話、今昔七の二十三にみえる。同話は、三宝感応要略録・中、法華伝記八にもみえる。

一二 礼光とも。奈良時代の三論宗の僧。生没年未詳。元興寺の智蔵に師事し、智光とともに三論を学ぶ。晩年浄土教を信仰し、観想念仏に専心、数年後に没。智光は頼光の極楽往生を夢に見て、阿弥陀浄土図を描かせるが、これが智光曼荼羅とよばれた。夢に現われたことが智光に対する導きとなった。

一三 生没年未詳。三論宗の学僧。河内に生まれる。九歳のとき出家、元興寺の智蔵に師事、頼光とともに三論を広め、のち浄土教に帰依する。頼光の没後その極楽往生を夢に見て浄土変相図(智光曼荼羅)を描かせ、自らも往生したという。三論宗元興寺流の祖。著に浄名玄論略述など多数。頼光、智光の話、日本往生極楽記に初出、往生拾因八、今昔十五の一、普通唱導集・下、十訓抄五の五、私聚百因縁集七の五その他にみえる。底・瑞・九本「知光」とするが、「智光」が正しい。

一四 以下、血の雨の降る日に生まれた人蟒の話、衆経撰雑譬喩・下の三十八が出典(大正蔵四)。曾我物語六にも同話を引く。

一五 人蟒は人間の顔をした蛇。「人」、底・九本なし、瑞・久本により補入。

一六 底本「をき島」、瑞・九本により改めた。「遠」を変体仮名の「を」と読み誤ったものであろう。

一七 数えたり、譬えたりすることができない。「極楽依正の功徳、無量にして、百劫・千劫にも説いて尽すことあたはず。算分・喩分もまた知る所にあらず」(往生要集・大文二序)。

一八 底・瑞本なし、九本により補入。

て、つゐ《（ひ）》に果《くわ》を得たりといへり。

[一]央崛摩羅《あうくつまら》は、外道《げだう》の説をもちひて、千人が指《〔ゆび〕》をきりて、編《〔あ〕》み集《〔あつ〕》むべき願有《ぐわんあり》て、すでに九百九十九人が指をきる事をえたり。仏、是をあはれみて、道にゆきあひて、神通《じんつう》をもて、刀《かたな》のおよばぬさきにたちておはしましければ、人はおぢてあはぬに、うれしとおも[二]〔ひ〕ておひ奉りて云《いはく》、「住《ぢう》[三]〻《ぢう》大沙門《だいしやもん》、浄飯王太子《じやうぼんわうたいし》、我是央崛摩《われはこれあうくつま》、我当税一指《われまさにいつしをとりたつるべし》」といひて、仏をおひ奉る。仏にちかづき奉るをもて、善知識《ぜん〔ちしき〕》として、滅罪生善《めつざいしやうぜん》して、果《くわ》をえたりといへり。

[四]舎衛国《しやゑいこく》に一人の梵士《ぼんじ》[五]あり。形《〔かたち〕》よからむ女《〔め〕》をまうけんが為に、一城《いちじやう》を見めぐるに、母ばかりの美人なし。この故に、母を人ばなれたる所へすかしやりて、おか《（を）》さんとするに、母、拒《〔すま〕》ふとすれども、女はかひなきものなれば、つゐ《（ひ）》にしたがひにけり。あひ見て後は、かなふべき事ならねば、心ざしふかくてすぐる程に、心にまかせてあはんがために、父をころしてげり。父なくなりて後《のち》は、心にまかせて住《〔す〕》みわたるほどに、見きく人、是をいま〳〵しがりてければ、母、この事をはぢて、隣国におと《（を）》こをまうけて、にげんとしけるを聞《きき》つけて、「昔《〔むかし〕》こそ母に

一　指鬘比丘のこと。↓一八七頁注八。翻訳名義集二に「西域記云、唐言二指鬘一、旧曰二央掘摩羅一。訛也。殺レ人取レ指。冠レ首為レ鬘。鴦崛摩鬘経云、師教二殺人一限至二于百一。各貫二一指一。以鬘二其頭一」（大正蔵五十四）。央崛摩羅の話、央掘魔羅経一（大正蔵二）、経律異相八（大正蔵五十三）、賢愚経十一（大正蔵四）にみえる。今昔一の十六、三国伝記四の十六等にもみえる。

二　底・瑞本「おもて」、九本「おもひて」に従い「ひ」を補入。

三　央掘魔羅経一では「住住大沙門　白浄王太子　我是央掘魔　今当税一指」とある。底本第四句「税」を「訖」とし、左に「切ィ」と傍書。瑞本は「税」とし、右に同様に傍書。九本は「切」。今、瑞本、央掘魔羅経により改めた。とまれ、とまれ、大沙門浄飯王太子よ。我こそは央崛摩であるぞ、我は今指一本をとりたてるぞよ、の意。経によると、これは沙門瞿曇を殺そうとした時、これを制止させようとした世尊に向かって央崛摩羅が吐いた偈。浄飯王↓一七一頁注一七。

四　以下の話、出典は阿毘達磨大毘婆沙論九十九（大正蔵二十七）。今昔四の二十三に同話を載せる、ただし後半を欠く。三国伝記三の二十八にもみえる。

五　婆羅門とも。↓一七頁注二三。今昔は梵士の名を「大天」とする。三国伝記は「摩訶提婆ト云者アリ。唐ニハ大天ト翻ス」とある。翻梵語・四に「摩訶提婆王子、経曰大天」とある（大正蔵五十四）。

ては有《あり》しか、今[六]は我《わが》つまなり。なんぞ他人の肌《〔はだ〕》ふれんとする」とて、腹立《〔はらだち〕》て打《〔う〕》ちけるほどに、母をうちころしてげり。

さて、梵士《ぼんじ》、祇園精舎《[七]ぎをんしやうじや》をとを《(ほ)》りけるを、仏弟子《ぶつでし》等《ら》いま〳〵しがりてみざりければ、腹《〔はら〕》をたてて《〔と〕》、僧坊に火をはなちて焼《やき》つ。おほくの聖教《しやうげう》やけぬ。仏、この重罪をあはれみかなしみて、善知識《ぜん〔ちしき〕》と成《なり》てすくひ給ふ事あり。かくのごとくの悪人すら、善智識の力《〔ちから〕》にたすかる。いはんや、これほどの重罪なからむ人の、善知識《ぜん〔ちしき〕》にあひて往生極楽をねがはんに、ゆめ〳〵うたがひ有《ある》べからず」

此《この》梵士と云《いふ》は、大天《だいてん》が事也。[八]ある経には、「死去の後はうぶるに、重罪によりてやけず。犬の糞穢《ふんゑ》をかけてやく」など申《まうし》ためり。又、祇《ぎ》園精舎《をんしやうじや》の僧坊をやくたび、おほくの仏弟子をころすとも申《まうし》ためり。聖《しやう》教《げう》の異説《いせつ》、よく〳〵定説《ぢやうせつ》をたづぬべき也。

「又、[九]不動国《ふどうこく》の金字太子《こんじたいし》の、うき事にあひて出家遁世《〔とんせい〕》しておこなひ給ひし、仏《〔ほとけ〕》、「善智識にあふ人也」とぞのたまひける。

吾朝《わがてう》にも、ことにあひて世をそむける人、おほく聞えし也。少〻申《まうし》侍るべし。

六 底本「とは」、瑞・九本「今は」に従う。

七 →一一二頁注一〇。大天が祇園精舎を焼く話、未詳。

八 大毘婆沙論をさす。九十九巻に次の記事がある。「積置二一処一而焚二葬之一。持レ火来焼随至随滅。種種方計竟不レ能レ然。有二占相師一。謂衆人曰。彼不レ消二此殊勝葬具一。宜下以二狗糞一而灑中穢之上、便用二其言一。火遂炎発。須臾焚蕩、俄成二灰燼一」とある。

九 不動国の金字太子の説話、出典未詳。

一 義懐《よしちか》中納言は、花山院《くわざんゐん》のいづくともなくうせ給ひしかば、二 惟成弁《これしげのべん》とふたり、出家遁世《〔とんせい〕》してこもり給ひにけり。中納言は三 飯室《〔いゐむろ〕》と云《いふ》所にて、花を見てかくぞよみたまひける。

414 見し人もとはずなり行《ゆく》山里に心ながくもきたる春かな

四 源兼長《みなもとのかねなが》、おもはしかりける妻《つま》をもちたりけるが、いたくとを《(ほ)》くはなくて、二三日ばかりの道なる所へゆくとて、「今疾《〔と〕》くかへらん」と五いひて、夜もすがら語《〔かた〕》らひて行《ゆき》にける。まことにほどなくかへり来《き》て、なにとなく心のさは《(わ)》ぎければ、やがてかの妻《め》のもとに行《ゆき》たりければ、つかひける女《〔め〕》の童《〔わらは〕》の、うちなきて門《〔かど〕》に立《たち》たりければ、いよ〱心まどひて、「いか成《なる》ことの有《ある》ぞ」といそぎとへば、「はやく御《ご》前《〔ぜん〕》はうせ給ひにしかば、よべより鳥辺《〔とりべ〕》野の野辺《のべ》へを《(お)》くりまい《(ゐ)》らせき」といひければ、物もおぼえざりければ、やがて六 鳥辺野《とりべの》〔の〕辺へゆきて見れば、ながやか成《なり》し髪《〔かみ〕》のつきながら、頭《〔かしら〕》をば犬のかゝへて七 かぶりけるをみれば、歯《〔は〕》には八 鉄漿《〔かね〕》うちつけて、一めみしにはたがはざりけるがかなしさに、やがて法師に成《なり》て、かくぞよみ侍りける。

一 藤原義懐。→歌人解説。
二 藤原惟成。左少弁雅材の子。花山天皇が皇太子のとき東宮学士に任じ、即位の後その寵臣となった。寛和二年(九八六)出家。永祚元年(九八九)没、享年未詳。
三 比叡山横川にある別所。
414 昔会った人が誰も来なくなったこの山里に、心変りせず訪れた春だなあ。「心ながく」は気長に。以前からの心が変ることなく。自然がゆったりとしているのに対して人の心の短さを諷じている。
四 →歌人解説。以下にみえる愛妻急死の説話、出典未詳。
五 底・瑞本「とていひて」、「て」は衍。九本の「とい〻て」に従う。
六 底本「鳥辺野辺へ」、瑞本の「鳥辺野〻辺へ」に従い「の」を補入。
七 かじる。大口あけて喰らいつく。
八 歯を黒く染めるための液。おはぐろ。

415 有《あり》しこそ限り也《なり》けれ逢事《あふこと》など後《のち》の世とちぎらざりけん

[九]大江定基《おほえのさだもと》、[一〇]おもはしかりける妻《つま》におく《(を)》れて、世の中をうらみて、[一一]大《だい》唐国《たうこく》へ[一二]まかりけるところに、[一三]山崎宝《〔たから〕》寺といふ所にて、母のために八《はっ》講《かう》を行ひけるに、[一四]静照法橋《じやうせうほつけう》を請《しやう》じて説法せさせけるに、法花経釈《しやく》したてまつるとて、「[一五]あすよりは、べうはうれんぐはと誦《じゆ》すと云《いふ》とも、けふは妙法蓮花経と釈してきかせ奉らむ」といひけるより、聴聞《ちやう〔もん〕》の人みな泣《〔な〕》きにけり。[一六]施主分《せしゆぶん》に成《なり》て、「日西《ひにし》にかたぶかば、聖人《しやうにん》の他州《たしう》におはする事をわすれ給ふな。月東《〔ひんがし〕》に出《いで》ば、悲母《ひぼ》の古郷《こきやう》にとゞまり給ふ事おもひ出《いで》たまへ」といひけるに、当座に五百人まで道心《だうしん》をおこして出家したるよしをこそ、[一七]諸家《しよけ》の日記に侍るなれ。

さて、「静照《じやうせう》をもて導師《だうし》とすべからず」と宣旨《せんじ》下《く》だりけりなどぞ申《まうし》侍るめる。かやうの縁《〔えん〕》にしあひて出家遁世《〔とんせい〕》する人も、善智識にあふなり。そのころの人、「[一八]一定《いちぢやう》渡海はせんずるか」と申《まうし》ければ、

416 とゞまらんとゞまらじとも思《〔おも〕》ほえずいづくもつゐ《(ひ)》の住《〔すみ〕》かならねば

415 せんだって逢った時が最後だったなあ。あの時、後世にも逢おうとなぜ約束しておかなかったのか。

九 入宋僧寂照。→歌人解説。以下の山崎宝寺で八講を行ったこと、続本朝往生伝・三十三、大鏡六、撰集抄九にみえる。

一〇 三国伝記十一の二十四には「赤坂の力寿と云遊女」とある。

一一 寂照は長保五年(一〇〇三)入宋した。このとき中国は唐朝が亡び、宋の時代であった。したがって「大唐国」の呼称は正しくないが、この場合中国の通称と解すべきであろう。

一二 底・瑞・九本「まかりけるところに」。「と」は衍か。久本は「渡リケルトテ」。元本「マカリケル比」。

一三 京都府乙訓郡(現、大山崎町)にあった寺で今の宝積寺。山崎寺ともいった。

一四 →二六六頁注一。

一五 明日からはお互い(旅立つ者・とどまる者)の無事を祈って「妙法蓮華…」と経典を読誦することになりますが、今日のところは私(静照)から妙法蓮華経につき講釈をおきかせ申し上げます、の意。

一六 説法において施主の功徳を述べる部分。

一七 いかなる日記か未詳。

一八 外国へ行くため渡海するのは、まちがいないのでしょうか。

416 この国にとどまるともとどまらぬとも考えませぬ。どこも終の住みかではありませんので。

一 扶桑略記・長保五年(一〇〇三)八月二十五日の条に「寂照離二本朝肥前国一、渡レ海入唐」とみえる。 二 五台山のこと。→一五三頁注三一。 三 誰もいないあばら屋で、ただ一人病

[一]つゐ《(ひ)》に大唐国へわたりて、[二]清涼山《しやうりやうぜん》の麓《〔ふもと〕》に草庵をむすびて、命終《みやうじゆう》の時、かくぞ申《まうし》侍りける。

[三]荒屋無レ人扶レ病起《くわうをくひとなくやまひをたすけておき》　香炉有レ火向レ西眠《かうろにひありにしにむかひてねむる》
[四]笙歌遥聞孤雲上《しやうがはるかにきこゆこうんのうへ》　聖衆来迎落日前《しやうじゆらいがうすらくじつのまへ》

法名寂照《ほふみやうじやくせう》、三川入道《みかはのにふだう》と云是《いふこれ》なり。

[五]源《みなもと》の満仲《みつなか》が、あまりに罪《〔つみ〕》をつくりけるをかなしみて、[六]法眼源賢《ほふげんげんけん》と申《まうし》ける子息《しそく》の、延暦寺《えんりやくじ》に侍りける比《ころ》、[七]恵心僧都《ゑしんそうづ》や[八]院源座主《ゐんげんざす》などのいまだわかゝりけるころ、かたらひて、摂津国《つのくに》の家にぐして行《ゆき》て、物語しけるつゐ《(い)》でに、法文《ほふもん》の奥儀、生死《しやうじ》の無常など申《まうし》けるに、[九]〔俄《にはか》に〕道心をおこして、出家遁世《〔とんせい〕》する事侍りけり。[一〇]夏飼《なつがひ》の鷹三百まではなちて、おほくの[一一]網《〔あみ〕》どもやきすて侍りにけり。[一二]妙荘厳王《めうしやうごんわう》の二子の例《れい》なり。善智識と申《まうす》べきなり。世の人、[一三]多田《ただ》の新発意《しんぼち》とぞ申《まうし》侍りける。

諸経《しよきやう》の中に、「[一四]あるひ《(い)》はまづしく、あるひ《(い)》は世をうらみ、或はうき事にあふ、みな善智識の因縁《いんえん》なり」とぞ申《まうし》ためる。

[一五]入道中納言顕基卿《あきもときやう》の、「罪《〔つみ〕》なくして配所《はいしよ》の月を見ばや」とねがひ給ひしは、流罪《るざい》このもしきにはあらず、此世《この〔よ〕》をおもひすつべき善知《ぜんち》識《〔しき〕》

気をいたわりつつ起き、香炉で香をたいては西に向かって眠る。新撰朗詠集・下・僧に慶滋保胤の句として載る。ただし「荒屋」は「茅屋」になっている。 四 はるかな孤雲のかなたから笙の音がきこえ、落日を背にしつつ極楽の聖衆たちが私を迎えにやってくる。続本朝往生伝・三十三に、寂照が杭州に遷化するとき作った絶句中の句として載る。発心集二の四にもみえる。十訓抄十には「但し、此詩保胤作れりと云、尋ぬべし」とある。聖覚の四十八願釈に「講式にいはく、笙歌孤雲の上に聞こゆれば、耳に恩愛の声を忘る。聖衆落日の下に来たれば、眼に人間の色を隔つ」とあり、この詩が講式に利用されたことを示す。 五 清和源氏。経基王の子。鎮守府将軍、左馬権頭。常陸介、越前・摂津以下諸国の守を歴任。正四位下。摂津多田に住し、永延元年(九八七)八月十六日出家。法名満慶。多田院を建立。長徳三年(九九七)没、八十六歳。以下源満仲のにわか出家の話、今昔十九の四、古事談四の二にみえる。 六 満仲の三男。天台宗の僧。源信の弟子。長和二年(一〇一三)法橋、寛仁元年(一〇一七)法眼。歌集に源賢集がある。寛仁四年(一〇二〇)没、四十四歳。 七 源信。→歌人解説。 八 平基平の子。叡山に学び、良源・覚慶に師事。寛仁四年(一〇二〇)天台座主、治山八年。寛仁三年(一〇一九)藤原道長出家のとき戒師。晩年西塔北尾谷の西方院に隠栖。法成寺金堂落慶供養導師。万寿五年(一〇二八)没、享年未詳。 九 底・九本なし、瑞本により補入。
一〇 子鷹を訓練して陰暦の六月頃に行う狩に使う鷹。
一一 今昔では大網を切り、甲冑や弓箭・兵杖を焼き捨てたとある。 一二 法華経・妙荘厳王本事品に出てくる故事。邪教を奉ずる妙荘厳王に、妻の浄徳夫人と、浄蔵・浄眼と名づける二人の子供が、王を説得して遂に仏道におもむかせたという。 一三 多田は、兵庫県川西市多田院。満仲が出家してここに住み、多田院を建立した。新発意は「しんぼっち」「しぼち」ともいい、僧侶になりたての者をいう。多田のしんまい坊さんの意。 一四 貧・怨恨・憂事等、苦悩をもたらすものが逆に求仏道の機縁となる。そのはたらきを善智識とみるのである。 一五 源顕基。→九〇頁注六。この話、江談

にあはんとなり。中務《なかつかさ》の少輔《せうふ》藤原定長《ふぢはらのさだなが》、[一六]世の中、心もかなはぬ事をうらみて、出家遁世〔とんせい〕してこもりゐて、かくぞよみ侍りける。

417 世の中のうきは今こそうれしけれ思〔おも〕ひしらずはいとはましやは

検非違使左衛門尉《けびゐしさゑもんのじよう》[一七]平康頼《たひらのやすより》、罪もなくて鬼界《きかい》が島へながされ、出家の後、かくぞよみ侍りける。

418 つゐ(ひ)にかくそむきはてける世中《よのなか》をとくすてざりし事ぞくやしき

是みな、今生《こんじやう》は一旦の歎きといへども、善知識〔ぜん(ちしき)〕と申《まうす》べきなり。

[一八]朝露易レ消《あしたのつゆきえやすく》　春夢非レ長《はるのゆめながきにあらず》　刹那栄花《せつなのえいぐわ》
変生二枯木一《へんじてこぼくとなる》　須臾歓楽《しゆゆのくわんらく》　還為二苦縁一《かへつてくのえんとなる》

心あらむ人、是をなげく事はなくして、善知識〔ぜん(ちしき)〕にあふ事をよろこぶべき也

[一九]第十一に、法花経を修行して仏に成《なる》べしと申《まうす》は、[二〇]阿私仙《あしせん》につかへし大王を始《はじめ》て、その証《しよう》、不遑毛挙《もうきよにいとまあらず》。[二一]三世《ぜ》の諸仏の出世[二二]の本懐、一切衆生成仏《じやうぶつ》の直道《ぢきだう》也。[二三]五障《しやう》の女人《によにん》も仏〔ほとけ〕に成《なり》て、[二四]月無垢《むく》の海波《かいは》にうかぶ。[二五]二

抄三、発心集五、徒然草五段にもみえる。
一六 寂蓮の俗名。→歌人解説。
417 この世のつらいことは、今となればむしろうれしいなあ。世の憂さを思い知らなかったら、今ごろこの世を出離していなかったであろう。
一七 →歌人解説。
418 ついにこうして、俗世にそむききってしまった。今ではこの世の中、なぜもっと早く捨てなかったのかとくやまれることだ。平家物語二によると、鬼界が島に流されてゆく途中、周防の室積(現、山口県光市)で出家した時の歌という。
一八 人の命は、朝の露が消えやすく、春の夢がさめやすいのと同じで、栄花はたちまち衰えて、枯木となり、歓楽は一瞬のうちに苦悩の機縁となるのだ。本朝文粋十三・江納言(大江維時)「朱雀院、被レ修二御八講一願文」中にみられる句。小異あり。撰集抄九の九にも「朝の露消やすく、春の夜の夢長きにあらず、刹那の歓楽、還て苦の縁となる」とある。
一九 九本はここから第九冊になる。
二〇 →三三二頁注一一。いわゆる大王給仕阿私仙の故事は、賢愚経一、大智度論四十九、仏説菩薩本行経・下、経律異相二十五等にも類話がみえ、今昔五の十、三国伝記一の四等にも収載されている。底・瑞本「仙」を「山」と表記。九本により改めた。
二一 この世に出現する過去・現在・未来の諸仏。
二二 この世に出現する本来の目的。
二三 女人に生まれながらに存する五つのさわり。女性は梵天王・帝釈天・魔王・転輪聖王・仏の五つにはなれないことを五障という。以下「鷲峰の山庭にほころぶ」まで七言四句の詩偈の形態をとると思われる。法華経・提婆達多品に説く竜女成仏について詠じたものであろう。
二四 成仏した竜女は、清浄円満な月となって無垢清浄な海波にその姿を映じている。
二五 声聞と縁覚。この二乗は法華以前では永く成仏できないものとされ、くさった草木の根または種子とみられていた。それを敗種または敗根という。成仏できないとされていた二乗も、法華経の教説では成仏可能と説かれる、の意。

11 法華経

乗《じよう》の敗種《はいしゆ》も得道《とくだう》の花、鷲峰《じゆほう》[一]の山庭《さんてい》にほころぶ。

このゆへ《(ゑ)》に、是[二]にあふものは、一眼《げん》[三]の亀の浮木《〔うき〕》の穴《〔あな〕》にあふたとへ、これを聞《きく》人は、三千年に咲《さく》優曇《〔うどん〕》花《げ》[四]のごとしと云也《いふなり》。まことにことはり《(わ)》にぞ覚え侍る。

市《いち》[五]に出《いで》て料紙《れうし》をかひしかば、地獄《〔ぢごく〕》の苦患《〔くげん〕》をまぬかれ、書写《しよしや》の硯水《すずりみづ》、奈落《ならく》の猛火《みやうくわ》をけす。渡《わた》[六]りに船を得たるがごとくによろこび、子の母にあへるがごとくにたのしみ、受持《じゆぢ》・読《どく》・誦《じゆ》・解説《げせつ》[七]・書写《しよしや》して、疾《〔と〕》く仏になり給ふべきなり。

五種《ごしゆ》[八]法師の行《ぎやう》、いづれか成仏の因《いん》ならずはある。門《もん》[九]の外《そと》の車《くるま》にたとふ、はやく三界の火宅《くわたく》を出《いで》て〔乗リ〕[一〇]、[一一]衣の裏《〔うら〕》の玉といへり、すみやかにみがきて、菩提《〔ぼだい〕》の宝《〔たから〕》となし給ふべし。

無一不成仏《むいちふじやうぶつ》[一二]の文《もん》、如来の金言なり。皆已成仏道《かいいじやうぶつだう》[一三]のいゐ《(ひ)》、大聖《だいしやう》のちかひにあらずや。展転第五十《てんでんだい》[一四]の功徳《くどく》、なを《(ほ)》しはかりがたし。いはんや、心にまかせて〔よみ〕[一五]、おもひにしたがひてかゝんをや。

決定知近水《けつぢやうちごんすい》[一六]の思ひをなして、ゆめ〳〵疑《〔うたが〕》ふ事なかれ。無二亦無三《むにやくむさん》[一七]とのたまふのみにもあらず、かさねて法花最第一《ほつけさいだいいち》[一八]とをしへ給へり。なを《(ほ)》

一 二乗の花が、今や霊鷲山の山庭にほころびそめている、の意。「鷲峰」は霊鷲山のこと。法華経の所説では、釈迦はここで法華経を説き、涅槃に入った。 二 法華経をさす。 三 法華経・妙荘厳王本事品の「仏に値ひたてまつることを得ること難きこと、優曇波羅の華の如く、又、一眼の亀の、浮木の孔に値ふが如ければなり」とある所を踏まえた表現。「優曇波羅の華」は略して優曇華。三千年に一度花が咲くという。クワ科の常緑高木。「一眼の亀」は、甚だ稀有の意。 四 底・瑞本「のごとくと」、九本「のごとしと」により改めた。 五 以下の法華経書写の料紙と硯の水の霊験譚、法華伝記八の十、同十一(大正蔵五十一)を出典とする。経紙を買った厳恭は死後兜率内院に行き、写経する道如に硯の水を与えた仏法不信の男は死後地獄に堕ちるが、許されて蘇生したとある。硯水の話は百座法談聞書抄・二月二十九日の条にもみえる。 六 法華経・薬王菩薩本事品に「子の母を得たるが如く、渡りに船を得たるが如く」とある句を踏まえた表現。 七「解説」は法を説いてきかせること。底・瑞・九本「解脱」、久本及び法華経の「解説」に従って改めた。

八 法華経・法師品に「若しまた人ありて、妙法華経の、乃至一偈を受持し、読・誦し、解説し、書写して、この経巻を敬い視ること仏の如くにして」とあるのに基づいて、受持法師・読経法師・誦経法師・解説法師・書写法師の五法師をいう。 九 法華経・譬喩品にある譬喩。→一六六頁注五。

一〇 底・瑞・九本「法衣」とあるが、久本の「出テ乗リ、衣ノ裏ノ」とあるのが正しく、これによって改めた。「のり」に「乗」を宛てるべきを誤って「法」を宛てたものであろう。

一一 法華経・五百弟子受記品の「衣裏宝珠」の譬喩に拠る。

一二 法華経・方便品に「若し法を聞くことあらん者は一として成仏せずといふことなからん」とある句を踏まえた。仏の説法を聞く者は一人として成仏しない者はないという意。 一三 法華経・方便品に「皆、已に仏道を成じたり」の句が反復されている。そこを踏まえている。「いゐ」は漢字の「謂」があたる。いわれ、意味。 一四 法華経・随喜功徳品の「余の人も聞き已りて亦、随喜して教を転へ、是くの如く

〳〵此経《この》をつとめを《〔お〕》こなひて、かへす〴〵も疑《〔うたが〕》ひをなし給ふべからず。一九是人於仏道決定無有疑《このひとぶつだうにおいてけつぢやうしてうたがひあることなし》、此経《この》〔の〕二〇大意に侍べり。

二一多宝《たはう》の証明《しようみやう》、二二普賢《ふげん》の擁護、二三四天王《してんわう》の守護、二四十羅刹《らせつ》の囲遶《ゐねう》のみにもあらず、しばらくもたもてば、十方三世の諸仏、みなこと〴〵く随喜《ずいき》したまふ。二五我即歓喜《がそくくわんぎ》、諸仏亦然《しよぶつやくねん》ととくは是也。仏のよろこび給ふ事はありがたき事にて侍る也。

二六阿難尊者《あなんそんじや》は仏の御いとこにて、常随給事《じやうずいきふじ》したてまつりて、二七二十余年なり。釈尊、二八跋提河《ばつだいが》のほとりにして涅槃《〔ねはん〕》し給ひけるに、仏をよろ二九こばせ奉る事一度もあらでわかれ奉る事をこそかなしび給ひければ、いはんや三〇二千余年ののち、仏《〔ほとけ〕》をよろこばせまい《〔ゐ〕》らせんこと、法花経を三一修行せざらんほかは、何事か侍るべき。

三二長安の宮《みや》〔人《びと》〕三三の提婆《だいば》の一品《いつぽん》をきりとめ、三四花氏城《けしじやう》のものの《〔こ〕》、死人の頭《かうべ》を供養《〔くやう〕》しけるも理《〔ことはり〕》にぞ侍るべき。

三五六万九千余の文字、金色《こんじき》の仏と成《なり》て、読誦《どくじゆ》の舌の先《〔さき〕》より出《いで》て、行者《〔ぎやうじや〕》の頭《〔かうべ〕》を照《〔てら〕》し給ふなれば、無始生死《むししやうじ》の罪障も、いかゞきえずも侍るべき。仏のよろこびたまふのみにもあらず、神明《しんめい》も随喜し給へり。三六伝教大《でんげうだい》

して第五十に至らん」とある所を踏まえている。法華経に随喜してその教えをつぎつぎと伝えて五十番目に至る、の意。一五 底・瑞本なし、九本により補入。一六 法華経・法師品に「其心は決定して水、必ず近しと知るが如く、菩薩も亦、また、是くの如し」とある所を踏まえた表現。井戸を掘っていて湿った土が出てきたら、水が近いと知られる。それと同様、法華経を聞いた菩薩は菩提が近いことがわかるという譬喩。一七 法華経・方便品に「十方の仏土の中には唯、一乗の法のみありて　二も無く、三も無し」とある所を踏まえた表現。十方仏土の中では法華経(一乗法)が唯一最高の教えである、の意。一八 法華経・法師品に「薬王よ、今、汝に告ぐ、我が説ける所の諸の経あり　しかも、此の経の中に於いて　法華は最も第一なり」とある所を踏まえている。諸経の中で法華経が最もすぐれているという意。一九 法華経・如来神力品に「我が滅度の後において　応に斯の経を受持すべし　是の人は仏道において　決定して疑ひ有ること無からん」とある所を踏まえている。仏が滅度したあと法華経を受持する者は仏道を成ずることができる、の意。二〇 底・九本なし、瑞本により補入。二一 法華経・見宝塔品に説かれる故事。法華経の功徳を証明するために多宝塔中に多宝如来が出現したこと。二二 法華経・普賢菩薩勧発品に説く普賢菩薩の法華経とその持経者の擁護をさすのであろう。二三 持国・増長・広目・多聞の四天王による法華経持経者の擁護。法華経・陀羅尼品の、四天王の内の二天(毘沙門・持国)が法華経を護持する者の擁護を誓うくだりを踏まえて、「四天王の守護」と言ったのであろう。二四 法華経・陀羅尼品に説く故事。十羅刹女と鬼子母並びにその眷属たちが法華経を擁護読誦受持する旨をいっせいに言ったとある。二五 法華経・見宝塔品にある句。仏が法華経を護持する者がいれば歓喜すると述べているくだりである。二六 →一八頁注一〇。阿難が仏に給仕したこと、法華経・授学無学人記品にみえる。宝物集のこのくだり、百座法談聞書抄・三月七日の条に近似。二七 底・瑞本「二千余年」、九本の「二十余年」に従って改めた。百座法談は仏が阿難を

師《し》、宇佐[一]の宮にて講読せしかば、八幡大菩薩《ぼさつ》、紫《むらさき》の衣《ころも》を布施《ふせ》にしたまひき。空也聖人《こうやしやうにん》[二]、大宮川《おほみやがは》[三]にて是をよみしかば、松尾《まつのを》[四]の大明神《だいみやうじん》、寒夜《かんや》の苦患《くげん》をまぬかれ給ふ。いはんや、後世《ごせ》の資粮《しりやう》とならん事、あに疑《うたが》ひをなさんや。

乃往過去《ないわうくわこ》[五]に、魔滅《まめつ》[六]するがゆへ（ゑ）に、名づけて悪毒王《あくどくわう》[七]と云《いふ》。仏在世《ぶつざいせ》の事なり。仏、すくはんとおぼしけれども、仏教をもちひざりければ、ちから及びたまはで、迦葉《かせふ》[八]・舎利弗《しやりほつ》[九]・目連《もくれん》[一〇]三人の御弟子《みでし》をめして、こしらへ給ふこと侍りけり。

悪毒王、牛をこのみてかふ事、又他事なし。仏の、この事をかゞみて、迦葉をば牛となし、舎利弗をば牛の主《ぬし》となし、目連をば牛飼になして、牛の名をば妙法とつけ、牛主《うしぬし》の名をば蓮花とつけ、牛飼《うしかひ》の名をば経とつけて、牛主、毒王に牛を奉る。毒王《どくわう》大によろこびて、牛を寵《てう》愛《あひ》する間、心にもあらず、牛《うし》・牛主・牛飼の名をよぶ程に、妙法蓮花《めうほふれんげ》経《きやう》の五字をとなふ。毒《どく》王、今生《こんじやう》の縁つきて、炎魔王宮《ゑんまわうぐう》にひざまづく。獄卒、毒王の罪《つみ》をしるす札《ふだ》、鉄《くろがね》の車三りやうにつみてひき出せり。一《ひとつ》の札のはしに、妙法蓮花経の五字となふる事をしるせり。炎魔《ゑんま》大王《わう》是

「キウジノ御弟子」としたため、阿難は二十五年間、仏のそばを「寸分モサルコト」がなかったとしている。 二八 →一四頁注三。 二九 底・瑞本「よろこばせたてまつりて、一度もあはで」、九本「よろこばせ奉る事一度もあらで」に従う。 三〇 百座法談聞書抄・三月二十六日の条に「仏滅し給てすでに二千年をへたり」とある。 三一「修行せざらんほかは」は、修行しないでそのほかは、となり、結局法華経を修行すること以外に方法はない、の意になる。 三二 法華伝記六の二十に長安城寡女揚氏が、師より提婆品を授かり、これを精勤読誦して極楽に往生した説話を載せる。これを原拠とする。同話は探要法花験記・上の四十一にもみえる。 三三 底・瑞本なし、九本により補入。 三四 華氏城とも。摩掲陀国にあった故城。仏滅後無憂王(阿育王)がここに都を移した。死人の頭を供養した話未詳。 三五 法華経の文字の総数。法華伝記五・唐并州釈僧衍十に「一一文字、変作二丈六仏身一、各説レ偈云、汝在二濁世一誦二妙法一、衆生業障唯見レ字、実是三身円満仏、今成二羽翼一復二本身一、聞レ偈見レ台、六万九千三百余化仏坐二葉上一、台上仏是阿弥陀仏也」。探要法花験記・上の十三、百座法談聞書抄・三月三日の条、および発心集七の三、三国伝記二の八等に僧衍の話を掲出している。 三六 →一七三頁注二〇。大師が宇佐八幡宮で法華経を講じたこと、叡山大師伝、三宝絵・下の三、法華験記・上の三、拾遺往生伝・上の三、今昔十一の十、古今著聞集・三九、私聚百因縁集七の六などにみえる。

一 宇佐八幡宮。→二一五頁注二七。

二 弘也(こうや)とも。→歌人解説。松尾の大明神が空也の法華経読誦で寒夜に衣を得た話、百座法談聞書抄・三月八日条、古事談三、発心集七の二、雑談集九の四、三国伝記六の十五、元亨釈書十四等にみえる。

三 もと大宮大路に沿って流れ、陽明門付近から内裏内に引き入れて、宮城内の御溝(みかわ)水となり、郁芳門付近で再び流出し、四条付近で堀河に合流する川。

四 松尾大社。京都市西京区嵐山宮町にある神社。祭神は大

をみて、「無量無数劫《むりやうむしゆこふ》にもあひ奉る事かたき妙法蓮花経の名号《みやうがう》をとなへ奉る人なり」とて、玉の冠《かぶり》をかたぶけておがみたまへりとこそ侍るめれ。

一一 むかし、大唐国《だいたうこく》に一人の説法者有《せつぼふしやあり》。名を僧融《そうゆう》と云《いふ》。炎魔《えんま》王宮《わうぐう》より導《だう》師《し》に請《しやう》ぜられて行《ゆき》ぬ。説法めでたくしたりければ、炎魔王、随喜《ずいき》の涙《なみだ》をながして、「布施《ふせ》はこふによるべし」とのたまひければ、僧融《そうゆう》心づきて、「冥途《めいど》に来る事たやすからず。我《わが》母の生所《しやうじよ》をしらん」と申《まうし》ければ、「汝《なんぢ》が母は黒縄《こくじよう》地獄《ぢごく》に有《あり》。行《ゆき》てみるべし」とて、獄卒を一人つかはしたりければ、黒縄地獄《ごく》に行《ゆき》てみれば、〔獄卒ノ〕一二鉾《ほこ》のさきに黒《くろ》らかなる肉《しゝむら》をさしつらぬきて、「是ぞ汝が母」とてみせければ、かなしかりけるまゝに、炎魔王宮《えんまわうぐう》にかへりて、「けふの布施《ふせ》に、わが母を申《まうし》うくべし」といひければ、炎魔王《えんまわう》、大きにいかりて、「地獄《ぢごく》におつるもの、たやすく出《いづ》る事なし。けふの布施《ふせ》には、汝《なんぢ》が母《はゝ》の生所をしらせつ。申《まうす》ところ理《ことはり》にあらず」とのたまひければ、僧融《そうゆう》を《お》し返して、「炎魔王《えんまわう》、法をおもくし給はば、我《わ》が母《はゝ》をゆるし給ふべし」と申《まうし》ければ、炎魔《えんま》大王《わう》理《り》にお《を》れて、「一三我と《ゝ》ゆるす事はあるべからず。汝、

山咋命（おおやまくいのみこと）。
五 「乃往過去」は、物語の語り出しのことばで、「むかしむかし」「今は昔」に相当する。以下の悪毒王の話、出典未詳。三国伝記八の二十二に同話を載せる。
六 元本「経論ヲ魔滅ス故ニ人名（なづけ）テ悪毒王ト云」とある。底・瑞・九本は「経論ヲ」が脱しているのであろう。瑞本「名づけて」の右に「人」を傍記。「人名づけて」と読ませる。
七 三国伝記では「天竺亀滋国ニ悪毒王ト云悪王アリ」とある。
八 亀滋国→一二頁注一三。
九 →一四七頁注二三。
一〇 →五四頁注五。
一一 以下の僧融の話、出典未詳。
一二 底・瑞本なし、久本により補入。
一三 私の方からすすんで許すことはしない。

娑婆《〔しやば〕》にかへりて、法花経をかきて供養《〔くやう〕》し奉るべし。さらばを《(お)》のづから得脱《とくだつ》する事も有《あり》なん。其外《そのほか》の功徳《〔くどく〕》はなに事をすともかなふべからず」とのたまひける。

又、[一]大唐国長安宮《ちやうあんきう》に、一人の盲《めしひ》のもの有《あり》。しかも瘂《〔をし〕》にして物いはず。又、耳聞事《みみきくこと》なき故に、仏像を見奉らず。経論《〔きやうろん〕》をもきかず。法文《ほふもん》をも誦《じゆ》せず。すべて仏法と云《いふ》事をしらず。時に[二]玄孫《げんそん》と云《いふ》人、この事をあはれみかなしびて、かの盲人《まうにん》の手をひきて、法花経安置《あんち》したりける道場にぐして行《ゆき》て、二《ふたつ》の手をとりあはせて、おがましめたる事あり。盲人《まうにん》何事といふ事をしらず。盲人《まうにん》いくばくの程なく、病《〔やまひ〕》をうけて死去《しきよ》しぬ。炎魔王宮《〔えんまわうぐう〕》にひざまづく時、閻王《えんわう》はるかに見て、玉の床《〔ゆか〕》よりおりて、盲《まう》人《にん》をお《(を)》がみて云《いは》く、「妙法蓮花経を拝《〔はい〕》したる人也。すみやかに、故郷《〔こきやう〕》へかへりて、一乗妙典をよみ奉るべし」とをしへて帰し給へり。則《すなはち》よみがへりて、眼《〔まなこ〕》ひらけ、耳きこえて、物云《ものいふ》事をえたり。

[三]日本国《にほんこく》には、延喜年中に、仁和寺《にんわじ》に[四]仁元内供《にんげんないく》と云《いふ》もの有《あり》。一人の弟《で》子《し》あり、[五]その名分明《ぶんみやう》ならず。彼沙門《かのしやもん》が[六]檀那《だんな》あり、[七]粟田《あはた》録事《ろくじ》と云《いふ》。録事一生涯の間仏法を信ぜず。但《ただし》、法花経を書写するところに行《ゆき》あひて、

一　以下、法華経を拝んだ盲瘂の人が甦って目が見え耳が聞こえるようになった話、法華伝記十の十三(大正蔵五十一)、探要法花験記・下の三十六にみえる。

二　未詳。固有名詞ではなく、曾孫の子(やしやご)または末裔、子孫という意か。

三　以下、仁和寺仁元内供の弟子の檀那、粟田録事が地獄から蘇生した話、元亨釈書二十九にも採録されている。宝物集の依拠資料と同一のものから取材したものであろう。

四　未詳。「内供」は内供奉(ないぐぶ)の略。宮中の斎会の時、内道場に供奉して読師などの役をつとめる僧をいう。十禅師とも。

五　元亨釈書には「仁和寺仁元供奉門人平如」とある。平如の伝は未詳。

六　→三〇八頁注一〇。

七　伝未詳。承和七年(八四〇)正月十九日付で提出された慈覚大師在唐送進録(大正蔵五十五)に慈覚大師将来の什物・書籍類の目録を作成した者に「粟田録事」がいる。延喜年中は承和七年より約六十年下る。「録事」は記録のことを取り扱う役。書記。

心ならず硯の水を取《とり》つぐ。録事、病《やまひ》をうけて死門《しもん》に入《いり》ぬ。冥途《めいど》の旅、心ぼそくして、影《かげ》より外《ほか》にそへるものもなきに、一人の沙門《しやもん》来《きたり》てかたらひて云《いは》く、「汝《なんぢ》、在世の間、仏法[八]の名字《みやうじ》をしらざりき。さだめて大地獄《ぢごく》におちんか。ねがはくは、炎魔《えんま》大王の前《まへ》にして、在生《ざいしやう》にいかなる善《ぜん》かありしととはん時、[九]一乗妙法蓮花経《いちじようめうほふれんげきやう》を書写供養《しよしやくやう》すべき願有《ぐわんあり》とこたふべし」と、こまかにをしへけり。うれしさに、「いかなる人のかくはをしへ給ふぞ」ととひければ、「我は是《これ》、汝が書写の所にゆきあひて、とりつぎし水をもてかゝれし法花経《ほけきやう》の方便品《はうべんぼん》なり」とぞこたへ給ひける。

録事、歓喜《くわんぎ》の涙《なみだ》をながして、炎魔王《えんまわう》の前《まへ》にて、この願《ぐわん》の事申《まうす》に、「願をはたすべし」とて、ゆるされて帰る道に、[一〇]一人の僧にあひて云《いは》く、「冥途《めいど》に来《きた》る人、たやすく帰る事なし。汝なにの因縁《いんえん》をもてかへりたまふぞ」ととひければ、録事《ろくじ》、沙門《しやもん》のをしへけるさまをかたるに、僧よろこびてさりぬ。則《すなはち》、炎魔《えんま》王の前にして、在生《ざいしやう》の善をとはるゝ時、録事がをしへにまかせて、法花経を書《かき》、供養《くやう》すべき願《ぐはん》あるよしを云《いふ》。炎王《えんわう》、録事がごとくに帰《かへ》してげり。

八 仏法の体を現わすものとしての名。仏教で用いることば。

九 一乗経たる妙法蓮華経。一乗経は成仏に達する唯一の経の意。法華経のことをこうよぶ。

一〇 元亨釈書では、一人の僧に相当する人物を「禿丁《かぶろ》」とする。

録事よみがへりて宿願《しゆくぐわん》とげんがために、市《いち》にいでて《〔と〕》法花経の料紙をかふに、冥途《〔めいど〕》にてあひたりし僧、おなじく料紙をかふ。僧、録事にかたりて云《いはく》、「汝がをしへによりて、冥途《〔めいど〕》の苦患《〔くげん〕》まぬかれて、ふたゝび人界《にんがい》にかへる事をえたり。我は[一]河内国知識寺《かうちのくにのちしきじ》の住侶《ぢうりよ》なり」とぞをしへ侍りける。

[二]性空聖人《しやうくうしやうにん》は、六万部転読して、現身《げんしん》に[三]六根浄《こんじやう》を得《え》、[四]道命法師《だうみやうほふし》は、読《どく》誦《じゆ》の功徳《〔くどく〕》によりて、往生の素懐《そくわい》をとぐ。

[五]文徳《もんとく》天皇の御時、[六]法花経三千部よみたる沙門《しやもん》、[七]内供奉《ないぐぶ》を申《まうす》。大納言[八]伴善男《とものよしを》、是をうけずして申《まうし》とめつ。沙門、悪念をおこして、「三千部の経を三つにわけて、一千部をもては国王とむまれ、一千部が力《〔ちから〕》をもては伴大納言《とものだいなごん》を罰し、一千部が力にて難行苦行《なんぎやうくぎやう》して、後世《ごせ》の資粮《しりやう》にせん」とちかひてうせぬ。願力《ぐわんりき》たがふ事なし。[九]清和《せいわ》天皇とむまれて、伴大納言を伊豆《いづ》の国《〔くに〕》へながしつかはす。

さて後《〔のち〕》に、[一〇]丹波国《たんばのくに》水の尾《〔お〕》と云《いふ》所にこもりゐて、難行苦行し給ひき。悪念《あくねん》をもて廻向《ゑかう》する、猶《〔なを〕》し、たがふ事なし。いはんや、往生極楽のために廻向《〔ゑかう〕》せん人、たがふ事あるべからず。

一 底本「智職寺」、瑞・九本、元亨釈書の「知識寺」により改めた。大阪府柏原市太平寺二丁目にあった寺。奈良時代の創建。聖武天皇や孝謙天皇が行幸したことのある大寺。同じ場所に太平寺があり、源頼朝が後鳥羽院の勅を奉じて二寺を合わせて一か寺にしたという。元亨釈書には「禿丁」は知識寺の知事僧であったとする。

二 平安中期の天台の僧。通称、書写上人。橘善根の男。天慶八年(九四五)比叡山に登り、良源に従って得度。日向・筑前で修行、康保三年(九六六)播磨書写山に移り、国司藤原季孝の帰依を受けて円教寺を開創した。生存中から山岳修行の法華行者として知られた。寛弘四年(一〇〇七)没、享年未詳。尊師講式に「又本朝性空上人。依二此経力一現浄二六根一」とあり、撰集抄六の十、元亨釈書十一には六根浄を得たことのみを記す。　三 眼・耳・鼻・舌・身・意の六つの知覚器官を六根といい、その六根の執着を断ち、清浄な精神を所有することを「六根浄」または「六根清浄」という。　四 →歌人解説。道命が法華経を読誦して人々を助け、種々功徳を施したこと、法華験記・下の八十六にくわしい。また、探要法花験記・上の十六にもみえる。底・瑞本「道含」、九本「道命」により改めた。

五 →七八頁注五。　六 江談抄三「清和天皇先身為レ僧事」にみえる文が典拠。次の通り、「又被レ命云。清和太上天皇先身為レ僧。件僧望二内供奉十禅師一。深草天皇欲レ令レ補レ之。而善男奏以停レ之。件僧発二悪心一。奉二読法花経三千部一。願云。以二千部功力一当生宜レ為二帝王一。以二千部功力一為二善男一可レ為二其妨一。以二残千部功力一当レ蕩二妄執一可二離苦得道一。此僧命終無二幾程一清和天皇誕生。雖レ為二童稚之齢一。依二先世之宿縁一。触レ事令レ悪二於善男一。善男見二其気色一。語二得修験之僧一令レ修二如意輪法一。仍則成レ寵。然而宿業之所レ答。坐レ事重罪」。　七 内供奉(三二六頁注四)に任じられるよう申請した。　八 →九九頁注一八。　九 →七八頁注二一。

一〇 京都市右京区嵯峨水尾に水尾山がある。そこに清和天皇の御陵もある。

一一 以下の法華経持者沙門(法華験記は広恩)が買わせた魚

現世《げんせ》の利益《りやく》もおほく侍るめり。是も少〻申侍《まうしはべる》べし。

[一一]法花経の持者沙門《ちしやのしやもん》、重病をうけて余命旦暮《たんぼ》をしらず。医師《いし》[一二]、「魚《うを》を服《ぶく》すべし」とをしへければ、身命《しんみやう》をたすけんがために、弟子《でし》をかたらひて名吉《なよし》[一三]と云魚《いふうを》を八喉《こう》[一四]かひて、坊中へとりいれんとするに、傍輩《ばうはい》の僧侶等、是をあやしみて、あけてみんとするに、弟子かなしびの涙をながして、「我師《わがし》の年来《〔ねんらい〕》たもち給ふ法花経たすけ給へ」と祈念するに、則《すなはち》法花経八巻になれり。

宇治殿《うぢどの》[一五] 関白頼通 を、三条院《でうゐん》[一六]御聟《〔むこ〕》にとらむとせさせおはしましけるに、俄《にはか》に御病《おんやまひ》つきて、大事《だいじ》におはしければ、験者《げんじや》には心誉《しんよ》[一七]僧都《そうづ》・明尊阿闍梨《みやうそんあじやり》[一八]、陰陽師《おんやうじ》には賀茂光栄《かものみつよし》[一九]・安倍吉平《あべのよしひら》[二〇]など、力をつくし声《〔こゑ〕》をあげてのゝしりけれども、たゞよはり(わ)によはく(わ)成《なり》て、ひき入《いれ》たまひければ、御堂《みだう》[二一]道長《みちなが》のおはしまして、寿量品《じゆりやうぼん》[二二]を一枚《まい》ばかりよみて、御顔《〔かほ〕》にあてて、〔ゝ〕

「日本国に法花経の是ほどにひろまり給ふ事は、我力《わが》なり。我子の命《〔いのち〕》たすけ給へ」とおめ(を)き給ひければ、御舅《〔しうと〕》の具平親王《ともひらしんわう》[二三]の物《もの》の化《〔け〕》あらはれ給ひて、「子の悲しさは誰《〔たれ〕》も同じ事にてこそあれ、我子に物[二四]をおもはせんずることのかなしければ、まい(ゐ)りつれども、法花経にかた[二五]

が法華経となった話、霊異記・下の六、三宝絵・中の十六、法華験記・上の十、今昔十二の二十七等にみえる。

一二 法華験記、三宝絵は「弟子」のすすめとする。霊異記、今昔は本人の思惟、宝物集は諸本すべて「医師」のすすめとする。 一三 霊異記、法華験記は「鯔」、三宝絵、今昔は「鰷」とする。和名抄に「奈与之」とする魚。ぼらの幼魚。

一四 八尾。霊異記、法華験記、今昔は「八隻」とする。

一五 ↓一三頁注二四。頼通の病気を道長が法華経流布の功績を訴えて平癒させた話、栄花物語十二に詳述されている。

一六 ↓三二頁注二〇。

一七 園城寺の僧。藤原重輔の男。園城寺の勧修・穆算に顕密を学ぶ。長和四年(一〇一五)三条天皇の眼病平癒を祈る。万寿三年(一〇二六)後一条天皇の要請で五壇法を修する。権僧正、園城寺長吏。長元二年(一〇二九)没、五十九歳。 一八 園城寺の僧。小野奉時の男。園城寺智弁・智静・慶祚らに師事、顕密を学び、円満院に住した。一条天皇から八宗総博士の称を与えられる。園城寺長吏、大僧正。康平六年(一〇六三)没、九十三歳。 一九 賀茂保憲の男。暦博士・大炊権頭を経て、長徳四年(九九八)大炊頭。後、従四位上右京権大夫となる。続本朝往生伝冒頭に一条朝に輩出した俊秀を列挙するが、その陰陽の項に安倍晴明と並んで名があがっている。長和四年(一〇一五)没、七十七歳。 二〇 安倍晴明の男。安倍氏系図に「従四上、陰陽博士、同助、陰陽師、主計頭、穀倉院別当、年七十三」とある。万寿三年(一〇二六)没。栄花物語十二に、頼通の病気が重くなった時、「光栄、吉平など召して、物問はせ給ふ」とある。

二一 藤原道長。↓九八頁注六。

二二 法華経の第十六品、如来寿量品を一回読誦して。「一枚」は、如来寿量品を書いた紙一枚。

二三 ↓歌人解説。栄花物語十二に具平親王の霊が出現する場面詳述。具平親王女の隆姫は頼通の室であった。頼通からみて親王は舅となる。

二四 底本「物も」、瑞・九本の「物を」に従って改めた。

二五 御遠慮申し上げて。

さり奉《たてまつり》てかへりぬ」とて、御病《おんやまひ》やみたまひにけり。冥官冥道《みやうくわんみやうだう》もいかゞかたさり奉らざらん。

[一]後妻《〔うはなり〕》のよみける法花経をねたみて、踏《〔ふ〕》み破《〔や〕》りたりけるに、足より光明をはなつ。いはんや、往生極楽のためによみ奉る人、[二]即往安楽世界《そくわうあんらくせかい》のちかひ、たがふ事あるべからず。

[三]天竺《てんぢく》に一人の国王おはしき。[四]「金をおもき宝(と思)すゆへに、一国の」金《こがね》をたづねもとめて、官庫《くわんこ》に《〔を〕》おさめたくはへたまふ。是《これ》、後世《ごせ》の資粮《しりやう》のためなり。其《その》国に一人の長者《ちやうじや》あり。金《〔こがね〕》をおほくもちたり。長者死去ののち、子息等につげて、父の長者のもとに金《こがね》おほくあるよし聞しめす。「すみやかに奉るべし」と云宣旨《いふせんじ》下されたりければ、長者の子息等申《まうし》て云《いは》く、父長者《ちちのちやうじや》、金《こがね》三千両もちて侍りし、後世の資粮のために棺《くわん》に入《いれ》、墓《〔はか〕》に埋《〔うづ〕》みたるよしを奏《〔そう〕》しければ、長者の子息等偽《〔いつはり〕》申《まうし》たんめりとて、官使《くわんし》をつかはして、墓《〔はか〕》をおこしてみせたまふに、三千両の金《こがね》、則《すなはち》うせずして有《あり》。国王、「我《われ》、金《こがね》を官庫に[五]あつむるは、後世の資粮のためなり。長者、資粮のために棺に入《いる》といへども、資粮なる事なし。我、金《こがね》をもて後世の資粮とする事せじ」とて、を《〔お〕》の〳〵金《こがね》の

一 後妻が本妻の使用した法花経を踏み破った足の先から光明を放つ話、法華伝記九の二十二を原拠とする。この話は探要法花験記・下の三十四にも載る。「うはなり」は、後にめとった妻。第二夫人。「よみける」の主語は本妻。「後妻の」の述語は「踏み破りたりけるに」。

二 法華経・薬王菩薩本事品に「此に於いて命終して、即ち安楽世界の阿弥陀仏の、大菩薩衆に囲遶せらるる住所に往きて」とみえる。

三 金を官庫に収納することをやめた天竺の国王の話、出典未詳。

四 底・九本なし、元本「金ヲ重クシテ、一国ノ」とする。瑞本「金をたづねもとめて」の前に補入の記号を付して右側に「金をおもき宝すゆへに、一国の」と傍書。この瑞本の書き入れを補入した。ただし、「宝す」は「宝と思す」の誤脱とみて「と思」を補入。

五 底本「あつむるはかりは」、瑞本「あつむは」。九本の「あつむるは」に従う。

六 荊渓大師湛然(二一一頁注二〇)のことか。

七 この句、法華文句記十六の「一句染レ神。咸資二彼岸一」の句と関連するか。金や玉の財宝は三千あってもただ肉身を養う資粮となるにすぎない。これに対し、いい言葉、名句は、ただ一句であっても永久に精神を養うことができる、の意。法門百首に「一句染神微劫不朽」と題して「露ばかり衣にかくるたまよりぞみよまでてらすひかりそふなる」の一首がある。

419 ごいっしょに火宅を脱出する三車に乗ったけれど、私だけは一味同潤の仏の慈雨にぬれたことです。法華経・譬喩品の火宅三車と、薬草喩品の一雨同潤の二つの譬喩を結びつけ、三と一の数の対比をきかせているところが趣向。

主《ぬし》に返しあたへたまふ。

こゝをもて、[六]大師釈《しやく》して云、「[七]金玉三千只養身《きんぎよくさんぜんただみをやしなふ》。一句《いつく》といへども永劫資神《えいごふにしんをたすく》」とは釈し給ふぞかし。まことに法花経は、一文一句《いちもんいつく》なれども生ゝ世ゝに身をたすくる物也。

法華経の心を、歌にもおほくよみて侍るめり。

よみ人しらず

419 もろ共《とも》に三《みつ》の車にのりしかば我は一味《いちみ》の雨にぬれにき

和泉《いづみ》式《しき》部《ぶ》

420 二《[ふたつ]》なき三《みつ》なき法《のり》を聞《きき》つれば五《いつつ》のさはりあらじとぞ思ふ

皇后宮《くわうごうぐう》肥後《ひご》

421 をしへ置《おき》て入《いり》にし月のなかりせばいづくを西とさしてながめん

よみ人しらず

422 暁《あかつき》に見つるゆめこそうれしけれつとめてねたるしるしと思へば

藤原清輔朝臣《ふぢはらのきよすけのあそん》

423 ふたつなき御法《みのり》の船ぞたのもしき人をもらさず渡すと思へば

420 二つ無く、もちろん三つも無いとの一乗の妙典法華経の説法を聞いたので、女人の持つという五障も今は無いだろうと確信します。法華経・方便品の「唯、一乗の法のみありて 二も無く、亦、三も無し」と、提婆達多品の「又、女人の身には、猶、五つの障あり」云々のあたりを踏まえている。二と三が無ければ合わせて五がなく一乗法(法華経)だけがあるとの計算をきかせたところが趣向。また「二」に二乗(声聞・縁覚)、「三」に三乗(声聞・縁覚・菩薩)を重ね合わせている。三国伝記八の二十一では、この歌、和泉式部の「暗きより暗き道にぞ入りぬべき遥に照せ山の端の月」という贈歌に対する性空上人からの返歌とする。

421 教えを残して入滅された釈尊がおいでにならなかったら、われらはいずこを西方浄土と目ざして眺めることができただろうか。「入にし月」は入滅した釈迦。法華経・如来寿量品の教説を踏まえる。「西」は西方極楽浄土。いわゆる朝題目夕念仏のような法華と浄土信仰の結合を示している。

422 暁に見た聖衆来迎の夢が何ともうれしい。一心に勉励して早暁にねた効験だと思うと。「つとめて」は、精進努力しての意と「晨朝」の意を懸ける。法華験記・下に、睿桓の母釈妙、源信の姉願西の往生談がみえるが、いずれも法華読誦と弥陀信仰と、夢の奇瑞とが語られている。参考歌「仏は常にいませども、うつつならぬぞあはれなる、人の音せぬ暁に、ほのかに夢に見えたまふ」(梁塵秘抄二十六)。

423 唯一最上の法華経こそ頼もしい法船である。この船は一切衆生を乗せて彼岸に渡すと思うから。法華経・方便品の「乃至、一偈を聞かば 皆、成仏せんこと疑なし。十方の仏土の中には 唯、一乗の法のみありて 二も無く、亦、三も無し」や、薬王菩薩本事品の「渡りに船を得たるが如く、…能く衆生をして、一切の苦、一切の病痛を離れ、能く一切の生死の縛を解かしむるなり」のようにあるところを踏まえている。清輔朝臣集に釈教と題する五首一連の歌の一首。

第十二に、弥陀《みだ》を称念《しようねん》して仏道を成《なる》べしと申《まうす》は、たしかの浄土の券《けん》[一]記《き》にぞ侍るめる。極楽と云《いふ》は、弥陀《〔みだ〕》の浄土なり。往生をねがはん人、いかゞ弥陀《〔みだ〕》におもひをかけ奉らざらんや。

このゆへ《(ゑ)》に、[二]一代聖教《しやうげう》の中には、いづれかは、弥陀《〔みだ〕》を称念し、極楽をねがふべしとすゝめぬは侍る。

[三]難陀国《なんだこく》の波留離王《はるりわう》、仏に申《まうし》て申さく、「みづからまい《(ゐ)》りて申《まうす》べく侍るに、国の政《まつりごと》ひまなくて、御使《おんつかひ》にて申《まうし》侍るなり。いかにしてか仏に成《なり》侍るべき」と申《まうし》給て侍りければ、「百八の[四]木槵子《もくげんし》をもつて、[五]弥陀《〔みだ〕》の名号《〔みやうがう〕》をとなへ給へ」とぞ仰事有《おほせごとあり》ける。

又、[六]跋陀和菩薩《ばつだわぼさつ》、阿弥陀《〔あみだ〕》如来にむかひ奉りて、「未来《〔みらい〕》の衆生《〔しゆじやう〕》は、いかにしてか仏を見奉るべき」と申《まうし》給ひけるに、「阿弥陀仏《あ〔みだ〕ぶつ》を念《〔ねん〕》じ奉るべし」とぞ仰《おほせ》ごと有《あり》ける。

[七]法照禅師《ほふせうぜんじ》の、[八]清涼山《しやうりやうぜん》にまい《(ゐ)》りて、[九]大聖竹林寺《たいしやうちくりんじ》にして文珠菩薩《もんじゆ〔ぼさつ〕》にあひ奉りて、「未来《〔みらい〕》の衆生《〔しゆじやう〕》はいかなる行《ぎやう》をか専《もつぱら》にすべき」と申《まうし》けるに、「西《さい》方《はう》の阿弥陀《〔あみだ〕》仏を念じ奉るべし」とぞの給ひける。

[一〇]しかのみならず、[一一]薬師《やくし》は、「[一二]八人の菩薩《〔ぼさつ〕》して極楽へをくら《(お)》ん」との

12 称念弥陀

一 未詳。「験記」または「伝記」の誤記か。 二 釈迦が成道から涅槃に至るまでの四十五年間に説いた教え。 三 本話の原拠は木槵子経(大正蔵十七)。直接の出典は法苑珠林三十四(大正蔵五十三)に「木槵子経云」として引用している部分。この部分は往生要集・大文八にも引く。宝物集はこれも参照している。「難陀国」は、木槵子経と法苑珠林では「難国」。その国王の名は「波瑠璃」。経律異相二十九によれば、難国は釈尊が舎衛国に在世の頃あった国名(大正蔵五十三)。本話は釈氏要覧・中(大正蔵五十四)にもみえる。 四 ムクロジ科の落葉高木で、梵名、阿梨瑟迦紫。邪鬼を払う樹木とされ、その黒色で堅い種子は数珠玉にする。 五 原拠の木槵子経およびその引用文献にはすべて「南無仏陀」と称念せよとしてあり、阿弥陀仏は登場しない。宝物集の著者が「南無仏陀」を阿弥陀仏の称念と誤解したか。 六 →二八四頁注一七。往生要集・大文三の初に「また懐感禅師の云く」として、釈浄土群疑論六に掲げる般舟三昧経からの引用文を引く。宝物集はこの往生要集からの孫引き。 七 中国、唐代の浄土教の高僧。大悟和尚・五会法師・後善導とも称された。八三三年没、享年未詳。この話、広清涼伝の「法照和尚入化竹林寺十六」(大正蔵五十一)が原拠。三時念仏観門式、器朴論・下、拾遺黒谷上人語灯録・中、私聚百因縁集七の三にもみえる。 八 →一五三頁注三一。 九 五台山にある寺。法照の創建。 一〇 以下「…の給ひ」まで酷似の文、一七三頁にみえる。 一一 薬師如来。→一七二頁注六。 一二 →一七三頁注一五。 一三 千手千眼観世音菩薩のこと。千手千眼大悲心経に「発二是願一已。至心称二念我之名字一。亦応レ専二念我本師阿弥陀如来一」(大正蔵二十)とある。 一四 →二五六頁注五。華厳経四十の偈にみえる(大正蔵十)。 一五 →一五頁注七。 一六 十二礼文・十二礼偈・讃礼阿弥陀仏文ともいう。七言十二行の偈頌をもって阿弥陀仏の功徳を礼讃したもの。迦才の浄土論・中に引用されたものが残っている。 一七 双巻経とも。無量寿経のこと。二巻。曹魏の康僧鎧訳。浄土三部経の一つ。 一八 →二八三頁注二七。 一九 十巻。北涼の曇無讖訳。六品

給ひ、
[一三]千手《せんじゅ》は、「我本師《わがほんし》阿弥陀《あみだ》如来《にょらい》をねんじ奉るべし」とをしへ給へり。
[一四]普賢《ふげん》は、「面見彼仏阿《めんけんひぶつあ》弥陀《〔みだ〕》」とねがひ、
[一五]竜樹《りうじゅ》は、[一六]十二の礼《らい》をなしたまふ。

しかのみならず、[一七]双観経《さうくわんぎやう》、[一八]観無量寿《くわんむりやうじゅ》経、[一九]悲花《ひけ》経、[二〇]十往生《わうじやう》経、[二一]法鼓《ほつく》経、[二二]大阿弥陀経、[二三]小阿弥陀経、[二四]法華経、[二五]維摩《ゆいま》経、[二六]薬師《やくし》経、[二七]千手《せんじゅ》経、[二八]不《ふ》空羂索《くうけんさく》経、[二九]馬鳴菩薩《めみやうぼさつ》の[三〇]起信大乗論《きしんだいじようろん》、[三一]懐感禅師《ゑかんぜんじ》の[三二]群疑論《ぐんぎろん》、[三三]道綽禅師《だうしやくぜんじ》[三四]安楽集《あんらくしふ》、[三五]慈恩大師《じおんだいし》の[三六]西方要決《さいはうえうけつ》、[三七]天親菩薩《てんじんぼさつ》の[三八]往生論《わうじやうろん》、[三九]瑞応伝《ずいおうでん》、[四〇]新修伝《しんしゅうでん》、[四一]戒珠伝《かいしゅでん》、[四二]永観律師《やうくわんりつし》の[四三]十因《いん》、[四四]保胤入道《やすたねにふだう》[四五]往生伝《わうじやうでん》、[四六]江帥卿《がうそちきやう》[四七]続往生伝《ぞくわうじやうでん》、[四八]三善為康《みよしためやす》[四九]拾遺往生伝《しふゐわうじやうでん》にいたるまで、弥陀《〔みだ〕》を称念《しようねん》して極楽《〔ごくらく〕》に往生する事をしるせり。くはしくは[五〇]迦才《かさい》の[五一]浄土論《じやうど〔ろん〕》にをしへ、こまかに恵心《ゑしん》の往生要集《わうじやうえうしふ》にみえたり。

[五二]諸教所讃多在弥陀《しよけうしよさんたざいみだ》といへり。ことあたらしく経論をあぐべきにあらず。[五三]末法万年《まつぼふまんねん》、なを《（ほ）》し弥陀《〔みだ〕》の一教《いつけう》をたのむべし。いはんや仏法流布《るふ》の時にを《（お）》きてをや。末法万年にを《（お）》きて、弥陀《〔みだ〕》の一教をたのむべしといふ事、たとへをもてをしへ給へる事侍り。

から成る。弥陀・釈迦等の本生を明かし、浄土成仏と穢土成仏の思想を対照的に説く。底・瑞・九本「非花経」、意により「悲花経」に改めた。二〇 十往生阿弥陀仏国経。一巻。失訳。阿弥陀仏の浄土に往生するための十種の正念の法を説く。偽経か。二一 求那跋陀羅訳の大法鼓経、二巻のこと。二二 呉の支謙訳の阿弥陀経、二巻。無量寿経の異訳中最古のもの。二三 姚秦、鳩摩羅什訳の阿弥陀経、一巻。小無量寿経ともいう。浄土三部経の一つ。二四 →一一頁注三二。二五 鳩摩羅什訳の維摩詰所説経、三巻のこと。十四品から成り、長者維摩詰が、声聞たちの偏見を次々と論破してゆくことを戯曲的手法で展開した経典。二六 漢訳に四種ある。通常、薬師経といえば、玄奘訳、薬師琉璃光如来本願功徳経、一巻をさす。二七 →一四九頁注五。二八 唐の菩提流志訳の不空羂索神変真言経、三十巻のこと。不空羂索観音の功徳を説く。二九 →一五頁注一一。三〇 梁の真諦訳の一巻と、唐の実叉難陀訳の二巻の二種がある。前者を旧訳、後者を新訳という。大乗仏教の中心思想を理論と実践の両面から要約している。三一 中国、唐代の僧。生没年未詳。長安の千福寺に住し、法相と戒律をきわめる。のち善導の弟子となる。三二 懐感著、釈浄土群疑論。七巻。決疑論ともいう。問答形式で一一六章から成り、浄土往生に関する種々の疑問を、法相唯識の立場から解説している。三三 中国、隋・唐代の僧。浄土五祖の第二。五六二―六四五年。三四 道綽の著。二巻。観無量寿経を解釈し、浄土念仏を勧めたもの。十二門から成り、宝物集の十二門開示のヒントになったか。三五 基。のちに窺基とよばれた。中国、唐代の法相の僧。玄奘の弟子となり、訳経に従事。唯識因明の旨を伝え、多くの疏を造る。六三二―六八二年。三六 窺基著、西方要決釈疑通規。一巻。諸経論に説く西方往生の相違から生ずる疑問をはらし、浄土往生を勧めた書。三七 →六七頁注一五。三八 天親(婆藪槃豆)菩薩造、元魏の菩提流支訳、無量寿経優波提舎願生偈、一巻の別称。無量寿経により、五言四句二十四行の願生偈を作り、その義を解釈した論書。三九 往生西方浄土瑞応刪伝。一巻。唐の文諗・少

[一]大国《たいこく》に国王あり。国ゆたかに民ちから有《あり》。七宝《はう》にともしからず。一人の皇子《わうじ》有《あり》、儲《まうけ》の君《きみ》として有《あり》。皇子愚《をろか》にして、国をたもつべき器《うつは》にあらず。父の大王《わう》、この事をさとりかゞみて、数千の金《こがね》を泥《でい》の中に埋《うづ》みて、皇子にをしへて云《いはく》、「汝《なんぢ》、世のするに、世中《よのなか》みだれて、宝尽《つ》きたらん時、この金《こがね》をもて身命《しんみやう》をたすくべし」とをしへて程なくうせぬ。王子、国をうけとりてをこなふ《お》時、政《まつりごと》みだれて、国しづかならず成《なり》ぬ。異国の王、此《この》事をきゝて、数万のつはものをおこして来《きたり》て、硨磲《しやこ》・碼碯《めなう》・真珠《しんじゆ》・瑠璃《るり》等《とう》の宝《たから》を、一塵《ぢん》の[こす][二]ことなくはこびとりてかへりぬ。その時、愚《をろか》なる国王、父のをしへし泥《でい》の中の金《こがね》をとり出《いだし》て、身命《しんみやう》をたすくる[なり][三]。

釈尊《しやくそん》の父、愚《をろか》なる我等《われら》太子[ガ為ニ][四]末法万年をかゞみて、弥陀《みだ》一教の金《こがね》を泥《でい》の中にうづみ置ける也。釈尊《しやくそん》の父かくれ給ひてのち、魔王の異国のつはもの来《きた》りて、[五]般若《はんにや》、[六]花厳《けごん》の硨磲・碼碯の宝《たから》、[七]法花《ほつけ》、涅槃《ねはん》の真珠・瑠璃のたくはへ、一《ひと》つ残す事なくはこびとりて帰りなんのち、弥陀《みだ》一教の金《こがね》、泥《でい》の中にして朽《く》つる事なからんがごとし。こゝをもて、

康の共撰。東晋の慧遠から唐の邵願保に至る四十八人の西方願生者の事蹟を集録したもの。四〇 新修浄土往生伝。三巻。宋の王古撰。慧遠から王仲回に至る一一五人の浄土往生者の事蹟を集録したもの。戒珠伝に四十名増補した往生伝。四一 浄土往生伝。三巻。宋の飛山戒珠の撰。梁・唐・宋の各高僧伝等から七十五名の浄土往生者の事蹟を採集したもの。四二 →一五〇頁注一。四三 永観著、往生拾因。一巻。声を励まし、一心に称念すれば、必ず往生すると説いた書。四四 →歌人解説。四五 日本往生極楽記。一巻。往生者四十五人の実例を集めた、わが国最初の往生伝。四六 大江匡房。→歌人解説。四七 続本朝往生伝。一巻。日本往生極楽記を継いで、わが国の往生者四十二人の伝を集めたもの。四八 本姓射水氏。算博士三善為長に学び養子となる。正五位上少内記。著書に朝野群載など。保延五年(一一三九)没、九十一歳。四九 三巻。続本朝往生伝を継いで、先行往生伝の遺漏を拾い、総計九十四名の往生者の伝を集めたもの。五〇 中国、初唐の僧。生没年未詳。長安の弘法寺に住して浄業を修した。浄土論の著者。五一 三巻。九章から成る。浄土の性格、往生の条件、往生人の実例などを示し願生浄土を勧めた書。五二「諸教の讃する所多く弥陀に在り」と読む。止観輔行伝弘決二の一に「諸教所レ讃多在二弥陀一。故以二西方一而為二一準一」(大正蔵四十六)とある所から引用した。五三 末法時代一万年の期間の意。拾遺往生伝・下の序に「夫れ末法の万年にして、弥陀の一教を炳(あきらか)にす」とある。また、往生要集・大文三の初に慈恩の西方要決から引用して「末法万年には、余経は悉く滅し、弥陀の一教のみ、物を利すること偏に増さん」とある。それらに拠って導いた表現であろう。

以上三三三頁

一 大国の王が愚かな王子のために土中に埋めた金を譲る話、往生要集・大文十の七に「観仏三昧海経に六種の譬あり」として引用した一話(長者から譲られた大金を泥団の中にかくしておき、盗賊が見落として事なきを得た)に近似する。原拠は観昧経十の十二にある(大正蔵十五)。二 底・瑞本な

八末法万年《まつぼふまんねん》　余経悉滅《よきやうしつめつ》　弥陀《みだ》一教《いつけう》　利物遍増《りもつへんぞう》

とは申《まうし》たる也。

　されば、九善導和尚《ぜんだうくわしやう》は、「一〇雑修《ざつしゆ》は、百が中に一つ二つ往生する事を得《え》、専修《せんじゆ》は、百に百ながら往生《〔じやう〕》する事を得《う》」とはをしへ給へる也。専修《せんじゆ》とは、弥陀《〔みだ〕》の行《ぎやう》を申《まうし》たる也。「一一自余《じよ》の修行《しゆぎやう》は、雖二名是善一《なはこれぜんなりといへども》、比二念仏者一《ねんぶつのものにくらぶれば》、全非二比校一也《まつたくひかうにあらざるなり》」この文《もん》の心は、自余のもろ〳〵の行は、名は善也《ぜんなり》といへども、念仏《〔ねんぶつ〕》の物一二にくらぶれば、ひとしからずと也。

　この念仏の功徳《〔くどく〕》、たとへをもて申《まうし》侍るべし。是までは事もを《〔お〕》ろかに侍り。

　教主釈尊、正覚成《しやうがくなり》たまひて、おほくの法ときにおはしましてけるに、一三浄飯大王御父《じやうぼんだいわうおんちち》なれば、よろづの事、心にまかせてたづね申《まうし》たまひける中に、「いづれの行を修行して、いづれの浄土をねがひ侍るべき」と申《まうし》たまひければ、「弥陀《〔みだ〕》の名号《みやうがう》をとなへて、極楽《〔ごくらく〕》をねがひ給へ」と申《まうし》給ひければ、浄飯大王、釈尊をうらみ申《まうし》給ふは、「親ながらも、我《わが》うつは物をみて、あざけり給ふか」と申《まうし》たまひければ、教主釈尊《〔しやくそん〕》、おそれかしこまりて、陳《〔ちん〕》じ申《まうし》給ふ事侍りける。「たとへば、一四伊蘭《いらん》と云《いふ》

し、九本により補入。三底・九本なし、瑞本により補入。四底・瑞・九本なし。元本「愚ナル我等ガ為ニ」によって「ガ為ニ」を補入。底・瑞・九本の「太子」は衍字か誤写の可能性が高いがそのまま残す。五五時教のうちの般若時。釈迦一代の説教を華厳時・鹿苑時・方等時・般若時・法華涅槃時の五期に分けてみる見方の第四期。方等経を終えてのち二十二年説いたという般若経の諸経典。六五時教の第一期。仏が成道したあと二十一日の間、華厳経を説いたという。七五時教の第五期。般若二十二年の後、八年間法華経を説き、一日一夜で涅槃経を説いた、それらの経典。八末法時代の一万年が終ったあとには他の経典はすべてなくなり、阿弥陀仏の教えただ一つだけが、ひたすら世の人々を救済するであろう、の意。慈恩大師窺基の西方要決釈疑通規の第十一会にある(大正蔵四十七)。往生要集・大文三の初極楽の証拠にも「慈恩云」として同文を引く。西行の聞書集の歌題にこの句を引き、愚管抄六にも「弥陀一教利物偏増」と引くように、中世初期の頃、流行した句と思われる。九中国、唐代の僧。浄土五祖の第三祖。道綽に師事し、行業にはげみ、長安の光明寺・慈恩寺などに住して教化につとめた。中国浄土教の大成者。六一三―六八一年。一〇善導の往生礼讃偈の「若能如レ上念念相続。畢レ命為レ期者。十即十生。百即百生。何以故。無二外雑縁一得二正念一故。与レ仏本願得二相応一故。不レ違レ教故。随二順仏語一故。若欲レ捨二専修雑業者一。百時希得二一二一。千時希得二三五一」とある(大正蔵四十七)文の取意。また、永観の往生拾因八に善導和尚を三昧発得の人なりとし、「故知、一心者唯等持定。依レ斯行者廃二余一切諸願諸行一。唯二願唯一行念仏一行。散慢之者千不二一生一。専修之人万無二一失一」(大正蔵八十四)とある論旨をも参照するか。一一観無量寿仏経疏三に「自余衆行。雖レ名二是善一。若比二念仏一者。全非二比校一也」(大正蔵三十七)とある所を引用した。この文は法然の選択集の「弥陀光明不レ照二余行者一唯摂二取念仏行者一之文」を解説する中にも「観経疏云」として引用されている(大正蔵八十三)。第二句目「雖名是善」を宝物集は下文で「名は善也といへども」と

樹《き》あり。その香《か》くさくして、一枝《し》一葉《えふ》をかぐに、ゑひふして死門《しもん》に入《いる》。その伊蘭[一]、四十里の間《〔あひだ〕》におひしげらん中に、梅檀《せんだん》[二]と云《いふ》樹その中におひ出《いで》て、いまだ二葉《ふたば》にを《（お）》よばずして、芦《〔あし〕》[三]の角葉《つのば》にならんが、香《か》からばしくして、四十里の伊蘭の毒気《どくけ》をけしうしなふ。念仏《〔ねんぶつ〕》も又かくのごとし。生ゝ世ゝ《しやうじやうせぜ》の罪業《ざいごふ》は、つもりて四十里の伊蘭のやうにしげれども、わづかなる念仏の梅檀《〔せんだん〕》の力によりて、往生の宿願《しゆくぐわん》をとげ侍る也」とぞ申《まうし》給ひける。教主釈尊、[四]無虚妄《むこまう》のことばをもて、父《〔ちゝ〕》の大王をすかし申《まうし》給ふ事あらんや。

たとへば、武士《〔ものゝふ〕》のもとに、力つよくして矢《〔や〕》をはしらかし、物をつよく射《〔い〕》さする弓《〔ゆみ〕》あり。主《あるじ》の武士《ぶし》これを愛《〔あい〕》し、是をお《（を）》しみて、重《〔おも〕》き宝《〔たから〕》とおもへり。ある人、この弓をとりて、矢を矧《〔は〕》げてひかんとするに、強《〔つよ〕》くしてひくにあたはず。かるがゆへ《（ゑ）》に、[五]をとをもいず、[六]物にも強《〔つよ〕》くもたゝず。是がやうに、力ある人は堂塔《だうたふ》をもつくり、法花《ほつけ》・真言《しんごん》をもつとめをを《（お）》こなふべきなり。[七]力《〔ちから〕》なきわれらは、念仏《〔ねんぶつ〕》の弱弓《〔よはゆみ〕》をもて射《〔い〕》ば、を《（お）》のづから射当《〔いあ〕》つる事も有《ある》べし。たとへば、[八]玄象《〔げんじやう〕》と云《いふ》琵琶は、弾《〔ひ〕》かんとすれば手をきらひてならず。引《ひき》ならはしたる琵琶《〔びは〕》をもて、を《（お）》のづか

読んでいるのに従って返点を付したが、観経疏、撰択集などでは「是を善なりと名づくと雖も」と読んでいる。
一二 底・瑞本「物を」、九本により「物に」に改めた。
一三 →一七二頁注一七。以下大王と釈尊の話、原拠は観仏三昧海経一（大正蔵十五）。一四 梵語の音写語。私聚百因縁集一の七は観仏三昧海経に基づく説話。訳は極臭木。クマツヅラ科の喬木。白色の花をつけ、種子には毒がある。木全体から屍のような悪臭が放出されるという。

一 観仏三昧海経一には「而伊蘭臭。臭若二膖屍一薫二四十由旬一」とあり、悪臭が四十由旬に放散されることになっている。私聚百因縁集では「伊蘭林ノ方四十由旬ナラン」とあって林の面積としている。
二 →三八頁注一七。
三 観仏三昧海経には「牛頭梅檀生二伊蘭叢中一。未レ及二長大一、在二地下一時、芽茎枝葉、如二閻浮提竹旬一」とある。「角葉」は、たけのこ状になっていて葉として広がっていない状態の葉。
四 釈尊は無虚妄のことばでもって万人に接せられるから、父王をだますことはあり得ない、の意。
五 音をたてて射ることもせず。
六 底・瑞本「物をも」、九本は「を」を見せ消ちにして、右に「に」を傍書。これに従い「にも」と改めた。
七 底・瑞本「ちからなき、力なき」とある。九本により前半の「ちからなき」を衍とみて省略。
八 玄上とも。琵琶の名器。藤原貞敏が渡唐して持ち帰ったもので、唐の劉二郎作の逸品という。稀代の霊宝として多くの逸話を伝える。

ら心すみておもしろきがごとし。

念仏の功徳《くどく》も又〳〵、かくのごとし。経論をならひよむ功徳《くどく》は、無量無辺にして、仏道にいたる道也。しかりといへども、師《し》なくしてはならひがたく、本《ほん》なくしてはよむ事なし。念仏《ねんぶつ》は師《し》なしといへども、わするゝ事なし。本《ほん》なしといへども、つとめやすし。このたび成仏の願《ぐわん》をとげん事、かなひがたきによりて、先《まづ》この念仏《ねんぶつ》の功徳《くどく》をもて、極楽の衆生《しゆじやう》とむまれて、[九]三途《さんづ》の古郷《こきやう》へかへらずして、漸《ぜん》〳〵に功徳増進《くどくぞうしん》して、[一〇]等覚《とうかく》・妙覚《めうかく》の位《くらゐ》までいたらむ事〔を〕[一一]おぼすべき也。

この念仏《ねんぶつ》は武者《むしや》の腰《こし》刀《がたな》のごとし。武士《もののふ》、軍《いくさ》の時にのぞんで、五[一二]八の四十の矢、みな射尽《いつく》して、太刀《たち》長刀《なぎなた》うちおりて《を》のち、腰刀は身はなれぬ物なれば、自害をもし、高名《かうみやう》をもする也。法花・真言の弓箭《ゆみや》、戒行《かいぎやう》・[一三]檀験《だんけん》の長刀《なぎなた》、臨終《りんじゆう》の時は身にそふ事なし。たゞ念仏《ねんぶつ》の腰刀《こしがたな》をもて、臨終《りんじう》の十念の[一四]高名をばする也。

法花経には、[一五]法花経をたもちて成仏《じやうぶつ》すべしととき、真言には、[一六]真言の力によりて仏《ほとけ》に成《なる》べしと侍るめれば、成仏の道いづれと申《まうす》べくも侍らねども、観無量寿経《くわんむりやうじゆ》には、「[一七]一定《いちぢやう》極楽にむまるべきは念仏なり」と

九 →八九頁注三一。
一〇 「等覚」は仏と等しいさとりに到達した者、「妙覚」は仏のさとりそのもの。菩薩の修行の階位が五十二あるうち、等覚は五十一位、妙覚は最高の第五十二位。
一一 底・瑞本なし、九本により補入。
一二 源為憲の「口遊」に九九表があり、それに「五八卌」とみえる。
一三 底・瑞・九本「檀験」、元本「檀施」、「施」と「験」の草体酷似により「験」と誤ったか。檀施は施をすること。布施。
一四 手柄をたてること。仏道修行を軍陣の場にたとえているので、念仏を腰刀にたとえ、その実践形態ともいうべき臨終の十念を「高名」(軍陣中の手柄)と言った。
一五 底本「法花経の」とあるが、瑞・九本に従い「法花経を」と改めた。法華経・見宝塔品に「此の経は持(たも)つこと難し　若し暫らくも持つ者あらば　我、即ち歓喜せん　諸仏も亦、然かならん。是の如きの人は　諸仏の歎(ほ)めたまふ所なり　是れ則ち勇猛なり　是れ則ち精進なり　是れ戒を持ち頭陀を行ずる者と名づく　則ち為(こ)れ、疾く　無上の仏道を得たるなり」とある所などを踏まえて言っている。法華経にはこのほかにも法華経誦持の功徳を説いた所が少なくない。
一六 たとえば菩提心論に「惟し真言法の中にのみ即身成仏するが故に、是れ三摩地の法を説く。諸教の中に於て闕して書せず」(大正蔵三十二)と言っている。
一七 観無量寿経にはこれに相当する文はみえない。永観の往生拾因二の冒頭に「一心称二念阿弥陀仏一衆罪消滅故必得二往生一。観経云。但聞二仏名二菩薩名一除二無量却生死之罪一。何況憶念」とある。第三因、第四因も同様に「必得二往生一」の直後に観経をあげてその証文としている。宝物集はこういう先行論書の影響を受けて観無量寿経に言うとしたか。

侍るめれば、ゆめ／＼うたがひをなすことなく[一]弥陀《みだ》を称念《しようねん》して、極《ごく》楽《らく》の往生をとげ給ふべし。

[二]阿弥陀《あみだ》の三字は、是《これ》、[三]三身如来《さんじんによらい》なり。[四]三因仏性《さんいんぶつしやう》也。[五]三部の諸尊なり。三世の諸仏也。[六]空仮中《くうけちう》の三諦《たい》也。三界《さんがい》を出《いづ》るしるべなり。[七]三途の絆《きづな》をきる剣《つるぎ》なり。

このゆへ《ゑ》に、[八]維摩経《ゆゐまきやう》には、「三千世界の衆生《しゆじやう》を阿難《あなん》のごとく多聞《たもん》第一になして、[九]このもろ／＼の衆生に、をの／＼劫《こふ》の命《いのち》をあたへて説《とか》すとも、阿弥陀《あみだ》の功徳《くどく》つくべからず」といふ也。

[一〇]後一条院《ごいちでうゐん》の御時、[一一]宇治殿《うぢどの》頼通、延暦寺へ宣旨《せんじ》下りて、往生をねがはん人のたもつべき文《もん》をかんがへ申《まう》さるべきよしおほせられたりければ、[一二]谷《たに》／＼の学頭《がくとう》あつまりて、一代聖教《いちだいのしやうげう》をひらきて、

[一三]若有重業障《にやくうぢうごつしやう》　無生浄土因《むしやうじやうどいん》　乗弥陀願力《じようみだぐわんりき》　必生安楽国《ひつしやうあんらくこく》

[一四]極重悪人《ごくぢうあくにん》　無他方便《むたはうべん》　唯称弥陀《ゆゐしようみだ》　得生極楽《とくしやうごくらく》

この文《もん》をしるして奏《そう》し侍りけりとこそ申《まうし》つたへ侍るめれ。

まことに、浄土にむまるべき因《いん》なからむ物の、弥陀《みだ》の願力《ぐはんりき》にのりなば、安楽国にむまれん事は、かへす／＼たのもしくぞ侍るべき。すみ

一　底・瑞本「なし」、九本の「なく」により改めた。
二　「阿弥陀の三字云々」は、永観作、三時念仏観門式に「阿弥陀三字即三身如来三事法門三部諸尊三種仏性也。此名字即彼法躰也。故唱二名号一消二滅無量罪業一」とあり、源信の観心略要集に「所以空仮中三諦、法報応三身、仏法僧三宝三徳、三般若、如レ此等一切法門、悉摂二阿弥陀三字一故唱二其名号一即誦二八万法蔵一、持二三世仏身一也」とあるのを合体させたか。孝養集・中に「尚尚唯阿弥陀の三字なり。其三字と申は空仮中の三諦、正了縁の三因仏性、法報応の三身なり」とあるのもこれに関連する表現であろう。また、和歌古今灌頂、鷲林拾葉抄十二、高野山記等に阿弥陀の三字のことがみえる(沢田耐三)。　三　法身如来・報身如来・応身如来の三身如来。百座法談聞書抄・七月十一日の条に「阿弥陀仏は、まづ三身の功徳具し給へり」とある。　四　底・瑞本「三恩仏性」、九本「三因仏性」により改めた。「三因仏性」は正因仏性・了因仏性・縁因仏性の三つで、成仏のための三要因。
五　大日経、蘇悉地経などに説く、仏部・蓮華部・金剛部の三種の尊格グループのこと。　六　「諦」は真理の意。三つの真理。一切の存在を空とみる空諦、一切の存在は、因縁による仮の存在とみる仮諦、そして一切の存在を仮でも空でもないとみる中諦の三つ。天台智顗の所説。
七　地獄・餓鬼・畜生の三悪道との結びつき。
八　→三三三頁注二五。「三千世界…つくべからず」は、往生要集・大文五の三に「維摩経に言ふが如し」として引用した部分からの孫引き。
九　底・瑞本「なりて」、九本の「なして」に従う。
一〇　→九〇頁注七。以下頼通が延暦寺に宣旨を下したこと、往生要集義記七に「有説云、後一条御宇、出離無レ疑往生指レ掌肝要明文可二択進一之由、勅二諸宗一之処、異処同心而各進二斯文一。誠有二所以一哉」とある(石田瑞麿)。「有説」の根拠は不明。　一一　→一三頁注二四。
一二　比叡山には、南谷、北谷等と称せられる地名の所に塔頭寺院が建ち、学匠が居住していた。学頭は一宗・一派の学衆を監督し、学事をつかさどる僧の役職。

やかに、恵心僧都の往生要集をまもりて、ある時は西方《さいはう》を礼拝《らいはい》し、ある時は西方《〔さいはう〕》を観念し、ある時は弥陀仏を称念し、ある時は極楽の[一五]依正《えしやう》〔を〕観念すべき也。

西方をそむくべからず。あそびたはぶれの中といふとも、弥陀を忘れ奉る事なかれとなり。

[一六]光明遍照十方世界《くわうみやうへんぜうじつぱうせかい》　念仏衆生摂取不捨《ねんぶつしゆじやうせつしゆふしや》

と申《まうし》ためれば、[一七]弥陀《〔みだ〕》を念《〔ねん〕》じたてまつらん物、摂取の光明にてらされて、無始生死《むししやうじ》の罪障《ざいしやう》きえうせて、[一八]安養〔浄〕刹《あんやうじやうせつ》にむまれん事、ゆめ〳〵うたがひをなすべからず。みづから光明をはなちて、行者《ぎやう〔じや〕》の頭《〔かうべ〕》をてらしたまふのみにあらず、[一九]つねに二十五の菩薩《〔ぼさつ〕》をつかはしてまもり給ふなれば、かへす〴〵もたのもしくぞ侍るべき。

弥陀は、摂取《せつしゆ》の光明《〔くはうみやう〕》を放《〔はな〕》つて照《〔てら〕》したまひ、二十五の菩薩《〔ぼさつ〕》は、つねに来《きたり》てまもりたまへども、父母《ぶも》所生《しよしやう》の眼《〔まなこ〕》つたなくして、みる事なきを。たとへば、眼《〔まなこ〕》しい《〔ひ〕》たる子を、父母《ぶも》養育すといふとも、父母をしらざるがごとし。

[二〇]永観《やうくわん》律師の往生講の私記《しき》には、「[二一]一子の慈悲《じひ》は平等なりといへども、

一三「若し重業障有りて、浄土に生ずる因無くとも、弥陀の願力に乗ずれば、必ず安楽国に生ぜん」と読む。観心略要集に「浄土論云」としてこの文を引く。決定往生縁起にも「又経云」として同様の文を引く。迦才の浄土論にはこの句みえない。発心集六の十三にもこの句を引く。

一四「極重の悪人は他の方便なし。唯だ弥陀を称ふれば極楽に生ずるを得ん」と読む。この句、往生要集・大文八に「観経に云く」として引用し、永観の三時念仏観門式にも、前出「阿弥陀三字」と後出「光明遍照十方世界」と並んで引用されている。二十五三昧式・畜生道にも引く。原拠は観無量寿経・第十六観(大正蔵十二)の取意か。

一五「依正」は依報(環境世界)と正報(われわれの身心)。底・瑞・九本「を」なし、元本により補入。

一六「光明は遍《(あまね)》く十方世界を照して、念仏する衆生を摂取して捨てず」と読む。原拠は観無量寿経・第九観(大正蔵十二)。この一文、往生要集・大文八に「極重悪人　無他方便云々」の句に並んで「同じ経(観無量寿経)云く」としてみえ、三時念仏観門式にも同様にみえる。

一七このあたりの文、孝養集・中の「彼光明普く十方世界の念仏者を照し給ふと一心に観ずべき也。…彼相を観じて一心に仏を念ずれば、仏の光明我を照し給ふ。光明我を照せば其罪障消ずと云事なし。罪ほろびぬれば必引接を垂給ふ。文に曰く、光明遍照、十方世界、念仏衆生、摂取不捨」とある所に酷似。また発心集六の十三にも類似の文がみえる。

一八「安養浄刹」は極楽浄土の別名。底・瑞・九本「浄」なし、元本により補入。

一九往生要集・大文七の五に願生往生の者を二十五菩薩が救済に来ることを説いたくだりがある。そこに引用した十往生経の文中に「かくの如き人の輩は、この信敬に縁りて、我、今日より常に二十五菩薩をしてこの人を護持せしめ」とある(続蔵経一の八十七)文を踏まえた表現。

二〇→一五〇頁注一。二一往生講式の式文第四段に「一子慈悲雖二実平等一。摂取光明照二念仏者一。非二唯以レ光摂取一。亦忝与二聖衆一共来摩レ頂乎」とみえる(大正蔵八十四)。

摂取《せつしゆ》の光明は念仏者《しや》を照し給ふ」と侍るめれば、なを《〔ほ〕》〳〵一心に弥陀を念《〔ねん〕》じて、浄土に心をすまし給ふべき也。

[一]四十八願《ぐわん》　荘厳浄土《しやうごんじやうど》　華池宝閣《けちはうかく》　易往無人《いわうむにん》

行《ぎやう》じ易《〔やす〕》くして人なしと侍るめり。すみやかに、往《〔ゆ〕》き易《〔やす〕》きおもひをなして、弥陀《〔みだ〕》を称念し、極楽《〔ごくらく〕》をねがひ給ふべし。

[二]善導和尚《ぜんだうくわしやう》の、定《ちやう》に入《いり》て極楽を観念《〔くはんねん〕》し給ひけるには、阿弥陀《〔あみだ〕》如来かならず道場に現《げん》じて、物がたりし給ひけるついでに、[三]道綽禅師《だうしやくぜんじ》、往生すべき事をとひ奉りたまひけるには、「[四]木をきる時は、しきりに斧《〔をの〕》をくだせ。家《〔いへ〕》にかへらんには、疲《〔つか〕》れをわすれて歩《〔あゆ〕》め」とこそおほせられけれ。まことに、木をきらんに、しきりに斧《〔をの〕》をくだせば、疾《〔と〕》くきれ侍るべし。家に帰らんに、やすむ事なくは、疾《〔と〕》く帰る事をうべきなり。往生をもとめんもの、やすむ事なく弥陀《〔みだ〕》を称念せよとをしへ給へる、なを《〔ほ〕》〳〵はやく[五]頭燃《づねん》をはらふがごとくにつとめおこなひ給ふべし。

極楽をねがひ、弥陀《〔みだ〕》を念じ奉らんこと、喩《たとへ》をもて申《まうし》たる事侍る、それ、よく〳〵心え給ふべし。

[六]たとへば、人ありて道《〔みち〕》を行《ゆく》に、盗人《ぬすびと》にあひぬ。逃《〔に〕》げてはしる程に、

一 阿弥陀が立てた四十八の誓願が、極楽浄土を荘厳している。しかし、その蓮華池や宝閣の建つ浄土へは往き易いのに往く人がいない、の意。この句は、往生西方浄土瑞応刪伝の顗禅師七に「讃曰。四十八願。荘厳浄土。花池宝樹。易往無人」とある(大正蔵五十一)所が原拠。瑞応伝の流布にともない、この句は諸書に引用された。往生拾因十に「行業雖レ疎乗二弥陀願一十念得レ往。易往無人斯之謂焉」、続本朝往生伝・序に「花池宝閣は往き易くして人なし」とみえ、貞慶作の発心講式、発心集六の十三、沙石集四の一等にも引用されている。

二 →三三五頁注九。善導が師の道綽に依頼されて、その往生の有無を阿弥陀仏に問うた話は、瑞応刪伝の第十一が典拠。この話は発心集二の十三にも引かれる。

三 →三三三頁注三三。

四 瑞応伝には「伐レ樹連下レ斧。無レ縁莫二共語一。還レ家莫レ辞レ苦」とある。貞慶の発心講式三段に「仏告善導云伐レ樹下二速斧一、無レ縁莫二共語一帰レ家莫レ辞レ共」とある。

五 頭髪に火がついて燃えはじめること。直ちに処置しなければならない緊急事態の発生をたとえていう。

六 行人が盗人から逃れる話、往生要集・大文五の二に「安楽集に云く」として引用。安楽集・上(大正蔵四十七)にある。また往生拾因八に「譬如三有レ人空曠迥処値二遇怨賊抜レ剣奮レ勇直来欲上レ取。其人到走規渡二一河一即作二此念一。我至二河岸一為二脱レ衣渡一為二著レ衣渡一。若著二衣納一恐不レ得レ過。若脱二衣納一恐不レ得レ暇。但有二此念一更無二他念一。行者亦爾」とみえる。法然の和語灯録三にも引く。

大なる川あり。物を脱《ぬ》ぎて渡《わた》らば、盗人《ぬすびと》、を《お》ひつかるらん、物を着《き》ながら渡《わた》らば、水にやおぼれんずらむと、此《この》事をおもふがごとく、弥《み》陀《だ》を称念し極楽《ごくらく》をねがふべきなり。

七たとへば、たのもしき人の子、人にぬすまれて、隣国《りんごく》へゆきて、人の奴婢《ぬひ》となりてつかはる。この人、にげんと思へども、かなふべからず。我国にかへり、我父母《わがぶも》にあはんと思ふがごとく、極楽《ごくらく》をねがひ、弥陀如来《みだにょらい》をば恋《こひ》たてまつるべきなり。

されば、八弥陀《みだ》を念ずる行者《ぎやうじや》のおこなひしける時、人の物申《ものまうし》けるには、「たゞいま火急《くわきふ》の大事有《だいじあり》」とこそこたへ侍りけれ。はやくかの聖人《しやうにん》の思ひをなして、他念なく弥陀を称念し、浄刹《じやうせつ》九を求《もと》め給ふべし。

一〇長《なが》き物をば轅《ながえ》につくり、短《みじか》き物をば楔《くさび》にもちひ、まがれる物をば輪《わ》になし、直《すぐ》なる物《もの》をば矢《や》にさだむ。明王《めいわう》の人をすてたまはぬ事、車《くるま》をつくるに似《に》たりといへり。直《すぐ》なる物のためには、上品蓮台《じやうぼんれんだい》をまうけてむかへ給ふ。曲《まが》れる物のためには下品下生《げぼんげしやう》をまうけてすくひ給ふ。弥《み》陀《だ》如来の人[を]一一すて給《たまは》ぬ事、明王《めいわう》の車をつくるに似《ゝ》たり。かへしても〳〵阿弥陀仏《あみだぶつ》を称念《しようねん》して、極楽をねがひ給ふべきなり。

七 富裕な家の子がさらわれて奴婢となり、父母を恋う話、出典未詳。

八 「火急の大事有」と答えた念仏行者の話、往生拾因一に「伝聞、有レ聖、念仏為レ業専惜二寸分一。若人来謂二自他要事一。聖人陳曰。今有二火急事一既逼二於旦暮一。塞レ耳念仏終得二往生一」とあるのが典拠。この話、発心集二の十一、徒然草四十九段にも引用。

九 底本「をももとめ」、瑞・九本により「も」一字を衍字とみて削除。

一〇 唐の太宗の書いた帝範・審官篇に「故に明王の人に任ずること、巧匠の木を制するがごとし。直き者は以て轅と為し、曲れる者は以て輪と為し、長き者は以て棟梁と為し、短き者は以て栱桷と為す。曲直長短となく各々施す所あり。…明君は棄士なし」とある。これに拠った表現である。十訓抄一の序相当文に「明皇のひとをすてたまはぬこと、善工の木を嫌はざるにたとふ。曲をも短をも用るこゝろ也」とあるのも同じ典拠であろう。

一一 底・瑞本なし、九本により補入。

以下三四二頁

一 法照禅師と文殊対面のこと→三三二頁注七。

二 法照著、浄土五会念仏略法事儀讃の西方楽讃中にみえる頌句。「此界に一人仏名を念ずれば、西方に便ち一蓮の生ずる有り」と読む(大正蔵四十七)。元本は、この二句に続いて「但使二一生常不退一此花還到二此間一迎」の二句を加える。

三 「蓮花台」「命終の時」などの句、法事儀讃の前句のあとに「但有傾レ心能念仏　臨レ終決定坐二金台一、若能念二彼弥陀号一　往二生極楽一坐二花台一」等の句を踏まえて言っているか。

四 法事儀讃には観音の来迎は記さない。阿弥陀の脇侍として、聖衆来迎の代表者の意味で宝物集作者が書き入れたか。

五 仏の相人のたとえ、出典未詳。　六 →二三二頁注一一。

一法照禅師《ほふせうぜんじ》と申《まう》し聖人《しやうにん》は、清涼山《しやうりやうぜん》の文殊《もんじゆ》と物語《もの[がたり]》し給ひし人なり。たゞ人とは申《まう》すべからず。彼《かの》聖人、をしへたまふ事侍りけり。

二此界一人念仏名《しかいいちにんねんぶつみやう》　西方便有一蓮生《さいはうべんういちれんしやう》

この界《かい》にして弥陀《[みだ]》の名号《みやうがう》を一ぺんとなふれば、西方浄刹《[さいはうじやうせつ]》に一《ひとつ》の蓮《はちす》生ず。その蓮花《れんげ》をとりて三蓮花台となして、命終《みやうじゆう》の時、四観音来迎《らいがう》したまふと侍るめれば、念仏は蓮花台となる物なり。念仏の功《こう》なからん人、なにをもてか蓮花台として、往生の宿望をとげん。なを《(ほ)》なを《(ほ)》弥陀《[みだ]》の名号をとなへて、来迎の蓮台となし給《たまふ》べし。

五仏、相人《さうにん》のたとへをもてのたまはく、「弥陀《[みだ]》を念《[ねん]》ずるものは、決定《けつぢやう》往生《わうじやう》の相有《ある》人なり」とぞのたまひける。天竺《[てんぢく]》には六阿私陀仙《あしたせん》・七相者婆羅《さうじやばら》門《もん》、吾朝には八伴廉平《とものかどひら》・九僧洞照《そうどうせう》が相《さう》、なを《(ほ)》し、たがふ事なし。いはんや、大聖世尊《だいしやうせそん》、慈悲の眼《[まなこ]》をもて、相《さう》しそこなひ給ふ事ありなんや。

一〇并州《へいしう》にむまるゝものは、七歳以後弥陀《[みだ]》を念ずるがゆへ《(ゑ)》に、かならず極楽《[ごくらく]》にゆくなど申《まうし》き。しかれば、われら并州《へいしう》にむまれずといふとも、弥陀《[みだ]》を称念したてまつらんに、なんぞ極楽にしやうぜざらんや。

弥陀《[みだ]》を称念して極楽に往生したる人、少々しるし申《まうし》侍るべし。

七占相婆羅門のことか。法苑珠林八に、受胎後の摩耶夫人の夢を占った婆羅門を「占相婆羅門師」（大正蔵五十三）とする。この占夢の話は今昔一の一にもみえ、ここでは「善相婆羅門」とする。「善相」はおそらく「占相」の訛伝であろう。日本古典文学大系頭注は善相婆羅門を阿私陀仙と同一人とするが、『日本仏教語辞典』（岩本裕）が指摘する（善相婆羅門の項）ように、阿私陀仙とは別人とみる。八平安時代の占相師。伝未詳。続古事談二に源高明の後姿を見て遷謫を予想し、その通りになった話を記す。底・瑞本「伴底平」、九本の「伴廉平」に従って改めた。九洞昭・登昭・調昭とも。易僧。生没年未詳。京の一条に住み、名易僧として聞えた。僧蔵満・良因・丹波守藤原貞嗣・藤原頼通らを相した話が、今昔十七の十七、古事談六、続古事談五などにみえる。一〇法華伝記五（大正蔵五十一）に「凡厥并州人。七歳已上。皆解二念仏一。生二浄土一多」と記された中国の地域。今昔六の三十七に「此ノ洲ノ人ノ習トシテ、七歳以後ハ皆、念仏ヲ修ス」とあり、発心集七の三にも「唐に并州と云ふ国あり。彼の国の人は、七八歳より道心ありて、念仏を申して、多く極楽に生ず」とみえる。并州は中国山西省、陝西省の北部の地（山西省太原市の付近）。一一→一六頁注一三。日本往生極楽記。一二→歌人解説。日本往生極楽記、法華験記・上。一三→歌人解説。日本往生極楽記。一四俗姓橘氏。相模守敏貞の子。園城寺において出家。永観元年（九八三）没、六十六歳。日本往生極楽記。一五俗姓不破勝（ふわのすぐり）。生没年未詳。美濃国不破郡の人。日本往生極楽記。一六生没年・出自未詳。石山寺に住し、天慶四年（九四一）師淳祐に灌頂を受ける（続伝灯広録）。日本往生極楽記。一七俗姓壬生氏。法名円仁。最澄に師事、承和五年（八三八）入唐。第三世天台座主。貞観六年（八六四）没、七十一歳。日本往生極楽記、法華験記・上、本朝神仙伝等。一八俗姓清海真人。維摩会講師をつとめ、元慶七年（八八三）律師。元興寺に住した。仁和二年（八八六）没、七十二歳。日本往生極楽記。底・瑞・九本「証海」、久・元本「隆海」により改めた。「證（証）」と「隆」の草体近似による誤写か。一九俗姓桑内氏。左大史安岑の子。天

[一一]聖徳太子《しやうとくたいし》　[一二]行基菩薩《ぎやうぎぼさつ》　[一三]空也聖人《こうやしやうにん》　[一四]千観阿闍梨《せんくわんあじやり》　[一五]僧善謝《そうぜんしや》　[一六]僧真頼《そうしんらい》　[一七]慈《じ》
覚大師《かくだいし》　[一八]隆海律師《りうかいりつし》　[一九]延暦寺座主増命《えんりやくじのざすぞうみやう》　[二〇]東大寺明祐律師《とうだいじのみやういうりつし》　[二一]元興寺智光《ぐわんごうじのちくわう》
[二二]頼光《らいくわう》　[二三]花山院《くわざんゐん》　[二四]先一条院《さきのいちでうゐん》　[二五]内記聖人寂心《ないきのしやうにんじやくしん》　[二六]参河入道寂照《みかはのにふだうじやくせう》　[二七]梵釈寺兼《ぼんしやくじのけん》
算《ざん》　[二八]延暦寺成意《えんりやくじのじやうい》　[二九]勝尾寺《かちをでら》　勝如《しようによ》　[三〇]以南野沙弥教信《いなみののしやみけうしん》　[三一]源信僧都《げんしんそうづ》　[三二]永観《やうくわん》
律師《りつし》　[三三]左衛門府生時原祐通《さゑもんのふしやうときはらのすけみち》　[三四]出羽国住人藤原栄家女《いではのくにのぢうにんふぢはらのよしいへのむすめ》　[三五]播磨国賀古《はりまのくにかこの》
郡《こほりの》　増祐《ぞういう》　[三六]性空聖人《しやうくうしやうにん》　[三七]義孝少将《よしたかのせうしやう》　[三八]増賀聖人《ぞうがのしやうにん》　[三九]伊勢国飯高郡尼《いせのくにいひたかのこほりのあま》　[四〇]敦《あつ》
忠中納言子兵衛佐入道《ただちうなごんのこひやうゑのすけにふだう》　[四一]近江国彦真《あふみのくにのひこざね》〔妻《め》〕　[四二]信濃国高井郡薬蓮《しなののくにたかゐのこほりのやくれん》　[四三]大僧《だいそう》
都《づ》寛忠姉尼《くわんちうあねのあま》　[四四]右大弁《うだいべん》佐世〔ガ念人〕　[四五]道命阿闍梨《だうみやうあじやり》。
子《し》細《さい(お)》をの〳〵往生伝にみえたり。「[四六]極楽《〔ごくらく〕》往生する人、春の雨のごとし」
と侍るめれば、くはしく申《まうす》にあたはず。但《ただし》、[四七]この人〻等、念仏の功《こう》つ
もり、[四八]蓮心年《れんしんとし》久しきものなり。

仏法の名字もしらぬ極重罪人の、須臾《しゆゆ》の一念《〔ねん〕》によりて、極楽《〔ごくらく〕》に往《〔わう〕》
生《〔じやう〕》したる事、かんがへ申《まうす》べき也。

[四九]讃岐国《〔さぬきのくに〕》多刀《たど》の郡《こほり》と云《いふ》所に、[五〇]源太夫《げんだいふ》と云《いふ》武者ありけり。狩《かり》漁《〔すなどり〕》をも
て興《きよう》とし、人の足手《〔あして〕》をきるをもてさきとす。やうやく年序《ねんじよ》おほくつも
りて、物の命をころす事、其数《〔かず〕》をしるすにあたはず。

台座主。延長元年僧正。謚は静観。延長五年(九二七)没、八十五歳。日本往生極楽記。二〇 伊賀の人。天暦十一年(九五七)東大寺の戒壇和尚となる。律師。応和元年(九六一)没、八十四歳。日本往生極楽記。二一 →三一五頁注一二。二二 →三一五頁注一三。二三 →歌人解説。二四 一条院のこと。→歌人解説。後一条院とまぎれないために「先」を付すか。続本朝往生伝。二五 慶滋保胤。→歌人解説。続本朝往生伝。二六 大江定基。→歌人解説。続本朝往生伝。二七 梵釈寺は延暦五年(七八六)桓武天皇が近江国滋賀郡(蒲生郡蒲生町)に建立した寺。兼算は生没年、出自未詳。日本往生極楽記。二八 生没年・出自未詳。延暦寺東塔の定心院に住した天台僧。日本往生極楽記。二九 勝尾寺→二四六頁注一三。勝如は証如とも書く。俗姓時原。左衛門府生佐通の子。無言行を実践したが沙弥教信の念仏に影響されて口称念仏に転じたこと、往生拾因一にみえる。貞観九年(八六七)没、八十七歳。日本往生極楽記、後拾遺往生伝。三〇 「以南野」は印南とも書く。兵庫県高砂市の一部から明石に及ぶ海沿いの平野一帯。教信は興福寺の僧。播磨国賀古郡西の野口に住んだ。八十歳で没(峰相記)。日本往生極楽記の勝如伝にみえる。三一 →歌人解説。続本朝往生伝。三二 →一五〇頁注一。拾遺往生伝・下。三三 佐通とも。摂津国豊島郡の摂使左衛門府生。勝如の父で、勝如七歳のとき出家。延暦十四年(七九五)没、享年未詳。三四 父は出羽国惣大判官代。勝如の母で、勝如七歳のとき出家。延暦十四年(七九五)没、享年未詳。三五 「播磨国賀古郡」は兵庫県加古川以東の旧称。現在も郡名に残る。「増祐」は僧祐とも書く。天延四年(九七六)没。出自未詳。山城国愛宕郡にあった三井寺別院如意寺に住する。日本往生極楽記。三六 →三二八頁注二。法華験記・中の四十五。三七 藤原義孝。→歌人解説。日本往生極楽記。三八 俗姓橘氏。参議恒平の男。叡山に登り良源に師事、顕密を学ぶ。名利を厭い、超俗の生活を貫いた。長保五年(一〇〇三)没、八十七歳。続本朝往生伝。三九 生没年・出自未詳。日本往生極楽記によれば、真頼法師はこの尼の末孫という。「飯高」は三重県飯南郡に相当する。日本往生極楽記。

十月《かみなづき》ばかりの事なるに、狩《かり》せんとて野に出《いで》たりけるに、時雨《しぐれ》しければ、人里のみえけるに、そなたへ馬《むま》をはしらかして行《ゆき》けるほどに、茅《かや》堂《だう》のありけるに、仏《ほとけ》供養《くやう》する事ありて、人おほく聴聞《ちやうもん》すとてあつまりけるを見て、「これはなに事するぞ。一収納《しうなふ》の盛《さかり》に、おほくの人をあつめて、いたづらにを《お》きたるは」とて、目《め》を怒《いから》かして、腹《はら》立《だち》ければ、二講師《かうじ》、只今《ただいま》ぞ、首《くび》をも足《あし》をもきられなんずと思ひて、を《お》づ〱、「仏《ほとけ》供養《くやう》したてまつる也けり」と云《いひ》ければ、「仏《ほとけ》とはなにをいふぞ。仏供《ほとけく》養《やう》すれば、何事のあるぞ」ととひければ、講師、すこし心《こゝろ》づきて、「是より西に、阿弥陀仏《あみだほとけ》と申《まうす》ほとけおはします。その仏《ほとけ》を供養《くやう》し奉り、又、名号《みやうがう》をとなへたてまつれば、極楽とて、たのしくめでたき国《くに》に《と》まい《ゐ》るなり」といひければ、「われもまい《ゐ》りなんや」ととへば、「極《ごく》楽《らく》は、人を分《わ》く事なし。まい《ゐ》らむと云《いふ》願有《ある》人をば、阿弥陀仏《あみだぶつ》、観音《くわんをん》・勢至《せいし》と共にむかへ給ふなり」といひければ、「いかやうにてはまい《ゐ》るべき」ととへば、「おと《を》こにてもまい《ゐ》るべけれども、仏の御弟子《みでし》になるとて、法師に成《なり》て、衣《ころも》をき、袈裟《けさ》をかけて参《まゐる》べき也」と云《いひ》ければ、「さらばまい《ゐ》らん」とて、やがて髻《もとどり》をきりて、法師になりて、講師《かうじ》

四〇 俗姓藤原佐理。法名真覚。敦忠の子。康保四年(九六七)村上天皇死去にともない出家。天元元年(九七八)没、享年未詳。日本往生極楽記。四一 底・瑞・九本「遠江国彦真」。久本「近江ノ国ノ彦真(ひと)ガ妻(め)」、日本往生極楽記に「江州刺史彦真妻」とあるのによって「近江」に改め、さらに「妻」を補入。彦真妻は、生没年未詳。近江守伴宿禰彦真の妻となるが床を同じくしなかった。臨終に異香あったという。今昔十五の四十八にも記述あり。日本往生極楽記。四二 生没年・出自未詳。信濃国高井郡中津村(長野県中野市か)の如法寺に住む。今昔十五の二十にも記述あり。日本往生極楽記。四三 生没年未詳。父は宇多天皇の皇子敦固親王。母は慶子内親王か。寛忠(九〇六—九七七)は、敦固親王の三男、石山寺淳祐より受灌。天延二年(九七四)、少僧都。尼は熱心に弥陀を念じ臨終正念して往生したという。日本往生極楽記。四四 藤原佐世。菅雄の男。儒者。従四位下右大弁。寛平九年(八九七)没、五十一歳。「念人」は、愛人、おもいびと。妾に相当する。この念人は従五位下山城守小野喬木の女。生没年未詳。底・瑞・九本「右大弁佐安」、久本「右大弁佐世ガ念人」。元本「右大弁佐世ノ妾」、日本往生極楽記「右大弁佐世ガ妾」とある。久本に従い、「佐安」を「佐世」と改め、「ガ念人」を補入。日本往生極楽記。四五 →歌人解説。法華験記・下の八十六。四六 出典未詳。四七 底・瑞本「この人〻に」。九本「この人々等」により改めた。四八 底・瑞本「運心」とあるが、このような熟語はない。九・元本「道心」。ここは往生要集・大文二の一に「いかにいはんや念仏の功積り、運心年深き者は、命終の時に臨んで大いなる喜自ら生ず」とあるのを参照すれば「運心」の誤写であろう。「運心」は心を弥陀の浄土へ運ぶこと。四九 香川県仲多度郡。以下の源太夫の話、今昔十九の十四、発心集三の四、私聚百因縁集九の二十、続教訓抄十四等にみえる。五〇 生没年・出自未詳。源姓で五位(今昔)であったことからの通称か。「太夫」は五位の通称。

以上三四三頁

一 収穫の意か。この表現は宝物集のみ。

が衣《ころも》・袈裟《〔けさ〕》をこひてきて、[三]南無阿弥陀仏《〔な〕むあ〔み〕〔だ〕ぶつ》と高声《かうしやう》にとなへて行《ゆき》ければ、郎等《らうどう》ども、弓矢《〔ゆみや〕》を矧《〔は〕》げ、太刀《〔た〕〔ち〕》抜《〔ぬ〕》きなどして、さは《〔わ〕》ぎけれども、「たつとき所へゆかんとするをば、いかにかくはするぞ」とて、はらだちて、[四]を《〔お〕》ひとめて、野山ともいはず、西方《〔さいはう〕》にむかひて行《ゆき》ぬ。

そのの《〔ゝ〕》ち、おぼつかなかりければ、[五]かの導師《だうし》の聖人《しやうにん》、あとをたづねてゆきみれば、西海《さいかい》にむかひたる木の上にのぼりてぞ死《しに》にける。色《〔いろ〕》形《〔かたち〕》たがふ事なくして、口より[六]青蓮花《しやうれんげ》おひて、かうばしき匂《〔にほ〕》ひ有《あり》て、往生の相《さう》を現《げん》ぜり。

神崎《かんざき》の遊女と[七]ねぐろは、年来《としごろ》色《〔いろ〕》をこのみて、仏法の名字《みやうじ》をしらず、舟《〔ふね〕》のうち、波の上にて世をわたる。往還《わうくわん》の客《かく》に身をまかせてすごす。お《〔を〕》とこにぐして西国《〔さいごく〕》へ下るほどに、海賊《〔かいぞく〕》にあひて、数多所《〔あまた〕ところ》きられて、ひきいらんとしける時、西方《〔さいはう〕》にかきむけられて、

[八]我等《われら》はなにしに老《〔おひ〕》にけん、おもへばいとこそあはれなれ。
今は西方極楽《さいはうごくらく》の、弥陀《みだ》の誓《〔ちかひ〕》を念《〔ねん〕》ずべし。

といふ歌《〔うた〕》を、たび〳〵うたひて、たゞよは《〔わ〕》りによは《〔わ〕》くなりて、絶入《たえいり》にけり。西方《〔さいはう〕》よりほのかに楽《がく》の声《〔こゑ〕》きこえて、海上《かいしやう》に紫雲《しうん》たなびくといへ

二 法会などの時、高座に上がって仏典を講説する僧。

三 今昔では「阿弥陀仏ヨヤ、ヲイ〳〵」、発心集、百因縁集「南無阿弥陀仏」。

四 あとから追ってくるのを制止して。

五 文脈からみると、前出の講師をさすが、今昔、発心集、百因縁集では、源太夫が途中たち寄ったある山寺の僧とする。宝物集ではこの山寺に立ち寄る記述が省略されているので、混乱が生じた。

六 梵語、優鉢羅の訳。スイレン科の多年生水草。花弁や葉などの形状が仏眼にたとえられる。往生極楽の象徴として往生伝類に記されることが多い。

七 生没年未詳。梁塵秘抄口伝集十末に、「あそびとねぐろ」が敵に襲われて、死に臨み「今は西方極楽の」という今様を歌って往生をとげたことを記す。十訓抄十、拾遺古徳伝にもその名がみえる。「神崎」は摂津国河辺郡(兵庫県尼崎市)神崎川の河口の地名。要港として栄え、遊女が多かった。

八 梁塵秘抄二三五番所載歌。「弥陀の誓」は阿弥陀仏の四十八誓願のうちの第十八願、「念仏衆生摂取不捨」の願をさす。

り。

一雖丁不三専念二無量寿仏一《もつぱらむりやうじゆぶつをねんぜず》、亦〔非〕丙恒種乙衆多善根甲《またつねにしゆたのぜんごんをうゑるにあらずといへども》、随下己修二《おのがしよぜんをしゆ》行諸善一功徳上《ぎやうするくどくにしたがつて》、廻二向彼仏一願レ欲二往生一《かのほとけにゑかうしてわうじやうせんことをぐわんずれば》、此人臨二命終《このひとみやうじゆうのとき》時一摂取受二引導一《にのぞんでせつしゆしていんだうをうけん》

と、大宝積経《だいはうしやくきやう》にも申《まうし》ためれ。無量寿仏を念じ奉らんもの、少《すこし》の功徳《〔くどく〕》なりとも、彼《かの》仏に廻向《〔ゑかう〕》し奉らむは、往生すべしと侍るは、まことにてぞ侍りける。

二雖二十悪一猶引摂《じふあくといへどもなほいんぜふす》　甚三於疾風披二雲霧一《しつぷうのうんぶをひらくよりもはなはだし》
雖二一念一必感応《いちねんといへどもかならずかんおうす》　喩三於巨海納二涓露一《こかいのけんろをいるるにたとふ》

と後《ご》三中書王《ちうしよわう》のかき給へるも、この心に侍るべし。

つゐ《(ひ)》に四万徳荘厳《まんとくさうごん》の教主《けうしゆ》、西方《さいはう》にあらはれ、やうやくちかづく九品蓮《くぼんれん》台《だい》の聖衆《しやうじゆ》、紫雲《〔しうん〕》に乗《〔ぜう〕》じてなゝめに下し、光明赫奕《〔かくやく〕》として十方界をてらし、異香《〔いぎやう〕》芬郁《ふんいく》として、草木みな栴檀《〔せんだん〕》におなじ。五観音、金蓮台《こんれんだい》をかたぶけ、勢至《せいし》、手《〔て〕》をさづけて引摂《いんぜふ》し給ふ。

妓楽歌詠《ぎがくかえい》の声、耳にみちて、無数《むしゆ》の賢聖《けんじやう》眼《〔まなこ〕》にさへぎる。宝蓮《はうれん》雨とふり柴《しば》の庵《いほり》をうづみ、讃談《さんだん》の声《〔こゑ〕》に歓喜《くわんぎ》の涙《〔なみだ〕》をもよほし、すなはち六十万《まん》

一 無量寿仏を専らせず、亦た恒に多くの善根を種えたわけではなくとも、自分が諸善を修行する功徳に応じて、無量寿仏に廻向して往生しようと願うならば、この人は臨終の時摂取して引導を受けるであろう、の意。出典は大宝積経十八・無量寿如来会の中の一節(大正蔵十一)。底・瑞本、第二句の「非」なし、久・片活三本にはこの経文の引用部分なし。元本、大宝積経によって補入。

二 阿弥陀仏は、たとえ十悪を犯した悪人でも、救ってくださる。それは疾風が雲霧を吹き払うよりももっと徹底している。またたとえ一念の念仏たりとも、必ず感応してくださる。それは大海が一滴の水滴でも、厭わずに受け入れるのと同じことだ、の意。出典は本朝文粋十二の後中書王の「西方極楽讃」に「雖二十悪一兮猶引摂。甚三於疾風排二雲霧一。雖二一念一兮必感応。喩三之巨海納二涓露一」とある。この句は和漢朗詠集・下・仏事にも収載。

三 具平親王のこと。→歌人解説。

四 阿弥陀仏のこと。以下の記述、往生要集・大文二の一の文を踏まえた表現。

五 往生要集・大文二の一に「時に大悲観世音、百福荘厳の手を申べ、宝蓮の台を擎げて行者の前に至りたまひ、大勢至菩薩は無量の聖衆とともに、同時に讃嘆して手を授け、引接したまふ」とある。

六 底本「十方」、瑞・九本により「十万」に改めた。

七 色界における四つの禅定のうち、第三の禅定によって到達する境地。離喜妙楽といい、通常の喜びを超越した真の

億《おく》の仏土《ぶつど》を過《すぎ》て、須臾《しゆゆ》に安養浄刹《あんやうじやうせつ》にむまれて、宝池《はうち》の中《なか》に有《あり》。七第三禅《ぜん》の楽《たのしみ》をして三途《づ》の名字《みやうじ》をきかず。阿伽陀仙《あかだせん》八が耳に水を入《いれ》、数論外道《しゆろんげだう》九が身を石になす、皆是神変《みなこれじんぺん》を現《げん》ずるなり。

いはんや、弥陀如来《〔みだによらい〕》の神通《じんつう》にをき《（お）》て、疑《〔うたがひ〕》をなすべからず。大海《だいかい》一〇を一毛《もう》につつみ給へども、摩竭魚《まかつぎよ》はいろをもおとさず。須弥《しゆみ》を芥子《けし》にこめたまへども、菩提樹《ぼだいじゆ》は花をも散《〔ちら〕》さず。

いはんや刹那《せつな》に十万億の仏土《ぶつど》を過《すぎ》て、須臾《しゆゆ》に安楽国《あんらくこく》にむまるゝ事、ゆめ〳〵疑《〔うたがひ〕》をなすべからず。

つゐ《（ひ）》に蓮花《れんげ》はじめてひらきて、極楽の依正《えしやう》をみる。辺鄙《へんぴ》一一の〔民ノ〕玉宮《ぎよくきう》にいれるがごとし。池魚《ちぎよ》の大海にのぞまんにゝたり。

一二尽虚空界荘厳《じんこくうかいのしやうごんは》　眼雲路迷《まなこうんろにまよひ》

転妙法輪音声《てんめうほふりんのおんじやうは》　聞宝刹満《きくにはうさつにみてり》

一三八功徳池《くどくち》には四色《しき》の蓮花《れんげ》ひらきて、色〳〵の光《〔ひかり〕》をかはし、一四七重宝樹には花さき木《こ》の実《み》むすびて、寒暑《かんしよ》あらたまる事なし。

一五天人聖衆《しやうじゆ》は雲の間《〔あひだ〕》にとび、鳧《ふ》・雁《がん》・鴛鴦《あんあう》は遠近《あんきん》にむらがり、簫《せう》・笛《てき》・琴《きん》・箜篌《くご》は微妙《みめう》の声《〔こゑ〕》を出《いだ》し、琵琶《びは》・鐃《ねう》・銅鈸《どうばつ》は奇異《きい》の調《〔しらべ〕》を奏《〔そう〕》す。

喜びを感ずるという。

八 阿竭多とも。涅槃経三十九に、十二年間恒河の水を耳に入れたという記述がある(大正蔵十二)。

九 二十五諦を立てて生死涅槃を論ずる門徒のこと。石に化した数論外道は、仏滅後九百年中にいた頻闍訶婆娑外道のこと。阿輸闍国の正勤王の所で数論を論じ、黄金を賜わった(婆藪槃豆法師伝〔大正蔵五十〕)。

一〇 いかなる事態が発生しようと絶対に変化しない真実ということを強調する譬喩表現。往生要集・大文五の三の一節に維摩経を引いて「須弥山を以て芥子の中に納れ、四大海を以て一の毛孔に入るるも亦またかくの如し」と記しているが、それと同類の譬喩。「摩竭魚」は梵語の音写語「摩竭羅」の略。訳は鯨魚。神話的大魚で、身長は三百乃至四百由旬、眼は日月、鼻は大山、口は赤谷の如しという(法苑珠林六)。「いろ」は鱗(うろこ)。

一一 往生要集・大文二の二に「辺鄙の、忽ち王宮に入れるが如し」とある。この文の直後に後引「尽虚空界…」の文がみえるので、おそらく往生要集のこの部分に拠った表現であろう。底・瑞・九本「民ノ」なし、元本により補入。また底・瑞・九本みな「玉宮」とするが、「王宮」の誤写か。

一二 大空一杯に広がる殿堂の荘厳は、目がくらみ、すべてを見通すことができない。妙なる法輪を転ずる仏の音声は、殿堂のすみずみにまで満ちあふれている、の意。往生要集・大文二の二の一節。極楽の広大かつ荘厳な様相を述べている。底本「聞宝刹満耳」とある。瑞・九本「耳」なく、引用した往生要集にも「耳」がないので削除。

一三 →二八三頁注一九。

一四 極楽浄土にある七宝でできた樹木。七重に列をなして植えられている。阿弥陀経に「極楽国土、七重欄楯、七重羅網、七重行樹、皆是四宝周ㇾ市囲繞」(大正蔵十二)。

一五 このあたり往生要集・大文二の二の「楼殿と林池とは表裏照り曜き、鳧・雁・鴛鴦は遠近に群がり飛ぶ。…かくの如き無量の天人・聖衆は、心の随に遊戯す」というあたりを踏まえる。

[一]波の音、風の声《こゑ》は、みな仏道増進《ぶつだうぞうしん》の妙文《めうもん》をとなへ、一切の草木《さうもく》はことぐく[二]沈檀《ぢんだん》の匂《にほひ》をなせり。

満月《まんぐわつ》の尊容《そんよう》を拝見《はいけん》す。[三]梵音和雅《ぼんおんわげ》の御声《こゑ》をきく。十方世界遊行《はうせかいにゆぎやう》して三世の諸仏を供養《くやう》す。[四]七世の恩愛をみちびき、無縁《むえん》の衆生をとぶらふ。[五]勝過《しようくわ》三界道《がいだう》といへば、[六]十方浄土にすぐれたりといふ事をしりぬ。

又、極楽《ごくらく》世界となづく、たのしみをきはむる事あらは也。[七]金翅鳥《こんじてう》の宮殿《くうでん》は七宝をちりばむといへども、金翅鳥の目《め》には萱原《かやはら》のごとし。提《だい》婆達多《ばだつた》が[八]第三禅《ぜん》の楽《たのしみ》を得たる、[九]阿鼻大城《あびだいじやう》の底にあり。[一〇]彼極楽世界《かのごくらくせかい》の七宝の宮殿は、みれどもくいやめづらかなる、金翅鳥の思ひをそむけり。第三禅の楽《たのしみ》をえたりといへども、外には地獄《ぢごく》の相《さう》を現《げん》ぜり。

極楽浄刹は楽《らく》のみありといへども、地獄《ちごく》・餓鬼《がき》・畜生《ちくしやう》の名をだにきく事なし。[一一]浄瑠璃《じやうるり》・[一二]都卒天《とそつてん》、[一三]勝蓮花《しようれんげ》・袈裟《けさ》・幢《どう》、奇妙《きめう》なりといへども、たゞ[一四]有縁《うえん》の極楽《ごくらく》をねがふべし。[一五]称讃浄土経《しようさんじやうどきやう》には、「[一六]百千倶胝那由他《くていなゆた》の舌《した》をもて、一ゝの舌上《したのうへ》に無量のこゑを出して、ほむともく尽《つ》くる事あたはじ」と侍るめれば、[一七]中くあやしの舌《した》をもて申《まうし》侍らじ。

浄土をねがふ歌《うた》を申《まうし》侍らむ。

一　無量寿経・上に「微風徐動、出二妙法音一。普流二十方一切仏国一。…内外左右有二諸浴池一。…波揚二無量自然妙声一。…或聞二仏声一。或聞二法声一。或聞二僧声一」（大正蔵十二）とあるあたりを踏まえるか。梁塵秘抄一七七番「極楽浄土のめでたさは、一つも空《あだ》なることぞなき、吹く風立つ波鳥も皆、妙なる法をぞ唱ふなる」と発想近似。　二　沈香と栴檀香（白檀）。
三　「梵音」「和雅」ともに仏の美しい声。
四　七世代にわたる親族。
五　「勝れたること三界道に過ぐ」と読む。「三界道」は三界と同じで欲界・色界・無色界のこと。無量寿経優波提舎願生偈（＝浄土論）に「観二彼世界相一勝二過三界道一」とある（大正蔵二十六）。往生講式・発心講式・安養抄一・教行信証四などにも引用される。　六　十方浄土の中で極楽浄土が最も優れているということを知った。
七　→二二頁注一八。
八　→三四七頁注七。提婆達多があじわった第三禅も、極楽の楽しみにくらべれば、阿鼻地獄の底に匹敵する、の意。
九　→三八頁注一四。
一〇　金翅鳥は自分の住む宮殿が七宝から成るのに、これを萱原のごとくにしか見えなかったが、その金翅鳥といえども極楽の七宝の宮殿を一度でも見れば、七宝の見方がすっかり変って、美しいと認めざるを得なくなるという意。
一一　浄瑠璃浄土。薬師の浄土をさす。以下極楽に対する十方浄土の幾つかをあげ、それらよりも極楽をねがえとすすめている。　一二　都卒天浄土。弥勒の浄土。
一三　以下「勝蓮花・袈裟・幢」は都卒天の荘厳具か。
一四　「有縁」ということは、末期法滅の時に阿弥陀仏は特別に衆生を引摂しようと誓った仏であることをさして言った。往生要集・大文三に「故に知る、阿弥陀と、この世界の極悪の衆生とは、偏に因縁ありといふことを」とある。
一五　称讃浄土仏摂受経。一巻。唐の玄奘訳。極楽浄土の荘厳を説き、阿弥陀仏をはじめ諸仏を称讃した経典。
一六　称讃浄土仏摂受経に「以二其無量百千倶胝那庾多舌一。一舌上出二無量声一。讃二其功徳一亦不レ能レ尽。是故名為二極楽

424 いかにして蓮《〔はちす〕》の花にやどりなん世をうき葉には住《すむ》かひもなし

具平親王《ともひらしんわう》

425 西へ行《ゆく》心は誰も有物《あるもの》をひとりな入《いり》そ秋のよの月

一八 源師時朝臣《みなもとのもろときのあそん》

426 たゆみなく心をかくるみだ仏《ほとけ》人やりならぬちかひたがふな

田口重如《たぐちのしげゆき》

427 ごくらくの蓮《〔はちす〕》の花のうへにこそ露のわがみはを《〔お〕》かまほしけれ

田口重如女《たぐちのしげゆきがむすめ》

428 花は皆あかぬ中にも来ん世まで床しき物ははちす也《なり》けり

右大臣兼実《うだいじんかねざね》

この僧、かたりはてて《〔ゝ〕》、珠数《ずず》を《〔お〕》しすりて、「一九南無大恩教主釈迦尊《なむだいおんけうしゆしやかそん》、後世《ごせ》をたすけたまへ」とてゐたるに、二〇又傍《〔そば〕》なる人、「いかに、歌をもて証《しよう》にひき給ふに、人丸《ひとまる》・赤人《あかひと》の歌《〔うた〕》はひき給《たまは》ぬ。又、それならぬ上手どもの歌《〔うた〕》も侍らぬ」と申《まうし》たれば、「二一たゞよりくる歌《〔うた〕》を申《まうし》侍る也。又、人丸《ひとまる》・赤人《あかひと》の歌《〔うた〕》は、あまりに侍れば申《まうし》侍らず。当世《〔たうせい〕》の歌詠《〔うたよみ〕》どももお

世界」とある(大正蔵十二)。「倶胝那由他」は梵語の音写で、千億の意(実際は一千万)。「那由他」も梵語の音写で、千億の意。転じて数えきれない数。

一七 この物語の語り手の謙遜の辞。いっそのことお粗末な言葉で申し上げないことにしましょう。

424 何とかして極楽の蓮の花に宿りたいものだ。浮き葉のようなこの憂き世には住むかいもないから。「蓮の花」「うき葉」は縁語。「うき」は「浮き」「憂き」の懸詞。

一八 金葉集では源師賢の作となっている。

425 西へ行く心は誰もが持っているのです。秋の月よ、ひとりだけで西の空に没しないで欲しい。

426 たゆみなく衆生に心を懸ける阿弥陀仏よ、御自身の心から発せられた誓いを違えないでください。「人やりならぬ」は、他人にやらせるのでない、自身の自発的な。「ちかひ」は阿弥陀の四十八の誓願。殊に「念仏衆生摂取不捨」の願をさす。金葉集・雑下所載歌によると、知人宅を訪問している時、知人が急に息をひきとった時よんだ二首一連の歌。

427 極楽の蓮台の上に、何とかしてはかないわが身を座らせたいものだ。「露」「置く」は縁語。「み」は「身」と「実」(「花」の縁語)の懸詞。

428 花はすべてすばらしいものだが、その中でもことに来世まで、心ひかれるものは蓮の花だなあ。

8 語りの結び

一九 大恩ある教主釈迦尊に帰命し奉るの意。この僧の語りの場は嵯峨の釈迦堂、清涼寺である。従って特にその本尊に向かって礼拝したのであろう。元本はこのところ「南無大恩教主釈迦尊、南無西方極楽化主弥陀如来。観音勢至二菩薩、南無九品蓮華台清浄大海衆。必ズ来迎引接シ給ヘト、中給ベキ也ト云居タルニ」としている。

二〇 この僧の傍らに「心有計の者共」(一四頁)がいて聴聞していた。その中の一人。

二一 心に思い浮かんだ歌。

ほくきこえ侍れども、さのみはいかゞとて、一歌おほくある人ばかりを証《しよう》し申《まうし》侍るなり。万葉集よりこのかたの代《だい》〻の集《しふ》にいれる歌詠《うたよみ》、その数《かず》をしらず。みな申《まうし》侍らば、二多羅葉《たらえふ》の葉《は》にかきて、三一〔由《ゆ》〕旬《じゆん》の城《しろ》にこめたりしをしへの四おほさに侍りぬべし。するは、一切の文に難《なん》なき事は侍らず。五これも、六聞え給ふ人もを《お》のづからかきつたへ給ふ事もあらば、難《なん》おほかる文にてこそは侍らんずらめ。七人の申《まうし》し事をのみきゝあつめて申《まうし》侍れば、八まことにすくなくぞ侍らん」と云《いふ》ほどに、鐘《かね》打ち、後夜《ごや》のを《お》こなひなどはじまるほどに、人〳〵も出《いで》あひぬれば、この僧も紛《まぎ》れ失《うせ》ぬ。

九そも〳〵花のにほひをなつかしとおもふ人、紅葉《もみぢ》の色《いろ》を好《この》めるもの、家〳〵の言《こと》の葉《は》を書《かき》あつめて、ところ〴〵にちらすは、古今《ここん》のならひに侍るべし。しかりといへども、一〇雲井《くもゐ》の花を見し昔《むかし》は、一一同日同夜《どうじつどうや》の上《じやう》日《にち》にひまなく、一二仙洞《せんとう》の月をながめし中ごろは、一三白浪《しらなみ》の音をたてじと営《いとな》みし程《ほど》に、和歌《わか》の浦《うら》はのことをわすれ、歌《うた》の林《はやし》のかたをもしらず成《なり》にし程に、俄《にはか》に一四人の国《くに》へまかりにしかば、又する事もなきまゝに、を《お》こなひのひまに、素盞嗚《そさのを》一五のみそもじくさりしをしあつめたりしを、

一 元本「覚ヘアル人々バカリヲ少々」とあり、その方が意味が通る。
二 多羅樹の葉。ヤシ科の常緑高木。葉の裏は錐などで傷をつけると黒変するので、写経に用いたという。
三 底・瑞・九本なし、元本により補入。一由旬は十キロメートルとも十五キロメートルとも言われる。一由旬の城にこめるほどのものだと厖大な量になるという意。
四 底・瑞・九本の「おほさに侍りぬべし。するは」は意味不通。元本は「教ノ多キニ成侍リナンズレバ」とする。
五 私のお話も。
六 「聞き給ふ人も」とあるべきところか。
七 発心集・序文の「唯、我が国の人の耳近きを先として、承る言の葉をのみ記す。されば、定めて謬りは多く、実は少なからん」と酷似する文。
八 底・瑞・九本「まことにすくなくぞ侍らん」。元本「実ハ少クゾ侍ラン」。元本の本文が正しいであろう。

9 跋

九 以下の文は、薩摩国から帰り、東山に籠った遁世者の言。
一〇 かつて宮廷に仕えていた頃は。以下、宝物集筆者の履歴を反映するか。
一一 その日その夜の勤務に。「上日」は、古代、官人の当番の日をいう。
一二 上皇の住む御所。仙院。
一三 盗賊などの事件が起こらないように勤務したので。
一四 南海の鬼界が島に流されたので。
一五 「みそもじくさりしを」は意味不明。脱文あるか。元本には「三十一字知ラザリシオ」とある。

風のつてにや、都《〔みやこ〕》のかたへふきつたへたりけるを、一六おそろしき人見給ひて、あはれとやおぼしけん、余多《あまた》の人の中に、一人めしかへされたりしかば、目《〔め〕》にみえぬ鬼神《おにかみ》の心をもなだめ、猛《〔たけ〕》き武士《〔もの〻ふ〕》の心にもあはれと思ふは此《この》歌《〔うた〕》一七なりと、古今《こきん》の序《じよ》に侍るも、げにとおぼえて、一八住吉《〔すみよし〕》・玉《たま》津島《〔つしま〕》のおぼしめさん事もやさしければ、人なみ〳〵に此道《〔このみち〕》に力《〔ちから〕》を入《いれ》て、一巻《ひとまき》の文《ふみ》をつくるべき事をいとなむほどに、さいはい《(ひ)》に仏《〔ほとけ〕》の御《お》前《まへ》の物語《〔ものがたり〕》しるして、名を宝物集《はうぶつしふ》といふなるべし。

一六 平清盛をさす。
一七 底本「なりし」、瑞・九本により「なりと」に改めた。
一八 住吉明神と玉津島明神。前者は大阪市住吉区にあり、後者は和歌山市和歌浦にある神社。いずれも和歌の神として尊崇を集めた。

宝物集近代作者

女房七人

高松宮　待賢門院兵衛　北政所新少将　前斎院大[一]輔　太皇大后宮

小侍従　二条院讃岐　同院参河内侍

僧十二人

仁和寺御室　御室法印元性　法印道勝　前大僧正覚忠　法印静賢

僧都範玄　法眼実快　俊恵　登蓮　祐盛　顕昭　覚盛

沙弥十七人

讃岐法皇　法性寺入道殿 忠通　中院右大臣入道殿 雅通　左[二]京大夫

教長入道　太宰大弐重家入道　右京大夫俊成入道　寂念 為業入道

寂超 為経入道　寂然 頼業入道　寂蓮 定長入道　素覚 家基入道　空仁 太

神宮氏人　道因 敦頼入道　西行 憲清入道　勝命 親重入道　安心 成安入道

賀茂氏人　性照 康頼入道

男三拾九人

太政大臣 伊[三]ー　右大臣 公[四]ー　右大臣 兼[五]ー　左大将 実[六]ー　大納言公

一 底本「太」とあるが、瑞・九本「大」により改めた。

二 底本「右」の右に「左イ」と傍記。瑞・九本「右」、元本「左」により改めた。

三 底・九本「位」、瑞本により「伊」に改めた。藤原伊通か。

四 元本「公ー」を「実定」とする。

五 元本「兼ー」を「兼実」とする。

六 元本「実ー」を「公能」とする。

通　藤実方　藤実国　中納言公光　源雅頼　藤成範　藤実家　藤
実守　参議通親　平親家　刑部卿藤範兼　藤頼輔　左京大夫藤修
範　源頼政卿　藤季能卿　藤公重朝臣　藤清輔朝臣　藤資隆朝臣
藤季経朝臣　源師光朝臣　藤隆房朝臣　源有房朝臣　藤盛方朝臣
藤経家朝臣　藤隆信朝臣　藤公衡　藤定家　源仲綱　源季広　藤
伊綱　祝部成仲　賀茂重保　賀茂政平　散位惟宗広言　左衛門尉
藤親盛[七]

已上七拾五人

七　底本「成イ」と傍記するが、これは「親盛」が正しい。

閑《かん》居《きよの》友《とも》

小島孝之 校注

美しい女房に恋心をいだいてしまった某僧都、思いあまって女房に心をうち明けてしまう。ところが、意外なことに女は色好い返事を返す。里下がりの夜、招かれていそいそと出かけた僧都の前、切灯台の火に浮かんだ女房の姿は、「髪はそそけ上がりて、鬼などのやうにて、あてやかなりし顔も、青く、黄に変はりて、足などもその色ともなく、いぶせく汚くて、血ところ〴〵付きたる衣のあり香、まことに臭く、耐へがたきさま」であった。百年の恋も一時に冷めるよう。日々の化粧・身繕いを止めれば、美しく見えた女もこうなるのだと、僧都をさとす女房。仏道を説かねばならぬ僧と、説教を聞く女房の、思いがけない役割の逆転は、読む者に強い印象を与えずにはいないだろう。

しかし、この話はそれだけで終わらない。「頭の中には脳髄間なく湛へたり。膚の中に、肉・骨を纏へり。すべて、血流れ、膿汁垂りて、一も近付くべき事なし」と、まるで人間を解剖しているかのごとき冷徹な描写をしてみせる。どんなに美しい人も、「いはんや、息止まり、身冷えて、夜を重ね、日を送らん時をや、いかにいはんや、膚ひはれ、膿汁流れて、筋とけ、肉とくる時をや」と、この肉体の崩壊から逃れることは出来ないのだという(下巻第九話)。

人間の肉体の存在が、避けがたい不浄をかかえているという苛烈な人間認識は、本書の全編に、低く、時に高く、常に響いている。

世俗の名利を厳しく拒み、時には狂気を装い、時には堕落を演じて、世間から捨てられようとする人々。身に一物をも持たず、ひたすら来世を請い願う人々。自己をぎりぎりの極限まで追い詰めて、この世を駆け抜けて行った人々を、執拗に描き出してゆく。

『閑居友』の作者慶政の生きた鎌倉時代初頭は、王朝の世が衰え、新しい時代の真の姿はまだ捉えられない、そんな時代であった。

天台・真言の二大既成仏教教団は権力闘争に明け暮れ、人々の救済を忘れているようであった。末世の人々は浄土や諸々の新興仏教に惹かれてゆくらしい。真実の信仰を厳しく問い直すことによって、この濁れる世の衆生を救わなければならない。慶政はそう思ったのであろうか。彼の厳しい人間観、妥協を許さぬ宗教観が描き出した人々の群像は、読者の心に深く刻印を残すであろう。

(閑居友上　目録)

近江《あふみ》の石塔《いしだふ》の僧の世を遁《のが》るゝ事
高《かう》野の聖《ひじり》の、山がらに依《よ》りて心お《(を)》発《ゝこ》す事
常陸国の男《おとこ》、心を発《ゝこ》して山に入《い》る事
駿河《するが》の国、宇津《うつ》の山に家居《いゑゐ》せる僧事《(の)》
下野守義朝の郎等の心お《(を)》発《ゝこ》す事
稲荷山の麓《ふもと》に、日を拝《ゝが》みて涙お《(を)》流《なが》す入道事《(の)》
あやしの入道、「空也上人南無阿弥陀仏、
三河《みかは》の入道南無阿弥陀《みだ》仏」と唱《ゝな》ふる事
あやしの僧《そう》の、宮仕《づか》へのひまに、不浄観お《(を)》
凝《こ》らす事
あやしの男《おとこ》、野原《ばら》にて屍《かばね》を見《み》て心を発《ゝこ》す事
唐橋河原《からはしがはら》の女の屍《かばね》の事

一 平城天皇の第三皇子。高丘親王。法名真如。嵯峨天皇即位とともに皇太子となるが、翌弘仁元年(八一〇)薬子の変に際し、廃され、のち出家。
二 いらっしゃるの意。中世には道心者の用いる文語だった。
三 平城(へいぜい)天皇。第五十一代天皇。在位三年余りで弟の嵯峨天皇に譲位。天長元年(八二四)五十一歳で没。
四 髪を剃る。出家する意。
五 出自未詳。法隆寺で出家、東大寺の玄耀に三論や真言を学ぶ。法隆寺東院を再興。貞観十八(一説十五)年没、享年未詳。

閑居友　上

（一　真如親王《(しんによ)》、天竺に渡《わた》り給《たま》ふ事）

昔、[一]真如親王といふ人[二]いまそかりけり。[三]平城《なら》の御門《(みかど)》ノ第三の御子也《(なり)》。いまだ頭剃《かしらお》ろし給《たま》はぬ前《さき》には、高岳《たかおか》の親王とぞ申《(まうし)》ける。[四]飾《かざ》りお《(を)》落《ゝと》し給《たま》ひて後《のち》は、[五]道詮律師にあひて[六]三論宗をきはめ、[七]弘法大師にしたがひて[八]真言お《(を)》ならひ給《(たまひ)》けり。

「[九]法門、ともに[一〇]おぼつかなきこと多《おほ》し」とて、つい《(ひ)》に[一一]唐土《もろこし》にぞ渡《わた》り給《(たまひ)》ける。[一二]宗叡僧正とと《ゝ》もなひ給《(たまひ)》けるが、宗叡は、「[一三]文殊の住《す》み給《(たまふ)》[一四]五臺山、拝《おが》まん」とて行《ゆ》き給《たま》ふ。親王は、ものならふべき師お《(を)》たづね給《(たまひ)》けるほどに、昔、この日本《やまと》の国の人にて[一五]円載和尚といひし人の、唐にとゞまりたりけるが、親王の渡《わた》り給《(たまふ)》よしを聞《きゝ》て、[一六]御門に奏《(そうし)》たりければ、[一七]御門あはれみて、[一八]法味和尚といふ人に仰《おほ》せつけられて、[一九]学問

六　インドの竜樹の中論・十二門論、提婆の百論の三論に基づく学派。空宗ともいう。五世紀に鳩摩羅什が漢訳し、隋・唐初の吉蔵が大成。吉蔵の弟子慧灌により日本に初伝。

七　空海。俗姓佐伯氏。入唐して密教を学び、帰朝後、高野山に金剛峯寺、京都に東寺を開く。承和二年(八三五)入定、六十二歳。

八　真言宗のこと。

九　仏の教え、また、その説き方の意。「ともに」は三論・真言両宗の教義を指すと見る。

一〇　納得しかねる点が多い。

一一　中国をさす呼称。「唐」「唐土」の文字を当てる。王朝名の「唐」と区別するため本書では「唐土」を当てる。

一二　比叡山で出家。義演、円珍、真紹らに学ぶ。真如に従って入唐し、多数の経典を将来。禅林寺に住し、東寺長者となる。元慶八年(八八四)没、享年七十六歳。

一三　文殊菩薩。獅子に乗り、智慧を特性とする。

一四　中国山西省東北部の山地。東・西・南・北と中台頂の五峰に囲まれた広大な山麓に、最盛期の唐代には三百以上の寺院が建ち並んだという。華厳経に見える清涼山にあてられ、文殊菩薩が住む所と考えられていた。

一五　最澄に師事。承和五年(八三八)入唐し、天台山に求法。会昌の廃仏で還俗。元慶元年(八七七)帰国途中、暴風で溺死。享年未詳。

一六　入唐五家伝所引の頭陀親王入唐略記によれば、貞観六年(八六四)。当時の皇帝は懿宗。

一七　底本「御心」とも読める紛らわしい字体であるが、「門」と「心」の草書体の類似による。他の諸本はすべて「御門」。

一八　未詳。野沢血脈集によれば、親王は青竜寺の法全に両部灌頂を受けているが、法味の名は見えない。架空の名であろう。

一九　法味和尚について学問をしたけれどもの意。「漢家の諸徳は多く論学に乏しく、歴問に意有るは吾が師に及ぶ無し。真言に至りては共に言ふに足る有り」(三代実録・元慶五年十月十三日条)に基づくか。

ありけれど、心にもかなはざりければ、つい《(ひ)》に天竺[一]にぞ渡《わた》り給《たま》ひにける。

「錫杖[二]お《(を)》突《つ》きて、脚《あし》にまかせてひとり行《ゆ》く。理《ことはり》にも過《す》ぎて煩《わづら》ひ多《おほ》し」[三]など侍《(はべる)》お《(を)》見《み》るにも、悲《かな》しみの涙《なみだ》かきやりがたし。玄奘[四]、法顕[五]などの昔の跡《あと》に思《おも》ひ合《あ》はするにも、さこそは険《けは》しく危《あやう》く侍《(はべり)》けめと、あはれなり。

さて、返給《(かへりたまふ)》べきほども過《す》ぎぬれば、生死《いきしに》わきまゐ《(へ)》がたしとて、こ[六]まかにぞ尋《たづ》ねありける。唐土[七]《もろこし》の返事に、「天竺に渡《わた》り給《(たまふ)》ほどに、道にて終《おは》り給《たま》ふよし、ほのかに聞《き》く」と侍《(はべり)》けるにぞ、初《はじ》めて、魂[八]《たましゐ》お《(を)》うつし給《(たまふ)》よしを知《し》りにける。

渡《わた》り給《たま》ひける道の用意《ようい》に、大柑子[九]《かんじ》お《(を)》三《(みつ)》持《も》ち給《たま》ひたりけるを、飢《つか》[一〇]れたる姿《すがた》したる人出《い》で来《き》て、乞《こ》ひければ、取《と》り出《い》でて、中にも小《ちい》さきを与《あた》へ給《(たまひ)》けり。この人、「同《おな》じくは、大《おほ》きなるを与《あづか》[一一]らばや」といひければ、「我は、これにて末《すゑ》もかぎらぬ道お《(を)》行《ゆ》くべし。汝は、こゝのもと[一二]人也。さしあたりたる飢《うゑ》お《(を)》ふせきては、足《た》りぬべし」とありければ、この人、「菩薩[一三]の行《(ぎやう)》は、さる事なし。汝、心小《ちい》さし。心小《ちい》さき人の施《ほどこ》

一　インドの古称。
二　「親王遂に錫を杖つきて路に就き、脚に□て孤り行く」(三代実録)。
三　底本、以下二葉分の誤綴がある。↓解説。
四　六〇二—六六四年。河南省洛陽の人。唐の貞観三年(六二九)インドに渡り、那爛陀寺の戒賢に唯識説を学ぶ。インド各地を訪ね、六四五年帰国。一千三百四十七巻の仏典を翻訳して、三蔵法師と呼ばれた。その旅行記が大唐西域記。
五　生没年不明。山西省平陽の人。四世紀末から五世紀初めにかけてインドへ求法。帰国後訳経を行う。その旅行記が法顕伝。
六　詳細に照会した。
七　三代実録には、「今在唐の僧中瓘の申状を得るに偁す」とあり、日本の留学僧中瓘からの報告とわかる。それには親王は羅越国(シンガポール)で遷化したとある。享年は推定六十七歳。
八　魂を他界に移す、すなわち死ぬこと。
九　大きな柑子蜜柑。今の夏蜜柑の類。
一〇　「飢　ツカル」(名義抄)。
一一　頂きたい。
一二　他に用例未詳。地元の人の意か。
一三　菩薩の行は慈悲利他行であり、菩薩に課せられる六種の徳目の第一が布施の行。

す物《もの》お《(を)》ば受《う》くべからず」とて、[14]かき消《け》ち失《う》せにけり。親王、あやしくて、「[15]化人《(けにん)》の出来《(いでき)》て、我《わ》が心《こゝろ》をはかり給《たま》ひけるにこそ」と、悔《くや》しく、[16]あぢきなし。

さて、やう〳〵進《すゝ》み行《ゆ》くほどに、つい《(ひ)》に虎に行《ゆ》き遇《あ》ひて、むなしく命《いのち》終《おは》りぬとなん。

このことは、[17]親王の伝にも見《み》へ《(え)》侍らねば、記《しる》し入《い》れぬるなるべし。[18]昔のかしこき人〳〵の天竺に渡《わた》り給へる事を記《しる》せる書《ふみ》にも、大唐、[19]新羅の人〳〵は、数《かず》あまた見《み》え侍れど、この国の人はひとりも見《み》ゑ《(え)》ざんめるに、この親王の思《おも》ひ立《た》ち給《(たまひ)》けん心のほど、いと〳〵あはれにかしこく侍り。[20]昔は、[21]やすみしる[22]儲《まう》けのすべらぎにて、百《もゝ》の官《つかさ》に仰《あふ》がれきといへども、今《いま》は、道のほとりの[23]旅《たび》の魂《たましい》として、ひとりいづくにか赴《おもむ》き給《たま》ひけんと、返《(かへす)》〳〵あはれに侍り。大唐の[24]義朗《(ラウ)》律師の、天竺に行《ゆ》くとて、身お《(を)》ほろぼしたる事をいふ所に、「[25]師子洲にもすでに見《み》へ《(え)》ず、中印度にもまた聞《き》こえず。多《おほ》くはこれ魄《たましゐ》[26]異代に帰《かへ》るらん」と侍《(はべる)》事、思《おも》ひ出《い》でられて、とにかくに心[27]すぞろに侍《(はべり)》。

さても、親《しん》王の身ははるかの境《さかひ》にうつり給《(たまひ)》けれども、[28]貢物《みつきもの》は猶あと

一四 神仏やその化身、または妖怪などが一瞬のうちにあとかたもなく姿を消す時に用いられる表現。

一五 「文殊大菩薩は…身を変じて異道をなしたまふ。…或いは貧窮の人の衰へし容、老いたる状となり、飢寒の苦しみを現はし、坊市の鄽(せみ)を巡行して、衣財宝を求め乞ひ、人をして一つの施しを発さしむ」(広清涼伝所引華厳鈔)とあるように、文殊は飢者・貧窮人に変化して現世に出現すると信じられた。

一六 「アヂキナイ　情ない(こと)、あるいは、嫌気を催させたり、気落ちさせたりするような(こと)」(日葡)。

一七 「真如親王伝云」(東大寺要録三)、「已上出二本伝幷国史文一」(扶桑略記・元慶五年十月十三日条)等とあることから、それらの基になった親王伝がかつて存在したと考えられる。

一八 大唐西域求法高僧伝を指すか。同書には五十六人の伝を収めるが、日本人は見えない。

一九 古代朝鮮半島東南部にあった国の名。十世紀に滅亡。

二〇 「昔は千乗の皇儲たり。今は単子の旅魄となる」(三代実録)。

二一 「やすみしし」の転。「すべらぎ」にかかる枕詞。

二二 皇太子。「皇儲」の和訳か。

二三 客死した霊魂の意。「旅魄」の訓読か。

二四 生没年不明。益州成都の人。長安を出発してインドに入るが、四十余歳で消息を絶った。

二五 「師子洲に既に見えず、中印度にも復た聞かず。多くは是れ魄異代に帰る」(大唐西域求法高僧伝)による。「師子洲」は今のセイロン島(スリランカ)。sinhala の訳で執師子国、略して師子国という。

二六 原漢文から推測すると、来世の意か。

二七 何となく。「すずろ」の転。平安後期から鎌倉時代に多く用いられた語形。「すぞろにあはれに侍り」の省略か。

二八 親王の子在原善淵・安貞は、親王の消息が絶えたため、封邑を返納しようとしたが、勅許されなかった(三代実録)。

にそなへられけんこそ、情深《なさけふか》く聞《き》こえ侍れ。

さても、[一]発心集には、[二]伝記の中にある人〳〵あまた見《み》ゑ《(え)》侍《(はべる)》めれど、この書《ふみ》には、[三]伝に載《の》れる人おば《(を)》入《い》るゝことなし。かつはかた〴〵憚《はゞか》りも侍り。また、世《よ》の中の人のならひは、わづかにおのれが狭《せば》く浅《あさ》くのお《(を)》見《み》たるまゝに、「これは[四]それがしが記《しる》せるものゝ中にありし事ぞかし」など、よにもたやすげにいふ人もあるべし。また、もとより筆《ふで》をとりてものお《(を)》記《しる》せる者《ものゝ》の心ざしは、「我《(われ)》この事を記《しる》しとゞめずは、後の世《よ》の人いかでかこれを知《し》るべき」と思《(おもふ)》より始《はじ》まれるわざなるべし。さればこそ[五]章安大師は、「[六]この事もし墜《お》ちなば、将来も悲《かな》しむべし」とは書《か》き給《たま》ふらめ。いはんやまた、古《ふる》き人の心も巧《たく》みに詞《(ことば)》もとゝのほりて記《しる》せらんお《(を)》、今《いま》あやしげに引《ひ》きなしたらむもいかゞと覚《おぼ》え侍《(はべり)》。

また、この[七]書《か》き記《しる》せる奥《おく》どもに、いさゝか天竺・晨旦・[八]日域《(ヰキ)》の昔《むかし》の跡《あと》を[九]ひと筆《ふで》など引《ひ》き合《あ》はせたる事の侍《(はべる)》は、「これお《(を)》[一〇]端《はし》にて知《し》り初《そ》むる縁《え》ともやなり侍らん」など思《おも》ひ給《たま》[一一]ひて、つかうまつれる也。

[一二]長明は、人の耳お《(を)》も喜《よろこ》ばしめ、また[一三]結縁《けちえん》にもせむとてこそ、伝の中《うち》の人お《(を)》も載《の》せけんお《(を)》、世《よ》の人のさやうには思《おも》はで侍《(はべる)》にならひて、かや

一 鴨長明編纂の仏教説話集。本書は発心集から大きな影響を受けている。→解説。
二 本朝往生伝等の先行往生伝類を指す。
三 「『伝』に載れる事をば」とあるべき所。
四 だれそれ。不定称の人称代名詞。
五 五六一—六三二年。諱は灌頂。臨海県章安の人。天台大師智顗に十三年間侍者として随い、法華文句、法華玄義、摩訶止観の天台三大部をはじめ、百余巻の師説を編纂した。
六 「斯の言若し墜ちなば、将来悲しむべし」(法華玄義に付した灌頂の法花私記縁起)による。
七 各説話の末尾に、の意。
八 日本の異称。「天竺をば月を像て月氏国と言(ひ)、唐土をば星を像て震旦国といふ。日本をば日を像て日域といふ也」(日本略記)。
九 簡潔に梗概化した説話。
一〇 端緒。
一一 文脈上は、謙譲の意の下二段活用「給へて」であるべき所。現存諸本はいずれも「給ひて」。これでは、尊敬の意の四段活用となり、不合理。
一二 下鴨神社神官鴨長継の男。和歌、琵琶に堪能。後鳥羽院歌壇で活躍したが、後に出家。法名蓮胤。大原を経て日野に隠棲。方丈記、無名抄などを著す。本書のこの記事を有力な論拠として、発心集の著者ともされる。建保四年(一二一六)没、享年六十二歳くらい。
一三 仏道に縁を結ぶこと。
一四 あの世。「草葉の陰」と同じ意か。これと酷似した文言が撰集抄に繰り返し出現する。
一五 非難する。
▽前半は、三代実録、扶桑略記などの記事の資料になったと想定される原真如親王伝に基づいて構成したのであろう。後半では本書の執筆方針を述べる。慶政は宋から帰国後に本話を執筆した可能性がある(→解説)が、日本人としては前例のない渡天を敢行した親王に、密かに自分自身の体験を重ね合わせていたのではなかろうか。本話中の真如親王

うにも思《おも》ひ侍《(はべる)》なるべし。ゆめ〳〵[一四]草隠《くさがく》れなきかげにも、「我《(われ)》をそばむ[一五]る詞《(ことば)》かな」とは思《おも》ふまじきなり。

(二一　如幻僧都の発心の事《こと》)

昔、[一六]如幻僧都といふ人を《(お)》はしけり。もとは奈良《なら》の京、[一七]東大寺に住《す》みて、[一八]華厳宗お《(を)》ぞならひ給《たま》ひける。

そのころ、[一九]善珠《(ぜんじゅ)》大徳学問の功高《こうたか》くて、[二〇]眠《ねぶ》りお《(を)》除《のぞ》き、飢《う》ゑお《(を)》しのびて見えければ、時の人もいみじきことにいひあへりけり。僧都これを見《み》て、「我《(われ)》いかに学問《がくもん》すとも、この人に勝《まさ》るべからず。しかじ、[二一]この道お《(を)》あらためて、ひとすぢに[二二]行《おこ》なひの道におもむきて、[二三]この人よりは先《さき》立《だ》ちて[二四]世の聞《き》こゑ《(え)》お《(を)》も取《と》り、位《(くらゐ)》お《(を)》も上《あ》がらむ」と思《おも》ひて、[二五]熊野《くまの》に籠《こも》りて、身を砕《くだ》き骨《ほね》を折りて、ひとすぢに行《おこ》なひ給《たま》ひけり。

かゝるほどに、かたはらに、我《わ》が行《おこ》ない《(ひ)》を[二六]五《(いつつ)》、六《(むつ)》重《かさ》ねたらんほどに行《おこ》なふ者《もの》ありけり。これお《(を)》見《み》て、「あさまし」と思《おも》ひて、「さても、[二七]かくして世中《(よのなか)》にありては、ついにはい《(ひ)》かなるべきぞ」と思ひ続《つゞ》くるに、

が虎に食われたという伝承は、本書以前には見られない。後代のものでは、撰集抄六の一に、真如が虎に食われた話(柑子のことはない)を記す。また、同三の七には化人が雲居寺の瞻西上人に三度小袖を乞うたという類話を載せている。また、満済准后日記・永享三年(一四三一)四月四日の条には、慶祚が渡唐した際、竜智が化人となって現れ、慶祚に柑子を乞うたという話を記している。

一六　生没年未詳。もと叡尊と称し、発心の後、如幻と号す。東大寺で唯識因明を学び、後、播磨国高和谷の行基開創と伝承する性海寺を中興。享年六十二歳で遷化(三外往生記による。高和山性海寺記には保安年間(一一二〇―一一二四)に七十二歳で入滅とある)。
一七　奈良市雑司町にある華厳宗の総本山。天平勝宝元年(七四九)創建。本尊毘盧遮那仏。
一八　華厳経を所依の経典として成立した宗派。天平八年(七三六)審祥により伝えられた。華厳経、梵網経の思想に基づいて東大寺に大仏が建立された。
一九　興福寺で玄昉に法相宗を学び、秋篠寺を開く。護持僧として宮廷から重用された。多数の著書がある。延暦十六年(七九七)没、享年七十五歳。
二〇　ここは、善珠が寝食を忘れて学問に励んだことを言う。「眠るも席を安んぜず、食ふも哺を甘んぜず、頭の燃ゆるを救ふがごとし。白駒烏兎、日夜に奔り競ふ。以て出要を求む」(摩訶止観七の上)などに基づくか。
二一　学問に秀れた高僧となる道。
二二　難行苦行によって法力を修得し、験者として名声を得る道。
二三　善珠。　二四　世間の評判。
二五　和歌山県の熊野にある本宮・新宮・那智の三社および吉野と熊野を結ぶ山岳地帯は古くから修験道の行場であった。
二六　五、六倍も激しく。
二七　こんな名利を追い求める生活をしていては、しまいにはどんなことになってしまうだろう。

いと[一]あぢきなくよしなくて、[二]やがて走《はし》り出《い》で給《たま》ひにけり。

さて、播磨《はりま》の国、[三]高和谷《たかをだに》といふ所におはして、他事なく[四]後世《ごせ》の行《おこ》ない《(ひ)》して、常《つね》には心を澄《す》まして、[五]華厳経をぞ読《よ》み給《たま》ひける。

かゝるほどに、弟子にならむとて人あまた出《い》で来集《きあつ》まりて、後には[六]本意《ほい》なきほどに侍《(はべり)》ければ、離《はな》れたる所にあやしの庵《いほり》構《かま》ゑ《(へ)》て、たゞひとり居《ゐ》て、食《く》ひ物《もの》などもみづから営《いとな》みて、弟子お《(を)》ば時《とき》〴〵ぞ来《こ》させける。

ある時《とき》、「いま七日ばかりは厳《きび》しき行《おこ》なひをする事侍《(はべる)》べし。ゆめ〳〵来《き》たる事なかれ」とありければ、そのほど、人行《ゆ》き交《か》ふ事なかりけり。日ごろ過《す》ぎて、庵《いほり》のほどに[七]いひ知《し》らぬにほひの侍《(はべり)》ければ、あやしくて見《み》ければ、手《て》お《(を)》合《あ》はせて西に向《むか》ひて、命《いのち》尽き給《たま》ひにけるなるべし。[八]その年《とし》は六十二、頃《ころ》は十二月二日にてぞ侍《(はべり)》ける。観音《くわんおん》を本尊にし給《たま》ひけるとかや。

この人の事、[九]往生伝に侍《(はべる)》めれど、この事《こと》は侍らざめれば、記《しる》し侍《(はべる)》なるべし。かの伝には「[一〇]唯識《〈シキ〉》[一一]因明の道お《(を)》明《あき》らかにならへる」と侍《(はべる)》にや。また、[一二]僧都になれるよしも見えず。もし僧都といへるは僻《ひが》事にや侍らむ。かの播磨《はりま》の高和谷《たかをだに》に、[一三]絵《ゑ》に描《か》ける御姿《すがた》お《(お)》はするは、[一四]木《き》の下《した》に石《いし》

一 情けなくつまらぬ事に思われて。
二 突然の遁世を表す常套表現。
三 兵庫県神戸市西区押部谷町押部にある高和山性海寺の地。
四 死後の極楽浄土転生を願って勤める念仏、読経など。
五 三世紀頃にまとめられた経典で、六十華厳と八十華厳がある。一即一切・一切即一の思想を根本として、毘盧遮那仏(大日如来)を本尊とする。
六 本来の意に反して、弟子の指導のために奔走することで心の静寂が保てないほどの状態になりましたので。
七 何とも言えぬよい香り。芳香。極楽往生する時に現れる奇瑞の一つ。
八 「生年六十二。冬十二月二日。其の身几に凭り、観音を念じ奉る。面貌変はらず、端座して頓滅す」(三外往生記)に基づく。
九 三外往生記を指す。
一〇 外界には事物は存在せず、全存在は心の根底にある阿頼耶識が知らしめたもの、という思想。法相宗の中心的教義。「唯識因明之碩学也」(三外往生記)。
一一 古代インドで成立した論理学。
一二 僧尼の監督、取締りに当たる僧官の名称。僧正と律師の中間の位。三外往生記には「沙門如玄」とあるのみで、僧都とは記されていない。
一三 如玄の絵像のことは他に見られず、慶政が性海寺の関係者から得た話か。
一四 いわゆる樹下坐禅像。高山寺蔵の明恵上人定心石坐禅像や、樹上坐禅像が参考になろう。
▽三外往生記では如玄は型通りの往生者として描かれているが、本書では、学問→山林抖擻→遁世→往生という転向

を敷《し》き物《もの》にて、檜笠《ひがさ》と経袋《ぶくろ》とばかり置《を》き給《たま》ひたる姿《すがた》とぞ聞《き》き侍《(はべり)》し。発《(ほっ》心《しん)》の初《はじ》めより命終《(みやうじゆう)》まで、澄《す》みておぼへ《(え)》侍り。

（三　玄賓《(げんぴん)》僧都、門お《(を)》閉《さ》して善珠僧正お《(を)》入《い》れぬ事）

昔、奈良《なら》の京、一五興福寺の僧にて、一六玄賓僧都といふ人を《(お)》はしけり。智行ともにそなはりて、一七御門《(みかど)》、僧都の位お《(を)》授《さづ》け給《(たまひ)》ければ、一八歌を詠《よ》みて這《は》ひ隠《かく》れにける。

一九とつ国《くに》は山水《やまみづ》清《きよ》しこと繁《しげ》き君が御代には住《す》まぬまされり

となん侍《(はべり)》ける。ことにあはれにこそ侍れ。とつ国《くに》とは遠《とお》つ国といへるにこそ。まことに二〇境《さかひ》へだゝれる国の、人も通《かよ》はで、二一いたづらに清《きよ》き山水流《なが》れたる所、多《おほ》く侍らんものをと、ことに身にしみて侍り。

さて、その心ざしを遂《と》げ給《たま》ひける後の事なめり、御門の仰《おほ》せにて、弘法大師の二二消息《せうそく》し給へる言葉《ことば》にも、山深《ふか》くいみじく思《おも》ひ澄《す》ましておはするよし、とぶらひ給《たま》ひためるは、御返事いかゞ侍《(はべり)》けん、二三いぶせく思ひやられ侍《(はべり)》。

を中心に描き出し、学解と苦行という通常の修行を否定し、遁世往生を賞賛する構造になっている。後世の三国伝記八の九に本書を出典とするらしい説話を載せる。寛文十二年(一六七二)奥書の播州明石郡高和山性海寺記なるものが存する(美濃部注紹介)。なお、諸書に見える如幻は、十二世紀頃の人物であり、八世紀の善珠とは時代が合わない。次の第三話との連繫を図ったための齟齬ではなかろうか。

一五　奈良市登大路町にある法相宗の大本山。藤原氏の氏寺。

一六　河内の人。俗姓弓削氏。興福寺の宣教に法相宗を学ぶ。大同元年(八〇六)大僧都に任じられ、弘仁五年(八一四)備中国湯川山寺に隠遁。弘仁九年(八一八)没、享年八十余歳。中世の説話集に頻出し、名利を厭うて隠遁した聖の理想像とされた。

一七　大同元年四月二十三日、任大僧都(日本後紀。僧綱補任では十三日)。その前月十七日には桓武天皇が没しており、任命者は平城天皇か。

一八　大僧都を辞退する時に「とつ国…」の歌を詠んだ話は、江談抄、著聞集などにも見える。なお、江談抄には、律師に任じられた時、「三輪川の清き流れにすすぎてし衣の袖はさらに穢さじ」と詠じて辞退したという類話(古事談三の七、発心集一の一では「三輪川…」の歌が大僧都辞退の歌)もある。なお歌詞にはいずれも小異がある。→三六七頁注二三。

一九　都を遠く離れた国は山も水も清らかである。俗事の煩わしい帝の御代には住まぬ方がよい。

二〇　都から遠く隔たった国。

二一　空しく人に知られずに、の意。

二二　嵯峨天皇の勅命により空海が代筆した書状。続遍照発揮性霊集補闕抄九所収「玄賓法師に贈る勅書」を指す。同書状には「形は山水に静まり、神は煙霞に王たり。春の花錦を織る。之に対って情を陶(がみ)く。秋の葉帷を散らす。之を見て帰ることを忘る」とある。

二三　気がかりに思われます。

この僧都は、そのかみより名《な》[一]をのがるゝ心の深《ふか》くおはしけるなめり。[二]善珠大徳の[三]僧正になりて[四]悦申《(よろこびまうし)》て返給《(かへりたまひ)》けるに、雨降《あめふ》りければ、蓑笠《みのかさ》お《(を)》着《き》てなん返《(かへり)》給《たま》ひける。夜もふけ、風も身にしみわたりければ、[五]「もとの居《ゐ》所に、はやも返《(かへり)》てしがな」と思ひて、からうして行《ゆ》き着《つ》きて、[六]西面の僧房の戸口《とぐち》に立《た》ちて叩《たゝ》き給《(たまふ)》に、あえ《(こ)》て音《おと》する答《いら》へもなし。やゝ久《ひさ》しく叩《たゝ》かれて、この玄賓の君《きみ》いと低《ひき》やかに、「誰《た》そ」と答《いら》へられけり。「あな、あさまし。叩《たゝ》かば開《あ》け給《たま》へと、さばかり契《(ちぎり)》聞《き》こゑ《(え)》つる甲斐《かひ》もなく、いといたう雨《あめ》に降《ふ》られて煩《わづら》はしきに、[七]いかでか遅《おそ》く訪《おとづ》れ給《たま》ふ。まどろみ給《(たまひ)》つるか」とありければ、「いたくよき振舞好《ふるまひこの》む人は、またわびしき目《め》にも会《あ》へば、思《(おもひ)》も知《し》り給《たま》へかしとて、遅《おそ》く開《あ》くるぞかし」とぞ答《いら》[八]へごち給《たま》ひける。

この善珠僧正もいみじき行《おこ》なひ人也。[九]霊異記といふ書《ふみ》には、「死《し》[一〇]にて国王となりたり」とぞ侍れど、まことには、[一一]兜率《とそつ》の内院に生《む》まれ給《たま》へる人也。僧房の壁《かべ》に唾吐《つばきは》きかけたりとて、内院より帰《かへ》されて、さま〴〵の持《も》ち物替《ものか》[一二]へ代《しろ》なへて、いみじき名香ども買《か》ひて、湯《ゆ》に沸《わ》かして、僧房の壁《かべ》お《(を)》洗《あら》ひ給《たま》ひて、内院の往生遂《と》げたる人也。その壁《かべ》は近《ちか》ごろま

一 名誉から遠ざかりたいという心。
二 →三六三頁注一九。
三 延暦元年(七八二)正月。「御持僧労也」とある(僧綱補任。一本に「二年」。日本後紀に「十六年正月」とあるのは誤り)。
四 叙位・任官の御礼を言上する儀礼。
五 善珠は宝亀十年(七七九)以後まもなく興福寺から秋篠寺へ移住したと考えられ、ここは移住以前の住居の意か。「馬道北口より第一坊大房、善修(珠)僧正。小子房玄賓」(興福寺流記)により、善珠と玄賓とが隣接した房にいたことが知られる。
六 講堂を取り囲んでその東・西・北の三面に僧房が建てられていた(南面は中金堂)。
七 なぜいつまでも応答してくれないのですか。「遅く…(動詞)」は、いつまでも…しない、の意を表す。
八 動詞「いらふ」に四段活用の接尾語「ごつ」が付いた語。
九 日本国現報善悪霊異記。三巻。我が国最初の仏教説話集。薬師寺僧景戒編。弘仁年間(八一〇―八二四)成立か。
一〇 日本霊異記・下三十九に、延暦十八年(七九九)丹治比夫人の王子として再誕し、大徳親王と名付けられたとあるが、国王になったとは書かれていない。
一一 欲界六天の第四天兜率天。弥勒菩薩の住む宮殿、善法堂を内院と外院に分かち、この内院を弥勒浄土として兜率往生を願う信仰は、日本でも古くから盛んであった。
一二 類本「かへしそなへて」に従って、「(興福寺から秋篠寺に持ち出した物を)返し供へて」と解する説(『閑居友』全注釈その二)もあるが、「しろなへ」は、金に替える意の「しろなし」と同義と見て、「持ち物と替え、金にかえて」と解しておく。
一三 発心集一の一、同一の二等に玄賓説話がある。→三六二頁注一。
一四 説話集撰述という良い機会に、玄賓の事を採り上げ、

で香《かう》ばしく侍《はべり》けりとぞ。さても、この僧都の事、一三発心集にも見え侍《はべる》めれど、この事は侍《はべら》ざめれば、一四よきつゐ《い》でに因縁もほしく侍《はべり》て、書《か》き侍《はべり》ぬるなるべし。

すべてこの国に世《よ》をのがるゝ人の中に、一五この人はことにうらやましくぞ侍《はべる》。一六止観《しくわん》の中《なか》には、「一七徳を縮《つゞ》め瑕《きず》を露《あら》はし、狂を揚《あ》げ実お《を》隠《かく》せ」といひ、また、「もし、迹《あと》を遁《のが》れんに脱《のが》るゝ事あたはずは、まさに一八一《いつ》挙万里《こばんり》にして、絶域他方にすべし」といへり。今《いま》この跡《あと》を尋《たづ》ぬるに、かの教《おし》へに一九つぶとかなひて侍《はべる》にや。あはれにかしこくこそ侍れ。

唐土《もろこし》の二〇釈恵叡《シャクノエ》の、徳《とく》を隠《かく》しわびて、八千里お《を》へだてたる国に行《ゆ》きて、あやしの者《もの》のもとに、僧の形《かたち》とも見《み》えずなりて羊《ひつじ》を飼《か》ひて世をわたりておはしけるは、見る目《め》もさらにかきくらされて侍《はべる》ぞかし。今《いま》、この玄賓の君の跡《あと》を見《み》るに、ある時《とき》は二一奴《つぶね》となりて人にしたがひて馬《むま》を飼《か》ひ、或《ある》時《とき》は渡《わた》し舟《ぶね》に水馴《みな》れ棹《ざほ》さして、月日を送《ゝく》るはかりことにせられけん事、ことにしのびがたくも侍《はべる》かな。「二二あきはてぬれば」と嘆《なげ》き、「二三またはけがさじ」と誓《ちか》ひ給《たまひ》けん心のうち、猶〳〵やるかたなくぞ侍《はべる》べき。

結縁を結びたくて。「なるべし」と推量の語を用いるのは朧化表現。

一五 玄賓を指す。

一六 「摩訶止観」の略。天台三大部の一つ。天台大師智顗の講述を章安大師灌頂が筆録校訂した書。十巻。天台宗の具体的な修行方法を講じたもの。

一七 「名誉の羅羂、利養の毛縄を被つて、眷属が樹に集まり、妨蠹が内に侵し、枝葉が外に尽きなば、まさに早くこれを推つべし、受くることなく著することなかれ。推つるにもし去らずして翻つて黏繫せらるれば、まさに徳を縮め瑕を露はし、狂を揚げ実を隠し、密かに金唄を覆つて盗をして見せしむることなかれ。もし、迹を遁すも脱れずんば、まさに一挙万里し、絶域他方にしてあひ諳練することなく、快く道を学ぶことを得ること、求那跋摩のごとくすべし。云々。もし名利の眷属、外より来たり破らば、この三術を憶ひ、歯を齧つても忍耐せよ。千万請ずといへども、確乎として抜け難かれ。譲れ、隠せ、去れ」(摩訶止観七の下)。

一八 遥かな異域へ一気に移動して、人里遠く離れた地へ赴くべきである。

一九 ぴったり。すべて。

二〇 冀州の人。蜀に赴き、捕われて羊飼をさせられていた。のち諸国を遍歴し、南天竺に至る。のちに羅什の弟子となり、経典の訓詁に通じた。元嘉年間(四二四―四五四)没、享年八十五歳(梁高僧伝七)。

二一 下僕。下人。以下の、玄賓がつぶねとなって馬を飼い、渡し守となった話は、ともに古事談三の七、同三の九、発心集一の一、同一の二に見える。

二二 「山田もる僧都の身こそあはれなれ秋はてぬれば問ふ人もなし」(古事談、発心集)による。続古今集・雑上に玄賓の歌として入る。「そほづ(案山子)」に「僧都」を掛けている。

二三 「三輪川の清き流れにすすぎてし衣の袖をまたはけがさじ」(発心集)による。この歌は、和漢朗詠集、江談抄、袋草紙、古事談などにも見え、後に続古今集・釈教に入集した。→三六五頁注一八。

あはれ、仏のかゝる心お《(を)》与《あた》へ給《たま》ひて、[一]たゞいまも走《はし》り出《い》でゝ跡《あと》かたなく、ひとり悲《かな》しみひとり嘆《なげ》きて、袖を抑《おさ》ゑ《(へ)》涙《なみだ》お《(を)》流《なが》してあらばやと、嘆《なげ》けども甲斐《かひ》なくて、年《とし》も重《かさ》なりぬるぞかし。

げに、人も知《し》らぬ境《さかひ》にあらんは、いみじく澄《す》みわたりてぞ侍《(はべり)》ぬべき。[二]むげに近《ちか》き所なれども、そのかみ[三]真野《まの》の入江《いりえ》お《(を)》見《み》侍《(はべり)》しに、[四]比良山《ひらやま》おろし吹《ふ》きすさみて、[五]昔《むかし》おぼしき[六]尾花《おばな》が末《すゑ》に鶉《うづら》いとあはれに聞《き》こゑ《(え)》しが、常《つね》に心にとゞまりて、「人もとがめぬ山の麓《ふもと》に、鶉《うづら》お《(を)》友《とも》として、あやしの草の庵《いほ》の身ひとつ隠《かく》すべき結《むす》びてみ侍《(はべら)》ばや。さてまた、住《す》みにくゝは、いづくにも行《ゆ》き隠《かく》るゝぞかし」など、常《つね》に覚《おぼ》え侍《(はべる)》也。しかあるに、いまだ[七]こゝを離《はな》るべき時《とき》の至《いた》らぬにこそ侍《(はべる)》めれ、[八]障《さは》るべき事のありとしもなき身の、[九]昨日も暮《く》れ今日《けふ》も過《す》ぎぬる事、猶〳〵心のほかに侍《(はべり)》。

さてまた、つく〴〵と思《(おもふ)》には、[一〇]このあやしの山の中に身お《(を)》隠《かく》しても、八《(や)》年《とせ》の秋お《(を)》送《をく》り来《き》ぬ。天竺・晨旦の書《ふみ》お《(を)》も、こゝにて多《おほ》く披《ひら》けり。さるべき契《(ちぎり)》にて、[一一]この山の水お《(を)》飲《の》み、この山の柴《しば》折《お》り焼《く》ぶべき縁《えに》こそはあるらめと、[一二]思《おも》ひのどむる時《とき》もあり。かゝるまゝには、たゞかやうの

一　今すぐにでも出奔して。↓三六四頁注二一。
二　ひどく近い所ではあるけれども。「一挙万里、絶域他方」に比べると、真野は非常に身近な土地であるという謙辞。
三　現在の滋賀県大津市堅田付近。真野川の河口。「真野〈入江　浦浜〉」（歌枕名寄）。
四　琵琶湖西岸の山地から吹き下ろす風。「吹き下ろす比良山風や寒からん真野の浦人衣打つなり」（続後撰集・秋下・後鳥羽院下野）。
五　昔を思わせる。以下の文は、「鶉鳴く真野の入江の浜風に尾花波寄る秋の夕暮れ」（金葉集・秋・源俊頼）を踏まえる。
六　ススキの穂。
七　この地。即ち西山の草庵。↓注一〇。
八　遁世の障害となるような世俗の束縛。
九　仏道に目覚めず、無為に日を送ることを表現する常套句。
一〇　「西山の峯の方丈の草の庵」（下巻跋文）を指す。慶政は承元二年（一二〇八）に西山に草庵を結んだ（法華山寺縁起）。その八年後、建保四年（一二一六）に本書を執筆したことを推定させる記事。↓解説。
一一　「静かに以て此の山の水を飲み、此の山の柴を焼き、既に以て十有余年、息を此の峰に調ふ」（法華山寺縁起）と類似する表現。
一二　思いを静める。隔絶した地へ遁れたいと焦る気持ちを落ち着ける、ある種の諦観ないし断念の響きがある。

人の跡《あと》を思《おも》ひ出《い》でゝ、慕《した》ひ悲《かな》しみて心お《(を)》やすめ侍れば、一三せめてのむつましさに記《しる》し入《い》れ侍《(はべり)》ぬるなるべし。

（四　空也上人、あなものさは《(わ)》がしやとわび給《たま》ふ事）

昔、一四空也上人、山の中《なか》におはしけるが、常《つね》には、「一五あなものさは《(わ)》がしや」とのたまひければ、あまたありける弟子《でし》たちも、一六慎《つゝし》みてぞ侍《(はべり)》ける。たび〳〵かくありて、ある時《とき》、かき消《け》つやうに、失《う》せ給《たま》ひにけり。一七心の及《をよ》ぶほど尋《たづ》ねけれども、さらにゑ《(え)》遇《あ》ふ事もなくて一八月ごろになりぬ。一九さてしもあるべきならねば、みな思《おも》ひ〳〵に散《ち》りにけり。

かゝるほどに、ある弟子《でし》、なすべき事ありて、二〇市に出《い》でゝ侍《(はべり)》ければ、二一あやしの薦《こも》ひきまはしたる中《なか》に、人あるけしきして、前に二二異《こと》やうなるものさし出《い》だして、食《く》ひ物《もの》のはし〴〵受《う》け集《あつ》めて置《お》きたるありけり。二三「いかすぢの人ならむ」と、さすがゆかしくてさし二四寄《よ》りて見《み》たれば、二五行方《ゆくゑ》なくなしてし我《(わが)》師にておはしける。「あなあさまし。ものさは《(わ)》がしきとのたまはせしうへに、二六かきくらし給《たま》ひてし後は、二七ふつに、

一三 極度の慕わしさのあまり。
▽官寺仏教の枠内に留まった高僧善珠と、官寺を捨てて遁世漂泊に生きた典型的遁世者玄賓とを対照的にとらえ、慶政自身の果たせぬ遁世への憧憬を託す。慶政にとって本書の執筆が、遁世の代償としての意味を帯びていることをも示唆していよう。

一四 日本浄土教の先駆者の一人。諸国を遍歴して済民と念仏の布教につとめた民間宗教家。市聖・阿弥陀聖などとも称される。皇族の出とも言われるが、出自は不明。天禄三年(九七二)没、享年七十歳。
一五 騒がしいことよ。「もの」は接頭語。
一六 騒音を立てないように気をつけていた。
一七 考えられる限りの所を隈なく探し求めたけれども。
一八 数カ月が経った。
一九 いつまでもそのままの状態でいるわけにもいかないので、弟子たちはみな思い思いの所へ散り散りに散っていった。
二〇 市場。平安京では、左京と右京に公設の市場が設けられていた。
二一 粗末な筵を張りめぐらしたその中に。乞食の小屋のさま。
二二 異様なもの。通行人から施しを受けるために、破損した鉢などを差し出しているのであろう。
二三 いかなる筋の人なのだろう。「筋」は素性の意。
二四 近寄って見ると。
二五 行方不明と見なした。他動詞の「なす」の主体を空也自身と見るか、弟子たちと見るかで二つの解釈が可能。ここでは後者として訳して置く。
二六 「かきくらす」は、ここでは、姿をくらます意。
二七 全く。下の「思はざりつる」に係る。

世中《(よのなか)》にまじらひていまそかるらんとは思《おも》はざりつるを」といひければ、「もとの住処《すみか》のものさは《(わ)》がしかりしが、このほどはいみじくのどかにて、思ひしよりも心も澄《す》みまさりてなむ侍《(はべる)》也。[一]そこたちを育《はぐゝ》み聞《き》こゑ《(え)》んとて、とかく思《おも》ひめぐらしし《ゝ》心のうちのものさは《(わ)》がしさ、たゞを《(お)》しはかり給《(たまふ)》べし。この市《いち》の中《なか》は、かやうにてあやしの物さし出《い》だして待《ま》ち侍れば、食《く》い《(ひ)》物《もの》おのづから出《い》で来《き》て、さらに乏《とも》しき事なし。心[二]散《ち》るかたなくて、ひとすぢにいみじく侍《(はべり)》。また、[三]頭《かうべ》に雪お《(を)》いたゞきて世《(よの》中《なか)》を[四]走《わし》るたぐひあり。又、目《め》の前《まへ》に偽《いつはり》お《(を)》構《かま》ゑ《(へ)》て、悔《くや》しかるべき後《のち》の世《よ》を忘《わす》れたる人あり。[五]これらを見《み》るに、悲《かな》しみの涙《なみだ》かきつくすべきかたなし。[六]観念たよりあり。心しづか也。いみじかりける所也」とぞ侍《(はべり)》ける。弟子も涙《なみだ》に沈《しづ》み、聞《き》く人も[七]さくりもよよと泣《な》きけるとなん。

その跡《あと》と《ゝ》かや、[八]北小路《きたこうぢ》猪熊《いのくま》に石の卒塔婆《そとば》の侍《(はべる)》めるは、いにしへはそこになむ市《いち》の立《た》ちけるに侍《(はべる)》。或《(あるい)》は、[九]その卒塔婆《そとば》は《ゝ》[一〇]玄肱《〈バウ〉》法師のためにまんとたしなみ給《たま》ひけむ、さこそはと思《おも》ひやられ侍《(はべり)》。空也上人の建《た》て給へりけるとも申侍《(まうしはべる)》にや。まことにあまたの人を育《はぐゝ》

あはれ、[一一]この世中《(よのなか)》の人〳〵の、[一二]いとなくとも事も欠《か》くまじきものゆ

一　そなたたち。
二　心を乱すものもなくて。
三　白髪の比喩。
四　奔走する。「わしる」は走ること。「蟻のごとくに集まりて、東西に急ぎ、南北にわしる人」(徒然草七十四段)。
五　世事に奔走し、嘘・偽りを企てて、後世の報いを忘れている人々を指す。
六　観念の行を行うてがかりになる。「観念」は、仏や浄土の具体的な特徴や様相を心に思い描く修法。
七　しゃくりあげておいおいと泣いた。「ちごどもなどのやうに、さくりもよよと泣かせ給ふ」(栄花物語・鳥辺野)。
八　平安京を東西に貫く北小路(七条大路の一本北の道)と、南北に貫く猪熊小路(東大宮大路の一本東の道)の交差する所。東市の中央に当たる。なお中世には、官営の市場に代わって商店の群集する町がすでに形成されていた。
九　「市門ハ七条猪隈ナリ。…ソノ小路ノ末ヲバ、フルクハ市門トイヒケル。今ハ北小路トナヅケタリ。件市ニ石卒都婆アリ。空也上人ガタテタル也」(拾遺抄注)。
一〇　「玄昉」が正しい。興福寺義淵僧正の弟子。霊亀二年(七一六)入唐し、法相を学んで帰国。僧正となって宮中内道場に侍す。藤原広嗣滅亡の後、筑紫の観世音寺別当に遷され、天平十八年(七四六)横死、享年未詳。
一一　世間の師たる僧たちが、の意。
一二　暇が無くても、物事が不足するわけではないので。「いとなくは、足のいとなくなどいひて、暇なき也」(正徹物語・下)。「ひぐらしの声もいとなく聞こゆるは秋夕暮になればなりけり」(後撰集・秋下・紀貫之)。
一三　弟子が周りを取り巻いているのを、素晴らしいことと思って。
一四　寿命が尽きて。
一五　死後、次の生を得るまでの期間を中有と言い、四十九日間とするのが一般的。「中陰」とも。「中有といひてまだ、さだまらぬ程は遥なる荒野にとりけだものだになきに、たゞ一人ある心細さ」(俊頼髄脳)。「独り中有の旅に趼く。

ゐに、あまた[一三]居《ゐ》まはりたるを、いみじき事に思《おも》ひて、これがためにさまぐ\の心お《(を)》乱《みだ》ること、はかなくも侍《(はべる)》かな。[一四]命の数《かず》満ち果《は》てて、ひとり[一五]中有の旅《たび》に赴《おもむ》かん時《とき》、誰《たれ》か随《したが》ひとぶらふ者《もの》あらん。すみやかにこの空也上人のかしこきはからひにしたがひて、[一六]身は錦《にしき》の帳の中にありとも、心には市の中にまじはる思《おも》ひをなすべきなめり。

また、この空也上人の事、[一七]伝には[一八]延喜御門の御子ともいひ、また、[一九]水の流《なが》れより出《い》で来《き》給へる化人也とも侍《(はべる)》めり。その振舞《ふるまひ》ことにあはれにありがたく侍《(はべる)》なり。

（五　清海上人の発心の事）

昔《むかし》、奈良《なら》の京、[二〇]超証寺に、[二一]清海といふ人おはしけり。もとは[二二]興福寺の僧にて、[二三]学問《がくもん》お《(を)》ぞむねとたしなみける。

かゝるに、この国のならひ、今《いま》も昔《むかし》も[二四]うたてさは、[二五]東大寺、興福寺[二六]二寺《ふたてら》の僧ども中あしき事ありて、東大寺へ軍《いくさ》をとゝのへて寄《よ》せけり。この清海の君《きみ》も、弓《ゆみ》、[二七]胡簶《やなぐひ》身に添え《(へ)》て行《ゆ》きけり。さるほどに、道にて

悲しい哉、冥々として独り遊く。一人も従はず」（往生拾因）。→四一六頁注八。

一六 読者（即ち本書を献上する相手）が、錦の帳の中に座す高貴な身分の人であることを窺わせる文言。

一七 現存の往生伝類に醍醐天皇皇子説を載せるものなし。帝王編年記に「空也上人〈延喜御子〉」とあるので、そうした伝もあったのであろう。

一八 醍醐天皇。第六十代天皇。延長八年（九三〇）没、享年四十六歳。

一九 水流から出現した化人という伝承は、閑居友以前にその存在を知られない。空也誄の「其先出二皇派一焉」の「派」の意味の誤解に過ぎないとの説（太田晶二郎）もある。

▽前話が一挙万里の遁世を理想として掲げたのに対して、俗塵雑踏の中でも心の離俗の可能なことを示すのが狙いか。止観の現実的理解の仕方が主題であろう。従って本話は、空也の念仏聖としての側面には全く触れない。心の持ち方を説く点に、慶政の意図があるからであろう。

二〇 平城京の北にあった寺。超昇寺、超勝寺とも。真如親王（→三五九頁注一）の創建という。正暦年間（九九〇―九九五）清海により超昇寺大念仏が始められ、曼荼羅が作られた。興福寺末に属したが、明治維新の時、廃絶した。

二一 常陸の人。俗姓未詳。興福寺に住し、のち正暦年間に超昇寺に移り、念仏堂を建立して超昇寺大念仏の起源をなし、当麻曼荼羅を見て、自ら両界曼荼羅・浄土変相図を作る。寛仁元年（一〇一七）没、享年未詳。

二二 →三六五頁注一五。

二三 学問することを主な修行とした。

二四 情け無いことには。

二五 →三六三頁注一七。

二六 安和元年（九六八）七月十五日の、東大寺、興福寺の闘争を指すと言われている。

二七 矢を入れて背に負う道具。

一時をつくりて二軍喚《いくさおめ》きしけるに、身の毛立《けた》ちて、「こは何《なに》としつる身のありさまぞ。三恩愛の家《いゑ》お《(を)》出《い》でて仏の道《みち》に入《い》る身は、人の苦《くる》しみお《(を)》救《たす》け、仏《ほとけ》の御法《みのり》の廃《すた》れんお《(を)》悲《かな》しみ嘆《なげ》くべきに、今《いま》、形《かたち》は僧の形《かたち》にて、たちまちに堂、塔、僧房を焼《や》き、仏像、経巻お《(を)》損《そこな》ひ、僧お《(を)》殺さむとて行《ゆ》く事、こは何《なに》のわざならん」と、悲《かな》しく四あぢきなし。「五今《いま》、見《み》つけられて、いかになるとても、いかゞせん。六しかじ、早《はや》くこゝより行《ゆ》き別《わか》れなん」と思《(おもひ)》て、七やお《(を)》ら這《は》ひ隠《かく》れにけり。

さて、八真如親王の跡《あと》、超証寺といふ所に籠《こも》り居《ゐ》て、ひそかに九法花の四種三昧《(ししゆざんまい)》をぞ行《おこ》なひける。一〇観念功積《こうつも》りて、香の煙の一一化仏の現《あら》はれ給《(たまひ)》けるを、末《すゑ》の代の人に縁結《えんむす》ばせんとて、ひとつ取《と》りとゞめ給《たま》ひたりけり。一二三寸ばかりの仏にてぞおはしましける。すべてこの人、一三観念成就して、居《ゐ》給《たま》ひたりける廻《めぐ》り一里お《(を)》浄土になし給《(たまひ)》けるなり。

そも〳〵四種三昧といへるは、一には一四常坐三昧。いはく、九十日を限《かぎ》りて一五結跏正坐して、思《(おもひ)》を一六法界に繋《か》けて、一切の法は仏法也と信じて、一七寂滅法界に安住すれば、こゝに居《ゐ》ながら諸仏を見奉《みたてまつ》り、仏の説法を聞《き》く也。二には一八常行三昧。いはく、九十日お《(を)》限《かぎ》りて、身に常《つね》に一九行道し、

一 鬨の声を上げて。 二 戦闘の叫び声。 三 恩愛によって結ばれた世俗の生活を捨てて。 四 →三六一頁注一六。 五 すぐに、逃げるところを見つけられて、どんなひどい目に会っても構わない。 六 早くここから立ち去るに越したことはない。 七 静かに身を潜めて隠れてしまった。 八 →三五九頁注一。 九 天台宗の祖、智顗が止観の修行方法として諸経に基づき四種に分けて位置づけたもの。摩訶止観二に記される。 一〇 →三七〇頁注六。 一一 仏や菩薩が衆生の前に出現する時の化身。「香ノ煙ノ中ニ、生身ノ弥陀ノ像現ジ給フ。ヤガテトリトヾメ奉レリトモイヒ、又ウツシ奉レリトモイヘリ。カノ像今ニイマス」(古活字本沙石集四)。 一二 沙石集、元亨釈書十一は「五六寸」、超昇寺縁起は「白檀ノ三寸ノ阿弥陀仏」と記す。 一三 観念成就して周囲を浄土にしたという奇蹟的な験力については、他の清海関係資料には出てこない。
一四 文殊師利所説般若経に拠り、九十日を期限として、静処に独り端座し、心に法界を観ずる行法。一行三昧ともいう。以下の四種三昧の説明は、摩訶止観を抄出した要法文(→注二六)の文章を、さらに抄訳したもの。 一五 「結跏趺坐」に同じ。左の足を右のももの上に置き、右の足を左のももの上に置き、足の裏を上向きにした坐禅の組み方。 一六 意識の対象となるものの意。事物の根源、真理そのもの、全世界の意味にもなる。 一七 「寂滅」は、煩悩の炎の消え果てた究極の安らぎ、悟りの境地のことで、涅槃ともいう。従って「寂滅法界」とは、究極の悟りの世界。 一八 般舟三昧経に基づき、九十日を期限として、常に歩きながら阿弥陀仏の名を唱え、心に阿弥陀仏を思い続ける行法。仏立三昧、般舟三昧ともいい、常行堂において行われる。 一九 歩行すること。転じて、仏座、仏堂などを回り歩く儀礼の意に用いられる。 二〇 神通力を用いずに。 二一 法華三昧行法ともいい、二十一日を一期として、釈迦と分身、普賢の色身を観じて懺悔誦経すること。なお、摩訶止観によれば、方等経に基づく七日一期の方等三昧と、法華経と観普賢経に基づく法華三昧の二つに分けられているが、ここ

口《くち》に常《つね》に阿弥陀《あみだ》仏の名を唱《とな》へ、心に常《つね》に阿弥陀《あみだ》仏を念じて、休《やす》み息《や》むことなし。[二〇]神を運《はこ》ばずして諸仏を見《み》奉《たてまつ》り、仏の説法を聞《き》く也。三には[二一]半行半坐三昧。いはく、[二二]日夜六時に[二三]六根の罪《つみ》を懺悔して、百千万億[二四]阿僧祇劫の罪《つみ》を滅して、[二五]五欲を離《はな》れずして六根を浄《きよ》め、[二六]釈迦・[二七]多宝・[二八]文殊・[二九]薬王等の諸《もろ》〳〵の大菩薩を見《み》奉《たてまつ》る。四には[三〇]非行非坐三昧。いはく、[三一]随自意これ也。諸経に説《と》くところの行《おこ》なひの上《かみ》の三に当《あた》らざるは、みな随自意三昧なるべし。

[三二]大千塵数の仏の国に宝《たから》を満《み》てて、貧《まづ》しき人に[三三]布施せんよりは、この三昧を聞《き》きて驚《おどろ》かざらんにはしかじ。もし随喜《ずいき》せん者《もの》は、[三四]三世ノ諸仏菩薩随喜《ずいき》し給《(たまふ)》と侍《(はべる)》めれば、たのもしく尊《たうと》くぞ侍《(はべる)》。[三五]恵心ノ[三六]要法文ノ心をのす四種三昧の中ノ常行三昧には、「[三七]晴《は》れたる星を見《み》るがごとく、化仏を見《み》奉《たてまつ》る」など、止観には説《と》きて侍《(はべる)》めれば、さやうに侍《(はべり)》けるにこそと、尊《たうと》く思ひやられ侍《(はべり)》。

[三八]陳ノ太建十七年、[三九]天台大師[四〇]終《をは》りお《(を)》とり給《たま》ひしに、[四一]智朗禅師ノ、「[四二]死《し》に給《たま》ひなむ後《のち》は、誰《たれ》お《(を)》か尊《たうと》み仰《あふ》ぐべき」と問ひ奉《たてまつ》りしには、「四種三昧、これ[四三]汝が明道す也」とぞ、答《こた》へ給《たま》ひける。この日本《やまと》の国の、播磨《はりま》

には要法文に従って法華三昧だけが引用されている。日本天台では法華懺法として四種の中でもこれを重視し、法華三昧を修する所を法華三昧堂と名付ける。二二 一昼夜を六分して、念仏・読経などを勤めるものとされる時刻。晨朝(六時)、日中(十二時)、日没(十八時)、初夜(二十時)、中夜(二十二時~二時)、後夜(四時)。二三 眼・耳・鼻・舌・身・意のこと。「根」は能力及びその能力を有する器官を言う。二四 「阿僧祇」は数えきれないことを示す長さの単位。「劫」は古代インドにおける最長の時間の単位で、神の一日の長さであるが、人間にとっては限りなく永い宇宙論的時間。二五 色・声・香・味・触の五種の欲望。眼・耳・鼻・舌・身の五官に感覚される欲望のこと。二六 釈迦如来。カピラ城の浄飯王と摩耶夫人の王子として生まれ、二十九歳で出家し、三十五歳で悟りを開き、八十歳で入滅するまで布教した。二七 多宝如来。法華経の真実なることを証明するために地中から涌出した宝塔の中に座して賛嘆し、釈迦仏に半座を分けて座せしめた。二八 →三五九頁注一三。二九 薬をもって人々の心身の病を治す菩薩。薬師如来の八大菩薩や阿弥陀如来の二十五菩薩の一人とされる。三〇 随自意三昧とも。以上の三種以外の行法を含むすべての三昧法。行住坐臥の四威儀にとらわれず、意の向くままに禅定を修すること。三一 自らの意に従うことの意。三二 「大千」は千の三乗、十億のこと。「塵数」は数の多いことを塵に譬えたもの。よって無限の数量を意味する。以下の文、出典の要法文では常行三昧の説明中にある。三三 与えること。施し。三四 過去・現在・未来における全ての仏菩薩。三五 源信。→四〇一頁注二七。三六 源信著。三巻。寛和二年(九八六)成立。法文の要領を集めまとめたもの。三七 この部分に相当する文言は要法文にはない。「明眼の人の清夜に星を観るがごとく、十方の仏を見ることもまたかくのごとくに多し」(摩訶止観二の上)による。三八 隋の開皇十七年(五九七)の誤り。底本、「陳」に声点を付す。三九 →三九二頁注六。四〇 入滅すること。四一 智顗の末期に侍した弟子の一人。生没年等詳細は未詳。四二 隋天台智

の[一]書写ノ聖《ひじり》も、人の来《き》て功徳を問《と》ふ時《とき》は、四種三昧を答《こた》へ給《(たまひ)》けり。まことにいみじき功徳にてこそ。

この清海ノ君ノ事、[二]拾遺《(シフユイ)》往生伝に載《の》せられて侍《(はべる)》めれど、この事は見えざめれば、記《しる》し載《の》せ侍《(はべり)》ぬる。

（六　あづまの聖《ひじり》のてづから山送《おく》りする事）

昔、[三]あづまの方に、いみじく思ひ澄《す》ましたる聖ありけり。たゞひとりのみありて、すべてあたりに人を寄《よ》せずぞ侍《(はべり)》ける。たゞ[四]わが心とぞ、とき〴〵出《い》でて、人にも[五]見えける。また、身に持《も》ちたる物少《すこ》しもなし。仏も経もなし。ましてそのほかの物《もの》、つゆちりもなし。

[六]隠《かく》るべき事や近《ちか》づきて覚《おぼ》えけん、日ごろしめを《(お)》[七]きたりける山に登《のぼ》りて、[八]火《ひ》打笥《うちけ》に歌をぞ書《か》きて侍《(はべり)》ける。

[九]頼《たの》む人なき身と思《おも》へば[一〇]いまはとて[一一]てづからしつる[一二]山送《をく》りかな

さて、はるかにほど経《へ》て、なすべき事ありて山に入《い》れる人、これを見《み》いだしたりけるとなん。ことにあはれにしのびがたく侍《(はべり)》。

者大師別伝にこの問答のことがある。仏祖統記、続高僧伝にも見える。四三「我常説㆓四種三昧㆒。是汝明導」（隋天台智者大師別伝）によれば、「導」を「道す」と書き誤ったか。「明道師也」（神本等）の本文を採る説（『閑居友』全注釈その三）もある。

一 ↓四〇一頁注二六。

二 三善為康著。三巻。天永二年（一一一一）頃の成立。九十五人の伝を収める。清海伝は上巻にあり、本書はこれを参照していると思われる。慶政の奥書を有する写本が現存する。なお、底本、「拾」に声点を付す。

▽清海伝は拾遺往生伝に収められているが、化仏を得たことや観念成就したことなどはない。沙石集や元亨釈書、超昇寺縁起所載超昇寺日記などに、類似の逸話やその他も記されており、慶政はおそらく超昇寺に伝承される話から本話を構成したのであろう。本話は、興福寺を捨てて遁世した清海が四種三昧を修すことにより種々の奇跡を成したこと、就中、四種三昧の具体的な解説が主題になっている。四種三昧は天台宗の基本的な修行法であり、慶政が西山に開いた寺が法華山寺、そこに法華三昧を行う法華三昧堂があったことなどからも、本話が慶政の信仰生活の重要な部分を明らかにしていると見てよいだろう。

三 東国方面に。

四 自分の意志で。　五 目に触れた。「見ゆ」は見られる意の、受動的表現。わざわざ見せたわけではないが、自然に人に姿を見られる結果になった、ということ。

六 死期。　七 自分の臨終を迎える場所にしようと決めておいた山に登って。「シメオキ、ク、オイタ　物を自分のものとして決めておく」（日葡）。↓三八五頁注一九。

八 火打ち石などを入れる器。臨終時に辞世の歌を書き遺すことはしばしば説話に見られる。

九 頼みにする人。自分の死後葬送をしてくれる人を指す。

一〇 今はこれまで。臨終の時がきたこと。

何《なに》も持《も》たらぬこそ、ことにあはれに好《この》もしく侍れ。一三かの天竺の比丘ノ、一四坐禅ノ床《ゆか》のほかには何《なに》もなくて、客人《まらうど》の一五菩薩のおはしたるに、木《こ》の葉《は》をかき集《あつ》めて、それに居《ゐ》させ奉《たてまつ》りける事を見《み》侍《(はべり)》しより、一六この事はいみじく好《この》もしく侍《(はべり)》。

一七「いにしへ、軒近《のきちか》き橘《たちばな》を愛《あい》せし人、蛇《くちなは》となりて木の下《もと》にあり」なども、一八伝には見え侍《(はべり)》。又、一九「釈迦仏、昔、たゞ人にてを《(お)》はしましけるに、毒蛇となりて、さきに土《つち》に埋《うづ》めりし黄金《こがね》を纏《まつ》ふ」とも侍《(はべる)》めるは。

かゝるに、この人、何《なに》の持《も》たる物《もの》にかは、つゆばかりの心もはたらき侍《(はべる)》べき。猶〳〵うらやましく侍《(はべり)》。

二〇唐土《もろこし》にまかりて侍《(はべり)》しにも、さらに何《なに》もなくて、二一袈裟《けさ》と二二鉢《はち》とばかり持《も》ちたる人、少《せう》〳〵見《み》へ《(え)》侍《(はべり)》き。二三猶、二四仏《ほとけ》の御国に境近《さかひちか》き国なれば、あはれにもかゝるよと、思ひ合《あ》はせられ侍《(はべり)》き。

また、人お《(を)》遠《とを》ざかる事、いみじく尊《たうと》く侍《(はべり)》。何《なに》わざにつけても、ひとり侍《(はべる)》ばかり澄《す》みたる事はなし。昔《むかし》の高僧の跡《あと》を尋《たづ》ぬれば、二五みなかやうにのみ侍《(はべる)》にや。二六猶〳〵あはれに侍《(はべり)》。歌《うた》さえ《(へ)》優《いう》に侍《(はべる)》二七 こそ。

一一 自分の手で。一二 遺体を山中に葬ること。野辺に葬ることを野辺送りと言う。
一三 典拠未詳。維摩経にある文殊菩薩が維摩詰を訪れる場面に類似するとの指摘(『閑居友』全注釈その二)があるが、木の葉のことは見えない。比丘は出家して具足戒を受けた男子。一四 坐禅の時に座る所。縄床のようなものを指すのであろう。一五 悟りを備え、仏の世界から人間界に下り立ち、衆生の救済に努める存在。
一六 何も持ち物がなかったこと。
一七 比丘講仙の逸話。法華験記・上の三十七、拾遺往生伝・中の二、今昔十三の四十二、発心集一の八などに載せる話。
一八 拾遺往生伝を指すか。
一九 賢愚経三・七瓶金施品に基づく。「昔、閻浮提に国有り、波羅奈と名づく。中に一人有り。特に黄金を愛し、身を苦しめ営み覓めて、七瓶の金を得、土中に埋内す。終に衣食せず、疾に遇ひて亡ず。貪愛既に重くして、身を転じて一毒蛇と作り、金の瓶に纏遶す」(経律異相四十八)。
二〇 慶政は建保四年(一二一六)秋から同六年末まで宋を訪ねた。
二一 僧が左肩から右腋下にかけて衣の上にまとう布。世俗の欲を捨てたしるしとする。
二二 食事の椀としたり、さまざまの物を入れる容器としても用いる。托鉢の道具でもある。
二三 やはり。二四 釈迦の誕生した国。インドを指す。
二五 このように人から遠ざかっている者ばかりではないでしょうか。疑問形であるが、肯定を強調する働き。
二六 いっそうしみじみと心をうたれます。
二七 底本は一見「しそ」と読める字形であるが、本書筆記者独特の「こそ」の書き癖と見る。他の諸本も「こそ」または「にこそ」。
▽本話から無名の遁世者が主人公になる。自ら山送りするほど、人にも物にも執着を絶った「あづまの聖」の遁世の在り方に共感し、賞賛している。同様の例証(天竺比丘)、反面教師としての二例(講仙・釈迦前世)とともに、慶政の宋での見聞をも引いている。

(七　清水の橋《はし》の下《した》の乞食の説法《(の)》事)

昔、[一]清水の橋《はし》の下《した》に、薦《こも》[二]にてあやしの家居《いゑゐ》せる者《もの》の、昼《ひる》は市《いち》に出《い》でて、[三]さかまたぶりといふことを立《た》てて、物《もの》を乞《こ》ひて世《よ》を渡《わた》るありけり。腰《こし》には薦《こも》のきれ[四]を巻《ま》きてぞありける。

かゝるほどに、時《とき》の大臣なる人、いみじく心を致《いた》して仏事する事ありけり。導師《だうし》[五]は、時にとりて尊《たうと》く聞《き》こゆる人にてぞおはしける。このさかまたぶりの僧《そう》、庭《には》にたゝずみて、事の[六]刻限《こくげん》お《(を)》いみじくうかゞひたりげに侍《(はべり)》ければ、「[七]さやうの乞食《こちじき》、かたは人《(うど)》などは、かやうの所には見《み》[八]へ《(え)》来《く》る事なればにこそ」など、人〱は思《(おもひ)》けるほどに、すでに事[九]よくなりて侍《(はべり)》けるに、この僧、日ごろの姿《すがた》にて、[一〇]日隠《がくし》の間《ま》より歩《あゆ》み入《い》りて、[一一]高座《かうざ》に昇《のぼ》りにけり。「あれはいかに」と、「[一二]目もはつかなるわざかな」と、あやしみ合《あ》ひたりけれど、「[一三]やうこそはあるらめ」とて、法《ほう》[一四]要《よう》などして始《はじ》まりにけり。

さて、説法いひ知《し》らずいみじく、「昔の[一五]富楼那《ふるな》尊者、形《かたち》を隠《かく》して来《き》

一　五条通が鴨川を跨ぐ地点に架けられた五条橋。今の松原橋にあたる。清水寺への参道にあたり、清水寺が管理したので清水橋とも呼ばれた。清水坂は乞食・非人集団の集住地でもあった。なお、現在の五条通は昔の六条坊門小路。
二　イネ科の草マコモで粗く織ったむしろ。乞食の象徴的所持品。橋の無縁性・境界性と清水坂の非人を重ねて見れば、この男が乞食僧と見なされるのは当然だったであろう。
三　先端が二股にわかれた木の枝。「杈　マタブリ」(名義抄)、「杈椏　またぶり」(和名抄)。Y字形の部分を地面に突くまたぶり杖というものがある。「足駄ヲ履テ杈杖ト云物ヲ突テ」(今昔二十三の二十二)。この杈杖の形をしたものを逆さまに、Y字形を天に向けて立てたのであろう。なお、「といふこと」は「といふもの」とあるべき所であるが、本書第一話「伝に載れること」とあるべき所で「伝に載れる人」とあるなど、「こと」の使い方がやや変則である。　四　切れ端。

杈　椏　杖
(信貴山縁起絵巻)

五　仏事の際、衆僧の首座を勤め、儀式をとりしきる僧。
六　法要の始まる刻限を注意深くうかがっている様子でございましたので。
七　宮中の内論義の後で、飲食物の残りを庭に投げて、乞食に供する習わしがあった(発心集一の五)。貴顕の仏事の後でも同様のことが行われる場合があったのであろう。通例は、仏事に際して濫僧供・非人施行が行われるので、仏事の場に直接押しかけた非人を追い返した例がある(山槐記・保元三年九月七日条)。
八　現れる習わしだからであろう。「にこそ」は「(来る)にこそ(あれ)」の省略表現か。
九　ちょうどよいタイミングになりました時に。法要が進んで、説法が行われる段になった時か、あるいは法要開始後

たり給《たま》へるか」などいひあつかふほどに侍《(はべり)》けり。我[一六]もさめ〴〵と泣《な》きけり。[一七]この[一八]道師すべかりつる人も、雨《あめ》しづくと泣《な》きけり。御簾《みす》の中《うち》、高座《かうざ》より下《お》り給《(たまひ)》ければ、このあるじも、対面《たいめん》せむと思《おも》ひ、人〳〵も、その庭《には》のほどなどは[一九]所せきほどにぞ侍《(はべり)》ける。さて、涙《なみだ》おしのごひて、高座《かうざ》よし思《(おもひ)》けるほどに、下《お》りはてければ、やがて例《れい》のさかまたぶり立《た》てて《ゝ》、狂《くる》ひ出《い》でて紛《まぎ》れにけり。その後は、「あしき事しつ」とや思《おも》ひ給《たま》ひけん、[二〇]かきくらし失《う》せにけりとなん。「いかにも、たゞ人にはあらざりけり」とぞ、人〳〵もいひ合《あ》ひたりける。げに、たゞにはあらざりける人にこそ侍《(はべり)》けれ。

されば、止観の中には、「[二一]徳を隠《かく》さんと思《おも》はば《ゝ》、そらもの狂《ぐる》ひをすべし」など侍《(はべる)》ぞかし。[二二]外《ほか》の振舞《ふるまひ》はものさは《(わ)》がしきにかたどりけめども、心の中《うち》はいかばかり[二三]諸法空寂の理《ことはり》に住してをはしけんと、尊《たうと》く侍り。

（八　唖《おし》の真似《まね》したる上人の、まことの人に法文云事《(いふ)》）

中比《(なかごろ)》、あづまの方《かた》に、国〻お《(を)》回《まは》りて、ものもいはで、[二四]物《もの》お《(を)》叩《たゝ》きて形《かた》

まもなく、導師が高座に昇る直前か。

一〇 階隠(はしかくし)の間とも。寝殿正面の階段を昇り、簀子を経て廂の間に入る所。通常大臣家以上の邸宅にのみ設けられる、行幸の時、輿を寄せるための場所。

一一 導師または説法の講師が昇る席。

一二 目にも止まらぬ早業だなあ。「はつか」は、ちらっと一端が見える意の形容動詞。

一三 何かわけがあるのであろう。一四 手順通りに法要が進んで、この乞食僧の説法が始まった。

一五 迦毘羅衛の近くに生まれ、雪山で苦行。釈迦の弟子となり、阿羅漢果を得た。釈迦十大弟子の一人。説法第一と称せられた。

一六 乞食僧自身さめざめと泣いた。

一七 本来導師を勤めるはずだった人。

一八 「導師」の宛て字。

一九 涙が溢れ出るほどでございました。「涙げにところせきまで侍れば」(撰集抄五の二)、「うち笑み給へる御愛敬とこ ろせきまでこぼれぬべし」(源氏物語・松風)など、涙や愛敬があたり一面に広がるような印象を表す。

二〇 →三六九頁注二六。

二一 →三六七頁注一七。

二二 外見の振舞い。外見と心の中との対照は、第四話の空也の場合と類似する。

二三 一切の存在は、それ自体の本性や固定的な実体性がないという真理の境地に立っていらっしゃったのであろう。「諸法は空寂なり」(摩訶止観四の上)。

▽佯狂の行為が即ち顕徳の行為に裏返しになるという隠徳の実践の困難さを表す話。本話の直接の典拠は不明であるが、乞食僧が見事な説法を行った話は、延慶本平家物語などに見える堂供養の話、宇治拾遺物語八の五などの東大寺華厳会の鯖売りの翁の話などがある。

二四 鉢または瓢簞を叩いたか。六波羅蜜寺の空也上人像などが参考になろう。

の如《ごと》く、ものなど乞《こ》ひて食《く》ふ啞《をし》なる僧《そう》ありけり。いかにも、げに[一]ものいはぬ者《もの》とは覚《おぼ》えず、たゞ偽《いつは》れる事とぞ見えける。また、姿《すがた》、ことざまも、いみじく尊《たうと》く[二]なつかしくぞ侍《(はべり)》ける。

ある僧、この事をあやしみて、いみじう食《く》い《(ひ)》物など用意《ようい》して、「[三]そも〳〵、このたびうき世を出《い》で給《(たまふ)》べきまことの道は、いかゞ心得《え》侍《(はべる)》べき。たゞ一口《(ひと)くち》のたまはせよかし。[四]人の心のいさゝかもつき侍らんは、いみじき御功徳にこそ侍らめ」といひけれど、耳にも聞《き》き《ゝ》入《い》れず、立《た》ち走《はし》りて出《い》でけるを、[五]はるかに走《はし》り慕《した》ひて、「いかでか[六]さばかりの心ざしをば失《うしな》ひ給《(たまふ)》べき。かならず[七]身におぼしつめたらむ事ひとつ、いひ捨《す》てて《ゝ》を《(お)》はせよ」といひければ、見返《みかへ》りて、「[八]豈《(キ)》《(あに》離《リ》《はなれて》伽《カ》耶《ヤ》《を》別《ベツ》求《グ》《もとめ》常《ジヤウ》寂《ジヤク》《を》非《ヒ》《して》寂《ジヤク》光《クワウ》外《ゲ》《に》別《ベツ》《に》有《ウ》《らんや〉》娑《シヤ》婆《バ〉》」とぞいひ捨《す》てて《ゝ》去《さ》りにける。まことにいみじく尊《たうと》く侍《(はべり)》ける事也。[九]天台宗法文のたましい《(ひ)》、たゞこれにて侍《(はべる)》にこそ。かやうに常《つね》に思《おも》ひけん心の底《そこ》は、いかばかり清《きよ》く澄《す》みわたりて侍《(はべり)》けん。

この文《ふみ》の心は、このうき世《よ》の外《ほか》に別《べち》に仏の国なし。惑《まど》ひの人の前《まへ》には、あやしの木草茂《しげ》りたる穢《けが》らはしき所と見《み》ゆれども、[一〇]悟《さと》りの眼《まなこ》の前《まへ》

一 本当にものを言わない者とは思われなかった。
二 慕わしく。
三 今生で憂き世を出離なさるであろう真実の仏道は、どのように理解したらよいのでしょうか。「このたび」は、輪廻転生を繰り返す中で、今回受けた今の生において、の意。「べき」は語り手の判断を強くこめた言い方。
四 他人の心にも少しでも真の信仰心が起こりますのは立派な功徳でございましょう。他者教化の意義を想起させようとしている言葉。
五 遠くまでずうっと走って追い掛けて。
六 一言教示して下さる程度の好意をお失いになってよいものでしょうか。
七 ご自分で心に刻みつけていらっしゃることを一つ。
八 法華文句記九の下を出典とする句。「あに伽耶を離れて別に常寂を求めんや。寂光の外に別に娑婆有るに非ず」と読む。「伽耶」はインドのビハール州にある地で、釈尊が説法をした所と言われる。ただし、ここは、その近くにあって釈迦が悟りを開いた地、仏陀伽耶のことか。「常寂」「寂光」はともに「常寂光土」のことで、真に永遠な浄土の意。
九 天台本覚思想に基づく花園院の七箇法門口決には、「一心三観」「心境義」「止観大旨」「法華深義」「円教三身」「常寂光土義」「蓮華因果」の七箇条を掲げており、その「常寂光土義」解説中に、前注の句も引用されている。また、源信の自行念仏問答にも「疏云」として引用されるほか、八幡愚童訓(乙本)、二所太神宮麗気記などにも引かれている、よく知られた章句。
一〇 「本覚の月澄むならば、立つ波、吹く風、みな妙なる御法にて侍るなるべし」(撰集抄二の八)に見えるように、天台本覚思想の表出である。

鉢　叩
（七十一番職人歌合）

には、波《なみ》の音《おと》、風の声《こゑ》、みな妙《たゑ》なる御法《みのり》お《(を)》唱《とな》へ侍《(はべる)》ぞかし。されば、天竺・震旦のいみじき高僧たちは、みな[一一]縄床《(じようしやう)》に[一二]晏坐《(あんざ)》して[一三]定印《(ぢやういん)》を結《むす》び、眼《まなこ》を閉《と》ぢて、かやうに観ぜしかば、「[一四]徳至《とくいた》り功積《こうつも》りて、常《つね》に諸仏菩薩を見《み》、常《つね》に[一五]六道のありさまを見《み》る」とも侍《(はべる)》めり。かやうの事、書《か》き尽《つ》くしがたく、いひ出《い》づるにも憚《はゞか》りあるべし。心ざしあらむ人、[一六]わざとかやうの事知《し》れらん人に尋《たづ》ぬべし。いま、このあづまの僧の振舞《ふるまひ》、あはれに覚《おぼ》え侍《(はべり)》。さても、「[一七]観念坐禅は、すでに世《よ》も下《くだ》り、時《とき》も過《す》ぎにたり」などいふ人も侍《(はべる)》べし。かならずしもさは侍《(はべる)》まじきにや。広《ひろ》く禅[一八]宗の書《ふみ》に見へ《(え)》たり。

（九　あづまの方《かた》に不軽拝《おが》みける老僧の事）

中ごろ、あづまの方《かた》に、年《とし》いとたけたる聖《ひじり》の、いひ知《し》らず汚《きたな》げなるが、[一九]髪長《かみなが》く、着《き》物穢《けが》れたるありけり。見《み》と見《み》る人お《(を)》拝《いが》みて、「[二〇]我深敬。汝等。不敢軽《〈カン〉》慢。所以者何。汝等皆行菩薩道。当得作仏。」の文をなん唱《とな》へける。拝《おが》むとても、[二一]なをざり《(ほ)》の気《け》なし。誠《まこと》を致《いた》してぞ見《み》えける。

一一 「交椅」「胡床」などともいう。前後の脚を交差させて畳む、縄を張って作った椅子。「一の縄牀を安んじ、傍らに余座なく、九十日を一期として結跏正坐す」（摩訶止観二の上）。 一二 あぐらをかき、尻を床につけて座ること。
一三 仰向けた左掌の上に右掌を重ねる手印。
一四 典拠未詳。 一五 衆生が生死を繰り返す六つの世界。天上・人間・修羅・畜生・餓鬼・地獄をいう。「六趣」とも。
一六 自分から進んで。 一七 「かやうの座禅などは世の末にはかたかるべし、などいふ人も侍るべし」（撰集抄二の七）。当時の末世観に出る考え方。
一八 「広く」とあり、特定の書物を指すのではないと思われるが、栄西の興禅護国論などが参照されているか。
▽前話と同様に、摩訶止観の「狂を揚げ実を隠し」という教えを忠実に守っていた隠徳の聖の真実が露顕する型の話。前話が自ら正体を見せてしまったのに対して、本話は、別の「ある僧」によって真実の片鱗が知られることになった。隠徳の僧を発見するパターンの一つである。究極の法文として「娑婆即常寂光土」という考え方が提示される点で、天台本覚思想の投影が顕著である。
一九 剃髪をせず、髻も結わず、ぼうぼうと伸ばしている状態。「乞食修行者」（男衾三郎絵詞）と呼ばれるような姿である。
二〇 「我深く汝等を敬ふ。敢へて軽しめ慢らず。所以は何ん。汝等は皆菩薩の道を行じて、当に仏と作ることを得べければなり」（法華経七・常不軽菩薩品）の成句。私はあなたがたを敬い、決して軽蔑しない。何故ならば、あなたがたは皆悟りを求める者としての修行をして、仏となるだろうからである、という意味。常不軽菩薩品は、見るところの全ての僧や信者を礼拝して、この言葉を発したので「常不軽」（常に軽蔑された者）とあだ名された菩薩（修行者）の話。本話の主人公はそれをその通りに実践しているのである。なお、句点は底本のまま。
二一 いいかげんにしている様子ではない。

いかにもたゞにはあらず、深《ふか》く思ひ入《い》れたる人なるべしと見《み》えけり。

さて、人などの会《あ》はぬ所にては、いとまを惜しみて、いと速《はや》くぞ走《はし》りける。足《あし》などには、膝《ひざ》まで土《つち》ども染《し》み付《つ》きて、額《ひたい》、手《て》も[一]土《つち》かたにてぞ侍《(はべり)》ける。いかなる所をも嫌《きら》はず拝《おが》みければ、[二]さこそは侍《(はべり)》けめ、思《おも》ひけん心の底深《そこふか》かるべしと覚《おぼ》えて、聞《き》くも[三]かしこく侍《(はべり)》。

この国には、何《なに》とならはして侍《(はべり)》ける事や覧《(らん)》、[四]七月十四日にぞ、貴《たか》き賤《いや》しきもなく、[五]この勤《つと》めおば《(を)》し侍《(はべる)》。[六]たゞの時《とき》はいとかたく見《み》え侍《(はべる)》にや。これは、[七]釈迦如来、昔、不軽菩薩といはれ給《(たまひ)》し時《とき》、し初《そ》め給《(たまひ)》ける行《おこ》ないなりければ、いつとなくも、し侍《(はべる)》べき事にこそ侍《(はべる)》めれ。されば、[八]証如聖などは、[九]この勤《つと》めをして家《いゑ》ごとに歩《あり》き給《たま》ひしぞかし。「[一〇]ある時《とき》は、門にて常《つね》ならぬ匂《にほ》ひお《(を)》かぐ」など見《み》ゆれば、たのもしくぞ聞《き》こゆる。

すべてこの不《ふ》軽[一一]といふ事の心は、衆生の胸《むね》の底《そこ》に仏性のおはしますを、敬《うやま》ひ拝《おが》み奉《たてまつ》る也。我等がやうなる惑《まど》ひの凡夫こそ、この事[一二]は《(わ)》りを知《し》らねども、悟《さと》[一三]りの前《まへ》にはいかなる蟻《あり》・[一四]螻蛄《けら》までも思[一五]ひくたすべきものなく、[一六]仏性をそなゑ《(へ)》て侍《(はべる)》也。地獄、餓鬼までもみな、仏性なきものはひとりもなければ、この理《ことはり》を知《し》りぬれば、あやしの鳥《とり》、けだ物ま

一 土だらけ。「足手泥かたにて、気色あさましき」(撰集抄一の三)。
二 そのような汚い姿はしていたでしょうが。「こそ…けめ」は逆接の語法。
三 「かしこしとは、かたじけなしと恐れたる詞なり」(新古今集注)。畏怖を感じるほどの感動を表す。
四 七月十五日の盂蘭盆会(うらぼんえ)は先祖供養の法会が行われる。その前の日、盆供を用意する習わしと関係があるか。
五 不軽菩薩の法文を唱えて、出会う通行人を礼拝するのであろう。藤原定家はしばしば十四日に街頭に出て、不軽菩薩の行を行っている。「夜に入り、車に乗りて東洞院面に出で、不軽を礼す。盆供等例の如し」(明月記・建仁二年七月十四日条)。
六 普通の時。即ち、盆以外の時。
七 「爾の時の常不軽菩薩は豈、異人ならんや。則ち我が身是れなり」(法華経七・常不軽菩薩品)とあるように、常不軽菩薩は釈迦の過去世の姿であった。
八 摂津の人。七歳で両親に随って出家、十五歳の時両親が没すると、報恩のため不軽を礼拝、阿弥陀経を転読した。のち勝尾寺に入り、無言行を二十年間続けたが、ある時賀古の教信の夢告で、その極楽往生を知り、自らも称名念仏に転じ、貞観九年(八六七)極楽に往生した。享年八十七歳(後拾遺往生伝・上の十七、日本往生極楽記、往生拾因にも)。
九 「不軽を唱礼する所十六万七千六百余家」(後拾遺往生伝)。
一〇 「其の不軽礼拝の間、暴風雷雨の日も、雨衣を湿らさず、風門戸に薫る」(後拾遺往生伝)。「常ならぬ匂ひ」は普通、極楽往生を暗示する奇瑞。
一一 底本「経」。神・類本等により訂した。
一二 「理(ことわり)」の宛て字。道理の意。
一三 「生きとし生ける物、蟻、螻蛄の類ひまで、思ひ放つべき物にはあらざりけり」(撰集抄二の八)などに類似。
一四 虫の名。オケラ。「螻蛄　けら」(和名抄)。
一五 相手をだめなものとして見下すこと。「思ひ下す」ではなく、「思ひ腐たす」。「ヲモイクタシ、ス、イタ　つまら

でも、尊《たうと》からぬ事なし。されば、仏、一七涅《ね》槃《はん》に入《い》り給《たま》はんとせし時、大《おほ》きなる光お《(を)》放《はな》ち給《(たまひ)》て、十方を照《てら》し給《(たまひ)》しに、地獄の底《そこ》までその光至《いた》りて、光の中に声《こゑ》ありて、「もろ〳〵の衆生にみな仏性あり」と唱《とな》へしかば、その苦《くる》しみ、みな除《のぞ》こりて、天上に生《む》まるとぞ侍《(はべる)》める。こまかには涅《ね》一八槃《はん》経に見《み》ゑ《(え)》たり。

かの一九玄常上人の、鳥《とり》、けだものを見《み》て、腰《こし》をかゞめ給《たま》ひけん、この心にこそ侍《(はべり)》けめ。いはんや、二〇わきまゑ《(へ)》ある人の姿《すがた》に浮《うか》び出《い》づる類《たぐひ》は、いま少《すこ》しこの仏性のあらはれやすかるべき身なれば、ことに尊《たうと》くも侍《(はべる)》べし。二一あやしのわざまでも、心に入《い》れつるは必《かなら》ずその思《おも》ひを遂《と》ぐる事なれば、この身に仏性有《(あり)》と知《し》りて、疾《と》くあらはさむと思《おも》はんに、いかでか空《むな》しく侍《(はべ)》らん。いはんや、これは、仏《ほとけ》といふ二二方人《かたうど》の力《ちから》を加《くは》へ給《たま》へば、たよりあるべき事也。

また、かやうによろづの人に仏性のを《(お)》はします事を知《し》りなば、人お《(を)》憎《にく》み、嘲《あざけ》る事なども、を《(お)》のづからとゞまる中立《だち》ともなるべし。「夜《よ》二三な〳〵は仏を抱《いだ》きて眠《ねぶ》り、朝《あさ》な〳〵は仏と共《とも》に起《お》く」と、傅《(フ)》二四大士の説《と》き給《たま》へるは、たのもしくぞ聞《き》こゆる。

一六 衆生が本来備えている、仏となる可能性。

一七 以下の事は、大般涅槃経十一に次のように見える。「爾の時に世尊、…大光明を放ちて、虚空に充遍す。其の光大いに盛にして、百千の日に過ぎ、東方・南西北方・四維・上下の諸仏世界を照す。…是の諸の光明、皆悉く阿鼻地獄・想地獄・黒縄地獄・衆合地獄・叫喚地獄・大叫喚地獄・焦熱地獄・大焦熱地獄に遍く至る。…是の光明の中に如来秘密の蔵を宣説して、諸の衆生皆仏性有りと言ふ。衆生聞き已りて即便命終して、人天の中に生ず」。

一八「大般涅槃経」の略。四十巻本(北本)と三十六巻本(南本、再治本)などがある。釈尊の入滅時の説法を中心に叙述する。

一九 伝未詳。法華験記・中の七十四及び今昔十三の二十七に収録されている。「僧俗に遇へば必ず拝し、鳥獣を見れば腰を屈む」(法華験記)。

二〇 理性のある人間の姿に生まれ出たものは。

二一 とるにたりないつまらぬ事でさえ、心にかけた事は。

二二 味方。

二三「夜な夜な仏を懐きて眠り、朝な朝な還た倶に起く」(善慧大士語録・観心偈)。源信の自行念仏問答にも引用。

二四 四九七—五六九年。斉の東陽の人傅翕《(ふきゅう)》。善慧大士とも。有髪妻帯の居士でありながら、天台の奥旨を究め、梁の武帝の帰依を受けたと言われる(続高僧伝二十六)。底本「傳(伝)大士」。他の諸本により改めた。

心ざしのあらむ人、こまかに尋《たづ》ね習《なら》ふべし。「[一]この事を常《つね》に心に捨《す》てざらむ人は、女人なりとも男子と名《な》づく。悪人なりといふとも善人といふべし」など経には侍《(はべる)》めるは、[二]正法の寿《いのち》すでに喉《のど》に至《いた》れり。いかでか怠《おこた》りていたづらに陰《かげ》[三]を過《す》ぐさむや。

（一〇　覚弁法師、涅槃経説《と》きて、高座にて終《おは》る事）

近《ちか》うの事にや、伊《い》[四]賀の国に覚弁[五]といふ僧ありけり。国中ノ物みなこぞりて尊《たうと》み仰《あふ》ぎけり。

かゝるに、この国《くに》に、ゝ[六]五時の御法《みのり》を演《の》べ説《と》きて人に縁《えん》を結《むす》ばする事ありけり。そのころは、春の半《なか》ば[七]二月をなん定《さだ》めて、十五日お《(を)》結願にしける。

ある時《とき》、この僧、[八]かたへの人にいふやう、「我は十四日に法花経を説《と》き演《の》ぶべきにて侍れども、いさゝか思《おも》ふやう侍り。十五日に替《か》へて、涅槃《ねはん》経を説《と》かんと思《おも》ふ也。替《か》へ給《(たまひ)》てんや」といふ。この人、「いとやすき事也。なじかは、これほどの小事におぼし煩《わづら》ひ給《(たまふ)》べき。[九]さら也」

一 典拠未詳。
二 正法の時はもはや尽きようとしている。「正法」は、教え(教)、教えを実践する人(行)、これによって悟りを開く人(証)のある時期。釈尊入滅後、五百年間、または千年間と言われる。「像法の寿喉に至れり」(横川首楞厳院廿五三昧起請)など類似の表現がある。
三 「光陰」と同じ。時間の意。
▽不軽礼拝に専心する乞食修行者の振舞いは、前話までの隠徳とは様相を異にするが、狂気の振舞いにも似て、やはり前話からの連続性が見られる。証如を、称名念仏と極楽往生の体現者とする往生伝と違い、不軽行の実践者として採り上げる点に、本話の特色が見られる。

四 興禅護国論九に、「今聞く、日本伊賀の州山田の郡往生院の僧覚弁、高座に登って涅槃経を講ず。忍死菩薩の因縁を説きて、すなはち高座において入寂すと云々」とある。
五 生没年未詳。伝記は本朝高僧伝にあるが、内容はほぼ興禅護国論と本書に基づいていると見なせる。ただしその時を「建久の末」としているのは、寺伝を参照したのかもしれない。
六 五時講のこと。天台大師智顗の説いた五時八教の教判に従って、華厳・大集・般若・法華・涅槃の各経の要文を順次講説する法会。
七 二月十五日が釈迦の入滅の日とされ、涅槃会が行われる。

八 かたわらの人。

九 言うまでもありません。「言ふもさらなり」などの省略形。

といふ。さて、悦《(よろこび)》て返《(かへり)》ぬ。十五日には、湯浴《ゆあ》み、頭剃《かしらそ》り、浄《きよ》き物《もの》など着《き》て、すでに高座《かうざ》に昇《のぼ》りて、法説《のりと》く事、常《つね》よりも尊《たうと》し。みなあはれみあへり。

さて、この人いふやう、「[一〇]昔ノ唐土《もろこし》の[一一]竺道生の、涅槃《ねはん》経を説《と》くとて高座《かうざ》にて法説《のりと》き終《おは》りて、やがて死《し》に給《たま》ひけん事、いみじく尊《たうと》く侍《(はべり)》。あはれ、たゞいまかくて死《し》に侍らばや」など、いひもあえ《(へ)》ずさめ〴〵と泣《な》く。やゝ久《ひさ》しう顔《かほ》もあげねば、「あやし」と思《(おもふ)》ほどに、やがてなん身まかりにけるとなん。

この事を聞《き》き《ゝ》しに、限《かぎ》りなくあはれに、尊《たうと》く覚《おぼ》えき。[一二]高僧伝を見《み》侍《(はべり)》しに、かの竺道生の所にて多《おほ》くの涙《なみだ(を)》おこぼせり。盧《〈ロ〉》[一三]山ノ精舎《〈シヤウジヤ〉》にて、法座に昇《のぼ》りて法《のり》を説《と》き給《(たまふ)》に、終《おは》りなんとせし時《とき》、たちまちに手《て》に持《も》ちたる麈尾《〈シユビ〉》[一四]の高座《かうざ》より落《お》ちけるにぞ、涅槃《ねはん》に入《い》りにけりとは知《し》り初《そ》め侍《(はべり)》ける。

すべてこの経は、いづれの経よりもなつかしきものから、わびしく悲《かな》しく侍《(はべり)》。まづ初《はじ》めに、「[一五]かくのごとく我聞《われき》き《ゝ》き。一時、仏、[一六]物戸那《〈クシナ〉》城《ジヤウ》[一七]力士《リキシ》生池《シヤウチ》[一八]阿利羅跋提河《〈アリラバツダイガ〉》のほとり、[一九]沙羅双樹《〈サラサウジユ〉》の間《あひだ》にまし〳〵き」と

一〇 梁高僧伝七に記載する竺道生伝などがある。
一一 生年未詳、四三四年没。東晋末から宋代にかけて活躍した僧。竺法太に就いて出家。竜光寺に住したが、やがて廬山の精舎に隠棲。その後長安に鳩摩羅什を訪ね、大乗般若学を学ぶ。一闡提の成仏を主張して衆僧から排斥され、再び廬山に隠棲。四十巻本涅槃経が伝わり、一闡提成仏の文があることが知られるに至ると、高座に昇って直ちにそのことを証明し、その場で遷化した。出三蔵記集十五、広弘明集二十三などにも見える。
一二 梁高僧伝。
一三 「宋元嘉十一年冬十一月庚子を以て、廬山の精舎において法座に昇る。…法席将に畢らんとして、忽ち麈尾の紛然して墜つるを見る。端座して容を正し、几に隠りて卒す」(梁高僧伝)。「廬山」は江西省北部の山岳。古くから山岳信仰の対象であったが、東晋の慧遠が山麓に教団を形成して以来、仏教の勝地となる。
一四 払子(ほっす)とも。「麈」は大鹿。大鹿の尾を模して作られ、蠅や蚊などを追い払うのに用いたが、のち儀礼の僧具となった。底本、「麈尾」の左傍に声点がある。
一五 大般涅槃経の冒頭の文。
一六 クシナガラ。インドのビハール州、ガンガー河(ガンジス河)の支流ガンダス河の西方カシアーの地とされる。底本「物戸那城」。意により改めた。
一七 「力士」は梵語 Mallā の訳。強力な種族の意。その本土なることを示して「生地」という。底本「池」は「地」の誤り。
一八 アジタヴァティー河(今のラープティー河)。「城の西北三四里、阿恃多伐底河を渡る(旧と、阿利羅跋提河と云ふは訛也…)。西岸遠からずして娑羅林に至る」(大唐西域記六)。
一九 サーラの樹。常緑高木で淡黄色の小さな花をつける。ここで釈迦は涅槃に入ったと言われ、その時釈迦の床の東西南北に各一対の沙羅樹があり、涅槃を悲しんで白変したという。

いふより、何《なに》となく涙浮《なみだうか》びて、心細《ぼそ》くあぢきなし。心もみな浮《う》[一]き立《た》ち て、何《なに》[二]のあやめ覚《おぼ》えず。あやしの虫《むし》・鳥《とり》などの類《たぐひ》もみな参《まゐ》り臨《のぞ》みけるに、いかなる罪《つみ》の報《むくひ》にて、[三]その時《とき》いづれの所にありて参《まゐ》り合《あ》はざりけんと、さらに身も恨《うら》めしく、[四]かきくらしてぞ覚《おぼ》ゆる。しかあるに、この覚弁の君ノ、経を説《と》きて、その座にて終《をは》りお《(を)》とりけん、いたうあはれに侍《(はべり)》。

かの唐土《もろこし》の[五]道希法師ノ、天竺に向《むか》ひて、[六]倶尸那城般涅槃寺《(クシナジヤウハツネツハンジ)》[七]に住みわたり侍《(はべり)》けるを、後《のち》に[八]燈《(トウ)》法師の尋《たづ》ね行《ゆ》きて見《み》ければ、身まかりにけるとおぼしくて、[九]漢字《(カンジ)》ノ経ばかり遺《のこ》りて侍《(はべり)》けるは、ことにいとを《(ほ)》しく尊《たうと》く聞《き》こゆるぞかし。この事、[一〇]遊心集に形《かた》ばかり載《の》せ侍《(はべり)》しにや。

（一一　播磨《はりま》の国の僧の心お《(を)》発《おこ》す事）

中ごろ、播磨《はりま》の国に、堕《お》[一一]ちたる僧、往《ゆ》き止《と》まりて居《お》るありけり。するわざもなければ、朝夕《あさゆふ》も嘆《なげ》かしくて、田お《(を)》作《つく》りてなん身お《(を)》過《す》ぐしける。[一二]秋刈《か》り、冬収《おさ》むるわざも、思《おも》ふほどもえなかりけるなめり。所の

一 不安のため、落ち着かなくなること。
二 何の区別もつかなくなる。「あやめ」は、見分けたり、聞き分けたり、考え分けたりする区別、条理。
三 釈迦の涅槃に入る時。
四 ここの「かきくらして」は、悲しみにくれる、心が暗くなる、の意。
五 斉州歴城の人。七世紀の頃西域からインドにかけて求法の旅に赴き、ブッダガヤの大菩提寺に唐碑を建てたという。大唐西域求法高僧伝に略伝を載せる。
六 →三八三頁注一六。
七 大唐西域求法高僧伝の道希伝には、「菴摩羅跛国に住し、疾に遭ひて終る」とあり、同じく大唐西域求法高僧伝の燈禅師伝には、「禅師、倶尸城般涅槃寺に在りて寂滅に帰す」とある。以下の逸話を燈禅師伝から引用する際に、道希と燈禅師とを取り違えたものと思われる。正しくは、般涅槃寺に住してそこで没したのは道希ではなく、燈禅師の方であった。
八 大乗燈禅師。愛州の人。玄奘について具戒を受け、求法のためインドに渡る。大唐西域求法高僧伝によれば、道希と燈とは長安で法席を同じくしたらしい。
九 「燈公、道行の次でに因り、道希師の住む所の旧房を過ぐ。時に当りて其の人已に亡し。漢本尚存し、梵夾猶列するがごとし」(大唐西域求法高僧伝・大乗燈禅師)。
一〇 未詳。佚書か。本話は源泉の大唐西域求法高僧伝とは相違点があり、引用の誤りでないとしたら、直接にはこの遊心集に拠ったとも考えられる。仏教説話集であろうか。
▽涅槃経の有り難さを述べ、講経や訳経の途中、即ち行中に死んだ先人への共感を語る段。五時講を話題に選ぶ点には、やはり天台宗の思想がある。
一一 妻帯した僧。仏教は女色を禁じるところから、妻をもつことを堕落と見なす。「名にめでて折れるばかりぞ女郎花我落ちにきと人に語るな」(古今集・秋上・僧正遍昭)。
一二 「空しく春耕し、夏植るいとなみありて、秋刈り冬収む

長《おさ》なりける者《もの》、[一三]なすべき物《もの》に未進《みしむ》ありとて、捕《とら(へ)》ゑて牢《ろう》に籠《こ》めたりけり。[一四]さすがにほどある事なれば、つい《(ひ)》には出《い》でにけるなるべし。さて、返《(かへり)》て妻子《めこ》にいふやう、「いまは我にいとまくれよ。ゆるぎなく思ひかためたるなり」とて、ある山寺に登《のぼ》りぬ。異《こと》わざなく一すぢに念仏お《(を)》ぞ申《(まうし)》ける。人〳〵みなあはれみて、「[一五]よう〳〵の事は、のたまはせかけよ」と、我も〳〵といふ。さて、しばしはさるほどの[一六]御料《ごれう》を日に二たび食《く》ひけるが、後には一日に一合の御料《ごれう》を一たびなん食《く》ひける。

　さて、三年といふに、おのが庵《いほり》の前《まへ》に札《ふだ》を書《か》きて立《た》てたり。「何《なに》わざを[一七]愁《うれ》へたる札《ふだ》ぞ」と見《み》れば、「久《ひさ》しく世《よ》にありても、その用《よう》なく侍れば、心と命を捨《す》てゝむと思ひ[一八]給《(たまふる)》也。この上《うへ》の山に、[一九]見置《みを》きたる岩《いは》屋《や》の侍《(はべる)》に、まかりなん籠《こも》りぬる。もし我を我とおぼさば、ものさはが《(わ)》しく尋《たづ》ね訪《とぶら》ひ給《たま》ふ事なかれ」とぞ書《か》きたる。人みなあはれみて尋《たづ》ね訪《と》ふ事もなし。

　さて、おのづから日ごろにもなりにければ、心ある人〳〵少《せう》〳〵尋《たづ》ね歩《あり》きけるに、西向《む》きにありける岩屋《いはや》に、生《い》きたるやうにて手を合《あ》はせ、西に向《むか》ひて死《し》にたりけり。時の人いみじくあはれがりけり。その

るそめきはなし」(方丈記)。
一三 納めなければならない年貢・債務などが未納であること。
一四 それでもやはり、拘留の期限にも限界がある事なので。
一五 「ヨゥヨゥ　用事」(日葡)。
一六 「食事」の丁寧語。
一七 訴える。悩み、不平などを他人に訴える意。
一八 底本「侍」を見せ消ちにして「給」と傍記。「給ひ侍也」と読んでいる伝本が多いが、「給也」(陵本)、「給ふるなり」(鎌倉古写巻子零本)などの存在から見て、「思ひ給ふるなり」と読むのが古い形ではないか。
一九 第六話に「日ごろしめをきたりける」とあるのと、ほぼ同義か。→三七四頁注七。

名をば発心房とぞいひける。いとあはれ也ける事かな。

　げに、いたづらに明《あ》け暮《く》れて、つい《(ひ)》に病《(やまひ)》に取《と》り籠《こ》められなん後《のち》には、身も弱《よは》く心も[一]おぼれて、思ひのごとくもなくて終《をは》りお《(を)》とらむ事、本《ほ》意《い》なくぞ侍《(はべる)》べき。[二]我《わ》が心の違《たが》はぬ時《とき》、仏の誓《ちか》ひを仰《あふ》ぎて、命を捨《す》てて《ゝ》む事、賢《かしこ》かるべし。[三]誰《たれ》をあはれまんと誓《ちか》ひ給《たま》へる仏なればか、さばかり惜《お》しうする命《いのち》を献《たてまつ》らん人お《(を)》見《み》過《す》ぐし給《(たまふ)》べき。[四]手足の指《ゆび》を焼《た》きて仏に供養するをば、法花経にも上《うゑ》なき功徳と讃《ほ》めたり。[五]梵網《〈マウ〉》経等にもあまた勧《すゝ》めたり。いはんや、この命《いのち》をみな仏に献《たてまつ》りて、この功徳を捧《さゝ》げてうき世《よ》を出《い》づる種《たね》とせんと願《ねが》はむは、[六]ゆゝしき心ざしなるべし。

　また、「[七]求道の、寒来《き》たり、木《こ》の実《み》尽《つ》きて、山を出《い》でて《ゝ》里《さと》に向《むか》ふに、山に住《す》む大蛇の、今《いま》より後、経の声《こゑ》を聞《き》かざらむ事を悲《かな》しみて、眼に血《ち》の涙《なみだ》お《(を)》流《なが》して、高《たか》き木に上《のぼ》りてはるかに見送《みをく》るに、やう〳〵遠《とお》くなりつゝ、つひに見《み》えずなりぬれば、罪《つみ》のほどを悲《かな》しみて、さま〴〵の善心を発《おこ》して、木の上《うへ》より身を投《な》げたりけるが、[八]都率《〈トソツ〉》天に生《む》まれて、[九]昔の屍《かばね》を供養す」など、経には侍《(はべる)》ぞかし。唐土《もろこし》の[一〇]伝には、「[一一]釈恵猛《〈エミヤウ〉》、[一二]高岸《〈カウガン〉》より身お《(を)》投《な》げて死《し》ぬるに、いまだ半《なか》ばのほどにて、[一三]紫雲

一　耄碌して。惚けて。
二　自分の心がまだしっかりしているうちに。正念を失わないうちに、の意。臨終の間際に、正念を失って往生し損なった人の話は、説話に多い。
三　誰を救おうと誓いなさった仏だからか、他でもない、この我々衆生を救おうと誓って仏に成られたのだから、の意。阿弥陀仏が法蔵菩薩として修行していた時に四十八の願を立てて衆生済度を誓ったことを指す。「か…給べき」は反語表現。
四　「能く手の指、乃至、足の一指を燃して仏塔を供養せよ。国城・妻子及び三千大千国土の山・林・河・池、諸の珍しき宝物を以て供養せん者に勝らん」(法華経七・薬王菩薩本事品)。
五　「梵網経盧舎那仏説菩薩心地戒品第十」の略称。最澄がこれに基づいて大乗戒壇の設立を企画したため、日本における大乗戒に大きな影響を与えた。「皮を剝ぎて紙となし、血を刺して墨となし、髄を以て水となし、骨を折りて筆となし、仏戒を書写すべし」などとある。
六　実に立派な志であろう。
七　仏説竜施菩薩本起経に見える。法華経伝記九にも類話がある。「求道」は求道者の意。
八　→三六六頁注一一。
九　以前、自分が蛇であった時の屍を。
一〇　往生浄土伝を指す。
一一　「釈恵猛…山岸より投身す。底を去ること一百余丈にして、紫雲身を纏ふ」(往生浄土伝・中の十五)。
一二　底本、「高岸」の左傍に「たかきし」と振り仮名がある。
一三　紫雲は極楽往生の瑞相の一つ。
一四　「尼明安…密かに大江の側に往き、高岸に住して、西方に向かひ、定印を結び、身を投げて死す。時に楊都の道俗、江上に白雲聳え亘り、金の光雲中にして下りて水中に入るを見る」(往生浄土伝・中の二十六)。

身をまつふ」とも侍《(はべり)》。また、「明安[一四]といふ尼《あま》、江のほとりに身を投《な》ぐるに、金色の光ありて、水の中《なか》に入《い》る」とも侍《(はべる)》めるは、いみじく尊《たうと》くこそ侍れ。

しかはあれど、かやうの事、昔《むかし》より今《いま》に至《いた》るまで、とかくさま〴〵に一《(ひと)》かたならずいふ人もあるべし。詮《せん》[一五]はたゞ我心にはからひて、進《すゝ》みも退《しりぞ》きもすべきにこそ。善[一六]道和尚[一七]あまねく勧《すゝ》め、義浄《(ギジヤウ)》[一八]三蔵《(ザウ)》は広《ひろ》[一九]くいましめ給《たま》へり。これみな、機《き》[二〇]をはかりてのたまふなるべし。よく〳〵思《おも》ふべし。

(一二　近江《あふみ》の石塔《いしだう》の僧の世を遁《のが》るゝ事)

中ごろ、近江国、石[二一]堂といふ所に僧ありけり。年半《としなか》[二二]ばにあまりて、世を厭《いと》ふ心なん深《ふか》く侍《(はべり)》ける。さて、日[二三]に添《そ》え《(へ)》ては、人に肩《かた》を並《なら》ぶる事などあきたく侍《(はべり)》ければ、寺のまじらひお《(を)》離《はな》れんと思ひて、いとまを乞《こ》ひけれど、人〳〵惜《を》しみて許《ゆる》さず。

さて、この人、いみじく思ひ嘆《なげ》きて日ごろを経《ふ》るほどに、そこ[二四]近《ちか》く、

一五　結局は、自分自身の考えに従って。
一六　善導のこと。六一三―六八一年。唐時代の僧。中国浄土教の大成者で、浄土五祖の第三に数えられる。
一七　続高僧伝二十七の十に「柳の樹の表に上り、合掌して西に望み、倒れて身を下に投げ、地に至りて遂に死す」と、善導が柳の樹から投身自殺したことを記す。「彼の善導和尚は念仏の祖師にて、此の身ながら証を得給へる人なり。往生疑ふべくもあらざりしかど、木の末にのぼりて身を投げ給へり。人の為はあしき事をしそめ給はんやは」(発心集三の七)ともある。
一八　六三五―七一三年。唐時代の僧。海路インドに渡り、二十五年間に三十余州を巡り、多数の経典を将来した。大唐西域求法高僧伝、南海寄帰内法伝を著す。
一九　南海寄帰内法伝四の三十八に説く。
二〇　教えに従って修行しうる能力の程度を判断して。
▽前話とは自らの死期を希望どおりに迎えた点で共通する。本話は西方極楽信仰が語られるが、奇瑞として捉える往生伝的な理解の仕方ではなく、焼身や投身と同様の自殺行として理解している点が注目される。発心集三の七と極めて類似性の高い話で、評語の部分にも多くの共通性が見える。沙石集十本の八の記す慶政自身の遁世の事情とも類似する。
二一　滋賀県蒲生郡蒲生町の石塔寺。阿育王山正寿院と号し、聖徳太子の建立と伝える。寺の背後にある三重石塔は阿育王の八万四千塔の一つであることが、寂照の入宋中に判明したという説話を持つ。ただし、この塔は奈良時代前期の作で、現存日本最古の石塔とされ、七世紀に渡来人によって建造されたものと考えられている。
二二　中年を過ぎて。「年」は年齢の意。
二三　日が経つにつれて他の僧と立身を競うことなどをやめたいと思いましたので。「たく」は願望を表す助動詞と見られるので、「飽きたい」という彼の達成されていない望みを表現していると見ておく。神本は「あき侍」。
二四　石塔寺の近くに。

一所《ところ》の長《おさ》なる男の身まかれるありけり。二その跡《あと》に常《つね》に行《ゆ》きて、ある時《とき》は縁《えん》の上《うへ》に夜を明《あ》かし、ある時《とき》は昼忍《ひるしの》びに来《き》て、たち返《かへ》る事もありけり。かゝりければ、三このあるじの女は、「四日ごろも心発《おこ》したる人と聞《き》くに、あはせで、心の色をも増《ま》さんとするよな。あはれなるべき心の中の情《なさけ》かな」と思ひ居《お》り。

さて、たび重《かさ》なりければ、人〳〵、「五あやしのわざや」などいひけり。ある人は、「六罪《つみ》の得《う》る事、な聞《き》こゑ《(え)》給《たま》ひそ。我におきては七うけひかず。かゝる事聞《き》かじ」など、八もて離《はな》るゝ物もあり。かくて月ごろを送《おく》るほどに、げにたゞ事とも覚《おぼ》えずありければ、あまねく九この筋《すぢ》がちにいひなりにけり。

さて、「この寺《てら》には、さやうの聞《き》こゑ《(え)》ある人はなし」とて、一〇房切《き》り、さま〳〵に一一恥《はぢ》がましき事ありて、追《お》ひ出《い》だしつ。この人、「一二年《とし》ごろありつきて、一三離《はな》れまうく侍れど、今《いま》はさらに甲斐《かひ》なし」とて出《い》でぬ。さて、はるかなる所にあやしの庵結《いほりむす》びて、たゞひとり居《お》りけり。

さて、この女伝《つた》ゑ《(へ)》聞《き》きて、わび嘆《なげ》く事限《かぎ》りなけれども、いまだ一四こまやかなる対面《たいめん》もせねば、嘆《なげ》くにも便《たより》なし。また、人づてに聞《き》こゑ《(え)》さす

一　地頭などの在地領主、または公文・下司などの庄官、沙汰人などの村落領主層か。
二　亡くなった人の住居に。
三　亡くなった人の妻。
四　日頃から道心をおこした人ときいていたが、顔を合わせることなく、女に対する深い思いを増そうとしているのだな、の意か。日頃の道心と、この行為は明らかに矛盾しており、女が、「あはれなるべき心の中」と思うのは、あまり合理的ではなく、このあたり意味が充分に通らない。あるいは、直接恋情を訴えることをせず、ただ縁の辺に来て無言で帰るだけという行為に、この僧がぎりぎりのところで踏みとどまっている苦悩を見て、「あはれなる」と同情しているということなのであろうか。
五　けしからぬ仕業だなあ。
六　罪になる事を後家に言いなさるな。
七　同意できない。
八　交際を絶って身辺から去ってゆく者もある。
九　女犯をおかしているという話になってしまった。
一〇　住房を破壊し。「切る」は物理的に破壊する意。「去る十七日(午の刻)無動寺の門徒、東塔南谷の房二宇を切る(大谷房・等覚房)。十八日未の刻、南谷より無動寺を襲ひ、数刻合戦し、三方より打ち入り、房二宇を切る(宝積房・仙寿房)。今一手は存外に谷底より打ち入り、房二宇を切る(宝積房・仙寿房)。今一手は存外に谷底より進み寄る。二方追ひ返さる。今一手は存外に谷底より…両方の死人多く、手を負ふ者其の数有り」(明月記・天福元年二月廿日条)。
一一　「ハヂガマシイ　きまりが悪い、あるいは、恥ずかしい」(日葡)。
一二　長年住みついて、離れるのがつらく思われますが。「アリツキ、ク、イタ　ある場所に座を占める、または、ある地位につく」(日葡)。
一三　「離れまうく」は、寺を離れるだろうと思っただけで、気が進まない、離れるのがつらくなる、の意。「推量の助動詞ムのク語法マクにウシ(憂)のついたマクウシの音便形か」(岩波古語辞典)、「(動詞の未然形に付いて)希望しない

べき事にもあらねば、さてのみ日を送《ゝく》る。

さて、その後は、この人、[一五]ふつとこの家《いゑ》に寄《よ》り来《く》る事なし。夜昼《ひる》を分《わ》かず念仏を申《(まうす)》。常《つね》には[一六]道場に居《ゐ》て、西《にし》に向《むか》ひて[一七]定印《〈イン〉》を結《むす》びて、[一八]観念をしけり。食《く》い《(ひ)》物《もの》などは、人の情《なさけ》をかくる時《とき》はそれをなん日を送《ゝく》るはかり事にしける。また、をの《(お)》づから[一九]絶間《たへま》などのある時《とき》は、里《さと》に出《い》でゝ乞《こ》ふ事もありけり。かくてあまたの年《とし》を経《へ》ぬ。

さて、ある時《とき》、この女の家《いゑ》に来《き》て、「[二〇]見参《げざん》すべき事あり」といひけり。あやしく、何《なに》事ならんとて、急《いそ》ぎて会《あ》ひたれば、「いかにも世《よ》を遁《のが》るゝ事を[二一]思ひあつかひて侍《(はべり)》しに、[二二]そこの御徳《とく》に、年《とし》ごろの本意《ほい》をなん遂《と》げて侍《(はべる)》。今《いま》、[二三]極楽に参《まい》らんずる事の近《ちか》く侍れば、その[二四]悦《(よろこび)》申さむとてなん、まうで来《き》たる」といひて出《い》でぬ。

さて、七月七日、[二五]草のとざし静《しづ》かにして、ひそかに息絶《いきた》へ《(え)》にけり。其時、[二六]あやしき雲空《そら》に見《み》へ《(え)》ければ、人〳〵驚《おどろ》きて尋《たづ》ぬるに、この人の[二七]隠《かく》れぬる事を知《し》りぬ。さて、七日が間《あひだ》、あまねく人に[二八]縁《えん(を)》おなん結《むす》ばせける。いみじくありがたく侍《(はべり)》ける心の中《うち》なるべし。

人のならひには、いかになりはつるまでも、程にふれつゝ、[二九]骨《ほね》をば

意を表す。…「まくらし」の形は、ほとんど用いられた形跡がないので、「まほし」発生後、類推によって、その否定形相当として「まうし」が発生したとみる説が妥当であろう」(小学館古語大辞典)などと言われている。

一四 親密な対面もしたことがないので。

一五 全く。下に打ち消しの表現を伴って用いられる。

一六 念仏・坐禅などの修行をする室。

一七 ↓三七九頁注一三。

一八 ↓三七〇頁注六。

一九 食物の施しが絶えている間。

二〇 お会い申さなければならないことがある。「ゲンザン 訪問したりなどして人に会うこと」(日葡)。

二一 思い煩っておりましたところ。

二二 そなた。自分と同等以下の相手に用いる人称代名詞。

二三 自分が極楽に往生することを予告するのは、往生伝に多いパターン。

二四 お礼。

二五 「草のとざし」で草庵の意。

二六 不思議な雲。紫雲。↓三八六頁注一三。

二七 死んだことを知った。

二八 結縁させた。

二九 たとえ死んで骨は埋葬しても、名前は後世に残したいと思っているだろうに。和漢朗詠集・文詞の詩句「遺文三十軸　軸々に金玉の声あり　竜門原上の土　骨を埋んで名を埋まず」による。原典は白氏文集。

埋《うづ》むとも名をば埋《うづ》まじと思《おも》ひためるに、いまこの人のさま、いかでか仏も御覧じ[一]とがめず侍《(はべる)》べき。かやうにふつに[二]身を捨《す》て侍《(はべる)》人には、終《をは》りの時《とき》、必《かなら》ず目立《めたゝ》[三]たしきほどの瑞相《〈ズイ〉》の侍《(はべる)》なめり。なを《(ほ)》〳〵あはれに侍り。

（一三　高野《かう》の聖《ひじり》の、山がらに依《よ》りて心お《(を)》発《ゝこ》す事）

中比《(なかごろ)》、高野[四]に、南筑紫《みなみつくし》[五]といふ往生人ありけり。筑紫《つくし》[六]の者の《ものゝ》、二人《ふたり》高《かう》野《や》に住《す》みて、北、南に住処《すみか》を構《かま》ゑ《(へ)》て侍《(はべり)》ければ、時の人、「南筑紫《つくし》」「北筑紫《つくし》」といひけるなるべし。

この南筑紫《つくし》[七]は、日に一合の御料《ごれう》[八]を食《く》ひて、さらにそのほかの物《もの》も食《く》はずありければ、痩《や》せ衰《おとろ》え《(へ)》てぞ侍《(はべり)》ける。ある時《とき》、さるべき人〳〵集《あつ》まりて、「なじかはかくばかり身お《(を)》[九]いましめ給《(たまふ)》べき。仏は御法《みのり》をならひ行《おこ》なふをこそ、本意《ほい》とは仰《おほ》せられためれ。たゞ物など多《おほ》からぬほどに食《く》ひ、勤《つと》[一〇]めをもよくしておはせかし」といひければ、聖のいふやう、「昔の、心の発《おこ》り侍《(はべり)》しころ、好《この》みて聴聞《ちやうもん》[一一]お《(を)》し侍《(はべり)》しに、尊《たうと》き聖《ひじり》の法説《ゝりと》き

一　ご覧になって、お心に止めないことはありますまい。この「とがむ」に否定的なニュアンスはない。
二　きっぱりと。
三　著しい程の瑞相。往生伝に描かれる臨終時の瑞相には、紫雲が立つ、異香がたちこめる、妙なる音楽が聞こえる、などがある。
▽本話も自らの往生の予告とその実現を語るが、宇治拾遺物語十五の九の仁戒上人や発心集一の十一の高野辺上人など、偽って妻を儲けた偽悪の聖の類型である。本話では極楽往生の瑞相を積極的に取り上げている。
四　「高野山」の略。空海の開いた真言宗の道場。金剛峯寺を中心に谷筋に多くの寺々が建ち並ぶ。
五　以下の紹介の文は、ほぼ三外往生記に従っている。「高野山に両聖人有り。共に鎮西の人なり。南北に居を占め、仏道を修行す。敢へて退転すること無し。彼の山の人号して、南筑紫・北筑紫と曰ふ」(三外往生記)。
六　九州の総称。
七　この上人の発心のありさまは発心集一の六に詳しく、臨終のさまは三外往生記に詳しい。それらによれば、白河院の帰依を受けて高野山繁栄の基を築き、長治元年(一一〇四)春、享年八十歳で往生を遂げたという。
八　→三八五頁注一六。
九　「いましむ」は、厳しく慎む意。
一〇　仏道修行。
一一　仏教の講説・談義などを聞くこと。

給《たま》ひしを聞《き》きしかば、「昔、賢《かしこ》き人ありき。[一二]いまだ家《いゑ》にありける時《とき》、いみじく小鳥《ことり》お愛《(を)あひ》して飼《か》ひけるが、一籠《こ》に[一三]やまがら二《(ふたつ)》入《い》れたりけるに、一《(ひとつ)》のやまがらは、物《もの》も食《く》はで、常《つね》には籠《こ》の胴《はら》につきて籠《こ》の目《め》より出《い》でんとのみして、瘦《や》せ細《ほそ》りて、水お《(を)》だにも多《おほ》くは飲《の》まで、出《い》でむとする営《いとな》みのほか、さらに異《こと》わざなし。いま一《(ひとつ)》の山がら、物《もの》いみじく食《く》ひて、[一四]勇《いさ》みほこれり。身も肥《こ(え)》太《ふと》りてぞありける。さるほどに、この瘦《や》せたるやまがら、いたく身も細《ほそ》りて、いかゞしたりけん、籠《こ》の目《め》より脱《ぬ》け出《い》でて飛《と》びて去《さ》りぬ。これを見《み》て、そのあるじの男《おとこ》、『されば、うき世《よ》を出《い》でんと営《いとな》む人もさるべきにこそ侍《(はべ)》めれ。常《つね》に[一五]うちしめりて、高《たか》き[一六]咲《ゑわらひ》もせず、[一七]心思《おも》ひに物なども食《く》はでこそあるべかめれ』と悟《さと》りて、やがて頭《かしら》削《お》ろして、いみじく行《おこ》なひて侍《(はべり)》」と説《(とき)》給《たま》ひしを聞《き》きしが、いみじく身にしみて、「我もし出家の心ざしを遂《と》げたらば、[一八]さらむよ」と思ひ初《そ》めしのち、いまはや、あまたの年《とし》を送《おく》り侍《(はべり)》ぬ。我、物《もの》いみじく食《く》ひて力《ちから》ありとても、何《なに》の行《おこ》なひをかし侍《(はべる)》べき。あやまりて怠《おこた》りぞ出《い》で来《き》侍《(はべる)》べき。はや、[一九]ゆるぎなく思ひかためてし事なれば、いかにのたまはすとも、したがふまじき也」とぞ答《いら》へける。さて、人

一二 出家する以前。
一三 ヤマガラ。シジュウカラ科の鳥の総称とも。
一四 「イサミホコリ、ル、ッタ　尊大で威張った態度をして奮い立つ」(日葡)。
一五 静まり返って。「うち」は接頭語。
一六 声を出して笑うこと。「御文とりつぎ、立居、いきちがふさまなどの、つつましげならず、ものいひ、ゑわらふ」(枕草子一七七段)。「咲　ヱワラフ」(名義抄)。
一七 思う存分。心の思うまま、の意であろう。
一八 そのようにしよう。「さあらむよ」の略。
一九 固く決心したことなので。

〵も涙《なみだ》お《(を)》落《ゝと》して、いふ事もなくなりにけりとなん。

　この事を聞《き》き《ゝ》しより、深《ふか》く身にしみて忘《わす》るゝ時《とき》なし。かのやまがらのいにしへも、ことにあはれに偲《しの》ばしく侍《(はべり)》。されば、仏は、或《(あるい)》は、「[一]三口食《く》へ」とも教《おし》へ給《(たまふ)》。或は、「五口食《く》へ」とも仰《おほ》せられたり。また、[二]舎利弗《(しやりほつ)》は、「[三]五口、六口食《く》ひて、これを足《た》すには水お《(を)》もてせよ」といへり。されば、[四]竜樹菩薩は、「[五]身を益して、馬を養《やしな》ふがごとくはすべからず」と説《ゝ》き給《(たまひ)》て、[六]天台《(ダイ)》大師は、「[七]食の法たる事は、もと身を資《たす》けて道に進《すゝ》まさむがため也」と説《ゝ》き給《たま》へり。これらの教《おし》へを聞《き》かずして、おのづからやまがらのゆへ《(ゑ)》に悟《さと》りを発《ゝこ》しけん心、げにありがたく侍《(はべる)》べし。また、伝《つた》へ聞《き》き《ゝ》て、げにと身にしみけん人も、かしこき心也。

　つら〳〵思《おも》ひ続《つゞ》くれば、この一盛《(ひと)もり》の食《く》ひ物《もの》は、[八]数《かず》もなき労《わづら》ひより来《き》たれるにはあらずや。[九]春の日《ひ》の長《なが》きに、[一〇]山田を返す賤《しづ》の男《お》の、[一一]引《ひ》くしめ縄《なは》の[一二]うちはへて、営《いとな》みたつる労《わづら》ひ、[一三]驚《おどろ》かす鳴子《なるこ》の山田の原《はら》の[一四]かりの庵《いほ》、[一五]霜冴《しもさ》ゆるまで[一六]たしなみて、[一七]晩稲《おしね》を積《つ》める営《いとな》み、或《(あるい)》は、[一八]上《のぼ》れば下《くだ》る[一九]稲舟《いなぶね》に、[二〇]水馴《みな》れ棹差《ざほさ》しわび、或は、[二一]逢坂山《あふさか》の[二二]はげしきに、足《あし》を早《はや》むる

一 以下の食事論は、概ね大智度論によるか。
二 釈迦の十大弟子の一人。智恵第一と言われ、釈迦に代わって説法する経典も多い。
三 「経中に舎利弗の説くが如し。我れ若し五口、六口食へば、之を足すに水を以てす。則ち身を支ふるに足る」(大智度論六十八)による。
四 一五〇—二五〇年頃の人。ナーガールジュナ。初期大乗仏教、とりわけ空の思想を確立した。中論、大智度論、十住毘婆沙論を著したと言われる。
五 「仏法は道を行はんが為の故なり。身を益して、馬を養ひ、猪を養ふが如くはなさず」(大智度論六十八)によるか。
六 五三八—五九七年。智顗。慧思に学び、天台教義を樹立した天台宗の開祖。法華経に基づき、独自の実習方法として止観を説いた。その講述の多くは弟子の章安(→三六二頁注五)が筆録した。法華玄義、法華文句、摩訶止観のいわゆる法華三大部をはじめとして多数の著書がある。
七 「食の法たるは、本、身を資けて道に進めんとす」(修習止観坐禅法要)による。摩訶止観四の上にも、「食とは、三処に食を論ず、もつて身を資けて道を養ふべし」と、類似の文言がある。
八 数え切れない労働。「無数」の訓読。
九 以下、歌語を畳みかけた美文で労働の過程を述べている。
一〇 山田を耕す農夫が田の回りに引いたしめ縄が長々と続いて。「小山田に引くしめ縄のうちはへて朽ちやしぬらん五月雨のころ」(新古今集・夏・藤原良経)による。
一一 田を囲んで引いたしめ縄。
一二 長々と続いて。「うち」は接頭語。しめ縄が長くつながっていることと、労働が長々と続く意とを掛けている。
一三 鳥を驚かせる鳴子の音が止まず聞こえる山田の仮庵で。「山田」に、音が「止まず」の意を掛けている。
一四 仮に作った粗末な小屋。「秋田もる仮庵作りわがをれば衣手寒し露ぞ置きける」(新古今集・秋下・読人知らず)。
一五 霜が冷たく冴える頃まで。「霜冴ゆる山田のくろのむら薄刈る人なしに残るころかな」(新古今集・冬・慈円)。

駒《こま》もあり、又、てづから負《お》ひ、みづから荷《にな》へる営《いとな》み、その数《かず》[二三]いくそばくぞや。いかにいはんや、山人のね[二四]るやねりその手《て》[二五]もたゆく、力《ちから》お《(を)》尽《つ》くせるたき木にてこれを営《いとな》み、月の夜ごろは寝《い》ねもせず、から[二六]く営《いとな》める[二七]塩竈《しほがま》の行方《ゆくゑ》などを思《おも》ふに、涙《なみだ》もとゞまらず覚《おぼ》えて、「我これを食《く》ひて、今日《けふ》、その経、その伝を抜《ひら》きて、聊《〈イサヽカ〉》心お《(を)》発《ゝこ》しつ。この功徳をばあまねくわかちて、この営《いとな》みの人〱に施《ほどこ》す」など、思ひ居《ゐ》て侍《(はべる)》ぞかし。

しかあるに、憚《はゞか》りなく、[二八]いたはりなく、いみじく多《おほ》く食《ゝ》ひて、[二九]しはてには、こぼし散《ち》らしなどせん事、その罪《つみ》いかばかりぞや。願《ねが》[三〇]はくは、[三一]帳の外《ほか》を出《い》でず、褥《しとね》[三二]の上《うへ》お《(を)》下《くだ》らずいまそからんあたりまで、げにとお[三三]ぼしとがめさせ給《たま》はば《ゝ》、功徳にや侍《(はべる)》。されば、唐土《もろこし》には、いかなる者《もの》の《ゝ》姫《ひめ》君も、食《く》ひ物《もの》などし[三四]どけなげに食《く》ひ散《ち》らしなどは、ゆめ〱せず。[三五]よにうたてき事になん申侍《(まうしはべり)》し也。この国は、いかにならはしたりける事や覧《(らん)》、はや癖《くせ》になりにたれば、改《あらた》めがたかるべし。たゞかなひぬべからんほどを、御慎《つゝし》みもあれかし。

仏の、「[三六]この一粒《りう》の米《よね》を思《(おもひ)》はかるに、百の功《こう》を用《もち》ゐたり」と仰《おほ》せら

一六 苦労をして、の意。「困 クルシム クルシフ タシナム」(名義抄)。
一七 遅く成熟する稲。「晩稲 ヲシネ」(易林本節用集)。「晩稲積む山田の庵は秋過ぎて袖を時雨に干さぬころかな」(秋篠月清集)。
一八 上れば必ず下って来る。「最上川上れば下る稲舟のいなにはあらずこの月ばかり」(古今集・東歌)。
一九 「イナブネ　まだ穂のついたままの稲を積んで行く舟」(日葡)。
二〇 水に浸して使い馴れた棹も差すのに苦労し。「水馴れ棹取らでぞ下す高瀬舟月の光のさすにまかせて」(後拾遺集・雑・源師賢)。
二一 滋賀県大津市の山。近江と山城の国境。
二二 「はげし」は、険しいの意。
二三 どれほど多いことか。
二四 「ねる」は、ねじり合わせること。「ねりそ」は、木の枝や藤蔓などをねじり合わせて縄の代用にしたもの。「かの岡に萩刈る男縄をなみねるやねりその砕けてぞ思ふ」(拾遺集・恋・凡河内躬恒)。
二五 手もだるくなるくらいに。
二六 懸命にの意と、塩辛い意とを掛ける。
二七 海水を煮沸して塩を作るのに用いるかまど。
二八 心配りもなく。
二九 しまいには。あげくの果てには。
三〇 以下は本書の読者に対する著者の希望。高貴な身分の若い姫君を意識した口吻。→解説。
三一 几帳など、室内の隔てに垂らす布。
三二 坐る時の敷物。畳を芯にして布の縁をつける。
三三 気にお止めになって下されば。
三四 乱雑に。だらしなく。
三五 実に情けないこととして申しております。
三六 典拠未詳。三九四頁注一の前半部分とほぼ同じ意。

れ、竜樹菩薩の、「[一]これをはかり思《おも》ふに、食は少《すくな》けれども汗《あせ》は多《おほ》し」とのたまへる、あはれにこそ侍れ。

（一四　常陸国の男《おとこ》、心を発《ゝこ》して山に入《い》る事）

中比《(なかごろ)》、[二]常陸国に、いふかひなきあやしの男ありけり。春にて侍《(はべり)》けるなめり。[三]田耕《かへ》しになんまかれりけるに、[四]例《れい》よりもげに[五]すきいりぬべく覚《おぼ》えければ、まだ日も暮《く》れなくに、家《いゑ》に帰《かへ》り来《き》にけり。妻《め》なりける女、「いかに」ととゝ《ゝ》がむれば、「さればこそ。今日《けふ》はいかに侍《(はべる)》やらん、物《もの》の《ゝ》食《く》ひたくて、弱《よは》〳〵しく覚《おぼ》ゆれば来《き》たる也。何《なにゝ》にても物[六]用《よう》せよ。食《く》はむ」といふ。この女、思《おも》はずに[七]気《け》憎《にくゝ》く答《いら(へ)》ゑて、「さらば、火吹《ふ》きて焚《た》きつけよ」といふ。男、火お《(を)》吹《ふ》きけるに、[八]えなん吹《ふ》きつけで煩《わづら》ひけるを、この女、「あな憎《にく》の[九]乞丐《かたい》や。不覚《ふかく》の者《もの》は」とて、履物《はきもの》して顔《かほゝ》を[一〇]蹴《ふ》みたりける。この男、[一一]とばかりためらひて、[一二]やお《(を)》ら[一三]這《は》ひ隠《かく》れぬ。

さて、[一四]者《もの》してこゝかしこ尋《たづ》ねけれど、さらになし。人〳〵も聞《きゝ》きあやしむほどに、[一五]年半《としなか》ばかり経《へ》て、隣《〈トナリ〉》の里《さと》の者《もの》、なすべき事ありて深《ふか》き

一「復た次いで此の食を思惟するに、…功を用ゐるは甚だ重し。一鉢の飯を計るに、夫流るる汗を作し集合す。之を量るに、食は少なく汗は多し。此の食之を作る功重くして、辛苦是くの如し」(大智度論二十三)。
▽南筑紫上人の話は、三外往生記、高野山往生伝、発心集一の六、私聚百因縁集九の十七などに見えるが、本話と同じ話はなく、本書独自の話題である。往生を目指して食を控えた上人の話から、一粒の米の生産に携わる膨大な労働へと話題をずらし、本書の直接の読者であろうと思われる高貴な姫君に対する訓戒を記している。
二　およそ現在の茨城県に当たる。
三　田畑を掘り起こしに。「耕　タカヘス」(名義抄)。
四　底本、「に」の右に「は」と傍記。
五「すきいる」は、湯などを流し込む意だが、ここは、「すきいりぬべく」で、直訳すれば「流しこめそうで」の意となり、非常に空腹な意を表すか。「おとど、まづまづ御湯をすきいれ給ふに」(有明の別二)。
六　あるいは「ようい」の「い」が脱落したか。神本「用意」、類本「ようい」。
七　憎々しく。「け」は接頭語。
八　うまく吹き付けられないで。
九　乞食。人をののしって言う語。
一〇「蹴　フム、ケル」(名義抄)。
一一　ちょっとの間。
一二　静かに。こっそりと。
一三　ひそかに隠れた。人知れず遁世する様子を表現する常套語。
一四　人を遣わして。
一五　半年ほど経って。

山に入《い》りたるに、この男、[一六]おのづから行《ゆ》き遇《あ》ひぬ。「あなあさまし。いましけるは」といへば、「その事也。しか〳〵妻《め》の女の当《あた》り侍《(はべり)》しに、道心の発《おこ》りて、物欲《ものほ》しと思ひて頼《たの》みて来《き》たる甲斐《かひ》もなく、[一七]はけ〳〵と当《あた》りしに、まして、[一八]したる事もなくて、あの世《よ》にて鬼《おに》に面蹴《つらふ》まれん事こそ、悲《かな》しく[一九]あぢきなけれ。しかじ、早《はや》くかゝるうき世《よ》の中を遁《のが》れて、[二〇]後世《せ》とらむと思《おも》ひて、やがてなん走《はし》り出《い》でにし也。さて、鎌《かま》を腰《こし》に差《さ》したりしをもちて、てづから髪《かみ》を切《き》り捨《す》てて侍《はべ》る。僧に会《あ》ひて、[二一]剃刀《かんぞり》して剃《そ》らばやと思《(おもふ)》也。必《かなら》ず[二二]僧具《そうぐ》し聞《き》こゐ《(え)》ておはせ」とぞいひける。さて、「食《く》ひ物《もの》は、折《をり》にふれて木草の実《み》あるを、[二三]石などにて打《う》ち叩《たゝ》きて食《く》へば、またく飢《うゑ》に臨《のぞ》む事なし。折《をり》にふれつゝ、風の吹《ふ》き、木《こ》の葉の変《か》はり行《ゆ》くを時《とき》にて、楽《たの》しみ身に余《あま》りて覚《おぼ》ゆる也」とぞいひける。

さて、里《さと》に行《ゆ》きて、そのよしをいひければ、人〳〵集《あつ》まりて、僧あひ具《ぐ》して行《ゆ》きぬ。頭剃《かしらそ》り、[二四]戒《かひ》たもちなどして、[二五]麻《あさ》の衣、[二六]やう〳〵の物《もの》、[二七]袈裟《けさ》など用意《ようい》したりければ、[二八]よゝと装束《さうぞ》きて、やがて奥《おく》ざまに行《ゆ》き隠《かく》れぬ。さま〴〵食《く》い《(ひ)》物など[二九]持《も》たせて行《ゆ》きたりけれども、[三〇]ふつに目《め》も見《み》入《い》れず、人にもなにくれといふ事なし。

一六 偶然。ひょっこり。
一七 無情に、の意か。あるいは、「化け化けし」の語幹で、化け物じみて、の意か。他に用例未詳。
一八 後世の功徳のために行った勤めもなく。
一九 →三六一頁注一六。
二〇 来世の安楽を獲得しようと思って。来世に成仏しようと思って。
二一 「剃刀 カミゾリ」(名義抄)の撥音便。
二二 僧をお連れ申し上げてお出でください。
二三 底本「石になとにて」。「石にて」と書いて、誤りに気付き、「て」の上に「な」を重ね書きして、「なとにて」と書いたのであるが、「石なとにて」と直すつもりのところを、初めの「に」をうっかりそのまま残してしまったのである。以上の経緯から、本来の正しい本文に改めた。
二四 出家して沙弥になる時に授けられる、守るべき十戒。
二五 麻の繊維で織った粗末な衣。喪服から転じ僧衣となった。
二六 さまざまの物。僧の必需品たる鉢や経などの持ち物を言うか。
二七 法衣の上に、左肩から右脇下に斜めに掛ける、小片の布を綴り合わせたもの。
二八 勢いのよいさま。「酒を出だしたれば、さしうけ、さしうけ、よよと飲みぬ」(徒然草八十七段)。
二九 従者に持たせて。
三〇 全く目もくれず。
▽中世的ないわゆる「わわしい女」を妻に持った男が、その

その後、年《とし》ごろありて、人に一《いち》二度《ど》遇《あ》ひたりけれども、鳥《とり》などのやうにて、近《ちか》くも寄《よ》らねば、ものなどいひ語《かた》らふにも及《およ》ばずとなん。つい《(ひ)》にはいかゞなり侍《(はべり)》にけん。あはれにおぼつかなくこそ。

（一五　駿河《するが》の国、宇津《うつ》の山に家居《いゑゐ》せる僧《(の)》事）

むげに近《ちか》き事にや。駿河《するが》の国、[一]宇津《うつ》の山に、そこともなくさすらひ歩《あり》く僧ありけり。常《つね》は[二]あやしき筵《むしろ》・薦片方《こもかたかた》〳〵と、土《つち》にて作《つく》りたる鍋《なべ》や、いと汚《きたな》げなる桶《おけ》・瓢《ひさご》など片方《かたかた》〳〵と、[三]しどけなげに荷《にな》ひてぞありける。

さて、行《ゆ》き止《と》まる所にて、筵《むしろ》・薦《こも》めぐりに引《ひ》きまはして、さるべきやうに[四]家居《いゑゐ》しつらひて、物《もの》して食《く》ひなどしける。常《つね》にはその里《さと》の者《もの》どもに使《つか》はれて、[五]便《びん》〳〵なる事をばいみじく心得《え》てしければ、便宜《びんぎ》房とぞ名づけたりける。たゞの[六]乞食などはさすがに覚《おぼ》えず、[七]思《おも》へる所あるよしになん見へ《(え)》ける。

ある人、尋《たづ》ね行《ゆ》きて、「さても、[八]僧の真似形《まねかた》にてかくは侍《(はべれ)》ど、[九]まめやかに、いかにして世を出《い》づべしとも覚《おぼ》え侍らず。[一〇]まことゝおぼし定《さだ》

妻を反面教師として仏道に入った話。男のいさぎよい思い切りかたに編者の関心は集中しており、当時の農民の生活風景にふれる点など興味深い側面があるが、そうした人間的な側面にはほとんど目を向けていない。

一 静岡県静岡市丸子と志太郡岡部町との境にある宇津ノ谷峠。海抜一七〇メートル。古代以来の東海道の難所の一つ。鎌倉時代には麓に今宿などの宿場がひらけたと言われる。東関紀行には、宇津の山に「無縁の世捨人」が「草の庵」を構えていたとあるので、中世には遁世者の集まって来る場所となっていたかと思われる。撰集抄一の五、同五の九の主人公たちも、宇津の山に隠れ住んでいた。
二 粗末な。底本、「き」の右に「の」と傍書あり。
三 →三九三頁注三四。
四 住む所。
五 折々のこと、の意か。
六 底本、「の」は右に傍記。諸本いずれも本文中にあり。
七 悟るところがある様子に。
八 私は僧の形を真似てこうしておりますが。
九 本当には。
一〇 これこそ出離に至る真実と思い定めておられる修行を。

めたらむ道、一《ひと》つ教《をし》へ給へ」といひければ、[一一]例《れい》の荷《にな》ひたる物《もの》うち荷《にな》ひて、「[一二]太刀《たち》売《う》らむ。鞍《くら》売《う》らむ。[一三]腹巻《はらまき》売《う》らん。鎧《よろひ》売《う》らん」といひてぞ立《た》ちける。さて、この人、「[一四]さうけ給《(たまはり)》ぬ。品《しな》〲の物《もの》お《(を)》売《う》りても、[一五]詮《せん》は身を養《やしな》ふを本意《ほい》とする事なれば、いづれの行《おこ》なひにても、よくだにせば、[一六]後世《せ》をとりてんずるぞ本意《ほい》なるべきと、のたまはするにこそ侍《(はべる)》なれ。しかはあれど、行《をこ》なひ易《やす》くて、しかも早《はや》く世を出《い》づる事の聞《き》かまほしく侍《(はべる)》ぞ」といひけれど、やがて物荷《ものにな》ひて、奥《おく》ざまゑ《(へ)》入《い》りにけり。

この人、何事をこそ、とりわきその行《おこ》なひと見《み》ゆる事なくぞ侍《(はべり)》ける。ある時《とき》は、人の家《いゑ》にもあり、或時は、木の下《した》にも居《ゐ》けり。その終《おは》りには、「[一七]このほどなやましく覚《おぼ》え侍れば」とて、人のもとを出《い》でゝ、常《つね》の山の木陰《こかげ》に行《ゆ》きて、二日ばかりありて、[一八]西に向《むか》ひてぞ死《し》にたりける。

この人の住《す》み所こそ、あはれに聞《き》こゑ《(え)》侍れ。[一九]蔦《つた》の下《した》道、心細《ぼそ》く暗《くら》がりて、折《をり》にふれつゝ、いかに[二〇]住《す》みわたり侍《(はべり)》けん。昔[二一]見《み》し人も定《さだ》めて遇《あ》ひけんものを。思《おも》ひを《(お)》くふしなくは、消息《せうそこ》する事もあらじと、あはれ也。

一一 いつも荷っている筵や薦と鍋や桶・瓢などを振り分けにしたもの。
一二 商人の売りことば。
一三 鎧の一種。兜、大袖などがなく、胴の周りを覆うだけの簡便な鎧。水干や狩衣の下などにも着用した。
一四 確かに承りました。
一五 結局は。
一六 来世に成仏することこそが本当の願いであろうと。
一七 気分がすぐれない。病気で具合が悪い。
一八 西は極楽浄土の方角。
一九 以下の叙述は伊勢物語九段に基づく。
二〇 心が澄む意をも表すか。
二一 宇津の山では、伊勢物語の故事に倣って、昔の知人に出会うことが常に連想される。ここでは、思い残すことがなければ、伊勢物語の業平のように、故郷に手紙を出すようなこともしなかっただろうと、彼のいさぎよさを述べる。
▽本話も隠徳の聖の話であるが、彼はあくまでも下働きの中間僧としての生活を貫いており、周囲の者が、彼を隠徳と見なしたのである。物売りの詞を、諸縁放下の教えと理解したのも周囲の者であって、本人はあくまでも乞食僧を貫いている。

（一六　下野守義朝の郎等の心お《（を）》発《ゝこ》す事）

中比《（なかごろ）》、四郎入道[一]とて、こゝかしこ拝《おが》み歩《あり》く者《もの》ありけり。下野守義朝[二]の郎等なりけり。むらなき[三]剛《かう》[四]の者《もの》にてぞありける。罪《つみ》[五]のほどを思《おも》ふに、肝惑《きもまど》ひ[六]胸《むね》つぶれて、にはかにおのが道《みち》を改《あらた》めて、菩提《ぼだい》[七]になんおもむきにける。

出家の日より、塩断《しほた》ち、五穀《こく》[八]を断《た》ちて、糸《いと》[九]・綿《わた》の気《け》を着《き》ず。夏冬お《（を）》分《わ》かず、柿《かき》[一〇]の麻《あさ》の小袖《こそで》[一一]の合《あ》はせたるを一《（ひとつ）》なん着《き》たりける。あやしの粮《らう》[一二]料《れう》とおぼしくて、蕎麦《そばむぎ》[一三]の粉《こ》の粗《あら》ゝかなるをぞ貯《たくは》へたる。午《むま》[一四]の半《なか》ばばかりにたゞ一度、それを食《く》ひて、後《のち》はまた、何《なに》わざもなし。

「さのみは、蕎麦《そばむぎ》の粉《こ》もいかでかある」と、人《ひと》のいひければ、「なき時は、芹《せり》[一五]お《（を）》摘《つ》みて食《く》ひ、また、松ノ葉[一六]を食《く》ひて、さてこそはあれ」とぞいひける。さて、「夏冬の替《か》はるには、着物《きもの》はいかで同《おな》じさまにては」と問《ゝ》ひければ、「この近《ちか》ごろよりは、身の上《うへ》に風《かぜ》の渡《わた》るも、いと寒《さむ》くも覚《おぼ》えず。日の照《て》るも事いたくも覚《おぼ》えず。湯《ゆ》など浴《あ》み侍《（はべる）》も、熱《あつ》

一　未詳。
二　清和源氏。為義の嫡男。頼朝・義経等の父。仁平三年(一一五三)従五位下下野守となり、保元の乱(一一五六)の勲功により昇殿を許され、右馬権頭を兼ねる。後さらに正五位下左馬頭にいたるが、藤原信頼に与して平治の乱(一一五九)を起こし、平清盛に敗れて、東国へ逃げる途中、尾張で殺される。享年三十八歳。
三　並ぶ者のない。「むらなき剛の者にて侍りけり」(撰集抄五の二)。
四　剛勇の者。「カウ　強剛」(日葡)と清音。
五　武士として殺生を重ねて来たこと。
六　ひどく驚き恐れる意の慣用句。
七　「菩提を求める道」の意で、仏道修行の生活に入ったこと。
八　稲穀・大麦・小麦・大豆・小豆。その他胡麻・麻・黄黍等を加える説もある(拾芥抄)。穀物を断つ修行は仙術を得る方法としてもよく行われたらしい。↓注一六。
九　絹糸の意か。
一〇　柿渋で染めた麻の小袖。柿色の衣は山伏の着る粗末な衣。聖性と非人性とを象徴する色だったと見られる。
一一　小ぶりの袖ないし小さい袂の衣服。もと下着として用いられ、このころには通常の上着として使用されるようになっていた。
一二　食料。
一三　ソバの古名。「蕎麦　そばむぎ」(和名抄)。
一四　正午頃。
一五　セリ。春の七草の一つ。田の畦や湿地に自生する食用植物。
一六　「松の葉を食ふ人は、五穀を食はねど苦しみなし。よく食ひおほせつれば、仙人ともなりて飛び歩くと言ふ人あり」(十訓抄七)。

きもぬるきも、いとさだかにも覚《おぼ》えぬ也」とぞいひける。まことに、そのさま、たゞ骨《ほね》と皮《かは》とにぞ見えける。一七肉《しゝ》のあらばや、身にしむ霜風《かぜ》もあらん。さて、「深《ふか》き山に入《(いり)》て、一八つば木の実《み》を採《と》りて、油《あぶら》に搾《しぼ》りて、尊《たうと》き山〳〵寺《てら》〴〵に献《たてまつ》るを行《おこ》なひにて侍《(はべり)》」とぞいひける。

人みなあはれみて、さま〴〵情《なさけ》をあたり一九けれど、得《え》さする物《もの》などは、二〇ふつに得《え》ずなん侍《(はべり)》ける。常《つね》に定《さだ》二一めたる所は、二二宇治のそばに田原《たはら》といふ所とぞ。その齢《よはひ》は八十ばかりぞ侍《(はべり)》ける。

（一七　稲荷山の麓《ふもと》に、日を拝《ゝが》みて涙お《(を)》流《なが》す入道《(の)》事）

近《ちか》ごろ、二三稲荷《いなり》の二四返り坂《ざか》に、二五崖《きし》の上《うへ》にあやしの薦《こも》ひとつうち敷《し》きて、年《とし》いと老《お(い)》ひたる入道、たゞひとり居《ゐ》て、西に向《むか》ひて夕日《ゆふ》を拝《をが》みて、さめ〴〵と泣《な》くありけり。

「いかに」と人の問《と》ひければ、「我は二六信濃《しなの》の《ゝ》国の民《たみ》にて侍《(はべり)》しが、世《(よの)》中《なか)》いといたうあぢきなう侍《(はべり)》しかば、かくまかりなりて侍《(はべり)》。都《みやこ》は何《なに》わざにつけてもよく侍《(はべり)》と聞《き》き《ゝ》て、二七問《と》ふ〳〵まかり上《のぼ》りて侍《(はべり)》。知《し》れる事もな

一七　肉があれば霜風も寒く感じるだろうが、肉がないのだから何も感じないのだろう、の意。
一八　椿の実からツバキ油を搾ったのである。
一九「あたる」は、通常自動詞として用いられるが、ここでは他動詞として使用されている。
二〇　全く受け取りませんでした。
二一　住所と定めている所。草庵を設けていたか。
二二　京都府綴喜郡宇治田原町。「田原郷は入口狭く谷中広し。今十五村有。誠に隠れ里と云つべし」（山城名勝志）。平治の乱で都を逃れた信西が義朝方の者に殺された地。
▽殺生を重ねた武士が、己の罪を意識して出家した話は枚挙に遑ないが、本話は、主人公が罪を意識するきっかけとなった事については、何も語らない。田原に住んだということから見て、かつて味方が殺した信西の霊を慰める意図を持っていたとも想像されるが、語り手がそこまで意識していたかどうかわからない。衣食をほとんど断った彼の修行の内容を述べるのが本話の主眼なのであろう。
二三　京都市の伏見稲荷。
二四　車坂とも。稲荷山に通ずる道。
二五　がけの意。
二六　今の長野県に当たる。
二七　人に道を訊ね訊ねして。

ければ、たゞ[一]阿弥陀《あみだ》仏を頼《たの》み奉《たてまつ》りて、夜昼《ひる》、「疾《と》くして迎《むか》へ給《たま》へ」と、泣《な》き喚《をめ》き、[二]誂《あつら》へ奉《たてまつ》るよりほかの事なし。夜は、[三]この下《しも》なる人のあたりに侍《(はべる)》が、一夜うち寝《ね》ぬればさらに[四]目《め》も合《あ》はず、「あはれ、夜のはやも明《あ》けて、日の出《い》で給《たま》へかし」と、夜もすがら待《ま》ち奉《たてまつ》る。さて、[五]鐘《かね》も打《う》ち、夜も[六]ほのめくほどになりぬれば、この崖《きし》に居《ゐ》侍《(はべり)》て、東に向《むか》ひて、「はや日の出《い》で給《たま》へかし」と思《(おもひ)》居《お》りて、日も出《い》でて《ゝ》やう〳〵南にめぐり給へば、それに随《したが》ひてまた南に向《むか》ひて、「疾《と》くして我を具《ぐ》して西へおはしませ」と願《ねが》ひ侍《(はべり)》て、[七]かやう時に、西の山の端《は》にかゝらせ給《(たまふ)》時《とき》には、声《こゑ》も惜《を》しまず泣《な》かれ侍《(はべり)》て、「我を捨《す》てて《ゝ》はいづくへおはしますぞ」と、[八]すゞろに悲《かな》しくて、[九]みどり児《こ》にて侍《(はべり)》し時、母のものにまかり出《い》でしが心細《ぼそ》く慕《した》はしく侍《(はべり)》しよりは、猶くらぶべくもなく悲《かな》しく侍《(はべり)》て、「阿弥陀《あみだ》仏、いかにし給《たま》ひつるぞ」と、泣《な》くよりほかの事なし。今《いま》も、[一〇]人の見《み》給《(たまふ)》に、少《すこ》ししのび侍らんとつかうまつりつるが、さらにかなはで、かく見《み》とがめさせ給《(たまふ)》までに侍《(はべり)》けるにこそ」とぞいひける。

さて、この問《と》ふ人、いとあはれに思《(おもひ)》て、時《とき》〴〵[一一]物《もの》調《とゝの(へ)》えてつかはし

一　西方極楽浄土の教主。十世紀以降、浄土教の信仰が広まり、阿弥陀如来は臨終時に信者を迎えに来てくれるものと信じられた。いわゆる阿弥陀来迎図が多数描かれた。

二　こうして欲しいと頼むこと。

三　坂の麓の方に住む人の家にいます。

四　全く目を眠ることもできない。

五　時鐘。中世における時鐘の実体は不明であるが、ここは、夜明けを告げる時刻なので、寅の刻(午前四時)であろう。

六　ほのかに明るくなる。

七　今のように、の意か。「か様の時に」(神本)の本文が正しいか。

八　わけもなく、むしょうに。

九　「ミドリコ(嬰児)　四、五歳までの幼児」(日葡)。

一〇　あなたがご覧になるので。

一一　食事を用意して。

一二　人を遣わして見させたところ。

一三　全く形跡がない。人に尊敬されてしまったので、姿を晦ましたのである。

一四　細かい点まで正確というわけではないが。

一五　観無量寿経の説く十六観の一つ。西に向かって正座し、沈んで行く太陽を観察して、極楽浄土を想起する修行法。「日観」とも言う。彼岸会は、太陽が真東から出て真西に沈む春分・秋分の時に、日想観を行って極楽浄土を慕うことを起源にする行事。「この彼岸七日の間、天王寺の西門、石の鳥居にて大施行を引かれ候ふが、…今日は中日にて候ふほどに、日想観をも拝まんとて人々群集し候ふ」(謡曲・弱法師)。

などしけり。ある時《とき》、[一二]尋《たづ》ねさすれば、「[一三]跡《あと》かたもなし」となん語《かた》り侍《はべり》し。いといたうあはれに覚《おぼ》え侍《はべり》。

[一四]いとこまかにこそなけれども、を《お》のづから[一五]日想観に当《あた》りて侍《はべり》けるにこそ。雨《あめ》などの激《はげ》しく降《ふ》りけんに、いかゞわびしく侍《はべり》けん。[一六]思《おもひ》はかりある人こそさまぐ\に慰《なぐさ》む方《かた》も侍れ、[一七]短《みじか》き心にはさらに[一八]晴《は》るゝ方《かた》なく思《おも》ひ乱《みだ》れてこそ侍《はべり》けめ。また、彼《か》の人の行方《ゑ》いかになりにけん、ことにおぼつかなく侍《はべり》。[一九]誰《たれ》ゆゑ立《た》て初《そ》め給《たまふ》誓《ちかひ》なればかは、[二〇]頼《たの》む人を[二一]御覧じ過《す》ぐすべきなれば、さだめて[二二]彼《か》の御国《みくに》にこそは生《む》まれ侍《はべり》にけめ。いとを《ほ》しく侍《はべり》ける心かな。

（一八　あやしの入道、「空也上人南無阿弥陀仏、三河《みかは》の入道南無阿弥陀《みだ》仏」と唱《とな》ふる事）

中比《なかごろ》、[二三]東ノ京に、あやしの貧《まづ》しき入道ありけり。するわざも侍らず。たゞ常《つね》には、「[二四]空也上人南無阿弥陀《みだ》仏、[二五]参河入道南無阿弥陀《みだ》仏、[二六]書写聖南無阿弥陀《みだ》仏、[二七]恵心僧都南無阿弥陀仏」といふ念仏をぞ申《まうし》ける。後

一六 思慮のある人。ここでは特に仏道修行に関するさまざまな知識のあることを言う。
一七 浅薄な心。短慮。「思ひはかりある」のと反対の状態。
一八 慰められるすべもなく。
一九 →三八六頁注三。
二〇 信仰する人を。
二一 底本「と」であるが、「を」と字体が近似するゆゑの誤り。諸本に従って改めた。
二二 阿弥陀仏の国、極楽浄土。
▽出家の動機は定かではないが、死を急ぐ願往生者の一途な信仰生活。この前後の章段はいずれもそのような信仰者を描いている。彼らは皆、仏教者としては「思ひはかり」のない、無知な人々であり、ひたすらただ一つの方法に縋って往生を目指している。こうした人間像は、やがて親鸞などの思想に結実して行くものであろう。
二三 京都の朱雀大路を境にしたその東側。京の東半分。
二四 →三六九頁注一四。
二五 俗名大江定基。参議大江斉光の男。従五位下、三河守。寛和二年(九八六)ごろ出家、寂照と号す。通称三河入道。寂心・源信らに師事し、のち入宋して、一〇三四年(一説、一〇三六年)杭州で没、享年七十三歳くらい。円通大師とも。
二六 「書写聖」は性空上人のこと。兵庫県姫路市の西北に位置する書写山は、性空の開いた円教寺があり、西の比叡山と呼ばれて栄えた。性空は、橘善根の男と言われ、三十六歳で比叡山に登り、良源に師事して受戒。諸国の山岳で修行したのち、五十七歳で円教寺を開いた。求法者、験者として、多くの説話が伝えられている。寛弘四年(一〇〇七)没、享年九十一歳。
二七 大和国葛城の人。幼くして比叡山に登り、良源に師事。源信と号す。才学を謳われたが、名利を嫌って横川(よかわ)に隠棲。往生要集を著し、日本浄土教の基礎を築いた。恵心院に住したので、恵心僧都と呼ばれる。寛仁元年(一〇一七)没、享年七十六歳。

には[一]功入《こうい》りて、いみじく尊《たうと》くぞ聞《き》こゑ《(え)》ける。老《をひ》[二]の眠《ねぶ》り早《はや》う覚《さ》めて、夜深《ふか》く夢お《(を)》残《のこ》したる人〱、寝覚《ねざ》[三]めの床《とこ》にあはれかけずといふ事なし。ある時《とき》は、[四]かきくらし失《う》せて、[五]日数《かず》になるまで見《み》えぬ事もあり。また、何《なに》としてやらん、返《(かへり)》来《き》て[六]まがひ歩《あり》く時もあり。[七]数《かず》ならぬ家《いゑ》のありけるを[八]しるべにて、[九]ふるわたりお《(を)》ぞ、むねとの居《ゐ》所にはしたりける。妻《め》も子《こ》も亡《う》せにければ、さら也、何《なに》にかは心のとゞまるふしも侍らん。いみじく思ひ澄《す》ましてなん見《み》えける。

かゝるほどに、この人、「[一〇]心なやましき」とて、さし出《い》でもせず、ひとり居《ゐ》たりけり。かくて四五日してやお《(を)》[一一]ら這《は》ひ出《い》でて、人〱に対《たい》面《め》して、「[一二]まかり隠《かく》れなん事の近《ちか》く侍れば、見《み》[一三]も聞《き》こゑ《(え)》、見へ《(え)》も聞《き》こゑ《(え)》んとて」などあはれにいひつゝ、[一四]その辺《(あたり)》の人〱に触《ふ》れ回《まは》りて、帰《かへ》りて、やがてほどなく身まかれりけり。わたりの人〱、いとあはれにて、涙《なみだ》に咽《むせ》びけるとなん。あはれに偲《しの》ばしく侍り。

一 経験を積んで。「コゥガイッタ(功がいった) 慣れて身についている、または、修練を積んでいる」(日葡)。
二 「老の眠り早く覚めて常に夜を残す。病の力先づ衰へて年を待たず」(和漢朗詠集・老人)による表現。原典は白氏文集。
三 寝覚めの床の中でその念仏の声を聞いて、哀れを感じない者はなかった。
四 →三六九頁注二六。
五 幾日にもなるまで姿を見せないことがある。
六 人々の中に紛れて歩く時もある。
七 取るに足りない粗末な家があったのを。
八 たよりに。ゆかりにして。
九 未詳。山城名勝志はこれを地名と見なして、「未勘部」に入れている。あるいは、「古きわたり」の「き」が脱落したもので、以前住んでいた辺り、の意か。
一〇 →三九七頁注一七。
一一 おもむろに。
一二 臨終が近くなりましたので。「隠る」は死ぬ意。「まかり」は謙譲の接頭語。
一三 お会いもし、ご覧もいただこうと思って。「見」は自分から会うこと、「見え」は相手に見られること。「聞こゆ」は謙譲の補助動詞。
一四 自分の死を予告して触れ回るのは、人々を結縁に誘う行為。
▽本話の主人公も、正統の仏教修行ではなく、空也、寂照、性空、源信といった浄土教の先達の名を挙げて、彼らへの帰依を表明するという異様な称名念仏をひたすら唱える。しかし、自らの死を予告する行為によって、彼の往生は暗示されていると言ってよい。無知で直情的な修行に寄せる編者の共感が窺われる。

（一九　あやしの僧《そう》の、宮仕《づか》へのひまに、不浄観お《（を）》凝《こ》らす事）

昔《むかし》、比叡《ひゑ》[一五]の山に、なにがしとかやいひける人のもとに、使《つか》はれける[一六]中間《（ちうげん）》僧ありけり。主《しう》のために一《ひと》事も違《たが》う《（ふ）》振舞《ふるまひ》なし。いみじく真《ま》心にて、いとを《（ほ）》しき者《もの》にぞ思《おも》はれたりける。

かゝるほどに、年《とし》ごろ経《へ》て後、夕暮《ゆふぐ》れには必《かなら》ず失《う》せて、[一七]つとめて疾《と》く出《い》で来《く》る事をしけり。主《しう》もいみじく憎《にく》き事に思ひて、「[一八]坂本《さかもと》に行《ゆ》き下《くだ》るに[一九]こそあめれ」など思ひけり。帰《かへ》りたる時《とき》も、[二〇]うちしめりて、人[二一]にはか〴〵しく面《をもて》など会《あ》はする事もなし。常《つね》には涙《なみだ》ぐみてのみ見《み》ゑ《（え）》ければ、「[二二]行《ゆ》きかふ所《ところ》の事を飽《あ》き足《た》らず思《おも》ひて、かゝるにこそ」とぞ、[二三]ゆるぎなく主《しう》も人も思ひ定《さだ》めける。

さて、ある時《とき》、人を付《つ》けて見《み》せければ、[二四]西坂本《にしさかもと》を下《くだ》りて、[二五]蓮台《れんだい》野にぞ行《ゆ》きにける。この使《つかひ》、「あやしく。何《なに》わざぞ」と見《み》ければ、あちこち分《わ》け過《す》ぎて、いひ知《し》らず[二六]いま〳〵しく[二七]爛《みだ》れたる死人のそばに居《ゐ》て、

一五　比叡山延暦寺。京都市の東北に当たり、京都府と滋賀県の境にある山の山頂にあり、最澄によって開かれた天台宗の総本山。
一六　主として雑用を勤める、地位の低い法師。中間法師ともいう。「堂衆と申すは、学生の所従也ける童部が法師になッたるや、若は中間法師原にてありけるが、…仏に花まいらせし者共也」（平家物語二・山門滅亡　堂衆合戦）。
一七　翌朝。
一八　比叡山の東麓、現在の滋賀県大津市坂本・下坂本・比叡辻付近。延暦寺の里坊が多く設置され、門前町として栄えた。比叡山の地主神、日吉大社があり、延暦寺と一体となって繁栄した。僧のひそかに遊楽に赴く場所でもあったらしい。なお、比叡山の京都側山麓を西坂本と呼ぶのに対して東坂本とも呼ばれた。
一九　底本「とこそあめれ」。諸本により改めた。
二〇　しんみりして。ふさぎこんで。
二一　はっきりと顔を会わせることもない。うつむいて下ばかり見ているのである。
二二　通っている所の女と離れていることに満足できないで、こんなふうに涙を流しているのだろう。
二三　絶対に間違いないことのように、主人も他の人も思いこんでしまった。
二四　比叡山の京都側山麓。今の左京区修学院のあたり。↓注一八。
二五　京都市北区、船岡山の西麓。現在、上品蓮台寺のあるあたりで、墓地、火葬場であった。「露と消えば蓮台野にを送り置け願ふ心を名に表はさん」（山家集）。
二六　気味悪く。
二七　腐乱した。

目《め》を閉《と》ぢ、目《め》を開《ひら》きして、たび〳〵かやうにしつゝ、声《こゑ》も惜《お》しまずぞ泣《な》きける。夜もすがらかやうにして、一鐘《かね》も打《う》つほどになりぬれば、涙《なみだ》おしのごひてなん返《(かへり)》ける。この使《つかひ》、思《おも》はずに悲《かな》しく覚《おぼ》えて、二思《おも》ふらん心のほどは知《し》らねども、涙《なみだ》を流《なが》す事限《かぎ》りなし。

さて返《(かへり)》来《き》ぬ。「いかに」と尋《たづ》ぬれば、「その事に侍《(はべり)》。この人、あやしく露深《ふか》く三しほれけるは、理《ことはり》にぞ侍《(はべる)》べき。かう〳〵の事の侍《(はべり)》て、四はや失《う》せけるなるべし。いみじき聖《ひじり》の行《おこ》なひを、濫《みだ》りにあやしのさまに思ひ汚《けが》しける罪《つみ》のほども逃《のが》れがたく、悲《かな》しくて」といひけり。あるじ驚《おどろ》きて、其後はいみじき敬《うやま》ひを致《いた》して、さらに常《つね》の人に振舞《ふるまひ》くらべず。

さて、ある時《とき》、朝《あした》の粥《かゆ》を持《も》て来《き》たりけるに、あたりに人もなく侍《(はべり)》ければ、「まことにや、五おのれは六不浄観凝《こ》らす事あんなる」といひければ、「さる事いかでか侍らん。さやうの事は智恵《ちゑ》ある人こそし侍《(はべる)》なれ。この身のありさまは、みな知《し》ろし召《め》したるらむ」といひけり。「いかにかゝる事はいふぞ。みな知《し》りたるものを。七その後は八心《ゝち》ばかりは尊《たうと》くありがたく思《(おもふ)》に、九かく心置《お》きてあることそ」といひければ、「その事に侍《(はべり)》。何《なに》と深《ふか》くは知《し》り侍らねども、一〇おろ〳〵は仕《つか》うまつり侍《(はべり)》」といひ

一 寅の刻(午前四時)であろう。↓四〇〇頁注五。
二 中間僧が何を思っているのか、心の中はわからないけれども。「思ふらむ心のうちは知らねども泣くを見るこそわびしかりけれ」(大和物語一三三段)によるか。
三 濡れる、の意の「しほる」と解して、原文の仮名遣いのままにしたが、あるいは、しょんぼりする意の「しを(萎)る」と解する方が、人の態度を表現するのに相応しいかもしれない。
四 実は姿を隠していたに違いありません。「はや」は、「実は…」と気付いたことを示す。
五 おまえ。目下の者に対して用いる対称代名詞。
六 肉体や外界のけがらわしい様を観じて、煩悩や欲望を取り除く方法。特に、死体が次第に腐乱してついに白骨になるまでの過程を、九つの段階に観想する(九想観)。
七 従者に後をつけさせて事実を知ってから後は、の意。当の中間僧は知らないことであるから、会話文の中に加えるのは本当は適当でないが、読者は知っているので省略した表現。
八 口には出さないが、心の中だけで。
九 よそよそしく心に隔てを置いたりするのは、残念だ。
一〇 不十分ではありますが致します。
一一 霊験があるのだろうな。具体的に奇跡が実現すること

ければ、「さだめて[一一]験《しるし》あるらんな。その粥《かゆ》観[一二]じて見せ給《たま》へ」といひければ、[一三]折《お》敷《しき》をうち覆《おほ》ひて、[一四]とばかり観念して、開《あ》けて侍《(はべり)》ければ、みな白《しろ》き虫《むし》にぞなりてける。これを見《み》て、このあるじ、さめ〴〵と泣《な》きて、「必《かなら》ず我を[一五]道びき給へよ」と、懇《ねんご》ろにぞ[一六]誂《あつら》へける。いとありがたく侍《(はべり)》ける事にこそ。

[一七]天台大師ノ[一八]次第禅門といふ文に、「[一九]愚《おろ》かならん者《もの》、塚《つか》のほとりに行《ゆ》きて、爛《みだ》れ腐《くさ》りたらん死人を見《み》れば、観念成就しやすし」と侍《(はべる)》めれば、この人もさやうに侍《(はべり)》けるにこそ。また、[二〇]止《〈シ〉》観の中《なか》に、観を説《と》きて侍《(はべる)》には、「[二一]山《〈セン〉》河《(が)》も皆不浄也。食《く》ひ物《もの》、着《き》物《もの》、又、不浄《ふじやう》也。飯《〈ハン〉》は白《しろ》き虫のごとし。衣は臭《くさ》きものの皮《かは》のごとし」など侍《(はべる)》めれば、彼《か》の人の観念、実《〈マコト〉》にいみじくて、おのづから[二二]聖教ノ文にあひかなひて侍《(はべり)》けるにこそ。されば、天竺ノ[二三]仏教比丘は、「[二四]器物《うつはもの》は髑髏《どくろ》のごとし。飯は虫のごとし。衣は蛇《くちなは》の皮《かは》のごとし」と説き、唐土《もろこし》の[二五]道宣律師は、「[二六]木《き》はこれ人の骨也。土はこれ人の[二七]肉《〈ニク〉》也」とは説《(とき)》給《たま》ふぞかし。

かやうのいみじき人〴〵の説《と》き置《お》き給《(たまふ)》事をも知《し》らぬあやしの僧の、おのづからその教《おし》へに当《あた》りて侍《(はべり)》けん、たのもしくも侍《(はべる)》かな。その観《くわん》お《(を)》

を予想する口ぶり。
一二 観想して見せて下さい。覚鑁上人伝には、覚鑁が水観によって室内を水で満たしたり、火生三昧に入って室内を火焔で満たしたという観想の奇跡が記されており、観想は現実に奇跡を現出するということが信じられていたらしい。
一三 食器を載せるための角盆の類。それで粥の入った椀の上を覆ったのである。
一四 ちょっとの間。
一五 菩提に導いてください。
一六 頼んだ。
一七 →三九二頁注六。
一八 「釈禅波羅蜜次第法門」の略称。天台大師智顗の著。
一九 次第禅門四の本文の抄出か。「若し塚の間に至りて、死屍の相を取れば、亦、まさに観て愛すべきの境を諦むべし。地の上に躃著して、死屍の胮脹爛壊するを観見すれば、膿血流出し、大小便利、諸の虫唼食ふ。今我著すれば亦復是くの如し。何処か愛すべき。是の観を作し已れば、婬心自ら息む。是の故に、九想能く外境に愛著し婬を貪る重き病を治す」(次第禅門四)。
二〇 摩訶止観。底本、「上」の右に「シ」と振り仮名を振る。これにより本文を改めた。
二一 摩訶止観九の上の本文の縮訳。「大不浄観は、なんぞただ正報の流溢不浄のみならん。依報の宅宇・銭財・穀米・衣服・飲食・山河・園林・江淮・池沼、絓りてこれ色法はことごとくみな不浄なり。…飯は白虫のごとく、衣は臭皮のごとく」。なお、底本、「山河」の部分に声点が付されている。
二二 仏典。
二三 未詳。
二四 出典未詳。
二五 五九六―六六七年。南山律宗の祖。唐代初期の学僧。終南山に住したので南山大師・南山律師と称する。著書に、四分律行事抄、感通録、続高僧伝、広弘明集等がある。
二六 出典未詳。
二七 底本、「肉」の左傍に「シ、ムラ」と振り仮名がある。

成就するまでこそなくとも、かやうに知《し》りそめなば、[一]さすが岩木《いはき》ならねば、[二]五欲《〈ヨク〉》の思《(おもひ)》やう〳〵薄《うす》くなりて、[三]昔《むかし》にもあらぬ心になり侍《(はべり)》なんずるぞかし。[四]折節《おりふし》の移《うつ》れば変《か》はる衣手《ころもで》に、[五]すゞろに心を砕《くだ》き、[六]朝夕《あさゆふ》の柴折《しばお》りくぶる煙《けぶり》ゆゑに、いたづらに身お《(を)》悩《なや》まし侍らんは、げに蛇《くちなは》の皮《かは》を尋《たづ》ね、白《しろ》き虫《むし》を求《もと》めて、西《にし》に走《はし》り東にかへりみるに変《か》はらざるべし。かやうにいふを、世中《(よのなか)》の人は、「耐《た》ゑ《(へ)》がたの事や。[七]生《い》ける身のならひ、[八]この二事《こと》は高《たか》きも賤《あや》しきもみなある事ぞかし。さなくは、いかでか[九]時の間《ま》も長《なが》らゑ《(へ)》て行《おこ》なひをもすべき」など、[一〇]あらぬさまにいふ事もあるべし。これはいみじき僻《ひが》事也。[一一]されば、仏も、「[一二]ふつに用《もち》ゐる事なかれ」とはいましめ給《たま》はず。たゞ、「かやうに思ひやりて、[一三]いみじき思ひお《(を)》なす事なかれ」とぞ教《をし》へ給《(たまふ)》める。この理《ことはり》を知《し》らぬによりて、[一四]鮮《あざ》やかなる衣《ころも》、濃《こま》やかなる味《あぢは》ひ、貪《〈トン〉》欲ノ心も深《ふか》く起《を》こり、[一五]を《(お)》ろそかなる味《あぢは》ひ、零落《をちぶ》れたる衣《ころも》には、瞋恚《しんい》の思ひ浅《あさ》からず。よしあしは代《かは》れども、[一六]輪廻《りんゑ》の種《たね》となる事は、これ同《をな》じかるべし。必《かなら》ずよしあしにつけて慈悲心お《(を)》先《さき》として、「あはれ、[一七]いかなるものの営《いとな》み、[一八]たしなみて、わびしと思《(おもひ)》つらん」とあはれをかくべし。うき世《よ》にあり[一九]経《へ》て、人に交《まじ》らひけ

一　人間はさすがに岩木とちがって、ものに感ずる心があるから。「人木石に非ず、皆情有り」(白氏文集四)に基づく慣用表現。
二　→三七三頁注二五。
三　昔とは違う悟りのある心。
四　季節が移り変わると着ている衣の袖も変わる、そのことを心に掛けて。以下は、衣食のために奔走することをいう。「折節もうつれば変へつ世の中の人の心の花染めの袖」(新古今集・夏・俊成女)を踏まえるか。
五　何というわけもなく。
六　朝夕の炊事の支度のために柴を焚く煙。
七　生きている身の常として、この衣食のことは身分の高い者も低い者も、みな生きるために必要なことではないか。
八　衣と食の二つ。
九　しばらくの間も命を長らえて、仏道修行をすることができようか。
一〇　不都合なことのように。
一一　だから、仏様も。
一二　まったく用いてはならない。
一三　贅沢を求める心を起こしてはいけない。
一四　底本「なりて」。譚本は底本に同じ。神・類本は、「此ことはりをしらぬもの、こまやかなるあちはひには」とある。今、意により改めた。
一五　まずい味。
一六　生死を繰り返す迷いの世界に転生すること。
一七　どのような人間がせっせと苦労して作りながら、つらいと思ったことであろう。第一三話の話末に記す教訓と同工。
一八　つらい思いをする。苦しむ。→三九二頁注一六。
一九　生き長らえて。

るならひの口惜《くちを》しさは、[二〇]さしあたりて人の目立た《めたゝ》しく[二一]思ひたる時《とき》には、[二二]さは思《おも》へども、[二三]しのびがたき事も侍《はべる》べきにや。それにつけても、「あはれ、無益《むやく》に侍《はべる》べき事かな。夢《ゆめ》の中《うち》のかりそめ事ゆへ《ゑ》に、長《なが》[二四]き夜《よ》に眠《ねぶ》らん事、[二五]からくぞ侍《はべる》べき」など、思《おもふ》べきにや。かやうにだに思ひて、少《すこ》し悲《かな》しむ心も侍《はべれ》かし。

(二〇　あやしの男《をとこ》、野原《ばら》にて屍《かばね》を見《み》て心を発《ゝこ》す事)

中比《なかごろ》の事にや、[二六]山城国に男ありけり。あひ思《おも》ひたりける女なん侍《はべり》ける。

何《なに》とか侍《はべり》けん、[二七]うと〳〵しきさまにのみぞなり行《ゆ》きける。この女うちくどき、「かくのみなり行《ゆ》けば、[二八]世中《よのなか》も浮《う》き立《た》ちて覚《おぼ》ゆるに、[二九]誰《たれ》も年《とし》のいたういふ甲斐《かひ》なくならぬ時、[三〇]おのがよゝになりなんも、ひとつの情《なさけ》なるべし」といひけり。この男驚《おとこをどろ》きて、[三一]「ゑ《え》去《さ》らず思《おも》ふ事、昔《むかし》につゆちりも違《たが》はず。たゞし一《ひとつ》の事ありて、うと〳〵しきやうに覚《おぼ》ゆる事ぞある。過《す》ぎにしころ、[三二]ものへ行《ゆ》くとて、野原《のばら》のありしに休《やす》みしに、

二〇 事に直面して。
二一 甚だしく思っている時には。清音。「メタタシイ」(日葡)。
二二 衣食のよしあしなどに心を掛けるのはよくないことだとは思うけれども。
二三 そういう感情をおさえがたいこともあるでしょう。
二四 輪廻転生を繰り返す世を、長い夜の闇に譬える。
二五 つらいことに違いありません。
▽身分低い中間僧が墓場の死体を見て不浄観を行うという意外な事実の発見から、彼が観法で粥を蛆虫に変えてしまうことさえできる、という奇跡譚へと展開するが、そこから引き出す教訓が、衣食の贅沢を慎めという、比較的易しい日常の注意におさまるのは、本書の読者に想定される高貴な姫君のショックを和らげるためであろうか。

二六 今の京都府。都の中のことか否かは不明。
二七 よそよそしい。疎遠な。
二八 夫婦仲も落ち着かないように思われますので。
二九 お互いにひどく歳をとらないうちに。
三〇 離婚して、それぞれ別の生活をするのも、の意。男の心変わりを、別の愛人が出来たせいだと、考えている。
三一 離れがたく思う心は、昔と少しも違いません。
三二 よそへ行こうとして。

死《(しに)》たる人の頭《かしら》の骨のありしを、つく〴〵と見《み》しほどに、世中《(よのなか)》[一]あぢきなく[二]はかなくて、「誰《たれ》も死《し》なん後《のち》はかやうに侍《(はべる)》べきぞかし。この人もいかなる人にか、[三]かしづき仰《あふ》がれけん。たゞいまは、[四]いとけうとくいぶせき髑髏《どくろ》にて侍《(はべる)》めり。今《いま》より我妻《(わがめ)》の顔《かほ》のやうをさぐりて、このさまに同《おな》じきかと見《み》んよ」と思《おも》ひて、返《(かへり)》て[五]さぐり合《あ》はするに、[六]さら也、などてかは異《こと》ならん。それより何《なに》となく[七]心も空《そら》に覚《おぼ》えて、[八]かくおぼし咎《とが》むるまでなりにけるにこそあなれ」といひけり。

かくて、月ごろ過《す》ぎて妻《め》にいふやう、「[九]出家の功徳によりて仏ノ国に生《む》まれば、必《かなら》ず返《(かへり)》来《き》て、[一〇]友《とも》を誘《いざな》はん時《とき》、[一一]心ざしのほどは見《み》ゑ《(え)》申《まう》さんずるぞ」とて、[一二]かき消《け》つやうに失《う》せぬとなん。ありがたく侍《(はべり)》ける心にこそありけれ。

誰《たれ》もみな[一三]さやうの事は見《み》るぞかし。[一四]さすが岩木《いはき》ならねば、見《み》る時《とき》は[一五]かきくらさるゝ事もあり。いかにいはむや、[一六]目《ま》のあたり見《み》し人の、深《ふか》き情《なさけ》、むつましき姿《すがた》、さもと覚《おぼ》ゆる振舞《ふるまひ》などの、[一七]たゞうたゝ寝《ね》の夢にて止《や》みぬるは、ことに心も発《をこ》りぬべきぞかし。しかはあれど、[一八]憂《う》かりける心のならひにて、[一九]時移《うつ》り時[二〇]去《さ》りぬれば、声立《こゑた》つるまでこそなけれ

一 ↓三六一頁注一六。
二 むなしくて。
三 大切にされ、敬慕されていただろうか。
四 恐ろしく、気味の悪い。
五 手で触れて骨格を髑髏の形と合わせてみると。
六 言うまでもない、どうして違うはずがあろうか。
七 心も上の空のように思われて。茫然としているさま。
八 このように、あなたが御不審にお思いになるほどになってしまったのでしょう。
九 出家したことの功徳によって、極楽に生まれることができたならば、必ず娑婆に帰って来て。
一〇 縁のある人を極楽に迎えようとする時に。
一一 あなたを極楽へお連れすることで、私のあなたに対する愛情の深さは見ていただきましょう。
一二 たちまちどこかへ姿を隠してしまった、ということだ。
一三 髑髏が野ざらしになっている様子。人間の死体が放置されることも珍しくない時代だから、髑髏を目撃することも稀でなかった。
一四 ↓四〇六頁注一。
一五 悲しみにくれる。
一六 現にまのあたりに見た人。妻や夫を指す。
一七 その人が死ぬと、すべて、うたたねの夢で見た事だったように、はかなく消えてしまうのは。
一八 情け無い人間の心の常で。
一九 時間が経過し、出来事が過去の事になってしまうと、声を上げる程ではなくとも、笑うことなどもあるようです。徒然草三十段の「年月経ても、露忘るるにはあらねど、去れる者は日々に疎しと言へることなれば、さは言へど、そのきはばかりには覚えぬにや、よしなしごと言ひて、うちも笑ひぬ」と関係があるか。
二〇 底本、「時」の右に「事歟」と傍記。意味は「事」の方が適切なので、前注(注一九)は「事」と解して訳した。
二一 未詳。美濃部注は、「四分律巻二の冒頭や五分律巻二の冒頭に説く所によるか」とする。

ども、咲《ゑわらひ》なども侍《(はべる)》べきにこそ。かゝるに、この男《おとこ》の深《ふか》く思《(おもひ)》入《い》れて、忘《わす》れず侍《(はべり)》けん事、かねては彼《か》[二一]の天竺ノ比丘のごとく、昔[二二]の世《よ》に不[二三]浄観などを凝《こ》らしける人の、このたび思《おも》[二四]はぬ縁《えん》に会《あ》ひて、うき世《よ》を出《い》づる種《たね》となしけるにやとも覚《おぼ》ゆ。

昔《むかし》[二五]いかなりける屍《かばね》の、せめて[二六]もこの人を道びかんとて、あだし[二七]野《の》の露《つゆ》消《き》ゑ《(え)》もはてなで残《のこ》りけるや覧《(らん)》と、おぼつか[二八]なくあはれなり。「あはれや、昔の聖《ひじり》の屍《かばね》にや」とも思《おも》ひやり侍《(はべり)》。羅什《〈ラジフ〉》[二九]三蔵《〈ザウ〉》ノ御母の、塚《つか》のほとりにて人ノ骨の白《しろ》きを見《み》給《たま》ひて、道心発《をこ》して、永《なが》くうき世《よ》を出《い》では給《(たまひ)》けん、思ひ出《い》でられてあはれ也。

げにも、心あらむ人、これ[三〇]を見《み》むばかり道心発《おと》りぬべき事やは侍《(はべる)》。されば弘法大師[三一]は、「白《しろ》[三二]き虫孔《むしあな》の中にむく[三三]めき、青《あを》き蠅《はへ》口の内《うち》に飛《と》ぶ。昔《むかし》のよしみを尋《たつ》ねんとするに、一たびは悲《かな》しみ一たびは恥づべし」とぞ書《か》き給《たま》へる。止[三四]観の中《なか》に、人の死《し》にて身の爛《みだ》[三五]るゝより、つい《(ひ)》にその骨《ほね》を拾《ひろ》ひて煙《けぶり》となすまでの事を説《と》きて侍るは、見る目《め》も悲《かな》しう侍《(はべる)》ぞかし。かやうの文《ふみ》[三六]にも暗《くら》き男《おとこ》の、おのづからその心発《をこ》りけん事、なを《(ほ)》〳〵ありがたく侍《(はべる)》べし。

二二 前世に。
二三 →四〇四頁注六。
二四 野原で髑髏を見たことを指す。
二五 この出来事があった時を指す。 二六 何としても。
二七 「あだし野の露」は「消ゆ」を導き出すための詞。「あだし野」は死者を葬る葬地。一般的には京都西北方の地を言う。「あだし野の露消ゆる時なく、鳥辺山の煙立ち去らでのみ住みはつるならひならば」(徒然草七段)。
二八 知りがたく、心にしみてありがたく思われる。
二九 「什の母出家を楽欲す。夫未だ之を許さず。…城を出て遊観し、塚の間の枯骨異処に縦横するを見る。是に於て深く苦の本を惟ひ、定めて出家を誓ふ」(梁高僧伝二)に基づくか。「羅什三蔵」は、鳩摩羅什。三五〇―四〇九年頃の人。インド貴族の血を引く父、鳩摩炎と、亀茲国の王族の母を持ち、七歳で母とともに出家。在俗的な生活の中で多数の経論の翻訳にしたがった。
三〇 髑髏を指す。
三一 →三五九頁注七。
三二 続遍照発揮性霊集補闕抄十所収の「九想詩」の文句。「白き蠕孔の裏に蠢き、青き蠅骴の上に飛ぶ。昔日の愛を尋ねんと欲するに、一たびは悲しみ、一たびは愧づべし」。
三三 虫などが気味悪くうごめくさま。
三四 摩訶止観九の上に該当する本文がある。
三五 →四〇三頁注二七。
三六 文字も読めない無学の男。
▽前話に続いて不浄観の説話。前話が衣食についての禁欲を述べたのに対して、本話では、男女の愛情の否定に及ぶ。摩訶止観七の上が大智度論を引用しつつ、「もし女色を縁じ、耽湎《(ふけりおぼれ)》て懐《(こころ)》に在り、惑著して離れずんば、まさに不浄観をもちいて治をなすべし」と教えたこの修法の本来の目的に叶うものであろう。同時代に九想詩の絵画的な表現が行われていたことが推定されるから、こうした残酷なまでの描写も、時代の文脈の中では、特に異様なわけではあるまい。

(二一　唐橋河原《からはしがはら》の女の屍《かばね》の事)

一いまだむげに幼《いとけ》なく侍《(はべり)》しほどの事にや。唐橋《からはし》二近《(ちかき)》三河原に、四身まかれる女を捨《す》てたる事侍《(はべり)》き。この女は、五を《(お)》のが主《しう》の夫なるものに忍《しの》びに行《ゆ》き逢《あ》ふとて、主《しう》の女いみじくそねみて、男《おとこ》の外《ほか》にある間《ま》に、さま〴〵のはかり事を構《かま(へ)》ゑて、六いひ知《し》らず言葉《ことば》も及《およ》ばぬ事どもして、七忍《しの》びに引《ひ》き捨《す》てさせたるなりけり。死《し》ぬる女は年《とし》十九にぞなり侍《(はべり)》ける。八さらぬ事だにもありや、九世《よ》の人の心のさがなさは、行《ゆ》き集《あつ》まりて見《み》る者《もの》、一〇稲麻《(タウマ)》竹葦《(ヰ)》のごとくぞ侍《(はべり)》し。

一一故郷《ふるさと》の近《ちか》く侍《(はべり)》しかば、まかりて見侍《み(はべり)》しに、一二ふつに人の姿《すがた》にはあらで、大《おほ》きなる木の端《きれ》のやうにてぞ、足《あし》・手《て》もなくて侍《(はべり)》し。汚《きたな》く穢《けが》らはしき事、譬《たと》へていはんかたなし。一三たとひ大海の水《みづ》を傾《かたぶ》けて洗《あら》ふとも、猶浄《きよ》むる事かたかるべし。たゞよそに見《み》るだにもしのびがたく堪《た(へ)》ゑがたし。この時《とき》、誰《たれ》か衾《ふすま》を重《かさ》ね、枕《まくら》を並《なら》ぶる事あらん。

一四高《たか》きと下《くだ》れるとこそ変《か》はれども、その身のなり行《(ゆく)》さまはたゞ同《おな》じか

一 本話は、一貫して助動詞「き」が用いられ、筆者の体験を語っている。 二 場所未詳。唐風の橋が架かる場所の名であるため、同名の所が何箇所もあったかと考えられる。ここでは、九条坊門通(別名、唐橋通)と鴨川が交差する地点かと考えられる。 三 底本「と河原」。「近」の草体と平仮名の「と」の字形が似ているための誤写。他の諸本に従って「近(ちか)(き)」と読んだ。 四 女の死体を遺棄した事件。 五 自分の仕えている女主人の夫。 六 言い表す言葉もないほどひどい事をして。 七 密かにうち捨てさせたものであった。 八 こんな恐ろしい事だというのに、くらいの意。「さ」は、女の死体が捨てられていた事を受け、「や」は反語的詠嘆を表す。直訳すると、「こんな(むごい)ことでない事でさえも、(見物人が集まることなど)あるものだろうか」といった意味になろう。 九 世間の人の心の思いやりのなさは。 一〇 隙間もなく立ちならぶさま。「諸の義趣を了達して、また、能善く法を説かんもの、稲・麻・竹・葦の如くにして、十方の刹に充満せん」(法華経一・方便品)による比喩。 一一 唐橋が九条坊門だとすれば、慶政は九条家の出自であるから、確かに邸宅と現場は近いことになり、この言葉に窺われる閑居友の作者として相応しい。 一二 まったく人の形でなく。後の記述を見ればバラバラに切り刻まれていたのである。 一三「これを自相不浄と名づく。そのなかに…悪露の臭き処、虫戸の集まる所にして、海の水を尽くして洗ふとも浄からしむること能はず」(摩訶止観七の上)あたりを原典として、往生要集・大文第一、発心集四の六などに、いずれも不浄を述べる文脈で類似の表現が用いられている。蘇東坡の九想詩の第四「方乱相」においても、「縦ひ海水を傾けて洗はんとすと雖も、方乱の相の時、豈清むることを得んや」とある。 一四 身分の高下は違っても、屍が腐乱してゆく様子は、まったく同じだろう。 一五 以下の表現も、往生要集・大文第一、摩訶止観七の上、同九の上の不浄観の項、発心集などに見えるものと類似する。「わづかに薄き皮ひとへおほへる故に、此の諸々の不浄を隠せり。粉を施し、たき物をう

るべし。[一五]膚《はだへ》、肉《しゝむら》を包《つゝ》み、筋《すぢ》、骨《ほね》を纏《まつ》ひて、[一六]心にくきやうに見《み》ゆる上《うゑ》に、[一七]楚山《〈ソザン〉》の黛《まゆずみ》色鮮《あざ》やかに描《か》き、[一八]蜀江の衣《ころも》、[一九]匂《にほ》ひなつかしう焚《た》きなしたればこそ、むつましくも覚《おぼ》え侍らめ。[二〇]風吹《(ふき)》、日曝《さら》し、皮爛《かはみだ》れ、筋《すぢ》とけて、浄《きよ》き草葉を穢《けが》し、大空《おほぞら》をさへ臭《くさ》くなす時《とき》は、誰《たれ》か肩《かた》を組《く》み、言葉《ことば》を交《か》はさむや。されば、[二一]竜樹菩薩は、[二二]「愛の怨《あた》の偽《いつは》りを悟《さと》りぬ」と説《ゝ》き給《(たまひ)》、[二三]天台大師は[二四]「もしこれを見《み》終《おは》りぬれば、欲ノ心すべて罷《や》み」と尺し給へり。

また、[二五]これまでは猶《なを》いぶせながらも、昔《むかし》の名残《なごり》を見《み》るかたもあるべし。つひに[二六]白《しろ》き木の枝《えだ》のやうにて、野原《ばら》の塵《ちり》と朽《く》ちはてて《ゝ》、たゞ[二七]蓬《よもぎ》がもとに[二八]白露《しらつゆ》をとゞめ、[二九]浅茅《あさぢ》が原《はら》に秋風を残《のこ》して、いさゝかの名残《なごり》もなくなり侍《(はべり)》ぬるは、いま少《すこ》し夢、幻《まぼろし》のやうにぞ侍《(はべる)》べき。

さても、うき世《よ》のならひなりければ、[三〇]かゝる身のありさまを知《し》らで、恨《うら》みに恨《うら》みを重《かさ》ねて、明《あ》かし暮《く》らす人もあるらむ。かやうに[三一]徒《あだ》なる身の果《は》てをしるべにて、[三二]「あるにもあらぬ身のゆゑに、いたづらに積《つも》りける罪こそ悔《くや》しけれ」など、思《おも》ひ続《つゞ》けて心を直《なを》さば、[三三]書《か》き集《あつ》むる心ざしたりぬとすべし。

つせど、誰かは偽れるかざりと知らざる」(発心集四の六)。
一六 おくゆかしいように見える。 一七 中国の楚の地方の山。揚子江中流域、とりわけ洞庭湖周辺の山をいう。美濃部注は青のイメージに結びついている故に青く美しい黛をいうかと指摘している。 一八 蜀江の錦で裁った衣。古代中国の蜀の成都から産出した錦。美しく豪華なものとして珍重された。 一九 香の匂いを魅力的にたきしめたからこそ。
二〇 「脹れたる屍が、風吹き、日曝して、皮肉破壊し、身体坼裂して、形色改異し、了に識るべからざるを見る。これを壊相と名づく。また、坼裂せし処に血が中より出で、散溜し塗漫し、処処に斑駁し、地に灌溢し、臭処の蓬勃たるを見る。これを血塗相となす」(摩訶止観九の上)に相当する。このあたりも、注一五に挙げた諸書に類似の章句が見える。 二一 →三九二頁注四。 二二 大智度論二十一の取意か。摩訶止観九の上に「九想の観が成ずるとき、六賊ややすでに除く、および愛の怨が詐るを識り、兼ねて仮実の虚なることを知る」とある。 二三 →三九二頁注六。 二四 「いまだこの相を見ざれば愛染甚だ強し、もしこれを見をはれば欲心すべて罷む」(摩訶止観九の上)。
二五 これまで述べてきた、血塗相までの状態は気味悪くいとわしいけれども、生前の名残を見るところも残っているでしょう、の意。 二六 以下の状態は、摩訶止観に従えば、骨想と焼想に当たる。 二七 野草の一種。「蓬がもと」は墓場のメタファーであり、「露」ははかない死のメタファーとして用いられることが多い。「幼き子の亡せにけるが、植ゑ置きたりける菖蒲を見て詠み侍りける あやめ草たれ偲べとか植ゑ置きて蓬がもとの露と消えけん」(新古今集・哀傷・高陽院木綿四手)。 二八 底本、「しらつゆ」の右に小さく「白露」と傍記し、その「白露」の右に「ハクロ」と振り仮名、左に声点がある。 二九 丈の低いチガヤが一面に生えた野原。「蓬」とともにここでは墓場のメタファー。「長恨歌の心を詠める 思ひかね別れし野辺を来てみれば浅茅が原に秋風ぞ吹く」(詞花集・雑上・源道済)。
三〇 このような肉体のありようを知らず。 三一 はかない。

さても、この河原の屍《かばね》の主《ぬし》、[一]いたうむざう也。一《(ひと)》すぢに悲《かな》しく恨《うら》めしき心にてこそ侍《(はべり)》けめ。[二]さらにも良《よ》き所に生《む》まれ侍《はべ》らじかしと、あはれにて、いさゝか見《み》侍《(はべり)》し人を、高《たか》き賤《あや》しきを選《えら》ばず、その名を書《か》き集《あつ》めて、[三]忍《しの》びに傍《かたは》らに置《を》きて、[四]少《すこ》し浮《うか》みぬべきにやと思給《(おもひたま)》ふる[五]密言《どん》ども、[六]おろ〳〵誦《よ》み侍《(はべる)》中に、生《い》きたりし姿《すがた》をこそ見《み》ねども、「唐橋《からはし》河原《がはら》の死《し》に屍《かばね》」と記《しる》し入《(いれ)》て、[七]とひ侍《(はべる)》ぞかし。

さても、[八]この書《か》き置《を》くたびに袖のしほ《(を)》るゝ[九]藻《も》塩《しほ》草の中に、その顔《かほ》など[一〇]のきはやかにて、たゞ今《いま》その人に対《むか》へる心地《ち》のして、[一一]ところせきまでに覚《おぼ》ゆるもあり、また、[一二]ほのかにも見《み》し人などは、霞《かす》みたるやうに覚《おぼ》ゆるも侍《(はべる)》べし。

抑《(そもそも)》、[一三]この事を思《(おもひ)》より侍《(はべり)》し事、[一四]三乗の聖《ひじり》を見《み》し人は、みな罪《つみ》を除《のぞ》き、悟《さと》りを開《ひら》きき。また、昔《むかし》の高僧を見《み》し人は、みな[一五]ほどに随《したが》へる益ありき。いま、[一六]この身に徳《とく》もし侍らましかば、[一七]見《み》も見えずもする人〳〵、少《すこ》しの益《やく》もあるべきお《(を)》、いひ尽《つ》くしがたく、あさましく、わづかに[一八]比丘の名を盗《ぬす》みて、返《(かへり)》て[一九]三宝を欺《あざむ》く罪《つみ》を招《まね》くべき身なれば、その益《やく》、[二〇]かけてもあるまじき悲《かな》しさに驚《おどろ》きて、[二一]見し人の[二二]昔語《むかしがた》りになり行《ゆ》く数《かず》を記《しる》

二一 あるように見えても、実体はありもしない我が身のせいで。 二二 この(唐橋河原の女の屍のことの)ような話を書き集めた私の本意だと言えよう。

一 「ムザン(無慙)」の転じた語。いたましい、の意。
二 決して、よもや良い世界に生まれ変わってはおりますまいと。「よも」は、よもや、の意。「良き所」は、天、人間界などの善所、あるいは極楽などの浄土。 三 ひそかに。
四 その名を誦んで供養することによって、少しは悪所から善所に生まれ変わることが出来るのではないかと、思われます。 五 真言、すなわち、光明真言の陀羅尼を指す。「オンアボキャベイロシャノウマカボダラマニハンドマジンバラハラハリタヤウン」というもの。なお、底本、「密こん」の「こん」の右に「言」と傍記する。 六 不十分ながら。
七 弔うのでございます。
八 この、名を書き入れるたびに涙で袖が濡れる。
九 交名帳。塩を取るために掻き集めた海草のことだが、「掻き」に「書き」を掛けて、書き集めて記入したものを意味した。ここでは、供養すべき人の名を記入した交名帳を指す。 一〇 鮮明に記憶していて。
一一 涙がいっぱいに溢れるほどまでに悲しく思われることもある。 一二 わずかにでも会ったことのある人などが、ぼんやり霞んだように思い出されることもあるようです。
一三 交名帳に名を記して供養するという事を思いつきましたのは。 一四 声聞・縁覚・菩薩の三種の段階にある人。
一五 その程度に応じた。
一六 この私の身にもしも徳がありますならば。「ましかば」は、現実にあり得ぬことを仮定する時に用いる、いわゆる反実仮想の語法。自分の事なので謙遜しているのである。
一七 直接に会ったことのある人も、会ったことのない人も。直接、間接に結縁した人々を指す。
一八 僧侶の名を騙って。これも謙遜の語。
一九 仏・宝・僧の三つ。併せて仏教の意。
二〇 かりそめにも。

して、[二三]情《なさけ》を運《はこ》び侍《（はべる）》也。もし、この情《なさけ》、[二四]甘露ノ雨となり、清涼《〈リヤウ〉》ノ風となりて、[二五]各《をの》〳〵ありかを訪《とぶら》はば、それを、[二六]あやしの身に縁《えん》を結《むす》べる一《（ひとつ）》ノ益に、[二七]かつ〴〵つかうまつらんと思《おも》ひ立《た》ちにけるなるべし。[二八]新羅国ノ[二九]元暁の[三〇]疏ノ文かとよ、「[三一]他作自受《〈タサジジユ〉》の理《ことはり》なしといへども、しかも[三二]縁起難思《〈エンギナンシ〉》の力《ちから》あり」といへる、たのもしくこそ侍れ。

閑居友 上

二二 対面したことのある人が故人になってゆくその数。
二三 昔の話。「昔語りになり行く」は死ぬ意。
二三 真情を寄せるのです。救済の手を差しのべる意。
二四 「甘露」は兜率天の甘い霊液で、死者を蘇らせる霊力があるとされる。それが雨となって地獄の亡者の上に降りそそぐ。「清涼ノ風」も地獄で焼かれている亡者の上に吹き渡って、彼らの苦痛をやわらげる。併せて、衆生を救う、仏の救済の比喩的な表現。
二五 それぞれ、死者の後世の生処に訪れれば。
二六 徳のない私の身に結縁した。
二七 辛うじて。
二八 →三六一頁注一九。
二九 六一七—六八五年?。朝鮮半島、新羅国湘州の人。義湘とともに新羅国の華厳宗の祖と言われ、佯狂の振舞いがあったと言われる。金剛三昧経論疏を著す。華厳縁起絵巻に元暁の事を記した元暁絵二巻を収める。
三〇 元暁著の金剛三昧経論疏には、該当部分がなく、同じ元暁著の遊心安楽道に、光明真言の功徳を述べる文脈の中に見える。
三一 他者の作った因による成果を、自分が受けるという法則はないが。
三二 縁起には想像の及ばぬ不思議な力がある、の意。ここでいう縁とは、光明真言の加持土沙による供養を受けることを意味しており、慶政の積んだ善行(真言の功徳)でも、不思議な縁起の力で地獄の亡者がその果を得るかもしれない、という期待ないし願望を表明しているのである。
▽著者の幼児体験による不浄観の由来が示され、次いで、摩訶止観を主な拠り所として、不浄観の具体的な描写が続く。中に和歌的な文飾を施して表現をやわらげようとした気配が見える。慶政自身、交名帳に記して光明真言の加持土沙を行って結縁に報いようとしていることも、表明されている。上巻最後に連続する不浄観説話の締め括りとしての意味と、下巻との連続性の保持の意味とを持っていると見られる。

（閑居友下　目録）

摂津《つ》の国の山中の尼の発心《（の）》事

室《むろ》の君、顕基《〈ケンキ〉》[一]に忘《わす》られて道心発《おこ》す事

恨《うら》み深《ふか》き女、生《い》きながら鬼になる事

貧《まづ》しき女の身まかれる髪《かみ》にて、誦経物する事《こと》

初瀬《はつせ》の観音に月詣《まい》りする女の事

唐土《もろこし》の后の兄《あに》、侘《わ》び人になりて、かたへを育《はぐく》む事

唐土《もろこし》の人、馬・牛の物憂《うれ（ふ）》うる聞て発心する事

建礼門女院《〈けんれいもんのねうゐん〉（の）》御庵《いほり》に、忍《しの》びの御幸の事

宮腹《ばら》の女房の、不浄の姿《すがた》を見《み》する事

某《なにがし》の院の女房の、尺迦仏《（を）》お頼《たの》む事《こと》

東山にて往生する女《め》の童《わらは》の事《こと》

一　底本、「顕基」の左傍に「あきもと」と振り仮名がある。

閑居友　下

（一　摂津《つ》の国の山中の尼の発心《（の）》事）

昔、[一]摂津《つ》の国の山の中に、あやしの草庵《〈さうあん〉》[二]して、尼《あま》の住《す》むありけり。[三]五穀《こく》を断《た》ちて、[四]いちゐ樫《（ひ）がし》の実《み》お《（を）》なん取《と》り置《お》きて、食《く》ひ物《もの》には調《てう》じける。前《まへ》に池お《（を）》手《て》[五]づゝげに掘《ほ》りて、それに入《い》れ置《を》きて、[六]あはたかしなどしけり。

色も蒼《あを》み衰《おとろ（へ）》えて、[七]よしあしも見《み》えわかぬほどになんありける。

ある人、思《おも》はずに行《ゆ》き合《あ》ひて、「何《なに》としてか、こゝには住《す》む」といひければ、「我、年《とし》いと盛《さか》りなりしに、夫《おとこ》に後《をく》れ侍《（はべり）》て、[八]四十九日のわざなど果《は》てゝ、その日やがて[九]頭削《かしらお》ろして、この山に入《い》りて、いまだ里《さと》に行《ゆ》く事なし。何《なに》となく浅《あさ》からず思ひて侍《（はべり）》しを、[一〇]はからざるに亡《な》き者《もの》にみなして侍《（はべり）》しより、[一一]世中《（よのなか）》何《なにゝ》にかはせんと思《おも》ひて、かくなりて侍《（はべり）》。

一 大阪府の北部と兵庫県の南東部に相当する。 二 草庵を作って。底本、「草庵」の左傍に「くさのいほり」と振り仮名がある。 三 →三九八頁注八。 四 「イチヒガシ」はカシの一種で、ブナ科の常緑高木。ドングリ状の実をつけ、熟すと赤くなり、多肉質の皮に覆われて甘く、食べられる。なお、ここを、「イチヒ」と「カシ」の実に分けて見ることも可能か。その場合の「イチヒ」は「イチヒガシ」の略で、「カシ」はブナ科ナラ属の常緑高木でドングリ状の実をつける。 五 「手づゝ」は、不器用の意。 六 「あはたす」の転か。「群象相ひ趨て奔り赴て、競て池の水を吸ひ、樹根を浸《うるほ》し漬《あはた》し互に共に排ひ掘る」（大唐西域記三・長寛元年点）などの例から考えると、水に漬ける、濡らすの意か。山中で入手した物を水に漬けて柔かくして食用にするという発想は、沙石集十本の八に記す慶政自身の体験とも類似する。 七 器量の善し悪しも見分けられないほどであった。 八 死んでから次の生を受けるまでの期間を中陰《ちゆういん》または中有《ちゆうう》と言う。その期間が四十九日とされ、遺族はこの間死者の供養を続けるものとされた。「中陰のほど山里なむどに移ろひて、便あしく狭き所にあまたあひ居て、後のわざども営みあへる」（徒然草三十段）。→三七一頁注一五。 九 すぐに剃髪して。 一〇 おもいがけず死なれてしまいましてからは。 一一 夫婦の仲などはかないものだと思って。「世の中」を、俗世の生活全般を漠然と言ったものとも解せる。その場合は、世の中など何になろう、たいしたことではない、の意になる。 一二 「デンバク（田畑） タハタケ」（日葡）。 一三 夢のようにはかない俗世の友みたいなものだから。 一四 「思ひ捨つ」は、心にかけることをやめる意。 一五 言葉に出してあれこれとは言わないように見えた。 一六 心の中ではさまざまに考えても、万事、思い通りにならないことばかりで終わってしまうのが普通であるのに。 一七 遁世しようと決意した心の深さは。 一八 夫婦が死ぬまで仲むつまじく連れ添おうと約束すること。「偕老同穴の契り深かりし入道には遅れ給ひぬ」（平治物語・上）。なお、以下の文言と類似の章句が、発心集五の

子もあまた侍《(はべり)》。[一二]田畠《(でんばく)》やうの物、数《かず》あまたありしかど、これはみな[一三]夢《ゆめ》の中《うち》の友《とも》なればと、[一四]思ひ捨《す》てゝき」とぞいひける。心にはさま〲思《(おもひ)》入《い》れたる様《さま》なるを、さすがに[一五]言《こと》に出《い》でゝ数《かず》〱にはいはぬ様《さま》にぞ見《み》へ《(え)》ける。

高《たか》きも下《くだ》れるも、女となりぬる身は、[一六]心は千草に思《おも》へどもよろづゑ《(え)》叶《かな》はでのみぞやむめるを、[一七]思ひとりけん心のほど、げに浅《あさ》からずぞ侍《(はべる)》べき。

まことに、[一八]偕老同穴契《〈カイラウドウクエツノチギリ〉》、[一九]来《こ》ん世《よ》をひきかけて頼《たの》むるわざ、[二〇]あらましなれども、[二一]罪深《つみふか》き事あまた聞《き》こゆるぞかし。[二二]唐土《もろこし》の御門《(みかど)》は、「[二三]空《そら》を行《ゆ》かば翼《つばさ》をならぶる鳥《とり》とならん」と契《ちぎ》り、[二四]日本《やまと》の島《しま》の女は、「[二五]野とならば鶉《うづら》となりて鳴《な》き居《お》らん」とかこてり。あるは、「[二六]恋《こ》ひん涙《なみだ》の色ぞゆかしき」と思《おも》ひを《(お)》き、或は、「[二七]なき床《とこ》に寝《ね》ん君ぞ悲《かな》しき」とわづらへり。[二八]誠《まこと》を致《いた》して弔《と》はずは、浮《うか》びがたくや侍らむ。

つら〱思《おも》ひ続《つゞ》くれば、[二九]生《い》けるほどは、[三〇]いかなれば、[三一]富士《ふじ》の高嶺《たかね》に事よせて堪《た》え《(へ)》ぬ思《おも》ひをあらはし、[三二]清《きよ》見が関《せき》お《(を)》ひきかけて袖の涙《なみだ》お《(を)》知《し》らするに、むなしく[三三]鳥辺野《とりべの》の《ゝ》煙《けぶり》と上《のぼ》り、いたづらに[三四]浅茅《あさぢ》が原《はら》の露と消《き》え

二「伊家並びに妾、頓死往生の事」に述べられており、さらに撰集抄二の三「播磨国平野の僧の事」には同文的な文言が見られる。一九 来世を引き合いに出して当てにさせること。二〇 心づもり。二一 以下の文で、来世で鳥になってめぐり逢おうというのは畜生道に生まれようという意味だから、罪深いのである。二二 唐の玄宗皇帝。二三 白楽天の長恨歌に、玄宗皇帝と楊貴妃との愛情の深さを、「天に在りては願はくは比翼の鳥と作らん。地に在りては願はくは連理の枝と為らん」と詠ったのによる。比翼の鳥は、それぞれが一目一翼で、常に雌雄一体となっている想像上の鳥。「天に住まば比翼の鳥、地に住まば連理の枝とならん」(平家物語六・小督)。二四 中国の玄宗皇帝と楊貴妃の例に対して、日本の例。二五 昔男が、深草の女に、「年を経て住み来し里を出でていなばいとど深草野とやなりなむ」と詠み掛けて出て行こうとすると、女が、「野とならば鶉となりて鳴き居らむかりにだにやは君は来ざらむ」と返した(伊勢物語一二三段)のによる。古今集・雑下にも収められる。二六 私が死んだ後であなたが私を恋うて流す涙の色を拝見したいものです。「夜もすがら契りしことを忘れずは恋ひむ涙の色ぞゆかしき」(後拾遺集・哀傷・定子皇后)。栄花物語・鳥辺野にも見える。二七 私が死んでいなくなった寝床に独りで寝るあなたがいたわしい。「声をだに聞かで別るる魂よりも亡き床に寝む君ぞ悲しき」(古今集・哀傷・読人知らず)。二八 真心を尽くして弔わなければ、成仏しがたいのではないだろうか。「浮ぶ」は、迷いの世界を海に譬えて、そこから得脱することを言う。二九 生きているうちは。三〇「いたまずしもあるらん」に掛かる。三一 富士の高嶺にことよせて堪えられない程の恋心を表し。富士山はかつて噴火の煙を上げていたので、「思ひ」に「火」を掛けて、恋の熱情を詠われることが多かった。撰集抄六の十二「武蔵野の事」に富士の煙と清見が関の波をとりあわせた類似の文言がある。「胸は富士袖は清見が関なれや煙も波も立たぬ日ぞなき」(詞花集・恋上・平祐挙)。三二 清見が関を引き合いにして、自分の袖が恋の涙で濡れ

ぬるは、[一]いたまずしもあるらん。情深《なさけふか》か《ゝ》覧《(らん)》人、折《おり》にふれ、時にしたがひて、悲《かな》しみお《(を)》増《ま》す事深《ふか》くぞ侍《(はべる)》べき。

[二]式部卿《(の)》御子《(みこ)》、[三]閑院《かんゐん》の五君《(の)》に住《す》みわたり給《(たまひ)》けるを、いくほどもあらで、[四]御《(み)》こ身まかりにける時《とき》、かの住《す》み給《たま》ひける[五]帳の[六]かたびらの紐《ひも》に、[七]昔《むかし》の手《て》にて、

[八]かず〳〵に我を忘《わす》れぬものならば山の霞をあはれとは見《み》よ

と書《か》きて、結《むす》び給《たま》へりけるは、[九]あやしの身にわづかに伝《つた(へ)》えて見《み》るだにも、[一〇]春のあけぼの、山の端《は》霞《かすみ》渡《わた》りて見《み》ゆるには、すゞろに思《おも》ひ出《い》でられて、昔の情《なさけ》の忘《わす》れがたく侍《(はべる)》に、まして、かの五君《(の)》の心の中《うち》、いかばかり春は殊《こと》に[一一]立《た》ち迷《まよ》ひて侍《(はべり)》けんと、あはれ也。

また、[一二]浦《うら》の浜木綿《はまゆふ》お《(を)》ひきかけて、「うらみ重《かさ》ねん」とかこち、[一三]露《つゆ》のあだ物《もの》をよすがにて、[一四]「逢《あ》ふにし替《か》へば」とくらべけん、げにあはれに、忍《しの》びがたき縁《えに》こそあるらめかし。[一五]一《(ひと)》たびははかなく、一たびは[一六]むざらう也。

ていることを知らせるが。清見が関は駿河の国の歌枕。静岡県清水市興津の清見寺のあたりに古く関が置かれていた。三 京都市東山区、清水寺から泉涌寺あたりまでの東山山麓の丘陵地の一帯を指す。平安時代以来の火葬の地。
四 →四一一頁注二九。

一 心を痛めないことがあろうか。「しも」は強意。
二 宇多天皇の皇子敦慶親王。二品式部卿。延長八年(九三〇)二月二十八日没、享年四十四歳。以下、「結び給へりける」まで、古今集・哀傷・八五七番の詞書と和歌をほぼまるごと引用している。三 閑院に住んでいた第五皇女。
四 古今集によれば、死んだのは皇女の方。「みこ」は、皇子、皇女のいずれをも指すことのできる語なので、ここは皇子を指すと解しているのだろう。ただし意図的改変と見るのが通説。五 →三九三頁注三一。六 帷子。帳に垂らす一重の布。七 生前の筆跡で。八 何度もおっしゃってくださったように、私をお忘れにならないなら、あの山の霞をあわれと思ってご覧ください。「山の霞」は火葬の煙のメタファー。九 卑賤の身。筆者自身を謙遜して言っている。僧侶の身である自分でさえ、の意。一〇 枕草子冒頭の章句「春はあけぼの、やうやう白くなりゆく山ぎは」を響かせているか。一一 愛執に心を迷わせていることでしょう。「御子」が死後の自分を「霞」によそえたので、霞の縁語「立つ」で受けている。
一二 「忘るなよ忘ると聞かばみ熊野の浦の浜木綿恨み重ねん」(後拾遺集・雑一・道命法師)。「浜木綿」は葉が幾重にも重なっているところから、「重ねん」の序。一三 露のようにはかなくむなしい物を拠り所にして。「の」は同格の助詞。「命やは何ぞは露のあだものを逢ふにし替へば惜しからなくに」(古今集・恋二・紀友則)。一四 恋人と逢うのと引き替えるのならば。一五 一つには、はかないことであり。
一六 →四一二頁注一。
▽発心集五の二「伊家並びに妾、頓死往生の事」及び撰集抄二の三「播磨国平野の僧の事」は本話と同文的な評語を持つ

（二一　室《むろ》の君、顕基《〈ケンキ〉》に忘《わす》られて道心発《おこ》す事）

中比《(なかごろ)》の事にや、[一七]中納言顕基、[一八]室《むろ》の遊人《(あそびびと)》を思ひていみじくいひかはして侍《(はべり)》けるが、いかなる事かありけん、かれ〴〵になりゆきて、[一九]もとの室《むろ》の泊《とまり》ゐ《(へ)》なん返《かへ》し送《おく》りける。

この女、母《はゝ》なりける者《もの》にいふやう、「これへもまうで来《く》まじく侍《(はべり)》つれども、[二〇]その生《い》きておはせんほどは、いかでかと思《おも》ひて、[二一]つれなく、再《ふたゝ》び故郷《ふるさと》へなんうち向《む》き侍《(はべり)》ぬるなり。[二二]これにはありとも、[二三]さき〴〵のやうなる振舞《ふるまひ》は、今《いま》はし侍《(はべる)》まじき也。[二四]その心お《(を)》ゑ《(え)》給へ」とて、[二五]ふつと外《と》出《い》でもせず、常《つね》には心お《(を)》澄《す》まして念仏お《(を)》ぞ申《(まうし)》ける。親《おや》もしばしこそは諫《いさ》めけれ、後《のち》にはとかくいふことなし。かゝるほどに、日に添え《(へ)》て[二六]家《いゑ》のさまいふかひなくなりゆきけり。されども、[二七]驚《おどろ》く気色《けしき》もさらになし。

さるほどに、母《はゝ》、病《やまひ》して死《し》ぬ。[二八]積《つも》り来《く》る七日ごとに、[二九]うち驚《おどろ》かす鐘《かね》の音《おと》も、[三〇]ゑ《(え)》かなはぬほどになんありければ、常《つね》にはさめ〴〵と泣《な》き居《お》

点で注目される。発心集の話は、愛人が自分を捨てて離れて行ったことを嘆きながらも一筋に法華経を読誦して往生した女の話で、本話と同じように、恋人への執着は生死の絆となり罪深いことだと述べる。撰集抄の話は、最愛の妻に先立たれた男が、妻の後世を弔うために出家して、自らも往生を遂げた話で、愛人の死後は他に心を移してその後世の苦を思わない世間一般の人の浮薄な心を嘆いている。閑居友は、執着は罪深いことだとしながらも、その心情への理解をも示している。

一七　醍醐源氏、源高明の孫、俊賢の男。従三位権中納言に至る。「罪なくして配所の月を見ばや」と言ったと言われる風流貴公子。後一条院の崩御に殉じて出家。法名円照。永承二年（一〇四七）没、享年四十八歳。　一八　兵庫県揖保郡御津町室津。瀬戸内海の要港として栄え、旅客をめざした遊女の多いことでも知られた。　一九　もと住んでいた室の港町へ返された。顕基に伴われて都に行っていたのであろう。　二〇　母上の生きていらっしゃる間は、どうして帰らないでいられようかと思って。「そ」は母を指す。　二一　心ならずも。　二二　室の泊には居りますが。　二三　以前のような遊女の勤めは、もう致しません。　二四　私のその気持をわかってください。　二五　まったく家の外へも出ないで。　二六　家の生活状態がひどくなって行った。　二七　気にする気配もさらさらない。　二八　初七日から四十九日まで順におとずれる七日目ごとに。死者は初七日目に秦広王、二七日に初江王という具合に、七日目ごとに冥府の王の前に引き出され、審判を受ける。遺族が供養することによって死者は冥道から天道へと救われる可能性があるとされる。　二九　もう七日が経ったのかと気づかされる仏事に鳴らす鐘の音。「うち」は接頭語だが、鐘を「打つ」意をも響かせているのだろう。この鐘の音は冥土の死者のもとにまで届き、死者を苦しみから救うとされた。　三〇　思うようにならないほど、貧しかったので。供養の布施を用意することさえ出来ない状態。

るよりほかの事なし。[一]まれ〳〵付《つ》きたる者《もの》も、[二]忌《い》みにことよせて、いづちやらむ行《ゆ》き散《ち》りぬ。

かくて四十九日もすでに明日《あす》になりにけり。その夕方《ゆふがた》、物《もの》あまた積《つ》みたる船《ふね》なん侍《(はべり)》ける。この女、[三]あやしの物ひとり具《ぐ》して、この船《ふね》に乗《の》りぬ。この船《ふね》は、中納言のもとに下《しも》ざまに使《つか》はれける者《もの》ゝ、[四]ゐ中《(なか)》に遣《や》られたりけるが、上《のぼ》りけるなるべし。さて、この船《ふね》の主《ぬし》、驚《おどろ》きて、「これは、[五]それがしが候《(さうらふ)》船《ふね》也。いかでか乗《の》せ奉《たてまつ》らん。さは知《し》ろしめしたりや」といひければ、「知《し》りたる也。[六]などてかは苦《くる》しかるべき」とて乗《の》りぬ。さて、翌朝《つとめて》、[七]まことのもの五十取《と》らせたりけり。この女、帰《かへ》るとて、「親《おや》の[八]孝養《けうやう》は今日《けふ》なんし果《は》てつ」とて、髪《かみ(を)》お切《き》りて、うち置《お》きて出《い》でぬ。

さて、[九]その日の仏事どもして、日ごろありつる者《もの》どもに分《わ》かち取《と》らせなどして、我身は[一〇]やがてその日出家して、静《しづ》かなる所占《し》めて、いみじく行《おこ》なひ侍《(はべり)》ける。

さて、この船《ふね》の者《もの》、京に上《のぼ》りて、「かう〳〵の事侍《(はべり)》し」と中納言にいひければ、「さればよ、[一一]うるせしと見《み》し者《もの》は、なを《(ほ)》うるせかりける

一　僅かながら仕えていた従者たちも。
二　物忌などを口実にして。
三　身分の卑しい者を一人従えて。遊女は小端舟で旅客の舟を訪れる時、大笠をさしかける従者と舟の櫓を取る従者(いずれも女)を伴うのが普通であった(法然上人行状絵図)。「遊女の好むもの、雑芸、鼓、小端舟、大笠翳し、艪(とも)取り女(め)、男の愛祈る百大夫」(梁塵秘抄)。

法然上人行状絵図

四　田舎。地方の所領から貢物を徴収するために派遣されたのであろう。
五　だれそれ。具体的な固有名詞が不明なので、こう書いたが、本来は固有名詞があるべき所。
六　なんの不都合がありましょうか、構いはしません。主人の中納言の愛人だった女を、元の従者である船の主が買うことなど出来ない、という意味の言葉に対して、今では中納言とは関係ないのだから構わない、と答えているのである。
七　貨幣に相当するものだが、何であるかは不明。美濃部注は、類聚名物考の「黄金の事とみゆ云々」の記事を引用。
八　供養は今日で、し終わった。
九　四十九日の仏事。
一〇　そのまま。
一一　人柄がよい。
一二　そのような遊女の身に生まれてしまうと。
一三　そうなるべき前世からの因縁で。
一四　以下「はしばみてこそ」まで意味不明。「いかなれども」

ものかな。あはれ少《すくな》く取《と》らせたりけるものかな。同《おな》じくは百取《と》らせよな」とて、涙《なみだ》ぐみ聞《き》こゑ《(え)》られける。

一二さやうの遊《あそ》び人《(びと)》となりぬれば、一三さるべき前《さき》の世《よ》の事にて、一四いかなれとも、一五はしばみてこそ侍《(はべる)》を、一六「あぢきなし、よしなし」と思《おも》ひ定《さだ》めけむ事、類《たぐひ》なく侍《(はべる)》べし。人に忘《わす》らるゝ人はみな、一七恨《うら》みにまた恨《うら》みを重《かさ》ねつゝ、罪《つみ》に猶罪《つみ》お《(を)》添《そ》ふる事にて侍《(はべる)》お《(を)》、ひたすら思ひ忘《わす》れて、憂《う》き世《よ》を遁《のが》るゝ中だちとなしけんこと、いといみじう覚《おぼ》え侍《(はべり)》。一八妙《たえ》なりと見《み》し人の、恨《うら》みの心に堪《た》え《(へ)》ずして、一九恐《おそろ》しき名お《(を)》とゞめたる事は、二〇あがりてもあまた聞《き》こゆるに、二一あまさへ、世《よ》を厭《いと》ふしるべとせん事は、猶類《たぐひ》なかるべし。

中納言は、いみじき往生人にておはしけると、二二往生伝《でん》にも侍《(はべる)》めれば、二三さるべき事にて、二四驚《おどろ》かれぬ袂《たもと》にも染《し》めかしとて、二五秋風も吹《ふ》き初《そ》めけるやらん、とまで覚《おぼ》ゆ。

と解して、どのような事であろうと、の意か。↓注一五。

一五 「いかなれとも端ばみ」と見て、「《コレモ前世ノ因縁ニヨル運命事デアッテ、「ドウデモアレ」ドウアッテモイイ》トノ『末端　又ハ端ノ座』的ノ気—自棄・卑屈・自堕落ニナッテシマフモノデアルノニ、此ノ室の君ハ、サウハナクテ」の意とする試案(太田晶二郎説)があるが、存疑。

一六 つまらない、無益なことだ。

一七 前話末の評語と共通する考え方。

一八 素晴らしい人だと思っていた人が。

一九 悪霊になったというようなことで名前を後世に残したこと。

二〇 時代を遡ってもたくさんの例があるのに。源氏物語の六条御息所が生霊となって葵上に取り憑いたとか、道成寺の女が大蛇になって男を取り殺したとか、次話の女が鬼になった話など、多くの例を挙げることが出来よう。

二一 「あまつさへ」に同じ。

二二 大江匡房編の続本朝往生伝。慶政の書写奥書を持つ転写本がある。

二三 そうなるはずの事。室の遊女が発心したのは当然のことだという意。

二四 自分では無常を気付くことのない女にもわかるように。「れ」は自発。「袂」はここでは遊女を指し、「秋風」と縁語の関係。

二五 女を捨てたのだろうかと。「秋」には「飽き」の意が掛けられ、「秋風が吹く」とは、愛情が冷めたことの暗喩。

▽前話に続いて、男との別れを契機に出家した女の話。前話が死別であったのに対して、本話は男に捨てられたのだから、女が恨みを抱くのは当然と思われ、それだけ遊女の出家は意外性が強い。従者の船に乗り込んで、髪を切って置いてくる行為には、顕基に対する当てつけの雰囲気も感じとれそうだが、編者はその点には意を払わず、顕基が往生人だという前提と整合性を調えようというまとめ方をしている。なお、本話は平家物語の祇王の物語と話の骨格を同じくする。

(三　恨《うら》み深《ふか》き女、生《い》きながら鬼になる事)

[一]中比《(なかごろ)》の事にや、[二]美濃《みの》の《ゝ》国と聞《き》き《ゝ》しなめり。[三]いたう無下《むげ》ならぬ男《おとこ》、事のたよりにつけて、彼《か》の国《くに》に《ゝ》、ある人の娘《むすめ》に、[四]往《ゆ》きかふ事ありけり。[五]ほども遥《はる》かなりければ、さこそは心の外《ほか》の絶《た》え間《ま》もありけめ、いまだ[六]世中《(よのなか)》を見馴《みな》れぬ心にや、[七]ふつに[八]憂《う》きふしに思《(おもひ)》なしてけり。まれの逢《あ》ふ瀬《せ》も、また、[九]かやうの心や見へ《(え)》けん、男《おとこ》も恐《をそろ》しくなんなりにける。さて、[一〇]冬草のかれなん果《は》てにければ、この女すべて物《もの》も食《く》はず。また、年《とし》の始《はじ》めにもなりぬべければ、その[一一]そめきにも、この人の物食《ものく》はぬ事も[一二]さとむる人もなし。

さて、常《つね》に[一三]障子《さうじ》お《(を)》たてて《ゝ》、[一四]ひき被《かつ》きてのみありければ、心なく寄《よ》り来《く》る人もなし。かゝるほどに、あたり近《ちか》く[一五]飴入《あめい》れたる桶《おけ》のありけるを取《と》りつゝ、我《(わが)》髪《かみ》を[一六]五《(いつつ)》に髻《もとゞり》に結《い》ひ上《あ》げて、この飴《あめ》お《(を)》塗《ぬ》り乾《ほ》して、角《つの》の《ゝ》やうになんなしつ。人、つゆ知《し》ることなし。さて、[一七]紅《くれなゐ》の袴《はかま》を着《き》て、夜《よる》、忍《しの》びに走《はし》り失《う》せにけり。これをも家《いゑ》の内《うち》の人さらに知《し》らず。さて、

一　屋代本平家物語・剣巻の渡辺綱の鬼退治譚が類話。それには「嵯峨天皇御時」とある。
二　美濃の国と聞いたようだ。
三　ひどく身分が低いというわけでもない男。
四　何度も通うことがあった。「行きかふ」は動作主が行ったり来たりすることを表す。
五　「ほど」は、距離の意。
六　男女の仲のことにうぶだったせいか。
七　すっかり。
八　つらいこと。男に捨てられた、あるいは、男が他に女を作ってしまったと思い込んだことをいう。「思ひなす」は、強いて思い込む意。
九　男の誠意を疑う気配。女の一途な執念がかえって男には煩わしく感じられたということか。
一〇　男の訪問がすっかり途絶えてしまうと。「冬草の」は「枯れ」に掛かる枕詞。「かれ」は、「枯れ」と「離れ」との掛詞。
一一　賑わい。騒ぎ。「春耕し、夏植るいとなみありて、秋刈り冬収むるそめきはなし」(方丈記)。後には「ぞめき」と濁音化した。
一二　「さ(指示語)…とむる」で、気付くの意か。
一三　衝立(ついたて)、襖(ふすま)障子の類。
一四　衾(ふすま)をひきかぶってばかりいたので。
一五　水飴。
一六　屋代本および百二十句本平家物語・剣巻でも、「長なる髪を五つに分けて、松脂をぬり、巻き上げて五つの角を作りけり」(屋代本)とある。さらに、頭に鉄輪をいただき、その三本の足に松明を結びつけて火を燃やす、ともあり、丑の刻参りの扮装と酷似する。後者の扮装は能の鉄輪の女とも同じ。
一七　呪術的な意味を持つと思われるが、中世後期に次第に固定化してくる巫女の袴の紅色と関係があろう。能の鉄輪では「身には赤き衣を裁ち着」とある。

「この人失《う》せにたり。[一八]よしなき人ゆえ《(ゑ)》に[一九]心《こゝろ》お《(を)》虚《そら》になして、淵《ふち》・川《かは》に身お《(を)》捨《す》てたるか」など尋《たづ》ね求《もと》むれども、[二〇]さらなり、なじかはあらん。

さてのみ過《す》ぎ行《ゆ》くほどに、年月も積《つも》りぬ。父母《ちゝはゝ》もみな亡《う》せぬ。

三十年ばかりとかやありて、同《おな》じ国の中《うち》に、遥《はる》かなる野中に、破《やぶ》れたる堂《だう》のありけるに、鬼の栖《す》み、馬・牛飼《か》う《(ふ)》幼《おさな》き者《もの》を取《と》りて食《く》う《(ふ)》といふ事、あまねくいひ合《あ》へりけり。遠目《とをめ》に見《み》たる者《もの》どもは、「彼《か》の堂《だう》の天《てん》井《〈じやう〉》の上《うへ》になん隠《かく》れ居《ゐ》る」といひける。

あまたの里《さと》の物、おの〳〵いひ合《あ》はせて、「さらば、この堂《だう》に火を付《つ》けて焼《や》きてみん。[二一]さて、堂《だう》お《(を)》集《あつ》まりて造《つく》るにこそは侍らめ。仏をあ[二二]たむ心にても焼《や》かばこそ罪《つみ》にても侍らめ」などいひつゝ、その日と定《さだ》めて、弓《ゆみ》・[二三]矢籠《しこ》搔《か》い付《つ》け、[二四]やみのあき[二五]間《ま》などしたゝめて、寄《よ》り来《き》にけり。

さて、火を付《つ》けて焼《や》くほどに、半《なか》らほど焼《や》くるに、[二六]天井より角《つの》五《(いつつ)》あるもの、赤《あか》き裳《も》腰《こし》に巻《ま》きたるが、いひ知《し》らず[二七]けうとげなる、走《はし》り降《お》りたり。[二八]「さればこそ」とて、おの〳〵弓《ゆみ》を引《ひ》きて向《むか》い《(ひ)》たりければ、「しばし物《もの》申さん。[二九]左右《さう》なくなあやまち給《たま》ひそ」といひけり。「何者《なにもの》

一八 つまらない人のために。
一九 心を虚脱状態にして。正気を失って。
二〇 もちろん、自殺したわけではないのだから、どうして死体があるはずがあろうか。
二一 そうしておいて、後で力を合わせて堂を再建すればよいではありませんか。村人が合力して造ると言っている点、「遥かなる野中」にある点などから見て、この堂が村境に建てられた惣堂であり、旅人が自由に宿泊できる無縁の地であったことがわかる。
二二 敵対する。
二三 「尻籠」とも書く。箙(えびら)や胡録(やなぐい)の別名とも、それらの総称とも、略式のものとも言われる。
二四 不明。村人が立派な鎧を着るとは思えないので、鎧に代わる何か簡易な防御服かと想像される。美濃部注は「ゆみ」の誤りかとしているが、存疑。
二五 隙間。鎧の札(さね)と札との間の隙間。「中に取り籠め、雨の降るやうに射けれども、鎧よければ裏かかず、あき間を射ねば手もおはず」(平家物語九・木曾最期)。
二六 天井裏は鬼や神のいる境界的な領域。
二七 厭わしい。気味の悪い。
二八 やはり噂の通りだ。
二九 見境なく殺さないでください。「左右なく」は、ともかくも言わず即座に、の意。「あやまつ」は、殺傷する意。

ぞ」といひければ、「我はこれ、そこの[一]なにがしの娘《むすめ》なり。悔《くや》[二]しき心お《(を)》おこして、かう〳〵の事をして、出《い》でゝ侍《(はべり)》しなり。さて、その男お《(を)》ばやがてとり殺《ころ》してき。その後は、いかにも元《もと》の姿《すがた》にはゑ《(え)》ならで侍《(はべり)》しほどに、世中《(よのなか)》[三]もつゝましく、居《ゐ》所もなくて、この堂《だう》になん隠《かく》れて侍《(はべり)》つる。さるほどに、生《い》ける身のつた[四]なさは、物《もの》ゝ[五]ほしさ堪《た》へ忍《しの》ぶべくもなし。すべて辛《から》[六]かりけるわざにて、身の苦《くる》しみいひ述《の》べがたし。夜・昼《ひる》は、身の内《うち》の燃《も》ゑ《(え)》焦《こ》がるゝやうに覚《おぼ》えて、悔《くや》しく、よしなきこと限《かぎ》りなし。願《ねが》はくは、そこ[七]たち、必《かなら》ず集《あつ》まりて、心を致《いた》して、一[八]日の中《うち》に法花経書《か》き供養《くやう》じて、弔《とぶら》ひ給《たま》へ。また、この中《うち》の人〳〵、おの〳〵妻子《めこ》あらむ人は、必《かなら》ずこの事いひ広《ろ》めて、あな[九]かしこ、さやうの心をおこすなと、戒《いまし》め給《たま》へ」とぞいひける。さて、さめ〴〵と泣《な》きて、火の中に跳《と》び入《い》りて、焼《や》けて死《し》にゝけり。

[一〇]けうときものから、さすが又あはれ也。げに、心《こゝろ》[一一]のはやりのまゝに、たゞ[一二]一念の妄念[一三]にはか[一四]されて、長《なが》き苦《くる》しみお《(を)》受《う》けけむ、さこそは悔《くや》しく、悲《かな》しく侍《(はべり)》けめ。その人の行方《ゆくゑ》[一五]、よも良《よ》く侍らじものお《(を)》。孝養《けうやう》[一六]もしやしけん、それまでは語《かた》るとも覚《おぼ》えず侍《(はべり)》き。

一　どこそこの、だれそれの娘。
二　今思えば、後悔される心を起こして。取り返しのつかない悪心を起こして。
三　世間もはばかられ。
四　情け無いことには。
五　食べ物の欲しさは我慢することもできない。
六　つらいことばかりで。
七　あなたがた。自分より同等以下の相手に対して言う。
八　一日経《(いちにち ぎやう)》とも、頓写経ともいう。追善供養のため、多人数で一日のうちに経典を写し終える方法。法華経を写す場合が多い。雑談集七に一日経の起源説話がある。
九　ゆめゆめ。よくよく慎んで。禁止の意を表す表現に副詞的に用いられる。
一〇　気味が悪いとはいいながら。「ものから」は逆接。
一一　苛立ち。焦り。
一二　一瞬の。ふと思いついた。
一三　迷いの心。
一四　騙されて。誑かされて。「はかす」は、だます意。
一五　死後の行く先は、よもや良い所ではありますまいということ。地獄・餓鬼・畜生の三悪道のいずれかしかあるまい。
一六　追善の供養もしてやったのだろうか、そこまでは、私にこの話を伝えた人が語ったとも覚えていない。
▽嫉妬に狂った女が鬼と化して、男や男の愛人を呪い殺そうとする話は、平家物語(屋代本・百二十句本)・剣巻や能の鉄輪、室町時代物語の磯崎などがある。それらの中で、女がみずから火中に跳び入って焼け死ぬ本話の結末の救いの無さには格別の暗さがある。こうした話では、追善供養によって、悪趣から得脱し、成仏したと語るのが定型であるが、本話はそうした後日譚をもたない。それだけに一層、話に真実味がある。

(四　貧《まづ》しき女の身まかれる髪《かみ》にて、誦経物する事《こと》)

ちかごろ、[一七]東ノ京に、お《(を)》さなくよりとり[一八]娘《むすめ》お《(を)》したる者《もの》ありけり。[一九]平家の流なりければ、[二〇]源平の乱《みだ》れの後は、たゞ命《いのち》の生《い》けるばかりを[二一]いみじき事にて、世を渡《わた》る事など[二二]いひしらずぞ侍《(はべり)》ける。かゝりけるほどに、[二三]前後相違《(さうい)》の恨《うら》み、昔《むかし》より有《(あり)》ける事なれば、このとり娘《むすめ》先立《さきだ》ちて身まかりにけり。其後さし続《つゞ》きてこの[二四]とり親《おや》また亡《う》せぬ。

[二五]五七日に当《あた》れる早朝《つとめて》、このとり娘《むすめ》の夫《おとこ》なりける者《もの》出《い》で来《き》て、「今日《けふ》、[二六]昔《むかし》の人侍らましかば、いかばかり営《いとな》み、[二七]たしなみ侍らまし。[二八]かまゐ《(へ)》て[二九]誦経物《(じゆきやうもつ)》一《(ひとつ)》、つからまつらむとし侍《(はべる)》が、いかにもゑ《(え)》叶《かな》ひ侍らで、思ひあまり、[三〇]これにても侍らんとて、これお《(を)》なん持《も》ちてまうで来《き》たる」とて、紙《かみ》にひき包《つゝ》みたる物《もの》お《(を)》取《と》り出《い》でて、さめ〲と声《こゑ》も惜《お》しまず泣《な》きけり。[三一]このとり親《おや》の娘《むすめ》なる者《もの》、「何《なに》ならん」と、さすがにゆかしくて、ひき開《あ》けて見《み》れば、かの昔の人の、[三二]今《いま》はとて剃《そ》り下《お》ろしたりける

一七 ↓四〇一頁注二三。
一八 養女。
一九 平家の一族につらなる子孫。
二〇 元暦二年(一一八五)三月二十四日、壇の浦で平家が滅亡するまでの、源氏と平氏の争い。
二一 幸運な事。「イミジイ　幸運な(もの)」(日葡)。
二二 形容のしようのないほど貧しうございました。
二三 若い者が前に死に、年長の者が後に残ること。「老少不定」とも。
二四 養親。養父母のいずれであるか、本文だけからではわからない。
二五 三十五日。↓四一九頁注二八。
二六 亡き妻。すなわち養女にあたる人。
二七 一所懸命つとめること。
二八 心にかけて。なんとかして。
二九 誦経してもらうためのお布施。供養を頼む僧への謝礼である。
三〇 これでも施物になるだろうと思いまして。
三一 亡くなった養親の娘。実子であろうか。
三二 臨終の際に剃り落とした毛髪。

髪《かみ》なりけり。これを見《み》るに、いといたう悲《かな》しうて、忍《しの》びあえず（一）泣《な》き居《お》りけり。昔《むかし》[一]のあり香《が》もさすが面影《おもかげ》ありて覚《おぼ》えて、二人《ふたり》の人、泣《な》くよりほかの事なし。さて、「これは見《み》んにつけてよしなし。ひき隠《かく》し給《たま》ひね」とて、うつぶし〳〵にけるとかや。

（五　初瀬《はつせ》の観音に月詣《まい》りする女の事）

中比《（なかごろ）》[二]、東の京に、たより[三]なき若《わか》き女ありけり。かた[四]のやうなる宮仕《づか》へなどしけれど、さ[五]しあたりて身を助《たす》くばかりのは[六]かり事にもあた[七]らでのみ過《す》ぎ行《ゆ》きける。かゝるまゝに、月ごとに初[八]瀬《はつせ》の観音《くわんおん》に詣《まい》りて、さま〴〵にぞ身お（を）[九]愁《うれ》へ侍《（はべり）》ける。

かくて、三年《みとせ》の冬にもなりぬれど、さらにその験《しるし》なし。さすがた[一〇]やすからぬ道なれば、いよ〳〵その懐《ふところ》[一一]も狭《せば》くぞなりまさりける。また、世中《（よのなか）》のならひなれば、人も口安《くちやす》[一二]からずもてあつかひけり。

さて、この女、さのみは道[一三]の用意《ようい》もしあ[一四]ふべくもあらざりければ、「このたび詣《まい》りて、身のほども愁《うれ》へはて侍《（はべり）》なば、今《いま》はさ[一五]てこそは止《や》み

一 しみこんだ薫き物の匂い。
▽世に隠れてひっそりと暮らした平家の縁者の哀話。貧しさの極致で、中陰の間の施物にさえ事欠くありさまに、亡き人の形見の頭髪を誦経の布施に差し出そうとした話。前話とは追善供養の話題で連続する一方、次話以降も貧しさをめぐる説話が続くので、その前段としての位置を占める。

二 本話とほとんど同文の長谷寺験記(長谷寺本)には、「鳥羽院御宇」(一一〇七―一一二三)とある。 三 貧しい。験記には、「贈左大臣長実卿と申しける人の内に、貧しき青女のみめ心ばへいと悪しからぬ有りけり」とある。 四 型通りの。世間によくある、普通の、という意味。 五 遠い将来のことではなくて、とりあえず今現在の苦境を救う程度の、という意味。「さしあたりて」は、当面の意。験記には、「さして身過ぐるばかりの事にもあらざりければ」とある。 六 機会。「ハカリコト」と清音。 七 出会わないまま時が過ぎて行った。 八 奈良県桜井市初瀬にある真言宗豊山派の総本山。古くは東大寺末、のち興福寺末であった。本尊は十一面観音。沙弥徳道なる者が神亀四年(七二七)に本尊を造り安置したことに始まると、天平五年(七三三)成立の縁起に見えるよしが、三宝絵に記される。神護景雲二年(七六八)には称徳天皇が臨幸するまでに発展していたと考えられるが、九世紀以来、霊験あらたかな観音として名声が高まり、十世紀頃から貴族たちの参詣も活発になった。 九 貧しい生活を訴え、救済を祈願したことを指す。
一〇 容易でない旅路なので。正暦四年(九九三)の藤原行成の場合、京都から長谷寺への往復に五日間を要している(権記・正暦四年正月条)。 一一 経済的な困窮もいっそう甚だしくなった。 一二 口悪く。貧しいにもかかわらず三年間もの間、毎月の参詣を続けることに対して、さまざまに憶測して、口悪く噂したのであろう。
一三 旅の支度。 一四 何とか工面することもできかねるので。
一五 それで終わりにしよう。 一六 もっともだ。「理(ことわり)」の宛て字。 一七 早くも。 一八 平生よりも心を正して。験記に

なめ。人のいふも一六事は《(わ)》り也」など思《おも》ふよりまだきに、一七かきくらされてぞ悲《かな》しく侍《はべ》りける。さて、一八いつよりも心お《(を)》調《とゝの》へて詣《まい》りにけり。「このたびは限《かぎ》りぞかし」と思《おも》ふに、一九あやしの木草までも目《め》にかゝりて、かきくらさるゝ事限《かぎ》りなし。

さて、その夜、二〇涙《なみだ》お《(を)》片敷《かたし》きて、二一御前にうたゝねともなく二二まろび臥《ふ》しにけり。

さて、夢の中《うち》に、僧《そう》のいみじく尊《たうと》く、年《とし》たけ、二三徳至《とくいた》れりと見《み》ゆるが、出《い》で来給《き(たまひ)》て、「あはれに思《おも》ふぞよ。恨《うら》めしくな二四思《おも》ひそよ。その後《あと》の方《かた》に臥《ふ》したる女房の二五薄衣《うすぎぬ》お《(を)》、二六やをら取《と》りて着《き》て、早《はや》く起《お》きて帰《かへ》りね」と仰《おほ》せらるゝありけり。夢醒《さ》めて思《おも》ふやう、「二七あさましのわざや。二八はて〳〵は人の物盗《ぬす》むほどの身の報《ほう》にてさへ侍《(はべり)》けるよ。たとひ取《と》りたりとても、衣一《きぬ(ひとつ)》二九はいくほどの事かは侍《(はべる)》べき」とは思《おも》ひながら、「三〇さりとては、やうこそはあるらめ。三一さばかり身お《(を)》まかせて詣《まい》り侍らん甲斐《かひ》には、たとひ見付《みつ》けられて、いかなる恥《はぢ》を見《み》るとても、三二それお《(を)》だにも仏の奉公《ほうこう》にこそはせめ」など思ひて、後《あと》の方お《かた(を)》見《み》るに、まことに、衣《きぬ》ひき着《ゝ》て寝《い》ねたる女房あり。やお《(を)》ら引《ひ》き落《をと》して取《と》るに、三三さらなり、仏《ほとけ》の

は、「何つよりも心を調へて、天永元年十二月十日余りのころ当寺に籠りぬ」とある。天永元年は西暦一一一〇年。
一九 粗末な。普段なら気にも留めないような雑草や雑木の類までが、目に留まること。
二〇 涙に濡れた袂を敷いて。「片敷く」は、ひとり寝をする意。 二一 本尊の前で。
二二 ごろ寝した。神仏の夢告を受けるために、その前でざこ寝しているありさまは、石山寺縁起絵巻・巻二の淳祐の夢告の場面をはじめ、数多く描かれている。図は、本尊の前で柱によりかかって眠る男とまろ寝する女。

石山寺縁起絵巻

二三 徳の極致に達した。神仏の夢告はしばしば老人の姿を借りて伝えられる。
二四 思ってはならない。「な…そ」は禁止を表す。
二五 薄い衣。衣被き(きぬかつき)して身体を覆っていた単衣の小袖のようなものか。衣被きは、身分のある女性が外出する時に、顔を隠すためにかぶった。 二六 そっと静かに。
二七 あきれはてたことだ。 二八 あげくのはては、人の物を盗む程度の果報でしかなかったのですね。「身の報」は前世の報い。験記は老僧の告げの言葉に、「汝が前世の浅からぬ罪、未だ朽ちず。若し久しく此の本尊に功を入れずは大なる御恵みも叶ひ難し」とある。
二九 どれほどの足しになるというのでしょう。
三〇 そうだとしても、何かわけがあるのだろう。
三一 これほどまで身をまかせて参拝した張り合いに。
三二 せめてそれだけでも、仏に対する奉公のしるしにしよう。 三三 もちろん、仏のお許らいなので。

御はからひなれば、[一]なじかは人も知《し》らむ。

さて、取《と》りて着《き》て、[二]やがて出《い》でにけり。胸《むね》うちつぶれて、わびしくも悲《かな》しけれども、[三]念《ねん》じ返《かへ》して、[四]初瀬川《はつせがは》のほどまで出《い》でにけり。[五]後《うし》ろに物いとのゝしりて来《き》ければ、「あな悲《かな》し。[六]さればこそ」と思《おも》ひて見《み》れば、この事[七]あやむべき人にはあらで、馬《むま》に乗《の》りたる者《ものゝ》のあまた[八]まかり出《い》でけるなるべし。

さて、この馬《むま》に乗《の》りたる男《おとこ》のいふやう、「あの前《さき》に見《み》ゆるは、女房にておはするにこそ。[九]いかに夜深《ふか》くはたゞ一人《ひとり》出《い》で給《たま》ふにか。[一〇]衣《きぬ》など着《き》たるは、ことよろしき人にこそ侍《(はべる)》めれ。あれとゞめ聞《き》こへ《(え)》よ。馬《むま》に乗《の》せて[一一]明かゝ《あかゝ》覧《(らん)》所まで送《おく》り聞《き》こゑ《(え)》ん」といひけり。さて、供《とも》の男《おとこ》、走《はし》り付《つ》きて、このよしをいひければ、そら恐《おそろ》しけれども、たゞ仏お《(を)》頼《たの》みて、「[一二]さらば、さも」とて乗《の》りにけり。夜も[一三]仄《ほの》めきて、人顔《かほみ》見ゆるほどにて、この女お《(を)》見《み》れば、[一四]我《わ》が浅《あさ》からず思ひしものゝ病《やまひ》に患《わづら》ひて亡《う》せにしに、つゆも違《たが》はず。喜《よろこ》びて、[一五]具《ぐ》して行《ゆ》きにけり。

男《おとこ》は[一六]美濃《みのゝ》の国の、人に仰《あふ》がれたる者《もの》にてぞ侍《(はべり)》ける。何事も乏《とも》しき事なかりけり。さて、この女お《(を)》[一七]またなくいみじきものに思ひて、年《とし》月お《(を)》

一　どうして人が気付こうか(気付くはずもない)。
二　すぐに寺を出た。
三　思い返して。こらえて。
四　山門の前を流れる川。
五　後方からたいそうがやがやと人が来るので。
六　やはり思った通りだ。見つかって追いかけられていると思ったのである。
七　怪しむ。形容詞「怪し」の語幹を動詞として活用した語。
八　寺から下向するところのようだった。
九　どうして夜更けにただ一人で出て行かれるのか。験記には、「人目をつゝみて夜深く下向し給へるなめり」とある。
一〇　衣被きを着ているのは、相応の身分の人なのでしょう。
一一　明るくなる所まで。「明《(あか)》く成らん所まで」(験記)。
一二　それならば、おっしゃるように。
一三　うっすらと明けてきて。
一四　自分が深く愛した、病をわずらって死んだ妻とそっくりだった。
一五　本国の美濃まで連れて行ったのであった。
一六　「此の男は美濃国本巣《(もと)》の郡に住して源頼政とて、其の国には広く人に仰がれて、乏しからぬ者に」(験記)。
一七　またとない大切な者に思って。
一八　月日が虚しく経つように思えるだろう。
一九　また一方では、このように行方もわからず姿をくらま

送《おく》りけり。かゝるに、この男《おとこ》、京に上《のぼ》るべき事ありて、いふやう、「これに独《ひと》りおはせんも、[一八]月日もいたづらに覚《おぼ》えなん。京に親《した》しき人はなきか。[一九]かつは、かやうに行方《ゆくゑ》もなく[二〇]かきくらしてしも、[二一]いぶせくも思《おも》ふらん。共《とも》に上《のぼ》りて、さやうの事も[二二]明《あ》きらめばや」といひけり。この女、親《した》しき者一人《ものひとり》もなけれども、さすが、ありのまゝにいはんもいかゞおぼえけん、「姉《あね》にてありし者《もの》こそたゞ一人《ひとり》侍《(はべり)》しか。さらば上《のぼ》りもせむ」とて、出《い》で立《た》ちけり。男《おとこ》、さまぐ\[二三]姉《あね》の料《れう》とて、物どもあまた用意《ようい》などしてけり。

さて、上《のぼ》りて、[二四]粟田口《あはたぐち》より京に入《(いり)》ぬ。胸《むね》うち騒《さは》ぎて、「よしなき[二五]あだことをいひて、[二六]跡《あと》なき事よと思《おも》はれなば、[二七]身もいたづらになりぬべし。また、仏の[二八]照《てら》し給《たま》はん事も畏《おそ》れあり。[二九]何《なに》の狂《くる》はしにかくはいひけるにか」と悲《かな》しくて、[三〇]三条わたりになりて、「しばし待《ま》ち給《たま》へ。[三一]このほどを訪《たづ》ねん」といひて、[三二]いたく無下《むげ》ならぬ家《いへ》の、いと古《ふる》びて見《み》ゆるが、[三三]平門《ひらかど》に[三四]車寄《よ》せなどさるほどにしたるが、いたく騒《さは》がしくもなくて、[三五]うちしめりたるやうなるありけり。そこにて[三六]馬より降《お》りて、さし入《い》りて見《み》るに、女《め》の童《わらは》のありけるに、「[三七]御前《ぜん》はこれにおはしますか」とい

してしまったのも。「かつは」は、「かつはA、かつはB」と二つの事柄を並列させる時に用いる語。「これに…覚えなん」の部分がAに当たる。
二〇 姿をくらましたこと。「て」は強意の助動詞「つ」の連用形、「し」は過去の助動詞「き」の連体形で、下に「こと」などの形式名詞が省略されている。
二一 気がかりに思ってもいるだろう。
二二 明らかにしたい。こうなった事情を説明したい、ということ。
二三 姉への贈り物。
二四 京都市東山区粟田口。三条通りの東端が東山の山麓にかかるあたりの地名。東国から京都へ入る時の経路になる。
二五 いいかげんなこと。嘘。
二六 根拠のないこと。嘘。
二七 我が身を滅ぼしてしまうに違いない。嘘つきと思われ、夫に愛想をつかされて、生きて行けなくなる、という意。
二八 ご覧になるだろうことも。「照見」の訓読からきた語。
二九 何に取り憑かれて。「狂はし」は、何らかの霊などが取り憑いて、人にものを言わせること。
三〇 粟田口から西に進み、鴨川を渡って、京都市内に入ったことを示す。
三一 このあたりで聞いてみましょう。
三二 あまり賤しくはなさそうな家。
三三 二本の柱で、板葺の平らな屋根をのせた門。
三四 来客が牛車を寄せて乗り降りする所。家の東西の妻戸の前に設けた。ある程度の身分の者の邸宅であることを示す。
三五 ひっそりと落ち着いた様子の屋敷。
三六 底本、「車」を見せ消ちにして「馬」と改めている。通常の感覚では、女は牛車に乗っていると思いがちだからであろうが、ここは、美濃国からの旅であること、武士の一行であるらしいことなどを考えると、やはり馬が妥当だろう。
三七 ご主人様はこちらにご在宅ですか。「御前」は貴婦人の敬称。

ひければ、「おはしますめり」といひけり。「立《た》ち出《い》で給《たま》へ。物《もの》申さむ」といはせたれば、四十ばかりなる女房、いたく一思《おも》ひくたすべくもなき、二妻戸《つまど》に出《い》でて、「誰《たれ》にかおはする」といふ。この人、「申すにつけて憚《はゞか》り多《おほ》く侍れど、この二三年三ゐ中《(なか)》に侍《(はべり)》つるが、夫《おとこ》のまかり上《のぼ》りて侍《(はべる)》が、「親《した》しき物やある。そこに泊《と》まらむ」と申侍《(まうしはべる)》也。四これお《(を)》姉《あね》にておはする所と申さむは、いかゞ侍《(はべる)》べき」といひけり。この主人《あるじ》、「さらに憚《はゞか》りなし。疾《と》くそのよしを聞《き》こゑ《(え)》給《たま》へ」といひつ。

さて、この家《いゑ》に入《い》りて、五前《さき》の用意《ようい》の物ども内《うち》へ遣《や》りてけり。さて、六旅《たび》の具《ぐ》どもしたゝめ、七のどめて後《のち》、内《うち》より呼《よ》びければ行《ゆ》きぬ。主人《あるじ》の女のいふやう、八「さても、いかに侍《(はべる)》事にてありしぞ」など問ひければ、ありのまゝに初《はじ》めより語《かた》りつ。これお《(を)》聞《き》きて、この主人《あるじ》、よゝと泣《な》き居《お》りけり。九怪《あや》しと思《おも》ひて、「いかに」と問へば、「かの初瀬《はつせ》にて、衣《きぬ》失《うしな》ひてありし者《もの》は、我にて侍《(はべる)》也。一〇いと叶《かな》はぬ心《こゝろ》に、一一観音の誓《ちか》ひを仰《あふ》ぎて詣《まい》り侍《(はべり)》しほどに、一二ある事はなくて、一三あまりさゑ《(へ)》衣《きぬ》を失《うしな》ひて侍《(はべり)》しかば、一四人のはかなさは、何《なに》となく恨《うら》めしき心地《ち》して、其後《(そののち)》は歩《あゆ》みを運《はこ》ぶ事もなし。家のさまも、日に随《したが》ひて一五数《かず》ならずのみなりゆきて、夫《おとこ》も亡《う》

一 そう見下げるほど低い身分ではない女房が。↓三八〇頁注一五。二 四隅にあって出入口とする両開きの戸。三 田舎。四 こちらさまを姉の住まいと申してもよろしいでしょうか。旅行者が、適当な家を見つけて宿を借りるのは当時は普通のことだが、姉の家という嘘を言ってもよいかと、許可を求めたのである。五 前述した、かねて用意の姉への贈り物。六 旅装を解き、きちんと整理をし。七 一行を落ち着かせた後。八 それにしても、どういうわけでございましょう。わざわざ嘘を言って、たくさんの土産まで呉れたことを不審に思って、理由を聞いている。九 不思議に思って。あまり泣くので、その理由が逆にわからないのである。一〇 何も思い通りにならないことを嘆く気持ちで。このあたりを験記は詳しく書いている。「我夫に伊賀前司藤原の俊嗣とて有りしにおくれて、彼のあてがいて侍りし後家分なむども、当出仕のれうに付て、継子に妨げられて、我は独り妻なり、沙汰すべき子もなし。憑むべき方もなし。思ひの余り、いと叶はぬ心に、観音の誓を仰ぎて参りて侍りし時」(験記)。一一 観音の衆生救済の誓い。法華経八・観世音菩薩普門品には観音の利益が十数箇条列挙される。摩訶止観には請観音経の六字章句の諸道抜苦の功徳を六観音に具象化する思想があり、慶政はこれによって観音信仰を持ったものと思われるが、一方、一般民衆の間の観音信仰は、除災延命の現世利益を追求祈願するものであった。一二 利益を得ることはなくて。「利生なむどはなくして」(験記)。一三 そればかりか。「あまっさへ(剰へ)」の原形。一四 人間の愚かさは。一五 貧しくなる一方で。一六 途方に暮れておりました。一七 私独りの力ではどうにも暮らしが立つまいという状態でありましたので。一八 せめてものことに。零落してゆく家計を盛り返すまでは行かなくても、ということ。一九 将来を明るくしてくださって。後述にあるように、仏の賜り物という意識があるので、「照す」という仏教的な語を用いたのであろう。二〇 あなたのお情けと思ったけれども、もう一度考え直してみると、仏がお与え下さった物な

せてさゑ《(へ)》侍れば、[一六]思《(おもふ)》かたなくて侍《(はべり)》つる也。[一七]我身ばかりにてはいかにも叶《かな》ふまじく侍りければ、[一八]せめても[一九]行末《すゑ》を照《てら》し給《たま》ひて、かやうにさま〴〵の物《もの》どもを賜《たま》はり侍《(はべる)》事、一《(ひと)》たびは[二〇]御身の情《なさけ》と思《おも》へども、二たび思《おも》ふには、仏の賜《たま》はせたる物《もの》ぞかしと思《おも》ふに、とにかくに[二一]せきかねて侍《(はべる)》也」といふ。これを聞《きゝ》て、この女、声《こゑ》も惜《お》しまず泣《な》きけり。二人、いといたう泣《な》きまさりて、[二二]なごむかたもなかりけり。

さて、[二三]「さるべき昔の事にてこそ侍らめ。今《いま》よりは真《まこと》の姉妹《あねおとゝ》につゆちり違《たが》ふまじ」など、[二四]ねんごろに頼《たの》めつ。また、[二五]頼《たの》む程なれば、夫《おとこ》に[二六]もかすめ果《は》つべきにあらざりければ、ありのまゝに知《し》らせつ。夫《おとこ》もいみじくあはれがりて、いよ〳〵仏《ほとけ》の御はからひなれば、[二七]浅《あさ》からずぞ思ひける。

[二八]げに、あはれに侍《(はべり)》ける御恵《めぐ》みの深《ふか》さかな。すべて観音のあはれみは、[二九]殊《こと》に類《たぐひ》を出《い》でゝ侍《(はべる)》にや。[三〇]唐土《もろこし》に侍《(はべり)》し時、聞《きゝ》侍《(はべり)》しは、[三一]愚《おろ》かなる男《おとこ》の一人侍《(はべり)》けるが、法花経を読《よ》まむとするに、ゑ《(え)》叶《かな》はず侍《(はべり)》ければ、いみじく容姿《かたち》よき女の、いづくよりともなくて来《き》たりて、[三二]妻《め》となりて添《そ》ひ居《ゐ》て、ねんごろに教《おし》へて、[三三]一部終《おは》りて後《(のち)》、観音の容姿《かたち》に現《あら》はれて、

のだなあと思い。 二一 涙をとどめかねているのです。
二二 なだめようもないありさまであった。
二三 そうなるべき前世からの宿縁だったのでしょう。「昔」は、ここでは前世の事を指す。 二四 固く誓った。「ねんごろに」は、丁重にの意。心をこめて言うこと。「頼め」は下二段活用の他動詞で、相手にあてにさせるように約束すること。 二五 頼りにしている人なので。この「頼む」は四段活用の自動詞で、自分が相手を頼りにすること。 二六 欺き通せることでもなかったので。 二七 「二人の者を浅からず思ひて、彼の主が後家領の違ひ目をも明きらめ直して、ねんごろにしてはぐくみける。哀れに侍りけるわりなき大慈大悲の御恵に三人皆各其の願を満たしけるなるべし」(験記)と、後日談は験記の方が具体的。
二八 験記には、以下の記事に対応する本文はないので、慶政の加えた独自の記事であろう。
二九 特に、他の仏の救済よりも抜きんでているのでしょうか。この時代の観音は、現世利益が強調されており、来世における六道抜苦を説く阿弥陀と大きく異なる。
三〇 作者が宋で見聞した話であることを示す。
三一 仏祖歴代通載などにある馬郎婦《(めろうふ)》の話の異伝とされている。無住の雑談集九にもこの話を詳細に引用して、「馬郎婦と云て、古人みな此の事、頌にも作れり」と述べている。 三二 馬郎婦説話では、結婚を申し込む男たちの中から、一晩で法華経・普門品を暗誦するなどの条件を満たした男と結婚することになるが、婚礼直後に女は死んでしまい、葬式の後で、僧により女が観音の化身であったことが明らかにされる。本話との相違は少なくない。 三三 全部。法華経はすべてで八巻。

馬郎婦観音図
(井上侯爵家旧蔵)

失《う》せ給《たま(へ)》ゑる事ありけり。かやうにありがたき御あはれみを思ふに、[一]そゞろにたのもしく侍《(はべり)》。[二]一期《(いちご)》の夕《ゆふ》べには[三]蓮台捧《ささ》げ給《たま》ひて、深《ふか》き御恵《めぐ》みあらむずらんかしと、たのもしく忝《かたじけな》く覚《おぼ》え侍《(はべり)》。

（六　唐土《もろこし》の后の兄《あに》、侘《わ》び人になりて、かたへを育《はぐく》む事）

[四]唐土《もろこし》に侍《(はべり)》し時、人の語《かた》り侍《(はべり)》しは、昔、この国の王の后の兄《あに》にてある人ありけり。にはかに走《はし》り出《い》でて、こゝかしこ、[五]跡《あと》も定《さだ》めずぞありける。貧《まづ》しく賤《あや》しき姿《すがた》にてあれば、人も、[六]何《なに》のあや目《め》もなし。[七]遠《とお》きほどにては、[八]折《おり》にふれつゝ、わびしく煩《わづら》はしき事のみありけり。

[九]妹《おとうと》の后、[一〇]からうして呼《よ》び寄《よ》せて、さま〴〵に口説《くど》きて、「今《いま》よりは、[一一]のどまりておはすべし。[一二]さるべき事《こと》もはからひ宛《あ》て申さむ」と聞《き》こゑ《(え)》させければ、「[一三]さにこそは侍らめ」とて居《ゐ》たるほどに、また、[一四]人目《め》お《(を)》はかりて逃《に》げ出《い》でにけり。[一五]かくする事たび〳〵になりにければ、后も、[一六]この事叶《かな》はじとて、国ゝに[一七]宣旨申《(まうし)》下《くだ》して、「[一八]賤《あや》しの侘《わ》び人のさすらひ行《ゆ》かむに、必《かなら》ず宿《やど(を)》お貸《か》し、食《く》ひ物《もの》を用意して、[一九]ねんごろに当《あた》るべ

一 非常に。ひたすら。 二 一生の終りの時には。臨終の時。底本、「期」の左に声点あり。 三 往生人を載せる蓮の台を。阿弥陀如来の来迎に際して、観音菩薩が蓮台を捧げるとされた。

▽慶政には、現在では散逸してしまった観音験記という著書があったと言われるので、本話は慶政編の観音験記所収の話だったのではないかと推定されている。長谷寺験記はこの話を他書からの引用としており、さらに先行する出典が存在したと考えられる。長谷寺の観音にはこれと類似した利益譚が多い。しかるに、沙石集二の四「薬師観音利益の事」には同じ話が、清水寺の観音のこと、男を奥州の武士として載せられている。今昔十六の九も清水観音の霊験話でごく類似した説話である。撰集抄八の二十二「伊勢の歌の事」は、歌人伊勢が太秦広隆寺の薬師如来の霊験で石清水八幡検校と結婚したという類話。今物語、長門本平家物語、源平盛衰記、女郎花物語、雑々集などには、女主人公を小大進または小侍従、男を八幡検校または徳大寺実定などとして載せている。貧しい女が霊験を受けて幸福な結婚をするという典型的な利生譚の型が、広範囲に流布していたのだと思われる。

四 作者の慶政が宋に行った際に伝聞した話であることを示す。「侍りし」の「し」は書き手自身の体験を記述する助動詞「き」の連体形。 五 行方も定めず、さすらっていた。 六 何の区別もつかなかった。誰とも見分けがつかなかった。 七 都から遠く離れた所では。 八 何かにつけて、つらく、煩わしい事ばかりがあった。 九「おとうと」は、弟、妹のどちらにも用いる。 一〇 かろうじて、の意。「からくして」のウ音便。「カラウシテ」(日葡)。 一一 身を落ち着けていらっしゃってください。 一二 それ相応なことも考えて差し上げましょう。すなわち衣食住の世話を、はからって、与えよう、という意。 一三 そのようにいたしましょう。 一四 人目のない時を見はからって。人の見ていない隙に。 一五 このようにする事が度々になったの

し」とぞ侍《(はべり)》ける。[二〇]さて、その人ひとりの故《ゆへ》に、多《おほ》くの侘《わ》び人みなその[二一]蔭《かげ》に隠《かく》れて、煩《わづら》ひなくて、悦《(よろこび)》合《あ》ひたりけりとなん。

さて、その[二二]像《かたしろ》を絵《ゑ》に描《か》きて、あはれみ、尊《たうと》みて、人みな持《も》ちたり。「[二三]あはれ、このほど売《う》りて来《こ》よかし。買《か》ひてとらせん」といひき。侘《わ》び人の姿《すがた》にて、頭には木の皮《かは》をかぶりにして、竹の杖《つゑ》突《つ》きて、藁沓《わらぐつ》履《は》きたる姿《すがた》とぞ。

これは、その時、世中《(よのなか)》に侘《わ》び人どもの多《おほ》くて、物《もの》も乞《こ》ひ得《え》で、侘《わ》び歩《あり》きけるを見《み》て、彼《かれ》らを助《たす》けんために、[二四]かくしつゝ歩《ある》きけるなりけり。げに、ありがたきあはれみの心《こゝろ》なるべし。人のならひは、[二五]我よくなりて侘《わ》び人お《(を)》あはれまむとこそ、[二六]あらましにもすめるを、これはま事《(こと)》[二七]に深《ふか》き悲《かな》しみのあまりと覚《おぼ》えて、いと〳〵尊《たうと》く侍り。今《いま》、[二八]いづくの国《くに》[二九]にか生《む》まれてを《(お)》はすらん。むつましくこそ侍れ。

（七　唐土《もろこし》の人、馬・牛の物憂《うれ(ふ)》る聞て発心する事）

唐土《もろこし》に侍《(はべり)》し時、人の語《かた》り侍《(はべり)》しは、昔、この国に卑《いや》[三〇]しからぬ人ありけ

で。一六 これはだめだと思って。兄に身を落ち着かせようとすることは、無理だと悟って。一七「宣旨」は、后の命令の意。一八「侘び人のさすらひ行かむ」の「の」は同格の助詞。「侘び人」は困窮者。賤しい乞食でさすらい行く人の意を表す。一九 丁重に待遇するように。二〇 それで。そのお蔭で。
二一 その人のお蔭をこうむって。
二二 肖像。「形代」の意。二三 ああ、今売りに来てくれ。買ってやろう。宋に居た時の慶政の言葉。
二四 このようにしては、さすらっていたのだった。
二五 まず自分が豊かになってから、困窮者に憐れみの心をかけようと。二六 将来の予定にもするようだが。二七「ま事に」は「誠に」「真に」の宛て字。二八 どこの国に生まれ変わっていらっしゃるのだろうか。死後の再生先を思う発想は、上巻第二一話や、下巻第三話にも見られたが、本話では、いずれの浄土か、あるいは人間世界のいずれかの国などが、想定されているのであろう。→四三六頁注七。二九 底本「くまにか」であるが、「万」の草体と「尓」の草体の相似による誤写と見られるので、他の諸本にあるように「くにか」が正しいと見る。
▽前話末尾の馬郎婦説話から、次の第七話まで在宋時の伝聞による説話が連続する。ここで言う肖像画として、禅画の寒山拾得の図のようなものが予想できるのではなかろうか。慈悲の極致のような人物への礼讃が主題と見られるが、間接的に、内親王のような高貴な身分にある、本書の想定する読者に対する教訓をも意図しているのであろう。

三〇 中国、元の時代の雑劇、龐居士(ほうこじ)の話がほぼ本話の原形に相当すると思われる。それによると、龐蘊(ほううん)はあこぎな高利貸で、借金を返済できない人々は牛馬に生まれ変わってこき使われている。ある日、牛と馬の会話を聞いてしまった龐蘊は、発心して牛馬を解放し、巨万の富を海に沈めて無一物の居士となる。路辺で笊を作って糊口をしのぎ、悠々と禅の境地を楽しむ、という話である。これに従えば、龐居士は高利貸ということになるが、実際の龐蘊

り。その家極《いゑきは》めて豊《ゆた》か也。

秋夜、高楼に登《のぼ》りて、月お《(を)》眺《なが》めてありけるに、夜静《しづ》まり、人寝《ね》[一]さだまりて、音《おと》する物なし。かゝりけるに、そこなりける馬《むま》と牛《うし》と、物語《ものがた》りをなんしける。馬のいふやう、「あな、悲《かな》し。わびし。[二]いかなる罪《つみ》の報《むくひ》にて、この人に使《つか》はれて、昼《ひる》は[三]日暮《ぐ》らしといふばかりに、かく使《つか》はれ居《お》るらん。夜《よる》も、心よくうち休《やす》むべきに、[四]杖目《つゑめ》ことに痛《いた》くわびしく、あまり苦《くる》しくて、心のまゝにもゑ《(え)》休《やす》まず。明日《あす》また、いかさまに使《つか》はれんとすらん。これを思《おも》ふにとにかくに[五]寝《い》ねも安《やす》からず」といふ。また、牛のいふやう、「[六]さればこそ。あはれ、悲《かな》しきものかな。[七]我かゝる身を受《う》けたるとは思《おも》へども、[八]さしあたりては、たゞこの人の恨《うら》めしさ、[九]するかたなく覚《おぼ》ゆる」といひけり。

これを聞《き》くに、[一〇]心もあられず悲《かな》しくて、妻《め》と娘《むすめ》とにいふやう、「我は、今夜《こよひ》忍《しの》びてこの家《いゑ》を出《い》でんと思《おも》ふ事あり。かゝる事侍《(はべる)》ぞや。今《いま》、[一一]あり経《へ》んまゝには、かやうの事ぞ積《つも》るべき。[一二]財《たから》は身の敵《あた》にて侍《(はべる)》にこそ。この家《いゑ》を捨《す》てて、いづくともなく行《ゆ》きて、人もなからん所の、静《しづ》かならんに行《ゆ》きて、[一三]後世ノ事思《おも》ひてあらむずる也。[一四]そこたちはこゝに留《と》

は衡州衡陽県の人で、字は道玄。馬祖と石頭和尚に参禅して印可を受けたが出家はせず、晩年家族とともに襄陽の鹿門山に住んで、禅風を起こした、と言われる。

一 寝静まって。
二 どのような前世の罪の報いで。
三 一日中。朝から晩まで。
四 杖で打たれた傷痕。
五 安心して寝ることもできない。
六 そう、そのことですよ。相手の言葉に相槌をうつ時の言い方。
七 私は前世の報いでこのような畜生の身に生まれたのだとは思うけれども。
八 直接には。
九 どうしようもないくらい恨めしく思われる。
一〇 心を平静に保つこともできないくらいに。
一一 このまま年月を重ねて行くと。「あり経(ふ)」は、ある状態のまま年月を送ること。
一二 財産は持ち主にとって敵(かたき)となる物に違いありません。
一三 来世の事を考えて暮らそうと思う。
一四 そなたたちは、ここにとどまるがよい。

まるべし」といひければ、二人《ふたり》の人のいふやう、「[一五]誰《たれ》を頼《たの》みてある身なればか、残《のこ》りては侍《(はべる)》べき。いづくにても、おはせん方《かた》にこそ[一六]慕《した》ひ聞《き》こゑ《(え)》め」といふ。「さらば、[一七]さにこそは侍《(はべる)》なれ」とて、親子《おやこ》三人、忍《しの》びに出《い》でにけり。

さて、遥《はる》かに行《ゆ》きて、思ひかけぬ山の麓《ふもと》に、庵形《いほりかた》のやうに構《かま》ゑ《(へ)》て、[一八]笊器《さうき》といふ物《もの》お《(を)》日に三《(みつ)》作《つく》りて、この娘《むすめ》にて売《う》りに出《い》だしける。かくて世《よ》を渡《わた》りけるほどに、ある時、この笊器《さうき》を買《か》ふ人なし。むなしく返《(かへり)》ぬ。また次《つぎ》の日の分《ぶん》、具《ぐ》して持《も》て出《い》でたれども、その日も買《か》う《(ふ)》者《もの》なし。また次《つぎ》の日の分具《ぶんぐ》して、九《(ここのつ)》の笊器《さうき》お《(を)》持《も》て行《ゆ》きたりけれども、この日も買《か》う《(ふ)》者《もの》なし。娘、思《(おもひ)》嘆《なげ》きて、「かくてのみ日は重《かさ》なる。[一九]我《わ》が父母の命も長《なが》らゑ《(へ)》がたかるべし。いかさまにせむ」と、煩《わづら》ひけるほどに、道に銭《ぜに》を[二〇]一貫落《おと》したりけり。この女《(むすめ)》、笊器《さうき》をこの[二一]銭《ぜに》に結《むす》び付《つ》けて、笊器《さうき》の価《あたひ》を数《かぞ》ゑ《(へ)》て銭《ぜに》を取《と》りて、残《のこ》りの銭《ぜに》と笊器《さうき》とをば、もとの所に置《お》きて来《き》にけり。

さて、このよしを語《かた》りければ、父、大《おほ》きに驚《おどろ》きていふやう、「[二二]何《なに》わざ営《いとな》まんとて持《も》ちたる銭にかありつらむ。[二三]親《おや》の物《もの》にてもありつらむ、

一五　私たちはいったい誰を頼りに生きている身だというのでしょう。あなただけを頼りにしているのですから、残ってはいられません。

一六　お慕い申し上げます。おあとに付いて参ります。

一七　そのようにされるがよい。

一八　竹で編んだ籠やざるなどの類。景徳伝灯録八の龐居士の条には、「一女あり。霊照と名づく。常に随ひ、竹漉籬を製して之を鬻がしめ、以て朝夕に供す」とある。なお、以下の銭との交換の話は伝灯録に見えない。

一九　日に三つの笊器の代金が、その日の三人の生活費になるのであろうから、幾らにもならない。それすら売れなければ、絶食の日が続くことになり、年老いた両親の命にかかわることになるわけであろう。

二〇　銭の単位。一文銭一千枚が一貫。差し縄を銭の中央の穴に通して重ねるのであるが、普通は、一差し百文だから、十差しまとめてあったのであろうか。

二一　差し縄の部分に結び付けたのであろう。

二二　落し主が何をするために持っていた銭だったのだろうか。

二三　親の銭を預かってでもいたのだろう。

主《しう》[一]の物《もの》にてもあるべし。たとひ取《と》るにても、一《(ひとつ)》の笊器《さうき》お《(を)》置《ゝ》きて一《(ひとつ)》の価《あたひ》をこそ取《と》るべけれ。いかなる者《もの》か、一人《ひとり》して笊器《さうき》を九《(ここのつ)》買《か》う《(ふ)》事あるべき。かゝる濁《にご》りある心持《も》たらん者《もの》は、疎《うと》ましく覚《おぼ》ゆ。早《はや》、みな持《も》て行《ゆ》きて、もとの銭に貫《つらぬ》[二]き具《ぐ》して、たゞ笊器《さうき》を取《と》りて来《こ》よ」といふ。娘《むすめ》、行《ゆ》きて見《み》るに、この銭《ぜに》なを《(ほ)》ありければ、もとのまゝにして、笊器《さうき》を取《と》りて来《き》て見《み》れば、父《ちゝ》も母も、ともに手《て》を合《あ》はせて、頭《かうべ》を垂《た》れて死《し》にに《ゝ》けり。「あな、悲《かな》しのわざや。我もあり[三]ては何《なに》かせん」とて、娘《むすめ》もそばに居《い》て死《し》にに《ゝ》けりとなん。

これを聞《き》き《ゝ》侍《(はべり)》しに、あはれ尽《つ》くしがたく侍《(はべり)》き。まことに、さやうの心を持《も》ちてこそ、仏の道《みち》をも願《ねが》ふべきに、身[四]にはわづかに道を学《まな》ぶやうにすれども、心は常《つね》に濁《にご》りに染《し》みたらんは、定《(さだめ)》て三宝[五]を欺《あざむ》く咎《とが》もあるべし。[六]いかゞ侍《(はべる)》べからむと悲《かな》しくあぢきなし。

かの昔《むかし》の三人、今《いま》いかなる菩薩にて、[七]いづれの仏の御《み》国にかいまそかるらん。「願《ねが》はくは、我《(わが)》心をあはれみて、念[八]ゝに彼《かれ》に等《ひと》しからむと思《おも》ふ心《こゝろ》を給《たま》へ」と、心の中《うち》に念《ねん》じ侍《(はべり)》き。

さても、この人どもの姿《すがた》をも、絵《ゑ》[九]に描《か》きて売《う》るとぞ語《かた》り侍《(はべり)》し。すべ

一 主人のものであったかもしれない。 二 いっしょに貫いて。 三 生きていても何になろう。
四 語り手、慶政自身の反省の言葉。我が身はわずかに仏道を学ぶようにしているけれども。
五 仏・法・僧を三宝という。
六 どうなるのでしょう。後世はどういうことになるか、という不安。
七 阿弥陀如来の極楽浄土、薬師如来の浄瑠璃浄土、観音菩薩の補陀落浄土や弥勒菩薩の兜率天など、さまざまの仏の住む仏の国のうち、どの国に生まれたのであろうかということ。前話の「今、いづくの国にか生まれてをはすらん」と同趣旨の言葉。→四三三頁注二八。
八 一念ごとに。瞬間瞬間ごとに。
九 後世のものだが、娘の霊照を描いた禅画がある。若い女性が手に籠のような物を持って立っている図である。
一〇 亡くなった後まで、絵にして大切にするのでしょうか。

霊照女図
（片岡家旧蔵）

▽第五話末尾の馬郎婦説話から中国での見聞に基づく話の連続三話目で、貧しさをモチーフにする話の四話目に当たる。さらに、その人を絵に描いて売買するという話題でも前話から連続する。これらの絵画は、禅宗の隆盛とともに禅画として好んで描かれたものであり、図柄もおおむね一致しているようである。本話の前半は元代の雑劇の内容と大体において同じと言えるが、雑劇には貧窮の中の死という筋書きはない。後半の死の部分については景徳伝灯録に、雑劇とは異なり、龐居士が入滅しようとして霊照に時を見させたところ、娘は陽の異変を父に告げ、父がそれを見るために座をはずした隙に、自ら父の座に登って死ぬ。父は

て、唐土《もろこし》は、かやうの事はいみじく情《なさけ》ありて、[一〇]亡《な》き後《あと》までも侍《（はべる）》にや。この日本《やまと》の国には、さやうの人の姿《すがた》、買《か》う《（ふ）》者《もの》もよにあらじ。描《か》きて売《う》らんとする人も、また、稀《まれ》なるべきにや。

（八　建礼門女院《（けんれいもんのねうゐん）（の）》御庵《いほり》に、忍《しの》びの御幸の事）

[一一]文治二年ノ春、[一二]建礼門女院、[一三]世を捨《す》てて《ゝ》籠《こも》り居《ゐ》させ給《たま》へるもとに、いかさまにしていまそかるらむとて、夜お《（を）》こめて、[一四]忍《しの》びの御幸ありけり。

そのを《（お）》はします所に、いと[一五]あやしげなる尼《あま》の、年老《としお》ひ《（い）》たるありけるに、「女院はいづくにおはしますぞ」と問《ゝ》はせ給《たま》ひければ、「この上《うゑ》の山に、[一六]花摘《はなつ》みに入《い》らせ給《たま》ひぬ」と答《いら》ゑ《（へ）》けり。いとあはれに聞《き》こし召《め》して、[一七]「いかでか、世を捨《す》つといひながら、みづからは」と聞《き》こゑ《（え）》させ給《たま》へば、尼《あま》の申すやう、[一八]「家を出《い》でさせ給《（たまふ）》はかりにては、いかでかさる御行《をこ》なひも侍らざらむ。[一九]忉利天ノ億千歳の楽《たの》しみ、[二〇]大梵天ノ[二一]深《（ふかき）》禅《（ぜん）》定《（ちやう）》ノ楽《（たのしみ）》にもかやうの御行《をこ》なひの力《ちから》にて、会《あ》はせ給《たま》はんずるには侍

その七日後に于公の見舞いを受け、公の膝を枕にして死んだという話がある。金撰集二には、龐居士語録序などとほぼ同じで、妻の龐婆や息子の龐太も競って偈頌を詠んで死んだという、より詳しい話がある。本話はそれらと多少類似した点もあるが、むしろ、沙石集九の三「正直ニシテ宝ヲ得タル事」に「近年ノ帰朝ノ僧ノ説」として記載された餅売りの夫婦の話と構造的に似ている。

一一　一一八六年。平家物語・灌頂の「大原御幸」「六道之沙汰」と本話は表現が近似している。

一二　平徳子。平清盛の娘。久寿二年(一一五五)生まれ。高倉天皇の中宮で安徳天皇の母。一門とともに都落ちし、壇の浦で入水したが、救出され、京都に連れ戻されて出家。のち大原の寂光院に住し、修道の生活を送った。建保元年(一二一三)没、享年五十九歳。

一三　前年の文治元年(一一八五)五月に剃髪し、九月に寂光院に隠棲していた。

一四　お忍びの御幸があった。主語は後白河院。

一五　平家物語では、「老い衰へたる尼一人」。なお、平家物語では、故少納言入道信西の娘の阿波の内侍と自ら名乗る。

一六　仏に献る花。　一七　どうして、世を捨てたとは言いながら、女院自らがそんな苦役をするのか。当時の大寺院には、下働きや花香を仏に供える役を負う承仕法師や堂衆がいたので、こういう疑問を抱いたのであろう。　一八　出家をなさった目標のためには、どうしてそのような苦行をなさらないはずがありましょうか。「はかり」は、目標、目当ての意。

一九　六欲天のうち下から二番目の三十三天のこと。須弥山《（しゆみせん）》の頂上にあり、その中央にある喜見城《（きけんじやう）》には帝釈天が住む。「かの忉利天上の億千歳の楽も、大梵王宮の深き禅定の楽も、これら諸の楽は未だ楽となすに足らず」(往生要集・大文二)。なお、底本「切利天」とあるのを訂した。

二〇　六欲天のさらに上方にある色界のうち一番下の段階の初禅天の最高位の王。　二一　深い禅(寂静と審慮を兼ね備えた状態)の境地に入っている時に得る楽しみ。

らずや。うき世を出《い》でて《ゝ》、仏の御国《みくに》に生《む》まれんと願《ねが》はん人、いかでか捨《す》つとならば[一]なを《(ほ)》ざりの事侍《(はべる)》べき。前《さき》の世《よ》にかゝる御行《おこ》なひのなかりける故《ゆへ》にこそ、[二]かゝる憂《う》き目《め》を御覧ずる事にて侍らめ」といひけり。御供《とも》の人〳〵も、「[三]姿《すがた》よりはあはれなる物《もの》いひかな」と[四]いひしろひ、また、院もあはれにおぼし召《め》したり。

　さて、[五]御住居《すまゐ》を御覧じまはしければ、一間《(ひと)ま》には、[六]阿弥陀《あみだ》の三尊立《た》て参《まい》らせて、花《はな》・香《かう》いといみじく供《そな》へさせ給《たま》へり。一間《(ひと)ま》には、[七]臥《ふ》させ給《(たまふ)》所と見《み》えて、[八]あやしげなる御衣《ぞ》、紙《かみ》の衣《きぬ》などあり。[九]障子《さうじ》には、経の要文《ようもん》ども書《か》か《ゝ》れたり。机《つくゑ》には、経読《よ》みさしてあむめり。心お《(を)》静《しづ》むべき文《ふみ》ども、ならびに[一〇]地獄絵《ゑ》など、[一一]さもと覚《おぼ(え)》ゑて並《なら》べ置《お》かれたり。これを御覧ずるに、何《なに》となく[一二]昔《むかし》の御あたり近《ちか》き御宝《たから》物どもには[一三]たとしへなきを、あはれに悲《かな》しくおぼさる。

　誰《たれ》もあはれとやおぼされけん、[一四]あるは、[一五]直衣《なほし》の袖《そで》を顔《かほ》に当《あ》て、あるは、[一六]面《おもて》を壁《かべ》に向《むか》へて、おの〳〵言葉《ことば》少《すく》なになりておはしけるほどに、山の上《うへ》より、尼《あま》二人下《お》りたりけり。一人《ひとり》は花籠《はなこ》を持《も》ち、一人《ひとり》は[一七]爪木《つまぎ》を拾《ひろ(ひ)》い持《も》ちたり。やう〳〵近《ちか》づき給《(たまふ)》を見《み》れば、花籠《はなこ》持《も》ちたるは女院にて

一　おろそかな事。いいかげんな事。
二　このようなつらい目をご覧になるのでしょう。平家一門の滅亡や御子の安徳天皇の死などを指す。
三　みすぼらしい姿に似ず。「絹布のわきも見えぬ物を結び集めてぞ着たりける。あのあり様にてもかやうの事申す不思議さよと思し召し」(平家物語・灌頂)。
四　言い合って。
五　「内の有り様を御覧ずれば、一間をば仏所にしつらひて、三尺の立像の御身は泥仏来迎の三尊東向きに安置し奉り、花、香を備へ奉る。仏前には浄土の三部経を置かせ給へり。観無量寿経をば半巻ばかりは遊ばし残りたりと見ゆ。…折々の御手すさみと覚えて、障子には諸経の要文、さまざまの詩歌なむど書き散らされたり。…さて、仏の御傍らの障子を引きあけて御覧ぜられければ、女院の御寝所とおぼしくて、御棹に懸けられたりける物とては、白小袖のあやしげなるに麻の御衣に紙の帯ばかりなり」(延慶本平家物語六末)に似る。
六　阿弥陀如来、観音菩薩、勢至菩薩の三尊仏。
七　ご寝所になさっている所。
八　粗末な。紙衣は僧の用いる最も粗末な衣服の一つ。
九　襖(ふすま)障子のこと。
一〇　地獄の有り様を描いた図。西行の聞書集に、「地獄絵を見て」と題する連作があり、凄惨な図が描かれていたことがわかる。
一一　いかにも出家生活にふさわしい様子で。
一二　宮中に暮らしていた頃に、身辺に置いていらっしゃった宝物ども。
一三　たとえようがないのを。比較にならないのを。
一四　ある者は。
一五　天皇・貴族の常用の服。平常服。
一六　顔を壁の方に向けて。泣き顔を他の人に見せないようにするのである。
一七　柴とか木切れなど、薪にする小枝。
一八　「爪木に蕨(わらび)折り具してさぶらふは、鳥飼の中納言維実の娘、五条大納言邦綱卿の養子、先帝の御乳母(めのと)、大

もの し給《たま》ひけり。爪《つま》木持《も》ちたるは、昔[一八]近《ちか》く召《め》し使《つか》はせ給《(たまひ)》ける人なりけり。おの〳〵涙《なみだ》を流《なが》して、[一九]あきれあひ給《たま》へり。

さて、傍《そば》の間《ま》より入《い》らせ給《たま》ひて、御袖《そで》かき合《あ》はせて、向《むか》ひ参《まい》らせておはしましけり。「いかに事[二〇]にふれて便《たよ》りなき御事も侍らんかし」など、さま〴〵語《かた》らはせ給《たま》へば、「何《なに》かは便《たよ》りなくもわびしくも侍《(はべる)》べき。いみじき善[二一]知識にこそ侍れ。常《つね》に思ひ出《い》で侍《はべ》れば、涙《なみだ》も止《とゞ》まらず。花《はな》[二二]の都《みやこ》お《(を)》出《い》でしより、[二三]返《(かへり)》見れば、我《わ》が住処《すみか》とおぼしくて、[二四]煙《けぶり》立《た》ち昇《のぼ》りて、行《ゆ》く先《さき》も涙《なみだ》にくれ[二五]ふたがり、いづれか山河ともわかれず。[二六]八島《しま》の里《さと》にまかりたりしかば、[二七]そのかみ見し直衣《なおし》などのやうに覚《おぼ》えで、弓矢《ゆみや》のほかに捧《さゝ》げ持《も》ちたる物なし。さて、こゝも叶《かな》ふまじとて、八島《しま》を出《い》でて、行方《ゆくゑ》も知《し》らぬ海《うみ》に浮《うか》みて、起《お》き臥《ふ》しは涙《なみだ》に沈《しづ》み侍《(はべり)》しほどに、船《ふね》[二八]に恐《をそろ》しき者《もの》ども乗《の》り移《うつ》り侍《(はべり)》しかば、[二九]今上おば《(を)》[三〇]人の抱《いだ》き奉《たてまつ》りて、海に入《い》り給《たま》ひき。人〳〵、或は[三一]神璽を捧《さゝ》げ、あるは[三二]宝剣《ほうけん》お《(を)》持《も》ちて、海《うみ》に浮《うか》みて、[三三]かの御供《とも》に入《い》りぬと名乗《なの》りし声《こゑ》ばかりして、失《う》せにき。残《のこ》れる者《もの》ども、目《め》の前《まへ》に命《いのち》を失《うしな》ひ、あるは、縄《なは》にてさま〴〵にしたゝめ、いましむ。[三四]少《すこ》しも情《なさけ》お《(を)》残《のこ》す事なし。[三五]今《いま》はとて、海《うみ》に入《い》りなんとせし時《とき》は、

納言の典侍(すけ)」(平家物語・灌頂・大原御幸)。

一九 驚き合いなさった。あまりの変貌に茫然としたことを言う。

二〇 何事につけても不如意な事がおありでしょうね。

二一 仏道に導き入れる善き導き手。機縁。

二二 寿永二年(一一八三)七月二十五日、木曾義仲に追われて、一門が都落ちした時のことを指す。以下の述懐は、平家物語では「六道」(「六道之沙汰」とも)として語られる所。

二三 振り返って見ると。

二四 平家が都落ちに際して、六波羅、西八条以下一門の邸宅を焼き払ったことは、平家物語七・維盛都落の段や玉葉の当日の条に詳しい。

二五 底本「かくれふたがり」のように読めるが、「久」の崩し方で入筆の部分が「可」の仮名のように見えるのであって、「くれふたがり」と読むべきである。

二六 屋島。香川県高松市の北東部。

二七 以前に見た直衣などの姿ではなく、弓矢のほかには捧げ持っている物もない。「そのかみ」とは、ここでは都落ち以前の宮中生活の中でのこと。

二八 壇の浦での合戦の有り様。源氏の武者たちが平家の舟に乗り込んできたこと。

二九 安徳天皇。

三〇 平家物語では、二位の尼(清盛の妻、時子)が帝を抱いて入水したとある。

三一 三種の神器の一つ。皇位のしるし。「神璽即本朝三種神器其中一也。即王者印也」(文明本節用集)。八坂瓊曲玉(やさかにのまがたま)のこと。

三二 三種の神器の一つ。草薙剣(くさなぎのつるぎ)のこと(天叢雲剣《あめのむらくものつるぎ》)。平家物語では、二位の尼が、「神璽を脇に挟み、宝剣を腰に差し、主上を抱き奉ッて」海に飛び込む。

三三 安徳天皇の御供をして海に入ったと、名乗る声だけが聞こえて、姿は海に消えた。

三四 少しも情けをかけることがない。

三五 もはやこれまでと、二位の尼が海に入ろうとした時は。

[一]焼石《やきいし》・硯《すゞり》など懐《ふところ》に入《い》れて鎮《しづめ》[二]にして、今上を抱《いだ》き奉《たてまつ》りて、まづは伊勢大[三]神宮を拝《おが》ませ参《まい》らせ、次《つぎ》に西方[四]を拝《ゝが》みて入《い》らせ給《(たまひ)》しに、我[五]も入《(いり)》なんとし侍《(はべり)》しかば、「女人[六]をば昔《むかし》より殺《ころ》す事なし。構《かま(へ)》[七]えて残《のこ》り留《とゞ》まりて、いかなるさまにても後の世《よ》を弔《とぶら》ひ給《(たまふ)》べし。親子《をやこ》[八]のする弔《とぶら》ひは、必《かなら》ず叶《かな》ふ事也。誰《たれ》かは今上の後世をも、我《(わが)》後世をも弔《とぶら》はん」とありしに、今上は何《なに》心もなく、振《ふ》[九]り分《わ》け髪《がみ》にみづら[一〇]結《ゆ》ひて、青色《あを》[一一]の御衣《(ぎよい)》を奉《たてまつ》りたりしを見《み》奉《たてまつ》りしに、心も消《き》ゑ《(え)う》失せて、今日《けふ》[一二]まであるべしとも覚《おぼ》えず侍《(はべり)》き。されども、後世を弔《とぶら》ひ奉《たてまつ》らむとて、身お捨《(を)す》て、命《いのち》を軽《かろ》めて、祈《いの》り奉《たてまつ》れば、いかでか諸仏菩薩も納《おさ》[一三]め給《たま》はざるべき。かゝれば、これに過《す》ぎたる善知識はなしとこそ覚《おぼ》え侍れ」とぞ、申させ給《たま》ひける。

[一四]さて、夜も更《ふ》け、月も傾《かたぶ》きにければ、御供《とも》の人も涙《なみだ》にしほ《(を)》れつゝ、返《(かへり)》にけるとなん。

これは、[一五]かの院の御あたりの事を記《しる》せる文に侍《(はべり)》き。何《なに》となく見過《みす》ぐしがたくて、書《か》き載《の》せ侍《(はべる)》なるべし。

一 焼いた石を布や綿に包んで懐に入れて、身体を暖めるためのもの。温石(おんじゃく)とも。 二 重りにして。身体が海上に浮き上がらないようにする。 三 皇室の宗廟。 四 極楽浄土の方角。 五 自分も。すなわち建礼門院自身のこと。 六 平家物語では、女院に生き残るよう説得する場面は延慶本にのみ見られる。「共に底の水屑と成らむと取り付き奉りしを、二位殿「人の罪をば親の留まり、子の残りて訪はぬかぎりは、苦患遁れざむなる物を。されば我身こそ今は空しく成るとも、残り留まりてなどか先帝の御菩提をも我等が苦患をも訪ひ給はざるべき」とて引き放ちて出で給ひしかば」(延慶本平家物語六末)。語り本では、二位の尼や安徳天皇の入水に続いて女院も海に身を投げる。 七 ぜひとも生き残って、どのような状態になっても、私たちの後世を弔ってください。 八 建礼門院は二位の尼の娘であり、安徳天皇の母である。 九 頭の頂から左右に分けて垂らした髪型。 一〇 左右に垂らした髪を両耳のあたりで束ねて輪にする。元服以前の年少者の髪型で、総角(あげまき)とも呼ばれた。「びんづら」とも。 一一 青白の橡(つるばみ)の略。麴塵(きくじん)、魚綾(ぎよりよう)、山鳩色ともいう。天皇の日常用の袍の色彩として用いられる、天皇専用の色彩。いわゆる禁色(きんじき)の一つ。光源の方向や種類により、緑から赤紫まで変化して見えるという。 一二 今日まで生き永らえるとも思われませんでした。 一三 願いをお聞きとりなさらないはずはない。 一四「さる程に寂光院の鐘のこゑ、けふも暮れぬとうち知られ、夕陽西にかたむけば、御名残り惜しうはおぼしけれども、御涙を抑へて還御ならせ給ひけり」(平家物語・灌頂)。 一五 後白河院の周辺の消息を記した文章が存在したことを示す。

▽平家物語・灌頂巻および巻十一・先帝身投の記述と、本話との類似について、閑居友が平家物語の直接の典拠であるとする説は、平家物語における中心的主題であるところの六道輪廻の事が閑居友にはほとんど記されないところから、説得力にやや乏しい。閑居友の末尾にあるごとく、「かの院の御あたりの事を記せる文」がかつて存在し、平家物語

（九　宮腹《ばら》の女房の、不浄の姿《すがた》を見《み》する事）

昔、[一六]某《それがし》の僧都とて、尊《たうと》き人、ある[一七]宮腹《ばら》の女房に、[一八]心ざしを移《うつ》す事ありけり。[一九]思《おも》ひかねてや侍《(はべり)》けん、うち口説《くど》き、心の底《そこ》を表《あら》はしければ、この女、[二〇]とばかりためらひて、「[二一]なじかは、さまでに煩《わづら》ひ給《たま》ふべき。[二二]里《さと》にまかり出《い》でたらんに、必《かなら》ず[二三]案内し侍《はべ》らむ」といひけり。この人、たゞ[二四]おほかたの情《なさけ》かとは思《おも》へども、さすがまた、[二五]昔《むかし》には似《に》ずなん思ひ居《を》りける。

かゝるに、いくほどもあらで、「このほど[二六]まかり出《い》でたる事侍《(はべり)》。[二七]今夜《こよひ》はこれに侍《(はべる)》べし」といひたり。[二八]さるべきやうに、出《い》で立《た》ちて行《ゆ》きぬ。この人出《い》で会《あ》ひて、「仰《おほ》せの[二九]揺《ゆる》ぎなく重《おも》ければ、まかり出《い》でて《ゝ》侍《(はべり)》。たゞし、[三〇]この身のありさま、臭《くさ》く穢《けが》らはしき事、譬《たと(へ)》えていはんかたなし。頭《かしら》の中《うち》には[三一]脳髄《なづき》間《ま》なく湛《たゝ》へたり。膚《はだへ》の中に、肉《しゝむら》・骨《ほね》を纏《まつ》へり。すべて、血《ち》流《なが》れ、膿汁《うみしる》垂《た》りて、一《(ひとつ)》も近付《ちかづ》くべき事なし。しかあるを、さま〴〵の外《ほか》の匂《にほひ》を[三二]傭《やと》ひて、いさゝかその身を飾《かざ》りて侍れば、何《なに》

も閑居友もともにこれに依拠して、それぞれの意図にあわせて脚色していると考えておくのが妥当であろう。閑居友の説話配列では、前話までの中国種の説話から一転して再び日本の話に戻った。建礼門院ともあろう人が、自ら苦役を行う意外さを、「仏の御国に生まれんと願はん人、いかでか捨つとならばなをざりの事侍べき」と説明する老尼の言葉に本話の意図が示されていると見られよう。前話の龐居士と霊照親娘の行為も、世を捨てたからには徹底的に現世の欲望を排除するというものであった。その点に説話の連続性が存するのではなかろうか。

一六 だれそれ。不定称の人称代名詞。
一七 皇女を母として生まれた女性で、宮仕えをしている女性。一八 恋心をいだいた。
一九 恋しさに耐えられなくなったのでしょうか。
二〇 →三九四頁注一一。
二一 どうしてそこまでお悩みになる必要がありましょうか。
二二 宮仕え先から実家に退出した時に。
二三 お知らせ申しましょう。底本「安内」。諸本により訂した。二四 通りいっぺんの情けだろうとは思ったが。
二五 打ち明ける以前とは比べものにならないくらい、その女房のことを思って待っていた。
二六 里に退出しました。二七 ここにおります。
二八 女と逢うための用意をして出かけた。
二九 おろそかにできないほど重大でしたので。
三〇 以下の文言は、人間の肉体の不浄性を言う。往生要集・大文一の不浄相などに詳細に述べるところを、簡潔に要約したような内容。上巻末尾第二一話の不浄の描写とも類似している。三一 頭蓋骨の内にある脳髄を指す。「脳　なづき　頭中髄脳也」（和名抄）。
三二 借りて利用する意。「白粉を施し、たき物をうつせど、誰かは偽れる飾りと知らざる」（発心集四の六）。「外には端厳の相を施すといへども、内にはただもろもろの不浄を裹む」（往生要集・大文一）などと同趣の考え方。

となく[一]心にくきさまに侍《（はべる）》にこそありけれ。そのまゝ[二]事《（こと）》のありさまを見《み》給《たま》はば《ゝ》、定《さだ》めて[三]けうとく、恐《おそろ》しくこそ[四]おぼしなり給《たま》はめ。このよしをも、細《こま》かに口説《くど》き申さむとて、「里《さと》へ」とは申侍《（まうしはべり）》し也」とて、「[五]人やある。火ともして参《まい》れ」といひければ、[六]切灯台《きりとうだい》に火いと明《あか》くともして来《き》たり。

さて、[七]引《ひ》き物《もの》を上《あ》げつゝ、「かくなん侍《（はべる）》を、いかでか[八]御覧じ忍《しの》び給《たま》ふべき」とて出《い》でたりけり。髪《かみ》は[九]そそけ上《あ》がりて、鬼《おに》などのやうにて、[一〇]あてやかなりし顔《かほ》も、[一一]青《あを》く、黄《き》に変《か》はりて、足《あし》などもその色ともなく、[一二]いぶせく汚《きたな》くて、血《ち》ところ〴〵付《つ》きたる衣《きぬ》のあり[一三]香《が》、まことに臭《くさ》く、耐《た（へ）》ゑがたきさまにて、さし出《い》でて《ゝ》さめ〴〵と泣《な》きて、「[一四]日ごとに繕《つくろ》ひ侍《（はべる）》わざを止《とゞ》めて、たゞ我《わ》が身の成《な》り行《ゆ》くにまかせて侍《（はべ）》れば、姿《すがた》も着《き》る物《もの》もかくなん侍《（はべる）》にはあらずや。[一五]そこは、仏道近《ちか》き御身なれば、偽《いつは》りの色を見《み》せ奉《たてまつ》らむも、かた〴〵畏《おそ》れも侍《（はべり）》ぬべければ、かやうに[一六]うちとけ侍《（はべり）》ぬる也」と、かき口説《くど》きいひけり。

この人、つゆ物《もの》いふ事なし。さめ〴〵と泣《な》きて、「[一七]いみじき友《とも》に逢《あ》ひ奉《たてまつ》りて、心をなん改《あらた》め侍《（はべり）》ぬる」とて、車に急《いそ》ぎ乗《の》りて、返《（かへり）》にけりとなん。

一　美しく、心ひかれる様子に。
二　本当の。→四三三頁注二七。
三　→四〇八頁注四。
四　お思いになるようになられるでしょう。
五　誰かいるか。人を呼ぶ時の言葉。
六　燭台の一種。形状については諸説あるが、書見などに都合のよい丈の低い燭台かと言われる。「切灯台に火近々とともしつつ、かつがつ書き付け、夜も昼も怠らずなん案じける」（無名抄）。
七　布を引いたり垂らしたりして、室内の隔てにするもの。几帳（きちやう）・帳（とばり）の類。
八　こらえてご覧になっていらっしゃれるでしょうか。
九　ぼうぼうと乱れ、けば立ち。「そそけたる葦の生ひざま」（源氏物語・梅枝）。
一〇　上品な感じだった顔も。
一一　青いところや黄色いところなど斑らに変わって。
一二　見苦しく、汚くて。
一三　着物に染み込んだ臭気。
一四　毎日の化粧を止めて。
一五　→三八九頁注二二。
一六　ありのままをお見せしたのです。通常の「うちとく」は、男女の中で、気を許して身をまかせる意に用いる。ここでは、それを逆手に一歩踏み込んだ意に用いている。
一七　真実の友。すなわち善知識の意。→四三九頁注二一。
一八　身を捨てたということになると。
一九　似ても似つかぬ醜いものになってしまうのでしょう。

まことにいみじく賢《かしこ》く侍《(はべり)》ける女の心也けり。今《いま》の世《よ》にも、さほどおどろ〳〵しきまでこそなけれども、[一八]捨《す》つとなれば、人の身はあらぬ[一九]物《もの》になり侍《(はべる)》にこそ。[二〇]かの水の面《おも》に影《かげ》を見《み》て、身[二一]お《(を)》いたづらになし果《は》てけん、さこそは[二二]廃《すた》れけん[二三]顔立《かほだて》は悲《かな》しく侍《(はべり)》けめ。[二四]小野小町《おのゝこまち》が事を[二五]書《か》き記《しる》せる物《もの》を見《み》れば、姿《すがた》も着《き》る物《もの》も、目《め》を恥《はぢ》しめ侍《(はべる)》ぞかし。まして、いたう顔《かほ》も良《よ》からぬ人の、成《な》り行《ゆ》くにまかせて侍らんは、などてかはこの女房の偽《いつは》りの姿《すがた》に異《こと》なるべき。いはんや、[二六]息止《いきと》まり、身冷《ひ》ゑ《(え)》て、夜を重《かさ》ね、日を送《おく》らん時をや、いかにいはんや、膚《はだへ》[二七]ひはれ、膿汁流《うみしるなが》れて、筋《すぢ》とけ、肉《しゝむら》とくる時《とき》をや。まことに、心を静《しづ》めてのどかに思《(おもふ)》べし。

（一〇　某《なにがし》の院の女房の、尺迦仏お《(を)》頼《たの》む事《こと》）

いと遠《とを》からぬ事にや。[二八]事の縁《えん》ありて、某《なにがし》の院の女房を[二九]仄知《ほのし》れる事ありき。

ある時、病《やまひ》に臥《ふ》したるよし伝《つた》へ聞《き》ゝしかば、限《かぎ》りなくあはれと思《おも》へども、さやうの所は、折《をり》あしき時《とき》もあるらむ。事忌《い》みすべきかたも、

「あらぬ物」は別物の意。
二〇 水面に映った自分の衰えた容貌を見て、絶望のあまり死んでしまった女の話(大和物語一五五段)を指す。「安積山影さへ見ゆる山の井の浅くは人を思ふものかは」という歌をめぐる歌物語として伝承されたものらしい。万葉集以来の異伝もあり、陸奥の釆女の歌と言われたり、さらには小野小町の歌とされて小町集に加えられたりもした。
二一 死んでしまったというのは。
二二 衰えた。「廃る」は、人に見向きもされなくなること。
二三 顔だち。容貌。
二四 伝未詳。平安時代初期の女流歌人。古今集・序に六歌仙の一人に挙げられる。
二五 玉造小町壮衰書を指すか。平安中期頃の成立で、詩序と五言詩から成る。驕慢のはてに落魄し、貧窮と老衰のなかで極楽往生を願望するに到るさまを描く。平安末以来、小野小町像の形成に重要な役割を果たした。なお、九想詩の絵も、描かれた女性を小野小町とする物がある。
二六 以下、死後の人体の変化(九想)を述べる。摩訶止観九の上の、脹想、壊想、血塗想、膿爛想、青瘀想に当たる。→上巻第二一話。
二七 「皮肉破壊し、身体坼裂して」(摩訶止観)に該当するか。「裂　ヒハル」(名義抄)。
▽上巻末尾の三話が不浄観説話であったように、下巻も末尾に不浄観説話を掲げる。上巻第一二話の、僧が偽悪の行為として女性を訪ねたのと同様の行為を、発心集四の六の玄賓は不浄観を凝らす便法として行った。本話は、女性の方が自らの醜い姿を晒すことによって、僧の妄念を晴らしたという、女性を中心に据えた話になっている。本話は人間存在そのもののもつ不浄性を仮借なく描いていると言えよう。
二八 ある縁があって。おそらく、某院の女房が慶政と師檀関係を結んでいたのであろう。
二九 わずかに知っている。

またなきにしもあらじと思《おも》ひて、ためらひ侍《（はべり）》しほどに、[一]おのづから日数《かず》にもなりぬ。

さて、事のたよりに、[二]苦《くる》しかるまじきとかや[三]仄聞《ほのきゝ》きて、[四]まかり向《むか》ひたりしかば、[五]見し人ともなく衰《おとろ（へ）》えにけるなるべし。西の方《かた》お見《（を）み》れば、几《き》帳のあなたに、[六]尺迦仏の御手《て》に[七]五色の糸付《いとつ》けて置《を》きたり。「さても[八]身《（みの）》思ひにも、仏《ほとけ》の国願《ねが》はぬ事やは侍《（はべる）》。[九]いづくの浄土をか、御心にかけてを《（お）》はすらむ」といへば、「何《なに》となく頼《たの》み慣《な》れにしかば、[一〇]霊山浄土に生《む》まればやと思《おも》ふ也」といへり。

今《いま》、思ひみるに、この浄土は[一一]なべて人の願《ねが》はぬとかや。しかはあれど、いづれの仏《ほとけ》かは、人を道びかんと誓《ちか》ひ給《たま》はぬはあらむ。中にも、本師尺迦如来は、申《（まうす）》につけても畏《かしこ》かるべし。又、[一二]この土は、[一三]天台大師ノ[一四]尺には、[一五]実報土と尺し給へり。或は又、[一六]同居土《（どうご）ど》ともいふめれば、同居ノ浄土ならんには、[一七]凡夫のむねとある所なれば、生《む》まれん事かたかるまじきにや。また、たゞ[一八]かの天竺ノ、草木生《を》ひ繁《しげ》りたる今《いま》の霊山に行《ゆ》きて、あやしの身お受《（を）う》くとも、「[一九]十六羅漢《かん》の中ノ第十五ノ[二〇]阿氏多尊者ノ千五百ノ眷属ノ羅漢とともに恵《めぐ》みお垂《（を）た》れ給《たま》ふ」と、法[二一]住《（ヂウ）》ノ記にも

一　自然に日数がたってしまった。
二　見舞に行っても差し支えあるまいとかいうことを。
三　ほのかに聞き伝えて。　四　会いに参りましたところ。
五　以前見た人とも思えないほど痩せ衰えていたようであった。　六　慶政の釈迦信仰は上巻第九話における不軽菩薩礼拝、同第一〇話における涅槃経信仰などの背景にあった。
七　慶滋保胤の二十五三昧会起請に、危篤の結衆を往生院に移して仏手に繋いだ五色の幡の端を握らせるとある。臨終に際して来迎を受ける行儀。浄土教による阿弥陀来迎信仰が普及しているが、釈迦来迎図もわずかながら現存する。
八　私自身の願いとしても、仏の国に往生したいと願わないことがありましょうか。　九　どの仏の浄土を、心に懸けて願っていらっしゃるのですか。→四三六頁注七。
一〇　霊鷲山《りょうじゅせん》にある浄土。霊鷲山はインド、ビハール州にあり、かつてのマガダ国の首都ラージャグリハ（王舎城）にある山。ラトナ山の東側中腹にあり、この山頂で釈迦が経を説いたと言われる聖跡。釈迦常住の地として、浄土と仰がれた。「今近くに所望するは、仏の来迎により、霊山に生まれんと欲す」（貞慶著・欣求霊山講式）。
一一　普通。普通には浄土と言えば阿弥陀の極楽浄土を指し、霊山浄土は一般的でなかった。貞慶・明恵らの釈迦信仰の鼓吹によって、この頃から次第に普及され始めていた。
一二　霊鷲山の浄土を指す。　一三　→三九二頁注六。
一四　釈。法華文句を指す。同書巻十上に、「上に常住不滅を頌し、常に霊鷲山に在り。此を実報土と謂ふ也」とある。
一五　「実報無障礙土《じっぽうむしょうげど》」の略。実証の行が完成した結果、浄土となった現実世界を言う。そこは菩薩のみが居住する所と言われる。　一六　「凡聖同居土《ぼんしょうどうごど》」の略。凡夫と聖者がともに居住する世界。浄穢の二つに分かれ、穢土としての現実の娑婆世界と、浄土としての極楽世界とがある。天台大師智顗の著、維摩経文疏において、仏国土を凡聖同居土・方便有余土《ほうべんうよど》・実報無障礙土・常寂光土の四種に分類したのに基づく。　一七　凡夫がもっぱらいる所だから。
一八　この時代には、天竺の仏跡の荒廃が、しきりに言われ

侍れば、それに教ゑ《おし(へ)》られ奉《たてまつ》りて、惑《まど》ひお翻《(を)ひるがへ》し、悟《さと》りに赴《おもむ》かんと思ふべし。この事を思ひ初《そ》められけん、殊《こと》にありがたかるべし。たとひ、いづくの浄土お願《(を)ねが》ふとも、[二二]一代化主なりければ、[二三]この仏《ほとけ》をば必《かなら》ず仰《あふ》ぐべき也。静《しづ》かに思ひ続《つゞ》くれば、本師尺迦如来、拙《つたな》き我等がために、この濁《にご》れる世《よ》に降《お》り立《た》ちて、[二四]大小の教法を説《と》きて、[二五]亡《な》き後《あと》のこのころをさへひきかけて、さま〲に[二六]こしらへ給え《(へ)》るに、[二七]少《すこ》し心のつくかとするまゝに、こゝかしこの浄土を求《もと》めて、[二八]教《おし》へ育《はぐゝ》み給え《(へ)》る御事を、[二九]さしを《(お)》かん事いかゞと覚《おぼ》え侍《(はべり)》。

この尺迦如来の尊《たうと》くありがたき事、思ひ続《つゞ》くる折《をり》ごとに、思《おも》ほえず涙《なみだ》の落《お》つる事、いくそばくぞや。[三〇]悲花経に向《むか》ひて、その誓《ちか》ひの[三一]細《こま》かなる事を尋《たづ》ぬれば、「[三二]我、さま〲に身お現《(を)あら》はして、こしらゑ《(へ)》教え《おし(へ)》んたぐひ、命終《いのちをは》りて後《のち》、[三三]三悪道に堕《お》ち、[三四]我《わ》が国《くにゝ》に生《む》まれずといはば、我、昔《むかし》よりこのかた菩提のために習《なら》へる所の、もろ〱の[三五]正法こと〲く滅《ほろ》び失《うしな》ひて、作《つく》らんとせん[三六]善功徳《くどく》、みな作《つく》られぬ身とならん」と誓《ちか》ひ、また、「[三七]五逆悪作《つく》り、不善業を発《ゝこ》して[三八]無間地獄に堕《お》つべからん者《もの》をば、我代《かは》りて苦を受《う》けて、その人をば諸仏に値遇《ちぐ》せしめ、[三九]涅槃の宮《みや》に入《い》れ

ている。延慶本平家物語・山門滅亡、宝物集、発心集、澄憲表白集、言泉集、撰集抄などに類似の文言が頻出し、その淵源は戒覚の渡宋記の永保三年四月十六日条「天竺往還の僧相談じて曰く、菩提樹は根を払ひて、祇園精舎は見えず、只礎石のみ遺れり」にあったと言われている。 一九 大阿羅漢難提蜜多羅所説法住記に、釈迦入滅の時、十六人の羅漢が正法を守ることを誓ったとある。「第十五の尊者、自らの眷属千五百の阿羅漢とともに、多分に住して、鷲峰山中に在り」の意訳。「羅漢」は阿羅漢の略。修行を完成して人々の供養や尊敬を受けるべき地位に到達した者の意。 二〇 十六羅漢の十五番目に数えられる Ajita.「尊者」は仏弟子に対する敬称。 二一 「大阿羅漢難提蜜多羅所説法住記」の略。玄奘訳。一巻。 二二 一代教主に同じ。「一代」は釈迦の成道(じょうどう)から入滅にいたるまでの一生涯の意。「化主」は教化する者の意。 二三 釈迦如来を指す。 二四 大乗仏教と小乗仏教。 二五 入滅後の今頃のことまで引き寄せて。 二六 教え導くこと。「説　コシラフ」(名義抄)。「誘　コシラフ」(華厳音義私記)。 二七 少し仏道を信じる心が付くにしたがって、あちらこちらの他の仏の浄土を求めて。 二八 釈迦が教え、育みなさったことを忘れ。 二九 後回しにするのはどうかと思われます。 三〇 北涼の曇無讖(どんむしん)訳。十巻。釈迦の大悲を讃えた経典。阿弥陀仏の前生が、無諍念王という転輪聖王であったという本生譚を伝える。三一 こまやかなこと。懇切なこと。 三二 「若し彼の衆生、命終の後、三悪道に堕ち、我が国に生まれず、人身を受くてへれば、我の知る所の無量の正法、悉く滅び失すべし。所有の仏事、皆成就せざらん」(悲華経六)。釈迦如来が過去世において宝海梵志であった時、悪世の衆生を救うために悪世に成仏しようと五百の大誓願を発したという、その誓願の一つ。このあたり、実際には悲華経の偽経である釈迦如来五百大願からの引用と考えられる。 三三 地獄・餓鬼・畜生の三つの世界。 三四 釈迦如来の浄土。 三五 正しい道理。 三六 善を積むことによってその人に備わる徳性。 三七 「五逆罪」のこと。犯せば無間地獄に堕ち

しめむ」と誓《ちか》ひ給《たま》へり。見《み》る目《め》もありがたくこそ侍れ。[一]菩薩の誓い《ちか(ひ)》を立《た》ててより以来《このかた》、数《かず》もなく身を捨《す》て、命《いのち》を失《うしな》ひて積《つ》み集《あつ》め給《たま》へる功徳《くどく》[二]を、つたなき我等が故《ゆゑ》に空《むな》しくなし給《たま》はん事、また、[三]とりなすにつけても忝《かたじけ》なくも侍《(はべる)》かな。

あさましや、我等が心から、我身をあしくなし果てて、[四]大聖無上世尊ノ[五]万字《(まんじ)》の御胸《むね》を煩《わづら》はし奉《たてまつ》る事。その咎《とが》、いひてもやるかたなかるべし。[六]「すべて、民《たみ》をなだめ、国を治《をさ》むるまでも、仏の智慧《ちゑ》を分《わ》かちて、施《ほどこ》し給《たま》へる也」と、[七]経には説《と》きて侍《(はべる)》めれば、何《なに》わざか、仏《ほとけ》の恩《おん》を離《はな》れたるはあらん。あるは、[八]鏡《かゞみ》の影《かげ》にみづからの目《め》を悦《よろこ》ばしめ、あるは、水の面《おも》に憎《にく》からぬ形《かたち》を愛《あい》する。これみな、尺迦如来ノ我等が苦に代《かは》りて、我等《ら》を浮《うか》め給《たま》へる故《ゆゑ》にはあらずや。また、[九]一陣《〈チン〉》駆《か》くるもののふの、[一〇]胡録《〈コロク〉》の矢《や》を早《はや》く抜《ぬ》き、頭《かうべ》を刎《は》ぬる兵《つはもの》の、剣《つるぎ》を振《ふる》ひて[一一]名を流《なが》すまでも、釈迦如来の力《ちから》に依《よ》りて、[一二]このたび、人の姿《すがた》に浮《うか》び出《い》でて、かゝるなるべしと思《おも》はば、なを《(ほ)》尺尊《そん》の恩《おん》を離《はな》るゝ事なきにや。かやうに思《おも》ひ続《つゞ》けて、時《とき》〴〵[一三]あはれをかけ奉《たてまつ》らば、これまづ、本師ノ恩を思《おも》ひ知《し》る初《はじ》めなるべし。

ると言われる五つの大罪。母を殺す、父を殺す、阿羅漢を殺す、仏身を傷つけ出血させる、教団を破壊する、の五種。以下の文言は、悲華経七による。釈迦の誓願の一つ。
二八 間断なく苦を受ける地獄。八大地獄のうちの最下の地獄で、阿鼻地獄とも言う。
二九 悟りの境地の意。

一 悟りを得ようとの誓い。
二 釈迦が悟りを開くまでの前生におけるさまざまの善業を指す。いわゆる本生譚として語られるもの。
三 取り扱う。話題にする。
四 釈迦如来のこと。大いなる聖なるこの上ない世尊の意。
五 卍のこと。吉祥とも言う。仏の胸や手足・頭髪・腰などにこのような印が現れるという。「胸に万字あり。実相印と名づけ、大いなる光明を放つ」(往生要集・大文四)。
六 国を治め、民を撫でる法を仏から授かるという説話が、三国伝記一の十四「周穆王、霊山に到る事」に見られ、太平記十三・竜馬進奏事にも同じ話がある。
七 出典未詳。美濃部注は金光明経・四天王品などに記される所説を指すか、とする。
八 鏡に映った自分の姿に自ら満足し、水面に映った自分の悪くない容貌を自ら愛する。鏡中の像、水面の月影は、ともに大日経・住心品に説く十縁生句(十喩とも)に挙げられる実体のないもの。それらとの連想があろう。「水の面の月を実と思ひ、鏡の中の影をげにと深く思ひ入りて」(撰集抄・序)。
九 「一陣」が正しい。先陣の意。
一〇 矢を入れて背負う道具。箙(えびら)または胡簶(やなぐい)。底本、「胡録」の左傍に「エヒラ」と振り仮名がある。
一一 名を挙げる者までも。
一二 今生で、人間の姿をとって、六道輪廻の迷いの海から浮かび出て。
一三 釈迦に対する感謝の念。
一四 おろそかに思えるだろうか。

かやうに思《おも》ひつゝ過《す》ぐし行《ゆ》く世中《(よのなか)》に、この某《なにがし》の院《いん》の女房のさまを見《み》て、[一四]あだに覚《おぼ》えんや。願《ねが》はくは、[一五]この跡《あと》を見そなはさん人、この事《(こと)》[一六]は《(わ)》りをおぼし召《め》し知れと也。

[一七]誰故《たれゆゑ》浮《うか》び出《い》でて、よしあしを弁《わきま》ふる身なればか、なを《(ほ)》ざりの思《おも》ひをなすべき。まして、[一八]風お《(を)》敷《し》き、雲に臥《ふ》して、世の塵《ちり》に汚《けが》れずして年《とし》を送《おく》りけん、天竺・晨旦の昔《むかし》の高僧たち、いかに尺迦如来の御事を思《おも》ひ知《し》る節《ふし》多《おほ》くいまそかりけん。[一九]かやうに独《ひと》り居《ゐ》の深山《み》の庵《いほり》には、[二〇]風の前《まへ》の草の靡《なび》きやすき心なれども、何《なに》となく立《た》ち出《い》でて、[二一]むつかしき世中《(よのなか)》に交《まじ》らへば、[二二]波《なみ》の上《うへ》の月の静《しづ》まりがたかるべし。[二三]構《かま》ゑ《(へ)》て身を留《と》めて、治《おさ》まれる心となし果《は》てて、おのづから仏《ほとけ》の御事をも思ひ知《し》るべき也。

さて、[二四]まかり出《い》でて、道すがら、何《なに》となくこの[二五]仏《ほとけ》の御名のみ唱《とな》え《(へ)》られて侍《(はべり)》き。昔、[二六]目蓮尊者、遥《はる》かの国にて、返らん道に迷《まよ》ひて、尺迦の御名を唱《とな》え《(へ)》しに、その声遥《こゑはる》かに仏の御もとに聞《き》こゑ《(え)》て、[二七]阿難《あなん》尊者は、「何《なに》人《(びと)》の、御名を唱《とな》ふるぞ」と疑《うたが》ひ、仏は、「目蓮が道を惑《まど》はして、我を念《ねん》ずる也」と仰《おほ》せられし事、思ひ出《い》でられて、[二八]常在霊山の空《そら》には、今《いま》の声《こゑ》も聞《き》こし召《め》し過《す》ぐさじや、阿難の詞も仏の御言葉《みことば》も昔《むかし》に違《たが》はじ

一五 某の院の女房の事をお読みになった人は。
一六 「理《ことわり》」の宛て字。
一七 誰のおかげで人間界に生まれて、よしあしを弁える身となったのか、(言うまでもなく釈迦如来のおかげであるから、釈迦如来のことを)おろそかに思うべきであろうか、(いいかげんに思うべきではない)。
一八 「風を敷き」「雲に臥し」は、ともに、山中に修行する意の比喩的表現。典拠のある言葉と思われるが、確かな出典は未勘。「雲に臥す」は、漢語「臥雲」の和語化したもの。「雲に臥す人の心ぞ知られぬる今日を初瀬の奥の山踏み」(秋篠月清集)。「むなしく大原山の雲に臥して」(方丈記)。
一九 筆者、慶政の草庵を指すか。
二〇 このあたり、発心集の序文によっているか。「此の心に強弱あり、浅深あり、…風の前の草の靡きやすきが如し。又、波の上の月の静まりがたきに似たり」とある。
二一 わずらわしい世の中。ここも、方丈記の「すべて、世の中のありにくく、我が身と栖とのはかなくあだなるさま、又かくの如し」以下の発想と近いものがある。
二二 維摩経の十喩や、大日経の十縁生句に、「水中の月影」が挙げられており、実体のないものとされる。「水中の月の、波に随ひて動き易く」(往生要集・大文二)。
二三 何としても身を落ち着けて、すっかり心を静めることができてはじめて、自然に仏の事をも思い知ることができるのであろう。
二四 某院の女房のもとから退出して。
二五 釈迦如来。
二六 出典未詳。目蓮は、目犍連ともいう。釈迦の十大弟子の一人。神通第一と称された。地獄で苦しむ母を、地獄から救い出したと言われる。
二七 阿難陀ともいう。釈迦の十大弟子の一人。侍者として二十五年釈迦に仕え、説法を聴聞することが多かったので、多聞第一と称された。
二八 釈迦は滅後も常に霊鷲山に在ると言われる。「於阿僧祇劫。常在霊鷲山」(法華経六・如来寿量品)。

とまで、心をやりて、頼《たの》もしく覚《おぼ》えぬ。

さて、つく〴〵と思ふやう、[一]草むらに人に怖《お》ぢらるゝ蛇《くちなは》も、昔《むかし》はか[二]やうの人にてある折《をり》もありけん。[三]柳の眉細《ほそ》く描《か》けり。春ノ霞色《いろ》を恥《は》づ。[四]蘭麝《（らんじゃ）》の匂《にほ》ひ四方《よも》に恥《は》づかし。[五]秋風名残《なごり》を送る身にてもありけんに、あやしの我らも見《み》ては怖《お》ぢ恐《をそ》れ逃《に》げ走《はし》る事、あはれにも侍《（はべる）》かな。たゞ、人は、[六]心がともかくも成《な》り侍《（はべり）》て、愛《あひ》せらるゝ時もあり、怖《お》ぢらるゝ折《をり》も侍《（はべる）》にこそ。かの[七]梁《（リヤウ）》ノ武帝ノ后、いかばかり[八]あたりもいみじく侍《（はべり）》けん。死して後《（のち）》、大《おほ》きなる蛇《くちなは》になりて、[九]御門《（みかど）》に罪《つみ》を訴《うれ》ふる事ありき。今《いま》よりは、かやうの蛇《くちなは》・蚯蚓《みゝず》までも、いたく疎《うと》しとはさし離《はな》たじよと覚《おぼ》ゆ。[一〇]世《よ》ゝ経《へ》たる父母、[一一]むつ事の仲《なか》らひにてもあるらん。まして仏は、よろづの生《い》きとし生《い》ける物《もの》をば、みな等《ひと》しく我子《（わがこ）》の如《ごと》く、哀《かな》しみ、あはれみ給へば、彼《かれ》らをうと〳〵しく思《おも》はば、仏の御心に遠《とを》ざかるかたもあるべしなど、さま〴〵に覚《おぼ》え侍《（はべり）》き。

さても、この仏の御事の書《か》きたく[一二]侍《（はべる）》まゝに、何《なに》となき事のついでを悦侍《（よろこびはべり）》ぬるにこそ。

一　以下の文言は、撰集抄に語句や論旨をほとんど変えずに取られている。
二　「かやうの」とは、必ずしも某院の女房を指すのではなく、自分たちのような、と一般化したもの言いなのであろう。
三　漢語「柳眉」の訓読語。柳の芽の萌え出たさまに見立てたもの。美女の形容として用いられる。
四　蘭の花の香りと麝香とを合わせた香料。芳香の代表的なもの。
五　秋波を送る身。女性の比喩的表現。
六　どちらにせよ心の向きによって、愛される時もあり、恐れられる時もあるのでしょう。
七　梁の武帝(六世紀前半)の皇后徳郗が、死後に竜となって武帝の夢に現れ、後宮の女性たちを嫉妬したことを指す(南史巻十二・列伝二)。
八　周囲の人々も美しく思ったでありましょうに。
九　武帝。
一〇　何世か前の前世での父母。
一一　先の世で睦言を交わした仲だったかもしれない。
一二　底本、「ゑ」に見せ消ちして、右傍に「く歟」と書く。

▽「仄知れる事ありき」とあるように、上巻末尾の第二一話同様、筆者の実体験を語る。しかし、その話は極めて簡略で、筆者の知人の某院の女房の病気を見舞ったところ、釈迦来迎を待つ行儀を行っていた、というだけの話である。これに対して、筆者自身の考える釈迦信仰を熱心に説いているのである。平安中期以来、浄土教の浸透と阿弥陀来迎思想が盛行していたのに対して、鎌倉時代の初期から、旧仏教の側から、戒律の復興と併せて、釈迦信仰が鼓吹された。その中心になったのが、貞慶と明恵であった。慶政が明恵と極めて親しい関係にあって、よく似た信仰を抱いていたことは知られているが、本段における釈迦信仰への傾倒はその一端を示している。

（一一　東山にて往生する女《め》の童《わらは》の事《こと》）

近《ちか》きほどの事にや。[一三]東山なる聖《ひじり》[一四]のもとに、賤《あや》しの下種《げす》[一五]女の、年《とし》廿二三ばかりなる、[一六]世心地《ち》に患《わづら》ひて、病《や》み臥《ふ》せるありけり。[一七]ひまなく念仏をぞ申《(まうし)》ける。[一八]房の主《ぬし》も、[一九]事ざまよりもあはれにぞ思ひける。

さて、[二〇]ある夕《ゆふ》さり、いふやう、「我はこの寅《とら》[二一]の刻《とき》に死《し》に侍らんずる也。[二二]火など消《け》ち給《たま》はで、よく[二三]目守《まぼ》り給《たま》へ」といふ。房の主《ぬし》いふやうは、[二四]「いみじき行《おこ》なひ人だにも、その終《おは》りをばゑ《(え)》知《し》らずこそ、さま〴〵におぼし煩《わづら》ひ侍《(はべる)》めるに、かくのたまはすることそ、[二五]げにとも覚《おぼ》えず侍《(はべれ)》。[二六]いかなる事のあれば、かくはいふぞ」といひけり。女いふやう、「我は、主《しう》の使《つか》ひに、市《いち》に交《まじ》はりて、[二七]かた〴〵に[二八]いとま要《い》りしかど、この七八年、日ごとに三万反ノ念仏は[二九]いかにも欠《か》き侍らず。これさらにこの世《よ》のためにあらず。たゞ[三〇]臨終正念往生極楽のため也。しかあるに、[三一]いみじき人来《き》たり給《(たまひ)》て、「この寅《とら》の刻《とき》に迎《むか(へ)》えんずるぞ。わびしとな思《おも》ひそよ」と[三二]こしらへ給《たま》へりつる也」といひけり。さて、この[三三]家主《いゑぬし》も寝《ゐ》も寝《ね》

一三 京都市の東方、南北に連なる北は比叡山から南は稲荷山に至る山なみを指すが、ここでは具体的にどこを指すか不明。おそらく、将軍塚の山麓一帯、長楽寺、双林寺、円山、粟田あたりのどこかであろう。
一四 不明。下種女を召し仕っている点から見れば、尼僧であろうか。
一五 身分の低い女。下女。
一六 流行の病気。
一七 一刻も休まず念仏を唱えていた。
一八 この下種女の主人の聖。
一九 下種女という身分のわりには、感心なことだと思った。
二〇 ある夕方。
二一 午前三時から五時までの間の時刻。
二二 灯火。
二三 見守っていてください。
二四 すぐれた修行者でも、自分の死期を知ることができないからこそ、さまざまに思い煩うのでしょうに。
二五 本当とも思えないでおります。「侍り」は「いる」の意の自動詞。ただし、こういう場合、「侍り」を補助動詞として用いて「覚え侍らず」というのが普通の言いまわし。
二六 どのような証拠があって、そう言うのか。
二七 あれやこれやと。
二八 時間が必要だったけれど。
二九 なんとしても。絶対に。
三〇 臨終の時に妄念を起こさず、正しい観念を持って極楽に往生するためである。極楽往生を目指す人々にとって、臨終の間際に妄念が起こるかもしれないことは大きな不安だった。
三一 立派な人がおいでになって。
三二 →四四五頁注二六。
三三 「房の主」に同じ。

ず、目守《まぼ》り居《ゐ》て侍《(はべり)》ければ、[一]子《ね》、丑《うし》の貝《かい》を数《かぞ(へ)》ゑて、「時よくなりにけり」とて、起《を》き居《ゐ》て、声《こゑ》を高《たか》くして、[二]念仏十反ばかり申《(まうし)》て、息止《いきとゞ》まりにけり。いとあはれにこそ聞《き》こゑ《(え)》侍れ。

さやうの[三]際《きは》の者《もの》は、後《(のち)》の世《よ》の事をばかけ[四]ふれ思ひも寄《よ》らず、[五]たゞさし当《あ》たりたる事をのみこそ、嘆《なげ》きも悦《(よろこび)》もする事にて侍《(はべる)》めるに、日ごとに怠《おこた》りなく[六]勤《つと》めけん事、[七]この世《よ》一《(ひとつ)》ならぬ縁《えん》にこそ侍《(はべり)》けれ。げに、かの昔の[八]無上念王の御時ノ国の民《たみ》などにて、縁《えん》を結《むす》びて侍《(はべり)》けるや覧《(らん)》。[九]すゞろに[一〇]気《け》ぢかく頼《たの》もしく、[一一]したる勤《つと》めはなけれども、よき[一二]方人《かた(うど)》のやうに覚《おぼ》えて、事にふれていさゝか心の澄《す》み渡《わた》り侍《(はべる)》には、[一三]この仏の御名のみ唱《とな》へられ侍《(はべる)》ぞかし。また、いさゝかあはれに[一四]無慙《むざう》なる事を見聞《みき》くにも、まづこの仏の御名《な》のみぞ唱《とな》へられ侍《(はべる)》。いかにも、[一五]過《す》ぎ来《こ》し世《よ》ゝにこの仏に契《ちぎ》りの深《ふか》く侍《(はべり)》けるなめり。さればこそ、[一六]天台大師も、[一七]「弥陀《みだ》とこの世界《せかい》の極悪の衆生とは、ひとへに[一八]因縁あり」とは説《(とき)》給《たま》ふらめ。

今《いま》、この[一九]あやしの事を聞《き》くに、[二〇]頼《たの》みの心ねんごろ也。[二一]願《ねが》はくは、[二二]なを《(ほ)》ざりに書《か》き流《なが》す筆《ふで》の跡《あと》を尋《たづ》ねて、[二三]草の庵《いほり》の中に仮《かり》の寝《ね》の夢を見果《みは》て、

一 子(午後十一時から午前一時)、丑(午前一時から午前三時)の時を知らせる法螺貝の数を数えて。宮中では時刻を鼓・鐘で知らせたが、山寺では法螺貝を用いたらしい。「時は山寺わざの貝四つ吹く程になりにたり」(蜻蛉日記・天禄二年六月条)。
二 いわゆる最期の十念。
三 身分。
四 少しも、の意か。
五 当面の事だけを。
六 三万反の念仏を行ったこと。
七 この世だけでなく、前世からの因縁があったのでしょう。
八 阿弥陀如来が成道以前の前生において、転輪王(正義を以て世界を治める王)であった時の名。「無諍念王」と書くのが正しい。→四四五頁注三〇。
九 何となく。 一〇 親しみやすく。
一一 これといって、そのためにしたと言えるほどの修行はないけれども。
一二 味方。
一三 阿弥陀如来。
一四 →四一二頁注一。
一五 過去世。さまざまに生まれ変わりを繰り返した前生。
一六 →三九二頁注六。 一七 出典未詳。
一八 底本「周縁」とも読めるが、「因縁」の異体字と見ておく。
一九 「賤しの下種女」の事を指す。
二〇 頼みにする気持ちは、痛切である。後続の文によれば、先に極楽往生して仏になった「賤しの下種女」が、これを書き記した縁によって、慶政を極楽に導いてくれることを、頼みにしていることがわかる。慶政の書写した往生伝の奥書にしばしば類似の文言が見える。
二一 「願はくは、なをざりに書き流す筆の跡を尋ねて」は、後の「必ず立ち返り」に掛かる。
二二 おろそかに。拙く。
二三 草庵の中で、仮の世である現世の生を終えて、草庵の松の扉に永久の別れを告げる時。

松の扉《とぼそ》の間《あひだ》に永《なが》き別《わか》れを告《つ》げん時《とき》、必《かなら》ず立《た》ち返《かへ》り、友《とも》を[二四]いざよふ縁《え》にもなせかしと也けり。

そも〳〵、[二五]を《(お)》ろ〳〵[二六]伝記を尋《たづ》ね侍《(はべる)》に、行《おこ》なひは何《なに》の行《おこ》なひにてもあれ、常《つね》に心を澄《す》まして濁《にご》すまじきにこそ侍《(はべる)》めれ。吹風《(ふく)》、立《た》つ波《なみ》につけて、[二七]善知識の思ひをなして、常《つね》に心お《(を)》静《しづ》むべき也。その中に、昔《むかし》より、海《うみ》の辺《ほと》り、野の間《あひだ》、跡《あと》あまた見《み》え侍《(はべれ)》ど、深《み》山の住居《すまゐ》ぞ澄《す》みて覚《おぼ》え侍《(はべる)》。されば、天竺・晨旦《しだん》の賢《かしこ》き跡《あと》を尋《たづ》ぬれば、多《おほ》くは深《み》山の住居《すまゐ》なりけり。

[二八]かゝる数《かず》にもあらぬ憂《う》き身にも、松風お《(を)》友《とも》と定《さだ》め、白雲を馴《な》れ行《ゆ》くものとして、ある時《とき》は、[二九]青嵐《(ラン)》ノ夜、[三〇]すさましき月の色を眺《なが》め、ある時《とき》は、[三一]長松の暁《あかつき》、[三二]さびたる猿《さる》の声《こゑ》を聞《き》く、ある時《とき》は、[三三]訪《と》ふかとすれば過《す》ぎて行《(ゆく)》むら時雨《しぐれ》を窓《まど》に聞《き》き、ある時《とき》は、[三四]馴《な》るゝまゝに荒《あ》れて行《ゆ》く高《たか》嶺《ね》の嵐《あらし》を友《とも》として、窓《まど》の前《まへ》に涙《なみだ》を抑《ゝさ》へ、[三五]床《ゆか》の上《うへ》に思《おも》ひを定《さだ》めて侍《(はべる)》は、何《なに》となく心も澄《す》み渡《わた》り侍れば、それをこの世《よ》の楽《たの》しみにて侍《(はべる)》なり。たとひ[三六]後《のち》の世《よ》お《(を)》思《おも》はずとも、たゞこの世《よ》一《(ひとつ)》の心を遊《あそ》ばせて侍らんも、あしからじものを。海《うみ》の辺《ほと》りに居《ゐ》て、寄《よ》り来《く》る波《なみ》に心を洗《あら》ひ、谷《たに》の深《ふか》きに隠《かく》れて、[三七]嶺《みね》の松風《かぜ》に思《おも》ひを澄《す》まさむ事、後《のち》の世《よ》のためとは思《おも》はず

二四 「いざなふ」の誤りか。ただし、諸本いずれも「いざよふ」。「いざよふ」は、たゆたう、ためらう、の意。「いざなふ」なら、誘うの意。

二五 →四一二頁注六。

二六 高僧伝、往生伝の類。慶政は各種往生伝類を書写したことが知られている。

二七 善知識(→四三九頁注二二)だと思って。

二八 このような、ものの数にも入らぬ情けない私の身にも。以下、美文で、全体の結びに相当する叙述が続く。この結び相当部分の文章・語句は撰集抄にたびたび利用されている。

二九 「青嵐」は若葉の樹間を吹き抜ける風の意。以下の文は、「暁、長松の洞に入れば、巌泉咽んで嶺猿吟ず。夜、極浦の波に宿すれば、青嵐吹いて皓月冷(すさま)じ」(和漢朗詠集・行旅・慶滋為雅)の語句を引用。

三〇 冷たい月の光を眺め。典拠の「皓月」は、皓々と照らす月光。

三一 丈高い松に囲まれて迎えた暁。

三二 寂しげな猿の声を聞く。

三三 わが庵を訪れるのかと思っていると通り過ぎて行くむら時雨が、窓を打つ音を聞き。「むら時雨」は、ひとしきり強く降っては、すぐに通り過ぎて行く時雨のこと。「むら時雨過ぐれば晴るる高嶺より嵐に出づる冬の夜の月」(秋篠月清集)。

三四 馴れるにしたがってますます激しく吹き荒れる嶺の上を吹く嵐を友として、草庵の窓の前で涙を抑え。

三五 坐禅を組む床の上で、心を集中する。「定心」をやわらかく言い換えたものか。

三六 後世のためを思わなくとも、ただ現世だけの楽しみとして、心をそうした風雅の境に遊ばせるのも、悪くはありますまい。

三七 慶政が明恵に贈った歌に、「深き夜の雲間にひとりすむ月の影吹きおくれ嶺の松風」(新千載集・釈教)というのがある。

とも、澄《す》み渡《わた》りて聞《き》こゆべきにや。いはむや、思ひをま一事《(こと)》の道《みち》にかけて、濁《にご》れる人〳〵を遠《とを》ざかり、心お《(を)》憂《う》き世中《(よのなか)》に留《とゞ》めずして、世《よ》の塵《ちり》に汚《けが》れじと住《す》まはんは、などてかはあしく侍《(はべる)》べき。あさましや、眼《まなこ》の前《まへ》の陽炎《かげろふ》のあるかなきかの世《よ》の中に、仮《かり》の名に耽《ふけ》りて、二長《なが》き夜《よ》を送《おく》り、偽《いつは》りの色に絆《ほだ》されて、昔の三五戒の報《むくひ》お《(を)》行方《(ゆく)ゑ》なくなし果《は》てん事、悲《かな》しくも侍《(はべる)》かな。しかるを、四無明の眠《ねぶ》り深《ふか》くして、五この世をいみじとしも思《おも》はねど、六昨日《きのふ》もいたづらに過《す》ぎ、今日《けふ》も空《むな》しく暮れぬるぞかし。たそかれになり行《(ゆく)》時にこそ、いかに侍《(はべる)》や覧《(らん)》、七同《おな》じ野寺《のでら》の鐘《かね》なれど、夕《ゆふ》べは音《こゑ》の悲《かな》しくて、涙《なみだ》も止《とゞ》まらず八驚《おどろ》かれ侍《(はべり)》。あはれ、仏《ほとけ》の助《たす》けにて、常《つね》に九かやうにのみ侍《はべ》れかしと嘆《なげゝ》けども、一〇世《よ》ゝを経《へ》て思《おも》ひ慣《な》れにける心なりければ、ひき続《つゞ》くことも難《かた》くてのみ明《あ》かし暮《く》らすこそ、悲《かな》しとも愚《おろ》かに侍れ。願《ねが》はくは、尺迦如来、阿弥陀仏、すべては四方《よも》の仏《ほとけ》たち、一一昔《むかし》の誓《ちか》ひお《(を)》かへりみて、哀《あは》れみを下《くだ》し給《たま》へと也。

一二そも〳〵、この書《ふみ》二巻を記《しる》し初《そ》め侍《(はべり)》しかど、詞拙《ことばつたな》く、一三心短《みじか》きものゆへ《(ゑ)》、時も空《むな》しく移《うつ》り、日影《ひかげ》もいたづらに傾《かたぶ》けば、恥《は》ぢて一四硯《すゞり》を収《をさ》むといへども、一五藻塩《もしほ》草、一六かき上《あ》ぐべきよし、かねて聞《き》こゑ《(え)》させければ、一七海人《あま》

一　真実の道。仏道。↓四三三頁注二七。
二　悟りを得ることなく長く生死を繰り返す六道輪廻の世界を、長い夜に譬える。「無明長夜」とも。
三　在家の信者の守るべき五つの戒。殺生・偸盗・邪婬・妄語・飲酒を禁じること。「昔の五戒の報」とは、前世に五戒を保った報いとして、今、人間に生まれたことを言う。
四　悟りを得ない状態を、眠りに譬える。↓注二。
五　この世を素晴らしいと思っているわけでもないけれど。
六　以下の一節は、寂然の法門百首に拠る。「けふ過ぎぬ。命もしかと驚かす、入相の鐘の声ぞ悲しき。昨日の命も失せ、今日の命も疲れて、後世に近づき行くこと、少き水に集れる魚の、干るに随ひて命縮まり、屠所に向ふ羊の、歩むごとに死地に近づくが如し。何の楽しみかあるべき。昼は世の営みに紛れて、はかなく暮すほどに、やうやう心静まる夕暮れ、今日も暮れぬと告ぐる鐘の音は、身にしみて哀れなるものぞかし。都離れたる旅の空に、野寺の鐘の声の嵐にたぐひて、ほのかに聞ゑたるこそ、今少し心細さも誘ふ心地すれ」(法門百首・無常)。「いたづらに今日も暮れぬと入相に又めぐりあふ我が涙かな」(夫木和歌抄・慶政)。
七　野寺の鐘は、いつ聞いても同じ野寺の鐘の音に違いないが、夕べに聞くと、「今日も空しく暮れぬ」ということが、ひとしお身にしみて悲しく感じられ。　八　はっと目が覚めたように、道心を覚えるのです。「驚く」は目覚める意。
九　このように覚醒した状態であれと、嘆いても。
一〇　輪廻転生を繰り返し、すっかり身に染み付いて慣れきってしまった心なので、道心を持続するのも難しいことばかりで、日を送っているのは。　一一　仏たちが、まだ修行中の菩薩であった時に立てた誓い。いわゆる本誓。
一二　以下は、最後の跋文に相当する。
一三　思慮が足りず、知識が乏しいので。　一四　硯をかたづけてしまったけれども。本書執筆の途中でいったん中絶したことを表す。　一五　藻塩を作るための海草。搔き集めることから、「書く」の縁語または序詞として用いられる。詠草もしくは手紙など、書いたものそれ自体を指す場合もある。

の濡《ぬ》れ衣《ぎぬ》思《おも》ひみで、また、筆執《ふでと》れるなるべし。

願《ねが》はくは、一八慈《いつく》しみの眼《まなこ》の前《まへ》に納《おさ》めて、哀《あは》れみの心の外《ほか》に散《ち》一九らさざれと也。

その時は、二〇承久四年《とせ》の春、二一弥生《やよひ》の中の頃《ころ》、二二西山の峯《みね》の方丈の草の庵《いほり》にて、記《しる》し終《おは》りぬる。

閑居友下

一六 書き上げる予定であることを、かねて申し上げていたので。「かき」は、「書き」と「掻き」を掛ける。
一七 予想外の非難を受けるかもしれないけれど、それも構わず、再び筆を執ったのである。「藻塩草」の縁で「海人」を出し、冤罪、無実の罪、無根の非難の意で、「濡れ衣」と言った。古今集注に、先妻の娘に海人の濡れた衣を着せ、盗みの罪を被せて殺した、継子いじめの説話がある。これが、「濡れ衣」の語源だとする説もある。
一八 慈悲の眼の前に納めて、哀れみの御心にのみ止めて、他に見せないでほしい。献上する相手に、手許にのみ止めて他見を許さないようにしてほしいと懇願する形で、謙遜しているのである。一九「散らす」は、ここでは、書写させてコピーを普及させること。
二〇 西暦一二二二年。この年は、四月十三日に改元して貞応元年となった。二一 三月中旬。二二 京都の西郊を南北に連なる山地。慶政は西山の山麓の松尾に草庵を営み、「松尾の証月坊上人」などと呼ばれた。のち、嘉禄二、三年(一二二六、七)頃、その地に法華山寺を建立したと言われる。京都市西京区御陵峰ケ堂にあったとされる。
▽本書最後尾の説話と話末評語である。説話は、最近の出来事として、下種の女が毎日三万反の念仏を唱え、極楽の迎えを受けて往生したという話。それに対して、阿弥陀仏と末世の衆生との縁の深さを述べて、阿弥陀仏への作者自身の信仰を述べる。さらに、伝記類を渉猟した結論として、海のほとり、野のあいだで、吹く風、立つ波の音を善知識として、心を澄ませた人々が多いが、深山の住居こそ最も好ましい場所として、作者自身の山中の草庵の暮らしに言及する。全体の説話を総括するかのように、釈迦如来、阿弥陀仏、その他の仏に呼びかけて締め括る。最末尾は、本書執筆の経緯と献辞、年時の奥書的記事である。

比良山古人霊託《ひらさんこじんれいたく》

木下資一 校注

延応元年(一二三九)五月十一日、前摂政関白九条道家入道が発病した。道家は、天皇の外祖父、摂政の舅、鎌倉将軍の父という立場を兼ねる実力者である。この病は約一カ月後に本復したが、その間様々な加持祈禱がなされた。かねて親交のあった西山法花山寺の清僧、慶政上人も急を聞いて道家の住む法性寺に赴いた。上人は道家の兄とも見られ、また『閑居友』の作者と目される人物である。

この慶政が法性寺にいる間、邸内の二十一歳の女房に霊が憑いた。この霊は比良山の大天狗と名告り、鎌足以前の摂関家の祖と称した。慶政は五月二十三日から二十八日までの間、この天狗と三度にわたり問答をした。その問答五十数箇条の記録が本書である。

本書の内容構成は、およそ以下の如くである。

一、序(本書成立の経緯)。
二、天狗の出現意図と修善行事の利益。
三、道家の病因となった諸霊の正体と邪霊退治の法。
四、当霊託関係者の前世。道家の周辺の要人(天皇家、幕府、九条家、近衛家の人々)の未来や死後の転生所。
五、天狗の世界について。
　天狗の恐れるもの(修法、呪、像、戒など)。
　現今の天狗界の情勢。
　天狗の生態(姿形、家族、食物など)。
六、聖徳太子について。
七、天狗道に堕ちる者と成仏する者、また地獄道に堕ちる者。
　旧仏教の明恵、貞慶の転生所。
　念仏の法然、及び善念、性信の転生所。
八、天狗の別れのことば。
九、跋。

このような成立経緯、内容を持つ本書は、一種の記録文学と言えようか。ここに見える慶政と天狗(憑霊状態にある女房)の問答からは、この当時の時代相が生々しく立ち現れてくる。相次ぐ戦乱、飢饉、天変地異から想起される怨霊への恐怖、宮廷社会や仏教界の状況、信仰の在り様、この時代と切り結びつつ生きている人間の姿がまざまざと浮かび上がって来るのである。

因みに中世の天狗は、一般に知られている、鼻高、赤面、高下駄の山の妖怪とは異なる。何より反仏教的性格を持つ魔物である。この天狗は院政期頃から目立ち始め、社会秩序が動揺する時、激しく活動した。本書ではこの天狗について、具体的体系的言及がなされている。その面でも興味深い。

比良山古人霊託《ひらさんこじんれいたく》

比良山古人霊託[一]　鎌足《かまたり》[二]の御親類《ごしんるい》

[三]延応元年五月十一日、御不例《ごふれい》[四]。同十九日、千日[五]の護摩《ごま》を閣《さしお》きて参《さん》[六]向《かう》す。同二十三日より参住《さんぢう》して、同二十八日に至る。その間三ケ度霊託云〻。已上《いじやう》九ケ日の参住なり。事《こと》の外《ほか》に御減《ごげん》[七]の間、この書輙《たやす》く人に見せしむべからざるの由《よし》、仰《おほ》せらる。よりて窓外《さうぐわい》に出《いだ》すべからざるの由、申さしめ了《をは》んぬ。[八]一本は書き進《まゐ》らせ入れ了んぬ。一本は将軍家《しやうぐんけ》[九]に進らせ了んぬ。

[一〇]比良山《ひらのやま》の大天狗《だいてんぐ》[一一]、二十一歳[一二]の女人に託《つ》[一三]きて云《い》はく。刑部権大輔《ぎやうぶごんのたいふ》家盛《いへもり》[一四]の妻《つま》。伊与法眼泰胤《いよほふげんたいいん》[一五]の女《むすめ》なり。我は是《こ》れ、聖徳太子《しやうとくたいし》[一六]の御時《おほんとき》[一七]の者、大織冠《たいしよくくわん》[一八]已《い》前《ぜん》の仁《じん》、謂《い》はく摂録《せつろく》[一九]の臣の先祖なり。この法性寺《ほつしやうじ》[二〇]の辺《へん》の惣領主《そうりやうじゆ》[二一]なり。この地に伽藍《がらん》[二二]を建立《こんりふ》するの由、承《うけたまは》るの間、故郷《こきやう》を見《み》廻《めぐ》らさんが為《ため》に向来《かうらい》

一 底本虫損。高本により補う。　二 藤原鎌足。本書に登場する九条道家や慶政はこの嫡流。→人名解説。
三 西暦一二三九年。この年二月二十二日、後鳥羽院が配流地隠岐で没す(師守記、東鑑)。この祟りが恐れられていたか。九条道家と同時期、鎌倉の北条泰時(四月二十五日発病、心神違乱。六月十二日沐浴)、将軍九条頼経(五月四日発病。土公祟と占われる。同十一日沐浴)も病んでいた(東鑑)。五月二十九日、院に顕徳院の追号(百錬抄)。
四 九条道家が病気になったこと。　五 千日間の護摩行。
六 九条道家の住んでいた法性寺に慶政が参り赴くこと。
七 病の気が減じ、快方に向かうこと。　八 これらを西本系の祖本と見る永井義憲説(→解説)がある。　九 当時の将軍は九条道家の息、頼経。→人名解説。
一〇 滋賀県の琵琶湖の西岸に連なる大山地。京都の東北方に聳える。平山、比羅山とも。修験の道場として知られ、比叡・愛宕等とならぶ七高山の一(二中歴)。但し、太子信仰との関連から、河内の聖徳太子御廟北面の平山の可能性を考える牧野和夫説(→解説)もある。　一一 位の高い天狗。「大智の僧は大天狗、小智の僧は小天狗」(延慶本平家物語・二本)。天狗については→解説。　一二 この霊託に言及する沙石集・十末は、「殿中ノ女房」。　一三 天狗託宣の例は、すでに続本朝往生伝(僧正遍照)や拾遺往生伝・上(沙門長慶)に見える。　一四 →人名解説。　一五 →人名解説。
一六 →人名解説。　一七 日本に仏教定着の時、これを妨げる天狗も住み着いたという発想があるか。「平山大天狗聞是房来テ申様、…昔守屋大臣ノ破法ノ時、其罪ニヒカレテ此道ニ入テヨリ後ハ、平山ニ住シテ数百歳ヲ送候ヘバ」(是害房絵・上)。　一八 藤原鎌足以前の人、の意。　一九 「摂籙の臣」が正しい。摂政・関白となる家。　二〇 鴨川東岸、京都市東山区本町にあった寺。延長三年(九二五)、藤原忠平創建(日本紀略)。以来、摂関家と縁が深かった。九条道家はこの寺で出家、寺内に住んだ。　二一 全所領の支配者。
二二 東福寺。嘉禎二年(一二三六)四月、九条道家発願(東福紀年録)。法性寺領にその建立工事が進んでいた。この霊託の

せるなり。しかるに[一]執心《しふしん》深き者の為《ため》に、[二]一日経《いちにちぎやう》を書き与へらる。我《われ》すでに[三]根本惣領主《こんぽんそうりやうじゆ》たり。[四]我《わ》が為に書写せらるべきの由《よし》、[五]家盛《いへもり》を以《も》て申さしむるの処《ところ》、今に返事を承《うけたまは》らず。[六]もし使者の未《いま》だ申し達せざるか、また聞こしめすといへども許容無きか。真偽《しんぎ》を承らんが為に、[七]入道殿《にふだうでん》下《か》の御許《おほんもと》に参向《さんかう》せるなり。小霊《せうれい》すらなほ怖畏《ふゐ》有り。定めて参向《さんかう》せば大事出来《しゆつらい》か。

その時に御使者《ごししや》と為《し》て[八]一紙《いつし》を帯し、しかして[九]法霊所に向ひ、御意趣《ごいしゆ》を読み聞かせしめ了《をは》んぬ。

[一〇]是《こ》れ家盛が懈怠《けだい》なり。さらに御不許《ごふきよ》の処《ところ》にあらず。努力《ゆめ》〻〻《ゆめ》、参向有るべからず。御病悩《ごびやうなう》、[一一]黒白《こくびやく》かたがた驚き思《おぼ》しめす者《もの》なり。かくのごとく先《ま》づ[一二]案内を申さる。もつとも以《も》て本意《ほんい》なり。その[一三]功徳《くどく》は所望《しよまう》に随《したが》ふべし。いかなる[一四]善根《ぜんごん》を修《しゆ》すべきや。もし所望のごとく[一五]修し与へらるれば、[一六]翻《ひるがへ》りて守護神《しゆごじん》と成らるべきなり。

天狗答へて云はく。功徳には軽重《きやうぢう》無し。ただ誠有るを以て貴《たふと》しとす。もしその心[一七]仮名《けみやう》ならば、その益《やく》はなはだ小さし。慈悲を以て、あらいとほしや、苦患《くげん》いかに堪《た》へ難《がた》からんと思ひてだにも修すには[一八]たばう。

約三カ月後、八月五日、仏殿上棟(百錬抄)。

一 九条道家の病は怨霊の祟りと考えられている。「于時去月禅定殿下御悩大事御座之間、伊勢大夫判官行教夢想云、殿中ニビムヅラノ貴童…我ハ春日若宮也。此御所中悪魔乱入」(春日社恒例臨時神事記・延応元年六月一日条)。
二 大勢で一部の経典を一日のうちに書写すること。特に亡者追福のために、法花経を写すことが多い。
三 未開地を開発して荘園とした本来の総領主。
四 天狗は悪道におり、その苦を免れるために追善供養を求めている。
五 →人名解説。
六 ひょっとするとあり得る事態を想定する気持を示す。
七 九条道家。→人名解説。
八 一枚の文書。「Ixxi」(日葡)。
九 霊託所(四七六頁に見ゆ)。ここに天狗憑きの女房が置かれている。西本「御霊所」。
一〇 以下、慶政が天狗に読み聞かせた返事のことば。
一一 病状が激しく変化することをいうか。高・西本「累日旁驚思食者也」。
一二 天狗が正体を名のり、出現の理由を明かしたこと。
一三 読経・写経・喜捨など、善い果報が期待できる善い行為。
一四 善果を招く善い行為。「功徳」を言い換えた。
一五 底本「被修而者」。高・西本「被修与者」。底本の誤写と見て校訂。
一六 強力な力を持つ悪霊を神として祀ることにより、逆に守護神とする御霊信仰の発想。
一七 真実が無いこと。→四六七頁注四〇。
一八 底本「修ニハタハウ」。高・西本「修給者」。「たばう」は、外から来る害敵から守る意味の動詞「たばふ」か。高・西本の本文が正しい可能性もある。

必ず要事《えうじ》を立つべきなり。いかなる功徳も[一九]人だにも煩《わづら》ひ歎きつれば、興《きよう》のさむるなり。

問ひて云はく。[二〇]すでにこの辺《へん》の惣領主《そうりやうじゆ》なり。[二一]社壇《しやだん》を造りてこれを崇《あが》め、[二二]一階《いつかい》を贈りてこれを貴《たふと》ばるるの事、いかに。かねてまた往昔《わうじやく》の御《おほん》位《くらゐ》、ならびに御名《おほんな》を承《うけたまは》らんと欲す、いかに。

答へて云はく。[二三]所住《しよぢう》、益《やく》無し。いづくなりとも住まんと欲せば、住まれざるべきや。一階は詮《せん》無し。[二四]生《しやう》を隔つるの間、その位は忘却《ばうきやく》せり。ただ功徳《くどく》を修《しゆ》し、[二五]廻向《ゑかう》せらるべきなり。

問ひて云はく。[二六]無想《むさう》の大悲心《だいひしん》を以《も》て、[二七]一日《いちにち》の中《うち》に[二八]金泥《こんでい》の法花経《ほけきやう》ならびに[二九]浄土三部経《じやうどさんぶきやう》を書写せしむべし。またその地を択《えら》び定めて、[三〇]十三重の一丈六尺の石塔《せきたふ》を造立《ざうりふ》し、廻向せらるべきなり。石塔は是《こ》れ不朽《ふきう》の功徳、禽獣《きんじゆ》その影に近づかば、皆、煩悩業垢《ぼんなうごふく》を浄《きよ》むる者《もの》なり。今、莫《ばく》太《たい》の功徳を[三一]安んぜられ、衆生《しゆじやう》を利益《りやく》せば、何物かこれを過《あやま》つこと有らんや。

答へて云はく。これら〱、もつとも悦《よろこ》ばし。この[三二]善の間、必《かならず》ゝ人を煩《わづら》はしめ給ふべからざるなり。[三三]侍従宰相《じじゆうさいしやう》 奉《うけたまは》りて[三四]大般若経《だいはんにやきやう》を[三五]転《てん》

一九 高・西本「人ヲタニ」。
二〇 まさしく。
二一 この天狗を祀る社壇。底本「造結壇」。高・西本「造社壇」。底本の誤写と見て校訂。
二二 官位一階級。霊の祟りを鎮めるために贈位贈官が行われた。例えば、保元の乱で死んだ藤原頼長に治承元年(一一七七)七月、正一位太政大臣が贈られた(玉葉・同二十九日条)。
二三 「Xogiŭ Sumidocoro」(日葡)。住む所、即ち天狗が祀られる社壇。
二四 死んで転生したこと。
二五 善根を施して仏果を得られるよう願うこと。
二六 純粋な、大いなるあわれみの心。
二七 一日経(→注二一)の書写供養を求めている。浄土教の盛行以降、写経供養が流行した。
二八 金粉を膠の液で溶かしたもの。経典の書写には、紺紙に金泥を以てなされたものが少なくない。瑠璃の仏殿に黄金の仏を安置するという荘厳意識に由来。
二九 浄土教の根本経典である大無量寿経・観無量寿経・阿弥陀経の三部の経典。
三〇 鎌倉時代、石塔造立が盛行した。東福寺境内に十三重の石塔(康永二年(一三四三)銘)が現存する(→解説)。「造塔延命功徳経云、…仏言、行二造塔一福者、延命増幸、殊勝功徳无レ過。…当レ知二石塔功徳可一レ重也」(三宝絵・下・石塔)。
三一 やすやすと受け入れること。高・西本「被要」。
三二 高本「善ノ根間」。西本「善根間」。
三三 参議で侍従を兼ねている者。藤原資季をさす。→人名解説。
三四 六百巻から成る般若部経典を集成した一大叢書。玄奘三蔵が漢訳。この転読(→注三五)は天災・兵禍・疫癘・飢饉などの災いを払い、鎮護国家、除災招福に効あると信じられ、古くから行われていた。
三五 全文を読み上げる真読に対し、大部の経典の読誦を省略、経題や経文の要所を読む。多く大般若経に用いられる。

読《どく》せらるなどは、不便《ふびん》の事なり。なほ〳〵誠を致さるべきなり。[一]件《くだん》の経は[二]法勝寺《ほつしようじ》に安置《あんち》せらるべきなり。時ゝかの寺を[三]経廻《へめぐ》る故《ゆゑ》なり。また[四]御一紙《ごいつし》は、かの経箱《きやうばこ》の中《うち》に入れ加へらるべきなり。

[五]また仰《おほ》せられて云はく。[六]唐本《たうほん》の[七]一切経《いつさいきやう》を蔵《をさ》むべし。この[八]大仏の御身《おほんみ》の中に籠《こ》め奉《たてまつ》るべきなり。しかして先《ま》づ供養《くやう》の[九]斎莚《さいえん》を展《の》べ、廻向《ゑかう》すべく申すなり。[一〇]大小《だいせう》の不審、皆これを示さるべし。遥《はるか》に[一一]遠き守護《しゆご》と成らるべきなり。

[一二]この病の[一三]本体の霊気は、すでに以《も》て[一四]捨離《しやり》すべきの由《よし》、示され了《をは》んぬ。しかるになほ心身安堵《しんじんあんど》せず。捨離は[一五]一定《いちぢやう》か。またなほ有りや。

答ふ。昨日[一六]初夜《しよや》にすでに以て捨離せられ了《をは》んぬ。今残る所《ところ》[一七]両三人なり。是《こ》れは別事《べつじ》有るべからざるなり。その中《なか》に悪性《あくしやう》なる者有りて、立ち去るの時、もし前のごとく、きもやつぶさせ給はんずらむ。その外《ほか》の者は、大事有るべからざるなり。二人は[一八]与力《よりき》の人なり。一人は給仕《きふじ》の者なり。その悪性なる者をば[一九]すかされ候ふべきなり。

問ひて云はく。本体の霊気《れいき》の天狗の、[二〇]崇徳院《しゆとくゐん》にそゝのかされて、かの力を便りにて悪を[二一]結構《けつこう》の由、示さる。実否《じつぷ》、いかに。

一 書写を求めた金泥の法花経と浄土三部経。
二 京都市左京区岡崎の法勝寺町・南御所町辺りにかけて存した、ほぼ方四町の広大、豪壮な寺。敷地はもと藤原氏累代の別業地。白河天皇御願。承保二年(一〇七五)、造営開始(法勝寺金堂造営記)。元暦二年(一一八五)七月の大地震以後、度々落雷・放火・盗難などにあった。
三 法勝寺は天狗の徘徊する寺と見られていた。古今著聞集十七等参照。藻璧門院竴子の諒闇中、この寺の九重大塔に女院の姿が見えたともいう(五代帝王物語)。当地に存した白河殿も、「天狗などむつかしきわたりにて」(栄花物語・根合)と言われた。
四 先にこの天狗にもたらされた返書。→四五八頁注八。
五 主語は九条道家。猪本「問。又被仰云」。高・西本「問。又被仰」。
六 中国から渡来した本。
七 高・西本「一切経一蔵」。一切経とは、経、律、論、及びその注釈書を含む仏典の総称。嘉禎三年(一二三七)、道家はすでに宋版一切経奉蔵を表明(法性寺殿阿弥陀経願文)。慶政は建保五年(一二一七)頃に渡宋して、宋版の一切経を将来。
八 東福寺仏殿に安置された五丈の釈迦如来像か。猪本勘注「東福寺釈迦ノコト」。
九 僧を集めて読経させ、これに斎食を供える法会の座。
一〇 猪本「□□□審」。高・西本「大小不重」。
一一 遠いあの世から守護する存在。
一二 高・西本「問。此病…」とあって、独立した問としている。
一三 主体となる霊気。
一四 完全に離れ去ること。
一五 確かなこと。
一六 仏教で一日を昼夜六分した六時の一。およそ午後八時頃から九時頃。
一七 二、三人。悪霊は一体とは限らない。
一八 加勢すること。
一九 機嫌を取ること。
二〇 第七十五代天皇。→人名解説。

答へて云はく。本体の人の[二二]天狗と成るとは、誰《たれ》の申さく。[二三]毒蛇《どくじや》にこそ成りたれ。天狗には成らざるなり。崇徳院与力《しゆとくゐんよりき》の条は、さも有るらん。共に恨みを含むが故に、その形異なるといへども、その意《こころ》は同ずるなり。[二四]長厳《ちやうげん》や[二五]十楽院《じふらくゐん》なんどは、[二六]天狗にて有れども、常にも随逐《ずいちく》せざるなり。ただこの[二七]大原僧正《おほはらのそうじやう》こそ、その契り深き故に、同心《どうしん》に随逐したれ。[二八]桜井《さくらゐ》は強き事よもあらじ。院だにも捨離《しやり》しおはしまさば、程《ほど》無く去らんずらんぞ。[二九]承円《じようゑん》は性《さ》が悪《あ》しき人にて、しばしは有らんずらん。あたら善根《ぜんごん》を、廻《ゑ》向《かう》をあしくして、[三〇]悪《あく》知《ち》識《しき》に引かれて、後世《ごせ》をしそんじつるなり。承円が眷属《けんぞく》、一両人《いちりやうにん》有るなり。それが有る程は、御心地《おほんここち》はなほ[三一]亡惜《まうしやく》せんずらん。[三二]女人《によにん》の一人、生霊《いきりやう》にて[三三]有りつるな。[三四]泣き申しつる。哀れに候ひつらんな。あはれ[三五]卿二品《きやうのにほん》、もし[三六]この道に有りせば、[三七]最前《さいぜん》に指《さ》し出《い》でなまし。その罪深くて、この道には来《きた》らざるなり。

問ふ。本体の霊気、捨離《しやり》の刻《きざ》みに、[三八]加持護身の時、黒き鳥の翅《つばさ》長くして燕《つばくらめ》のごとくなるが、西南《ひつじさる》の角《すみ》より飛び来《きた》りて、[三九]入道殿下《にふだうでんか》の御身《おほんみ》の上の右辺に相当《あひあた》り、去らずして隠れにき。これ何物ぞや。

答へて云はく。それは入道殿の[四〇]御魂《みたま》の還《かへ》り来《きた》るなり。それは人のえ

二一 たくらむこと。
二二 仏道の功を積んだ者が執心や慢心などを抱き、怨霊となった時、天狗道に入ると考えられていた。「真実ノ智恵ナクテ、執心偏執、我相憍慢等アル者、有相ノ行徳アルハ、皆此道ニ入也」(沙石集七)。→四七二頁注八。
二三 妄執や悪業のため、死後、毒蛇に転生した者も少なからず知られる。
二四 →人名解説。訓は「長賢」(東鑑・建長四年正月十二日条)とあるによる。
二五 大僧正仁慶。→人名解説。
二六 高・西本、「天狗にて有れども」なし。
二七 僧正承円。→人名解説。
二八 権僧正法円。→人名解説。
二九 →注二七。訓は「乗円」(明月記・寛喜二年十二月二十九日条)とあるによる。
三〇 人を悪に導くもの。
三一 意識が混乱することをいうか。高・西本「煩ンスラン」。
三二 高・西本「女人生霊有」。
三三 猪本「有ツルカ」。
三四 猪本「泣ヤシツル」。高・西本「泣シツル」。
三五 藤原兼子。→人名解説。
三六 天狗道。
三七 まっさきに。
三八 護身のために行う密教の祈禱。
三九 九条道家。→人名解説。
四〇 魂は人の体内から脱け出して浮遊すると考えられていた。「是夜有ニ人魂一。自レ良向レ坤。其体太長云々」(台記・天養元年五月二十六日条)。

見ざる事にて有る物を。怖《おそろ》しく見給ひたりける物かな。[一]唐本《たうほん》の一切経《いつさいきやう》供養《くやう》の廻向《ゑかう》を[二]たばんずる事、あまりにうれしければ、仰《おほ》せのごとく[三]遠き守護神《しゆごじん》と成りて、必ず守護し奉《たてまつ》るべきなり。たとひ霊気《れいき》等、[四]相去るといへども、時〻[五]習気《しふき》の指《さ》す事は、二十日ばかりには[六]発《おこ》るべきなり。守護せんと云ひしかども、かくのごとく病悩《びやうなう》するとは思《おぼ》しめすべからず。[七]六月、十月にもつとも御慎《おほんつつし》み有るべきなり。この月に別事《べつじ》無くは、[八]七十余まではおはしまさんずらん。[九]准后《じゆんごう》も[一〇]さほどは、おはしまさんずらん。

問ひて云はく。いかにしてか世を久しく持《たも》ちて、災難に遇《あ》はざる事有るべきや。

答ふ。[一一]心うるはしくて、[一二]僻事《ひがごと》せで[一三]勤《つと》めして、[一四]見物を好まずだにおはしまさば、[一五]非順《ひじゆん》の災難は来《きた》るべからざるなり。[一六]白拍子《しらびやうし》の様《やう》に[一七]、我等《われら》が興《きよう》ずる事は無きなり。さやうの処《ところ》には、[一八]引集《いんしふ》する天狗どもが、非順の事を引《ひ》き出《いだ》すなり。

問ひて云はく。[一九]入道殿は随分《ずいぶん》[二〇]発心《ほつしん》の人にておはします。しかるにかくのごとくの霊気、もし来《きた》り侵《をか》さば、第一の[二一]菩提《ぼだい》の[二二]障碍《しやうげ》なり。いづれ

一 →四六〇頁注六。
二 「賜はんとする」のつまった形。高・西本「廻向シタマハンスル」。
三 →四六〇頁注一一。
四 底本「雖相共」。猪・高・西本「雖相去」。底本の誤写と見て校訂。
五 身にしみついた悪霊の気。
六 猪本「可有給也」。
七 高・西本「六月十日」。
八 この予言は外れた。九条道家は建長四年(一二五二)二月二十一日没、六十歳(尊卑分派)。
九 九条道家室綸子。→人名解説。准后(准三后、准三宮とも)は太皇太后・皇太后・皇后に准じる待遇を与えられる者。
一〇 この予言は外れた。綸子は建長三年(一二五一)十一月十四日没、六十一歳(東鑑・同十八日条)。
一一 心正しく。
一二 間違ったこと。
一三 仏前における読経・礼拝などの勤行。
一四 太平記二十七・雲景未来記事に、興行見物の場では地下人や商売の輩と貴人が雑居するので神仏が怒り、事故が起きた旨を天狗が語る記述がある。
一五 順当でないこと。
一六 鳥羽院政期頃に興ったとされる女性の芸能。白水干を身につけた男装の遊女が歌い、舞う。大いに貴顕に好まれ、後鳥羽院も白拍子合を催すなどした(明月記・建仁元年三月十九日条など)。白拍子の歌舞を亡国の表徴とする見方もあった(続古事談二)。
一七 猪本、「ニ」を見せ消ち、傍書「ナル事ソ」。
一八 天狗は遊宴・芸能を好むと考えられていた。「山中ナル古堂ノアリケルニ留ケル程ニ、夜打フケテ天狗ドモ多ク集テ田楽ヲゾシケル」(五常内義抄・智)。
一九 九条道家。→人名解説。
二〇 悟りに至ろうとする菩提心をおこしている人。
二一 往生し、悟りを開くこと。

の方便《はうべん》を以《も》て[二三]対治《たいぢ》すべきや。

答ふ。実《まこと》に[二四]難治《なんぢ》なり。毎日[二五]三時に[二六]不動の供養法を修《しゆ》せられ、その余《よ》の時は、[二七]経論《きやうろん》を披見《ひけん》せしめおはしまさば、[二八]衆魔《しゆま》便りを得べからざるなり。入道殿は、先世《せんぜ》に貴《たふと》き僧にておはしましき。[二九]泰胤法眼《たいいんほふげん》は御従者《ごじゆうしや》にて有りしなり。[三〇]御房《ごばう》は[三一]又従僧《またじゆうそう》にて、入道殿と浅からざるの知音《ちいん》にておはせしなり。

問ふ。[三二]内裏《うち》には何事か有るべきや。

答ふ。別《こと》なる御事《おほんこと》有るべからず。[三三]長政の霊こそ参ぜむとせしか。それは悪性《あくしやう》なる者なり。

問ふ。[三四]関東《くわんとう》には何事か有るべきや。

答ふ。[三五]別事《べつじ》有るべからず。[三六]将軍[三七]無《な》かりせばよかりなんと思ひたる物の、[三八]一両人《いちりやうにん》有るなり。それはたとひ[三九]結構《けつこう》の事有るといへども、別事有るべからず。

問ふ。[四〇]義時朝臣《よしときあそん》ならびに[四一]二品《にほん》は、いづくに生まれたるや。

答ふ。これを知らず。

問ふ。[四二]後高倉院《ごたかくらゐん》、[四三]後堀川院《ごほりかはゐん》、[四四]北白川女院《きたしらかはのにようゐん》は、いづくに生まれおはし

二二 さまたげ。
二三 悪魔を降伏し、退けること。
二四 「Nangi」（日葡）。退治しにくいこと。
二五 晨朝・日中・日没の昼三時。
二六 不動明王を本尊として供養する修法。主に除病・延寿のために修する。
二七 経（釈迦の説法を集めたもの）と論（経の注釈）。
二八 もろもろの天狗。
二九 →人名解説。
三〇 慶政。→解説。
三一 従僧に仕える従僧。即ち慶政は、前世に於て泰胤に仕える従者とされた。女房の無意識の身内びいきか。
三二 第八十七代四条天皇をさす。→人名解説。
三三 未詳。「長厳」の誤写か。高・西本の傍注「太子」。
三四 鎌倉の将軍九条頼経のこと。→注三六。
三五 普段と変わったこと。
三六 九条頼経。→人名解説。
三七 頼経はこの前年、二月から十月まで京都に滞在し、道家との連携を強化。頼経の勢力を警戒する者もいたか。
三八 ひとりふたり。
三九 企て。貞応三年（一二二四）の伊賀氏の反乱など、鎌倉政権内部での権力闘争を意識したか。
四〇 第二代執権北条義時。→人名解説。
四一 従二位北条政子。→人名解説。
四二 持明院宮守貞親王。→人名解説。
四三 後堀河院。第八十六代天皇。→人名解説。
四四 後高倉院妃陳子。→人名解説。

ますや。

答ふ。これを知らず。

問ふ。[一]月輪殿《つきのわどの》、[二]普賢寺入道殿《ふげんじにふだうどの》は、いづくに生まれたるや。

答ふ。共に[三]この道に入りおはしますなり。月輪入道殿は、人皆[四]おちたり。普賢寺入道殿は、人も[五]おぢず。されども人にあなづらるゝ事もなし。

問ふ。[六]後京極殿《ごきやうごくどの》は、いづくに生まれたるや。

答ふ。これを知らず。

問ふ。[七]吉水前大僧正《よしみづのさきのだいそうじやう》の御房《ごばう》は、いづくに生まれたるや。

答ふ。[八]この道に入りおはしますなり。威勢《ゐせい》多き人なり。人皆[九]おぢあへり。この人〳〵は皆、[一〇]愛太護山《あたごやま》に住みおはしますなり。

問ふ。[一一]太政入道殿《だいじやうにふだうどの》の辺《へん》には[一二]何事か有るべきや。

答ふ。別事《べつじ》有るべからず。[一三]今三年と六年とに相当《あひあた》らん時ぞ、驚く事や有らんずらんおぼゆる。もしそれ過ぎなば、八十ばかりまではおはせんずらんぞ。[一四]以《も》ての外《ほか》の[一五]長命《ちやうめい》の人なり。

問ふ。この[一六]法性寺《ほつしやうじ》の伽藍《がらん》は成るべしや。

一　九条兼実。→人名解説。
二　近衛基通。→人名解説。九条家の政敵。
三　天狗道は仏法を過つ者が堕ちる。二人共に出家しながら強い野心を持っていたと見られていたことの反映か。高本「共入此道御候也」、西本「共入此道給候也」。
四　恐れ、ひるむ。高・西本「ウケタリ」。
五　高本「ウケス」。
六　九条良経。→人名解説。
七　慈円。謚号慈鎮。→人名解説。
八　慈円が天狗道に堕ちたとされたのは、仏道一筋ではなく、政治的野心があったと見られていたことの反映か。
九　高本「ウケアヘリ」。
一〇　京都市北西の九百㍍余の山。比叡山と対になる。早くから霊地として知られ、院政期頃から天狗の住む山と見られていた。「愛宕山天公飛行」（台記・久寿二年八月二十七日条）。
一一　当時、道家の舅で政界の実力者の西園寺公経、及び叔父の九条良平（→人名解説）がこの呼称の対象者。前者か。
一二　天狗は未来を予知できると信じられていた。延慶本平家物語・二本、太平記二十七・雲景未来記事、幸若舞の未来記など、中世の太子信仰隆盛に伴う未来記の流行と関係するか。
一三　以下の予言は外れた。公経は五年後の寛元二年八月二十九日、七十四歳で没。良平はこの霊託の翌年、三月十七日没、五十七歳（公卿補任）。
一四　予想外に甚だしいこと。　一五　良平ならば、当時病気療養中であることを意識している可能性がある。浄土院の創立、西願寺の修造等の功徳もあった。
一六　法性寺領に建築中の東福寺。→四五七頁注二二。
一七　比良山の天狗仲間。
一八　高・西本「三十余人」。聖一国師年譜（延応元年）の関連記事は「我有三千眷属」。
一九　何とか言うことを聞かせて。
二〇　→注一〇。後世の「愛宕の山の太郎坊、比良の峰の次郎

答ふ。必ず成るべし。必ず守護《しゆご》すべきなり。たとひいかなる事出《い》で来《く》とも、[一七]我等《われら》が[一八]部類《ぶるい》三千余人は、[一九]随《したが》へ堪《た》へて制止《せいし》を加ふべきなり。[二〇]愛《あ》太《た》護《ご》山《やま》の衆《しゆう》は部類極《きは》めて多し。我が[二一]進退《しんだい》にあらざるなり。しかれども[二二]一切経《いつさいきやう》の御《おほん》志《こころざし》、殊《こと》に以《も》てかたじけなく覚ゆ。よりて試みに制止を加ふべし。またこの[二三]辺《へん》の西の[二四]地主《ぢしゆ》等、[二五]執心《しふしん》相残るの輩《ともがら》、定めて常に隙《ひま》を伺《うかが》ひ、指《さ》し出《い》でんか。それはこの寺だにも誡しくて、僧侶常住《じやうぢう》して、[二六]顕定の勤《つとめ》を致さば、えさしいづまじきなり。

問ふ。この[二七]法性寺殿《ほつしやうじどの》にて、かくのごとく病悩《びやうなう》おはします。もしこの所を[二八]立ち去りて、[二九]御覧《ごらん》を経《ふ》べしや。

答ふ。立ち去りおはしますには由《もち》ゐるべからず。この程[三〇]草木をも切り捨てられなん上には、立ち去りおはしましたりとても、本《もと》の様《やう》になるまじければ、各《おのおの》の[三一]住所《ぢうしよゐ》違乱《らん》は、ただ同じ事なり。立ち去るべからず。ただ[三二]白地《あからさま》の御渡《おほんわたり》は、その限《かぎり》にあらず。

問ふ。[三三]六月の内に、[三四]隠岐院《おきのゐん》の霊、[三五]熊野《くまの》権現《ごんげん》に[三六]祈請《きしやう》して、六月の内に洛中に乱入して、[三七]諸宮《しよみや》、[三八]諸院《しよゐん》を悩まし奉らるべきの由、或る説にこれを示す。実否《じつぷ》、いかに。

坊」(謡曲・花月)という呼称からも、愛宕山の強勢が推測される。

二一 思うままに扱うこと。

二二 →四六〇頁注七。

二三 法性寺。

二四 土地を支配している神。猪本勘注「崇道□□遷都以前ハ九条□ノ主ナリ。端□ニ見ユ」。この注に従えば、崇道天皇、即ち御霊神として知られる早良親王。親王は光仁天皇皇子で桓武天皇の同母弟。延暦四年(七八五)、藤原種継射殺事件により皇太子の身分を廃され、幽閉。飲食を断って憤死(日本紀略・九月二十八日条)。

二五 高・西本「執心深輩也」。

二六 「顕密」の誤写か。高・西本「致顕密勤」。

二七 九条道家は法性寺を住居としていた。→四五七頁注二〇。

二八 道家が法性寺から出ること。

二九 試して様子を見ること。猪本傍訓「五ランセラルヘキヤ」。

三〇 東福寺建立工事のための草木伐採。→四五七頁注二一。

三一 住む所を乱すこと。天狗は樹上を居所とすることが多い。 三二 「白地　アカラサマ」(類聚名義抄)。一時的に、してみるさま。

三三 高・西本、「六月の内に、隠岐院の霊、熊野権現に祈請して」該当記事なし。 三四 後鳥羽院をさす。第八十二代天皇。→人名解説。 三五 和歌山県東牟婁郡本宮町に鎮座する熊野本宮大社。祭神は家津御子大神。本地阿弥陀如来とする。熊野三山は日本第一の霊場とされ、後鳥羽院は建久九年(一一九八)から承久の乱まで毎年熊野参詣を欠かさなかった。

三六 神仏に願をかけて祈ること。 三七 皇子・皇女・皇后・中宮などをさす。当時の東宮の邦仁親王(土御門院皇子)、利子内親王(後高倉院皇女)等を意識しているか。 三八 法皇・上皇・女院をさす。当時、都には後堀河天皇准母安嘉門院、後堀河天皇皇后安喜門院、その他宣陽門院・承明門院・脩明門院・陰明門院・嘉陽門院・東一条院・明義門院らがいた。

答ふ。かの霊、熊野に祈請の事は、さもあるらん。諸宮、諸院をば悩まさんとせらるとも、よもかなはじ物を。ただ少々こそ申すはあらんずらん。

問ふ。[一]当時《たうじ》天下の政《まつりごと》は、[二]好《よ》しや悪《あ》しや。

答ふ。天下の政とは、[三]摂政殿の政かや。それは好《よ》しとも云はざるなり。さればとて、口をとゝのへてそしらず。たゞ[四]久しく世を行ふまじきぞ。[五]罪積《ざいしやく》の事、勝《あ》げて計《かぞ》ふべからざるなり。この摂政殿は[六]短命《たんめい》の人なり。

問ふ。[七]左大将殿《さだいしやうどの》は[八]摂録《せつろく》有るべしや。

答ふ。[九]それぞよき人にてや有らんずらんと、[一〇]いひあひたる。[一一]短命の人にてぞ[一二]おはする。

問ふ。いづれの方便《はうべん》を以《も》て、[一三]その難を除くべきや。

答ふ。[一四]三宝《さんぼう》に[一五]帰命《きみやう》して、信心有りて[一六]勤《つとめ》をだにもし[一七]おはしまさば、よもむげに[一八]短き事もあらじ。

問ふ。[一九]猪熊大殿《ゐのくまのおほとの》の[二〇]御《ご》不例《ふれい》はいかに。

答ふ。たとひ今度別事《べつじ》無しといへども、[二一]久しからずして必ず大事の

一　現今。「Tōji Imano toki」(日葡)。
二　高・西本「善悪哉」。猪本傍訓「ヨキヤアシキヤ」。
三　近衛兼経。→人名解説。
四　この勧告には従わず、兼経は建長四年(一二五二)まで、三代の天皇の摂政・関白を歴任(公卿補任)。
五　為政者の立場にあることを罪深いと見ている。
六　この予言は外れた。兼経は正元元年(一二五九)五月四日没、五十歳(尊卑分脈)。
七　一条実経。→人名解説。
八　摂籙。摂政・関白となること。→四五七頁注一九。
九　父九条道家の寵を得ていたことの反映か。
一〇　主語は天狗の仲間達。
一一　この予言は外れた。実経は弘安七年(一二八四)七月十八日没、六十二歳(尊卑分脈)。
一二　底本「ヲハハスル」。高・西本「ヲワスル」。衍と見て校訂。
一三　高・西本「可除其罪難哉」。
一四　仏教の三つの宝。仏、法、僧。
一五　心から信じ敬うこと。
一六　勤行。→四六二頁注一三。
一七　底本「御ハ、」。誤写と見て校訂。
一八　高本「短命ノ事ハアラシ」。西本「短命ノ事アラン」。
一九　近衛家実。→人名解説。
二〇　家実の死因は「咳病」(平戸記・仁治三年十二月二十一日条)。既にこの頃から健康を害していたか。
二一　この予言は当ったとも言える。家実は仁治三年(一二四二)十二月二十七日没、六十四歳(平戸記)。

出来《しゆつらい》すべきか。惣《そう》じては愚痴《ぐち》[二二]の人なり。善心《ぜんじん》[二三]微少なり。不便《ふびん》〳〵。

問ふ。故摂政殿《こせつしやうどの》[二四]は、いづくに生まれおはしますや。

答ふ。知らざるなり。罪[二五]ある人にておはせしかば、地獄にやおはすらん。相構《あひかま》[二六]へて世[二七]の中を久しく行ふまじきなり。入道殿[二八]もこの伽藍《がらん》[二九]だにも造らずおはしまさば、いかに罪多くおはせまし。この伽藍によりて、本《もと》の罪は皆尽《つ》きて、この後の功徳《くどく》ぞ、御身《おほんみ》にはたまり給はんずる。

問ふ。藻璧門女院《さうへきもんのにようゐん》[三〇]は、いづくに生まれおはしますや。

答ふ。この道[三一]に来《きた》りておはしますなり。十楽院僧正《じふらくゐんのそうじやう》[三二]の、これに共《ともな》ふなり。常に蓮台野《れんだいの》[三三]の辺《へん》に住するなり。返《かへ》す〳〵不便《ふびん》にこそ見え奉れ。[三四]これらがなぶりぐさ[三五]にてこそはあらむずらん。また尼[三六]にておはするなり。

問ふ。随分《ずいぶん》[三七]、御仏事《おほんぶつじ》[三八]を修《しゆ》せられき。御要《ごえう》[三九]に立たざるか。いづれの善根《ぜんごん》を修さば、かの難を離《はな》ち奉《たてまつ》るべきや。

答ふ。仏事を修せらるといへども、皆以《も》て真実の心無し。ただ皆仮名《けみやう》[四〇]なり。そへに[四一]つひの[四二]遠き縁[四三]なんどには成らんずらん。真実の功徳だにも修すれば、あないと惜《を》しや、今はこれを捨てんと思ふ心付くなり。

二二 愚かなこと。九条家の政敵に対する、身内びいきの心情から出た言葉か。
二三 仏道を求める心。
二四 九条教実。↓人名解説。
二五 摂政や関白の座にあったことを罪深いと見ている。↓注五。但し、政治的実権は父道家に握られていた。
二六 高・西本「相構々々、世中久行マシキ也」。
二七 執政に長い間携わってはならない、ということ。
二八 九条道家。↓人名解説。
二九 東福寺。↓四五七頁注二二。
三〇 後堀河院中宮藤原竴子。↓人名解説。底本以下諸本「壁」を用いるが、正称の「璧」に改めた。
三一 天狗道。没後、法勝寺大塔に姿を見せたとも伝えられる。↓四六〇頁注三。
三二 仁慶。↓人名解説。
三三 墓地、火葬場として知られた京都船岡山西麓の蓮台野か。
三四 天狗の同類。
三五 いじめの手頃な対象。
三六 竴子臨終間際に授戒。終命直後、剃髪(明月記・九月二十日条)。
三七 分に応じてかなりの程度の。
三八 女院のために様々な追善供養がなされたことは、明月記(天福元年十月八日条他)などに見える。
三九 お役に立っていないのでしょうか。
四〇 真実のない、名目だけのもの。猪本傍訓「ナハカリナリ」。
四一 「故 ソヘニ」(類聚名義抄)。それゆえ。高・西本、「そへに」なし。
四二 死に臨んでの。
四三 あの世における縁、の意か。猪本は「遠縁」に朱引し、熟語とみる。

取[一]りつる者、さ思はぬ限りは、数千年を経《ふ》るといへども捨離《しやり》すべからざるなり。

問ふ。何も怖《おそ》れずとは仰《おほ》せらるるとも、有待《うだい》[二]の身の怖畏《ふゐ》無きの事は無きなり。ただ仰《おほ》せられよ。さるにても何事か候ふらん。

答ふ。実《まこと》にしかり。何〳〵と云へども、五《ご》[三]壇《だん》の法《ほふ》に過ぎたるは無きなり。浄行《じやうぎやう》[四]なる阿闍梨《あざり》[五]の番僧《ばんそう》[六]具して、加持《かち》[七]だらに誦《ずん》じたるは、身の毛立つなり。

問ふ。五壇の中《なか》には、いづれかもつとも怖畏有るや。

答ふ。あざりに依《よ》るべきなり。法は勝劣《しようれつ》無きなり。同じ程《ほど》なるあざりにて有るには、中壇《ちうだん》[八]こそもつとも貴《たふと》けれ。

問ふ。もし生身《しやうじん》[九]の不《ふ》[一〇]動尊《どうそん》や拝み給ひたる。

答ふ。しからず。

問ふ。不[一一]動の呪《じゆ》の三[一二]つ有る中に、いづれか殊《こと》に怖畏の切《せち》なるや。

答ふ。慈《じ》[一三]救《く》の呪、第一なり。

問ふ。絵《ゑ》[一四]像《ざう》、木像《もくざう》[一五]は怖《おそ》れ有りや。

答ふ。吉《よ》[一六]き像《ざう》は怖《おそろ》しきなり。

一 十楽院僧正仁慶(→人名解説)をさす。
二 他の力によって初めて存在できる、生滅無常の身。
三 底本「五檀ノ法」。高・西本「五壇法」。誤写と見て校訂。息災・増益・調伏のため、五大明王の壇を配置して同時に修する法。この道家の病悩に際し、五月二十日より法性寺寝殿に於て五壇法が修された。中壇は法性寺座主慈賢僧正、他は快雅法印・聖増法印・浄真大僧都・寛耀僧都(五壇類聚略記三)。
四 戒をまもり、欲望を離れていること。
五 密教の修行を積んだ高徳の僧。修法の導師を勤める。
六 法会や修法の時、阿闍梨に随伴して読経などを勤める僧。伴僧。六人から八人つく。
七 加持陀羅尼。祈禱のための梵語の呪文。
八 中壇には不動明王が配置され、大阿闍梨が供養し、伴僧の数も他の壇より多い。
九 普段は姿を隠していて、絵像や彫像で拝するしかない仏・菩薩が現身を具えて現れた状態。直接結縁できるために仏道修行者に貴ばれた。慶政が書写した拾遺往生伝・下一にも例見ゆ。
一〇 不動明王。通例の像容は、色青黒く、忿怒の形相。右手に降魔の利剣、左手に羂索を持ち、火炎を負う。諸々の煩悩を焼尽し、悪魔を降伏させ、行者を加護し菩提を成就させ、長寿に導く。平安初期以降、広く信仰された。眷属に金迦羅・制多迦など八大童子がいる。
一一 不動明王の呪。これを唱えてその力を呼び出す。呪とは真言のこと。密教では特殊な梵語文を陀羅尼と称し、呪力を認め重んじていた。その短いものが真言。
一二 火界呪・慈救呪・心呪の三種。
一三 三種の真言中、最も多用される。「おそろしきものはよな、尊勝陀羅尼、大仏頂、火界の真言、慈救呪、おこないふるす不動尊、ところさびのふる剣、あかぎのつかのこしがたな。穢多かき□ぎりまでも、おそろしくぞ、おぼゆる〳〵」(中村本天狗草紙・画中詩)。
一四 生身の不動尊に対して、絵に画かれた不動尊像。

問ふ。誠心《せいしん》にて[一七]大乗を読誦《どくじゆ》したると、実心《じつしん》にて[一八]戒《かい》をうけさせたると、いづれかその益《やく》多きや。

答ふ。[一九]げに〳〵しき心にて[二〇]般若経《はんにやきやう》を誦《ずん》ずるの時は、我が心の妄念《まうねん》の皆[二一]とらくるなり。また[二二]法《ほ》花経《けきやう》を誦《ずん》ずるの時は、我が身の中《なか》のすゞしきなり。[二三]禁戒《きんかい》を聞く時は、[二四]心のなほるなり。戒は第一の益にて有るなり。しかるに悪縁《あくえん》にあふ時は、また本《もと》のごとく乱るるなり。

問ふ。[二五]後白川院《ごしらかはゐん》と[二六]崇徳院《しゆとくゐん》と、その威勢《ゐせい》の多少はいかに。

答ふ。後白川院の威勢、[二七]以《も》ての外《ほか》の事なり。

問ふ。[二八]御廟僧正《みめうのそうじやう》は第一の威徳《ゐとく》の人か。

答ふ。それは[二九]得脱《とくだつ》してやらん、見えられざるなり。[三〇]観音院僧正《くわんおんゐんのそうじやう》こそ、[三一]当時《たうじ》第一の人にて坐《まし》まさるれ。

問ふ。[三二]一乗寺《いちじようじ》、[三三]御室戸《みむろと》の威勢、いかに。

答ふ。御室戸僧正《みむろとのそうじやう》は得脱してやらん、見えられざるなり。一乗寺僧正《いちじようじのそうじやう》は、当時第[三四]一の威徳の人なり。近くは[三五]吉水前僧正《よしみづのさきのそうじやう》こそ、威勢多き人にて坐さるれ。[三六]この人〳〵は皆、[三七]愛太護山《あたごやま》に居住するなり。

問ふ。天狗の[三八]形皃《ぎやうめう》、[三九]聖教《しやうげう》に見えず。これを承《うけたまは》らんと欲す。いかに。

一五 木で作られた不動尊像。高本「絵像本像ワ怖畏何有哉」。西本「絵像木像ハ怖畏何有哉」。
一六 高本「本像ナリ」。西本「木像ナリ」。
一七 大乗経。華厳経、方等経、般若経、法華経、涅槃経など。
一八 仏教徒が守るべき禁戒。病気平癒のために受戒することがあった。「女房、今日殊大事発。仍請㆓法然房㆒、令㆓授戒㆒、有㆓其験㆒」(玉葉・正治二年九月三十日条)。
一九 真面目な心。
二〇 玄奘訳の大般若経六百巻のこと。→四五九頁注三四。
二一 心中にわだかまっていたものが溶けてなくなること。
高・西本「トクル也」。
二二 大乗仏教の基本経典で、天台宗の根本経典。
二三 仏教の戒律。
二四 高本「心□□ナル也」。西本「心直クナル也」。
二五 後白河院。第七十七代天皇。→人名解説。以下、慶政は対照的な者を対にして質している。
二六 →人名解説。
二七 「以外　モテノホカ」(文明本節用集)。
二八 良源。諡号慈恵大師。寺門派の余慶とは対立関係。→人名解説。
二九 生死、迷いの世界を脱し、悟りの世界に入ること。
三〇 余慶。諡号智弁。→人名解説。
三一 →四六六頁注一。高・西本「当時第一ニテ被坐」。
三二 増誉。→人名解説。
三三 隆明。→人名解説。
三四 高・西本「第二ノ」。
三五 慈円。→人名解説。高・西本「吉水前大僧正」。
三六 高・西本「此人皆居愛太護山也」。
三七 →四六四頁注一〇。
三八 容姿。
三九 仏典に見えない、ということ。「天狗ト云事ハ、日本ニ中伝付タリ。聖教ニ慥ナル文証ナシ」(沙石集七)。

答ふ。細《こま》やかなる事は軽《かろかろ》しく露顕《ろけん》すべからざるなり。その長《たけ》は十歳ばかりの人のごとし。[一]今聖教に謂《い》はく、[二]鬼類《きるい》多くその[三]長《たけ》三尺。以《も》て今の説実《まこと》なり。頭《かしら》ならびに身は人のごとくして、[四]その足は鳥に似たり。[五]翅《つばさ》有り。尾《を》は短し。[六]鵄《とび》は我等《われら》が乗物《のりもの》なり。またただ鵄ばかり飛び行く[七]事もあり。[八]人なんどの子、干《をか》し殺《ころ》したれども別事《べつじ》も無きは、是《こ》の時なり。我等が乗りたる時に打ちなどしつるには、腹が立ちて罰《ばち》を加ふるなり。我等は弓箭《ゆみや》にて射《い》れども射られざるなり。また[九]木破《このは》に居ると人は見るも、心には危《あやふ》きこと無し。ただ板敷《いたじき》の上ならびに大地《だいぢ》に居《ゐ》るごときなり。衣服を着《つ》けずといへども、その愁《うれ》へ無きなり。食《じき》は皆自力《じりき》にて求むるなり。熱《あつ》き時、雨の時ぞわびしき。[一〇]寒き時、[一一]風の時は大事無きなり。

問ふ。[一二]某甲僧正《それがしのそうじやう》の霊託《れいたく》の時、その手に[一三]不浄《ふじやう》の物の香、頻《しき》りに薫《くん》ず。もし血、肉《しし》、不浄の物等を[一四]用ゐらるるや。

答ふ。これを用ゐるなり。[一五]今謂《い》はく、[一六]唐土人《もろこしひと》の師の天狗《てんぐ》の二字を[一七]尺《しやく》するには、飛行すること[一八]天狗《てんこう》のごとし。[一九]天狗《てんぐ》また食する所、狗《いぬ》に似たり。故に狗と云ふ云々。今の説、実なるかや。大体皆これを食するなり。我は少《おぼろけ》の縁《えん》にてはこれを用

一 以下の典拠未詳。 二 鬼道に属するもの。夜叉、羅刹、餓鬼、諸神の類。 三 高・西本、「その長三尺。以て今の説実なり」なし。 四「誠ニ天狗ノ集リケルヨト覚テ、踏汚シタル畳ノ上ニ禽獣ノ足迹多シ」(太平記五)。是害房絵に描かれる天狗は有翅・有觜で足は人の足。天狗草紙は有翅・有觜で鳥足もあれば、有觜・無翅で人の足の者もいる。羽については、今昔物語集二十の天狗説話群では全てにあるわけではない。大鏡一(三条院)の天狗は羽を持つ。 五 高・西本「有翅。其長三尺。今ノ説実也」。割注の混入と見る。底本・猪本が良い。 六 鵄と中世の天狗とは密接に関係。「近江ノ国比良ノ山ニ住ケル天狗、鵄ノ形トシテ、其池ノ上ヲ飛廻ルニ」(今昔物語集二十の十一)。「但知一切鵄是天狗之文者、仏説鞍馬毘沙門経の説歟。…但会中此文ヲ。鵄是天狗の所乗也」(根津本天狗草紙)。 七 底本・猪本「力モ」。高・西本「事モ」。「コト」の異体字「ㄱ」の誤写と見て校訂。 八 子供が悪戯で鵄を傷つけ殺すこともあったか。今昔物語集二十の三に例見ゆ。「天狗酔狂のあまり、四条河原辺にいでゝ肉食せむとしけるに、穢多肉に針をさしておきたるを、しらずしてにぎてけるに、はりを手にたてゝ…穢多童子にとられて、くびをねぢころされにけり」(中村本天狗草紙)。高本「人ナントノ殺タレトモ」。西本「人ナントノ殺タルトモ」。 九「木端」の宛て字か。天狗は木末に出現することが多い(今昔物語集二十の三など)ので、木末の意か。「木の葉天狗」(謡曲・鞍馬天狗など。小天狗の意)なる語もあるので、「木葉」の宛て字の可能性もあるか。 一〇 底本「空時」。猪・高・西本「寒時」。誤写と見て校訂。 一一 天狗は暴風に縁が深い。「或小天狗申ケルハ、我等ガ面白ト思事ニハ、焼亡、辻風、小喧嘩、論ノ相撲事出シ」(永和本秋夜長物語)。 一二「某甲 ソレカシ」(類聚名義抄)。高本「某中僧正」。 一三 糞便。天狗は厠や排泄物に縁が深い。例えば厠の辺を好み、灰になってもそこで復活する(続本朝往生伝一八)。 一四 食物として用いるの意。 一五 高・西本「問。今謂ニ唐土ノ人師ノ尺ルニ。天狗ノ二字

ゐざるなり。食を求むれども得ずして日を累《かさ》ぬるの時こそ用ゐれ。

問ふ。妻子有りや。

答ふ。皆持てるなり。我が相共《あひとも》なふの者などは、すでに四百余歳に及ぶ。[二〇]嵯峨野《さがの》に[二一]比良山《ひらのやま》の北の野なり。人に棄てられて迷ひたる様《やう》なりしを、取り置きたりしなり。[二二]形よき人を取るなど云ふは是《こ》れなり。また生《う》[二三]まれ替《かは》り〳〵する時は、その形皆あやしげなれども、昔だによかりしかば、いつも吉《よ》き思ひをなして有るなり。その夫婦《めをと》はしかるべき事にて、[二四]同生し、[二五]同死して、必ず夫婦と成るなり。かくのごとく多生《たしやう》を隔てたればこそ、昔の事なんどはわすれ候へ。かくのごとく、また天狗の子になり〳〵するなり。子もをさなき程ぞいとほしき。[二六]長等《たけひと》しく成りぬれば、とりあひ、つかびあひ、[二七]犯《をか》しあひするなり。子のをさなきほどは、[二八]食物《じきもつ》えをば、母が求めて与ふるなり。[二九]婦《め》天狗は人などには付かざるなり。[三〇]留守《るす》に常には有るなり。

問ふ。[三一]鉄《くろがね》の丸《まろかせ》を日に三ケ度食するの由《よし》、申し伝ふ。実否《じつぷ》、いかに。

答ふ。丸にはあらざるなり。[三二]鉄の三角なるが、自然《じねん》に天然の理《ことわり》にて口に食はるるなり。それが[三三]骨髄《こつずい》に徹《とほ》りて[三四]術無《じゆつな》きなり。毎日には[三五]食はれ

ヲ。飛行スルハ如天。故云天ト」。一六 猪本傍書「大」。一七 注釈する。一八 流星の一種としての天狗。「天狗状如ニ大奔星ニ有レ声。其下止レ地、類レ狗。所レ堕及ニ炎火ニ」(史記二十七)。「大星従レ東流レ西、便有レ音似レ雷。時人曰、流星之音。亦曰、地雷。於レ是僧旻曰、非ニ流星ニ。是天狗也。其吠声似レ雷耳」(日本書紀二十三)。一九 猪本「天所食似狗。故之狗天。今説実哉」、「天」に傍書「狗ノ」、さらに「狗ノ」に傍書「云々」。高本「所食似狗。故云狗ト。云今説実哉」。西本「所食似狗。故狗ト云。今説実哉」。

二〇 一般には、京都市右京区の西部に広がる野をさす。但し、割注でこの嵯峨野とは違うことを注意する。二一 比良山北方の嵯峨野については未詳。慶政は琵琶湖西岸の地理に詳しいと見られる(閑居友・上第三話の記事など)。高・西本割注「比良山、北野也」。二二 このような風説が存したか。天狗が人をさらう例は秋夜長物語などに見える。二三 悪魔が修行者を堕落させるため、男や女に転生しながら何度も夫婦となる例が発心集(八巻本四)に見える。二四 高・西本「同生也」。猪本傍訓「ヲナシクムマレ」。二五 高・西本「同生シテ」。二六 身長が大人と等しく。二七 危害を加えあう。天狗の喧嘩好きな面が語られる。二八「食物餌(ゑ)をば」の意味か。高・西本「食物ハ」。二九 今昔物語集二十の五、延慶本平家物語・二本などに、尼天狗や女天狗の例が見える。三〇 主人他出の際、留まって家を守ること。三一「穴恐シヤ、是ナメリ、天狗道ノ苦患ニ、熱鉄ノマロカシヲ日ニ三度呑ナル事ハト思テ見居タレバ、二時計有テ、皆生出給ヘリ」(太平記二十五)。本来は地獄の責め苦として知られたものを、変形、軽減する形で発想したか。「於地獄中、或噉ニ鉄丸ニ、或以レ鋸解」(大宝積経四十二)。三二 高・西本「三角ノ鉄」。三角の例は未見。一種の比喩。三三「骨髄に徹る」は、女房の無意識の思いつきか。三四 どうしようもなくつらい。底本「無述」。猪・高・西本「無術」。誤写と見て校訂。三五 高・西本「不食也」。

ざるなり。もし僻事《ひがこと》をしつる時に食はるるなり。されば構《かま》へて僻事をばせじとするなり。

問ふ。[一]聖徳太子《しやうとくたいし》の御時《おほんとき》の人と仰《おほ》せらるるの間、[二]何と無く貴《たふと》く覚《おぼ》せ給ふなり。太子の[三]仏法興隆《ぶつぽふこうりう》しおはしまししは、御覧ぜしか。また太子の[四]御旧跡《ごきうせき》を随分《ずいぶん》に[五]修補《しゆほ》し奉《たてまつ》る人は、何様《いかやう》に申さるるや。

答ふ。太子の仏法を弘《ひろ》め給ひしは、これを見き。その時は、我《われ》は未《いま》だ修行せざるなり。仏法を修行するの人は、[六]来世《らいせ》をも遥《はるか》に見るなり。我は修行せざる故に、見ること能《あた》はざるなり。また旧跡修補の条、それを讃《ほ》めざらんの人は誰《たれ》か有るべきや。

問ふ。いかなる意《こころ》の人の、天狗道には来《きた》るや。[七]また天狗は唐土《もろこし》に通ふや。

答ふ。[八]憍慢心《けうまんしん》、[九]執着心《しふぢやくしん》の深き者、この道に来るなり。[一〇]また唐土に往《ゆ》くこと能《あた》はざるなり。

問ふ。[一一]明恵房《みやうゑばう》は、いづくに生まれおはしまし候ふや。

答ふ。明恵房高弁は、[一二]都率《とそつ》の内院《ないゐん》に[一三]上生《じやうしやう》しおはします。努力〱《ゆめゆめ》不審には思ふべからざるなり。近来《ちかごろ》、真実に[一四]出離得脱《しゆつりとくだつ》しおはします人は、

一 →人名解説。 二 平安後期以降、四天王寺・法隆寺等を中心に太子信仰が広まった。九条兼実・道家・頼経そして慶政もその熱心な信仰の持ち主。嘉禎四年(一二三八)八月十一日、慶政の仲介により、法隆寺の舎利と聖徳太子の宝物を法性寺に迎え、道家・綸子・頼経・良実・実経、また翌日には北白河院・修明門院らが拝見(法隆寺襍記)。女房もこのような九条家の環境に感化されているか。猪本傍訓「ナニトナクタトクホエタマフ(也は無訓)」。高・西本「無何ト貴覚候也」。 三 太子伝の知識普及に大きく関与した聖徳太子伝暦には、「初興㆓仏法於我国㆒。久輔㆓国柄於朝庭㆒。…始起㆓四天王寺、法隆寺、元興寺、中宮寺、橘樹寺、蜂岡寺、池後寺、葛城寺、日向寺、定林寺、法興寺㆒。合十一院」(太子遷化の年、推古天皇二十九年条。割注引用略)とある。太子の仏教興隆の様々な逸話が広く知られていた。→注一二三。 四 太子建立の寺院や御廟の磯長寺など、太子ゆかりの故跡。→注三。 五「修補　シュホ」(運歩色葉)。修理すること。慶政は嘉禎元年(一二三五)、法隆寺上宮王院正堂の石壇を修理、また翌年、同寺の仏像修理の願主となった(法隆寺別当次第)。 六「モロ〱ノ智者、学生ノ、無道心ニシテ憍慢有甚シ。其無道心ノ智者ノ死ヌレバ、必ズ天魔ト申鬼ニナリ候也。…前後百才ノ事ヲ悟通力アリ」(延慶本平家物語・二本)。四天王寺御手院縁起や太子御廟の未来記(古事談五など)により、聖徳太子がその能力の持ち主としてよく知られていた。 七 高・西本、「また天狗は唐土に通ふや」なし。→注一〇。今昔物語集二十の二に、唐土から渡来した天狗の話が見える(同話、是害房絵にも見ゆ)。慶政は渡宋経験があり、唐土では見聞しなかった天狗が日本にいることに疑問をもったか。 八「憍慢ト申ハ、人ニマサラバヤト思フ心也」(延慶本平家物語・二本)。→四六一頁注一二一。 九 怨恨など、物事にとらわれて思い切れない心。
一〇 高・西本「問。天狗通唐土哉。答。不能往唐土也」。
一一 明恵房は房号。法名は、高弁。清僧として知られる明恵上人のこと。→人名解説。 一二 都率とは、欲界の六欲天の第四天にあたる都率天(兜率天)のこと。五欲の楽に満ち

この外《ほか》には無きなり。

問ふ。一五 解脱房《げだつばう》は、いづくに生まれおはしまし候ふや。

答ふ。解脱房とは誰人《たれひと》ぞや。

申して云はく。一六 少納言已講貞慶《せうなごんのいかうぢやうけい》と申しし一七 法相宗《ほつさうしゆう》の碩徳《せきとく》、是《こ》れなり。

答ふ。惣《そう》じて一八 これを知らず。凡《およそ》は後来《こうらい》なれどもさらに一九 解力《げりき》ある輩《ともがら》は、しかるごときの事を分明《ふんみやう》にこれを弁《わきま》ふ。我は二〇 学文《がくもん》に疎《おろそ》かなりし故に、不知の事多きなり。二一 聖徳太子《しやうとくたいし》の二二 守屋大臣《もりやのおとど》を責めさせ給ひし二三 事体《ことてい》の世俗の事は、忘れざるなり云々。

問ふ。近来《ちかごろ》、二四 念仏者《ねんぶつしや》はその数もつとも多し。皆、二五 出離得脱《しゆつりとくだつ》せんや、否や。

答ふ。二六 正法《しやうぼふ》を誹謗《ひばう》の者、いかでか出離すべきや。皆二七 悪道《あくだう》に堕《お》つるなり。惣じて厭離穢土《おんりゑど》の心無くして、いかで仏国土《ぶつこくど》に往生《わうじやう》せんや。

問ふ。二八 法然房《ほふねんばう》は、いづくに生まれたるや。

答ふ。二九 無間地獄《むけんぢごく》に堕ちたり。

問ふ。三〇 善念房《ぜんねんばう》は、三一 いづくに生まるべきや。

答ふ。三二 同じく無間地獄に堕つべきなり。

あふれる所。内外の二院があり、外院は天人の遊楽する所。内院は弥勒菩薩の浄土で、七宝で荘厳された四十九重の宝宮から成る。弥勒は成仏するまでここに住し、常に法を説くと信じられた。明恵は臨終に際し、「処於第四兜率天、四十九重摩尼殿、昼夜恒説不退行、無数方便度人天」(心地観経)の句を大声で唱えている(高山寺明恵上人行状)。

一三 往生に上品上生から下品下生まで九段階ある。内院上生は、最高の往生。明恵は臨終に際し兜率往生を願い(↓注一二)、それは決定とされた(定真備忘録)。女房もこれを知っていたか。

一四 生死輪廻の迷いの世界を離れ、悟りの世界に入ること。↓四六九頁注二九。

一五 貞慶。号解脱上人。↓人名解説。慶政の祖父九条兼実は新旧仏教共に受け入れたが、慶政はその正否に関心を持ち、この問を発したと思われる。

一六 底本以下諸本「小納言已講」とある。誤写と見て校訂。父の官少納言と上人が已講であったことによる呼称。已講とは、宮中の御斎会、薬師寺の最勝会、興福寺の維摩会の三会の講師を勤めた僧の称号。高い学識が要求された。

一七 南都六宗の一つ。唯識教学を説く。興福寺はその中心寺院の一つ。貞慶はここで学び、これに精通。

一八 貞慶の死後の消息を知らないということ。

一九 もっと智力のある天狗の同輩。

二〇 仏教の教学。

二一 ↓注一。

二二 物部守屋。↓人名解説。

二三 用命紀二年(五八七)太子十六歳の時、仏教信奉派の太子軍と国神派の物部守屋軍とが戦い、太子側が勝利、日本仏教繁栄の契機となった戦。太子伝中、最も劇的要素に富む逸話。延応元年(一二三九)以前の文献では、日本書紀二十一、聖徳太子伝暦・上、三宝絵・中、今昔物語集十一等に載る。また既に康治二年(一一四三)、四天王寺で聖徳太子絵伝の絵解があった(台記・十月二十二日条)。女房もこれら何らかの媒体による知識があったと思われる。↓解説。

二四 専修念仏の徒。「建永ノ年、法然房ト云上人アリキ。…念仏宗ヲ立テ専宗念仏ト号シテ、タヾ阿弥陀仏トバカリ申ベキ也。ソレナラヌコト、顕密ノツトメハナセソ、ト云事ヲ云イダシ、…コノ事ノタヾ繁昌ニ世ニハンジヤウシテ」

問ふ。[一]性信房《しやうしんばう》は、いづくに生まるべきや。
[二]答ふ。[三]畜生道《ちくしやうだう》に堕《お》ちずは、[四]魔道《まだう》にや堕ちんずらん。
問ふ。善念房《ぜんねんばう》と性信房《しやうしんばう》とは、大旨同見《おほむねどうけん》なるに、いかで一処《いつしよ》に生まれざるや。

答ふ。[五]二《に》見《けん》同じといへども、性信房においては、その言を信ずる者少《すくな》し。故に、徒衆《としゆ》多からず。善念房に至りては、人皆これを信じ、徒衆極《きは》めて多し。[六]謗法《はうぼふ》の罪重《おも》し。故に、[七]あび獄《ごく》に堕つるなり。

問ふ。仏法の中に、いづれの行《ぎやう》か真実出離《しゆつり》の要《えう》たらんや。また自他の利益《りやく》もつとも多からんや。

答ふ。[八]真言の行に過ぎたるは無きなり。昔の[九]大師《だいし》達も皆、これをこそ行《ぎやう》じおはしまししか。

問ふ。[一〇]慶政《けいせい》が[一一]所住《しよぢう》の山寺《やまでら》は、魔難有るべしや。

答ふ。[一二]当時は[一三]勤《つとめ》を能《よ》くする[一四]時に、魔も行《ゆ》き臨《のぞ》まざるなり。[一五]この定《ちやう》に勤め行はば、将来もその難有るべからざるなり。

問ふ。かくのごとく[一六]見参《げんざん》に罷《まか》り入る。宿世《すくせ》の因縁《いんねん》、[一七]浅からざる故か。相構《あひかま》へて今度を初めと為《し》て、出離の道に御意《ぎよい》を挿《さしはさ》まるるべきなり。魔《ま》

(愚管抄六)。二五 とりわけ。
二六「源空上人門弟等一向勧進之間、還誹二謗諸宗一」(三長記・建永元年六月二十一日条)。
二七 地獄道、餓鬼道、畜生道などの世界。
二八 源空。諡号円光上人。↓人名解説。
二九 八熱地獄の最下底、極苦の地獄。教団の和合を破るなど五逆罪の者や大乗誹謗の者が堕ちる。
三〇 ↓人名解説。念仏門徒中、特に善念と性信(↓四七四頁注一)について質すのは、彼らが独自の立場を取る親鸞門下の故であろう。当時、彼らは親鸞のもと、京で活動していたか。三一 当時、善念房は存命。将来の転生所を尋ねている。性信房も同様。三二 猪本「同可随無間地獄也」。高本「随無獄也」。西本「堕無間也」。

一 ↓人名解説。
二 高本「答。随畜生道ニヤ随スラン」。西本「答。堕畜生道ニヤ堕スラン」。
三 地獄道・餓飢道と並ぶ三悪道の一。動物に転生して人間から責苦を受けたり、互いに殺傷しあったりする世界。
四 人間の善行を妨げようとする天魔の住む世界。欲界の第六天、他化自在天がこれにあたるという。
五 二人の見解。「見」なる語は、仏教では多くの場合、間違った考えの意に用いる。
六「誹謗正法」の略。正法をそしること。
七 阿鼻獄。無間地獄(↓四七三頁注二九)に同じ。
八 密教の行法。慶政は寺門僧だが、行慈から東密の伝授も受けている(東寺真言血脈)。
九 高徳の僧の敬称。
一〇 問者自身の名。↓解説。猪本勘注「証月上人ノ名。峯殿兄ナリ。乳子取落ニ依テ、背骨出ル故ニ釈門ニ入ル。一音院法華山寺、字峯ノ堂寺ノ祖師」。
一一 京都市西京区御陵峰ケ堂にあった法華山寺(別称峯の堂)。慶政は承元二年(一二〇八)に西山に遁世。その草庵が発展。嘉禄二年(一二二六)、完成(法華山寺縁起)。繁栄したが、

界《かい》の心にも皆、仏性《ぶつしやう》有り。[一八]常恒《じやうごう》にして変易《へんやく》無し。故に、[一九]天台大師《てんだいだいし》は、[二〇]魔界の如《によ》と仏界の如と[二一]一如《いちによ》にして二《に》如《によ》無し、とこそ説きおはしましたれ。仏法は極めて[二二]名字を聞く事の有り難く候ふなり。この程までもすゑの世には、また聞き難くおはしまさむずらん。相構《あひかま》へ〳〵て、よろづを思ひ忍びて、[二三]やはらかにおはしませ。人をな悩まし給ひそ。かくのごとく打《う》ち解《と》け物語《ものがたり》せさせ給ふ、しかるべき事にてこそ候ふらめと、哀れに覚え候ふなり。

答ふ。げに〳〵、さるべし〳〵。相構へて諸事《しよじ》を忍ぶべきなり。また人を悩まさんと思ひ候はん心性《しんしやう》の事、[二四]構へてわすれ候はじ。かやうに打ちくどきて仰せらるるの人あらば、経《きやう》をよまずとも[二五]呪《じゆ》をよまずとも、[二六]さりぬべく覚え候ふなり。さても[二七]御経袋《みきやうぶくろ》の中《うち》の物共《ものども》、申し出でて拝み候ふ。また[二八]弘法大師《こうぼふだいし》の御筆《おほんふで》の障子《しやうじ》、[二九]両界殊《りやうがいこと》に貴《たふと》し。[三〇]いかでかな、香様《かやう》の物、拝み候ふべきや。同じく[三一]法花《ほつけ》曼荼羅《まんだら》ならびに御経《みきやう》等、皆貴し。[三二]うれしく候ふ〳〵。宿世の因縁こそは候ひけめな。哀れに候ふ物かな。再会期《さいくわいご》し難《がた》し。なごり殊に多し。[三三]いかでかまたはな。明日は後《ご》[三四]夜《や》には罷《まか》り帰りなんず。[三五]入道殿には、[三六]この御使《おほんつかひ》[三七]おはしまして候ふ。

兵火により十六世紀前半に衰亡。
一二 →四六六頁注一。 一三 →四六二頁注一三。
一四 高・西本「程ニ」。 一五 このままの様子。
一六 慶政が比良山古人のお目にかかること。「罷り入る」は、「入る」の謙譲語。
一七 高本「不ヌㇾ浅サ故ニ、今ヨリ相構□〻」。西本「不浅故ニ、今ヨリ相構テ々々」。
一八 「Iôgô Tçune tçune」(日葡)。物事が変わらないこと。底本・猪本「常恒シテ」。高・西本「常恒ニシテ」。
一九 智顗。→人名解説。 二〇 魔道に同じ。
二一 魔界も仏界も唯一絶対の真如であって異なるものではないということ。いわゆる天台本覚思想に由来する考え方。「如」とは実相をさす。「知下魔界如仏界如、一如無二二如一、平等一相上」(摩訶止観八)。往生要集・中も同文引用。この類句が天狗草紙(根津本)や是害房絵・下にも見える。
二二 教義とその名号。 二三 おだやかなこと。
二四 高本「構〳〵忘候へ」。西本「構々忘候ヘシ」。
二五 →四六八頁注一一。 二六 高・西本「サトリヌヘク」。
二七 慶政の持ち物か。経袋は外出の際、経文を入れて携帯するためのもの。住居にいる時は経箱に入れる。女房に憑いた天狗が慶政に頼んで経袋の中を見せてもらったのであろう。
二八 空海。諡号弘法大師。→人名解説。
二九 金剛界・胎蔵界の両界曼陀羅。
三〇 高本「争カ加様ノ物」。西本「争カカ様ノ物」。
三一 法華経・見宝塔品の意義を密教的に解釈し、図像化した曼陀羅。息災・増益に修する法花経法の本尊。
三二 貴い宝物を目にすることができたのを前世からの因縁と喜んでいる。
三三 高・西本、「いかでかまたはな」なし。
三四 六時の一。夜半過ぎから明け方頃までの時間。
三五 九条道家。→人名解説。
三六 慶政のこと。
三七 高本「給テ作」。西本「給テ」。

返《かへ》すゞ悦《よろこば》しく候ふと、よく〱申させ給へ。[一]この御返事《ごへんじ》の[二]端書《はしがき》に、[三]やがてかくかゝせ給へ。あゝさらば、とく返り参らせ給へとて、長くいふ事無くなりぬ。

[四]延応元年五月二十三日、[五]法性寺殿《ほつしやうじどの》に参住《さんぢう》し、同二十八日に至る。その間三ケ度、この[六]霊託所に罷《まか》り向ふ。或《あ》る時は[七]子《ね》丑《うし》の時、[八]或る時は[九]寅《とら》の時まで問答《もんだふ》す。[一〇]その間の人〱の[一一]心操《しんさう》、[一二]当来《たうらい》の果報《くわほう》等、これを略し了《をは》んぬ。

沙門慶政《しやもんけいせい》記

[一三]比良山古人霊告《ひらさんこじんれいこく》　[一四]草案《さうあん》なり

一 九条道家から比良山古人にもたらされた返書。↓四五八頁注八。
二 文書の右端に書く本文以外のメモ。
三 慶政が使者であったことを比良山古人が大層悦んでいる旨を、そのままお書きなさい、ということ。
四 ↓四五七頁注三。
五 ↓四五七頁注二〇。法性寺は寺院であると同時に邸宅でもあるので、このように称した。
六 ↓四五八頁注九。
七 午前零時、また午前二時ごろ。
八 高・西本、「或る時は寅の時まで」なし。
九 午前四時ごろ。
一〇 猪・高本「其問」。
一一 心の働き、気立て。
一二 これから来るはずの。
一三 高・西本、「比良山古人霊告」なし。
一四 底本が草稿本であることを示すか。猪・高・西本、「草案なり」なし。↓解説。

（原文）　比良山古人霊託

一　宮内庁書陵部蔵本を底本とし、校注者の見解により句点を施した。
二　虫損の場合は□で示し、猪熊本により、またこれが欠損の場合は高山寺本と校合して字句を補った。
三　旧字体は通行のものに改めた。異体字は一部を除き、原則として通行のものに改めた。
四　仮名表記の部分は底本の形を残した。ただし、二行書の所は一行に改めた。
五　二行割書の注記の類は、〈 〉を付して小字一行組とした。
六　底本に見える傍書は、（ ）を付して本行中に組み入れた。
七　段落は底本の形を残した。また紙の継ぎ目は、字間に」を付して示した。

比良山古人霊託

（旧仮表紙）比良山古人霊託

（本文端裏書）比良山古人霊託　大織冠御親類

比良山古人霊託　鎌足御親類

延応元年五月十一日。御不例。同十九日。閣千日護摩参向矣。自同廿三日参住。至于同廿八日。其間三ケ度霊託云〻。已上九ケ日参住也。事外御減之間。此書輙不可令見人之由。被仰。仍不可出窓外之由。令申了。〈一本書進入了。一本進将軍家了〉。

比良山大天狗託於廿一歳女人云。〈刑部権大輔家盛之妻。伊与法眼泰胤之女也〉我是聖徳太子御時之者。大織冠已前之仁。謂摂録臣先祖也。此法性寺辺物領主也。此地建立伽藍之由。承之間。為見廻故郷向来也。而為執心深者。被書与一日経。我既為根本惣領主。為我可被書写之由。以家盛令申之処。于今不承返事。若使者未申達歟。又雖聞食無許容歟。為承真偽参向入道殿下」御許也。小霊猶有怖畏。定参向大事出来歟。尓時為御使者帯一紙。而向法霊所。令読聞御意趣了。是家盛懈怠也。更非御不許之処。努力〻〻不可有参向。御病悩黒白旁驚思食者也。如此先被申案内。尤以本意也。其功徳可随所望。可修何善根乎。若如所望被修而者。翻可被成守護神也。

天狗答云。功徳ニハ無軽重。只以有誠為貴。若其心仮名者。其益

甚小。以慈悲アライトヲシヤ。苦患何ニ難堪覧ト。思テタニモ修ニハタハウ。必可立要事也。何ル功徳人タニモ煩歎ツレハ興ノサムルナリ。

問云。既此辺物領主也。造結壇崇之。贈一階被貴之事。如何。兼又欲承往昔御位並御名。如何。

答云。所住無益。何所欲住可不被住哉。一階無詮。隔生之間。其位忘却。只修功徳。可被廻向也。

問云。以無想大悲心。一日中。可令書写金泥」法花経並浄土三部経。又択定其地。造立十三重之一丈六尺石塔。可被廻向也。石塔是不朽之功徳。禽獣近其影。皆浄煩悩業垢者也。今被安莫太之功徳。利益衆生。何物有過之乎。

答云。此等〳〵尤悦。此善之間。必〻不可令煩人給也。侍従宰相(資季卿)奉テ被転読大䑺経ナトハ不便事也。猶〳〵可被致誠也。件経可被安置法勝寺也。時〻経廻彼寺故也。又御一切経可被入加彼経箱中也。又被仰云。唐本一切経可蔵。可奉籠此大仏御身中也。而先展供養之斎莚。可廻向申也。大小不審。皆可被示之。遥可被成遠守護也。此病之本躰霊気。既以可捨離之由。被示了。而猶心身不安堵。捨離一定歟。又猶有乎。

答。昨日初夜既以被捨離了。今所残両三人也。是ハ不可有別事也。其中有悪性者立去之時。若如前キモヤツフサセ給ハンスラム。其外者ハ大事不可有也。二人ハ与力之人也。一人ハ給仕ノ者也。其悪性者ヲハスカサレ候ヘキナリ。

問云。本躰霊気天狗ノ崇徳院ニソヽノカサレテ。彼力ヲ」便ニテ。悪ヲ結構之由。被示。実否如何。

答云。本躰人ノ成天狗トハ誰申ク。毒蛇ニコソ成タレ。天狗ニハ不成也。崇徳院与力之条ハサモ有覧。共ニ恨ヲ含故。其形雖異其意ハ同スル也。長厳ヤ十楽院(仁慶)ナントハ天狗ニテ有レトモ。常ニモ不随逐也。只此大原僧正(承円)コソ。其契深故。同心随逐シタレ。桜井(法円)ハ強事ヨモアラシ。院タニモ捨離御ハ。無程去スランソ。承円ハ性カ悪人ニテ。シハシハ有スラン。アタラ善根ヲ。廻向ヲアシクシテ。悪知識ニ被引テ。後世ヲシソムシツル也。承円眷属一両人有也。其カ有程ハ御心地ハ猶亡惜スラン。女人ノ一人生霊ニテ有ツルナ。泣申シツル。哀ニ候ツランナ。アハレ卿二品。若此道ニ有セハ。最前ニ指出ナマシ。其罪深クテ。此道ニハ不来也。

問。本躰霊気捨離之刻。加持護身之時。黒鳥ノ翅長シテ如燕。自西南角飛来。相当入道殿下御身之上右辺。不去而隠キ。此何物乎。

答云。其ハ入道殿御魂還来也。其ハ人ノエ不見事ニテ有物ヲ。怖シク見給タリケル物カナ。唐本ノ一切経供養ノ廻向ヲタハンスル事。余リニウレシケレハ。如仰遠守護神ト成テ。必可奉守護也。設霊気等雖相共。時〻習気指事」ハ。廿日許ニハ可発也。守護セント云シカトモ。如此病悩スルトハ不可思食。六月十月尤可有御慎也。此月ニ無別事者。七十余マテハヲハシマサンスラン。准后モサホトハ。ヲハシマサンスラン。

問云。何ニシテカ世ヲ久持テ。災難ニ不遇事可有乎。

答。心ウルハシクテ。僻事セテ勤メシテ。見物不好タニヲハシマサハ。非順災難ハ不可来也。白拍子ノ様ニ。我等カ興スル事ハ無也。サヤウノ処ニハ。引集スル天狗トモカ。非順ノ事ヲ引出也。

問云。入道殿随分発心ノ人ニテヲハシマス。而如此霊気。若来侵者。第一ノ卉障碍也。以何方便可対治乎。

答。実難治也。毎日三時ニ被修不動供養法。其余時。令披見経論御者。衆魔不可得便也。入道殿先世貴キ僧ニテヲハシマシキ。泰胤法眼ハ御従者ニテ有也。御房ハ又従僧ニテ。入道殿ト不浅之知音ニテヲハセシナリ。

問。内裏何事可有乎。　答。不可有別御事。長政(イ知字)霊コソ参ムトセシカ。其ハ悪性者也。

問。関東何事可有乎。

答。不可有別事。将軍無者ヨカリナント思タル」物ノ。一両人有也。其ハ設雖有結構之事。不可有別事。

問。義時朝臣并二品。生何所乎。　答。不知之。

問。後高倉院。後堀川院。北白川女院。生何所御乎。　答。不知之。

問。月輪殿。普賢寺入道殿。生何所乎。

答。共入此道御也。月輪入道殿。人皆ヲチタリ。普賢寺入道殿ハ。人モヲチス。サレトモ人ニアナツラルヽ事モナシ。

問。後京極殿生何所乎。　答。不知之。

問。吉水前大僧正御房。生何所乎。

答。入此道御也。威勢多人也。人皆ヲチアヘリ。此人〳〵皆住愛太護山御也。


問。太政入道殿辺可有何事乎。　答。不可有別事。今二年ト六年トニ相当時ソ。驚事ヤ有ランスランヲホユル。若其過ナハ。八十許マテハヲハセンスランソ。以外長命人也。

問。此法性寺伽藍可成乎。

答。必可成。必可守護也。設何ナル事出来。我等部類三千余人ハ。随堪可加制止也。愛太護山衆ハ部類極多。非我進退也。然而」一切経ノ御志殊以忝覚。仍試可加制止。又此辺西之地主等。執心相残之輩。定常伺隙指出歟。其ハ此寺タニモ誠シクテ。僧侶常住シテ。致顕定勤者。エサシイツマシキ也。

問。此法性寺殿ニテ。如此病悩御。若此所ヲ立去テ可経御覧乎。

答。立去御ニハ不可由。此程草木ヲモ切捨ラレナン上ニハ。立去御タリトテモ。本様ニナルマシケレハ。各々ノ住所違乱ハ只同事也。不可被立去。只白地御渡ハ其限ニアラス。

問。六月之内ニ。隠岐院霊祈請熊野権現。六月内乱入洛中。可被奉悩諸宮諸院之由。或説示之。実否如何。

答。彼霊祈請熊野之事者。サモアルラン。諸宮諸院ヲハ悩トセラルトモ。ヨモカナハシ物ヲ。只少々コソ申ハアランスラン。

問。当時天下ノ政ハ好乎悪乎。　答。天下ノ政トハ。摂政殿(岡屋殿事歟)之政哉。其ハ好トモ不云也。サレハトテ。口ヲトヽノヘテソシラス。タヽ久世ヲ行ウマシキソ。罪積之事不可勝計也。此摂政殿ハ短命ノ人也。」

問。左大将殿(円明寺殿事歟)可有摂録乎。　答。其[ソ]ヨキ人ニテヤ有ランスラントイヒアヒタル。短命ノ人ニテソヲハハスル。

問。以何方便可除其難乎。　答。帰命三宝。信心有リテ勤ヲタニモシ御ハ、。ヨモムケニ短キ事モアラシ。

問。猪熊大殿御不例如何。　答。設今度雖無別事。不久必大事可出来歟。惣ハ愚痴人也。善心微少。不便〳〵。

問。故摂政殿生何所御乎。　答。不知也。罪アル人ニテヲハセシカハ。地獄ニヤヲハスラン。相構テ世中ヲ久ク行マシキ也。入道殿モ此伽藍タニモ不造御者。イカニ罪多ヲハセマシ。依此伽藍。本ノ罪ハ皆尽テ。此後ノ功徳ソ。御身ニハタマリ給ハンスル。

問。藻壁門女院生何所御乎。　答。来此道御也。十楽院僧正ノ共之也。常住蓮台野辺也。返〳〵不便ニコソ奉見。此等カ[ナフ]リクサニテコソハアラムスラン。又尼ニテヲハスル也。

問。随分被修御仏事キ。不立御要歟。修何善根。可奉離彼難乎。

答。雖被修仏事。」皆以無真実心。只皆仮名也。ソヘニツヒノ遠縁ナントニハ成スラン。真実功徳タニモ修レハ。アナイト惜ヤ。今ハ此ヲ捨テント思心付也。取ツル者サ思ハヌ限リハ。雖経数千年。不可捨離也。

問。何モ不怖トハ被仰トモ。有待ノ身ノ無怖畏之事ハ無也。只被仰ヨ。サルニテモ何事カ候ラン。

答。実然リ。何〳〵ト云ヘトモ。五檀ノ法ニ過タルハ無也。浄行ナル阿闍梨ノ番僧具シテ。誦加持タラニタルハ。身毛立也。

問。五壇ノ中。何尤有怖畏乎。　答。可依アサリニ也。法ハ無勝劣也。同程ナルアサリニテ有ニハ。中壇コソ尤貴レ。

問。若生身不動尊ヤ拝給タル。　答。不然。

問。不動呪ノ三有ル中ニ。何殊怖畏切乎。

答。慈救呪第一也。

問。絵像木像ハ有怖乎。　答。吉像ハ怖也。

問。誠心ニテ読誦大乗タルト。実心ニテ戒ヲウケサセタルト。何其益多乎。　答。ケニ〳〵シキ[心]ニテ。⿰舟者経ヲ誦之時ハ。我心ノ妄念ノ皆トラクル也。又誦法花経之時ハ。我身ノ中ノス、シキ也。禁戒聞ク時ハ。心ノナヲル也。戒ハ第一益ニテ」有也。而悪縁ニアウ時ハ。又如本乱也。

問。後白川院与崇徳院。其威勢多少如何。

答。後白川院威勢以外之事也。

問。御廟僧正(慈恵)第一威徳人歟。　答。其ハ得脱シテヤラン。不被見也。観音院僧正(余慶)コソ。当時第一ノ人ニテ被坐。

問。一乗寺(増誉)。御室戸(隆明)。威勢如何。　答。御室戸僧正得脱シテヤラン。不被見也。一乗寺僧正ハ。当時第一ノ威徳人也。近ハ吉水前僧正コソ。威勢多人ニテ被坐。此人〳〵皆居住愛太護山也。

問。天狗形皃聖教不見。欲承之。如何。

答。細事軽不可露顕也。其長如十歳許人。〈今謂聖教ニ。鬼類多。其長三尺。以今説実也。〉頭并身如人。其足似鳥。有翅。尾短。鵄ハ我等乗物也。又只鵄許飛行ク力モアリ。人ナントノ子。干殺タレトモ別事モ無ハ是時也。我等乗タル時ニ打ナトシツルニハ。腹立テ加罰也。我等ハ弓箭ニテ射レトモ不被射也。又居木破ト人ハ見トモ。心ニハ無危コト。只如居板敷上并大地也。雖不着衣服無其愁」也。食ハ皆自力ニテ求也。熱時雨時ソワヒシキ。空時風時ハ無大事也。

問。某甲僧正霊託之時。其手不浄物之香頻薫。若被用血肉不浄物等乎。

答。用之也。〈今謂唐土人師尺天狗二字ニハ。飛行スルコト如天狗。〻〻又所食似狗。故云狗云〻。今説実哉。〉大躰皆食之也。我ハ少縁ニテハ不用之也。求食而不得シテ累日之時コソ用。

問。有妻子乎。　答。皆持也。我相共之者ナトハ。既及四百余歳。嵯峨野ニ〈比良山北之野也。〉人ニ被棄レテ迷タル様ナリシヲ。取置タリシ也。形ヨキ人ヲ取ナト云ハ是也。又生替〳〵スル時ハ。其形皆アヤシケナレトモ。昔タニヨカリシカハ。イツモ吉キ思ヲナシテ有也。其ノ夫婦ハ可然事ニテ。同生シ同死シテ。必成夫婦也。如此多生隔ハコソ。昔事ナントハワスレ候ヘ。如此又天狗ノ子ニナリ〳〵スル也。子モヲサナキ程ソイトヲシキ。長等ク成ヌレハ。トリアヒ。ツカヒアヒ。犯アヒスル也。子ノヲサナキホトハ。食物エヲハ。母カ求テ与也。婦天狗ハ人ナトニハ不付也。留守ニ常ニハ有也。

問。鉄丸ヲ日ニ三ケ度食之由。中伝。実否如何。

答。非丸也。鉄ノ三角ナルカ。自然ニ天然ノ」理ニテ口ニ被食也。其カ徹骨髄無述也。毎日ニハ不被食也。若僻事ヲシツル時被食也。サレハ構テ僻事ヲハセシトスル也。

問。聖徳太子御時之人ト被仰之間。無何貴覚セ給也。太子ノ仏法興隆シ御シハ御覧セシカ。又太子御旧跡ヲ随分ニ奉修補人ハ。何様被申乎。　答。太子仏法弘給シハ見之。尓時ハ我ハ未修行也。修行仏法之人ハ。来世ヲモ遥見也。我ハ不修行故。不能見也。又旧跡修補之条。其ヲ不讃之人。誰可有乎。

問。何意人来天狗道乎。又天狗通唐土乎。

答。憍慢心。執着心深者。来此道也。又不能往唐土也。

問。明恵房ハ何所ニ生御候哉。　答。明恵房高弁。上生都率内院御。努力〳〵不審ニハ不可思也。近来真実出離得脱御人。此外ニハ無也。

問。解脱房何所ニ生御候哉。　答。解脱房トハ誰人乎。　申云。小納言已講貞慶ト申シ、法相宗碩徳是也。　答。惣不知之。」凡ハ後来ナレトモ更解力アル輩ハ。如然事分明弁之。我ハ学文ニ疎ナリシ故。不知之事多也。聖徳太子之守屋大臣ヲ責サセ給ヒシ事躰ノ世俗事ハ。不忘也云〻。

問。近来念仏者。其数尤多。皆出離得脱乎否。　答。誹謗正法者。争可出離乎。皆堕悪道也。物無厭離穢土之心。何往生仏国土乎。

問。法然房ハ生何所乎。　答。堕無間地獄リ。

問。善念房ハ可生何所乎。　答。同可堕無間地獄也。

問。性信房可生何所乎。　答。畜生道ニ不堕スハ。魔道ニヤ堕スラン。

問。善念房与性信房者。大旨同見ナルニ。何不生一処乎。　答。二見雖同。於性信房者。信其言者少。故徒衆不多。至善念房。人皆信之。徒衆極多。謗法罪重。故堕アヒ獄也。

問。仏法之中。何行真実出離之要乎。又自他利益尤多乎。　答。

真言ノ行ニ過タルハ無也。昔大師達モ皆此ヲコソ行御シカ。

問。慶政所住山寺。可有魔難乎。　答。当時ハ勤ヲ能クスル時ニ。魔モ不行臨也。此定ニ」勤メ行ハヽ。将来モ其難不可有也。

問。如此罷入見参。宿世因縁不浅故歟。相構今度為初。出離ノ道可被挿御意也。魔界ノ心ニモ皆有仏性。常恒シテ無変易。故天台大師ハ。魔界ノ如。仏界如。一如ニシテ二如無シ。トコソ説御タレ。仏法ハ極テ名字ヲ聞事ノ難有候也。此程マテモスヘノ世ニハ。又難聞ヲハシマサムスラン。相構〳〵テ。ヨロツヲ思忍テ。ヤハラカニヲハシマセ。人ヲナ悩給ソ。如此打解物語セサセ給。シカルヘキ事ニテコソ候ラメト。哀覚候也。

答。ケニ〳〵。サルヘシ〳〵。相構可忍諸事也。又人ヲ悩サント思候ハン心性ノ事。構テワスレ候ハシ。カヤウニ打クトキテ。被仰之人アラハ。経ヲヨマストモ。呪ヲヨマストモ。サリヌヘク覚候也。サテモ御経袋ノ中ノ物共。申出テ拝候。又弘法大師ノ御筆ノ障子。両界殊ニ貴シ。イカテカナ香様物。可拝候乎。同法花曼荼羅幷御経等。皆貴シ。ウレシク候〳〵。宿世因縁コソハ候ケメナ。哀候物哉。再会難期。ナコリ殊ニ多シ。争又ハナ。明日ハ後夜ニハ」罷帰ナンス。入道殿ニハ。此御使御テ候。返〳〵悦候ト。能〳〵申サセ給ヘ。此御返事ノ端書ニ。ヤカテカクカヽセ給ヘ。アヽサラハトク返リ参セ給ヘトテ。長クイフ事無クナリヌ。


延応元年五月廿三日。参住法性寺殿。至同廿八日。其間三ケ度罷向此霊託所。或時ハ子丑時。或時ハ寅時マテ問答ス。其間人〳〵心操。当来果報等略之了。

沙門慶政記

比良山古人霊告　草案也

付録

『宝物集』和歌他出一覧

一、原則として本文および歌番号は『新編国歌大観』一〜十巻に拠り示した（万葉集は併記の旧番号によった）。同書で補えぬものに関しては『私家集大成』他等を参照し、書名を示した。

一、他出の順序は検索の便を考えて概ね『新編国歌大観』の巻数および収載の順に従って表示した。別系統所収の場合は所蔵等を冠し区別した。

一、宝物集に比し大きく異同する本文がある場合は、初句・二句・三句・四句・五句のいずれにあるかを指摘して「　」で表示した。作者名の場合も同様の方針で（　）に示した。〈歌集名・歌番号「題」、本文異同〉の順で掲示した。

一、他出歌の詞書は、宝物集の和歌を解釈する上でどうしても必要と思われるもの以外は割愛した。

一、各歌末尾の略号は宝物集諸本間の入集状況を一覧するために付した。略号は以下の通り。一＝一巻本。二巻本系統は、上＝上野図書館本・松井本、宮＝宮嶋本。三巻本系統は、整＝平仮名整版本、平＝平仮名古活字本、片＝片仮名古活字本。元＝第一種七巻本の元禄本。第二種七巻本系統は、久＝身延山久遠寺本、光＝光長寺本（巻一）、能＝本能寺本（巻三）、最＝最明寺本（巻四）と表記した。完本の瑞＝瑞光寺本と、九＝九冊本（古典文庫本）は本大系本とほぼ同数の和歌を収載するのでいちいち示さないが、時に異同や欠脱歌が認められるため、その場合のみ「九本欠脱」等と掲示した。第二種七巻本系統については前述の方針で簡略の異同を示した。

一、本一覧は小泉弘氏の『古鈔本宝物集 研究篇』末尾の「宝物集の和歌」に示された二つの基本的調査を基礎にして成り立っている。

（森　晴彦）

1 拾遺集一〇五五。拾遺抄三九七。源公忠朝臣集五。俊成三十六人歌合五一。新時代不同歌合九一。俊頼髄脳一九八。奥儀抄二六五。抽中抄三四三。和歌色葉三六四。悦目抄八六。和歌口伝抄七。心敬私語一六九。今昔物語集七三。色葉和難集一〇三。伊勢物語集注三四二。五代勅撰〈顕昭注〉。光・元・片。

2 後拾遺集九四。後拾遺抄注〈顕昭注〉。光(高岳頼言、初句「みなからに」)・元・片。

3 千載集一〇五六。長秋詠藻五〇一。慈鎮和尚自歌合八。定家十体二一。井蛙抄五八。定家八代抄一五八三。正風体抄三四。いずれも四句「花はかずにも」。治承二年右大臣(兼実)家百首。光(五句「花ハカズニモ」)・元・片

4 金葉集二度本五二八、五句「ここちこそすれ」。金葉集三奏本五〇七。嘉応二年十月九日散位敦頼住吉社歌合一〇四判詞。今鏡一〇六、二句「君なき宿に」、五句「心ちこそすれ」。光・元・片。

5 金葉集二度本五三四「後三条院かくれおはしまして又のとしのはる、さかりなりける花を見てよめる」(左近府生秦兼方)。金葉集三奏本五一七。袋草紙五七。六百番陳状五五。宇治拾遺物語一。今物語四九。撰集抄七五。讃岐典侍日記三。詞花集注〈顕昭注〉。光(五句「ヲモハザリケレ」)・元・片。

6 新古今集七六五。月詣集六九九。定家十体九七。落書露顕三〇。雲玉集九八。歌林良材一六二。林下集三七。光・元(初句「春ナレド」)・片。

7 玉葉集一六四。続詞花集六三。今撰集三三。すべて初句「わりなしや」。元・片。

8 後拾遺集三五八。玄玄集一六八。新撰朗詠集三四五。範永朝臣集三、初句「みるひとも」。時代不同歌合一四三。袋草紙六八。悦目抄二一〇。十訓抄三七。沙石集異本三七。後拾遺抄注。光・元・片。

9 新千載集一八五〇。頼政集三四四。歌枕名寄五四一。すべて四句「月のみすめる」。光・元・片。

10 千載集四五六「遍照寺にて、池辺雪といへる心をよみ侍りける」。月詣集九四一。守覚法親王集九六。題林愚抄五九一九。歌枕名寄五四〇。光・元(初句「波影ハ」)・片。

11 後撰集一〇七六「おなじ日〈前歌詞書・仁和のみかど嵯峨の御時の例にて芹河に行幸したまひける日〉、たかがひにて、かりぎぬのたもとにつるのかたをぬひてかきつけたりける」。古今和歌六帖一三九六(なりひら)。俊頼髄脳三六。和歌童蒙抄三一四。奥儀抄三二一。万葉集時代難事六四。袖中抄二三三。和歌色葉三三六。伊勢物語一九五(男)。六華集一三三五。御所本業平集一〇八、五句「かりもなくなる」。定家八代抄一四四九。色葉和難集三二八。歌林良材四五三(行平)。古今集注釈書六九〇。源氏物語古注釈書一四八二。六華集注一五一。顕昭古今集注。光・元・片。

12 古今集一〇六七「法皇にし河におはしましたりける日、さる山のかひにさけぶといふことを題にてよませたまうける」。古今和歌六帖九二九。和漢朗詠集四六一。躬恒集二四。和歌体十種四九。和歌童蒙抄八三三(貫之)。万葉集時代難事五。袖中抄五四九。大鏡七〇。古今著聞集三九〇。題林愚抄一〇三三七。御所本躬恒集二〇六。顕注密勘。光(二句「マシハナナキソ」五句「ケフニヤアルラム」)・元・片。

13 後拾遺集三七九(御製)「承保三年十月今上みかりのついでに大井川にみゆきせさせ給によませたまへる」。時代不同歌合一九〇。和歌初学抄一八七。古来風体抄四二七。今鏡三。十訓抄二三。顕昭古今集注。光・元・片。

14 万葉集四〇九八、三句「あづまなる」。夫木抄一五三七三。奥儀抄五五、初句「すめろぎの」、三句同前。歌林良材五一九、三句同前。五代集歌枕四七八、三句同前。歌枕名寄六八七五、三句同前。詞林采葉集。塵添壒嚢鈔。宗祇抄。光(三句「アヅマナル」)・久・元・片・平・整・宮・上。

15 古今集八九四、二・三句「なにはのみつにやくしほの」。古今和歌六帖一七九三。拾玉集三五六六題、二句「難波のみつに」。暮春白河尚歯会和歌一九、二句「なにはのみつに」。九品和歌一四、初・二句「あらしほの塩のやほあひに」。俊頼髄脳七五、二句「難波ほりえに」。奥儀抄一〇〇、初・二句「荒潮のしほのやほあひに」。和歌初学抄一七、初・二句同前。袖中抄一四八、二句「なにはのみつに」。井蛙抄四一〇、二句同前。古今著聞集一六八、二句同前。色葉和難集三四九。顕昭古今集注、二句「なにはのみつに」。顕注密勘、二句同前。光(二句「ナニハノミツエニ」)・久・元・片。

16 和漢朗詠集七三三、初句「いづこにか」。撰集抄六五、初句「いづくにか」。法華経鷲林拾葉抄。光・久・元・平・整・宮・上。

17 金葉集二度本五九九。金葉集三奏本五八九。歌枕名寄六三七〇。光・元・平・整・宮・上。

18 千載集一〇八〇。今撰集一七六。太皇太后宮大進清輔朝臣家歌合六三。治承三十

六人歌合一五八。新時代不同歌合一九八、初句「いつまでも」。歌仙落書六四。沙石集一四。六華集一七八五。平家族伝抄・上。光・久(四句「昔シハ老ノ」集付・歌苑抄)・元・平・整・宮・上。

19 月詣集七〇九「養和二年三月に賀茂重保尚歯会おこなひはべりける七叟にてよめる」、五句「かゝらましかば」。光・久。

20 拾遺集一三四七、初・二句「ももさかにやそさかこえて」。万葉集時代難事四二、五句「ちふりわかする」。顕昭古今集注。顕注密勘、五句同前。三宝絵・下(長歌。四句まで同じ)。光・久(集付・葉門集)・元・片。

21 金葉集二度本六一〇、三句「すへざりし」、五句「なき身とをしれ」。金葉集三奏本六〇一、三・五句同前。袋草紙一三五、三・五句同前。光(三・五句同前)・元・片・平・整・宮・上。

22 拾遺集一二九三。拾遺抄五五八。玄玄集二〇。小大君集四六、四・五句「なみだのはてぞしられざりける」。道信集六三。後十五番歌合三。時代不同歌合一七三。深窓秘抄九五。後六々撰七四。定家十体一三六。古来風体抄三八六。近代秀歌六〇。詠歌大概六九。三五記二二。今昔物語集九五。古本説話集六七、三句「ふぢばかま」。定家八代抄六七八。八代集秀逸三〇。源氏物語古注釈一八六七。光・元・片・平・整・宮・上。

23 後拾遺集五八九。光・元・片・平・整・宮・上。

24 続詞花集三九〇、四・五句「けぶりになりし人をこそおもへ」。光。

25 有房集三九七、三句「かぎりけん」、五句「かた身なりつれ」。民博本有房集一〇二、三・五句同前。光・元・片・平・整・宮・上。

26 千載集五九一。治承三十六人歌合四七。新時代不同歌合五四。定家八代抄七〇三。歌枕名寄一三三一。光・元・平・整・宮・上。

27 後撰集一三八六「あつとしが身まかりにけるをまだきかで、あづまより馬をおくりて侍りければ」。金玉集三三。清慎公集一〇一「敦敏亡逝之後、不知由従関東有送馬之者、不堪悲涙聊述所懐」。深窓秘抄八三。落書露顕二五。東野州聞書一六三。栄花物語三。大鏡二九。古本説話集八四、五句「すぐべかりける」。定家八代抄六七五。光・元・片・一。

28 金葉集二度本六二〇。金葉集三奏本六一三、五句「きくぞかなしき」。和泉式部集五三六。時代不同歌合一九七。後六々撰九。古来風体抄五三六。近代秀歌五九。詠歌大概六八。沙石集八六。無名草子八六。仮名本曾我物語三六。女房三十六人歌合四九。定家八代抄六六三。八代集秀逸四八。金沢文庫旧蔵古説話等残巻。光・久・元・片・一。

29 金葉集三奏本一六五。詞花集三三七。玄玄集一一五。新撰朗詠集六五三。時代不同歌合三五五。俊頼髄脳四三六。奥儀抄三二九。別本和漢兼作集四八八。道済集二四五、二句「わかれし人を」。定家八代抄七〇〇。八代集秀逸六〇。色葉和難集七七七。撰集抄一の六本文内(二・三・四句のみ)。詞花集注。光・元(四句「足立原」)・片・一。

30 後拾遺集三七〇。道命阿闍梨集一四九、同集重出三一一。後拾遺抄注。光。

31 光(五句「そらにしりけむ」)。

32 続詞花集八四四。為忠家初度百首七三八。題林愚抄九九七三。光・元・片。

33 光・元・片。

34 後拾遺集一一九五、五句「月を見ぬかな」。新撰朗詠集五六三。康資王母集一五一。光(五句「月ヲミヌカナ」)・元・片。

35 続詞花集四五一。光・久・元・片。

36 続後拾遺集一三〇六。基俊集一〇四「春宮大夫八講おこなひ侍りしに、捧物つかはすとてよみてつかはしける」、四句「わしの山路に」。光・久・元・平・整・宮・上。

37 光・久。

38 詞花集四一五。登蓮集三一「而実不滅度」。治承三十六人歌合三一八。中古六歌仙三〇「而実不滅度」。釈教三十六人歌合一三。法華経鷲林拾葉抄。法華経直談抄。光・久・元・片。

39 古今集二七三「仙宮に菊をわけて人のいたれるかたをよめる」。新撰和歌九四。古今和歌六帖三七三〇。和漢朗詠集五五三。素性集五八。寛平御時菊合一七。俊頼髄脳三五七。奥儀抄四七五。古来風体抄二五一。梵灯庵袖下集四五。定家八代抄六二四。色葉和難集二一八、同書重出五九九。歌林良材七八。顕注密勘。光・久・元・片。

40 後葉集一七五。続詞花集二五八「ときはといふところにすみける比、九月九日人のもとより、花さかぬときはにはけふのきくもいかにつむらんなどいひおくり侍りければ」。光・久(三句「花ナレバ」)。

41 千載集六三〇。続詞花集三三。月詣集七五。光・久(二句「ニホフニシルシ」)。
42 千載集六二九。月詣集七四。題林愚抄一〇四八〇。光・久・元・片。
43 季経集三四「養和元年九月摂政殿よききくたづねてまゐらせよとおほせられしに、まゐらすとてよみてむすび付け侍りし」。光。
44 後拾遺集三五〇。上東門院彰子菊合一九、初句「こむらさき」、五句「たれかいふらん」。光・久・元・片。
45 光。
46 夫木抄五九八一。拾遺愚草四七。光(作者名欠)。
47 後拾遺集一〇八一「実方朝臣をんなのもとにまうできてかうしをならし侍けるに、をんな心しらぬ人してあらくましげにとはせてければかへり侍にけり、つとめてをんなのつかはしける」、三句「やみにしを」。光(三句「ヤミニシヲ」)・元・片。実方集三五。難後拾遺抄九〇。書陵部本実方集一九七。
48 続詞花集三六四(藤原政時)。金葉集初度本四三八(藤原致時)。光(藤原致時)・元・片。
49 続詞花集三六三。堀河百首一〇五六。題林愚抄五六三三。いずれも二句「庭火の前に」。光・元・片。
50 万代集一五八八。嘉応二年住吉社歌合一三。光。
51 言葉集二一「寄神楽」、五句「あげつる」。光。
52 後拾遺集一一二四「一条院御時皇后宮五節たてまつり給けるにかいつくろひつかまつりける人のつけてはべりけるあかひものとけていかにせんといひけるをききてむすびつくとてよみ侍ける」、四句「いかなるひもの」。千載集九六一詞書。実方集五八、三句「さへながら」。清少納言集(流布本)解題六、四句「いかでかひもの」。枕草子一一。歌枕名寄五五九九。光(作者名欠)・元・片。
53 後拾遺集六二三。光(作者名欠)。
54 後拾遺集一一二一。紫式部集九九。難後拾遺抄九一。栄花物語六一。紫式部日記一三。光(作者名欠。三句以下「サシカケテシルキヒカリヲソレカトゾミル」)。
55 後拾遺集一一一三。栄花物語六二。光(作者名欠)。
56 光。
57 後拾遺集四四七「人のをさなきはらばらのこどもにもきせかうぶりせさせはかまきせなどしはべりけるにかはらけとりて」、二句「あまたちとせの」。重之集一四七、二句同前。光(二句「アマタチトセノ」、四句「コマツカエタニ」)。
58 後拾遺集四四九「三条院、みこのみやと申ける時、帯刀の陣の歌合によみ侍ける」。新撰朗詠集七二七。嘉言集四三。帯刀陣歌合一。相撲立詩歌合一七。新時代不同歌合一八三。後六々撰八五。奥儀抄二一七。古来風体抄四三九。和歌色葉三〇三。仮名本曾我物語二三。定家八代抄六六七。光・久。
59 続詞花集三六「一条院御時冬の賀茂祭に、蔵人にて舞人して侍りけるを、返立に入道摂政おまへにさぶらはせ給ひて、祝歌つかうまつれとせめおほせられければ、申しける」、二句「きみをしいのり」、四・五句「まだよぶかくもおもほゆるかな」。兼澄集二八、二・四・五句同前。袋草紙・上本文内。栄花物語三本文内。世継物語四一、二・四・五句同前。和歌呉竹集。光・久(集付・歌苑抄)。
60 続詞花集三四〇「題しらず」。楢葉集五一四「花林院にて人々歌よみ侍りけるに、かたがたの祝といへる事を」。光。
61 千載集六〇九。続詞花集三三一。月詣集六三。歌枕名寄一九二五。光・久。
62 後拾遺集六〇三。入道右大臣(頼宗)集四三、二・三句「いのちのせめてをしきには」。賀陽院水閣歌合三〇。新時代不同歌合一〇一。奥儀抄七七。袋草紙六〇七、五句「命なりけれ」、三〇七、三一七。古来風体抄四五五。和歌色葉五九。悦目抄一〇二。栄花物語四〇五。十訓抄七。五代勅撰。和歌灌頂次第秘密抄。光・久。
63 風雅集一〇九四。重家集一七六。治承三十六人歌合一五五。歌仙落書三四。いずれも三句「いひしかど」。光・久。
64 新古今集一三三九。月詣集三九八。経盛朝臣家歌合一一六。治承三十六人歌合八六。頼輔集六九。いずれも四・五句「おなじよにあるかひはなけれど」。光(五句「カヒハナケレド」)・久。
65 月詣集一一三、初句「あかなくに」。和漢兼作集三一七、初句同前。禅林瘀葉集二一、初句同前。光・久。
66 新古今集一七七二。師光集一〇三。太皇太后宮大進清輔朝臣家歌合六六。治承三十六人歌合三八七。二百六十番歌合一六八。新時代不同歌合一四四。光・久(集付・

歌苑抄)。

67 古今集六二五。古今和歌六帖三二五四。友則集四九。若宮社歌合六八判詞。千五百番歌合三五三一判詞。久・元・片。

68 後拾遺集六五七。弘徽殿女御生子歌合。今鏡四本文内(二・三句のみ)。久・元・片。

69 新勅撰集八三八。隆信集五三六。治承三十六人歌合一三八。書陵部本隆信集七五。久(集付・歌苑抄)。

70 久。

71 千載集九三、二句「うき身にかふる」、五句「をしまざらまし」。和漢兼作集三四、二・五句同前。題林愚抄九八〇、二・五句同前。久・元・片。

72 後拾遺集一〇七六「くまのにまゐりてあすいでなんとしはべりけるに人人しばしはさぶらひなむや神もゆるしたまはじなどいひはべりけるほどに、おとなしのかはのほとりにかしらしろきからすのはべりければよめる」。増基集一九「さてさぶらふほどに、霜月廿日のほどのあすまかでなむとて、おとなし川のつらにあそべば、人、しばしさぶらひ給へかし、神もゆるし聞え給はじなどいふほどに、かしらしろきからすありて」。後六々撰九六。和歌童蒙抄七九一。奥儀抄三三五。和歌色葉四〇一。日蓮遺文・光日房御書。久・元・片。

73 新古今集一九四八、初句「さらず共」。経家集九五、初句「さらずとて」。久・元・片。

74 玉葉集二四六七(西行法師)「鳥羽院に出家のいとま申し侍るとてよめる」、初・二句「をしむとてをしまれぬべき」。万代集三七三三。拾遺風体和歌集四五五。仏国禅師集解五。久・元・片。

75 法門百首三「春陽之日遊戯原野」。

76 拾遺集一三三二、五句「世にこそありけれ」。拾遺抄五七五、五句同前。古今和歌六帖二四五八、五句同前。和漢朗詠集七九七、五句同前。貫之集九〇三、五句同前。袋草紙一三二、五句同前。保元物語八。沙石集一〇。源氏物語古注釈書三六・一六八九、五句同前。久・元・片・平・整・宮・上。

77 後拾遺集一〇三。源順集一三五「応和元年七月十一日に、四つなる女子を失ひて、同じ年の八月六日に、又五つなる女子を失ひて、無常の思ひ、事にふれておこる、悲しびの涙かわかず、古万葉集の中に沙弥満誓がよめる歌の中に、世中を何にたとへんといへることをとりて、頭に置きてよめる歌十首」の七首目。和歌初学抄一二三。親清四女集三五。撰集抄一の六本文内(三・四・五句)。四部合戦状本平家物語・灌頂。久・元(源重之)・片(同前)。

78 後拾遺集一一八九。公任集三九三。平家族伝抄・下。法華経鷲林拾葉抄。法華経直談抄。久。

79 風雅集一九〇一。後葉集四九〇。続詞花集九一五。堀河百首一五四八。題林愚抄九六六八。元・平・整・宮・上。

80 新後拾遺集一四五八。治承三十六人歌合一六八、二・三句「末葉にむすぶ露のみか」。久。

81 詞花集三七八。堀河百首一五三八。和歌童蒙抄八四三。和歌色葉四七三。題林愚抄九六四八。久・元・片・平・整・宮・上。

82 古今集八三五、五句「うつつとは見ず」。古今和歌六帖二四七六、三句「ゆめといふ」、五句同前。忠岑集六三。西本願寺本忠峯集四五。定家八代抄六三九。顕注密勘。いずれも五句同前。久・元・片。

83 新古今集八一四。続詞花集八三「一条院かくれさせ給ひて、ほどへて夢に見たてまつりてよみ侍りける」。別本和漢兼作集三〇〇。久・元・平・整・宮・上。

84 千載集一三四。禅林瘀葉集九四。

85 千載集七三〇。実家集三三。仁安二年俊恵歌林苑歌合(平安朝歌合大成雑載・千載集に拠る)。久(集付・歌苑抄)・元・片。

86 拾遺集一三四一「おこなひ侍りける人の、くるしくおぼえ侍りければ、えおき侍らざりける夜のゆめに、をかしげなる法師のつきおどろかしてよみ侍りける」。拾遺集抄五七八(ちられ)、初句「としをへて」。俊頼髄脳四(うつくしげなる僧)。袋草紙二二五(小僧)。定家八代抄七二三。久。

87 拾遺集一三三〇「法師にならむとて出でける時に家に書き付けて侍ける」、三句「そむきなん」、四・五句「あすもありとはたのむべき身か」。拾遺抄五七三、三・四句同前。別本和漢兼作集四五八。定家八代抄七一二。久・元・片。

88 拾遺集一三三五、五句「すぐすなるらん」。後拾遺集一〇三一、五句同前。公任集三二六「なりのぶの中将すけしてのつとめて、左大弁ゆきなりのよのはかなきこと聞ゑ給へりけるに」、五句「すぐるなるらん」。今昔物語集八〇。四部合戦状本平家物語・灌頂。蓬左文庫蔵法華経鷲林拾葉抄。久・元・片。

89 金葉集二度本六四一「依他のやつのたとひを人人よみけるに、この身かげろふのごとしといへることをよめる」。金葉集三奏本六三三。後拾遺抄注。久。

90 玉葉集三六三。続詞花集九二二。今撰集一七九。万代集三五七「久安百首に」。久安百首二九二。平家族伝抄・下。久・元・平・整・宮・上。

91 後撰集二九〇。元・平・整・宮・上。

92 拾遺集五〇七、二・三句「かくいひいひのはてはては」、同集重出一三一四。拾遺抄三七五。元・片。

93 後拾遺集八七〇、二・三・四句「月とわがみのゆくするとおぼつかなさは」。難後拾遺抄七五(傅大納言のはは)、二・三・四句同前。蜻蛉日記八四、二・三・四句同前。定家八代抄一六九。

94 玉葉集三三二、二句「いかなる山の」、四句「もゆる煙と」。続詞花集九二一。久・元・片。

95 続古今集一四三三、初・二句「きえぬべきつゆのうきみの」。万代集三五七五。殷富門院大輔集一九三。時代不同歌合三九四。書陵部蔵続群類従原本殷富門院大輔集八五、初・二句同前。久(集付・歌苑抄)・元・平・整・宮・上。

96 古今集八五〇(紀茂行)「桜を植ゑてありけるに、やうやく花咲きぬべき時にかの植ゑける人身まかりにければ、その花を見てよめる」。新撰和歌一七三。古今和歌六帖三四八八。清少納言集四〇。伊勢物語一八八。定家八代抄六八二。元・片。

97 千載集一〇五三。続詞花集七九。今撰集三一。出観集九九。元・平・整・宮・上。

98 四部合戦状本平家物語・灌頂。久。

99 新古今集八〇〇、初・二句「けふこずは見でややまし」。続詞花集九〇四、初句同前、二句「みずやあらまし」。公任集二一八、初・二句「けふこずはみでややまし」。久。

100 太后太皇后大進清輔朝臣家歌合六七、二・三句「秋の心のふかければ」。久・元・片・平・整・宮・上。

101 拾遺集二九九。拾遺抄一九三。新撰朗詠集七三六。是則集三五。天徳四年内裏歌合四四、同集重出五三。若宮社歌合八八判詞。奥儀抄三五七。和歌色葉三五六。定家八代抄五八六。後拾遺抄注。久・元・片・一。

102 俊頼髄脳六〇。袋草紙三二四。延慶本平家物語三二八。十訓抄八六。源平盛衰記四三。沙石集一〇九。安撰集三八〇。発心集五本文内(和歌の一部引用)。保元物語・上本文内(四・五句。五句「きらはず」)。撰集抄一の七(四・五句。五句「かはらず」)。弘法大師御行状集記(空海)。高野大師御広伝・下(空海)。弘法大師行化記(空海)、初句「おそろしや」、五句「へだてざりけり」。塵袋。弘法大師行状要集(空海)。事相目録所収弘法大師伝抄(空海)。神明鏡。大師遊方記(空海)。続弘法大師年譜(空海)。弘法大師弟子譜(空海)。菅家瑞応録。法華経鷲林拾葉抄。法華経直談抄。久・元・片・平・整・宮・上・一。久(二句「ならくの中に」)。瑞(二句同前)・九(二句「ならくの底に」)。

103 金葉集二度本六四四「地獄絵につるぎのえだに人のつらぬかれたるを見てよめる」、四句「こはなにの身の」。金葉集三奏本六三六、四句「いかなるつみの」。和泉式部集(私家集大成・中古Ⅲ)一四八、同集(同・中古Ⅳ)三七一。和歌呉竹集。久・元・片・平・整・宮・上。瑞・九とも作者名なし。

104 万葉集三八四〇(池田朝臣)「池田朝臣大神朝臣奥守を嗤ふ歌一首〈池田朝臣名忘失也〉」。俊頼髄脳三六三。古来風体抄一七八(池田朝臣)。歌林良材六四七。瑞・九とも作者名なし。

105 和歌呉竹集。久・元・片・平・整・宮・上。

106 後拾遺集二一六。新撰朗詠集一七。重之集三六四。悦目抄一〇四。今物語四。十訓抄一〇。和歌呉竹集。久・元・片・平・整。瑞(二句「思ひにわふる」)。

107 千載集四三二、初句「このごろの」、四・五句「うはげの霜よ下のこほりよ」。続詞花集三〇〇。久安百首五四。題林愚抄五五四四。久。

108 久(集付・歌苑抄)。

109 山家集四九三。宮河歌合四七。西行法師歌集三七九。御裳濯和歌集四九一。いずれも五句「声きこゆなり」。久(五句「声きこゆなり」)。

110 和歌呉竹集。久・元・片・平・整。

111 久。

112 続詞花集四四〇、四・五句「哀いくよをすぎむとすらん」。万代集三五七九、四句同前、五句「すまむとすらん」。袋草紙三六四。元・片・平・整・宮・上。
113 後十五番歌合一七。和歌呉竹集。元・片・平・整。
114 後拾遺集三八五。難後拾遺抄四七。長暦二年九月十三日権大納言師房歌合(平安朝歌合大成雑載・後拾遺集に拠る)。後拾遺抄注。
115 後拾遺集九二一「小式部内侍のもとに二条前太政大臣はじめてまかりぬときてつかはしける」。入道右大臣集三。難後拾遺抄八〇。和歌童蒙抄四一六。袖中抄八九〇。色葉和難集五〇六。歌林良材五九三。古今集古注釈書三三。五代勅撰。顕注密勘。
116 金葉集初度本一八九「五月五日実能卿のもとへ薬玉つかはすとて」。金葉集二度本一三九。今鏡一〇九。
117 夫木抄四五七七、二句「おもひすつれど」。長秋詠藻三五、二句「おもひすつれど」。久安百首八三五。
118 金葉集二度本六一七。金葉集三奏本六〇九。すべて二句同前。久・元・片・平・宮・上。
119 詞花集三六一。後葉集四三八。俊頼髄脳九四、初句「しでの山」、三句「あはれわが」。題林愚抄五七三七。元・片・整・上。
120 千載集五七五「贈皇后苡子かくれ侍りにけるのち、すずりのはこなどとりしたため侍りけるに、物にかきつけておかれて侍りける歌」、三句「はるかさで」。続詞花集四三八「贈皇后宮かくれ給ひにけるあとに、御もののぐどもとりをさめけるに、つねにつかはせ給ひけるすずりのはこに、かみにかきておかせ給へりけるうた」。和歌呉竹集。元・片・平・整・宮・上。
121 続古今集一四一八。万代集三五六三。栄花物語五五九。久・元・片・平・整・宮・上。
122 新続古今集二〇三三、四・五句「はつかに残る露の命よ」。殷富門院大輔集一七五、四・五句同前。元・平・整・上。
123 古今集五九八。貫之集五五八、初・二句「紅のふりいでつつなく」。真名本曾我物語三七。顕注密勘、初・二句、貫之集同前。久。
124 詞花集二一八。後葉集三三三。顕綱集九〇。俊忠朝臣家歌合三六。詞花集注。五代勅撰。
125 詞花集三一〇「ふみつかはしけるをむなの、いかなることかありけむ、いまさらに返事をせず侍りければいひつかはしける」。後葉集三九五。古来風体抄五三三。元・片。
126 新勅撰集六六六。久。瑞は作者名「右大臣兼―」。九はこの歌を欠脱。
127 月詣集三八五。真名本曾我物語三八。親宗集九九。太皇太后宮亮経盛歌合(平安朝歌合大成雑載・前田家本親盛集に拠る)。久・元・平・整・宮・上。
128 登蓮法師集三六「山海空弔也」。中古六歌仙三三五「山海空弔也」。平家族伝抄・上。久(集付・現存集)・元・片・平・整・宮・上。
129 拾遺集一三二六「世のはかなき事を言ひて詠み侍ける」、二句「人はたれとか」、五句「野山とぞみる」。久・元・片・平・整・上。
130 久(集付・勧女往生義)・元・片・平・整・上。
131 拾遺集一三三五(すけきよ)「やまひして人おほくなくなりし年、なき人を野らやぶなどにおきて侍るを見て」。久・元・平・整・上。
132 久・元・平・整・上。
133 他出文献すべて、二句「昔の跡や」、四句「そのよもしらぬ」。千載集五九五「おやのはかにまかりて侍けるに、しらぬつかどものおほくみえ侍ければよめる」、二・四句同前。別本和漢兼作集三五九、二・四句同前。久・元・平・整・上。
134 古今集六八。古今和歌六帖三八六六。素性集二一。桐火桶五六。久・元・片・平・整・宮・上。
135 後拾遺集一四三。新撰朗詠集一三。大弐三位集一五。祐子内親王家歌合一。歌林良材一三。久。
136 金葉集初度本八二。金葉集二度本五三。金葉集三奏本五三。久。九はこの歌を欠脱。
137 千載集九五、二句以下「おもへどもかなはでとしの老いにけるかな」。治承三十六人歌合一五一、四・五句同前。題林愚抄八三八、二句以下同前。久(集付・歌苑抄)。
138 千載集九一。実国集八。題林愚抄一一三。
139 後拾遺集八三。久・元・片・平・整・上。
140 後拾遺集八六六「月の山のはにいらむとするを見て、よみ侍ける」。古来風体抄四八〇。久・平・整・上。
141 千載集九九〇。歌枕名寄三五〇一、同書重出八七八五。久(集付・現存集)。

142 頼政集二〇五。新時代不同歌合五九。歌仙落書五一。無名抄一八。愚秘抄一五。落書露顕二。
143 新古今集一五五五。歌仙落書八二。中古六歌仙一七八。続歌仙落書八三評。歌枕名寄三六二五。林葉集。久。
144 拾遺集一一三四。拾遺抄四三一。清少納言集三七。大和物語一三七。久。
145 後拾遺集一一三、五句「しられざりけり」。古来風体抄四一三、五句同前。栄花物語三四三。久。
146 後拾遺集七七。古来風体抄四〇八。
147 後拾遺集七九。五代集歌枕一七四三。歌枕名寄一一〇六。後拾遺抄注。
148 金葉集二度本五七八(前中宮甲斐)。金葉集三奏本五六八。歌枕名寄八三〇四。
149 金葉集二度本四三三。金葉集三奏本四四九。撰集抄一〇。題林愚抄七三七八。今鏡六本文内(二・三句)。久。
150 金葉集二度本三六六。今鏡六本文内(四・五句)。久・元・片・平・整・上。
151 未詳。
152 千載集七七四。続千載集一三一五(藤原冬隆朝臣)、二・三・四句「我ゆゑとだにおもひしれさこそつれなき」。実国集四〇。久。
153 楢葉集四三九。元・平・整・上。九はこの歌を欠脱。
154 後撰集九二八「あさよりの朝臣、年ごろせうそこかよはし侍りける女のもとより、ようなし今は思ひわすれねとばかり申してひさしうなりにければ、こと女にいひつきてせうそこもせずなりにければ」、三句「君なれど」。古今和歌六帖三一一九。元・片。
155 後拾遺集七六五「心かはりたる人のもとにつかはしける」。周防内侍集五〇「としごろつねにある人の、ほかにありしかば」。新時代不同歌合三三四。古来風体抄四六七。久・元・平・整・宮・上。
156 金葉集二度本四三八。金葉集三奏本四三九。千五百番歌合三四四三判詞。久・元・平・整・上。
157 金葉集二度本四五五(源盛経母)。金葉集三奏本四五三(藤原盛経母)。元・平・整・上。瑞は作者名「藤原」のみ。
158 千載集九一九(上西門院兵衛)。久安百首一一八一。
159 後拾遺集一〇一五「文集の蕭蕭暗雨打窓声といふ心をよめる」。大弐高遠集三九九。後六々撰一一三。奥儀抄三一七。和歌色葉三九五。色葉和難集六三七。平家族伝抄・上。久・元・片。
160 金葉集二度本五八六「青黛画眉眉細長といへることをよめる」。金葉集三奏本五七六。散木奇歌集一四〇五「殿下にて上陽人の心をよませ給ひけるに青黛画眉眉細長といへる事をよめる」。久。
161 金葉集二度本五八五「上陽人苦最多少苦老亦苦といふことをよめる」、三句「なりゆけど」。金葉集三奏本五七五、三句同前。題林愚抄一〇〇一七。久。
162 言葉集三〇三(法眼道勝)「上陽人」、初句「はなみずて」。久。瑞(初句「花めにて」)・九(初句「花めでて」)。
163 林下集三五八「上陽人」。
164 古今集四〇七「おきのくにになかされける時に舟にのりていでたつとて、京なる人のもとにつかはしける」。新撰和歌一八六。金玉集五六。和漢朗詠集六四八。時代不同歌合一九。和歌体十種二〇。深窓秘抄八〇。百人秀歌七。百人一首一一。定家十体三三。新撰髄脳六。和歌童蒙抄二六五。袖中抄九一九。古来風体抄二六八。和歌色葉三〇七。井蛙抄九九。今昔物語集一一七。世継物語八〇。撰集抄五五。別本和漢兼作集三三。定家八代抄七七九。色葉和難集二六五。伊勢物語古注釈書三七五。顕昭古今序注。顕昭古今集注。顕秘抄。顕注密勘。水鏡・下。久・元・片。
165 拾遺集一〇〇六「ながされ侍りける時、家のむめの花を見侍りて」、五句「春をわするな」。拾遺抄三七八。古来風体抄三七九、五句同前。大鏡一三、五句同前。延慶本平家物語一六〇。源平盛衰記一六五、五句同前。太平記四七。真名本曾我物語四〇。十訓抄一〇三。古今著聞集三四七。定家八代抄一五七六、五句同前。高良玉垂宮神秘書紙背和歌九九、五句同前。源氏物語古注釈書一七四四、五句同前。神道集九の四九。北野縁起。荏柄天神縁起。久(五句同前)・元・片・一。
166 続詞花集三八二。袋草紙二〇八。大鏡三三。延慶本平家物語一六四。太平記五〇。神道集九の四九。北野縁起。北野本地。帝王編年記。荏柄天神縁起。久・元・片・一。
167 後拾遺集五二八「つくしへまかりけるみちにてよみ侍ける」。和泉式部集五五三。久・元・片。

168 後拾遺集五三九。栄花物語三。久・元・片・一。

169 栄花物語二一。久(注記・世継)・元・片・一。

170 続詞花集八四七。教長集八二四。元・片。

171 続詞花集七一九「ことありてあづまのかたへまかりけるみちに、京よりあはれなることども申しおくりける消息の返事に」。治承三十六人歌合七五。平治物語三。久・元・片。

172 続詞花集八四九「おほやけの御かしこまりにて、下野国につかはされる時、むろのやしまを見て」。今撰集一七〇、三句「しもつけや」。治承三十六人歌合四六、五句「たえぬ煙は」。今鏡四一。平治物語四。久・元・片。

173 千載集五一九「あづまのかたにまかりける時、ゆくさきはるかにおぼえ侍りければよめる」。続詞花集七三一。月詣集三五一。久。

174 古今集一三四。和漢朗詠集五六。躬恒集三八二。亭子院歌合四〇。三十人撰三五。三十六人撰三五。深窓秘抄二七。三五記三四三。定家八代抄一八九。和歌密書一〇。歌林良材五一。源氏物語古注釈書六八一。能・久・元・片。

175 後拾遺集一六四。古来風体抄四一六。能・久・元・片。

176 金葉集初度本一三九「重服に侍けるとし、三月尽こころを詠める」。金葉集二度本九三。顕輔集三四。能・久(三句以下「春ナレド立ハナルルハカナシカリケリ」)。

177 新拾遺集一五五八。太皇太后宮小侍従集二七。尊経閣文庫本小侍従集一〇。題林愚抄一五四一。能・久。

178 新古今集一七〇。月詣集三三七、二・三句「道行く人のまたれつつ」。玄玉集三八一。題林愚抄一六三一。能。

179 拾遺集一三四。拾遺抄八五。長能集六六「屏風の絵に水無月ばらへしたる所」。後十五番歌合二三。後六々撰一三三。俊頼髄脳二六五。綺語抄二七四。和歌童蒙抄一三。奥儀抄三五三。和歌色葉三五三。八雲御抄一六三。色葉和難集四八二、同集重出八二四。古今集注釈書五一三。後拾遺抄注。能・久・元・片。

180 拾遺集一三三。拾遺抄八四。古今和歌六帖二一四、初句「そらみえて」、二句「流るる河の」。躬恒集三五三、初・二句同前、三句「はやりしも」。御所本躬恒集五五、初句同前。能。

181 後拾遺集三三四。御裳濯和歌集三八三。題林愚抄三八五一。彰考館蔵伊勢大輔集四〇。治安万寿頃或所歌合(平安朝歌合大成・伊勢大輔集に拠る)。後拾遺抄注。能。

182 月詣集五三一(大納言定房)「暮日六月祓といふことをよめる」、三句「つきぬめり」。能(五句欠)・久。瑞も五句欠。

183 能。

184 後拾遺集三七六、三・四句「なぐさめむあけてみるべき」。真名本曾我物語三九、五句「人のかげかは」。能・久(源兼長)。元・片は作者「源兼澄」。

185 続詞花集三七九、初句「をぎのはに」、五句「こよひばかりぞ」。能。

186 実国家歌合四七、初句「しかはかく」、五句「とまりやはする」。風情集一八四、五句同前。能・久。

187 玄玉集四三一。寂蓮法師集三九。実国家歌合五六。治承三十六人歌合三七一。真名本曾我物語二一。能。

188 月詣集七七五。能・久。

189 金葉集二度本三〇四。堀河百首一一〇七。時代不同歌合一六。古来風体抄五一六。真名本曾我物語六。六華集一四三四。題林愚抄六〇八九、同書重出六一七五。定家八代抄五七九。能・久・元・片。

190 金葉集初度本四三七。金葉集二度本三〇一。金葉集三奏本三〇七。永久三年十月内大臣家歌合七。古来風体抄五一五。題林愚抄六〇八六。能・久(源頼実)。

191 言葉集三九四。能。

192 能・久。

193 能「かたらめこむを(以下欠脱)」。瑞「かたからめこむを(以下欠脱)」。

194 後拾遺集六六五。新時代不同歌合一九五。袋草紙(異本)・上本文内。真名本曾我物語七。二八要抄。能・久・元・片・平・整・宮・上。

195 金葉集二度本四三三。金葉集三奏本四三五。題林愚抄六八五三。能。

196 能(初句「くれぬとは」)。

197 万代集三〇三二、二・三句「かねをばよひといひなすを」。実家集三五一、二・三句「かねをばよるとちぎるまに」、五句「ねぞうらめしき」。能・久(二・三句「カネヲバヨヒトユヒナスニ」)。

198 新勅撰集七九一。三百六十番歌合六三七。題林愚抄六八五三。能。

199 古今集六三七。奥儀抄五一八。袖中抄七三八。和歌色葉二六〇。色葉和難集一五一、同書重出八九三。顕注密勘。能。

200 金葉集二度本四七三「ゆきのあしたに出羽弁がもとよりかへり侍りけるに、おくりて侍りける」。金葉集三奏本四六七。経信集二一七。能。

201 能・久。瑞は二句以下欠脱。

202 新古今集二八四。二条院讃岐集三三。歌仙落書一〇三。六華集二二〇。題林愚抄六八三二。定家八代抄一〇四三。続詞花集五五〇。能・久。

203 能・久。九(四句「なごり悲しき」)。

204 秘蔵抄一三三。奥儀抄四二五。和歌色葉二〇七。沙石集一二四。伊勢物語二二。歌林良材三六六。源氏物語古注釈書一二三。六華集注四四八。能・元・片。

205 後拾遺集六七六。道信集一四「小弁がもとにおはしたりけるに、また人あるけしきなれば、かへりて」。定家八代抄一〇五九。五代集歌枕一八三一。歌枕名寄五七五〇。能・久。

206 金葉集二度本六九二。後葉集三五四。続詞花集五九八。能・久・元・平・整・上。

207 金葉集二度本四二六「俊忠卿家にて恋歌十首人人よみけるに頓来不留といへることをよめる」。散木奇歌集一二八一。時代不同歌合一三〇。和歌一字抄六八四。中古六歌仙五三。無名抄五七。近代秀歌九、同書重出八四。詠歌大概九一。桐火桶一六三。井蛙抄一六。題林愚抄六七二九。定家八代抄一〇三五。八代集秀逸四六。和歌深秘抄一三。古今集古注釈書三九〇。能。

208 玄玉集一三六。楢葉集四三一。能・久。

209 後拾遺集四六六「ちちのもとに越後にまかりけるにあふさかのほどより源為善朝臣の許につかはしける」。難後拾遺抄四九。真名本曾我物語一七。五代集歌枕一八二八。歌枕名寄五七四八。能・久・元・片。

210 拾遺集三三九「みちのくにの白河関こえ侍りけるに」。拾遺抄三二六。金玉集七二「屏風のゑに白河の関にいる人かきたるところに」。和漢朗詠集六四九。兼盛集一一。俊成三十六人歌合二〇四。時代不同歌合一九五。三十人撰一一六。三十六人撰一三六。深窓秘抄九三。麗花集一一。五代集歌枕一八四三。歌枕名寄七〇三三。和歌呉竹集。能・久。

211 後拾遺集五一八「みちのくににまかりくだりけるに、しらかはのせきにてよみはべりける」。能因法師集一〇二「二年の春みちのくににあからさまにくだるとて、しら河の関にやどりて」。時代不同歌合一五〇。後六々撰四四。古来風体抄四四三。源平盛衰記一一三、同書重出一一九。太平記三。十訓抄一六〇。古今著聞集一一四。文明本西行物語一二。五代集歌枕一八四六。歌枕名寄七〇五六。能・久。

212 後拾遺集四七七「橘則光みちのくににくだり侍けるにいひつかはしける」。新撰朗詠集六〇〇。後六々撰一二七。前田家蔵明王院旧蔵定頼集四八。五代集歌枕一八四五。歌枕名寄七〇五五。能。九は作者「中納言実頼」。

213 千載集三六五。頼政集三一六「於法住寺殿院御熊野詣之間人人歌合せられしに、関落葉を」。建春門院北面歌合一〇。無名抄六。落書露顕一三。六華集九一五。題林愚抄四七七一。雲玉集三八七。歌枕名寄七〇五九。能(作者名欠)・久。瑞は作者名欠。

214 後撰集一三五五「土左よりまかりのぼりける舟のうちにて見侍りけるに、山のはならで月の浪のなかよりいづるやうにみえければ、むかし安部のなかまろがもろこしにて、ふりさけみればといへることを思ひやりて」、四・五句「海よりいでて海にこそいれ」。古今和歌六帖三三五。奥儀抄一七〇。土佐日記二六。能・久・元・片。

215 後拾遺集五三六。奥儀抄一七一。能・久。

216 続詞花集七〇八。能・久。

217 千載集五一五。長秋詠藻九一。久安百首八九四。井蛙抄五三。定家八代抄八二四。正風体抄一七。能。

218 治承三十六人歌合一九五。能。

219 拾遺集三三五(よみ人しらず)。金葉集二度本三三七。万葉集一六八一。真名本曾我物語八七。能・元・片。

220 古今集四〇六。新撰和歌一八三。古今和歌六帖三五三。金玉集五一。和漢朗詠集三五八。和歌体十種三五。深窓秘抄七九。秀歌大体一一。百人秀歌六。百人一首七。新撰髄脳五。俊頼髄脳一七三。綺語抄一。和歌童蒙抄九五四。奥儀抄八〇。万葉集時代難事四七。柿本人麻呂勘文三五。古来風体抄二六七。西行上人談抄一五。井蛙抄二。江談抄五。今昔物語集二六。古本説話集八三。世継物語七九。土佐日記三五。別本和漢兼作集五四八。定家八代抄七一一。五代集歌枕八四。歌枕名寄一八五一。水鏡・下(四・五句のみ)。顕昭古今集注。後拾遺抄注。顕注密勘。能・元・片・一。

221 後拾遺集四九八。能・元・片。

222 後拾遺集四九九(読人不知)「成尋法師もろこしにわたりはべりてのちかのははのもとへいひつかはしける」。能・元・片。

223 千載集五四三。覚一本平家物語一五(康頼入道)。延慶本平家物語三四(平判官康頼入道)。源平盛衰記三、同書重出六八。長門本平家物語四。和歌呉竹集。能・久・元・片・平・整・宮・上。

224 古今集二〇七。新撰万葉集九一。古今和歌六帖一六〇七。和漢朗詠集三二四。友則集二二。寛平御時后宮歌合七八。三十人撰七〇。三十六人撰五八。秀歌大体六三。俊頼髄脳二七五。綺語抄六一八、二句「はつかりがねの」、同書重出六三〇。和歌童蒙抄七四四。奥儀抄四六三。和歌色葉三四一。定家八代抄三六七。色葉和難集二九九、同書重出三九九。顕注密勘。能・久・元・片。

225 後拾遺集二七四。公任集三二八。内裏歌合寛和元年一〇。能・久。

226 金葉集初度本三二八。金葉集二度本三三〇。金葉集三奏本三一七。四条宮扇歌合一七(三位侍従)。能。

227 新拾遺集四九九。山家集四三一。宮河歌合三八。西行法師歌集二六三。御裳濯和歌集三六八。六華和歌集八二六。題林愚抄三六一三。能・久。

228 能。

229 後拾遺集七一。新撰朗詠集三〇七。国基集一七「帰雁」。新時代不同歌合三一七。古来風体抄四〇七。和歌口伝抄一三。六華和歌集一三四。津守和歌集一。題林愚抄一九一。袋草紙・上本文内。後拾遺抄注。能・久。瑞は作者名欠。

230 詞花集三七一「法師になりてのち、左京大夫顕輔が家にて、帰る雁をよめる」。能・元・片。瑞は作者名に「寂蓮カ」の傍注あり。

231 金葉集初度本四四六、二度本解三、三句「かりがねに」、五句「契りそめけん」。続詞花集三。右近衛中将雅定歌合(平安朝歌合大成雑載)。能。

232 季経集三。能。

233 広言集一九「刑部卿頼輔朝臣家歌合、帰雁を」。刑部卿頼輔朝臣家歌合。能・久。

234 後拾遺集九九一、三句「ふきつらん」。難後拾遺抄八五。栄花物語一六七。世継物語八。定家八代抄一四七三。能。

235 後拾遺集二四六。能。

236 金葉集二度本四〇二。金葉集三奏本四一三。無名抄二八。和歌口伝一五九。真名本曾我物語八八。能。

237 金葉集三奏本三七五。詞花集二七〇。玄玄集一六〇。相模集五九六。古来風体抄五五六。無名抄二七。真名本曾我物語一三。詞花集注。能・元・片。

238 能。

239 後拾遺集一〇一七、四句「このくに人の」。難後拾遺抄八八。題林愚抄九九八八。能・久・元・片。

240 後拾遺集一〇一八。新撰朗詠集六五九。和歌童蒙抄四九一。奥儀抄三二一。和歌色葉三九七。真名本曾我物語一〇。題林愚抄九九八九。色葉和難集三一二。能・久。

241 後拾遺集一〇一六「王昭君をよめる」。赤染衛門集五四九「王昭君が胡のくににいきつきての思ひよみてと人のいひしに」。俊頼髄脳四三五。延慶本平家物語三〇。太平記九。真名本曾我物語九。題林愚抄九九八六。能・久。

242 言葉集二九九「王照君心を」。能・久。

243 月詣集七五五「王昭君の心をよめる」。広言集九二「王昭君」。言葉集三〇一。能。

244 後拾遺集九四六「家経朝臣ふみかよはしはべりけるに、あはぬさきにたえだえになりにければつかはしける」、二・三・四句「くるしくもあらずねぬなはのねたくもと思ふ」。能。

245 千載集六九八、二句「言はで絶えなんと」。月詣集三五三。能。

246 後拾遺集五六〇「橘則長こしにてかくれはべりにけるころさがみがもとにつかはしける」。能・元・片。

247 千載集五六二(小弁命婦)「後一条院四月にかくれさせたまひけるとしの九月に、中宮又かくれたまひにける、四十九日のすゑつかた、みやみや上東門院にわたり給ひける日、人人わかれををしみけるによみ侍りける」、初・二句「かなしさにそへても物の」、四句「わかれのうちの」。栄花物語四一、初句「悲しきに」、二・三句同前。能。

248 月詣集一五八「おなじやうなる事にて、はらからどもあづまのかたへまかりけるとき、さがみの国おほいそといふところよりおのおのくにぐににわかれけるによめる」。真名本曾我物語八一。能。

249 後拾遺集八九四(大納言道綱母)。奥儀抄三三五。和歌色葉三九三。蜻蛉日記九三。能・元・片。

250 後拾遺集五六五左注「此歌は、粟田右大臣みまかりてのちかのいへにちちのすけゆきとのゐしてはべりけるに、ゆめならでまたもあふべききみならばねられぬいをもなげかざらまし、とよみてほどもなくみまかりにければかくよめるとなむいひつたへたる」。詞花集三九四。玄玄集五〇。相如集六五。清少納言集三。後十五番歌合六。栄花物語一六。増鏡二〇三。真名本曾我物語五。十訓抄九五。麗花集一三。四部合戦状本平家物語・灌頂。歌林良材四一九。能・元・片・一。

251 後拾遺集五六五「ちちのみまかりにけるいみによみ侍ける」。栄花物語一七。増鏡二〇三。十訓抄九六。四部合戦状本平家物語・灌頂。能・元・片・一。

252 千載集六〇二。続詞花集四一九。治承三十六人歌合三九七「母のおもひに侍りける比よみける」。新時代不同歌合一〇三。真名本曾我物語八。能・平・整・宮・上。

253 頼輔集九四、四・五句「あふひをよそにみるぞかなしき」。能・元・片。

254 今鏡三四。保元物語三。延慶本平家物語四四。能・元・片。

255 拾遺集一三〇七「うみたてまつりたりけるみこのなくなりての又のとし、郭公をききて」。拾遺抄三七〇。伊勢集二七。和歌童蒙抄七三八。奥儀抄四五八。袖中抄四六七。古今集古注釈書三八・五六二。伊勢物語古注釈書三九二。源氏物語古注釈書一七六六。顕昭古今集注。拾遺抄注。顕注密勘。続歌林良材。能。

256 拾遺集三六「子にまかりをくれて侍りけるころ、東山にこもりて」。拾遺抄三。三十六人撰一四九。書陵部蔵御所本中務集一六「正月、山里にて十二首、山桜」。源氏物語古注釈書一四七六。拾遺抄注。能。

257 後拾遺集五六四「こにおくれはべりけるころ、ゆめにみてよみはべりける」。今昔物語集九四。書陵部本実方集三三、初句「おくれても」。能。

258 続詞花集四一六「子におくれてよみ侍りける」。能・元・片・平・整・上。

259 治承三十六人歌合一九七「さりがたく思ふ人におくれたりけるころ、月を見て」。能。

260 後拾遺集五九九「このうた義孝少将わづらひ侍けるに、なくなりたりともしばしまて経よみはてむ、といもうとの女御にいひはべりてほどもなくみまかりてのち、わすれてとかくしてければそのよはははのゆめにみえはべりける歌なり」。義孝集七九「うせ給ひての十月ばかりに、せいえむそうづのゆめに、ちちのおとどのおはする所に、ものをへだててあにぎみとおはするに、あにの少将はものおもはしげにて、しやうのふえをふき給ふをみれば、ただ御くちのなるなりけり、などははうへのあにぎみよりもこひきこえ給ふを、御心ちよげにてはおはする、ときこゆれば、いとあはずおぼしたるけしきにて、たつそでをひきとどめて、かくの給ふ」。袋草紙三六〇。古来風体抄四四八。大鏡四五。江談抄二六。今昔物語集一五。雲玉集五三八。四部合戦状本平家物語・灌頂。能・元・片・平・整・宮・上・一。

261 後拾遺集五六九。栄花物語七〇。今鏡三。今昔物語集一三〇。能・元・片・平・整・宮・上。

262 後拾遺集五八四。今鏡七三。能・元・片。

263 後拾遺集五七六、三・四句「あらなくにいかにふるまふ」。栄花物語四八七、三・四句同前。能・元・片。

264 続古今集一四〇〇。続詞花集四一五。能(作者名欠)・元・平・整・宮・上。

265 能・元・平・整・上。

266 拾遺集一三八六。拾遺抄五五三。村上天皇御集一三九。定家八代抄六六〇。能。

267 後拾遺集五四三「長保二年十二月に皇后宮うせさせたまひてさうそうのよ、ゆきのふりてはべりければつかはしける」。新時代不同歌合一五三。栄花物語四七。無名草子九六。能。

268 後拾遺集八五五「斉信民部卿のむすめにすみわたりはべりけるにかのをんなみまかりにければ法住寺といふところにこもりゐて侍けるに月を見て」。難後拾遺抄七三。栄花物語三八七。定家八代抄六九六。能・一。

269 千載集五七四「女におくれてなげき侍りけるころ、肥後がもとよりとひて侍りけるにつかはしける」。続詞花集四三三。能(作者名欠)・元・平・整・上。

270 続詞花集四三三。新古今集八二六、初句「かきとむる」。能。

271 古今集八四七。遍昭集一六。俊成三十六人歌合三三。時代不同歌合三三。近代秀歌五八。詠歌大概六七。十訓抄八八。大和物語二八〇。定家八代抄六五一。今昔物語集四九。いずれも、二句「花の衣に」、五句「苔の袂よ」。沙石集八五。讃岐典侍日記七。枕草子(能因本系、日本古典文学大系本)一三八段(二句「花の衣に」のみ)。今鏡五本文内(四・五句類似)。能・元・平・整・宮・上・一。九(二句「花の衣に」、五句「苔の袂よ」)。

272 新千載集三三二「一条院かくれさせ給ひにけるをいはかげと云ふ所にをさ

めたてまつりける御ともにつかうまつりてかへりてよめる」。能・一。
273 千載集五七一。続詞花集四三九。顕綱集八二。讃岐典侍日記三。能。
274 能。
275 新千載集二八三。続詞花集三八七「前坊かくれさせたまひて御はてすぎて、人人行きわかれけるあした、ひたちの乳母もとにつかはしける」。行尊大僧正集一三九。今鏡一〇四。能。
276 拾遺集一三三。拾遺抄三七三。金玉集五四。俊成三十六人歌合一〇八。三十人撰三一。三十六人撰一四一。深窓秘抄八四。書陵部蔵御所本中務集二八三。能(作者名欠)・一。
277 後拾遺集五四〇。栄花物語三三三。能。
278 後拾遺集五八八。奥儀抄一六七。今鏡四四。源氏物語古注釈書一七六三。能。
279 金葉集二度本七〇六(藤原知陰)、五句「なる心ちして」。続詞花集三九六。後葉集四一八「郁芳門院かくれさせ給ひて、又のとし、藤原とものぶがもとより、うかりしに秋はつきぬとおもひしをことしもむしのねこそなくなれ、と申したりけるかへりごとに」、五句同前。今鏡九六。能。
280 続拾遺集一三〇七。後葉集四三一。続詞花集四一〇「待賢門院かくれさせ給ひて、五十日はてても女房たちはゆきちらではべるに、やはたの行幸ときこゆる日雪のふれるに、ときどきまゐる人も見えざりければ、三条の内の大まうち君の別当といひける時、院の大盤所よりとて、この家にさしおかせ侍りける」。待賢門院堀河集一二四。今鏡三。能。
281 後拾遺集一一八〇。能。
282 後拾遺集一一七九「山階寺の涅槃会にまうでてよみ侍ける」、五句「なみだならまし」。能。
283 後拾遺集一一八一「二月十五日のよなかばかりに伊せ大輔がもとへつかはしける」。伊勢大輔集一三六。流布本伊勢大輔集一〇四。能はこの歌を欠脱。
284 続詞花集四七〇「かまくらの涅槃会にまゐりてよめる」。能。
285 金葉集三奏本三四一(小大君)「わづらふところ参河入道唐へまかるとききてつかはしける」。続後拾遺集三九八(二条院女蔵人左近)。玄玄集四三。続詞花集八五五(小大君)。小大君集三。能・元・片・平・整。
286 拾遺集四六九「大江為基がもとにうりにまうできたりけるかがみのつつみたりけるかみにかきつけて侍りける」、初句「けふまでと」。拾遺抄五二〇。今昔物語集一三五。古本説話集六九。十訓抄一九六。古今著聞集一五八。沙石集三四。如意宝集四三。平家族伝抄。能・久・元・片・平・整・宮・上。
287 拾遺集五四〇「なにはにはらへしにある女まかりたりけるに、もとしたしく侍りけるをとこのあしをかりてあやしきさまになりてみちにあひて侍りけるに、さりげなくてとしごろはえあはざりつる事などいひつかはしたりければ、をとこのよみ侍りける」。拾遺抄五三〇。古今和歌六帖一八七七。源平盛衰記一八三。今昔物語集一六四。大和物語二四九。歌枕名寄三五八四。伊勢物語古注釈書一三三・二六二。神道集七。平家族伝抄。能・久・元・片・平・整・宮・上。
288 俊頼髄脳八四。袋草紙二八四。十訓抄二〇〇。能・元・片。
289 金葉集二度本六二一「おほちにこをすててはべりけるおしくくみにかきつけてはべりける」。金葉集三奏本六〇三。撰集抄一六。五代勅撰。能・久・元・片・平・整・宮・上。
290 詞花集三六七。後葉集五一七「おほはらにすみ侍りける比、俊綱朝臣のもとより、すみはやきならひたりやと申したりける返事に」。井蛙抄三八二。十訓抄一九七。沙石集三五。歌枕名寄四〇三。能・久・元・片。
291 後拾遺集八四六、二・三句「あれたるやどのさびしきは」。難後拾遺抄七一。尊経閣文庫本定頼集四四「月のよ、弾正尹清仁のみこより」。能・久・元(初句「透間アラミ」)・片。
292 詞花集一三六「月のあかきよ、もみぢのちるをみてよめる」。後葉集一九一。兼盛集九。能・久。
293 能。
294 能・久・元・片。
295 月詣集九一九「閑庭落葉といへる心をよめる」。親宗集六八。能・久。
296 古今集七九七。新撰和歌二九二。古今和歌六帖三四七。小町集二〇。前十五番歌合一五。俊成三十六人歌合三五。時代不同歌合三九。三十人撰九二。三十六人撰六四。和歌初学抄三四。無名草子七八。顕昭古今序注。能・久・元・片・一。
297 後拾遺集八五四「前蔵人にてはべりけるとき対月懐旧といふこころをひとびとよみはべりけるに」。和歌一字抄一五九。能・久・元・片。
298 金葉集二度本五七〇「殿上おりたりけるころ、人の殿上しけるを見てよめる」。金葉集三奏本五六〇。行宗集四三「四位侍従宗忠朝臣還昇したりとききて」。能・久・元・片。
299 詞花集三五〇「四位して殿上おりて侍りけるころ、鶴鳴皐といふことをよめる」。治承三十六人歌合三〇五。題林愚抄九三七四。風情集一五。詞花集注。能・久。
300 風雅集一八五一。清輔集四三五「新院御位におはしましける時、臨時祭の四位の陪従にめされて侍りけるに、弘徽殿のほそ殿に立ちよりて、先帝中宮女房をたづねいだして火あふぎのつまををりて、書付けてとらせける」。治承三十六人歌合九九「臨時の祭の四位の陪従にめされて侍りけるに、二条院御とき殿上に侍りし事など思出でて、弘徽殿のほとりに立寄りて、中宮女房を尋ねて、ひあふぎのつまをひきをりて、書きつけてとらせける」。歌仙落書四五。中古六歌仙一一七。今鏡四三。能・久。
301 能・久。
302 後拾遺集八六七、四句「このよをだにも」。範永集八。能・久・元・片。
303 詞花集三六〇「夏のよはしにいでゐてすずみ侍りけるに、ゆふやみのいとくらく侍りければよめる」。後葉集五〇〇。能・久(三句「クルシキニ」、五句「闇ニマヨハム」)・元・片。
304 詞花集四〇九「おやの処分をゆゑなく人におしとられけるを、この事ことわり給へといなりにこもりていのり申しける法師の夢に、やしろのうちよりいひだし給へりける歌」。後葉集五七五(左注「みわの明神の御歌」)。袋草紙一九九(稲荷御歌)。撰集抄一。能・久(詞花集夢歌)・元・片。
305 玄玉集二〇八、五句「かたぶける身ぞ」。能。
306 師光集二八。実国集(私家集大成・中古Ⅱ神宮文庫本)五三。能・久。
307 古今集一七八。新撰万葉集四六〇。新撰和歌二〇。古今和歌六帖一四三。新撰朗詠集二〇〇。興風集五。寛平御時后宮歌合一一七、同集重出一六三。俊成三十六人歌合七九。新時代不同歌合六八。三十人撰七七。三十六人撰一〇七。源氏物語古注釈書九五八。能・久・元・片。
308 拾遺集一五一「左兵衛督藤原懐平家屛風に」。拾遺抄九六。新撰朗詠集二〇三。後六々撰三五。能・久・元・片。
309 金葉集初度本二四六。金葉集二度本一六五。金葉集三奏本一五八。夫木抄四〇四九。堀河百首五八五。題林愚抄二九八九。能・久。
310 守覚法親王集五〇。月詣集六二一、三・四句「しるきかなきりたちかくす」。能・久。
311 能・久。
312 金葉集初度本四五六「後冷泉院御時大嘗会主基方備中国二万郷をよめる」。金葉集二度本三一八。金葉集三奏本三二四。和歌童蒙抄二八七。歌枕名寄八三一九。大嘗会悠紀主基和歌三、同集重出三九三。色葉和難集八六六。和歌呉竹集。最・元・片。
313 拾遺集三九九「昔見侍りし人人おほくなくなりたることをなげくを見侍りて」。拾遺抄五七一。和漢朗詠集七五〇。玄玄集六一。為頼集二五「小野宮の御き日に、法住寺にまゐるとて、おなじほどの人のおほくまゐりしを思ひいでて」。公任集二一九、同集重出五六一。後十五番歌合五。和歌色葉三一。栄花物語一八。古本説話集七三。世継物語三九。撰集抄六三(公任)。定家八代抄七一六。源氏物語古注釈書一七〇。最・久・元・片・一。
314 新古今集八五〇(小野小町)、四・五句「あはれいづれの日までなげかん」。後葉集四八九。続詞花集九三〇、五句「いはむとすらん」。小町集八一「見し人なくなりしころ」、四・五句「あはれいづれの日までなげかん」。為頼集二六「小おほきみこれをききて」、五句「いきんとすらん」。新時代不同歌合二一七。栄花物語一九(春宮の女蔵人小大君)。古本説話集七四(こ大君)、五句「ふべき我が身ぞ」。世継物語四〇、四・五句「哀いづれの日まで歎かん」。定家八代抄七一七(小町)、四・五句同前。源氏物語古注釈書一三六、四・五句同前。最・久・元・片・平・整・宮・上・一。底本・九・瑞は作者名「小大君」のみで歌欠脱。ただし瑞は歌本文朱書によって後補。
315 続詞花集九〇九(賀茂成保)「とものなくなれりけるに、あとなる人のもとへいひつかはしける」。最・久・元・片・平・整・上。
316 新勅撰集一三三四、二・三句「こよひもけぶりたつめりと」、五句「人もいづらは」。中古六歌仙二〇九、二・三・五句同前。歌枕名寄一三三五、二・三・五句同前。最・久。
317 親盛集一〇九「とくいのみまかりぬとききて」。最・久・元・片・平・整・宮・上。
318 新千載集三二九(上西門院兵衛)。月詣集九五七(兵衛)「安元二年三月に法皇

五十御賀せさせ給ひて、やがてそのとし七月に建春門院かくれさせ給ひにければ、十月のころほひよみ侍りける」。最(待賢門院兵衛〈于時被候上西門院〉)・元・片。
319 最・元・片・一。
320 新古今集一九二三(橘良利)「亭子院御ぐしおろして、山山寺寺修行したまひけるころ、御ともに侍りて、和泉国ひねといふ所にて、人人歌よみ侍りけるによめる」。世継物語三〇(橘の義敏大徳)。十訓抄八九(寛蓮大徳〈橘良利〉)。大和物語三(良利大徳)。歌枕名寄三五一〇。大鏡(裏書)。打聞集。最・久・元・片・一。
321 後拾遺集五〇三「くまののみちにて、御心地れいならずおぼされけるに、あまのしほやきけるを御覧じて」。時代不同歌合三三七。古来風体抄四四三。栄花物語三。大鏡四七。定家八代抄一五一五。最・久・元・片・一。
322 古今集九七〇。古今和歌六帖七一五。業平集六〇。真名本曾我物語一。仮名本曾我物語一。今昔物語集九一。伊勢物語一五三。御所本業平集五〇「このみこ、いくばくもなくてほふしになり給ひて、ひえの山のふもとにおはせしに、まうでたりし日、いとあはれにゆきのふりたりしかば、かへりてかくいひてたてまつる」。定家八代抄一五一五。源氏物語古注釈書六三。最・久・元・片・一。
323 拾遺集四三五「法師にならんと思ひたち侍りけるころ、月を見侍りて」、初句「かくばかり」。拾遺抄五〇〇。金玉集六一。和漢朗詠集七六五。高光集三五。俊成三十六人歌合四七。新時代不同歌合一三一。三十六人撰七五。以上、初句同前。深窓秘抄九六。落書露顕一五。東野州聞書一六三。栄花物語三。撰集抄六六(為光)。最・久・元・片・一。
324 風雅集一九七九「父なくなりて後ときはの山里に侍りけるころ、三月ばかりに、源仲正がもとにつかはしける」、初句「春きても」。三百六十番歌合九六(生蓮)。延慶本平家物語六五。雲葉集一三八。歌枕名寄一一八五。最(集付・現存集)・久(集付・現存集)・元・片。
325 続拾遺集一六九。万代集六一六。治承三十六人歌合一一一。最(集付・歌苑抄)・久(集付・歌苑抄)・元・片。
326 万代集一三六二。治承三十六人歌合一三三。歌仙落書九七。雲葉和歌集七六〇。書陵部本寂然法師集五四。最(集付・歌苑抄)・久(集付・歌苑抄)・元・片。
327 拾遺集一三四四。拾遺抄五七九。奥儀抄一〇。袋草紙一三八。古今著聞集一五。定家八代抄六五〇。和歌呉竹集。最・元・片。
328 金葉集二度本六四〇。金葉集三奏本六三一「八月ばかりに月のあかかりける夜阿弥陀仏のひじりのとほりけるをよばせさせたまひて、さとなりける女房のもとへいひつかはしける」。元・片。
329 続詞花集四五七「宝篋印陀羅尼経を供養して、極楽へまゐるべき心を人人よみけるに」。今撰集二〇六(伏見上人)「宝篋印陀羅尼をくやうして往生をねがふよし歌、人人よみけるに」。元・片。
330 新続古今集八一六「この歌は、一条院の御時、上総介時重といふもの国にくだりて千部法華経をよませ侍りける夜の夢に、日吉十禅師のしめさせ給ひけるとなむ」。続詞花集四六六「まづしき女のきよ水にとしごろまゐりける、御前になくなくふせりける夢に、御帳のうちよりちひさきそうのいでてよみかけける」。万代集一六三七。袋草紙三三〇。元・片。
331 後撰集一三四〇「はじめてかしらおろし侍りける時、ものにかきつけ侍りける」。和漢朗詠集六一〇。遍昭集二「なにくれといひありきしほどに、つかまつりしふかくさのみかどかくれおはしまして、かはらむよをみむもたへがたくかなし、くら人のとうの中将などいひてよるひるなれつかまつりて、なごりなからんよにまじらはじとて、にはかにいへの人にもしらせでひえにのぼりてかしらおろしはべりておもひはべりしも、さすがにおやなどのことは心にやかかりはべりけん」。三十六人撰五三。古来風体抄三三六。無名抄一六。沙石集一七。今昔物語集四八。井蛙抄三三。定家八代抄六五〇。歌林良材四三八。源氏古注釈書四三七。顕注密勘。元・片。
332 拾遺集一一八「九条右大臣家の賀の屏風に」。拾遺抄七七。古来風体抄三三三。五代集歌枕五五。後拾遺抄注。久・元・片。
333 新千載集二七九、初句「夏山の」、五句「あくるしののめ」。俊忠集(私家集大成・中古Ⅱ書陵部本)四三、初・五句同前。久(初句同前、五句「アカシツルカナ」)・元(初句「立田山」)。
334 治承三十六人歌合一三四、二句「なにか悲しと」。元。
335 万代集七一九。夫木抄一二三八。二条院讃岐集三一。歌枕名寄七五九六。元。

336 久(初句「トビスグル」)・元・片。

337 拾遺集三六「寛和二年清涼殿のみさうじに、あじろかける所」、二・三・四・五句「かけつゝあらふ唐錦日を経て寄する紅葉なりけり」。拾遺抄三九。寛和二年内裏歌合三七。久・元。

338 有房集三九三「だいりの人人あじろへまかるとてだいごにはべりしを、すぎざまにいざなひあはれてはべりしに、ちちの入道わづらひはべりしかばたちさりがたきよしを申して、ひわりごばかりをつかはすとてかきつけはべりし」、四句「ひをまつおいの」。民博本有房集九五、四句同前。元。

339 拾遺愚草員外七三五。久・元・片。

340 後拾遺集三九四「たかがりをよめる」。能因法師集三三。題林愚抄五五八〇。後拾遺抄注。久・元・片。

341 元。

342 拾遺集五六〇「廉義公家のかみゑに、たびびとのぬす人にあひたるかたかける所」。拾遺抄三三九。為頼集六五。奥儀抄三〇七。袖中抄二七。如意宝集四七。五代集歌枕一八五。色葉和難集二九八。古今集古注釈書六九二。久・元・片。

343 金葉集二度本五〇六。金葉集三奏本五〇三。久・元。

344 詞花集三三。後葉集五四五。散木奇歌集一九九。中古六歌仙一三。山家五番歌合四六。詞花集注。久・元。

345 続詞花集九五七、二句「ぬすまはれなく」。為忠家後度百首一七九。元。

346 久・元・片。

347 新古今集七〇八(よみ人しらず)。万葉集四四九三(左注「大伴家持の作」)。古今和歌六帖三六(大伴やかもち)「子日」。夫木抄一六三(中納言家持卿)「子日」。俊頼髄脳二七八。綺語抄五五四。和歌童蒙抄二四(家持、志賀寺の老法師)。奥儀抄三六八。袖中抄八三三(家持)。古来風体抄二一〇。和歌色葉一三七。八雲御抄一六七(右中弁大伴宿禰家持)。太平記一一七。六華集一二五。定家八代抄五八三(よみ人不知)。三百六十首和歌六(家持)。色葉和難集三六六(老法師)。歌林良材二五四(読人不知)、同書重出六四三(大伴宿禰家持)。伊勢物語古注釈書一七九。六華集注五。顕昭古今集注(初・二・三句)。宗祇抄。詞林采葉集。久・元・片。

348 古今集七四七。古今和歌六帖二九〇四。業平集三七「五条のきさいの宮のにしのたいなる人にしのびて物いひけるが、正月十よ日ばかりにほかへまかりにければ、又のとしの春、むめの花のさかりに、かのにしのたいにまかりて、月のかたぶくまであばらなるいたじきにふして」。御所本業平集三四。俊成三十六人歌合三〇。時代不同歌合四五。古来風体抄二八一。無名抄四七。瑩玉集一五。西行上人談抄二。竹園抄一九、同書重出三。桐火桶一四三。和歌無底抄三四。正徹物語九。伊勢物語五。定家八代抄一三五八。源氏物語古注釈書三七〇・四三九。顕昭古今序注。顕昭古今集注。顕注密勘。久・元。

349 新古今集八五一。新撰和歌三六〇。袖中抄一九三。伊勢物語七。源氏物語古注釈書九三五・同書重出九九三。久・元。

350 金葉集三奏本三六八。詞花集三三。玄玄集二一。道信集一六。栄花物語三〇。大鏡三〇、同書重出三五。古本説話集七七。久・元・片。

351 後拾遺集七五一。栄花物語一三。定家八代抄一一三。歌枕名寄七一九三。五代集歌枕一八八九。源氏物語古注釈書一五〇〇。袋草紙・上(二句のみ)。久・元・片。

352 後撰集一〇八〇「まだ后になりたまはざりける時、かたはらの女御たちそねみたまふけしきなりける時、みかど御ざうしにしのびてたちよりたまへりけるに、御たいめんはなくてたてまつれたまひける」。古今和歌六帖五三九。俊頼髄脳五七。僻案抄一四。顕注密勘。久・元・片。

353 後拾遺集一〇二四「中宮のないしあまになりぬとききてつかはしける」、初句「いかでかく」、五句「わすれざりけん」。奥儀抄三三、初・五句同前。和歌色葉三九八、初句「いかにかく」、五句同前。久(初句「イカニカク」)・元。瑞(初句同前)。

354 金葉集二度本六三四「弟子品の心をよめる」。金葉集三奏本六三六。法華経鷲林拾葉抄。久(四・五句「衣ノ珠ヲイカデシラマシ」)・元・片。

355 金葉集二度本六四〇「人のもとにて経供養しけるに五百弟子授記品の心をときけるに、繫宝珠のたとひときけるをききてたふとかりけるよしのうたをよみてかづけもののうらにむすびつけてはべりけるを見て、かへしつかはしける」。金葉集三奏本六三三。元・片。

356 後拾遺集一一八六「太皇太后宮五部大乗経供養せさせ給けるに法華経にあたりけるひよめる」、初句「さきがたき」。康資王母集一五〇、初句同前。和歌呉竹集。久(集付・歌苑抄)・元。

357 続拾遺集一三四九「五百弟子品」、初句「たちかへり」、四・五句「うらにかけたる玉もしらまし」。久(集付・歌苑抄。初句同前)・元。
358 金葉集二度本五五五「経信卿がぐしてつくしにまかりたりけるに、肥後守盛房たちのある見せんと申しておともせざりければ、いかにとおどろかしたりければわすれたるやうに申したりければよめる」、初・二句「なきかげにかけけるたちも」、五句「わすれはてける」。金葉集三奏本五六五、初・二句同前、五句「わするべしやは」。散木奇歌集一三四三、初・二句同前、五句「忘れはてける」。中古六歌仙六五、初・五句同前。和歌童蒙抄四二六。十訓抄二二四。続歌林良材。久・元・片。
359 古今集六二四。後撰集九六七(業平朝臣)。古今和歌六帖三五六七。伊勢集一三。三十人撰四五。三十六人撰四八。深窓秘抄六七(なりひら)。万葉集時代難事六一。別本和漢兼作集四三。御所本業平集八〇、同集重出八七「としひさしういひわたり侍りける人のつれなう侍りければ」。御所本躬恒集三五。定家八代抄一〇二七。袋草紙・上(三句まで)。顕昭古今集注。久・元・片。
360 古今集六二八。古今和歌六帖三二七〇。忠岑集六七。万葉集時代難事五四。顕昭古今集注。顕注密勘。久・元・片。
361 金葉集二度本四六〇。久・元・片。
362 金葉集二度本五七四「源頼家が物申しける人の、五節にいでて侍りけるをききて、まことにやあまたかさねしをみごろもとよのあかりのくもりなきよに、とよみてつかはしたりけるかへりごとに」。久・元。
363 久・元。
364 金葉集二度本六三五「提婆品の心をよめる」。金葉集三奏本六三七、四句「やがてこのよを」。新勅撰集一三八二。新時代不同歌合三六七。久・元・片。
365 千載集一二三三「提婆品の心をよめる」。続詞花集四四九、三句「夢ばかり」。久・元。
366 治承三十六人歌合一四八「提婆品」、五句「くみて知られず」。久・元・片。
367 法華経鷲林拾葉抄。久・元。
368 夫木抄八九九一「拾薪設食のこころ　雲葉」、二句「峰のたきぎを」、五句「煙たつらん」。久・元。瑞は朱書貼付歌。
369 後撰集六四。新撰万葉集三六三。寛平御時后宮歌合三四。俊頼髄脳二一七、四句「ちりかふ花を」。定家八代抄一五五。源氏物語古注釈書三〇三(五句「ちらさでもみん」)・二九五・一八〇三。久・元・片・平・整。
370 和漢朗詠集三八五。元輔集三〇「をののみやのおとど、さが野にいでて侍りしに」。前十五番歌合一六。三十人撰九六。三十六人撰一二〇、三句「わがやどに」。三句同前。和歌初学抄八六。麗花集五八、三句同前。久・元・片・平・整。
371 後拾遺集三七「正月七日周防内侍のもとへつかはしける」。周防内侍集三「七日二位の御つぼねより」。難後拾遺抄七。奥儀抄三〇〇。久・元。
372 後拾遺集八三(中原致時朝臣)。六華集一三三(中原致時)。三百六十首和歌四〇。源氏物語古注釈書一五四・七八七。久・元・片・平・整
373 続詞花集五四九「新院人人に百首歌めしけるに」、三句「露のへだては」、五句「いらまほしけれ」。久安百首一七九。久・元。
374 金葉集二度本六三三「普賢十願文に願我臨欲命終時といへることをよめる」。金葉集三奏本六三五「普賢十願文に願我臨時命終時を」。元・平・整・宮・上。
375 壒嚢抄九(初句「霜結ぶ」)。久(集付・歌苑抄。初句「結ぶ露」)・元(集付・歌苑抄)。
376 壒嚢抄九。久・元。
377 月詣集一〇六三「普賢経の心をよめる」。殷富門院大輔集三九六「右京権大夫もろみつ、ふるき女うたよみのためにきやうくやうして、ひとびとに品うたあまれしに　ふげん経」。久・元・平・整・宮・上。
378 久(三句「キキツレバ」)・元。
379 後撰集一一〇三「太政大臣の、左大将にてすまひのかへりあるじし侍りける日、中将にてまかりて、ことをはりてこれかれまかりあかれけるに、やむごとなき人二三人ばかりとどめて、まらうどあるじさけあまたたびのち、ゑひにのりてこどものうへなど申しけるついでに」。古今和歌六帖一四三。兼輔集一三七。前十五番歌合二一。三十人撰五三。三十六人撰六七。深窓秘抄八六。沙石集八七。大和物語六一。別本和漢兼作集三。定家八代抄一四八一。源氏物語古注釈書五・二〇四・六六二・六九三・七七六・八二三・九〇九・九三九。法華経鷲林拾葉抄。法華経直談抄。久・元・片。
380 夫木抄一四六五七。基俊集一四七「月のおもしろきよ、ならに侍るこのこひしく侍りしかば、永縁そうづのもとにいひやりし」。楢葉集六〇七「僧都光覚童に侍りける時、花林院の僧正のもとにつけて侍りけるが、こひしくやお

ぼえけむ、月のころよみてつかはしける」。元。
381 後拾遺集九九六「静範法師八幡のみやのことにかかりていづくのくにながされて又のとしの五月にうちの大弐三位の本につかはしける」。奥儀抄八。五代集歌枕八四七。歌枕名寄五三〇七。久・元。
382 重家集六〇八「少将が許へいひつかはしし」、四・五句「とびたつばかりうれしかりけり」。元。九(五句「ものうかりける」)。
383 別雷社歌合一三一。久・元。
384 拾遺集二五八。古今和歌六帖三三三。新撰朗詠集三六九。貫之集三。天理本貫之集二〇、四句「ふりつむゆきと」。すべて二句「つもれるつみは」。久・元。
385 和漢朗詠集三九五。和歌童蒙抄一五七。壒嚢抄九の一四。久・元・平・整・宮・上。
386 拾遺集二五九「屛風のゑに、仏名のあしたに、梅の木のもとに導師とあるじとかはらけとりてわかれをしみたる所」、二句「山ぢになにに」、四句「春まつ花の」。拾遺抄一六二。能宣集四〇六。元。
387 久・元・平・整・宮・上。
388 朗詠百首三九。久・元。
389 東大寺要録一一。建久御巡礼記。元。
390 後撰集一二三「やよひばかりの花のさかりに、みちまかりけるに」、初句「折りつれば」。遍昭集三、初句同前。古来風体抄三〇八、初句同前。大和物語一四、初句同前。六華集二九、初句「折りとれば」。色葉和難集四〇〇、初句「をりつれば」。歌林良材四四、初句同前。元。
391 金葉集二度本五四「大原の行蓮聖人のもとへこそでつかはすとてよめる」、初句「あはればむと」、四・五句「はぐくむ袖のせばくもあるかな」。金葉集三奏本五四、初句「あはれまむと」、四・五句同前。元。九(五句「をえともある哉」)。
392 元。
393 元。
394 後拾遺集一一八八「月輪観をよめる」。今鏡八本文内(四・五句のみ)。久・元。
395 金葉集二度本六四二「常住心月輪といへる心をよめる」。金葉集三奏本六三四、詞書同前。久・元。
396 詞花集四一四。後葉集五八三。顕輔集一三四「康治元年十月三日　摂政殿、舎利講之次にふみつくらせ給ひて、願成仏道の心を被講に、歌もあるべし、とてめしありしかば参りて」。
397 続古今集七五五「寿量品のこころを」。万代集一六六八。久・元。
398 万代集一八九六。三百六十番歌合八三七。
399 金葉集二度本六二六「心経供養してその心を人人によませはべりけるに」、五句「ありとこそきけ」。金葉集三奏本六一八、五句同前。久・元。
400 詞花集三四四「人のしひをとらせて侍りければよめる」、四句「つみえんことも」。元。
401 続後撰集六二六。続詞花集九〇三「をとこの、よをむなしとしりながら、きみにさはりてそむかぬことといひたりける返事に」。赤染衛門集一二四。久・元。
402 新古今集一九三六「心経のこころをよめる」、三句「くやしきは」、五句「法のうれしさ」。続詞花集四五六。今撰集二〇七。太皇太后宮小侍従集一三七。尊経閣文庫本小侍従集一一六、五句同前。久・元。
403 久・元。
404 後撰集六三一。元良親王集一二三「これにおどろきてをんなのもとにおはしたるに、あけぬ、とくとくこえければ、かへりたまて、宮」。奥儀抄三九六。和歌色葉三三一。色葉和難集一〇四。続歌林良材。和歌呉竹集。久・元。
405 後拾遺集九三九「大納言行成ものがたりなどし侍けるにうちの御物忌にこもればとていそぎかへりてつとめてとりのこゑにもよほされてといひおこせて侍ければ、よぶかかりけるとりのこゑは函谷関のことにやといひにつかはしたりけるをたちかへりこれはあふさかのせきにはべりとあればよみはべりける」。新時代不同歌合一四七。後六々撰一四五。百人秀歌六〇。百人一首六二。古来風体抄四八二。枕草子一八。女房三十六人歌合八〇。定家八代抄一六二三。五代集歌枕一八三五。歌枕名寄五七五六。久・元。
406 後拾遺集一一二三「頼国朝臣紀伊守にてはべりける時いふべきことありてまかりて侍りけるをことさらにものもいはざりければよみ侍りける」。五代集歌枕一〇五八。歌枕名寄八三〇三。詞花集注。久・元。
407 続詞花集七五五「春ころ僧正行尊くまのよりいでたるときてつかはしける」、二句「霞たちけん」、五句「いかが見てこし」。行尊大僧正集一二

「まかりかへりし道に、公円阿闍梨がもとより」、二句「かすみたりけん」、五句同前。久(五句同前)・元。

408 久・元。九は三句の「白」欠脱。

409 後拾遺集七六四「ちちのともにこしのくにはべりけるときおもくわづらひて京にはべりける斎院の中将が許につかはしける」。俊頼髄脳四三五。今昔物語集一七三。十訓抄三。久・元。

410 源氏物語五〇三。物語二百番歌合一六九。六華集一〇九七。久・元。

411 千載集一二一九(空人法師)「よをそむかんとおもひたちけるころ、よめる」。太后太皇后大進清輔朝臣家歌合六四(空仁)、二句「うき世の中も」。治承三十六人歌合一九六。久(空仁)・元。九は作者「定仁」。

412 今撰集五八、初・二・三句「あかでのみこの世つきなば時鳥」。清輔集六四、詞書同前。久・元。

413 久・元。

414 後拾遺集一〇三四「法師になりてすみはべりけるところにさくらのさきて侍りけるを見て」、二・三句「わすれのみゆくふるさとに」。袋草紙一三三、二・三句同前。栄花物語九、二句同前。世継物語三七、二句同前。十訓抄九一、二句同前。古今著聞集三七九、二句同前。久(二・三句「イハズナリユクヤマヒトニ」)・元・一。

415 後拾遺集五三八「物いふをんなのはべりけるところにまかれりけるによべなくなりにきといひはべりければ」。久・元・平・整・宮・上・一。

416 金葉集三奏本三四四(入道)「参河入道もろこしへまかるべしときこえけるが、又とまりにけりときこえければ人のたづねたりける返事につかはしける」。詞花集一八二「もろこしへわたり侍りけるを、人のいさめ侍りければよめる」。玄玄集四七。別本和漢兼作集六〇五「入唐せんとおもひたちけるころ、人のいさめければ」。枕草子二二六段。久・元・一。

417 千載集一二四六。月詣集八五一。寂蓮法師集二八〇。別雷社歌合一五六。定家八代抄一五五九。久・元。

418 覚一本平家物語三。延慶本平家物語三。源平盛衰記三。久・元。

419 後拾遺集一一八七「故土御門右大臣のいへの女房くるまみつにあひのりてぼだいかうにまゐりて侍けるにあめのふりければ、ふたつのくるまはかへりはべりにけり、いまひとつのくるまにのりたる人からにあひてのちかへりにける人のもとにつかはしける」、三句「のりしかど」。和歌童蒙抄四〇二、三句同前。奥儀抄三四八。和歌色葉四一四、三句同前。元。

420 三国伝記八(性空上人)。慈元抄(小野小町)。釈教題林和歌集。月刈藻集。福泉寺由来記。播磨鏡。法華大綱鈔。法華経鷲林拾葉抄。法華経直談抄。久(作者名欠)・元・平・整・宮・上。

421 金葉集二度本六三二「題不知」、四・五句「いかでおもひをにしにかけまし」。金葉集三奏本六三三「法花経の心をよめる」、四句「いかでこころを」、五句同前。新古今集一九五五(後出歌)「依釈迦遺教念弥陀といふ心を」、四・五句「西に心をいかでかけまし」。新勅撰集一三八二(異本切出歌)、詞書同前、四・五句同前。肥後集一三五「さかのゆいけうにより、みだをねんず」、四・五句同前。元。

422 元。

423 清輔集三五七、四句「人をもささで」。久安百首九九〇。久・元・平・整・宮・上。

424 新撰朗詠集一六八(保胤)「花」、二句「蓮の中に」。元・平・整・宮・上。

425 金葉集二度本五八〇(源師賢朝臣)「月のいるを見てよめる」、二句「こころはわれも」。金葉集三奏本五七〇(源師賢朝臣)、詞書同前、二句同前。元。

426 金葉集二度本六四六「かくてつひにおちいるとてよめる」。金葉集三奏本六三八。十訓抄一九二(河内重如)。古今著聞集一六三(河内重如)。袋草紙三七八(河内重如号山次郎判官代)、二句「頼みをかくる」。元。

427 続詞花集四六六(山口重如女)。元・平・整・宮・上。九は作者「田口重如」。

428 玄玉集六四一。元・平・整・宮・上。

解説

宝物集　解説

山田昭全

一　『宝物集』のあらすじ

許されて鬼界が島から帰洛して東山に隠栖する男のもとに旧友が訪れ、清凉寺釈迦像が天竺に帰るという話題で京中が騒いでいる旨を告げる。男はさっそく釈迦堂に出かけてゆく。途中わざわざ大内裏を通り抜けるとき、かつて出仕していたころのことや様々な有職故実について思い出すところがあった。

男が釈迦堂の西の局に入り、『法華経』を誦していると、隣室で寺僧と覚しき者が、参籠者を相手に、本尊釈迦像のいわれについて話をしている。清凉寺釈迦像は于闐王が毘首羯磨にあつらえて彫らせた釈迦の実像で、唐の白純王が亀茲国から略奪してきたものを祀っていたが、奝然が入唐したとき、この像を見て感激し、苦心して日本に将来したものだと説明していた。

男は堂に泊ることにした。皆が寝しずまった夜ふけ、数人の参籠者が人間にとって宝物とは何かについて論じはじめた。一人が隠れ蓑が宝物だと言うと、別の者がいや打出の小槌だと言う。いや金だ、玉だ、子だ、命だと進展していって、最後に仏道こそ最大の宝物だという結論に達する。

かくて僧と覚しき者が発言者となり、仏道について語りはじめる。まず普安王が他の四王らに仏法こそ宝物だと説ききかせて仏所に往詣したという『仏説五王経』の故事を述べたあと、人の世のはかなさや憂さを指摘しつつも、おもむろに六道の苦相について説明してゆく。

地獄、餓鬼、畜生、修羅、人、天の順に語ってゆくが、このうち詳細を極めたのが人道である。はじめに生、老、病、死の四苦、次いで怨憎会苦、愛別離苦、求不得苦、五盛陰苦の四苦、合わせて八苦が語られる。八苦の叙述にも精粗の別があり、惜春からはじまって入涅槃に終る二十二項目から成る愛別離苦が最も詳細であった。

六道について語り終ったとき、女人の聴き手がどうしたら六道から脱出できるのかと問う。僧は仏道を求めて仏に成る以外にないとして、ようやく成仏に通ずる十二の道について語りはじめる。

第一、「道心をおこし、出家遁世して仏道をもとむべし」（一四九頁）
第二、「ふかく三宝を信じたてまつりて仏になるべし」（一六八頁）
第三、「戒をたもち仏になるべし」（一九三頁）
第四、「もろ〳〵の行業をつみて仏になるべし」（二三一頁）
第五、「浄土に往生せんと云願をおこして仏道をなるべし」（二三七頁）
第六、「業障を懺悔して仏道をなるべし」（二五五頁）
第七、「諸の施を行じて仏に成べし」（二七三頁）
第八、「観念をこらして仏道を成ずべし」（二八二頁）

第九、「臨終の悪念をとゞめて仏道をなるべし」(三〇七頁)
第十、「善知識にあひて仏に成べし」(三一一頁)
第十一、「法花経を修行して仏に成べし」(三二一頁)
第十二、「弥陀を称念して仏道を成べし」(三三二頁)
僧は十二の成仏の道を語り終って、珠数をすり、「南無大恩教主釈迦尊、後世をたすけたまへ」ととなえると、後夜の勤行開始をつげる鐘が鳴り、人々が本堂に集まりはじめる。僧はそのざわめきにまぎれて、いずこともなく去っていった。

二　叙述の方法

『宝物集』を仏教説話集の中に分類することが一般化している。しかし、右のあらすじを見てもわかるとおり、『宝物集』はれっきとした筋書をもつ物語になっている。冒頭嵯峨清凉寺の釈迦像から語りはじめ、末尾も「この僧、かたりはてて、珠数をしすりて、「南無大恩教主釈迦尊、後世をたすけたまへ」」と、本尊釈迦如来に礼拝、祈願することをもって結んでいる。明らかに首尾相応を意識した結び方で、著者ははじめから一編の物語を作ることを意図してこうしたレトリックを使ったものと思われる。言いかえれば、この作品は、『今昔物語集』『発心集』『私聚百因縁集』などのように、一つ一つ完結した説話を寄せ集めた、いわゆる仏教説話集ではなく、むしろ作り物語の手法を使って、全体を立体的に組み合わせた単一の物語だったのである。

それなら『宝物集』は全体をどのように組み立てまとめているのであろうか。『宝物集』全体を俯瞰してみると、おおむね五つの部分に区分することができる。
その第一部は、鬼界が島から帰ってきた男が東山から釈迦堂へ到着するまでの道行きの部分、
第二部は、釈迦堂において、寺僧が本尊釈迦像の成立の由来と日本へ渡来するまでの経緯を語る部分、
第三部は、人々が寝しずまってから「心あるばかりの者」がこの世での宝物は何かについて論じあう部分、
第四部は、僧が六道の厭相について語る部分、
そして結びの第五部は、同じ僧が成仏道に通ずる十二の道門について説きあかす部分、
この五つである。

『宝物集』はこの五つの部分をどのようにして形造り、一つの流れの中に位置づけたのであろうか。直ちに気づくことは、いわゆる『大鏡』方式を採用していることである。『大鏡』は、大宅世継、夏山繁樹、繁樹の妻の三人の語り手がおり、三十歳ぐらいの侍と老若男女の聴き手がこれをとりかこみ、さらに語ったところを筆録する記者がいる。この三者が雲林院に会し、菩提講がはじまるまでの間、主に道長を頂点とする藤氏隆盛の歴史を物語り、または傾聴し、記録するというしかけになっていた。

これに対し、『宝物集』は舞台をまず嵯峨清涼寺の釈迦堂に設定する。語り手は「寺僧とおぼしき者」、聴き手は清涼寺に参籠する人たち、そして話を傍聴し、筆録する記者役を鬼界が島から帰ってきた男がつとめる。このように、語り手、聴き手、記者の三者が寺の本堂に落ち会うというしかけを持つ点で両者はみごとに一致している。『宝物集』が『大鏡』方式を模したという指摘は否定できない。

『大鏡』方式の特徴は、虚構によってまず語りの場を設定するところに認められる。架空の語りの場がひとたび確

立すると、作者は様々な話題をこの場に持ち込んできて、これを語りという流れの中に流し込んで整理し、位置づけることが可能となる。歴史というものは、もともと雑多な非連続の事件を流れとして把握し、位置づける営みでもあるから、『大鏡』作者が創造したこのしかけはまことに合理的で便利この上ないものであった。

それなら『大鏡』を模した『宝物集』は、このしかけをどのように利用したのであろうか。

『宝物集』の作者はもともと、仏道とは何か、仏道を体得して悟りに達するにはどうしたらよいかを説く目的で『宝物集』を書いたはずである。ちなみに『宝物集』という書名は著者自らがつけたものであろう。このような書物を書くためには当然多くの例証を列挙しなくてはならない。それは自明のことである。作者はまず、一つの筋書にそって多数の非連続の例証を列挙するには『大鏡』方式こそが最も適していると見抜いたのであろう。そこでこの方式を採用することにした、そう考えるのである。

こころみに『宝物集』の例証列挙の仕方を観察してみると、次のような原則を立てていることが指摘できる。

一、経説、経論、史話、説話、伝記、伝説、街談巷説、詩歌、ことわざ、金言等およそ例証にできるものはすべて利用しようとしている。

二、史話、説話、伝記、伝説等の例証をあげるときには、天竺、震旦、本朝の三国のものをもって網羅しようとする姿勢がみられる。

三、韻文では、詩偈、和歌の両方をあげようとする姿勢がみられる。

四、和歌を例証とするにあたって、一件につき五首あげることを基本型とする。

五、歌人を、採用歌数三首、二首、一首の三タイプに区分している。ただし、貫之(五首)、俊頼(四首)、躬恒(四首)の三人は例外とする。

『宝物集』の例証の列挙は、おおむね以上のような原則にもとづいて実施されている。繰り返すが、『大鏡』方式はこのような原則実施を可能にする唯一の、そして最も効率的な手法だったのである。

三　新採用の手法

しかし、『宝物集』には自らの工夫によって、『大鏡』にはなかった新しい手法を導入しているところもある。先に分類した『宝物集』の第三部は人間にとって宝物とは何かを議論するところで、宝物論の部とでも呼ぶべき部分である。ここは書名ともかかわる作中の重要部であって、『大鏡』はこれに対応する部分を全く持たないのである。参籠の人々が寝しずまったころ、「心あるばかりの者」が誰からともなく寄り合って、ほの暗い釈迦堂内で議論をはじめる。誰かがこの世での宝物はいったい何だろうと問いかけたのがきっかけだった。寄り合った一人が隠れ蓑が宝物だという意見を出したのを皮切りに、いや打出の小槌だ、金だ、玉だ、子だ、命だという順に意見が開陳され、最後に、仏道こそ最大の宝物だというところに帰着する。

『宝物集』はこの議論を隣の部屋からじっと聴いている例の島がえりの男の筆録によって成り立つという設定である。筆録者は話者を直接見たわけではなく、「そばよりさし出て、……と云めれば」「そばなるものの声にて、……といへば」「又そば成ものさし出て……」「またそば成人申様……」と記すごとく、発言が別の者に変ったことを声を通して識別するだけである。しかし、考えてみると、隠れ蓑が宝物だとした者が、そのあとでまた金だ、子だと発言することはあるまいから、それぞれの意見は一人一回限りのものと見るべきものであろう。とすると、この宝物論の場で意見を開陳した者は、仏道について再び語り手となった法師を入れて全部で七名、これに最初に何が宝物かと質問した者、法師の話に感泣する「わかやかなる女」を加えると、最低九名の者がこの宝物論の場の構成メンバーということになる。

さて、この九人のグループが展開する語りの場は、宝物とは何かをめぐってそれぞれが前説を否定し、自説をよしと主張する一種の討論形式をとるもので、世継と繁樹がお互いに相手を認めつつ掛合いで進行させる語りの場とは著しく形態を異にしている。『大鏡』でも時々繁樹の妻が口をはさんだり、聴き手が質問したりするが、それは二人の延々と続く話にちょっとした変化を与え、単調さを解消しようとするレトリックにすぎない。

ここで、それなら『宝物集』第三部のような語りの形態を文学に持ち込んだのは『宝物集』が最初だったのかという問題が持ち上がってくる。これは『宝物集』の中枢部にかかわる重要問題であろう。結論を先に言うならば、この場面も先行の作品から学びとったもので、『宝物集』の創始したものではない。一つは既に指摘されていることだが、『源氏物語』帚木巻の雨夜の品定め、もう一つは『宝物集』中に自ら指摘していることだが、『仏説五王経』、この二つの手法を模したものである。

男にとって理想的女性はいかなる女性かをめぐって数人の男が一室に会し、五月雨ころの一夜、順次意見を述べてゆく、これが雨夜の品定めの語りの形態である。一方、ある王が隣国の王四人を園遊会に招き、この世で最も望ましいものは何かを語らせた末に、仏法こそ最も願わしいことだと説得し、仏のもとに連れて行って全員開悟させたという設定が『五王経』である。

この二つを結び合わせ、多少の工夫をこらせば、『宝物集』のような語りの場を作り出すことは容易である。『宝物集』は夜語りという設定に『源氏物語』のそれを生かし、あとから前説に一つ一つ反論する（ただし『宝物集』は一人一反論に対し、『五王経』は前説四人に対し普安王が一人で反論する）ところに『五王経』の手法を生かしている。いずれにせよ『宝物集』には『源氏物語』から取材した幾つかの事例の一つとして雨夜の品定めがあることは確かであり、また自らことわっているように『五王経』の手法をも取り込み、この二つを巧みに結び合わせて第三部の宝物論を展開させたと考えるのである。

一つおもしろい現象に気づいたのでことわっておく。『宝物集』は普安王の故事を披露した直後、この話の詳細は『五王経』にあると明示する一方で、妙楽大師（湛然）も『法華経』の「往詣仏所」の句を説明するところで引用しているとも述べている。これは湛然の注釈書『法華文句記』をさすとみて調べてみると、たしかに巻三上の法華経序品の句の注釈箇所に『五王経』の引用が見られるのである。

この事実は、『宝物集』作者が『法華文句記』を読み、『五王経』の所在を知って改めて『五王経』を読みなおしていたことを教える資料であり、かつそうした知識を応用して、宝物論を構想したと考えさせるものである。この考えは誤ってはいないのであるが、実はもう一つ、『宝物集』作者が『五王経』に着目する別のチャンスがあったことを見落としてはならないと思う。それが大原の三寂の一人寂然の書いた『法門百首』である。

『宝物集』の作者は、普安王の故事が『五王経』に記されていることを指摘したあとに続けて「春陽日遊戯見野の心、大原の寂然が、歌にもよみて侍めり」として、

千とせふる松も限の有物をはかなく野べにひく心かな

の一首を掲げている。この歌は寂然の『法門百首』第三番の歌を引いたもので、そこには寂然のやや長い自注がつい

ている。実はこの歌題と自注がすべて『五王経』に拠るものだということが重要である。

『宝物集』作者はこの歌を普安王の故事の証歌として引いたのである。この故事を和歌に取り込んだのは、多分『法門百首』が最初であろう。それまでは全く無名の経典であって、歌人たちに歌題として取り上げられることは皆無であった。『宝物集』作者はその稀な歌題と歌とにさっそく目をつけ、これを引き歌としてここに載せたものと思う。

この事実は、作者の教養・学識・交友等について様々な示唆を与えてくれる。いまそれらについて触れることは措くが、ただ『宝物集』と『法門百首』とがかなり深いところで結びついていたらしいことを考慮に入れると、宝物論を作中に取り込む最初のヒントは、『法門百首』か或いは『法門百首』を生み出した大原の隠遁僧たちの仏教学から得たのではないかと考えたいのである。

それなら『宝物集』は『大鏡』流の語りの場になぜ宝物論という討論方式を持ち込んだのだろうか。これは『大鏡』が歴史物語であるのに対し、『宝物集』は仏になるための方策を示す書だったという決定的差からきたものと考える。歴史物語では、取り上げる事例を、それが生起した歴史的時間経過に従って把握し、叙述すれば事が足りる。ところが、仏になるためにはどうしたらよいかを事例をあげて叙述するとなると、常にその事例を、仏教という精神的価値基準に照らして評価しておかなくてはならなくなる。時間軸一本だけでは雑多な事例を整理しきれないわけである。ここに『宝物集』が、『大鏡』の発想した歴史語りのスタイルに、仏教の価値体系によって、すべての品定めをするという新しい手法を導入する最大の理由があった。このように考えるとき、『宝物集』が先行の諸作品から複数の叙述手法を選びとり、これを己れの表現目的にそって巧妙に組み合わせ、活用したことは、すぐれて創造的営みだったと言わなくてはならないのである。

四　傍聴者の役割

『宝物集』はもう一つ、傍聴兼筆録役の人物造形に新しい工夫をこらしている。『大鏡』では筆録者は具体的人間として造形されていない。ほとんど影のような人物で、理論的にその存在が推知されるにすぎない。ところが『宝物集』では、第一部冒頭に、治承元年(一一七七)の秋、鬼界が島を出て、同二年の春、都へ帰ってきた実在の人物という設定になっている。しかもこの人物が、清凉寺釈迦堂に出かけてゆくについては、そこが男のかつての勤務先であったということで、わざわざ大内裏を通り抜けさせている。

周知のことだが、この男は著者康頼自身をモデルにして造形されている。著者はもともと自身を虚構の中にかくし通そうとする気持はなかったとみえ、作中に自作二首を実名を付して掲出している。

鬼界が島に侍りけるころ、いまだ生きたるよしを、母のもとへ申つかはしける　沙弥性照

さつまがた奥の小島に我ありとおやにはつげよ八重の塩風(一一三三番歌)

検非違使左衛門尉平康頼、罪もなくて鬼界が島へながされ、出家の後、かくぞよみ侍りける

つゐにかくそむきはてける世中をとくすてざりし事ぞくやしき(四一八番歌)

二首ともに「性照」または「康頼」の名が付され、鬼界が島の流人であったことが明示されている。これが冒頭部の「鬼界が島の有様は、申ても無益と侍べし」とあるところに結びつけば、読者には「東山なる所に籠居」た人物が何人であるかが直ちにわかったはずである。

『大鏡』の語り手が、百九十歳、百八十歳という実在しない高齢者に設定され、傍聴兼筆録役をになう人物が実体感のない影のような人物に設定されていることとくらべれば、『宝物集』の人物設定がまるで異なっていたことがはっきりわかる。『宝物集』はなぜこのような人物に仕立てたのであろうか。

ねらいはおそらく読者に現実感をもたせるところにあったのではないだろうか。作り物語の手法を使って仕組んだ仏教通夜物語ではあるが、ここに提示する話題や問題意識は当代人の傾聴に価する、すぐれて現実的問題なのだということを訴えるための技法だったと考える。言いかえれば、読者をこの著者の分身たる傍聴兼筆録役に同調させ、共に深夜の仏道物語に耳を傾けさせようとねらったのであろう。

もう一点、この著者自身をモデルとした人物は、釈迦堂西の局に入ったあと、ひたすら傍聴役に徹し、それ以外は何もしなかったのであろうか、という疑問が生ずる。

これについて結論を先に言うなら、この男はただじっと聴いていただけでなく、いろいろとメモを残している。いまその一例をあげてみる。

1　「能々定説を可尋也」(二九頁)

2　「定説たづぬべし」(八一頁)

3　「伝と縁起と定説をたづぬべし」(一〇一頁)

4　「定説をたづぬべきなり」(二九五頁)

5　「聖教の異説、よく〳〵定説をたづぬべき也」(三一七頁)

『宝物集』にはこのように「定説をたずねよ」としたところが五箇所ある。すべてそこに引いた例証について異伝や別伝がある場合に限る。異伝や別伝を文献名をあげて紹介しつつ、正伝は何であるか、さらに調査をして突きとめておくべしと言っているのである。

これらは誰が誰に向かって発した言葉であるのだろうか。まず語り手が聴き手に向かって発したものではあり得ない。なぜなら語り手は確実な知識を披瀝しているという設定に反することになるからである。逆に聴き手が語り手に発した言葉でもない。「たづぬべし」「たづぬべきなり」は聴き手が用いる語法になっていないからである。これらはすべて、西の局で通夜物語を聞いている男が、自分自身に発した言葉だと解するのが最も穏当である。かなりの知識人とみられるこの男は、筆録の過程で、話者の話題に疑問を持ち、あとでよく調べておこうと、自身に向けたメモを残したと解すれば矛盾が生じない。すなわち、傍聴者は西の局に座したあと、傍聴と筆録だけに没頭していたわけではなく、説示者の話をいちいち吟味し、チェックするという高度な思惟活動を展開していたのである。

『宝物集』の中で最も多くを語る僧の中に著者康頼自身が生かされていることは言うまでもない。しかし康頼はもう一方で傍聴者の中にも己れを託している。このように『宝物集』は作り物語の手法を使って複数の自己の分身を作り出し、それだけ表現の幅を広げるとともにその密度を濃いものにしている。『大鏡』にくらべて康頼の創造したところは少なくないと思う一方、康頼が自らを客観化し、大局から周囲を瞰望する能力を持った大器だったということも、その人物設定の手法に感ずるのである。

五　出典をめぐって

『宝物集』は多数の先行文献から資料を集めている。印度に成立した経律論の三蔵、中国に産した史伝・論書・詩文の類、そして我が国の史伝・論書・説話・和歌等、まさに三国にわたる万巻の書に典拠を求め、資料を渉猟し、その成果を『宝物集』に反映させていると言って過言ではない。著者康頼の知識・教養が質量ともに高い水準にあったことを迫力をもって知らせてくれるのである。

『宝物集』が利用した典拠の全貌を詳しく追究してゆけば、康頼の知識・思想の淵源や領域を確認することができるが、それは他日に譲ることとして、ここでは典拠として特に目に立った幾つかを指摘し、『宝物集』の拠って立つ思想や方法について瞥見しておく。

まず、日本の文献で利用度の高かったものをあげれば、何といっても『往生要集』に最初に指を屈しなくてはならない。典拠に引いたところは『往生要集』のほぼ全域にわたるが、細かく見ると、たとえば六道の苦相を語るところでは『往生要集』の大文第一に集中し、十二門開示のうち、行業や懺悔のところでは大文第五に出典が集中するといった傾向が見られる。これはおそらく、『宝物集』の作者が自ら表現しようとするテーマごとに、まず『往生要集』の対応章段を開き、そこから優先的に典拠を物色するという姿勢があったことを示すものであろう。言いかえれば、『往生要集』は『宝物集』のテーマをさぐる索引であると同時に典拠源としても利用されていたのである。

しかし『往生要集』の利用法はそれだけにとどまらない。『宝物集』は仏道こそ宝物だとなった段階で、まず六道の苦相を語り、しかる後に十二門の開示に至る。これは『往生要集』が大文第一に厭離穢土を置き、第二に欣求浄土をすえたひそみにならったものと思う。はじめに厭相を示して離脱の意欲をかきたてておき、そのあとに理想郷とそこに至る方途を示すという構想になっているわけである。

『宝物集』は第十二門「弥陀を称念して仏道を成べし」のところで、念仏往生を志す者にとっての必読文献をあげている。印度、中国、日本に成立した経論・往生伝の類を整然と並べている。国文作品でこのような参考文献リストを掲げるのは珍しい例であるが、これも実は『往生要集』の最末尾(大文第十、問答料簡の第十助道人法)に念仏者必備の文献リストを掲げたやり方を模したものであった。康頼はそのことを「こまかに恵心の往生要集にみえたり」とはっきりことわっている。

このように『往生要集』は典拠源であっただけでなく、『宝物集』の構成や編集法にまで影響を及ぼしている事実が見えてくるわけだが、この観察をもう少し推し進めてゆくと、たとえば宝物をめぐって議論をさせるところは、『往生要集』において、著者自ら質問を設定し、著者自身がこれに答えるという問答料簡の手法にも学んでいるのではないか、また、たとえば十二門開示に移る冒頭のところで十二づくしを行っているが、これなども『往生要集』が章段の冒頭に、以下に展開する章段の数とタイトルとをきちんと示すやり方に習ったものではないかとも思えてくる。いずれにせよ『宝物集』は、『往生要集』と親密な関係を持ち、そこから多くのものを学びとっている。『往生要集』が僧侶のような専門家を相手とした仏道論だとすれば、『宝物集』は一般在家を相手とした仏道論との見方がされる理由の一つもそこにある。

『宝物集』が典拠として重視したものに、もう一つ永観の著作と講式とがある。前記往生者必読文献リストの中に「永観律師の十因」をあげているところに重視の姿勢がうかがわれるが、本文中にも『往生講式』と『三時念仏観門式』とを再三にわたって引用している事実からもそのことが推測される。『宝物集』は永観の講式とは別に、源信らの『二十五三昧式』(後『六道講式』と通称される)や明賢の『誓願講式』からも引用している。このように国文中に講式を大量に取り込んだのは『宝物集』が最初であって、講式流伝史上のエポックをなすと言って過言ではない。康頼のそうした講式重視の姿勢は、おそらく永観への傾倒を契機にして醸成されたものであろう。

康頼の時代、永観の念仏は「念仏之一宗」を形成する情勢にあった。そうした情勢を作り出したものは『往生講式』や『三時念仏観門式』のような講式による唱導活動にあったと思われる。閉鎖的な『二十五三昧式』が開放的な『六道講式』に転じたのも、多分『往生講式』の流行に刺激されるところがあったためと考えられる。康頼はそうした時代に生きて、いち早く講式の有効性を読みとったものと思われる。巻六の冒頭には次のごとくある。

第六に、業障を懺悔して仏道をなるべしと申は、禅林寺の永観が七段の往生講の私記に書しがごとし。

「人、一日一夜をふるに、八億四千の思ひあり。念〻になすところ、みな三途の業なり」といへり。

『宝物集』は、十二門開示の第六、業障懺悔の書き出しの部分に『往生講式』の式文を掲げ、その懺悔の思想を柱にして叙述を展開する。永観の念仏は根底に強い懺悔の思想をすえるのが特色であるが、その意味で業障懺悔の典拠を『往生講式』に求めたのは当時としては正統な選択であった。

又、禅林寺の永観は、(A)「つねに弥陀仏を念じて、名号をとなふるものは、業障を懺悔するなり」と申て侍るめり。

(B)鵜鳥水にふるれば一切の魚類しし、犀角海にあそべば、死したる魚こと〴〵くよみがへる。(C)琥珀の塵をとり、磁石の鉄をすふ、世間の不思議かくのごとし。

巻六の前掲文に続く一文だが、(A)は『往生講式』、(B)は『往生拾因』、(C)は『三時念仏観門式』から引用したもの。このように『宝物集』は永観を重視し、その著作、ことに講式類から要句を少なからず引用している。ちなみに魚山叢書に収める『三時念仏観門式』は活字化されていないため、従来ほとんど無名の講式であった。今回『宝物集』の有力な出典であることがわかったことにより、永観の『宝物集』に与えた影響は従来考えられてきた以上に大きいものだったということも見えてきたのである。

『宝物集』が典拠として利用頻度の高いものに『法苑珠林』があることも指摘しておかなくてはならない。唐の道世の編んだ『法苑珠林』は、百巻、百篇から成る浩瀚な仏教百科全書と言ってよい。篇によっては部を立てたところもあるが、それら篇または部は、最初に述意部といった項を置いて、その篇または部全体の理念や趣旨について説明し、そのあとに引証部などを置いて経典類から具体的事例を抜粋して並べるという構成になっている。『宝物集』はこの『法苑珠林』を有力な資料源として頻繁に活用している。引証部に配置されている経典類からの抜粋を孫引きすることが少なくないが、その場合『法苑珠林』が示す出典名をそのままあげるのが通例である。うかつに読むと原拠となった経典そのものからの直接引用と見誤りやすい。また述意部に相当する部分からの引用もまま見受けられる。これは孫引きというよりも、著者道世の思考体系をそのまま借用した部分と見なすべきところであろう。

『宝物集』にはこのほか、『経律異相』『諸経要集』など同様の仏教百科全書からの引用が少なくない。『宝物集』作者の座右には、こうした中国に成立した厖大な集成が常時置かれていて、一つには事典として、また一つには資料源として、たえず参照されていたようだ。もちろん経典類に直接拠ったところも少なくなく、その博覧強記には目を見はるものがあるが、一方ではこうした集成物を利用する点でも巧みであったと思うのである。

六　平康頼の実像

『宝物集』の著者平康頼はどのような人物であったろうか。今までに入手した史料を時代順に並べて略年譜を作り、これにそいながらあらましを記しておく(年号の下の括弧内は西暦、その下は推定年齢を示す)。

平康頼略年譜

保元二(一一五七)12　九月、法住寺今様会に列席か(梁塵秘抄口伝集)。

保元三(一一五八)13　この年か次年の十二月以前のころ、康頼左衛門尉として女院の前駆をつとむ(参軍要略抄)。

平治元(一一五九)14　十二月二十五日、後白河上皇仁和寺渡御の際、反乱軍の目をあざむくため、康頼、上皇の身がわりとなるか(平治物語)。

仁安三(一一六八)23　十二月十三日、康頼左衛門尉に叙任(山槐記)。

仁安四(一一六九)24　正月、後白河上皇第十二回熊野参詣。康頼随行(梁塵秘抄口伝集)。

嘉応二(一一七〇)25　四月十九日、後白河上皇受戒のため南都御幸、左衛門尉中原康頼随行(兵範記・参軍要略抄)。

承安四(一一七四)29　正月二十日、康頼、使宣旨を受く(山槐記)。

七月二十七日・二十八日、相撲会。康頼宣仁門を警備(玉葉)。

安元元(一一七五)30　十一月二十日、内裏火災。康頼消火に出動、則清の宿所をこわし、平頼盛の護衛と乱闘す(清獬眼抄)。

治承元(一一七七)32　四月二十八日、大内裏以下焼亡。このとき康頼現場に出向、額の間を出ることでとがめらる(清獬眼抄)。

六月三日夜、康頼逮捕され、清盛邸に召し籠められ、翌日解任、後、遠島(玉葉・仲資王記・愚昧記・百錬抄)。

秋、薩摩国の島を出る(宝物集)。これ治承二年秋の誤りか。

治承二(一一七八)33　七月三日、赦免。九月、使者島に至る(平家物語・源平盛衰記・保暦間記)。

治承三(一一七九)34　三月十六日夜、帰洛(平家物語・源平盛衰記)。九月、俊寛死(愚管抄)。

寿永元(一一八二)37　十一月、『月詣和歌集』成立、康頼の歌五首入集。

文治二(一一八六)41　閏七月二十二日、頼朝より阿波国麻殖保保司に任ぜらる(吾妻鏡)。

文治四(一一八八)43　三月十四日、康頼の訴えにより、頼朝、麻殖保の内蔵寮済物以外の乃貢を中分せしむ(吾妻鏡)。

四月二十二日、『千載和歌集』成立、康頼の歌四首入集。

八月二十日、康頼の再度の訴えにより、頼朝、麻殖保地頭職成綱を戒責す(吾妻鏡)。

建久元(一一九〇)45　十月二十五日、頼朝、野間の義朝の墓に詣り、康頼の功に思いを寄す(吾妻鏡)。

建久二(一一九一)46　三月三日、『若宮社歌合』に康頼(性照)出席(若宮社歌合)。

建久六(一一九五)50　正月二十日、『民部卿家歌合』に出席(民部卿家歌合)。

六月二十六日、栄尊生まる(神子禅師栄尊大和尚年譜)。『神子禅師行実』では六月二十一日。

建久九(一一九八)53　五月、『和歌色葉』成立か。

正治二(一二〇〇)55　『石清水社歌合』に沙弥性照出席(正治二年石清水社歌合)。

1　出身・生没年

康頼の出身、生没年は未詳である。『倭歌作者部類』巻二に「使　平康頼信濃権守中原頼季子」とある。嘉応二年(一一七〇)四月十九日に後白河上皇が受戒のため南都に御幸したおり、康頼も随行したが、そのことを記した『兵範記』に「中原康頼」とあるので、康頼の出身は中原氏であったとみてよい。中原氏から平姓に移った理由ははっきりしない。信濃権守中原頼季の名は『本朝世紀』康治元年(一一四二)十二月二十一日以降翌二年六月まで、断続的に拾うことができ、康頼の父に比定して矛盾がない。

康頼の生没年を示す史料は今のところ発見されていない。没年は措いて、生年は推定で割り出すしかない。寿永元年(一一八二)十一月に成立した『月詣和歌集』に康頼の歌が五首入集しているが、その中に次の一首がある。

父のぶくにて侍りける折、また女なくなりにければよめる

今さらに又や染めまし藤衣かさねてもきるならひなりせば

はなはだ乱暴なやり方だが、この歌を手がかりにして推定してみる。まずこの歌の成立を例の鹿ケ谷事件以前とみて、とりあえず安元元年(一一七五)と置いてみる。康頼父、康頼、康頼女の年齢差をそれぞれ二十五歳とし、女の死亡年齢を五歳とすると、安元元年の時点で、康頼三十歳、父五十五歳となる。この仮定の年齢を、略年譜上に置いてみると、おおむね矛盾なくあてはまる。これでみると、西行は二十八歳年長、法然は十二歳年長、長明は九歳年少ということになる。これもほぼ無難にあてはまる。

死亡年齢は全く推測の手がかりがない。ただ生存が確認できる最下限の史料は正治二年(一二〇〇)の『石清水社歌合』で、康頼はこれに沙弥性照と名のって出席している。このとき推定年齢は五十五歳。死亡はこの年以降ということになる。

2 衛門府官人生活

康頼が確実な史料に名をあらわすのは『山槐記』仁安三年(一一六八)十二月十三日の条に左衛門尉に任じたとあるのが

最初である。これで彼が衛門府の官人として出仕したことが判明する。『梁塵秘抄口伝集』によると、翌仁安四年正月、後白河上皇の第十二回熊野参詣に随行している。このころ既に院側近として取り立てられるところがあったようだ。承安四年(一一七四)正月十九日に使の宣旨を受けたとあるので検非違使も兼ねたことになる。同年七月二十七・二十八両日、紫宸殿前で行われた有名な相撲会には宣仁門の警備にあたり、雑人の乱入を制止した。『清獬眼抄』によると、安元元年(一一七五)十一月二十日と同三年(治承元年)四月二十八日に京都で大火が発生するが、いずれにも康頼は消火活動に出動している。前者のとき、延焼防止のため則清宿舎をとりこわしている最中、通りかかった平頼盛一行と乱闘さわぎをおこし、怪我人が出るという事件があった。後者は『方丈記』にも取り上げられて著名な火災である。このとき火は清涼殿に燃え移り、指貫の括り紐をしぼり、毛沓をはいて消火活動にあたっていた康頼は、やむなく額の間(清涼殿の天皇御座に続く部屋で、長押に清涼殿の額がかかっている)を退去しなければならなかった。

『宝物集』に登場する傍聴と筆録をする男は東山から嵯峨清涼寺へ行く途中大内裏の中を通り抜け、いろいろな有職故実を思い出す趣向になっているが、それにはこのような康頼の衛門府兼検非違使庁官人としての経歴が反映しているとみられるのである。

3　今様の歌手

康頼が今様のすぐれた歌い手であったことは『梁塵秘抄口伝集』などに明らかである。康頼と今様の関係を示す最も早い史料は、仁安四年(一一六九)正月に実施された後白河上皇の第十二回熊野参詣に随行したときの『梁塵秘抄口伝集』の記録である。康頼は熊野の両所(速玉と夫須美の両社)において宿泊したとき、後白河院の寝所と、衝立・障子を隔てて、随行の成親・親信・業房・能盛・親盛・資行らとともに床についている。旅行中とはいえ、院の至近に侍し得たことは、このころ既にかなりの寵愛を得ていたことを示すものであろう。

康頼、声に於きてはめでたき声なり。細く清《けう》らなる上に、人うてせず、息強し。声を喉に落し据ゑて、底に遣ひて、鎮まり染《し》む事ぞ無きは、遣ひ柄《がら》なり。敏《さと》くもあり。

『梁塵秘抄口伝集』に記された後白河院の康頼に対する評言の中に、今様を面授した優秀な弟子という思いやりが封じられている。おそらく院の康頼寵愛は、そのすぐれた学才と音楽の才とに由来するものであった。

我等はなにしに老にけん、おもへばいとこそあはれなれ。今は西方極楽の、弥陀の誓を念ずべし。

『宝物集』巻七(三四五頁)に遊女とねぐろが海賊に襲われたときに歌った今様をあげ、極楽に往生した先例としている。この話は『梁塵秘抄口伝集』にも紹介されているが、これを『宝物集』に引くところに、今様歌手康頼の本領が露呈していると思う。

康頼が今様歌手として活躍した絶頂期はおそらく鹿ケ谷事件発覚の直前ころだったであろう。この事件を境に後白河院近臣団が解消すると、康頼の今様にかかわる史料はふっつりと見えなくなるのである。

4　鹿ケ谷事件

治承元年(一一七七)六月三日夜、いわゆる鹿ケ谷謀議が発覚して康頼ら院近臣団が逮捕され、西八条の清盛邸に召し籠められ、厳しい詮議を受けた。『玉葉』によれば、このときつかまったのは康頼のほか、法勝寺執行俊寛、基仲法師、山城守中原基兼、検非違使左衛門尉惟宗信房、同平佐行の六人。すべて院の近習であった。

数日後に六人の処分が決定実施される。俊寛と康頼は鬼界が島遠島、中原基兼は奥州、惟宗信房は阿波へそれぞれ流罪。基仲法師と平佐行は数日後釈放という処分である。六人の中で、康頼、俊寛が最も重い刑になっているのは、それだけ、謀議加担度が大きかったということを示すのであろう。

一級史料には見えないが、『平家物語』などによれば、康頼は鬼界が島に護送されてゆく途中周防の室積（山口県光市）で出家し、性照と名のったという。ちなみにその後歌合などには沙弥性照の名で登場してくるので、この法名はたしかなものと認められる。もちろん誰にどのような戒を授けられたのかは全く不明である。

ところで、清盛の孫安徳天皇が誕生するのは治承二年十一月十二日のことである。これも『平家物語』などによると、清盛はこのお産に男子出生を期待して大規模な大赦を実施し、康頼、成経の二人を赦免して帰洛させたという。『平家物語』の通りではないにしても赦免があったことはたしかで、皇子誕生の前、即ち治承二年十一月以前のたぶん秋のころ、康頼らが鬼界が島を出たという伝えは信じてよい。とすると、『宝物集』が開巻劈頭「治承元年の秋、薩摩国の島を出て」とあるのは、もし史実に合わせるとすれば、治承二年とするのがよい。いずれにせよ、中宮御産の好機に恵まれて命拾いをしたといえる。それによって『宝物集』の成立をみることができた。

5　阿波国麻殖保保司

帰洛後の康頼の足どりは『吾妻鏡』以外にたどるすべがない。それによると康頼は文治二年（一一八六）閏七月二十二日、源頼朝から阿波国麻殖《おえ》保の保司に任ぜられている。その理由は尾張国野間庄にある源義朝の墓を、かつて康頼が修繕したことに対する恩賞だという。鹿ケ谷事件以前、後白河院近習として活躍していたころ、後白河院の意向を受けて、康頼が墓の修繕をした可能性は十分考えられる。

なぜ麻殖保でなければならなかったのか、そして康頼がその後どのようにして保司の権益を保持していったのかはほとんどわからない。ただ、麻殖保の地頭野三刑部丞成綱という者と年貢をめぐって紛争がおこり、康頼が鎌倉に訴状を提出するという事件が発生する。これにより頼朝は地頭成綱を戒責したという。こうして紛争は解決されたとみえ、麻殖保は康頼の子孫に継承されていったようである。

保司時代の文治四年四月に『千載和歌集』が実質的に成立し、康頼の歌が四首入集している。この事実は康頼が中央歌壇で一応の評価を得ていたことを意味すると思う。ちょうどそのころ、彼は『宝物集』三巻本の増補改訂をすすめ、大幅に歌を増補して今日見るような第二種七巻本を完成したと推測する。その和歌採集の手法や各歌人の歌数の配当にはたしかに歌人としての見識がうかがえるのである。

6　歌人としての晩年

建久元年(一一九〇)十月二十五日、頼朝は随員を従えて義朝の墓に詣る。尾張の御家人須細治部大夫為基に案内させて野間の廟堂を訪れると、仏閣が建ち、僧らが読経をし、耳目を疑うほど荘厳なおもむきが感じられ、頼朝は改めて康頼の功績の大きさに感銘をおぼえたという。

この頼朝の義朝墓参詣の記録のあと、『吾妻鏡』では康頼の足跡がたどれなくなる。あと彼の名は建久二年三月三日の『若宮社歌合』、同六年正月二十日の『民部卿家歌合』、そして正治二年(一二〇〇)の『石清水社歌合』等、もっぱら和歌資料の上にかろうじて見いだすことができる。文治、建久は頼朝の権勢のピークをなす時期でもあった。その時期康頼は、一方で頼朝の好意あるまなざしを受け、一方で知識人たちから歌人としての扱いを受け、おそらく文化人としておちついた、しかも満ち足りた晩年を過したであろうと思う。ちなみに彼の現存和歌を類従してみると、

一　『月詣和歌集』五首

二　『千載和歌集』四首(一首は『月詣和歌集』に重出)

三　『若宮社歌合』三首
四　『民部卿家歌合』五首
五　『玄玉和歌集』三首
六　『正治二年石清水社歌合』五首
七　『万代和歌集』四首（一首は『新続古今集』に重出）
八　『玉葉和歌集』一首
九　『新続古今和歌集』一首
以上計　三十一首（うち二首は重出歌につき、実質二十九首）である。

七　伝本について

伝本について簡単に触れておく。『宝物集』の伝本についての研究は、小泉弘氏の『古鈔本宝物集 研究篇』ならびに古典文庫『宝物集〈中世古写本三種〉』所載解説にとどめをさす。詳細はそれらに譲るが、ここでは今回底本に用いた吉川泰雄氏蔵本を含むいわゆる第二種七巻本系がどのようにして成立したかについて私見を述べ解説にかえたい。

小泉氏は『宝物集』の多数の伝本を次の七つの系統に整理された。

(1)　一巻本系
(2)　二巻本系
(3)　平仮名古活字三巻本系

(4)　平仮名整版三巻本系
(5)　片仮名古活字三巻本系
(6)　第一種七巻本系
(7)　第二種七巻本系

いまこの七種の系統の伝本をその重要度の低い順に消去してゆくとき、どうしても消去できないものに(1)(5)(7)の三系統が残ると思う。ここではこの三系統が相互にどんな関係を持つかについて大まかな私見を述べることとする。

小泉氏は第二種七巻本は著者自身による改稿本であり、『千載和歌集』の成立(文治四年(一一八八)四月二十二日)以前に完成していたとされた。これは『宝物集』研究の画期的成果であって、今日の『宝物集』研究はすべてここに出発点を置くべきだと考える。いま小泉氏の成果を前提にして三系統本の相互関係を観察してみると、著者は最初に一巻本を書き、次に大幅な増補を加えて片仮名古活字三巻本(以下、三巻本と略称する)を書き、さらに例証歌の補充整備を中心とする第二次増訂を行って第二種七巻本(以下、七巻本と略称する)を作ったという発展過程を読みとることができると思う。なぜそのように読みとることができるかについて、二つの観点から説明してみる。

まず『宝物集』はブロックを積み上げるようなやり方で全体を作り上げた構造体になっている点に留意しなければならない。この構造体は一巻本のときから確立されていて、三巻本においても、七巻本においても不変である。言わばブロックを積み上げた全体像は一貫して変らないのである。

ところが、全体を構成するブロックの一つ一つを細かく観察してゆくと、そこに二度にわたる大きな変化を読みとることができる。三巻本では一つ一つのブロックの中に取り込んだ説話の類が圧倒的にふえている。そして七巻本においては、三巻本のとき一ブロック一首の割で取り込んであった和歌が、一ブロック五首という形で増強されており、並行して説話類を補充したブロックも少なからず出現する。こうして、一巻本、三巻本、七巻本と並べて置いてみるとき、全体の枠組みに変化はないものの、ブロックを構成する中味においては、一巻本、三巻本、七巻本の順に充足度を高めてゆき、結局七巻本において全ブロックが満たされた形になるのである。これはブロックの大枠の形には手を加えずに、その中を細かく細分して、三巻本のときには主として説話を、七巻本のときには主として和歌を挿入する作業であったと見ればわかりやすい。

さて、『宝物集』の三種の伝本にこのような相互関係を認めるとき、伝本の成立順序と増補を行った人が特定できると思う。言うまでもなくこれは最初の枠組みを構えた人、すなわち一巻本の作者平康頼が自ら、三巻本、七巻本の順に増補していったと考えるべきことなのである。一つの作品に、全体構造が不変であるにかかわらず、内容面で粗なる伝本と密なる伝本とがあり、しかも伝本の相互間に密接な連繫がある場合、これは必ず粗から密へと発展していったと見るべきであり、断じてその逆ではあり得ない。そして、その粗から密への展開が短期に行われた場合、その推進力をになう者は原著者自身と考えるのが最も自然なのである。建築や絵画のような具象的構造物と異なり、『宝物集』のような文字による構造体は極めて抽象的なものであって、目で見たり手でさわって確認することができない。これに著者以外の人物が増改訂を行うと、必ず原著者が設定した枠組みを破壊したり逸脱したりするはずである。われわれの知る『宝物集』の一巻本、三巻本、七巻本の間には破壊や逸脱が全く見られないのである。

ちなみに二巻本と元禄本について触れておく。宮島本、松井本、上野本を二巻本系とよぶが、この系統の本は平仮名古活字三巻本を底本にして改変が加えられたものと見なされる。ところがこの本の改変は『宝物集』が持つ枠組みをとりくずすレベルにまで達している。すなわち粗から密へではなく、密から粗へ移った一例とみるべきもので、『宝物集』成立時からかなり隔った時代に、もともと『宝物集』が主張しようとしていたこととは異なる方向に作りかえた本と見なされる。

いっぽう元禄本も同じく三巻本を底本にしているが、これは中味を作りかえるというよりは、七巻本と比較して、自らは所有しない和歌と説話をそこから取り込み、増補した本と見なすことができる。だが『宝物集』作者による作りかえではないから、もともとあった三巻本の本文と新しく七巻本から取り込んだ本文とをつなぎ合わせた部分が目立ち、いわゆる混態本の特徴を露呈している。やはり密から粗に移った一例で、前述の一巻本、三巻本、七巻本のきれいな流れからは外して考えなければならない伝本ということになる。つまり、元禄本は、近世になって、三巻本を土台にして作った混態本ということになる。『宝物集』の構造性に注目して主要な伝本の成立を推測してみると、以上のようになるのである。

もう一つ、出典論の視点から諸伝本を測ってみることも必要である。もし著者以外の後人が『宝物集』を増補したとするなら、その増補部分に必ず後補の証拠が残っているはずである。唯一、『宝物集』の出典考証がその証拠の有無を明らかにすると思うからである。

ところが今回、一巻本、三巻本、七巻本を精査してみて、著者康頼が文治のころまでに自ら増訂して七巻本を作ったとする小泉説をくつがえすに足る資料を何ら発見することができなかった。むしろ出典論の視点からは小泉説を支持する資料が発見されるのである。たとえば最近小泉氏が出典未詳とされた五一・一六二・一九一・二四二・二四三番の五首が、惟宗広言の編集した『言葉集』所載のものであることが発見された。これは新編国歌大観の第十巻に

『言葉集』の零本がはじめて公開されたためにかろうじて明らかになったのである。『言葉集』の編者広言は康頼と親密な交友関係を持ち、しかも『言葉集』には当代歌人の歌を多く集めている。おそらく『宝物集』七巻本成立以前の直近時点に編纂された私撰集で、この完本が発見されれば、『宝物集』の出典未詳歌の典拠がさらに明らかになるのではないかと考えられる。さらに、説話方面においても、たとえば『発心集』が『宝物集』を中継にしてかなりの資料を蒐集していることが明らかになってきている。これは『言葉集』とは逆に『宝物集』七巻本成立の下限を示す資料となる。このようにして出典論の立場から『宝物集』七巻本の成立時点を推測し、これを基準にして、作品中に名を見せる多数の歌人群と依拠文献とをチェックしてゆくとき、成立推定年時に矛盾するデータは何ら発見されないのである。

ここで今回底本に使用した吉川泰雄氏蔵本について説明しておく。吉川本はいわゆる第二種七巻本の一つで、京都深草の瑞光寺が所蔵する瑞光寺本と、古典文庫に翻刻された九冊本とともに、完本の形で伝えられた良質の伝本と言える。瑞光寺本が第二巻の末尾一葉を欠落させ、九冊本が和歌四首を脱落させているのとくらべると、現在知られている第二種七巻本の中では最も保存度の高い伝本と言える。

ただし、この三種の伝本をくらべてみると、九冊本は他の二本とやや距離を置くが、瑞光寺本と吉川本との間には書承上の親子関係が認められる。吉川本は瑞光寺本を親本にして書写したものであるが、その際、一行の字配り、換行、丁数に至るまで親本に一致させるよう配慮している。いまそうした書写姿勢を端的に示す資料を一つだけ示しておく。

巻五に十二門開示の第四門の記述があるが、その中に採薪及菓蓏の歌五首(三六四―三六八番)が並んでいる。瑞光寺本はこの中の三六七番の加茂政平の歌(「結びあげし水にやどれる月かげの鷲の高ねをてらす也けり」)を書写の際作者名とともに書き落としてしまい、あとからその部分に補入印をつけ、付箋に書いてはさみ込んでいるのである。ところが吉川本は各丁の字配りから換行まで忠実に写してきたため、この付箋分を本文中に取り入れなくてはならなくなった。そこでどうしたかというと、作者名と歌とを他と同様二行分とって書き入れ、その結果はみ出してきた二行分三十字あまりを、以下の十五行の中に、各行平均二字ずつ分散配当して吸収している。すなわち、十五行にわたって二字ずつ字配りを変更するにとどめ、各ページ十行という行数配当は全くかえなかった。瑞光寺本を忠実に写そうとする姿勢があざやかに浮かび上がる箇所であった。

小泉氏によると、瑞光寺本は寛文五年(一六六五)に深草瑞光寺元政上人が書写したものだという。これに対し吉川本は肥前島原の藩主松平忠房の旧蔵本で、いわゆる島原文庫本とよばれる一本であった。書写年代は不明だが、いつの時点でか、おそらく藩主松平忠房の意を帯びた者がいずれかの場所で瑞光寺所蔵本を机上に置き、これを忠実に書写したものであった。ただ三様の筆跡が判別できるので、三人が分担書写した寄合書きとなっている。また、瑞光寺本には全巻にわたり漢字に振り仮名が振ってあるが、吉川本は一・二・四の三巻だけに振ってある。これは書写を分担した三人の間に書写方針の打ち合わせに徹底を欠くところがあったために生じた現象であろうか。

なお瑞光寺本の親本がどんなものであったか気になるところであるが、現在のところ全くわからない。第二種七巻本には零本ながら、光長寺本、本能寺本、最明寺本などがあり、また身延山久遠寺本のような抜書本も存在していたことが小泉氏の研究によって明らかにされているが、目下のところ七巻本全体の書写系統も解明できていない。七巻本本文を詳細に比較して伝写の系統をさぐることが急務と考えている。

参考文献

〔単行本〕

芳賀矢一編『宝物集』(新型名著文庫) 冨山房 一九二七年
山田孝雄編『宝物集 図書寮蔵』(古典保存会複製書) 影印 古典保存会 一九二九年
橋本進吉編『宝物集第四 最明寺蔵』(古典保存会複製書) 影印 古典保存会 一九三九年
吉田幸一編『宝物集 三巻本』(古典文庫) 古典文庫 一九五三年
簗瀬一雄編『校合二巻本宝物集』(碧沖洞叢書) 一九六一年
簗瀬一雄編『寛文十一年写宝物集』(碧沖洞叢書) 一九六四年
吉田幸一・小泉弘編『宝物集 九冊本』(古典文庫) 古典文庫 一九六九年
小泉弘編『宝物集 中世古写本三種』(古典文庫) 古典文庫 一九七一年
小泉弘編著『古鈔本宝物集』(貴重古典籍叢刊) 影印・研究篇 角川書店 一九七三年
瓜生等勝編『身延山本宝物集と研究』(未刊国文資料) 未刊国文資料刊行会 一九七三年
大野雍熙・永田信也編『九冊本宝物集語句索引』 私家版 一九七四年
南里みち子編『萩野文庫本 宝物集』(在九州国文資料影印叢書) 影印 在九州国文資料影印叢書刊行会 一九八一年
黒田彰編『身延文庫蔵宝物集中巻 付片仮名古活字三巻本』 影印 和泉書院 一九八四年
福原昭五編『九冊本宝物集と索引』 近代文芸社 一九九三年

〔研究論文〕

橘 純孝「平康頼伝考」『大谷学報』12-1 一九三一年一月
千葉照源「宝物集研究の新資料」『山家学報』新1-3 一九三一年七月
千葉照源「宝物集成立考」『国文学踏査』1 一九三一年十二月
千葉照源「宝物集説話考(一)(二)」『歴史と国文学』5-5、6-1 一九三一年十一月、一九三二年一月
野村八良「宝物集三巻本の古版に就いて」『書物春秋』18 一九三二年五月
橘 純孝「宝物集の異本研究(上・中・下)」『国語国文』2-2—4 一九三二年二—四月
阪口玄章「宝物集の組織」『日本仏教文学序説』 啓文社

一九三五年九月（一九七二年　国書刊行会復刊）
尾崎久弥「『宝物集』の三本と観音（一）（二）」『観音』3―4、4―5　一九三五年一月・八月
御橋悳言・今津洪嶽「国文学書仏教典拠集抄宝物集」『歴史と国文学』20―3―5、21―1―5、20―1・2・4・6、23―2―5、24―2―4　一九三九年三月―一九四一年四月
橘　純孝「国文仏教説話文学の中に於ける宝物集」『国語と国文学』18―10　一九四一年十月
小林忠雄「三国伝記と宝物集―三国伝記出典考の一部として―」『日本文学研究』24　一九五一年八月
簗瀬一雄「宝物集二巻本の研究」『国文学研究』7　一九五二年十月
高橋貞一「清涼寺釈迦仏の説話について」『鷹陵』23　一九六八年十二月（↓『高橋貞一国文学論集　古稀記念』一九八二年二月　思文閣出版）
渥美かをる「往生要集から平家物語へ―祇園精舎・浄土往生・六道をめぐって―」『軍記物とその周辺』　早稲田大学出版部　一九六九年三月
宗政五十緒「『宝物集』六巻本形態復元考」『文学』37―5　一九六九年五月
麻原美子「『宝物集』と『平家物語』―平康頼著作説をめぐって―」『説話』2　一九六九年十月
渥美かをる「〈四部合戦状本〉平家物語灌頂巻「六道」の原拠考―宝物集との関係を中心に―」『愛知県立大学文学部論集（国文学科編）』20　一九六九年十二月
瓜生等勝「宝物集研究文献目録」『解釈』16―7　一九七〇年七月
今成元昭「平家物語と宝物集の周辺―蘇武談を中心として―」『文学』38―8　一九七〇年八月
瓜生等勝「原宝物集を求めて（その一）―嵯峨釈迦説法に関して―」『下商研究紀要』1　一九七〇年九月
瓜生等勝「原宝物集を求めて（その二）―嵯峨釈迦詣で巡道談の原形―」『下商研究紀要』2　一九七〇年十二月
渥美かをる「〈片カナ古活字版三巻本〉宝物集の諸本系統上の位置とその性格」『説林』19　一九七〇年十二月
渥美かをる「『宝物集』初期諸本の展開相」『愛知県立大学文学部論集（国文学科編）』21　一九七〇年十二月
瓜生等勝「平康頼の全歌」『下商研究紀要』3　一九七一年六月
瓜生等勝「校注・此物語起源幷嵯峨ノ釈迦詣デ巡道談ノ事㈠（校注・瑞光寺本『宝物集』一）」『下商研究紀要』4　一九七一年十一月
瓜生等勝「宝物集諸本の仏前礼拝文―諸本の宗派性について―」『下商研究紀要』5　一九七二年三月
瓜生等勝「宝物集諸本記事対照表」『下商研究紀要』5　一九七二年三月
瓜生等勝「宝物集諸本の和歌について―その作者名を正す―」『下商研究紀要』6　一九七二年六月
麻原美子「宝物集の世界」『日本の説話3　中世Ⅰ』東京

美術　一九七三年十一月
尾崎　勇「『宝物集』一巻本の一考察―栄花物語との比較を中心にして―」『防衛大学校紀要』28　一九七四年三月
武久　堅「「宝物集」と延慶本平家物語―身延山久遠寺本系祖本依拠について―」『人文論究』25-1　一九七五年六月(→『平家物語成立過程考』　桜楓社　一九八六年)
石田瑞麿「『宝物集』雑考―三つの問題―」『中世文学と仏教の交渉』　一九七五年八月
山田昭全「平康頼伝記研究(その一)―後白河院近習時代―」『大正大学研究紀要』61　一九七五年十一月
山田昭全「平康頼伝記研究(その二)―鹿谷事件・帰洛・麻殖保司―」『豊山教学大会紀要』3　一九七五年十一月
高橋俊夫「延慶本平家物語説話攷―宝物集との関係をめぐって(上)―」『国学院雑誌』76-11　一九七五年十一月
南里みち子「萩野文庫本宝物集(一)―翻刻と解題―」『福岡女子短期大学紀要』11　一九七六年三月
高橋俊夫「延慶本平家物語説話攷―宝物集との関係をめぐって(中)―」『国学院雑誌』77-7　一九七六年七月
山田昭全「鴨長明晩年の思想と信仰―宝物集とのかかわりから―」『大正大学大学院研究論集』1　一九七七年三月
南里みち子「萩野文庫本『宝物集』の性格―義孝往生説話を中心に―」『仏教文学』2　一九七八年三月
菅原範夫「最明寺本宝物集総索引稿(一)」『鎌倉時代語研究』1　一九七八年三月
清水宥聖「心性罪福因縁集の説話―『今昔物語集』『宝物集』『雑談集』とのかかわり―」『群女国文』7　一九七八年六月
今成元昭「『宝物集』と日蓮遺文―小泉弘氏説の再検討―」『中世文学　資料と論考』　笠間書院　一九七八年十一月
南里みち子「萩野文庫本『宝物集』の性格(二)―宮嶋本との関係―」『福岡女子短期大学紀要』16　一九七八年十二月
深沢　亨「『宝物集』と『平家物語』に於ける和歌の一考察」『論輯』7　一九七九年三月
五島和代「宝物集―光長寺本と久遠寺本―」『北九州大学文学部紀要』22　一九七九年四月
渥美かをる「四部合戦状本平家物語灌頂巻『六道』の原拠考―宝物集との関係を中心に―」『軍紀物語と説話』笠間書院　一九七九年五月
福田　晃「『曾我物語』と『宝物集』―『真名本曾我物語』の成立をめぐって―」『論纂　説話と説話文学』　笠間書院　一九七九年六月
山田昭全「明賢作『誓願講式』をめぐって―報告並びに翻刻―」『日本仏教史学』15　一九七九年十二月

五島和代「宝物集―光長寺本と久遠寺本―二」『北九州大学文学部紀要』23　一九八〇年一月
美濃部重克「『宝物集』の成立時期」『南山国文論集』4　一九八〇年三月(→『中世伝承文学の諸相』和泉書院　一九八八年八月　改題して収)
麻原美子「『宝物集』型列挙式挿入説話」『幸若舞曲考』新典社　一九八〇年九月
田中潤子「二巻本宝物集の文章について」『国語と教育』5　一九八〇年十一月
田中潤子「二巻本「宝物集」における細川文庫本の位置について」『語文研究』50　一九八〇年十二月
山田昭全「平康頼の資料蒐集と処理方法―『宝物集』の場合―」『日本文学』29-12　一九八〇年十二月
菅原範夫「古鈔本宝物集の文章構成とその文体―最明寺本と書陵部本巻四部分とを中心として―」『鎌倉時代語研究』4　一九八一年五月
今野達「続教訓鈔と宝物集―宝物集伝流考補遺―」『馬淵和夫博士退官記念　説話文学論集』一九八一年七月
中島秀典「宝物集諸本の系統論に関する一考察―第二種七巻本における増補記事を手懸りにして―」『緑岡詞林』6　一九八二年三月
高城功夫「西行物語の典拠―特に宝物集との関係―」『東洋』19-12　一九八二年十二月
松下道夫「『宝物集』の白詩受容」『解釈』29-4　一九八三年四月
藤井　隆「伝九条教家筆宝物集切二種―鎌倉時代古筆切二種―」『青須我波良』26　一九八三年七月(→『国文学古筆切入門』和泉書院　一九八五年)
中島秀典「『西行物語』と『宝物集』」『中世文学』28　一九八三年十月
山下正治「宝物集における法師」『立正大学国語国文』20　一九八四年三月
今井正之助「「宝物集第二種七巻本系」考―他系統本文との関わり―」『名古屋大学国語国文学』54　一九八四年七月
今井ちとせ「『宝物集』の成立背景をめぐって―顕昭歌論との関連から―」『中世文学論叢』6　一九八五年二月
今井正之助「平家物語と宝物集―四部合戦状本・延慶本を中心に―」『長崎大学教育学部人文科学研究報告』34　一九八五年三月
中島秀典「『宝物集』における嵯峨清涼寺釈迦像縁起譚の考察―その本仏説をめぐって―」『緑岡詞林』10　一九八六年四月
黒田彰・大島薫「『宝物集』研究文献目録稿」『国文学(関西大学)』63　一九八六年十月
木下資一「『宝物集』研究ノート―元禄七巻版本の諸本系統上の位置―」『富山大学国語教育』11　一九八六年十一月
山下哲郎「軽の大臣小攷―『宝物集』を中心とした燈台鬼説

話の考察―」『明治大学日本文学』15　一九八七年八月
黒田　彰「注釈の展開―宝物集の場合―」『解釈と鑑賞』53-3　一九八八年三月
小泉　弘「宮内庁書陵部蔵『宝物集』翻刻」『国学院女子短期大学紀要』6　一九八八年三月
北郷　聖「久遠寺本宝物集下巻の二重性の検討」『緑岡詞林』12　一九八八年三月
北郷　聖「久遠寺本宝物集散文省略考」『緑岡詞林』12　一九八八年三月
北郷　聖「久遠寺本「宝物集」和歌省略考」『青山語文』18　一九八八年三月
安田孝子「『宝物集』における例証話」『芸文東海』12　一九八八年十二月
大島　薫「宝物集諸本の系統―元禄本について―」『国文学(関西大学)』65　一九八九年一月
大島　薫「宝物集諸本の系統―二巻本系後出の二系統について―」『国文学(関西大学)』66　一九八九年十二月
荒木　浩「宝物集撰述資料雑考―「法鼓経」をめぐって―」『愛知県立大学文学部論集(国文学科編)』38　一九九〇年二月
大島　薫「宝物集諸本の系統―二巻本系本文の位置をめぐって―」『国文学(関西大学)』67　一九九〇年十一月
野村卓美「誤って記された説話―『宝物集』「一巻本」と「九冊本」をめぐって―」『北九州大学国語国文学』4　一九九〇年十一月
野村卓美「「観算」説話の変質―『宝物集』「一巻本」と「九冊本」をめぐって―」『国語と国文学』68-1　一九九一年一月
山下哲郎「法談と和歌―『宝物集』所収歌の検討―」『論輯』19　一九九一年二月
山下哲郎「和歌の流転―真如親王の「いふならく」の歌をめぐって―」『明治大学日本文学』19　一九九一年八月
野村卓美「『宝物集』と『往生要集』―『宝物集』「一巻本」と「九冊本」をめぐって」『国学院雑誌』92-12　一九九一年十二月
黒田　彰「宝物集と『四倒八苦事』」『室町芸文論攷』　一九九一年十二月
大島　薫「宝物集享受の背景―往生要集との関わり―」『国語国文』61-1　一九九二年一月
山下哲郎「『宝物集』所収歌の検討・続―異文の問題を軸に―」『論輯』20　一九九二年三月
長尾理恵子「『宝物集』第二種七巻本考―本文の発達をめぐって―」『横浜国大国語研究』10　一九九二年三月
内田　洋「『刀後聞』祇王説話にみられる『宝物集』諸本の影響―祇女の説法をめぐって―」『横浜国大国語研究』10　一九九二年三月
森　晴彦「『宝物集』第二種七巻本と『言葉集』小考―言葉集典拠歌について―」『解釈』38-8　一九九二年

八月
野村卓美「『三国伝記』と『宝物集』—『三国伝記』巻第六第廿七志賀寺聖人恋路事を中心に—」『国学院雑誌』93-9　一九九二年九月
山下哲郎「『宝物集』注釈のための試解(一)—二万郷説話の考証—」『明治大学日本文学』20　一九九二年十月
黒田彰子「「宝物集近代作者」とその和歌」『国学院雑誌』94-1　一九九三年一月
中島秀典「『源平盛衰記』と『宝物集』」『軍記と語り物』29　一九九三年三月
山下哲郎「『宝物集』神功皇后説話小攷」『論輯』21　一九九三年五月
黒田彰子「宝物集の和歌上・下」『国語国文』62-6・7　一九九三年六月・七月

閑居友 解説

小島孝之

はじめに

中世前期に集中的に成立した説話集群は、寡黙な説話集と饒舌な説話集とに分かれる。前者は説話そのものにはあまり手を加えず、説話の選択とその配列の妙によって、編者の個性を存外きわだたせるような類の説話集である。各説話に付加する編者の感想や批評、訓戒のことばなどはごく控え目に添えられるか、あるいは全く添えられないで、説話がいわば裸の形で提示されることが多い。『宇治拾遺物語』などがその典型である。

それらに対して、後者は、説話を教化のための素材として扱い、仏教教理の解説を加えたり、訓戒を述べる啓蒙的色彩の強いものや、編者自身の洞察を述べ、思いのたけを吐露する自照性の強いものなどがある。これらの説話集では説話それじたいはしばしば簡略化されることがあり、付加される教化や評論的な文章が長大になることもある。鴨長明の編になる『発心集』が先駆的な役割を果たし、直ちにその影響を受けて『閑居友』が成立した。さらに『閑居友』の強い影響下に『撰集抄』が成立する。自照的な作品は、編者の思想の直接的な表白とも見え、それゆえに、編者はむしろ作者と呼ぶほうが適切だと感じられることも多い。本書においても、『閑居友』は作者の呼称を用いることとした。

先行の『発心集』が人間の心を見つめて、執着からの解放を追い求めるのに対して、『閑居友』は、発心に至るまでの心の葛藤は問題にしない。どのような信仰生活のありかたにおいて道念が貫徹されたかを問題としている。人間はア・プリオリに〈不浄なるもの〉とされ、この〈不浄〉な肉体を持つ、存在としての人間を、いかに超えてゆくのかがテーマとなっているようである。

『閑居友』はまた、個別の人間の内面的救済にとどまらず、いわば衆生済度の立場からすべての他者を導こうと志向している。しかし、その救済を仏の霊験によって実現したり、安易な利益譚としては語らない。徹底した自力に縋ることによってしか救済は実現しない。強い意思でみずから選択しなければならぬという意思が感じ取られる。その点に『閑居友』の独自性があると言えよう。

一 『閑居友』の作者と成立

『閑居友』の作者は松尾の慶政上人というのが定説である。

古く江戸時代には、慈鎮(慈円)、慶政、無名の仏教者の三説があったが、作者の入宋の事実などに照らして慈円説は否定され、慶政か無名の仏者のいずれかに絞られる。橋本進吉は「慶政上人の事蹟」(『史学雑誌』一九一一年七月)において、『閑居友』の作者として慶政が該当しうるか否かを検討し、「この書は慶政の著として肯がはれる点の多いにもかゝはらず、やはり作者不詳として置かなければならない」と結論した。橋本はその後「慶政上人伝考」(『大日本仏

教全書　遊方伝叢書第三』大日本仏教全書刊行会、一九一七年十月）で慶政に関する資料を博捜し、その生涯にわたる資料をほぼ網羅したが、結論は変わらなかった。

尊経閣叢刊の伝為相本『閑居友』複製に付された池田亀鑑「前田本閑居友解説」（一九四〇年四月）は、橋本の考証を敷衍して、慶政作者説を詳細に検討し、「慶政は最もふさはしい人物ではあるが」としながらも、二つの疑問点をあげた。

(1)　上巻第三話末尾の評語に見える「このあやしの山の中に身お隠しても、八年の秋を送り来ぬ」と、下巻末の、「承久四年の春、弥生の中の頃、西山の峯の方丈の草の庵にて、記し終りぬる」という叙述から、この「あやしの山」を西山とすれば、著者は西山に隠棲して八年の歳月を経た承久四年（一二二二）に本書を脱稿したことになり、承久四年の八年前すなわち建保二年（一二一四）以来西山に住んでいたことになる。しかるに建保五年に慶政は入宋しているから、引き続き隠棲したという記事と矛盾する。

(2)　下巻最終話の跋文的な部分で、作者は深山の住居に満足しており、西山の峯の方丈の庵に不満はないと思われるのに、上巻第三話の評語中では、「むげに近き」「真野の入江」を見て、かくの如き閑寂なる山麓に住みたいと念じながら、心ならずも「あやしの山の中」に日を送ったと書いているから、「あやしの山」は西山ではない。「むげに近き所」を空間的距離と解すれば、真野に近い山でなければならない。したがって、真野に近い山中に少なくとも八年の歳月を過ごし、本書の一部を執筆した後、西山に移り住んだと見なければならず、遁世の初めから西山に住んだ慶政の伝記的事実と合致しない。

池田は、なお慶政説の可能性に含みを持たせた上で、「入宋した隠者にして文筆をよくする人」という結論にとどめた。
池田のあげた二つの矛盾点は、永井義憲の「閑居友の作者成立及び素材について」(『大正大学研究紀要』40、一九五五年一月)が発表されてほぼ解決した。すなわち、永井は、本文の趣旨から必ずしも真野の近辺に住んだと考える必要がないこと、また慶政の入宋は当時の実態から考えて長期にわたるとは考えられず、恐らく建保五年(一二一七)春から翌年にかけて在宋したのであり、旅行期間も含めて八年住んだと考えるべきことを示した。これによって、慶政作者説の不都合な点が解消し、『閑居友』の内容から帰納される作者像と、慶政の伝記的事実とは見事に一致することになった。しかしながら、まだすべて状況証拠であり、不確かな点は残っていた。その後、平林盛得「慶政上人伝考補遺」(『国語と国文学』一九七〇年六月)の精緻な伝記資料の発掘によって、重要な点が明らかになった。たとえば、慶政の誕生は文治五年(一一八九)であること、『法華山寺縁起』の

静以飲此山水、焼此山柴、既以十有余年、調息於此峯。(書陵部本)

弟子従生年廿、常住観自在王如来三摩地。(天理本)

の記述から、慶政の西山隠棲は承元二年(一二〇八)であることなどが明らかになった。

この新事実に基づいて、青山克弥「『閑居友』の成立過程に関する一考察」(『説話・物語論集』創刊号、一九七二年十二月)は、上巻第三話の評語に見える「八年の秋」は、西山隠棲の承元二年から八年目の建保四年(一二一六)を指すことを指摘して、評語中に見える、「この山の水お飲み、この山の柴折り焼ぶべき縁こそはあるらめ」という文が、右の『法華山寺縁起』に記された文とほとんど一致することを指摘した。

青山は、第三話には執筆に関わる内的な動機ないしは趣意などが述べられているとして、これを序章意識によるも

のと見なし、その上で、慶政は翌建保五年春には宋へ渡ったと考えられることから、渡宋以前に執筆したのは上巻第三話の一話のみであり、他はすべて建保六年の帰国後に執筆したとの仮説を提示した。

この仮説によれば、上巻第一話・第三話・巻末第二一話、下巻巻末第一一話の四箇所にのみ、当該説話から抽出される教訓的な評語とはやや趣を異にした評語、作者自身の出家生活のありようや、本書執筆の方針などに関わる長文の評語があることを、合理的に説明できる。たしかに第三話にだけ巻の途中なのに序文的な文章があるのは不自然である。ただし、この第三話の評語に、青山の言うような内的な執筆動機・趣意を十分に認めることが出来るかどうか、なお疑問は残ると思われる。美濃部重克『閑居友』解説(三弥井書店、一九八二年五月)が指摘するように、留保が必要だろう。

渡宋以前にどこまで執筆されていたか、断定は出来ないのであるが、『閑居友』の作者が慶政である蓋然性は極めて高くなったと言ってよい。

建保四年二十八歳の時に上巻第三話(またはあと数話)を執筆し、一旦中絶して建保五年ころ宋へ渡り、翌年帰国。まもなく『閑居友』の執筆を再開して、承久四年(一二二二)三十四歳の三月中旬に完成した、と考えるのである。帰朝後の建保七年(一二一九)から貞応元年(＝承久四年)の間に往生伝類を次々に書写したのも、『閑居友』執筆に備えるためであったという仮説も出されている。

二　『閑居友』の執筆動機

下巻末尾の評語部分の、

そも〳〵、この書二巻を記し初め侍しかど、詞拙く、心短きものゆへ、時も空しく移り、日影もいたづらに傾けば、恥ぢて硯を収むといへども、藻塩草、かき上ぐべきよし、かねて聞こゑさせければ、海人の濡れ衣思ひみで、また、筆執れるなるべし。願はくは、慈しみの眼の前に納めて、哀れみの心の外に散らさざれと也。

から、すでに触れた本書が一時中絶したこと、本書献上の約束があったこと、相手は高貴な身分の人であったことが読み取れる。その相手は、

願はくは、帳の外を出でず、褥の上お下らずいまそからんあたりまで、げにとおぼしとがめさせ給はば、功徳にや侍。されば、唐土には、いかなる者の姫君も、食ひ物などしどけなげに食ひ散らしなどは、ゆめ〳〵せず。よにうたてき事になん申侍し也。この国は、いかにならはしたりける事や覧、はや癖になりにたれば、改めがたかるべし。たゞかなひぬべからんほどを、御慎みもあれかし。（上巻第一三話評語部）

身は錦の帳の中にありとも、心には市の中にまじはる思ひをなすべきなめり。（上巻第四話評語部）

などとあるから、「錦の帳の中」に暮らす姫君であったと推定できる。上巻巻末話と下巻のほぼすべてを女性を中心とする話に当てている理由も頷ける。執筆の直接的な動機は、身分高い女性の求めに応じて、献上するためだったと考えられる。

永井義憲（前掲論文）は、真福寺本『後拾遺往生伝』や『三外往生記』の慶政による書写奥書中に、「賜持明院宮御本書写之了」（『後拾遺往生伝』）、「抑此本申出持明院宮御自筆本書写之了」（『三外往生記』）と見える持明院宮に注目し、承久の変以前から慶政がこの宮家に親昵している事実を重く見て、その周辺に該当すべき人物を探った。持明院宮（後高倉院）の系譜中に名前の見える女性のうち、式乾門院利子の没後十三年忌に、慶政が法華山寺において唐本一切経供

養を行っている(『風雅和歌集』巻十八)ことなどから、有力な候補とした。永井はその後、「近ごろはあるいはその妹君にあたられる安嘉門院邦子ではなかったかとも考えている」(古典文庫『閑居友　付、比良山古人霊託』解説。一九六八年二月)と軌道修正しているようであるが、具体的な考証は示していない。安嘉門院と慶政の関係で言うと、安嘉門院越前と名乗って院に仕えていた阿仏が、出家後奈良の法花寺から松尾の慶政のもとに身を寄せていたことがわかっており(『源承和歌口伝』)、慶政と安嘉門院との縁によると推測されるので、確かに可能性はある。その他には、東一条院立子説(水口綾子「閑居友成立試論」『二松学舎大学人文論叢』一九八八年七月)も出されている。いずれも可能性はあるものの決め手はない。後述のように、慶政が九条家の出身であるとすれば、九条家の中に該当者がいても不思議ではないのではなかろうか。

『閑居友』を見ると、食事の作法を説く口振りなどに、年若い女性を諭すような感じがあり、東一条院は慶政とは一歳しか違わず、しかも順徳院の中宮だったことなどを考えるとしっくりしない。安嘉門院は『閑居友』の執筆を開始していた建保四年(一二一六)にはまだ八歳でいかにも心もとない。式乾門院は建保四年には二十歳で、年齢的には相応しいかと思われるが、後高倉院二女の安嘉門院が承久三年(一二二一)十三歳で内親王、皇后宮になっているのに対して、利子は長女にもかかわらず、嘉禄二年(一二二六)三十歳の時斎宮に卜定されるに及んでやっと内親王となり、伊勢退下後の天福元年(一二三三)三十七歳でようやく皇后宮になった。この待遇の極端な違いが気になる。さらに、安嘉門院は文暦二年(一二三五)二十七歳で出家し、その後約半世紀を生きるのであるが、利子は延応元年(一二三九)四十三歳の時、病により出家し、建長三年(一二五一)五十五歳で亡くなった。斎宮時代があったとはいえ、利子の仏道への帰依は『閑居友』の献上者にしては余りにも遅いのではなかろうか。いずれにしても一長一短でどちらにも軍配を上げにくい。こころみに九条家を見ると、後の藻璧門院竴子が安嘉門院と同年齢であり、安嘉門院より可能性が少ないとは言い切れないのではなかろうか。決定的な資料が出てこなければ、献上先の姫君を特定することは出来ないようである。

三　『閑居友』の執筆方針と意図

上巻第一話の評語中に、執筆についての具体的な方針が掲げられている。すでに小林保治「『閑居友』序説（一）」（『早稲田大学教育学部学術研究』16、一九六七年十二月）が解釈を示し、それに基づく青山（前掲論文）の分析が出されているが、ここでは、この評語の構文から考えてみよう。

A　発心集には、伝記の中にある人〳〵あまた見ゑ侍めれど、

B　この書には、伝に載れる人おば入るゝことなし。

(1)　かつはかた〴〵憚りも侍り。

①　また、世の中の人のならひは、わづかにおのれが狭く浅くものお見たるまゝに、「これはそれがしが記せるものの中にありし事ぞかし」など、よにもたやすげにいふ人もあるべし。

(2)　また、もとより、筆をとりてものお記せる者の心ざしは、「我この事を記しとゞめずは、後の世の人いかでかこれを知るべき」と思より始まれるわざなるべし。

②　古き人の心も巧みに詞もとゝのほりて記せらんお、今あやしげに引きなしたらむもいかゞと覚ゑ侍。

(3)　この書き記せる奥どもに、いさゝか天竺・晨旦・日域の昔の跡をひと筆など引き合はせたる事の侍は、「これお端にて知り初むる縁ともやなり侍らん」など思ひ給ひて、つかうまつれる也。

A′　長明は、ａ人の耳おも喜ばしめ、ｂまた結縁にもせむとてこそ、伝の中の人おも載せけんお、
①′　世の人のさやうには思はで侍に
B′　ならひて、かやうにも思ひ侍なるべし。

ということになろうか。

冒頭のA・Bと末尾のA′・B′とは対応しており、長明と自分の方法の違いを対比していると思われる。A長明の『発心集』には先行の往生伝と重複する記載があるが、B自分は先行伝記類と重複する記事は載せない。これが全体の枠組である。

次に⑴重複させない理由は、さまざまな点で憚りがあること。その憚りの原因は、①世の人の非難、②拙い引用で先人の業績に傷をつけるおそれ、の二点である。

他方、執筆には、⑵埋もれてしまう恐れのある話を後世に伝える意義もある。⑶知られた話を簡潔に引用するのは、元の話を知るきっかけにしてほしいからだ、と例外的な扱いをする場合の説明をする。

最後に再び、長明と自分の比較に戻り、A′長明の執筆には、ａ人の耳を喜ばせる目的、ｂ結縁にする目的があった、と擁護し、B′自分が長明の方法を取らないのは世間の非難を恐れるからだ、とまとめている。

これを要約すれば、慶政が載録の重複を極度に恐れるのは、読者から重複を非難されるのを憚っているからである。これが基本であり、にもかかわらず執筆するのは、例外的な事情があるからということになる。すなわち、同時代や後世の人々に伝承する意義と、結縁の目的があるからだ、ということになろう。

ここで、注目すべきは『三外往生記』の慶政の奥書に次の文言があることである。

抑尋寂法師、講仙沙門、平願持経者、永観律師、南京無名女、已上五人、為康拾遺伝載之。仍漏了。而其徳行、全無加増之故也。蓮禅自序云、粗得遺漏之輩、重為貽方来云々。仍且書漏了。若有深趣、可追書入歟。

つまり、『三外往生記』に記載されている尋寂以下の五人はすでに三善為康の『拾遺往生伝』に載せられており、重複する上、新しい知見を加える点もない。だから今書写するに当たって彼らは省いた、というのである。そして、ただし、もしも彼らを重複して記載する深い理由があるならば、追って書き入れるべきか、と例外的な理由が存在する可能性に意を払っている。

ここでの慶政の意識は、『閑居友』執筆に際しての意識と軌を一にすると言ってよい。慶政は帰朝直後に往生伝の書写を開始しており、『閑居友』執筆の時期と接するのであるから、両者の間に意識の共通性が見られるのは当然ではあろう。

『閑居友』には、特に上巻の前半に、

このことは、親王の伝にも見へ侍らねば、記し入れぬるなるべし。（上巻第一話）

この人の事、往生伝に侍めれど、この事は侍らざめれば、記し侍なるべし。（上巻第二話）

この清海ノ君ノ事、拾遺往生伝に載せられて侍めれど、この事は見えざめれば、記し載せ侍ぬる。（上巻第五話）

この事、遊心集に形ばかり載せ侍しにや。（上巻第一〇話）

など、先行の伝記類に話題の重複がないことを確認することばがあるが、これは右のような意識の表れである。

ただし、単に重複への非難を恐れた弁解というだけの消極的な物言いでないことは、確認しておかなければなるまい。すでに小林「『閑居友』序説(二)」(『早稲田大学教育学部学術研究』17、一九六八年十二月)が指摘したように、新出の説話を提示することによって、「〈往生伝〉が〈遁世者譚〉へと目ざましい変質をとげ」たと言えるような結果がもたらされており、意欲的態度の表れと見るべき点もあるのである。

慶政の往生伝書写に際しての意識として、もう一つ顕著な点は、結縁の意識である。

唯願若干新生菩薩。哀愍知見。草庵瞑目之時。必来迎引接矣。(『三外往生記』奥書)

唯願四十一人聖衆。必垂来迎。(『本朝新修往生伝』奥書)

などに見られるように、往生者の話を書写した縁で、慶政の死に際して先行往生者に来迎してほしいと、願っている。ひるがえって『閑居友』を見ると、ここにも、同じ考え方が見える。

この僧都の事、発心集にも見え侍めれど、この事は侍ざめれば、よきつゐでに因縁もほしく侍て、書き侍ぬるなるべし。(上巻第三話)

かの昔の三人、今いかなる菩薩にて、いづれの仏の御国にかいまそかるらん。「願はくは、我心をあはれみて、念〻に彼に等しからむと思ふ心を給へ」と、心の中に念じ侍き。(下巻第七話)

この意識は、上巻巻末話の評語中に見える慶政の行為とも通底するだろう。彼は、いささかでも縁のあった人々の死後、その名を交名帳に記入して、光明真言を唱えて供養するという。自分と縁を結んだ人々へのせめてもの利益にしようというのである。慶政にとって結縁がきわめて重要なテーマであったことがわかる。

たゞかやうの人の跡を思ひ出でて、慕ひ悲しみて心おやすめ侍れば、せめてのむつましさに記し入れ侍ぬるなるべし。(上巻第三話)

に見るように、思い通りの遁世修行生活が出来ない現実の中で、せめて、先人の足跡を書きとどめる行為によって、心を慰めよう、との意図が見える。

書くことが、書かれる者と書く自分との結縁であり、理想と現実の間にある溝を埋める行為となる。恐らくはこれが、慶政を本書執筆に向かわせた意図と内面的な動機だったのであろう。

四　『閑居友』の構成と思想

『閑居友』の説話構成については、はやく小林「『閑居友』序説(二)」(前掲)が、全体は「高僧→凡僧→俗男→女性」という傾向を示し、「二話一類形式」の接続法と「連歌の展開法にも似た鎖型の接続法」を取ると指摘した。これを受けて「二話一類形式」の接続法から種々の説明を試みる議論もあったが、はたして全体にわたって二話一類というような方法を明確に指摘できるか、いささか疑問に思われる。

これに対して、藤本徳明「『閑居友』の構造について」(『説話・物語論集』創刊号、一九七二年十二月)は、数話ずつの説話群がグループとして有機的に連続しているとして、詳細に検討を行った。藤本によれば、

上巻第一話から第五話　　高僧の自己否定の説話グループ
上巻第六話から第九話　　無位無名の僧たちの自己否定の行業を顕彰し肯定するグループ
上巻第一〇話　　臨終奇瑞
上巻第一一話から第一六話　　道心を支える生活苦(食)の説話グループ
上巻第一七話から第二一話　　観想の説話グループ

下巻第一話から第四話　愛別離苦の説話グループ
下巻第五話から第七話　生活苦(貧窮)の説話グループ
下巻第八話・第九話　厭離穢土の説話
下巻第一〇話・第一一話　欣求浄土の説話

とまとめられ、さらに上巻は、精神的モチーフ↓生活的モチーフ↓肉体的モチーフへと下降し、下巻は、逆に肉体的モチーフ↓生活的モチーフ↓精神的モチーフへと上昇し、螺旋的に展開するという。

藤本の解説は『閑居友』の構成を最も合理的に把握するものと思われる。木下資一「閑居友――説話と説話配列をめぐる覚書――」(『説話集の世界Ⅱ――中世――』勉誠社、一九九三年四月)は、藤本説を受けつつ、ゆるやかな数話一類の括りを提示する。各説話は主モチーフのほか、副モチーフ、副々モチーフなども視野に入れながら配列の操作がなされていると主張し、木下は六段階くらいのモチーフを設定して全話の接続表を作成している。木下説の如くこれを構成の基本原理と見なし得るか、にわかには首肯できないように思われるが、木下の提示した、追善供養説話群・六道説話群・節食説話群という括り方は、『閑居友』の志向をおおまかに把握して重要な視点を提供したと言えるように思う。

以下では、説話に含まれる思想的側面について考えてみることにしたい。

上巻第一話は真如親王渡天説話。日本にも中国にも親王を満足させる学僧はいないというほどの学識を持ちながら、菩薩の修行はまだ不十分だったという。はかり知れぬ辛苦を重ねて天竺に向かったにもかかわらず、虎に食われてしまうとは、はたして真如親王を顕彰する説話になるのであろうか。おそらく慶政は、かつて皇太子という身分であったにもかかわらず、未曾有の天竺行を決行した真如の命懸けの求法を顕彰したかったのに違いない。慶政自身渡宋に際しては、船の舵が壊れるほどの嵐に襲われ、種々の誓願を発して、ようやく福州に到達することが出来たのだった(『法華山寺縁起』)。慶政と親しかった明恵は、熱烈に釈迦を慕い、天竺巡礼の計画を立てていたが、建仁三年(一二〇三)の春日明神のお告げによって断念した。その明恵のために、泉州でペルシャ人に書いて貰った「波斯文書」を慶政は贈ったのである。慶政にとって、真如親王はたとえ目的地へ到達できなくても、渇仰尊敬の的であることに変わりはなかったであろう。真如親王渡天説話を巻頭に据えたのは、慶政にとって真如親王が仰ぎ見るべき存在だったからに違いない。また、彼の釈迦信仰にとっても重要な話だったと考えられる。

第二話の如幻、第三話の玄賓は、東大寺、興福寺という大寺を捨てて遁世した人々である。大寺を名利の取り巻く第二の世俗と見なす姿勢は、当時の遁世者たちには常識的だったかもしれないが、慶政はそれを智顗の『摩訶止観』を根拠にして理解している。

しかし、第三話の末尾にみずから嘆きを記すように、玄賓のように行動することは現実には甚だ難しい。そこで彼は、第四話に空也の例を出す。市場の雑踏の中ですら心中の静寂を保ち得るのだと。この話では、空也に欠かせないはずの念仏に一言も触れない。そこに慶政独自の把握があるようである。

第五話は清海発心譚。この話の中心は、清海が四種三昧を修したという点から敷衍して四種三昧について解説を施す点にある。この修法は、智顗が『摩訶止観』に詳述するところであり、日本天台宗においても極めて重要な修行であった。慶政がこれを重視したことは、法華山寺に法花三昧堂を建て、「構此道場、余同法等於此三昧、努力々々、不可退転、必忍飢寒、可勤行之耳」(『法華山寺縁起』)と述べていることからもわかる。

以下、第六話からは『摩訶止観』の説く佯狂・偽悪などに該当する無名の遁世者たちが登場する。第八話は「豈離伽耶別求常寂非寂光外別有娑婆」という『法華文句記』の章句が鍵語であるが、これを「天台宗法文のたましい」であると言っている。また、第九話は『法華経』常不軽菩薩品の説話そのもののような話(廣田哲通「法華経常不軽菩薩品第二十が生む説話――閑居友上巻第九話を基点として――」『説話文学研究』18、一九八三年六月)である。

第一〇話の五時講も、智顗の説いた五時八教の教判に基づく法会で、『涅槃経』を重視する。『涅槃経』は釈迦信仰とも深く結びつく。

第一一話から第一六話は概ね節食の勧め。引用経典にも天台色は明瞭である。食の戒めは戒律の大切な課題の一つであり、釈迦信仰が戒律の重視を伴っていたことを思うと、これも単なる訓戒にとどまらぬ意義を持っている。

第一九話から上巻巻末第二一話までは、いわゆる不浄観説話。評語部分に経典を引用する際、『閑居友』は専ら『摩訶止観』、または同じ智顗の著である『次第禅門』を引くが、他の説話集では『往生要集』が重要な典拠になっているという(廣田「不浄観説話の背景」『女子大文学』34、一九八三年三月)。慶政は天台宗の開祖智顗に拠ろうとする意識があるようである。

下巻第一〇話は説話というほどのものはなく、慶政自身が病気の女房を見舞った際、釈迦来迎の臨終行儀を目撃したことを述べて、彼自身の釈迦信仰の告白が滔々と述べられる。末尾に、「さても、この仏の御事の書きたく侍まゝに、何となき事のついでを悦侍ぬるにこそ」と言っているのは、その事情をよく示している。

こうして評語部分を中心にして、そこに表れた語り手慶政の思想的背景を眺めてみると、きわめてオーソドックスな天台宗の教理と修行実践が志向されており、とりわけ釈迦信仰の熱心な信奉者であることがわかる。

五　慶政の事蹟

慶政は文治五年（一一八九）に生まれた。これは東寺観智院蔵『金剛頂経観自在王如来修行法』の慶政による奥書からの逆算で明らかである。その上、平林（前掲論文）によって、慶政が九条家の出身であることが初めて明らかにされた。猪熊本『比良山古人霊託』の勘注に、

証月上人ノ名、峯殿ノ兄ナリ、乳子取落ニ依テ背骨出ル故ニ釈門ニ入ル、一音院・法華山寺字峯ノ堂等ノ祖師

とあることにより、慶政は九条道家（峯殿）の兄であることがわかったのである。幼少の折り、乳母の過失で取り落とされて骨折し、背骨が出るという不具の体になってしまったために仏門に入ったという。『尊卑分脈』や九条家側の資料に慶政の名が見えないのは、早く僧籍に入ってしまったためであろうか。猪熊本の信憑性に多少の疑問は残るものの、平林の考証するように、状況はほぼこれを支持すると見られる。

明恵は世俗の名利を離れようとして、「眼をくじらば聖教を見ざる嘆きあり、鼻を切らばすなはち涕洟垂れて聖教を汚さん、手を切らば印を結ばんに煩あらん、耳は切ると云へども聞えざるべきに非ず」（『高山寺明恵上人行状』）と、みずから右耳を切り落としたという。『撰集抄』巻一「行賀僧都耳を切る事」では、耳を切断した行賀は、人に交われなくなったので、三輪に隠遁したと書かれている。肉体を傷つけ五体満足でないものは非人として扱われた時代のことである。勘注が事実なら、慶政の受けねばならなかった疎外感がいかばかりのものであるか想像に難くない。慶政の不浄観が厳しく肉体の不浄を見据えていることと切り離して考えることは難しい。

以下、年譜風に主な記事を略記する。

三井寺で、能舜に師事。延朗・慶範・行慈の弟子などとも言われている。

その後、承元二年（一二〇八）二十歳で、西山に草庵を結ぶ。この土地は慶政の「申上状」によれば、松尾神社神主相政から九条道家に渡り、これを慶政が譲り受けたらしい。

建保三年（一二一五）頃、鴨長明の『発心集』が成立し、慶政はこれをいちはやく閲読し、直ちに『発心集』と編集方針を異にする『閑居友』の執筆を思い立ったようである。建保四年には上巻第三話を執筆したことは前述の通り。まもなく宋に渡った。建保五年の頃と想像される。建保五年宋の泉州で波斯人に書いて貰った「波斯文書」が現存する。経典二百余巻を携えて帰国、この経典は後に法華山寺に安置された。西山の草庵で『続本朝往生伝』『拾遺往生伝』『後拾遺往生伝』『三外往生伝』『本朝新修往生伝』などを次々に書写し、『証月上人唐渡日記』（散逸）を著す一方、『閑居友』の執筆を再開し、承久四年（一二二二）三月にこれを脱稿した。

その後嘉禄元年（一二二五）三十七歳で法華山寺の創建に着手し、同三年頃に完成した。嘉禄三年『法華山寺縁起』を書く。

その後たびたび、法隆寺の諸施設の修理を勧進し、法隆寺の復興・維持に努める。

寛喜四年（一二三二）明恵が没した時には、その百ケ日供養の導師を勤め、また、文暦二年（一二三五）九条道家の息摂政教実の臨終の床に侍し、臨終作法を行う。嘉禎四年（一二三八）五十歳の時、九条道家に授戒し、延応元年（一二三九）道家の病気の祈禱をする。この時、比良山の古人と称する霊と問答をし、これを筆記したのが、『比良山古人霊託』である。

寛元二年（一二四四）五十六歳の時、『漂到琉球国記』を聞書する。弘長三年（一二六三）七十五歳の時に、式乾門院利子の十三年忌のために法華山寺で唐本一切経供養を行う。文永四年（一二六七）七十九歳、『金堂本仏修治記』を記す。その他、年次は不明だが多数の寺社縁起の類をも書写している。

文永五年(一二六八)十月六日、八十歳で卒した(『三井続灯記』)。

六　『閑居友』の諸本

『閑居友』の伝本は少ない。現在知られている伝本は、

1　尊経閣文庫蔵伝為相筆本
2　西尾市立図書館岩瀬文庫蔵本
3　宮内庁書陵部蔵本
4　島原公民館松平文庫蔵本
5　尊経閣文庫蔵譚玄本
6　吉田幸一氏蔵譚玄本
7　神宮文庫蔵本
8　現蔵者不明巻子零本

及び木版本(四種)である。

このうち、中世に書写年次の遡るものは、本書の底本とした尊経閣文庫蔵伝為相本と、巻子零本の二点だけで、あとはすべて近世の写本である。しかも伝為相本には誤綴がある。他の諸本はすべて、この連続しない文をそのまま写したか、接続部分を意味の通るように無理に改変したかのいずれかである。また巻子本は最古の書写と思われるが、

上巻第一一話に相当する部分のみの零本である。

底本の伝為相本は、列帖装(綴葉装)の上下二帖。鳥の子の料紙に両面書写。凝った意匠の漆塗外箱の蓋裏に、古筆家の極札が貼り付けられており、「為相卿 風替閑居友」と鑑定が記されている。通常の伝為相筆とされる筆跡とは異なるが、鎌倉時代中期から後期ごろの書写と認められる。

その他伝為相本の書誌については、尊経閣叢刊の複製に付した池田亀鑑の解説が委曲を尽くしており、その他の伝本についても、池田の解説、浜千代清『校本　閑居友』解説(桜楓社、一九七四年九月)、美濃部重克『閑居友』解説(前掲)等が詳細に記しているので、委細はそれら先行文献に譲りたい。

一つだけ注意を要するのは、伝為相本の複製には、原本にある文字を消してしまった箇所があることである。影印本も同様である。翻刻ではその点にいちいち注を加えなかったので、一言記しておく。

参考文献

〔**複製・影印・翻刻・注釈**〕

池田亀鑑解説『閑居友』(尊経閣叢刊)　侯爵前田家育徳財団　一九四〇年四月
太田晶二郎解説『閑居友』(勉誠社文庫)　勉誠社　一九八五年八月
永井義憲・筑土曙生共編『閑居友　付、比良山古人霊託』(古典文庫)　古典文庫　一九六八年二月
峰岸明・王朝文学研究会編『閑居友　本文及び総索引』　笠間書院　一九七四年五月
浜千代清『校本　閑居友』　桜楓社　一九七四年九月
金沢古典文学研究会「『閑居友』全注釈(その一)」『説話・物語論集』創刊号　一九七二年十二月
金沢古典文学研究会「『閑居友』全注釈(その二)」『説話・物語論集』2　一九七三年十月

金沢古典文学研究会「『閑居友』全注釈（その三）」『説話・物語論集』3　一九七五年三月

金沢古典文学研究会「『閑居友』全注釈（その四）」『説話・物語論集』4　一九七六年二月

美濃部重克『閑居友』（中世の文学）三弥井書店　一九八二年五月

〔資料〕

宮内庁書陵部編『伏見宮家・九条家旧蔵諸寺縁起集』（図書寮叢刊）明治書院　一九七〇年三月

〔論文〕

橋本進吉「慶政上人の事蹟」『史学雑誌』22-7　一九一一年七月（→『伝記・典籍研究』岩波書店　一九七二年五月）

橋本進吉「慶政上人伝考」『大日本仏教全書　遊方伝叢書第三』大日本仏教全書刊行会　一九一七年十月（→橋本前掲書）

永井義憲「閑居友の作者成立及び素材について」『大正大学研究紀要』40　一九五五年一月（→『日本仏教文学研究　第一集』豊島書房　一九六六年十月）

久保田淳「恨み深き女生きながら鬼になること―『閑居友』試論―」『文学』35-8　一九六七年八月（→『中世の文学』東京大学出版会　一九七二年三月　→日本文学研究大成『中世説話Ⅰ』国書刊行会　一九九二年四月）

小林保治「『閑居友』序説（一）」『早稲田大学教育学部学術研究』16　一九六七年十二月（→『説話集の方法』笠間書院　一九九二年二月）

小林保治「『閑居友』序説（二）」『早稲田大学教育学部学術研究』17　一九六八年十二月（→小林前掲書）

小林保治「『閑居友』序説（三）」『早稲田大学教育学部学術研究』18　一九六九年十二月（→小林前掲書）

美濃部重克「結縁と説話伝承」『待兼山論叢』3　一九六九年十二月（→『中世伝承文学の諸相』和泉書院　一九八八年八月）

平林盛得「慶政上人伝考補遺」『国語と国文学』47-6　一九七〇年六月（→日本文学研究資料叢書『説話文学』有精堂　一九七二年十一月）

小林保治「『閑居友』序説（四）」『早稲田大学教育学部学術研究』20　一九七一年十二月（→小林前掲書）

青山克弥「『閑居友』の成立過程に関する一試論」『説話・物語論集』創刊号　一九七二年十二月（→『鴨長明の説話世界』桜楓社　一九八四年十月　→前掲日本文学研究大成『中世説話Ⅰ』）

原田行造「『閑居友』の玄賓説話の性格と編者の意識」『説話・物語論集』創刊号　一九七二年十二月（→『中世説話文学の研究　上』桜楓社　一九八二年十月）

藤本徳明「『閑居友』の構造について」『説話・物語論集』創刊号　一九七二年十二月（→『中世仏教説話論』笠間書院　一九七七年三月）

浅見和彦「慶政の思想とその文学」『国語と国文学』50-4

一九七三年四月
原田行造「『閑居友』における慶政の長明観—その成立意識の流れをめぐって—」『説話文学研究』8　一九七三年六月(→原田前掲書)
藤本徳明「『閑居友』不浄観説話の成立」『説話・物語論集』2　一九七三年十月(→藤本前掲書)
原田行造「『閑居友』に投影された明恵上人の世界—上巻二話の成立と配列事情とをめぐって—」『説話・物語論集』2　一九七三年十月(→原田前掲書)
小林保治「人間、この不浄なるもの—『閑居友』にみる不浄の思想」『日本の説話3　中世I』　東京美術　一九七三年十一月(→小林前掲書)
青山克弥「『閑居友』上巻第三話と『方丈記』」『説話文学研究』9　一九七四年六月(→青山前掲書)
小林保治「道心の抄—閑居友・撰集抄など—」『国文学』19-14　一九七四年十二月(→小林前掲書)
原田行造「「発心集」をめぐる長明と慶政—「閑居友」執筆態度の確立を中心に—」『説話・物語論集』3　一九七五年三月(→原田前掲書)
藤本徳明「愛欲と不浄観—「発心集」と「閑居友」の比較—」『日本文学』24-10　一九七五年十月(→藤本前掲書　→前掲日本文学研究大成『中世説話I』)
原田行造「『閑居友』起稿と慶政の草庵生活」『仏教文学研究』第二期第二集　法蔵館　一九七六年四月
浜千代清「『閑居友』上巻第十一話について」『仏教文学』2　一九七八年三月
原田行造「『閑居友』所収不浄観説話の基礎的覚書—慶政の生活環境と体験をめぐって—」『説話・物語論集』6　一九七八年五月(→原田前掲書)
廣田哲通「隠者の原型—玄賓像の形成—」『国語国文』48-4　一九七九年四月(→『中世仏教説話の研究』勉誠社　一九八七年五月)
原田行造「慶政上人における遁世思想の展開—『閑居友』完成時を中心として—」『説話・物語論集』7　一九七九年五月(→原田前掲書)
原田行造「慶政上人と仏画—『閑居友』所収説話から明恵上人の信仰圏へ—」『説話文学研究』14　一九七九年六月(→前掲日本文学研究大成『中世説話I』)
廣田哲通「不浄観説話の背景」『女子大文学』34　一九八三年三月(→廣田前掲書)
廣田哲通「法華経常不軽菩薩品第二十が生む説話—閑居友上巻第九話を基点として—」『説話文学研究』18　一九八三年六月(→廣田前掲書)
廣田哲通「長明と慶政—経文と説話と「作家」—」『国語と国文学』60-11　一九八三年十一月(→廣田前掲書)
林　恒徳「「閑居友」試論—「思ひとりけん心」をめぐって—」『山口大学教育学部研究論叢(人文社会科学)』33-1　一九八四年一月
安東大隆「『閑居友』の時代設定—「昔・中比・ちかごろ」考—」『解釈』30-12　一九八四年十二月

仁平恭治「中世仏教説話集における愛欲の捉え方―『閑居友』を中心として―」『東北学院大学論集(一般教育)』82　一九八六年三月
水口綾子「『閑居友』成立試論―東一条院の依頼に拠ったか―」『二松学舎大学人文論叢』39　一九八八年七月
林　恒徳「説話の〈成立と伝承〉に関する一考察―証言者・伝承者の風貌を求めて―「閑居友」を中心に―」『国文学』35-14　一九九〇年十二月
浅野輝之「閑居友成立考―東一条院立子への献上説補遺―」『二松学舎大学人文論叢』47　一九九一年十月
木下資一「閑居友―説話と説話配列をめぐる覚書―」『説話集の世界Ⅱ―中世―』(説話の講座)　勉誠社　一九九三年四月

比良山古人霊託　解説

木下資一

はじめに

京都五山の第四、東福寺の広大な境内の一隅に、鎮守神を祀る成就宮がある。その成就宮社殿の傍らに小社があり、その中に魔王石なる高さ一メートルほどの自然石が祀られている。現在、そのいわれは忘れられてしまっているようであるが、病平癒の利益があると伝えられているという。その魔王石の小社の前には、重要文化財に指定されている高さ五メートルほどの十三重の石塔が建てられている。これには康永二年（一三四三）の銘があり、南北朝期のものであることが知られる。

この石塔は、かつては「比良山明神塔」（『東福寺伽藍図』）と称したらしい。『大日本寺院総覧』（一九一六年刊）の記事には、「十三重塔は藤原道家の病中に建てたる所なり」ともある。道家は建長四年（一二五二）に没しており、康永二年の銘と矛盾するのであるが、その伝承を全く無視することもできない。藤原（九条）道家と比良山明神、そして十三重石塔の関係は、『比良山古人霊託』に明確に語られているところであるからである。因みに魔王石の「魔王」とは、「マワゥ(魔王) Tenguno vô(天狗の王) 悪魔の王」(『邦訳日葡辞書』)とあるとおり、中世では天狗のことに他ならない。

『比良山古人霊託』は、延応元年(一二三九)五月、九条道家の病を癒すために加持祈禱に赴いた慶政上人と、道家に仕える二十一歳の女房に憑いた比良山の大天狗の霊との問答の記録である。この問答の中に、天狗が石塔造立の功徳莫大なることを述べた条が見出せる。

東福寺は九条道家の発願になる寺で、道家が居住していた法性寺の境内に建立された。『比良山古人霊託』の霊託のあった延応元年五月は、まさに上棟に向けて建設工事が進められている最中であった。この霊託事件は、東福寺創立に深く関わっているのである。

康永二年、何らかの理由で東福寺創立時にあった天狗霊託事件を見直すことがあり、この十三重石塔が建立されたのであろう。『野守鏡』や『天狗草紙』『太平記』等から窺われるごとく、鎌倉後期から南北朝期にかけては、天狗の活動への関心が極めて高かった時代である。そのような時代思潮も、天狗霊託見直しの理由の一つに考えてみたい。

『比良山古人霊託』は、序文によれば、窓外不可出の書とされている。しかしながら、本書は無住の『沙石集』第十末や鉄牛円心の『聖一国師年譜』延応元年条に引用されていることが知られている。ここで二人共に東福寺開山円爾弁円の弟子であることを考慮すれば、東福寺に『比良山古人霊託』の一本が伝来されていた可能性もありそうである。康永二年の石塔建立は、直接か間接かは別にして、この本の享受の影響があったかもしれない。

以上、冗長な推定を述べてきたが、意図は中世の人々が天狗の霊託なるものをどのように受け止めたか、その享受のあり方の一端を示してみたかったのである。

一　天狗と御霊信仰

家盛の妻になぜ天狗が憑いたのか。この霊託が何故、それほどの深い関心を以て受けとめられたのか。これを理解するためには、当時の時代状況とこれに結びつく当時の人々の怨霊観への理解が不可欠のように思われる。

本書の霊託事件があった翌年、仁治元年(一二四〇)の夏は大変な旱魃であった。『平戸記』七月九日条には、その当時の高野山奥院の、ある智行の上人の夢想が道家に報告されたことが記されている。これによると、顕徳院(後鳥羽院)が伊勢太神宮に次のようなことを訴えたという。自分が遠所に赴くことになったのは、皆前世の宿報である。但し、遂に故郷を見ることとなく終わったのは深い恨みである。そこで天下を損亡しようと思う。ついては、旱魃、疾疫、飢饉より始めて天下を失おうとすることを神宮に申請しておかなければ恐れ多いので申すのであると。

『平戸記』はこの記事に続けて、道家の次のような談話も記す。ある者が遊戯のために桂川に向かったところ、一人の僧が失神した。蘇生して語るに、崇徳院の起こした病だと言い、様々な仰せがあったというのである。そしてこれに続けて、「凡近日天狗繁昌不可説事也」と書き付けている。

中世の天狗は、森正人氏が『今昔物語集』の天狗説話から帰納して示したごとく、「反仏法的存在、これが天狗なるものに与えられた最も基本的な性格」(「天狗と仏法――今昔物語集の統一的把握をめざして――」『愛知県立大学文学部論集』34、一九八五年二月)を持つものと言ってよい。天狗について記す最古の文献は『日本書紀』(舒明天皇九年二月戊寅条)であるが、ここでは流星の一種として扱われている。それが平安後期頃から物怪的性格を持つ妖怪として文献に現われ始め、やがて院政期頃からは、『今昔物語集』に見えるような天狗が活発な活動を始めるようになった(山根對

助「天狗像前史――今昔物語集へ――」『和漢比較文学叢書』8、汲古書院、一九八八年、等参照)。

ところで日本には古くから、横死者の霊の祟りを恐れる御霊信仰がある。中世の天狗の中には、これと結び付くものがあった。横死者も生前の威勢が大きければ大きいほど、強力な御霊となると考えられていた。怨念を抱いて死んだ天皇などは、その最たるものであった。仏教は正の力に働けば、国を守るほどの大きな力を発揮する。もし仏教の大きな功徳を積んだ天皇がこの力を負に転じ、怨霊となった時、この上なく強力な御霊が出現するはずであった。先に紹介した『平戸記』で共に天狗とされていた崇徳院と後鳥羽院の霊は、まさにこのような存在であった。

崇徳院が自らの血で以て五部の大乗経を書写し、これに天下滅亡の呪いを籠めたという風説があった(『吉記』寿永二年(一一八三)七月十六日条)。この話は『保元物語』に見えるような御経沈め説話に展開し、喧伝された。中世の人々は保元の乱以降、平治の乱、治承・寿永の乱、承久の乱と相次いだ戦乱の背後に、大魔縁(天狗)と化した崇徳院の怨霊の発動を信じていたのである。

承久の乱に敗れ、隠岐に配流された後鳥羽院も、その強い個性と相俟ち、大怨霊となり得る資質の持主であった。院は『法華経』を篤く信仰していた。嘉禎三年(一二三七)八月二十五日付『後鳥羽院御置文案』(水無瀬神宮蔵)によれば、院はその『法華経』の力によって得脱することを期待していたが、一方で院自身、魔縁となって祟る可能性もあることを考えていたようである。

承久の乱後、人々は地震の頻発や異常天候等の天変地異に悩まされ、三人に一人が餓死するという寛喜の大飢饉も経験した。天下は不吉な影に覆われていた。要人の夭亡も相次いだ。このような異変を隠岐の後鳥羽院の怨念の所為と見る者もあったらしい。院の帰洛を求める動きもあったが、結局かなわず、延応元年(一二三九)二月二十二日、院は配所で薨じた。

同年五月十六日、院の遺骨が寵臣能茂入道(西蓮)の手で洛北大原に葬られた。『日本霊異記』中巻に、焼き砕かれて川に流された長屋王の遺骨が土佐国に流れ着いて祟りを為したという話もある。後鳥羽院の遺骨が都近くにもたらされたことで、その怨霊の出動を恐れて動揺する者がいたとしても不思議ではない。

道家が発病したのは、折しもこの時期であった。ほぼ同じ頃、鎌倉の将軍九条頼経、執権北条泰時も発病していた。確証は無いが、この情報は都に知られていたと見るのが自然であろう。このような状況の重なりが一因となって、感受性の鋭敏な若い女房に憑霊現象を引き起こしたのではなかろうか。

政治権力のある所、権謀術数が渦巻き、他人の妬み、恨みを買うことも少なくない。道家ほどの権力者であれば、敵も多かったと思われる。道家や九条家に怨念を抱いて死んだ者の霊は復讐の機会を窺っており、強力な怨霊が発動する時、次位の怨霊もこれに力を得て活動が活発になると見られていたのであろう。『比良山古人霊託』の問答には、これら大小の怨霊の消息が語られており、それが計らずも時代の証言となっている。

二　聖徳太子信仰と九条家

嘉禎三年(一二三七)十月二日、道家は西園寺公経等と共に四天王寺に参詣し、阿弥陀経供養や万灯会を行った。この時、菅原為長は道家のために「法性寺殿阿弥陀経願文」を草した。この願文には、最勝金剛院(法性寺の一院)領に仏殿を建立し、五丈の釈尊像を彫って安置するという東福寺建立の素志が表わされている。興味深いのは、この事業が聖徳太子信仰に根ざしたものであることが示されていることである。

聖徳太子は日本仏教の祖と言える人物であり、また観音の化身として尊崇された。空海などの祖師も太子の後身であるという説さえ行われた。平安後期以降中世にかけて、このような太子への信仰は貴族層を中心に社会に浸透していた。特に四天王寺は太子信仰の拠点であり、絵解などによって太子の事蹟を紹介し、その徳を称えた（林幹弥『太子信仰』評論社、一九七二年、また『解釈と鑑賞』54‐10「特集聖徳太子伝の変奏」一九八九年十月、等参照）。

道家は殊に篤い太子信仰を持っていたようである。九条家では慈円の太子信仰もよく知られており、また慶政も法隆寺修理の勧進をするなど、太子信仰への傾倒を見せている。本文注釈でも触れたとおり、嘉禎四年八月十一日、道家は慶政の仲介を経て法性寺邸に法隆寺の太子の舎利と宝物を運びこませ、これを拝観している。『比良山古人霊託』には聖徳太子の名前が度々登場するが、天狗の憑いた女房がこのような環境に生活していたことを考慮すれば、それも自ずと納得されよう。

『比良山古人霊託』の問答中、比良山の天狗が太子と物部守屋との合戦を見たと述べているのに注目される。これこそ太子伝中の白眉とも言える逸話であり、女房自身が絵解などを通じて得た知識により、この場面を「見た」ように思い描けることの表明だからである。

平成四年度説話文学会春季大会（於大阪女子大学）における牧野和夫氏の発表「中世太子伝記をめぐる二三の問題」は、興味深いものであった。氏はここで、比良山の天狗は聖徳太子伝と密接な関わりを持つこと、物部守屋こそ反仏法的存在、天狗と結び付く存在であること、また宮内庁書陵部蔵伏見宮家本『聖徳太子伝暦』（太子没年条）の割注「科長者、河内国石川郡西条字味曾道山口野山常林寺南平山南面、即聖徳太子御廟也」を紹介し、天狗の住む比良山が、一般に知られる湖西の比良山ではなく太子御廟の傍にある平山である可能性を指摘した。『比良山古人霊託』の女房が「仏法(聖徳太子)⟷反仏法(守屋・天狗)」の対立の構図をどこまで理解していたかは不明であるが(『比良山古人霊託』の段階では、守屋＝天狗の捉え方はされていないようである)、「天狗」や「比良山」の意義を考えるに際し、中世にはこのような思想が存在したこと、そのような思想の鼓吹者がいたことを、念頭において考慮しておくべきであろう。

三　仏教教団と天狗

反仏法的存在である天狗の出現は、仏教教団における異端問題の発生と深く関わっているように思われる。例えば、『天狗草紙』などにはそれが顕著に見て取れる。鎌倉新仏教の発生に見られるように、中世における宗教的思索の深化は、多様な教義の解釈を生じ、教団諸派の分立を促した。正統を自認するものにとっては、これこそ正法の傍に座を占め、尤もらしく教義を曲解して、隙を窺っては人々を混迷に導く存在、天狗に他ならなかった。このように考えれば、天狗が常に仏法と共にあり、また僧体をとって現われる理由も理解できるであろう。

仏教に親しい者ほど、天狗道に堕ち易い危険を持っていた。真摯な仏教者である慶政上人にとって、これはゆるがせにできない問題であったろう。九条家は、旧仏教の貞慶・明恵とも、また彼らと教義上、対立的立場にある法然とも交流があった。

『閑居友』を見るに、慶政自身はいかなる行であっても誠心を以て修行すれば往生できるという諸行往生の思想の持主であったようである。しかし、迷うこともあったのであろう。慶政は『比良山古人霊託』の終末辺で、貞慶、明恵、法然、善念、性信らの転生した所、あるいはこれから転生する時を天狗に問うている。これは問者慶政に、いずれが正しい教えなのかを確かめたいという関心があったことを物語る。

善念、性信は、いずれも親鸞の門徒らしい(永井義憲「慶政筆録『比良山古人霊託』について――特に法然・善然・性信の堕獄説のこと――」櫛田良洪博士頌寿記念『高僧伝の研究』一九七三年)。前三者に比しはるかに無名に近い関東出身の彼らの名を、九条家の女房が知っていることは注目に値する。慶政は彼らを念仏門徒としながらも、法然とは区別して問う姿勢を見せている。これは彼らの独自性を認めているからであろう。延応元年当時、親鸞は都に戻っていたと見られるが、どのような活動をしていたか、それを語る確かな史料はない。坂東性純氏は、『親鸞聖人正統伝』巻六に道家が親鸞門徒である善念の布教活動を支援していた旨の記事があること等を踏まえ、九条家と親鸞門徒が関係深かったことを推定する(坂東性純「『比良山古人霊託』と善然・性信」『大谷学報』63-2、一九八三年九月)。『比良山古人霊託』は、このような形で当時の仏教界の情勢も映し出している。

四　諸本

『比良山古人霊託』の諸本は、現在までに、宮内庁書陵部蔵本、猪熊信男氏蔵本、小松輝久氏蔵本、高山寺本、西田長男氏蔵本の五本が知られる。これらは内容的にはほとんど差はないが、前二本と後三本の間には、敬語や助詞の有無、微妙な言い換えなど、本文上の異同が認められる。これを便宜上、甲類、乙類と称することにする。

甲類の二本は僅かな誤写と見られる箇所を除き、ほとんど一致する。但し、猪熊本には書陵部本奥書に見える「草案也」の記述が無いのに注目される。

乙類の三本は僅かな本文の異同は認められるものの、いずれも応永二十五年(一四一八)の如水子、嘉吉三年(一四四三)の樵隠子、明応七年(一四九八)の洛下来子の奥書を共有し、法華山寺塔頭の一つであった阿弥陀院(九条家文書「大永三年十二月玄親書状」に見ゆ)に蔵されていた同一祖本から出たものであることが知られる。したがって三本間の異同は、書写者によって生じたものと見てよかろう。その異同の大半は、送り仮名の有無による。他に誤写によると見られるものが散見される。

小松本と高山寺本は送り仮名が多く、しかもほとんど一致する。奥書にも重要な符合が認められ、その記事も併せ考えて、小松本は高山寺本の祖本、もしくはそれに近いものと考えられる。これに対し、西田本は送り仮名が少ない。ここから判断して、乙類本の送り仮名の多くは、後人の手になると見てよかろう。

また送り仮名以外の本文を甲類本文と対照して見る時、小松本・高山寺本の方がこれと一致する場合が多い。即ち、一概に言えないまでも、送り仮名を除いては、相対的に小松本・高山寺本の方が原態を留めている部分が多いと言えそうである。

甲類と乙類の関係については、『書陵部蔵比良山古人霊託』解題(宮内庁書陵部、一九六二年)は、書陵部本奥書の「草案也」の記事から甲類本を草案本と見、別に道家や将軍頼経に進覧した本が存在するという説を提出した。永井義憲氏(古典文庫『閑居友　付、比良山古人霊託』解説、一九六八年)はこの説を承け、西田本が進覧本系の本である可能性を示唆している。しかしながら、猪熊本には何故「草案也」の記事がないのか。また現存の乙類本を見るに、割注の本文への混入があったり、院への敬語が省かれる一方で九条家関係者に対して敬語が加えられるなど、不自然な点がある。たとえ乙類本が進覧本系だとしても、既に書写の間の本文の崩れが含まれており、原態の復元が難しい状況にある。したがってこの説の当否を決めるのは、難しい段階にある。後考を俟つところである。

以下諸本の特徴を簡略に記す。

○宮内庁書陵部蔵本　巻子本一巻。南北朝期写。表紙に「比良山古人霊託」の打付の外題(九条道房筆)。諸本中、最も古い書写本であり、誤写も少ないと見られる。今回の底本に用いた。

○猪熊信男氏蔵本　巻子本一巻。首部に大きな欠損。また改装の切継のため、一行分本文が失われている所もある。「文亀弐年壬戌　十一月十二日、右以御本令書写了。佑逸」の奥書。勘注、朱引き、また全文にわたる傍訓あり。この勘注、傍訓等が何者の手によるか不明であるが、慶政の出自経歴について注目すべき記述があり、九条家に近い貴族階級に属する人物である可能性がある。

○小松輝久氏蔵本　原本所在不明。東京大学史料編纂所に大正十年の臨写本あり。冊子本一冊。題箋「比良山之記」。遊紙表に「方便智院弁朝筆。比良山之記」とある。内題は「比良山古人霊託」。如水子、樵隠子、洛下来子の奥書の後に、「于時永正十二稔閏二月初八、於西山高山寺方便智院草庵、以或人之証本、雖為泥筆無双、如形馳写者也。(中略。明恵と沙弥満誓の歌を各一首引く)于時寺家阿弥陀堂後柱立最中、目出〳〵求道、寺内繁昌、興隆仏法、人法数多。詔僧(花押)」の奥書。

○高山寺本　冊子本一冊。表紙左上に「比良山之記」、中央に「天狗問答」と打付書。また同右下に「密教東十七筥」とあり、これから方便智院旧蔵とわかる。小松本と同じ「于時永正十二稔」の奥書の後に、「時元文五　庚申七月下旬、以石水院本、書写之畢。善財院密弁」の奥書。

○西田長男氏蔵本　冊子本一冊。近世の写本。伊勢来迎寺の蔵書印あり。前述の如く、慶政の後記の後に、如水子、樵隠子、洛下来子の各奥書を持つ。

参考文献

〔テキスト〕

宮内庁書陵部編『書陵部蔵比良山古人霊託』複製、付解題　一九六二年

永井義憲・筑土曙生共編『閑居友　付、比良山古人霊託』(古典文庫)　翻刻、解説(永井義憲)　底本は西田長男氏蔵本　古典文庫　一九六八年二月

宮内庁書陵部編『伏見宮家・九条家旧蔵諸寺縁起集』(図書寮叢刊)　書陵部本の翻刻・解説　明治書院　一九七〇年三月

木下資一「高山寺本『比良山古人霊託』―解題と翻刻―」『富山大学教育学部紀要』35　一九八七年三月

〔研究論文〕

久保田淳「魔界に堕ちた人々―『比良山古人霊託』とその周辺―」『文学』36-10　一九六八年十月(→『中世文学の世界』東京大学出版会　一九七二年三月)

永井義憲「慶政筆録『比良山古人霊託』について―特に法然・善念・性信の堕獄説のこと―」櫛田良洪博士頌寿記念『高僧伝の研究』　一九七三年(→『日本仏教文学研究第三集』新典社　一九八五年七月)

岡見正雄「天狗説話展望」『天狗草紙・是害房絵』(日本絵巻物全集)　角川書店　一九七八年二月

坂東性純「「比良山古人霊託」と善念・性信」『大谷学報』63-2　一九八三年九月

福島朋子「『比良山古人霊託』の考察―筆録者慶政と九条家のつながり―」『平安文学研究』71　一九八四年六月

森　正人「天狗と仏法―今昔物語集の統一的把握をめざして―」『愛知県立大学文学部論集』34　一九八五年二月(→『今昔物語集の生成』和泉書院　一九八六年二月)

野村卓美「道家を悩ます人々―慶政筆録『比良山古人霊託』成立の背景―」『仏教文学』11　一九八七年三月

小峯和明『説話の森―天狗・盗賊・異形の道化―』大修館書店　一九九一年五月

牧野和夫「中世聖徳太子伝と説話」『説話の講座』3　勉誠社　一九九三年二月

新 日本古典文学大系 40
宝物集 閑居友 比良山古人霊託

1993年11月22日 第1刷発行
2001年4月10日 第3刷発行
2016年7月12日 オンデマンド版発行

校注者 小泉《こいずみ》 弘《ひろし》 山田昭全《やまだしょうぜん》
小島孝之《こじまたかゆき》 木下資一《きのしたもといち》

発行者 岡本 厚

発行所 株式会社 岩波書店
〒101-8002 東京都千代田区一ツ橋2-5-5
電話案内 03-5210-4000
http://www.iwanami.co.jp/

印刷／製本・法令印刷

ISBN 978-4-00-730458-3 Printed in Japan

索　　　引

『宝物集』和歌初句索引

1) この索引は，『宝物集』に収載された428首の，初句による索引である．句に付した数字は，本書における歌番号を示す．
2) 検索の便宜のため，表記はすべて歴史的仮名遣いによる平仮名表記とし，五十音順に配列した．
3) 初句を同じくする歌がある場合は，更に第2句を，第2句も同じ場合は第3句を示した．

か

き

く

け

こ

さ

し

『宝物集』歌人解説

1) この歌人解説は，『宝物集』中の和歌の作者について，和歌事跡を中心に略歴を記し，該当する歌番号を示したものである．

2) 作者名の表示は，原則として本文の記載による．ただし，本文が官職名等による表記の場合，男性は本名により掲出，女性はそのままとし，必要に応じて適宜参照項目を立てた．

3) 作者名を誤伝している場合は，誤伝のまま項目を立て，歌番号の後に（　）を付けた実作者名を掲げた．実作者の項目でも，歌番号に（　）を付して示した．

4) 配列は，現代仮名遣いの五十音順とした．

5) 読み人知らず・作者名なし等の和歌も，読み人知らずで立項した．その中で，作者が認定できるものは，その実作者の名を（　）を付けて示した．また，その実作者の項でも歌番号に（　）を付けた．

（大場　朗）

あ　行

赤染衛門《あかぞめのえもん》　生没年未詳．天徳・応和(957–964)の生，長久2年(1041)までは生存．赤染時用の女．実父は平兼盛か．挙周・江侍従らの母．藤原道長の室倫子に仕え，貞元元年(976)頃大江匡衡と結婚．良妻賢母を伝える逸話が多い．夫他界後出家．長元6年(1033)倫子七十賀の屛風歌を詠み，同8年『賀陽院水閣歌合』，長久2年『弘徽殿女御歌合』などに出詠．和泉式部・清少納言・紫式部らと交流があった．中古三十六歌仙．家集『赤染衛門集』．『栄花物語』正篇の作者か．拾遺集初出．241，401

顕輔《あきすけ》　藤原．寛治4年(1090)生，久寿2年(1155)5月7日没，66歳．5月6日没，67歳(『兵範記』)とも．修理大夫顕季の3男．母は非参議大宰大弐藤原経平の女．大治5年(1130)中宮亮，保延3年(1137)非参議従三位，同5年兼左京大夫，久安4年(1148)正三位．永久4年(1116)『鳥羽殿北面歌合』，同年『六条宰相家歌合』，元永元年(1118)『人麻呂影供和歌』，保安2年(1121)『内蔵頭長実家歌合』などに出詠．長承3年(1134)『中宮亮顕輔家歌合』など主催．久安5年『右衛門督家歌合』の判者．康治元年(1142)近衛天皇大嘗会和歌，『久安六年御百首』などにも加わった．『詞花集』の撰者．家集『左京大夫顕輔卿集』．金葉集初出．176，247(小弁命婦)，396

顕綱《あきつな》　藤原．生没年未詳．康和5年(1103)6月27日没，75歳(『尊卑分脈』)とするが，翌年の『左近権中将俊忠朝臣家歌合』に出詠している．その後の没か．参議兼経の男．母は加賀守藤原順時の女弁乳母．丹波・讃岐・但馬などの守を経て正四位下に至るが，康和2年頃出家したらしい．讃岐入道と号した．承暦2年(1078)『内裏歌合』，寛治8年(1094)『高陽院殿七番和歌合』，嘉保2年(1095)『郁芳門院前栽合』などに出詠，自らも歌会を開いた．家集『讃岐入道集』．後拾遺集初出．(124)，273

章経《あきつね》　中原．生没年・出自未詳．五位．金葉集に1首のみ．361

顕仲女《あきなかのむすめ》　生没年未詳．神祇伯源顕仲の女．顕仲の女には，散位重通妾，待賢門院堀河，大夫典侍，待賢門院兵衛，上西門院兵衛がいる(『尊卑分脈』)．『金葉集』『詞花集』の作者表記の書き分けから，重通妾とある者か．金葉集初出．303

朝日尼《あさひのあま》　生没年・伝未詳．35

敦頼《あつより》　藤原．寛治4年(1090)生，没年未詳．治承3年(1179)には存命．治部少丞清孝の男．母は長門守藤原孝範の女．従五位上右馬助に至る．承安2年(1172)出家，法名は道因．嘉応2年(1170)『住吉社歌合』，承安2年『広田社歌合』を勧進．多数の歌合に出詠した．歌林苑会衆の1人．『無名抄』に逸話あり．撰集『現存集』と家集『樗散集』は散逸．千載集初出．

18, 137

有仁《ありひと》　源．康和5年(1103)生，久安3年(1147)2月13日没，45歳．後三条天皇の孫．輔仁親王の第1皇子．母は大納言源師忠の女．白河院の猶子．元永2年(1119)賜姓源氏．保安3年(1122)内大臣，天承元年(1131)右大臣従一位，保延2年(1136)左大臣．花園離宮を賜わり，花園左大臣と称された．久安3年出家．琵琶・笛・書に優れる．有職故実書に『春玉秘抄』『秋玉秘抄』，日記に『園記』がある．金葉集初出．　41，(116)

有房《ありふさ》　源．生没年未詳．大蔵卿師行の男．村上源氏．母は大宮大進藤原清兼の女．侍従，右近少将を経て，正四位下左近中将に至る．久安5年(1149)『山路歌合』をはじめ，永万2年(1166)『中宮亮重家朝臣家歌合』，仁安2年(1167)『太皇太后宮亮平経盛朝臣家歌合』，治承2年(1178)『別雷社歌合』などに出詠．また自らも歌合を催した．歌林苑会衆の1人．家集に『有房集』あり．新勅撰集のみ．　25，338

家経《いえつね》　藤原．正暦3年(992)生，天喜6年(1058)5月18日没，67歳．参議広業の男．母は下野守安部信行の女．正四位下式部権大輔兼文章博士．長元9年(1036)後冷泉天皇の大嘗会和歌を詠進．永承2年(1047)頃『左京大夫八条山庄障子和歌合』，同4年『内裏歌合』，同5年『祐子内親王家歌合』などに出詠．漢詩句は『新撰朗詠集』にみえる．能因や和歌六人党と親交．家集『家経朝臣集』．後拾遺集初出．　312

伊賀少将《いがのしようしよう》　生没年未詳．大和守・縫殿頭従五位上藤原顕長の女．伊周の孫．顕長の伊賀守在任時の女(『和歌色葉』)とすると，長元4年(1031)頃の生．後冷泉院御乳母．祐子内親王の女房．後拾遺集初出．　244

池田朝臣《いけだのあそん》　池田朝臣足継とする説や池田朝臣真枚とする説がある．いずれも生没年未詳．足継は天平宝字元年(757)従五位下，のち左衛士佐，下総介を経て，同5年豊後守．真枚は天平宝字8年従五位下，のち上野介，少納言，長門守を経て，延暦6年(787)鎮守副将軍となったが，同8年敗軍の責任を問われ官を解かれた．万葉集に1首のみ．　(104)

苡子《いし》　藤原．茨子とも．承保3年(1076)生，康和5年(1103)1月25日没，28歳．贈太政大臣藤原実季の女．母は大弐藤原経平の女睦子．承徳2年(1098)入内，堀河天皇の女御となる．康和5年宗仁親王(鳥羽天皇)を生み，薨去．従二位追贈．嘉承2年(1107)皇太后を追尊．千載集に1首のみ．　120

和泉式部《いずみしきぶ》　本名未詳．童女名は御許丸．別称江式部．生没年未詳．貞元2年(977)頃生まれるか．大江雅致の女．母は越中守平保衡の女とも．小式部内侍の母．はじめ母の出仕先である太皇太后宮昌子内親王に仕えたか．長徳から長保年間頃にかけて和泉守橘道貞と結婚．その後，冷泉天皇第3皇子弾正尹為尊親王や第4皇子大宰帥敦道親王と恋愛，共に死別している．帥宮との恋愛の経緯は『和泉式部日記』に詳しい．寛弘6年(1009)以後，中宮彰子のもとに出仕，藤原道長家司藤原保昌と再婚，任地丹後国へ下向した．以後の伝記は不明．万寿2年(1025)女の小式部に先立たれた．歌才に恵まれ，恋歌にすぐれたものが多い．後拾遺集最多入集歌人．中古三十六歌仙の1人．家集に『和泉式部集』『和泉式部続集』がある．拾遺集初出．　28，103，420

伊勢《いせ》　伊勢の御・伊勢の御息所とも．生没年未詳．貞観17年(875)頃の生，天慶元年(938)以後の没か．従五位上大和守藤原継蔭の女．母は未詳．宇多天皇の女御藤原温子に出仕．藤原仲平との恋愛を経て，宇多天皇の寵を受け，皇子を出産したが，夭折．その後，女一宮均子内親王に出仕，式部卿敦慶親王との間に中務を生む．『寛平御時后宮歌合』，昌泰元年(898)『亭子院女郎花合』，延喜13年(913)『亭子院歌合』，同21年『京極御息所歌合』などに出詠．承平7年(937)陽成院七十賀の歌を詠む．他にも多くの屏風歌を詠進．古今集女流歌人の筆頭．三十六歌仙の1人．家集『伊勢集』．古今集初出．　255

伊勢大輔《いせのだいぶ》(《いせのたゆう》・《いせのおおすけ》)　生没年未詳．康平3年(1060)には生存．神祇伯大中臣輔親の女．母は未詳．高階成順と結婚，康資王母・筑前乳母らを生む．寛弘5年(1008)頃上東門院彰子に出仕，晩年は白河天皇の傅育の任にもあたり，のち出家．長元5年(1032)『上東門院菊合』，長久2年(1041)『弘徽殿女御歌合』，永承4年(1049)『内裏歌合』，永承5年『麗景殿女御歌合』，同年『祐子内親王家歌合』，天喜4年(1056)『皇后宮春秋歌合』などに出詠．最終詠歌は康平3年「志賀僧正明尊九十賀杖歌」．紫式部・和泉式部・赤染衛門らと交友．中古三十六歌仙の1人．家集『伊勢大輔集』．

後拾遺集初出. 181

意尊《いそん》 生没年・出自未詳. 永久4年(1116) 7月『右兵衛佐忠隆歌合』, 天治2年(1125)正月–天承元年(1131) 12月『三河守為忠名所歌合』に出詠. また永久4年4月『右近衛中将雅定歌合』にも詠進したか. 初度本金葉集に1首のみ. 231

一条院《いちじょういん》 諱は懐仁. 第66代天皇. 天元3年(980)生, 寛弘8年(1011) 6月22日没, 32歳. 円融天皇の第1皇子. 母は藤原兼家の女東三条院詮子. 寛和2年(986)から寛弘8年6月13日まで在位, 同19日出家, 法名精進覚. その後宮(中宮定子・彰子ら)には, 清少納言・紫式部などの才媛がおり, 後宮文化が栄えた. 自らも詩句に長じ, 『本朝麗藻』等に作品がみえる. 『一条院御集』が存したらしいが, 現存せず, 歌集か詩集かも不明. 『一条天皇御記』は散逸. 後拾遺集初出. 267

出羽弁《いでわのべん》(でわのべん) 生没年未詳. 出羽守平季信の女. 上東門院彰子・後一条天皇中宮威子, その女章子内親王らに仕える. 長元6年(1033)『鷹司殿倫子七十算賀屛風歌』, 永承5年(1050)『祐子内親王家歌合』, 天喜3年(1055)『六条斎院禖子内親王家物語合』に出詠. 永承5年両度の『禖子内親王家歌合』に頻出する斎院出羽については, 同人・別人両説あり. 『栄花物語』著述に一部関与したか. 短編物語『あらば逢ふ夜の』(散逸)の作者. 家集『出羽弁集』. 後拾遺集初出. 200

殷富門院大輔《いんぷもんいんのだいふ》 生没年未詳. 正治2年(1200)以前の没で70歳ほどか. 散位藤原信成の女. 母は式部大輔菅原在良の女. 後白河院の皇女斎宮亮子内親王(殷富門院)に出仕. 建久3年(1192)殷富門院落飾の折, 出家か. 文治3年(1187)定家・家隆・寂蓮らに百首歌を勧進. 永暦元年(1160)『太皇太后宮大進清輔朝臣家歌合』, 嘉応2年(1170)『住吉社歌合』, 承安2年(1172)『広田社歌合』, 治承2年(1178)『別雷社歌合』, 『文治二年十月二十二日歌合』, 建久6年(1195)『民部卿家歌合』などに出詠. 歌林苑会衆の1人. 家集『殷富門院大輔集』. 千載集初出. 95, 377

宇治忠信女《うじのただのぶのむすめ》(うじのただざねのむすめ) 生没年未詳. 忠信母とも(『八代集抄』). 忠信は「後拾遺集勘物」に若狭守従五位下と記す. 『作者部類』は諸陵頭高階資長の女とする. 未詳. 養女か. 後拾遺集に1首のみ. 139

梅壺女御《うめつぼのにょうご》 →生子《せいし》

永胤《えいいん》(よういん) 生没年未詳. 左馬助従五位上藤原栄(宗)光の男. 雲林院供奉と号す. 栄光の左馬助在任は, 『小右記』万寿元年(1024) 2月4日, 4月6日の各条に見える. 天喜元年(1053)『近江守泰憲三井寺歌合』, 康平6年(1063)『丹後守公基歌合』(『範永宅歌合』とも)に出詠. 『俊頼髄脳』に永源法師や頼家と交わした連歌が見える. 後拾遺集に3首のみ. 175

永縁《えいえん》(ようえん) 俗姓藤原. 永承3年(1048)生, 天治2年(1125) 4月5日没, 78歳. 大蔵大輔永相の男. 母は遠江守大江公資の女. 康平4年(1061)出家. 天永4年(1113)清水寺別当, 保安2年(1121)興福寺別当となり, 天治元年権僧正. 藤原顕季・同基俊・源俊頼らと親交あり. 承保3年(1076)『前右衛門佐源経仲歌合』, 元永元年(1118)『右兵衛督実行家歌合』に出詠. 『堀河院御時百首和歌』の作者. 天治元年には『権僧正永縁花林院歌合』を主催した. 金葉集初出. 60, 79, 355

永成《えいじょう》(ようじょう) 俗姓源. 生没年未詳. 越前守孝道の男. 西若と号す. 出家して僧官は律師に至る. 阿闍梨. 長元2年(1029)『弘徽殿女御生子歌合』に参加. 慶範・永源らと交流があった. 姪に四条宮下野がいる. 後拾遺集初出. 68

恵慶《えぎょう》(えけい) 恵京とも. 生没年・出自未詳. 播磨講師と称し寛和(985–987)頃の人(『中古歌仙三十六人伝』). 播磨の国分寺に講師として在任したか. 安法法師が住持であった河原院に出入し, 兼盛・元輔・能宣・兼澄らと詠歌. 時文・好忠・重之らと交際する一方, 花山院・高明・道兼らの貴顕に召されることも多かった. 応和2年(962)『河原院歌合』に出詠. 中古三十六歌仙の1人. 家集『恵慶集』. 拾遺集初出. 308

江侍従《えのじじゅう》 →ごうのじじゅう

大炊御門右大臣《おおいのみかどのうだいじん》 →公能《きんよし》

興風《おきかぜ》 藤原. 生没年未詳. 相模掾道成の男. 昌泰3年(900)相模掾, 延喜2年(902)治部少丞, 同14年下総権大掾などを歴任. 正六位上に至る. 『寛平御時后宮歌合』『寛平御時中宮歌合』『三月三日紀師匠曲水宴和歌』, 延喜13年『亭子院歌合』, 同年『内裏菊合』などに出詠. 管弦にもすぐれた. 三十六歌仙の1人. 家集『興風集』. 古今集初出. 307

小野小町《おののこまち》 生没年未詳. 伝未詳. 仁明天皇

の時代(在位 833-850)に活躍. 参議小野篁の息出羽郡司小野良真(良実・当澄・常澄とも)の女. 安倍清行・小野貞樹・文屋康秀(『古今集』), 僧正遍照(『後撰集』)らとの贈答がある. 歌才・容姿ともに優れていたので, 平安時代から多くの伝説を生んだ. 六歌仙・三十六歌仙の 1 人. 家集『小町集』は後人の編纂で, 小町以外の歌も含まれている. 古今集初出. 296

小野宮殿《おののみやどの》 →実頼《さねより》

か 行

快円《かいえん》 懐円(『後拾遺集』). 生没年未詳. 正五位下筑前守源道済の男. 叡山の法師となり, 大宮禅師と号した. 治安元年(1021)天台座主院源より聖天像を迎え, 二季聖天供を修している(『小右記』). 大中臣輔親と交流がみられ, 良暹・清成との和歌に関する説話もある(『袋草紙』). 後拾遺集に 3 首のみ. 240

懐寿《かいじゅ》 安和 2 年(969)生, 万寿 3 年(1026)没, 58 歳(57 歳とも). 出自未詳. 右京の人で, 叡山にて天元 5 年(982)得度, 少僧都興良入室弟子となる. 一条天皇・道長などの貴顕の法会において七僧の 1 人として活躍, また内供奉十禅師でもあった. 寛仁元年(1017)律師, 治安 3 年(1023)少僧都. 後拾遺集に 1 首のみ. 239

戒秀《かいしゅう》 俗姓清原. 生年未詳, 長和 4 年(1015)閏 6 月 12 日没. 肥後守元輔の男. 清少納言の兄. 花山院殿上法師, のち祇園感神院別当となる. 正暦年間の『花山法皇東院歌合』に出詠. 為尊親王・平維叙らと交渉があった. 拾遺集・詞花集・続後撰集に各 1 首入集. 113

懐尋《かいじん》 『僧歴綜覧』に康和 4 年(1102)「竪者, 44 歳」とあることから, 康平 2 年(1059)の生か. 没年未詳. 出自未詳. 『中右記』康和 4 年から嘉承元年(1106)の各条にその名がみえ, 興福寺の法師として, 維摩会などの竪義の竪者や問者として活躍している. 康和 4 年 12 月と長治 2 年(1105)12 月の竪義では, 永縁が探題となっている. 交流があったか. 金葉集に 2 首のみ. 89

加賀左衛門《かがのさえもん》 生没年未詳. 加賀守但波奉親の女, 母は三河守菅原為現(為親)の女, また三河守菅原為理の女とも伝える. 麗景殿女御延子の女房. 入道一品宮(聡子内親王)の女房とも. 長暦 2 年(1038)『源大納言家歌合』, 永承 5 年(1050)『麗景殿女御歌合』, 寛治 3 年(1089)『四条宮扇合』などに出詠. 天喜 3 年(1055)『六条斎院禖子内親王家物語合』では, 『あやめもしらぬ大将』という物語を作っている. 後拾遺集初出. 353

覚雅《かくが》 俗姓源. 寛治 4 年(1090)生, 久安 2 年(1146) 8 月 17 日没, 57 歳. 六条右大臣顕房の男. 東大寺の僧で, 永治 2 年(1142)権少僧都. 大治 3 年(1128)『西宮歌合』などに出詠. 『久安百首』の作者に選ばれるが, 詠進前に没した. 金葉集(初度本)初出. 365

覚樹《かくじゅ》 俗姓源. 永保元年(1081)生, 保延 5 年(1139) 2 月 14 日没, 59 歳. 右大臣顕房の男. 東大寺慶信僧都に師事して三論を学ぶ. 大治 4 年(1129)権律師, 天承 2 年(1132)権少僧都. 東大寺東南院に止住. 著に『十二礼疏』. 金葉集に 1 首のみ. 374

覚性《かくしょう》 俗名は本仁親王. 大治 4 年(1129)生, 嘉応元年(1169) 12 月 11 日没, 41 歳. 鳥羽天皇の第 5 皇子. 母は藤原公実の女璋子(待賢門院). 保延元年(1135) 7 歳で仁和寺に入室. 初め信法, 後に覚性と改める. 仁和寺寺主を経て, 仁安 2 年(1167)総法務となり, 法務大僧正となる. 紫金台寺御室と称さる. 基俊・教長・西行らと親交. 家集『出観集』. 千載集初出. 97

覚盛《かくじょう》 生没年・出自未詳. 建仁 2 年(1201)には存命. 比叡山の阿闍梨. 建久 2 年(1192)『若宮社歌合』や『三百六十番歌合』に出詠. 『三十六人十八番』(散逸)の撰者. 『無名抄』に歌論的見解がある. 千載集初出. 33, 132

覚忠《かくちゅう》 俗姓藤原. 元永元年(1118)生, 治承元年(1177) 10 月 16 日没, 60 歳. 関白忠通の男. 出家して増智に師事し, 顕密を究める. 千光院に住し, 応保 2 年(1162)天台座主, 仁安 2 年(1167)兼三井寺長吏. 大僧正. 長谷前大僧正・宇治大僧正と称さる. 某年『歌林苑歌合』などに出詠. 嘉応元年(1169)『園城寺長吏大僧正覚忠歌合』を主催. 俊恵・重家らと親交があった. 千載集初出. 110

覚超《かくちょう》 俗姓巨勢(『元亨釈書』). 天徳 4 年(960)生, 長元 7 年(1034)没, 75 歳. 和泉国の人で, 幼少のとき比叡山に登って良源・源信に師事. 天元年中(978-983)に得度し, 台教を源信に学び, 密灌を慶円に受けて二教を究めた. 長元 2 年権少僧都. はじめ兜率院, のち横川楞厳院に住し, 著述に従った. 兜率僧都と号さる. 台密川の流の祖. 著に『東西

曼荼羅抄』『往生極楽問答』など．後拾遺集に1首のみ．　394

笠置朝臣《かさぎのあそん》　生没年・出自未詳．拾遺集，金葉集では「読人不知」とする．　219

花山法皇《かざんほうおう》　諱は師貞．安和元年(968)生，寛弘5年(1008)2月8日没，41歳．冷泉天皇第1皇子．母は藤原伊尹の女懐子．第65代の天皇．在位は永観2年(984)から寛和2年(986)．退位とともに出家，法名は入覚．寛和元年『内裏歌合』，寛和2年『内裏歌合』，『花山院歌合』などを主催．藤原公任・同長能らと交わる．『拾遺集』の撰集に関与したか．家集『花山院御集』が存したが，伝存しない．後拾遺集初出．　321

上総《かずさ》　堀河院中宮上総とも．生没年・出自未詳．堀河院中宮篤子内親王家の女房．晩年出家したか．俊頼・国信・仲実・周防内侍らと交流．永長元年(1096)『中宮権大夫能実歌合』，康和2年(1100)『備中守仲実朝臣女子根合』，同4年『堀河院艶書合』，長治元年(1104)『俊忠家歌合』，永久4年(1116)『雲居寺結縁経後宴歌合』，元永元年(1118)，同2年『内大臣忠通家歌合』，天治元年(1124)『権僧正永縁花林院歌合』などに出詠．家集『中宮上総集』(断簡)．金葉集初出．　156

堅子《かたきこ》　→賢子《けんし》

嘉智子《かちこ》　橘．延暦5年(786)生，嘉祥3年(850)没，65歳．贈太政大臣正一位清友の女．母は田口氏の女．仁明天皇の母．嵯峨天皇の夫人となり，弘仁14年(823)皇太后，天長10年(833)太皇太后．晩年出家．仏教への信仰が篤く，檀林寺を建立．檀林皇后と称された．また，橘氏子弟の学舎学館院を設立した．後撰集に2首のみ．　352

兼方《かねかた》　秦．長元9年(1036)生，天仁2年(1109)74歳で生存か．右近府生武方の男．摂関・院等の随身を勤め，左近将監(将曹とも)に至る．舞に優れ，嘉保元年(1094)4月14日師実・師通の賀茂詣の際の舞人となる．また神楽の人長ともなった．『後拾遺集』の撰集をめぐって通俊と口論した(『袋草紙』『宇治拾遺物語』)．金葉集に1首のみ．　5

兼実《かねざね》　藤原．久安5年(1149)生，建永2年(1207)4月5日没，59歳．関白忠通の男．母は藤原仲光の女加賀．仁安元年(1166)右大臣，文治2年(1186)摂政，同5年太政大臣，建久2年(1191)関白．建仁2年(1202)出家．法名円証．月輪殿・後法性寺殿と称さる．治承2年(1178)『右大臣家百首』，同3年『右大臣家歌合』など主催．日記『玉葉』．千載集初出．　126，398，428

兼輔《かねすけ》　藤原．元慶元年(877)生，承平3年(933)2月18日没，57歳．左近中将利基の6男．母は伴氏の女．蔵人頭・参議などを経て，延長5年(927)従三位権中納言，同8年中納言兼右衛門督．堤中納言と称された．右大臣藤原定方とは従兄弟．貫之・躬恒・是則・深養父らと親交．三十六歌仙の1人．家集『兼輔集』．古今集初出．　379

兼澄《かねずみ》　源．生没年未詳．天暦9年(955)頃の生か．鎮守府将軍信孝の男．東宮帯刀・左馬允・蔵人・左衛門尉・若狭守などを経て，従五位上加賀守に至る．祖父公忠・伯父信明は三十六歌仙，叔父観教・勝観・寛祐は勅撰歌人という家系にあり，大中臣能宣の女婿でもあった．恵慶・安法・清原元輔・藤原実方・藤原公任などと親交あり．永観元年(983)『藤原為光家障子絵歌』，長保3年(1001)『東三条院四十賀屏風歌』，寛弘元年(1004)『一条天皇松尾社行幸和歌』などを詠進しているほか，長保5年には『太政大臣殿三十講歌合』に出詠．家集に『兼澄集』がある．拾遺集初出．　59

兼長《かねなが》　源．本名重成．生没年未詳．天喜5年(1057)には生存(『扶桑略記』)．右馬権頭道成の男．母は平親信の女．備前守・讃岐守などを歴任，正五位下．のち出家したか．長久2年(1041)『弘徽殿女御歌合』，同年『源大納言家歌合』，永承4年(1049)『内裏歌合』などに出詠．和歌六人党の1人で，能因らと交流．後拾遺集に5首のみ．　184，415

兼房《かねふさ》　藤原．長保3年(1001)生，延久元年(1069)6月4日没，69歳．中納言兼隆の1男．母は左大弁源扶義の女．播磨・讃岐などの国守を歴任して，中宮亮，正四位下に至る．長元8年(1035)『賀陽院水閣歌合』，永承4年(1049)『内裏歌合』，永承5年『祐子内親王家歌合』などに出詠．自らも天喜2年(1054)『播磨守兼房歌合』を主催．能因・範永・家経らと交友．人麻呂影を描かせた最初の人物という．後拾遺集初出．　381

兼盛《かねもり》　平．生年未詳．正暦元年(990)12月28日没．光孝天皇皇子是忠親王の孫，筑前守篤行の男．応和3年(963)大監物，康保3年(966)従五位上，天元2年(979)駿河守．天

暦 10 年(956)『麗景殿女御歌合』, 同年『宣耀殿御息所歌合』, 天徳 4 年(960)『内裏歌合』, 貞元 2 年(977)『三条左大臣家歌合』, 寛和 2 年(986)『皇太后詮子瞿麦合』などに出詠. 安和元年(968)『大嘗会屏風歌』, 永延 2 年(988)『藤原兼家六十賀屏風歌』などの作者. 三十六歌仙の 1 人. 家集『兼盛集』. 『後撰集』の兼盛王は兼覧王か. 拾遺集初出. 210, (292), 332, (385)

河内《かわち》 生没年・出自未詳. 前斎宮河内, 斎宮百合花(『堀河院艶書合』)とも称された. 永弥僧正(あるいは永縁か)の妹と伝える(『和歌色葉』). 後三条院の第 2 皇女斎宮俊子内親王家の女房. 後年尼となった. 康和 4 年(1102)『堀河院艶書合』などに出詠. 『堀河百首』の作者. 金葉集初出. 49

観蓮《かんれん》 →教長《のりなが》

基俊《きしゅん》 →もととし

行基《ぎょうき》 高志. 天智天皇 7 年(668)生, 天平 21 年(749) 2 月 2 日没, 82 歳. 父は才智, 母は蜂田古爾比売. 天武 10 年(681)出家. 南都薬師寺僧. 道昭の弟子となり法相を学ぶ. 民間布教と社会事業に尽力. 天平 17 年(745)東大寺大仏の建立に協力したとして大僧正に任ぜられた. 『日本霊異記』をはじめ説話多数. 行基菩薩と崇められた. 拾遺集初出. 20

行尊《ぎょうそん》 俗姓源. 天喜 3 年(1055)生, 長承 4 年(1135) 2 月 5 日没, 81 歳. 三条天皇皇子敦明親王の孫. 参議基平の 2 男. 母は藤原良頼の女. 麗景殿女御藤原延子の猶子. 12 歳で園城寺の平等院明行親王に入室, 苦修の後, 鳥羽天皇の護持僧・園城寺長吏などを経て, 天治 2 年(1125)法務大僧正となる. 平等院大僧正と号さる. 寛治 5 年(1091)『左近権中将藤原宗通朝臣家歌合』, 大治 3 年(1128)『西宮歌合』, 同年『住吉歌合』などに出詠. 同年『南宮歌合』では判者. 家集『行尊大僧正集』. 金葉集初出. 275

清輔《きよすけ》 藤原. 長治元年(1104)生, 安元 3 年(1177) 6 月 20 日没, 74 歳. 左京大夫顕輔の 2 男. 母は長門守高階能遠の女. 永暦元年(1160)頃太皇太后宮大進, 承安 2 年(1172)正四位下. 久安 2 年(1146)『顕輔家歌合』, 同 5 年『右衛門督家歌合』, 『久安百首』, 嘉応 2 年(1170)『住吉社歌合』, 同年『建春門院北面歌合』などに出詠. 永暦元年『太皇太后宮大進清輔朝臣家歌合』, 承安 2 年『暮春白河尚歯会和歌』を主催. 仁安 2 年(1167)『太皇太后宮亮平経盛朝臣家歌合』, 嘉応 2 年『左衛門督実国卿家歌合』, 安元元年『右大臣家歌合』では判者となる. 中古六歌仙の 1 人. 歌学書『奥義抄』『和歌一字抄』『牧笛記』(散逸)『袋草紙』『題林』(散逸)『和歌初学抄』など. 『続詞花集』『今撰集』(散逸)の撰者. 家集『清輔朝臣集』. 千載集初出. 300, 412, 423

清仁親王《きよひとしんのう》 生年未詳. 長元 3 年(1030) 7 月 6 日没. 花山天皇の第 1 皇子. 母は若狭守平祐之の女. 花山天皇出家後の出生のため, 長保 6 年(1004)冷泉天皇の第 6 皇子となり, 親王となる. 寛弘 8 年(1011)元服, 四品に叙せらる. 弾正尹. 長元 2 年閏 2 月, 自邸にて詩会を催す. 後拾遺集に 1 首のみ. 291

公重《きんしげ》 藤原. 元永 2 年(1119)生(元年とも), 治承 2 年(1178)没, 60 歳か. 大宮中納言通季の 2 男. 母は大納言藤原忠教の女. 徳大寺左大臣実能の猶子となる. 侍従・右兵衛佐などを経て, 右少将, 正四位下. 梢少将・紀伊少将と称さる. 永暦元年(1160)『太皇太后宮大進清輔朝臣家歌合』, 永万 2 年(1166)『中宮亮重家朝臣家歌合』, 仁安 2 年(1167)『太皇太后宮亮平経盛朝臣家歌合』, 嘉応 2 年(1170)『左衛門督実国卿家歌合』, 同年『住吉社歌合』, 治承 2 年『別雷社歌合』などに出詠. また『崇徳院百首』『俊成家十首』なども詠む. 西行と親交. 家集『風情集』. 詞花集初出. 186, 299

公忠《きんただ》 源. 寛平元年(889)生, 天暦 2 年(948) 10 月 28 日没, 60 歳. 光孝天皇の孫. 大蔵卿国紀の 2 男. 蔵人・大宰大弐などを経て近江守兼右大弁に至る. 従四位下. 醍醐・朱雀の 2 帝に近侍し, 太政大臣藤原忠平の信頼も厚かった. 鷹狩・香合の名手で, 滋野・滋野井弁とも呼ばれた. 延喜 22 年(922)『内裏菊合』, 天慶 6 年(943)『日本紀竟宴和歌』などに詠進. 『康子内親王御裳着屏風歌』をはじめ多くの屏風歌を詠む. 『大和物語』『大鏡』『宇治拾遺物語』『江談抄』などに説話多数. 三十六歌仙の 1 人. 家集に『公忠集』. 後撰集初出. 1

公任《きんとう》 藤原. 康保 3 年(966)生, 長久 2 年(1041) 1 月 1 日没, 76 歳. 関白太政大臣頼忠の 1 男. 母は醍醐天皇第 3 皇子代明親王の女厳子女王. 左近衛権中将・蔵人を経て, 正暦 3 年(992)参議, 長保 3 年(1001)中納言, 寛

弘6年(1009)権大納言，治安元年(1019)按察使．正二位．四条大納言と称さる．万寿3年(1026)出家．寛和元年(985)，同2年『内裏歌合』に出詠．円融院大井河御幸に従い，三船の才を称えられる．長保5年『太政大臣殿三十講歌合』の判者．長保元年『彰子入内屏風歌』，治安3年(1023)『倫子六十賀和歌』などを詠む．『拾遺抄』『和漢朗詠集』『如意宝集』『金玉集』『深窓秘抄』『前十五番歌合』『三十六人撰』などを撰定．歌学書に『新撰髄脳』『和歌九品』『古今集注』(散逸)など，有職故実書に『北山抄』などがある．漢詩は『本朝麗藻』などに残る．中古三十六歌仙の1人．家集『公任集』．拾遺集初出．　78，88，99

公成《きんなり》　藤原．長保元年(999)生，長久4年(1043)6月24日没，45歳．中納言実成の男．母は播磨守藤原陳政の女．左近衛権中将，左兵衛督，中宮権大夫などを経て，長久4年1月従二位権中納言に至る．滋野井別当と号す．小式部内侍との間に子をなす．白河院母茂子の父．後拾遺集のみ．　53

公衡《きんひら》　藤原．保元3年(1158)頃生，建久4年(1193)2月21日没，36歳程か．右大臣公能の4男．母は中納言藤原俊忠の女．同母兄実守の猶子となる．治承元年(1177)以後養和元年(1181)間に右少将，のち左中将となり文治5年(1189)従三位，翌年兼周防権守．治承2年『別雷社歌合』，元暦元年(1184)『別雷社後番歌合』，『文治二年十月二十二日歌合』などに出詠．西行勧進『二見浦百首』，『殷富門院大輔百首』，建久元年『賦百字和歌』『勒一句詠百首和歌』にも出詠．定家と親交．家集『三位中将公衡卿集』．千載集初出．　183，403

公通《きんみち》　藤原．永久5年(1117)生，承安3年(1173)4月9日(『玉葉』)没，57歳．4月8日(『尊卑分脈』)9月9日(『公卿補任』)とも．中納言通季の男．母は大納言藤原忠教の女．蔵人頭・参議を経て，応保元年(1161)権大納言，同2年按擦使．閑院大納言・閑院按擦と号す．保延3年(1137)『中宮権亮経定家歌合』，嘉応2年(1170)『建春門院北面歌合』，承安2年『広田社歌合』などに出詠．自邸に十首歌会を催す．千載集初出．　196，270

公光《きんみつ》　藤原．大治5年(1130)生，治承2年(1178)1月12日没，49歳．大納言季成の男．母は民部卿藤原顕頼の女．侍従，右中将，蔵人頭を経て，保元3年(1158)参議，永暦元年(1160)権中納言，長寛2年(1164)従二位．『今鏡』『歌仙落書』に評あり．和琴をよくしたという．千載集初出．　108，301

公能《きんよし》　藤原．永久3年(1115)生，永暦2年(1161)8月11日没，47歳．徳大寺左大臣実能の1男．母は藤原顕隆の女．実定・実家らの父．久安4年(1148)正二位．右大将・権大納言などを経て，永暦元年右大臣．大炊御門右大臣と称された．天承元年(1131)中殿御会，保延元年(1135)『内裏歌合』(散逸)，同年『中宮権亮経定家歌合』などに出詠．『久安百首』の作者．自邸でも歌会を催す．日記『大右記』．詞花集初出．　373

空仁《くうにん》　空人とも．俗名大中臣清長．生没年未詳．神祇権大副定長の男．母は未詳．六位神祇少副に至るか．保延5年(1139)以前の出家．法輪寺の僧．永暦元年(1160)『太皇太后宮大進清輔朝臣家歌合』に出詠．歌林苑会衆の1人．頼政・実定・俊恵・西行らと親交．千載集初出．　218，259，411

空也《くうや》(こうや)　僧名は光勝．空也は沙弥名．延喜3年(903)生，天禄3年(972)9月11日没，70歳．出自未詳．醍醐天皇皇子とも．優婆塞として諸国を遊行．天暦2年(948)天台座主延昌に受戒．以後市中にあって浄土教を弘め，市聖・阿弥陀聖と称された．六波羅蜜寺を建立．その伝は『日本往生極楽記』『空也誄』などに載り，説話は『宇治拾遺物語』『撰集抄』などに見える．『空也和讃』『六座念仏式』は空也の作という．拾遺集初出．　327

国信《くにのぶ》(くにざね)　源．延久元年(1069)生，天永2年(1111)1月10日没，43歳．右大臣顕房の3男．母は美濃守藤原良任の女．承徳2年(1098)参議，康和4年(1102)権中納言，翌5年正二位．坊城中納言と称さる．康和2年(1100)『源宰相中将家和歌合』を主催，同4年『堀河院艶書合』に参加．『堀河百首』の作者．『源中納言懐旧百首』を詠む．金葉集初出．　189

国基《くにもと》　津守．治安3年(1023)生，康和4年(1102)7月7日没，80歳．従五位基辰の男．母は津守頼信の女．康平3年(1060)住吉社第39代神主，延久元年(1069)従五位下．白河院周辺に親近し，神社経営に手腕をふるう．天喜6年(1058)『範永宅歌合』，延久4年(1072)『気多宮歌合』，寛治5年(1091)『左近権中将藤原宗通朝臣家歌合』，同年『従二位藤原親

子家歌合』などに出詠.『万葉集』にも理解があった.『袋草紙』に歌道に執する話がある.『国基集』あり. 後拾遺集初出. 229

慶暹《けいせん》 俗姓大中臣. 正暦4年(993)生, 康平7年(1064)4月24日没, 72歳. 宇佐大宮司公宣の男. 神祇伯輔親の猶子(『僧綱補任』). 出家後叡山を中心に活躍, 律師に至る. 号は百光房. 康平3年師明尊の九十賀に竹杖の返歌を詠む.『袋草紙』『十訓抄』に説話がある. 後拾遺集初出. 281

慶範《けいはん》 長徳3年(997)生, 康平4年(1061)5月1日没, 65歳. 越前守藤原安隆の男(『僧綱補任』). 右京亮中原致行の男(『作者部類』『後拾遺集勘物』). 比叡山慶命に入室. 法性寺別当, 無動寺検校を歴任し, 康平3年僧正に至る. 良暹・伊勢大輔・永成らと交流.『今昔物語集』に記事あり. 後拾遺集初出. 283

華蔵院《けぞういん》 →元性《げんしょう》

花蔵院法印《けぞういんほういん》 →元性《げんしょう》

賢子《けんし》 藤原. 生没年未詳. 長保元年(999)頃生, 永保2年(1082)頃没か. 山城守宣孝の女. 母は紫式部. 上東門院(彰子)に出仕, 万寿2年(1025)親仁親王(後冷泉天皇)の乳母. 親王即位とともに従三位典侍. 大弐三位・藤三位・弁乳母とも称された. 高階成章の室. 長元5年(1032)『上東門院菊合』, 永承4年(1049)『内裏歌合』, 永承5年『祐子内親王家歌合』, 治暦2年(1066)『皇后宮寛子歌合』などに出詠. 家集『大弐三位集』. 後拾遺集初出. 118, 135

顕昭《けんしょう》 俗姓藤原. 大治5年(1130)頃の生, 没年未詳. 承元3年(1209)までは生存. 実父母不明. 六条家左京大夫藤原顕輔の猶子となる. 叡山で修行後仁和寺に住み, 阿闍梨, 法橋に至る. 亮公, 亮阿闍梨とも称された. 諸歌合に出詠.『六百番歌合』では寂蓮と争い, 判者俊成に異論を唱えて『顕昭陳状』を提出.『今撰集』の撰者.『万葉集時代難事』『袖中抄』『古今秘註抄』『日本紀歌註』など著作多数. 家集があったらしい. 千載集初出. 7, 242, 252

元性《げんしょう》 生没年未詳. 崇徳天皇第2皇子. 母は三河権守源師経の女. 保元元年(1156)父帝の讃岐遷御の折, 仁和寺にて出家し, 覚性法親王に随って受法. 法名は元性, のち覚恵. 仁和寺華蔵院に住み, 法印となる. 宮法印または華蔵院と称さる. 西行と親交を結んだ. 98, 254

源信《げんしん》 俗姓卜部. 天慶5年(942)生, 寛仁元年(1017)6月10日没, 76歳. 正親の男. 母は清原氏. 天暦4年(950)比叡山にて出家, 良源に師事. のち横川の恵心院に隠棲. 寛弘元年(1004)権少僧都. 翌年辞退. 恵心僧都・横川僧都と称さる. 天台教学の宣揚に努め, 浄土教理論の基礎を築いた. 著に『往生要集』『一乗要決』など. 千載集初出. 130

公円《こうえん》 天喜元年(1053)生, 長治2年(1105)2月29日没, 53歳. 権中納言藤原経家の男. 母は二条関白藤原教通の女. 権少僧都. 園城寺真如院に住し, 真如院(心如院とも)と号さる. 堀河院の護持僧. 金葉集に1首のみ. 407

光源《こうげん》 生没年・出自未詳.『小右記』長和4年(1015)7月21日, 22日の条に, 光源法師とみえる人物か. 同条によると, 慶円座主の弟子で叡山の僧. 後拾遺集のみ. 282

皇后宮肥後《こうごうぐうのひご》 →肥後《ひご》

皇后宮美作《こうごうぐうみまさか》 生没年未詳. 美作守源資定の女. 母は出羽弁. 六条斎院禖子内親王に出仕後, 後冷泉天皇皇后寛子の女房となる.『禖子内親王家歌合』に21回にわたって出詠. 承暦2年(1078)『内裏後番歌合』にも参加. 後拾遺集初出. 147

江侍従《ごうのじじゅう》 本名未詳. 生没年未詳. 式部大輔大江匡衡の女. 母は赤染衛門. 丹波守高階業遠の妻. 枇杷殿皇太后妍子, その女陽明門院に仕える. 永承4年(1049)『内裏歌合』, 同5年『祐子内親王家歌合』などに出詠. 長暦2年(1038)『源大納言家歌合』以下に見える「侍従乳母」は, 同一人か. 後拾遺集初出. 31, 278

空也《こうや》 →くうや

小侍従《こじじゅう》 生没年未詳. 保安2年(1121)頃生, 建仁2年(1202)頃没, 82歳ほどか. 石清水八幡宮別当紀光清の女. 母は鳥羽院侍読式部大輔菅原在良の女(花園左大臣家女房小大進). 二条天皇・太皇太后宮多子・高倉天皇に仕え, 太皇太后宮小侍従・八幡小侍従などと称さる. 治承3年(1179)出家. 永万2年(1166)『中宮亮重家朝臣家歌合』, 仁安2年(1167)『太皇太后宮亮平経盛朝臣家歌合』, 嘉応2年(1170)『住吉社歌合』, 承安2年(1172)『広田社歌合』, 安元元年(1175)『右大臣家歌合』,『正治二年初度百首』, 正治2年(1200)『千五百番歌合』

などに出詠．家集『小侍従集』．千載集初出．177，402

小大君《こだいのきみ》(こおおぎみ・こおおいぎみ)　東宮左近・三条院女蔵人左近などとも．生没年・出自未詳．生存は天慶3年(940)から寛弘2年(1005)頃か．円融天皇中宮媓子に仕え，後寛和2年(986)頃三条院に女蔵人として仕えた．藤原朝光と恋愛関係にあった．実方・公任・道信・為頼・頼光らとの贈答がある．三十六歌仙の1人．家集『小大君集』．拾遺集初出．(285)，314

小弁命婦《こべんのみょうぶ》　生没年未詳．越前守藤原懐尹の女，または妹か．斎院馨子の命婦．『栄花物語』にその名がみえ，長元9年(1036)9,10月に亡き中宮威子を追慕し出羽弁や宣旨の君らと歌を詠じている．千載集に1首のみ．(247)

伊周《これちか》　藤原．天延2年(974)生，寛弘7年(1010)1月28日没，37歳．関白道隆の2男．母は高階成忠の女貴子(儀同三司母)．一条天皇中宮定子の兄．正暦3年(992)正三位権大納言，同5年内大臣．長徳2年(996)道長との政争に敗れ大宰権帥に左遷．翌3年召還，正二位准大臣．儀同三司・帥内大臣と称さる．詩文は『本朝麗藻』『本朝文粋』『和漢朗詠集』『新撰朗詠集』などに残る．家集『儀同三司集』(散逸)．後拾遺集初出．168，292(兼盛)

伊綱《これつな》　藤原．生没年未詳．刑部大輔家基(素覚)の男．永暦2年(1161)1月5日叙爵，五位中務大輔(『作者部類』)に至る．嘉応2年(1170)『住吉社歌合』，承安2年(1172)『広田社歌合』，建久6年(1195)『民部卿家歌合』，正治2年(1200)『石清水若宮歌合』に出詠．千載集初出．178，294

惟規《これのり》　→のぶのり

伊通《これみち》　藤原．寛治7年(1093)生，長寛3年(1165)2月15日没，73歳．権大納言宗通の2男．母は修理大夫藤原顕季の女．中納言，大納言などを経て，保元2年(1157)左大臣，永暦元年(1160)太政大臣に至る．正二位．九条大相国，大宮太政大臣と称さる．長寛3年出家．自邸でしばしば歌合を催す．『古事談』『今鏡』などに逸話があり．著に『雲井物語』『除目抄』がある．金葉集初出．61

さ　行

西行《さいぎょう》　俗名佐藤義清(のりきよ)．憲清・則清・範清とも．元永元年(1118)生，文治6年(1190)2月16日没，73歳．検非違使左衛門尉康清の男．母は監物源清経の女．保延元年(1135)左兵衛尉に任ぜられ，鳥羽院下北面武士として勤仕し，徳大寺家の家人でもあったが，保延6年(1140)23歳で出家．法名円位．大宝房とも号した．出家後京周辺に草庵生活を送り，初度の陸奥への旅に出発．帰京後は高野山を中心に真言僧として約20年間修行生活を送る．仁安3年(1168)頃四国修行の旅へ出立，善通寺に庵を結ぶ．のち高野修行時代を経て，晩年は伊勢に移住．文治2年(1186)東大寺再建の沙金勧進のため再度奥州へ下向した．帰京後，自歌合『御裳濯河歌合』『宮河歌合』を自撰し，俊成と定家の加判を得て伊勢神宮に奉納した．家集『山家集』『聞書集』『聞書残集』『西行上人集』『山家心中集』がある．詞花集に「読人しらず」として初出．(74)，109，227

斎宮女御《さいぐうのにょうご》　徽子女王．承香殿女御とも．延長7年(929)生，寛和元年(985)没，57歳．醍醐天皇皇子三品式部卿重明親王の女．母は太政大臣藤原忠平の女寛子．朱雀天皇の承平6年(936)斎宮に卜定．天暦2年(947)村上天皇に入内，翌年女御宣下，第4皇女規子内親王を生む．晩年出家．天暦10年『斎宮女御徽子女王歌合』を主催．琴・書にも長じた．三十六歌仙の1人．家集『斎宮女御集』．拾遺集初出．264

嵯峨后《さがのきさき》　→嘉智子《かちこ》

相模《さがみ》　若年時の女房名は乙侍従．生没年未詳．長徳・長保(995–1004)頃の生，康平4年(1061)以後の没．父は未詳．源頼光は養父か．母は慶滋保章の女．相模守大江公資と結婚，任地に下向．心境を『走湯百首』にまとめる．帰京後夫と離別，一品宮脩子内親王に出仕．長元8年(1035)『賀陽院水閣歌合』，長久2年(1041)『弘徽殿女御歌合』，永承4年(1049)『内裏歌合』，永承5年『前麗景殿女御歌合』，同年『祐子内親王家歌合』，永承6年『内裏根合』，天喜4年(1056)『皇后宮春秋歌合』などに出詠．中古三十六歌仙．家集『相模集』．後拾遺集初出．237

前斎宮大輔《さきのさいぐうのだいぶ》　→殷富門院大輔《いんぷもんいんのだいぶ》

前斎宮筑前乳母《さきのさいぐうのちくぜんのめのと》　生没年未詳．筑前守高階成順の女．母は伊勢大輔．康資王母の妹．後三条院の東宮時代の女房で，後三条院皇女俊子内親王の乳母．後拾遺集初出．136

前中宮甲斐《さきのちゅうぐうのかい》　生没年・出自未詳．皇后宮

大進季孝の女(『八代集抄』). 堀河院中宮篤子内親王家女房. 金葉集に1首のみ. (148)

左大将殿《さだいしょうどの》 →実定《さねさだ》

定長《さだなが》 →寂蓮《じゃくれん》

定基《さだもと》 →寂照《じゃくしょう》

定頼《さだより》 藤原. 長徳元年(995)生, 寛徳2年(1045)1月19日没, 51歳. 大納言公任の1男. 母は村上天皇の皇子昭平親王の女. 蔵人頭, 参議を経て, 長元2年(1029)従三位権中納言, 長暦2年(1038)従二位. 寛徳元年出家. 四条中納言と称された. 相模と恋愛. 長元8年『賀陽院水閣歌合』に出詠. 中古三十六歌仙の1人. 家集『定頼集』. 後拾遺集初出. 212

讃岐《さぬき》 生没年未詳. 永治元年(1141)頃生, 建保5年(1217)頃没で, 77,8歳ほどか. 右京権大夫源頼政の女. 母は源斉頼の孫女. 二条天皇に出仕, のち後鳥羽天皇の中宮任子(宜秋門院)に仕えるが, 間もなく出家. 治承2年(1178)『別雷社歌合』, 建久6年(1195)『民部卿家歌合』,『正治初度百首』,『千五百番歌合』, 建保4年『百番歌合』などに出詠. 歌林苑会衆の1人. 家集『二条院讃岐集』. 千載集初出. 202, 335

讃岐法皇《さぬきのほうおう》 →崇徳院《すとくいん》

実家《さねいえ》 藤原. 久安元年(1145)生, 建久4年(1193)3月16日没, 49歳. 右大臣公能の2男. 母は藤原俊忠の女. 蔵人頭を経て, 仁安3年(1168)非参議, 治承3年(1179)権中納言, 文治6年(1190)正二位大納言. 嘉応2年(1170)『住吉社歌合』, 同年『建春門院北面歌合』, 承安2年(1172)『広田社歌合』などに出詠. 俊恵・道因・頼政・上西門院兵衛らと親交. 家集『実家卿集』. 千載集初出. 85, 197

実方《さねかた》 藤原. 生年未詳, 長徳4年(998)11月13日没, 40歳程か. 小一条左大臣師尹の孫, 侍従定時(貞時)の男. 母は左大臣源雅信の女. 父早逝のため叔父小一条済時の養子となる. 侍従, 左近少将, 右近中将などを経て, 長徳元年(995)正四位下左近中将兼陸奥守となる. 寛和2年(986)『内裏歌合』に出詠. 公任・道信・道綱らと親交があり, 清少納言をはじめ多くの女性とも贈答. 交遊歌, 恋歌が多い. 陸奥守赴任に関しては,『古事談』をはじめさまざま説話化されている. 中古三十六歌仙の1人. 家集『実方朝臣集』. 拾遺集初出. 52, 257

実国《さねくに》 藤原. 保延6年(1140)生, 寿永2年(1183)1月2日没, 44歳. 内大臣公教の2男. 母は家の女房. 藤原憲方の女とも. 永暦元年(1160)参議, 嘉応2年(1170)権大納言, 承安5年(1175)正二位. 仁安元年(1166)『中宮亮重家朝臣家歌合』, 嘉応2年『住吉社歌合』, 同年『建春門院北面歌合』, 承安2年『広田社歌合』, 治承2年(1178)『別雷社歌合』などに出詠. 嘉応2年『左衛門督実国卿家歌合』を主催. 笛の名手.『古今著聞集』に逸話あり. 家集『実国集』. 千載集初出. 138, 152

実定《さねさだ》 藤原. 保延5年(1139)生, 建久2年(1191)閏12月16日没, 53歳. 正二位右大臣公能の嫡男. 母は権中納言藤原俊忠の女. 俊成の甥. 文治5年(1189)正二位左大臣に至り, 後徳大寺左大臣と称された. 建久2年出家, 法名は如円. 嘉応2年(1170)『住吉社歌合』, 同年『建春門院北面歌合』, 承安2年(1172)『広田社歌合』, 治承2年(1178)『右大臣家百首』などに出詠. 日記に『庭槐抄』(散逸), 家集に『林下集』がある. 千載集初出. 6, 163, 346

実房《さねふさ》 藤原. 久安3年(1147)生, 嘉禄元年(1225)8月17日没, 79歳. 三条内大臣公教の3男. 母は権中納言藤原清隆の女. 承安元年(1171)正二位, 建久元年(1190)左大臣. 同7年出家, 法名は静空. 三条入道左大臣とも称された. 嘉応2年(1170)『住吉社歌合』, 承安2年『広田社歌合』, 治承2年(1178)『別雷社歌合』,『御室五十首』などに出詠. 日記に『愚昧記』, 家集に『沙弥静空集』がある. 千載集初出. 50, 182

実守《さねもり》 藤原. 久安3年(1147)生, 元暦2年(1185)4月25日没, 39歳. 右大臣公能の3男. 母は中納言藤原俊忠の女. 嘉応2年(1170)参議正四位下. 養和2年(1182)権中納言正三位. 翌年従二位となり皇后宮権大夫と左兵衛督を兼ねた. 嘉応2年『住吉社歌合』, 承安2年(1172)『広田社歌合』に出詠. 千載集初出. 45, 111

実能《さねよし》 藤原. 永長元年(1096)生, 保元2年(1157)9月2日没, 62歳. 権大納言公実の4男. 母は藤原隆方の女光子(堀河院の乳母). 権大納言を経て, 久安6年(1150)内大臣, 保元元年(1156)左大臣, 翌2年従一位に至るが出家, 法名真理. 徳大寺左大臣と称さる. 永久4年(1116)『六条宰相家歌合』, 元永元年(1118)『右兵衛督家歌合』などに出詠. 日記

『実能記』がある．金葉集初出． 150

実頼《さねより》 藤原．昌泰3年(900)生，天禄元年(970)5月18日没，71歳．関白忠平の1男．母は宇多天皇の皇女源順子．延長8年(930)蔵人頭，天慶2年(939)大納言，同10年左大臣，康保4年(967)関白太政大臣と進み，安和2年(969)摂政．小野宮と号し，諡は清慎公．天徳4年(960)『内裏歌合』の判者．『和漢朗詠集』『和漢兼作集』に漢詩を残す．著作に『小野宮故実旧例』『水心記』(散逸)など，家集に『清慎公集』がある．後撰集初出． 27

三宮《さんのみや》 →輔仁親王《すけひとしんのう》

参宮《さんのみや》 →輔仁親王《すけひとしんのう》

重家《しげいえ》 藤原．大治3年(1128)生，治承4年(1180)12月21日没，53歳．左京大夫顕輔の男．母は家女房．諸国の守や刑部卿・中宮亮などを経て，非参議従三位大宰大弐に至る．安元2年(1176)出家，法名蓮家(蓮寂とも)．大弐入道とも．久安5年(1149)『右衛門督家歌合』，仁安2年(1167)『太皇太后宮亮平経盛朝臣家歌合』，嘉応2年(1170)『建春門院北面歌合』，同年『左衛門督実国卿家歌合』，承安2年(1172)『広田社歌合』，治承3年『右大臣家歌合』などに出詠．永万2年(1166)『中宮亮重家朝臣家歌合』を主催．家集『大宰大弐重家集』あり．千載集初出． 63，382

重保《しげやす》 賀茂．元永2年(1119)生，建久2年(1191)1月12日没，73歳．賀茂別雷社神主重継の男．永万2年(1166)権禰宜，治承元年(1177)神主．正四位上に至る．号は藤木神主．嘉応2年(1170)『左衛門督実国卿家歌合』，承安2年(1172)『広田社歌合』，『文治二年十月二十二日歌合』などに出詠．治承2年『別雷社歌合』を主催．寿永元年(1182)には，36人の現存歌人に百首からなる家集(『寿永百首家集』)を賀茂社に奉納させ，これらをもとに『月詣和歌集』を撰んだ．歌林苑会衆の1人．千載集初出． 319，376

重之《しげゆき》 源．生没年未詳．長保2年(1000)頃60余歳で没か．三河守兼信の男．母は未詳．伯父参議兼忠の猶子となる．右近将監・左馬助を経て，貞元元年(976)相模権守となり，以後，肥後・筑前の国司を歴任．従五位下．晩年は藤原実方に随行して陸奥に下り，同地で没した．冷泉天皇の東宮時代，百首和歌の祖とされる『重之百首』を献上．貞元2年『三条左大臣殿前栽歌合』などに出詠．三十六歌仙の1人．家集に『重之集』がある．拾遺集初出． 57，106

重如《しげゆき》 田口．生没年・出自未詳．「山口重如也，号河内重如，河内国人也」(「金葉集勘物」)．山口重如は『後拾遺集』の歌人．『新続古今集』(899)に河内下向の歌がみえる．金葉集に2首のみ． 426

重如女《しげゆきのむすめ》 田口．生没年未詳．『続詞花集』は，山口重如女とする． 427

順《したごう》 源．字は具瑺．延喜11年(911)生，永観元年(983)没，73歳．左馬助挙《こぞる》の男．母は未詳．天暦7年(953)文章生，民部丞，和泉守などを経て，天延元年(973)従五位上，天元2年(979)能登守．天徳4年(960)『内裏歌合』，貞元2年(977)『三条左大臣家歌合』などに出詠．天禄3年(972)『規子内親王家歌合』の判者，康保3年(966)『源順馬名歌合』を主催．和漢の才を備え，『和名類聚抄』を撰進．梨壺の五人の1人として『万葉集』を読解，『後撰集』の撰にあたった．漢詩文は『本朝文粋』『扶桑集』等に採録．三十六歌仙の1人．家集に『順集』．拾遺集初出． 77，129

実快《じつかい》 俗姓藤原．仁平3年(1153)生，没年未詳．元久元年(1204)12月16日には生存(『明月記』)．大炊御門公能の男．母は未詳．実定・実家らと兄弟．僧都，法印．正治2年(1200)『石清水若宮歌合』に康頼とともに出詠．千載集に2首のみ． 188，311

釈阿《しゃくあ》 →俊成《としなり》

寂照《じゃくしょう》 寂昭とも．俗名大江定基．生年未詳，景祐元(長元7)年(1034)没．参議左大弁正三位斉光の3男．母未詳．文章生，蔵人などを経て従五位下に至ったが，永延2年(988)出家．慶滋保胤・源信らに師事，諸国を遊歴して三河聖と呼ばれた．長保5年(1003)入宋，円通大師の号を贈られるが，在宋のまま没．和漢の才を備え，漢詩は『本朝文粋』等に残る．後拾遺集初出． 221，286，416

寂超《じゃくちょう》 俗名藤原為経．初名は盛忠．生没年未詳．永久3年(1115)頃の生，治承4年(1180)には生存．丹後守為忠の男．母は橘大夫の女．藤原親忠の女(美福門院加賀)との間に隆信を儲ける．備後守・長門守などを経て，正五位下皇后宮少進に至るが，康治2年(1143)叡山にて出家．日想房と号した．『丹後守為忠朝臣家百首』『木工権頭為忠朝臣家百首』に出詠．『詞花集』を難じて『後葉集』を撰ぶ．

『今鏡』の作者か．常磐(大原)三寂の1人．千載集初出． 305，325

寂念《じやくねん》 俗名藤原為業．生没年未詳．寿永元年(1182)頃まで存命か．丹後守為忠の男．母は橘大夫の女．伊豆守・蔵人などを経て，仁平元年(1151)皇后宮大進，従五位上に至る．保元3年(1158)から仁安元年(1166)の間に出家．永万2年(1166)『中宮亮重家朝臣家歌合』，嘉応2年(1170)『住吉社歌合』，承安2年(1172)『広田社歌合』，安元元年『兼実家歌合』，治承2年(1178)『別雷社歌合』などに出詠．養和元年(1181)―寿永元年頃「一品経和歌懐紙」に加わる．自邸でも歌合を主催．常磐(大原)三寂の1人．千載集初出． 324，408

寂然《じやくねん》(じやくぜん) 俗名藤原頼業．生没年未詳．元永(1118-20)頃の生．寿永元年(1182)までは生存．丹後守為忠の4男．母は橘大夫の女．兄に為業(寂念)・為経(寂超)．蔵人を経て，従五位下に叙され，康治2年(1143)壱岐守となるが出家．唯心房と号した．叡山横川・大原に住み，西行と親交．『法門百首』の作者．常磐(大原)三寂の1人．家集『寂然法師家集』と2種の『唯心房集』がある．千載集初出． 75，326，368

寂蓮《じやくれん》 俗名藤原定長．生年未詳．保延5年(1139)頃の生か．建仁2年(1202)7月没，64歳ほどか．父は俊成兄弟で醍醐寺の阿闍梨俊海．俊成の猶子となる．従五位上中務少輔に至るが，承安2年(1172)頃出家．少輔入道と称さる．仁安2年(1167)『太皇太后宮亮平経盛朝臣家歌合』，嘉応2年(1170)『左衛門督実国卿家歌合』，同年『住吉社歌合』，治承2年(1178)『別雷社歌合』，建久6年(1195)『民部卿家歌合』，『正治二年(1200)初度百首』，『正治二年石清水若宮歌合』，『千五百番歌合』などに出詠．また『花月百首』『十題百首』なども詠む．和歌所寄人で，『新古今集』の撰者となるが，撰進前に没した．家集『寂蓮法師集』．他に『少輔入道が百首』『寂蓮法師百首』．千載集初出． 187，417

守覚法親王《しゆかくほっしんのう》 久安6年(1150)生，建仁2年(1202)8月26日没，53歳．後白河天皇の第2皇子．母は大納言藤原季成の女従三位成子(高倉三位)．永暦元年(1160)仁和寺北院で出家，法名守性(のち守覚)．嘉応2年(1170)親王宣下．喜多院御室と称された．藤原教長に『古今集』を講じさせ，顕昭から『古今集』以下の勅撰集などの諸注の献進を受けた．また，俊成・重家・俊恵らに家集を献進させた．『御室五十首』を主催，これを撰歌して『御室撰歌合』を結番した．家集に『北院御室御集』，他に『守覚法親王百首』がある．著作は『北院御室拾葉集』『右記』『左記』など多数．千載集初出． 10，310

俊恵《しゆんえ》 永久元年(1113)生，没年未詳．木工頭源俊頼の男．母は木工助藤原敦隆の女．出家年時未詳．17歳で父に死別，その頃東大寺に入室か．永暦元年(1160)『太皇太后宮大進清輔朝臣家歌合』，永万2年(1166)『中宮亮重家朝臣家歌合』，仁安2年(1167)『太皇太后宮亮平経盛朝臣家歌合』，嘉応2年(1170)『左衛門督実国卿家歌合』，同年『住吉社歌合』，承安2年(1172)『広田社歌合』，治承2年(1178)『別雷社歌合』，治承3年『右大臣家歌合』などに出詠．自坊の歌林苑にたびたび歌合・歌会を催し，多くの歌人と交流した．通称大夫公．中古六歌仙の1人．私撰集に『歌苑抄』『影供集』『歌撰合』，家集に『林葉和歌集』がある．詞花集初出． 143，316，397

静円《じようえん》 長和5年(1016)生，延久6年(1074)5月11日没，59歳．二条前太政大臣藤原教通の男．母は小式部内侍．永承3年(1048)権律師，延久2年権僧正．木幡僧正と称された．大江定基の弟子．後拾遺集初出． 354

静賢《じようけん》(せいけん) 俗姓藤原．天治元年(1124)生，没年未詳．建仁元年(1201)には78歳で生存．少納言通憲(信西)の男．母は近江守高階重仲の女．法勝寺執行で法印．平治の乱で安房国へ配流(ただし丹波国に下向)．嘉応2年(1170)『住吉社歌合』，治承2年(1178)『別雷社歌合』，建久6年(1195)『民部卿家歌合』，正治2年(1200)『三百六十番歌合』，建仁元年『八月三日影供歌合』などに出詠．俊成・顕昭・慈円らと親交．千載集初出． 171，248

性照《しようしよう》 →康頼《やすより》

成尋《じようじん》 俗姓藤原．寛弘8年(1011)生，永保元年(1081)12月30日没，71歳．貞叙の男．母は源俊賢の女．実方の孫．7歳で岩倉大雲寺の文慶に師事．長久2年(1041)大雲寺座主，永承7年(1052)藤原頼通の護持僧となる．延久4年(1072)入宋，天台山・五台山を歴遊の後，宋朝の尊信を受け善慧大師の号を賜わる．著書に『観心論註』『参天台五台山記』がある．詞花集初出． 222，284

上東門院《じようとうもんいん》　彰子．永延 2 年(988)生，承保元年(1074) 10 月 3 日没，87 歳．太政大臣藤原道長の長女．母は左大臣源雅信の女倫子．長保元年(999)一条天皇のもとに入内し，翌年中宮となる．後一条•後朱雀二帝の母后となるが，寛弘 8 年(1011)一条帝崩御，万寿 3 年(1026)出家して院号宣下．法名は清浄覚．紫式部•和泉式部•赤染衛門•伊勢大輔•相模•出羽弁らが仕えた．長元 5 年(1032)『上東門院菊合』を催す．後拾遺集初出． 261

勝命《しようみよう》　俗名藤原親重．初名は憲親．天永 3 年(1112)生，没年未詳．文治 3 年(1187)頃まで生存か．佐渡守親賢の男．従五位上美濃権守に至るが，承安 3 年(1173)以降出家．嘉応 2 年(1170)『住吉社歌合』，承安 2 年『広田社歌合』，治承 2 年(1178)『別雷社歌合』などに出詠．俊恵•長明らと交渉．歌林苑会衆の 1 人．著に『古今序注』『難千載』(散逸)．新古今集初出． 341，392

白河院《しらかわいん》　諱は貞仁．天喜元年(1053)生，大治 4 年(1129)没，77 歳．第 72 代天皇．後三条天皇第 1 皇子．母は藤原公成女茂子．延久 4 年(1072)即位．応徳 3 年(1086)譲位，のち院政を開く．以後，堀河•鳥羽•崇徳の 3 代にわたって院政を執った．嘉保 3 年(1096)皇女郁芳門院媞子内親王の崩により出家，法名は融観．承保 3 年(1076)『大井川行幸和歌』，承暦 2 年(1078)『内裏歌合』などを催し，『後拾遺集』『金葉集』を撰進せしめ，絶えていた勅撰集を復活させた．後拾遺集初出． 13

白河女御越中《しらかわのによ うごのえつちゆう》　生没年•出自未詳．白河院の女御(承香殿女御藤原道子あるいは祇園女御)家の女房か．金葉集に 1 首のみ． 236

深覚《しんかく》　天暦 9 年(955)生，長久 4 年(1043) 9 月 14 日(16 日とも)没，89 歳(『東寺長者補任』)．右大臣藤原師輔の男．母は醍醐天皇の皇女康子内親王．幼時に池上寛忠のもとで出家．のち禅林寺に住して修行，呪験•瑜伽に長じた．治安 3 年(1023)勧修寺第 4 世長吏•東寺第 21 代長者法務となり，大僧正に昇る．以後 23 代 25 代の長者ともなる．禅林寺僧正と称さる．後拾遺集初出． 140

新左衛門《しんさえもん》　生没年未詳．童名良宇太．散位中原経相の女．後朱雀院梅壺女御女房を経て，関白家女房．のち出家したらしい(『肥後集』)．後拾遺集に 3 首のみ． 235

新少将《しんしようしよう》　生没年未詳．従四位上木工頭源俊頼の女．母は未詳．俊恵の姉妹．待賢門院の女房．新古今集初出． 238，363

季経《すえつね》　藤原．天承元年(1131)生，承久 3 年(1221)閏 10 月 4 日没，91 歳．左京大夫顕輔の 6 男．母は家女房．中宮亮，宮内卿などを経て文治 5 年(1189)非参議正三位に至る．建仁元年(1201)出家，法名蓮経．六条藤家主要歌人として，治承 2 年(1178)『別雷社歌合』，『六百番歌合』，建久 6 年(1195)『民部卿家歌合』などに出詠．『千五百番歌合』では判者の 1 人．家集『季経入道集』．『枕草子季経註』を著したというが散逸．千載集初出． 43，232

季広《すえひろ》　源．本名は清季．生没年未詳．木工頭季兼の男．正五位下下野守．嘉応 2 年(1170)『住吉社歌合』，同年『建春門院北面歌合』，承安 2 年(1172)『広田社歌合』，安元元年(1175)『右大臣家歌合』，治承 2 年(1178)『別雷社歌合』などに出詠．また『俊恵歌林苑歌合』にも出詠．文治元年(1185)下野国下向の折，頼輔と贈答(『続千載集』)．千載集初出． 70，192

季通《すえみち》　橘．季道とも．生年未詳．康平 3 年(1060)には生存．陸奥守従四位上則光の男．万寿 3 年(1026)六位中宮進，長元 7 年(1034)式部丞，翌年蔵人等の官についていたことが知られる(『左経記』)．のち駿河守，従五位下．相模と親しかった．後拾遺集初出． 246

季能《すえよし》　藤原．仁平 3 年(1153)生，建暦元年(1211)没，59 歳．太皇太后宮大夫正三位俊盛の男．母は中納言源雅兼の女．寿永 2 年(1183)非参議従三位右京大夫，承元元年(1207)正三位兵部卿，同 4 年出家．建久 2 年(1191)『若宮社歌合』，同 6 年『民部卿家歌合』，正治 2 年(1200)『石清水若宮歌合』，『千五百番歌合』，建永元年(1206)『卿相侍臣歌合』などに出詠．自らも主催．千載集初出． 245，336

周防内侍《すおうのないし》　本名仲子．生没年未詳．長元末年(1036)頃生，天仁 2 年(1109)頃没，70 余歳か．周防守平棟仲の女．母は加賀守源正職の女後朱雀院女房小馬内侍．後冷泉朝から出仕，のち後三条•白河•堀河天皇に仕える．天仁元年(1108)以後出家．寛治 7 年(1093)『郁芳門院根合』，同 8 年『高陽院殿七番和歌合』，嘉保 3 年(1096)『中宮権大夫家歌合』，康和 4 年(1102)『堀河院艶書合』などに出詠．

家集『周防内侍集』. 後拾遺集初出. 155

菅原の右大臣《すがわらのうだいじん》 →道真《みちざね》

佐清《すけきよ》 生没年・出自未詳. 左近番長. 拾遺集に1首のみ. (131)

資隆《すけたか》 藤原. 本名は季隆. 生没年未詳. 文治元年(1185)には存命. 豊前守重兼の男(中兼の男とも). 母は肥後守高階基実の女. 越後権守・少納言を経て, 治承2年(1178)肥後守, 同3年従四位下. のち出家, 法名は寂慧. 永暦元年(1160)『太皇太后宮大進清輔朝臣家歌合』, 永万2年(1166)『中宮亮重家朝臣家歌合』, 嘉応2年(1170)『左衛門督実国卿家歌合』, 承安2年(1172)『広田社歌合』などに出詠. 歌林苑会衆の1人. 家集『禅林瘀葉集』と有職故実書『簾中抄』がある. 千載集初出. 65, 84

輔仁親王《すけひとしんのう》 延久5年(1073)生, 元永2年(1119) 11月28日没, 47歳. 後三条天皇の第3皇子. 母は源基平の女基子. 無品, 源有仁の父. 立太子, 即位をめぐり, 失意の年月を送る. 晩年病により出家. 三宮と称した. 『本朝無題詩』『新撰朗詠集』に秀句多数. 音楽にも堪能で『三宮御記』がある. 金葉集初出. 4, (116)

相如《すけゆき》 藤原. 生年未詳, 長徳元年(995) 5月29日没. 内蔵頭右中将助信の男. 母は和泉守藤原俊連の女. 権中納言敦忠の孫. 天延2年(974)六位蔵人, のち正五位下出雲守に至る. 伊尹・道信・元輔・能宣らと親交. 公任の師といわれる(『江談抄』). 作品『後十五番歌合』『和漢朗詠集』などにみえる. 相如卒去の話は『栄花物語』に詳しい. 家集『相如集』. 詞花集初出. 250

相如女《すけゆきのむすめ》 生没年未詳. 正五位下出雲守藤原相如の女. 母未詳. 相如には藤原頼政室隆資母と源兼澄女子母の2人の娘がいる(『尊卑分脈』). 後者は後拾遺歌人命婦乳母. 後拾遺集に1首のみ. 251

崇徳院《すとくいん》 諱は顕仁. 第75代天皇. 元永2年(1119)生, 長寛2年(1164) 8月26日没, 46歳. 鳥羽天皇第1皇子. 実父は白河院. 母は待賢門院璋子. 保安4年(1123)から永治元年(1141)まで在位. 保元の乱(1156)に敗れ落飾, 讃岐に遷御後, 同地で没した. 治承元年(1177)崇徳院を追号. 遷御後は讃岐院と称さる. 天承・長承両度十五首会, 『初度百首』, 『句題百首』などを主催. 『久安六年御百首』を詠進させ, 『詞花集』を撰進せしめた. 詞花集初出. 107

修理《すり》 生没年未詳. 内匠允藤原真行の女. 内匠允藤原直行の妹(『作者部類』)とも. 女房か. 『大和物語』(89・90段)に「修理の君」として見え, 陽成天皇第1皇子元良親王への返歌が載る. 拾遺集・新勅撰集に各1首. 144

生子《せいし》 藤原. 長和3年(1014)生, 治暦4年(1068) 8月21日没, 55歳. 関白太政大臣教通の女. 母は大納言藤原公任の女. 長暦3年(1039)入内, 後朱雀天皇の女御となり, 凝華舎(梅壺)に住む. 梅壺女御, 弘徽殿女御と称さる. 永承5年(1050)従一位, のち准三宮. 天喜元年(1053)落飾. 書, 和歌に長じた. 新古今集初出. 121

清少納言《せいしょうなごん》 生没年未詳. 康保3年(966)頃の生, 治安・万寿(1021–1028)頃の没か. 従五位上肥後守清原元輔の女. 天元4年(981)頃橘則光と結婚, 則長を生む. 正暦4年(993)頃一条天皇中宮定子に出仕, 活躍する. 長保2年(1000)定子の崩御に伴い後宮を退く. この前後, 摂津守藤原棟世と結婚. 和漢の才に富み, 『枕草子』を著す. 中古三十六歌仙の1人. 家集『清少納言集』. 後拾遺集初出. 405

瞻西《せんさい》(《せんせい》) 生年未詳. 大治2年(1127) 6月20日没. 出自未詳. 叡山に登り, 定慶より受法. 天治元年(1124)雲居寺を開基. 声明・説経に巧みで, 一般の教化に活躍した. 永久4年(1116)『雲居寺結縁経後宴歌合』などの一連の雲居寺歌合を主催. 藤原基俊と親交があった. 和歌曼荼羅なるものを図絵し, 和歌と仏教の交流を図った. 金葉集初出. 364

選子内親王《せんしないしんのう》 応和4年(964) 4月24日生, 長元8年(1035) 6月22日没, 72歳. 村上天皇第10皇女. 母は右大臣藤原師輔の女安子. 天延3年(975)賀茂斎院に卜定され, 円融・花山・一条・三条・後一条の5代にわたって勤仕. 大斎院と呼ばれた. 長元4年(1031) 9月28日落飾. 内親王の周囲には才気あふれる女房たちが多く, 定子・彰子後宮と異質の洗練されたサロンが形成された. 内親王を中心とする大斎院家の歌集に『大斎院前御集』『大斎院御集』があり, 家集としては『発心和歌集』がある. 拾遺集初出. 55, 94, 328

増基《ぞうき》 生没年・出自未詳. 廬主(《いおぬし》)と号す. 朱雀から一条朝頃の人. 『後撰集』の歌人とは別人. 藤原朝忠, 源雅信(又は重信)らと交わ

る．熊野参詣と遠江下向の折の旅の記を家集に収める．中古三十六歌仙の 1 人．家集『増基法師集(いほぬし，庵主日記とも)』がある．後拾遺集初出． 72

贈皇后宮《ぞうこうごうぐう》 →苡子《いし》

素覚《そかく》 俗名藤原家基．生没年未詳．伯耆守家光の男．母は筑前守藤原知家の女．従五位下刑部少輔．永暦元年(1160)以後出家．永暦元年『太皇太后宮大進清輔朝臣家歌合』，嘉応 2 年(1170)『住吉社歌合』，承安 2 年(1172)『広田社歌合』などに出詠．歌林苑会衆の 1 人．「藤原家基」として千載集に初出． 100，141

素性《そせい》 俗姓良峰．生没年未詳．延喜 9 年(909) 10 月までは生存．父は僧正遍昭．俗名玄利(はるとし)(『尊卑分脈』)．清和天皇の時出家，雲林院に住む．寛平 8 年(896)宇多天皇雲林院行幸の日に権律師となる．のちに石上の良因院に移る．宇多院をめぐる歌人グループの代表的人物で，『寛平御時菊合』や『寛平御時后宮歌合』等に出詠．三十六歌仙の 1 人．能書家として知られた．家集に『素性集』がある．古今集初出． 39，134

た 行

待賢門院兵衛《たいけんもんいんひようえ》 →兵衛《ひようえ》

大弐三位《だいにのさんみ》 →賢子《けんし》

高明《たかあきら》 源．延喜 14 年(914)生，天元 5 年(982) 12 月 16 日没，69 歳．醍醐天皇の第 17 皇子．母は源唱の女更衣周子．延喜 20 年(920)臣籍に降下．参議・大納言を経て，康保 3 年(966)右大臣，翌 4 年正二位左大臣となる．西宮左大臣と称さる．安和 2 年(969)安和の変により大宰権帥として筑紫に配流．天禄 3 年(972)召還，晩年は葛野に隠棲．琵琶・笛に優れ，故事典礼に通じた．有職書『西宮記』．家集『西宮左大臣御集』．後拾遺集初出．167

隆家《たかいえ》 藤原．天元 2 年(979)生，長久 5 年(1044) 1 月 1 日没，66 歳．摂政関白道隆の 4 男．母は高階成忠の女貴子(儀同三司母)．伊周・定子の弟．正暦 6 年(995)中納言，長徳 2 年(996)出雲権守に左遷．同 4 年帰京．寛弘 6 年(1009)中納言．長和 5 年正二位．長保 3 年(1001)歌合を主催したか．後拾遺集初出．169

高岳親王《たかおかのしんのう》 生没年未詳，一説に貞観 7 年(865)没，67 歳とも．平城天皇の第 3 皇子．母は伊勢老人の女継子．大同 4 年(809)嵯峨天皇の即位により皇太子となるが，翌年薬子の変によって廃される．まもなく出家して東大寺に入る．法名は真忠，のち真如．道詮に三論宗，空海に密教を学ぶ．斉衡 2 年(855)修理東大寺大仏司検校に任ぜらる．貞観 3 年(861)求法のため入唐．のち天竺行を志すが，羅越国で没． 102

高遠《たかとお》 藤原．天暦 3 年(949)生，長和 2 年(1013) 5 月 16 日没，65 歳(『日本紀略』)．ただし没年に異説がある．参議右衛門督斉敏の男．母は播磨守藤原尹文の女．公任と従兄弟．永祚 2 年(990)非参議，のち兵部卿・左兵衛督を経て，寛弘元年(1004)大宰大弐，翌年正三位．大弐高遠と称さる．康保 3 年(966)『内裏前栽合』，貞元 2 年(977)『三条左大臣殿前栽合』，寛和 2 年(986)『内裏歌合』などに出詠．一条天皇の笛の師．中古三十六歌仙の 1 人．家集『大弐高遠集』．拾遺集初出． 112，159

隆信《たかのぶ》 藤原．康治元年(1142)生，元久 2 年(1205) 2 月 27 日没，64 歳．皇后宮少進為経(寂超)の男．母は藤原親忠の女(美福門院加賀)．蔵人・越前守などを経て，保元元年(1156)右馬権頭，養和元年(1181)正四位下右京権大夫となる．建仁 2 年(1202)法然に従って出家，法名は戒心．永万 2 年(1166)『中宮亮重家朝臣家歌合』，嘉応 2 年(1170)『建春門院北面歌合』，承安 2 年(1172)『広田社歌合』などに出詠．『守覚法親王家五十首』『正治二年院初度百首』にも出詠．物語『うきなみ』，歴史物語『弥世継』(いずれも散逸)の作者．和歌所寄人の 1 人で，似絵の名手．家集『隆信朝臣集』．千載集初出． 51，69

隆房《たかふさ》 藤原．久安 4 年(1148)生，承元 3 年(1209)没，62 歳．権大納言隆季の 1 男．母は藤原忠隆の女．妻は平清盛の女．右中将・左中将・蔵人を経て，寿永 2 年(1183)参議，正治元年(1199)正二位，元久元年(1204)権大納言．冷泉大納言と称さる．建永元年(1206)出家，法名寂恵．嘉応 2 年(1170)『建春門院北面歌合』，治承 2 年(1178)『別雷社歌合』，建久 6 年(1195)『民部卿家歌合』，『正治二年初度百首』などに出詠．著作に『安元御賀記』．家集『隆房集』．千載集初出． 193，388

高松宮《たかまつのみや》 藤原．生没年未詳．鳥羽天皇の姫宮．母は中納言藤原実衡の女．実衡は父仲実の代から高松と号し，実衡も「高松中納言」

(『台記』康治元年(1142) 2 月 9 日)と呼ばれた．実家の号を冠して高松宮と呼ばれたか．高松院と呼ばれた鳥羽天皇第 6 皇女姝子内親王とは別人であろう． 201，413

高光《たかみつ》 藤原．幼名まちをさ君．天慶 3 年(940)頃生，正暦 5 年(994) 3 月 10 日没，55 歳位．右大臣師輔の 8 男．母は醍醐天皇皇女雅子内親王．天徳 4 年(960)右近衛少将，翌年従五位上．応和元年(961)出家．法名は如覚，道号は寂真．多武峰少将入道と呼ばれた．天暦 10 年(956)『坊城右大臣師輔前栽合』に出詠．天徳 4 年(960)『内裏歌合』へ方人として列席．『多武峰少将物語』『栄花物語』『大鏡』などに記事が見える．三十六歌仙の 1 人．家集『高光集』．拾遺集初出． 323

篁《たかむら》 小野．延暦 21 年(802)生，仁寿 2 年(852)没，51 歳．参議峯守の 1 男．母は未詳．文章生・式部少丞などを経て，承和元年(834)遣唐副使を任ぜらる．同 5 年出航の際正使藤原常嗣と争って乗船を拒否．嵯峨上皇の逆鱗に触れ，同年隠岐に配流．同 7 年召還，8 年本位に復した．承和 14 年参議，さらに左大弁・勘解由長官等を経て，仁寿 2 年従三位．野宰相・野相公と称さる．仏道に心を寄せた和漢兼才の人．詩文は『経国集』『扶桑集』『本朝文粋』などに残る．また『令義解』の撰にも関与．漢詩文集『野相公集』があったというが散逸．『篁物語』(『小野篁集』)は後人の作．古今集初出． 164

孝善《たかよし》 藤原．生没年未詳．長門守貞孝の 2 男．母は近江守藤原実経家女房．五位左衛門尉(『作者部類』)，右衛門尉(『後拾遺勘物』)に至る．青衛門と称さる．承暦 2 年(1078)『内裏歌合』では家忠，寛治 7 年(1093)『郁芳門院根合』では経実の代作者として出詠．良暹・俊綱・隆経らと親交．『袋草紙』にいくつかの逸話あり．後拾遺集初出． 146

斉信《ただのぶ》 →ときのぶ

忠通《ただみち》 藤原．承徳元年(1097)生，長寛 2 年(1164) 2 月 19 日没，68 歳．関白忠実の長子．母は右大臣源顕房の女．保安 3 年(1122)関白左大臣，従一位．同 4 年摂政．大治 3 年(1128)太政大臣．一時父忠実と内覧をめぐって対立したが，のちは権勢を独占．晩年は法性寺の別邸に隠退，法性寺関白と称された．応保 2 年(1162)出家，法名円観．『内大臣家歌合』など多くの歌合を催し，漢詩文にも優れた．詩集に『法性寺関白御集』，家集に『田多民治集』がある．金葉集初出． 42，399

忠岑《ただみね》 壬生．忠峯とも．生没年未詳．一説に康保 2 年(965)没，98 歳．散位安綱の男．左近衛番長・右衛門府生を経て，摂津権大目(異説あり)．六位．『仁和二宮歌合』『寛平御時后宮歌合』，昌泰元年(898)『亭子院女郎花合』，『平定文家歌合』，延喜 5 年(905)『宇多院歌合』，延喜 13 年『亭子院歌合』などに出詠．また，延喜 7 年『大井川行幸和歌』に歌を献じる．貫之・友則・躬恒らと『古今集』を撰進．『和歌体十種』は彼の著とされる．三十六歌仙の 1 人．家集『忠峯集』．古今集初出． 82，360

為忠《ためただ》 藤原．生年未詳，嘉保・永長(1094–97)頃の生か．保延 2 年(1136)没．従五位下皇后宮少進知信の男．母は近江守藤原有佐の女．大原三寂の父，俊成の岳父．左衛門尉，三河守，丹後守などを経て，長承 3 年(1134)正四位下木工権頭となる．永久 4 年(1116)『顕輔家歌合』，同年『六条宰相家歌合』，保安 2 年(1121)両度の『内蔵頭長家家歌合』，長承 3 年『中宮亮顕輔家歌合』などに出詠．天承(1131–32)頃『三河国名所歌合』，長承元年頃と保延元年頃の両度の『為忠家百首』を主催．『藤原為忠朝臣集』は別人の家集．金葉集初出． 32，40，206

為善《ためよし》 源．生年未詳，長久 3 年(1042) 10 月 1 日没．播磨守国盛の男．母は越前守源致書の女．従兄弟に道済，姉妹に経信母．備前守・中宮亮となる．従四位上．長元 8 年(1035)『賀陽院水閣歌合』，長暦 2 年(1038)『源大納言家歌合』に出詠．能因・公資・出羽弁と交渉があった．後拾遺集のみ． 114

為義《ためよし(ためのり)》 橘．生年未詳．寛仁元年(1017) 10 月 26 日没．近江掾道文の男．義通の父．文章生，但馬守．長和 4 年(1015)道長家の家司として正四位下．寛和元年(985)『内裏歌合』，長保 5 年(1003)『左大臣道長歌合』，『後十五番歌合』などに出詠．和漢兼才の人で『本朝麗藻』に詩を残す．源兼澄と交友．後拾遺集初出． 215

為頼《ためより》 藤原．生年未詳，長徳 4 年(998)没．刑部大輔雅正の男．母は右大臣藤原定方の女．堤中納言藤原兼輔の孫．紫式部の伯父．安和 2 年(969)春宮少進，のち左衛門権佐，丹波守，摂津守などを経て，長徳 2 年太皇太后宮

大進に至る．貞元2年(977)『三条左大臣家歌合』，『後十五番歌合』に出詠．公任・具平親王・長能などの歌人らと交流があった．拾遺集初出． 16，313，342

親宗《ちかむね》 平．天養元年(1144)生，正治元年(1199)7月27日没，56歳．兵部権大輔時信の男．母は大膳大夫藤原家範の女．清盛室時子・建春門院滋子はその姉妹．養和元年(1181)右大弁，寿永2年(1183)参議，正治元年正二位中納言．嘉応2年(1170)『左衛門督実国卿家歌合』，同年『建春門院北面歌合』，治承2年(1178)『別雷社歌合』，建久6年(1195)『民部卿家歌合』などに出詠．家集『中納言親宗集』．日記『親宗卿記』(断簡)． 127，295

親盛《ちかもり》 藤原．生没年未詳．父は大和守親康か．文章生藤原説弘の男とも(『作者部類』)．後白河院の北面で，大和守従五位下左衛門尉に至る．建久3年(1192)後白河院崩御に際し出家．法名は見仏．承安2年(1172)『宰相入道観蓮歌合』，治承2年(1178)『別雷社歌合』，同年『遍昭寺歌合』，建久6年『民部卿家歌合』，正治2年(1200)『石清水社歌合』などに出詠．俊恵・道因・西行・小侍従らと交渉．家集『藤原親盛集』．私撰集『百題抄』(散逸)．千載集初出． 317，393

筑前乳母《ちくぜんのめのと》 →前斎宮筑前乳母《さきのさいぐうのちくぜんのめのと》

中宮上総《ちゅうぐうのかずさ》 →上総《かずさ》

中納言の君《ちゅうなごんのきみ》 →隆家《たかいえ》

澄成《ちょうせい》 生没年未詳．越前守藤原頼成の男．醍醐寺の僧で，阿闍梨．承暦元年(1077)10月20日に定額僧を辞退している(『水左記』)．醍醐寺第14世座主勝覚(1057–1129)より付法．金葉集に1首のみ． (395)

土御門右大臣殿師房女《つちみかどうだいじんどのもろふさのむすめ》 生没年未詳．父は土御門右大臣源師房．母は入道前太政大臣藤原道長の女．右大将藤原通房の室．後拾遺集初出． 263

経家《つねいえ》 藤原．久安5年(1149)生，承元3年(1209)9月19日没，61歳．大宰大弐重家の1男．母は中納言藤原家成の女．宮内卿・内蔵頭などを経て，建久9年(1198)非参議正三位に至る．承元2年出家．安元元年(1175)『右大臣家歌合』，治承2年(1178)『右大臣家百首』，同3年『別雷社歌合』，『六百番歌合』，建久6年(1195)『民部卿家歌合』，『正治初度百首』などに出詠．清輔から人丸影を譲られ，『治承三十六人歌合』にも選ばれるなど，六条藤家の中心人物．家集『経家卿集』．千載集初出． 73，228

経重《つねしげ》 高階．生没年未詳．後冷泉朝頃の人．播磨守明順の男．式部大輔成忠の孫．母は未詳．従四位下大和守．新古今集に1首のみ． 216

貫之《つらゆき》 紀．童名阿古久曾．生没年未詳．天慶8年(945)没で70数歳か．茂行(望行とも)の男．母未詳．延喜6年(906)越前権少掾，同13年大内記，延長8年(930)土佐守，天慶6年従五位上，同8年木工権頭．紀友則・凡河内躬恒・壬生忠岑らとともに『古今集』の撰集に携わり，仮名序を執筆．『是貞親王家歌合』『寛平御時后宮歌合』，昌泰元年(898)『亭子院女郎花合』，延喜13年『亭子院歌合』，同年『内裏菊合』などに出詠．『紀師匠曲水宴和歌』を主催した．また，宇多法皇大堰川行幸の歌と序文の他，権門貴顕に求められ多くの賀歌・屏風歌を詠じている．任国土佐では，醍醐天皇の命を受け『新撰和歌』を撰集．帰京後，帰途の見聞を女性に仮託し『土佐日記』を書いた．三十六歌仙の1人．家集『貫之集』がある．古今集初出． 76，96(茂行)，(123)，214，384

定家《ていか(さだいえ)》 藤原．応保2年(1162)生，仁治2年(1241)8月20日没，80歳．皇太后宮大夫俊成の2男．母は若狭守藤原親忠の女(美福門院加賀)．文治5年(1189)左近衛権少将，建仁2年(1202)左近衛権中将，建保2年(1214)参議，同6年民部卿，寛喜4年(1232)正二位権中納言．天福元年(1233)出家，法名は明静．治承2年(1178)『別雷社歌合』をはじめに，『二見浦百首』『殷富門院大輔百首』『閑居百首』『花月百首』『六百番歌合』『民部卿家歌合』『御室五十首』『正治初度百首』『老若五十首歌合』『院句題五十首』『水無瀬殿恋十五首歌合』『千五百番歌合』『春日社歌合』『元久詩歌合』『卿相侍臣歌合』『最勝四天王院障子和歌』『内裏名所百首』『道助法親王家五十首』『洞院摂政家百首』などに出詠．建仁元年(1201)和歌所寄人となり，『新古今集』の撰者となる．晩年には『新勅撰集』を撰進した．家集に『拾遺愚草』，自歌合に『定家卿百番自歌合』などがあり，日記に『明月記』，物語に『松浦宮物語』などがある．また歌論書には『近代秀歌』『毎月抄』(異説あり)『詠歌之大概』『衣笠内大臣歌難詞』など，歌学書には『僻案抄』『三代集

之間事』『万葉集長歌短歌説』『定家物語』『下官集』など，注釈書には『顕註密勘』『奥入』『定家小本』などがある．千載集初出．　46，339

天台座主僧正《てんだいざすのそうじょう》　→仁覚《にんがく》

道因《どういん》　→敦頼《あつより》

藤三位《とうさんみ》　藤原親子．治安 3 年(1023)生，寛治 7 年(1093) 10 月 21 日没，71 歳．大和守親国の女．母は伊豆守高階光衡の女．閑院贈太政大臣家女房で，小大夫と称した．藤原隆経の妻となり，顕季(実は能信の子)を生む．白河院御乳母，従二位．寛治 5 年『従二位藤原親子家歌合』を主催．後拾遺集に 2 首のみ．371

道勝《どうしょう》　生没年・出自未詳．その名は，『月詣集』(権僧正道勝)・『言葉集』(法眼道勝)・『新後拾遺集』(道勝法師)・『吉記』(権僧正道勝)とみえる．『尊卑分脈』と『系図纂要』には，藤原師通の 2 男家政の男としてその名があり，権僧正三井寺長吏で真如院に住し 68 歳で没したことが知られる．『吉記』寿永 2 年 2 月 9 日条には，後白河院逆修の護摩僧としてその名がみえる．同一人物か．　162，191

道命《どうみょう》　俗姓藤原．天延 2 年(974)生，寛仁 4 年(1020) 7 月 4 日没，47 歳．大納言道綱の男．母は中宮少進源広の女という．摂政兼家の孫．幼くして叡山に登り天台座主良源の弟子となる．法輪寺に住し，のち天王寺別当．阿闍梨．読経の声抜群と伝えらる．『今昔物語集』『古事談』などに説話あり．中古三十六歌仙の 1 人．家集に『道命阿闍梨集』あり．後拾遺集初出．　30

登蓮《とうれん》　生没年・出自未詳．筑紫安楽寺出身の僧で近江阿弥陀寺に住んだという．長寛 2 年(1164)から治承 2 年(1178)の間，『歌林苑歌合』をはじめに約 8 種の歌合に出詠．『無名抄』等に逸話あり．歌林苑会衆の 1 人で中古六歌仙の 1 人．家集に『登蓮法師集』がある．詞花集初出．　38，128，375

斉信《ときのぶ(ただのぶ・なりのぶ)》　藤原．康保 4 年(967)生，長元 8 年(1035) 3 月 23 日没，69 歳．太政大臣為光の 2 男．母は左少将藤原敦敏の女．長徳 2 年(996)参議，寛仁 4 年(1020)大納言，万寿 5 年(1028)兼民部卿．正二位．一条朝の四納言の 1 人．寛和 2 年(986)『内裏歌合』，長保 5 年(1003)『左大臣道長歌合』，長元 5 年『上東門院彰子菊合』などに出詠．『本朝麗藻』『本朝文粋』『新撰朗詠集』などに漢詩が残る．後拾遺集初出．　145

時致《ときむね》　藤原．生没年未詳．光長寺本は「致時」とする．『金葉集』橋本公夏等本には「藤原致時」とする．あるいは後出の中原致時(372)と同一人物か．その場合「藤原」は中原の誤写とみる．ただし『続詞花集』では「藤原政時」の作とする．　48

時致《ときむね》　→致時《むねとき》

俊忠《としただ》　藤原．延久 5 年(1073)生，保安 4 年(1123) 7 月 9 日没，51 歳(『公卿補任』)．大納言忠家の 2 男．母は大納言藤原経輔の女．一説に伊予権守藤原敦家の女．俊成の父．永久 2 年(1114)従三位，保安 3 年権中納言兼大宰権帥．二条帥と称された．康和 4 年(1102)『堀河院艶書合』などに出詠．長治元年(1104)『左近権中将俊忠朝臣家歌合』を主催．家集『俊忠集』．金葉集初出．　333

俊成《としなり(しゅんぜい)》　藤原．初名は顕広．永久 2 年(1114)生，元久元年(1204) 11 月 30 日没，91 歳．権中納言俊忠の 3 男．母は伊予守藤原敦家の女．権中納言顕頼の養子となる．定家らの父．仁安 2 年(1167)俊成と改名．右京大夫などを経て正三位皇太后宮大夫に至る．安元 2 年(1176)出家，法名釈阿．摂関家歌壇の指導者として多数の歌会・歌合に作者・判者として招かれる．晩年は新古今歌人の指導者として活躍．『千載集』を撰進．著作に『古来風体抄』『万葉集時代考』などがあり，家集に『長秋詠藻』『俊成家集』がある．詞花集初出．　3，117，217

俊頼《としより》　源．生年未詳．天喜 3 年(1055)頃の生か．大治 4 年(1129)没．大納言経信の 3 男．母は土佐守源貞亮の女．右近衛少将・左京権大夫などを経て，長治 2 年(1105)従四位上木工権頭に至る．天永 2 年(1111)に退き，以後散位．能貪と号し，晩年出家．寛治 3 年(1089)『四条宮扇合』(代作)，同 8 年『高陽院七番和歌合』，康和 2 年(1100)『宰相中将源朝臣国信卿家歌合』，同 4 年『堀河院艶書合』，『堀河百首』，『永久四年百首』，永久 4 年(1116)『六条宰相家歌合』，同年『雲居寺結縁経後宴歌合』，保安 2 年(1121)『関白内大臣家歌合』などに出詠．元永元年(1118)『内大臣家歌合』，天治元年(1124)『権僧正永縁花林院歌合』，大治元年『摂政左大臣忠通歌合』の判者．中古六歌仙の 1 人で，『金葉集』の撰者．歌論書『俊頼髄脳』，家集『散木奇歌集』がある．金葉集

初出． 160，207，344，358

友則《とものり》 紀．生没年未詳．50歳ほどで没か．宮内少輔有朋の男．従兄に紀貫之．土佐掾を経て，寛平10年(898)少内記，延喜4年(904)大内記に至る．『古今集』撰者の1人となるが，撰の途中で没か．『寛平御時菊合』『是貞親王家歌合』『寛平御時后宮歌合』『宇多院歌合』『紀師匠曲水宴和歌』『寛平御時中宮歌合』，延喜5年『藤原定国四十賀屛風歌』などに出詠．三十六歌仙の1人．家集『友則集』．古今集初出． 67，224

具平親王《ともひらしんのう》 応和4年(964)生，寛弘6年(1009)7月28日没，46歳．村上天皇第7皇子．母は代明親王の女庄子．後中書王・六条宮・千種殿とも称した．永延元年(987)中務卿，寛弘4年二品に叙せらる．幼年より慶滋保胤に師事，経学・詩文を学ぶ．博学多識で諸学諸芸に通じた．自邸でしばしば詩会を催す．詩文は『本朝麗藻』『類聚句題抄』『本朝文粋』などに残る．『弘決外典鈔』を撰述．家集『具平親王集』があるが，断簡が知られるのみ．拾遺集初出． 424

な 行

長家《ながいえ》 藤原．寛弘2年(1005)生，康平7年(1064)11月9日没，60歳．太政大臣道長の6男．母は源高明の女高松殿明子．のち正室鷹司殿倫子の猶子．治安3年(1023)正三位権中納言，翌年正二位，万寿5年(1028)権大納言，長久5年(1044)民部卿．長元8年(1035)『賀陽院水閣歌合』，天喜4年(1056)『皇后宮春秋歌合』などに出詠，後者では撰者ともなる．また自らも歌会・詩会を主催した．御子左家の祖．家集もあったらしい．後拾遺集初出． 268

永実《ながざね》 藤原．生年未詳．永久3年(1115)以後保安元年(1120)以前の没．太皇太后宮大夫清家の男．母は橘季通の女．蔵人・信濃守などを経て，従五位上上総守．永久3年『内大臣忠通昼夜歌合』などに出詠．金葉集初出． 190

中務《なかつかさ》 生没年未詳．延喜12年(912)頃の生，永祚元年(989)以後の没．宇多天皇の第4皇子敦慶親王の女．母は伊勢．源信明と長い恋愛関係にあったが，周囲には多くの男性がいた．村上天皇・権門関係の屛風歌を多く詠進し，天暦7年(953)『村上御時菊合』，天暦10年『麗景殿女御歌合』，天徳4年(960)『内裏歌合』，天禄4年(973)『円融院扇合』などに出詠．三十六歌仙の1人．家集『中務集』．後撰集初出． 256，276

仲綱《なかつな》 源．大治元年(1126)生，治承4年(1180)5月26日没，55歳．右京権大夫頼政の男．母は源斉頼の女．蔵人・伊豆守．正五位下．治承4年父とともに以仁王を奉じて挙兵，平氏に敗れて自害．嘉応2年(1170)『建春門院北面歌合』，同年『住吉社歌合』，承安2年(1172)『広田社歌合』，安元元年(1175)『右大臣家歌合』，治承2年『別雷社歌合』などに父とともに出詠．歌林苑にも交わった．千載集初出． 80，387

長能《ながとう》(《ながよし》) 藤原．生没年未詳．天暦3年(949)頃生，長和年間(1012–17)頃没か．伊勢守倫寧の2男．母は刑部大輔源認の女．道綱母の異母弟．蔵人・図書頭・上総介などを経て，寛弘6年(1009)正五位上伊賀守．天延3年(975)『一条大納言家歌合』，寛和元年(985)『内裏歌合』，寛和2年『内裏歌合』，長保5年(1003)『太政大臣殿三十講歌合』などに出詠．花山院に近侍，『拾遺集』撰集に参与したか．中古三十六歌仙の1人．家集『長能集』．拾遺集初出． 179，225

永範《ながのり》 藤原．康和4年(1102)生，治承4年(1180)11月9日没，79歳(『山槐記』)．文章博士永実の男．母は中原師平の女．文章博士・東宮学士等を経て，嘉応元年(1169)宮内卿，承安3年(1173)正三位に至る．後白河・六条・高倉3代の侍読を勤め，また大嘗会和歌の作者となった．承安2年『暮春白河尚歯会和歌』，治承2年『別雷社歌合』などに出詠．文章は『願文集』など，詩は『中右記部類紙背漢詩集』にある．千載集初出． 274

修範《ながのり》 藤原．本名脩憲．康治2年(1143)生，寿永2年(1183)没，41歳．少納言通憲の5男．母は従二位藤原朝子．左少将を経て，嘉応元年(1169)左京大夫，寿永2年正三位参議．同年出家．治承2年(1178)『別雷社歌合』などに出詠．寿永2年『左京大夫修範歌合』を主催か．千載集初出． 133．173

仲正《なかまさ》 仲政とも．源．生没年未詳．一説に治暦2年(1066)頃の生，保延6年(1140)頃の没．下野守頼綱の男．母は従一位源麗子(師実室)の女房中納言局．頼政・三河・美濃らの父．皇后宮大進・下野守などを経て，従五位

下(上とも)兵庫頭に至る．長治元年(1104)『左近権中将俊忠朝臣家歌合』，大治３年(1128)『西宮歌合』『住吉歌合』，長承３年(1134)『中宮亮顕輔家歌合』などに出詠．家集『蓬屋集』があったらしいが，散逸．金葉集初出．345

仲丸《なかまろ》　仲麿とも．安部(阿倍とも)．文武２年(698)生か，宝亀元年(770)没．中務大輔船守の男．遣唐留学生となり，養老元年(717)入唐．唐名朝衡の名で唐朝玄宗に仕え寵を受け，李白・王維らと交遊．天平勝宝５年(753)遣唐大使藤原清河に従い帰国の途についたが，海上に遭難，再び唐に戻った．のち光禄大夫，北海郡開国公などを歴任，没後，潞州大都督を贈られる．承和３年(836)贈正二位．漢詩は『文苑英華』『文華秀麗集』などに収められる．古今集に１首のみ．220

長能《ながよし》　→ながとう

成助《なりすけ》　賀茂．長元７年(1034)生，永保２年(1082)没，49歳．従五位上賀茂神主成真(実)の男．母は未詳．永承５年(1050)賀茂社権禰宜，翌年神主．従五位下．津守国基，良暹らと親しく，橘俊綱家にも出入した．治暦３年(1067)『備中守定綱歌合』に出詠．家集『成助集』が存したようだが，断簡３首のみ伝わる．後拾遺集初出．24，315

成仲《なりなか》　祝部．康和元年(1099)生，建久２年(1191)10月13日没，93歳．日吉社禰宜成実の子．日吉社禰宜，正四位上石見介に至る．永万２年(1166)『中宮亮重家朝臣家歌合』以下，治承２年(1178)『別雷社歌合』などに出詠．承安２年(1172)『暮春白河尚歯会和歌』に加わる．歌林苑会衆の１人．家集『祝部成仲集』あり，詞花集初出．19，366

成範《なりのり》　藤原．「しげのり」とも．もと成憲．保延元年(1135)生，文治３年(1187)３月17日没，53歳．少納言通憲(入道信西)の３男．母は藤原兼永の女朝子(後白河院の乳母紀伊二位)．小督局の父．平治の乱で下野に配流．永暦元年(1160)本位に復し，大宰大弐などを経て，正二位中納言民部卿に至る．桜町中納言と称される．嘉応２年(1170)『左衛門督実国卿家歌合』，同年『住吉社歌合』，承安２年(1172)『広田社歌合』などに出詠．『唐物語』の作者か．千載集初出．26，172

業平《なりひら》　在原．天長２年(825)生，元慶４年(880)５月28日没，56歳．平城天皇皇子阿保親王の男．母は桓武天皇皇女伊都内親王．蔵人，右馬頭などを経て，元慶元年(877)従四位上右近権中将，同３年蔵人頭．在五中将と呼ばれた．『伊勢物語』や『大和物語』『古今集』『後撰集』などの記事から様々な事柄が知られるが，事実か否か見極め難いところがある．六歌仙・三十六歌仙の１人．家集『業平集』は他撰歌集．古今集初出．322，348，349

成通《なりみち》　藤原．初名は宗房．承徳元年(1097)生，没年未詳．永暦元年(1160)には64歳で生存．権大納言宗通の４男．母は修理大夫藤原顕季の女．保延２年(1136)権中納言，康治２年(1143)正二位，保元元年(1156)大納言．平治元年(1159)出家，法名栖蓮．長承３年(1134)『中宮亮顕輔家歌合』などに出詠．西行と親交あり．蹴鞠に優れ，伝書『成通卿口伝日記』の著者と伝える．家集『成通卿集』．金葉集初出．149

二条院さぬき《にじょういんさぬき》　→讃岐《さぬき》

二条大宮肥後《にじょうおおみやひご》　→肥後《ひご》

入道法親王《にゅうどうほっしんのう》　→覚性《かくしょう》

仁覚《にんがく》　俗姓源．寛徳２年(1045)生，康和４年(1102)３月27日没，58歳．右大臣師房の３男．比叡山に登り，出家．慶範・明快・性範・経運らから顕密二教を学ぶ．法性寺座主，寛治７年(1093)天台座主．大僧正．一乗坊と称された．金葉集に１首のみ．391

仁和寺法親王《にんなじほっしんのう》　→守覚法親王《しゅかくほっしんのう》

能因《のういん》　俗名橘永愷．永延２年(988)生，没年未詳．永承５年(1050)には生存．長門守元愷の男(肥後守為愷の男とも忠望の男とも)．文章生となるが，長和２年(1013)頃出家．法名融因，のち能因．古曾部入道とも．摂津の難波・古曾部に隠棲するが，奥州はじめ諸国に下向，漂泊の歌人となる．歌を藤原長能に学ぶ．長元８年(1035)『賀陽院水閣歌合』，永承４年(1049)『内裏歌合』，同５年『祐子内親王家歌合』などに出詠．嘉言・俊綱・家隆・為仲らと交遊．三十六歌仙の１人．私撰集『玄々集』．歌学書『能因歌枕』．家集『能因集』．後拾遺集初出．211，340

惟規《のぶのり》(《これのり》)　藤原．生年未詳．寛弘８年(1011)没．越後守為時の１男．母は摂津守藤原為信の女．紫式部の同母弟(兄とも)．寛弘４年蔵人兼兵部丞，のち式部丞を経て，従五位下に至る．父の越後守赴任に随行し，客死．

斎院中将の恋人.『今昔物語集』『俊頼髄脳』に逸話. 家集『惟規集』. 後拾遺集初出. 209, 409

範兼《のりかね》(のりかぬ) 藤原. 嘉承 2 年(1107)生, 長寛 3 年(1165) 4 月 26 日没, 59 歳. 式部少輔能兼の 1 男. 母は兵部少輔高階為賢の女. 式部少輔・東宮学士・大学頭を経て, 応保 2 年(1162)刑部卿, 翌長寛元年従三位. 同 3 年出家. 岡崎三位と称さる. 大治 5 年(1130)『殿上蔵人歌合』, 保延元年(1135)同 2 年『播磨守家成歌合』, 応保 2 年(1162)『二条院中宮育子貝合』に出詠. 俊恵・頼政らと親交. 歌学書『和歌童蒙抄』『五代集歌枕』. 私撰集『後六々撰』. 千載集初出. 122, 185

則長《のりなが》 →教長《のりなが》

教長《のりなが》 藤原. 幼名文殊. 天仁 2 年(1109)生, 没年未詳. 治承 4 年(1180)没で 72 歳か. 大納言忠教の 2 男. 母は大納言源俊明の女. 蔵人頭を経て, 保延 7 年参議, 久安 5 年(1149)正三位. 久寿 3 年(1156)左京大夫. 保元の乱で敗走, 出家した. 法名は観蓮・貧道. 常陸国へ配流されたが, 応保 2 年(1162)召還. その後は北山・東山・高野に住んだ. 仁安 2 年(1167)『太皇太后宮亮平経盛朝臣家歌合』, 承安 2 年(1172)『広田社歌合』, 治承 2 年(1178)『別雷社歌合』などに出詠. 『三井寺山家歌合』の判者. 自らも歌合を催した. 私撰集『拾遺古今』(散逸), 注釈書『古今和歌集註』, 入木道伝書『才葉抄』を著す. 家集『貧道集』. 詞花集初出. 170, 334

範永《のりなが》 藤原. 生没年未詳. 尾張守中清の男. 母は従三位近江守藤原永頼の女. 長和 5 年(1016)蔵人, 康平 7 年(1064)摂津守. 正四位下. 藤原頼通の家司を勤め, 延久 2 年(1070)頃出家, 津入道と号した. 永承 5 年(1050)『祐子内親王家歌合』, 天喜 4 年(1056)『皇后宮春秋歌合』などに出詠. 和歌六人党の一員ともいわれ, 頼通期歌界の重鎮. 家集『範永集』. 後拾遺集初出. 8, 302

は 行

範玄《はんげん》 俗姓藤原. 保延 3 年(1137)生, 正治元年(1199) 6 月 1 日没, 63 歳. 皇后宮大進為業(寂念)の男. 三河内侍は妹. 興福寺別当となり, 権僧正に至る. 伊賀僧正・中山僧正と称さる. 治承 2 年(1178)『別雷社歌合』に出詠. 自邸にて『範玄律師歌合』を催す. 教長・顕昭らと交遊あり. 千載集初出. 153, 208

肥後《ひご》 生没年未詳. 常陸とも. 肥前守(肥後守とも)藤原定成の女. 常陸介・肥後守藤原実宗の妻. 関白師実家の女房, のち皇后宮令子内親王(二条太皇太后)に仕えた. 康和 4 年(1102)『堀河院艶書合』,『堀河百首』,『永久百首』の作者. 家集に『肥後集』がある. 金葉集初出. 56, 421

兵衛《ひようえ》 右兵衛督・待賢門院兵衛・上西門院兵衛とも. 生没年未詳. 寿永 3 年(1184)頃没か. 神祇伯源顕仲の女. 姉妹に待賢門院堀河・大夫典待・顕仲卿女がいる. はじめ鳥羽天皇中宮璋子(待賢門院)に出仕, 崩後統子内親王(上西門院)の女房. 永暦元年(1160)上西門院出家とともに落飾. 藤原実定・実家兄弟や西行らと親交. 大治 3 年(1128)『西宮歌合』『南宮歌合』, 久安 5 年(1149)『右衛門督家歌合』などに出詠. 『久安六年御百首』の作者. 家集もあったが散逸. 金葉集初出. 90, 158, 318

広言《ひろこと》(ひろとき) 惟宗. 生没年未詳. 一説に承元 2 年(1208)没, 75 歳. 日向守基言の男. 少監式部を経て, 文治 2 年(1186)五位筑後守. 崇徳院歌壇に参加後, 後白河院の今様の弟子となる. 承安 2 年(1172)『広田社歌合』, 治承 2 年(1178)『別雷社歌合』, 同年『廿二番歌合』,『文治二年十月二十二日歌合』, 文治 3 年『貴船社歌合』(散逸)などに出詠. 歌林苑会衆の 1 人. 家集『惟宗広言集』, 私撰集『言葉集』(散逸)がある. 千載集初出. 233, 243

伏見上人《ふしみのしようにん》 生没年・伝未詳. (329)

傅大将母《ふのたいしようのはは》 →道綱母《みちつなのはは》

傅大納言母《ふのだいなごんのはは》 →道綱母

遍昭《へんじよう》 遍照とも. 俗名は良岑宗貞. 弘仁 7 年(816)生, 寛平 2 年(890) 1 月 19 日没, 75 歳. 桓武天皇皇子大納言安世の 8 男. 素性の父. 嘉祥 2 年(849)蔵人頭, 翌年従五位上となるが, 時帝の崩御に会い, 同年出家. 斉衡 2 年(855)慈覚大師円仁に師事. 仁和元年(885)僧正. 花山の元慶寺を草創し, 座主となって花山僧正とよばれた. 六歌仙・三十六歌仙の 1 人. 家集『遍昭集』. 古今集初出. 271, 331, 390

法性寺殿《ほつしようじどの》 →忠通《ただみち》

堀河《ほりかわ》 待賢門院堀河・前斎院六条・伯卿女とも. 生没年未詳. 神祇伯源顕仲の女. はじめ白河院皇女令子内親王(前斎院), 後に鳥羽院

中宮璋子(待賢門院)に仕える．永治2年(1142)待賢門院の落飾に殉じて出家．大治3年(1128)父主催の『西宮歌合』『南宮歌合』『住吉歌合』などに出詠．『久安六年御百首』を詠進．中古六歌仙の1人．家集『待賢門院堀河集』．金葉集初出．　280.

堀川右大臣《ほりかわのうだいじん》　→頼宗《よりむね》

堀河女御《ほりかわのにょうご》　延子．生年未詳，寛仁3年(1019) 4月10日没．左大臣従一位藤原顕光の2女．母は村上天皇皇女盛子内親王．小一条院(敦明親王)の女御．式部卿敦貞親王の母．後拾遺集初出．　234

本院左近《ほんいんのさこん》　生没年•出自未詳．本院のくら(『後撰集』)とも．本院左大臣時平の女仁善子(保明親王妃)に仕えた女房か．後撰集に1首のみ．　154

ま　行

匡衡《まさひら(ただひら)》　大江．天暦6年(952)生，寛弘9年(1012) 7月16日没，61歳．式部大輔重光の男．母は一条摂政家女房．赤染衛門の夫．永祚元年(989)従五位上文章博士，のち侍従•東宮学士を経て，長徳4年(998)従四位下式部権大輔，寛弘7年式部大輔兼丹波守•侍従．正四位下．一条•三条2代の侍読．漢詩文は『本朝文粋』『本朝麗藻』『朝野群載』などに採録．中古三十六歌仙の1人．漢詩集『江吏部集』，家集『匡衡集』がある．後拾遺集初出．　83

政平《まさひら》　賀茂．生年未詳，安元2年(1176) 6月没(『吉記』)．神主成平の男．応保2年(1162)太田社禰宜から片岡社祝へ．従四位上片岡社禰宜．承安2年(1172)『広田社歌合』や実国•経盛•重家らの家の歌合に出詠．歌林苑にも出入した．詞花集初出．　37，367

匡房《まさふさ》　大江．長久2年(1041)生，天永2年(1111) 11月5日没，71歳．大学頭成衡の男．母は宮内大輔橘孝親の女．後三条•白河•堀河三帝の東宮学士．応徳4年(1087)式部大輔，翌年参議，寛治8年(1094)従二位権中納言，永長2年(1097)大宰権帥，康和4年(1102)正二位，天永2年大蔵卿．承暦2年(1078)『内裏歌合』，嘉保元年(1094)『高陽院七番和歌合』に出詠．自邸でも歌合を主催．『堀河百首』では，白河•堀河•鳥羽3代の大嘗会和歌を献じた．詩文は『本朝続文粋』『朝野群載』『本朝文集』などに採録．著書に『本朝神仙伝』『続本朝往生伝』『江都督願文集』『暮年詩記』『詩境記』『傀儡子記』『遊女記』『狐媚記』『洛陽田楽記』『江談抄』『江家次第』などがある．家集『江帥集』．後拾遺集初出．　81

雅光《まさみつ(まさてる)》　源．寛治3年(1089)生，大治2年(1127) 10月3日没，39歳．父は中納言雅兼(『尊卑分脈』)•右大臣顕房(『今鏡』)•右大臣雅定(『作者部類』)と諸説あり．母は八幡別当清円の女(『尊卑分脈』)．従五位上治部大輔に至る．永久3年(1115)から大治元年までの藤原忠通家の歌合に7度出詠．金葉集初出．125，161

雅頼《まさより》　源．大治2年(1127)生，建久元年(1190) 8月3日没，64歳．中納言雅兼の男．母は源能俊の女．長寛2年(1164)参議，仁安4年(1169)権中納言，寿永2年(1183)正二位．文治3年(1187)出家．猪隈中納言•壬生•綾小路と称さる．永万2年(1166)『中宮亮重家朝臣家歌合』，治承2年(1178)『別雷社歌合』に出詠．千載集初出．　151，383

三河内侍《みかわのないし》　→参河内侍《みかわのないし》

参河内侍《みかわのないし》　生没年未詳．保延(1135-40)頃の生．正治2年(1200)には生存．藤原為業(寂念)の女．二条天皇の東宮時代，参川の名で出仕．即位後掌侍となり参河内侍と称す．のち後白河院女御琮子に出仕，兵衛佐を名のる．藤原定隆の室，天皇没後，藤原実綱の妻．永万2年(1166)『中宮亮重家朝臣家歌合』，嘉応2年(1170)『住吉社歌合』，承安2年(1172)『広田社歌合』，建久6年(1195)『民部卿家歌合』，正治2年(1200)『石清水若宮歌合』に出詠．千載集初出．　203，265

道真《みちざね》　菅原．幼名阿古．承和12年(845)生，延喜3年(903) 2月25日没，59歳．参議是善の3男．母は伴氏．元慶元年(877)文章博士，寛平9年(897)権大納言，昌泰2年(899)右大臣，同4年従二位に叙せられたが，大宰権帥に左遷，配所で没した．菅公•菅家•菅丞相と称さる．延喜23年本官に復し正二位を追贈．正暦4年(993)正一位左大臣，太政大臣を追贈．太宰府天満宮•北野天神に祀らる．『三代実録』の撰修に関与，『類聚国史』を編纂した．詩文集に『菅家文草』『菅家後集』があり，『新撰万葉集』(『菅家万葉』)を撰述したといわれる．私撰集『菅家御集』は後人の編．古今集初出．　165

通親《みちちか》　源．久安5年(1149)生，建仁2年(1202) 10月20日(一説21日)没，54歳．内大

臣雅通の1男．母は典薬助藤原行兼(長信)の女．権中将，権大納言などを経て，正治元年(1199)正月右大将，6月内大臣となる．正二位．土御門内大臣と称さる．養女在子(承明門院)を後鳥羽天皇の後宮に入れ，権力を掌握．嘉応2年(1170)『住吉社歌合』，同年『建春門院北面歌合』，治承2年(1178)『別雷社歌合』，『正治初度百首』，建仁元年(1201)『新宮撰歌合』，『建仁元年八月十五夜撰歌合』などに出詠．正治2年(1200)『石清水若宮歌合』の判者．『千五百番歌合』の作者で，判も分担したが急死のため無判．自邸で人麻呂影供歌合などを主催．著に『高倉院厳島御幸記』『高倉院升遐記』『擬香山模草堂記』などがある．千載集初出．　71，198

道綱母《みちつなのはは》　傅大将母・傅大納言母とも．生年未詳，長徳元年(995)没．承平6年(936)頃の生で60歳ほどか．陸奥守藤原倫寧の女．母は刑部大輔源認の女．太政大臣兼家と結婚，道綱を生む．妹に『更級日記』作者の母，弟に長能，清少納言や紫式部は縁戚．『藤原師尹五十賀屏風歌』や寛和2年(986)『内裏歌合』，正暦4年(993)『帯刀陣歌合』に出詠．『蜻蛉日記』の作者．中古三十六歌仙の1人．家集に『傅大納言殿母上集』『道綱母集』．拾遺集初出．　93，249

道済《みちとき》(《みちなり》)　源．生年未詳，寛仁3年(1019)没，50余歳か．従五位下能登守方国の男．母は未詳．信明の孫．長徳4年(998)宮内少丞，その後，蔵人，下総権守を経て，長和4年(1015)筑前守兼大宰少弐，寛仁2年正五位下．長保5年(1003)『左大臣道長歌合』に出詠．漢詩文を大江以言に学び，公任・能因らと交友があった．長能らと『拾遺集』撰集に助力したか．『道済十体』を著す．中古三十六歌仙の1人．家集に『道済集』あり．拾遺集初出．　29

道信《みちのぶ》　藤原．天禄3年(972)生，正暦5年(994)7月8日没，23歳．太政大臣為光の3男．母は一条摂政藤原伊尹の女．元服後伯父太政大臣兼家の養子となる．侍従，左近少将，丹波守などを経て，従四位上左近中将に至る．和歌に優れ，一条朝の主要歌人として活躍．公任，実方らと親交があった．中古三十六歌仙の1人．家集に『道信朝臣集』あり．拾遺集初出．　22，205，350

道雅《みちまさ》　藤原．幼名は松君．正暦3年(992)生，天喜2年(1054)7月20日没，63歳(62歳とも)．内大臣伊周の男．母は権大納言源重光の女．長和5年(1016)蔵人頭従三位．三条院皇女前斎宮当子内親王と密通，職を解かれて閑職に追われた．寛徳2年(1045)左京大夫．道長と対立，晩年は八条の山荘に閑居．永承2年(1047)頃『左京大夫八条山庄障子和歌合』を主催．中古三十六歌仙の1人．後拾遺集初出．　351

光綱母《みつつなのはは》　生没年・出自未詳．金葉集に1首のみ．　362

躬恒《みつね》　凡河内．生没年未詳．『作者部類』は諶利の男とするが未詳．寛平6年(894)甲斐少目，後に丹波権大目，和泉権掾などを経て，延喜21年(921)淡路権掾に至る．延喜5年友則・貫之・忠岑らと勅により『古今集』を撰進．『是貞親王家歌合』『寛平御時后宮歌合』，寛平8年(896)『后宮胤子歌合』，昌泰元年(898)『亭子院女郎花合』などに出詠，延喜5年『藤原定国四十賀』など屏風歌も多い．『大和物語』『十訓抄』『古今著聞集』等に説話あり．三十六歌仙の一人．家集に『躬恒集』がある．古今集初出．　12，174，(180)，359

命婦乳母《みようぶのめのと》　生没年未詳．万寿4年(1027)10月の妍子崩後の記事に名が見えるのが最終(『栄花物語』)．前加賀守正五位下源兼澄の女．母は出雲守従五位上藤原相如の女．長和2年(1013)7月22日陽明門院(禎子内親王)の乳母として参上(『御堂関白記』)．橘俊遠の妻(つぼみ花)，後に藤原周頼の妾か．後拾遺集に1首のみ．　277

致時《むねとき》　中原．天暦元年(947)生，寛弘8年(1011)7月8日没，65歳(『地下家伝』)．少外記従四位下有象の男．少外記，大外記などを経て，寛弘元年従四位上伊勢守(『系図纂要』)．『小右記』には，天元5年(982)4月2日の条に外記として見えるのが初出で，以後寛弘5年9月18日の条までその名が見える．また，『続詞花集』惟宗経泰の詠(953)の詞書にその名が見える．後拾遺集に1首のみ．　372

棟仲《むねなか》　平．生没年未詳．安芸守重義の男．桓武平氏．母は関白藤原道隆の女．万寿2年(1025)検非違使(『小右記』7月11日の条)，のち因幡守・周防守などを歴任して，従五位上に至る．教成と兄弟．周防内侍の父．長暦2年(1038)と長久2年(1041)の『源大納言家

歌合』に出詠．和歌六人党の1人．『袋草紙』に逸話あり．後拾遺集のみ． 23

村上天皇《むらかみてんのう》 諱は成明．法名は覚貞．第62代天皇．延長4年(926)生，康保4年(967)5月25日没，42歳．醍醐天皇の第14皇子．母は太政大臣藤原基経の女穏子．天慶9年(946)から康保4年まで在位，天暦の治と謳われた．天暦5年(951)梨壺に和歌所を設置，源順ら5人に『万葉集』の訓読と『後撰集』の撰進を命じた．天暦7年『村上御時菊合』，天徳3年(959)『清涼殿詩合』，天徳4年『内裏歌合』，応和2年(962)『内裏歌合』など数多く主催し，後宮の歌合も後援した．『天暦御製詩草』(散逸)があったという．家集『村上天皇御集』．後撰集初出． 266

紫式部《むらさきしきぶ》 藤原．生没年未詳．越前守為時の女．母は常陸介藤原為信の女．長徳2年(996)父為時の越前国赴任に同行．帰京後，山城守藤原宣孝と結婚，賢子(大弐三位)を生む．長保3年(1001)宣孝と死別．寛弘2年(1005)あるいは3年から一条天皇中宮彰子(上東門院)に出仕，藤式部と呼ばれた．以後晩年まで宮仕えを続けた．中古三十六歌仙の1人．『源氏物語』『紫式部日記』の作者．家集『紫式部集』．後拾遺集初出． 410

茂行《もちゆき》 紀．望行とも．生没年未詳．承和(834–848)頃の人．下野守本道の男，母は未詳．有朋の兄弟，貫之の父．六位(『作者部類』)．古今集に1首のみ．(96)

元輔《もとすけ》 清原．延喜8年(908)生，永祚2年(990)6月没，83歳．下総守春光の1男．母は高階利生の女．深養父の孫，清少納言の父．周防守兼鋳銭長官などを経て，天元3年(980)従五位上，寛和2年(986)肥後守．天延3年(975)『一条大納言家歌合』などに出詠．天暦11年(957)師輔五十賀をはじめ多くの屏風歌を詠む．梨壺の五人の1人として『後撰集』を撰進．三十六歌仙の1人．家集『元輔集』．拾遺集初出． 370

基俊《もととし(きしゅん)》 藤原．康平3年(1060)生(所伝により異なる)，永治2年(1142)1月16日没，83歳．右大臣俊家の男．母は下総守高階順業の女．従五位上左衛門佐．保延4年(1138)出家，法名覚舜．金吾入道とよばれた．康和2年(1100)『宰相中将源朝臣国信卿家歌合』，長治2，3年(1105–6)頃『堀河院御時百首和歌』では作者，永久4年(1116)『雲居寺結縁経後宴歌合』では判者，元永元年(1118)『内大臣家歌合』では判者・作者，同2年『内大臣家歌合』では作者，保安2年(1121)『関白内大臣家歌合』では判者・作者，天治元年(1124)『権僧正永縁花林院歌合』では判者，大治3年(1128)『西宮歌合』では判者・作者，同年『住吉歌合』では作者，長承3年(1134)『中宮亮顕輔家歌合』では判者となるなどして活躍した．『新撰朗詠集』『相撲立詩歌』を編纂，『本朝無題詩』に作品を残すなどして和漢に通じた．撰歌集に『悦目抄』(散逸)，家集に『基俊集』がある．金葉集初出． 36，269，380

元良親王《もとよししんのう》 寛平2年(890)生，天慶6年(943)7月26日没，54歳．陽成天皇第1皇子，母は主殿頭藤原遠長の女．三品兵部卿に任ぜられる．風流好色の貴公子で，『後撰集』や『大和物語』などに修理君・平中興女・中納言君・京極御息所褒子・本院侍従などとの交渉がみえる．同母弟元平親王と2人で歌を合わせた『陽成院親王二人歌合』がある．家集『元良親王集』．後撰集初出．(404)

盛方《もりかた》 成方とも．藤原．保延3年(1137)生，治承2年(1178)11月12日没，42歳．中納言顕時の男．母は平忠盛の女．従四位下民部少輔・中宮大進・出羽守．嘉応2年(1170)『住吉社歌合』，承安2年(1172)『広田社歌合』，治承2年『別雷社歌合』などに出詠．歌林苑の歌会に出詠した．千載集初出． 293，378

盛経女《もりつねのむすめ》 源盛経母(『金葉集』)とも．生没年・出自未詳．『宝物集』瑞光寺本は作者名を「藤原」とのみ記す．金葉集に2首． 157

師賢《もろかた》 源．長元8年(1035)生，永保元年(1081)7月2日没，47歳．参議兵部卿資通の2男．宇多源氏．母は伊予守源頼光の女．蔵人頭，左中弁．正四位下．承保2年(1075)『殿上歌合』，承暦2年(1078)『内裏歌合』などに出詠．和琴・郢曲の名手．梅津の師賢山荘は，経信・頼家らを招き歌会の場となった．後拾遺集初出． 17，(425)

師時《もろとき》 源．承暦元年(1077)生，保延2年(1136)4月6日没，60歳．左大臣俊房の2男．母は参議源基平の女．大治5年(1130)権中納言，長承4年(1135)正三位．保延2年4月6日出家．『堀河百首』の作者．嘉保3年(1096)『左兵衛佐師時家歌合』，天仁3年(1110)『山家五番歌合』などを主催．康和4年(1102)『堀河院艶書合』，永久4年(1116)『雲居寺結縁経

後宴歌合』などに出詠．日記『長秋記』．金葉集初出． 309，425(師賢)

師俊《もろとし》 源．本名俊仲．承暦4年(1080)生，永治元年(1141) 12月7日没，62歳．左大臣俊房の男．母は平重経の女．源俊頼の女を妻とする．長承2年(1133)参議，同3年従三位，同4年権中納言．保延2年(1136)出家．元永元年(1118)『内大臣家歌合』をはじめとする忠通家歌合の常連．金葉集初出． 195

師光《もろみつ》 源．生没年未詳．天承元年(1131)頃生，建仁3年(1203)頃没か．大納言師頼の男．母は大納言藤原能実の女．正五位下右京権大夫．養和元年(1181)頃出家，法名は生蓮．永暦元年(1160)『太皇太后宮大進清輔朝臣家歌合』，永万2年(1166)『中宮亮重家朝臣家歌合』，承安2年(1172)『広田社歌合』，建久6年(1195)『民部卿家歌合』などに出詠．『御室五十首』『正治二年初度百首』などの作者となり，自らも歌合や百首を主催した．歌林苑会衆の1人．私撰集に『花月集』(散逸)，家集に『師光集』がある．千載集初出． 66，297，306

や 行

家持《やかもち》 大伴．養老2年(718)生か(養老元年説などあり)，延暦4年(785) 8月28日没．旅人の男．内舎人，宮内少輔を経て，天平18年(746)越中守となり赴任．天平勝宝3年(751)帰京．一時左遷されたが復帰し，参議・右京大夫などを経て，延暦3年従三位中納言持節征東将軍に至る．死後まもなく藤原種継暗殺事件の首謀者の1人として除名されたが，21年後の延暦25年に従三位に復した．『万葉集』所収歌は集中最多で，その編纂者に擬されている．三十六歌仙の1人．家集『家持集』は後世の撰集で，内実は万葉集抄となっている．拾遺集初出． 14，(347)

康資王母《やすすけのおおきみのはは》 本名未詳．四条宮筑前・伯母と呼ばれる．生没年未詳．筑前守高階成順の女．母は大中臣輔親の女伊勢大輔．花山院孫延信王に嫁して神祇伯康資王を生む．のち常陸守藤原基房の妻．後冷泉天皇の皇后四条宮寛子に仕える．大中臣重代の歌人の1人．寛治8年(1094)『高陽院殿七番和歌合』では経信判に反論を提出．嘉保3年(1096)『左兵衛佐師時家歌合』，康和4年(1102)『堀河院艶書合』などにも出詠．中古三十六歌仙の1人．家集に『康資王母集』あり．後拾遺集初出． 34，279，356

保胤《やすたね》 賀茂．改姓して慶滋．字は茂能．生年未詳，長保4年(1002) 10月21日没，70余歳か．一説に長徳3年(997)没．賀茂忠行の2男．菅原文時を師とし，文章生・近江掾を経て，天元年間に従五位下大内記に至る．寛和2年(986)出家．法名寂心(心覚とも)．内記入道・内記上人と称さる．貞元2年(977)『三条左大臣家歌合』に出詠．源為憲・兼明親王・源信らと親交．具平親王は門人．著作に『池亭記』『日本往生極楽記』．漢詩文は『本朝文粋』『和漢朗詠集』『新撰朗詠集』などに採録．拾遺集に1首のみ． 87

康頼《やすより》 平．生没年未詳．正治2年(1200)までは生存．信濃権守中原頼季の男．仁安3年(1168)左衛門尉，のち検非違使も兼ね，後白河院近臣として仕える．安元3年(1177) 6月鹿が谷事件により，鬼界が島に配流．途中，周防の室積で出家，法名は性照．特赦で帰洛後，文治2年(1186)頼朝により阿波国麻殖保の保司に任ぜらる．建久2年(1191)『若宮社歌合』，同6年『民部卿家歌合』，正治2年『石清水若宮社歌合』に出詠．今様の優れた歌い手．『宝物集』を著し，仏教の普及に貢献した．千載集初出． 223，418

祐盛《ゆうぜい(ゆうじょう)》 生没年未詳．元永元年(1118)頃生，正治2年(1200)以後の没．源俊頼の男で，叡山の阿闍梨となる(『作者部類』)．通称は式部公．永暦元年(1160)『太皇太后宮大進清輔朝臣家歌合』，嘉応2年(1170)『住吉社歌合』，承安2年(1172)『広田社歌合』，治承2年(1178)『別雷社歌合』，建久6年(1195)『民部卿家歌合』，正治2年『三百六十番歌合』などに出詠．『月詣和歌集』の撰に助力．歌林苑会衆の1人．著に『難歌撰』(散逸)．千載集初出． 105，357

行平《ゆきひら》 在原．弘仁9年(818)生，寛平5年(893) 7月19日没，76歳(異説あり)．平城天皇の皇子阿保親王の子．業平は異母兄．承和7年(840)蔵人，以後累進して貞観12年(870)参議，元慶6年(882)中納言，民部卿を経て同9年兼按察使に至ったが，仁和3年(889)致仕．『在民部卿家歌合』を主催し，奨学院創設などして，和歌・学問の普及に尽力した．『伊勢物語』にその名がみえる．古今集初出． 11

行宗《ゆきむね》　源．康平 7 年(1064)生，康治 2 年(1143) 12 月 24 日没，80 歳．参議基平の末子．母は権中納言藤原良頼の女．天台座主行尊は兄．保延 4 年(1138)大蔵卿，翌年従三位．康治 2 年出家．嘉保 2 年(1095)『郁芳門院前栽合』，永久 4 年(1116)『鳥羽殿北面歌合』，長承 3 年(1134)『中宮亮顕輔家歌合』などに出詠．崇徳院の「初度百首」に参加．『久安百首』の作者にも加えられたが，詠進前に没した．家集『行宗集』．金葉集初出．　298

嘉言《よしこと》(よしとき)　大江．一時弓削としたが復姓．生没年未詳．寛弘 7 年(1010)頃没か．大隅守仲宣の子．正言・以言らと兄弟．文章生・弾正少忠を経て寛弘 6 年対馬守となり，同地で没す．藤原長能・源道済・能因ら河原院グループの 1 人．正暦 4 年(993)『帯刀陣歌合』，長保 5 年(1003)『太政大臣殿三十講歌合』などに出詠．中古三十六歌仙の 1 人．家集に『大江嘉言集』がある．拾遺集初出．　58

能実《よしざね》　藤原．延久 2 年(1070)生，長承元年(1132) 9 月 9 日没，63 歳．摂政関白師実の 4 男．母は美濃守藤原基貞の女．応徳 4 年(1087)非参議従三位兼侍従，のち左衛門督・皇后宮大夫などを経て，保安 4 年(1123)正二位大納言．長承元年出家．寛治 3 年(1089)『太皇太后宮寛子扇歌合』に出詠．嘉保 3 年(1096)『中宮権大夫家歌合』を主催．金葉集に「読人知らず」として 1 首入集．　(226)

義孝《よしたか》　藤原．天暦 8 年(954)生，天延 2 年(974) 9 月 16 日没，21 歳．一条摂政伊尹の 4 男．母は代明親王女恵子女王．行成の父．天禄 2 年(971)右少将．正(従)五位下．兄挙賢を前少将と呼ぶのに対し，後少将と称された．ともに美男の貴公子であったが，兄に続いて同日に死去．『義孝日記』があったというが伝わらない．中古三十六歌仙の 1 人．家集『義孝集』．拾遺集初出．　260

義忠《よしただ》　藤原．「のりただ」とも(『尊卑分脈』)．生年未詳，長久 2 年(1041) 10 月 11 日没．『尊卑分脈』の 38 歳説は疑問．大和守勘解由次官為文の男．東宮学士，権左中弁．正四位下．侍読を勤め，後一条・後朱雀両大嘗会の和歌の作者．万寿 2 年(1025)『阿波守義忠歌合』を主催，長元 6 年(1033)頼通白河殿の子日に和歌序を書き，長久 2 年『弘徽殿女御歌合』では判者となった．吉野川舟遊中に転覆死．参議従三位を追贈．『本朝続文粋』等に漢詩文がある．後拾遺集初出．　44

義懐《よしちか》(よしかね)　藤原．天徳元年(957)生，寛弘 5 年(1008) 7 月 17 日没，52 歳．一条摂政伊尹の男．母は代明親王の女恵子女王．寛和元年(985)従二位権中納言．翌 2 年花山院の後を追って出家．法名は悟真，受戒後は寂真．比叡山の飯室安楽寺に止住．天延 3 年(975)『一条大納言家歌合』に出詠，寛和 2 年『内裏歌合』の判者．後拾遺集初出．　414

良利《よしとし》　橘．貞観 16 年(874)生，没年未詳．肥前国の人．越前掾・肥前掾などになる．昌泰 2 年(899)宇多天皇の落飾のとき出家．法名寛蓮．寛蓮大徳と称され，洛北弥勒寺に住した．延喜 8 年(908)宇多法皇より伝法職位を受けたとき 35 歳という．碁の名手．『今昔物語集』『大鏡』『大和物語』2 段に記事あり．新古今集に 1 首のみ．　320

能俊《よしとし》　→良利《よしとし》

能宣《よしのぶ》　大中臣．延喜 21 年(921)生，正暦 2 年(991) 8 月没，71 歳．伊勢神宮の祭主頼基の男．輔親の父．はじめ蔵人所に勤務，のち伊勢神宮に奉仕．天禄 3 年(972)神祇大副，翌年祭主．正四位下．天徳 4 年(960)『内裏歌合』，貞元 2 年(977)『三条左大臣殿前栽歌合』，寛和 2 年(986)『内裏歌合』，同年『皇太后詮子瞿麦合』などに出詠．冷泉天皇・円融天皇の大嘗会和歌作者．屛風歌も多い．円融・花山両院に家集を奉献．好忠・重之・恵慶らと交わる．梨壺の五人の 1 人，三十六歌仙の 1 人．『後撰集』の撰者の 1 人．家集『能宣集』．拾遺集初出．　(337)，386

読み人しらず　15，21，47，54，74(西行)，86，91，92，101，104(池田朝臣)，123(貫之)，148(前中宮甲斐)，166，180(躬恒)，199，204，226(能実)，285(小大君)，287，288，289，304，329(伏見上人)，330，337(能宣)，343，347(家持)，369，389，400，404(元良親王)，419，422

頼言《よりこと》　高岡(岳)．「よりとき」・「よりのぶ」とも．生没年未詳．飛驒守従五位下相如の男．母は未詳．安房守，従五位下．『小右記』万寿 4 年(1027)から翌年にかけて，外記としてみえる．後拾遺集に 1 首のみ．　2，258

頼輔《よりすけ》　藤原．本名は親忠．天永 3 年(1112)生，文治 2 年(1186) 4 月 5 日没，75 歳．大納言忠教の 4 男．母は賀茂神主成継の女．山城守・豊後守・皇太后亮などを経て，嘉応 2 年

(1170)刑部卿，養和2年(1182)従三位に至る．文治2年2月出家．永暦元年(1160)『太皇太后宮大進清輔朝臣家歌合』，永万2年(1166)『中宮亮重家朝臣家歌合』，嘉応2年(1170)『住吉社歌合』などに出詠．自家の歌合も主催．蹴鞠の難波・飛鳥井両家の祖．家集『刑部卿頼輔集』あり．千載集初出． 64，253

頼綱《よりつな》 源．万寿元年(1024)生，永長2年(1097)没，74歳．美濃守頼国の男．母は尾張守藤原中清の女．蔵人・越後守・下総守などを経て，三河守．従四位下．永承6年(1051)『六条斎院歌合』，寛治3年(1089)『太皇太后宮寛子扇歌合』，同8年『高陽院殿七番和歌合』などに出詠．能因・経信・匡房・俊頼らと親交．多田歌人と号す．後拾遺集初出． 124(顕綱)，194

頼政《よりまさ》 源．長治元年(1104)生，治承4年(1180)5月26日没，77歳(一説に76歳)．従五位下兵庫頭仲正(政)の嫡男．母は勘解由次官藤原友実の女．蔵人・兵庫頭・右京権大夫などを経て，治承2年(1178)従三位．翌年出家して頼円または真蓮と号したが，以仁王を奉じて平家討伐を企図，宇治平等院に敗死した．永万2年(1166)『中宮亮重家朝臣家歌合』，安元元年(1175)『右大臣家歌合』など多数の歌合に出詠．歌林苑会衆の1人．家集に『源三位頼政集』．詞花集初出． 9，142，213

頼宗《よりむね》 藤原．正暦4年(993)生，康平8年(1065)2月3日没，73歳．太政大臣道長の2男．母は源高明の女明子．権大納言，右大将，内大臣などを経て，康平3年(1060)右大臣．従一位．同8年正月出家．堀河右大臣・入道右大臣と称された．長元8年(1035)『賀陽院水閣歌合』，永承4年(1049)『内裏歌合』に出詠．永承5年『麗景殿女御歌合』を主催し，同年6月『祐子内親王家歌合』，同6年『内裏歌合』，天喜4年(1056)『皇后宮春秋歌合』の判者となる．家集『入道右大臣集』あり．後拾遺集初出． 62，115，272

ら 行

良暹《りょうぜん》 生没年未詳．長徳4年(998)頃生，康平7年(1064)頃没で，67歳ほどか．父未詳．一説に源道済．母は藤原実方家の童女白菊と伝える．叡山の僧で祇園別当．のち大原に隠棲，晩年は雲林院に住んだらしい．長暦2年(1038)『源大納言家歌合』，長久2年(1041)『弘徽殿女御歌合』，永承6年(1051)『内裏歌合』などに出詠．橘俊綱と親しく，成助・国基らと交流．私撰集『良暹打聞』(散逸)．後拾遺集初出． 119，290

麗景殿女御《れいけいでんのにょうご》 延子．生年未詳．嘉保2年(1095)6月9日没．堀河右大臣藤原頼宗の女．母は帥内大臣藤原伊周の女．長久3年(1042)3月26日後朱雀天皇のもとに入内．正子内親王を生む．従四位上．延久5年(1073)出家．永承5年(1050)『前麗景殿女御延子歌絵合』を主催．後拾遺集に1首のみ． 262

蓮寂《れんじゃく》 生没年・出自未詳．和泉守従五位上藤原道経の男(『作者部類』)．『和歌色葉』は，前和泉入道蓮寂と記し，俗名道経，讃岐守顕綱息とする．詞花集に1首のみ． 230

蓮敏《れんびん》 連敏(『後拾遺集』)とも．生没年・出自未詳．長徳(995–99)頃の人．後拾遺集に2首のみ． 406

『比良山古人霊託』人名解説

1) 『比良山古人霊託』に登場する主要な人物に解説を付した.
2) 人名の表示は，原則として，一般人は姓を省き，名によって掲出し，僧名は，未詳の場合を除き，法名によって掲出した. 各自に現代仮名遣いで読みを付し，配列はその五十音順によった.
3) 本文内で，異称や官職名で呼ばれる人物は，→ で参照項目を立てた.
4) 各解説の最後に，その人物の登場する本文の頁を示した.

あ 行

家実《いえざね》 近衛. 藤原氏北家摂家相続流，基通男. 母，治部卿源顕信女. 従一位に至る. 号猪熊殿(尊卑分脈). 元久3年(1206)，九条良経の急死により，氏長者•摂政. 以後，安貞2年(1228)に九条道家が関白になるまで土御門•順徳•後堀河天皇の関白•摂政. 仁治2年(1241) 11月，出家. 法名円信(尊卑分脈). 翌3年12月27日没，64歳(平戸記). 日記『猪熊関白記』の著者. 466

家盛《いえもり》 藤原. 藤原氏北家末茂流，三位入道家衡男(平戸記•延応2年正月22日条). 妻と共に九条道家に仕えていたと見られる. 457，458

一乗寺《いちじょうじ》**・一乗寺僧正**《いちじょうじのそうじょう》 →増誉《ぞうよ》

猪熊大殿《いのくまのおおとの》 →家実《いえざね》

内裏《うち》 →四条天皇《しじょうてんのう》

大原僧正《おおはらのそうじょう》 →承円《じょうえん》

隠岐院《おきのいん》 →後鳥羽院《ごとばいん》

か 行

兼実《かねざね》 九条家の祖. 藤原氏北家摂家相続流，関白忠通男. 母，太皇太后宮大進藤原仲光女，家女房加賀局(尊卑分脈). 九条道家の祖父. 鎌倉の源頼朝と協調し，文治2年(1186)後鳥羽天皇摂政，建久2年(1191)同関白. 源通親ら院方による建久7年(1196)の政変で失脚. 建仁2年(1202)正月，出家. 法名円証. 建永2年(1207) 4月5日没，59歳(尊卑分脈). 日記『玉葉』の著者. 464

兼経《かねつね》 近衛. 藤原氏北家摂家相続流，家実男. 母修理大夫藤原季定女. 従一位に至る. 号岡屋殿(尊卑分脈). 嘉禎3年(1237)正月14日，九条道家の婿となる(玉蘂). 道家の後を承け，同年3月10日より仁治3年(1242)正月20日まで四条天皇摂政. 続けて同年3月25日まで後嵯峨天皇関白. 寛元5年(1247)正月19日より建長4年(1252) 10月3日まで後深草天皇関白(公卿補任). 康元2年(1257)，出家. 法名真理. 正元元年(1259) 5月4日没，50歳(尊卑分脈). 日記『岡屋関白記』の著者. 466

鎌足《かまたり》 藤原氏の祖. 中臣鎌足(鎌子とも). 天智天皇8年(669) 10月16日没，56歳. 皇極紀4年(645)，中大兄皇子(天智天皇)と謀り，蘇我入鹿を討つ(日本書紀，聖徳太子伝暦). 大化改新を遂行. 命終前日，大織冠と内大臣の位，藤原姓を賜わる(日本書紀). 457

観音院僧正《かんおんいんのそうじょう》 →余慶《よけい》

関東《かんとう》 →頼経《よりつね》

北白川女院《きたしらかわのにょういん》 →陳子《ちんし》

卿二品《きょうのにほん》 →兼子《けんし》

空海《くうかい》 真言宗開祖. 大僧都伝灯大法師位. 讃岐国多度郡の人. 佐伯田公男. 母，阿刀氏. 延暦23年(803)，入唐して，青竜寺の恵果和尚より真言密教を受け学ぶ. 多くの聖教•曼陀羅•法具等を将来. 帰朝後，東寺を賜わり，また高野山に道場金剛峰寺を建立. 著作に『三教指帰』『十住心論』など. 書家，三筆の一人. 詩人としても知られる. 承和2年(835) 3月21日没，63歳(続日本後紀). 475

慶政《けいせい》 →解説(閑居友・比良山古人霊託)

解脱房《げだつぼう》 →貞慶《じょうけい》

源空《げんくう》 房号法然. 浄土宗開祖. 美作国，漆間時国男. 母，秦氏(法然上人行状画図一). 始め比叡山で学ぶ. 善導の『観無量寿経疏』に出会い，専修念仏の教義に目覚める. 文治2年(1186)，大原問答で貞慶•明遍ら旧仏教派

を論破(拾遺古徳伝). 九条兼実も帰依(明月記・建仁2年正月28日条など). 『選択本願念仏集』を著す. 旧仏教側から度々非難を受ける. 弟子住蓮, 安楽の密通事件もあり, 承元元年(1207), 一門処罰, 配流(皇帝紀抄). 建暦元年(1211), 許されて入京. 翌2年正月25日没, 80歳(法然上人行状画図, 仁和寺日次記). 473

兼子《けんし》 藤原. 藤原氏南家貞嗣流, 刑部卿従三位範兼女. 大納言藤原宗頼室(尊卑分脈). 後, 藤原頼実に嫁す. 寛喜元年(1229)没, 75歳(明月記・8月16日条). 後鳥羽院乳母. 院の寵を得て, 後鳥羽院政下, 鎌倉の北条政子と双ぶほどの権勢を振った. 「京ニハ卿二位ヒシト世ヲ取リタリ」(愚管抄). 院に討幕を勧めたともいう(慈光寺本承久記). 腫物で死を間近にしていた頃も, 気力はなお壮丁の如きだった(明月記・7月21日条). 461

高弁《こうべん》 房号明恵. 高山寺開山. 華厳宗中興の祖. 桓武平氏, 庄司武者重国男. 母, 湯浅宗重女(明恵上人行状). 文覚の弟子でもある叔父の上覚等に師事. 東大寺で受戒, 出家. 真摯な仏教者として, 後鳥羽院・九条兼実・北条泰時らも帰依. 建暦2年(1212), 『摧邪輪』を著し, 法然を批判. 自らの夢を記録した『夢記』等の著作もある. 熱心な釈迦信仰を持ち, 天竺渡航も企てた. 慶政が宋から明恵に送った波斯文書(高山寺旧蔵波斯文書)や『明恵上人歌集』等から慶政との親交が知られる. 寛喜4年(1232)正月19日没, 60歳(明恵上人行状). 没後, 慶政はその百日供養導師も勤めた(定真備忘録). 472

弘法大師《こうぼうだいし》 →空海《くうかい》

後京極殿《ごきょうごくどの》 →良経《よしつね》

後白河院《ごしらかわいん》 第77代天皇. 鳥羽院第四皇子. 母, 白河院猶子, 権大納言藤原公実女, 待賢門院璋子(本朝皇胤紹運録). 久寿2年(1155)7月24日, 践祚(台記). 保元3年(1158)8月11日譲位(兵範記). 以後, 院政を敷く. 建久3年(1192)3月13日没, 66歳(玉葉). 崇徳院との間の皇位継承争いが保元の乱を引き起こした. 源平争乱時代, 対立勢力どうしを争わせ, 源頼朝をして「日本国第一之大天狗」(玉葉・文治元年11月26日条)と言わしめた. 今様等の芸能を好み, その周辺には巫女・舞・猿楽・銅細工の輩が出入りした. また没後の建久7年(1196), 及び建永元年(1206)頃, 女に憑いた院の霊が自らを怨霊として祀ることを求めるという霊託事件もあった(愚管抄). 469

故摂政殿《こせっしょうどの》 →教実《のりざね》

後高倉院《ごたかくらいん》 →守貞親王《もりさだしんのう》

後鳥羽院《ごとばいん》 第82代天皇. 後高倉院の同母弟. 寿永2年(1183)8月20日, 践祚(玉葉). 建久9年(1198)正月11日, 譲位(玉葉). 和歌や馬術を好み, 多芸多才. また気性激しく, 武芸も嗜む. 「朝夕武芸ヲ事トシテ, …御腹悪テ, 少モ御気色ニ違者ヲバ, 親リ乱罪ニ行ハル」(慈光寺本承久記など). 親政を志し, 承久3年(1221)5月15日, 北条義時追討の宣旨を下し, 承久の乱を引き起こして敗北. 同年7月8日, 出家. 法名良然. 同13日, 隠岐島に配流(東鑑). 延応元年(1239)2月26日没, 60歳. その遺骨が左衛門尉能茂法師によって都に運ばれ, 5月16日, 大原に葬られた. 院の怨霊は生前から恐れられていた. 死後もその霊の活動は盛んに報じられた(後鳥羽院霊託記など). 465

後堀河院《ごほりかわいん》 第86代天皇. 後高倉院第三皇子. 母, 藤原基家女, 陳子. 承久3年(1221)7月9日践祚. 貞永元年(1232)10月4日, 譲位. 天福2年(1234)8月6日没, 23歳(明月記, 百錬抄). 463

さ 行

桜井《さくらい》 →法円《ほうえん》

左大将殿《さだいしょうどの》 →実経《さねつね》

実経《さねつね》 一条家の祖. 九条道家四男. 母, 綸子. 号円明寺殿. 従一位に至る(尊卑分脈). 当時(延応元年), 17歳で正二位左大将権大納言. 父の寵を受ける. 寛元4年(1246)正月20日, 兄良実に代わって後嵯峨天皇関白. 翌日より寛元5年(1247)正月, 兄頼経の騒動に連座して罷免されるまで後深草天皇摂政. 文永2年(1265)閏4月より同4年12月まで, 亀山天皇関白. 弘安7年(1284)5月, 出家. 法名行雅. 同年7月18日没, 62歳(尊卑分脈). 466

慈円《じえん》 天台座主四度. 藤原氏北家摂家相続流, 関白忠通男. 九条兼実の同母弟. 建仁3年(1203), 大僧正. 元久2年(1205), 東山に吉水坊を開く. 兼実と協力して九条家のために尽力. 嘉禄元年(1225)9月25日没, 71歳(尊卑分脈). 後鳥羽院の討幕計画を戒めよう

とした『愚管抄』の著者.　464, 469

侍従宰相《じじゆうさいしよう》　→資季《すけすえ》

四条天皇《しじようてんのう》　第87代天皇. 後堀河院皇子. 母, 藻璧門院竴子. 貞永元年(1232) 10月4日, 践祚. 仁治3年(1242)正月9日没, 12歳(一代要記). 悪戯で人を転倒させようと板敷に滑石粉を塗り, 自ら転倒したのが因という(五代帝王物語).「主上聊有令踏違御足給事之間, 不可有出御云々」(後中記・仁治3年正月7日条).　463

十楽院《じゆうらくいん》・**十楽院僧正**《じゆうらくいんのそうじよう》　→仁慶《にんけい》

崇徳院《しゆとくいん》　第75代天皇. 鳥羽天皇第一皇子. 母, 待賢門院璋子. 保安4年(1123)正月28日, 践祚. 永治元年(1141) 12月7日譲位. 皇位継承上の不満から, 藤原頼長・源為義らと結んで保元元年(1156), 保元の乱を引き起こす. 敗れて讃岐国に配流. 長寛2年(1164) 8月26日, 彼の地で没, 46歳(百錬抄). 安元3年(1177), 天下不安がその怨霊の所為と考えられ, 崇徳院の追号(百錬抄・7月29日条). 天下滅亡の呪咀をこめた院書写の五部大乗経の存在も噂され(吉記・寿永2年7月16日条), 大魔縁となった院の存在は,『保元物語』『平家物語』(特に広本系)などによって後代まで喧伝された.　460, 461, 468

准后《じゆんごう》　→綸子《りんし》

竴子《しゆんし》　後堀河院中宮. 九条道家女. 母, 綸子. 寛喜元年(1229) 11月, 女御となる. 同2年2月, 中宮. 貞永2年(1233) 4月3日, 院号宣下(民経記). 同年(天福元年) 9月18日, 男子死産により没, 25歳(百錬抄). 四条天皇・室町院・神仙門院の母(本朝皇胤紹運録).「いひしらぬほどの美人にてぞおはしましける. …御産とてひしめくほどに, 御ものゝけこはくしてうみかねさせ給ふ. …つゐにうせ給ぬ. 上皇も此御歎のつもりにや, 同二年八月六日かくれさせ御座す. …後鳥羽院の御怨念, 十楽院僧正などの所為にやとぞ申あひける」(五代帝王物語).　467

承円《じようえん》　大原僧正. 二度の天台座主. 藤原氏北家摂家相続流, 関白松殿基房男. 母, 太政大臣花山院忠雅女. 嘉禎2年(1236) 10月16日, 大原西林院で没, 57歳(天台座主記, 諸門跡伝). 後鳥羽院の深い帰依を受け, 院は配所から承円に念仏往生のことを問うたともいう(法然上人行状画図). 後鳥羽院の遺骨は西林院に埋葬された(百錬抄・延応元年5月16日条).　461

将軍《しようぐん》・**将軍家**《しようぐんけ》　→頼経《よりつね》

貞慶《じようけい》　笠置解脱上人. 三会已講. 藤原氏南家貞嗣流, 権右中弁従四位下貞憲男.「修学碩才名徳人. 三昧法徳神変人也. 希有大道者」(尊卑分脈).「云談云弁舌, 末世之智徳也」(玉葉). 才名高い信西入道の孫. 始め興福寺に学ぶも遁世, 笠置寺に住む. 後に海住山寺に移る. 戒律を重視, 新仏教を批判. 専修念仏禁止の訴状を起草(元久2年興福寺奏上). 著作に『愚迷発心集』など. 後鳥羽院も帰依. 九条道家とも交流(玉蘂・建暦元年9月1日条). 建暦3年(1213) 2月3日没, 59歳(解説上人御形状記).　473

性信房《しようしんぼう》　浄土真宗, 親鸞直弟. 二十四輩の一人(妙源寺本親鸞聖人門侶交名牒). 建長7年(1255)の善鸞義絶事件に関与. 親鸞に最も信頼され, 真宗の東国布教に尽力した(親鸞上人消息). 俗名大中臣与四郎, 常陸鹿島の人. 18歳で法然に帰し, 後, 親鸞に師事. 下総横曾根に住み, 報恩寺等の開基. 建治元年(1275) 7月17日没, 89歳と伝える(本願寺通紀, 報恩寺開基性信上人伝記). 実際は弘安6年(1283)以降没か(親鸞真筆本教行信証・奥書).　474

聖徳太子《しようとくたいし》　用明天皇第二皇子. 推古天皇30年(622) 2月22日没, 49歳(法隆寺釈迦三尊像光背銘). 推古天皇29年, 49歳没説(聖徳太子伝暦), また推古天皇30年, 51歳没説(万徳寺蔵聖徳太子伝)もあった. 推古天皇摂政. 日本に仏教繁栄の基礎を築き, また国家体制の基盤を整えたと考えられていた人物. 太子信仰は, 平安期以降の貴族社会に深く浸透していた. 太子信仰の隆盛につれ, その事蹟は『聖徳太子伝暦』やその他の諸書, また絵解等を通じ, 同時に広く知られていった.
457, 472, 473

少納言已講《しようなごんいこう》　→貞慶《じようけい》

資季《すけすえ》　藤原. 藤原氏北家道綱流, 従三位左中将資家男. 母, 正三位左大弁藤原光長女. 正応2年(1289)没, 83歳. 正二位・大納言に至る(尊卑分脈).　459

摂政殿《せつしようどの》　→兼経《かねつね》

善念房《ぜんねんぼう》　浄土真宗, 親鸞直弟. 二十四輩の一人(妙源寺本親鸞聖人門侶交名牒). 九条道家が「善然房」を支援したという伝あり(親鸞上人正統伝). 俗名三浦三郎義重. 水戸の善

重寺開基．弘安 8 年(1285)，85 歳没と伝える(二十四輩記)．　473，474

藻璧門女院《そうへきもんのによういん》　→竴子《しゆんし》

増誉《ぞうよ》　法務大僧正．天台座主，天王寺別当，三井寺長吏，三山検校等を歴任．藤原氏北家道隆流，権大納言正二位経輔男．母，家女房，藤原師家乳母(尊卑分脈)．永久 4 年(1116)正月 29 日没，85 歳(彰考館本僧綱補任)．「白河堀河聖代，隆明増誉，同事朝．寵恩所臨亦明誉一双」(寺門伝記補録)．叔父隆明とは対照的な性格．芸能者や衛府の男達が周囲に集まったという(宇治拾遺物語)．隆明とは不仲だった．　469

た　行

泰胤《たいいん》　高階氏．青蓮院門跡房官流，泰宗男．最勝金剛院執行，法成寺執行(尊卑分脈)．房官として九条道家出家の際に臨席，また天台座主慈源(道家息)に仕える(門葉記一二八裏書)．　457，463

太政入道殿《だいじようにゆうどうどの》　→良平《よしひら》

大織冠《たいしよくかん》　→鎌足《かまたり》

智顗《ちぎ》　天台宗開祖．中国梁朝の高官陳起祖男．字は徳安．荆州華容県の人．慧思に師事．隋の文帝や晋王の帰依を受ける．晋王より智者大師の号を贈られる．『摩訶止観』『法華玄義』『法華文句』などを講述．西暦 597 年 11 月 24 日没，60 歳(続高僧伝)．　475

長厳《ちようげん》　紀氏．仁和寺流，尊真男．号刑部僧正．後鳥羽院御持僧．「有験第一人也」(尊卑分脈)．熊野三山並びに新熊野検校職などに補せらる(寺門伝記補録)．後鳥羽院に取り入り，大僧正となる．富裕，権勢を誇る．承久の乱加担により，陸奥の国に配流．安貞 2 年(1228) 7 月 16 日，彼の地で没，77 歳(皇代暦)．延応 2 年(1240)の北条時房頓死をめぐり，後鳥羽院や長厳等の怨念による旨の夢想も喧伝された(平戸記•延応 2 年正月 28 日条)．建長 4 年(1252)にも，院の使者と称する長厳の天狗霊託事件があった(東鑑•正月 12 日条)．　461

陳子《ちんし》　後高倉院妃．藤原氏北家頼宗流，正二位権中納言基家女．母，権大納言平頼盛女(尊卑分脈)．後堀河院•尊性法親王•道深法親王•式乾門院•安嘉門院らの母(本朝皇胤紹運録)．承久 3 年(1221)，出家(愚管抄)．貞応元年(1222) 4 月，従三位，准后を賜わる．同年 7 月，院号宣下を受け，北白河院と号す．嘉禎 4 年(1238) 10 月 3 日没，66 歳(女院次第)．　463

月輪殿《つきのわどの》**・月輪入道殿**《つきのわにゆうどうどの》　→兼実《かねざね》

天台大師《てんだいだいし》　→智顗《ちぎ》

な　行

二品《にほん》　→政子《まさこ》

入道殿下《にゆうどうでんか》**・入道殿**《にゆうどうどの》　→道家《みちいえ》

仁慶《にんけい》　十楽院僧正．山門流．藤原氏北家摂家相続流，関白松殿基房男．母，民部大輔藤原家実女(尊卑分脈)．十楽院は京都市東山大谷にあった門跡．仁慶はここに住んだ．寛喜元年(1229) 4 月 22 日没，55 歳(護持僧次第)．九条道家の干渉により天台座主の座を良快に奪われ，憤死(明月記•同年 4 月 23 日条)．藻璧門院(竴子)，後堀河院の相次ぐ死は，後鳥羽院と仁慶の怨霊の祟りと噂された(五代帝王物語)．後堀河院葬送前後，仁慶の霊に関する様々な巷説もあった．「去十三日，隆承法印房僧，又俄天狗付，吐種々詞云々．吉水霊云々．魔界得時歟」(明月記•文暦元年 8 月 16 日条．7 月 19 日条，8 月 11 日条も参照)．嘉禎元年(1235)，道家は仁慶や長厳らのために『如法経』を供養(明月記•10 月 19 日条)．　461，468

教実《のりざね》　九条．道家一男．母，綸子．号洞院殿．寛喜 3 年(1231) 7 月 5 日，後堀河天皇関白．翌貞永元年 10 月 4 日，四条天皇践祚により摂政．文暦 2 年(1235) 3 月 28 日，病により没，25 歳(玉蘂•同年 5 月条．年齢は玉蘂•建暦元年(1211) 3 月 14 日条に「今年正月五日誕生」とあるによる)．臨終に慶政臨席．『新勅撰集』以下入集の歌人．　467

は　行

普賢寺入道殿《ふげんじにゆうどうどの》　→基通《もとみち》

法円《ほうえん》　桜井僧正．寺門流．以仁王皇子．寛喜 3 年(1231) 9 月 3 日没，54 歳(皇代暦)．建久 7 年(1196)，四天王寺別当に補されるも関白九条兼実が慈円を推したため，直後に罷免(園城寺衆徒申状•貞応 2 年 7 月)．　461

法然房《ほうねんぼう》　→源空《げんくう》

ま　行

政子《まさこ》　北条．右大将源頼朝室．北条義時の姉．将軍源頼家•実朝らの母(尊卑分脈)．建

久10年(1199)，頼朝の死により出家．承久の乱に際し，御家人達に結束を促し，鎌倉方勝利を導く．尼将軍と呼ばれ，権勢を振う．義時を支援して北条執権体制を確立．「コノイモウトセウトシテ関東ヲバヲコナイテ有リケリ」(愚管抄)．嘉禄元年(1225)7月11日没，69歳(東鑑)．　463

道家《みちいえ》　九条．藤原氏北家摂家相続流，摂政太政大臣良経男．母，入道権中納言一条能保女．建長4年(1252)2月21日没，60歳．号光明峰寺殿．峰殿とも(尊卑分脈)．室綸子の父西園寺公経などの支持を得て，仲恭天皇摂政，後堀河天皇関白，四条天皇摂政を歴任．従一位に至る．嘉禎3年(1237)，女婿近衛兼経に摂政を譲り，翌4年4月25日に出家．法名行慧(百錬抄)．その後も大殿として権勢を振った．日記『玉蘂』の著者．　458，460，461，462，463，467，475

御廟僧正《みみょうのそうじょう》　→良源《りょうげん》

御室戸《みむろと》・**御室戸僧正**《みむろとのそうじょう》　→隆明《りゅうめい》

明恵房《みょうえぼう》　→高弁《こうべん》

基通《もとみち》　近衛．藤原氏北家摂家相続流，摂政基実男．母，従三位藤原忠隆女．後白河院寵臣．平清盛の婿となる．高倉天皇関白．安徳天皇摂政．平氏西走に同行せず，寿永3年(1184)摂政還任．後鳥羽天皇擁立に尽力．文治2年(1186)，源頼朝追討宣旨の責を追求され，辞任，籠居．建久7年(1196)，九条兼実失脚後，関白復帰．続いて土御門天皇摂政．承元2年(1208)出家．法名行理．天福元年(1233)5月29日没，74歳(尊卑分脈)．　464

守貞親王《もりさだしんのう》　持明院宮．高倉院第二皇子．母，贈左大臣藤原信隆女，七条院殖子．後鳥羽院の同母兄．建暦2年(1212)出家，法名行助．承久の乱後，後鳥羽・土御門・順徳三上皇の配流，及び仲恭天皇廃位により，請われて親王から直ちに法皇となり院政を執る．承久3年(1221)8月16日，太上法皇．貞応2年(1223)5月14日没，45歳(本朝皇胤紹運録)．諡号後高倉院．承久の乱以前より慶政と交流(真福寺本後拾遺往生伝・奥書)．　463

守屋《もりや》　物部．物部弓削守屋大連と称す(日本書紀)．敏達・用明天皇時代の大連．大連は大臣と並ぶ要職．大連尾輿男．母，弓削連祖倭古の女，阿佐姫(旧事本紀)．崇仏派の大臣蘇我馬子に対し，排仏派の立場に立つなどして対立．用明天皇2年(587)7月，蘇我馬子・聖徳太子の連合軍と戦い，矢に当って戦死．因みに，この勝利は太子の四天王への祈願の結果と見られ，四天王寺が造営された．守屋の奴婢と所領は四天王寺に分与され，その成立基盤となった(日本書紀，四天王寺御手印縁起，聖徳太子伝暦等)．守屋の様々な反仏教的行為を語る逸話は，『日本書紀』以下，『日本霊異記』『聖徳太子伝暦』『三宝絵』『今昔物語集』『古今著聞集』など多くの文献に見える．中でもこの守屋合戦をめぐる説話は，聖徳太子信仰の流行に伴って，様々な異説を生じながら中世社会に広まっていった．「太子宣下ハク，我与守屋，生々世々怨敵也．生々世々恩者也．如影随形，已過五百生ヲ云云．太子ト守屋トハ，共ニ大権ノ菩薩ナリ．為ニ弘カ仏法ヲ，如此示現ト．但互ニ誓テ云，守屋者成テ鵄ト云鳥ト，障仏法，太子者成鷹ト云鳥，云拂鵄難云云」(聖徳太子伝私記)．　473

や　行

余慶《よけい》　智証門流．権僧正．天台座主，三井寺長吏等を歴任．筑前国早良郡人(天台座主記)．宇佐氏(寺門伝記補録)．祈禱の験者として天皇の信を受け，天台座主に着任するも，慈覚門徒の激しい抵抗に会う．正暦2年(991)閏2月18日没，73(一説に77)歳(彰考館本僧綱補任)．『宇治拾遺物語』等にその験力が喧伝される．　469

良経《よしつね》　九条．兼実男．母，従三位藤原季行女．元久3年(1206)3月7日没，38歳(尊卑分脈)．近衛基通の後，土御門天皇摂政．歌人．道家・慶政の父．　464

義時《よしとき》　北条．桓武平氏，従五位下遠江守時政男(尊卑分脈)．若くして源頼朝の側近として活躍．承久の乱では西上軍を率いて勝利．また卓越した政治的手腕を発揮して政敵を排除し，北条執権体制の基礎を固めた．その専横を崇徳院の御霊の所為とする噂もあった．貞応3年(1224)6月13日没，62歳(東鑑)．毒殺とも(明月記)．　463

良平《よしひら》　九条．藤原氏北家摂家相続流，兼実男．兄良経の猶子．母，修理大夫藤原頼輔女．嘉禎4年(1238)7月，太政大臣．従一位に至る．暦仁2年(1239)正月19日，病により出家．翌年3月17日，播磨国で没，57歳(公卿補任)．　464

吉水前大僧正《よしみずのさきのだいそうじょう》・**吉水前僧正**《よしみずのさきのそうじょう》

→慈円《じえん》

頼経《よりつね》　九条．道家三男．母，綸子．幼名三寅．承久元年(1221)，源実朝の死により四代将軍に嗣立(東鑑)．仁治3年(1242)頃までに反北条得宗家勢力が周辺に集まる．寛元2年(1244)，嫡子頼嗣が将軍となる(平戸記•4月27日条)．寛元3年，出家．法名行智．翌4年，名越光時•千葉秀胤らの宮騒動に連座して，京都に追却(東鑑)．建長8年(1256)8月11日没，39歳(東鑑•同15日条)．　457，463

ら　行

隆明《りゅうめい》　大僧正．三井寺長吏．藤原氏北家道隆流，中納言正二位隆家男(尊卑分脈)．御室戸寺中興(寺門伝記補録)．長治元年(1104)9月14日没．「昨日大僧正隆明入滅了．年八十六云々．故隆家卿息男．深知真言．頗学止観甚有験力」(中右記•9月15日条)．「隆明僧正霊殊有所祟御体也」(永昌記•嘉承元年10月29日条)．　469

良源《りょうげん》　木津氏．慈覚門流．大僧正．天台座主．永観3年(985)正月3日没，74歳(天台座主記)．荒廃していた叡山を中興．気性の激しさやその奇瑞を語る説話は多い(後拾遺往生伝，古事談，十訓抄，古今著聞集)．慈恵天狗説は山門•寺門の各立場から喧伝された．「有人云，慈恵僧正，為護満山之三宝，為継法門之遺跡，不往浄土．猶留吾山云々」(後拾遺往生伝)．「我是智行大天狐也．…抑誰人乎．答曰．横川大僧正良源．…宿習之至法門染心．五欲猶残被牽赤衣」(寺門高僧記•公伊法印)．「良源，…兼受魔道諂詐之果報．正為智弁僧正被降伏」(諡号雑記•慈恵諡号事)．469

綸子《りんし》　『百錬抄』では淑子．九条道家室．藤原氏北家公季流，従一位太政大臣西園寺公経女．母，正二位権中納言一条能保女(道家母の妹)全子(尊卑分脈)．貞永元年(1232)12月，准后を賜わる(百錬抄)．嘉禎4年(1238)7月，法性寺で出家(東鑑)．父公経は幕府と密接に関係．また母方の祖母は源頼朝妹．即ち道家と綸子は源将軍家外孫の従兄弟どうし．二人の間に教実•良実•実経•頼経•藻壁門院竴子らを生す．建長3年(1251)11月14日没，61歳(東鑑•同18日条)．　462